菊坛演义

王如宗　著

中国戏剧出版社

图书在版编目（CIP）数据

菊坛演义／王如宗著．—北京：中国戏剧出版社，2019.7
ISBN 978-7-104-04815-2

I. ①菊…　II. ①王…　III. ①纪实小说－中国－当代　IV. ① I247.5

中国版本图书馆 CIP 数据核字（2019）第 119363 号

菊坛演义

责任编辑：王松林
项目统筹：杨晨叶　刘　岳
责任印制：冯志强

出版发行：中国戏剧出版社
出 版 人：樊国宾
社　　址：北京市西城区天宁寺前街 2 号国家音乐产业基地 L 座
邮　　编：100055
社　　址：www. theatrebook. cn
电　　话：010-63385980（总编室）
传　　真：010-63387810（发行部）

读者服务：010-63381560
邮购地址：北京市西城区天宁寺前街 2 号国家音乐产业基地 L 座

印　　刷：北京鑫海达印刷有限公司
开　　本：787mm×1092mm
印　　张：63
字　　数：1500 千
版　　次：2019 年 7 月　北京第 1 版第 1 次印刷
书　　号：ISBN 978-7-104-04815-2
定　　价：218.00 元（全三册）

目 录

第一卷

第二卷

第三卷

楔　子

京城国剧最称优，展歌喉，韵味留。卖马声腔，大街小巷吼。回眸艺人唱繁华，谁不赞，说风流。

宫廷迷恋未曾休，看不够，不思忧。夷烧宫苑，火漫西山走，尚勾留！翻看京戏梨园史，多坎坷，说从头。

一曲《江城子》唱罢，引出京剧的一个话题：

“京剧形成源于徽班进京。”

这话说到了实处，但很笼统。

犹如说进京的一个单身汉子，其儿子的诞生源于汉子进京。

其儿子的诞生源于汉子，这话千真万确，说到了实处。汉子进京，谋生，打拼，创业，恋爱，结婚……这个过程可长可短，但其儿子诞生，定然是汉子进京之后，而不是汉子进京之时。

京剧的形成何尝不是如此？

大清朝的乾隆皇帝，是个才华横溢的风流天子，琴棋书画无所不通，无所不精。犹工音律，特别喜欢戏曲。在宫里，他有戏班，专门养在南府。因而演艺机构也称为“南府”。

他稳坐皇位六十年。在位期间，曾六下江南。六下江南，六次驻跸扬州。

扬州水陆通达，物华天宝，富甲一方。宝贝珍玩，应有尽有。玩意杂耍，戏曲歌楼，勾栏瓦舍，比邻争响。

扬州有个盐商，名江鹤亭，富可敌国。每次乾隆驾到，都是他接驾侍奉。他摸透了乾隆的喜好，凡乾隆爱玩、爱看、爱听、所稀罕的玩意儿，他都搜罗俱全，悉数供奉。乾隆爱看戏，他家养有戏班，昆曲、花鼓、徽剧、黄梅……应时开锣。

公元1790年，乾隆八十大寿，儿皇帝嘉庆降旨：铺排张扬，普天同庆。

封疆大吏，地方官员，无不搜肠刮肚，挖空心思，搜罗奇珍异宝，进贡庆寿。

江鹤亭独出心裁，一不送珍玩，二不送钱财，他把家养的一个戏班，奉献京城，去给乾隆爷庆寿。

这个戏班名“三庆班”，是徽班。

——这就是所谓“徽班进京”。

徽班的皮黄，是南方各声腔精华的集大成者。进京之后，在与京城诸腔各班的交流演出中，借鉴吸收，兼收并蓄。南曲北化，南味儿京化，出类拔萃，最后演化成京剧。

此话说起来轻巧，可这一演化，演化运转了几乎半个世纪！

乾隆、嘉庆、道光、咸丰、同治、光绪以至民国，到中华人民共和国，八世沧桑，将近二百来年。代代有数不清的磨难，年年有说不完的故事！

在二百来年的磨砺中，京剧孕育、形成、成熟、鼎盛、繁荣……

京剧艺人一茬接一茬，一代接一代。茬茬有新秀，代代有名家。名角连台，台台有新戏……

前三杰、后三杰；前四大须生、后四大须生；四大名旦、四小名旦……

生旦净丑，唱念做打……

二百来年，修炼垂成！

有声的画，无字的诗，彩色的歌，唱念的舞，流动的史册，文化的精粹，国家的瑰宝……

一部京剧史，多少辛酸泪，

细细读史册，方解其中味！

——这部小说，就是对京剧史册一页一页的解读。

请君慢慢品阅……

第一卷

01

第　一　回

石牌镇砸场受惊
潜春班因祸得福

石牌镇是天柱山脚下一个古老的小镇。镇子不大，却是个风景宜人的去处。

不远的天柱山，巍峨险峻；苍松翠柏，古木参差，遮天蔽日；溪流飞瀑，巉岩滴翠，烟环雾绕，气象万千；相邻的浩浩长江，波涛浪涌，飞鸟远去，云蒸霞蔚，莽莽苍苍；舟楫帆樯，艄公号子，渔夫歌吼，此起彼落，遥相呼应。绕镇而流的皖水，如一条彩带，飘系在小镇的腰围，清澈潺潺，款款淌流。

这里依山傍水，风景名胜，又是鄂皖赣三省的交界之处，濒长江枕皖水，与望江、太湖毗邻。尽管镇子不大，却是个喧闹繁华的滨江城镇。

这个滨江小镇，自古就是长江的码头，水、陆皆通。商贾行人络绎不绝，镇上买卖商铺，酒肆茶馆，饭铺旅店，招摇显赫，人气喧喧。

因为这石牌小镇繁华热闹，就更有能凑起热闹的玩意儿——著名的戏曲：石牌腔。

戏，因地而得名。

地，因戏而远播。

因为这里的戏曲特别红火，早在明末清初，石牌镇就已享有盛名。并被冠以戏曲之乡的美称。

由于戏曲繁荣，小镇不大，却是戏台遍布。凡大街通衢，码头临场，都建有戏台。各商家大户，一有娶妻生子，庆寿开张等事，都邀戏班，唱大戏。

这一年，是道光三年。

江家盐号举办百年庆典，请来安庆地区著名的几家戏班唱戏。其中有一个戏班，是安庆弹腔。安庆弹腔原本出自石牌，原名就叫“石牌腔”。可是，为什么又叫作“安庆弹腔”呢？原因就是石牌镇隶属安庆，“石牌腔”唱响了安庆和安庆的周边地方，名声越传越远，远地方的人只知道安庆，不知道石牌，便顺口把它叫作了“安庆弹腔”。“安庆弹腔”越唱越响，响遍了大江上下，沿江各省。外省人，便不称其为“安庆弹腔”，而称作“徽腔”。就这样，“石牌腔”也就跟着“连升三级”，一跃而成为“省腔”，被称作“徽剧”。唱徽剧的戏班，就叫“徽班”。世人叫顺了口儿，把徽剧也叫作了徽班。

当年乾隆八十大寿，徽班开进了京城，去为乾隆爷庆寿。世人哪里知道，庆寿的“徽班”，其根底就是“石牌腔”。

江家盐号请来庆典的这个戏班，就是地道的“石牌腔”。

班名“潜春班”。

“潜春班”唱安庆弹腔儿唱得远近闻名，最近更加特别的红火，红火就红火在他们招了一个童伶，戏唱得特别有味儿，每每出场，都唱得动人心弦，勾人魂魄，叫人拍掌叫绝，特别叫座儿。

这个童伶，刚满十一岁，人生得机灵聪明，细眼睛，高鼻梁，长面嫩肉儿，虎头虎脑的很招人喜欢。尤其他那一副天生的好嗓子，发声甜而高亮。未进戏班在家放牛时，骑在牛背上放声一吼，远处三山回响，近处绿水带音儿。就因为这副好嗓子，被挑进了戏班儿，学上了唱戏。他边学戏，边登台唱戏，现趸现卖，唱得还角儿是角儿，味儿是味儿的，满台生色。

此人姓程，名长庚。表字玉山，号闻檄。自从他进了戏班，很快就唱红了潜山的山村水寨，唱红了安庆沿江的城镇码头。潜春班自从有了他，名气大长，在安庆一带，叫得特别响亮。一提起潜春班，没有不竖大拇哥的，没有不晓得程长庚的。此次江家盐号特意请来潜春班，也多半是冲他这个小童伶来的。

潜春班今天的戏码是《单刀会》《望江亭》《鼎盛春秋》。《鼎盛春秋》是大轴，程长庚扮演伍子胥。

开戏的这一天，石牌镇天气格外晴好，江上风清气朗，临江街也显得开阔豁亮，看了戏报闻信儿而来的观众满街满巷，江河湖汊的渔船、过往的行舟都放锚拢岸，环戏台看戏。

伍子胥一出场亮相，那扮相，那眼神，那气度，令台下一片喝彩。程长庚最拿手的唱段就是《文昭关》。

“听谯楼打罢了……”唱到此时，台下叫好声、喝彩声连续不断，甚至一句一彩，台上的鼓老、笛工也劲道十足，劲儿上加劲儿，台上台下一片沸腾！尤其唱到“爹娘啊……”那段嘎调的时候，台上台下炸了窝一样，喝彩声达到高潮。

正值如此高潮之时，从入相口上来一位老者，费劲巴拉地搬上一块大石头，“咕咚”一声砸在舞台正中。

这一下，台上台下顿时静了场，大家都被弄得惊诧木然，莫名其妙。

此时，还是潜春班的班主阮江远走得多，见得广，明白这是什么意思。他疾步上场，向老者搭躬施礼，并拉住愣在场上的程长庚一同跪下，求道：“戏有不佳，请这位爷多多指教！”

未等老者开口，台下台上的人也明白过来，“坏了，坏了，原来是有人砸场！”

“砸场了，戏唱不成了！”

“唱得这么好怎么还砸场？”

“得罪谁了？”

“反正是砸了，今天的戏看不成了！撤吧——”

“撤？——这么好的戏就不看了？得问问老家伙为什么砸人家场呀！”

“管他呢！今天是盐号大户庆典，好几家戏班唱对台，不看这台，看别的呀！”

“对，好戏连台，走吧！别耽误看戏呀！”

台下一阵哄嚷，看戏的呼儿喊叫的都走了。

当时拥街塞路的场子，就这么呼啦啦散光了。

人散街空。舞台上只剩下砸场老者、班主和程长庚。砸场者一手搀班主阮江远，一手拉程长庚，说：“起来吧，我们找一个说话的去处。”

他们人还没挪地儿，后台戏班的人乱了。

“砸场——这是砸咱们饭碗哪！”

“这也是砸主家的脸面！”

“砸主家的脸面还不是砸咱戏班的脸面？以后谁还敢写咱们的戏呀！这下，咱们的饭碗没啦！”

“找砸场的老家伙说说清楚，凭什么砸咱们哪！”

其中嚷得最凶的就是程长庚的舅舅。此人姓张名坦，在戏班是唱旦角的，他唱戏多年，走南闯北，经得多见得广，程长庚走伶人这条路，就是他撺掇姐姐，硬拉着外甥来投科班的。张坦胆大冒失，敢说敢干。碰上了砸场这事，他一百个不服气，更何况砸的是他外甥的场，砸的是自家的饭碗，他更压不住火气，说着就要冲上前台，与砸场的老者理论。

正走到出将口，与台上的三人碰个对面。

阮江远在前台也听到后台人的嚷嚷，也知道张坦闹得最凶。其实他心里也窝了一肚子的气，明知砸场是砸戏班的饭碗，他当班主的能不窝火？可今天场砸得蹊跷，今天的东家是谁？江南赫赫有名的大盐商江家！江家的生意，不要说在江南，就是走遍大清朝的南疆北土，甚至走遍东洋欧亚，都是数一数二的。江家盐号，举国独此一家！它的百年庆典谁敢砸？今天的戏班是哪家？红遍安庆一带的潜春班！潜春班的戏，唱到哪里哪里红，谁说过不字？这样的戏班儿，不说出个子丑寅卯来能随便砸？——看来砸场的老者有来头，造次不得！阮江远肚里窝火，也只好先压在心里。

他知道张坦不是个省油的货，便一把拉住他说：“兄弟，这里不是说话的去处，我们借一步再说。”

砸场老者看看张坦，把手一抬说：“我们到盐号说话。”说完径直奔盐号的上房。

阮江远、张坦相对一视，都觉得势头严重起来。他们明白，这年头，伶人是下九流，没人看得起。走路都溜墙根儿，哪敢随便入人家上房？何况是江家盐号的上房！可事儿赶到这儿了，躲也躲不过去呀。张坦把脖子一梗，对班主使个眼色，拉了长庚跟随老者进了上房。

石牌的江家盐号，只是江家盐号沿江的一个批发分号。石牌镇是因沿江码头而兴起的市镇，这个分号，就是就着临江码头，而建的一处庄园。

庄园当然也颇具规模。临江，是一溜商铺和库房，后面是账房。再往后，沿穿堂往里，是一望无尽头的瓦房大院。院落和院落之间，回廊勾连，回廊雕花垂檐，彩绘花草虫鱼，栏杆桐油涂金，地面青石铺路，路面鹅卵石与大理石板镶嵌成图。地面、廊檐画连画，图连图，相映成趣，曲径通幽。沿回廊两侧，亭台水榭，错落相衬。院落第三进是客厅，老者把他们三人让进客厅，吩咐落座上茶。

此时，真个弄得班主和张坦丈二的和尚摸不着头脑。看这情势，不像兴师问罪的样子，倒像请来的贵客——可为什么要砸场呢？此时憋在他们肚里的无名之火，也悄悄地消了一些。

落座上茶之后，老者自报家门说："小老儿是此分号江家的家院，名江洪。"

阮江远不敢提砸场之事，忙揖身道："老人家，敝班穷途末路，戏没有唱好，请管家多多指教。"

张坦也说："是呀，看在这伢子还小的分上，望多多指教！"说罢，冲长庚一摆手，"还不求教谢罪！"，

长庚人也机灵，马上跪地拜倒说："望大人赐教。"江洪忙将长庚扶起，哂笑一声，说："让诸位受惊了！我也是奉命而行。"

"此话不假，是我让江洪砸的场！"随着话音，进来一位相公。此人生得高大丰满，一身相公衣帽，一副文绉绉的书生之相。

众人慌忙离席站立。

江洪介绍道："这就是我家老爷。"

这位老爷摆摆手让大家落座，阮江远等哪敢落座，一齐跪倒在地，说声："参见老爷！"

连头都不敢抬一抬。

江老爷又摆摆手说："起来说话。"

大家站起来还是不敢抬头，木然垂手而立。老爷又摆摆手："坐下好说话。"

阮江远等又只好落座。别看长庚年纪小，但懂规矩，他不敢坐下，只悄悄站在舅舅身旁。

这位江老爷上下打量了一番长庚，点点头，对江洪，也像是对大家说："不错，是个唱戏的好坯子。"然后扫一眼阮江远和张坦，"你们哪个是阮班主？"

阮江远慌忙站起身答道："不才便是在下。"

江老爷点点头示意他坐下说："阮班主不愧阮家后代，戏班带得不错！"

阮江远正为砸场的事心怀忐忑，想不到这位江老爷把他们让到客厅又讲出这样一句话来，更使他如堕五里雾中，一时不知如何回话。

这位江老爷为人倒随和，好像早忘了砸场之事，继续说道："你们阮家是戏剧名门，在安庆一代哪个不知？"

阮江远听这位老爷说起祖上，面带愧色说："祖上的事难以启齿，让老爷见笑了。"

这位江老爷笑一笑，像说闲话一样，继续说道，“历史上的事，是非有辨。写到书里，就只好算作盖棺定论。至于班主祖上的阮大铖是魏忠贤的党羽，确已无可辩驳。我却以为他与侯朝宗的纠葛，只属于党争政见之事。可在孔尚任的笔下，他也就成了被人唾骂之辈。骂也罢，赞也罢，无论如何，阮家的戏班还是有根有底的。阮大铖的《燕子笺》《春灯谜》《双金榜》《牟尼合》世称《石巢四种》，戏剧之妙，传唱流传，在安徽以至江南，乃至全国，还是颇受人喜欢的嘛。提起当年的阮家班，确是名望有加，影响颇大的。不是有顺口溜说嘛‘圆海办家班，名声响当当，石牌小儿郎，卖到裤子裆，入班做戏子，字唱昆山腔’。”

张坦向来是个不怯场，敢说敢讲的主儿，他也不管这位老爷说此话的用意，接过来说：“老爷说得极是。此地人都传说，咱现在的安庆弹腔，还掺和着当年阮家班的味儿哪！”

“这话不假，凡戏腔儿都有个借鉴承袭，安庆弹腔的老根儿应该说是在石牌。”江老爷接过话来。

张坦说：“要不怎么安庆弹腔儿又叫石牌腔儿哪！”

这下可勾起了江老爷的谈兴，“安庆弹腔儿，根在石牌。其实，安庆弹腔儿也不单是本地腔味儿。都是你们这些戏班子，东演西串，一代接一代，把秦腔、汉调串进来，糅成了现在的味道儿。如此，徽调、汉调、秦腔、江南里俗小调等，诸多曲调杂糅，反而更优美动人，成了气候，演变成了现在的石牌腔儿。”

阮江远接过话来，“可不，老爷说得是。咱这个安庆弹腔儿，就是徽汉合腔儿，皮、黄合调。说起来，渊源久远，连昆曲、花鼓、江南小曲儿都糅了进来。要不怎么曲牌丰富，曲调甜美动人呢！”

“你这话是行话，徽剧就是以昆曲为根儿，以皮黄为支撑。说到底，还是石牌腔儿的扩展，当然，也吸收了你们阮家戏班的腔调，才打好了现在这个底子。不是有首诗写道‘怀邑优人好幸运，唱戏唱到紫禁城。胡子失节降满清，非命死在仙霞岭。梨园弟子纷离去，回到安庆唱春灯。’阮大铖的女儿阮丽珍，女继父志，仍组班唱戏，亲编《梦虎缘》，佳话流传。石牌这个地方，地方不大，自古百戏流传，什么十献戏、牛灯戏、金鸡碑、耕歌戏，曲调还不少呢！这都是将养石牌腔的母戏。”

阮江远佩服地说，“没想到老爷对我们这一行如此知根知底。”阮江远大着胆子问道，“老爷又如何知道我是阮家之后？”

老爷笑笑说：“听江洪说请了潜春班，班主姓阮。我自然就联想到这一带的戏剧大家阮大铖，猜想是阮家后代。果然不错，难得，难得！”

“老爷高抬了阮家，惭愧，惭愧。”

“石牌因腔儿出名，这是尽人皆知的。安庆腔儿是放大了的石牌腔儿，其实，还是石牌腔儿。”老爷好像一谈到戏剧就来情绪，接着侃侃说道，“石牌虽然地方不大，戏曲影响可是不小。不信，有一首歌谣，我念给你们听听，“乾嘉八十班，班有刘关张。

伶人八千八，会唱曲九千。南国兴艺隆，北部弹戏香，梨园家子弟，无石不成班。”

通过这一番聊天似的谈戏，张坦刚进门时的紧张已经甩得无影无踪了，对这位江老爷打心眼儿里钦佩：“江老爷对我们这一行不光知根知底，而且了如指掌，让人佩服。”

“是啊，”阮江远也很佩服眼前这位老爷，但砸场的阴影还深埋在心中，试探性地说：“干我们这一行的，是不入流的下贱之人。像老爷这样的贵人，一般是不理会我们伶人之事的。没想到，老爷竟了解得如此之深。”

江老爷没接阮江远的话茬，他看看张坦问道：“你是唱旦行的？”

“是。”张坦赶紧回答。

“你这个正旦在班里也是个台柱子。”

“老爷高抬，也就是混碗饭吃。”

“你也是家传？”

“小的从小顽劣，家里穷得吃不上饭，就送我进了石牌小科班儿。”

“哦，坐科出身。”江老爷把眼神挪到程长庚身上，亲切地问：“伢子是哪里人？”

长庚忙回答：“小人是潜山县程家井人。”

一听说程长庚是潜山程家井人，江老爷更来了谈兴，进一步问：“是天柱山下那个程家井吗？”

“正是，正是。”张坦忙接过来，“江老爷去过程家井？”

“去是不曾去过，不过程家井是理学家程颢、程颐的故里。‘元时游寓于安庆，耕田食、凿井饮’，因此定村名为程家井。书上写得明明白白，我是记得清清楚楚的。”

张坦道：“老爷不愧读圣贤书知天下事。那已经是三四百年的事了。程家承祖上阴德，也旺了几代。毕竟已历经三朝，时日久远，程家的香火虽未曾断，可繁茂显赫之根已断，程家井的程氏子孙有的日子过得也很艰难，吃了上顿没下顿的不在少数。这伢子按族谱排，也是程圣人的第五十三代孙。可他还不照样被穷逼得，做个死了都不得入宗祠的伶人！”

江老爷听张坦把程家井人说得如此凄惨，不禁问道：“你也是程家井人？”

“小人姓张，出身微贱，连那个圣人的味儿都不曾沾得一点。我姐姐嫁到了程家井，这伢子是我的外甥。”

“难怪你对程家井知道得如此清楚。”这江老爷对张坦这番话深表同情：“虽名门望族，也难免有败落的时候。真是此一时彼一时也！”

他转身对阮江远说，“世上三百六十行，行行都有难念的经。伶人出身微贱，这也是祖辈流传的规矩所致。伶人的地位虽低，可声望不低，无论皇家、缙绅还是平头百姓，哪个不看戏？哪个不听曲儿？哪个离得开！”

不等阮班主开口，张坦抢着说：“敢情要都像老爷您这样看我们伶人，我们就烧了高香了！”

“本来如此嘛！”江老爷一脸严肃地说：“官场士绅，碍于祖辈流传的‘道德’规矩，表面一本正经，不与伶人交往，怕失了身份，丢了面子。其实无论是堂会还是露天野场，他们哪个对看戏不是瘾上加瘾，甚至私下里模仿效唱，粉墨登场。更有那下流坯子包像姑作狎邪游，侮辱伶人，实实可恶至极！”

阮班主看老爷说出这些话来，打心眼儿里感激，又怕老爷借兴说出更为过激的话来，忙替他掩饰道：“伶人之中也有那不自重的，做那伤风败俗之事。”

“世道之上，芸芸众生，总是良莠不齐。哪行之中都有出类拔萃者，也都有为人不齿者，这才合乎世之常情。”江老爷平静地说，“我对伶人自有自己的看法，伶人不但以技艺求生，还是演民情，诉民意，表民心，现民风的活的书本。要不，朝廷怎么把唱戏称作高台教化呢！这也算得朝廷明鉴。伶人地位虽低贱，作用却大得很哪。”

“老爷此言真让我们伶人感激涕零。”阮江远看老爷如此宽宥，心中的顾虑烟消云散，干脆把心中的隐忧提出来，“今天是贵号的庆典，我们没把戏演好，愧对老爷对伶人的宠望！”

说到此，阮江远扑通跪在地下。

张坦赶紧拉程长庚也跪倒地下，三人忙不迭地说：“望乞老爷恕罪！”

看他们三人诚惶诚恐的样子，江老爷哈哈大笑起来，笑后喊道：“江洪，快给人家说说，你为什么砸人家场啊！”

江洪赶紧把三人搀起，笑着说：“三位请起，听小老儿细细讲来。”江洪看看老爷，老爷点点头。江洪说，“砸场之事，是老爷事先安排的一场戏。”

三人不解，看看老爷。

江洪继续说：“为了这次庆典，老爷早就动了心思，事先让小老儿考察了安庆、石牌这一带的戏班，挑最有实力、最有前途，叫得最响的几家，唱对台戏，在几家中选最好的，命小的砸场。”

“啊？”三人更不得其解。

江老爷此时笑着插话：“这叫做：抬得高，摔得重。砸得响，名声硬！”

阮江远疑惑地问：“贵号的庆典砸了台，岂不砸了名号？”

“庆典，庆典，庆得是生意兴隆，典得是名号响亮，只不过都是造声势壮门面，红火生意而已！这一砸，岂不动静更大，轰吵得更是热闹——要的不就是这个效果嘛！”

三人听了顿感新奇，张坦说：“老爷奇招儿，如雷贯耳，闻所未闻。”

“这就叫做相反相成。”

阮江远忧心忡忡，小心地大着胆子说：“老爷的名号是越砸越响，可我们的戏班是越砸越臭，恐怕把饭碗都砸了。”

老爷抿嘴而乐，喜而无声。江洪忙道：“班主不必担忧，老爷自有安排！”

老爷接过话来：“砸了你们外头的饭碗，我还你一个家里的饭碗。”

三人又是不解。

江洪说:“老爷说这叫作‘不砸不到家’。非把你们‘砸’到家不可——老爷是蓄谋已久的。吩咐小的走遍安庆，就是选最好的戏班，盯住不放。老爷瞄准你们潜春班不是一天了，早就派小的随班观察，已有时日了。吩咐瞅准时日，砸你们的场子，把你们砸到家来——老爷就是选最好的戏班，养在家里，培养名角，扬名天下。这可是你们的造化呀！”

阮江远听后又一次扑通跪倒在地:“感谢老爷对潜春班再造之恩！”

江老爷和和气气地说:“你们‘潜春班’的名号被我砸掉了，从此以后，你们就是我江家的‘江家戏班’了。我们是一家人了，一家人不说两家话嘛。我们彼此也不必如此客气，那样就生分了。你们的下处和排练演出的地方，江洪已然安排妥当了。江洪，带他们下去吧。”

阮江远、张坦、程长庚听老爷一番话，真觉得如同喜从天降。视这位老爷，如同天神一般，感激得不知如何是好，齐齐下跪拜别而出。

但老爷究竟是何样人等，他们一直参不透究竟。

江洪带他们出来，边走边说，“你们大概还不知老爷是甚样人吧？”

阮江远说:“正要请教管家！”

江洪说:“其实说透了，你们比我更清楚。”

“此话怎讲？”

“徽班进京，给乾隆爷庆寿的有个三庆班，你们最该知道的！”

“知道，知道！三庆班最早的班主是余老四，此班的旦角台柱子，就是我的师爷高朗亭！”张坦抢着说。

“说得极是，高朗亭后来接替余老四，做了三庆班的班主。三庆班，在京城叫得十分响亮。”江洪接着说，“三庆班，就曾是当年江家的家班！”

阮江远说:“莫非家主的祖上就是江鹤亭，江老爷！”

“一点不错！”江洪说，“江鹤亭就是我家的太祖老爷。”

“提起江老爷，那可是了得的大人物！”张坦惊愕地说，“江南有名的大盐商，富可敌国，乾隆爷六次下江南，次次都是他接驾！乾隆爷爱看戏，他把江南的名班、名伶遍招府上，供圣上御赏。乾隆爷八十大寿他又把家班奉上，献艺京城！”

“江老爷此举，可是使咱徽班享誉京城，名震四海！”阮江远接过话茬儿，激动地说，“如今京城，三庆、四喜、和春、春台，四大徽班，谁人不知？哪个不晓！哎呀，多亏了当年江老太爷的扶植，高抬呀。”

“是呀，是呀，这江老爷就是咱徽班的福神哪！”张坦也激动得感恩戴德。

江洪说:“我说过了，一提，你们就自然明白么！”

“哪——这位江老爷是——？”

“他就是江老太祖老爷的长孙，江晚晴，江老爷。”

“哦！怪不得，一说起徽班，他如此知根知底！”

“江家祖居扬州，扬州偌大的庄园，这江老爷不住，却偏来安庆的石牌。”

“却是为了这里的生意？”

江洪摇摇头：“这里只是一个分号，生意不用他管，他也从来不经意生意上的事。”

“那干吗偏来石牌？”张坦急不可耐地问。

“我家这位老爷，进士晋身，满腹经纶，学富五车，可就是不近仕途。太爷无奈，只好逼他经商，把偌大的家业交他掌管。他名义上管是管，可心思总不放在经营上。”

“那他心思放在什么地方？”

“哦……日后，你们就知道了！”

管家不说，大家也不好再问，话题就此打住。

有文人词【山亭柳】，写道：

石牌佳音，技艺伴随身。花柳下，又翻新。不学念奴声调，曲牌高遏行云。声高奈何名贱，谁问成因？

往来传承得精妙，喜能进京得销魂。落脚处，不酸辛？逢得高人看中，唱断行云绝音。一生拼为此业，死也甘心。

第　二　回

红氍毹江家淬火
练文武德艺双馨

成了江南赫赫有名的大盐商的家养戏班，不啻一步登天。全班人一个个喜笑颜开，乐得合不拢嘴。班主阮江远也是打心眼儿里高兴，暗念菩萨降福，喜运天来。喜归喜，乐归乐，他毕竟是一班之主，顿觉肩上的担子更沉重了许多。

他把大家召集到一起，对大家说，“老少爷们儿，咱们别光顾了高兴，咱得想想，人家江老爷为什么收咱们为家班？”

张坦接过话来说：“得亏了江老爷慧眼识珠，看上了咱们的功夫，看上了咱们的活儿呗！”

“就是嘛！”大家一齐应和。

“张坦老弟说得不错，”阮江远接着说，“越是江老爷看得起我们，我们越要给人家争脸。今天我把话撂在这儿，打今儿起，我们更要玩儿命练功，玩儿命亮活儿，谁要是觉得天上掉下来金饭碗，不用费力了，撒懒耍滑，不正玩儿，谁就赶紧卷铺盖走人，别等着砸了江家班的牌子，给江家抹黑，给江老爷丢人！”

“对！”

“对！”

“对！”

“班主说得对，天地良心，不好好亮活儿，对不起江老爷的抬举！”大家众口一词，都要给江家班争气。

打此之后，江家班的弟兄排戏、练功、唱戏，没有一个不玩儿着命上的。

这一天，天蒙蒙亮，张坦就拉了程长庚前往码头边儿的货场练功。

刚走到江家货场的边上，在水雾朦胧中，影影绰绰看到两个人正在货场的空地上打把子。一个用棍，一个用长枪，枪来棍往，嗖嗖的风声带响，枪花儿，棍眼儿，打得密不透风。

张坦跟戏班这么多年，从来没见过打得这么好的把子，程长庚也看呆了，嘴张着，差点叫出好来！

张坦悄悄拉了程长庚一下，二人闪到一边，放开眼量细看，越看越过瘾。还是程长庚人小眼尖，透过雾气烟霭，朦胧中看出好像是江老爷和家院江洪，只是这两个人改变了平时的装束，都是练功的紧身衣裤，更显得精神、利索。他刚想把看法告诉舅舅，张坦也看出来了，摆摆手，示意他不要讲话，以免打扰东家练功。

江老爷的把子打了足有七八个过场，随着口中的锣鼓经，一个亮相停了下来。江洪说，“身子热了吧？”

“热身的把子嘛，正好练嗓子。”江老爷擦了一把汗说，“开始吧。”

只见江洪取过笛子，吹过一个调口，说声：“好了。”

江老爷放开喉咙唱起了《文昭关》，正是砸场那天程长庚唱的那段二黄。呵，声音那个圆润，音调那个高亢，腔调那个纯正，气口那个劲道，尺寸那个工整，力度那个响亮，透过雾霭，穿过盐垛，反衬在水面，回应在山水之间，震荡在天地之外，朦朦胧胧似天籁之音。这下，把程长庚甥舅俩可震服了，不约而同地喊了一声：“好——”

甥舅俩这一嗓子不得了，对面的声音戛然而止，随后传过来一声暴烈的喝问：“谁在喊？”

听得喝问，甥舅俩赶忙趋步向前，张坦拉程长庚跪倒在地，慌忙说：“对不起，打扰老爷练功了！”

江洪不满地说：“老爷练功不怕打扰，老爷最不能容忍的是演唱时有人叫好！你们两个太冒失了！”

张坦忙磕头说：“小的不懂规矩，该死，该死！”

程长庚跪在地上埋着头不敢吭声，但在琢磨，这老爷倒怪，怎么唱得好还不让叫好呢！这是什么规矩？不过，老爷肯定有老爷的道理！

“不要跪着啦，起来吧。”江老爷缓和了一些口气，“不知者不为怪，下不为例。你们大早起的怎么来到这里？”

张坦边拉长庚起来，边回话：“我们也是来练功的，不巧冲撞了老爷。”

“我们练的你们都看到了？”

“都看到了。”

“让你们见笑了。”

张坦听到这里才感觉来这里练功有些唐突，忙跪倒说：“不瞒老爷，今天我们舅甥俩算是见了真佛了！”

程长庚也连忙跪倒说：“到这会儿，我才明白那天为什么被砸场！嗨，我那场是真该砸呀！”

张坦也紧着就坡骑驴说：“今儿我这外甥也明白了，天外有天，自己还差得远哪！”说着，忙拉外甥给江老爷磕头，边磕边说：“这回可拜到真佛了！”

江老爷看着程长庚磕头，心里美美的，脸上不露声色，看了一眼江洪。江洪高兴地对老爷说：“这是天意呀，老爷，这不正中您的心思吗！”

江老爷不觉开怀笑道：“天意！天意！天知我也！”

江洪上前拉起张坦，对程长庚说：“孩子，天意难违，大江作证，我做中人，你今天就行三拜九叩大礼，拜江老爷为师吧！”

程长庚听了江洪之言，简直不敢相信自己的耳朵，“这是真的？”他又惊又喜，又高兴，又胆怯，心慌意乱，不知如何措手脚。

张坦乐得抢一步上前，拉过长庚，说道：“傻小子，还愣着干什么！管家不是说了‘天意难违’，快拜吧！”

江洪上前带领长庚，行三拜九叩大礼，给老爷下拜。

大礼已毕，江老爷双手搀起程长庚，“收你为徒，了我心愿。日后就全看你了。”

江洪接过话来说：“老爷命我寻最好的戏班，寻最有前途的童伶，为的是传咱祖师爷的事业，砸场，只不过是个由头。今日老爷终于如愿了！”

此时，朝霞满天，江水被映的金光粼粼。一霎时，太阳从江头腾出，照得大江水天一色，波涛浩渺，奔腾东流，一泻千里。

按照江老爷的吩咐，江洪专门给长庚安排一套厢房，厢房的院子是练功场，房内是卧房兼书房。白天在院子里练功，晚上在书房内读书、习字、学文化。江老爷要求，戏功要从头练起，按照正规科班的规矩，幼功、毯子功、把子功、腰功、腿功、鼎功、桌子功等一丝不落，全部练起；唱念做打，手眼身法步，丝丝入扣，照程式推进。过去唱过的戏码，重排一遍，一出戏一出戏地细抠慢做，从戏文到唱腔捋得天衣无缝；手眼身法步表演准确大气，合乎规范。除此而外，还要读书识字，练字写书法。练戏功，老爷端把椅子坐在一边指点，江洪手把手执教，具体操练。读书写字，老爷手把手执教，江洪在一旁伺候。

程长庚从一个跑野台子的娃娃，一变而为受老爷赏识的徒弟，简直是一步登天。他视老爷为再生父母，心里对老爷感激得无以表达。心里暗暗使劲，恨不得一天就把师傅所教的本事都学到手，好好报答师傅的再造之恩。

一天晚上，长庚在灯下埋头练书法，冷不防，一只手伸过来攥住他的笔杆，猛地往外一抽，笔从长庚的手中被抽了出去。长庚猛回头，抽笔的原来是江洪。

“江大爷您——”

江洪把笔放在桌案上，示意长庚洗去手上的墨汁。说，“写字握笔的手指要捏紧，力道用在手腕上，心劲凝在笔尖上，笔随心动，力从腕发。手指捏不紧笔杆，力发不到笔端，字就写不好。”

“感谢您和师傅的教诲，这么晚了，大爷还没歇息，还惦记孩儿，孩儿让你费心了！”

江洪坐在长庚的对面，慈祥地看着长庚说：“孩子，这是你的福分，是老爷让我来看顾你的。”

程长庚用感激而新奇的目光看着江洪说：“大爷，看您整天不离师傅左右，无论打把子还是唱念做，您功夫都不在他之下，您俩怎么唱和得那么好呢？”

江洪亲切地对长庚说：“孩子，不用我说，时间一长你就慢慢看出来啦。我和老爷怎能相比呢！江老爷是学富五车，才高八斗的大才子，人家是进士及第，声播江南的名士，是桐城派文坛的学子。”

听到这里，长庚对师傅更加肃然敬佩，又问道：“他对我们这梨园行怎么这么在行呢？”

江洪说：“老爷生性的脾气古怪，身为进士，他不近仕途，对官场那一套不大习惯。对老庄之道倒颇有研究，做事不喜张扬，就是唱戏，他也规定不许叫好呼喊。对唱戏他是真舍得下功夫，他虽没有进过科班儿，但他下的功夫比进过科班儿的也不小。他自小在扬州就是有名的票友，又熟通音律，加之他的票友们大多是饱读诗书的文人，能深通戏情戏理，相互配合，把戏能演到绝妙的好处。就为了研究石牌腔，他才躲到这天高皇帝远的小镇，来做学问。”

长庚听罢，更为有这样的好师傅而感到庆幸，又一转话题，“大爷您也不像是当管家出身的，您更像个本行的师傅。”

江洪听罢，指着长庚笑着说：“鬼灵精，算叫你说对了。我也是像你一样被老爷挑选来的！”

“挑您来专门陪他练功唱戏？”

“不哇，这不还兼着总管呢吗。”

“哎呀，我看您这个总管不过是个幌子，和师傅一起练功唱戏，才是正行。那——，您可也就是我的师傅啦！”

江洪慈祥地看看长庚说：“孩子，咱爷儿俩有福分哪！咱爷儿俩可不分师徒，咱得遇这么好的老爷，打着灯笼也难找哇。”

“老爷子又在背后议论我哪。”这一老一小光顾了说话了，没觉察老爷的到来，且听到了他俩的交谈。老爷对这一老一少的议论并不怪罪，对长庚说，“你都看到了，这老爷子还另有一个头衔，就是‘助教’。”

“助教？师傅，什么叫助教啊？”长庚不理解地问。

“就是我顾不上的时候，由他来教你。这不是助教吗？”说罢，老爷莞尔一笑。

长庚对师傅如此精细的安排，更是感激得难以言表。忙端了把椅子请师傅坐下，又亲手倒杯茶水，放到师傅的面前。

江老爷抿了口茶，拿过长庚写的毛笔字仔细看了一会儿，说：“字有长进了。俗话说‘字无三月功，写好练一生’。这只是有了个开头，练字是在练人……”

“练字是在练人，”长庚默默地品着师傅的话。

“对。”师傅以教诲的口气接着说，“人们不是常说吗，‘字如其人’，练字是在磨炼人的心性，磨炼人的意志，磨炼人的品格，磨炼人的修养。练到一定功夫，就把你的心性品德写到了笔端，体现在你的字上。”

长庚对师傅的一番话似懂非懂，有点懵懂，江老爷说：“唱戏演的是人，当角儿要先做人。做人要有尺寸，要做正人君子，绝不能做苟且小人。”

听了师傅的话，长庚顿然大悟：“师傅，我一定好好练字，练出做人的品行。”

江老爷很为长庚的灵性而欣赏，说：“还有一层意思，就是，练字能帮你识文断字，识文断字，有了学问，唱戏才能明白戏情戏理，演出戏来才能更有灵气。”

江洪启发似的说：“这你就明白师傅让你白天练戏功，晚上练断文识字功夫的用意了吧！”

程长庚听后，“扑通”一声跪下，给师傅和江洪分别磕头，说：“老爷，江大爷，我的亲生父母没法给我的，你们都给我了，你们比我的亲生父母还恩重十分哪！”磕罢头，长庚对师傅说：“师傅，长庚人小，但能看出事理，您是我的师傅，一日为师终生为父，长庚愿孝敬您老人家一辈子。江大爷每日不离左右地教我，也已经是我的师傅了，以后我也叫江大爷师傅，您看行吗？”

江洪听后连忙摆手，说：“这可使不得，使不得，我怎能和老爷同列！”

江老爷听后哈哈大笑：“我看使得。我平时也拿他当知音好友相待，唱戏的功夫还多亏他指点我练哪！”

“那是老爷您礼贤下士，高抬老奴，老奴心下明白。只是……，这可使不得呀！”江洪忙说。

“连孩子都看出来了，你是不是师傅的师傅，非等闲之辈！为了祖师爷的事业，你就当这个名正言顺的师傅吧！”说罢，命长庚施拜师礼。

长庚当即跪下磕头，又认了个师傅。

两个师傅带一个徒弟，长庚自知是得遇天恩。他自此暗下苦功，昼攻戏文，夜攻书文，昼夜苦苦用心修炼，一心把两个师傅所教的本事都学到手，不辜负两个师傅的一片真心。

时光荏苒，转眼三年光景倏忽而过。这三年，长庚除把老生行当的戏学得精而又精之外，石牌腔的各个行当他都暗学在心。除此而外，诗书礼仪，“四书五经”也读了不少，学问上大有长进。江老爷、江洪师傅看在眼里都特别欣慰。

这一天，戏班接了镇上一个台口，长庚为了准备上台，正在面墙默戏。

戏班里有个唱旦角的伢子来找他，拉拉扯扯，扭捏地非让长庚给他找条绦子。这伢子戏名一品红，年龄与长庚不相上下，因为天赋条件好，扮相也水灵，很得班主及台下观众的喜欢。他有个职业毛病，唱旦角的，平常扭捏得叫人难受，长庚也看不惯他那扭扭捏捏不男不女的做派，不愿搭理他。

这时他正用功默戏，烦他来纠缠，便说：“我这默戏哪，你自己劳动劳动，另找别人帮你找找吧。”说着，用手一甩，把他拉拉扯扯的手给甩了出去。

这一甩可不要紧，一品红觉得大栽脸面，他顿时翻脸，回手给了长庚一个嘴巴，嘴里还叨叨咕咕地骂着：“别给脸不要脸，连班主都高看我一眼，你敢甩搡我？”

长庚也是个半大小子，火气正冲的年龄，哪吃他这个！身子往后一坐，一个扫堂腿把一品红扫了个狗吃屎，趴在地上。然后一个虎跳扑了过去，骑在他身上，抡起拳头在他屁股上揍了两拳。

这两拳下去，别看是打在屁股上，打得不重，可是不得了了，一品红躺在地上撒泼打滚，哭天喊地，吵得整个戏班的人都来围观。

班主阮江远过来把众人撵走，喝令一品红起来，一品红哭喊着说："打坏人了，动弹不得，今天的戏上不了台了，班主您给我做主哇！"

程长庚知道他这是故意拿糖，说："班主，他是故意拿糖，我没怎么他……"

阮江远没好气地看了一眼长庚，"没怎么他，今天的戏你替他上？"

长庚也赌气地说："拿什么糖！我上就我上！"

他这一句话，一品红躺在地上更不起了，心想，你上？——砸台去吧！非让班主治治你不可！

一品红今天的戏是《翠屏山》，长庚二话没说，便去化妆，不多时，就装扮完毕。大家一看，这小子装扮出潘巧云来比一品红还俊，班主也被他的扮相吃了一惊。为了惩治一下这小子，也是给拿糖的一品红点儿颜色看看，把长庚拉到一边，气哼哼地说："今天要演砸了，叫你吃不了兜着走！"，又赶紧把教师爷叫来给长庚点拨《翠屏山》。

长庚平时十门角色都暗学心记，心里有底，对教师爷说："放心，瞧好吧您老！"

可这毕竟是登台演出，阮江远手心儿里攥着一把汗，生怕演砸了，给江家戏班丢人。等锣鼓点一响，潘巧云登台一亮相，台下先来一个碰头彩，接着是一口一彩，都觉得这个小家伙伶俐可爱，鲜活水灵，白口清楚，唱腔甜润，叫好不迭。大家还以为是江家班又新来个小花旦哪。

阮江远在台侧也看呆了，此时他心里的石头才落了地。心想还是江老爷调教得好哇，这孩子没白让老爷花费心血呀！

台口的戏是应付过去了，可打架的事还没完呢。最难受的是一品红，起先他想拿拿糖，治治程长庚，也让班主为为难，知道没有他一品红，戏难唱的滋味儿，也顺便长长自己的分量。没想到事与愿违，不但没整治了程长庚，反而让他露了一把脸，反过来倒砸了自己的饭碗，越想心里越别扭，心里悔得肠子都青了，回到下处，蒙上被子大哭一场。他哭得伤心，别人也知道他的伤心之处，可又不好劝，都替他啧啧的咂嘴巴。

程长庚下场之后心里这个痛快！心想，一品红，你想整治我，我自己把事了了，看你把我怎么办？三把两把卸了妆，跑到下处，想看看一品红在干什么，顺便再逗耍他一把。没想到到了下处，从门外就听得一品红哭得那么伤心，心里咯噔一下，高兴的劲儿全都烟消云散了。他一想，坏了！今天本来是想赌把气，气气一品红，整整他那个拿酸捏臭的毛病，没想到，反把事做砸了！我是痛快了，这叫一品红以后怎么在班里待下去——这不敲了他饭碗吗！要是砸了他的饭碗，我程长庚成什么人了？——师傅教我做戏先做人，我这算做什么人？——我这是不仁不义呀！是我错了，我对不住一品红老弟呀。

想到此，他后悔莫及，返身来到班主阮江远的下处，见了阮江远，扑通跪在地上，说：“班主，今天的事是我做错了！”

班主还正为这事生气哪！怎么处置这两个小东西正没招儿哪。见长庚跪在面前，心里的气又往上冒，说：“你错了，错在哪里？！”

长庚跪在那里诚心诚意：“班主，我错了。第一，我不该打架，违犯班规。第二，我不该逞能，替一品红上场，踢人家饭碗，闹得他不好在班里做人。我这是不仁不义，我愧对班主和大家的管带，我更对不起师傅三年的教诲。为了一品红老弟，我程长庚宁肯辞班！”

阮江远被长庚一席话说得直发愣，心想，这孩子长大了，心思很重，看事长远了，这孩子行！但辞班的事，他言重了，小孩子打架，打完就拉倒，和好了就好。想到此，他说：“怎么发落你，下来再说。走，先跟我找一品红去。”

二人到了一品红的下处，有人早报告一品红说班主和程长庚来了。他也不敢哭了，溜下铺来，坐在板沿上抽搭。进得门来，长庚抢步上前，单腿一跪说：“老弟，是我的不对了，我给你赔不是来了。我已给班主说过，为了你能在班好好唱戏，我辞班，我不能做对不起你的事，这是我对我的惩治。”

他话一出口，倒弄得一品红怪不好意思的，平常的扭捏劲儿一扫全无，也“扑通”一下单腿跪地说：“长庚大哥，你说得重了，打架，原也有我的不对！我更不该拿糖，难为你和班主，是我的不对。”

班主一看，俩小子和好了，也都认错了，心里的气也消了。但班规不能违犯，说：“你俩都知错了，班规不能违，罚你们打扫三天排练场，以为惩戒！”

一品红一肚子的担心落了地，非常感谢程长庚给他解围，脆生生地叫了一声“哥——！”

一品红的担心烟消云散了，可程长庚心里的自责还在增长。他又来到班主阮江远的下处说：“班主，我刚才提出的辞班，不光是为给一品红搭梯子下驴，是我真心的对自己品行的惩戒，我——”

阮江远看看长庚深情地说：“伢子，我知道你心事很重，说明你懂事了。不过毕竟是个孩子，打架，赌气，使性子，过后，知错就很好，改了就行了，不要总往心里去。”

长庚说：“我从心里觉得对不起师傅的教诲——”

阮江远说：“即使我同意你辞班，还不知道江老爷是何意见哪，你先回去好好练功，等我回了老爷，再作定夺。”

程长庚与一品红打架，程长庚赌气反串演潘巧云，以及他提出辞班的事，早传到了江老爷的耳朵里。江老爷沉思了一会儿，倒很为长庚的表现感到欣慰。他对江洪如此这般的安排了一番，让江洪去办。

江洪找到程长庚，没等程长庚说话，便沉下脸来说：“你长本事了！老爷传下话来要看看你的本事究竟有多大，叫你把十门行当的戏都反串一遍！”

长庚忙给江洪跪倒说：“师傅，请您转告老爷师傅，徒儿再不敢逞能了！”

江洪冷冷地说："这回老爷叫你逞能逞够了！不逞也得逞！这是老爷列出的戏码儿，十出戏，十门角色，你一天演一出，一出演一个角儿，你准备吧，只准演好不准演砸！我去找阮班主安排！"

正说到此，只见阮江远趋步来找江洪，未等阮江远开口，江洪又黑下脸来对阮江远把刚才对长庚说的安排吩咐一遍，临了还硬邦邦地补上一句："这回叫他逞能逞够喽！"说完拂袖而去。

阮江远看看长庚爱怜地说："你这娄子捅大发了，老爷动了怒，这个罚你的法子倒独出心裁，你只有乖乖地准备演戏了！"

长庚只得认罚，这才顾得上看江洪给丢下的戏单：《文昭关》之伍子胥；《扫松下书》之张广才；《阳平关》之赵云；《单刀赴会》之关云长；《南天门》之曹玉莲；《乌龙院》之阎惜娇；《请医》之刘高手；《钓金龟》之康氏；《连环套》之朱光祖；《草桥关》之姚期。

看罢戏码儿，长庚才明白了这是师傅最严厉的惩罚。自己平时虽然对十门角色留心默记，除伍子胥是自己应工戏外，其他门角色毕竟没有装扮登过台。这些戏的角儿，又都是硬角儿，马虎不得！只得求班主请班里的教师及各门儿主演，一出一出连夜点拨。

第二天卯时，阮江远就招呼戏班赶紧就位，虽是老爷罚程长庚唱戏，但文场、武场、配戏的演员、龙套等一个不能少，比平常唱戏还严谨，一点儿不敢马虎。江老爷也不含糊，辰时刚到，就端坐在后院戏台下，虎着脸，冲着江洪努努嘴，江洪也虎着脸大声冲台上喊："开戏！"

阮江远闻声，冲武场一扬手，顿时锣鼓齐鸣，开戏了。按照戏码儿，今天的戏是《文昭关》，是长庚的应工戏，长庚唱得丝丝入扣，台下江老爷听得声声入耳。他品着味儿，嚼着情，不动声色。整出戏下来，程长庚是大汗淋漓，遍身湿透；江老爷听完戏是二话没说，抬腿走人。

就这样，江老爷天天准时到场听戏，程长庚是天天谨慎小心，按戏码儿唱戏，师徒俩没有过过一句话。越是不过话，长庚越是心里没底，越没底，越小心，总算把十出戏唱完了，就等着师傅传话发落了。他心里像长了草一样发毛，无可无不可的惴惴不安。他心里越是不安，师傅那儿越是没信儿，直直地过了四五天。

长庚连演十天大戏，也确实累了，等也等乏了，稀里糊涂就睡着了，一觉睡了个连轴转，两天两夜才醒来。十几天的困乏、焦心都解了。打个哈欠伸个懒腰，下得床来，肚子也感到饿了。正在这时，有人来传，说上房老爷传长庚去见。

长庚这才想起师傅惩罚之事，心里"咯噔"一下，又毛了起来，诚惶诚恐往师傅的上房跑去。来到上房，只见小厅里摆了一桌酒席，师傅正和人说话。长庚蹑手蹑脚进得房来，也不敢旁看别人，"扑腾"一声跪在地上，叫了一声"师傅！"，就低头不语，听候师傅训斥。

静了一会儿，江老爷没有发话。江洪细声慢语地说：“长庚，起来吧。”

长庚抬起头来，看了看师傅，只见老爷用慈祥的眼光冲他点了点头。

长庚这才站了起来。江洪指着下首一个椅子说：“来，这个位子是给你留的。”

长庚听后连连摆手说，“徒儿怎敢与师傅同席，我还是站着吧，师傅有话尽管吩咐——”

此时，江老爷对长庚和颜悦色地说，“今天特例，你坐下，有话才好说嘛。”

长庚不解地看看师傅，只好诺诺地坐了过去。这才发现班主阮江远也在座，自己与阮班主挨座儿，又很有规矩的冲班主点点头轻叫一声“班主。”这才落座。

坐在这里，他仍如堕五里雾中，心上忐忑不安。其实班主阮江远也与长庚一样，不知为何被唤到此处，而且是以宾客相待。他也如坠五里雾中，心上也是惴惴不安。

此时，江老爷命人斟酒，然后举杯，说：“今日小酌，只为长庚连演十出，十门角色不挡，大有长进……”

说到这里，长庚离开椅子，又一次跪倒在地。惭愧地说：“师傅，徒儿惹是生非，有愧师傅教诲，罪当重罚……”

阮江远也扑腾跪在地上，“老爷，都是我失职，管教不严，让老爷费心了！”

江洪说：“事有两面，班里人打架，当然是班规不整，管理不严，理当惩戒。不过他们自己处置得当，已经和好，下不为例就是了。今天老爷高兴，是看自己花在长庚身上的心血没有白费，心里高兴，特摆下酒席，与大家同乐。你们起来吧，不要扫老爷的兴。”

二人听江洪一番话，才心放平处，高高兴兴地回坐原位。

老爷接着说：“罚他唱十出戏，与其说是惩罚，不如说是考试。起先打架、赌气反串潘巧云，我还真有点生气，怕他趾高气扬，不把别人放在眼里，踹别人的台子，坏了做人的规矩。看他后来幡然醒悟，诚心补救，倒觉得这孩子孺子可教。就来个顺手牵羊，以试代惩，看看他到底能蹚多深的水。”

阮江远接过话来，“这一试，连我也没有想到，他平时暗下功夫，十门角色的底子打得这么瓷实。”

江洪说：“就为此，老爷才高兴嘛！”

老爷举杯，大家应和，除长庚外，都干了一杯。长庚连忙把盏说：“蒙师傅教诲，徒儿逞能，罪该万死。徒儿不会喝酒，今天就为师傅们斟酒，还盼师傅们多多教诲。”

江老爷今天确实高兴，三杯酒下肚，谈兴大发，“梨园弟子，虽是唐明皇皇帝老爷亲自创下的，可地位却从来低下，总在九流之外，低人一等。我寻思，大概总是处在侍候别人，为人取乐的缘故。我江某对此总是愤愤在胸。上到宫廷，下到百姓哪个不看戏，怎么唱戏的倒不如看戏的？这个世上，人们最看重的是当官的，是读书人。可是，世上当官人、读书人做不来的事，却非靠唱戏的人做不可。”

老爷的话大家不明白，都用疑惑的眼光看着他。

老爷继续发表高论："这点，你们可能不明白。朝廷却明白，可也不明白。他们把唱戏叫做高台教化，这是他们明白的一面。他不明白的就是，既让人家教化，又不给人家地位。对此，我就看不公。读书，知书达理，这当然是教化，但只能是少数人教化少数人。可唱戏，是多数人教化多数人。平头百姓，有几个识文断字的？还不都靠看戏听曲儿，知道什么是三皇五帝，懂得个纲常伦理、明白个人情事理。从城里到乡下这么多戏班书场、勾栏瓦舍，唱戏的，唱曲儿的，卖艺的，这是个不小的群体。这才是朝廷不花钱，不出力的教化人才。只可惜这些人却被人视为人下人。这不是天理不公么！"老爷说到这里有些愤愤不平。

江洪怕老爷酒后失言，再说出出格的话，忙端杯相拦："老爷，今天咱是为长庚庆贺，来，喝酒！"

老爷端杯一饮而尽，接着侃侃而谈："潜山是桐城派乡里，桐城派文人最讲行文义理，言之有物；做事，亦形同作文，实事实办，务本求实。我对唱戏艺人的看法，形同作文，看其大用，而不计人之贵贱。唱戏艺人教化之广，教化之普及大于科考官场，应广而播之。都是教化，就应都一视同仁，得到尊重，这才更利于发挥戏曲艺人教化的作用。"

听到此，江洪又举杯说："爷，您这话只能在家里讲，否则是犯上的。您是有功名的人，有功名的人替戏子说话是要受责惩的……。爷，今儿咱喝酒。"

江老爷又端杯一饮而尽，"我忿就忿在这里嘛！所以我不近仕途，我是山野散淡之人，谁奈我何！"

这位江老爷已有三分酒意，谈吐更为放怀。他又满饮一杯说："世上万事皆学问，演戏唱曲儿，也是学问，可是这个学问读书人又不屑于研究，唱戏之人又没有能力研究。这对戏剧的进取就是个羁绊，我看到了这一点，就钻了这个牛角尖儿。不入虎穴，焉得虎子！先尊骂我不务正业，其实，这还是他们给我开的窍儿哪！"

他看大家不懂，便接着说："早年，先祖举三庆班进京，意为乾隆爷庆寿，却无意之中使徽剧得以传播，声噪京城，音响四海。从宫廷官绅到村野百姓，人人评头品足，足见徽剧影响之大。早些年，我家曾出钱办过石牌弹腔小科班，小科班出了不少戏剧才俊，你江洪不就是其中之一嘛。当然，我家先人们先前所为，非为教化，无非是显赫名声，自家娱乐，逢迎宫廷，应酬官场。不过，这倒让敝人识破了机窍。他们说我'书香门第，进士及第，却弃官不做，而用心戏曲，玩物丧志，不务正业！'无论先尊及朋辈怎样唾骂，我都不以为然。岂知志有不同，我专心戏曲，是看到了戏曲教化功能之大，教化之便捷，教化之实用，于国于民之受益无穷，比之于官场功名岂不更贴近实际！江洪原在小科班为教习，是我请到家来，在外人看来是管家，实际上是我的辅导老师。我又选潜春班为家班，也是为钻研徽剧，弘扬徽剧，为广泛施教化于民而为示范。而今，长庚脱颖而出，实实慰我心田。他小小年纪，能做出替一品红着想的作为，可见他人德戏德具备，更使我欣喜。虽使我欣慰，但并未圆我心志，他提出辞班，倒顺我心愿。”

对他后面这句话，大家颇不明白。江老爷看大家对这句话不明白，他端起酒杯，示意大家同饮，然后说：“树成材做栋梁，人成才担纲常。长庚到外面发展，宏我弹腔之声，扬我弹腔之名，使戏曲得以发展，这才叫人尽其用。才不枉我寻觅、培养的一片苦心嘛！”

对江老爷前面的一篇宏论，江洪和阮江远是大开眼界，更明白了老爷对戏曲及艺人如此偏爱，原自有他一番抱负。不是他自己说透，别人怎会知晓！

程长庚听到此处，更感到师傅对自己花费心血，孜孜教诲的良苦用心。他端起杯来，高高举起，说声：“师傅，孩儿决不辜负您的教诲，发誓去实现您的宏愿！这杯酒，就是我的谢恩酒，我明日就启程，直奔京城，往高处求发展！”听长庚如此明白其心志，江老爷更是高兴，接过酒杯，畅然饮下。

江洪和阮江远很为长庚能理解老爷的心愿，并明确进京“往高处发展”，而为长庚高兴。从长庚的志向，感到长庚将来非等闲之辈。他们也举杯，“为长庚去实现老爷的宏愿祝贺！”

为祝贺程长庚进京，席间，江晚晴吟唱出一首长短句：

依依袅袅依依，霓裳舞影飘虚；歌喉一展千秋曲，翻看历代新奇！ 斗转星移，人尽曲未终，还留得歌坛席席。旧曲翻作新曲 ，任调门高高低低，哪怕世道人更替。菊坛星灿，舞场风靡。

第三回

渔鼓道情乡间唱 兄弟蒙恩遇义班

一听说程长庚要离班进京，全班上下都为他高兴，也为离开这个小童伴儿而惋惜。

最难过的是一品红，他觉得长庚的辞班，是自己给他惹的祸，几次找到长庚道歉，搂住长庚“哥哥长”“哥哥短”的愧诉，央求他不要走。

最忙活的是张坦，他知道外甥还小，不能单独进京，他决定陪他同往，好进行照顾。所以，他忙里忙外的准备行李、盘缠，还得说服姐姐、姐丈让他们放心，放长庚进京。

最操心的是江洪，他最关心的就是长庚到得京城之后，能不能适应京城的环境，能不能站住脚，实现老爷的宏愿。嘱咐长庚一些京城唱戏的规矩，以及在外搭班的知识等等。

临行，长庚到上房拜别了师傅，师徒洒泪而别。江洪陪长庚离开上房，送到大门口，掏出一个锦囊，说：“这个锦囊，到了京城实在为难时再打开看。”接着又拿出一封信说，“这封信是写给我在小科班当教习时的弟子余三胜的，听说他在京城火起来了，你们到京城可以投奔他！”

长庚当即给江洪叩头，师徒相拥，洒泪而别。舅甥俩离开石牌镇步行北上，一路辗转奔京城而去。

江洪所说余三胜，确实曾是当年石牌小科班的弟子。说来此人也有一番来历。

余三胜是湖北罗田县九资河镇余家湾人。罗田和潜山是隔省的邻县，虽不属安徽，但离石牌却不远。因此，罗田也是戏曲之乡。余三胜家境贫寒，无以为生，从小拉着弟弟余四胜投奔石牌弹腔小科班学艺，未等科满，小科班因故停办，哥儿俩没了着落，余三胜只好拉上弟弟拍着渔鼓筒子沿街卖唱，过着半乞讨般的日子。有时碰上有善心的多给两个大子儿，哥儿俩就饱餐一顿；有时一天也碰不上个施主，哥儿俩就只好抱着肚子挨饿。赶上有婚丧嫁娶的办事人家，哥儿俩就抱上渔鼓上前凑趣儿。是婚娶，就唱喜歌儿；办丧事，就唱哀曲儿，为的是混碗饭吃。就这样，走街串巷的跑遍了湖北的黄梅，安徽的安庆，江西的九江等城乡村镇。哥儿俩有坐科的底子，再加上整天现编现演，倒练得曲儿到口边儿就有词儿，有什么光景就唱什么曲儿，逢什么人就演什么调。演得活，唱得新，越来越受欢迎。

这一天，他们正在集市上打地场卖艺。从地场外面晃进来一个痞子，流里流气地挥挥手说：“嗨，嗨，嗨，谁都来占地场吃饭哪？够份吗？我来考考你们！”

三胜一看，这人来者不善，肯定是找茬砸场捣乱的。忙赔笑脸说："这位大哥，我们卖艺人挣口饭吃，不容易，等我们唱完了，敛了钱，再孝敬您，您先高抬贵手，放我们一马吧！"

这痞子把头一歪说："好哇！这得看你挣得到钱挣不到钱，我先给你破个题，你唱，如果唱得大家都叫好，都给钱，这个地场就归你用。要是大家不认好，那你就屎壳郎搬家——滚蛋！"

余三胜没办法，只好看看弟弟四胜，用鼓励的神气，无奈地冲弟弟点点头。对那人说："大哥请出题吧！"

痞子把脸一扬，他一个痞子，哪里会出什么题，扬着颏，瞎琢磨，煞有介事地说，"听好了——"，他看着天，转转眼珠说："啊——，就，唱……段……'天'吧！"

三胜冲弟弟一点头，哥儿俩手中的渔鼓噼里啪啦的一阵猛拍，打得那鼓点儿节奏分明，花样翻新，就凭这一番鼓点儿，场外的观众就叫好不迭。然后，三胜放开喉咙唱起来：

天宫的玉皇坐龙台，
王母娘娘坐并排。
祥云缭绕宫殿外
把宫里家事说起来——
七仙女下凡嫁给董永，
牛郎织女一儿一女美满的日子已两载；
孙猴子搅了咱蟠桃宴，
老君炉也被他打坏。
天宫的法度该整治了，
若不然准得酿祸灾。
玉皇大帝听后冲冲怒，
把托塔天王唤过来。
你带上天兵与天将，
把那几个造孽的东西给我擒回来，
李靖领命带兵去，
咱下次再唱他得胜回天界。

唱到这里，哥儿俩把渔鼓"嗵"的一声收住，按照卖唱的规矩，这叫"卖个噱头"——就是该收钱了。他们一收住不打紧，场外的观众正听得上瘾，连连叫，

"好！"

"唱得好！"

"接着唱！"

……

嚷嚷着，手里的铜钱、大子儿噼里啪啦地扔到哥儿俩的收钱笸箩里。

此时，那痞子冲哥儿俩一乐，贼眼珠一转，流里流气地坏笑："'天'嘛，唱得还马马虎虎，那就再接着考——再唱段'地'！"

三胜虎着脸说："大哥说话可算数？"

痞子露出一副痞相说："'天''地'都唱好了，才叫算数嘛！"

三胜哥儿俩没法儿，只好将渔鼓筒子嗵嗵一通紧拍，拍出个花花点儿来，三胜又放开喉咙唱起来：

地上的土地爷好脾气，
百家的大事记心里。
东家丢了一头牛，
西家少了两只鸡。
北坡干旱田没种，
南山竹林笋芽稀。
庄稼汉的苦和乐，
他都上门说仔细。
老百姓每餐都供他，
烧香磕头把他祭。
他劝世人都行善，
给祖上积德留善迹。
子孙满堂有后福，
别招天怒遭雷劈！

听到此处，痞子把手一挥，扯着嗓子喊道："别唱了！你这是变着法儿的骂人哪！"

三胜辩解说："这位大哥，这是俺们现编的劝善小调，怎么是骂人呢？"

"借着土地爷骂老爷我，当我是傻瓜呀！"他一边叫着，一边扯过收钱的笸箩，把钱往兜里揣，一边喊着："滚蛋！滚蛋！"

此时，场外的观众看不过了。

"劝善怎么样，就是劝你哪！"

"积点儿德吧你！"

这痞子一看大伙儿看不公了，把脖子一拧："你们算他妈的哪棵葱哪头蒜哪，少他妈的管闲事，也不看看这是什么地方！"

此时一个方脸汉子站到他面前，喝道："嘴里干净点儿！这里是官家的地方，容不得你撒野！"

"嘿，还真出来挡横的了！"这痞子嘴里说着，身子往前一扑，挥拳就打过来。

方脸汉子，不慌不忙，身子一闪，脚下一拨，来个顺手牵羊，嘴里喊声"去你的吧！"

那痞子一个前趴，摔出去足有两丈有余。方脸汉子一个箭步抢上前去，把这痞子像提死狗一般，一把薅起来厉声喝道："把他们的钱掏出来！"

痞子嘴里叽里哇啦地叫着："轻点儿，轻点儿，大爷耶，钱在这儿哪！"说着把钱掏了出来，放在笸箩里。

方脸汉子提着他说："记住，以后不许满大街撒野！更不许欺负外来的伢子！"说完一撒手，这痞子"噗"的一声跌落到地上。然后爬起来，一蹽蹶子跑得无影无踪了。

看热闹的人，不住为方脸汉子叫好。方脸汉子给大家作个揖，唱个喏说："大家散了吧！"人们这才纷纷散去。

余三胜哥儿俩都看呆了，等人散之后，这才醒悟过来。冲着方脸汉子作揖道："感谢好汉仗义，不然，我们还得受他的欺负！"

方脸汉子亲切的对哥儿俩说："实不相瞒，我也是吃开口饭的，刚才听你们的道情唱得那么好，不想却被这小子欺负，实在看不过了，才来教训教训他！"

哥儿俩又一次道谢说："感谢好汉帮助！"

方脸汉子摆摆手说："不谢，不谢！我也不是什么好汉，我是这里戏班的班主。我听你们唱得有板有眼，像坐过科的，你们要不嫌弃，就到我们戏班来吧，省的跑单帮受人欺负！"

余三胜一听，赶紧拉四胜跪倒说："蒙班主收留，俺哥儿俩没齿不忘！"

方脸汉子性情爽快，"我叫石柱子，以后咱们在一个锅里搅马勺，就是一家人了。咱吃开口饭的，靠的是互相帮衬，日子还长哪！走吧，到戏班里叙话。"

余三胜哥儿俩真是因祸得福，碰上这么个痛快的班主，高兴得赶紧收拾地场，跟随石柱子班主到戏班。

石柱子的戏班名叫"东腔戏班"，说是戏班，其实没多少人，连班主在内就十来个人，这些人个个都十门十全，六场通透。既是演员又兼文武场面，一个人顶几个人用。余三胜哥儿俩来到班内，倒是给东腔戏班增添了艺术"骨干"，因为全班人马虽然个个都是全能，但没有一个是真正坐过科的。因为石牌周围方圆百里的人，都是生长在戏窝子里的戏虫子，随便扒拉出一个，就能上台唱两口。这个班里唯独他们哥儿俩是真正坐过科的，又经过街头历练，扮出角儿来格外灵透，不但唱戏中规中矩，而且演得活，耍得开，逗得响，活词，水话张口就来，并且什么角色都能对付得很到位。这哥儿俩一来，真为东腔戏班添了不少彩儿。班主石柱子也为这哥儿俩的到来感到庆幸，全班人对这小哥儿俩也很是喜欢。但无论如何，小班还是小班，只能唱些个小生、小旦、小花脸的"三小戏"。赶个庙场，集场，唱个堂会什么的还可以，就是登不得大雅之堂。就这样，大家能吃上饭，班主石柱子就很知足了。

东腔戏班是个跑码头的水陆班，哪儿有台口就往哪儿唱。这一天，他们来到罗田地面，当地有一个富户，自名杨相公。此人仗着广有田产，家道富裕，在乡里很觉得出人头地。便事事爱出个风头，由于对事理看不透彻，办出事来，经常弄得啼笑皆非，洋相百出。因此，人送绰号“洋相鬼”。当地人爱看戏，他觉得应当办件善事，就在村口修建一座戏楼。戏楼由他出资，土木工程完工，又请了一个当地的文人撰书了一副对联。

上联是：台上笑，台下笑，台上台下谁笑谁

下联是：演今人，演古人，演今演古人学人

戏楼修得好，对联写得更好。交工的日子到了，要破台。“破台”就是为第一次使用舞台唱戏举行仪式。对“破台”请的戏班，这位“洋相鬼”很有想法，他要求戏班必须是水陆班，为的是水陆班走得远，戏楼的名声就传得远，因而他“洋相鬼”的名声也就传得远。

依照他的要求，管事的就选上了东腔戏班。为了慎重，管事的还专门看了一出东腔戏班的戏，看戏班水平确实不错，尤其看余三胜哥儿俩唱得格外有声色。就做主把东腔戏班请了来。

在对“洋相鬼”介绍戏班时，还特意提到了这哥儿俩，说他们演得有多好，洋相鬼听了非常高兴。为了再出风头，他把戏班班主石柱子叫到堂前，吩咐道：

“听说姓余的哥儿俩唱得很好，生旦都能演。那你就现攒一出戏，戏的内容是：一个大户人家——比如就是我们家吧——有一千金小姐，品貌非凡，思嫁一个秀才，偏偏秀才喜欢一个穷家女子。为了实现愿望，千金小姐请媒婆出主意，媒婆出了个冒名相亲的主意，让千金小姐假扮那穷家女子前去相亲——这戏就叫做《相亲记》吧！你们去编吧，反正结局得让千金小姐如愿以偿——不过有一个条件，在水牌上得写上是我杨老爷编的戏。”

石柱子领命回到戏班，马上叫来三胜和四胜商量这出戏怎么演。现编现演是余三胜的拿手活儿，很快就编出了戏的情节。石柱子听了非常高兴，立马叫戏班排戏。余三胜一赶二，前头扮千金小姐，后头扮穷家女子，四胜扮秀才。走完场，大家都很满意，就等上台了。

破台这天，看戏的人满街满巷，黑压压一片。

崭新的戏台，也算得上气派：台上，廊檐，护栏，台柱都油漆得流光溢彩，台柱上的对联描金闪亮。

台侧显眼的地方，亮着一块水牌，上写今天的戏码，大轴戏就是《相亲记》，旁边还特意用朱红大字，写出编剧杨大老爷的名讳。

“洋相鬼”今天脸上格外放光，坐在台下的中间。吆三喝六，招前呼后，格外显摆。

开戏了，按照戏码，前头的戏一出比一出唱得精彩，台下像炸了窝一般喝彩叫好。都说戏班请得好，戏唱得好，尤其三胜哥儿俩，更受台下喜欢。

轮到大轴戏了，余三胜扮的千金小姐，俊俏、水灵，招人可爱。他扭扭捏捏，迈着台步，来到台上，开口道白：

姑娘正二八，

生在富人家。
爹爹杨相公，
慈善人人夸。
善事常常做，
戏台由他搭。

说到这里，台下“哄”的一声笑了起来。大家的眼光都集中到“洋相鬼”身上。有的还喊叫：

“哪儿有个杨相公啊？不就是那个‘洋相鬼’嘛！”

“他倒现成，自编自用，洋相都出到家里来了！”

“他自己出风头还嫌不够，还把他女儿给搭上喽！”

不管大家怎么说，“洋相鬼”心里倒觉得挺美。

因为余三胜演得，唱得都好，台下更是彩声不断。

等到穷家女子与秀才相会一场，只见余三胜一身破旧衣衫，素面哀容，一副可怜模样，演得惟妙惟肖。顿时场内被穷苦女子的身世所感染，变得静了下来。

穷家女子道白已毕，抬手整理衣衫，袖口的手镯露了出来。余三胜顿时一惊，就势来一个转身身段，悄悄地把手镯褪了下来，甩到后台。

原来，由于换场紧凑，在换妆更衣、抹脸的匆忙之中，忘了把上一场小姐的手镯褪下手腕，穷人家女子，哪有钱买手镯戴？等到了台上才发现，已经迟了。

尽管他随机应变，借转身的身段褪下了手镯。但还是被坐得最近的“洋相鬼”给发现了。

这洋相鬼显摆惯了，什么都显摆，看戏择毛他也想显摆。光想显摆了，忘了今天唱戏宗旨是为了破台——若是精明之人，为一个手镯，大家又没发现，不动声色，好好一场戏就算演完了。这破台的事也就圆满结束了。可他非得显摆一番自己看戏择毛的本事，顿时站起来大叫，“停！停！停！演得叫个鬼呀！散戏！散戏！”

他这一喊不打紧，台底下乱了。大家不知道出了什么事，稀里糊涂，乱乱糟糟轰嚷一阵，纷纷四散而去。

戏散了，“洋相鬼”的气不打一处来，命家丁砸了戏班，把戏班的人都痛打一顿，赶出村外。

事后，乡亲们才知道了原委。都觉得好笑，觉得“洋相鬼”又出了个大洋相。于是破台这件事又成了当地的笑话，又给他留下一个顺口溜：

杨相公（当地“公”与鬼谐音）好风头，
自己出钱盖戏楼。
破台演戏演自家，
戏没唱成自己吼！

戏班被砸了，戏班的人挨了打，班里一团晦气。余三胜自觉愧疚，对班主和大家说："都是我的不是，因为粗心，连累大家遭殃。"

其实在戏班里，戏台上出纰漏的事是常有的，但没想到这个"洋相鬼"这么不压事，反而生事。一腔怨气都憋在"洋相鬼"身上，对三胜倒没有过多的责备。班主石柱子看戏班里的家当被砸得没法再用了，就把身上仅有的积蓄都拿出来，给大家每人一份说："本想让大家都有口饭吃，这下咱吃饭的摊子让人家给毁了，眼下一时又撑不起来，这点钱大家先糊口，等我再撑起摊子来再招呼大家。"

一听班主说出散伙的话，大家心里都酸楚楚，热辣辣的。可谁也没有办法，只好各走东西，各谋出路了。

余三胜心里最不是滋味儿，他把班主给他们哥儿俩的钱交还给班主，说："石班主，您对我们哥儿俩的大恩大德，我们永生难忘。戏文里不是有，'滴水之恩，当涌泉相报'吗，日后若有出头的机会，我们一定报答您，即使今生无以为报，我们哥儿俩来生就是变牛变马，也要报答您。"

班主听了三胜的话也很感动，说："兄弟，我们都是别人看不起的臭戏子，是同命兄弟，只能是有苦同吃，有难同当，谈不上报答。"班主把钱又塞给三胜，接着说，"我看祖师爷给了你吃这碗饭的本事，你还年轻，日后必定能有出头之日。咱这班散了，倒对你们哥儿俩是个远走高飞的机会。你们哥儿俩就拿上这点钱，做个盘费，远谋新路吧。"不容三胜哥儿俩分说，石柱子蹽开大步扬长而去。

三胜赶紧拉着弟弟，朝着班主的背影，跪拜，大声喊道："班主——您保重啊，咱……后……会……有期……"

有散曲【中吕·普天乐】唱道：

渔鼓歌，泪婆娑。唱来尽苦，说者愁多。开口饭常受气，丝竹响受折磨。台上台下都是我，古今中外都演活！任人评说，我唱我歌！

第 四 回
津门群雅集成名
得时戏状元受封

看班主远去，三胜拉起弟弟安慰:“天无绝人之路，咱哥儿俩还得重打天下！”

四胜也安慰哥哥说:“咱还唱咱的道情，不怕没饭吃。”

三胜听弟弟如此说话，不由得拍拍四胜的头，心里热乎乎的，确实感到安慰。他对弟弟说:“我想了，光唱道情只能混口饭吃，有不了多大出息。咱还得想法子搭班唱戏，别荒废了咱科班的功底。”

弟弟四胜也同意哥哥的意见，只是为难地说:“哥说得对，可咱上哪儿去搭班哪？”

三胜想了想说:“咱这方圆百里都是戏窝子，吃戏饭的太多，戏虫子也多，一口饭这么多人争着吃，大家都吃不饱。咱不如远走他乡，往远处闯一闯，兴许能闯出条路来。”

四胜说:“那——咱往哪儿闯呢？”

三胜说:“往京城方向。听人说京城戏班子多，咱唱的这个汉调皮黄还挺吃香，咱豁出去了，闯他一回！”

哥俩主意已定，说走就走，朝京城的方向奔了下去。哥儿俩苦日子过惯了，石班主给的钱，不到万不得已，舍不得用。哥儿俩还是边走边唱道情乞讨充饥。当然遇到戏班，他们就按梨园的规矩搭班唱戏，得个盘缠钱。

梨园有个什么规矩哪？梨园子弟，惺惺相惜，有个不成文而相互救助的规矩。就是只要是梨园行弟子，出门在外，为了盘缠或住宿，碰到唱戏的班子，就投奔而去。到得后台，是工哪行的，就坐在哪行的位置，默默地等候。戏班管事的一看，自然就明白这是找活儿来啦，就会给安排上戏。唱完戏，得点儿报酬，然后再继续上路。

梨园规矩是梨园规矩，戏班还有戏班的规矩。戏班的规矩也很多，台上有台上的规矩，台下有台下的规矩，后台有后台的规矩。

只说这后台的规矩，就很严格。在后台，演员必须按规范行止，不得胡乱走动。各有各坐的位置，不得乱坐：旦行坐大衣箱；生行坐二衣箱；净行坐盔头箱；末行坐三衣箱；丑行不分座位，随便就座；管事人坐账桌；催场人坐旗包箱。最忌讳的是，坐在箱口或在戏箱上睡觉，更不许坐戏箱后用两脚磕箱板。凡梨园弟子，这些规矩都懂得。

这一天，哥儿俩走得又累又饿，好容易赶到前头一个村子，正想拍起渔鼓筒子唱歌讨口饭吃，忽听得不远处有锣鼓声响，四胜高兴地对哥说:“听，有饭口了！”，三胜也高兴地点点头。哥儿俩循声找了过去，果然是一个戏班在唱戏。

哥俩坐过科，深懂梨园的规矩。二人悄悄来到后台，三胜坐科学的是须生，就默默地坐在二衣箱上。四胜坐科学的是净行，就默坐在盔头箱上。

此时，戏班管事的忙走了过来，微笑着端过两碗开水，说："二位辛苦了，先润润嗓，解解乏。"

此时，哥儿俩真像回到了家一样，忙接过水碗，谢过管事。

管事对三胜说："下一出是《辕门斩子》，您扮八贤王如何？"

三胜说："蒙您照顾，容我献丑。"

未等管事的开口，四胜说："我扮焦赞如何？"

管事的说："那正好，扮焦赞的今天身体欠爽。"

四胜倒爽快，说："好说。"

管事又说："用对戏吗？"

余三胜有了上次手镯的教训，忙说："还是对对好。"

管事看三胜很谨慎，忙把扮演杨六郎和孟良的演员叫来，让他们对对台词，比画比画戏路，然后上戏。

哥俩毕竟是石牌小科班的弟子，一上台，就很出彩，戏演得非常好。班主很看重他们，让他们留宿在班里，管吃管喝，第二天还给了盘缠，送他们上路。

余三胜哥俩，就是这样，或唱道情，或搭班唱戏，或沿途讨饭，晓行夜住，足足走了一个多月，来到了天津城边的杨柳青镇。

这哥儿俩去京城，怎么走到天津的杨柳青了呢？他们毕竟是在世面上闯荡惯了的"老江湖"。他们知道，进京如果坐船，必须走京杭大运河。可他们坐不起船，徒步也沿着大运河走。一来不用担心走错了路；二来大运河码头接码头，人来人往热闹，卖唱，搭戏班，人气旺盛，好挣饭吃。

杨柳青，是京南运河的大码头，京津要道，水路门户。到了杨柳青，就离京津很近了。尤其距天津就更近，也就一艄之地。

杨柳青沿街店铺，一家挨一家，招牌匾额鎏金烫银，醒目夸张，酒旗饭幌，迎风招摇；摊点小贩，叫卖声声。大街之上，人来人往，摩肩接踵，真是热闹繁华。

余三胜哥儿俩无心浏览街景，只是想尽快找到一个唱戏的台口，去搭班挣口饭吃。三胜忙向旁边一个卖画的店家打问："请问老板，此处有唱戏的台口吗？"

"嘛？"人家听不懂他的湖北话。

"就是唱戏的戏台。"余三胜不得不用念白的口音慢慢说。

"哦，唱戏的地界儿？有哇！干吗？"

"搭班。"

"搭嘛班儿？"

"就是唱戏。"

“你们？”他半信半疑地看着他们哥儿俩穿的一身像叫花子似的衣服。

“是。”

“你会唱嘛？”

“皮黄。”

“皮黄？——嘛戏？”

“李陵碑——好多戏都会。”

画店这人听到这里，又是半信半疑，“你们坐过科？”

“坐过。”

“嘛科？”

“石牌小科班。”

这人惊奇地看着这哥儿俩，自言自语道：“石牌小科班。”然后点点头。对哥儿俩说：“你们先到店里头喝点水，歇歇脚，咱再说唱戏的事，嘛样？”

哥儿俩吃不透这人的意思，也不好开口答应。

这人二话没说，把他们拉进店，吩咐伙计倒水，让哥儿俩润嗓。在哥儿俩润嗓的功夫，这人取出一根笛子，横在嘴边鼓起嘴唇一吹，顺手一抹，一串非常动听的笛音，充满店堂。

三胜哥儿俩被拉进店来，懵懵懂懂还没醒过味儿来，被这一串好听的笛子声打动了，这才环顾一下店堂的环境。只见店厅很大，四面墙上挂满了年画，都是四尺宣纸裱好的杨柳青木版套色年画。红红绿绿，满墙生彩，一幅幅花鸟、人物、戏出，栩栩如生。真叫人看来目不暇接，眼花缭乱。

此时，那人走过来说：“喝水了吗？你俩谁先唱一段？”

三胜不明白怎么回事，问道：“唱嘛子吗？”

那人晃一晃手中的笛子：“唱戏呀！你不是找唱戏的地方吗？”

“哎呀，老板，我找的是戏台——”三胜辩解道。

“急嘛？先在这儿唱一段再说嘛！”那人又把笛子放唇边，吹出一溜声，“唱嘛调？”

三胜刚明白过来：原来是让他们唱段戏。可是，不明不白的，拉进来就让唱戏，这算怎么回事呀？虽然心里感到别扭，但既然已经进到人家店里，也只好听人家摆布了。心里不高兴，嘴里随口唔哝一声：“乙字调。”

那人又问：“李陵碑？”

“李陵碑——二黄。”

“怎么说？李陵碑二黄唱乙字调？”那人暗暗吃惊，嘴里嘀咕着，“调门够高的！”说完他吹出了二黄的过门儿。

余三胜一听这过门儿，这声音，这个饱满、圆润，哀怨中带着悠扬，悠扬中充满苍凉，一下子他被眼前这个人给征服了。这笛子的功夫，绝非一般玩儿笛子的人所能吹出来的。就从这点看，他断定这个人绝非等闲之辈。过门儿笛子的情调，吊起余三胜演唱的激情，他放开喉咙随着笛子唱了起来——

叹杨家秉忠心大宋扶保，
到如今只落得兵败荒郊。
恨北国肖银宗打来战表，
擅抢夺我主爷锦绣龙朝。
潘洪贼在金殿帅印挂了，
我父子倒做了马前的军曹。
金沙滩双龙会一阵败了，
只杀得血成河鬼哭神嚎。
……

唱到这里，笛声戛然而止。那人用手抹一抹笛子，用新奇异样的眼光看着余三胜，端详一会儿，高兴地说："不赖，是正宗的石牌腔儿，正儿八经的科班儿调。"他高兴地光顾说话，猛地注意到哥儿俩的穿戴，狐疑地问，"你们这是打哪儿来？"

"我们打湖北来。"

"跑这老远就为来唱戏？"

"是。"

"行，有志气。就住在我这里怎么样？"

余三胜环顾一下画店，狐疑地问："在这里能唱戏？"

"先住下再说嘛！"那人不容分说，喊来伙计，吩咐道："后院收拾一间卧房，让他们俩住下。给他们置办一身得体的衣服，然后，领他们到鸿宾浴池去洗个澡。之后，你再到街壁宴春园订个雅座，晚饭，我为他们接风洗尘。"

伙计说声："好嘞！"，忙忙地退下。

吩咐完，那人也返身，径自回店厅的上房，忙买卖去了。

余三胜哥儿俩被独独的留在厅内，弄得他们是丈二的和尚摸不着头脑。

不一会儿，哥儿俩被领到后院的一间卧房，安顿住下，又去洗了澡，剃了头，换了新买来的衣服。哥儿俩一路的疲劳顿时被洗消一净。哥儿俩从来没有穿过这么好的衣服，不由得互相端详：月白府绸长衫，青色春府尼面的千层底布鞋，再配上白布新袜。哥儿俩互相看着，好像换了个人一样，越看越觉得精神。

天近黄昏，伙计领他们到隔壁的宴春园。一进宴春园堂口，里面的伙计忙迎了过来，对画店的伙计说："来啦您呐？楼上墨春斋雅座，戴爷在那儿迎候哪！"

画店伙计说："费心啦您哪，我店里还有客！"宴春园伙计明白对方下人不能入席的意思，摆摆手，算是告别。笑着说：

"放心吧您呐！二位爷交给我了。"

然后，对余三胜哥儿俩恭恭敬敬地说："二位爷，跟我来吧！"

三胜哥儿俩自打降生，到成人，还没人称呼过爷。二人受宠若惊，但还是懵懵懂懂不明就里，糊里糊涂地被领到楼上，还没进墨春斋，伙计就大声招呼："戴爷——客人到！"说着把他们让进雅间。

三胜哥儿俩进到雅间，看画店那人笑着招手让座。哥儿俩赶紧跪倒磕头，就着伙计刚才的称呼："给戴爷请安！"

那位戴爷忙伸手将二人搀起，微笑着把他们按到座位上，嘴上说："不必客气。"

他看哥儿俩一团疑惑的神态，笑着说："没有别的意思，交个朋友嘛！"

他一边斟酒一边说："我这个人哪，好交朋友，四海之内皆兄弟嘛！我这个人癖好很多，好寻个乐子，尤其喜欢唱戏的艺人！"

说完端起酒杯："来——为你们接风洗尘！"

三胜哥儿俩怯怯的不敢端杯。

这位戴爷也自觉有些个唐突，不禁哈哈大笑起来。他举起杯："哦——我明白了，到现在，你们还不知我是干吗的哪！我也没来得及问你们的尊姓大名呢！咱先喝个见面酒，然后边喝边说嘛！来，来，走！"说着，一仰脖，把酒干了。

三胜哥儿俩也举杯把酒干了。四胜赶紧抓过酒壶满酒。

这位戴爷用筷子夹一口菜，招呼二位："宴春园的菜，在杨柳青，不，在天津也是数得着的！来品品味儿。"他边吃边说："我姓戴，名康曾，字慨复。祖上在这杨柳青开了一家画店，传到我这一辈已经是第五代了。哎，这画店就是你们看到的集雅斋。敝人蒙家传手艺，绘制杨柳青年画，广有名声。我不是给你们显摆，吹牛，这京津两城，提起杨柳青画来，没有不知道我戴康曾的。集雅斋的画，打祖上到如今，广销全国，连高丽、琉球、南洋各地，没有不知道杨柳青集雅斋画的！"

三胜大胆问道："画店大厅里挂的画，都是您画的？"

"那只是挂出来摆着卖的部分样品，库房里没裱的海了去了！"

"能画那么多？"

"看来你们是不懂了，杨柳青画，是木版套印的。画谁画得了那么快！"他端起酒杯，"来，喝着！"

三胜哥儿俩看这位戴爷这么爽快，也去了怯色，三胜说："不瞒爷说，我们哥儿俩出身贫寒，自小入小科班学戏，大字不识。我们只看过人家墙上贴着的画，听师傅说那叫杨柳青年画，但不知道杨柳青在什么地方，更不懂这画是画的还是印的。"

这位戴爷自饮一杯说："难怪，难怪。不过这模版的原画，还是画的。除了祖上留下来的一些，大部分是我画的。先画出画样，然后制版，再套版印刷，印好后再上色，工艺麻烦着哪！——你们住在店里，日子长了就都看明白了！来，喝酒！"

三人同饮而干。三胜说："爷，我们素不相识，冒昧之间住您店里，蒙您这么高抬，是不是太叨扰您了？"

这位戴爷听此言，爽朗一笑："兄弟，你此话见外了。古诗有曰：'相逢何必曾相识’，‘海内存知己，天涯若比邻’。今天听你一唱，我就一下子找到了知音。这正所谓：‘千金易得，知音难求’。兄弟，实话告诉你，我这人是放浪之人，画画是我的本业，是祖宗传给我挣饭吃的。对我来说，画画也是玩儿，其他玩儿的我都好，什么琴棋诗书，斗蛐蛐，养蝈蝈，这么跟你说吧，凡玩的，我都沾边。尤其喜欢唱戏，我是可天津最有名的票友了！”

三胜哥俩听到这里，一下子心落平地，全身释然。

三胜举杯，“爷，蒙您高抬，拿我们哥儿俩当知音，我们三生有幸，感您恩德，没齿不忘！我们借花献佛，敬您一杯感恩酒！”

这位戴爷把手一摆，“慢！既是知音，咱得先改改称呼。我看咱就就着这酒席的热乎劲儿，学学桃园三弟兄，来个义结金兰如何？”

三胜说：“那我们就高攀了！”

“甭再说别的了，你俩快报报姓名庚年吧！”

三胜说：“我们姓余——剩余的余。我俩是同胞兄弟。我乳名开龙，名三胜，字起云。嘉庆七年二月初十卯时出生。”然后指着四胜说：“他，乳名开贵，名四胜，字起才。嘉庆十三年五月十九申时出生，我长他六岁。我们祖籍湖北罗田，嘉庆十九年进石牌小科班学戏。我工老生，他工净行。”

戴康曾听后更是欢心，“咱哥儿仨比，我是老大。我是乾隆五十九年腊月初九辰时生的，比你大八岁，比三弟大十四岁。哎，我们这也是三结义呀！不过，咱不是桃园，咱是杨柳青三结义！如此，小二，给我们点三炷香上来！麻利点儿！”

不一会儿，三炷香点好。他们以北为上，三人按庚年排开，面北而拜。之后，戴康曾面南而坐，三胜哥儿俩叩头施拜兄礼。

拜毕，兄弟三人重换杯盏，开怀畅饮。戴康曾心里痛快，高兴地说：“兄弟，记住今天的日子，今天是道光元年，三月初三，咱哥儿仨结拜的日子！从今之后，咱就是患难兄弟，如同亲生骨肉！来，举杯，哥儿仨共饮，干！”

余三胜哥儿俩，更是高兴万分。今日结拜了戴康曾，犹如久旱逢甘霖，终于有了着落。哥儿俩也频频举杯，与戴康曾敞开胸怀，谈笑交流。哥儿仨尽兴方归。

第二天吃过早饭，戴康曾呼唤二弟、三弟上车。原来，他早已安排好了，轿车早已等在大门口了。上车之后，赶车的把式一扬鞭，那高头大马蹽蹄疾奔，马脖子上的银铃，铃铃作响。三胜问：“大哥，咱这是去哪儿呀？”

戴康曾一脸诡秘：“到了你就知道了！”

马车一路向天津城里奔去。约莫一个多时辰，车停在城里一个大街路口。

哥儿仨下得车来，三胜哥儿俩一脸陌生，不知东西南北。戴康曾对哥儿俩说：“这个地界儿叫侯家后。”然后，他指着街边一个高台阶说：“咱就到这儿。”

高台阶上有一个高门楼，门楼上横书三个大字“群雅集”。

进得门楼，早有伙计赶上前来招呼。

原来这是一个坐北朝南的三进大院。第一进院子较大，进深足有二十余丈，东西一拉溜两大排厢房，正面是广厦大厅。穿厅过去是第二进院，也有正房和东西厢房。再往里是最后一进院。

最惹人注目的是那广厦大厅，靠西头是一个坐西面东的戏台。大厅有一排排方桌和条凳。

戏台上有人正整理文武场面，帘幕后面有人在化妆。

戴康曾把余三胜哥儿俩带到大厅，冲着戏台方向一努嘴，问道："这里唱戏怎么样？"

哥儿俩环顾四周，未等三胜开口，四胜高兴地说，"这比乡下的戏台好多了！"三胜说："比城里唱戏的茶园还宽绰呢！"

四胜孩子似的问："我们也能在这儿唱？"

戴康曾并不回答四胜的问话，冲戏台喊道："哥们儿，准备好了吗？我给大家带来两位名角儿！"

他这一喊不打紧，前后台，文武场、化妆的都迎过来，打招呼：

"戴大哥，您来了？"

"大哥，您净来新鲜的！又有新角儿！"

"呔，大哥，这俩小伙儿够帅的！"

戴康曾冲大家一挥手，"都过来，咱们认识认识！这是我刚结拜的两个兄弟！"

等大家围过来，他分别介绍说："这是我大兄弟，叫余三胜，工须生。这是我二弟，叫余四胜，工净行。"然后扬扬得意地说，"这可是我蒴来的宝贝，人家大老远从湖北来的，是石牌弹腔小科班的！"

然后他又把围过来的人分别介绍给三胜哥俩。

哥儿俩与大家纷纷见礼。之后，三胜悄悄问戴康曾说："大哥，这地方是——？"

戴康曾一听，"扑哧"一声笑了，这才说："哦，嗨——让你闷了一道儿！这就是天津有名的'群雅集'票房。"

三胜咂摸'群雅集'三个字，不禁念出声来。

戴康曾点点头，得意地介绍说："这里是我祖上在城里的一处房产，是集雅斋在天津城里接待四海客商的会馆。这大厅，平时供客商盘货、算账、交易之用。你瞧这桌子凳子什么的多么齐全。这两大溜厢房是客房，供客商下榻的；第二进院，正房是账房，厢房是伙计杂役等人的起居之所。第三进院，是内眷的活动宅院。我接手之后，觉得这大厅宽敞，我就又给它加了个用场，被我开辟成了票房。大厅西头还专门修了一个戏台。台下有现成的桌凳，票友们玩儿票的时候，这里就是戏园子，专供我们唱戏用的！哎，兄弟，来这里玩儿的，可都是天津的名票啊！以后你就知道了！"

有人打趣地说："敢情，不是名票，您也不让来呀！是不？"

又有人说，"瞧你说的，不是名票他也不敢来呀！"

也有人说：“要不咱‘群雅集’票房的牌子，可天津、北京都当当响嘛！”

戴康曾笑着说：“别光打哈哈了，今天的戏码安排了吗？别的我不管，今天大轴戏我做主了，让我这兄弟上！”

他回头看看余三胜，“就上《李陵碑》怎样？”

余三胜听了戴康曾的介绍，心想：“真是碰上活菩萨啦！没想到，到天津一落脚就交了好运，登台就是大轴。可找到正经唱戏的地方了！”他高兴地冲大哥和大家作作揖：“恭敬不如从命，承蒙各位指教，兄弟就献丑了！”

因为“群雅集”是商家会馆，而且是私宅，不论票戏的还是看戏的，都是有身份的文人墨客、缙绅官宦、富商财主人等，都是戴康曾邀来的客人，或客人带来的客人，他们有的是票戏的行家，有的是看戏的行家，有时还有专门邀来的京城名票或名角儿。因此，“群雅集”票房的牌子，在京津确实是响亮得很。

说话之间，看戏的人陆陆续续都坐满了。三通鼓之后，戏开场了。前几出分别是郎八十的《打金枝》、杓子刘的《广太庄》、画儿李的《骂殿》，最后一出是余三胜的《李陵碑》。前三出，都是“群雅集”的老票友唱的“老戏”，大家都熟得不能再熟了。唯独余三胜一上场，大家都不熟悉，人生，脸生，戏不生，但唱腔却和以往听的不一样。起初，场内鸦雀无声，大家都在细细地品唱腔的味道。毕竟都是老票友，懂戏。越听越觉得有味道，越听越觉得不一般，唱到激越的地方，场内喝彩声炸了窝一般，一阵高过一阵。直到《李陵碑》唱完，掌声，喝彩声，一直响到终场。

散戏了，大家不走，把个戴康曾围了个密不透风，七嘴八舌的哄说一气：

“大哥，您往哪儿踅来的宝哇！”

“听这侉音侉调的，是南蛮子吧？”

“哎，别听音儿侉，味儿不侉！”

“哎呀您呢，叫您说着了，这是正宗的石牌弹腔味儿！”

“现今，京城里时兴这个腔儿！”

“嘛时兴，宫廷给这叫乱弹。天桥、八大胡同一带，私下里才敢唱这乱弹。官场儿，还是得唱雅腔儿！”

“不管官场私场，反正老百姓爱听！”

直到戴康曾把余三胜哥儿俩的来历和他们结拜的过程说清楚，大家才赞不绝口地离开。都为群雅集增添了新角儿而高兴。

余三胜在“群雅集”的第一炮打响了。戴康曾高兴，来票戏的票友也高兴。一听说群雅集来了名角儿，“群雅集”票房更红火了。余三胜的名声，在天津也很快传开了。

戴康曾毕竟是戴康曾，他见多识广，对戏是非常在行。一天，戴康曾来到余三胜的卧房，坐在余三胜的床边拉呱。拉着拉着就拉到戏上。

“兄弟，你来了这么多日子了，唱的戏也不少了，感觉嘛样？”

三胜说：“哥，说真的，我觉得北方和南方唱戏不大一样。我老是觉得不大适应天津人的口味儿。”

“哎，英雄所见略同！我思摸着，你得改改南方的口音，不然人家老说你侉音侉调。天津有一句俗话叫‘赶哪儿的集，服哪儿的斗’，入乡随俗，既到北方来了，咱就改北方话，道白、吐字、行腔儿，都得慢慢儿改。”

“大哥说到我心里来了，我也正寻思怎么改哪！”

“凭你的聪明，和北方这些角儿们混演一阵，就改过来了。”

“大哥您得多指点！”

“咱亲哥们，没的说！”戴康曾顿了一顿说：“还有一件，咱还得加点儿小心！”

“哪一件？”

“嘉庆三年，宫廷下了一道禁令，就是禁演花部。”

“花部是什么？”

“花部就是指梆子之类的秦腔，也包括皮黄。”

“哦，我知道，就是乱弹。禁是禁，可我们那里天高皇帝远，老百姓还是愿看弹腔儿。禁不住！”

“这里离皇帝近，也是禁上不禁下！”

“怎么个禁上不禁下？”

“给官场和皇帝演戏，只唱雅部，就是那个昆曲。一到私下里，皇城以外，八大胡同和乡下，老百姓还是爱看乱弹！那个花部太雅，雅得老百姓听不懂，咿咿呀呀地唱半天，还没进戏，老百姓哪有那工夫听它那个咿咿呀呀的！”

“就咱这个，天子脚下也不禁？”

“禁也是光打雷不下雨，明禁暗不禁。因为那八旗子弟，甚至王爷阿哥，六部官员等，都暗着喜欢花部，你想想，那还能禁得了吗？”

“敢情天子脚下，还有那么多猫腻！”

“猫腻是猫腻，但咱得多长个心眼儿。”

“大哥你是说——”

“林子大了，嘛鸟儿都有！——咱‘群雅集’名声在外，怕有人使坏，给你捅一下，那不明摆着惹麻烦吗！”

“大哥精明，虑得周到！”

“不怕一万，就怕万一嘛。害人之心不可有，防人之心不可无。”

“大哥说得对！我们弹腔儿的底子是昆曲，我们也可以唱昆曲呀！”

“兄弟说得对！昆曲到了北方演变成北弋，也叫北昆。你唱的南昆，也要向北昆靠拢，要不，人家又说你侉子腔儿！”

“大哥想得周到！”

“我看你非池中之物，将来定有大的造化。你先不要急于下海，先在群雅集磨剑，熟悉天子脚下唱戏的门道。将来一准能一鸣惊人，飞黄腾达！”

听了戴康曾一席话，余三胜顿开茅塞，心里无比激动："戏文中有'听君一席话，胜读十年书'。大哥替我想得如此周到，我遵命就是！"

戴康曾诚恳地说："你哥俩从小进科班儿学戏，没文化，这不利你们唱戏。我书房里有的是书，你可以多读些书。账房的先生都念过书，你可以请教他们。我平时也多抽工夫给你当当先生。"

哥儿俩心贴心，越谈越觉得知音难觅，直谈到月照纱窗。

余三胜哥儿俩在戴康曾府上一住就是三载。

三载之中，余三胜按照戴康曾的指点，把石牌弹腔儿和京津流行的梆子腔儿、高腔等各腔戏剧，杂糅梳理，改变了南方的侉腔儿侉味儿，使石牌弹腔儿北方化，在演唱中更加叫座儿。把南昆和北昆曲调理顺，使北昆雅变，南昆俗变，在曲调和表演上朝着京昆化的趋势演化。他本人也努力攻读诗书，对戏文、顾曲都有了不少长进。逐步挂了群雅集的头牌。

这一天，早饭毕，正要奔群雅集唱戏，戴府门房来禀，说有官府的差役要见余三胜。

余三胜赶紧禀报戴康曾。戴康曾忙拉三胜在客厅迎见。

原来是直隶总督那彦成到天津总镇巡视，总镇大人为讨好上司，点名要看余三胜的戏，派人来下帖子。

戴康曾接过帖子，掂量再三，觉得此事重大，不可造次。他知道，那彦成是八旗皇室，嘉庆皇帝的亲信，此时正是那彦成镇压白莲教有功，皇帝恩宠有加的时候。天津又是在直隶的管辖之内，在他的一亩三分地上，必须得毕恭毕敬，谨慎小心，不能出半点儿纰漏。

为了稳妥，戴康曾备得一份厚礼，亲自到总镇大人府上讨示下。总镇大人明示，只能唱雅部。此时正是镇压招安白莲教之后，投总督大人所好，点名唱《四郎探母》。

为了唱好戏，戴康曾又派人到京城戏班请来名旦胡喜禄扮铁镜公主。

余三胜与胡喜禄是一拍即合，珠璧生辉。把个那彦成看得是神魂颠倒，咧着大嘴，不住口地直叫好。唱罢，连说："赏！赏！赏！"上司喊赏，总镇赶紧迎合，也喊道："赏银二百两！"这一下，余三胜的名声就更大了。

余三胜名声在外，"群雅集"更是集雅无数。一天，泥人张带来一个十岁左右的半大小子，来到"群雅集"。

戴康曾对泥人张是礼让有加。寒暄过后，泥人张说："戴兄，你我都是老相识，我也不用客气，这孩子是我朋友的儿子，他老爹指望他念书成才，将来求个功名利禄。可这孩子心没放在读书上，都放在唱戏上了，私淑了不少名角儿，我看他唱戏倒是块好材料，他爹也认了，求我帮他找个好师傅，您看咱群雅集的余三胜能不能收他为徒。"

戴康曾倒也爽快，说："您老弟亲自上门说话，还有嘛说的！只是一件，您老也知道咱群雅集的规矩，群雅集的票友不分大小辈分，一律都以兄弟相称，不收徒弟。”

泥人张也痛快：“那就收他做个忘年兄弟。”

戴康曾说：“好，那我就做主，替我弟弟收下他了！”

新收的这个小弟弟，就是群雅集最小的票友，姓刘名宝山。从此，跟着余三胜唱须生。

一天，天津总镇衙门的总镇大人，亲自造访群雅集。说是朝廷有旨，传余三胜进京唱戏。

原来是直隶总督那彦成进京奏事，为讨好嘉庆皇帝，顺口在皇帝面前把余三胜的戏唱得多么多么好，美言了一番。嘉庆皇帝听了一高兴，传旨看余三胜的《四郎探母》。

戴康曾遵旨，马上安排余三胜哥儿俩进京，临行，戴康曾拉着余三胜的手说：“兄弟，你的出头之日到了，这下恐怕回不了群雅集了！”

余三胜说：“大哥，天津到京城一箭之地，我们唱完戏就回来了。”

余三胜哥儿俩，流着热泪拜别戴康曾。

余三胜进京邀上胡喜禄，并请春台班做底包，奉旨为嘉庆皇帝唱了《四郎探母》。

嘉庆皇帝看了戏，非常高兴。当即召见余三胜，犒赏银两，并御封余三胜为“戏状元”。

有词【水龙吟】：赠戏状元

辞别江汉家乡，渔歌万里运河岸。人到此地，陌生一片，杨柳青烟。也算好运，只想唱戏，却进画店。怎花明柳暗，贵人相助，票房唱，名声远。 幸有终南捷径，登天梯，面圣恩眷。放浪歌喉，展我绝技，赐戏状元。千载难逢，百年得遇，一步登天。回眸以往事，渔鼓砸烂，碎片谁捡?

第五回

遇乡友春台驻足
戏状元解难增光

余三胜被封为戏状元的消息，在京城不胫而走。京城戏班云集，名角儿如林，从宫廷的内学南府戏班，到宫外的徽班汉调，以及昆弋秦腔诸班，被御封为‘戏状元’的，余三胜是亘古一人。余三胜的名字，以前闻所未闻。如今，一下子成了戏状元，京城之内，上自王爷达官贵人，下自凡夫百姓，都想一睹余三胜的风采。

春台班的班主米喜子更是高兴万分。一来余三胜为皇上唱戏，底包是春台班，主要配角儿胡喜禄也是春台班的当家旦角儿。余三胜得状元，春台班大为露脸；二来这位余三胜还是他的湖北同乡，亲不亲，老乡分，打断胳膊连着筋。余三胜为湖北乡亲争了光；三来余三胜还是米喜子石牌小科班的后届班友，同门弟子。余三胜为石牌弹腔争了名。

米喜子高兴，举办家宴，为余三胜庆贺。并请来湖北的汉调同行王洪贵、李六作陪。

席间，既是同乡，又是同行。乡音，乡情，乡戏，聊起来倍感亲切。酒过三巡之后，米喜子提出让余三胜留在春台班。余三胜当然求之不得，但念及天津戴康曾大哥多年的扶植栽培，又于心不忍，说回去给大哥商议后再定。酒席间，余三胜把如何到天津，如何巧遇戴康曾，戴康曾是如何栽培他，他又是怎样来为皇帝唱戏，等等都给大家述说了一遍。米喜子及湖北同乡，都被戴康曾的慷慨大义所感动。都同意余三胜回天津与大哥商量的想法。议定，商量好后，回春台班入班唱戏。

第二天，余三胜与弟弟四胜，搭乘四驾快速马车，火速往天津赶。为的是把被封为“戏状元”的喜信儿告诉哥哥，让哥哥高兴。同时也把进春台班的事和大哥商量商量。

人们都说，“驷马难追”，四匹马拉的车，的确轻快如风，只一天工夫就赶到天津。当马车来到戴府门前大街的时候，远远地看到戴府门前人头攒动，似有大事一样。再往前走，只见大门左侧挂一个白纸祚蒧。这是北方人家办丧事在门口挂的标志。等车到门口，余三胜还未闹明白怎么回事，只见戴府的管家一身孝服，趋步跪倒在马车前，大声喊道：“二老爷，三老爷你们可回来了！大老爷没了！”

一听这话，余三胜像五雷轰顶，头“嗡”的一声，只觉得天旋地转，一头栽在车厢里。四胜和家人赶紧掐人中抢救，好一阵折腾，三胜才回过气来。他回过气来，口吐白沫，长号一声，连滚戴爬，扑进戴康曾的灵棚，高喊："大哥——，我的好大哥——，你为什么不等我？我中了状元回来了，我中了状元回来了！……"喊罢，又哭死过去。

原来，余三胜进京之后，戴康曾已料到余三胜此一去，就再也回不了天津。他是个重感情讲义气之人，为余三胜的离去忧思伤情，外加中了风寒，急症攻心，三剂药未果，就撒手而去。

余三胜听了这些，更是悲痛万分。他哭得顿足捶胸，说："要知如此，我何必进京唱戏，求得个'戏状元'又有何用！我宁肯陪伴大哥终生，也不要什么状元！"余三胜仰天悲号："长兄如父，就是亲生父亲，也不过对我们哥儿俩如此！大哥，您何必走得如此仓促，不给小弟留个孝敬您的机会！大哥，我的好大哥呀……"

他和四胜披麻戴孝，执孝子大礼，直至发丧完毕，又守孝百日，才拜别戴家亲眷，进京来到春台班。

他回到春台班，一跃为春台班头牌老生，可谓一帆风顺。

没想到他的一帆风顺却懊恼了一个人，这个人就是他的新搭档胡喜禄。

胡喜禄是京城当红的旦行名角儿。他天生一副好嗓子，甜润响亮，高音低调迂回婉转，韵味绵长，感人传神。再加上他年轻，身材修长，溜肩蛇腰，天生一副女人的骨架。在旦角儿表演中，他吸收旦行大家魏长生的做派，美媚动人。他又跟魏长生苦练了跷功，台步细碎娇巧可人。因此，他是魏长生之后，独领风骚的一位名旦。

正因为如此，他对余三胜一来就挂头牌，感到愤愤不平。心想：如果不是我胡喜禄捧你，你还在津门当票友呢！如果不是我胡喜禄，你能进宫给皇上演戏？你能当上什么"戏状元"！如果不是我胡喜禄，你能在春台班挂头牌！我倒要看看你这个南蛮子有多大道行！

事有凑巧，春台班在庆乐园唱戏，大轴戏是余三胜的《四郎探母》。当然，管事的派定胡喜禄演铁镜公主。

戏一出接一出，最后该大轴《四郎探母》了。武场一响，余三胜就上场了，接着文场起，余三胜就唱了起来。这时，春台班管事的才发现扮演铁镜公主的胡喜禄还没到场，赶紧问报信儿的，报信儿的说："我通知胡老板了，他答应得好好的，说误不了，怎么就真误了呢！"

管事的说："啰嗦什么，还不快去催！"

戏班的报信儿的，是戏班专管给角儿通报戏码儿送信儿的人。那时戏班的名角儿不坐班儿，只在家等信儿，有戏就去，不误场就行，没戏连场都不到。报信儿的专管给他们送信儿。因为他们专管催戏，所以又叫"催巴"，也叫跑腿儿的。

跑腿儿的一看胡喜禄未到，一溜烟儿跑了出去。

管事的又吩咐饮场送水的，以饮场为名，给场上的余三胜报个信儿。饮场的上场，递上茶水轻声说："余老板，胡老板还没到，码后点儿。"

'码后'，是戏班的专用语。就是戏往后拖一拖，拖时间长一点儿。余三胜心想，戏都唱了半截了，怎么码后？半截戏怎么能停呢！心思一动，轻声说："知道了，告诉文武场，随着我走。"

此时，场上杨四郎的"坐宫"已经唱了几句，余三胜接着刚唱的前两句：

我好比笼中鸟有翅难展，

我好比虎离山受了孤单。

他像是没事儿一样，接着往下唱：

我好比南来雁离群失散，

我好比浅水龙困在沙滩。

平时唱到这里就该转板了，因胡喜禄未到，余三胜边唱边想，戏不停下来码后，就得加词儿，加词儿就得在慢板处加，一来好拖延时间，二来有余地现编词儿。

在场上现编唱词儿，这不是件容易的事情。首先要脑子反应快，其次得有编词儿的技巧，既要合辙押韵，还得顺理成章，还得当下唱得自然，不让观众察觉。亏得余三胜有拍渔鼓筒子唱道情，现编现唱的底子，再加上这几年在戴府读书修炼的功夫。他不慌不忙，朝文武场使个眼色，鼓佬懂得他的意思，随机而变，家伙点儿跟着他走，不转板。他接唱道：

我好比中秋月乌云遮掩，

我好比东流水一去不还。

我好比井底蛙见天一片，

我好比车沟鱼难回深渊。

我好比跑马云一晃而散，

我好比霹雳闪徒有光烟。

……

管事的知道，胡喜禄家离庆乐园，足有三里多地，即使催巴催了他，这一往一返就是六里地，再快也得少半个时辰，余老板这么现编现唱，能坚持多长时间？要是半截打个磕巴，台下还不哄了场？他越想越着急，急得抓耳挠腮，团团乱转，白毛汗都流出来了。可是余三胜还在场上不紧不慢的唱慢板呢。

就这样，余三胜不紧不慢的现加了七十四句。

此时，胡喜禄才赶来。他草草化好妆，鼓佬这时才给余三胜一个转板的鼓点儿，余三胜知道胡喜禄到了。这才转"西皮二六"，再转"哭头"，唱最后一句："要相逢除非是梦里团圆"。

胡喜禄在后台接腔儿叫板："丫头，带路哇——"

《四郎探母》圆满的唱完了，全场竟然没有一点纰漏。整个春台班都震惊了，管事的激动地对余三胜说："余老板真不愧是戏状元！我可服了您了。"

最服气的是胡喜禄，耽误这么长时间，竟没有出了余三胜的丑！反让自己露了怯，他没趣儿的懒懒地卸妆。此时，余三胜凑了过来，轻轻叫一声："胡老板。"

胡喜禄脸一下子红到了耳根，讪讪地说："昨晚酒过量了，怎么也起不来了……"

余三胜有意转移话题："天一阁的烧鸭掌最有味道儿，我订了一雅座，赏个脸吧？"

胡喜禄就坡下驴，"我还有瓶好酒哪，早就想请您品品！"

二人到得天一阁，酒过三巡，余三胜说："胡老板，打从天津咱第一次合作《探母》，我就觉得咱哥俩有缘分。偏偏让那个直隶总督，那，那，那什么成，给看上了，要不咱也没有给皇上看的份儿。可皇上偏给我封个'戏状元'。自得了这个'戏状元'，我这心里就不落忍的。您说要不是您捧我，我怎么能有那份儿！我心里老觉得欠您的，来，今儿敬您一杯，算我余三胜谢您了！"

胡喜禄是梨园界的人精，他明知道今天对不住余三胜的是自己，倒看余三胜这么诚心对己，很受感动。借着酒劲儿，把一肚子的牢骚抖搂了出来：

"梨园历来重生不重旦，旦角下多大功夫，吃多少苦，唱多好也是陪衬。就说我们旦角的前辈高朗亭，魏长生，他们当班主，把徽剧、秦腔带进京来，给京城的爷们儿添了多少乐子。高朗亭的青衣已经冠盖京城，唱念做打，功底多厚！可惜，我年岁小没赶上跟他学。魏长生魏大爷，把秦腔带进京城，改秦梆子成京腔梆子，把梆子的功夫传给高腔，把青衣的化妆、贴片子、梳大头、扎线尾子、踩跷都传给京城，可北京城谁不佩服人家旦行功底！在京城，现今我算得上一份了，可我这点玩艺儿还不都是跟魏大爷学的。到了，魏大爷落下什么结果呢！高朗亭老先生又落下什么结果呢！那些王爷、官绅、八旗子弟，整天苍蝇似的围着旦角转，转来转去，还落个旦角儿伤风败俗，有伤教化！这还有理可讲吗！"

胡喜禄一肚子的委屈，越说越伤心，他连喝几杯酒，竟然落下泪来。余三胜身为同行，深知梨园的苦衷。胡喜禄说的这些，的确是梨园的难言之处。

他又敬胡喜禄一杯酒说："兄弟今天确实是肺腑之言，你身上的本事，我是领教过了。你不光学了魏长生魏大爷的身架功夫，还学了他的跷功。此外，你还有你的新活儿。唱《五花洞》，你创的十三咳谁不叫绝！唱《玉堂春》，你创的腔儿谁不跟着走？打把子，你帕子和长枪轮番耍出手，这个活儿谁比得了？你年轻，老有新招儿，以后的旦行还得看你的！"

胡喜禄看三胜对自己知根知底，大有知己难逢的感觉，忙端酒杯说："感谢老兄高抬！——可再怎么着也比不上您哪！"

余三胜深知胡喜禄的苦恼，他忙回敬一杯："重生轻旦，这也不是眼下一时的积习。自打优孟衣冠起，到唐明皇祖师爷，再到元曲，南戏北曲，直到南昆北弋，都是末挑主角儿，旦角儿从唱。就打徽班进京之后，旦角儿才被稍有看重，但还是生角儿排在前，旦角儿排在后。这是咱戏班传承习俗的缺憾。至于宫廷、官场，一向是重男轻女。看咱伶人更是下九流，无论生旦，在他们眼内都是玩物！当然，旦角更下人一等。再者，宫廷一再只准唱历史正戏，演的都是帝王将相，哪有旦角的正戏？连看戏，都只准爷们儿看，不准女眷看。这不是世道使然嘛。贤弟不必为此妄自伤怀，万事随缘吧！您老弟，虽未被封为‘戏状元’，可您胡喜禄的名声并不在生角儿之下呀！要不，在天津给直隶总督那彦成唱戏，我大哥干吗专门派人来邀您呢！”

胡喜禄很佩服余三胜的见地，也很佩服余三胜的诚恳：“老兄说的倒是入木三分！感谢您的教诲，来，干！”

通过几次同台唱戏，胡喜禄更佩服余三胜唱戏的本事，尤其是今天误场这事，他更佩服余三胜的聪明才智。他诚恳地又一次端杯说：“余老板，今天的事，请仁兄海涵，小弟这厢赔礼了！”

余三胜宽厚的一笑，举杯同干。

胡喜禄坏笑着说：“老兄，我这一误场，让您多饶上七十四句。万一我要是还赶不到，您还要唱多少句？”

余三胜一脸正经地说：“我准备唱它八十句。八十句慢板约莫半个时辰，估计您能赶到。如赶不到或来不了了，我转念白，一个人也要把‘坐宫’一折的戏情圆满表达清楚。”

胡喜禄一脸庄重地说：“好你个戏状元！——我真服了你了。”

此时，余三胜诚恳地说：“胡老板，我有个小小的要求，不知您是否应允？”

胡喜禄真诚地说：“但凭老兄讲来！”

“胡老板如不嫌弃，只要唱《探母》，我只同胡老板合作，其他人一概不唱，不知胡老板赏不赏脸！”

胡喜禄一听，高举酒杯，慨然而应：“多蒙戏状元抬爱，别说是《探母》，今后，只要不出春台班，非余老板的戏，胡某一概不上场！”

这一对好搭档越说越投机，直到一醉方休。

有散曲【南吕・四块玉】唱曰：

好机缘，钱难买，一路顺风到阳台。红杏一枝出墙外，看客们涌过来。茶园乐要发财，戏班喜乐开怀。

好搭档，心忒窄，任着性儿调歪歪。关键时候才使坏，凉你台他不来。戏状元有奇才，唱戏词现编排！

酒一杯，情意在，阳关大道任往来。哥们交情我不怪，氍毹小咱同台。丝竹缘扯不开，梨园一脉传万代。

第 六 回

活关公破壁观书
米应先呕血氍毹

世上流传，“四大徽班”是为庆乾隆皇帝八十大寿而进京的四个徽剧戏班。其实，这只不过是一个概略的说法。

当时，真正为庆寿而来的只有三庆班。

三庆班进京后，把徽剧的曲调带进了京城，给京城带来了一种新鲜而优美的新腔儿，颇受京城的喜爱和欢迎。

于是又有其他徽班相继进京。有的徽班进京后拆散，与汉调、梆子等戏班重组，经过舞台上的激烈竞争、磨合、打拼、吸纳、淘汰，形成了最有影响的四个徽班。这就是所谓的“四大徽班”。

三庆班的进京时间自不必说，四喜班与春台班进京的时间，大概要晚于三庆班十年，约在嘉庆初年。和春班，则是由庄亲王出资，邀徽班名角儿，于嘉庆八年，在府内组建而成的“王府大班”。成班时间，晚于四喜和春台两班进京三四年。更晚于三庆班进京十三四年。尽管“三庆”“四喜”“春台”“和春”四个戏班，进京或成班的时间有差别，但在京城，说起“四大徽班”，名声却响得厉害。是当时京城徽班中，领戏剧时尚的代表戏班。

米喜子，大名米应先，是嘉庆初年，随春台班进京的一位名角儿。他是须生台柱，尤善演红生戏。经常被招进宫中承值唱戏，深受皇帝或宫廷皇族、官绅的赞赏。

因他戏唱得好，尤受嘉庆皇帝赏识，有“无米不开台”之说。皇帝曾赏他金菩萨、象牙笏等宝物。他在京城舞台活跃了二十几年，人称“米戏官”。最擅演关公戏，有“活关公”的美誉。后来，他当了春台班的班主。

自从余三胜来到春台班，春台班又增添了一个“戏状元”，在京城更是名声大振。每逢春台班贴演，总是座无虚席，满坑满谷，密不透风。老戏迷既迷米戏官，又迷余三胜；新戏迷既迷余三胜还想看米戏官。

米喜子老当益壮，不顾年迈，时不时地就扮妆上戏。但毕竟年龄不饶人，他一来是上了几岁年纪，心有余力不足；二来是长年唱戏积劳成疾，经常感到胸口憋闷，呼吸不畅，有时还咳嗽不止。

有一次，春台班在三庆园唱戏，戏码分别是李六的《太白醉写》、龙德云的《罗成叫关》、胡喜禄的《三堂会审》、余三胜的《李陵碑》。此时正是春台班的鼎盛时期，上台的都是名角儿。就这，戏迷们还觉得不过瘾，水牌一亮，戏迷们还非吵吵要看米喜子的《破壁观书》。

无奈，管事的只好把戏迷的要求，报告班主米喜子。戏班红火兴旺，全靠戏迷们捧场。米喜子听了当然高兴，一时心血来潮，说："在水牌上添上《破壁观书》，我也陪大家乐一把！"

管事的看看米喜子的脸色说："老爷子，您这两天咳嗽得厉害，身子骨顶得住吗？咱的戏码够硬的了。戏迷们总是得陇望蜀，别老依着他们的性儿来呀！"

米喜子兴头正足，笑笑："他们是我们的衣食父母，咱不能不依他们哪！"

"那……水牌？"

米喜子一扬手："写——！"

米喜子《破壁观书》的水牌，往大门口一戳，整个大栅栏街都炸了窝，大栅栏里的广德楼、庆和园、庆乐园等戏园门口的戏迷呼啦啦都涌向三庆园。

北京的大栅栏街，是当时北京城墙外面最热闹的一条街。它就在正阳门的城楼之下，前门外大街的西侧，是离城内最近的一条街。由于紧邻城门，街上来往客商、进京办差的外地差役、官员，进出城的百姓人等，熙熙攘攘，络绎不绝。因此，商号、饭馆、茶馆、旅馆都挤进大栅栏街。沿街的各条胡同也铺馆参差，就连北京的妓院，也都集中在这儿的各条胡同中，号称"八大胡同"。

为了维护街上的治安，官家在街口安装了大栅栏门，早启晚闭，定时开关。因此，此街就取名为"大栅栏"。北京人说话发音轻，顺嘴就叫成了"大十喇"。

大栅栏街，东西，长不过一里，光是茶馆就有七个。从西往东分别是：大亨轩、广德楼、庆和园、同乐园、庆乐园、三庆园和中和园。那时的茶馆不叫茶馆，叫茶园。茶园顾名思义是喝茶的地方，茶园老板为了招揽顾客，就把唱戏的伶人请到茶园唱戏，招揽生意。

起初，茶园的客人是以喝茶为主，看戏只不过是顺便取乐。因此，茶园唱戏没有舞台，只在茶园的一侧或中间，摆个场儿演唱。喝茶的客人散坐在演唱者周围的长条凳上，边喝茶，边听戏，边聊天儿；或谈生意，或叙友情，或天南地北神侃。边喝边聊，边嗑瓜子，甚或抽烟；茶园内，卖瓜子、卖水烟、卖糖果、跑堂续水的，夏天丢手巾把的，各色人等都有。弄得茶园内乌烟瘴气，闹闹哄哄。客人只付茶钱，不付戏钱。伶人的收入靠茶园老板付给。

随着戏剧的发展，伶人唱念做打的水平越来越高。所唱戏剧的情节越来越精彩，茶园的客人，由以喝茶为主，变为以看戏为主。慢慢儿地，茶园演变为戏院。由于仍留有演变的轨迹，戏院仍不叫戏院，还是叫"戏园"。大栅栏这七家茶园，都曾有这样一个演变或重组的过程。

茶园老板为了唱戏上座儿，对原来的茶园进行了装修，专门修建了演唱的舞台，把过去喝茶的桌凳，改成面向舞台，看戏的布局。陆续去掉了卖瓜子、水烟、丢手巾把和跑堂续水的各色人等，这才逐步有了后来专用剧场的雏形，称为“戏园”。

康熙初年，为了巩固政权，整肃风化，避免八旗子弟及官员放荡疏懒，贪花乱色，腐化堕落，康熙曾传旨，“京师城内永行禁止设戏园”。可那些八旗子弟、部吏官绅，总是变着法儿的享乐，城内没法消遣，就到城外寻欢作乐。紧邻城内的“八大胡同”和这几家戏园就更加红火。凡有名的戏班，都在这里开锣唱戏。没有名的小班，只能在天桥，或城外跑码头。四大徽班，则长年在这几大戏园，轮流挂牌演戏，叫做“九门轮转”。

这次，由于三庆园加演米喜子的《破壁观书》，戏园座无虚席，连两廊空当，后排贴墙都挤满了人。

戏一出接一出往下演，一出比一出精彩。李六是春台班的当家老生，他是米喜子的同乡，汉调皮黄是他的拿手活儿，是在余三胜未到春台班之前最受米喜子看重的须生。他的《李白醉写》《扫雪》名噪京城。他今天的《醉写》，唱的格外有声色，句句有彩；龙德云是当时北京城最驰名的小生，他的《罗成叫关》，叫人看后撕心裂肺，场内唏嘘感叹叫绝不迭；胡喜禄的《三堂会审》，曲调优雅，柔肠百转，哀怨萦心，许多新腔儿观众闻所未闻，新奇感人，一口一彩，声震戏园；余三胜的《李陵碑》自不必说，更是一口一绝，声声绕梁。

大轴戏是米喜子的《破壁观书》，大家盼的就是这一出。

关云长是《三国演义》中，刘关张“桃园三结义”的老二，名关羽，字云长。因为有“过五关斩六将”，誓死效忠刘备和华容道义释曹操等故事，被人们视为“忠孝节义”的楷模。

大清入关执政之后，为了用“忠孝节义”“教化”百姓，顺治九年，皇帝封关云长为“忠义神武关圣大帝”。从此，关羽被神化。雍正三年，又加封关父为“忠公”，关的祖父为“裕昌公”，关的曾祖父为“光昭公”。并颁旨全国各地都建“关帝庙”，关羽真的由人变成了神。平时称关羽不能直呼其名，要称“关老爷”。

因为关羽是神，扮演关羽的伶人扮上戏之后，就进入“神”的状态。在后台也得正襟危坐，不许随便走动，更不许嬉皮笑脸的交谈。台下观戏的看客，看“关老爷”出场，必须肃然静场，有的还离座儿朝台上的关老爷叩头。

凡演关羽的戏，都称“老爷戏”。《三国演义》中，对关羽的描写，是身长八尺，面如重枣。所以扮演关公的角，要涂红脸谱，叫作“红生”。

米喜子演老爷戏有一绝，他从来不勾脸谱，只淡淡勾一下眼线，略施水粉。上场之后，以水袖掩面，等自报家门后，长袖一甩，马上一股热血充满面部，脸变得血红，直到耳后。看客如观神一般，顿时鸦雀无声。

其实，这是米喜子多年练就的运气功夫。他一上场就运足气血，气推血动，凝于面部。不涂胭脂，而自然成色。被人视为神而又神，似乎真关羽降世。

《破壁观书》的故事，出于《三国演义》。关羽在曹操营中，保驾二位皇嫂。曹操施计，令关羽与刘备的二位夫人一室同居，以乱关羽的心志，坏他的名声。关羽识破其阴谋，夜不就寝，用刀破壁，借灯亮，正襟危坐，观书研读，通宵达旦。

这天，米喜子上场亮相，面部血色格外加重，真格的似“面如重枣”。唱念声音却不太洪亮，音色略带嘶哑沉闷。他头戴绿色大后兜扎巾，身穿特制软靠，外罩绿色大披风。一手秉书，一手捋髯，沉思专注于书本之中。

观书的身段，如同雕塑，墙洞外一束灯亮照出他的身形，真如天神一般。台下的看客一个个瞠目结舌，犹如见了真神，大气都不敢透出一口。

正在此时，只见米喜子的脸色由重枣之红，慢慢变淡，逐步变得鲹白，嘴角一股鲜血顺髯口流出。

台上管事的一看大事不好，急忙令人拉上帘帐。管事的跑上台一把扶住米喜子，刚问一句：“班主，您这是怎么了？”

米喜子忍了半天的一口血，“噗”地一声喷了出来。

大家七手八脚把他抬到台下，急急地，经过一番掐拿揉捏，才缓过劲来。

台下的看客看米喜子病了，也舍不得走，都盼他无事。米喜子缓过劲来，令人搀扶重新上台，给大家作一长揖，微声说：“对不住各位老少爷们儿，等在下病好后，再给大家补唱！”

台下的看客，都为米喜子的病惋惜，纷纷唏嘘离席而去。

有词【好事近】，写道：

喜子未登台，戏园客满坑谷。都为戏官喝彩，无米无人睹。

须发皓白唱一世，迷者无其数。今日戏码更绝，看破壁观书。

第 七 回

程长庚受困京城
解锦囊米府安身

春台班的人搀扶米喜子来到后台，余三胜对四胜说："兄弟，你年轻力壮，背负米老板上车！"

四胜说："米老板的病在胸部，背着他反而不舒服。"

余四胜是净行武生的身架，有的是力气。说着，他两臂一伸，从颈后和胯下抄起米老板，轻轻地一步一步来到车前，慢慢把他放到车内。管事的和三胜也跨上车辕，对车把式轻声说："回米府。"

回到米府，请来郎中，开方子抓药。余三胜、四胜哥儿俩，还有李六、胡喜禄等人每天服侍左右，病情很快好转。

米喜子这一场病，倒使他考虑起后事来。他回想，自己自打进京以来，随春台班唱戏，一晃已经近三十年。春台班火了，他自己也红了。可自己却累坏了身子骨，眼看奔五十岁的人了，也该退步抽身，告老还乡了。

可又一想，当年进京之前，石牌小科班同他最要好的同班师兄江洪，拉着他的手，说："师弟，徽班在京城已经叫响了，你一进京，出头有日，最要紧的是使咱石牌弹腔翻梢儿！你有这个功底呀！"

这几十年的京城踢打，石牌腔的确是被认可了。可翻梢儿，成为主导京城的戏种，还提不上。眼看自己力不从心，指望翻梢儿的人又未发现，自己就这么抽身一走，石牌腔翻梢儿靠谁？难道让师兄的厚望落空？

通过这几年的观察，余三胜倒是个人才，让他接春台班的班主还行，但指望他让石牌腔翻梢儿，他毕竟也是三十几岁的人了，恐怕也是后力不佳，难胜斯任。

正思索中，余三胜来见。落座之后，余三胜说："班主的身体眼见的好多了，我们大家就都放心了。眼看我大哥的忌日又快到了，我来请个假，和弟弟去趟天津。"

米老板赞许地看着三胜说："你们哥儿俩倒是情深义重的人。十多年过去了，每逢忌日你们都去祭拜。戴大哥有你们这样的兄弟，九泉之下也会感到欣慰！"

余三胜说："我们是八拜的兄弟，情同骨肉，何况他对我们有再造之恩！"

米老板说："我正有事要找你相商。"他顿一顿，看着余三胜说，"我的病恢复的好多了，但总感到体力不支，支撑春台班已经力不从心了。我想了许久，觉得你来接这个班主，倒是非常合适的人选。"

米老板刚说到这里，被余三胜截住说："米老板说哪里话来，只要你米老板在，班主的位子谁都不能坐。我余三胜何德何能接此大任！"

一听这话，米老板也急了，说："莫非你就忍心，看着我累死在春台班不成？"

余三胜退一步说："班主的位子，只有您坐，大家才安心。念您不嫌弃，我可以辅佐您，暗中替您操持操持……"

"明人不做暗事，名不正言不顺嘛。赶明儿我就当大家面儿挑明，你先当代理班主，由你来撑门面。我做后台提调，慢慢过渡。"

"这？"

"就这么定了。你这次上天津，可以拉上春台班。到津门去亮亮牌子，也算是就职演练！"

余三胜就任代理班主后，第一个把春台班带到天津去唱戏。

正当余三胜带春台班在天津唱戏的时候，程长庚和他的舅舅来到了京城。

按照江洪的嘱咐，舅甥俩先投奔余三胜。谁知等来到余三胜的府上，府上人说："你们来得不巧，余老板带着戏班到津门唱戏去了，什么时候回来说不准。"

这一下，舅甥俩挠了头。若大个京城，举目无亲，如何是好？凝思苦想之后，舅舅张坦想起一个人来。原来这个人是他在潜山粥班唱戏时候的同班，姓李名海，是唱武生的。因觉得水陆粥班没出路，一跺脚进了京城。听说也没搭上什么名班，在天桥一带搭杂夥班。张坦说："要不，咱到天桥去找找？"

程长庚说："只好去碰碰。"

舅甥俩到了天桥一问，真是不问不知道，一问吓一跳。

天桥在前门大街的南端，以珠市口为界，珠市口以北为近城的繁华区，多为富人或达官贵人活动的地区。珠市口以南为天桥区，为穷人或平头百姓活动的地区。

天桥的地方很大，杂耍也很多。打把式卖艺的、说大鼓的、唱琴书的、耍猴儿的、跑马戏的、吹糖人的、捏泥娃娃的等等，一团一簇的，各占其场。

天桥唱戏的尤其多，光大小戏园就有三十多家，像吉翔园、丹桂园、天乐园、春华园、小桃园、藕香榭、德盛轩、万盛轩、三友轩、二友轩、三合义、振升、振仙、魁划、荣华、华安、华兴、升平、小小、红楼、景泰、惠宾、三台、六合、歌舞台、乐舞台、燕舞台等。都是露天席棚搭建的。在这些戏园唱戏的，什么戏种都有，以梆子、秦腔居多，其他如柳子腔、高腔、徽腔、落子都有，也有昆曲和弋阳调。都是宫廷明令不让进城，或名气小，所谓登不得大雅之堂的杂班。别小看这些杂班，他们唱的戏，老百姓喜欢。一来票价便宜；二来不咬文嚼字，俗腔俗调，听来亲切，有乐子。

这么多戏园，要找李海，这得找到什么时候？舅甥俩此时心焦口渴，找了一个卖大碗茶的茶桌坐下，要了两碗大碗茶。喝着茶，张坦对卖茶的师傅试着打听，这位师傅倒是古道热肠，他看看舅甥俩为难的样子，说："你们认得这个李海吗？"

张坦忙说："认得，认得。不过也好几年不见了，不知模样变没变？"

卖茶的师傅说："我有两个招儿，你们不妨试试。"

张坦忙问："师傅快说！"

卖茶的师傅说："我这里是天桥的进出口，天桥都是白天场，一到天黑就清场，你们守在这里，等天黑下来的时候，对出去的人一个一个的看，要是熟人肯定认得出来。还有一个招儿，你们会写字吗？"

程长庚忙说："我会。"

卖茶的师傅说："这就好办，我这里有块水牌，你在水牌上写上——找李海，戳在迎门显眼的地方，他一出来就看见了。"

张坦说："不中，他不认得字！"

卖茶的师傅说："他不认得字，万一他身边有认得字的，还不告诉他呀！"

张坦高兴地说："对呀，我咋没想到哪！那就谢谢师傅了！"

程长庚立即提笔在水牌上写上"找李海"三个大字，卖茶的师傅正儿八经地，把水牌面朝里戳在路口正中。

天傍黑，张坦瞪大了眼，盯住出口出来的每一个人。

此时，从里面走出两个人。一看就是武把子行的，二人边走边说话，比比画画，嘴里还"空哐"地念着锣鼓经。

突然，一个人扯一扯另一个人的衣襟，说："找你的！"

那个人说："瞎掰，谁认识我呀！"

"找李海——水牌上写着那！"

他俩一说话，张坦也认出了李海。一个箭步抢上前去大声说："我认得你呀！"

那人一愣，也认出了张坦，高兴地说："张坦大哥，你怎么在这里？"

张坦说："你叫我好找！这里不是说话的地方，找到你全靠这位师傅帮忙！"

大家一齐谢过卖茶的师傅，一同来到李海的下处。

李海的住处，在前门外的百顺胡同，地名叫韩家潭。

韩家潭是伶人的"大下处"所在。这个"大下处"也是有来历的。据传，乾隆六下江南，每次都从江南带回名伶歌妓，为了给他们解决住处，就在城外的韩家潭划出一片地皮，给这些伶人盖了些房屋，供他们居住，叫作"大下处"。后来，宫廷取消了外学，不再占用此地，这个"大下处"就成了来京艺人的落脚之地。有些人在京城唱红了，有了钱，就自己置办房产，搬出去单住。空出的房子，供后来人续住。来人多了，住不下了，就几个人挤在一起，成集体宿舍。这里就名符其实的，成了伶人的"大下处"。

韩家潭这个地方，就因这个"大下处"出了名。北京城有个顺口溜：人不辞路，虎不辞山，唱戏的离不开韩家潭。

李海在"大下处"，也是几个人合住一间房，租赁费几个人合掏。回到"大下处"，李海在街上小饭铺叫了几个菜，打了一坛酒，算是给张坦舅甥接风。

边吃边聊，说到了程长庚搭班唱戏的事。李海咬着下嘴唇想了半天，说："实不相瞒，我在京城这几年，深感戏饭不好吃，名戏班进不去，也只好在天桥戏班中干流行，打个上下手，和班主老板们说不上话。"

李海说的"流行"，是戏班的行话，是梨园的一个专门行当。这行人，专门扮演兵丁、打把子，或跑龙套。戏班不包养，随叫随到，演完了，拿钱就走。从这个戏班到下一个戏班，轮流走动。所以被称为"流行"。

程长庚听到这里，伤心地差点掉下泪来。心想，京城的戏饭这么难吃，怎么实现师傅的愿望呢？

还是张坦老练，沉得住气。他给李海斟杯酒说，"兄弟，在京城能找到你，就是咱哥儿俩的缘分。你毕竟在京城扑腾了这么多年，你总有法子，帮咱这外甥找个出路。"

李海边喝酒边想，最后说："哥这么千里迢迢奔我来，这是瞧得起我。外甥这个忙我是肯定要帮的！要不，赶明天，我求一求在德盛轩唱戏的徽班老板，那也是咱潜山同乡，又是徽调，也适合外甥唱。"

张坦忙说："那就拜托了！我先替外甥谢谢你，来，干！"

李海喝完酒，说："就是老板同意，咱梨园行的规矩，你们是清楚的，得先唱炮戏，打炮三天，人家要看看本事，活儿地道不地道，才决定收不收。"

程长庚年轻气盛，满怀信心地说："别说三天，就是三十天，我也不怵头！"李海听这孩子这么大的口气，也觉得有了底气，说："那就看你的了！"

"炮戏"，也是行话。是伶人到生地方或新台口，要唱的第一出戏。这是既定程序，每个想搭班唱戏的外来伶人，或到一个生地方，或新到的戏院，必须先过这一关。唱"炮戏"，就是亮实力，亮牌子。实际上就是考验，考察你的本事。

这位徽班老板还真给面子，一谈就定了来。

三天的炮戏，是戏班管事的定的。头一出是《输财救国》；二一出是《三求计》；三一出是《文昭关》。

程长庚接过戏单，一看这三出戏，后两出演过，尤其《文昭关》，自己最拿手，都不在话下。唯独这《输财救国》，只是听师傅指点过，没有演过，就向戏班管事的提出，是不是倒一倒戏码，第三出改第一出，第一出改为第三出，容自己熟悉一下《输财救国》。管事的听后，鼻子不是鼻子脸不是脸地说：

"倒戏？你以为这是你家呀，说倒就倒，配戏的角早安排好了，倒不了！"

程长庚诚恳地说："这出《输财救国》，我不太熟，容我熟悉两天。"

管事的嘴一歪，"戏都不熟还打炮？爱唱不唱，别拿乔！"

一看管事的不通融，张坦忙拉上李海帮外甥背戏文，临阵磨枪，赶戏路子。

其实长庚哪里知道，这是管事的故意给他出的难题。

外人要进戏班，明摆着是来抢饭碗。同行是冤家，管事的弟弟就在此班唱须生，如果程长庚打炮成功，岂不挤了他弟弟的位置？戏界同行都笃信"宁输二亩地，不让一出戏”的信条，绝不让人“呛行”！

《输财救国》，是一出很少有人唱的生僻之戏。故事是讲汉武帝时期，匈奴犯境，河南富户卜式将家财一半充当军饷，并捐钱二十万赈灾，感动饥民，从军御敌。因此，汉武帝封卜式为太子太傅。戏中，卜式以唱功为主，兼做奔跑扑打身段，唱做都很吃功夫。

程长庚毕竟是吃戏饭的材料，经舅舅和李海指点，临阵磨枪，不快也光。很快将戏拿了下来，只是心中底气不足，心里直打鼓。

要上场了，鼓师应该打“慢长锤”，可他偏打“急急风”。程长庚忙摆手示意他打错了，可鼓师不改鼓点，仍是打“急急风”，鼓点已经打了两遍，程长庚仍无法出场。此时，台下张坦、李海及临时凑的几个来捧场叫好的乡亲，看长庚老不出场，也为他着急。

正在这时，管事的来到长庚身后，心说，今天就是要你的好看！“出丑去吧！”一脚把长庚踹了出去。

长庚猛不防，一个趔趄扑到帘外，仗着身上的功夫，就劲儿一个旋子，挺立在舞台上。然后，随着急急风的鼓点，打马跑了个圆场。这一招儿，倒叫戏班的人刮目相看，连台下的看客都觉得这个生手身手不一般。

等亮相之后，自报家门：“俺——卜——式”，因为长庚是安徽口音成了“俺——破——寺”，这时台下有人应道，“什么？破寺？还破庙呢！”

“是个侉子！”

台下顿时哄笑不止，接着就倒彩连声。

该唱了，本来过门是【山坡羊】，可文场的笛子硬是给吹了个〔四平调〕，长庚根本就没法张口。在一愣神之间，台下又是一顿倒彩。有人还嚷：

“不会唱，下去啵！”

在倒彩声中，程长庚急中生智，马上现改词儿，唱出了〔四平调〕。

卜式离了河套地，
来到京城参军机。
愿将家产献武帝，
充作军饷御边敌。

长庚不唱便罢，一唱，声震寰宇，整个戏班都为之震惊，连台下贯会择毛的老看客都惊叹，“咦，好嗓子！”

接着是与汉武帝的对白。

这扮演汉武帝的，正是管事的弟弟。他与鼓师早串通好了，就是变着法儿阴这位打炮的。

他开口便道：“下跪是‘破庙’？还是‘破寺’？”

长庚接道：“在下正是卜（破）寺。”

汉武帝说："破庙，破寺，不是一回事，回去修好破寺，再来奏事！"

台下听着破庙破寺的颠来倒去，连连哄笑不止，倒彩"嘟——嘟——"叫个不停。

长庚也看出，这是戏班串通好的，故意阴他。干脆不唱了，一甩袖子退下场来。没跟戏班的任何人打招呼，连妆都没卸，气呼呼地跑到席棚外面，手脚齐舞，连踢带打地撒起气来。

张坦和李海都明白这是怎么回事，戏班阴人，这是常有的事。都怨自己没事前花钱买通人家，可自己也没钱去买通人家呀！张坦为外甥的炮戏没打好，心里愧疚万分。李海也为戏班的戏子阴损而气愤万分。他们有苦只能往肚子里咽，只好把长庚拉回大下处，好言相劝。

程长庚长这么大，是头一次在台上栽这么大面儿。想起离开江家班之前，师傅对自己的期望，师傅这几年在自己身上花费的心血，指望自己进京弘扬石牌弹腔，可进了京连个落脚之地都找不到。真是愧对师傅的教导和厚望。又想起台上那些阴人的损招儿，更感到前路迷茫，不觉委屈得抱头大哭起来。

张坦、李海忙过来相劝，告诉他来日方长。只要有本事，不怕被埋没。

经李海和舅舅一番劝导，长庚心里踏实了一些。猛地想起临分别，江洪师傅交给自己的那个锦囊。师傅当时说，"等实在为难的时候再打开。"现在正是走投无路的时候，正好打开看看。

程长庚打开锦囊，原来是师傅写好的一封信。信封上正楷大字写着：米应先师弟亲启。信封在其内，内容不得而知。

长庚刚念道：米应先师弟亲启，李海一惊，说："谁？米——应——先？"

张坦忙问李海："谁叫米应先？"

李海说："师兄，米应先你都不知道？就是米喜子！"

张坦摇摇头："没听说过。"

李海："哎呀，京城之内谁不知道米戏官，米喜子！"

张坦说："我们不是刚到京城嘛！"

李海说："这米应先在京城是大名鼎鼎！连皇上都经常封赏的大伶人，皇上是'无米不开台'。不要说京城，就是琉球、高丽的使臣到京城，都要看他的戏。要不怎么称'米戏官'呢！"

张坦："那肯定是戏唱得好！"

李海："那还用说！听说他是湖北崇阳人。此人姓米名应先，字石泉，号桃林，小名喜子。嘉庆初年来到京城，现今是春台班的班主。戏界以他的小名相称，叫他米喜子。擅演老爷戏，人送外号'活关公'。"

张坦听罢，将信将疑地问长庚，"这信是给他的？"

长庚点点头。

张坦默念长庚刚才的念法"米应先师弟亲启"。张坦一下子顿悟，"看来这米应先是江洪老先生的师弟！”

这时，他一下子明白过来，佩服地说道：“江洪老先生办事真是深思熟虑！他先让我们找他的弟子余三胜，弟子总比师弟好说话呀。如若不成，万不得已，再找师弟。嗯，稳妥，稳妥！”

李海一听“余三胜”仨字，又是一惊，忙说“余三胜是嘉庆皇上御封的‘戏状元’。这些年在京城可是红得都发紫啦！人称‘亚赛京城米应先’！哎呀，这两个大红人，你们找着一个，就不愁没戏唱了！”

张坦说：“哦，余三胜都当了状元了？了得！了得！可是他到天津去唱戏，咱找不到他，也是无奈呀！要等，得等他到何时呢！”

李海说：“听说米老板身子骨欠安，在家将养，很少出台。找他嘛，还是好找的！”

张坦听后，高兴得双手作揖，“阿弥陀佛，真是天无绝人之路！”

第二天，舅甥俩换了件干净的衣裳，来到了米喜子的家。

米喜子一看，是当年在石牌小科班时，同班的师兄写来的信，格外高兴。当下，打开信，看毕。用眼从头到脚打量长庚一遍，问道：“你就是程长庚？”

长庚忙回答：“就是。”

米喜子又问：“你工生行？”

“是的。”

“你能不能唱一段让我听听？”

“不知您要听哪一段？”

“唱你最拿手的！”

长庚平心静气，进入角色，放声唱了一段《文昭关》。

米喜子听后欣喜万分，说：“怪不得你师傅信中夸你，真是名师出高徒，果不其然！”

张坦忙说：“他这是关老爷门前耍大刀，献丑而已。”

米喜子说：“不然，不然。正如我师兄信中说的，‘是个唱戏的好材料’！”

程长庚说：“都是我师傅教导的好！”

米喜子说：“你这是实话。我师兄当年在我们科班就是佼佼者。不然，小科班怎么会单单留他当教习！一晃快三十年了，他还在石牌小科班当教习？不知他一向可好？”

程长庚说：“师傅很好。石牌小科班早报散了……”

米喜子忙问：“那……，你是在哪里拜他为师？”

程长庚就把自己当年如何被砸场，如何被收徒，如何又和舅舅进的京城，如何找不到余三胜，如何“打炮”被阴，又如何找到米府，从头到尾述说一遍。

米喜子听后不住唏嘘感叹，然后仰天叹道：“真是苍天有眼，竟有这么多有心之人，对石牌弹腔执着的追求和探索！石牌弹腔翻梢儿，不乏其人哪！”

程长庚舅甥俩不明白米喜子的意思，只是顺着米喜子的话应和。

米喜子感叹一番之后，看看舅甥俩，说："打今天起，你们就住在我的宅子里。如不嫌弃，就再拜我一个师傅！"

张坦一听这话，忙说："俺外甥这个师傅是拜定了！"说罢，对长庚说："还不磕头！"

米喜子说："既然拜师，也不要如此匆忙，等余三胜回来，我们好好办个拜师礼！"

有散曲唱道：

【正宫·端正好】正为此满怀愁，心烦闷，弄得个进退无门。可怜见一通瞎思忖，蓦地猛想起一个人。

【滚绣球】他流行打把式不走运，顶绝好人，怎不叫咱感谢不尽。慨然带我登台打炮唱戏投门。谁承想欺生，忒阴损，文场武场一个劲，串通好鼓声笛音害人一个韵。偏我拧种不服气，一腔怨气甩手离台迈步走人。宁肯不唱戏，也要有戏魂！

【倘秀才】师傅远谋又远虑，锦囊里裹恩心。解忧解虑绝处逢生一封信，送我入圣门。好叫我欢心！

【幺篇】好个戏官米圣人，我有福分。抬举我拜师投门进而又进，倒教我加劲添神！

第　八　回

再学艺保定坐科
进京城赶三闻名

余三胜从天津回来之后，第一件事就是赶紧到米府给班主请安。米喜子给余三胜说的第一件事就是程长庚的拜师。

余三胜听了也很高兴，欣喜地说："听您这么说，他还是我师傅的徒弟，那就是我的同门师弟呀！快请出他来，我们认识认识呀！"

米喜子立马叫人传长庚舅甥俩来见。

程长庚一见余三胜，忙磕头叫师兄。余三胜一把拉起程长庚，左看右看，高兴地说："没想到我还有这么年轻英俊的师弟！"

程长庚顺便把舅舅介绍给余三胜，并把江洪写给余三胜的信交给余三胜。余三胜展信观看之后，拉着长庚问长问短，打听师傅的景况。余三胜与程长庚论了年庚，余三胜长长庚九岁。二人越说越投机，余三胜待长庚像亲弟弟一样，倍觉亲切，说起来没完。

米喜子打趣地说："还是你们哥儿俩亲哪！见了师弟就忘了我的事了！"

余三胜也打趣地说："师弟的事不也是您的事吗！您放心，明儿个就是好日子，我马上安排，拜师礼保证隆重热闹！"

米喜子收徒，这是京城梨园的轰动之事。当时京城梨园的各大戏班，春台班自不必说，如三庆、四喜、和春、嵩祝、新兴金钰、双和、大景和等都来祝贺；各大班名人如老生行的张二奎、王洪贵、段二、王寿先、潘德奎、张如林、大和尚、周连贵、薛印轩、马官、刘德儿；正旦胖双秀、胡喜禄、蟾桂、黑贵喜、大金龄、风林、汪法林、红喜、兰儿；净行姚二官、朱大麻子、夏花脸、王先爵、宝成、潘锡寿；丑行黄三喜、朱三喜、余子仔、阿四、黑虎等，另外还有各大戏园都来道喜。拜师礼的确办得隆重红火，米喜子和程长庚都备受关注。

拜完师之后，米喜子与程长庚进行了一次深谈。他认为，程长庚的确是吃戏饭的料，天赋好，底子打得扎实。但对北方，尤其是京城的唱戏环境不熟悉，石牌腔固然在京城很受欢迎，但还不能主轴儿。京城还是昆曲的一统天下，程长庚虽然昆曲的底子打得很厚实，但还是南昆曲的腔调，尤其吐字还是南方口音，京城人称这是侉腔侉调，一听这个调，就笑话说"土得掉渣"。起哄，喝倒彩。这样，就是有天大的本事，也发挥不出来。

京城流行的昆曲叫北昆，是北方化了的昆曲，北昆的根基在直隶的首府保定。为了保护好程长庚的名声，他决定先不让程长庚在京城露演，先让他到保定把北昆的底子打瓷实。

他对长庚说：“我决定送你去保定‘和盛成’科班再造。”他怕程长庚误解他的意思，又说，“和盛成，是个老科班。说来话长，这和盛成，早在三庆班未进京城之前就来到了北方。乾隆爷下江南看遍了江南的名班名戏，对昆曲格外喜欢。当时他有一个宠臣名方观承，是安徽桐城派学子方苞的后代。当时任直隶总督，他深通昆曲三昧，为讨皇上欢心，就把当时名噪江南的和盛成戏班拉到保定。方观承任直隶总督二十年之久，政绩显赫，颇受乾隆赏识，每离京南巡，保定必是乾隆第一驻跸之地，和盛成的戏班总是为接驾御演。

“保定，是河北梆子的发祥之地。和盛成久居保定，与河北梆子同台演出，慢慢被河北梆子同化。唱腔、吐字发音北方化，变成了时下的北弋腔调。但昆曲的表演程式，身段做派，还保留得非常完美，这就是所谓的‘北昆’。

“可喜的是，这位方老爷在保定任上待久了，他也反倒特别喜欢上了这北方化了的昆曲。特着意扶植，支持和盛成班兴办科班，培养弟子。如此，北昆的弟子遍布城镇乡野，北昆曲调的传播遍布北方各地。

“京城地处直隶管辖范围，京城的北昆当然受其影响。就连京城的许多北昆艺人都出自保定的和盛成。

“此番去和盛成科班，对你将来在京城的发展大有益处。你有南昆的底子，再精通北昆的路数，日后回到京城就会天高地阔，任你发展。你虽然拜我为师，但我却不能给你北昆的玩艺儿。从长计议，我不能耽误了你的前程。”

长庚已从师傅的话中听出了师傅的用意，他诚恳地说：“师傅的良苦用心，徒儿记下了。”

余三胜听说米喜子要送走程长庚，眼看着春台班将来的台柱子被送走，倒觉得有点可惜。但碍于班主的决定，虽于心不忍，也不好说什么。

这天他去米宅问安，顺便给班主提起一件事。他说：“我这次到天津唱戏，带回来一个年轻人，这小伙子年岁不大，很有天赋。是我大哥戴康曾在世时，让我带的小兄弟，姓刘，名宝山，字韵卿。是天津泥人张推荐给我大哥的，说拜我为师，我大哥说，凡到群雅集的都以兄弟相称，就成了我的小兄弟。我这次到天津，一见面，真是士隔三日当刮目相看。他在群雅集都成了角儿了，挂头牌老生。我看他是个人才，就把他给带回来了，放咱春台班，先摔打摔打，将来兴许会有大用。事先也没给您商量，先斩后奏，实感对班主不恭。您若觉得不合适，我就打发他回去。”

米喜子听后很是高兴，说：“咱春台班兴旺全凭人才，你这是远见之举。由此之见，春台班发达全靠你戏状元了！”

这刘宝山，就是后来名震京城的“刘赶三”。刘宝山来到春台班之后，唱二路老生。因为他有群雅集的底子，唱二路老生富富有余。他在群雅集是头牌老生，对唱二牌，总觉得不过瘾，一有空他就钻到别的戏园去贴大墙。“贴大墙”，是偷看戏不买票，没座位，贴戏园的后墙根儿，站着看戏的代名词。京城这些名班的戏他都看遍了。刘宝山这个人，聪明绝顶，又读过几年书，有文化底子。还因为是票友出身，没有科班伶人那么多的顾忌，头脑里没有门派、门户的界限，见贤思齐。逮住哪个好就学那个。对余三胜、米喜子的戏他是佩服有余，就是不太喜欢，总觉得不合口味。对四喜班张二奎的唱法他倒很感兴趣，觉得很对北方人的胃口。于是他一有机会就贴四喜班戏园的大墙，人家轮到哪个戏园，他就跟到哪个戏园，他私淑张二奎是如痴如醉。

因为他哪个戏园都进，谁的戏都看，谁的本事都学，进京时间不长，他倒落了个好人缘，那个戏班都邀他去唱。他是有邀必到，谁邀都去。不管别人怎么看，他有自己的主意。他想，这样可以经得多，见得广，多学本事。艺不压身，有了本事才有立身之本。再者，还可以多得一份戏份，多一份戏份，就多一点养家糊口的钱粮。一举两得何乐不为？就这样，他有时一天赶好几场戏。唱完这家，紧接着赶往下一家，如此，至少三家。时间长了，同行们送他一个外号“刘赶三”。起初，他听了之后是一笑了之。时间长了，人们老叫他“赶三”，他倒觉得“赶三”这名字不坏。一是警醒自己勤奋；二是响亮。“刘赶三”总比“刘宝山”好记，响亮得多。唱戏的不就是名字越响亮越叫座嘛！“赶三”就“赶三”。大名叫“刘宝山”，干脆艺名就叫“刘赶三”。随着年龄和名气的增大，人们后来都尊称他“赶公”或“老赶”，他都乐意。

经过在京城戏台的历练，刘赶三觉得，老生这个行当，自己再怎么下功夫都赶不上米喜子、余三胜、张二奎、李六、王洪贵这些名家。一来人家确实功底深厚，二来人家早已成名，有了名声，有了人气。自己票友出身，功底比不上科班的扎实，再加上自己初来乍到，没人认可。

人贵有自知之明，自己吃几碗干饭自己清楚。打仗还有个知己知彼百战不殆呢！如今是老生行人才济济，挤不进去，不能死打硬拼。丑行一向乏人，自己不如避实就虚，扬长避短，工丑行，兴许能有出头之日。主意打定，他一咬牙就改了行当，从此专工丑行。

丑行，在戏剧行当，生旦净末丑中，排在最后。永远成不了主角，在行当中是配搭。但丑行的搭配最不可少，像中药中的甘草，机器的润滑油，什么时候都离不开。丑行在戏班最受尊崇，后台的衣箱，只能按行当坐，不能混坐，唯独丑行哪个衣箱都能坐。后台化妆勾脸，必须是丑行先开笔，别的行才能动笔。即使第一出戏没有丑行的戏，也得丑行先在脸上勾一块白之后，上第一出戏的人才能动笔。——相传当年唐明皇在梨园唱戏时，喜欢唱丑角。皇帝不开笔，谁敢先开笔？丑行是皇帝曾干过的行当，所以丑角才有这么高的待遇。

论本事，丑行也是最吃功夫的行当。除了四功五法，唱念做打，手眼身法步必须精通之外，其他生旦净末各行当的戏都得通透，否则就要不活，玩儿不转，逗不成，丑行玩儿得是“全活”。一个戏班中，能有几个敢玩全活的？——这也是受人尊崇的一个方面。

刘赶三就看上了这个行当，他脑瓜好使，昆乱不挡，六场通透。临场抓哏，水词逗捧，灵活应变，张口就来，所以他敢应工这个行当。

刘赶三生得身材瘦小，长脸清瘦，眉眼细小，天生扮演丑角的面相。他伶牙俐齿，白口爽利，冷面尖刻，特别能抓人隐恶，讽刺挖苦，随口而出。

有一年夏天，春台班为一位老爷唱堂会，余三胜与刘赶三合演《落马湖》。这位老爷是武备，堂会座中当然都是武官，一个个戎装盛服，威武森严。正赶上这一天天儿特别热，武官们汗流浃背却不敢稍宽衣带，一个个正襟昂坐。余三胜扮黄天霸在望江居端坐，刘赶三扮朱光祖，侍立一侧。黄天霸有台词：“贤弟，外面天气如何？”

朱光祖答道：“热得很哪！”

中堂又问：“那军士们不热么？”

朱光祖答道：“他们不热！”

黄天霸问：“却是为何？”

朱光祖用手一指台下那些武官们说：“他们个个吃‘冰’。”

“吃冰”和“吃兵”是谐音。刘赶三借此讽刺那些清朝的武官侵吞兵饷，中饱私囊之弊。

台下那些武官都听出了弦外之音，因为这是大清部队内部的通病，军官们都是天知地知，你知我知，熟视无睹。听到这话只是挠到痒处，哄笑一声，掩饰而过。再说这是上司家的堂会，都是来捧场，逢场作戏，那个会认真择毛给东家惹麻烦。

散戏之后，余三胜对刘赶三说：“贤弟，今天我可真为你捏一把汗，你怎么那么大胆敢骂他们吃空饷！”

刘赶三颇不以为然地一笑：“咱不骂他，谁敢骂他！”

“谁敢惹这些大兵，闹不好要掉脑袋呀！”

“咱一个伶人，最底层的小人，他们还能把我们怎么样？再说了，嬉笑怒骂这是在演戏，他也不好对号入席自找麻烦。有拾金子拾银子的，还有拾骂挨的吗？”

“还是小心为好嘛。”

“大哥自管放心，当年戴大哥在世的时候常说，‘唱戏的没权，却有口。可以为百姓鸣屈，可以执艺以鉴，可以随戏寓讽，抨击时弊流俗’，我觉得戴大哥的话很对我心思。”

一提到戴大哥，余三胜心服口服，不再多说什么。

从此，刘赶三天不怕，地不怕，借题发挥，嘲讽权贵，抨击时弊的胆量，名传京城梨园。

有词【蝴蝶儿】写道：

刘赶三，名儿奇。刁钻滑怪演淋漓，梨园有绝技。

不是有真见，丑行敢唱戏！一身正气挖苦损，为民说直理。

第九回

奇人奇技奇音妙
恒心恒志恒愿归

保定的和盛成科班，在直隶总督衙门东厢，马廄的隔壁，那里紧接保定市繁华的城隍庙街。城隍庙香火旺盛，人气也很旺盛，人来人往络绎不绝。因此，城隍庙街的店铺也特别多，买卖很是兴隆。其中有一家是卖驴肉火烧的，生意特别好。

保定的驴肉火烧，是全国冠名的名小吃。做火烧的面和好后，先用模子打出来，在饼铛上烙得半熟，然后用铁签子架起来在炉里烧。烧到里外熟透，火烧两面都带了焦黄的饹馇，再出炉。出炉后，将刚出锅的酱驴肉切成臊子，夹到火烧肚里，鼓鼓的。里面，驴肉喷香诱人；外层，火烧外焦里嫩，酥脆可口；咬上一口，肉香饼香，盈香满口。

当年，总督衙门犒劳兵卒，就把全城的驴肉火烧店全部包下来，用大笸箩给营房里送驴肉火烧。平时，就连总督、文案、皂吏、文人等，至亲好友小聚，也特意到小店品尝驴肉火烧。

城隍庙这家驴肉火烧店，火烧和酱驴肉都做得非常好。老板是个六十岁开外的老师傅，这人身材修长，方脸盘，大眼睛，眉毛长，浓而密，总是一副精神饱满的神态。平时他打火烧，就像戏班鼓佬打鼓一样，节奏分明，铿锵有声。烙出来的火烧，金黄透亮，香气袭人。

最特别的是他的吆喝声，瓮声瓮气中，带着悠扬悦耳的回响；充足的底气中，饱含着浑厚的腹腔儿。他吆喝一声，整个城隍庙街都萦绕回荡。

有一天，天刚放亮，程长庚从和盛成出来，准备到南城根吊嗓子练功。刚一出大门，就听烟雾缭绕中传来一声吆喝。这声音从空中传来，透过晨雾，在静静的大街上空回荡，像来自仙境，像出自天籁之音。这使程长庚大为震惊，他不自觉的顺城隍庙街循声走去……

来到这个驴肉火烧店前，只见这位师傅双手麻利地打着烧饼，在轻快的节奏声中，他头稍稍一仰吆喝一声：“刚出炉的—— 驴肉—— 火烧—— ”，近处听来不爆不燥，可传出去却辽远萦绕，满街回响。

程长庚走近面案，这位老板用询问的声音问：“来个驴肉火烧？要肥肉瘦肉？”长庚听着这声音，抑扬顿挫像念白一样。他刚想问问老板的发音怎么那么好听，又觉得唐突，只好说，“我，我，买个火烧，哦，哦——瘦肉的。”

“好咪。”老板说着，麻利地用刀侧切火烧，把切好的瘦肉夹进去，说声，“慢用。”，看了一眼长庚，又去忙活。

长庚咬了口火烧，确实香脆满口。他细细地咂着味道，慢慢地琢磨这人的发音。从此，他天天大清早就来这个火烧店，买一个火烧，慢慢吃，慢慢品味老板吆喝的发音技巧，常常一个火烧吃上半个时辰。如此，一连有半个多月，天天如此。通过半个多月的细细听，细细琢磨，他琢磨出了点窍门，私下里也偷偷练习。这一天，他照常来店里，买了火烧，刚刚咬了一口，还没品味呢，店老板走了过来，关切地问：“品出味来了吗？”

程长庚当时只顾等着听老板吆喝，没想到老板有此一问，含含糊糊地回答：“品出来……啊，没品出来……”

老板认真地说：“品没品出来，吆喝一声就知道了。”

长庚听后大为尴尬：“吆喝？……吆喝……什么……呀？”

老板端详着长庚说：“你每天吃火烧是假，捋叶子是真。”

长庚更加慌乱：“捋叶子？不不不，老板，我不是来偷艺，是学……”

“捋叶子”是戏行的专用语，就是偷偷学艺的意思。程长庚慌乱之中说出了“偷艺”俩字，更让老板听出了门道。

老板听了不但不恼，反而慈祥地笑着说，“这点我早就看出来了，你是想知道我的吆喝声是怎么发出来的。”

长庚被人揭了老底儿，不好意思地说：“声音挺好听的，我想学一学您的发音方法，就……”

“就天天以吃火烧为由，来听我吆喝。”

长庚诚实地点点头。

“好吧，那你就吆喝一声，让我听听，看学得怎么样？”

“这——”

“既然是学，有什么不好意思的？”

长庚一听这话，心想：“也是，面前守着师傅呢，有什么不好意思的？”于是，把平时听后琢磨的发音方法，和私下里偷练的体会，拢到一块儿，放开喉咙吆喝一声：“刚出炉的——驴肉——火烧——！”

这一声吆喝，让外人听来，比老板吆喝得还响亮、好听。

老板听了满意地笑了。老板这一笑，程长庚心里的石头落了地。他马上跪在地上说：“师傅，恕小人无礼，偷学了这么长时间，您别怪罪小人……”

老板高兴地拉起长庚说：“店面说话不方便，来，到里面说话。”顺手把长庚拉到店后面的小房子里，然后按坐，倒水，一通忙活。说：“你到店里来的第一天，我就看出你不是奔着火烧来的，你是和盛成的弟子吧？”

“是。”

“新来的？”

“是。”

“从京城？”

“是。”

老板感慨地说：“苍天有眼，我的家传本事总算能得以传承了。”

长庚奇怪地问：“莫非您是梨园世家？”

老板欣慰地点点头，又沉重地说，“因为一场灾难，我的一家都葬身大海了，只剩我一人。我也不想再在梨园栖身，可惜家传无人传承，我就在这和盛成附近开了一个小店，本指望和盛成的人能有同行慧眼，流水知音，可一直过了将近二十年，没有一个人能听懂我的吆喝声。”

老板越说越激动，感慨地说，“唯有你——，如此至诚，如此用心。哎，没罔我二十年的苦心！”

说着他仰天长叹，“我心足矣！”

长庚问：“我学的不知方法对不对？”

老板反问道：“你先说说你的发音方法？”

长庚道：“气从丹田发，出天阙走督脉，上行至后脑，气催声出，声气共运，鼻音、嗓音共鸣。”

老板听后惊奇地问：“你以前练过这种发音方法？”

长庚答道：“以前师傅教过气功带发声的方法，但不是走督脉，这是我听了您的发音，自己琢磨出来的。不知对不对？正不好意思请教呢！”

老板高兴地说：“一点不错！天赐英才。”

长庚诚恳地问：“师傅，您这叫什么音？”

老板心满意足地说：“这就叫‘脑后音’。”

长庚默默地叨念：“脑……后……音……对，的确是‘脑后音’！”

长庚只顾低头揣摩这脑后音，过了一会儿，一抬头，不见了师傅。他寻到店铺门面，仍未见师傅。问旁人，旁人答道，“刚刚出去，大概不会走远。”

长庚坐在店铺门前等师傅，左等，右等，未见师傅回来。他寻思许是师傅有事，一时半会儿回不来，改日再来请教。

但，从那儿之后，师傅再也没有回来，城隍庙街再也没有了师傅的吆喝声。

只可惜，师傅的名姓，没人知晓。

程长庚把奇获脑后音的事，告诉了和盛成的教习董德全师傅。董师傅也为长庚能获此奇技而高兴。

董德全师傅随手把一本曲谱交给长庚，说，“这是北弋《长生殿》的一本曲谱，你好好钻研钻研，会对你发音更有帮助。”

长庚自从接过曲谱，就把自己关在室内，一连二十天足不出户，他按照曲谱的宫尺，按照自己的唱法，从头到尾整个拍了一遍，咬字发音，完全按照北方话发音的声调，字斟音琢，一丝不苟。直到自己觉得满意了，才来找董师傅。

董德全接过曲谱，看长庚瘦了许多，眼睛也带了黑圈儿，知道长庚下功夫了。打开曲谱，使他大吃一惊。

古代曲谱中的曲牌，分大字曲牌和无大字曲牌。只有宫商曲调的牌子，没有唱词的叫“无大字曲牌”，填上唱词的无大字曲牌就叫“大字曲牌”。各种曲牌串联综合起来，就成了整出戏的曲谱。

原来他给程长庚的曲谱，是无大字曲牌的曲谱，长庚交还给他的竟然是大字曲牌的曲谱。董师傅明白，在曲牌上填唱词是很吃功夫的事情，非经过顾曲训练是难以做到的。他看长庚竟然字迹工整而准确地填上了唱词，由此而吃了一惊。

董德全问长庚：“你学过顾曲？”

长庚说：“在江府，师傅指点过，只是知晓皮毛，不曾动手做过。”

师傅又问：“填的唱词是哪里来的？”

长庚答道：“这出戏，我在南方江家班的时候唱过。不过，是按南昆的曲牌唱的。接过师傅给的这出北昆曲谱，我对照南昆的唱法，一个牌子一个牌子地往下唱，一场一场的往下接。对照之中，找出南昆与北昆发音不同的地方，依照曲牌揣摩北昆的行腔方法。每一段我都唱几十遍，记熟了特点。又对照北昆的发音，将南昆的唱词填到曲牌中，变成了现在的大字曲牌曲谱。有了大字曲牌的谱子，自学就更方便了。就是不知道填的对不对，请师傅帮助纠正谬误。”

程长庚的一番话，更让董德全师傅刮目相看。原来眼前这个小徒弟功底这么深！怪不得米戏官对他如此关爱。董师傅高兴地说，“先不说唱词填得对与不对，你先给我唱上一段，我听上一听，看你牌子套得对与不对？”

长庚高兴地说，“就唱‘余韵’中的两个牌子如何？”

董师傅点点头，示意他唱。

程长庚清清嗓，放声唱《哀江南》：

俺曾见金陵玉殿莺啼晓，
秦淮水榭花开早，
谁知道容易冰消。
眼看他起朱楼，
眼看他宴宾客，
眼看他楼塌了。
这青苔碧瓦堆，
俺曾睡风流觉，
将五十年兴亡看饱。
那乌衣巷不姓王，

莫愁湖鬼夜哭，
凤凰台栖枭鸟。
残山梦最真，
旧境丢难掉，
不信这舆图换稿。
诌一套哀江南，
放悲声唱到老。

长庚唱罢第一曲，偷眼看师傅，只见师傅在偷偷地抹眼泪。他停下来问师傅，“还唱下面的牌子吗？”

董师傅抹抹眼睛，摇摇头，“不要唱了，只这一曲，就唱得我掉了眼泪。我当了一辈子的教习，听了一辈子的戏，还是第一次掉眼泪。你这个小徒弟还叫我怎么教你？你比师傅唱的还好！”

长庚听后惶恐地说：“师傅，我只是凭着自己的品味唱的，肯定谬误百出，就是请师傅挑丑嘛！”

董德全师傅思谋一下，说：“要说声情并茂，是够了。只是咬字还要再讲究一些，尽量避免那种侉字发音。比如说‘俺曾见金陵玉殿莺啼晓’的‘俺曾见’，俺应发‘暗’音，见应发‘间’音。这些你都有别于南昆，但还需努力仔细字斟句酌，慢慢下功夫。”

程长庚认真听师傅的指点，诚恳地说：“徒儿记下了。”

董师傅说：“关于咬字发音的问题，京城各大名家也各不相同。鄙人陋见，也须要统一一致。现今京城的唱法，尽管都被接受，不被哄为侉子了，但应有统一的规矩，那才能说得上是同戏同腔。”

师傅说的这些，长庚不懂，但却觉得很有道理，不禁问道：“依师傅之见，该如何做到同戏同腔？”

董师傅说：“我只是陋见，孤陋寡闻，尚无意见，这恐怕要等京城的后辈伶人去实现了。”

董师傅只是说说，但长庚却把这话吃在了心里。

董师傅看长庚唱戏练功，既有好的功底，又聪明肯钻，刻苦努力。深感此为难得可塑之才，便把自己平生的本事都施展出来，一招一式，字斟句酌的都教给长庚。

光阴荏苒，一晃三年过去了，董师傅把长庚叫到面前，说：“米戏官是把你放到这里来回回炉，再锤炼锤炼。我们这里池水浅，对于你来说是低就了。我看　你功夫已成，可以到京城和他们一比高下了。”

临行，董德全把事先写好的一封信交给长庚，说：“回京城把这封信交给米戏官，并代问他好！”

程长庚在和盛成一扎三年，保定成了他到北方的第一奠基之地。

保定是个历史古城，保定人，多北方人慷慨悲歌的豪爽之气。著名的荆轲刺秦的故事，就出在保定府的易水。所谓“风萧萧兮易水寒，壮士一去兮不复还。”，就是保定人的风格体现。保定，是程长庚到北方后，留下生活烙印最深的地方。

三年之中，他既学了本事，又增长了阅历才干，还长高了身体。三年，程长庚俨然由一个毛头孩子，变为一个英气勃发的大小伙子。

真到离开师傅，离开保定，离开和盛成科班的时候，却又有许多难舍难分，难以别离之情。他饱含热泪和师傅及师兄弟们依依惜别，恋恋不舍。一步一回头地登程北去。

长庚回到京城，把董师傅的信交给米师傅。米喜子打开信，只见是一句偈语：

此非池中物，无米不成仙。

米喜子看后嘻嘻一笑，说：“回房歇息去吧。”

有词【鹧鸪天】写道：

石牌伶童出帝京，回炉再造和盛成。易水微寒风不动，脑后佳音绝世鸣。再造工，功已成。满载而归送春风。春风识得春风面，歌喉妙曲侧耳听。

第　十　回

侍讲讲花雅纷争
尚书破皇家规矩

休息几天之后，米喜子让长庚把从保定学来的本事都展演一遍。看了长庚的长进，尤其是听了长庚新学来的脑后音，米喜子更是喜出望外。

米喜子高兴得对长庚说，“看来当年送你去和盛成科班的做法，完全对路。”

长庚说：“师傅高瞻远瞩，徒儿实实受益匪浅。”

米喜子说：“从今之后，我就正式履行师傅之责，教你重新学皮黄。”

“重新学皮黄？”长庚不明白师傅的意思，“我们石牌弹腔儿，不就是以皮黄为主吗？”

米喜子一副深思熟虑的神态，“是。石牌弹腔儿里包含皮黄，那里的皮黄是徽腔皮黄，或者说是汉调皮黄，我要教你的是京皮黄。”

程长庚说：“那样，我在保定的三年，岂不白白荒废了？”

米喜子说：“保定的三年，正是为你学京皮黄打基础的三年。三年里，去除了你南方腔儿的侉音侉调。打好了学北方腔调的基础，岂能说是荒废！”米喜子看着长庚意味深长地说，“那正是我们石牌弹腔翻梢崛起的根基！”

程长庚听师傅如此说，又想起离开江家班时，江晚晴老爷所说的那些话。对米喜子的这番话有了更深层的思量：石牌腔“翻稍儿”，“翻”什么？“翻”的就是变地方腔儿，为“国腔儿”！国腔儿就是全国都认可，都时髦儿的腔儿！

哦，可不，保定的三年，就是筑根的三年！

想到这些，他更佩服米喜子师傅的高瞻远瞩，满怀信心地说：“师傅指到那里，徒儿学到哪里。”

从此，程长庚踏踏实实地跟着米喜子学习京皮黄。

当时的北京城，京皮黄的概念还不十分清晰。京城的戏剧还处于诸腔杂陈的状态。昆腔、高腔、梆子腔、柳子腔、皮黄腔等五大声腔体系的各戏种都有。但是，还是以昆腔为主。

昆腔就是昆曲，就是原汁原味的江南昆曲。

高腔就是北方化了的昆曲，就是北昆，也叫弋阳调。

梆子腔，就是秦腔和由秦腔所衍化来的河北梆子、山西梆子、河南梆子等；

柳子腔，就是山东的吕剧、柳子等腔；

皮黄腔主要是汉剧、徽剧等。

这些戏，在京城可说是百花齐放，各占一支。京城的茶园笙歌不断，宫廷里巷百曲争鸣。

京城之内，无论宫廷，无论百姓，无论达官贵人，无论贩夫走卒，都以看戏消遣为乐。

消遣，乐则乐矣。

可是，看了戏，真正品戏、懂戏、研究戏剧演变，关注戏剧变化的人并不多。

翰林院有一位侍讲，姓延，名熙。在家行四，人称延四爷。此人饱读诗书，满腹经纶，进士及第，官居四品，现拜翰林院侍讲。

一袭文官，说不上是闲差，但公务上却也没有多少事。因此他有很多工夫看戏，品戏，在戏上做学问。

戏上的学问做久了，他对戏懂得特别多，钻研得特别透，看得特别准。对京城的诸腔各调都很熟悉，对各大戏班都很关注，对各大班的名人都很熟悉，对京城戏的衍化演变，也了解得一清二楚。因此，京城都对他戏称“戏翰林”。

对“戏翰林”的称呼，他是讳莫如深。因为朝廷有规定，官员不准涉足伶人氍毹之事。张扬出去有辱官身，耽误前程。耽误前程他倒不太在乎，只是传扬出去，好说不好听，惹麻烦。

因他对唱戏的事门儿清，戏班或官场凡涉戏的事，私下里都请他出谋划策。

宫里有一位戏大臣，就特别离不了这位延四爷。这位戏大臣，就是升平署里专管唱戏的官，名叫禄喜。

“升平署”是专管宫廷里唱戏的衙门。这个衙门，历朝历代都有。只不过，朝代不同，所管的差事不同罢了。汉代没有戏剧，只有民歌。民歌刚兴起之后，汉代所设衙门叫“乐府”；唐代歌舞盛行，所设衙门叫“梨园”；宋代戏曲崭露头角，所设衙门叫“菊部”；元、明两朝戏曲兴起，所设衙门叫“教坊司”；清代起初的机构，沿用明代的名称，也叫“教坊司”。而后，乾隆下江南带来南方伶人，专门为宫廷唱戏，为了区别于原宫廷唱戏的太监人等，称为“外学”。这些人的活动住处，在南府景山衙门。清廷就将原“教坊司”改名为“南府”。道光七年，裁退皇宫里的“外学”人员。又将“南府”改为“升平署”。

宫廷里唱戏的名目繁多，什么九九大庆，什么法宫雅奏，什么月令应承，什么朔望应承，等各种庆典，以及颁诏贺功，生辰祝寿，迎来送往；外加皇上、太后、娘娘、王爷、福晋等临时承欢，都要唱戏。宫里、王府，几乎天天唱戏，甚至一天几个戏台同时开几台戏。

作为戏大臣的禄喜，这些戏都要安排妥帖。什么场合唱什么戏，哪个人喜欢什么戏，那个人忌讳什么戏，他都要想得仔细，安排得天衣无缝，讨主子们欢心。否则，稍一疏忽，就有掉脑袋的危险。每当这时候，他都要悄悄地找到延四爷，认真讨教一番。

这一天，他又悄悄溜进延府。家院报来，延四爷赶紧出迎，落座上茶之后，禄喜搔搔头，不说话。延四爷看出他有难处，主动问道：“又有什么难题难住你戏大臣了？”

禄喜摇摇头，“您说我干的这是什么差事啊？”

“又怎么啦？”

“我整天伺候宫里就够忙的了，这部院也跟着起哄，我伺候得过来吗？再说了，我也伺候不着他们哪！”

延四爷又问：“谁又惹你了？”

禄喜没好气地说：“穆彰阿！”

“就那个理藩院尚书穆彰阿？”

“嗨，除了他还有谁？”

延四爷听后略加思索说：“禄爷，您可不能小看这个穆彰阿，他可是两朝元老了。左都御使，漕运总管，工部尚书，文华殿大学士，这朝廷的官快让他当遍了。门生故吏遍布朝野，号称‘穆党’。连皇上都忌他三分哪，他可得罪不得！”

禄喜说：“要不他敢给我派差呢！”

延四爷说：“他要看戏？”

禄喜说：“他家老太太过八十大寿，要办堂会！”

延四爷听后呵呵一笑：“办个堂会对您戏大臣来说还不是小事一桩！”

禄喜说：“可他给我出难题呀！”

延四爷奇怪地问：“出什么难题？”

禄喜没好气地说：“他是哪壶不开提哪壶——非要唱皮黄！”

延四爷听后，在堂屋里来回踱了几步，没有当下回话。

禄喜愤愤地说：“嘉庆三年，朝廷颁旨，禁演乱弹。这么多年了，宫里宫外，何曾开过禁？他想开禁，让我这个管戏的大臣去办，这不是拿我开涮哪！他要看戏，我还要脑袋呢！”

延四爷应和地说：“嘉庆三年，至今也四十多年了。这四十多年，要禁的没禁住，要演的也温暾水一般热不起来。”

禄喜说：“我就不明白，当初干吗非分个‘花部’‘雅部’，还出个禁令，闹得花雅之争几十年纠葛不清。这不是自己给自己找麻烦吗！”

延四爷示意禄喜噤声：“你这话只能在这里讲，可不敢在外头说呦！”

禄喜嘿声一笑：“这里不就咱俩嘛！”

延四爷也笑笑说：“当年，朝廷颁旨禁唱花部，也是出于教化。自从乾隆爷六下江南，把江南的各种戏班带进京城，尤其徽班进京之后，汉调、秦腔、梆子等都齐跻京城。京城一片歌舞升平之态，繁华太平之象，可谓万民称颂。然则，有一利必有一弊。这些地方各班，良莠不齐，比起早就在京城流行的昆曲、北弋就更为逊色。更有那乡俗野调，故意唱些个低俗下流的村歌浪曲，迎合世俗无赖的喜欢，确实有伤风化。朝廷把昆弋划为雅部，其他戏种都化为花部，并饬令对花部进行查禁，当时是有一定道理的。我这里有禁令的原文，你要不要看一看？”

禄喜好奇的说：“你别说，我当了这么多年升平署的戏大臣，还真没有看过嘉庆朝的这个诏文。”

延熙从书案中抽出一本朝廷诏诰文本，翻出嘉庆三年的禁令推到禄喜面前，禄喜从头看来，只见上写：

乱弹、梆子、弦索、秦腔等戏，声音既属淫靡，其所扮演者，非狭邪媟亵，即怪诞悖乱之事，于风俗人心殊有关系。此等腔调，随起自秦皖，而各处辗转流传，即苏州、扬州向习昆腔，近来厌故喜新，皆以乱弹等腔为新奇可喜，转将素习昆腔抛弃。流风日下，不可不严行禁止。嗣后，除昆弋两腔仍照旧准其演唱外，其乱弹、梆子、弦索、秦腔等戏，概不准再行演唱。所有京城地方，着和珅严行饬禁；并着传谕江苏、安徽巡抚，苏州织造，两淮盐政，一体严行查禁。

看毕，禄喜喃喃地说：“当时，肯定是查得很严的了。”

延熙接着说：“禁令一出，花部肃然。确实刹了刹那些乌烟瘴气的气候，但毕竟不是治本之策。雅部自然是雅，但却雅得唯宫廷、官府、文人雅士得以欣赏。而老百姓，贩夫走卒，却不买账。这就是所谓‘阳春白雪，和者盖寡’的道理。雅部越雅，反使自己的道越走越窄。总是那么一口调，那么一种表演方式，没有新鲜玩艺儿，以至连那些文人雅士都看腻了，这就使这个昆弋走进了死胡同。艺文之事，历来是生于民间，死于庙堂。唐诗、宋词、元曲，不都经历了这样的过程吗？如今，昆弋也眼看的走到了这一步。街头不是有打油诗‘时尚黄腔喊似雷，当年昆弋话无媒’嘛。

与昆弋相反，倒是被禁了的花部，不但没禁住，反而成了气候。因为民间喜欢！

就拿徽班而言，他也被列入花部之列。当时其伴奏也时兴了胡琴弦乐，所以就沾了‘乱弹’的边。要不怎么就进了所禁之列？但究其根仍是昆曲的底子，你禁乱弹，我不用胡琴弦乐‘乱弹’了，仍改用笛子、唢呐伴奏。稍加变通，就躲过了皇家的禁令，在京城甚至全国照唱不误。

徽剧有昆曲的底子，有弹腔儿的味道，有皮黄的音韵，将高雅与民俗和谐地融为一体，再加上进京这几十年与汉调、北弋、梆子等各戏班的交流，声腔、身段、做派日趋美化，京化。京城上下，达官府邸，民间里巷，都倍感新鲜。

因此，四大徽班才在京城独领风骚。依艺文规律而言，皮黄已经具备了生于民间的条件，只是还没有进入庙堂的机会。”

禄喜听到这里嘻嘻一笑：“延四爷，听你这一篇宏论，莫非真要我给他穆彰阿安排皮黄？难道你也想要我脑袋？”

延熙一脸正经地说：“我这不是要你掉脑袋，你要是真把皮黄弄进穆府，没准儿倒是给你一个让脑袋放光，露脸受赏，得主子青睐的机会。”

禄喜把脸一绷：“宫廷的禁令未除，这可不是打哈哈闹着玩儿的小事儿！”

“天塌下来，有个儿高的顶着。他既然敢点皮黄，有了事，自然是他扛着。还轮不到你这个六品官充大个儿！”延四爷接着说，“再说了，从宫里到宫外，想听皮黄的，未必就一个穆尚书，只是别人还没他那个胆子而已。尚书家唱堂会开皮黄，那些门生故吏，部员司吏，属下官员，哪个不来捧场？这是多大的动静！此头一开，谁敢说以后就没有接茬再唱的。如此，唱来唱去，没准哪天就能唱到宫里去。一唱到宫里，朝廷的禁令自然解除。到那时候，头一功就是你戏大臣禄喜。将来，皮黄在京城解了禁，宫里唱戏，你就可以随心所欲地去各大徽班派活儿，徽班的拿手好戏感动了主子，你禄喜受封赏的日子不就来啦！”

禄喜听后眨眨眼说：“要不……就照你延四爷的主意试试？”

延熙一笑，“哎——戏大臣是你，主意你自己拿。你要是能抗过穆尚书，不派皮黄当然更稳妥。”

禄喜听延熙如此说：“派就派，他穆彰阿不怕，我怕个逑！”

延熙将口凑到禄喜耳边，“不妨去穆府再探探虚实。”

禄喜佩服地说：“还是你延四爷想得周到！不过，你得陪我一起去！”

延熙点一点禄喜的脑门，“你这厮，要死还得拉个垫背的！”

禄喜坏眼儿一眨，“谁让咱们是朋友呢！”

第二天，延熙同禄喜一同去了穆府。

穆老爷一听戏大臣和戏翰林到，赶紧请到客厅相见。

穆彰阿先开口客气道：“为了家母的寿诞，烦劳尊驾二位了！”

禄喜忙说：“穆大人的堂会，小人理当尽心办理，谈不到烦劳。今到府上打扰，是禀报一下办理的进展。小人按照大人的吩咐，把整个京城的皮黄戏班捋了一遍。觉得还是以三庆班为底包，再把那个嘉庆爷经常封赏的米戏官，米喜子加进来，都是名班名角儿，保准儿堂会满堂生彩！”

穆彰阿听了笑笑说：“要说戏，我是爱看，看个红火热闹罢了，但不懂。要不怎么请你戏总管操持哪！”

禄喜忙说：“为了把堂会唱好，我把京城对戏最有研究的延四爷也拉上了，我们可动了一番脑子哪！”

穆彰阿看着延熙笑笑，“好，好，好！”然后又问道，“三庆班是为乾隆爷八十大寿进京的那个班吗？”

延熙说：“大人说得不错。”

穆彰阿又问：“那个米戏官就是嘉庆爷所谓‘无米不开台’的那个米……，米什么吗？”

延熙又说：“正是。他叫米应先，艺名米喜子。”

穆彰阿高兴地说：“行啊，给乾隆皇上庆寿的戏班给我家老太太庆寿，嘉庆皇上最青睐的名角儿给老太太唱堂会，够份儿啊！”

延熙说："大人有所不知，他们当年给皇上唱戏唱得都是昆曲，可不是皮黄。"

穆彰阿说："皇上爱看昆曲，可我家老太太爱看皮黄，都是唱戏。只要哄高兴了我家老太太，皮黄有何不可！"

禄喜说："大人，朝廷曾有一个禁唱花部的禁令，你看——"

穆彰阿一听不耐烦地说："禁什么花部？几十年了，大家都揣着明白装糊涂，什么时候禁住了？在官言官，唱戏言戏。我家里唱戏，与朝廷何干！"

延熙就着话茬说，"如今市井中皮黄叫得最响，说不准大人这一举，开一世先河，皮黄得以成世代风采，传梨园佳话！"

穆彰阿说："梨园佳话的光我不沾，堂会的戏我做主，——我就要皮黄！"

穆彰阿凭着自己权大势大，无所顾忌，一锤定音。禄喜心里的一块石头才落了地。

有词【扬州慢】写道：

官居四品，翰林学士，才高八斗穷经。爱皮黄丝竹，结梨园深情。得冠戏翰林头衔，讳人呼叫，暗习更精。京皮黄，势头正好，唱响京城。翰林计妙，推波澜，解禁吹风。巧借权贵力，投石问路，事半倍功。皮之存毛才附，破羁绊，悄然无声。看怎样运作，且听春来融冰。

第 十 一 回

尚书府乱弹出头
石牌腔一鸣惊人

从穆府出来，禄喜对延熙说："三庆班的事我去找班主陈金彩商定，请米喜子的事，还得麻烦您延四爷帮忙。"

延熙鼻子里不屑地哼了一声，"你是升平署专管唱戏的官，米喜子的事干吗还推给我？你是不是抓我的官差抓顺手了？"

禄喜忙说："您延大人有所不知，升平署是管戏的不假，可咱管的是宫里的戏，对外班的戏，就不好直接下令了。再说，这米喜子，自打得了米戏官的名分，身价也高了，我去说是公事，你要出面是情面。你与他私交甚厚，他不好驳您的面子不是？"

延熙听他这话，也无可奈何，说，"好了，好了，米喜子的事就交给我了！"

延熙回到府上，给米喜子写了一封信，派人送到米喜子的府上。

米喜子打开信一看，心里暗暗高兴，不由得喜上眉梢，心想："这下皮黄可有出头之日了！"

他当即给延四爷回信一封，信中表达了感谢延四爷对自己的器重，感谢延四爷对皮黄的扶植。最后，却说自己最近身体力不能支，有愧延四爷的垂爱。不过，他决定派一个更为出色的老生，以保证堂会唱得更加出彩儿。

延熙看了米喜子的回信，心里老大的不痛快。原来这延熙也是桐城人，说起来与米喜子也算得同乡。延熙对徽班格外有感情，尤其对石牌弹腔儿，更觉得乡音可近。经他多年对戏曲的研究，总觉得石牌弹腔儿，综合了南方各种戏曲艺术的美，再加上在京城舞台的锤炼与融合，更具备了京皮黄的基础，总有一天能在京城成梨园之秀。

他的这个看法曾与米喜子多次交流，二人是一拍即合。米喜子做梦都想着石牌弹腔儿翻梢，可这么好的机会，米喜子怎么就不珍惜，却推说身体不支。是真不支，还是另有缘故？延熙左思右想不得其解。

不过，有一点延熙还是深信不疑，就是，米喜子既然保证有更出色的老生顶替于他，那肯定是错不了的人物。米喜子是甚样人等，看不上眼的，他能推荐？然而又一想，既然答应了禄喜办好这事，就不能不慎重，不然穆彰阿那里也不好交代。米喜子既是同乡又是朋友，人家身体欠安，过府探望一下也在情理之中。况且这一去，米喜子葫芦里到底卖的什么药，也能探得虚实。

于是，他便径直来到米喜子家。延熙与米喜子是至交，无须门房通禀就直入宅院。

进得门来，就听得院内文武场齐备，丝竹悦耳，鼓乐声鸣。进得套院儿，只见米喜子正陪着一个年轻后生唱《文昭关》。

怕惊动他们，延熙掩身门侧，细听演唱。此时正是后生唱二黄三眼转原板的唱段，只听那声音圆润高亢，脆美甜韵，饱满嘹亮，发自喉咙，却响于空间，犹似天籁之音。这声音把延熙都听呆了，待他回过味来，不禁高叫一声“好——”

他这一声“好”不打紧，那唱声戛然而止。

大家齐朝他看来。

那演唱的后生，很不高兴，脸色一变，躲进房内。

米喜子发现是延四爷，忙迎上来笑道：“我早料到你戏翰林会来的。来就来呗，还这么偷偷摸摸的！”说着，忙把延熙让进客厅。

上茶之后，延熙拉着脸，茶也不端，闷着头不说话。

米喜子忙赔笑说：“不敢劳动延四爷大驾，先请用茶。”

延熙虎着脸说：“闻得米戏官体力不支，特来叩问金安！”

米喜子又赔笑脸：“岂敢，岂敢。恐怕延老爷还有不好开口的来意吧？”

米喜子这句话挠到了延熙的痒处，他不禁“扑哧”一声乐出来，用手点着米喜子道：“你这个米戏官，真会作戏！”

米戏子一本正经地说：“我正赶着为你派的差事忙活哪！”

延熙单刀直入地问道：“关键时刻，你身体好好的为什么不出头？”

米喜子一脸神秘地说：“廉颇老矣……，有个好消息我还没来得及向您禀报呢！”

“什么好消息？”

“刚才你叫好的那位后生如何？”

“好，确实天籁之音！”

“那才是我们弹腔儿翻梢的挑梁之人哪！”

延熙一听，喜出望外，“还不快唤出来，让我见识见识！”

米喜子说：“且慢——，这孩子有个忌讳——”

延熙忙问：“忌讳什么？”

“忌讳演唱时别人叫好。说是他师傅的传授，要不怎么躲进屋去了。”

延熙听罢一愣，忙问：“此人姓甚名谁？哪里人氏？”

米喜子看延熙着急的样子，说：“看把你急得！好像和你有什么关系一样。”

延熙又急着问：“米戏官有所不知，我有个科场同年，也好唱戏，他唱戏时就是不准别人叫好。说是破坏氛围，影响情感的发挥。你说的此人到底是何方人士？”

米喜子高兴地说：“此人是潜山人，也是石牌弹腔儿的后人。姓程名闻檄，字玉山，乳名长庚。”

延熙听后击掌长叹，“哎呀，好他个程长庚，叫我好找哇！”

米喜子惊问道：“原来你认得他？”

延熙道："我足足找了他三年多呀！还不快点儿唤他出来相认！"

米喜子一头雾水，赶紧将程长庚唤过来，指着延熙说："你认得他吗？"

长庚见过礼之后摇摇头，"不认得。"

延熙哈哈笑道："你不认得我，我可认得你呀！我来问你，你在石牌镇江家班的时候，可有个江师傅？"

长庚答道："在江家班我有两个江姓师傅，不知您问的是哪一个？"

延熙认真地说："江南有名的盐商江鹤亭的孙子江晚晴。"

长庚一听这人口气，知道并非一般人物，忙答道："回大人话，那是我江家班的东家，也是我的恩师，是我以亲生父亲般相待的师傅。"

延熙听后满意地长出一口气，"哦——这就是了。有什么样的师傅就有什么样的徒弟！怪不得你一听叫好声就不高兴呢！"

程长庚疑惑地说："您认得我师傅？进京前没听师傅说起过大人您哪……"

"这就是你师傅办事仔细周密的地方。"延熙说，"你离开石牌镇北上之后，他给我写来一封信，对我介绍了你的情况。他说我们若指望石牌弹腔儿唱响四海，你是可塑之材。让我多关注于你。江湖险恶，他为了让你学会自立的本事，并没有事先告知于你。可惜，我接到信之后，打听遍了京城的徽班，并无你的踪迹。今天正是踏破铁鞋无觅处，得来全不费工夫！"

米喜子问道："你与那位江老爷怎么那么熟识？"

延熙道："你真是聪明一世，糊涂一时。我刚才不是说了，我们是进士同年。"

"噢——，你刚才说的就是他？"

延熙说："可不是吗。你别忘了我也是桐城人氏，我们都是桐城派学子，又是进士同年。可惜他不屑于仕途，寄情戏曲，躬身氍毹，以戏报国。希冀替梨园弟子找到一条翻身之路。"

程长庚听延熙一番话，忙跪倒说："不知恩人到此，多有怠慢，小的赔罪了！只是，尚不知如何称呼老爷。"

米喜子忙介绍道："他可是京城梨园界的知己，人送大号'戏翰林'。官居四品，现拜翰林院侍讲。姓延，名熙。人称延四爷。"

程长庚道："既是我师傅的同年，以后我就以老爷相称了。"

延熙道："刚才我进门时听你唱《文昭关》，确实不同凡响。怪不得你师傅对你寄满腔希望。"

说到这里，米喜子就接过话茬，把长庚的来历，和如何送到保定和盛成科班，又是怎样奇获脑后音，等等对延熙述说一遍。

延熙听后，合掌说道："天不负我等一片痴心，石牌弹腔儿真个如你所说要'翻梢了'！"

米喜子道："这就是我'体力不支'的原由！"

此时，二人眼放亮光，对视片刻，会心地哈哈大笑。

为了不使穆彰阿产生误会，延熙又专门到穆府说明了米喜子体力不支，临时换角儿的变化。

穆彰阿表示，只要堂会唱好，角色由延熙等看着办。

穆尚书为老太太庆寿办堂会，这在京城也是个很有动静的事。

这一天，穆府张灯结彩，鼓乐喧天。来拜寿的客人，上到王爷贝勒，下到文武百官；大门之外车水马龙，大门之内人攘攘熙熙。都听说堂会是宫里的戏大臣禄喜操办的，更觉得戏肯定比宫里不在以下。二堂院内的戏台前，早已黑压压坐满了人。

此时的三庆班，已不是当初进京时的三庆班。当初三庆班的老角儿，老的老，走的走，已经换了许多，演唱的实力已大不如当初。因为三庆班是老牌子，这个牌子在京城还很有号召力，所以三庆班还总被排在徽班之首。此时三庆班的班主是陈金彩，为这场堂会他是挖空心思，好好的排了几出拿手的戏。就这还觉得心里没底，但听禄喜说借来米喜子唱大轴，他心里才踏实了下来。等到临场，一看米喜子临时变了卦，让一个后生相代，心里又没了底，扑通扑通直打鼓。

可巧，三庆班派来给程长庚配演皇甫讷的，正是长庚在天桥唱打炮戏时，扮演汉武帝，给程长庚捣乱的那个二路老生。此人姓李，名谱。通过他哥哥的关系，最近刚刚进了三庆班。

二人一见面，都各自一愣。长庚想，真是冤家路窄。可又一想，也可能是前世有缘，我不计前嫌，凭本事相处，量他今天不会再敢捣乱。心一宽，反而更加踏实。

可那位李谱却做贼心虚，心想，他是米戏官的替身，来头不小。若是在台上报复我，岂不砸了我的饭碗？越想越心窄，越想越心里不踏实，胸口像堵了团棉花，大气都喘不上来。

开戏了，头一出戏是《寿星贺岁》；二一出戏是《龙凤呈祥》；大轴是程长庚的《文昭关》。

《文昭关》这出戏，大家都熟悉，觉得谁唱都是那么个样子，大家并没有特别在意。有来应景的甚至还打算起堂子走人呢。

可是，程长庚一出场，却大出常人所料。别人演伍子胥，此时上场是穿富贵衣，小步慢行，一副穷困潦倒的丧家犬状态。可程长庚扮演的伍子胥却与人不同，身穿箭衣，腰挎宝剑，虽穷途末路，却是一副威风凛凛的英雄气概。再加上他年轻英俊的扮相，和大气轩昂的台步，一出场就使人刮目相看。等到他放开喉咙引吭高歌的时候，整个场如同进入仙境，声韵缭绕，响似天外。

京城这么多年来，梨园名家数不胜数，何曾有这样的声韵？

那声音好像不是发自喉咙，而是来自仙境，嘹亮而婉转，甜美而深沉。那脑后共鸣，鼻腔音色，使满座闻所未闻，举座皆惊。

当皇甫讷上场，与伍子胥对白之时，李谱的眼神不敢与程长庚相对，尤其听了程长庚前头的演唱，更觉得与长庚是天壤之别。他心里发怵，腿上就发软，腿一发软，台步就乱了。当二人走圆场，说:“武员兄在哪里?”时，脚一打别，差点儿摔倒。

程长庚手疾眼快，反应机巧，将箭袖一甩，遮住胳膊，将李谱搀住，用手使暗劲一抓他的手臂，以眼神示意他大胆往下唱。他这一身段，更使台下觉得伍子胥礼贤谦卑，恭敬待人。

长庚这些动作的用意，台下当然没有丝毫察觉。只有李谱明白，这是长庚在给他遮掩并鼓励他演好。他心里的一块石头一下子落了地，放平了心态唱好了下头的戏。此事，在李谱心中打下了深深的烙印。

穆彰阿家的堂会圆满结束，程长庚的名字一下子传遍了京城。

一个当时观戏的文人写了一本《异伶传》，记述长庚此次的演出是:

> 冠剑雄豪，音节慷慨，奇侠之气，千载若神。座客数百人皆大惊起立，狂叫动天。主人大喜，遍饮客，已复手巨觥，为长庚祝，呼曰“叫天”。于是“叫天”之名遍都下。

第 十 二 回

三庆班重整旗鼓
米戏官暗助施恩

程长庚在京城一炮打响，了却了米喜子的一个心愿。这是他多年来一直盼望的石牌弹腔儿“翻梢儿”的心结。石牌弹腔以昆曲为基础，吸收了汉调的西皮，徽剧的二黄和当地的渔鼓民歌，以徽剧皮黄的清新格调，打进京城。在京城又吸收昆弋梆子等戏的声韵，变为适合京城人喜爱的京皮黄。算来已有四十多年的时间。但却总是依附于昆弋之后，登不得大雅之堂。其中有一段时间，还被视为“乱弹”，而遭到查禁。尽管在京城市井之中，皮黄已成气候，但至今仍处于名不正言不顺的状态。这期间，皮黄遭遇了多少磨难！多亏了皮黄艺人百折不挠的坚持，得以天助，出现了程长庚这样年轻而有造化的新秀。

程长庚一炮打响，米喜子可谓一石二鸟。既使长庚在京城出了名，又使皮黄在京城出了头。皮黄的路子会在京城越闯越宽，弹腔“翻梢儿”的愿望指日可待。

恰到这时，又一个使他两难的问题困扰着他。就是长庚出名了，放在哪个班呢？放在春台班吧，既恐怕对余三胜造成威胁，又恐怕使程长庚感到压抑；放走程长庚吧，既恐怕使余三胜落个不容人的名声，又恐怕程长庚抱怨师傅不成全他。

左思右想之后，米喜子终于想出来一个万全之计——金蝉脱壳。

他把余三胜叫到府上，寒暄过后说：“我最近总感体力不支，打算南下归隐，春台班就交给你了。从今天，你就是正式班主，我明天就给大家讲清楚，以后的事，你就做主吧。”

给余三胜交代完之后，他又给三庆班的班主陈金彩写了一封信，意思是身体不支，要南归故里，作为乡亲，以示告别。

从此之后，他闭门谢客，任何人不见。

陈金彩接到米喜子的信后，觉得很是伤感。陈金彩也是安庆怀宁人，工花旦，艺名“小元宝”。与米喜子前后脚来到京城，一晃已年近花甲。米戏官都要告老还乡了，自己还在为百十人的戏班子谋饭吃。眼看三庆班人手也是青黄不接，这个担子是越来越重了。可眼下还没有指望接班之人，想到这里，他心里也很觉得不是滋味。既然米戏官要归隐，于情于理，总得过去送送行，看望看望。于是，他约上三庆班总管赵德禄，前往米府。

途中，赵德禄对陈金彩说：“听说米戏官已宣布由余三胜做春台班班主。”

陈金彩说："余三胜在京城已有戏状元之称，况且又代理班主这么多年，扶正也是理所当然的嘛。"

赵德禄说："余三胜扶正也应该，但米戏官那个小徒弟程长庚怎么摆放呢？"

陈金彩一提起程长庚，两眼放光，羡慕地说："那可是皮黄的骄子，是咱徽班的骄傲啊。"

赵德禄笑笑说："我看春台班一山难容二虎。"

陈金彩问道："此话怎讲？"

赵德禄说："这不明摆着，程长庚一举成名，若留在春台班，那戏状元往哪儿摆呢？"

陈金彩是个老实人，没考虑那么多，经赵德禄这么一说，也替余三胜犯了琢磨。"这——"

赵德禄说："我看咱今天投石问路——"

"你是说若有可能，把程长庚挖过来？"

"这样既解除了余三胜的压力，又给程长庚一个施展才能的舞台，岂不两全其美？"

陈金彩听后高兴地说："那可就谢天谢地，天作之美喽。"

二人来到米府，门房答道："米老板已于昨天启程南归了。"

陈金彩后悔来迟一步。

赵德禄听后，冲陈金彩挤挤眼说："左也是来一趟，咱找余三胜老板贺喜去吧！"

陈金彩会意赵总管的意思，说："那咱就打道余府！"

一听陈班主到来，余三胜赶紧接到门口，让到客厅，上茶。

陈金彩拱手说道："今天特为余老板正式接任班主道贺！"

余三胜也拱拱手说："岂敢岂敢，烦劳大驾！"

客套话说毕，陈金彩说："今有一事相烦。"

余三胜说："陈老板但说无妨！"

"我想借贵班的新秀程长庚壮壮门面，不知余老板赏不赏面子？"

"这个——"余三胜想了想说，"这程长庚可是个难得的人才！可是他自拜了米戏官为师，一直还没出徒，米老板也没说让他到哪里发展。他现在还不是我春台班的人，要不你们去找找米戏官？"

一听这话，陈金彩一下子顿开茅塞！米戏官是在施金蝉脱壳之计。妙！妙！两不得罪！

陈金彩心里明白，也不对余三胜说破，笑笑说："感谢余老板指点，告辞！"

二人离开余府，又折回米府，直接找到程长庚，说明来意。

程长庚说："感谢陈老板看重，只是这事我得请示师傅，听他的示下。"

赵德禄笑笑说："大概你还不知道吧，米戏官已经打道南归了。"

程长庚听后很觉窘迫："我就住在他府上，怎么一点动静都不知道呢！"

陈金彩笑着对长庚说："米戏官毕竟是米戏官，他这是给你留了一条让你自由选择的路。"

程长庚也是聪明人，一点就透。他略一思考，果断地说："承领陈老板的厚意，我程长庚就跟您了！"

就这样，程长庚正式进了三庆班。

程长庚进了三庆班，陈金彩又多了一层思考。他想，程长庚虽然在堂会唱红了，但毕竟还没登过京城的舞台。三庆班的弟子都是老戏油子了，他们服不服长庚呢，如果不服，在台上阴他，岂不砸了长庚的名声！

他想还是让长庚唱三天炮戏，亮亮旗号，一来让班里的同行见识见识；二来让京城那些老戏虫子们开开眼；三来也再摸摸长庚的底细。

主意已定，他给程长庚谈了想法。程长庚虽然打炮曾有过闪失，但想来那毕竟是生来乍到，有人欺生。如今不同了，有了和盛成的底子，有了米戏官的传授，有了唱堂会的名声，有陈金彩班主的支持，这一切已经今非昔比了。

艺高人胆大，他充满了自信，说："头一出戏码是什么？"

陈金彩说："就唱《战长沙》如何？"

"哎呀，那是我师傅的戏，我怎能与师傅叫板呢？"

"米老板已经南归，他的戏正好由你来唱，这不叫叫板，这叫承传！"

"唱老爷戏在京城不是犯禁吗？"

"这个你放心，我会去叫人铺路的。"

"那我就恭敬不如从命了。"程长庚领命之后就抓紧准备去了。

戏报一贴出，整个京城都轰动了！

达官贵人在穆府看过堂会的，都知道程长庚的本事。那些没看过堂会的平头百姓，也听说了程长庚的本事，都憋着劲要一睹风采呢。戏报一出，贴演的还是米戏官的拿手戏《战长沙》，这老爷戏本来就很少演，何况这是米戏官的戏，由他的弟子程长庚来唱，戏迷们更是急不可待地抢着买票。

开演的那天，广德楼人满为患。不论池座、雅座都坐满了人，就连过道里，大墙边，都塞满了人。

其中有一个人，早早就坐到了雅座的前排。这个人姓周，名祖培。官居户部尚书，是个戏迷。自从在穆尚书家的堂会看了程长庚的戏，他就一直想着这个后生，总想听他那深沉浑厚的脑后音。一听说贴出了程长庚的戏，他赶紧派下人，占好了雅座。

这周尚书除了是个戏迷，还是一个假道学家。对那"四书五经"，八股转文，死肯硬背。对那朝廷诏训也死抠教条，尤其对关老爷是毕恭毕敬，尊崇有加。一听说演关老爷的戏，他更是觉得应该看看，不能让伶人亵渎关圣人的圣灵。

他到得特别早，神经也绷得特别紧。

戏一开锣，关云长登台亮相。程长庚扮演的关云长，与米喜子扮演的关云长大不相同。按以往的唱法，扮关云长是勾脸不穿绿袍，穿绿袍不勾脸。而程长庚是既勾脸又穿绿袍。再加上程长庚身材魁梧，人高马大，绿袍，红脸，长髯，更凸显出关羽的大将军气度。

程长庚如此妆扮，他是下过一番功夫的。当初，米喜子教他关戏时，他就用心体会关云长这个人物，并且到多家关帝庙中观察过关公的塑像。他根据自己的理解和想象，才装扮出这样一个关爷的形象。

周尚书是经常到关帝庙祭拜关老爷的，他一看台上的关老爷，跟庙里的关老爷，没有丝毫差别，真好像是关老爷再世。一见关老爷出场，按照规矩，赶紧离席跪拜。跪拜归座之后，心里还直打鼓。

这周尚书对关爷如此虔诚，是何缘故呢？

原来，宫里曾传说一个故事。说有一天，乾隆皇帝在大殿批阅奏章，直至深夜，下得殿来，回寝宫途中，只听有马蹄声响。他不禁纳闷：这宫廷之内，哪来的马蹄声？他环顾四周，并无人马。方知道是有神灵护卫，便问了一声："何人护驾？"只听半空中有人答话，"二弟云长！"周尚书对此故事理解犹深。关云长是乾隆皇帝的御弟，自己身为大清王朝的臣子，理当对关云长孝敬有加。何况，关老爷是神，圣灵在天，岂可怠慢！

台上，关云长亮相已毕，开口念定场诗：

赤人赤马秉忠心，
青龙偃月破黄巾。
桃园结义扶危困，
誓保兄王锦乾坤。

他声若洪钟，响似雷鸣，威风凛凛，先声夺人。台下黑压压一片观众，被他镇得鸦雀无声。

周尚书一听这定场诗，更是以为活关公降世，双股战战发抖，再也坐不住了，被下人搀扶着蹭出雅座，溜回府上，还心有余悸，口里喃喃自语，"老爷戏演不得，演不得……"

周尚书被吓走了，戏还在接着往下唱。演到开打处，程长庚又跟别人的演法不一样。他不耍刀花，认为那样俗同其他武将，不足以显示关羽的勇武神威。他与敌将一交手，就直劈直砍，三下两下就斩敌于马下。交代得干净利索，丝毫不拖泥带水。

程长庚的关云长演得台下都看直了眼，大气都不敢喘一口，生怕惊了关老爷的圣驾。直到演完，台下像炸了窝似的，呼喊叫好，久久不舍得离去。

这场炮戏，程长庚可真是打响了！后两出就更甭说了。

就连三庆班起初想阴他的人，都被他精彩边式的表演给镇住了，连连说"服了，服了，服了！"。

有散曲【双调·夜行船】唱道：

一曲高歌响云霄，堂会满席赞声高。呼曰叫天，梨园翘楚，堪值仰天长啸！

【风入松】戏官心结得以消，坚信定翻稍。我好也金蝉脱壳，不惹他人烦恼。归隐山林静心，听佳音袅袅。

【乔牌儿】按规矩打炮，扮关爷行肖。吓倒个尚书官佬，战兢兢忙逃跑。

【新水令】辞班离师至今朝，颠沛流离得报。堂会戏，呼声高，三庆来邀，我愿投怀抱。

【甜水令】世态浮沉，冷暖年华，人情淡薄，只看眉眼低高。我不会见风使舵，依附势力，摧眉折腰，大丈夫挺而英豪。

【离亭煞宴】歌台十步不显小，壮志舒怀声腔绕。演艺春秋世态貌，忠奸分明见，好坏表面陈，深浅一目了。帝王将相色样，黎民疾苦温饱。台上活灵活现看，全凭我演技高，览日月星河饱。

第 十 三 回

御史官寻隙发难
红黑唱自卫尊严

周尚书自从看了程长庚演的关云长之后，落了一身毛病。整天晕晕乎乎的，睁眼闭眼，总是看到关云长，跃马扬刀，向他杀来。他为此去关帝庙烧了好几次香，不烧香便罢，越烧香眼前的关云长越是活灵活现，就像舞台上看到的那个关云长一般模样。由此他就越觉得老爷戏看不得！看不得，就演不得。怪不得皇上曾下令禁演老爷戏，看来是非禁不可。

听说尚书大人病了，门生故吏，部下官员，都走马灯似的来府上探望。其中有一位巡城御史姓路名云，单表一个生字。这位路生是周尚书的门生，真是有什么样的先生，就有什么样的弟子。他与周尚书一般刻板行事，听尚书说是看了老爷戏落下的病，老爷戏不能唱，以免更多的人看了老爷戏得病，他就拿个棒槌当了针（真），非要按周尚书说的执行。一是给恩师化病消灾；二是替朝廷执行诏训，三是恪尽职守。

——自己是巡城御史，当然京城治安的事，理当由自己办理。

这位路大人回到府衙，当下传令部下，京城之内各戏班不准再唱老爷戏，凡有唱者，一律拿问。

自从程长庚在穆府唱红之后，京城各大徽班都放开唱皮黄戏。尤其程长庚在三庆班唱了老爷戏《战长沙》，各大徽班也跃跃欲试，都想唱点儿冷门儿戏，好卖座儿。

四喜班有一个唱花脸的净角儿，姓夏名大发。他也想给四喜班挣点儿名分，就贴了一出老爷戏《单刀会》。实指望通过这出戏也亮亮自己红生的底子，没想到他时运不佳，正好撞到路御史的枪口上。刚一开戏，就被一索子拿到御史衙门。

路生升堂，不问三七二十一，先责打四十大板，把个姓夏的打了个皮开肉绽。这还不算，勒令他随四喜班轮转。四喜班不管轮到那个戏园，就把姓夏的枷到那个戏园门口，以儆效尤。这一下可把个四喜班班主王寿先腻歪得水米不沾牙，他曾多次托人给路生送礼说情，可是这姓路的是软硬不吃，水火不进，就是不给情面，非轮转一个月不可。

这件事，在京城各戏班引起不小震动。虽说以前宫廷有过不少有关的诏训，但那些官员个个都是吃喝玩乐为先的老爷，如果真的按诏训办理，最不合算的是他们自己。把个好玩意儿给禁了，上哪儿找乐子去！

因此碰上这类差事，大家只是睁一只眼闭一只眼，只要不出大乱子，大家都过得去就行。可这次就生生碰上这么个犟眼子御史，非跟梨园过不去不可。

程长庚生来就是个宁折不弯的主儿，他对此事非常气愤。他找到班主陈金彩气愤地说："他们太拿着我们不当人了！我们就这么傻等着他治巴我们？"

陈金彩年岁大了，虽说不像程长庚那样血气方刚，但对这件事，他也深感心中窝火。他毕竟是老梨园了，经得多见得广。忽然心生一计，对长庚说："咱斗不过他，气气他，挠挠他的痒痒，耍一耍这位路大人如何？"

长庚问："怎么个耍法？"

"他不是专禁老爷戏吗？咱叫他出出丑！"

长庚一下子悟出了班主的意思，"你是说给他来个红戏黑唱？"

陈金彩一副嘎相，"你敢不敢唱？"

程长庚认真地说，"有何不敢？——叫他知道知道，绝不能小瞧我等伶人！"

"好，明天咱就贴演《临江会》！"

程长庚会心的一笑，"明天台上见！"

《临江会》是一出"三国戏"，是演刘备与孙权临江会晤，商讨联吴抗曹大计的故事。刘备一方保驾的大将是他的二弟关羽；东吴一方保驾的大将是周瑜。古人也懂得弱国无外交的道理，会晤之中，主要是关羽与周瑜互比威风，较量武力，各为其主显示强盛，关羽自然是戏中的主角。

在夏大发正轮转示众的当口，贴演红生戏《临江会》，这不是给路大人眼里插 柴吗！

消息一传开，全城轰动。大家都想看看唱这出《临江会》的热闹。

三庆班的程长庚贴演《临江会》的消息，很快传到了巡城御史衙门。

这位路大人正为枷了夏大发，为周尚书出了气，得到了老师的夸奖，在官场露了脸而洋洋得意呢！

听了这个消息，觉得又给他来了一次出风头的机会。他想，你程长庚在穆府堂会备受青睐，连穆大人都为你举杯庆贺，让你出尽了风头。今天，你犯在我手里，我给你点颜色，也让你出一个更大的风头，要你的好看！让穆大人也另眼看我一番。

想到此，他更是觉得得意非常。他如此这般部署一番，然后派人去派了个雅座，他要亲自坐镇，锁拿程长庚，一举成名。

各戏班和懂戏的戏迷们，都为程长庚捏了一把汗。程长庚此时唱《临江会》，这不是自投罗网吗？为看个究竟，都想方设法挤进戏园。

这位路御史早早地就坐到了席位，戏班管事的赵德禄一看路御史落座了，场子也挤满了，吩咐一声："开锣！"

台上武场一响，到了角儿在"出将口"将挑帘出场的时候，路大人一挥手，事先埋伏好的喽啰一哄而上，把程长庚五花大绑推到台子中央。

程长庚毫无惧色，仍在戏中，以架子花脸的角色做戏，"哇呀呀"暴跳如雷。

此时，台下才看清，程长庚扮演的不是关云长，而是张飞。

原来，这出《临江会》有“黑唱”“红唱”之说。本来嘛，为刘备保驾，关羽可以，张飞也可以。如果是关羽出场就是“红唱”，如果是张飞出场就是“黑唱”。

这时，台下才一下明白过来，“哄”的一声，叫起好来。

这一声好，叫得路御史晕头转向，他一向死抠书本，对唱戏可说是孤陋寡闻。哪里知道戏里还有这许多名堂。不禁大惊失色，脸由红到白，由白到黄，由黄到紫，气得嘴唇直抖，直着眼睛半天说不出话来。

此时，台下看客不干了，把一戏园子的气都撒到路生身上：

“为什么绑人？”

“懂不懂戏？”

“欺人太甚了！”

“这叫什么御史？”

“御史，纯属捣乱的狗屎！”

听着场内乱哄哄的喊声，这御史大人再也坐不住了。他朝台上抓人的衙役摆摆手，气急败坏地离开了戏园。

这个跟头栽得路生半年不敢露面，生生憋出一场病来。他咬牙切齿，牙缝里迸出一句：“程长庚，你等着——”

三庆班的这一招儿，为梨园兄弟大大出了一口恶气。也为梨园弟子长了一番志气，程长庚又大大地增长了名气。

三庆班自从有了程长庚，更加卖座，班内弟兄的戏份也增加了不少。大家对程长庚也越来越服气，陈金彩心里更是高兴。眼瞅着三庆班又要回复元气，他暗自庆幸，上天有眼，把程长庚赐给了三庆班，三庆班将来兴旺发达有了希望。

有了程长庚，陈金彩也有了告老归林的想法。为了稳妥起见，他找来班里管事的赵德禄商量此事。

赵德禄是当年高朗亭收的一个关门弟子，青衣唱得风生水起，很受高朗亭看重，指望他能把自己的衣钵接下来。谁知，天不作美，小德禄倒仓期没过好，嗓音失韵，再也登不得舞台。打那儿，失去了唱戏的机会。高朗亭曾仰天长叹：“唉，老天爷没给你这个吃戏饭的饭碗哪！”

赵德禄生来聪明，虽不能再上台，但戏班里的事他门儿清。更是善于交际，班里班外的关系都处得很好。平常排个戏码儿呀，派个角色呀，送个戏票呀，迎来送往呀，帮人个大事小情呀，都办的头头是道。三庆班上上下下都很喜欢他。

陈金彩接了班主之后，就让赵德禄做了班里的总管。赵德禄也尽心尽力，真的成了陈金彩的左膀右臂和智囊军师。一有个大事小情，陈金彩都与他先商量商量。

陈金彩把自己的想法给赵德禄述说一遍，赵德禄想了想说：“您告老可以不归林。”

“此话怎讲？”

“班主您可以让贤，但为了三庆班的发展，您还须把程长庚扶上马再送一程。等班里稳当了，再归隐，岂不更稳妥！”

陈金彩说：“据我这一段观察，程长庚不但是个人才，而且是个将才。他说话办事，很有自己的主见，是个敢做敢当，拿得起放得下的人。把三庆班交给他，我很放心。没有必要拖泥带水，那样，反而影响他的发挥。”

赵德禄说：“我是怕他人小年轻，压不住阵。像班里的个别硬角儿，平时就不把别人放在眼里，有时候都敢给您拿乔，还不敢给他出难题，拿捏他？”

陈金彩说：“这个我也想了，世上的事，总是一物降一物。说不定，这些人将来还会拜服程长庚呢。再者，有你给他当助手，我看，那几个好闹事的，翻不起什么大浪。”

赵德禄看陈金彩主意已定，说：“那就快刀斩乱麻，今天就宣布，新班主接班，以免夜长梦多。——您放心，我会像辅佐您一样，辅佐新班主。”

就这样，连程长庚都没想到，自己就当了三庆班班主。

有人写【汉宫春】词一首，以记其事：

官吏逞凶，虽不露生色，虎狼一般。莫要狐假虎威，分外凶残。胸无点墨，眼花缭乱见识浅。凭权威，败露无能，丢尽官体容颜。 莫道伶人可欺，位卑下九流，也有尊严！为行朝廷教化，弦歌垂鞭。殊途同归，都为祥和保平安。君当记：封侯在你，我自歌唱这般。

第 十 四 回

都水司削职为民
张二奎下海唱戏

和春班成班是嘉庆八年，由庄亲王在府内组建的。张二奎进和春班的时候，已是几十年后，到了道光年间。

张二奎本不是科班出身。他的祖上是河北衡水，由于在京城做生意，张二奎和胞兄张大奎自幼随父亲来到京城。因为生意兴隆，颇有家资，大奎二奎都秉承父望，进私塾读书，但屡试不得高中。父亲通过关系给他们兄弟在工部谋得差事，张二奎做都水司经承。都水司，是工部管理水利工程的部门。经承就是起草文书，编制规划，经办文案之类的职务。

张二奎天资聪慧，自幼喜欢唱戏，经常进出各大票房票戏。他天生的一副好喉咙，声音响堂，音色高亢悠扬，又由于他身材魁梧，扮相庄重，适于扮演王爷宰相等宫廷官员之类的王帽角色。

此时，出资组办和春班的庄亲王已经年老体衰，疾病缠身，顾不上打理戏班的事。当年的老角儿，已经不能登台，新角儿还挑不起台面，正是青黄不接，濒临报散的状况。

和春班的班主王洪贵，与张二奎私交甚厚，曾几次私下邀请张二奎到和春班客串唱戏。在卸妆喝茶闲聊之际，曾吐露出希望张二奎能来和春班顶班。张二奎只是敷衍搪塞，不置可否。眼看着和春班的状况越来越差，实属无奈，王洪贵干脆与张二奎挑明了话题。

王洪贵说："子英贤弟，您知道，和春班是王府大班，以您之才，将来若是来和春班，做了班主，进出王府，与王爷贝勒们交往，比您那经承的前程也不在以下。"

张二奎对王洪贵的厚意十分领情。他对王洪贵说："王老板，您要我来客串，那是看得起我，我要是不来，那叫不识抬举。所以我保证随叫随到！可是您让我辞职下海，我还真得好好掂量掂量。"

王洪贵也理解张二奎的心思，人家好歹是个朝廷衙门里的官员，比平头百姓高出一头。要辞职下海来当伶人，入梨园行，尽管是进王府班，那毕竟还是伶人，低人一等。这不是自寻低贱嘛！王洪贵也不好过分要求，只得依人家自己作主。

和春班每况愈下，后继无人，王洪贵急得抓耳挠腮，不得安宁。他的心思被管事的段二看破了，段二身为和春班管事的，当然也为和春班的发展着想。他一看张二奎老是没有痛快话，心里也着急。脑瓜一转，想出一个主意，心想“挖角儿，挖角儿，看来是不挖不来！——刘备三请诸葛亮，我段二也学学先贤，就来个三挖张二奎。”

第二天，段二就背着王洪贵，偷偷地打发人到工部衙门去了一趟。

这人到了工部衙门，二话不说就往里进，工部衙门的卫兵一把把他给薅住了，“找谁呀？怎么不通禀就往里闯啊？”

这人把脖子一拧，“找谁？找我们班主！”

“什么班主？”

“什么叫班主你都不知道？——戏班的班主！”

“唱戏的？”

“对，就是唱戏的！”

“找错地方了！这是工部衙门！”

“找的就是工部衙门！”

“工部衙门里怎么会有戏班的班主？”

“我们班主就是在工部衙门里！”

“谁？”

“姓张，名士元，字子英！在家行二，叫张二奎！”

“你是说都水司的张经承？”

“对呀！他唱的《打金枝》，全京城谁能比！”

卫兵和这人的一番话，被出出进进的部员听得清清楚楚。

其中有一个姓苟的部员，与张二奎的哥哥张大奎同室办公。这苟姓的部员好贪个小便宜，经常假公济私，往腰包里小捞一把。张大奎眼里不揉沙子，把他贪小便宜的事报告了上司。这苟姓部员被上司一顿好剋，差点儿被敲了饭碗。从此对大奎怀恨在心，总想找个茬子报复他一下。他听了张二奎唱戏的事，高兴得一夜没合眼，第二天便写了一纸呈文，把张二奎唱戏的事报告给工部尚书。尚书一看呈文，毫不怠慢，提笔批示：

回家唱戏。

因为清廷有禁令：官员不准唱戏。

其实，尚书心里明白，别说是个小小的办事员，就是王爷贝勒，部院大臣，私下里唱戏的多得很，没有人认真管过。官场的事向来是多一事不如少一事，民不反官不究。眼下，既然有人呈文反映了张二奎唱戏，黑纸白字摆在这里，如果不办理，算作失察。为了一个小小的办事员，没必要落一个失察之过。所以，他大笔一挥就勾销了张二奎哥俩在工部的差事，大奎也跟着弟弟吃了挂落。

张二奎在工部丢了饭碗，虽然觉得窝火，但并不太在意。经承就是个办事的小差官，整天上压下挤，受气不落好，真不如唱戏痛快自在。

正在这时，段二来府上拉他去酒馆吃酒。酒过三巡，张二奎把丢差事的事告诉了段二。

段二一听，假装吃了一惊，然后破口大骂：“是哪个吃人食儿不拉人屎的东西这么缺德下三烂，把您给告了！这样的人阴损绝后，不得好死！”

二奎说：“事已至此，追究那个也没甚意思！”

段二马上改口：“那——，贤弟眼下打算怎么办呢？”

张二奎仰脖吃下一杯酒，“我想通了，人生在世，富贵荣华不过过眼烟云，不如潇潇洒洒痛快淋漓得干点自己愿干的事。”

段二马上接口道：“贤弟不愧识文断字，看透世道，豁达开朗。索性到我们这一行来大展拳脚！”

张二奎慨然应道：“下——海！”

段二马上呼应：“早等您这一天哪！”

张二奎又喝下一杯酒，酒笑着说，“此处不留爷，自有留爷处。处处不留爷，爷自奔乐户！”

二人边喝边聊，至醉方休。

第二天王洪贵借了一辆王府的轿车，亲自把张二奎接到和春班。

一下轿车，只见段二带着全班人马在大门口恭候，文武场鼓乐齐鸣，全班夹道相迎。

等大家入室落座之后，王洪贵说：“张先生是我们班的熟人，也是我们盼望的贵人。明人不说暗话，和春班的境况大家个个心里都明镜似的，我呢都老掉牙了，但托大家众望，我是硬撑着不敢撂挑子。不是不敢撂挑子，是没有能担起挑子的人哪！今天，我给大家请来一尊神，了了我的心愿。从今之后张先生就是和春班的班主，大家以后就不要再称他张先生，要叫他张老板！”

张二奎也不含糊，直接地说：“承蒙王老板和诸位老少爷们儿看得起我，这副担子我挑了。不管水有多深，反正我是跳进来了，以后咱就一起扑腾了！”

张二奎进了和春班，第二天就贴演《打金枝》，海报上大字标明：

老生台柱张二奎。

张二奎的牌子一亮出来，全城的戏迷就传炸了：

工部的经承正式下海了！

海报都贴出来了！

名票下海成大角儿了！

王府大班的班主——了得吗！

过去与张二奎一起票戏的那些贝勒、大臣等票友们，都为张二奎下海暗暗叫好，一听是他挑班唱戏，私下里一串通，都来为他捧场助威。这一场《打金枝》张二奎唱得是满宫满调，一口一彩，满堂生辉。

张二奎一下子把和春班又带火了。

好景不长，张二奎到和春班不到两年，和春班内部闹起了内讧。此时，王洪贵已告老交班回家养老；段二身体有些毛病，但还是硬撑着，帮着张二奎料理戏班的事。班内的老角儿纷纷息影舞台，唯有一个原班老角名王玉笙，还没辞班。

他不辞班，自有他的心计。此人生得柳眉细眼，鸭蛋儿圆脸，皮肤白皙细嫩，溜肩蛇腰，旦角坐科，扮相美而妖冶，曾是和春班头牌正旦。因梨园以前有一位名旦，名唐玉笙。为了搭车扬名，王玉笙则以“小玉笙”自号。初时唱戏用心，上座很有人气。自从张二奎担当班主以来，他口服心不服。功夫就不花在唱戏上了。除私下里散布对张二奎的不满，挑动他人寻隙闹事之外，还干些个不光彩的勾当。

他的住处在小李纱帽胡同，自取居所为“金钰堂”。他之所以不辞班，就是为了打着旦行“名人”的旗号，以金钰堂为窝点，专以引诱拐卖良家妇女为娼，蓄养堂子相公为业。

因为他行为不轨，名声越来越坏，以致牵累到和春班的名望。对此，段二看不下去，劝过几次，王玉笙置若罔闻。

张二奎为此大伤脑筋，他自知身为班主，还不能把这位班里的老人得罪得太过，强忍心中的愤懑找到金钰堂，本想推心置腹地给他谈谈。

没想到，一进门就听见王玉笙和他蓄养的子弟们叽叽嘎嘎地打情骂俏，张二奎大声咳嗽一声，以示提醒。

王玉笙听到咳嗽，抬头看是张二奎，不但不收敛，反而对一个弟子说：“看你这没眼力见儿的奴才，眼见得班主来了也不逢迎！”

他骂这个弟子，自己却依然照旧，还搂着另一个弟子猥亵。

被骂的弟子，一脸媚态，扑向张二奎，像妓女接客一样，嗲声嗲气地说：“大爷，您可来了，可想死奴家了！”

张二奎是堂堂大丈夫，平时总是一身正气，那里看得下这等下贱之人所做下贱之态。看这个弟子如此模样扑了过来，不禁怒火中烧，心中憋了多日的愤懑一下子爆发出来，他抡圆了巴掌狠狠地给了这个弟子一个嘴巴。

这一个嘴巴，打得这个弟子一连转了好几个磨磨。

此时，王玉笙一下子推开怀中的弟子，站起来，脸都气黄了，气急败坏地说：“打狗还看主人哪，你怎么敢打我的孩子！”

张二奎怒气未消，嘴里说着：“有你这样的师傅，才养成这样的孩子，给祖师爷丢脸！我今天就替祖师爷，教训教训你这不肖的梨园弟子！”

张二奎一边说着，一边伸出一只手，像抓小鸡子一样，把王玉笙揪到跟前，抡圆另一只巴掌，正反连扇，噼啪，噼啪，噼啪，像爆豆一般给了他一顿嘴巴。

打过之后，张二奎像丢死狗一样，把王玉笙扔到地上，用眼扫了一下那些弟子们，说：“他就是你们的榜样！”

然后，甩开大步，扬长而去。

回到班里，张二奎先辞班，离开了和春班而去。

张二奎教训王玉笙的消息不胫而走。京城梨园界的人，都暗暗为张二奎的正义叫好。

此时，正是四喜班走背字的时候。因为夏大发被轮转示众，看戏的都不敢近前，怕沾了包儿，被官场收拾。因此，票卖不上座儿。班里人情绪低落，唱戏也打不起精神，更加影响了戏园上座儿。越是这样，大家更是泄气，四喜班大有一蹶不振的势头。

为此事，班主王寿先，急得起了满嘴的火泡。

事儿总往一处赶，四喜班的挑班旦角黑贵喜，又和老生全儿闹起了别扭。俩人唱《探母》，全儿那一段时间，嗓子没在家，他扮演杨四郎，越是要劲的时候，越绷不起劲儿来，平时该要彩儿的地方，老是出不了彩儿。黑贵喜为此很是泄劲儿，俩人都打不起精神来，互相埋怨，就闹起了别扭。

听说张二奎一气之下离开了和春班，黑贵喜就撺掇班主王寿先，先借张二奎过来配戏。

张二奎被借到四喜班之后，与黑贵喜配合的严丝合缝，场场叫座，天天客满。班主王寿先心里高兴，就做主把张二奎留在了四喜班。

张二奎留在四喜班，又有个新的了施展本事的地方，心里当然高兴。可是打心眼儿里总觉得对不住班主王寿先。因为王寿先也是唱老生的，这等于挤了人家的台子。王寿先也看出了张二奎的心思，这一天卸完妆之后，王寿先对二奎说："子英贤弟，晚上咱到西单的鸿宾楼喝两盅？"

张二奎也早有此意，高兴地说："王老看重我，我早该谢谢您了！今晚我做东。"

二人来到鸿宾楼，找了个僻静的雅座，相互礼让，酒过三巡之后，王寿先说："兄弟，今年贵庚？"

张二奎答："小弟是嘉庆十九年腊月生人，今年整整虚度三十岁。"

"正是风华正茂的年华。"王寿先赞叹之后感慨地说，"老朽不顶用了！"

张二奎惶恐地忙说："王老在京城梨园的名气那个不知，怎说此话。"

"年龄不饶人，梨园历来养小不养老，你来得正是时候，我正发愁四喜班后继无人哪。兄弟，就凭你惩治王玉笙那一件事，足见你的为人。你也不用推辞，我今天就把四喜班交给你了！"

班主突然说出这句话，张二奎更加惶恐，恳切地说："王老，不可，不可，万万不可。"

王寿先把手一摆，"兄弟，今天的事没商量，就这么定了。"他不容分说，又和张二奎碰一杯酒，招呼小二结账。

第二天，王寿先就召集全班，当众宣布张二奎为四喜班班主。因为张二奎原本是和春班的班主，又加上惩治王玉笙的威名，四喜班的三老四少都别无话说，欣然同意。

张二奎两年分别连任和春、四喜两个京城大班的班主，在京城梨园尚属史无前例。

有散曲【斗鹌鹑】唱道：

一口衙门饭，闹心不顺口。勉强应酬那差事，谁承想一笔全勾。也不后悔，没什么勾留。哪如我，放任游。唱几口皮黄，任性儿狂吼。

【紫花儿】我不怕咬文嚼字念，也不怕宫商角徵唱，更不怕调门儿气口。怕的是人不走正道，偏钻那地沟。咻咻。自古梨园藏污纳垢，流弊成就。偏让我瞅，一堆臭肉、怎容恶丑？

【幺】打得你粉脸掉层皮，骂到你祖宗八辈儿祖坟，看你还觍着脸儿卖风流？别怨我金刚怒目，治顽疾必下狠手。咻咻。何况我唱的是仁义道德，做得是梨园班头。明人怎做的暗事，亮出来晒晒日头！

【尾】我一身正气站排头，跟我者乖乖列身后。若不与我投缘搭班配，趁早儿你高就另谋。

第 十 五 回

承众望肩挑重任
三把火规矩方圆

当年的戏班，都有一些遗传的恶习。比如养“孩子”就是其一。所谓孩子，就是童龄男性旦角儿演员。

有些角儿有点儿名气之后，就以招收徒弟为名，专门挑选眉清目秀，脸盘端庄，身材苗条的男孩子，养在家里进行训练，一方面教他们唱戏，唱念做打，手眼身法步，吊嗓、下腰、腿功、水袖等都教；一方面也教他们男身女相，与男人调情打俏，专门教些个如何勾引男人的勾当。

这也是当时的社会风气所为，是大清王朝的痈疽。

当时，朝廷严禁八旗子弟和大小官员，进妓院嫖娼狎妓。这本是好规矩，但那些皇亲国戚，王爷贝勒，官员缙绅之中的浮浪子弟，平日里寻花问柳已成积习，哪个是守规矩之人？戏班的一些人，就看准了这些人的软肋，专为他们消遣，想出来养孩子这个损招儿。把蓄养的这些个男孩子作旦角儿装扮，打扮得花枝招展，甚至比女孩子还水灵，让他们在戏园开戏之前，站在戏台前沿儿，称之为“站台子”，专门勾引那些色鬼们。

那些官绅阔少们，一看到他们就垂涎欲滴，追着这些男孩子不放。他们理直气壮的觍着脸说，朝廷不让狎妓，我狎的不是妓，是“相公”——这总不犯禁吧！于是这些色狼们就把选中的“孩子”包养起来，让他们陪酒，打牌，唱曲儿，甚至陪床睡觉。这在当时叫作“狎邪游”，算作阔佬们的时髦。

“相公”，“相公”，叫得时间长了，按京城的发音，就叫溜了嘴，叫成“像姑”。所以这些个“孩子”，又被称为“像姑”。这些“像姑”出卖色相，得来的银子当然归那些养“孩子”的角儿所有。那些养“相公”的堂号就被称为“相公堂子”。

养“孩子”是戏班的通病，尽管大家看着不顺眼，但却没人管，甚至“法不治众”，管不了。尽管张二奎教训了王玉笙，但那只是个例，对各个戏班，没什么作用，该养的还照样养。

程长庚对戏班养“孩子”，供阔佬儿作“狎邪游”这事，是深恶痛绝。早在江家班的时候，师傅江晚晴就把这事看做下贱之事，在他心中牢牢地打上了烙印。他曾暗暗发誓，如果有一天，自己有了这个能力，坚决杜绝此种恶病。

他当了三庆班的班主，第一想办的就是这件事。但跟赵德禄一商量，赵德禄却劝他说，“此事要从长计议。”

赵德禄帮他分析，养“孩子”这事，是戏班的通病，下不得猛药，得慢慢治理。何况三庆班养“孩子”的不止一人，而且都是顶梁的台柱，万一治不住，他们都一齐闹事，反而影响了唱戏，那就断了一百来人的生计，就会惹出大乱子。眼下，最要紧的不是整治养“孩子”的事，是想方设法挖人才，有了人才，就有了台口，有了台口大家就有饭吃。填饱了肚子，大家安心，戏班就稳定。

程长庚听赵德禄说得很有道理，他诚恳地说：“感谢总管一番高论，真让我如醍醐灌顶，耳目一新。就依老兄的主意，咱就先从挖角儿做起！”

赵德禄一看长庚如此从善如流，更加看中这位年轻人。

他们把京城徽班的角儿们挨个进行比较，觉得最好挖的是刘赶三。

刘赶三这个人，心性灵活，不拘泥死板，哪儿好就往哪儿走。进京几年跳了好几家戏班，早从春台跳到了四喜。

为了演好他的丑角儿，他下了很多功夫。最近还专门买了一头毛驴。

这头毛驴，通身黑毛，唯有四蹄是白色。刘赶三为这头驴还起了个名字叫“墨玉”，他在驴身上下了很多心思。养得这头驴，滚瓜流油，通身放光。一有时间，他就手脚并用，敲锣打鼓，将武场的响动打给驴听。毛驴起初一听这声响就狂躁不安，四蹄乱蹬，惊慌蹦跳，嗷嗷乱叫。越是这样，刘赶三就越是敲打上劲。慢慢地毛驴听惯了，就再也不在乎。

训好了毛驴，刘赶三就让它当了活道具，经常骑驴上舞台。每当这时，台下准是炸窝一般叫好。有了他这头毛驴，台口的票是卖得十分叫座。

程长庚以商量的口气说：“要不咱们把刘赶三请来？”

赵德禄说：“请神容易送神难。这刘赶三是个好丑角，可也是个开搅出名的主儿，万一哪儿惹着了他，他是翻脸不认人。给你开了搅，会搅得你乱成一锅粥。”

程长庚说：“他的毛病大家都清楚，可确实是人才难得。有他一个，就可以把戏园的堂子拉起来。百人百性，谁能十全十美？不过，我听说，他还是个非常仗义，敢作敢为的人。就凭这一点，我看邀他来也值。”

赵德禄也同意程长庚的分析，“班主说的也是，我不过提醒一下而已。”

经过再三斟酌，又选定了小生曹喜林、老生范四宝等几个主角儿。

这些人进了三庆班，使三庆班更加兵强马壮。三庆班本来在京城就是名班儿，这一下，更是强上加强，更加叫座儿。

刘赶三进了三庆班觉得荣幸非常，如鱼得水。唱戏格外卖力，发挥得淋漓尽致。班内人对他也特别看重，都尊他为“赶爷”。刘赶三是个直筒子脾气，有看不顺眼的事，他就想管一管。尊重归尊重，但要管人家，人家就不高兴，就不待见他，总是敬而远之。他不管是敬而远之，还是远而敬之，只要看不过，就来找程长庚反映。

他对程长庚格外尊重，开口闭口叫“大老板”，闹得大家也跟着叫“大老板”，叫得长庚很不好意思的。但大家老是这么叫，他也就默认了。从此“大老板”这个称呼，就成了程长庚在梨园的专用名。

刘赶三对长庚说：“大老板，我自打进了三庆班，就跟找着了家一样。觉得家里样样都好，就是有几样看着不舒服的事，我得给你磨叨磨叨。”

刘赶三比长庚小几岁，长庚拿他当自家兄弟对待，亲亲热热地对赶三说：“兄弟，有什么话你尽管说，哥就愿听你磨叨。”

赶三说：“有三件事，我觉得得立点规矩。”

“哪三件？”

“第一，养‘孩子’，膈应人不算，还搅得全班人心不安。就说前天吧，马大爷的孩子站台子，范大爷的‘孩子’也站台子，两拨‘孩子’互相挤对，都要站台子中间，为这个都打起来了。这还不算，‘孩子’还与台下的‘斗翁’们眉来眼去的勾魂儿斗眼，哎，两拨的‘孩子’还争风吃醋。紧接着，等到开了戏，他们还赌气，你阴我，我阴你，戏都唱不到点子上了。下了台，马大爷和范大爷还为此事吵了一架，弄得掰了脸，你说，丢人不算，这不给班子里添乱子嘛。”

赶三的话正捅到班里的疼处，也捅到程长庚心里的疼处。他点点头说：“这第二件？”

“这第二件，就是，班里的弟兄苦乐不均。大角儿拿钱多是应该的，人家拿的是角儿的戏份儿，不能和打杂的、水锅等等同，那是应当应分，无可挑剔。但有些个大角儿还另外唱堂会，得赏银，比戏份多得多。那唱二牌的，里子、底包们却没那个福分，只能当戏腿儿，支架子。同在一个班里，这些弟兄太屈囊得慌，连个饱暖都保不住。他们嘴上不说，心里不高兴，戏能唱好吗？大老板，能不能出个招儿，管管此事？”

刘赶三说，程长庚听，说得很认真，听得更认真。

“这第三件呢？”

“这第三件就是，台上阴人，拆台坏戏，算什么伶人，损德！”

这第三件正戳到程长庚的疼处，他是深有切肤之感。

刘赶三所说的这三件事，正是程长庚放在心上多时，想办而又瞻前顾后未下定决心办的事。听了刘赶三一席话，他慨然感叹：“赶三老弟，真乃梨园丈夫！仗义直言，一语中的。事关梨园前景，这规矩咱一定得立！就从三庆做起，就从我程长庚做起！”

程长庚当下就找到赵德禄，详细制订了新的班规，其中最主要的就是刘赶三所说的三条。

新班规宣布之后，程长庚说：“养‘孩子’和台上阴人之事，我程长庚从来不做，也永生不做。唱堂会，非三庆班做底包，大家平分赏银之外，我程长庚绝不登场。以后，全班老少爷们可做监督，如有违反，我悉听班规处置！”

一不养‘孩子’；二不拆掌子唱堂会；三不台上阴人使坏。这三条规矩，如同三把大火，在三庆班，在京城梨园烧得沸沸扬扬。

养“孩子”本来就是不光彩的事，以前没有班规，大家可以浑水摸鱼。如今有了班规，那些个养“孩子”的角儿，虽然心里不高兴，但还是理屈心虚，谁也不敢公开反对，再违规行事。以前应邀唱堂会最多的是大老板程长庚，如今，他定了规矩，让大家监督。别人还有什么话说！台上阴人的事，有悖戏德，本来就不得人心，大家自然就顺理成章，按规矩行事。

对此反应最敏感的就是李谱。他以前没进过正规戏班，总是跟着粥班跑野台子，对台上阴人的事没有当过事儿。自从进了三庆班，在穆府堂会上程长庚以德报怨，不计前嫌，使他深受感动。长庚当了班主，对自己公平对待，并无半点歧视，更使他心悦诚服。对不许台上阴人的规矩，他不但理解得深，而且常现身说法，以自己的教训去警示他人。

有了新规矩，赵德禄的总管好当多了，凡事按规章办，少了很多纠葛烦恼。

程长庚也能把更多的精力用在排新戏，研究艺术上。

有一天，延四爷差人来，请程长庚过府说话。程长庚不敢怠慢，随差役进了延府。

延四爷对长庚说：“眼下你有一劫，我叫你来避一避。”

延四爷一句话，说的程长庚目瞪口呆。半天方说：“四爷说哪里话来？我好好的，何劫之有！”

延四爷说：“欲加之罪，何患无辞！有人诬告你葬母排场张扬，要拿你问罪。”

程长庚听后不禁倒吸一口凉气，“别人是父母养的，葬母可以体面。难道伶人就不是父母养的，为了表示孝道，葬母就不许办得体面一点？”

四爷道：“不是有人盯着你程长庚呢吗！”

“凭什么单单盯我？”

“因为你敢演《临江会》！”

“噢——”长庚此时才如梦方醒，“原来又是这个狗官！”

四爷道：“你唱《临江会》，让他栽得找不着东西南北，他恶气未出，一直憋在胸中，早就派人死死盯着你的一举一动。别的找不出由头，就只好拿你葬母之事开刀了！我怕你吃大亏，一听到风声就赶紧请你过来，先在我府上避一避难。”

听到这里，长庚打心里感激延四爷，说：“都是为官，那狗官若有四爷的万分之一，也算得上官了。真是不比不知道！嗨，那狗官怎能与您相比呢！”

延四爷揶揄地说：“我怎能与人家相比，我可是有名的‘戏翰林’哪！”

长庚略一寻思，说：“四爷，感谢您对长庚的大恩大德，但我不能连累您。狗官虽不敢贸然到您府上拿人——可我避难也不能在您这里避呀。”

“那——你去哪里？”

“我去保定。——那里有我的师傅和师兄弟，他们会帮助我。我还能与他们交流技艺。”

延四爷听后，稍加沉思说：“也好，就不要回三庆了。就从这里动身，说不定那些拿你的衙役已经到三庆等你去了。”

延四爷派人为长庚雇了一辆双套轿车，送长庚上了路。临行，嘱咐道：“你家里和戏班里的事，你自管放心。我会派人告诉你舅舅和赵总管，没有人去保定接你，你千万不要贸然回来！以免落入人家的手中。”

程长庚上路之后，越想越觉得寒心。自从进京之后，好不容易熬出头来，却仍未摆脱“贱业”的制裁。想起去年自己的婚事风波，心中更加愤懑。

去年，舅舅回老家替长庚接父母来京。进京之前，父母托人给长庚说了一门亲事。女方的父亲是个酸童生，一听说未来的姑爷在京城，以为是个什么官身，当下满口应允。父母进京之后说及此事，长庚理解父母的一片心意。就顺从父母，将自己的生辰八字庚帖和定亲的彩礼、及进京的盘缠银两都托人送回潜山。

父母看儿子的婚事有了着落，高高兴兴地等着新媳妇送到京城，给儿子完婚。可是左等也不来，右等也不来，等来等去，直直等了半年多，却等来了女方的一纸退婚文书。除庚帖和彩礼银两之外，还附有酸童生的一首歪诗：

千里迢迢两不知，
原来优梦做翁婿。
好女岂能随贱业，
免得死后难入嗣！

这一番屈辱，程长庚是刻骨铭心，没齿不忘。从此他发下毒誓：不入宗嗣，终身不娶。

他发毒誓，更加重了父母的心病。这一场打击，使母亲一病不起，直至含恨而终。

程长庚满心接父母摆脱贫困，来京安享天伦，哪知，竟以屈辱葬送了母亲的性命。每想至此，对世道的不公就更加愤恨。每想至此，就想起江晚晴师傅耿耿于心对自己的期望。

为了显示伶人的自尊，为了雪去母亲所受的屈辱，他举进京后的所有积蓄，为母亲办了一个体面的葬礼。

可是，这却招来了又一次屈辱！

屈辱！屈辱！屈辱！我程长庚誓死也要与这屈辱抗争！

有词【高阳台】写道：

大风起兮，丈夫志筹，开刀直向顽疾。人手齐备，已是擂鼓张旗。师傅期望成在即，展宏图，一片朝气。氍毹新，众望所归，锣齐鼓齐！ 酒酣应对谁家唱，听冰河化冻，二黄西皮？屈辱屡加，重重增人压力！东风吹绿陌上柳，雁北飞，盼有佳期。生来就，开顶风船，峰中见奇！

第 十 六 回

将计就计棋高妙
以毒攻毒惩狗官

程长庚重返保定之后，见到了当年的董德全师傅和众多师兄师弟，叙说分别后各自的变化。都为程长庚进京后一炮打响，并统领京城大班执掌三庆，成为大老板而高兴祝贺。

董德全师傅已年近耄耋之年，看自己的弟子如此发达，倍感脸上光彩。

长庚看师傅身体康健，精神矍铄，容光焕发，为师傅的长寿而高兴。

高兴之余，长庚忽然向师傅提起一件事："师傅，记得当年您送我进京前对我说过，京城的戏应同戏同腔。这个'同戏同腔'一直装在我的心里，我这些年在京城唱戏，反复琢磨您这话的意思，模模糊糊，冥冥渺渺的好像有了点体会，不知是也不是。"

董师傅闻言，欣喜地说："我当初，就知道只有你程长庚能解决这个问题，那是我寄予你的希望，快说说看。"

师傅的话说得长庚有些不好意思，说："那我就说出来让师傅给评判评判。"

"好。"

"我觉得眼下京城四大徽班，都说唱的是京皮黄，但各家的京皮黄却都有所不同，基本有三大风味。比如春台班和和春班的皮黄，是以我师哥余三胜为代表的湖广风味的京皮黄；四喜班的皮黄，是以张二奎为代表的北方京味儿的京皮黄；三庆班的皮黄，是以我和我的前任班主陈金彩为代表的徽剧风味的京皮黄。"

董老师傅喜滋滋地眯着眼，手捋着胡须，颇有滋味地听着程长庚的述说，嘴里不断的"嗯，嗯。"。

长庚说："师傅，您说，这不是同戏不同腔吗？"

董师傅听长庚问，笑而不答地反问道："如何做到同戏同腔呢？"

"这个——"

董师傅笑着说："不忙，不忙，等你下次来保定，只要我能活到那时候，我会听到你圆满的回答的。"

师傅要听的这个答案，长庚又一次深深的装进脑子里。

自从程长庚离开京城，那些天天盯着程长庚看戏的戏迷们，像抽大烟的断了大烟土一般难受，只觉得浑身上下刺挠得慌。一般人看不到程长庚只好忍着，也就罢了。那些个王公贵族们，可不忍着，他们则找戏大臣禄喜要人。整天堵着升平署衙门，揪着禄喜不放。

禄喜也急得火上房似的，对那些大人们说："哎呀，我的爷们儿哪，你们饶了我吧，他程长庚是有胳膊有腿儿的人，他上哪儿又不跟我请假，我怎么会知道他的去向呢！"

"什么？你戏大臣不知道他唱戏的哪去了？那谁知道！你是干什么吃的？"

"快找，找不到程长庚拿你是问！"

这些个爷们儿，禄喜能惹得起哪个？他只好连连点头称"是，是，是……"

禄喜上哪儿去找程长庚啊？他嘬着牙花想来想去，最后想到了延四爷。他想："对付这些王公大臣们，延四爷总会给我支着儿的！"

于是，禄喜来到了延府。进门也不通报，进得门来，脸拉得像裹脚条子一样，蔫头耷脑的不说话。

延四爷一看，便知他是为程长庚而来。便明知故问地说："怎么了这是，像谁该你银子一样，拉着脸给谁过不去呢？"

"我敢给谁过不去？是他们给我过不去！"

"他们是谁呀？"

"就那帮王爷贝勒们！"

"为什么呀？"

"为了看戏！"

"戏大臣还怕他们看戏呀？给他派呀！"

"别人的戏不看，人家就看程长庚！"

"那就派程长庚的戏呀。"

"说得轻巧！"

"怎么啦？"

"程长庚人不见了！"

"为什么呀？"

"我要是知道，我还来麻烦您吗？"

"程长庚是不是躲出去了？"

"一个唱戏的躲什么呀？"

"躲祸呀！"

"他有什么祸呀？"

延熙说到这里，把话题引到题上："他是不是曾经得罪过什么人？"

延熙一提，禄喜"呼"地一下反应过来，"他红戏黑唱，把个巡城御史路生折了个对头弯。听说，路生派人天天盯着他，专门拿他的一脚之错。"

延熙故意问道："欲加之罪何患无辞。最近，路生是不是有什么要拿程长庚的由头哇？"

"这个——"禄喜搔搔首，"我不曾问过。"

延熙故意以责难的口气说："你身为戏大臣，身边那么多大人物，打听打听，弄明缘由，让大人们随便那一个发句话，讨个人情，放过程长庚不就结了！"

"哎呀，要不我来找您呢！您要早提醒我一句，也省得我犯这个难哪！"禄喜拍拍脑门，高兴地离开延府。

离开延府，他打听明白了，原来是路生以长庚葬母铺张为由，要拿长庚，长庚才避祸离京。

这一天，几个王爷贝勒又堵住禄喜要人。

禄喜把手一摊说："各位爷，听奴才回禀。不是我找不到程长庚，是程长庚躲祸去了！"

"他躲什么祸？"

"有人要拿他问罪呀。"

"为什么问罪？"

"说他伶人葬母铺张。"

几个王爷贝勒听了，不以为然地摇摇头。一个王爷说："戏子葬母铺张，铺张的多了去啦，罚得过来吗？固然该罚，也不至于犯到遭拿问呀！"

禄喜说："不是有人专盯着他吗！"

"谁？谁专盯着他？"

禄喜说："巡城御史路生，路大人哪。"

其中一个贝勒一听路生，就愤愤地说："又是这个小子！——他怎么专跟伶人过不去呀！"

另一个贝勒说："可也是，上次，四喜班有个夏大发因唱老爷戏，被他拿去，用索子绑着，挨戏园轮转，整整折腾了一个月，弄得大家看戏都看不安生。"

禄喜说："因为程长庚唱《临江会》，他又去拿人，结果，程长庚给他来了个红戏黑唱，让他栽了。"

一个贝勒明白了什么："哦，他就为这，盯上程长庚了！"

"哦——"这一下大家都明白了。

"这小子不怨自己孤陋寡闻，不学无术，活该找栽跟头。他盯人家程长庚干什么！"

禄喜说："哪个王爷出面抻抻头，给路老爷个面子，替长庚说说情，放他一马，好让他回来唱戏呀！"

其中一个贝勒说："呸！给他面子？——抬举他了！"

禄喜说："那——他要是老这么盯着，别说是长庚不敢回来，京城哪个戏班，也得让他给盯得哗啦啦喽！"

一个王爷说："像这样总拿着鸡毛当令箭的王八蛋，留在京城干什么，光给咱爷们儿添腻歪呀？"

其他王爷贝勒都附和说："是呀，赶出京城得啦！"

这些个王爷贝勒一气之下，参了路生一本。这位巡城御史被降一职，放了外任，遣发贵州听用。

路生一走，京城伶人暂时少了后顾之忧，总算松了一口气。

延四爷给程长庚写了一封信，交给三庆班。总管赵德禄马上派人把信送到保定。程长庚一见到延四爷的信，即刻返回京城。

程长庚回来了，那些王爷贝勒达官贵人们又能看程长庚的戏了，京城戏班又恢复了以往的状态。

程长庚抽唱戏的空子，到延四爷府上去道谢。延四爷看长庚平安归来，很是高兴。

二人相见无话不谈。

程长庚把在保定同董德全师傅交谈过的“同戏同腔”的话题与延四爷重说一遍。延四爷对这个话题挺感兴趣。

延四爷说：“保定的老师傅很有眼光，看来他早就寄希望于你，知道早晚你能破解这个难题。”

程长庚说：“从石牌的两位江师傅，到京城的米戏官，我的米师傅，再到保定的董师傅，还有您老人家，都把希望寄托在我身上。长庚心里明白，夙夜忧叹，生怕辜负了你们的期望，虽知才疏学浅，也从无一日不用心。如今石牌弹腔儿已蜕化成京皮黄的模样，在京城已成气候，但毕竟是雏形，还须不断丰满，成为定型。”

“好。‘成为定型’与‘同戏同腔’可相提并论。”延四爷静静地听长庚的见解，听到这里，高兴地插话说，“‘成为定型’的道该怎么走，是该好好地下一番功夫。”

“下一步该如何走，我正要请教您呢。”长庚说着，显出一副毕恭毕敬的神态。

延熙好像对此早有考虑，沉思片刻，“京皮黄要定型，先要看它还有哪些不定型的地方。眼下，从腔调上说，基本上是‘班是徽班，调是汉调’的京皮黄。但从细的方面严格抠来，还有许多不定型的地方。比如文武场的配合，比如咬字发音的差异，比如曲牌运用的规格……要说这些，你内行比我外行要懂得很多。总之，把不同点找出来，使之达到统一，不就‘同戏同腔’有定型了吗！”

“哎呀呀，真是听君一席话，提醒懵懂人哪！”程长庚听了延四爷的一番言语，真如醍醐灌顶，眼前一片光明，把正不知从何做起的模糊状态一扫而光。高兴地冲延四爷连连打躬，半调侃地说，“高人，高论，高招儿！——您真是名副其实的‘戏翰林’哪！”

延熙也打趣说：“我的高论只能靠你的高艺！”他又一本正经地回到话题，“京皮黄定型，还要有一个过程，不能性急。要先从京皮黄腔儿本身的不一致慢慢找齐，在找齐腔儿的过程中，把角儿的唱法儿找齐。找齐角儿的唱法儿，比找齐腔儿要难得多。既得有唱法儿的一致，还得保留每个人的风格。那才能算得上戏园百花，争奇斗艳。”

长庚听延四爷侃侃而谈，如同小学生听课一般用心。边听边想，自己这一生真幸运，在关键时刻，总是遇上领路的先生。

辞别延四爷回到家，程长庚心里总还想着刚才与延四爷的谈话。

这一时期，程长庚、余三胜、张二奎三个大角儿，在京城鼎足而立，成了京城戏界的领军人物，号称三杰。他们三人，每人掌一个戏班，每个戏班占一个戏园。三个戏班轮转，把京城的每家戏园都轮得红红火火。大栅栏的戏园都相距不远，每家哪天唱什么戏，都在水牌上写得清清楚楚。

那个年代，各家戏园因为照明问题，不唱夜场。吃过午饭之后，那些戏迷们就往大栅栏溜达，轮番看戏园的水牌，看哪个戏园的戏好看，哪个戏园的戏看着合算，就买哪家的票。这样，就自然而然的把程长庚、余三胜、张二奎三人，推到了唱对台戏的境地，三家总是处在打擂台的竞争之中。

四喜班的张二奎是刚下海不长的新角儿，他扮相英俊，嗓子响亮，王帽戏最叫座。这天，他在广和楼贴演《打金枝》，票卖得满满的。这一下惊动了广德楼的余三胜，他生怕丢了座儿，赶紧打发总管在水牌上再加一出《文昭关》，并且标明：加戏不加价。程长庚就在不远的三庆园，一看这二位如此较劲，也不敢怠慢，赶紧改戏码，唱最叫座的整场大戏《鼎盛春秋》。

三人领京城梨园风骚，唱皮黄一时绝响。使京城上下的戏迷，都围着他们三人打转。尤其那些冷官闲人，书生墨客，也围着他们吟诗作赋，评戏品人，写消遣文章，发品评议论。什么《看花》《听春》《品花》《赏菊》《集艳》等诸多此类内容的诗词、文章蜂拥出炉，足见他们的“忙碌”。《都门杂咏》中收集了不少此类诗文。说的最具体的如：

时尚黄腔喊如雷，
当年昆弋话无媒。
而今特重余三胜，
年少争传张二奎。

街头另有一首打油诗，说得更是活灵活现：

四喜有个张二奎，
三庆长庚皱皱眉。
和春段二不上坐，
急得三胜唱二回。

这些诗文程长庚都曾读过。

他觉得，这是京城对京皮黄的认可，更是对他们三人唱对台戏竟座激烈的写照，又是对他们三人的褒奖和鼓励。

他心里明白，他们三人是最明显的“同戏不同腔”。要达到“同戏同腔”必须从他们三人做起。

这使他更加佩服延四爷的眼光，还是人家看得准：“同戏同腔”从人做起，难度确实大。

不是吗？现摆着，三人正唱对台戏，互为对手，谁能统一谁？

余三胜是御封的“戏状元”，又是自己的师哥，谁能统一他？他会同意被谁统一？

张二奎年轻气盛，正是新角走红的时候，他能服谁的气？谁能统一他？

要使三人做到“同戏同腔”，确确实实还需要一个过程。还是延四爷说得对，必须先从戏本身动手，把不统一的地方，捋得统一喽，先在戏上找齐，人随戏走，那时就会水到渠成。

有散曲【仙侣·一半儿】唱道：

只说是唱戏作耍，假作真时真不假，全不是瞎打哈哈。

要不咋说名家？一半儿真情一半儿耍。

三巨擘各成一家，京徽汉味道难拿，都把皮黄牌儿挂。

听皮黄把味咂？一半儿真甜一半儿沙。

笛只吹一个眼儿，板只打一个点儿，人不唱一个味儿。

各说是特色儿？一半儿是真一半儿护短儿。

皮黄石牌把跟扎，流遍全国是一家，一家不说两家话。

汇京城还分家？一半儿归法一半儿筛沙。

第 十 七 回

钻皮黄冥思苦想
改京胡重奏宫商

为了先在戏上找齐，除了登台唱戏之外，程长庚就一门心思地钻研戏本身的问题。同是从小坐科唱戏，程长庚与别人不同。他曾在江家受过江晚晴老爷的亲自指点，对诗词曲赋，音律宫商都懂得很多。在保定和盛成科班，又受过董师傅的严格教训，对南北曲调都掌控自如。回到京城，米戏官又把京皮黄的奥妙悉授予他。他有精通古今，博懂南北的底子，有自坐科到如今近三十年的亲身经历，他自信能把京城的皮黄梳理得精细顺畅，统成一格。

京剧的声腔音乐，主要是西皮和二黄。关于西皮和二黄的名称来历，还很有说法。

“二黄”的来历，有两种说法。一说是这种腔调，产生于湖北的黄冈和黄陂，所以称为“二黄”；另一种说法，是说这种声腔伴奏的主要乐器是用两只“管子”，吹奏的管子每只有一个簧片，两只管子，就有两个“簧片”，因此叫“二簧”。通常说“二簧”与“二黄”通用，都是指这种声腔。

“西皮”的名称也有来历。据说，这种声腔最早产生于陕西，随艺人的流动带到了湖北的襄阳一带，与当地戏曲的声腔相融合，形成了当地的“襄阳调”。当地的方言，“唱”不叫唱，叫“皮”。由于这种声腔来源于陕西，陕西在湖北襄阳的西边，所以当地人称此西来的声腔“西唱”为“西皮”。这就是“西皮”声腔名称的来历。

“二黄”和“西皮”声腔的融合，有一个随着艺人流动，各种声腔互相吸收，互相交流的漫长过程。石牌弹腔儿，就是昆曲、徽调和二黄西皮融合的结果。徽班进京之后，这种清新别致的曲调，又和京城的其他曲调相融合，形成了今天的京皮黄。

程长庚明白，他所要的“统成一格”，首先是要京皮黄声腔音乐的“统成一格”。这个“统成一格”也要有一个过程。必须从声腔结构的一致“统起”。

不论是昆曲还是北弋的所谓“雅部”，也不论各种地方戏曲的所谓“花部”，起初，唱腔音乐的组成，都是“套式结构”。

所谓“套式结构”，源于元杂剧。把散曲的一个一个曲牌，“套装”到一起，成为一种音乐结构。通俗地说，就是把唱词填到一个一个的“曲牌”中，再把一个一个的曲牌连接起来，组成“一套”声腔音乐。这种声腔音乐称为“套曲”，就是“套式音乐结构”。

填写、连接曲牌，是一项很吃功夫和很要本事的创作。非有学问的顾曲先生或学富五车的文人墨客不能做到。他们既懂音律又懂戏文，根据戏文的悲欢喜怒，安排相应情绪的曲牌。一个一个曲牌的连接，构成一套声腔，完成一场或一折戏的音乐套曲。

明代的戏剧大家汤显祖曾写过《牡丹亭》《紫钗记》《邯郸记》《南柯记》，号称“临川四梦”。清初的学者洪生所写的《长生殿》，孔尚任所写的《桃花扇》。都是套式结构，是著名文人的大手笔。

随着戏曲的发展，各种地方声腔的地方色彩越来越浓厚，声腔变化越来越复杂，以前这种填词套曲的“连套结构”变得越来越费事。一个地方戏班，哪里有那么多学问广博的“顾曲先生”！又上哪里去寻精通音律的文人墨客？可是戏班总得吃饭，不能总唱那么几出老戏，要唱新戏，声腔儿怎么配？

实践出真知！他们凭着音乐的实践，发明出以声腔音乐的节奏变化而创腔儿的“板式结构”。

所谓“板式结构”，就是把戏文中的唱词，按不同的音乐拍节，配合起来，形成戏剧声腔儿。

“板式”，就是武场的鼓板所击打的节奏：板击一下为一板，鼓打一下为一眼。所以，这种节奏又叫做“板眼”。戏剧按“板眼”安声腔的音乐方式就叫做“板式结构”。

由于“板式结构”简易、通俗、便捷、灵活和易于掌握，这种声腔音乐方式，很快取代了以往戏曲音乐的“套式结构”。

当时，京城除了昆弋仍沿用“套式结构”，其他各种声腔戏，都已改为“板式结构”。

因为皮黄的底子是昆曲和进京后演变成的北弋。因此，它的声腔结构是两栖型的：以板式结构为主，套式结构为辅。

正因为两种声腔结构都有，何时用板式，何时用套式，在同一戏中，各戏班用法有时不尽相同；各个大角儿之间也唱法不同。

程长庚就夜以继日地钻到这“板式”或“套式”的音乐结构中寻求统一。

当初的〔平板二黄〕，已发展为各种板式的多种形式。如：〔二黄摇板〕〔二黄散板〕〔二黄导板〕〔二黄滚板〕〔快三眼〕〔慢三眼〕和〔反二黄〕。

西皮的板式就更多，如：〔二六板〕〔流水板〕〔散板〕〔摇板〕〔原板〕〔慢板〕等。

这些板式如何配合使用，当时的状况是参差不齐。程长庚钻到这些“板眼”中，一一进行校对，然后按照自己校对“统一”后的板式，固定曲谱。然后按照固定的曲谱去演唱，以此，试图做成“定式”。

如：《李陵碑》中杨继业的唱腔，从〔反二黄〕始，到〔导板〕〔散板〕〔原板〕〔慢板〕方得以如此哀婉顺畅；《击鼓骂曹》中，祢衡的唱腔，从〔导板〕起，再转〔散板〕〔慢板〕〔二六〕〔流水〕〔快板〕〔散板〕才如此激悦酣畅；《大保国》中李艳妃的唱腔，由〔慢板〕到〔原板〕〔散板〕〔导板〕的排列，才如此淋漓自然。

诸如很多戏唱腔的梳理安排等，都渗透着他的心血。他的这些“定式”，在后来的演唱和与他人的交流中，确定下来，慢慢归于统一，最终形成了同戏同腔。

在音乐伴奏上，徽剧进京时，沿用的仍是以笛子为主的管乐，如唢呐、笙等。因而声腔就显得死板低沉。进京后，吸收了秦腔、河北梆子等以弦乐为主的伴奏方式，声腔高低疾缓，激越沉降，都能表达自如。正因为加进了弦乐，嘉庆三年的禁令，也把徽剧收为“乱弹”的被禁之列。为了生存，徽剧只好又改为以笛子为主的吹奏音乐伴奏。随着时过境迁，几十年后，才慢慢回复了弦乐的伴奏。

秦腔、梆子等伴奏所用的是板胡和二胡，音调不是高亢尖细，就是低暗沉闷。而京皮黄的音调高低变化较大，且音韵丰富多彩，比秦腔、梆子的声腔丰富复杂得多。板胡和二胡由于制作用材的缘故（音筒是用木板鞔皮制作，担子是用木杆制作，弓弦是用马尾制作，）声调单一，音色不够丰满，满足不了京皮黄声腔的需要。演唱京皮黄的大角儿和文场乐师，总觉得欠缺点儿什么，但又没有更好的办法。

程长庚对此下了一番心思。他想起儿时，家境贫寒，舅舅曾用竹子做过胡琴，让自己去卖，还曾换回过零花钱。有了这点儿启发，他就和乐师王晓韶共同研究用竹子制作胡琴。以竹筒做音筒，鞔以蛇皮，以竹竿做担子，支撑丝弦，以马尾做弓弦。如此做成的胡琴，一试，音色，音域，音韵都超过木制胡琴的效果。

长庚和王晓韶都高兴万分，程长庚每日里还陪王晓韶练胡琴。一个唱，一个拉。二人唱、拉配合，谐调默契，天衣无缝。

王晓韶离开了三庆班后，把胡琴演奏法传给了乐手樊景泰。樊景泰比王晓韶还上心，更执着。他配合程长庚进一步改造胡琴，将马尾用藤秆绷紧，做成硬弓，马尾加粗，音色更加浑厚嘹亮。硬弓拉起来，更加得心应手。这种胡琴终成京皮黄的主要伴奏乐器。后来人们给他起了个专用名，就是“京胡”。

有了京胡，樊景泰如鱼得水。他整天琴不离手，创造了很多演奏技巧。指法有：沾、打、揉滑、泛（或叫：吟、揉、绰、注）等技法。在弓法上，有长弓、短弓、碎弓、抖弓、顿弓等技法。在随腔伴奏上，用随、衬、垫、裹等技法。尽管二黄、西皮的板式繁多，另外还有各种曲牌，及民间小调的加入，京胡都能演奏得酣畅淋漓，恰如其分。

樊景泰为了在徽班推广京胡的使用，主动轮流到各戏班传授，另外招收弟子进行科班教习。

有了京胡的伴奏，程长庚又着手唱、念咬字发音的音韵。

当时的京皮黄，老生的唱、念，咬字发音，各不相同。因而形成的音韵有三派，程长庚为徽派，张二奎为京派，余三胜为汉派。

程张余三人，在当时被称为京城老生行的“三鼎甲”。所谓“京派”“汉派”“徽派”，也是看戏的戏迷给划分取名的。

程长庚常想，张、余二人的京、汉二派，究竟具体是什么味道？他自己并没有亲自观摩聆听过。因为梨园行有不成文的规矩，名角儿不能随便看其他角儿的戏。一有“偷戏”之嫌，二有“掉价儿”之卑。但程长庚想闹清他们的特点，总想亲自体验一番。

去看余三胜的戏，他不好开口，因为那是他的师哥，余三胜比他大九岁，在京城成名最早，对自己进京后有很多关照，程长庚对余三胜敬慕有加，当然不好意思去看他的戏。

去看张二奎的戏，张二奎比自己小三岁，成名稍晚一些，对于对付路生，给四喜班出气的“红戏黑唱”，张二奎对程长庚很是佩服。张二奎狠揍王玉笙的事，也很得程长庚赞赏。因此，两个戏班之间，也多有走动和照应。但毕竟不好张口互相看戏，都有所顾忌。

为了声腔的统一，虽有顾虑，程长庚还是想看一看他们二位的戏。权衡之后，还是决定先去看一看张二奎的戏。既是看戏，就做君子不做小人。先派赵德禄到四喜班去拜访一下张二奎，说明看戏的因由。

张二奎是个有文化的人，一听程长庚是为了完善京皮黄的声腔，来看戏，非常高兴。这也是张二奎几曾考虑的问题。他很佩服程长庚的远见卓识，打心眼儿里支持，忙派人到广和楼取来几张包厢的票，交给赵德禄，说：“赵总管，请转告大老板，难得大老板赏光，晚生愿在大老板面前献丑，万望不吝赐教！”

赵德禄拿了票，对张二奎说：“我先替大老板谢谢张老板！来时大老板让我转告您，他来看戏的事，不必声张，以免场内纷乱，打扰您唱戏。”

张二奎说：“还是大老板虑得周到，一定遵办。”

那天，广和楼的大轴戏是张二奎的《打金枝》。程长庚早早地就在赵德禄的陪同下来到包厢。

程长庚为了不引人注意，穿一身马褂长袍，头戴一个大大的遮檐帽，戴一副玳瑁墨镜，进了包厢，落座后低头不语。

此时送茶水的堂倌进来斟茶，在给长庚续水的一刹那，他一眼认出了程长庚。不禁一惊，嘴上喊出“程……”

“大老板”三字还未出口，程长庚的一只大手抓住了堂倌的胳膊，另一只手递过来一些白花花的细散银子。小声说：“不要声张，更不要对人说我在这里。日后，我请你看戏。”

赵德禄补上一句：“这个包厢的茶水不用送了。”

堂倌接过银子，并没有醒过闷儿来，嘴里说着“是，是。”忙退出包厢。

张二奎的《打金枝》开戏了，张二奎扮演皇帝。程长庚一看张二奎的扮相，对这个小老弟很是服气。只见他身材高大，五官端正，方盘大脸，举止动作，大气潇洒，气质凝重庄严，一副天生的帝王之相。他演的帝王不同凡响，像见过大世面的人。再听他的念白，一口北方京味儿，咬字准确，吐字清楚，抑扬顿挫，铿锵有力，声传高远，响亮异常。他的唱，如响雷炸耳，劲道十足，气催屋宇，充满阳刚之气。

长庚边看边想，怪不得，他一出道就名震京城，他确实有很多非同一般的地方。就连自己，有很多地方都比他不过，真应该谦恭地，向这个北方老弟好好讨教讨教！

散戏之后，张二奎脸上的妆都来不及洗，就忙来到包厢，一进包厢就打躬道："让大老板见笑，小弟献丑了！"

长庚忙还礼道："久仰，久仰，果然风采非凡！"

张二奎道："早想找大老板讨教，只是怕打扰。今日正好逢大老板光临，我们好好叙谈叙谈。"

赵德禄说："大老板早有安排，已在庆丰楼订下包间了。"

张二奎听后，急急摆手道："这是说哪里话来，到我这里自然是我做东！天一阁我早订好了。"

程长庚道："我今天是来求教，当然得尽学生之意了。"

张二奎连连摆手，"使不得，使不得！我巴不得大老板光临，当然得尽地主之谊了。"

赵德禄一看双方都诚心诚意争执不下，对长庚说："那——我们只好客随主便了！"

长庚、张二奎相对哈哈大笑。待张二奎洗好脸，二人欢天喜地携手进了天一阁。

酒过三巡，菜齐五味，程长庚和张二奎敞开心怀，尽说唱戏之事。说到"同戏同腔"，张二奎更有同感。诚实地说："京城是个杂巴地，全国各地的戏齐汇京城，各种腔都有。尽管京皮黄有了徽汉的基础，但总脱不了'根'上的泥土味儿。"

他这句话，既形象又风趣，把大家全逗乐了。他接着说，"我虽是北方人，但唱戏我是半路下海，没受过正规训练，什么'五音''四呼'，什么'头、腹、尾反切'，什么'发、放、收、归韵'，我都没坐科打好根基，只是描着人家的味儿，照猫画虎罢了。"

张二奎说的全是实实在在的真话。他这些毛病，外行人不留心是毫无察觉，但内行人一听，就能听出门道，感觉到瑕疵。程长庚这次看戏，也看出了这些不足。听张二奎说得如此不遮不掩，更感到张二奎做人、做戏的品格。由衷的对面前这个小兄弟更加喜欢。

张二奎接着说："我虽是北方人，但并不是生在京城长在京城，我的咬字发音，也带家乡的土味儿。京城人细细地品，也能品出'艮'音。他们也说我'侉'——我这个'侉'，只不过比你们南方人的'侉'，侉得差点儿。"

他说得如此直截了当，倒把在座的逗得大笑起来。可他并不发笑，接着说，"是小巫见大巫。可也不能五十步笑百步呀！"

听到这里，程长庚诚恳地说："听贤弟一番真言，愚兄此行受益匪浅。贤弟做人做戏的品格更令人钦佩，愚兄更想听一听贤弟在'同戏同腔'上的高论。"

张二奎听后笑笑说，"承大老板抬举，小弟直言直说。——只要我们仨：大老板、余状元，我们先一致起来，形成定制，以后，弟子传承，丝毫不走样地往下传，传个两三代，就像船到江心自然直一样，成了定格。你我要改侉音好说，只是戏状元那里……"张二奎说到这里，一笑打住。

程长庚却认真地说："这个问题，我曾钻研、比较再三，我倒觉得我师哥的湖广音很有风格。皮黄在发音上，以《中原音韵》为基础，再保留一些湖广音的痕迹，倒显得抑扬顿挫，铿锵有节。不知贤弟作何意见？"

张二奎是读书人出身，对音韵有过专门研究，尤其对《中原音韵》，研究得细，用得更经心。听程长庚如此一说，低头认真想了一会儿，觉得长庚说得很有道理。说："大老板见解高人一筹，我们不妨一试。若是能有一天，我们三人好好合作一出戏，就能品出同与不同的味道！"

长庚对张二奎的建议非常赞赏，说："贤弟此见甚好，此事由我慢慢筹划。"

张二奎说："小弟静候佳音。"

二人说得志同道合，都觉相见恨晚，直到深夜方各自打道回府。

有词【喜迁莺】为证：

京城寸地。皮黄戏、戏班数家竞好。三杰巨擘，歌喉亮展，竞芳自家讨巧。同戏同腔无度，弊端无可言表。要统一，度曲中取法，摸索探讨。 凑巧。想一处，所见略同，同修皮黄调。诸腔杂陈，沙里淘金，各家精中选好。二奎树旌高见，翰林帘外指导。状元曲，犹可取，京城一腔通晓。

第 十 八 回

精策划巨擘联袂
守门户状元显能

京城大角儿，都有自己的宅院，按照京城的习惯，都为自己的宅院取堂号名。余三胜的宅院在宣南石头胡同六十一号，取名“胜春堂”。取三胜青春永驻的意思。程长庚的寓所在宣南百顺胡同三十四号，取名“四箴堂”。所谓“四箴”即：行、坐、视、听。取其程氏祖宗理学的义理，行得正，坐得直，看得准，听得切。读圣贤之书，行仗义之事，视功德之举，听金玉良言。张二奎的寓所在天桥南大街六合公，取名“忠恕堂”，取忠诚宽厚之意。

程长庚那夜与张二奎长谈之后，回到四箴堂，很为张二奎的忠直性格所感动，翻来覆去睡不着，一宿琢磨着如何实现张二奎提出的“三巨擘”联袂唱戏的提议。他知道，他这个师哥余三胜，是皮黄的大师，对京皮黄声腔儿的形成，独树一帜。他对湖广音韵与京城音韵的结合有独到的实践体会。据传，他自己整理记录了一套拿腔儿发韵的书籍，从不传人，称为“余氏秘笈”。如自己对他直接去说三人联袂唱戏的事，会有借光偷戏之嫌。况且，自己平日对师哥恭敬毕至，突然提出此事，会显得唐突而不自然，反使师哥产生他念，影响兄弟情感。想来想去，还是觉得请延四爷出面合适。

第二天，程长庚就去到延府，见了延四爷，把来意说明。延四爷手点着长庚笑着说：“你这个玉山，真是急脾气，我不是说过吗，角儿上找齐是最难的事，要有一个过程，着急吃不得热豆腐。”

长庚说：“你们的期望实现不了，我心里总是不踏实。况且子英老弟的提议也很恳切。”

延四爷说：“既然如此，让禄喜安排王爷一场堂会，把你们三个都聚齐，哪个王爷不是巴不得的事呀！”

听四爷如此说，长庚忙说：“不妥，不妥！”

延四爷诧异道：“为什么？”

长庚说：“我给班里立的规矩，不许独自在外唱堂会，我却自己破了规矩，我还怎能在班里立足？”

延四爷听后笑笑说：“我倒把这个茬儿给忘了。”他接着说，“要不以你三庆班的台口为底，把戏状元和张二奎邀到你们那儿唱。”

长庚说：“如此当然好，只是邀我师哥，我不能出面儿……”

延四爷非常理解地说："这个好办，我自有安排。"

程长庚也不啰唆，说声："那就齐了，我听您的准信儿得了！"说完打道告辞。

长庚走后，延四爷请来了戏总管禄喜。给禄喜说明情况，让禄喜想辙邀余三胜和张二奎到三庆园唱戏。

禄喜说："哎呀，你这个戏翰林算是名副其实了，三巨擘联袂唱戏，你都亲自管，干脆儿，你连这个戏大臣也一肩挑了，倒省了我好多事。"

延熙打趣道："我倒是想啊，怕你没了饭碗，没地界儿去吃饭！"

禄喜笑着言归正传："我看这事由我出面，就以宫里要承差，由我选戏选人，我要在三庆园审戏。如何？"

"唱哪一出呢？"

"就唱《让成都》，程长庚扮刘璋，余三胜扮马超，张二奎扮刘备，如何？"

延熙笑着说："我说你有的是鬼点子嘛。如此，仨角儿各得其长。有你戏大臣安排，余三胜不会误解玉山和子英，还让戏迷过上三巨擘联袂的戏瘾。此招儿妙，妙！"

此事商定之后，禄喜以公事承差的名义，通知程、张、余三人。

程长庚心里自然明白是怎么回事，他马上差人去告诉张二奎。只是不能告诉师哥，心里还隐隐地觉得对不住师哥。《让成都》中主角儿是刘璋，马超和刘备都是配角儿。让师哥给自己配戏，他心里老大的不落忍。

余三胜接此通知后，心里犯了嘀咕：让我配戏？自从正式进了春台班，我还没给人配过戏呢。师弟程长庚这几年是火得有些燎人，但也不至于让我给他配戏吧，不知道戏大臣葫芦里卖的什么药。既是戏大臣给派的戏，也只好认了，但心里总觉得疙疙瘩瘩的。

开戏这天，一听说是京城的三巨擘联袂唱《让成都》，三庆园不光卖得满座儿，连过道夹缝都挤满了人。

余三胜是个极要脸面的人，一看这么多人来看戏，三杰相聚一台，生怕自己掉价儿。到得台上，当刘璋问马超为何投奔使君刘备的时候，马超本来没几句台词，但脑瓜一热，却激情奔放，大段的台词顺口而出，铿锵激越，抑扬顿挫，朗朗声洪：

啊——昏主啊，你若不问，言还罢了，你若一问，超不得不实言相告了——若不是你懦弱昏聩，摇摇摆摆，醉生梦死，举棋不定，贻误战机，丢城失地，致使环顾无人，无将扶保。只落得众等忠烈之士欲战不能，欲罢不忍，致使王累坠城明志而死。自古道，良禽择木而栖，超弃暗投明，投奔刘使君，也好匡扶汉家大业……

接着，马超又把刘备是何等贤能，何等圣明，何等爱民如子，何等礼贤下士，何等爱将如命，何等知人善任，何等宏图大志，以及诸葛丞相何等雄才大略，何等用兵如神，等等等等，用大段台词加以演绎。

余三胜越演越激情奔放，台词如爆豆般噼噼啪啪，脱口而出。现编现演毫无纰漏磕绊，把刘璋的昏聩，刘备的贤德，数豆般一一讲来，直直讲了有一个时辰。

可算充分展现了他临场发挥的天才，使台下的看客目瞪口呆，大饱他念白之眼福，人人佩服得叫好不迭。

这一下，把个扮演刘璋的程长庚干在台上，既不好答话，也不好插话。直至日落黄昏，场内光线昏暗不明，余三胜才收住道白。因光线太暗，戏没法再唱下去，只好打住，散戏收场。

程长庚和张二奎虽然在这场联袂合作中没有得到唱、做的机会，但他们却也大饱了眼福，看到了余三胜这个戏状元的风采。尤其佩服余三胜的临场发挥，更佩服他念白功夫的深厚。程长庚尤其对师哥的湖广音韵感兴趣，正好研究他发音的技巧。听于耳，记于心。越听越觉得湖广音韵，有很多可吸收保留的地方。反倒觉得师哥念得时间太短了，心想，这场联袂戏唱得好，值。

余三胜对自己当下一口气能念出那么一大段白口，很感痛快淋漓。可是等散戏之后，思想起来，反而觉得做得不甚妥当。三个人联袂，你一个人唱了独角戏，于情于理有点儿说不过去。这两个人是什么人？是京城与自己齐名的大角儿！程长庚在三庆园，不动声色，卖座儿总比自己好。张二奎每贴演王帽戏，自己就得加演一出，不然就上座儿不好。他们两个大有压过自己的势头，况且比年龄，自己已无优势可言，梨园这个行当，是养小不养老。自己都已过不惑之年，怎么还这么不老到！做下这等事，真的有伤体面。想到这些，心里还觉得很愧疚，觉得怪对不住两位老弟的。

三人卸完妆，赵德禄过来对他们说："三位老板，饭已安排好了，禄大人已然拉了延大人入席了，就等三位老板呢！"

余三胜为了挽回愧疚，忙抢了说："饭虽是我师弟安排的，但账，说什么也要记在我余三胜的头上，今天我做东。"

赵德禄忙说："余老板说这话见外了。不过今天三位老板都是客，今天是禄大人做东。他说这是公事，由官家报账！"

余三胜说："他是宫里的戏大臣，说是算官账，哪次还不是咱戏班掏银子！"

他们四人边走边说，已经到了雅间的门口，余三胜刚才的话，禄喜听得清清楚楚。他们三人还没落座，禄喜就发了话："听余老板的意思，是嫌我们吃你的白食了。那，延四爷，咱们走吧，别让人家说咱吃白食啊！"

延四爷揶揄地说："哎，你戏大臣哪次不是吃他们的白食呀，怎么今天就改邪归正了！"

禄喜故意一本正经地打哈哈说道："哎，今天咱可是公事！"

余三胜与戏大臣也是老熟人，除了上下管理的关系，平时也是经常打哈哈，不论尊卑，所以接上一句，"那这顿饭的银子，你禄大人掏啦！"

大家说笑着落座，喝的面红耳热之后，禄喜说："今天三巨擘联袂唱戏，是公事。正好借你们三巨头相聚的机会，我们再商量一件公事，精忠庙成立了，还没有庙首，你们仨合计合计谁当庙首比较合适？"

精忠庙，是京城梨园行弟子自发组织起来的生存互助的群众组织，叫梨园公会。大家也叫它“窝窝头会”。这窝窝头会，顾名思义，就知道是梨园弟子互相帮扶的互助会。平时，年关难度，有些人家里揭不开锅了，由精忠庙出面唱几天义务戏，所得收入，分给他们过年；哪家有红白大事，需要帮忙，由精忠庙出面，组织各戏班合力解决。为了便于对各戏班进行管理，宫廷里的升平署就借助精忠庙，使之成为半官方半群众性的机构。凡京城的戏班，年初开锣，年底封箱，以及平时的演出和宫廷新颁布了规章，都要经过精忠庙提调办理。梨园公会，本来设在天禧宫内，因天禧宫与精忠庙比邻。精忠庙比天禧宫名气大，于是就取名“精忠庙”。

余三胜一听戏大臣提出此事，正觉得刚才唱戏对不住二位兄弟呢，何不就此借花献佛，挽回点面子。就抢着说：“子英老弟年富力强，又负重望，我看子英当庙首最合适。”然后又对长庚说：“你说呢，玉山师弟？”

程长庚明白余三胜的意思，从心里也觉得张二奎当庙首最为合适。赶紧给余三胜个台阶下，说，“我师哥说得有道理，我同意子英贤弟当这个庙首。”

张二奎赶紧摆手：“有二位长兄撑着大树，我可不敢当这个庙首！”

禄喜看看延四爷，二人相对一笑，禄喜说“恭敬不如从命，子英老板你就别谦虚了！等大家公议之后，你就走马上任吧。”

延四爷举起酒杯说：“那我们就提前敬庙首一杯上任酒吧！”

禄喜也说：“恭贺，恭贺！”

余三胜、程长庚也举杯说：“恭贺，恭贺！”

张二奎无奈，也举杯，“感恩各位大人、老板的抬举，那……二奎甘愿为梨园弟子效力！”

有散曲小令【双调·雁儿落过得胜令】唱道：

状元戏路宽，独角独声断。哪知日光短，反栽自己面。

扬名在梨园，桃李自不言。自掌精忠庙，子弟遂得愿。莫辩，满酒举玉盏。杯干，功成谈笑间。

第 十 九 回

立尊立志真罢演
逞威逞严假威风

程长庚回到四箴堂，回味师哥道白的湖广味儿，觉得越琢磨越动听。比之于京味，它铿锵有节，阴阳起伏较大，显得格外跳荡生动。能很好地表现人物的情感，能用声腔立体的刻画人物。

略嫌不足的就是湖广音太多太重了些。如果用《中原音韵》规整一下，就会去点儿“侉”味儿。在此基础之上，“尖音”和“团音”再用得标准一些，或许就会找到京城皮黄声腔的固定味道。

他又想起余三胜在台上的状况，更加佩服延四爷的眼光。的确，心急吃不得热豆腐。像师哥这样在京城氍毹之上，滚打了几十年的大角儿，让他改变咬字甩腔的方法，谈何容易！

还是张二奎老弟说得好，慢慢形成定制，经过几代弟子的传承，自然会走向“同戏同腔”。

一想起和盛成董师傅期待的眼光，长庚心中就觉得起急。又想起江师傅、米戏官、延四爷对皮黄寄予的希望，他心里更觉得沉重。好在，皮黄已在京城引领了戏剧的主调。但是，宫廷对皮黄的态度如何，还不得而知。如果宫廷一旦解禁对乱弹的桎梏，认可了皮黄，那就真的离“弹腔儿翻梢”不远了。

程长庚想起这些，翻来覆去，难以入睡。

道光二十九年，穆彰阿升了中堂。为了庆贺，要在府中唱堂会。

府里的戏提调把京城戏班的名角儿列了个单子，呈给中堂大人过目，单子中余三胜、张二奎、段二、胡喜禄、杨鸣玉等当红的大角儿都有，唯独没有程长庚。

穆彰阿看了半天，问：“怎么没有程长庚？”

戏提调回话说：“回中堂大人话，程长庚现在当了三庆班的班主。”

“那就更应该叫他来呀。”

“回大人，他自当了班主之后，在班里立下个规矩：不许班内人单独赴堂会唱戏，他也不唱。”

“不赴别人的堂会唱戏，我的堂会他不会不来吧？去，拿我的帖子去请他！”

“是。”

穆府的戏提调拿了穆中堂的名帖，来到三庆班。赵德禄赶紧领了戏提调来见程长庚。

程长庚一见穆中堂的名帖，赶紧给戏提调让座上茶。然后说：“穆大人如此抬爱长庚，小人实实担当不起。烦请提调大人回禀穆大人，小人戏班已立下班规，不许单独赴堂会唱戏。长庚身为班主，不能先破班内规矩，恕不能赴大人的堂会。等事过之后，长庚再过府给穆大人请罪。”

戏提调一看，拿中堂大人的名帖来请，程长庚都不买账，顿时火冒三丈，把桌子一拍，厉声喝道：“好你个程长庚，你不就是个不入人流的臭唱戏的吗！胆敢给中堂大人摆臭架子！”

长庚忙好言相劝：“请提调大人息怒，长庚一介小小伶人，哪里敢给中堂大人摆架子。当年若不是穆大人抬举，长庚哪有今日！古人云，滴水之恩当涌泉相报！穆大人对长庚的恩德，长庚时时刻刻铭记心中。只是国有国法，家有家规。三庆班班规，长庚实实不能违犯。”

戏提调看长庚没有活话，说，“好，好，好。我只好照实回禀中堂大人，有什么话，你对大人去说！”

戏提调回到穆府，把程长庚不接名帖邀请的话回禀穆彰阿。

穆彰阿听后，嘿嘿冷笑道：“人家都说‘婊子无情，戏子无义’。今天还真应验了这句话！当年，他一个乳臭未干的孩子来我府上唱戏，要不是我抬举，他还说不定在哪儿讨饭吃呢！今天他给我讲起了规矩，我倒要看看是他戏班的规矩大，还是我中堂的规矩大！——去，拿绳子把他绑来，看他唱不唱！”

戏提调领命，带了一帮衙役直奔四箴堂来，一直闯到堂内。程长庚正在堂内练唱功，樊景泰拉着京胡，程长庚放开声量，拿腔捏调，声震屋宇。他一门心思用在练唱上，根本没看到有人闯进堂来。樊景泰一看呼啦闯进那么多衙役，吓得拉出的京胡都变了音。长庚正要责备他，衙役呼啦把他围了上来，不容分说，一根绳子给他来了个五花大绑。长庚定神一看，看到穆府的戏提调，正言问道：“提调大人，长庚所犯何罪？为何闯进堂绑人？”

戏提调一声干笑：“中堂大人说了，看看是你的规矩大，还是他的规矩大！”

“长庚按规矩办事，不唱堂会也犯法吗？”

“犯法不犯法我不知道，我只知道奉命拿人！”

“难道官家有尊有严有规矩，我们伶人就无尊无严无规矩了吗？”

“你少给我废话，一会儿当堂给中堂大人说去！”说完冲衙役们一挥手，“带走——”

程长庚给绑走了。

樊景泰给吓蒙了。

赵德禄赶到四箴堂，人已被带走了。他也急得一时没了主意。

此时，只见刘赶三拉着毛驴“墨玉”，急急地走来。

赵德禄问：“刘老板你这是——”

刘赶三着急地说：“这还用问，快去救大老板呀！”

赵德禄问：“莫非你去给他唱堂会？”

“去又怎的？”

“大老板就是因为不给他唱堂会，不破班规才被绑走的，难道你要破班规？”

刘赶三也急了：“我说赵总管，这都嘛时候了，你还班规，班规的，救人要紧哪！”

赵德禄也急了：“他穆中堂是什么东西，不就靠反对禁烟，害了林则徐，混上个中堂嘛！平时大老板感他过去的恩，可却恨他卖国的罪，就不待见他。咱不能为了他的堂会就破了咱的规矩。大老板的脾气你还不知道？他是宁肯站着死，不肯跪着生的主儿。你要是给穆家唱了堂会，这不是把大老板给出卖了吗！”

刘赶三凑到赵德禄耳边说：“哎呀，我的总管老哥，咱不以唱堂会的名义去，咱进得去人家穆府吗？先混进去再见机行事，找辙救大老板哪！”

赵德禄这才如醒醐灌顶，明白了刘赶三的用意。说，“对，是得先想辙打进穆府，要不连个报信儿的都没有！”

赵德禄这才跟了刘赶三急急地奔穆府而去。到了大门口，门房给拦住了，问：“干什么的？”

刘赶三指指墨玉，“给穆老爷唱堂会的。”

“那——牵头驴干什么？”

“唱戏！可北京城谁不知道我刘赶三的毛驴呀！”

刘赶三这么一说，那门房乐了：“敢情您就是刘赶三？那，这就是‘墨玉’了！”

刘赶三就事儿说：“要说穆中堂，老百姓兴许不知道。说墨玉，老百姓都知道！”

门房说：“说话小心点儿！这是穆府。”

刘赶三此时倒硬了起来，说：“我们就是冲穆府来的，不让进，立马儿往回走。”

门房知道府内有堂会，但邀了谁了，他不清楚。心想可别耽误了老爷的堂会，那可吃罪不起。赶紧放刘赶三和赵德禄进了府内。

穆府的戏提调押了程长庚来到穆府，戏提调回禀程长庚押到。

穆彰阿说：“押到就押到呗，到戏楼点他的拿手戏叫他唱戏就是了，还值得给我说！”

“回禀中堂，他是誓死不唱！”

穆彰阿一听，不禁一愣：“他敢？押来见我！”

“是。”

程长庚被押到穆彰阿面前，程长庚对穆彰阿怒目相向。

穆彰阿上下打量一遍程长庚，用鼻音哼哼着说：“你就是当年那个唱皮黄的娃娃程长庚？”

程长庚说：“是我。不知我身犯何罪，以至于被五花大绑拿来见穆中堂？”

穆彰阿见程长庚一副昂昂不服的劲头，用挖苦的语调说：“是啊，你成名了，也成精了！胆敢给我端架子了！”

程长庚放平常语气说：“大人有所不知，您当年抬举长庚，长庚感激不尽。小人就是个唱戏的，哪能不唱，只是三庆班立有班规，个人不得单独赴堂会唱戏，小人已对提调大人言明，不知为何拿小人来府上？”

穆彰阿把眼一瞪：“拿你，就是让你来唱戏！”

程长庚说：“梨园虽是贱业，自古唱戏是请戏，写戏，邀戏，派戏，还没见过用索子绑着唱戏的！”

穆彰阿听此言，气急败坏地喊道：“今天老子就是绑着你叫你唱！”

程长庚也厉声回道：“国有国格，人有人格。国不能对外妥协，人不能罔受侮辱。伶人也有伶人的骨气，士可杀不可辱！”

穆彰阿看程长庚不但不低头，反而话中夹枪带棒讥讽自己，不禁雷霆大发，喊道：“来人，拉出去乱棍打死！”

听到吩咐，呼啦上来一帮衙役，把程长庚推了出去。

此时，正是应邀来看堂会的部院大臣及各色官员进府的时候。一看厅内拉出程长庚，知道必有缘故。其中一个穆彰阿心腹，赶紧进厅劝穆彰阿：“您一个中堂大人，跟一个伶人生气较劲，传扬出去好说不好听，落个你没有宰相的肚量，不值得。别小看伶人，多得公众关注，如传进宫去，被奸人利用，更对大人不利！请大人三思。”

穆彰阿此时在朝堂上，正处在争议之中。在禁烟和反对禁烟上，他与林则徐是势不两立的两大派。由于道光皇帝的立场左右摇摆，先是支持林则徐抵制大英帝国，坚决禁烟。后又听信卖国派的言论，屈服大英帝国的军事压力，对英妥协，流放了林则徐，起用穆彰阿。朝廷之中，反对禁烟，主张与大英帝国妥协派的头子，就是穆彰阿。穆彰阿虽然升了中堂，但朝廷之中，对他多有抨击，主张禁烟派的大臣尚很有势力。这点，他穆彰阿心里非常清楚。听了心腹的劝告，他马上反应过来。但，对程长庚的这口恶气，还憋在心中，一时回不过头来。

此时，那个心腹又献计说：“他程长庚不是不唱戏吗？不用打他，也不用骂他。把他绑到台上，让他看那么多名伶唱戏，臊着他，看他以后还怎么唱！

这比打他还叫他难受。”

穆彰阿觉得这倒是个好主意！哼，就这么办！

开戏了，程长庚被绑在了戏台前沿的柱子上。程长庚怒目圆睁，直挺挺的站在柱子旁，瞪着台下那些来看戏的大小官员。

台下那些大小官员，不知道台上这是唱的哪一出，反倒被程长庚那愤怒的双眼瞪得很不自在。

来唱戏的那些名角儿，一看程长庚被绑在台上，心里很不是滋味儿。慑于对穆彰阿势力的威胁，又不敢不登台，到了台上也打不起精神来。甚至都不好意思往绑程长庚的柱子那里迈步，因此，总是空半边台。

穆府的戏提调一看这个样子，生怕中堂大人怪罪下来，吃不了兜着走，心里惶惶然不知所措。正在这时，刘赶三牵着“墨玉”来到后台。

戏提调一见，喜上心来，忙说：“老赶哪，你可来得真是时候。看，台上总打不起精神来，你快上去给大家提提神！”

刘赶三看程长庚被绑到台上，正想怎么救他呢，听戏提调一说，一口应承：“放心，瞧我的吧！”

一折戏唱完之后，刘赶三倒骑着毛驴上台了。毛驴上台，再加上刘赶三一副丑婆子的扮相，台下果然“哄”的一下出了彩。

刘赶三来到台前，跳下毛驴，往前一看，故作吃了一惊的状态，道白道：“咦，这台柱子上怎么还绑着个人呢？”

他假装上前一看，“哎，这不是三庆班的班主程长庚、程大老板吗？你可是可京城戏台的大台柱子，当年，穆老爷还给您叫‘叫天’呢！怎么今天您这大台柱子反被绑到这小台柱子上了？这是唱的哪一出哇！

……哈……哈……我明白了，你绑在这里定是冤枉！不要紧的，别着急呀，当着台下这么多青天大老爷的面，您的冤枉肯定能昭雪！

更有那穆中堂，他也能替您扛着。可天下的老百姓都说，有了穆中堂，就能提神壮胆。因为穆中堂让大家吃大烟，吃了大烟，身上一爽就什么都不怕了！可他老人家却为此担了个胆小的名声，人家都说他怕洋人，怕大英帝国！”

说到这里，台下的人都被吓傻了。这么明目张胆的数落穆彰阿，这可是公开叫板哪！大家都扭过头看穆彰阿。只见穆彰阿被气得满脸发紫，低着头，嘴里哇哇乱叫，“给我打烂他的嘴，别叫他满嘴喷粪！”

刘赶三毫不在乎，拉一拉毛驴，仍不依不饶地说，“我述说大老板的冤枉，这牲畜毛驴还不恼呢，穆大人倒恼了！宰相不是肚里能撑船吗！怎么听不下我这两句真话呢！”

台下此时乱套了。

有人窃窃私语：

“这堂会唱得可真热闹！”

“闻所未闻！”

“晦气，晦气！”

“这是穆大人自讨没趣。”

“把对头招到家里来了！”

“散了吧！快走吧，省得招惹是非！”

台下看戏的，甚感没劲，怕招惹是非，也顾不得给中堂面子，呼呼啦啦散光了。

刘赶三被拉下去挨了一顿苦揍。

赵德禄早回到班里叫来弟兄，把刘赶三搀扶回去。

程长庚被弟兄们从柱子上解下来，松了绑。程长庚松松臂膀，抖抖精神，大摇大摆，堂堂正正的走出穆府。

这次穆彰阿的堂会可唱出了名声，伴他走完了一生的尴尬。

有人为此写了一首打油诗，以为铭记：

穆府堂会逞天威，
名伶绑来台上推。
一台闹戏震京城，
中堂宝座岌岌危。

第二十回
不图功名投三庆
振兴戏班添诸葛

那首打油诗，像算命一样，说准了穆彰阿的命相。穆彰阿刚当上中堂，屁股还没坐热，道光皇帝驾崩了。

咸丰皇帝登基执掌天下，一登宝座，就传旨罢免了穆彰阿。并追究他反对禁烟，取媚洋人的罪过。不过，念其是三朝老臣，免去死罪，遣令回家。闭门思过，不许再过问朝廷大事。

程长庚虽然在穆府受了侮辱，但却增长了自身的浩然之气，更激发了他奋发刻苦，自立于京城梨园的壮志。

他分析当前京城皮黄的现状，虽然是三足鼎立，但各有软肋。张二奎虽然年轻，但声音偏于直吼，缺乏韵味；师哥余三胜虽然韵味儿稍浓于张二奎，但湖广音略重了些，偏于侉；自己虽有脑后音，声音劲拔苍凉，有北弋的韵味儿，但仍显得刚多于柔，缺乏昆曲的妩媚声情。

有了这样的分析，他努力的目标更加清晰。因此每日吊嗓练唱，取法昆弋，辨字发声，把皮黄的发音打磨得精而又精。《燕都名伶传》记述他，

“发生皆四平八稳，无行腔，无宗派，不求异人，人亦不能及。”

后来，他的亲传弟子杨月楼回忆他，“观其将出，先日夕辄静默不声；明日履台，默益甚。曲至，诸良工多切奏，彼则淡澹出之；促节，则急奏无流行，独至精结；语至尾声，虽平调必千回百折，愈吐愈高，响彻云霄而后已。此其运气乃至神乎！”

此时，他对京皮黄的钻研和驾驭，已经有了出神入化的造就。

通过他的研究和实践，他感到徽剧的不足，也有戏文内容上的原因，三小戏（小生、小旦、小花脸）过多，春秋大戏偏少。三小戏，虽然取材百姓生活，能迎合取悦老百姓的观赏。但毕竟不能演绎社稷春秋，帮人明辨历史是非。如此，终不能成其为统领京城的大戏。

大栅栏书馆的说书先生，对他有很大启发。他听评书先生，戒尺一拍，什么《三国演义》《东周列国志》《西游记》《水浒传》《施公案》《三侠五义》《杨家将》《呼家将》等，大部头评书，自开讲之后，一个“且听下回分解”，就可以一直接着讲下去，少则一个月，多则半年。而且越讲越抓人，使听者越听越上瘾。

他想，如果，把这些大部头小说，编写成戏文，一出一出的连成大轴，一天一天的

接着唱，岂不比说书更招引看客。有了这些大轴戏，内容都是社稷春秋，历史演义，就弥补了“三小”偏多的缺陷。叫人们明辨历史春秋，社稷大事，更是深层次的教化。就圆了江晚晴师傅的夙愿，也使徽剧一变而为京城的大戏。

从眼下四大徽班唱对台、争上座儿的态势来看，唱春秋大戏也是一张独特的王牌。如果，连轴大戏打响，其他徽班必然紧随其后，学习效仿。同戏同根，更容易做到同戏同腔，京皮黄定型为期不远矣。米戏官、延四爷、董师傅的期望和他们花费的心血都将得以实现，这岂不是一举多得嘛！

想到这里，他高兴得彻夜不眠。只可惜，眼下，各戏班都没有能打戏本的写家，这大轴戏的戏文谁能担纲？想到这里，他又左右犯难。莫非大活人还能让尿憋死？谁是天生的写家？江师傅教我识文断字，不就是让我更懂得戏情戏理，为了戏曲的深造吗？为了实现师傅的宏愿，我程长庚不妨就试上一试！

长庚想到这里，决心自己打大轴戏戏文。他把自己关在四箴堂，闭门谢客，精研古典小说，决定先从《三国演义》写起。一连一个月，终于写出了一个本子。他高兴地把总管赵德禄请来，逐字逐句念给他听。

赵德禄听后，笑着对长庚说：“大老板，不是我打击您的情绪，我觉得您打的这本子，是麒麟的脑袋，马鹿的身子，犍牛的尾巴——四不像。”

长庚被说得一愣，茫然地问：“四不像？”

“您看，小说不像小说，评书不像评书，戏文也不像戏文。这怎么竖在戏台上？”

“哦，对，……竖……在……戏台上。”

“大老板，打戏文我不懂，我也没读过书，不像您识文断字。但我师傅手把手教我学戏时，告诉我，要装谁像谁，就演活了。人是‘竖’在台子上的，戏文是‘竖’起来的戏的魂儿。戏文要是平的，人能竖起来吗？我不懂，但我听着，您这该唱的戏文和该白的戏文都是平平的，不好唱和念，不好唱和念当然也不好做和表。那不是平得竖不起来吗？”

长庚听后，边琢磨边点头，口中说“嗯，嗯，有道理。”最后坚定地说，“那我就推倒从头来！”

赵德禄对大老板的这种百折不挠的劲头非常佩服。他提醒道：“大老板，可别累坏了身子。”

正在这时，四箴堂看门的老张进来说，“大老板，门外有人求见。”

“什么人？”

“说是爱看您戏的人。”

“爱看我戏的人多了，他有何事？”

“说是必须见了您的面才能说。”

程长庚觉得此人有意思，他与赵德禄交换一下眼神儿，说，“请他进来。”

不一会儿，一个身材高大，身穿一身旧的布料长袍马褂，大似文人模样的人走了进来。见了程长庚，谦卑的恭恭敬敬的鞠一个躬，轻声说：“大老板，冒昧打扰了。”

长庚一见此人，似曾相识，可一下子又想不起在哪里见过。

还是赵德禄好记性，一眼就认出此人。说，“您就是场场不落的看戏人。”

经赵德禄一提醒，程长庚猛地想起：只要是他登台，这个人是必在台下来看。而且总是在前排，有时候，买不起戏票，拿件衣服抵押，也不落场。

程长庚早在台上就发现，此人非同一般看戏之人，倒有几分落魄读书人的样子。今天造访四箴堂，必有来头。赶紧吩咐看座，上茶，以上宾相待。

这倒让来人很觉得不好意思。嘴里直说，“打扰，打扰，打扰了。”

待来人落座之后，长庚说：“蒙先生看得起长庚，失敬，失敬。”

来人落座之后，落落大方的先自我介绍道，“本人姓卢，江西人氏，祖居庐山脚下。官宦世家，幼读诗书，因进京赶考，屡试不中，羁绊京城。为糊口，在穆彰阿衙内谋一小小书吏。本人自小酷爱戏曲，京城各班几乎都已看遍。唯有大老板的戏最有特色，也使我最为着迷。所以，每见大老板登场的水牌，即使身无分文，也不能错过。往往是先进戏馆再筹票资，即使脱下身上的衣服押当，也不能耽误看戏。”

程长庚听到这里，大为感动。说，“感谢先生抬爱，长庚惶恐之至，请先生指教。”

来人看长庚如此称呼自己，十分惶恐，“我本落魄之人，大老板如此称呼敝人，敝人实实承受不起。”

他继续说道，“自那日，在穆府堂会，看了穆彰阿侮辱大老板，心里一直为大老板抱不平。也深深被大老板‘贫贱不能移，威武不能屈’的大君子风度所折服。我久处是非之地，早就看透了官场仕途的黑暗。看了大老板宁折不弯的精神，俾人更觉内心羞愧，自恨虽饱读诗书，却不如一个伶人，更有弃暗投明之念。可惜，平时自己虽喜爱戏曲，但并无躬身氍毹的本领。就暗下苦功，私淑走票，学了一折半曲的戏曲。自知登不得大雅之堂，就在闲暇之时，学打戏文。打了一个‘三国演义’的连台本，一来作为进见礼；二来请大老板指教。”

听到这里，程长庚和赵德禄不禁相对而笑。这一笑，倒笑得那人丈二的和尚摸不着头脑。低下头来咕哝道“是不是让大老板见笑了。”

程长庚对赵德禄摆摆手，赶紧收住笑，说，“先生不要误会。您进来之前，我们正为‘三国’连台本犯难。我们笑的是，上天怎么这么会安排，我们缺什么就给我们什么，真是天助我也！”

赵德禄赶紧补充，“我们笑就笑在这个‘巧’字上了。真是该着的三庆班发达呀！”

程长庚郑重其事的对赵德禄说，“不用我们三顾茅庐，卢先生不嫌弃伶人卑微，投门相许，实属三庆班大幸。我们当以教师爷相待。”

赵德禄说：“这是三庆的大喜，我们当举班相迎！”

程长庚问道：“卢先生，大名如何称呼，也好与班内同仁介绍。”

“这个——我不愿露以实名，是不愿将来传至乡里，落个辱没卢家门风的罪名。

我甘愿投身梨园，是我自投罗网，一人做事一人当，决不连累族人。不是小子狂妄，不自量力。我是想既然下海，就开弓没有回头箭，给自己定下个目标——立志胜过张二奎。从今天起，我卢某就以卢胜奎为名，立身梨园！”

程长庚看他很有志气，打心眼儿里高兴。连说，“好，好，好！有志气！取名卢胜奎很好！”

卢胜奎打开背来的包袱，原来是一包袱手稿。一沓一沓的装订得十分齐整。卢胜奎说，“这是《三国志》，共 36 本。从刘表托孤，到取南郡，取材《三国演义》中的故事，演绎成连台戏本。不知能否上得了台？”

程长庚急不可耐地取过一本，翻开看了下去。这一看竟爱不释手，把个卢胜奎忘在了一边。直到赵德禄说，“大老板，卢先生的起居如何安置？”他这才罢手。不好意思地说，“光顾了看戏文了。卢先生，多有怠慢，万望海涵。”

卢胜奎说，“哪里，哪里。但愿不是废纸一堆！”

程长庚说，“剧本剧本，一台之本。有了剧本，就有戏唱，就占住了台子。从今后，你就是三庆班的台子。好你个卢台子，真乃天赐我也！”

程长庚此话一出，卢胜奎又多了一个爱称——“卢台子”。从此，班里人都称卢胜奎为“卢台子”。后来，卢胜奎打本和唱戏的名气越来越大，以至京城梨园界都不称他的大名卢胜奎，都称其为“卢台子”。

程长庚对赵德禄说，“为了就便请教卢先生，就在我这四箴堂安排一间卧房，请卢先生安身。敝舍虽简陋，倒也安静，不知卢先生是否屈就？”

卢胜奎听后不胜惶恐，“蒙大老板抬举，卢某怎敢叨扰班主，我还是在‘大下处’赁借一间吧。”

程长庚好像生怕卢胜奎跑了一样，忙说，“使不得，使不得！那里太噪，不便打本子。你就屈就寒舍吧，我的卢台子！‘斯是陋室，惟吾德馨’。我早晚还要请教于你，就住我这里吧！”

卢胜奎再三推让，程长庚就是不放。赵德禄说，“卢先生，岂不知盛情难却？大老板也是一片真心。恭敬不如从命，就住这里吧！”

卢胜奎也不好再推托，“住这里可以。大老板从今后可不能再叫我先生，不然就愧煞我也！”“对，那样反而觉得生分。我看，就叫卢台子如何？”程长庚高兴万分。

赵德禄也说，“好个卢台子，就叫卢台子！”

卢胜奎也笑道，“卢台子，就卢台子！”

三人不禁仰天大笑。

卢胜奎投奔了三庆班，夙愿得终，心里高兴，提笔写了一首词，曰【孤雁儿】：

> 皇榜张处汗如洗，几番落，游子死。长街落魄心已寒，破袄早露棉絮。弦管三弄，仕途梦破，落个贫如洗。 寄人篱下一支笔，书下千行泪滴。吹箫乞食苦难言，断肠谁与堪比？登台抒怀，续写壮志，唱扬眉吐气！

第 二 十 一 回

大轴愁四箴堂主
拿乔难四喜掌班

程长庚仔细阅读了卢胜奎的连台本，觉得戏写得很成功，决定先排《赤壁鏖兵》。

《赤壁鏖兵》，是演曹操兴兵南下，陈兵赤壁，攻打东吴，以至被火烧战船，败走华容道的一段历史故事。这个连台本，包括《舌战群儒》《激权激瑜》《临江会》《群英会》《横槊赋诗》《借东风》《烧战船》《华容道》八个单本。八个单本连台，合在一起，统称《赤壁鏖兵》。

排演分角色前，卢胜奎自报角色，愿扮演戏中的诸葛亮。

诸葛亮是戏中的主角之一，而且是最吃重的主角。程长庚不知卢胜奎唱戏的底细，这么吃重的角色，由一个票友担当，万一演不好，岂不给全剧减色？

但他却自认角色，程长庚心里没底，也不好回绝。

可又一想，既然他自认，肯定是胸有成竹。凭对他接触中的第一感觉，他不是不知轻重的浮浪之人。既然自认，就必然会有把握。文人自重，不可怠慢，必须尊重他的选择。

如此想过之后，程长庚开始安排角色：

卢胜奎扮诸葛亮。

程长庚扮演鲁肃。

何桂山扮演曹操。

汪正士扮演黄盖。

眼下，三庆班尚缺好小生，没有扮演周瑜的角色，就先由赵德禄临时代演。

这样的派角，除卢台子外，全班人心里都很有底。

汪正士与程长庚是保定和盛成科班的同门师兄。是当时有名的净角儿大家，外号“汪毛儿”。何桂山是汪正士的徒弟，他的父亲原是山西浑源县的县令，为官清廉，正直无私。因得罪权贵，被削职为民，流落到直隶保定府做小贩。

那时保定有一个戏班，名三台。汪正士正在三台班搭班唱戏。何桂山那时还是个娃娃，爱看戏，经常偷偷钻到戏台下看戏。尤其喜欢“汪毛儿”的花脸戏，看了戏，回到家就咿呀咿呀的唱。

何桂山的祖籍，也是安徽安庆。其父自小也是个戏虫子。看儿子唱戏很有苗头，回想自己仕途的坎坷，觉得与其让儿子念书做官，不如让儿子从其所好，投身唱戏。

于是，就把儿子领到汪正士跟前投师。汪正士让何桂山试唱，何桂山人小马大，毫不怯场。放开喉咙一唱，声如黄钟大吕。高兴得汪正士一把把他搂过来，说，“行喽，打今儿起，你就是我的徒弟了！”

真是名师出高徒，不几年，何桂山的净工花脸就崭露头角。程长庚当了三庆班的班主之后，把汪正士挖进三庆班，何桂山也跟着师傅被挖了进来。

何桂山进了三庆班，犹如猛虎添翼，有了施展本事的天地。他更加刻苦努力，清晨天不亮即起床，吊嗓练气，一整天工架不离身，行动坐卧，总是戏台上的身段，小小年纪就在三庆班站稳了脚跟。

由于他声高气足，能唱到乙字调，唯有他能跟程长庚调门相配。因此，他和程长庚合演《龙虎斗》，工力相当，成为当时京城一绝。他、程长庚、胡喜禄同台唱《二进宫》，程长庚扮杨波，他扮徐延昭，胡喜禄扮李彦妃，也是京城难得的搭档。

这次排演《赤壁鏖兵》，何桂山扮曹操，汪正士扮黄盖，都会胜任有余。可是把卢台子派在第一主角演诸葛亮，大家心里却直嘀咕。但既然是大老板派的，大家也就不再多说什么。

到走台的日子，大家最关心的，就是卢台子扮演的诸葛亮了。

等到诸葛亮登台一亮相，三庆班的人上上下下都惊呆了，一个个直脖瞪眼，专心致志的看他表演。

只见台上的诸葛亮，儒雅端庄，镇静沉稳。胸有雄兵百万，手上羽扇一只。老练而不油滑，机敏而不狂傲。排兵布阵，井井有条，韬略计谋，随阵演绎。当舌战群儒时，又是那样能言善辩，讥讽褒贬信口而出，机智灵活随心所欲，大方洒脱侃侃而言。活脱脱一个活着的诸葛孔明。念有念功，唱有唱调，皮黄的奥妙比坐过科的角色掌握得还到位。细细品来，很有大老板程长庚的风格。如果不是有读书的根底，哪能造化到如此出神入化的程度！

哎呀，好一个活诸葛也！

这样的角儿，打着灯笼也难以寻觅！把个程长庚乐得无可不可。全戏班的人也都为有这样的角儿而欢欣鼓舞。

卢胜奎还未正式登台彩唱，就一炮打响了。

可是周瑜这个角色，尚无有合适的人选。赵德禄只是代演，他工架还算可以，就是嗓子不争气，大家总觉得使整场戏减色。此时，大家都想到了京城当红的小生徐小香。

徐小香是四喜班的台柱子。张二奎是四喜班的班主，要是挖徐小香到三庆班，等于是挖张二奎的墙脚。张二奎是程长庚尊重的兄弟，不要说是要好的兄弟，就是一般关系，随便挖人家的墙脚，这种损人利己的事，程长庚也坚决不干。

可是没有合适的小生，这《赤壁鏖兵》的大轴戏就会因为一角儿而大打折扣。为此事，程长庚也上了火，闷闷不乐，常常几天不说一句话。

赵德禄，卢胜奎看透了程长庚的心思，总是琢磨着给大老板寻开心。那只是隔靴搔痒，逗不起长庚的情绪。

卢胜奎毕竟是读书之人，颇有心计。他知道，不怕人偷，就怕人想。即使我们不挖人墙脚，只要总是想招儿，不怕徐小香到不了三庆班。

卢胜奎平时除了读书，编戏文，唱戏之外，还有一个嗜好，就是爱喝茶。没事总往茶馆里泡着，因此有很多茶友。

茶友们泡在茶馆里聊天，无拘无束，天南地北，春夏秋冬，古往今来，世道风情，人伦是非，家长里短，旧事新闻，说书唱戏，打把式卖艺，无所不及，神侃没完，消磨光阴。卢台子好多戏文，都是在这神侃中受到启发，获取素材，产生灵感的。

他替程长庚着急，心里憋得慌，就溜达到茶馆与茶友神侃一通，排遣排遣。说到徐小香的事，有个老先生无意中说出了一点徐小香最近的烦心之事。

原来，此时徐小香正跟张二奎闹别扭。卢台子刨根问底："为什么闹别扭？"

这老先生说，徐小香徐老板，可京城梨园谁不知他的为人？

京城梨园界，对徐小香的为人都很清楚。

徐小香，名馨，有时写作"炘"，号蝶仙。艺名小香，有时也写作"小湘"。祖籍江苏常州，生于江阴县。其父为京官，官拜户部郎中。小香随父入京，自幼聪颖好学，幼入私塾读书。

私塾先生是个昆曲票友，常常偷偷带领学生去看戏。徐小香不看便罢，一看，就迷上了戏曲。背"四书五经"不如背戏文快，对昆弋皮黄音律领会极精，小小年纪就私淑当红小生曹眉仙，学唱小生。曹眉仙是徽班进京时当红小生曹凤志的儿子，曹眉仙继其父之衣钵成为后来的当红小生。徐小香在私淑曹眉仙的同时，就对小生的唱腔加以发挥创新，什么雌雄嗓，龙虎调，掌握得精透淋漓。未入科之前，就学会了《惊梦》《拾画·叫画》《乔醋》《奇双会》《玉堂春》等戏，在票友界就小有名声。其父病故，为谋生养家，遂正式下海投师于吟秀堂学艺，业满，搭四喜班唱戏。

徐小香是一位天才的艺术家，他有一条宽厚、响亮的好嗓子，身材魁梧，相貌俊美。不扮相就风采照人，扮上相，更是潇洒英俊。

他虽有如此先天的条件，但他却从不以此为满足。每日里，头上梳头的网子不卸，脚上的厚底靴子不脱。早上起来吊嗓练功，非练到自己觉得满意才算罢了。吃过饭后，又自己操琴，自拉自唱，温习所唱剧目的唱腔。他练功简直到了如醉如痴的程度，为了念白发音的准确，他平时与人说话都用戏台上的科白音韵。每日在戏园演出完毕，带妆回家。他家墙壁上特意安装一面可墙山大的穿衣镜，对着镜子，他把戏重演一遍。以此审视自己的身段，纠正不足，找到最满意的感觉。

他犹善翎子功，能演到出神入化的境地。一次他与胡喜禄唱《凤仪亭》，胡喜禄扮貂蝉，他扮吕布。为把吕布调戏貂蝉的戏演精，演到吕布与貂蝉凤仪亭中相会时，话语缠绵，春情荡漾。说到兴起，他将头一伏，再左右一甩，两根翎子翎梢，分别从貂蝉左右脸蛋儿上轻轻划过，又分别甩到自己鼻尖，然后吸气闻香。把个猎香吻艳，轻佻粗蛮的吕布演得活灵活现。他的这一动作，真的骚扰了胡喜禄的思绪，险些走神儿，戏上出岔子。使胡喜禄惊慌不已，之后含羞带嗔，假戏真做，责怪小香。这一身段反倒融入戏中，打动了台下的看客，比平时却增添了更多喝彩之声。

徐小香唱小生，其行腔运气，取法其师，高过其师。他不用假声，而用本嗓，继承了小生“龙调”的声腔，既有小生的清纯妩媚，又有男子的阳刚正气。《都门赘语》对他的赞扬是“优孟衣冠各擅长，高抬身价罕登场。掀帘快睹争喝彩，度曲周郎是小香。”

因为他功底深厚，演技高人一筹，平时就不免恃才傲物，不把任何人放在眼里。对配戏的搭档，伴奏的笛师，打鼓的鼓佬，班里的班主，不论是谁，稍有不顺其意者，则使气任性，摔摔打打，甚而拂袖而去。在戏班拿乔罢演，台上拉下脸来阴人，什么有损唱戏规矩的事都做得出来。

他的居所自取堂号为“闻德堂”，号称“闻德堂主”。在堂内他还养了一帮“孩子”，分别取名“瑰云”“瑶云”“霞云”“漪云”“端云”，除教他们唱戏之外，还让他们站台子。对张二奎暴打王玉笙的事，他不以为然。对程长庚在三庆班立的不许养“孩子”的规矩，他认为是破先辈惯例，多此一举。别人对他养“孩子”之事另眼相看，他不理不睬，照养不误。有人讥笑他，什么闻德堂主，分明是“五云深处”！他听了之后，不但不恼，反而我行我素，干脆改“闻德堂”为“岫云堂”，号为“岫云堂主”。

梨园行谁都知道徐小香的本事，也谁都知道徐小香的古怪脾气。

他在四喜班，从没把张二奎放在眼内。张二奎也知道他的古怪脾气，但更知道一点：无论多大的角儿，也是凭本事吃饭。只要好好上台唱戏，其他的只好任他所为罢了。就这样，徐小香还是不满意。他觉得自己艺比张二奎高，戏份却比张二奎低，经常为此拿乔。最后干脆找到张二奎摊牌，直言说道：“张老板，该给我涨戏份了！”

张二奎问：“涨多少？”

“反正不能比你少！”

“凭什么？”

“凭我的本事。”

“四喜班不是就你一个大角儿，给你涨，别人怎么办？”

“我不管别人，反正得给我涨！”

“那全班人还吃饭不吃？”

“他们吃饭，他们长本事啊，靠我们养活他们，对不起，我不伺候他们！”

“没有他们，你一个人唱独角戏呀？”

“没有我们，谁看他们的戏？”

“徐老板，你在班里多年了，总得为了戏班照应一下大家吧！”

“那你就先照应一下我吧！”

“四喜班眼下实在没那个力量啊。等以后——”

“——我不等以后，没力量养我，我就不让班里养了——”

“你又要拿乔？”

“拿乔不拿乔，你看着办吧！”

二人僵到那里，谁也不肯让谁一步。徐小香拂袖而去。从此不到班里露面，派了戏也不上场。

卢胜奎听了二人闹别扭的事，倒觉得这是一个好机会。把徐小香顺手牵羊挖过来，这不是三庆班不够哥儿们，是徐小香自己跳槽。张二奎不会有什么话说。

想到此，他高兴地离了茶馆儿，回到四箴堂，兴高采烈的把张二奎和徐小香闹别扭的前前后后给程长庚学说一遍。并把自己的想法也亮了出来，指望程长庚说趁势把徐小香拉过来。可程长庚却一脸责怪的神气对卢胜奎说：“亏你知书达理，怎么说出如此乘人之危，落井下石的话来！”

卢胜奎忙辩解说，“我不是想替大老板排忧解难嘛！”

程长庚说；“我们站在张二奎的那面想想，他有了麻烦，我们不帮忙，却给他使反劲儿，我们成了什么人了？那够得上哥们儿吗？梨园弟兄会怎么看我们？”

程长庚几问，问得卢台子是面红耳赤，连连说，“还是大老板大人大量，看得远，虑得深。那些个话就当我没说。”

程长庚说：“说了怎么还当没说？既是朋友，张二奎有了麻烦，我们得帮他一把！”

“怎么个帮法？”

“走，我们去找徐小香。”

“找徐小香？——大老板，你又不是不了解徐小香的脾气，他肯听我们劝解？”

程长庚满有把握地说：“徐小香虽然心高气盛，不通常情，但他却是个极慷慨仗义的男子汉大丈夫。”

卢胜奎不以为然地说，“没听说过。”

程长庚说：“有一事，世人有所不知，徐小香也从不张扬，足见徐小香的大丈夫义气。”

“愿闻其详。”

程长庚说，“先者，我曾与蝶仙同台唱戏，有一次我们散戏回家，途中见一唱曲儿的女孩儿遭主人毒打，蝶仙看不过，上前阻拦。那主人说蝶仙多管闲事，口出秽语。蝶仙与他辩理，原来这女孩儿是主人花钱买来专门卖唱的歌女。为解女孩儿的困厄，蝶仙当即掏出一千二百文京蚨，赎回歌女，带回闻德堂。蝶仙问歌女身世，歌女哭诉其父母双亡，为葬父母还债，遂卖身充当歌女。问其亲故，歌女言说其舅舅在京城做事，蝶仙命人把她舅舅找来，让他把外甥女领走，舅舅拿不出赎金，感到为难。蝶仙当着他们舅甥女二人的面，将赎身票烛上焚毁，说，‘钱已结清了’。并命人上街叫来车子，送舅甥女二人回家。”

卢胜奎听后，感叹不已。连说，“果然仗义，果然仗义！随口吟道‘有蝶栩栩仙飘飘，伶兮乃有人中豪！’——足够写出戏文的了。”

长庚说，“他心高气盛，那是要面子的表现。人活一张脸，树活一层皮。把面子给足了他，哪怕他不回头！”

说罢，程长庚带着卢胜奎和赵德禄来到岫云堂。赵德禄上前通报“大老板造访。”门房赶紧回上房通禀。程长庚三人在岫云堂大门首足足等了半个时辰，不见里面回话。赵德禄说，“大老板，咱今天怕是要吃闭门羹了。”

长庚笑笑说，“不急，不急，就当我们放假休息，但等无妨。”

有散曲【中吕·红绣鞋】唱道：

练就了功夫气粗，走熟了道儿疏忽。拿乔使性儿犯迷糊，阴晴天难测，说不准那风雨，跌爬滚在半路。

笙歌弦管赵飞燕，胡姬歌女舞飞天。能歌善舞多娇艳，岂能唱独弦！合奏乐声婉，交游广天地宽。

第二十二回

聪明反被聪明困
仁德感化人才心

程长庚话是这么说，心里已经揣摩透了徐小香的心思。他知道徐小香是个爱动心眼的人，准是把他的造访想歪了，以怠慢的方式端起了架子，以抬高自己的身价。其实程长庚是实心实意为了他好，怠慢也好，不怠慢也罢，总得耐着性子把事办好，才算尽心尽力。想到此，他更是塌下心来稳稳地等着。

又过了一阵子，门房方缓缓走出，说声“请进。”把他们带到客厅，让过座儿，斟上茶水。

又过了一阵子，只见徐小香从后厅匆匆出来。三人一看，嚯，果不然是一身戏装，雉尾插在头上，摇摇晃晃，显得客厅顶子都低了些许。

小香开口用韵白说道：“玉山兄造访寒舍，有失远迎，失敬呀失敬！”

程长庚也接茬用韵白答道：“不速之客，惊扰岫云堂主，惭愧呀惭愧！”

赵德禄和徐小香也是多年的熟人，他看看二位说，“这么说话，累不累呀，两位老板还是还本相谈事儿吧！”

他一句话说得大家哈哈大笑。徐小香对下人说，“贵客临门，怎么不上好茶？换上顶级的龙井！”

程长庚说，“既是朋友，实话实说。我这次登门拜访就是请您出山——”

徐小香误认程长庚来请他到三庆班，那是他巴不得的事，高兴万分。心里高兴，嘴上还打埋伏，“不怕小香的玩艺儿有误三庆的名望？岂敢，岂敢。”

程长庚看徐小香听误了刚才的话，忙说，“贤弟若到三庆，那是三庆的福分，我等无此奢想。只是为了您和子英的别扭，别伤了同台吃饭多年的和气，还是从长计议。常言道，退一步海阔天空，你们二人各退一步，言归于好，同心协力共为祖师爷的事业争气，那将是梨园的佳话。”

徐小香一听程长庚是为他和张二奎的别扭来当说客，所谓请他出山，就是重返四喜班，和张二奎合作。心里一下凉了半截，脸上的惊喜顿失，强撑着笑容说：“为了些许小事，岂敢烦劳大老板出面。只要他张老板答应我的要求，我徐某敢不用心效力？”

程长庚道：“先打破僵局再谈你的条件如何？”

“如何打破？”

“我来作保，你俩先合唱一出戏，表表诚意，然后再好好商量下一步。”

徐小香是聪明人，他一看程长庚出面作保，这个面子是不能不给的。否则把以后进退的路都给堵死了，以后如何在梨园站脚？于是问：“唱哪一出？”

“当然是唱你应工的戏喽。就唱《镇潭州》如何？”

徐小香脑瓜转得快，想得多。《镇潭州》是岳飞收服杨再兴的故事。唱这一出，岂不是让张二奎收服于我？他眼珠一转说：“这两天我腿脚不利索，恐怕功夫做不到家，拉了张老板的戏……”

“你的意思是？”

“戏嘛……还是要唱的……要不换一出别的？”

“那您说唱哪一出呢？”

“唱《借赵云》如何？”

程长庚听后，抿嘴笑着环顾左右，看看卢胜奎和赵德禄，二人也会意，看出徐小香耍小心眼儿的伎俩，说道，“好！就唱《借赵云》！”

借赵云，赵云是主动的。“借”也好，不“借”也罢，反正绝不是“收服”。他徐小香就占了主动，在面子上就占了张二奎的上风。于是他问：“何时唱？”

程长庚说：“你和子英都是痛快人，咱说唱就唱，明天如何？”

“好，明天就明天。大老板一锤定音！”

程长庚忙说，“哪里，哪里，子英那儿我还得去商量商量。告辞，明儿见！”

说罢，三人离开岫云堂径直来到忠恕堂。

张二奎看程长庚亲自出面化解他和徐小香的疙瘩，对程长庚更是敬重有加。对唱什么《借赵云》的戏压根儿就没有多想，一口答应。

程长庚说，“我既是保人，就一保到底。明天我一定到场，等唱完戏由我做东，咱在全聚德谈你们各自的想法。如何？”

程长庚此话一出，更使张二奎感激万分。人家说同行是冤家，这哪里是冤家？分明是亲弟兄！程长庚真真有大老板风度，为了祖师爷的事业，真是一片真心可鉴。

徐小香在程长庚告辞的时候，听说要找张二奎去商量，心里犯了嘀咕。在门房通禀的时候，他就想到程长庚此行可能有两层意思。一层是，如果三庆班趁他和张二奎闹别扭之机邀自己跳槽，那就得抬高身价，好好要个条件。另一层意思是，如果张二奎托程长庚以大老板的身份，来当说客，也得摆出个样子，表示徐小香不是那么好摆弄的软柿子。哦，原来不是张二奎先服软，而是程长庚先来拿服我，再去张二奎处表功！这不是拿我徐小香开涮嘛！——我徐某人岂是任人摆弄的软柿子！管你大老板不大老板，徐某不吃你这一套！

他打定了主意，明天的《借赵云》不唱，看你们如奈我何！

第二天，程长庚早早就来到四喜班唱戏的广和楼戏园。张二奎也早扮好了妆等着程长庚。张二奎唱王帽老生的戏特别上妆，他扮的皇叔刘备很有皇家风范。程长庚到来之后，他在后台陪程长庚叙话，二人又谈到皮黄的变革上，谈得很是投机。

此时，四喜班管事的王松林凑到张二奎耳边小生说，“刚才送信的回来说，徐老板病了，今天的戏上不了场。”他的话如同一个炸雷在张二奎耳边炸响，张二奎勃然大怒，把桌子一拍喊道，“无赖！”

徐小香不上场的话，程长庚也听到了。他已想到是徐小香又犯了疑心。俗话说，不看僧面看佛面。看来他是谁的面子也不看了，故而又拿乔使酸。面子事小，坏了戏班的规矩事大。水牌早就写出去了，戏票也卖出去了，人都坐满场了，这戏不唱怎么收场？这不是砸戏班的饭碗吗！

想到此，程长庚当机立断，对张二奎说：“子英，不必为他动怒，救场要紧。”

管事说，“因为他前头说好了扮赵云，眼下别人谁还敢替他上？”

程长庚不紧不慢地说：“我上。如何？”

张二奎说：“那怎么使得？大老板来四喜班顶角儿当替补，岂不让梨园耻笑，万万使不得！”

程长庚正色道：“子英贤弟，岂不知‘救场如救火’的规矩。何况他此举明明是冲你我使酸拿乔，难道我们真让他看笑话不成！”

不容分说，程长庚急急忙忙穿扮赵云的行头。转眼之间，装束已毕。看身架，看扮相，看气质，那一点都不比徐小香逊色。等到得台上，起霸，亮靴底，亮相，一招一式边式漂亮。

台下一看上来的是大老板程长庚，不禁大吃一惊，场内顿时轰动了起来。一来是大老板放下架子来广和楼为四喜班唱戏，实属罕见。二来是程长庚一向是以老生应工，今天突然反串小生，也实属新鲜。买一张戏票看程长庚、张二奎两个大角儿的戏，更是实属合算。

张二奎心里明白，程长庚不只是来补台，而是给他张二奎和四喜班挣脸，更是对四喜班和他张二奎的抬举。所以张二奎唱得更加卖力，他直腔大嗓，声震屋宇，台下一句一彩，火爆异常。

程长庚也使出浑身解数，亮出石牌小科班的看家功底，无论趟马、劈叉、开打、干净利索。一身银色硬靠，更衬托出他彪悍漂亮的身架，活脱一个赵子龙再世。无论做工多么复杂吃重，他不松不怠，沉稳干练，靠旗不散，衣冠不乱。开唱之后，一改他脑后音的老生腔调，完全是龙虎嗓的小生声韵，嘹亮柔美，声声入耳，动人心弦。一唱一彩，一念一彩，一动一彩，整场轰动，彩声不绝于耳。可是让京城的戏迷们意外之中大饱了眼福。

更感到意外的是徐小香。他觉得今天这一招儿很绝，心想，晾了你张二奎和程长庚的台，就更增加了我徐某和张二奎讨价还价的分量。让你们看看，没有我徐某，你玩儿得转玩儿不转！他正在家里洋洋得意的做美梦，管家进来把广和楼戏园唱戏的情形给他学说了一遍。他听后，直愣愣地站在原地，半天愣在那里，缓不过神来。

真是既生瑜何生亮，怎么就突然冒出个程长庚来！程长庚还真有真的，人家都说他六场通透，文武昆乱不挡。看来果然名不虚传，还真让他抄了我的底！这叫我徐小香以后上哪里吃饭？想来想去，他越想越后悔，悔不该不听程长庚的劝解，悔不该不给自己留一条退路，悔不该不给程长庚面子。光想着抬高自己身价，事到如今，不但身价没抬成，反而连老本都搭进去了。传扬开去，颜面丢尽，我徐某何以在梨园栖身！

正在这时，管家来报，说程长庚派三庆班的总管赵德禄来见。

徐小香一听，恨不得找个地缝钻进去。羞愧之中也顾不得多想，忙对管家说，“不见，不见，就说我找郎中看病去了！”

管家赶忙来到大门口，按照徐小香的吩咐对赵德禄讲明。赵德禄听后，不禁哑然失笑，“那就烦劳管家，转告徐老板，就说我是奉了我们大老板的吩咐，前来探望徐老板的病情的。请告诉徐老板，让他好好将养身子，等好利索了，好登台唱戏，大家都盼着看他的戏呐。哦，为了治徐老板的病，大老板给他开了个药方，请转交给他。”说着，把一幅写在斗方宣纸上的毛笔草书交给管家，然后告辞而去。

管家拿了草书，回到上房，把赵德禄的话对徐小香言说一遍，又把程长庚的“药方”交给徐小香。

徐小香打开宣纸，哪里是什么药方，原来是一首词。

题名：

调寄《南乡子·警蝶仙》：

辛酸洒氍毹。京城梨园翘首出。小生行里挂头牌，绝殊。行头昼夜将身箍。

鹤唳风声孤。形影相吊路堪铺。莫只陷五云深处，待哭。岫云堂外更自如。

看过程长庚写的这首词，徐小香心里头如十五个吊桶打水，七上八下，翻翻腾腾，坐立不安。看来梨园之内，祖师爷给的这个饭碗也真不好端哪，没有玩意儿吃不上饭，光靠玩意儿也不好吃饭。你看人家程长庚大老板，玩意儿瓷实，人缘也瓷实。要艺有艺，要德有德，谁不服人家的气儿？你徐小香和人家较什么劲儿！给你个台阶你还不下，反倒晾了自己的台。从程长庚写的这首词中，读出了程长庚的君子风度。批评我孤芳自赏，深陷五云深处，堵死了自己的出路。人家还给我指了一条光明大道：跳出孤芳自赏的小圈子，“岫云堂外更自如”！我现在往哪儿跳哇？

张二奎是个眼里揉不进沙子的主。徐小香这一招儿，不光栽了他的面儿，更栽了大老板程长庚的面儿。让程长庚在四喜班栽面儿，这不是明摆着打他张二奎的脸吗！这一下他发了狠话：“徐小香你不是不唱吗，今后，你想唱，也不让你唱！任你自便，豁出去四喜班从此之后不唱小生戏，也坚决不留徐小香！”

张二奎的话传到了三庆班，程长庚倒是很替四喜班惋惜。为置气，丢了一个好角儿，可惜！

此时，卢胜奎找到总管赵德禄，出主意说：“张二奎发下狠话不再要徐小香，大老板被栽了面儿，也不好接徐小香，徐小香现在正架在火上烤，咱正好‘趁火打劫’，把徐小香给收拾喽。”

赵德禄一听有理，说："大老板不好出面，你有没有胆量，咱俩假传圣旨，去收徐小香！"

卢胜奎说："您也忒小看我卢某人，没有胆量，我找您干什么！"

"好你个卢台子，咱说干就干，走！我要三进岫云堂！"

二人来到岫云堂，这次徐小香再不像上次程长庚上门一样，慌忙将二人让进客厅，赶紧上香茶伺候。赵德禄言简意赅，说明来意，并着重说明是奉程长庚大老板的意思而来。徐小香听后像找到救星一样，一口应承下来。

卢台子一看徐小香服了软，就势又烧把火，敲打敲打他："徐老板，三庆班的规矩您大概早就听说了，一不准养'孩子'，二不准台上使坏阴人，三不准单个应邀唱堂会……您过去之后别觉得管制太严，憋屈得慌，又跳个槽儿，撂个挑子什么的。那可就辜负了大老板的一片好心，也让我们哥儿俩不落忍。"

徐小香听了这话虽然觉得扎耳朵，但卢台子说的也是实情。忙说："卢先生替老兄想得周到，徐某谨记在心。我既要到三庆班唱戏，当然是赶哪儿的集，服哪儿的斗，按规矩办事。"

赵德禄说："如此，三庆班就请到真佛了！"

听了这话，徐小香方觉得心里踏实了一些。忙说，"请转告大老板，小香将永远铭记大老板的恩德。我料理一下家里的杂事，三日后到班里报到。"

赵德禄和卢台子离开岫云堂，回到四箴堂，将收服徐小香的事讲述一遍。程长庚用手点着他们二位笑着说，"你们可真会趁火打劫！这一劫，给三庆班劫了个千金难买的宝物！"

说完三人哈哈大笑。

笑毕，程长庚对赵德禄说，"既是宝物，就要以宝物相待。给他开最高的戏份，让他比在四喜班拿的还要多。"

卢台子道，"大老板宽宏大量，以德报怨，真君子也！"

徐小香三日之内，把所养的"孩子"逐个给安到各个班唱戏，心里也踏实了，这才到三庆班报到。

有散曲唱道：

【商调·集贤宾】错打了主意错安了魂，只想着拿捏旁人。没想到一步走错路，倒叫我摔跟斗没脸见人。正兀自垂头丧气，却碰上正人君子一片真心。我若再拿酸捏臭，不知好歹也，何面目再进人群？我不能一错再错，梨园行重做新人。

【金菊香】遣散了弟子孩儿，收拾好衣帽纶巾，去见我救命恩人，我要脱胎换骨，再不敢让您呀劳神。

【梧叶儿】只想着门槛儿高多么难进，进门来确是鼓乐迎新。我鞠躬答礼道寒温，谢大老板抬举，谢弟兄们容人。不见我小人之过，倒给我最高酬薪。

【醋葫芦】使出我浑身解数，拼一拼。小生我虽独门，忒感恩。

第二十三回
谋发展天桥寻骥
卖武功大刀应选

程长庚为徐小香的到来，在三庆班设了个欢迎的场儿，并当众宣布徐小香的戏份为最高一档。这一来是使徐小香解除顾虑安心落脚；二来是暗示全班的人，只要玩艺儿好，到哪儿都吃得开。

徐小香来到三庆班，没想到竟受到如此礼遇，真是打心里感激、佩服程长庚的宽厚仁德。把浑身的解数使出来，投入大轴戏《赤壁鏖兵》的排练中。

《赤壁鏖兵》大轴戏，首次公演，震响京城。皮黄唱大轴戏，在京城尚属首例。它一破以往小生、小旦、小花脸的面孔，连轴演绎历史大戏。在戏台上展现春秋画卷，为京城皮黄戏闯出了一条新路。大轴戏的阵容又是那样齐整，大角儿云集，群英荟萃，更使京城戏迷大开眼界。

三庆班的这一炮打红了。一下子把三庆园的戏园子拉得更加火爆。

余三胜和张二奎，一看程长庚这边有了新招儿，心里也暗暗使劲儿，各想保堂子的对策。

张二奎的四喜班丢了徐小香，实力减了许多。张二奎知道，唱对台如同打仗，没有实力，就打不出地盘。他总寻思着扩大自己的实力，一有空闲就往天桥溜达，踅摸人才。

天桥是当时藏龙卧虎的地方。一些刚来京城闯天下的能人，一时没有着落，就在天桥寻找机会，或打地摊卖艺，或进席棚搭班，先挣口饭吃，再慢慢寻求发展。

张二奎天天在天桥这块杂巴地儿四处转悠。一会儿进席棚听戏，一会儿入布围子看杂耍，一会儿溜达到地摊儿看打把式卖艺。转悠来转悠去，连转了数日，未找到可心的目标。

这一日，他转悠到一个地摊儿前，远远就听见人们呐喊叫好。走近人圈儿，站在圈儿外踮脚尖儿往里一看，只见圈儿内，一个彪形大汉手执一长把铁杆儿大刀，耍得流星一般。刀头刀杆儿风声飕飕带响；刀刃，刀把，亮光闪耀；闪得人眼花缭乱。围观的一圈儿人，个个都直眉瞪眼，看得呆了一样。直等到耍刀人摞一个身架，停了下来，这一圈儿人才醒过劲来，叫好不迭。

这时，耍刀人把大刀摆放到架子上，方令一个八九岁的小男孩儿，手端铜锣盘，沿人圈儿要钱收费。大汉嘴里不停地喊着：“各位老少爷们儿，有钱的赏个钱场，没钱的赏个人场，等喘口气，在下还接着献艺露丑，请各位赏光。”人们将铜钱纷纷扔到小孩儿的铜锣盘子里，当当直响。

张二奎把这一切都看在眼里。认真端详这位卖艺人，只见他方盘大脸，黑红的脸膛，浓眉大眼，两眼炯炯有神，眉宇之间透出一股子英气；胸宽膀扎，虎背熊腰，通身的疙瘩肉。胳膊伸出来像带棱的粗糙木杠子一般；两腿迈步，噔噔作响，两只大脚，一双靸鞋，一步一个深窝儿；一看就是个练过硬功夫的铁汉子。

张二奎看罢，不禁喜上眉梢儿。他挤过人圈儿，掏出一锭银子，放在小孩儿的锣盘里。众人看此人出手如此大方，不禁大吃一惊。

忽然有人惊呼道：“张老板！四喜班的张老板！”

接着也有人跟着呼喊：“张二奎！大老板——张二奎！”

这一喊不要紧，人们呼啦啦把张二奎围了个密不透风。看过他的戏的，只是在舞台上认得他，没看过他的戏的，也听人说过他的大名。无论看过还是没看过他戏的，都想近距离看看他。人越围越多，倒把张二奎拥来拥去的脱不了身。

此时，只见那卖艺的抄起大刀，以大刀杆当棒子，横插在人缝中，使劲左右一分，便拨开一条人胡同。然后一手拉住张二奎，一手手横大刀，把人挡开。人们一看这大汉如此彪悍，都不敢近前，便蔫蔫的闪到一旁。

张二奎见人退去，便反手拉住那大汉的手说：“兄弟，请借一步说话。”

说完，拉着那人到附近的天福楼饭馆，找一雅座儿，要了一壶酒几盘菜，把酒斟满，说：“本人是四喜班的张二奎，请问兄弟是哪里人氏，怎么来到这天桥杂巴地？”

那人也不客气，端起酒杯说，“借花献佛，先敬张老板一杯。”

张二奎忙端杯同饮。

那人说，“本人是安徽怀宁县石牌镇人，姓杨，名基旺。在家排行老二，小名二喜。人家都叫我杨二喜。祖上是戏剧世家，因受人歧视，怕被人欺负，我自小习武，以武防身。幼时蒙家传，学青衣，因有武功在身，改工刀马旦。近因安庆一代被长毛屡屡侵扰，不太安宁，人们无心看戏，戏班纷纷报散，我便携儿带眷奔走江湖，辗转流离，来到京城。实指望投奔京城的徽班挣口饭吃，可举目无亲，投靠无门，只好先到天桥打把式卖艺，维持生计。”

“来了多长时间？”

“刚刚三日。虽然只来三天，但已听说京城的四大徽班名声了得。三庆班的班主程长庚还是我的安庆同乡；春台班的班主余三胜虽是湖北人，但是邻县，也是石牌小科班的弟子；更没想到的是，在这里竟蒙您张老板抬举，赏银一锭，在下还没谢过您呢，就被人围起来了。”

张二奎举杯，“我还没谢你呢，要不是你给解围，我张二奎还被纠缠呢！”

“看那阵势，就知道大老板在京城的名声是多么显赫。”

“哪里，哪里。徒有虚名而已。”张二奎又一次端杯，二人同饮。

然后单刀直入说，“实不相瞒，我在这里转悠了好多天了，就是想在这藏龙卧虎之地，挑选一个能顶班唱戏的角儿。今天被你的功夫吸引，着实令人钦佩。如不嫌弃，请到四喜班屈就如何？”

杨二喜听后，满心欢喜，“来京前曾算过一卦，说我杨二喜到京城必逢君子相助。今天果然应验，生生的就得遇张老板。如不嫌弃我杨某驽钝，我愿肝脑涂地为张老板效力！”

张二奎说，“得遇杨老弟，是张二奎的运气，也是四喜班的运气。”

杨二喜说：“我还拖家带口，有一个九岁的孩子，容我安置一下，再到班里如何？”

张二奎问：“就是那个端铜锣盘子的男孩子吗？”

“正是犬子，取名久昌，表字月楼。”

“他有家传玩艺儿吗？”

“也跟我随时练功，腰腿、肩胯的功夫倒是打下了基础，还挺硬朗。”

“好，一同带他进班，正是坐科的年岁，可别耽误喽。一眼就看出是个好苗子。”

“张老板恩德，连孩子都收留了，我敢不尽心效力！”

说好便好，二人酒足饭饱，张二奎算了饭钱，还给孩子带了几个大馅肉包子。杨二喜回到下处，带了小久昌，一同来到四喜班。

张二奎选中了杨二喜，等于一下选中了两个人。杨二喜上台唱戏演刀马旦，平常不唱戏的时候，就是四喜班里的武行教习，一个顶两个用。杨二喜尽心尽力，不说二话，甘愿奉献。

杨二喜平时不爱说话，但他的大刀功夫人人佩服。他虽生得人高马大，但扮上妆，把大刀一亮，却萧飒威武，很有巾帼英雄的气派。尤其是开打之后，大刀片儿耍将起来，寒光闪闪，嗖嗖带响，真有万夫不当之勇。每到此时，场内喝彩不断，叫好不迭。就此一个大刀片儿，传得满城轰动，很为四喜班拉场子。

平时当武行教习，他也大刀不离手。那个弟子下腰或翻跟斗不到位，他刀柄一托，便毫不费力地带了过去。在教习对打之时，他大刀一亮，把路数示范得清清楚楚。全戏班人人都喜欢他，敬佩他。在班里叫他“大刀师傅”，在外面，叫他“大刀杨二喜”。从此，“大刀杨二喜”的名声便传遍全城。

最招人喜欢的就是杨二喜的儿子杨久昌，他人小鬼大，聪明过人。班里排新戏，扮演角色的人还没记住的唱念戏文，他早记住了。常常是别人排戏，他在旁边递词儿。别人走几遍场子，尚过不了关，他在旁边看一遍就记住了。等大家中间歇息，喝茶喘气的时候，他嘴里念叨着锣鼓经，把大家走过的场子重走一边，丝毫不带差错。

张二奎也看出他是个天生吃戏饭的料，他对杨二喜说：“祖师爷给了你儿子一个吃戏饭的碗，咱得好好造就造就他。可惜了的材料，可别瞎了他！”

杨二喜说：“犬子生性顽劣，得摊上个好师傅调教调教！”

张二奎说：“杨老弟若不怕耽误爱子的前程，把他交给我如何？”

“蒙张老板看中，是他的福分。若拜您为师，真是求之不得！”

“那我就收了这个徒弟。”

“择吉日行拜师礼，我去筹备！”

张二奎笑笑，“你那点家底儿还能筹备什么？这是我看上的徒弟，算我‘自作自受’，你就不用破费了！我忠恕堂收徒，自来是忠恕堂安排。还有一个弟子，一同行礼。到时候你把小久昌打扮得利落点儿，带过去就齐了。”

忠恕堂收徒行礼的地方设在鸿宾楼。忠恕堂收徒拜师，来道贺的嘉宾济济满堂。有宫廷官场的，有工商买卖行的，有士族文人群的，有绅士财主族的，有市民百姓堆儿的，更多的是梨园子弟行的。程长庚、余三胜、李六、胡喜禄等大角儿都到齐了。

主持拜师礼的，是四喜班的总管刀马旦王松林。他虽是旦角儿，毕竟是武行，说话底气充足。他一声“拜师礼成行”，满鸿宾楼大堂瓮声瓮气的回响，顿时，人声鼎沸的大堂鸦雀无声。

和杨久昌同时拜师的还有余菊笙。王松林像背书一样念道：“四喜班刀马旦杨二喜之子杨久昌字月楼，祖籍安徽怀宁，道光二十九年生；余菊笙字润仙，祖籍江苏扬州，道光十八年生。二人自愿投忠恕堂科班学艺，拜忠恕堂主张二奎先生为师。立关书为契。”

按照梨园坐科收徒的规矩，拜师坐科要立“关书”。“关书”也叫“关书大发”，就是生死契约。样式如下：

关书大发

立关书人 ×××，今将 ×××，年 × 岁，志愿投于师傅 ××× 名下为徒，习学梨园生计，言明七年为满，凡于限期内所得银钱，俱归师傅收入，在科期间，一切食宿衣履均由师傅负担。无故禁止回家，不准中途退学，否则由中保人承管。倘有天灾疾病，各由天命。如遇私逃等情，须师傅、家长两家寻找。年满谢师，但凭天良。空口无凭，立字为据。

立关书人 ××× 画押

中保人 ××× 画押

年 月 日 吉立

杨二喜欣喜地在关书上签字画押。

余菊笙因早年丧父，由他的舅父代表家长签字画押。

在关书上签字画押之后，行三叩九拜大礼。一日为师终身为父。叩拜之后，弟子就像师傅的儿子一样孝敬师傅。

拜师坐科要按照科里的规矩给每个弟子取一个艺名。艺名中有一个相同的字，以示所坐的科别。忠恕堂的弟子艺名中间为“玉”字，杨久昌字月楼，取艺名杨玉楼；

余菊笙取艺名余玉生。

在贺喜的熙熙攘攘的人群和“恭贺！恭贺！”的祝贺声中，最感到眼馋的就是程长庚。他看张二奎收的这两个弟子，从相貌和身架看就是上好的艺术苗子。他打心眼儿里佩服张二奎有眼力，有心计，有远见。张二奎为了京皮黄的发展，从下一代打根基入手，高人一筹，走到了前面。

有词【双头莲】写道：

酬志在胸，壮怀舒千里，遍寻良骥。追想梦里，功到自然见，终筹大计。梦断丝竹管弦，优孟衣冠取。唱皮黄，最见人才，身手唱做功力！　踏破铁鞋搜寻，尽天桥旮旯，苦苦寻觅。天不负我，偏此就付与、大刀二喜！天助我定成功，得父子良驹。凭怅望，挑帘登台，鼓板正急！

第二十四回

授秘籍紫云曦照
遭兵患带子逃难

张二奎收徒行礼，不但使程长庚打心眼儿里佩服，也使余三胜想了很多。眼下的京城皮黄已成气候，论角儿是三足鼎立的状态，论声腔发音还是各有各的唱法。既是京皮黄戏，就应有京皮黄的固定声腔，总不能各唱各的调。京皮黄正在形成期，究竟按谁的声腔走，程长庚和张二奎正在合力探索之中。

余三胜有余三胜自己的小九九，他知道京皮黄的源头主要是汉调皮黄。他想，所谓“徽汉合流”，只不过是“徽是徽班，汉是汉调”。汉调艺人搭徽班唱戏，便形成“合流”。汉调皮黄如此，京皮黄也不过如此。他自己是湖北人，京皮黄就应按他湖北人的汉调皮黄为准。所以，他在戏台上的摸索中，暗暗琢磨京皮黄的声腔韵味，按照他自己的感觉，试着把京皮黄的声腔音韵加以整理，将来装订成册，作为自家的秘籍。

自己整理的秘籍，就是余家的至宝，不传给别人，只传给自己的后代。可惜他的儿子太小，刚刚一周岁多一点。余三胜五十三岁得子，好容易盼来个承继余家香火的宝贝儿子，高兴得烧香许愿，感谢上天的恩赐。对儿子是宝贝得无与伦比，捧在手上怕掉喽，含在嘴里怕化喽。他给儿子起名紫云，意即上天神仙驾祥云给送来的儿子；又叫金梁，意即余家金贵的栋梁。

只可叹这孩子生不逢时，正是鸦片战争开战不久，太平天国起义又闹得正红火，搅得大清王朝天翻地覆，不得安宁的当口。战乱的烟云，笼罩着京城，北京城里也是人心惶惶。

这一天，紫云的保姆带他到大门口晒太阳玩耍，忽然过来一行马队。保姆只顾看马队，一错眼的工夫，婴儿车里的孩子不见了。

孩子丢了，保姆吓坏了。丢了主人的宝贝儿子，自己还能活吗？她也不敢再回胜春堂了，一急之下，跳了井去寻短见，幸亏被人救起，才保住了性命。

孩子丢了的消息，传到庆和园正在唱戏的春台班，春台班的人一下子像炸了窝一般。戏唱不下去了，大家瞒着余三胜不敢让他知道。可他是一班之主，戏唱不下去了，他能坐得住吗？不禁大发雷霆。他发他的火，可班里人还是不敢给他说，大家都躲着他，把他也闹得莫名其妙。

此时，只见胡喜禄风风火火地走了来。胡喜禄此时早已息影戏台，在家课徒多年了。他没事是不到戏园来的。他听说余三胜的宝贝儿子丢了，比余三胜都急得不在话下。因为他与余三胜是那么多年的搭档和至交好友，当然替余三胜着急。他也知道，余三胜听到此信儿，肯定会承受不了，所以才火急火燎的赶到戏园来，帮他想办法。

一看胡喜禄风风火火的样子，余三胜说："哎，你怎么也来凑热闹！"

胡喜禄一听也急了，"你儿子丢了，我来帮你想法子，怎么是凑热闹？"

"什么？你再说一遍！"

"怎么？你还不知道？"

"什么我不知道？我儿子——丢了？"

此时，四喜班的人才围了过来，"余老板，是真的，我们刚才不敢跟您说！"

余三胜一听这话，"啊"的一声，晕了过去。

大家赶紧掐人中，按胳膊揉腿，抢救余三胜。折腾了好一阵，余三胜才还醒过来。胡喜禄说，"此时光着急有什么用，得想法子！"

余三胜已经乱了方寸，愣愣地坐在那里发呆。

胡喜禄毕竟是春台班的老人，也不分宾主，他坐在班里的上位指挥若定。让人赶紧去报官，请城防御史衙门帮忙找人；又分派春台班的人，兵分几路去城里各大路口、店铺、饭馆、城门口等地，监视踅摸，看抱小孩儿的一律留心，不许路过，验准了再放行。还派人到余三胜家的街坊邻居家，打听蛛丝马迹，求大家帮忙。各路人等一有线索，马上连人带孩子交官处理。

别说，也多亏了胡喜禄处理及时，指挥得当。当天傍晚，还真在北城德胜门发现一个拉骆驼的，骆驼驼子上绑一个行李卷，行李卷内传出小孩子的哭声。四喜班的人听到了，马上报告了把守城门的卫兵。卫兵拦下骆驼，打开行李卷，让四喜班的人认看，果然是余三胜的儿子余紫云。

原来这拉骆驼的是口外坝上人，两口子不生育，便在京城人贩子手里买下这个婴儿。实指望买回家养大，靠他养老送终。没想到还没记住孩子的模样，就被扣住了，落得个人财两空，还得受罚。

孩子找回来了，余三胜高兴万分。他在庆丰楼饭庄盛宴三天，满汉全席，答谢四喜班的全体弟兄和街坊邻居，以及为找孩子帮过忙的三老四少。

更让他感激不尽的是胡喜禄。他买了四色彩礼送到胡喜禄家，并请胡喜禄一家上下三十多口人到鸿宾楼专筵感谢。在席间，将儿子拜胡喜禄为义父。

余三胜有了丢孩子之祸，把什么都看得淡了，唯独看重的就是儿子。对儿子看得更紧了，寸步不离左右。他也无心思再去戏园唱戏，时去时不去的。除了看儿子，就是接着写他的秘籍。夜以继日，终不停笔，总算把秘笈整理了出来。

由于他出面唱戏少了，又有了丢儿子这个茬口，外面的猜测很多。有人说，这混乱世界，丢了孩子，哪儿那么好就一下子找回来，说不定是临时抱养一个，顶缺宽心呢。因此外面有传说余紫云是余三胜的过继之子。不管别人怎么说，余三胜只一个心眼儿盼着儿子快点儿长大，把他的秘籍尽早传给儿子。

余三胜的“秘籍”，现在看来，就是把京皮黄声腔唱念发音中常遇到的“十三辙”“四声”“上口字”和“尖团字”的具体发声方法，进行了归类总结。

所谓“十三辙”，就是将相同韵母发音的汉字排列起来，分为十三道音韵。每一道音韵就为一道“辙”。如：凡是韵母是 eng 的字，就归同辙。像“东”“声”“空”“蒙”称为“中东”辙。韵母是 i、u 的字称为“一七”辙，如：“戏”“雨”“曲”“帝”等。十三道辙分别是“中东”“言前”“江洋”“由求”“梭泼”“人辰”“灰堆”“发花”“摇条”“姑苏”“怀来”“一七”“乜斜”。如《打金枝》中唐王唱“金乌东升玉兔坠，景阳钟三响把王催”韵脚即是“灰堆”辙；《打渔杀家》中萧恩唱“昨夜晚吃酒醉和衣而卧，稼场鸡惊醒了梦里南柯”韵脚即是“梭泼”辙；《战太平》中花云所唱“号炮一响惊天地，就是雀鸟也难飞。”韵脚即是“一七”辙。

为了便于记忆，后来戏班将“十三辙”归结成一句话，每个字代表一道辙：俏、佳、人、扭、捏、出、房、来、东、西、南、北、坐。

每一个汉字的发音都有四声，即“阴阳上去”。就此四声，北京话和湖广话发音大不相同。京皮黄将二者进行了融合加工，就成为其发音的奥妙。

这个奥妙，主要体现在声调的变化上：凡北京读音的一、二声字，变三声或四声。三、四声字变一声或二声。

如：在《伍子胥》中伍子胥的唱腔“恨平王无道乱楚宫，父纳子妻罪难容。”京皮黄、湖北话、北京话各自的发音声调如下：

台词	恨	平	王	无	道	乱	楚	宫	父	纳	子	妻	罪	难	容
京皮黄舞台声调	/	√	\	\	一	一	一	\	一	一	/	\	一	\	√
湖北方言声调	/	√	√	√	√	/	—	√	/	/	—	\	/	√	√
北京方言声调	\	/	/	/	\	\	√	—	\	\	√	—	\	/	/

所谓“上口字”，就是京皮黄形成过程中保留的昆、汉、徽调中的方言字和融合之后的变音字，是母戏遗传和变异基因的保留。如：请，读寝；兴，读心；何，读活；个，读过；渴，读阔；成，读陈等，都是汉调发音的遗留；知，读“只一”；失，读“谁一”；等，则是徽剧（安徽音）、昆曲（江苏音）、北弋（北京音）融合的结果。

所谓“尖团字”，是沿用《中原音韵》的发音方式所发的音。《中原音韵》，是元代音韵学家周德清为元杂剧的发音所编制的一本韵书。中原包括河南等地，发音多似河南方言。“尖音”就是用舌尖发音；“团音”就是以舌面发音。如心、酒、就、先、尖，读尖音；鑫、九、旧、险、肩，读团音。按汉语拼音区别，一般声母是 z，c，s 的读尖音；一般声母为 ch，sh，j，q，x 的读团音。

十三辙，是中国古典诗词韵律的总结，并不是余三胜的发明，不能算他的秘籍。“上口字”“尖团字”“四声”，也不是他的创作，是京皮黄吸收京城之地方言、地方戏曲、大鼓、小调等演唱发音的总结。他的秘籍，是他本人在运用十三辙、四声、尖团字、上口字中的体验，是他经验总结的一家之言，只能说是他的“秘籍”。这在当时京皮黄的形成期，能有如此有心计的总结，也算余三胜独到的精明。

余紫云转眼到了三岁，正是牙牙学语的时候。余三胜就以他秘籍的声调音韵教他发音，教他学唱。小紫云不愧戏状元余三胜的儿子，凡老子教给他的，他都能照猫画虎模仿下来。三岁过去，转眼就五岁，到了投师的年龄。

胡喜禄是余紫云的干爹，胜春堂离胡喜禄的堂宅很近，余三胜经常带小紫云到胡喜禄家走动玩耍。闲话之余，余三胜与胡喜禄商量儿子紫云将来的出路。二人根据自己的体验和小紫云的条件，觉得小紫云将来走旦角儿的路子比较好。之后就是念叨拜师的人选，数来数去，余三胜觉得还是胡喜禄比较合适。

胡喜禄却不以为然，他有他的想法。他知道余三胜这个人心高气傲惯了，对儿子视如眼珠子，又望子成龙心切，既希望儿子成才，又担心有什么闪失。如若拜自己为师，就得严加管教，管得深了，余三胜受不了；管得浅了，孩子成不了大器，最终还得落埋怨。那就不如只当干爹，多心疼心疼，站在旁边指点指点，落得超脱自在。

他对余三胜说：“自家儿子，你我一样，何必拜什么师，我什么时候不可以教他？拜了师倒觉得外道了。再说了，我们毕竟老了，我已离开戏台多年了，没有年轻人的精神头了。眼下唱法也在不断更新，我们那老一套别误了孩子的前程。依我看这年轻人里头，数胖巧玲活儿好，不如拜他为师。回到家来我再给他找补找补，多一个师傅，多一道传授，岂不更好！”

余三胜听后觉得很有道理，连连点头，“就照你说的办！”

胡喜禄立马儿说道：“既是老兄满意，拜师的事就交给我办。胖巧玲那里我去说话，老兄准备好拜师的礼物就是了！”

有旦角儿的老前辈出面，又是收戏状元余三胜的儿子为徒，胖巧玲觉得脸上有光，一口答应。行过拜师礼，余紫云就正式拜在了梅巧玲的门下，走上了旦角儿之路。

余紫云在京城拜师的时候，正是太平天军攻克武昌的时候。

武昌城东门外田家湾村，住着一个唱“哦呵腔”的艺人。“哦呵腔”是当地土名，也叫打锣腔。是汉调各种花鼓戏的一种。此人名叫谭志道，他是武昌城闻名的汉调艺人，是唱老旦的。嗓子条件特别好，嗓音洪亮，高亢清丽，尖脆婉转。与云雀叫声媲美，所以当地人称他为“叫天子”，外号“谭叫天”。

为了抵御太平军的进攻，清军大搞清障护围，把武昌城周围的村庄、密林，凡可作为屏障的地貌一律铲平。谭志道所住的田家湾村，也在被清除焚毁之列。

清兵打仗不行，借机抢掠民财，欺负百姓倒是很在行。把个武昌城外，像刮地皮一样，毫不留情地抢掠了一番。

面临兵患，谭志道一家愁苦万分。眼瞅着家园就毁了，无处栖身，只好逃难。

谭志道有一个五岁的男孩子，出生时算命先生说这孩子命里缺水，按阴阳五行说，金生水，就取名“金福”，表字“鑫培”。意思培土生金，金淘生水。

谭妻姓熊，熊氏拉着幼小的孩子哭哭啼啼，对着被焚毁的家园，一步一回头，随丈夫背井离乡而去。

谭志道挑着个担子，挑上全部家当和演唱用的花鼓筒子，走在母子二人后面当保镖。走一乡唱一乡，走一路唱一路，靠卖唱糊口。

一路沿江而下，好不容易走到安庆。指望安庆是戏窝子，能搭班唱戏，安家落户省得逃亡。

可一到安庆才知道，安庆是大江上的要塞，兵家必争之地，清兵和太平军在这里打得更加激烈。百姓伤的伤，逃的逃，更无安身之地。

无奈之下，只好沿江继续逃亡，直至扬州，才转道顺大运河往北，向京津方向奔来。

到了天津，谭志道发现，这里大街上走动的清兵，多是安徽、湖北籍的淮军，是李鸿章的部下。他撂场演唱，乡音嘹亮，很受淮军士兵的欢迎。

一个逃难之人，能挣到糊口的钱粮，比什么都实在。他干脆在天津城西北的一个村子居住下来，靠卖唱安家。

谭志道卖唱，小金福帮助打场子收费，间隙也跟着爹爹学唱花鼓。伸胳膊撩腿，也练场上功夫。转眼过了四年，小鑫培已经十岁了。熊氏对谭志道说：

“儿子大了，到了学本事的时候，不能老让他跟你去卖唱了，是上学，是学艺，该进班了。”

“我也这么寻思，不能耽误了孩子。”谭志道说，“让他上学，我们没那个条件。再说上了学走科场仕途，咱也没那个门路。不如找一个好的科班，让他坐科学艺，倒是很适合他的天性。”

“唉，俗话说，家有二斗粱，不进梨园行。可咱已经进了梨园行，也只好认了。”妻子无奈地说。

“我扫听得京东有个‘金奎科班’，在京津一带名气很大。多是请京城和天津的名角儿来当教习，班规也很严，挺出息人的，这样的地方耽误不了孩子的前程。”谭志道说。

“那就把孩子送那里去！”

“那里离天津也百十多里地呢，你不怕远，想儿子吗？”

“为了孩子长出息，再舍不得也得舍呀！”

“有你这样的当娘的，我就放心了。”

熊氏为了儿子拜师学艺，提前几天就拆洗了两身旧衣服，做得细针密线，平平整整，临行，把儿子打扮得利利索索。又为儿子把平常穿的衣服打一个小包袱，和刚拆洗过的被褥打成一个铺盖卷。还买来细棒子面，贴成大饼子，焦黄的饹馇，喷儿香油亮，黄澄澄的，一看就着人流口水。又夹上一个咸菜疙瘩，包在一个干净的布包里。收拾停当，把这些交给他爹去拾掇。她这才把儿子拉到面前，

“儿子，你这就叫长大了。要出门学艺了，可要长出息呀。别忘了咱们是怎么从湖北一步一步逃过来的。学好了玩艺儿才能养家糊口。离了家要知道尊师敬长，好好孝敬师傅，热乎兄弟，保护自己。要知道用功学艺，不要贪玩耍懒，荒废了前程。冷了，热了，全靠自己照顾自己，娘管不了你了。”

谭志道把熊氏准备好的东西，绑到扁担两头，催促道：“这才叫儿行千里母担忧呢！别啰唆了，该上路了！”

熊氏擦了擦流出的眼泪，“走吧，一定跟师傅好好学！”

小鑫培揉揉湿润的眼说：“妈妈，放心吧，儿子会给你争气的！”然后，转身跟着爹爹离开了家门，离开了村子。

路上整整走了一天一夜，第二天，父子俩找到了遵化县的金奎科班。

遵化县的金奎科班，是个当时相当了得的大班。

遵化的东陵，是大清王朝关内的祖坟所在地之一。守陵官，都是皇亲国戚的贝子或四品以上的大员。深山野岭，丛林茫茫，远离城镇。这些官员在京城是吃喝享乐惯了的，到了这里，整日价那么死守着一大片陵墓，冷冷清清，他们哪受得了！可朝廷对陵区管得很严，不准随便动用丝竹管弦，更不准唱戏嬉闹。他们难耐寂寞，就变着法儿的寻乐子。不让在陵区唱戏，我在陵区之外的镇子上唱戏总可以吧。于是，他们就把京城的戏班拉到附近的马兰峪镇上唱戏。

一来二去，这马兰峪镇，倒成了各种戏曲齐聚的地方。京皮黄在京城火了之后，也火到了这里。守陵的贝子里有一个名钮祜禄·都格的，此人嗜戏如命，尤喜皮黄。他也能唱上几口，算是票友，票得多了，就出了名，干脆就在镇上成立一个戏班，名金奎班。拉来京津两地的名角儿搭班，为了后继有人，还拉起一个小科班。教习都是京津两地息影氍毹的老名家。小科班教戏正规，规矩严格，出了不少人才。因此金奎科班远近还很有名气。

这金奎科班，在马兰峪镇子的东头，一个大四合院内。进了大门是穿堂门洞，门洞两侧，摆着刀枪把子架。东西厢房是一拉溜平房，都是学员的宿舍。宿舍里，贴内墙山是一溜大土炕。炕上通炕只一床被子，被子两头被钉在墙上。一个大炕的学员睡觉，就同盖这一床被子。因为被子被钉死了，谁也甭想拉扯被子。说是这样，是为了身子挨身子暖和，练功还能同睡同起，谁也别想睡懒觉。院子正中一棵老榆树，合抱粗，虬枝弯曲，枝繁叶茂。南房是学员食堂，大锅大灶，从敞开的门里，正热腾腾的冒出大团大团白气。

北房，是上房，是掌班住的地方。一进这四合大院，谭家父子就感觉到萧杀肃穆的严厉之气。

进到正房，堂屋里正面摆一个八仙桌子。桌子正面坐着掌班。掌班姓伍名尚，是早年东陵护卫军的武官，因和贝子一起票戏，很是出彩，被贝子送到京里和春班学戏，学成之后，回金奎戏班做了武行头，因岁数稍大了一些，腿脚迟钝了，就到小科班里做了掌班。这人五短身材，但武生的架子很硬。从他坐的姿势，就能看出他功夫的底子。

来之前，谭志道就打听好了，知道掌班姓伍。进得门来，一看正座上的人，就像武行出身，便趋步上前，躬身说："给伍掌班请安。"

这伍尚倒也谦恭，立起身来问，"敢是送学生来的？"

谭志道忙把小金福推到前面，"正是。"

"就是他？"

"正是犬子。"

"多大了？"

小金福不等爹爹回话，自己答道"过了年就十一了。"

"好，这孩子不怯生。"伍尚围着谭金福细细端量一圈，"腿脚怎么样？"

谭金福一听，当下把腿一抬，噌地一个飞脚，做得干净利索。

伍尚满意地一笑，说"练过？"

谭志道忙赔笑道："小孩子不知深浅，在家跟着我练过，腿脚还硬实，功夫还差得远哪！"

"你是同行？"

"不敢，在下是唱汉皮黄的。"

"工哪一行？"

"老旦。"

"从南方过来？"

"是的，是的。"

"这孩子从面相上看，适合学丑行。"

"我是打心眼儿里盼他学生行。"

"你是行内人，行里的规矩你也明白，不管学哪一行，还得从基础打底子学起。等打好了底子，咱再量体裁衣，适合走哪行就叫他走那行。"

"掌班说得对。"

"那就收下了。"

"谢掌班，您多费心了！"

"写个关书吧。"

"照规矩办，照规矩办。"

伍掌班当下叫人写了关书，谭志道签了字画了押。

伍掌班说："平常换洗的衣裳留下，被褥就不用留了。"

谭志道进门就看到了炕上的大被子，知道儿子要吃苦了，不免一阵心酸在心头掠过。与伍掌班告辞后，拉小金福到大门口悄声叮嘱道："科班学艺最苦，不吃苦中苦，哪得甜上甜！学不好还要挨打，不挨打就长不了本事。挨了打要长记性，学会了不就不挨打了。孩子，记住爹的话：好汉子，有劲儿往肚里使，挨打吃苦都不算个啥！"

谭金福听着爹的话，默默地点点头。

有词【玉楼春】写道：

台上丝管声声促，声腔缓急字慢吐。咬字发音从头学，何时唱到最佳处？同为学艺分贫富，望子成龙各有路。殊途同归都是角，遥看菊坛正拉幕！

第二十五回

谭志道巧投三庆
谭鑫培出奇拜师

谭志道把儿子放在科班，心里也放不下，总觉得空落落的，不安生。再加上，英法联军进攻大沽炮台，战事传闻越来越紧，卖唱也没人有心思听。谭志道凭自己的感觉，觉得这一带又要打仗了。反正自己是逃难之人，左也是逃难，晚逃不如早逃。熊氏问："咱还往哪里逃？"

"往京城逃。"谭志道有自己的想法，"北京是大清的王朝所在，朝廷总不会让洋鬼子和太平军打进自己的老巢去吧！只要皇上安生，京城就会安生。"

熊氏听他说得有理，忙收拾行装，跟了丈夫奔京城而去。

此时，谭志道想起一个同在天津卖唱的同行，此人姓轩名云，是唱京东大鼓的，从京城串唱到了津门。此人有北方人的粗犷豪爽之气，他前几天已提前回了京，在天桥的说书棚混事。并撂下话说如果谭大哥也去京城，就到天桥去找他。这人说话是不是靠谱，能不能帮上忙？他心里没底。常言道得好，在家靠父母，在外靠朋友，不管此人说话靠谱不靠谱，总算有个投奔的目标。

谭志道两口子走了两天两夜，终于到了京城。还真在天桥的说书棚里找到了那位轩云。轩云一看谭志道真的找到了北京，既高兴也为难，直嘬牙花。他摸着后脑勺犯了会子难，觉得说出去的话，总不能收回来呀，朋友的忙一定要帮！然后一拍大腿，"谭大哥，您先跟我到韩家潭找个地方住下。您的事，就包在我轩某身上了。"

等把谭志道两口子安置好，轩云的办法也想出来了。他径直来到了四箴堂，提名道姓的说要找程长庚。门房的张大爷问，"您认得大老板？"

"嘿，这话说得，老相识了，能不认识！"轩云大大咧咧地说。

"那我给您通禀一声。"

程长庚正在书房看戏文，一听是老相识来了，说，"请他进来吧。"

轩云在大爷引领下，径直来到书房。他不认得程长庚，但看过他的戏，一看眼前的程长庚，更显得英气潇洒，忙上前说："大老板，叨扰您了！"

程长庚抬头一看，此人并不认识，还以为是没记起来，显得失礼，忙打招呼"请坐，请坐！"吩咐人赶紧上茶，边礼让着，边在脑子里搜寻此人。

轩云也不客气，大大咧咧坐在椅子上，端起茶来抿了一口。然后直接了当地说："大老板，别想了，咱俩并不认识。我是天桥说书棚的，敝人姓轩名云，是来给您下书的。”

“哦——给我下什么书？”长庚感到很突然。

“下战书。”

“什么战书？”

“唱戏的战书。”

“哦？我在京城唱了几十年戏，还没有接到过战书，怎么个战法？”

“昨天，从湖北来了一个唱皮黄的，名声很是了得。到得京城，就想找一个名角儿，一起唱一唱皮黄，比一比京皮黄和汉皮黄哪个更响亮有味儿。”

程长庚听后觉得很有意思，心想，大概也是个研究皮黄腔的痴迷人物，竟有如此新奇的想法！来者既有此想法，大可尊敬。正好同台切磋一番，倒挺有意义。便说，“不知如何比法？”

轩云一看有门儿，“很简单，和你同台唱一出戏就行了。”

“唱哪一出呢？”

轩云虽是说大鼓的，但对戏码还是很清楚的，“就唱《朱砂痣》如何？”

“原来那人是唱老旦的。”长庚说。

“大老板就是大老板，一听就知道他是唱老旦的！他就是唱老旦的。”轩云佩服地答道。

长庚听后更加感到意外，一个唱老旦的，竟然提出与生行比一比声腔唱法，生行是皮黄的主行。老旦是偏行，偏行挑战主行，这是从来没有过的，可见此人功夫之深。于是更觉得应该好好领教领教，便爽快地说，“那，明天就在三庆园贴唱《朱砂痣》如何？那位先生尊姓？”

“姓谭，名字，名字，我还没记住，不过明天三庆园一见面就都明白了。大老板，明儿见！”

轩云怕说多了话露馅，匆忙辞别大老板一溜烟走了。

程长庚看着这人的背影，觉得挺唐突的。怎么给人家送战书，连名字都不清楚！他摇摇头，不论怎么样，明天三庆园见吧。

轩云离开四箴堂，回大下处韩家潭，边走边想，都说程长庚在京城挺牛，我今天一会，此人并不似风传的那么牛哇。礼贤下士，很有文人风度，还挺有见贤思齐的劲头。我一说谭志道名声了得，马上答应切磋承教，怪不得这人能在梨园称得起大老板，确实了得！我今儿把谭志道吹得如此了得，谭志道可别被他吓住，到了台上犯晕，那可就砸了。我还不能把实情告诉他，也省得他发怵晕台，等唱完戏有了结果再说！

想好之后，他回到韩家潭，对谭志道说：“谭兄，我给你约好了，明天在三庆园与人家同台唱一出戏。”

“唱么子戏？”谭志道看轩云办事如此认真，喜出望外。

“唱《朱砂痣》，人家扮韩太守，你扮老旦，怎么样？”

“《朱砂痣》我是常唱，扮老旦也没啥子问题。只是不知道扮韩太守的人是个么子人哪？”谭志道想打听一下对方的仔细，好与人家配戏呀。

轩云淡淡地说，“是个一般唱老生的。我怕你砸场，也没敢给你找什么大角儿，你放心唱就是了！”

“那就好！那就好！初来乍到，只要人家不嫌弃咱，就算万幸了！”谭志道对轩云的帮忙千恩万谢。忙吩咐熊氏炒菜、打酒款待。

轩云把手一摆，“您别客气，先唱好戏再说，吃酒的日子在后头呢！”说完告辞而去，走出门又折回来，说“明天在三庆园唱戏，你生来乍到的地儿不熟，我陪您去！”说完扬长而去。

谭志道看着他的背影，心想，别看他说话咋咋唬唬，对人倒实心实意的，真是个好人啊！

第二天，轩云早早来找谭志道，把他带到三庆园送到后台。程长庚一看轩云带来的生人，就知道是唱老旦的人来了，忙迎上来说：“您就是谭先生？”

谭志道忙答道：“是的。”

轩云怕说多了露了馅儿，就说：“你们化妆扮戏吧，我不打扰了。”说完，退出了后台。

程长庚看来人规规矩矩的，不像疵毛挑刺的人。心想，贵人语迟，越是话少的人，越是深沉，还是戏上见吧！于是把谭志道领到梳头桌前，说：“扮戏吧。”谭志道点点头，程长庚也点点头去扮戏。

《朱砂痣》这出戏又叫《麒麟报》。故事出在宋朝，写双城太守韩廷凤，携妻带子转任东平太守，途中恰遇金兵来袭，慌忙中误乘贼船。贼首尤中正将韩廷凤及其妻儿一起推下河中，然后冒充韩廷凤前去东平赴任。韩廷凤的妻子郑氏和儿子韩玉印，分别被人搭救。郑氏得救后，前去东平府寻夫，被尤中正扣押。在扣押中，被更夫搭救出监。无奈之下，只好自卖自身，到相府做了宰相小姐金章的女仆。韩廷凤的儿子韩玉印被搭救上岸后，被人收养改名天赐。长大成人后高中皇榜，做了大官。当年，韩廷凤落水后，被大浪推上岸边获救。到宰相府报案后，被委以另任。天赐恰好接了尤中正夺官杀人案，剿灭斩杀了贼首尤中正。韩天赐因剿贼有功，被宰相收为门婿。在宰相府与金小姐成婚时，得遇郑氏。郑氏为确认多年失散的儿子，验看天赐左脚小指上的朱砂痣，母子终得相认。韩天赐夫妇、母子，在宰相的帮助下，寻得韩廷凤，一家得以团圆。

谭志道在戏中扮演韩廷凤的夫人郑氏，程长庚在戏中扮演韩廷凤。

这出戏的重头戏是老旦郑氏，她从随夫上任，至落水得救，再到卖身进相府当女仆，后认子、做太夫人，以及寻夫团圆，都是大段大段的唱和念，还有各种身段功夫。谭志道都表演得淋漓尽致，念唱做都恰到好处。尤其是唱功，特色鲜明。听来细声细气，但底气却很充足，声音饱满透亮，清脆甘甜，尖亮嘹远。尤其他的湖广口语，虽带侉音，但却清清楚楚，抑扬顿挫，节奏分明，更符合老旦的身份。

程长庚听他的唱，看他的做，样样精致，别具一格。在台上虽是同台演唱，却细心的品味这位老旦的功底玩艺儿。越看越觉得，此人确实有过人之处，难怪他敢点名与人叫板。

戏台上的谭志道，在与程长庚同台演唱中，心中暗暗地吃惊。他在戏台上摸爬滚打也二十几年了，从来没遇上过这么好的搭档。唱念做，一招一式，都中规中矩，边式大方，很有大家之气。边唱边想，京城就是京城，随便一个不起眼的角儿，都这么硬实，要没点真本事，京城的戏饭真是不好吃啊！

尤其他听了程长庚的唱，胸腔共鸣加脑后音，洪亮优美，饱满甜润，功底非凡。在汉口时，别人听我的唱像云雀，送我“叫天”的名号，听了此人的唱，我是小巫见大巫。此人的唱才是真正的“叫天”，比云雀之声还响亮动听。

一场《朱砂痣》唱完，台下的戏迷，大饱眼福，觉得这个老旦别有韵味，大开眼界。三庆班的上上下下，开戏之前，对大老板与一个陌生人配戏，大为不解。等到看了戏之后，觉得大老板如此做，肯定是另有名堂。

两个人卸完妆，程长庚拉了谭志道，叫上卢台子、赵德禄，上了翠花楼饭庄。在雅座刚刚坐下，轩云也跟了进来。原来他担心谭志道把戏唱砸喽，一直在台下盯着，直到《朱砂痣》圆满收了场，他才长出一口气。看程长庚拉了谭志道进了翠花楼，他这才尾随而入。进了雅间，他也不拿自己当外人，拉了把椅子坐下说：“大老板如此小气，见了新人忘了旧客。”

程长庚一看他已坐下，忙说，“请轩先生海涵，恕长庚疏忽，快满请一杯！”

谭志道一听“长庚”二字，顿时大惊失色。未进京之前，他早就闻听京城有个程长庚，是京城梨园的头号大老板。莫非眼前这位就是？他赶紧离席躬身长揖，“敢问先生，可是京城梨园赫赫有名的程大老板？”

“哎？”程长庚见状大为不解，“谭先生是点着我的名与我同唱《朱砂痣》的，何用再问？莫非我还有替身不成？”

“不是的，小人初来京城，打死也不敢指名道姓点您大老板同台唱戏！”谭志道听后更加惶恐地说。

“哦？”程长庚觉得蹊跷，便转向轩云，“同台唱《朱砂痣》是你点的戏码，轩先生代您下的书哇！”

卢台子和赵德禄，被弄得丈二的和尚摸不着头脑。卢台子插话道：“你们两个台上唱戏，台下也唱戏，这究竟唱的是哪一出哇！——怎么到现在还不知道谁是谁呢？”

此时，轩云满斟一杯酒站起来说：“先祝你们《朱砂痣》唱得圆满，饮此一杯。”说完他一仰脖先干了。

赵德禄和卢台子对面前这两个人都不认识，不好随便举杯。赵德禄说，“咱先别喝糊涂酒。今儿是大老板做东，您先说说做东的理由，大家好喝酒哇！”

程长庚说："我就觉得今天的《朱砂痣》唱得好，值得庆贺。谭先生的唱法很新颖别致，请你们一起来品评品评。"然后对卢台子和赵德禄说，"这酒该喝不该喝？"

"该喝！"卢台子举起杯，"大老板慧眼识人才，这老旦的戏范儿可京城难找！"

"为这喝酒我赞成！这老旦，大老板确实看得准！"赵德禄赞同的举起杯。

"我就是为这，才将谭先生拉进这翠花楼前来讨教的。"程长庚举起杯，"你们都是京城皮黄的行家，我请你们来就是想听听你们的看法嘛！"

"快莫要说了！"谭志道不安地说，"我惶恐死了，我要是知道与大老板同台，打死也不敢唱啊！"

卢台子问："你不认识大老板？"

"听刚才大老板的话茬儿，好像《朱砂痣》的戏码是你点的呀！"赵德禄也说。

"哎呀"谭志道着急地说，"我到现在还不知道为什么要唱《朱砂痣》吆！"

"得啦，这药捻儿是我点的！"轩云接过话来，"谭老兄初来京城要找个饭碗，求我帮忙。我在梨园举目无亲，想来想去，就想了一个'乱点鸳鸯谱'的主意。我知道谭兄在汉口号称'叫天'，就给他找到了京城的'叫天'，以下书比试的激将法，点了《朱砂痣》这个戏码。心想，谭兄是真叫天，还是假叫天，这一比就比出来了。不以此激大老板，大老板能出马么？只要大老板一出马，认可了这个'叫天'，我这忙就算帮成了！"

"哎呀，你这忙帮得可真是异想天开，够大胆的！"卢台子揶揄地说。

"你要不说明白，我到现在还真以为是谭先生让你下书叫板呢！"程长庚终于弄清真相。

"借我几个胆，我也不敢跟大老板叫板哪！"谭志道也终于弄明白是怎么回事。

"这个板叫得好哇！"赵德禄接着说，"把南北两个皮黄'叫天'给'叫'到了一起！这是梨园美谈哪！"

"这可真得感谢轩先生从中点捻子！"程长庚举杯，邀大家同饮。然后问，"敢问谭先生大名？"

"不敢，不敢！"谭志道惶恐地说，"在下名志道，江夏人氏，因战乱逃难至此。"

"请问轩先生在哪里发财？"卢台子端杯问轩云。

轩云忙端杯答道："我也是吃开口饭的，只不过不是唱戏，是说大鼓的！"

"说大鼓的本事大呀！"卢台子一本正经地说，"信口开河，张口就是戏！"

赵德禄接过来说："你们俩倒是很好的一对儿！"

"怎么？"

"一个编书，一个写戏，这不是一对儿么？说不定又蹦出一个'轩台子'呢！"

长庚接过话来，"我看就未必不可能！——今儿收获很大，结识了两位新朋友！"

卢台子说："大老板，您就说个痛快话，把这两位都收到咱三庆班吧！"

"我叫你们二位来喝酒，就等着听你们的意见呢！"

“敢情这酒不白喝呀！”赵德禄打哈哈说，“三庆班再收一个‘叫天’，一个‘公’儿，一个‘母’儿，正好一对儿。再添一个‘轩台子’，两个台子两台戏，我赞成！”

程长庚举杯郑重地说：“那就这么定了。此时，正是皮黄崛起之时，正需要人才。谭志道的老旦别具风格，能丰富京皮黄老旦的声腔韵味；轩云有说书人的底子，才思敏捷，跟着卢先生打门稿倒是个难得的帮手。”大家举杯，皆大欢喜。尤其谭志道，唐突之举，倒有了生活的着落。更为感到意外的是轩云，一个歪点子，换来一个稳定牢靠的饭碗。二人各得其所，正所谓歪打正着。

后人写了一首打油诗，以志此事：

两个叫天公母吼，
一对台子写大轴。
三庆人才用不完，
四时皮黄无尽头。

谭志道就如此进了三庆班。《朱砂痣》成了他和程长庚的绝配戏。另外，他还和程长庚合唱过《断后》《辞朝》《钓金龟》等多出戏，为梨园留下了诸多佳话。

谭志道有了着落，他的儿子谭鑫培也长了出息。坐科学戏，是梨园行最残酷的日子。与其说是学戏，不如说是打戏。梨园弟子的功夫是学出来的，也是打出来的。没有一个坐科学戏的弟子不挨打，所谓不挨打就长不大，就是他们的家常话。

谭鑫培一进科，就和其他弟子一样，先练基本功。第一功是耗腿，也叫腿功。每天把腿跷到板凳上，脚逐步垫高，腿上逐步增加压力，先是一块一块的放砖，再是由师傅帮助用力往下压。等有了基础之后，用绳子把脚腕绑紧，将绳子穿到房梁或大树杈上，由师傅向下拉绳子，将腿逐步拉高，高到腿与头相贴时，师傅把绳子固定。然后陆续点三炷香，等一炷一炷香慢慢烧尽，再将腿放下来。有时，不要说三炷香，就是一炷香也烧不完，有的孩子就晕了过去。晕了过去，等醒过来从头再来。为了耗腿，过不了关，挨打，打得身上青一块紫一块的，挨了打，还得接着耗。腿拉伤，关节脱臼的事常常发生。

第二功就是下腰，也叫腰功。起初由师傅托住后腰，上身慢慢往后弯，逐步弯到头能钻到自己的裆里，再从裆里钻到脚尖部位，把头仰起来。这时，师傅把头和腿用绳子绑起来，一绑就是一两炷香的工夫。这个功夫更吃劲。闹不好就把腰弯断了，成了终身残废。

第三功就是耗顶，也叫拿大顶。就是头朝下倒立，先是贴墙倒立，有了功夫再用手代替脚，倒立爬行。

第四功就是翻跟头，也叫跟头功。跟头功先是起跳，然后是翻。翻，有前翻，后翻，侧翻，腾空翻，行话叫出场，前扑，漫子，踝子。每一种翻都要翻得高，翻得顺溜利索，翻得舒展潇洒，翻得稳健扎实。起得高，腾得顺，落得轻，站得稳。

第五功就是把子功，也叫打把子。打把子，有空手把子，即空手拳脚对打；有刀枪把子，就是器械对打。

然后才是唱念做功。这些功都有了基础，教师爷才因人而异，按行当教戏。

谭鑫培从小跟父亲练功，懂得不吃苦中苦，难为人上人的道理。从来不叫苦，有时主动让师傅帮助压腿，拉绳子吊腿。因为他不叫苦，不怕累，学得也快，挨师傅打就挨得少。有时候还时不时地受到师傅夸奖。

他不挨打还受夸奖，同伴里头有个大个，名狗刨儿，此人练功不到家，经常挨打。心里总是不服谭鑫培的气，老想整治他，可又没有好招儿。这一天睡觉上炕之后，他对大家说：

“明天咱们歇一天，不五更起床了，睡够了再起。”

“那师傅不打咱们哪？”有同伴问。

“打就打呗，反正哪天都少不了打。总不能挨打的光挨打，不挨打的就不挨打，都陪着挨一次打吧，有福同享，有难同当嘛！”

因为他个头最大，有力气，大家都惹不起他，都不敢吭气，都得等明天不起炕，一起挨打。

谭鑫培听了这话，心想，挨打不挨打是小事，耽误了练功是大事。学戏练功，为什么要偷懒呢！他脑瓜一转，有了主意。当下什么也没说，和大家一样静静睡下。一觉睡到五更天，到了每天起来练功的时候了，他侧过身，将下半截身子往上一挺，像机关枪扫射一样，把憋了一宿的一泡尿朝两边撒去。两边的人睡得正香，让这一泡尿一浇，都激灵一下醒来，不由得大嚷：

“谁尿炕了？谁尿炕了！”

“哎呀，发大水了，快把我冲到天津卫了！”

这几声尖叫，把全炕的人都叫醒了。别人不知怎么回事，跟着一阵骚嚷。

这时，唯有不嚷不叫的是谭鑫培，大家看他，睡得正香，还打呼噜呢！

这个炕上的人这么一闹腾，旁边炕上的人也都醒了。教师爷进屋来看大家都醒了，说，“今天大家都长出息了，不用叫都起来了，也到时辰了，快去练功吧！”

所有的人一个也没睡成懒觉，都起得很早，还受到了教师爷的夸奖。但有人尿炕的事，谁也不敢声张，因为闹不清是谁尿的，怕说了反而惹来一顿苦打。这下狗刨儿出出气的念头也落了空，只好下气力练功了。

谭鑫培在科班论个头，论年岁都不算大的，但论功夫，他是学得最快，练得最瓷实的。这小金奎科班的班主伍尚是行伍出身，唱戏也是武行，所以对谭鑫培特别喜欢。他给谭鑫培定了走武丑和武生的路子，亲自教他唱戏。什么《探庄》《夜奔》《蜈蚣岭》《打虎》等戏，他都学得扎扎实实。此外他还私淑老生行的师傅，学会了《宝莲灯》《四郎探母》《击鼓骂曹》《三娘教子》等戏。他小小的心眼儿里，憋着一股劲儿，一定学得文武昆乱不挡，将来什么活儿都能上。

因为他上进心强，学得快，七年的科班，五年就出科了。旧时科班有规定，出了科，还得为本科的戏班唱两年“报恩”戏。所谓“报恩戏”，就是为科班唱戏挣钱，不拿戏份儿。

这倒给了他一个实习的好机会。当时的金奎戏班，走遍京东各县镇，跑外帘野台子。农村的高戏台，齐人高，台下人挤人，挤来拥去，乱乱哄哄。看戏主要是看武戏，看打得精彩红火。这正合谭鑫培的行当。他是场场有角儿，场场有戏，这一来，把科班学到的玩艺儿全抖搂出来了，磨炼得更加精到。有时，台上临时缺个行当，不论是生、旦、净、丑，他都敢勾巴勾巴脸儿顶替上场。活词儿、水词儿一概不论，只要有效果，他都能顺嘴溜出词儿来对付过去。在野台子上，可是磨炼了他文武昆乱，六场通透的本事。

在京东的野台子上，有一个唱花旦的，姓侯名廉。他对谭鑫培的功夫和本事很是佩服，尤其对他聪明伶俐，刻苦好学，昆乱不挡的劲头，很是看重，觉得这孩子将来有前途。因此，就有心将自己的妹妹许配给谭鑫培。这一天，卸完妆他就无话找话，与谭鑫培套近乎。

“谭金福，累不累呀？”

“不累。这还能累着！”

“好样的，像个大老爷们儿！”

“什么大老爷们儿，我今年才刚满十五。”

“男十五，是出山的虎。到了成家立业的岁数了。”

“成什么家呀，我刚出科，还没挣下钱呢。”

“先定亲哪，晚了，耽误后代呀！”

“我和谁定亲哪？”

侯廉把话拉到正题上，“我有个妹妹，今年十六啦，到了找婆家的时候了。人长得别提多水灵了，不光人长得水灵，家里的活计什么都会干，过日子可是把好手。你要是不嫌弃，我做主，就把我妹妹许配给你，怎么样？”

“您妹妹？”谭鑫培盯着侯廉看了一会儿问。

“对，我妹妹。她叫侯玉，玉石的玉。”

谭鑫培看侯廉挺认真的，知道他不是拿自己开涮。低头想了一想说，“婚姻大事，没有父母之命，媒妁之言，小弟怎敢擅自做主！”

侯廉一看有门儿，忙缓口气说，“没关系，你回家给你老子商量商量，商量好了给我个回话就成。”

谭鑫培也很会说话，“等我回家与父母商量了，再给您回话。不管成不成，我先谢谢您了，大哥！”

不久，谭鑫培正式出科，进京，来到了父母身边。

儿子正式出科了，这是谭家的大事。谭志道高兴地把儿子出科的喜事，告诉了三庆班的同行。同行们，都想见识见识他的儿子，鼓动他把儿子叫来班里，和大家认识认识。谭志道回家对儿子说了大家的想法，谭鑫培在家闷得慌，巴不得到三庆班这个大戏班去玩耍玩耍，长长见识呢，就一溜烟儿的跟了父亲来到班里。

一听说谭志道的儿子来了，大家都围过来，问长问短。有的说，“你就这现成的场子，亮一亮功夫，让大家看玩艺儿学的咋样。”谭鑫培看了那练功的毯子和刀枪把子架，手早痒痒了，听人一说，也不客气。就地把毯子功、把子功等亮了出来。他这一亮，不大要紧，弄得那些武行的演员们都来观看。有的觉着光看还不过瘾，干脆抄起把子与他对打起来。

唱戏的把子功，有套路，唱什么戏打什么把子，都是对打的双方，在台下按照商量好的套路练熟了的。因为台上打把子，必须踩着锣鼓经的点儿打，所以在台下练的时候，没有武场，打把子的人嘴里也得念叨着锣鼓经练，等到了台上才打得有节奏，不乱套。这会儿，谭鑫培生来乍到，跟谁也没练过。也没有锣鼓经打节奏，这个把子打起来，是全凭平日练功的基础，是最难打的。不过他有一招功夫，是别人不知道的。那就是金奎科班的班主伍尚，单独传给他的，真刀实枪的武功。伍尚是清兵的将官出身，练过擒拿格斗，战场厮杀的真功夫。他看谭鑫培练功肯吃苦，有培养前途，就私下里将这套功夫教给了他。这套武功与戏台上武功，不是一路劲道儿。不过这套武功，对练戏台上用的武功很有帮助，打下了狠、准、猛、快的底子。

三庆班的武把子们，虽没练过战场上用的武功，练的是只在戏台上用的花拳绣腿，但个个也都出类拔萃，精到利索。等到与谭鑫培一交手，却都感到很不是谭鑫培的对手。谭鑫培反应敏捷，闪辗腾挪，眼到手到，狠、准、快、猛，脚步不乱，身子不颤，眼珠不转。紧盯对手，打得他们个个疲惫不堪，而他却不累不喘，精神抖擞，越打越上劲儿。

围观的人越来越多，个个看得目瞪口呆，叫好不迭。程长庚听到阵阵叫好声，也过来观看，看这毛头小子的武功如此精湛，打心眼儿里喜欢上了他。

等打完一轮之后，停了下来。有人递过一个手巾把，“来，小伙子，出了科，打算搭那个班呀？”

谭鑫培接过手巾把，擦擦汗，“我刚到家，我爹还没给我找班呢！”

程长庚听到此，往前凑了一步问，“告诉你爹，别找班了，就到三庆班吧！”

程长庚话音刚落，谭志道抢上前去高兴地说：“傻小子，还不快给大老板磕头行谢！”

程长庚一听这话，高兴地说：“闹了半天是你谭志道的儿子，真是大水淹了龙王庙，一家人不认得一家人！”

谭鑫培一看眼前的这个高高的汉子，就是自己心仪已久的大老板程长庚，赶紧“扑通”跪在地上磕头，说，“谢大老板收留！”

程长庚高兴地说：“走，到堂里说话。”

到了四箴堂，大家落座，谭鑫培站立一旁。程长庚端详谭鑫培，端详了一番，问：

多大了？在哪儿坐科？教师爷是谁？净学了什么戏等。

谭鑫培都一一作了回答。程长庚越听越高兴，“想不到你谭叫天，还有一个这么有出息的儿子！”

谭志道说：“承蒙大老板夸奖，今后还得靠您多栽培。”

“既进了三庆班，就是三庆班的子弟，大家都栽培。叫什么名字？”

谭鑫培回答：“小名金福，大号名鑫培。”

程长庚点点头，“以后在班里不叫小名，就叫鑫培吧。”

“是。”谭鑫培恭敬地答道。

“大老板，您不是正踅摸弟子呢嘛，干脆收为徒弟吧！”此时，卢台子说着话进来，“他在外面打把子我看到了，这样的活儿，可京城难找哇！这小子是块可塑之材！”

“我也瞅准了这块料，就是怕他刚出科，又拜师，耽误了人家呀。”程长庚说出了心里话。

没等大家反应过来，谭鑫培“扑通”跪倒在程长庚面前，行三叩九拜大礼，口称：“师傅，徒儿这厢有礼了！”

他这一动作，引得大家哈哈大笑。

卢台子说：“做得对！就得抢着拜师傅，不抢，这样的师傅可拜不到手哇！”

谭鑫培刚进了京城，是既找到了搭班的戏班，又拜了师傅，诸事如愿以偿。

唯有他的母亲熊氏，心里有块心病，就是眼看儿子都十五岁了，过了年就十六啦，该成家了！可咱是外乡人，四顾无亲，没人给张罗这事。犯了愁，愁得吃不下饭，整日唉声叹气的。

小金福就问：“妈妈，孩子出科到了您的身边，又进了京城的大戏班，还拜了梨园界最有名的大老板为师，诸事顺心，您还发哪门子愁哇？”

熊氏忧心忡忡地说：“我是怕耽误了你的婚姻大事呀！”

小金福听妈妈说这话，才猛然想起侯廉给他提过的亲事，忙对父母说了侯廉他妹妹侯玉的事。

谭志道夫妇一听此话，喜出望外。第二天赶紧托人到京东玉田县侯家集去相亲。相亲的回来说侯家虽是农村贫困人家，倒也本分，女儿侯玉，勤快伶俐，懂得孝道持家，是过日子的好手。谭志道夫妇听了很是可心儿，就请人写下定亲文书，派人下了定亲大礼，只待择日迎娶。

程长庚收了谭鑫培为徒，如获至宝，每日教他唱戏。谭鑫培天生一个唱戏的材料，凡程长庚所教的，无论是身段、唱腔、念白等，他一看便会，而且做得丝毫不走样。为此，很让程长庚高兴，很为自己选了一个好传手而感到欣慰。

由此，也让程长庚想了很多。程长庚自打进京之后，就倾尽心血苦苦寻求京皮黄各种唱法的一致。他认真品评谭鑫培的唱，稍带一股京东大鼓和天津落子的韵味儿，与京皮黄相比，似像似不像。说他像奎派，却缺少张二奎腔味儿的憨直苍劲；说他像我程长庚的徽派，却少了点高亢挺拔的硬气；说他像余派，却欠缺余三胜汉皮黄的深沉开阔。尽管如此，谭鑫培有一副天生的云遮月的好嗓子，唱出的声音沙甜脆美，使人回味无穷。如果谭鑫培能在此基础上吸收三个流派的长处，集其一身，不就把京皮黄的声腔统一到一个韵味儿了吗！

想到这里，使程长庚忽然心生一个念头：让谭鑫培完成京皮黄声腔的统一，是最好也最现成的办法。谭鑫培的唱腔里自带京东曲艺的韵味，与张二奎的唱法有渊源关系，学张二奎是水到渠成；谭鑫培是自己的弟子，就在自己身边，学自己的唱法也很就便。若让谭鑫培把余三胜的唱法先学过来，然后再返回来糅进这两个腔儿，不就事半功倍了吗。于是他决定送谭鑫培到余三胜的胜春堂拜师学艺。

主意已定，他把卢台子和赵德禄叫来如此这般的商量一通，二人也觉得大老板这一招儿有远见，是为京皮黄的统一一致打底子。按照大老板的吩咐，二人到胜春堂去请余三胜。

来到胜春堂，余三胜正在书房教儿子余紫云咿咿呀呀地唱戏。看到赵德禄和卢台子进来，赶忙把儿子交给跟包的带出去，招呼二位落座，上茶。一番客气之后，赵德禄说："我们大老板让我们两个来请余老板过去说话。"

余三胜说："师弟有什么话不能到我这里来说？还烦劳你们二位跑一趟！"

卢台子说："也没别的，就是大老板想念师哥了，让我们来请余老板过府喝酒。"

"喝酒？我这里有哇，茅台，汾酒，西凤，五粮液，女儿红，我这儿有得是好酒哇！"余三胜说。

"大老板怕叨扰他师哥，说有好事给您说，专门让我们两个过来相请！"卢台子恳切地说。

赵德禄也说，"您和大老板师出同门，谁和谁呀，到您这里和到他那里不是一样吗？这是我们大老板的一片心意，盛情难却嘛！"

"那，恭敬不如从命。走，我和你们走一遭！"

胜春堂在宣南石头胡同，这条胡同南北走向。四箴堂在宣南百顺胡同，这条胡同东西走向。两条巷子呈"丁"字形，相隔不远，不用车马，溜达着也没多远。但程长庚却派了车来专程接余三胜，这让余三胜心里感到热热乎乎的。

车一到四箴堂，程长庚早站在大门口迎候呢，一见车到，忙亲自搬了下车的垫脚凳子，放到车下，用手搀扶余三胜下车。

余三胜嗔怪道："师弟，何必这么兴师动众的，还派辆车接我，咱这是谁跟谁呀？"

程长庚忙道："本来我要过您府上接您，谁知临时戏班有事，只好派他们二位去接您。还怕您大驾不肯赏光呢。快里请。"

二人客气着说着话来到客厅。

客厅里早已摆好了一桌丰盛的酒宴。等纷纷落座之后，程长庚将谭志道、谭鑫培父子叫了进来，也安排了座位，谭家父子不敢贸然就座。程长庚对余三胜说："师哥，今天喝酒，一来是我想师哥了，想跟您叙叙旧；二来是给您介绍一个您的老乡。”然后他指着谭志道说，“这位是谭志道谭老板，唱老旦的，湖北江夏人。”

“就是那个新来的‘谭叫天’？我已有耳闻。”余三胜说。

“不敢，在下谭志道。”谭志道一直站着，恭敬地说。

程长庚接着指着谭鑫培说，“这是他的公子谭金福，大号谭鑫培。”

谭鑫培不敢贸然说话，谭志道说：“犬子，犬子。”

程长庚指着余三胜向谭家父子介绍，“这是我的师哥，名震南北的戏状元、春台班的班主余三胜，余大老板。”

谭家父子听后惊喜异常，谭志道慌忙拉了儿子给余三胜行礼，“久闻大名，仰望多年，未曾相识，今日幸会。”

程长庚叫谭家父子落座说话，谭志道不敢落座，说，“我父子不才，得遇京城两个大老板，实是福分非浅。哪敢与二位大老板同席而坐，我们能为二位把盏斟酒就算是福分了！”

“同台唱戏即是缘分，那里还有那许多讲究，坐下才好说话嘛。”程长庚说。

“师弟说得好，同台唱戏就是缘分，何况我们还是同乡嘛。”余三胜也说。

卢台子说：“一家人不分彼此，再要客气，就显得生分了。”

赵德禄过来把谭志道按到座位上。谭鑫培还是不肯坐，他说：“我是晚辈，师傅们说话，哪有弟子的座位？我还是给师傅们斟酒吧！”大家看他很懂规矩，都很待见他，就任他自便。

酒过三巡之后，程长庚说：“师哥，我知道您有爱将的癖好，今儿就让您看看谭金福的玩艺儿。鑫培呀，今儿就给你师伯亮一亮你坐科学的玩艺儿吧。”

谭金福是聪明人，听师傅让他亮玩艺儿，尤其是亮给余三胜看，这是多大的抬举！他马上离开餐桌，收拾身形，从唱到念，从做到打，把自己的绝活儿全抖落了一番，把个余三胜看得直着眼啧啧叫好。

“师哥，怎么样？”程长庚问。

“嗨，好角儿都叫你给抓走了！”余三胜感叹地说。

“师哥，您要是能看上眼，您收他为徒如何？”程长庚探询地问。

“你舍得？”

“只要师哥看得上！”

“你舍得放，我就立马收！”

“您肯收，我就立马放！”

“一言为定？”

“立字为凭。”

“好！”

就这样，余三胜收谭鑫培为徒。当下磕头拜师，写下关书为凭。

有散曲【般涉调·耍孩儿】唱道：

顺风船儿把浪破，好事都往一家落。老子安生把戏唱，儿子一晃出科。来科班只为闲耍，偏赶上同行紧撮合。亮亮绝活儿，打把子对手没几个，花拳绣腿经不住武功拾掇。

【六煞】正浑身劲头使个没完，却听得喊“好，好，好！”嗓子撕破。直喊得天翻地动闹嚷嚷，惊扰了戏班同行可奈何？

【五煞】越不想扰人偏扰人，大老板被呼喊惊惹。只说是这个娄子捅大了，明摆着挨剋挨说！低眉垂首等挨训，听到的却是朗朗笑声乐呵呵。

【四煞】从没见过大老板，只当他挺胸叠肚金刚怒目大发作，却原来是尊慈眉善目弥勒佛。问长问短，好个亲热！

【三煞】说到投机处，忠言掏心窝。没别的，留下来三庆效力，收徒弟有你一个。真走运，进了戏班有着落，还拜师把头磕。

【二煞】只晓他唱戏名声大，却原来心胸天高地阔。京皮黄南腔北调肚里装满，里俗小曲大鼓京韵紧搜罗。看上个帘外野台子，当宝贝，硬要打磨。

【一煞】不嫌土得掉渣儿菜饽饽，变着法儿端上桌。搭桥投师戏状元，沙里淘金，俗雅结合。雅俗共赏迎合戏迷口味儿，要的是全活儿！

【煞尾】用心良苦，细针密脚，缜密无错。石牌翻稍儿，慢工细做，总有着落。

第二十六回
张二奎尽孝遭难
贼御史谋害戏星

张二奎被工部革职除名的时候，正是张二奎的父亲生意做得最红活的时候。他专做古玩生意，主卖鼻烟壶。鼻烟壶是衡水的特产，国内一绝。用厚玻璃吹制而成，外形椭圆大小如鹅蛋，外表光洁似玉，扁脖短颈，口细如麦秆。绝就绝在壶内的画上，那么细的口，笔要伸进口内去画，画得精致细小。图案有山水，有人物，有亭台楼阁，有花鸟虫鱼，有戏曲故事，有狮虎猛兽等等。从外面看这些图案是正面的，可做画的时候却是反着画进去的。这种内画，堪称一绝。据说此画法出自西洋，是泉州海上码头的西洋商人传进来的。张二奎的曾祖本是福建泉州人，学得此绝活儿，为躲避洋人和官场的纠缠，躲到内陆之地较为偏僻的衡水，专门从事这一绝技。

像这种鼻烟壶之类的玩物，只有京城的王公贵族，绅士阔佬，公子哥儿们才玩儿得起。张二奎的父亲在京城开古玩店，实际上主要是卖鼻烟壶。当时正是洋货盛行的鸦片战争前期，也是京城的阔佬阔少们崇洋趋外，赶时髦的时候。当时鼻烟盛行，当然鼻烟壶就格外抢手。

张家的古玩店，进进出出的，都是那些有头有脸的达官贵人和绅士阔佬。张家老爷子，也跟着长脸有面子。

猛然间，他的两个儿子被工部革职开除。原因是儿子唱戏有失官体，这下可大大伤了老爷子的面子，对他是个如雷轰顶般的打击。

老爷子一气之下，大病不起，抻腿驾鹤西去。老爷子走了，老太太更承受不起丧夫的打击，整日病病歪歪，时好时坏，苟延残喘。多亏了张二奎哥儿俩是一对孝子，吩咐妻子家人，一刻不能离开老太太。稍有不适，马上请郎中诊治。张二奎除了唱戏和打理戏班的事情之外，一有空闲，即厮守在老太太床前，问寒问暖，端茶倒水，和老妈妈说悄悄话儿。

就这样，老妈妈又活了十几年。这一天，自觉胸闷痰堵，喘不过气来。家人急唤郎中把脉诊治，等郎中赶到忠恕堂，老太太已经咽气归西了。

此时，张二奎正在台上扮演岳飞，唱《岳母刺字》。下得场来，听报信儿的人一说，连行头都没顾上脱，急忙离开广和楼，撒腿往忠恕堂跑。跑到家，已是大汗淋漓。盔头髯口已经丢在半道，泪水和着汗水把脸上的油彩冲得一道子一道子的，红糊糊满脸浑花。他一头扑跪在妈妈的床前号啕痛哭。

张二奎和哥哥大奎，自老父亲去世之后，打心底觉得对老爹爹感到歉疚，更觉得对不起老太太。总想通过对老太太的孝敬，弥补对父亲的缺憾，尽儿子对父母的孝道。

母亲去世，哥两个心气儿一致，对母亲的丧事，一定办得体面隆重，让母亲走得红火，让母亲九泉之下与父亲会面时，去转达诉说儿子的孝心。

哥儿俩把想法告诉管事的总理，管事总理立刻把殡丧杠棚的经理叫来安排。殡丧杠棚的人是专管料理丧事的，按照主家的意图，大操大办。把灵棚从忠恕堂，一直搭到忠恕里街与天桥大街搭界的街口。灵棚内，十步一花圈，百步一纸扎童子，三百步一个彩棚牌楼。牌楼上花卉，福禄寿图案，龙凤呈祥饰物，应有尽有。道场僧人超度法会，香烟缭绕，诵经不止；吹歌，大戏，杂耍，一样不少。丧事整整办了七七四十九天，然后压街送殡，灵车缓慢而行，从忠恕里出来，到天桥大街，整整走了两个时辰；鼓乐喧天，鞭炮齐鸣，声声震耳；拉灵车的，送殡的，管事的，杠棚的杠夫，所有人等，一律白衣白孝服；一眼望去，整个大街都是白色的天地。

张二奎家的丧事办得隆重体面。却惹恼了一个人，这个人就是城防御史管下同。

这管下同觉得很不体面。你张二奎一个伶人办丧事办得如此体面，这不是让我城防御史不体面吗？伶人，一个下九流，胆敢如此！比达官贵人家办丧事尚且排场，岂不乱了纲常坏了规矩！

还有一层意思，原来这管下同曾是那路生的属下，都是黄鼠狼下耗子，一窝鼠辈。那路生对管下同曾有提携之恩。路生被放了外任，这管下同官升一级，接了城防御史的班。想起当年路生被程长庚“红戏黑唱”，戏弄窝囊得丢人现眼的情形，他心里就不自在。憋着一口气，心想总有一天，让我逮着机会，整治整治你们这些臭戏子们！

张二奎为母亲操办丧事的事，正好给他一个由头。他发一个令牌，命衙役一索子将张二奎拿到衙门。张二奎是个刚性脾气，哪受得了这种侮辱。公堂之上，他大生抗辩，高声喝道：

“御史大人，你是曾经读过圣贤书的，为什么不懂忠孝节义乃为人之本。我作为一介伶人，不能为国尽忠，难道还不准我尽孝吗？为父母尽孝何罪之有？你也是父母生父母养，难道说你就不为父母尽孝吗？你要为父母尽孝，也算犯法么？你拿我来，是不是公泄私愤，为你的前任御史出气！”

张二奎的话，说得管下同面红耳赤，顿时火冒三丈，惊堂木拍得啪啪乱响，吼道：“你给我住口，读圣贤书，达人伦理，也是你这臭戏子说得的？难道你不知戏子是不入流的下等人么？你为母发丧，敢比官场公侯之礼仪，这不是扰乱纲常，犯上作乱嘛！”

欲加之罪何患无辞！管下同是王八吃秤砣，铁了心了要治张二奎之罪。无论张二奎怎么抗辩，他是一口咬定犯上作乱，判定流放黑河去服苦役，即日起解。

衙役不由分说，用大枷枷了张二奎，押送出京。张二奎丧母的哀痛未曾缓解，又加上披枷的屈辱，心如刀绞一般痛苦，只走了两天，刚到通州就一病不起，悲愤抑郁而死。可怜一个活生生的皮黄大角儿，就这样被迫害身亡。

消息一传到京城，京城梨园界一片哗然。

程长庚带头提议：公祭张二奎。为了提防管下同再找茬生事，公祭仪式设在精忠庙内。因为张二奎是精忠庙庙首。设在这里公祭，名正言顺。他城防御史干瞪眼，也没有咒念。

公祭，实际上是对管下同的一次群体抗议和声讨。

各戏班的班首，外加各戏班的名角儿，内务府的部员，还有戏大臣禄喜等人众，把个精忠庙填得满满当当。

精忠庙布置得像灵棚一样，黑纱白绫，肃穆庄严。

正堂挂着张二奎的画像，横标上用大字重墨书写：沉痛悼念梨园公会庙首张二奎先生。

两侧挂满各戏班送来的挽幛。

余三胜送的挽帐上写：

昨日方听君妙曲
今天公祭吾痛心

胡喜禄的挽幛上书写：

同台做耍《四郎探》 假夫妻真友情永世不忘
戏中才有《打金枝》 真父爱叙旧事宛如一家

挽幛中最长，最显眼的，就是程长庚所送的挽联。

上联是：

凭一身功夫破羁绊下海梨园氍毹争唱京城扬名皮黄雷声震宇寰致使鹰隼张目

下联是：

壮满腔豪情鞑伤风败俗庙首威严永驻振声妙曲铸就名望高仰止引来趋奉流传

公祭由禄喜主祭，哀辞惋痛，悲情慨叹，令全场唏嘘哭泣，哀思长随。

有词【怨王孙】写道：

祸福无门偏来扰，遭陷害、公理难讨。皮黄大角一巨擘，为行孝、命丧了。天理人情都通晓，官衙恶、杀人如剪草。欲加之罪患无辞？分尊卑、劫难逃。

第二十七回

讲教化官升礼部
掉包计成就姻缘

张二奎被害致死的消息传到了翰林院，延熙听到后颇为震惊，很为京城失去一位皮黄名角儿而惋惜。但作为一个翰林院侍讲，一介文人，只有虚衔，而无职权，只是慨叹也没有办法。

他正在长吁短叹的时候，宫里来人，说请他去给皇上讲百姓教化。

他来到宫里，由太监引领，来到皇上的上书房。给皇上行了叩见大礼。

皇上赏他坐下，说："上次，朕听你讲长毛造反的缘由和朝廷屡剿屡败的原因，讲的头头是道。朕觉得你敢说真话，讲实情，分析的鞭辟入里，不像别人净用阿谀奉承之言来哄骗朕，朕甚是看重于你。"

延熙闻听此言，忙跪倒在地叩头谢恩道："臣吃的是皇家的俸禄，当为皇上效力，对皇上不说真话，还算得上什么忠臣。"

皇上道："你前次讲，治民以教化当先，朕思之有理。民间教化有多种渠道，以卿之见哪条更为有效。"

延熙道："以臣观之，最为便于使小民受教育的莫过于戏曲。"

皇上不以为然，"戏曲乃娱乐嬉戏之为，怎能担当教化之用？"

翰林院侍讲，是专门给皇上答疑解难，分析事理的差事。与皇上交谈，不像上朝奏本那样正规拘谨。因此，延熙敢于跟皇上侃侃而谈。

"民间草民识字者不多。百姓识字，多是宗族、村落、乡里等自办私塾或由大家大户自己延聘教师，教孩童识字；还有书香门第，子承父教，代代相因。识字，是明事理的工具，明事理则为承教化。由于我大清皇天后土，地域广大，居住分散，又有山川阻隔和温饱难为，能办私塾或延聘教师者为数微乎其微。因而民间百姓识文断字者，为数极寡。民间教化，虽有朝廷督抚、州、道、府、县各级大员训导管理，毕竟鞭长莫及，局限很大。更大一点范围的教化只有靠宗族管教，乡规民俗相管教。另有庙宇道观以神、道、佛理相导引。这些远远不够，民间乡野，最普遍的，也是最见效的教化方式就是戏曲。万岁试想，乡间唱曲者，唱戏者，无论戏文还是曲文，都包含一定道理，虽是嬉戏戏闹，但潜移默化中把道理传给了听者。民间戏班或唱曲者，为了生计，无论偏远荒漠或城镇繁华之地，只要有人之处，都串演承唱。民间草民，尤其村夫野叟，平时终日操劳，无以为乐，凡有唱者，必云集而往。如此，无论曲中还是戏中的是是非非，纲常伦理，忠奸好恶，以至于朝代更替，春秋历史等等，他们都是从曲文和戏里得到教育。一些村夫野叟，若对其说‘四书五经’，不如对牛弹琴；若对其说戏文唱段，有的则能滔滔不绝讲出许多。有些唱段，还能开口吼唱。甚者自组戏班，野台演唱，自娱自乐。这样的教化，承受者万万千千，普及之广，难以估量。”

咸丰皇帝听延熙侃侃道来，甚有道理。听到此处问道：“曲文戏文都是文言古曲，那些村夫野叟目不识丁，能听得懂吗？”

延熙笑笑，“皇上有所不知，皇宫里唱的戏都是昆曲北弋，戏文中文言配套曲，可谓曲柔词雅，只有宫廷里这些念过三文五典的人才能听得懂。民间的戏曲是俗歌俚语，地方乡音俗调，百姓都能听而且爱听。”

“没想到，卿家高居庙堂的翰林院，竟对民间戏曲和村歌野调也了解得如此明白。”

“卑职身为侍讲，是专为皇上治理国家咨事明理的差官，当然凡国家管理之事，都在考察洞悉之中。关于戏曲的传承流布，奴才平时经常调研考察关注，也是奴才通过戏曲和民间小调，以观风俗察民情，了解民间事变的一条渠道。”

咸丰听此，为有这样的臣子感到欣慰，“卿家尽心尽力，朕由衷欣喜。民间都有什么曲调？”

“说来话长，皇上是学过三文五典的。圣上您是知道的，最早的歌词是《诗经》，既来源于民间，也运用于宫廷。所谓‘风雅颂’中，‘风’就是民间的歌，有十五国风之说；所谓‘雅颂’就是宫廷庙堂之歌。先有‘风’这种‘歌’的形式，逐步从民间传入宫廷，被运用到宫廷庙堂的庆典和娱乐。宫廷的雅颂，民间难以传唱和接受。那只能是，宫廷唱宫廷的‘雅颂’，民间唱民间的‘国风’，时间久了，‘国风’就普及民间。

“到了汉代，这种‘国风’，就演变成一种新型式的‘民歌’。汉朝廷为收集这些民歌，专门设立了衙门，称为“乐府”。汉乐府收集的这些民歌就称为‘乐府民歌’。这些民歌流传入宫廷之后，又被文人‘雅化’。民间百姓，不适应这种雅化的韵味，就又另去创作自己通俗自然的诗歌。这就是魏晋南北朝时期的田园山水诗，和民间的乐府诗。如《孔雀东南飞》《木兰诗》等。这种形式，被初唐的文人采用，因此，唐朝前期的诗歌多带有田园、山水、民间的色彩。比较通俗易懂，老百姓也乐于接受，在接受中也或多或少学会了工对的格式，用于之后的歌词编写中。

“到了中晚唐乃至宋朝，诗歌文人化倾向变浓，民间不好接受，就又编出了‘竹枝词’，被文人吸收、加工，逐步发展为宋代的文人‘词’。‘词’被牌子限制得太死，民间不便填写。至元初，民间又出现了‘曲’，继而演变为‘元杂剧’……

“总之，这些诗、歌、词、曲等演唱形式，包括文章，以臣之驽钝所见，总是生于民间，死于庙堂。”

听到这里，咸丰皇帝面有不悦之色，“以卿之言，朝廷庙堂是扼杀艺文的所在了？”

延熙看皇上面带愠怒，忙跪倒言道：“皇上恕奴才该死，没有把话说明白……”

“那你就起来继续说！”

“奴才所说‘生于民间，死于庙堂’，只是比兴之说。这里的‘庙堂’，是泛指衙门、官办之所。非专指朝堂宫廷。所谓‘生于民间’是初始，进入庙堂之后，经过文人的加工整理，使之雅化、提高，又推动提高了民间的创造。但是宫廷庙堂，出于行文和欣赏的层次水平，只局限于宫廷庙堂的使用。钻进了少数人使用和欣赏的死胡同，在民间看来未免死板僵化。无法效法，而摈弃不用。这岂不等同于‘死’于庙堂了嘛。”

“何以见得？”

“例如八股文，只限于朝廷科举考试之用，民间行文是用不上的。又如现今宫廷里唱的昆曲、北弋，乡野小民听不懂，而且看着费劲，他们是不大愿看的。他们喜欢的就是那些当地的戏曲，甚或村歌野调。”

皇上又一次问道：“都有哪些曲调？”

“地方曲调之多，可以说是不可胜数。遍布我大清江山的山川国土。

“但万曲都有根，这个跟就是昆曲。昆曲是由元杂剧和南戏发展而来，继而流布全国。再由昆曲发展为南昆、北昆、湘昆等。以这些昆曲为母戏，逐步发展为各地的地方戏。至我朝乾隆年间，就有了梆子腔、秦腔、西秦腔、乱弹腔、吹腔、罗罗腔、楚腔、二黄腔、弦索腔、唢呐腔、柳子腔、花鼓腔等，这些被朝廷统称为‘乱弹’。

“归纳起来，戏曲有五大声腔体系。即南昆、北弋、东柳、西梆和徽调皮黄。南昆、北弋，就是朝廷所说的‘雅部’；东柳指山东的柳子腔腔系；西梆指秦腔所含的梆子腔系；徽调指徽汉合流的皮黄腔腔系，即‘乱弹’所属。”

咸丰自小在上书房，读的都是经史子集，三文五典之类的圣贤之书。对民间这些艺文类知识涉猎不多，听延熙如此滔滔不绝地讲这一大套戏曲传承史，颇觉新鲜。边听边思索，“以卿之见，这些戏曲都在施行教化？”

“皇上虑得至关重要。所有这些腔调戏曲，每天都在各地演唱。以臣之见，大多唱的都是正统教化之戏。当然也有少数戏班，为了多挣钱米，故意迎合流俗无赖的喜好，唱一些诲淫诲盗的坏戏，有辱风化。因此，才有嘉庆三年朝廷禁演‘乱弹’的禁令。”

“以卿之见，这禁令不是把教化之功能也禁了吗？”

咸丰无意之中给延熙出了个难题。

如果延熙回答“是”，岂不是冒天下之大不韪，否定了嘉庆朝廷的禁令？那不是要掉脑袋吗？

如果说“不是”，事实上，那个禁令确实扼杀了地方戏曲，也扼杀了地方戏曲的教化作用。作为言官，他又不能不尊重事实。但延熙毕竟是延熙，他脑瓜一转，忙答道，“禁之该禁之戏，戏之教化功能是禁不掉的。”

延熙在此给咸丰玩弄了一个文字游戏，所谓该禁之“戏”，是指具体的戏码，所谓教化功能的“戏”，是泛指戏曲。

在两个“戏”字的变化之中，咸丰也没多想。让延熙躲过了一场杀头之祸。

通过延熙的一番述讲，他多了对戏曲的了解，增大了眼界。对延熙的博闻很是赞赏。

当延熙告退之后，咸丰左思右想，觉得延熙讲得很有道理，对于治国驯民大有裨益。越想越觉得延熙是个安邦治国的人才，当下拟旨，封延熙为礼部尚书，官居二品。

延四爷升了礼部尚书，这消息传到三庆班，程长庚听后打心眼儿里高兴。他想好人终得好报，延四爷平时对自己，对皮黄，对梨园界的弟兄们关怀备至，像一棵大树一样，为大家遮风挡雨，避祸消灾。这样的官，才真正是忠君为民的好官。他升官，是他积德行善的回报。天地民心，上天有眼哪！

凭程长庚和延四爷的关系，此时，程长庚本应到延四爷的府上去道贺。但又一想，官场人情淡薄，多逢场作戏之人。尽管延四爷平时为官清廉耿直，但如今升了官，逢迎拍马者肯定挤破门框。此时我若去府上登门道贺，夹在那些蝇营狗苟的小人之中，心里反觉得不自在。那样，反而显得与延四爷隔心隔肚的不亲切。可是延四爷升官之事，确实是可喜可贺之事，怎么也按捺不住心底的欣喜，兴奋之中，提笔写下两片词来：调寄《贺新郎》。

闻窗外丝竹，正悦耳、间做鼓舞，曲到妙处。满台是角显身手，身手含而微露。角徵羽、乐展精熟。戏中哪知辛酸苦，唱到那梦中歌一曲，方觉得，情无数。

感天有眼识清浊，半生寻觅终不废，自有路出。青云直上看高远，芳心赢得花吐。多提防、朔风霜酷。只待得天高地阔，霞飞云朵映碧窟。共俯瞰，树皆绿。

程长庚将词写毕，誊录于大幅宣纸上，差赵德禄送往延府。

延熙接过词，铺展在条案之上，慢慢从头看了一遍。微微点头，连称“妙，妙”。

他了解程长庚的脾气，明白程长庚不来登门道贺的意思。看了词中的蕴意，更知道程长庚的期盼。然后对赵德禄说，“请总管稍等片刻，我本来要到四箴堂为长庚送上一份大礼，但由于刚刚接任，公务繁忙，打算等稍有空闲再亲自送过去，今天正好托总管代劳。”之后，离开书房片刻又返了回来。

他示意赵德禄继续用茶，然后提起笔来，填得《调笑令》词（二首）：

皮黄，皮黄，唱乱满腹心肠。只为石牌翻梢，揪得君子心焦。焦心，焦心，花得落叶归根。

归根，归根，待听帘外佳音。天尚有情易老，狮吼无人叨扰。扰叨，扰叨，解你一身烦恼。

写毕，也誊录在宣纸之上，交予赵德禄。然后对赵德禄说，礼物已在车上，车上自有人向你交代。他诡秘地一笑，“待长庚收得礼物之后，还少不了你得操劳忙活。”

赵德禄听得一头雾水，告辞离开书房，来到院中。只见一辆快马轿车，暖围碧纱，甚是精巧灵便。车辕上跳下延家的老仆，恭迎道，“总管请上车。”

赵德禄上得车来，撩开暖围的门帘，钻进车内，还没有落座，不禁吓了一跳。原来里面已经坐了一个二八少女，面庞姣好，凤眼流盼，穿金戴银，衣服华丽而端庄得体，风韵饱满而稳重大方。赵德禄看后赶紧又退了回来，坐在车辕上，满眼疑惑地看着老仆。老仆也跨上车辕，不慌不忙的吩咐车夫，“走吧。”

车驶出了延府，老仆乐不嘅的慢慢说道，“老爷总是结系着大老板的日子，都奔五十的人了，还没个妻室，一个人只顾张罗唱戏的那些事，身边也没个人照顾。去年，邻家贝子爷过世，儿子不争气，抽大烟，不到一年，把个好端端的家业抽光了，家产变卖了，家里的使唤丫头也要卖，老爷打发老奴过去选了一个头脸像样的，领回府来。我原以为是老爷打算府上用，请老爷过目。老爷反复端详之后，觉得很好，吩咐好好服侍打扮，养在闺房，说是给程大老板选的内人，正准备什么时候送过去与大老板成亲呢。可这一段日子老爷忙得抽不出空来，这不，今天看你过来了，吩咐我把这女子送过门儿去。我今天算是送亲的娘家人。老爷吩咐，让你张罗着给大老板办了婚事，还说等有了空儿，去四箴堂喝喜酒呢！”

赵德禄这才弄明白车上的女子是怎么回事，不由得暗暗替大老板高兴。心中也着实得敬佩、感激延四爷对梨园朋友的真诚。

车到四箴堂，赵德禄让车把式把车径直赶到院内。然后，快步来到书房，对程长庚说:“大老板，延尚书给您回了大礼。”

程长庚淡淡地一笑，“我与延四爷是君子之交，不会有什么大礼可回，你又诈我，让我高兴。”

赵德禄说，“大老板不信自己去看，大礼就在院内车上呢。”

程长庚半信半疑，来到院中，果然见是延四爷的马车。而且延四爷家的老仆他也认得，疑惑之中与老仆点点头，算是打了招呼。来到车前，撩开车门帘往里一看，不禁一愣，回头对赵德禄说，“开什么玩笑！”

赵德禄说:“是真的！”

“什么真的？这玩笑可开大发了！”

老仆发话道，“大老板，这不是玩笑，是我家老爷给您选下的内人。人家可是个黄花大闺女，吩咐小老儿作为娘家人给您送过来啦。我家老爷还说，等得了闲儿，还过来道贺，喝喜酒呢！”

这一下，可使程长庚彻底明白了，可也彻底让他为了难。他发愣片刻，忙吩咐赵德禄，赶紧把新人送进东厢房，好好伺候。

忙把老仆让进书房喝茶叙话。

赵德禄安排妥当之后，又来到书房，对长庚说，“尚书老爷也给您回了一首词，请您过目。”然后将延熙的词交给程长庚。

程长庚展开宣纸，读罢词章，嘿嘿笑道“果然是一首调笑令！”然后对老仆说，“尚书老爷的一片心意，长庚领了，请回禀老爷，长庚当铭记心中。”然后用红纸包了一包银子对老仆说，“这是送亲的红包，烦劳您老了！”

老仆接过红包，喜笑颜开地说，“老仆给大老板道喜了！”然后退出书房，赶车回延府去了。

老仆走后，长庚对赵德禄说，“既是延四爷的一片心意，咱得像回事的把事办好，方能对得起延四爷的体恤关怀。”

赵德禄说，“大老板自管放心，这事交给我来操办，保证热闹红火，大方得体。是不是看个好日子？”

“交给你办我最放心。今天就是好日子，今天就办如何？”

“大老板说个急就来快的。新娘已经送到家了，早晚还不是您的媳妇？何必如此仓促，总得有个通知亲友，收拾新房的时间吧！”

“送到家的新娘，不能让人家守空房啊！不必通知外人，只三庆班的弟兄热闹热闹就行了！”

“好，大老板说得有理，今日办就今日办。那我就叫人收拾新房！”

“新房就设在西厢房。”

“西厢房？为什么不设在您住的正房？”

“去安排吧，新房安在哪里是有讲求的。这里头的说道你不明白！戏班那边还有点事儿，我去去就来。”

长庚吩咐完之后，就匆匆出门去了。

赵德禄马上把卢台子请过来，把来龙去脉对他一说，卢台子高兴万分。说，“那就别耽搁了，快快张罗吧，张罗好了大家好喝喜酒哇！”

二人招呼大家，张灯结彩，收拾布置洞房；摆桌凳，按酒席，吩咐厨房杀鸡宰鹅，煎炒烹炸，置办菜肴。好一通折腾，把一切都准备停当了。

三庆班的弟兄老老少少都到齐了，酒席也上了桌了，就是不见大老板的身影。大家都急着瞧新娘子，吃喜酒呢！新郎官不到，这酒席怎么开呀！大家七嘴八舌，一通乱嚷嚷。赵德禄见不到大老板，心里也急呀，出来进去转磨磨，没主意。此时，戏班一个小跟头匠进来悄悄对赵德禄说：“大老板吩咐说，有事耽搁了，一时半会儿还回不来，先让行礼开席！”

赵德禄说，“胡闹！没有新郎官儿怎么行礼？”

跟头匠说，“大老板说了，先让卢台子代他行礼！”

“更没谱了，新郎官儿还有代替的！”

此时，卢台子插嘴道：“那也不能让大家干等着呀，代就代吧！我看误不了他入洞房就行。”

赵德禄听卢台子如此说，也没了主意，“那你就代替新郎官儿，开席！”

卢台子说，“闹洞房，闹洞房，不闹不热闹。今儿我就破例，闹一次大老板！就当唱它一场戏，代就代！”

他话一落音，大家三下五除二，给他披红戴彩，打扮成新郎官儿的样子。

随着赵德禄一声：“开席——！”

人员就座，鸦雀无声。

又随着赵德禄一声

“搀新人——！”

新人从东厢房被搀出，众人看后“哇——”一片哗然，果然新人生的天生丽质，光彩照人。大家都为延四爷的眼力叫好，为大老板的艳福叫好。

又随着赵德禄一声

“行大礼——！”

卢台子急忙摆手说“大礼行不得，大礼行不得！”

人们哄闹着，“行吧，行吧，干脆你一包到底！”

卢台子急了“行不得，行不得！”

正在此时，从后面传来一声：“怎么行不得？我说行得就行得！”

人们转身一看，说话的原来是大老板。大家还以为是大老板给大家逗闷子取乐呢，正要闹腾，程长庚大步走到前面，面向大家一本正经地说，“三庆班的弟兄们，今天我做主婚人，这个婚礼就是给咱的卢台子，——卢胜奎先生办的！”

他这一句话，把大家说得如坠五里雾中。

“今儿大老板是怎么啦？喜酒还没喝呢，怎么就说醉话？”

“新人明明是延四爷送给他的，怎么他倒成主婚人了？”

“别的可以让，媳妇还能让吗？”

程长庚看大家一团迷惑，接着说，“延四爷关心我，也是关心我们皮黄班，我心领了。我也代大家心领了！但是，大家都知道——我是曾经发过誓的，为了给咱伶人争口气，终生不娶妻结婚。一辈子不入族谱，不入祖坟！大丈夫一言驷马难追。我们伶人，地位虽低，但大丈夫的志气不能低。我不能食言哪！”

程长庚一番话说得大家如梦方醒。

赵德禄说：“可是这新娘子已经送过来了，这——”

程长庚说：“这个我早想好了，今天的婚礼，就是为卢胜奎准备的！”

卢胜奎听到这里如同做梦一样，“大老板，这话是怎么说的？这是哪儿对哪儿啊？”

程长庚说：“延四爷可以为我做主订亲，我怎么就不可以为你做主娶亲？你书香门第，秀才出身，更对得起这姑娘！你说这不是正对劲儿吗！”

“大老板，您对我的恩德已是天高地厚，您再这么做，这不是要折我的寿吗！”

程长庚对赵德禄说：“总管，别听他啰嗦了，行礼开席吧！”

赵德禄这才看出，程长庚让收拾西厢房做洞房，故意躲出去遮人耳目，这一切是早就成竹在胸，到了这个时候，再说什么也无济于事了！只好按程长庚的吩咐喊道：“行大礼——”

“一拜天地——”

“二拜，二拜，二拜高堂——高堂是谁呀！”

卢胜奎接过来喊道：“二拜——大老板！长兄如父，大老板恩比高堂啊！”

人们也觉得卢胜奎说得对，拜大老板最为合适。不容分说把程长庚拖到受拜席，按落在座位之上。卢胜奎赶忙拉了新娘子对程长庚施跪拜大礼。

还没等赵德禄喊“夫妻对拜”，一帮年轻人早冲上前去，把新郎新娘按到地上齐声喊道：

“夫妻对拜——嗷——”

“送入洞房——嗷——”

不由分说，把一对新人推推拥拥送到西厢房，咋咋呼呼的开始闹洞房。

这场婚事有三个没想到。第一个没想到的是程长庚，没想到延四爷对自己关怀如父母，连婚事都操心做主；第二个没想到的是卢台子，没想到自己突如其来的得了个新媳妇；第三个没想到的是新娘子，没想到本来说是嫁给一个四十多岁的男人，中途却变成了一个三十岁的秀才书生。三个没想到，落了个天下美谈。

有小令【中吕·普天乐】赞道：

戏翰林，名延熙，研戏尚书，穷透根底。生民间，死庙堂，艺文演进有规律。给皇上铺陈演绎，弦外有音，梨园鸣屈。一生为戏！

为梨园，费心机，大事小情，都挂心里。戏同腔，调统一，记挂长庚未娶妻。程长庚巧使掉包计，佳人有主，台子作婿。都是为戏。

第二十八回

惇王爷巧布迷阵
懿贵妃偷看皮黄

咸丰皇帝，是个很不得天时的皇帝。他一登基就面临他老子给他留下的一大堆难题。国力衰微，民气不振。洋人寻隙闹事，骑着脖子拉屎，欺负中国，欺负大清王朝。这还不算，太平天国已经在南京建立王朝，与大清王朝分庭抗礼，兴兵北伐，已打过江来。朝廷之中那些八旗大营，竟抵挡不住天军的进攻，纷纷败北，全靠曾国藩招募的湘军抵抗。朝廷之中没有一个能扛大梁的肱股之臣，万事都要他亲自决断，累得疾病缠身，年轻轻的就搞垮了身子。

最为他着急的人，就是懿贵妃那拉氏兰儿，兰儿是他身边最得力的心腹。平时的奏折，都是懿贵妃先审阅一遍，拣那最要紧的折子，用指甲掐出印，放在龙案一边，供咸丰皇帝审阅签批，怕是累坏了皇上的龙体。此外，她还总想变着法子找一个给皇上分忧解闷的乐子，让皇上排遣排遣心中的烦恼。

懿贵妃为皇帝生了龙子，比别的妃子就更为得宠，在皇帝面前说话，分量就比别的妃子重。朝中的王公大臣，都格外敬怵她几分。

在王爷当中，放得最开，玩得最猛的就是五王爷惇亲王。他对朝中大事，一向是不闻不问。每天就是吃喝玩乐，看戏、养鹌鹑、斗蛐蛐、骑马、摔跤、打哈哈。还有一件他最上瘾的事，就是票戏。

京城之中，他最喜欢的徽班就是三庆班，最爱听的角儿就是程长庚。

程长庚当了班主，在班里立的那些个规矩，他都赞成。他不赞成养“孩子”，说那是伤风败俗。他不赞成阴人，说那是没有本事的下三滥损招儿。他不赞成单个儿唱堂会，说那是吃独食儿。他府里经常唱堂会，总是邀三庆班整班进府。一高兴他就粉墨登场，和程长庚配戏。他也最佩服程长庚的脑后音，对程长庚是最为追捧。他赞成程长庚台下不准叫好的要求，他说，让我唱戏，我也不愿意别人叫好。自己唱得最进戏，最要表达戏情的时候，教你一嗓子给喊得没了情绪，多败兴！那还怎么往下唱？

这天，他来了情绪，找来戏大臣禄喜。他还没开口，禄喜就说了，“王爷，嗓子又痒痒了，想唱两口儿了？”

“嘿嘿，知我者，戏大臣也！”

“王爷您甭急，我这就去四箴堂找玉山去。”

“好，好，好，我等你回话儿！”

禄喜离开惇王府，正准备到四箴堂找程长庚，升平署里来人说，宫里安公公传话要找他。

这安公公，就是安德海，那是懿贵妃跟前最得意的太监。他最会看主子的眼色行事，侍奉得懿贵妃舒贴入微不说，他自小入宫就在升平署的内学学唱戏，唱功，武功，文戏，武戏，生旦净丑都拿得起来。懿贵妃最喜欢看戏，又看这小子聪明伶俐，就把他选为贴身太监，整天不离左右。高兴的时候，还跟着安德海连比带画，演唱一回。

这一天，她闲暇高兴，和安德海拉呱唠嗑。

“小安子，听说外头的戏，种类越来越多。”

“可不嘛，都是皇上圣明，歌舞升平，庆安乐，戏就越来越多呗。不过我们当奴才的，整日在宫里侍候主子，对外头的戏班也不大清楚。”

“嗨，快别说升平了，不当家不知柴米贵。偌大一个大清帝国，内有长毛子造反，外有洋鬼子入侵，快把人给累死了，一提起来就烦。”

“是，奴才看皇上和主子整天累着不得安宁，咱家这做奴才的又帮不上忙，也挺不是滋味的。主子，要不咱唱两段戏放松放松？”

“咱那两口都唱絮烦了。”

“想听新的？那叫戏大臣给咱安排新的呀！”

“宫里的戏咱都看遍了，总是南昆北弋那几个调调，也乏味了。”

“那？”

“王府里头都唱什么戏呀？”

安德海知道王府里经常唱皮黄，可是他不敢直说，支应着说，“王府也都是按朝廷的规矩，唱昆弋呗！”

“放你娘的屁，你以为我不知道啊！老五、老六他们，可会乐和哪，听说尽唱新曲儿。”

“王爷府里唱什么，小的哪里知道哇。不过，听说，宫外徽班的皮黄唱得挺红火的。”

“我听说，有个程长庚还会什么‘脑后音’，曾被穆彰阿称作‘叫天’。”

“主子快别提这个程长庚和穆彰阿了。”

“怎么啦？”

“穆彰阿刚升中堂那会儿，要在府里唱堂会，邀这个程长庚来唱戏。这个程长庚不唱，他就把程长庚绑在戏台的台柱子上，羞臊侮辱他。为此穆彰阿被闹得名声扫地，满朝官员都说他没肚量。”

“这个穆彰阿，也忒霸道了点儿，干吗那么跟个唱戏的较劲。这个程长庚也忒倔了点儿，穆彰阿的堂会为什么不唱呢？”

“这个，主子就闹不明白了。程长庚在京城徽班须行中号称‘大老板’，当了三庆班的班主，为了管好戏班，定了班规。其中有一条，就是要挣银子大家一起挣，要穷大家一起穷。不准单独去唱堂会吃独食。他自己立的规矩，他自己先带头遵守，所以他就得罪了穆中堂。”

“这么说，这个程长庚还真是个说得到做得到的班主，很难得呀。”

“主子是不知道哇，程长庚在京城的名气可大哪！《都门新竹枝词》中，有一支竹枝词写道：乱弹巨擘数长庚，字谱昆山鉴别精。引得翩翩佳弟子，不妨受业拜师生。”

听到这里，懿贵妃把脸一沉，“好你个猴儿崽子，我刚才问你，你还装得什么都不知道，这回说露了馅了吧！”

安德海“扑通”跪下说：“奴才该死，我是怕犯了宫里的禁令，不敢说外面的皮黄，才瞒了主子。奴才该死，奴才该死。”

贵妃变了个态度说：“起来吧，这也值不得大惊小怪的。听你这么一说，我倒想看看程长庚的戏。”

安德海一听这话，刚想站起来又跪了下去：“主子，这可使不得。”

“为什么？”

“主子要出宫看戏，奴才担待不起。他一个唱皮黄的，让他进宫来唱戏，这又违犯祖制。主子您想，您怎么能看得到他的戏呢？”

兰儿把脸一沉，“我早看出来了，你给我绕了半天圈子，是怕我提出看外面的戏。我偏要看，你安德海有得是办法，我就是要看他的戏！”

懿贵妃给安德海出了个难题。安德海想来想去，就想到了戏大臣禄喜。

禄喜听安公公把懿贵妃要看程长庚戏的事述说一遍，闷了半天不出声。

安德海催促道：“哎呀，我的戏大臣，你快出招儿哇！”

禄喜为难地说，“谁不知道您安公公手眼通天，您都没了招儿，小人还有什么招儿哇？”

禄喜突然眼睛一亮，又想起了延四爷，出主意说：“公公，要不我带您去找一个人，这个人是个大文人，外号戏翰林，既懂戏又足智多谋，咱不妨让他想想辙。”

“谁？”安德海警觉地问。因为他知道，此事不可让不稳妥的人知道。

“原来的翰林院侍讲，刚升迁的礼部尚书，正二品官延熙。”

安德海听后放心的“嗯”了一声，“原来是他。”

“您认得他？”

安德海平静地说：“他最近很得皇上恩宠，贵妃也常让他来白话朝廷里的大事。”

“要不他怎么就一步登天，升了礼部尚书呢？”禄喜说，“那咱就去找找他？”

安德海说：“悉听尊便。”

二人便来到了延熙的府上。延熙一看安公公到，知道必是宫里懿贵妃有差遣，忙恭敬相迎。

延四爷听二人说过来意之后，考虑了片刻，说，“此事不可让外人知晓，只能绕道而行。”

禄喜问："怎么个绕道法？"

延熙对安德海征询地说："贵妃不能随便出宫，但可以到王府吧？如果把戏安排在哪个王爷的府里，这样，出宫不出府，只算是内部走动。外面神不知鬼不觉，内里有王爷保驾，岂不万无一失。您看如何？"

安德海听后对延熙一笑，"怪不得皇上那么看重您，您真是机敏过人。但不知安排在那个王府为好。"

禄喜说："正好惇王爷要看程长庚的戏，不知那里让贵妃去如何？"

延熙笑着说："五王爷那里正好，他对朝廷的事不大过问，贵妃去那里，少惹外边许多猜疑。"

安德海听后连连点头，"好。就依尚书大人说的办。"

延熙说："五王爷那里得由公公去知会一下，免得让王爷挑理。"

安德海一口应承说："惇王府我去办，三庆班那里——？"

禄喜忙接过话，"公公只管放心，三庆班那里我去办！"

安德海来到惇王府，对五王爷说明来意。别看惇王爷平时不管朝里的事，但对宫廷的礼数还是满清楚的。他知道，看戏是小事，懿贵妃出宫是大事。忙对安德海说："贵妃驾临府上，这是对本王的垂爱，本王巴望不得的。请公公转告贵妃，我会一切安排妥帖，请贵妃放心。"

安德海走后，惇王把管家叫来，吩咐：贵妃看戏的事不许走漏风声。唱堂会的请帖须由他亲自过目，平时那些个玩乐之徒，一律不请，只请各府王爷及贵戚大员。

为了不让贵妃露面，在堂会的正堂之侧，面对戏台专搭一暖阁，由福晋陪同贵妃在暖阁看戏。

由于贵妃的驾临，他原先票戏的安排取消，由他陪同其他人等看戏，落座在暖阁侧后，为的是看不到暖阁里的动静。

看戏这天，懿贵妃早早来到惇王府。虽是叔嫂关系，但也得行君臣大礼。礼毕之后，由福晋陪同贵妃进入暖阁落座。

来看戏的王爷贵戚陆续到来，但总觉得今天的惇王府与平时的气氛不大一样。六王爷恭亲王挨惇亲王落座后，问："五哥，今儿怎么这么肃穆呀？"

惇亲王知道老六聪明，瞒不过他，用手指指暖阁，悄声说："懿贵妃想看戏了，听说我这里有堂会，就悄默幽地赶过来了。"

恭亲王听后，嘴角翘了一翘，默不做声地坐等看戏。

开戏了，前头的几出小戏，都是"三小"戏（小生、小旦、小花脸）。宫里一般是不唱的，懿贵妃看了很开眼，也很开心，命安德海赏银子。

接下来是刘赶三的《探亲家》。刘赶三倒骑着毛驴，随着鼓点儿一颠一颠的一出场，逗得懿贵妃掩面而笑。刘赶三的白口声调响亮清新，一口京味儿，听来亲切喜人，而且是逗哏儿连连，一口一彩，把个场子闹得火热非凡。懿贵妃从来也没见过如此的场面，都笑得流出眼泪来。

刘赶三是个台上疯，台下越笑，他越要得开。他用眼一瞟暖阁，看那美人笑得前仰后合，便故意逗说：“我那亲家要像那暖阁的美人一样，我送的礼更大！”

惇王爷一看，要到贵妃身上去了，那还了得，气得大喊一声，“住口！给我撕他的嘴！”

刘赶三哪里知道暖阁里坐的是贵妃，被王爷一喊，给吓傻了，僵在台上，不敢动了。

台下人从今天的气氛中，也猜出暖阁中坐的非等闲平常之人，听王爷一喊，差不多就猜出个八九来。

此时，懿贵妃一看戏搁在那里，唱不下去了，知道是因为自己造成的。自己虽身为贵妃，但毕竟是在外人家里，怕使五王爷下不了台，忙对安德海说：“快去告诉五王爷，这婆子耍得怪逗人的，快赏！”

惇王爷一看贵妃不恼怒反而叫赏，心下对懿贵妃的世故打心眼儿里佩服，心上一块石头落了地。恭亲王对五哥挤挤眼，小声说，“领教了吧？”

惇王爷点点头。

因为贵妃一句话，刘赶三不光免了一顿臭揍，还得了赏。赶紧谢赏，谨慎小心地接着把戏唱完。

该程长庚上场了。他今天的戏是《文昭关》，伍子胥一出场就把懿贵妃给吸引住了。慈禧是个非常懂戏的人，《文昭关》她看过多少遍了，虽都是昆曲和北弋，但像程长庚这样妆扮的行头，别的戏里从来没有过。程长庚的扮相，完全是一副大将军风度，虽然落魄，但气质非凡。又一听他唱，声震屋宇，嘹亮深沉，悠扬婉转，绝非以往所看到过的角儿所能比。尤其是，皮黄，她还是第一次听，比之昆弋，新奇婉转而又不失优雅大气。唱，念，做，都取之于昆弋，而又简约稳重，俗雅并存，动、静得体。懿贵妃真是大开眼界，大饱眼福。边看边小声说：“好！好！好！”

看完戏，她对安德海连说了三个“赏，赏，赏！”

送走了懿贵妃，惇亲王长出了一口气，对程长庚说，“大老板，你的好日子快来啦！”

程长庚不太明白惇王爷的意思，只是从心里感激王爷的夸奖，高兴地连连说，“托王爷的福，托王爷的福！”

敦王爷口占一首词【清平乐】，念道：

金风细细，瓣瓣桃花坠。笙歌细管唱人醉，一曲皮黄堪味。 深宫内院音残，鼓板音韵无弦。贵妃赏我王府，丝竹妙曲天然。

第二十九回
老贤子贤为取宠 上手下手意谋生

懿贵妃偷偷在惇王府看皮黄，是有目的的。她看咸丰皇帝整日泡在愁闷的苦海之中，也为皇帝的健康担忧，是想给他寻一个开心的玩艺儿。看了三庆班的皮黄，他觉得清淳新奇。

她知道咸丰皇上本来就爱看戏，但看的都是皇宫内苑的昆弋，早就腻得没了兴趣，提不起精神来。这皮黄腔儿如此新鲜，一准能让皇上提神儿解闷儿。但是，他不敢直接向咸丰推荐，怕是泄露了私自出宫偷偷看戏的事，让皇上怪罪。

思来想去，她想出了一个主意。她把安德海叫来，如此这般的吩咐一番，然后就去找咸丰皇帝聊天儿拉呱，给皇上解闷儿。

安德海遵照贵妃的吩咐，看贵妃和皇上聊得正热乎的时候，便过来禀报，说惇王府里让三庆班唱戏，打发人送帖子来，请去看戏。

懿贵妃假装生气地说：“看这小安子越来越不懂规矩，看不到我正和皇上说话呢，又来打搅！”

“奴才该死，”安德海假装害怕而又惋惜的样子说，“那么好的戏，我是怕误了主子去看！”

“什么好戏呀，害怕耽误了我们看？”

“是可京城都叫好的，大轴子戏《赤壁鏖兵》。”

听到这里咸丰问道：“可是‘三国’的戏？”

“回皇上，奴才没看过，说不明白。”

皇上又问，“是什么戏班唱的？”

“回皇上，是三庆班。”

“三庆班是个什么班？”

“回皇上，听说是个京城有名的徽班。”

对于徽班，皇上知道是乾隆年间进京的大班，但唱什么腔儿，他不曾听过。又问，“唱什么腔儿？”

“回皇上，听说是唱皮黄腔儿。”

“皮——黄——腔儿”咸丰边自言自语，边琢磨，“这皮黄腔儿，是个什么声调儿？”他忽然想起，前几天延熙给他讲各种地方戏时，曾提起过这个皮黄腔儿。这不禁引起他的兴趣，又自言自语说，“《赤壁鏖兵》肯定是‘三国’的戏。这‘三国’戏，昆弋比较少，《赤壁鏖兵》肯定是唱诸葛亮、周瑜联手火烧赤壁的事，这倒很新鲜。”

懿贵妃听到这里，忙就势插话说：“这么好的戏，五弟府里能唱，咱宫里就不能唱？”她用征询的口气说，“要不也叫他们进宫来唱一唱，让皇上品一品这戏！如何？”

皇上自从听了延熙讲诸多地方戏的影响和功能之后，确实想亲自听一听，看一看地方戏到底是怎么个唱法。便顺口说，“此事，你安排吧。”

懿贵妃一听皇上果然感兴趣，高兴得心里像开了花。回到寝宫，忙吩咐安德海去找礼部尚书延熙，安排三庆班进宫唱戏的事。

宫里唱戏的事，本来是升平署的事，没必要找礼部尚书。但懿贵妃想到，皮黄进宫，这是开天辟地以来头一次。此事是自己向皇上建议的，还是慎重为好。延熙办事仔细，考虑周到，又是掌管礼乐教化的部门，对戏情戏理考察得明白，不至于弄出纰漏。

安德海把此事告诉延熙，延熙听后高兴地半天说不出话来。自从徽班进京，至今已六十多年，经过徽班艺人一茬接一茬的奋斗，更弦改辙，换腔儿变调，借鉴吸收，弃旧立新，冒着禁演的风险，坎坎坷坷走到了今天，终于能得到朝廷的认可，总算有了个名正言顺的名分。真真的不容易呀！想到这里，他不禁潸然泪下，替徽班的艺人暗自高兴。

看礼部尚书这副模样，安德海不禁起了疑心，问道：“我说，尚书大人，咱家可是传达的贵妃娘娘的懿旨，您到底是接还是不接，给咱家一个痛快话呀？怎么抹起苏儿来啦？有难处是怎么着？”

延熙这才意识到自己有所失态，忙说道：

“请公公海涵，贵妃的懿旨下官焉敢不接？下官接此懿旨受宠若惊，故而喜不自禁，怠慢了公公，望乞见谅。”说完，忙命家人取来一封银子，交到安德海手上，“公公辛苦，请回禀懿贵妃，下官一定办好。”

安德海这才洋洋得意回宫复旨。

送走安德海，延熙赶紧找来戏大臣禄喜，把皇上要看皮黄的事告诉他。禄喜听后也惊喜道，“嘿嘿，果然被你说中了！”

“什么被我说中了？”

“你真是贵人多忘事！当年，穆彰阿在家唱堂会，非要看皮黄不可，那时，你就说，说不定哪天，这皮黄就能唱到宫里去呢！这不被你说中了吗？”

“是呀，我还说过，等皮黄唱到宫里，你升官的机会就来啦！”

“那还不是得靠你尚书大人提携吗！”

“皮黄一进宫，皇上自然要提拔你！”

“借您吉言，谢天谢地！”

“先甭谢呢，先安排三庆班进宫之事吧！”

“这个，自是禄某分内之事。我理当尽心尽力！只是，程长庚那里，你还得陪我走一趟，以免有嘱咐不到的地方，出纰漏。”

延熙自从升了礼部尚书之后，由于身份所限，还真没有到过四箴堂，对程长庚也十分想念。正好有此理由到四箴堂看望看望长庚。何况是事关皮黄进宫唱戏的大事，更应该亲自去安排安排。于是便与禄喜便衣同往四箴堂。

延熙和禄喜过去是四箴堂的常客，三庆班的人没有一个不认得的。二人一到四箴堂，三庆班的人一看尚书大人和戏大臣到了，顿时兴高采烈。

程长庚赶紧迎出门外，热情地搀扶延熙进入书房。落座之后，长庚打趣地说：“大人是不是来补喝喜酒？”

不等延熙开口，禄喜忙说，“岂止是‘不’喝？如今三庆班是喜上加喜，要大喝喜酒！”

赵德禄插嘴打趣道：“大喝也好，小喝也罢，反正戏大臣是不掏酒钱的！”

延熙看他们如此亲热，也十分高兴，郑重地说，“三庆班的大喜事真的来了！皇上要看你们的《赤壁鏖兵》。”

“这是真的？”大家不约而同地惊问。

“这还有假？尚书大人是奉了贵妃的懿旨前来安排的！”禄喜认真地回答。

程长庚听后，再也抑制不住心里的激动，“扑通”一声跪在地上，给延熙和禄喜二人磕头，一磕再磕，只是磕头，却不能说话。憋了一会子，才“哇”的一声大哭起来！

对于程长庚这一失态的表情，全班人从来未见过，都闹不清是怎么回事。大家都默不作声地任他痛哭。

对于程长庚的这一表现，唯有延熙最为理解。他知道，自从长庚进京的那一天起，近四十年了，没有那一天不想着弹腔儿翻梢儿，他昼食夜寐都在谋划皮黄翻身，登大雅之堂。他时时刻刻都在实践对江晚晴、米喜子和董师傅的承诺。皮黄戏的命运就是他程长庚的命运。此时此刻，京皮黄终于能进宫给皇上去唱了。这不啻是一步登天，终于要有个名正言顺的名分了。这对于程长庚来说，多半生耗费心血的奋斗，终于要有结果了。

为此，他能不激动吗！能不激奋得号啕大哭吗！

程长庚哭过一阵之后，心情平稳了下来，他抹一把脸上的泪水，小孩子似的不好意思地说：

“让两位大人和大家见笑了。长庚这是高兴啊，为咱三庆班、为咱皮黄戏高兴啊！”

延熙看长庚恢复了常态，说：“皮黄进宫，这是开天辟地以来的第一次。这对三庆班来说，是天大的喜事，也是天大的荣幸。若是唱不好，也是天大的祸事，千万不可造次。一定要准备充分，考虑周详，安排仔细，半点差错都不能出，否则将前功尽弃。”

他这话是说给三庆班听的，也是说给程长庚听的。

程长庚自然知道此事的分量，也听出延四爷话的意思。忙说：

“二位大人只管放心，程长庚知道轻重，一定把戏唱好！但不知是哪一天进宫？”

延熙说：“六月初六。”

程长庚掐指一算：“还有二十天，时间还挺紧张的！”

“要不说你们要快点准备，有什么难处赶紧说话，千万不能误了日子！”禄喜说。

“六月初六，是个好日子，我们保证耽误不了！”长庚回答得很有把握。

延熙和禄喜看三庆班的上上下下很有信心，尤其程长庚信心百倍，就把心放在了肚子里，起身告辞，离开四箴堂，打道回府。

刚送走二位老爷，三庆班的琴师樊景泰，手提胡琴来找程长庚。

“大老板，要进宫唱戏，这胡琴可不能用！”

“不能用买新的！”

“我是说，就根本不能用胡琴！”

程长庚纳闷道：“不用胡琴用什么托腔儿？”

“还用笛子呗。”

“整个京城的皮黄托腔儿都改成了胡琴，这还是你教给大家的呢，怎么又不能用了？”

“反正进宫唱戏托腔儿，我是不敢用胡琴。我还得留着脑袋吃饭呢！”

程长庚更是听不明白：“用胡琴和留脑袋吃饭有什么关系？”

樊景泰认真地说：“用胡琴托腔儿，这不是送上门找着杀头哇！”

“这是哪儿和哪儿呀，说得这么邪乎！”程长庚一头雾水。

“大老板，您是真不明白还是装不明白？您就不知道这胡琴有老弦和子弦之说！”樊景泰的话咄咄逼人。

“这我明白，胡琴两根弦，里弦称老弦，外弦称子弦。这和杀头能连到一起？”程长庚还是不明白。

樊景泰看长庚真的不明白，便把老弦和子弦的演绎述说一番。

当初，皮黄在用胡琴托腔儿之前，梆子之类的戏就用弦乐伴奏。那时的二胡，也是两根弦。里外弦分别叫老弦和子弦。皮黄改用胡琴托腔之后，宫廷有些王公大臣就在这胡琴上做起了文章。说什么这皮黄的“黄”与皇帝的“皇”是谐音，当时正是嘉庆登基做了皇上，乾隆皇帝做了太上皇的时候。皮黄又叫“二黄”。这“二黄”，与那“二皇”又谐音。胡琴的老弦、子弦又与父皇和子皇的“老贤”“子贤”谐音。让这些谗臣们分析起来——这还了得！这“二黄”戏竟敢拿两个皇帝做耍。胡琴经常有断弦的时候，在他们看来，无论老弦还是子弦，是都不能断的。胡琴“断弦”，就是“断贤”，“断贤”就是断皇帝！这岂不是要杀头的吗！在他们的一片谗言之中，嘉庆皇帝遂下了禁唱“乱弹”的诏谕。诏谕中的“声音既属淫靡”，“淫靡”二字主要是对着弦乐而来，其中的含义，只在不言而喻之中。

这诏谕一下，各种戏曲，再不敢用丝竹弦乐托腔伴奏。可是为了生计，唱戏的艺人总得生存，无奈之中，有的改为管乐，如笛子唢呐等托腔伴奏。有的戏托腔伴奏的乐器，主要就是弦乐类，用笛子、唢呐代替不了。那怎么办？总不能不唱戏呀！只好改换乐器的名称，蒙混官场查禁。二胡改称“上手笛”，月琴改称“下手笛”。其实这个指鹿为马的办法，只能临时掩人耳目，查禁的官员也心里明白，睁一只眼闭一只眼，放他们一条生路罢了。

樊景泰把这陈年老话讲述一番，程长庚是既觉得好笑又觉得不能忽视！是啊，嘉庆三年的诏谕还未解禁。进宫唱戏，跟皇上一起看戏的那一帮王公大臣，不管哪一位忽然提起这陈年老话，较起真儿来，那不是自投罗网找着去送死吗！樊景泰的担心，不是没有道理。真为此事闹起来，不光是樊景泰一个琴师的事，而是关系到皮黄命运的大事。想到此，他对樊景泰说：

“樊师傅，多亏了你的提醒。这事，容我好好想想办法，再做道理。”

樊景泰这才拿着胡琴退了出来。

送走了樊景泰，程长庚马上找来卢台子和赵德禄，商量此事。赵德禄觉得，皮黄用胡琴托腔伴奏，也不是三年两载了，这么多年都没人过问，在惇王爷府上唱了那么多次都没事，何况懿贵妃也看过了，还能有什么问题，只不过是樊景泰多虑而已！

卢台子却不这么看，他认为，樊景泰的担心不是没有道理。官场之人，居心叵测，还是小心谨慎为好。

“那怎么办？”赵德禄问。

“这事是懿贵妃让延四爷操办的，咱不能给他老人家惹乱了。还是请他示下，让他定夺才好！”卢台子说。

程长庚也是这个主意。他当下叫备车，赶紧赶往延府。

延四爷听了程长庚的一番话，觉得程长庚虑得仔细，谨慎小心方为稳妥。他想了一会儿，吩咐长庚马上回去取一把胡琴，交给戏大臣禄喜，让他送给安德海，让安德海拿给懿贵妃，看懿贵妃有何反应，再做定夺。延四爷对程长庚说：“这个办法就叫‘投石问路’，问准了路再走，踏实。”

程长庚对延四爷的足智多谋和深思远虑，早就佩服得五体投地。立刻辞别延四爷，回到府上，按照延四爷的吩咐去办。

安德海接过禄喜送来的胡琴，心里就明白了八九。心想，好你个禄喜，你是揣着明白装糊涂，让我去投石问路。他有心难为一下禄喜，不接他的胡琴。可是，又一想，懿贵妃最爱看戏，以后皮黄若能进宫，主子看戏还得找他安德海。自己又不能随便出宫，少不了得靠他戏大臣去张罗。想到此，觉得禄喜这个人情得给他。便笑呵呵地对禄喜说：“放心，赌好吧您呐！”

安德海把胡琴拿到懿贵妃那里，随手拉了一段曲牌。懿贵妃还从来没见过这玩意儿，觉得很是新鲜，便问：“你上哪儿又踅摸这么个稀罕玩意儿？怪好听的！”

安德海说：“这是三庆班儿送给主子，让主子玩儿的！”

“这叫什么？”懿贵妃接过胡琴，摆弄一下问。

“这就是三庆班唱皮黄托腔儿伴奏的胡琴。”

“哦，怪不得他们唱得那么好听哪！敢情用这个托腔儿伴奏啊。”

“就是嘛。以前他们可不敢用。”

“为什么？”

“主子听说过‘老贤’‘子贤’的说法吗？”

“听说过，那跟这玩意儿有什么瓜葛呀？”

“主子您看，这玩意儿就有两根弦，这根里弦就是老弦，这根外弦就是子弦。”

“哦，我明白了，当初就是这个老弦、了弦犯了讳忌，受到查禁。”

“主子您记得真清楚！就为这个，他们才犯了禁。”安德海看看懿贵妃没什么反感，大着胆子问，“三庆班进宫来唱戏，还用这玩艺儿托腔儿伴奏，犯不犯忌讳？”

懿贵妃听到这里才明白过来，“好你个猴儿崽子，拐那么大弯，就为这个呀？”

“奴才不敢，请主子示下明白，他们才敢放心大胆的唱戏呀！”

懿贵妃把脸一绷说；“我告诉你小安子，那是什么年月的老黄历啦，还翻腾个没完。你别拿这个吓唬人家，六月初六唱不好戏，我拿你是问！”

安德海知道主子的脾气，她越是这样对你说话，越说明是对你的信任。他满心喜悦，“放心吧主子！到时候一准儿叫您和皇上看上好戏！”

就这样，那个陈年老话化为子虚乌有，烟消云散了。

对于程长庚和皮黄戏乃至所谓“乱弹”戏来讲，等于是套在脖子上几十年的枷锁给摘除了。

圆明园的同乐园大戏台也叫清音阁，和故宫的寿康宫戏台相仿，都是三层大戏台。这座大戏台，远看就像大殿的楼台。坐南朝北，背后是楼台水榭，正面面对大殿。戏台和大殿之间是一片空场，约有三十步之阔。大殿内设龙座和旁坐，是皇帝和娘娘、嫔妃、王爷落座看戏的座位。大殿两侧的东西厢房，是部院大臣们看戏的座位。大殿与戏台相隔约三十步，不远不近，看戏正好，听戏也不乱不吵，距离正合适。

这三层的大戏台，第一层是砖石底座儿，有一人高低，台上铺设木板，是唱戏的地方；第二层不高，看似回廊，是专为场面演奏的地方；第三层是垂吊飞仙神怪的机关。第一层以下还有一层，是水窖和放置大型砌么、布景的地方。根据剧情需要：喷水、长出莲花、突兀山峰等大型景物，都由地下这一层升起到戏台上。

咸丰十年六月初六，三庆班的皮黄《赤壁鏖兵》就在这里晋唱。

进圆明园，和进皇宫一样，戒备森严，御林军分几道岗把守。三庆班从前门外到圆明园，有五六十里地。戏班子时动身，赶着大车，拉着戏箱、砌末等，人员缕缕行行，相跟在后面，直到辰时才赶到圆明园。御林军对车上拉的，地上走的，都要一一查验。每一个人都要对腰牌，等查验清楚了才放行。

别人都放行了，唯独不放刘赶三。因为他牵着他的“墨玉”呢，人进园唱戏，这毛驴是干什么的？说不清楚。绝对不让进！刘赶三给人家解释说：

“这毛驴也是唱戏的！就跟我一样。”

他的话逗得那些御林军哈哈大笑。越说，越说不明白，就是不让进。赵德禄只好先进去，请出戏大臣禄喜，给人家说清楚是怎么回事，这才放行。

三庆班来到同乐园大戏台，好一番准备，把三箱抬到后台，场面的文武场摆上二楼，上场的各个行当，化妆的化妆，扎靠的扎靠，直到巳时一切就绪。差一刻午时，咸丰皇帝带着贵妃、王爷来到看戏的大殿，文武官员也来到厢房雅座。等落座之后，戏大臣禄喜看安公公一摆手，冲台上说：“开戏！”

此时，台上文武场齐动，《赤壁鏖兵》拉开架势唱了起来。

皮黄进宫唱戏这是首次，《赤壁鏖兵》更是首次。宫里的人第一次看皮黄，听声腔，格外新鲜；看《赤壁鏖兵》这样的大轴戏更是新鲜。

三庆班的角儿们，进宫给皇上唱戏早就憋足了劲儿，一个个都使出浑身解数，卖力非凡。

最卖力的是徐小香。他是带着感恩的姿态来到三庆班的，一来就挑起了周瑜这个大梁，倍感荣耀。何况又赶上给皇上唱戏，更感到荣耀非常。若不是当初程长庚拉自己一把，上哪里去找这样的荣耀！

他吃透了周瑜这个角色，色厉内荏，刚愎自用，又有勇有谋。既有大将军的风度，又有狭隘小人的性情。他的翎子功演到了出神入化的程度，掏、转、抖、涮，耍翎子，耍出了周瑜的气度，让宫里的人看了大饱眼福。

卢台子的诸葛亮，风度翩翩，温文尔雅，足智多谋，演出了诸葛亮的智囊风度。更让人看了觉得有“活孔明”再世之感。

最让人另眼相看的是程长庚。他扮演的鲁肃，无论从扮相到念唱做，无一不是一个“活子敬”的做派。鲁肃是典型的好好先生，既是为了东吴的江山，又是为了与孔明的友谊，还是为了吴蜀联兵抗曹的利益，他对那一方都是真心真意。而那一方都各怀诡谲，他总是被蒙在鼓里，诚诚恳恳地为他人作嫁衣裳，却甘心情愿的遭别人奚落而无怨无悔。他的戏不好做，难就难在个“真”字上。而程长庚，已深解戏情戏理，假戏真做，做得让人拍案称奇。尤其他的唱，脑后音声震殿宇而柔韵饱满，清脆甜美。在圆明园的楼台水榭之间缭绕萦回，让人听后，久久回味无穷。

还有那何桂山扮演的曹操，刘赶三扮演的蒋干，一个个都活灵活现，演得恰到好处。

台下看戏的，一个个都进了戏，看得都呆了。懿贵妃偷眼看一看皇上，皇上也进了戏中，正看得入神，连脸上的表情都在随着剧情变化。她这才心满意足地出了口长气，总算让皇上看了出好戏，她如愿以偿。

戏唱完了，咸丰皇帝意犹未尽，回味着说：“皮黄味纯，腔雅，清新响亮。”高兴得传程长庚到大殿来见，当下封赏五品顶戴。然后又封赏戏大臣禄喜为升平署郎中。升平署郎中，的正名叫“堂郎中”。就是升平署的最高长官，官居四品。

有散曲【双调·殿前欢】唱道：

弦与贤，本无甚瓜葛关联。谗臣争宠瞎乱攒，一派胡言。老弦子弦断，凭谁懂，可怜见识忒浅。愚蠢误国，莫再纠缠！

误国君，丝竹乱耳乱自身。国破家亡死临近，歌舞佳音，权当慰我心。凭谁问，皮黄歌声最劲，宫廷解禁，已成定论！

莫吹箫，京胡伴奏音自高。一生追寻终有了，皮黄翻稍。眼见在今朝。心未了，一统声腔还未好，遥看前路，一步不少！

第 三 十 回

江家班以身殉国
报师恩江边哭祭

正当三庆班在颐和园为皇上唱戏的时候，春台班的班主余三胜病倒了。据请来的一帮郎中说，得的是中风，急火攻心，当时就不省人事了。经过抢救，醒了过来，还是昏昏沉沉的，时清醒时昏迷。

程长庚从颐和园唱戏回来，一听到此信儿，就急急忙忙地赶了过来。他来到胜春堂的时候，正是余三胜昏迷的时候，长庚只在床边陪坐了一会儿，就退出卧房，来到客厅。对余三胜的夫人说："师嫂，师哥的病不能再耽搁了，得赶快找最好的郎中诊治。"

余夫人早被余三胜的突发疾病，弄得乱了方寸。光急得流泪，没有主张。她抹着眼泪说："大兄弟，你来得正好，你快拿个主意吧！他这突然倒下，叫我们孤儿寡母的怎么办呢？"

"师嫂只管照顾好师哥，求医看病的事，交给我来办。"程长庚当仁不让，大包大揽，让余夫人很是感动。

程长庚回到四箴堂，给在保定的董师傅写了一封信。赶紧找来赵德禄，把信交到赵德禄的手上，说，"烦劳你去趟保定，到和盛成找我的师傅董德全。我在保定坐科的时候，得知保定有个刘守庙，庙内供的是明朝名医刘守真。刘守真的后代有个刘庆春，在刘守庙为他祖上守庙呢。这个人，是刘家祖传的名医，医治中风有绝招儿。此人与我的师傅董德全交好，烦请我师傅，去请这位刘庆春，速速来京，为我师哥治病，保全我师哥的性命要紧。"

赵德禄接过信，急急地奔了保定。三天之后，赵德禄把刘庆春请到京城。直奔胜春堂，为余三胜把脉看病，三剂药用过，余三胜就清醒了过来。半个月之后，居然能拄着拐棍拖着身子下床了。

尽管余三胜能拄着拐棍拖着身子走路了，但还是留下偏瘫的毛病，彻底上不了台了。

余三胜病倒的消息，在京城不胫而走，京城梨园界都感到很沮丧。京城梨园的三巨擘一个去世，一个得病，都相继离开了舞台，怎能不令人心寒意冷呢？

尤其是戏大臣禄喜，如今是做了升平署的郎中，对宫廷和民间唱戏的事就管得更多了。梨园少一个大角儿，他这个郎中就多一分困难。礼部尚书延四爷，也为梨园界的伤筋动骨很为伤心。他和禄喜每谈到此事，都感叹不已。

这一天，两人又说起梨园之事，禄喜说：“眼瞅着大角儿像伐树一样，一个个倒了，可皇上看戏的劲头却越来越大。自从看了程长庚的皮黄，他一发不可止，干脆不进宫理政。整天价就不出圆明园，天天调京里的皮黄大班进园子唱戏。听安公公说，皇上正筹备在圆明园里攒一个皮黄班呢。”

“皇上心里的苦处，外边人怎的知道。”延熙忧心忡忡地说，“眼下，英法联军步步进逼，沙俄、德、意、美利坚列强虎视眈眈，要瓜分大清的江山。江南跟洪匪的仗，打得也不顺利，匪患已打过长江。内忧外患不说，他还时时提防六王爷恭亲王的觊觎。国事、家事、天下事，事事揪心。皇上整日就像坐在火盆上炙烤，他现在是无可奈何，只好苦中作乐，聊以解忧而已。”

“哎呀，我的尚书大人，您真像钻到皇上的肚子里转了一圈一样，把皇上的五脏六腑都摸透了。”

“你这话说的没道理，咱吃的是皇上的饭，当的是皇上的差，当然得替皇上操心了！”延熙反驳说。

“我是小鬼不管阎王的事。我只管皇上看戏还管不过来呢！皇上看戏一攒劲儿，懿贵妃、王爷、贝勒们也跟着攒劲儿。这梨园大班儿们轮着伺候他们还忙不过来呢！”禄喜叫苦不迭。

“这不正该着你升平署郎中受宠吗！”延熙揶揄道。

“就你站着说话不怕腰疼，我整天都给弄得晕头转向的！我思摸着让程长庚接了这精忠庙的庙首，让他总领三庆、四喜、春台三个大班。有他盯着这三个大班，梨园的事就省我很多心。”

延熙听了不置可否。说，“这是您戏郎中的事，由您做主。我们可不敢干政！”

禄喜早看透了尚书大人的心思，“您大人也别老端着架子看笑话，我们这是给您商量呢！”

延熙笑笑说，“那您就行使您的职权吧。”

禄喜笑着说，“我这个职权早就让您给篡夺了！”

二人哈哈一笑，事就这么定了。

升平署的行文一到，程长庚就接过了精忠庙的庙首，另外还总领三庆、四喜、春台三个大班。

为了便于管理，程长庚在“总领”二字上做了些文章。他还是主管三庆班，四喜交给梅巧玲打理，春台交给王洪贵打理，他只做宏观指导。

说是宏观指导，毕竟是“总领”。虽是总领这三个皮黄班，可当时这是有影响的三个大班。其他班还不是看这三个大班的动静，唯这三个大班的马首是瞻？这样一来，京城皮黄声腔唱法的统一就顺当得多了。

程长庚从戏码的整理，到台上的表演程式，以及唱腔吐字发音的规整，都进行宏观的“总领”。从此京皮黄，才有了统一的格调。表演的程式，行腔吐字的方法，音乐的安置，等逐步趋于一致，形成京城具有固定风格的一种“地方”戏曲。这种戏，后来被称为“京戏”。

从徽班进京，到程长庚“总领”，经过七十多年的融合、孕育、形成，刚刚有了个固定的形式。

程长庚为此奋斗了将近四十年。他终于实现了江晚晴师傅、米喜子师傅、董德全师傅、延熙老爷等诸位恩师和大人的夙愿，心里稍稍踏实了一些。

但他知道，这只是个雏形，还需要丰富、巩固、提高和发展，今后的路还长得很。

略具雏形的这个新剧种，刚刚有了名正言顺的立身名分，又陷入大清王朝风雨飘摇的动乱之中。

自咸丰十年六月六日咸丰皇帝在圆明园看了皮黄戏之后，只过了四个月，也就是当年十月六日，英法联军攻进了京西皇家的三山五园。

第二日对以圆明园为代表的三山五园进行了血腥扫荡。对园中的宫女，进行奸淫凌辱，对护圆的兵丁人员，进行残酷的杀戮，对园中的建筑、收藏的历代宝物，进行大肆地抢劫和破坏。

为了销赃灭迹，掩盖他们杀戮抢劫和破坏的罪行，于十月十八日，他们开始对三山五园进行放火焚烧。大火映红了京西的整个天空，直烧了三天三夜。

三天三夜的大火，使三山五园，留下一片黑黝黝的秃山荒野，孑立的断壁残垣和遍地瓦砾灰烬。

可惜，清王朝历经康熙、雍正、乾隆、嘉庆、道光、咸丰五朝，近二百余年，用白花花的银子堆砌而成的人间奇观，天下胜景，葬送在帝国主义的一炬之中。

这三山是：香山、玉泉山、万寿山。

五园是：玉泉山的清漪园、静明园；香山的静宜园；还有独成一体的畅春园和圆明园。

畅春园和圆明园的面积最大，最为华丽壮观，而且独具规模和特色。

畅春园在诸园中独具尊严。畅春园是康熙皇帝最早在明朝园林旧有的基础上，修建的离宫。其他几个园，都是后建的，是康熙皇帝赐予皇子们的赐园。

圆明园名字的出处，来源于雍正皇帝的“圆而入神，君子之时中也；明而普照，达人之睿智也。”的观点。

雍正是康熙皇帝的第四个儿子，非常崇信佛教，对佛教的理论有独特的见解。他的这番话，就是他参禅悟道的心得。康熙皇帝将此园赐给雍正，并根据雍正参禅悟道的心得，赐名为“圆明园”。

雍正继位之后，对“圆明园”大兴土木，进行扩展修建。雍正死后，乾隆皇帝御笔亲书“圆明园”的匾额，并继续扩建修缮。

嗣后，这里就成了皇帝京西的别宫，称为“夏宫”。经过雍正之后的各个朝代，相继增修。仿照全国和全世界最著名的园林建筑，按原样搬来园中，园中有园，气势无比显赫壮观。

圆明园比城内紫禁城里的皇宫建筑，规模宏大得多，富丽堂皇得多。西山其他的四个园林，相比之下，就显得较为逊色。因此，遭焚烧之后，人们只以“火烧圆明园”，来代表帝国主义所制造的这场劫难。实际焚毁的面积和损毁丢失的文物，远远超出了圆明园的范围。

咸丰皇帝，是清王朝皇帝中最为荒淫无能的皇帝。按照封建宫廷的规定，他有皇后和妃子，仍嫌不足，整日沉湎于酒色之中。几次从满、蒙两族官宦人家中挑选秀女。还越出大清祖制，从宫外另选汉人女子进宫“承恩”。当时最为得宠的有牡丹春、杏花春、海棠春、武陵春，时人称之为“四春娘娘”。整日在圆明园中陪他饮酒作乐，声色之虞，弄得他神魂颠倒。他无精力，也没有能力料理国家大事。对于帝国主义的侵略，他一味地割地赔款，先后签订了《天津条约》《北京条约》《瑷珲条约》。对于丧权辱国，他不以为耻；对于太平天国，他束手无策，只好交予汉臣曾国藩、李鸿章去处置；对于政治劲敌恭王奕䜣，他假以借重的手法，任其轻率地操办国家大事。延熙说他“家事国事天下事，事事揪心。”那是对他褒扬的违心之词，说他是“苦中作乐”，是说他破罐子破摔的无能无奈之相。其实，朝廷上下，谁都知道他是皇帝中的混混，是无能的昏君。这一点，连懿贵妃都洞若观火，只不过她地位所限，无能为力。唯有意借助皇权，暗作主张，去安排实现她早当太后的梦想。

就在英法联军攻占京西的前半个月，咸丰皇帝还在圆明园中天天看戏，筹划着在园中成立一个皮黄戏班。英法联军攻陷津门并向京城扑来的信儿一到，他便慌乱无主，携带皇亲国戚，近臣亲信，仓皇出离京城，逃到承德避暑山庄。临走还不忘带上个戏班，供他到承德享乐。

圆明园被焚毁之后，他不思回京处置，仍沉湎于声色之中，纵欲自戕，整日喝鹿血补养。由于早掏空了身子，补得了今天补不了明日，第二年七月病死在承德避暑山庄，刚刚三十一岁。

皇帝驾崩，“国丧”之期，一百天不准动响器。当然任何戏都不准唱了。

不能唱戏，程长庚就想趁这空当，回故里省亲。离开故里将近四十年了，说是省亲，不如说是思念故土。他的父母、舅舅都故于京城，家里已经没有近亲可省了。他唯一想念的就是他的恩师江晚晴。他想把近四十年石牌腔变为京皮黄的经历感受和现状，好好与恩师叙谈叙谈，了却恩师一生的夙愿。

主意打定，即日起程。未到潜山，先到了石牌镇。他沿着熟悉的街巷，找到了昔日拜师学艺的江家盐号老宅。可是宅是老宅，已经物是人非。老宅一片颓废破败的景象。问宅里的进出之人，都说，此宅十多年前已卖与一个赵姓大户。没过三年五载，这赵姓大户也破落不支，卖予了散居之户，成了大杂院。问起当年的主人江晚晴，大家都不曾听说。

无奈之下，他只好返回石牌镇街巷，茫然地走到临江街，找到当年被砸场的江边戏台。当年的戏台已经毁坏了，只剩下一个台基，突兀在江边。他下意识地围着台基转了一个圈圈，抬眼往江边望去，只见大江还是当年的大江，江水还是浩浩荡荡的一往无前。

当他回首江边的时候，看到一个人正愣愣地看着他。他看此人，约莫五十岁上下年纪，一脸饱经风霜的皱纹，好像在哪里见过一样。正在他端详此人之时，只见那人大步走了过来，越走越快，几近于小跑，快到面前的时候，那人停住脚步，冲他大声问道："你可是长庚师哥？"

长庚仔细辨认，也认出是当年的师弟一品红。急急趋步向前，一把拉住那人的手，"师弟，是你？"

"师哥，是我，一品红！"

"哎呀，总算找到了一个当年的老人！"

"师哥，师哥，您怎么才回来呀？"

"是呀，一晃四十年过去了，我才回来。"

"师哥，听说您成了京城皮黄的鼻祖巨擘，您还没忘咱这石牌小镇哪！"

"师弟说哪里话来，石牌小镇是京皮黄的根之所在，也是长庚的根之所在。我怎会忘得了这石牌镇！"

"哎呀，我的师哥呀——"说到这里，一品红再也按捺不住胸中的一腔冤屈苦水，"哇"的一声，大哭起来。

长庚听他哭得悲惨，心里也直翻过子。等他哭过一阵之后，说，"师弟，我也有一肚子的话要问你。这里不是说话之地，我们找个地方长谈如何？"

一品红擦擦眼泪，点一点头。

长庚拉了一品红，到镇子街里找了一个店铺，先安排住下，然后让店家准备一桌酒饭，二人边吃边聊。

长庚急切地问道："师弟，江家班的东家，我的师傅现在哪里？"

一品红一听此话，又扑簌簌地掉下泪来，"师哥，说来话长，听我慢慢地给您从头说起。"

自您进京之后，江家班有老爷照看指点，可是火了起来。上到汉口，下到金陵，南到杭州，北到徐州，西到九江，几十年间，这沿江五省，以及太湖、鄱阳湖、洪泽湖，等大城小镇都让咱江家班走遍了。所到之处名声响亮，塞车壅路，争相看咱的戏。

自打这几年，闹起了太平天国，太平军发展迅速，从汉口到金陵，再从杭州到九江，凡我们唱戏的地方，他们都攻占了。战乱之中没人看戏，我们只好回到安庆。结果，安庆又让英王陈玉成攻占了。我们只好回到石牌镇，没戏可唱了，这一大班子人坐吃山空。由于战乱，江家的生意也做不成了。为了戏班的子弟们吃饭，江老爷把石牌镇的盐号和庄园也变卖了。

熬哇，熬。好容易熬到了曾国藩的湘军包围了安庆。江老爷您是知道的，他是识文断字的文人。曾国藩又是文人的偶像，江老爷此时一改不问政事的做法，破门而出，投奔了曾大帅，做了大帅的幕府。他说他头顶的是大清的功名，要为大清国尽忠。

他与曾大帅共商破安庆的大计，他认为安庆是上接汉口下接金陵的要塞。若夺得安庆，湘军就能上阻李秀成，下可顺流而往，直捣太平军的老巢。

可是要攻破安庆，须派一小股人马打入城去，作为内应，里应外合，方可取胜。彼时，曾大帅麾下，还有曾国荃、李鸿章、李翰章、胡林翼等一帮文人。大家听了江老爷的分析，觉得很有道理。就是发愁没有打进安庆的合适人马。

正在大家发愁之时，江老爷挺身而出，自告奋勇说，我们读得三文五典，还不是为了上报朝廷下报黎民！此时，正是朝廷危难，黎民涂炭的时候，当用我之时，大丈夫为国为民何惜性命。我愿带人打入安庆，以作内应。

江老爷辞别湘军大营，回到石牌镇，对戏班的弟兄们说，平时我们唱戏，是为了黎民的教化，是国是。而今国家危难，我们就当挺身而出，共赴国难，也是国是。大丈夫立世，就当为国尽忠，为民效力。当此之时，非我们莫属。

江家戏班的全班人马，没有一个孬种，都愿献身为国。江洪和阮班主当时已近七旬，老当益壮。江洪说，杀鸡焉用牛刀，此事老爷不必亲自出马，我与弟兄们同往，保证不辜负老爷的意愿。阮江远班主说，养兵千日用兵一时，江家养我们这么多年，正是用人之际，哪里用得着老爷们亲自出马。此事交予我阮江远，保证做成大事！

江晚晴很为江家班子弟们的精神所感动。他命江洪把库里的银子悉数拿出来，分给子弟们，让大家先把家安顿好。不愿去的可以不去，这点儿银子足以维持后半生的生计；老弱病残的也可以不去。愿去的，即可收拾戏班的箱具。把戏台上用的刀枪把子，换成打仗用的真家伙，准备过江。

江家班的弟子，哪个心肝不是肉长的，平时江老爷对大家的恩德那个能忘掉？此时，哪有一个怯懦的，一个个精神抖擞，悉听江老爷指挥。

江晚晴老爷也是六旬开外的人了，他一袭长衫，完全一个戏班的领班人模样。只是在长衫的大襟下，别了一把短把的火枪。江洪和阮江远头戴斗笠，身穿紧身裤褂，白髯扶风，格外精神。

江家班百十号人，无一告退，分乘两只渡船，朝安庆进发。

船到安庆，被太平军的守城部队拦住。阮江远上前说，我们是石牌镇的江家戏班，前来慰劳太平军。

一听说是江家戏班，有人早就闻听此戏班名声，赶紧报与头领。头领也不敢怠慢，一面吩咐安顿戏班，一面赶紧报与陈玉成大帅。

正是战事吃紧的时候，有戏班来慰劳，陈玉成将信将疑。传令，让戏班带班之人，进帐问话。

江晚晴老爷亲自进帐回话。

陈玉成看来人六十多岁，一袭长衫，清秀面皮，不像唱戏之人，倒像一个教书先生。陈玉成先发制人："你会唱戏？"

"会。"江晚晴从容的回答。

"会什么戏？"

"凭将军任意点。"江晚晴毫不迟慢地答道。

陈玉成有意考察，"《临江会》如何？"

"我唱关羽如何？"

"就在大帐连唱并做。"

"请将军指点！"

江晚晴抖擞精神，在太平军的大帐内连唱并做，施展数十年的功夫——他练了数十年，却是头一次正式演给外人。

别看陈玉成是一位年轻的将军，对戏还是很在行。他看这位年过六旬的汉子，唱念确实非凡。知道并不是欺诈奸佞之徒。

说："好吧，既是来慰劳圣军，明日在大校场开箱唱吧！"

陈玉成毕竟是经历沙场的战将，虽然同意唱戏，但对这伙人仍不放心。江晚晴将走出大帐，他又将江晚晴喊了回来，

说"为了稳妥起见，必须将领班扣为人质"。

这一招儿，倒是江晚晴不曾料到的。心想，我江晚晴回不到戏班，戏班下一步该如何行动呢？略一寻思，江晚晴对陈玉成说："将军，扣我做人质可以，等我回班里把明天唱戏的事安排妥当，再扣不迟。"

"这个简单，你定戏码，我派人通知他们即可。"陈玉成坚持说。

"那也可以。"江晚晴说，"请告诉他们，明天的戏，唱《战太平》，把我的角色换为别人。"

陈玉成一听唱《战太平》，不禁一愣，觉得这戏选得不吉利。不过又一想，一出戏而已，无可厚非。也未过多的再想，就派人到戏班去通知。

江家班的人，一看老爷没回来，捎来话唱《战太平》，知道凶多吉少。江洪和阮江远一合计，料定老爷是被扣为人质，但当下不会有生命危险。回想他们过江后，看到的太平军大营的情况，这里已经断粮三天了，太平军一个个饿得筋疲力尽。又加上湘军已将安庆城包围得铁桶一般，李秀成的援兵杳无音信，他们自知突围无望，军心涣散，毫无斗志。细细琢磨老爷的话，明日唱《战太平》，暗谐要与太平军打仗。《战太平》一戏有偷袭太平城，攻破采石矶的戏情。这不老爷分明让我们将这一情报报与湘军大营，约定明日动手么！

事不宜迟，江洪马上吩咐一名水性好的武把子，将这里了解的敌情和江晚晴嘱咐唱《战太平》的寓意，泅渡过江，去送情报。

曾国藩接到情报，高兴万分，马上部署明日攻打安庆。

陈玉成也是无奈之下，借戏班安顿军心。第二日便召集部队在大校场看戏。

大校场的观礼台暂作戏台。江家班的人在台上忙活，暗中准备战斗。

陈玉成和一帮将领坐在台下的前排，后面是部队。江晚晴老爷被绑在校场中央的旗杆台基上，高出地面三尺有余。

开戏了，刚刚演到陈友谅进袭太平城，忽听远处一阵炮声，轰轰隆隆巨响，是曾国荃指挥的湘军开始攻城了。陈玉成听到炮声不禁大惊，知道势头不好，赶紧吩咐各头领领兵迎敌。各个将领带兵呼喊，各队人马纷纷乱走，台下顿时大乱。

江晚晴被绑在高处，看得清清楚楚，他立时放声朝台上大喊，“弟兄们，快抄家伙！别让陈玉成跑了！”

他这一喊，戏班的弟兄们，个个抄家伙，跳下观礼台，朝陈玉成杀将过去。

陈玉成的卫兵，赶紧围过来抵挡。陈玉成躲闪到哪里，戏班弟兄追杀到哪里。校场的太平军被这追杀搅动，更乱作一锅粥，人拥来拥去，陈玉成也被推来拥去。

一时，陈玉成被人群淹没了，戏班的弟兄们找不到陈玉成了。

正在寻找之时，江晚晴站在高处，看得清楚，他大声指挥弟兄们，东、西、左、右，紧紧追杀陈玉成。

“陈玉成往左跑了——”

“陈玉成往南跑了——”

“陈玉成往东跑了——”

“……，……”

“……，……”

“……，……”

陈玉成怎么也摆脱不了戏班的追杀。他听到江晚晴的喊声，才知道原来是这里有人在指挥！此时，他才醒悟：是中了戏班里应外合之计。

悔恨，愤怒，丧气之气一齐涌上心头。顿时，他怒由心头起，恨从胆边生。抽出手枪，直奔江晚晴而来。

江晚晴见他怒冲冲而来，更显得一身正气，大义凛然。厉声喝道：“陈玉成，眼看湘军已攻破城池，你现在投降还来得及。赶紧下命令，放下武器，免得厮杀，生灵涂炭！”

陈玉成像一头发了疯的狂狮，嗷嗷叫着直扑江晚晴，大骂道，“奸细，欺我太甚！”举起火枪对着江晚晴“乒、乒、乒、乒”连开数枪。

戏班的弟兄一看江老爷已以身殉国，一个个更加悲愤交加，挥刀向太平军冲杀。

江洪第一个杀到旗杆座下，想从旗杆上解下江老爷的尸身，被身后的一个太平军一刀砍倒，再也没有站起来。

阮江远班主随后，手挺扎抢，冲杀过来，一枪将那位太平军穿个透心。猛不防，被斜刺里杀来的一个圣兵，一刀砍倒，被乱军杀死。

江家班的弟兄，一个个杀红了眼，把个校场上的太平军，搅得如捅了的蜂巢一般。刀枪相碰，人相踩踏，伤的，死的，东倒西歪，乱了阵营。但终因寡不敌众，戏班的弟兄，都倒在血泊之中。

一品红腹部也受枪伤，倒在乱尸之中。湘军杀到校场之后，才得以相救。

说到这里，程长庚再也不忍听下去，他大吼“苍天——，师傅——！师傅们——！”一声声长啸，身子一挺，背过气去。

一品红赶紧将程长庚搂在怀里，揉胳膊，捋腿，掐人中，程长庚才苏醒过来。一品红招呼店小二，一起将程长庚搀到旅店的卧房，安顿他睡下。程长庚像得了一场大病，浑身瘫软无力，昏昏沉沉直睡了两天一夜。

在昏昏沉沉中，他仿佛回到了童年，回到了当年在江家班学徒的时候。师傅，江师傅，阮班主，戏班的弟兄们，一个个都活灵活现地出现在他面前。一想到他们已壮烈捐躯，他的心就像在流血。

在京城，朝廷轰轰烈烈的渲染安庆大捷，朝野上下，人人都知道朝廷打了胜仗。

朝野上下，人人都知道是湘军的功绩。

朝廷视曾国藩为大功臣，赏给他黄马褂；

视曾国荃为平寇大英雄，为他加官晋爵。

可是，在庆贺胜利的任何昭告中，却丝毫无人提及江家班！

丝毫无人提及江晚晴老爷的壮烈行动！

京城上下，没有一个人知道这胜利的取得，还有个大大的功勋人物就是江晚晴！

还有个不被人看重的皮黄戏班——江家班！

还有一帮被排在下九流等次的唱戏伶人！

到现在，程长庚才更清楚地看到，朝廷之中那些官员的红顶子，原来是靠别人的鲜血染红的！

想到这里，他更觉得这是对伶人的莫大侮辱！

这更使他觉得，别人越是想漠视我们，侮辱我们，我们越是要敢于面对，敢于抗争，敢于顶天立地的站立在世上的白眼和蔑视之中。

于是他决定：在临江街当年砸场的戏台台基处，为江老爷，为江家班建一座牌坊。要把他们壮烈牺牲的事迹写上去，把江家班风风雨雨几十年的经历写上去。让这牌坊面对大江，面对世人去述说历史。

在牌坊破土奠基的时候，程长庚在地基的基石上刻上了一行大字：

江家石牌腔之魂

奠基这天，低云漫卷，江风扑面，江水呜咽，默默东流。参加奠基的人，个个神情凝重，严肃庄重。

一品红在基石前点燃三炷香，他一脸肃穆的神情，宣布奠基礼开始。

程长庚一身素服，心情沉重地跪在基石之前，进行祭奠。

面对辽阔的江天，看眼前，想以往，触景生情，他悲情奔放，放开喉咙，长歌当哭：

程长庚跪江天虔诚祭奠，
尊一声师傅您魂灵在天。
你江家作盐商富冠江南，
乾隆爷寿旦日徽剧晋班。
师傅您读诗书世事饱览，
为教化钻戏曲远瞩高瞻。
爱伶人选戏班科班举办，
钻戏曲爱伶人遁世弃官。
施粉墨下科场躬身实践，
带徒弟如子弟面授亲传。
长庚我得栽培受恩非浅，
学做人学技艺如饮甘泉。
德艺成出科班恩未还愿，
师傅您思远虑指路通天。
进京城闯天下仍怀挂念，
投书信与年友暗中通关。
为皮黄得时运遥相呼唤，
京皮黄汉皮黄声声相连。
报师恩长庚我昼思夜叹，
钻声腔取众长融汇关联。
四十载如一日不敢怠慢，
终落得进宫廷名正身翻。
实指望回桑梓报恩还愿，
见师傅感恩情促膝长谈。
哪知道师傅您心怀高远，
为国家投军旅效力军前。
带家班闯敌营军情刺探，
里外应杀敌人捷报惊天。
可惜您报国家忠心一片，
染他人红顶子晋爵加官。
大丈夫立天地不为名显，
壮烈举贯长虹气宇昂然。
江家班不愧您传带指点，
无字碑伶人志青史流传。

江洪爷秉忠心披肝沥胆，
阮班主带科班心血耗干。
众弟兄抱壮志不辞国难，
为国家抛头颅心壮志坚。
这才是石牌腔魂灵体现，
这才是江家班英灵永传。
这才是皮黄腔传承久远，
这才是伶人志浩气冲天。
这才是位卑血热不辞险，
这才是做人做戏人格全。
这才是台上台下为教化，
这才是教化他人己为先。
这才是牌坊铭刻彪青史，
这才是后代伶人有标杆。
这才是梨园品格留风范，
这才是丝竹歌舞万代传。
……

程长庚的唱发自肺腑，痛自心中，一字一板，像剜肉揪心。他是天生唱戏的嗓子，外加脑后音，胸腹共鸣，声音更加洪亮，更加撕心裂肺。直唱得声遏云低，直唱得浪拍水岸，直唱得远山声回，直唱得风啸林喊，直唱得街巷静音，直唱得鸟落平川。江里的行船拢来，路上的行人止步，人们不约而同地围拢过来，观看这奠基的祭奠。听着这哀情凄婉的唱声，不禁都扑簌簌落下泪来。都为江晚晴的大义凛然所敬佩，都为江家班的壮烈行为所感动，都为程长庚的情真意切所动情。

等程长庚祭奠过后，一品红将程长庚搀起来，递给他一把锹，二人铲土，将基石埋住。奠基仪式方算完毕。

二人回到下处，程长庚对一品红说，“师弟，江家班没了，你孤身一人，日子也不好过，不如随我进京，京城的戏班随你挑选，进那个班都行。无论唱不唱戏，我都养你终生。”

一品红说：“师哥的心意我领了，撇下江家班的生存之地，离开这里，我心里割舍不下，我得为咱江家班守好这块根基。”

说到这里，二人又不觉落下泪来。

长庚掂量再三，“师弟说得也是，江家班这块根基，总不能没人厮守。等牌坊修好之后，再在旁边给你造一处房子，你就在这里安家。我每月把安家过日子的费用给你寄过来，也算师弟为我尽一份报答江家班的心意。”

一品红再三推托，说费用不需程长庚来管，程长庚执意坚持，也只好如此说定。

一年以后，牌坊竣工了，一色汉白玉大理石修造。一品红住的房子也建造修整完毕。

按照当时程长庚为牌坊写好的楹联，都镌刻其上。两侧立柱上各书一联。

上联是：江家班顶天立地笙歌弦舞铭教化以身报国为黎民百姓

下联是：石牌调声震寰宇演义春秋集大成黄钟大吕唱皮黄新声

横额联：江家石牌腔之魂

为志此事，石牌镇一个秀才写了一首词，调寄《龙吟曲》：

大江浩瀚东去，天柱山高仰天傲。石牌通衢，自然驿站，迅达远窍。上接武昌，下连金陵，日月同照。养世代豪富，兼济天下，凭回望，任人笑。

一座牌坊凭人吊，有多少、悲壮声啸。石牌腔婉，徽曲含怨，皮黄最妙。优梦太早，昆曲最好，梨园有庙。数人物，哪个与此无关，天曲同道。

第三十一回

回桑梓拒复宗嗣
承兄情续接螟蛉

牌坊奠基之后，程长庚告别了一品红，来到了阔别四十载的家乡，潜山县程家井村。

一听说程长庚回来了，整个程家井都轰动了。程长庚成为京城皮黄的大老板，把父母接到京城享福，这是村里人任人都知道的。何况又被御封为五品顶戴，这消息早就传回了乡里，三乡五里，整个潜山县都传遍了。潜山县近几十年也没出个五品官哪！皇帝赏他五品顶戴，虽不是实官，但也是荣耀。村里人那个不看重？

对于程长庚的回乡省亲，最为关注的有两个人。一个，就是当年与程长庚的父母，定下儿女亲家的酸童生，此人姓陈名世贤。陈世贤得知程长庚回乡的消息，好几个夜晚睡不着觉。因为当年他把程长庚的定亲彩礼退了回去，还写了一首歪诗。当时觉得昂然自得，我一个童生的女儿，怎能下嫁一个戏子！退了婚事之后，好好地叫他高兴了一阵子。整天在人前显出一副不同凡响，高人一头，目光远大的劲头。可是后来听说程长庚成了京城皮黄的巨擘，尤其是被皇上赏了五品顶戴，他差点把肠子都悔青了。

当年退了与程长庚的亲事，赶紧又给女儿寻了一个当地的财主，嫁了过去。哪知女儿的命运不济，没过几年，那财主喜新厌旧，又讨了一房小，把他女儿闪在一旁，也挺憋屈得慌。又过了几年，那财主突发暴病，一命身亡。他女儿一直寡居在家，整天愁眉不展，郁郁寡欢，弄得这陈世贤也背了个包袱。

一听得程长庚荣归故里，这陈世贤就动开了心思。又听得程长庚一直鳏身一人，就觉得当年的婚事还可以旧话重提。当年并不是长庚不同意，而是自己不同意，这么多年长庚未娶，说不定还在想着小女。他翻来倒去的想了许多，觉得不妨再求媒人中间撮合撮合。于是就又写了一首诗：

天河一横隔牛女，
盼得佳婿归故里。
衡阳雁飞传消息，
佳人尚待嘉人娶。

诗书写罢，托媒人送到程长庚手上。程长庚不看此书还罢，一看此书，当年接到退婚歪诗时，受到的羞辱感又复上心头。要不是已年过半百，已历练的老练稳重，还像当年血气方刚之时，他会当着媒人的面，劈手把书信撕得粉碎。他把书信拿在手上，掂量一下，随手提笔，写了一首词：

【贺新郎】奉还陈氏

天地太渺小。多少年，婚事难找，又来凑巧。一片痴心加妄想，总把旧事说笑。买臣前，泼水桶倒。吕蒙正赶斋时节，百里奚，门闩火烤。俱往事，烦自讨。

朽儒羞辱恨未报。旧事提、时过境迁，伤痛未了。欺我伶人地位低，长志砥心出鞘。踞氍毹、老死拉倒。此生赋予看客赏，不回头、自我依然好。莫烦人，且自扰。

程长庚把写好的词，交给媒人带回。陈世贤看罢词章，一脸羞愧，一肚子沮丧，又是一个心眼儿的佩服。他佩服程长庚是个人才，是个人中豪杰，细想一想，自己也不亏，虽然婚事未成，总还是当过五品顶戴未过门的老丈人了。他暗自洋洋自得！

另一个把程长庚的省亲看得重的，就是程家祠堂的族长程祥林。程祥林是程氏第五十二代孙，与程长庚的父亲程祥溎是同辈，是程长庚的远房同宗。程长庚的曾祖是浩义公，其祖父是太清公。排到程长庚这一辈是程氏第五十三代孙。

因为程祥林曾读过几天私塾，算作识文断字的，到他这一辈，他又年岁最长，按着族规，族里就推举他做了族长，成了程氏祠堂的主持掌家。

因为程长庚当了伶人，他认为这是辱没了祖宗，辱没了宗祠。如此显赫的程氏家族，不能因为一个下九流的臭戏子而受到辱没。他第一个提出来要按照族规，从族谱中开除程长庚。程长庚活着不准进祠堂，死后不准进程家祖坟。这就意味着程长庚不再是程氏的子孙，程氏门中永远没有程长庚这个人。

这也是程长庚的父母，接到程长庚被族谱除名的通知书后，相继悲愤含恨离世的原因之一。也是陈世贤撕毁婚约的原因之一。

如今，程长庚被皇上赏赐五品顶戴，省亲回到家乡，虽说不上是衣锦还乡，也可说是荣归故里。这对于程氏宗族可是莫大的荣耀，这倒让程祥林很是犯难。

自大清朝以来，能给程氏门中挣来这么大面子的，就数程长庚了。可就是这么个光宗耀祖的大人物，却让他这个族长给一笔勾掉了姓名，不在族谱之内。程长庚若不回来，还可睁一只眼闭一只眼，不予理睬。而今程长庚这个大活人就来到全村人面前，若还装作若无其事，难免会引起族人的议论。给族人脸上贴金的人回来了，你这个族长放着河水不洗船，这不是太不配当族长了吗！可是如果给程长庚恢复族谱，这是自己打自己的脸，这个话怎么出口？又由谁去说呢？

想来想去，这位族长终于想出一个办法，就是自己不亲自出面，把这个意思说给程长庚的堂兄程闻瀚，让程闻瀚去转达给程长庚。

程闻瀚比程长庚大三岁，他俩是儿时的好友。对程长庚的脾气非常了解。他听明白了程祥林的意思，心想，你族长成也萧何，败也萧何。当初你为要面子，显示自己族长的身价，上下嘴唇一碰就将程长庚开除出族谱。如今，你还是为要面子，又要为程长庚恢复族谱。你这不是拿程长庚当包头布，扯来扯去地来回拉扯吗？让我当这个中间人，给你去捞面子，这不让我夹在中间两面不落人吗！

他想了想，对程祥林说，“论辈分您是我的长辈，论资格，您是族长，您吩咐的事，我当然得去办。但我这个兄弟的脾气，您是知道的，他认准了的事，是一条道走到黑的。恢不恢复他的族谱是族里的事，认不认恢复，是他的事。话我可以传到，能不能达到您的满意，我可不敢保证。”

程祥林说，“中，中，大侄子就看你的了，这也是给咱程家井增光添彩的事嘛。”

程长庚又名闻檄，与程闻瀚是按族谱排的名。程闻瀚用话将程祥林打发走后，心想，“闻檄兄弟几十年才回家一次，兄弟们知心的话还没说够呢，我干吗说这些捅他心窝子的话，去惹他伤心！”

程长庚几十年不回故里，他家的几间破屋早就露了天，不能住人了。他临时住在他的另一个堂兄闻菘的家里。

闻瀚来到闻菘家，哥儿三个正好凑一起说说话儿。说着说着，闻菘就扯到了程长庚当年被开除族谱的事上。闻瀚知道这是捅到了长庚的心口上，就忙用话岔开，可闻菘还是没打住话题。程长庚听了，半晌没有吭气。

沉默了一会儿，程长庚说：“我的两位哥哥，闻檄对不住你们了。我被开除族谱，当时肯定也连累了你们。我是地地道道的伶人，开除我，我不后悔。这条道我是走定了。可连累了你们，着实让弟弟心里不忍。当初，族里觉得我给祖上抹了黑，我却不那么看。我的师傅江晚晴，进士及第，弃官不做，专为伶人着想，躬身氍毹，最后与伶人一起为国捐躯，多么壮烈的行为！他为他的祖上抹黑了吗？他收我为弟子，视我为亲骨肉，我唱戏的本事，我识文断字的本事，我为人处世的本事，我公道无私的性格，都是他传给我的。没有他的教导，就没有我的今天。他是懂得三文五典的世代书香子弟，他给我指的路，我不认为是辱没祖宗，我终身不悔。在京城，还有位延四爷，官居礼部尚书，他从未把伶人当做下九流对待。待我如亲生兄弟，当他闻听我被开除族谱，知道我为唱戏坏了婚事之后，私下里为我买了个姑娘，要明媒正娶的为我完婚。他和我交好，完全是为了梨园的兴盛，为了我所追求的石牌弹腔的翻稍儿，为了京皮黄名正言顺的成为梨园行的大纛。他们的见识远远高过程家井的族长，他们不把我当下九流，我心足矣！我在族谱，姓程，不在族谱也姓程。未伤我毫发！不让我入祖坟也好，我早就想过，我本是浪迹天涯之人，死后哪怕抛尸四野？何况俗话有：何处黄土不埋人！我已对天发誓，今生今世，决不认祖归宗！也免得给程家宗祠抹黑丢人。”

听到此处，程闻瀚顺着话茬接道：“听说族长要给你恢复族谱呢。”

程长庚笑道，“那倒大可不必！出尔反尔，他不怕自食其言，我还怕呢。何必给人留下话柄！我已发过誓言，至死不入族谱，岂能自食其言尔！”

程闻瀚听此言知道劝也无用，听了程长庚一篇宏论，倒很是佩服他的志向和意志。心想他闻檄还是当年的闻檄，真是响当当的汉子。可又可怜他的处境，眼看都半截入土的人了，还是鳏身一人，孤苦寂寞，身边连个侍奉的人都没有，怪着人心疼的。

想到此，他心生一念，说："檄弟，我很可怜你身边无人，如若不嫌弃，就把我的三子过继给你，让他侍奉孝顺于你，为你养老送终，如何？"

长庚听此言，十分感动，却说："这如何使得！我已是族外之人，难道还让侄子跟着我受不得入族谱的冤枉和委屈不成！"

程闻瀚说道："哎呀，我的好兄弟呀，他族长把族谱看得很至重，我们却看那个劳什子轻如草芥。那劳什子是管吃呀还是管喝呀？我们倒是都在族谱，我们还不都是受苦受穷不被人看重！你被开除了族谱，可你却受到了皇封，受赏五品顶戴，回到家来，他族长要给你恢复族谱，还没脸面来见你呢！哪个值重，哪个值轻，这不明摆着！不过，我把儿子过继给你，可不是看重你那五品顶戴，是可怜你年过半百没有子嗣，冷清孤寡无人照顾。"

"如此，哥的一片深情我领了。"程长庚深感堂兄的一片真情，"哥肯舍子为我，我老来得子，得先感谢哥的舍子之恩！"说着，便要给闻瀚施大礼，被闻瀚搀住。

闻菘是个少言寡语的性格。听到这里，忙插话道："闻瀚哥如此仗义，我作为同室弟兄，也不能看着兄弟在外孤身一人，无人照顾。闻瀚哥已把三子章瑚过继给你，你已有祧子。就把我的三儿子章甫收为养子吧，让他们哥儿俩为你养老送终。别的忙我们帮衬不上，这也算我们这当哥的帮衬于你了。"

说话之间，程长庚得了两个儿子，当然喜之不禁。高兴地说，"两位长兄如此厚待于我，算我长庚的厚福！"

说着话，马上掏出银子说，"那就烦劳两位哥哥去操办一番，要行大礼，为我两个儿子办过继手续！"

闻瀚、闻菘拿了银子赶紧去操办。还是闻瀚办事想得仔细。他想，长庚拒绝恢复族谱，没给族长面子，可总得给族长一个台阶，让他下台呀。不然，以后同为一宗，同住一村，低头不见抬头见，总是别扭。于是，就主动做主，请族长程祥林来主持过继仪式。

程祥林一听请他给程长庚过继儿子做主持，也就就坡骑驴，赶紧凑过去当主持。长庚知道这是闻瀚在村里为自己留后路，也就予以默认。见了族长，拱一拱手，一笑了之。

程长庚一下得了两个儿子，欣喜万分，顺口编出四段散曲，名曰《双调・寿阳曲》，随口放声唱来：

合心愿，回桑梓。人间冷暖终得识。不嫌烦恼尚几自已，哪得松绑乐如许。

戴假面，踏摇娘。优孟衣冠好孟浪，一生缘此如梦一场，无怨无悔来世上。

程家井，是故乡，族谱累我谁曾想，那来的许多牵挂望，却原来辱了旗杖。

好事魔，好事多，诸多好事落着我，有了那子嗣续香火，恩记疼我两哥哥。

程长庚此次回乡，收获不小。带了两个儿子在返回京城的路上，路过石牌镇，将修牌坊的事又落实叮嘱一番，留给了一品红修造牌坊和造屋的足够银两。又逗留几日，拜访了几位当地闻名的伶人，调查了解了石牌腔的现状，并相互交流了京皮黄与汉皮黄各自发展的风格，获益匪浅。这才打道回转京城。

偈曰：

无家无我为皮黄，
烟波飘渺奔四方。
一腔唱出千秋曲，
荫庇梨园唱华章。

第三十二回

旦行破门闯新路
四喜更换新掌班

余三胜的病倒，最操心受累的除了程长庚之外，还有一个人，就是梅巧玲。

梅巧玲是余紫云的师傅，余紫云那时年岁尚小，爹爹的病倒，他也急得不知道怎么办才好。他不但帮不上忙，还经常抓着爹爹的手，摇晃着说：“爸爸，爸爸，您这是怎么啦，您不是说等我长大，把咱家的秘籍传给我嘛！我都这么大了，您什么时候才传给我呀？”

他这么问，就像是在余三胜的心口插刀子。他辛辛苦苦大半生，写下的皮黄秘籍，不就是为了传给儿子嘛？可自己病得这种状态，怎么能传得了啊！他原先是觉得儿子小，等再过几年，能理解了，再传给他。可是眼下自己又病成这样，越想越着急，越急就越不利于养病。

余三胜的这种心态，只有梅巧玲最为理解。为了给余三胜减轻这种心理压力，他把余紫云管得紧紧的，尽量不让他给余三胜去捣乱添烦恼。因此，他就在余紫云身上花费了大的功夫。

都说师徒如父子，梅巧玲带余紫云比亲儿子还亲。他干脆儿把小紫云接到他的景和堂，吃、住、学艺，都不离左右。

其实，那时候，梅巧玲岁数也不大，刚刚十九岁。虽然十九岁他已是四喜班的台柱子，是京城皮黄戏的旦角名人了。

梅巧玲原籍江苏泰州。父亲是细木匠，专做精雕细刻的硬木家具。因父早丧，八岁即过继给人家，十一岁被转卖给京城的福盛班当学徒，学昆旦和皮黄花旦。福盛班的班主是杨三喜，杨三喜带徒弟特别苛刻，三句话说不好就棍棒加身。

梅巧玲自小穷苦出身，很知道上进，学戏刻苦认真，进科班不久就很有苗头。因为他长得胖，人们都不称他梅巧玲，而叫他胖巧玲。他身体胖，杨三喜看不上眼，说他不是吃戏饭的材料，把他转卖给了夏白眼。

夏白眼也是唱旦角的，这个人在梨园名声不强，戏唱得马马虎虎，心眼儿却挺黑，只认钱不认人。谁和他打交道，他都得刺人家一刀，而且得多少好处也没够，养不活，喂不饱，是名副其实的“白眼狼”。梅巧玲到了他手上，更不当人看，纯属买来的奴隶，非打即骂，还不让吃饱肚子。

小小的梅巧玲实在忍无可忍，又偷着跑回福盛班，给杨三喜跪着，央求杨三喜，回来学戏。杨三喜这下更有了拿捏胖巧玲的理由。送上门来的贱货，更是不拿他当人。

一天，梅巧玲正在吊嗓子，杨三喜说他发音的位置不对，用戒尺打他的嘴，牙齿打松了，嘴唇都打肿了，血从嘴里流出来，还不让他吃饭，让他在太阳底下暴晒，晒得他浑身冒汗，活活的昏死了过去。

此时，正赶上四喜班的旦角、名人罗巧福回福盛科班办事。罗巧福也曾是福盛班的学徒，不过早已出徒。他知道杨三喜对徒弟的凶狠。看到梅巧玲被晒得昏死过去，就找到杨三喜说情。

杨三喜把眼一瞪说："怎么？你看不下去了？你喜欢他，你养着他得了！"

杨三喜一句话把罗巧福说得火往上撞："师傅，您这话就不对了，你们有生死关书，我养着他，您干吗！"

杨三喜一向是个不讲理的主，"你养着他，关书解除！"

"那我就把他带走！"

"说得轻巧！拿来——"

"什么？"

"他学徒的开销！"

罗巧福伸手从衣兜里掏出一把银子，往杨三喜面前一拍，"钱归你，人归我，从此咱俩不找账！"

大步来到梅巧玲身旁，用手抄起他，往身上一背，就把梅巧玲背回家中，用汤水灌活过来，收为徒弟。

罗巧福比梅巧玲大七岁，刚刚十九岁。罗巧福就这样成了梅巧玲的师傅。

罗巧福是梅巧玲的救命恩人，梅巧玲对罗巧福不光以师傅相待，更是以再造父母相待。二人相处得比亲生父子还亲。罗巧福把全身的本领都交给了梅巧玲，梅巧玲很快成了四喜班的主力旦角。

当年，张二奎与罗巧福唱《赶三关》《芦花河》《三娘教子》等戏，梅巧玲看在眼里记在心里，亦步亦趋。在台下与张二奎陪唱，比罗巧福不在以下，深得张二奎赞赏。

罗巧福青衣、花旦都能唱，而且声音尖细纤巧，很受欢迎，人称"嘎嘎旦"。梅巧玲在师傅的基础上，吸收河北梆子"哈哈腔"的唱法，把"嘎嘎旦"的腔调更进一步美化，唱出青衣的庄重，花旦的俏巧和华丽，更讨人喜欢。

当时，皮黄行当的划分相当严格。同是旦行，青衣偏重于唱，花旦偏重于做。唱青衣的不准唱花旦，唱花旦的也不准唱青衣。罗巧福则有时冒尖，两个行当兼唱或混唱，但单挑青衣或单挑花旦的时候还不多见。梅巧玲觉得，青衣和花旦，同属女子的范畴，只不过身份不同罢了。有什么不能一肩挑随时都唱的？这个界限把演员捆得太紧了。他在师傅的基础上，则跳开这道门槛，破门而出。该唱青衣了唱青衣，该唱花旦了唱花旦。他的师傅罗巧福对他的破门而出，很是支持，但又担心同行们说三道四，将来影响梅巧玲出科搭班。他对梅巧玲说：

“咱吃戏饭的要破行规，得找同行的前辈老人撑腰，不然，破不成，还得砸自己的饭碗。你可私下里拜访一下胡喜禄，如今，胡喜禄是咱旦行的元老了。他要认可了，你就算成行了。”

梅巧玲觉得师傅说的有道理，就去稻香村买了几封像样的点心，大包小包的提着，前去拜访胡喜禄。胡喜禄此时正侧歪在炕上抽大烟呢。正是上劲儿的当口，看来了个毛头毛脑的胖小子，也没正眼看。

梅巧玲一看胡喜禄正劲头上呢，忙把点心放炕桌上，凑上前，用签子给他挑烟泡。这一挑，那大烟泡烧得更旺，胡喜禄吸得更过瘾。等烟泡烧完过后，胡喜禄的烟瘾也过足了。抬眼打量一下梅巧玲，“好俊个胖小子，你有事啊？”

梅巧玲赶紧跪下给胡喜禄请安，“给胡师爷请安。”

“你是——，看着挺眼熟的，就是想不起来，嗨，老了，记性不行了！”其实，胡喜禄根本就不认得眼前这个后生。只是看他给自己点烟泡很有眼力见儿，故意找话说。

“师爷，我是四喜班罗巧福的徒弟，我叫梅巧玲。”

“噢——，你就是罗巧福从他师傅杨三喜那儿救出来的那个孩子？”

“就是我。”

“孩子你可摊上好师傅了，要说罗巧福哇，那可是个好孩子，仗义！救你这事，他办得好，办得好哇！”

梅巧玲赶紧趁着胡喜禄大烟催起的精神头，说明了自己想把花旦和青衣串演的事，“我是特来请教师爷的！”

胡喜禄一听这孩子懂规矩，还特来请教，这话他爱听。高兴的眯上眼说，“小小年纪就想串行唱，有见识呀！当年我也串过行，可是难处忒多呀！”

“多在哪儿呀？”

“孩子，我积半生的体验，就是干咱这行的，没有文化，就忒吃力呀！”

“文化？”

“对呀！孩子你认得字吗？”

“不认得。”

“就是呀，咱吃戏饭的通病，都是从小坐科，师傅只教你练功，教你唱戏，口传身受，举手投足，手眼身法步，吊嗓，拿腔捏调等，教什么样，学什么样，照葫芦画瓢。不教你，你就什么都不会。你想串行，戏情戏理闹不明白，能串好吗？串得驴唇不对马嘴，还不叫人笑掉了大牙！我唱了一辈子戏，我也想串行，可我文化水儿太浅。虽识几个字，是在看唱词的时候，对付着学的。没有文化水儿，串一两句还行，撑死凭感觉串一两出戏，可发展就难了！孩子，我看你挺灵透的，实话告诉你，我不反对串行。但是你得先有资本。”

“资本？”

“就是得先学文化！”

“可戏班里有几个有文化的？我跟谁去学呀？”

“这就得自己长心眼儿，后娘打孩子——暗里使劲儿呗！”

“使暗劲儿我不怕，就是找不到教的先生。”梅巧玲犯了难。

胡喜禄经过与这个胖小子一番交谈，觉得这孩子有灵气，是可造之材。不由得喜欢上了这孩子，“孩子，你要真肯下功夫，我有个朋友，是个大文人，你去找找他，看他能不能帮你认字学文化。”

梅巧玲一听这话，高兴地说，“师爷疼爱，感恩不尽！”

胡喜禄当下找出纸笔，勉勉强强写了几个字，算是一封信。“此人姓谢名梦渔，江苏仪征人，探花及第，官居监察院佥都御史。别看官居高位，对人却一团和气，尤其对咱伶人，更加体恤爱护。你求师于门，他定会教导于你的。”

梅巧玲听到此，高兴得差点流出泪来，“师爷指路点化之恩，徒孙儿没齿不忘！”他接过信，千谢万谢地离开胡喜禄，投奔御史府邸而去。

谢梦渔虽是监察院佥都御史，却没有官场的势力做派，仍保留文人的温文尔雅风度。平时除了处理公务，就是在家埋头诗书琴画，对音律非常精通，也癖好戏曲，对昆曲、皮黄有独到的见解。

这一天他正在家中抚琴独吟，家院来报，说有一个胖胖的毛头小子来访。

谢梦渔听说是个毛头小子，心有不悦，说：“告诉他，我正忙着呢，不见。”

家院告诉了梅巧玲，梅巧玲心想，“胡师爷说您没有官架子，到了这里，就看到了您的官架子。不见我？不见我，我不是白来了吗？总不能白跑一趟啊。”想到这里，他脑瓜儿一转，进了门房，对家院说：“大爷，老爷忙我不打扰他老人家，为报答您的通禀，我给您唱段戏吧。”

“你会唱戏？”

“我坐科就是唱戏的。”

“那敢情好，你会唱什么？”

“您想听什么？”

“就听《女起解》吧。”

这正对梅巧玲的行当，他放开喉咙开唱：

“玉堂春含悲泪忙往前进……”

梅巧玲毕竟是科班练过的嗓子，这一声，把个御史府邸，宁静森严的气氛，扫得干干净净。那声音撕心裂肺，哀婉轻柔，悲愤缭绕，在御史府邸上空回响。拖腔儿还没唱完，谢梦渔已听得真真切切。从声音里他听出此非一般人的喊唱，此人肯定是科班训练有素的伶人。为了看个究竟，他信步来到门房。看唱戏的是个胖胖的毛头小子，知道就是刚才家院禀过的那个人。于是上前问道：“刚才是你要见我？”

梅巧玲乖巧机灵，一听此言，就知道是谢梦渔到了。忙跪倒说：“伶人梅巧玲叩见老爷大人。”

“找我何事？”

“我的师爷胡喜禄，胡老板让我来拜见老爷。”说着，把胡喜禄的信呈上。

谢梦渔打开信看罢，端详了一下梅巧玲，自言自语似的“果然是个有心计的后生。来吧。随我到书房叙话。”

到了书房，梅巧玲抬眼看到满屋子的书柜，书柜里满满的摆着大本小本的书，有线装的，有封套装的，也有散装的，简直看花了眼。左看右看的，都忘了来干什么。

御史老爷看他好奇的样子，说：“说说吧，看我能帮你什么？”

梅巧玲环视着一屋子书，说：“我要读书识字，就想读这许多书。”

他的这种憨态，把御史老爷也逗乐了。“我十年寒窗都没读完这许多书。这些书，是我半生积累才积攒的。读书跟唱戏一样，也得从基本功学起。”

“嗳。……那我就从基本功学起。”

“你认得字吗？”

梅巧玲摇摇头：“不认得。”

“哦，那就先识字。”御史从书架上抽出一本法帖，又抽出一本《百家姓》，“从今天起，我教你识字。先学《百家姓》，我一个字一个字的带着你念。念会了，再练写。这两本书你先拿回去，法帖要一笔一笔仿写，《百家姓》会念了，还要会背。像戏文一样背得流利清楚。三个月之后，拿着写的字来见我时，也要背过《百家姓》。”

当下，谢梦渔就一字一句的教梅巧玲念起了《百家姓》，在御史的书房先上了第一课。

第一课上过之后，梅巧玲想，这读书比学唱戏容易多了！他满口答应“好咪！谢谢老爷教导！”

然后辞别谢梦渔回到下处。

半道上他就买好了纸笔，一到家就招呼余紫云一起来练写毛笔字。

没拿笔之前，总觉得写字简单，毛笔蘸点墨，划拉划拉不就成了吗。等真正拿起笔来，才知道这毛笔并不像想象的那么容易。笔蘸了墨，一抬手，还没等写，墨已经顺着手指流到了手掌，再一翻手掌，墨已经顺着手腕流到胳膊上，刚想抬胳膊擦一擦，墨又顺着胳膊流到脊背上，一个字没写成，自己倒成了一个墨染的钟馗。刚放下笔要擦擦身上，纸上又涂了一个大墨点。弄得手上、身上、纸上、桌子上都是墨。

这一体验，可使梅巧玲服了气。敢情这文人也不好当啊！要长点学问，还非得下苦功夫从头学起不成。

从此他放稳了心态，扎扎实实，一个字一个字的认真练起。越练越上劲儿，三个月未到，还真写出了一张张仿影字。对谢老爷给的《百家姓》，他像唱戏练功一样，起早晚睡，认《百家姓》，念《百家姓》，背《百家姓》。不到一个月，《百家姓》就背得滚瓜烂熟。可是那上面的字，有时单独拿出来就觉得生，更不会写。他又一个字一个字的单独认，单独写。认读、书写，终于都掌握了，这才放了心。

离上次求见谢老爷不到三个月，梅巧玲带好描红的仿字，拿了《百家姓》的书，又来到谢府。

谢梦渔还真像教书先生一样，拿过梅巧玲的字，用朱红毛笔，一个字一个字的圈圈点点，给他讲哪笔写得好，哪笔写得笔锋不对。之后还让梅巧玲把《百家姓》顶在头上背了一遍，之后，又抽出单字认写。

正在此时，家院进来将谢梦渔拉到一边，小声地说："老爷，中午还没米下锅呢。"

谢梦渔小声说："前天不是刚买过米么？"

"府里这么多人，那点米早吃完了。"

"你去翻翻我的衣箱里还有一件大褂，拿去当了。"

"哎呀，我的老爷，那件大褂上次早当了。"

"看看太太那里还有什么可当的？"

"老爷，太太那里值钱的东西都当完了。"

"这——"谢梦渔用手搔起了头。

尽管他们两个说话的声音很小，可是全让梅巧玲听到了。他顺手从衣兜里摸出一个银锞子，拿给管家，"大爷，先拿这个去买米。"

"这可使不得！"谢梦渔急忙阻拦。

"谢老爷，您就别外道了，人总不能扎上脖子不吃饭吧！"梅巧玲说。

"可是我一个堂堂的御史，怎么能用你的钱！"谢梦渔一副不屑的样子。

梅巧玲也不客气："我的大老爷，您别看您是堂堂御史，您那俸禄多，可开销大呀，府里府外，这么多人吃马喂，您那几个钱够干什么，何况您又诗书琴画的，只要喜欢就买，尤其那些金石古画，从不问价，又不讨价，那样花法，能不寅吃卯粮吗？"

谢梦渔被他一席话说得没了词儿。是啊，自己过日子从来没有算计过，发了俸禄，可着劲儿的花，不够了再借，借不到就当，日子就是这么过来的嘛。可是他觉得，无论如何不能花一个伶人的钱，又要发话阻拦。

梅巧玲一下急了眼，说："御史老爷，我来拜您为先生，是看您为人耿直，礼贤下人，如今您如此看不起我们伶人，文化我也不学了，下次我也不敢来了！"

"后生，不是的呀，我不是这个意思，我是说不能谁的钱都花呀！"谢梦渔越想解释越说不明白。

"不能谁的钱都花，可我是您的学生，这钱是可以花的！"梅巧玲说得口气很硬，没有回旋的余地。

"可你是个伶人呀！"谢梦渔言不由衷地说出口。

"我是伶人，我就是个伶人哪！可我的钱是靠我氍毹上的本事挣来的。我的钱是干净的！"

"不是的，不是的！我没有别的意思。我是说你们挣来的是血汗钱，不容易呀！"谢梦渔驳辩着说，"我收你为学生是不计报酬，心甘情愿的！你学了文化，唱好戏，那也是我的心愿哪！”

“我给你买米的钱，也是心甘情愿的呀！”梅巧玲也回辩着，“您有了饭吃才能教我呀！”

“啊，啊，……”谢梦渔又被说得没了词儿，“这……，既然如此，你的钱我可以用，但必须是借，要写借据。否则，一个子儿我都不用！”谢梦渔话说得很绝。

“写借据就写借据。”梅巧玲看这位老爷的学究脾气很执拗，也只有退一步，按他说的办。

通过这次，他和御史老爷硬碰硬的交涉，真正见识了这位官老爷的品格。两个人的脾气相投，从此之后，两个人才真正结成了良师益友。

梅巧玲在这位老爷身上，学到了做人的道理，也学到了高深的学问。经过密切的交往和学习，梅巧玲的诗词写得工对严谨；他的“八分书”隶书写得刚劲规整；他还从谢梦渔老爷手上学了一手绝活儿，就是鉴定古玩字画；学得更多的还是音韵节律，宫商角徵羽之类音律，掌握得特别准确精熟。他与这位年已七旬的官老爷结成了忘年交。文化修养的提高，也造就了他皮黄艺术的提高。

他的为人和艺术上的成就，梨园界有口皆碑。程长庚也看准了这一点，才让他掌管了四喜班。

他艺术上的成就，也带来了他经济条件的改善，在李铁拐斜街购买了居所，取名“景和堂”，年轻轻的就做了“景和堂”主人。

有文人写词【青门引】赞道：

学问凭自省，程门立雪坚定。好学执信遇先生，礼贤下士，蒙德高望重。 悬梁刺股追梦景，梦圆心更动。数观破晓残月，收拾书案茶已冷。

第三十三回

跑外帘单刀娶亲
为命案看家护院

余三胜病倒了，一时半会儿还不能完全自理，只能拄着拐棍在院子里蹭着活动。谭鑫培这个徒弟，每日里过去陪师傅聊聊天儿，帮师傅排遣寂寞，打发时光。三庆班这边，程长庚回乡省亲，由卢胜奎主持戏班日常各项事务。谭鑫培进班时间不长，派不上主角儿，只是跑个龙套，打个下手儿。又赶上国丧，不让动响器。时间一长，小伙子就不免心生腻烦，觉得不如在乡下粥班那会儿待得有劲儿。粥班天天有戏，甚至一天三开箱，场场有自己的戏。不管什么行当，他点到就上。唱戏的，只要有戏唱，不管挣钱多少，就觉得充实，活得有劲儿。

就这么天天从胜春堂到三庆班，再从三庆班到胜春堂，这小伙子实在跑腻歪了。于是就找同伴中要好的朋友，商量着干点什么。他在三庆班最要好的朋友就是何桂山，何桂山在家行九，又名何九。这何九，与谭鑫培年龄相仿，两个人很投脾气，因此二人是无话不谈。

说到待得腻烦时，何九说："腻烦了咱就到乡下去活动活动呗！"

"你是三庆班的名净，能离得开吗？"

"什么名净不名净的，这年月，离了谁也照样日出日落。我不上戏，无非是不得份子钱。何况，现在无戏可唱，我早想到乡下去滋润滋润了！"

"什么滋润，是吃苦，乡下的粥班可苦啦！"

"别吓唬我，我又不是没在粥班混过，当年我在保定粥班唱戏的时候，顺着大清河上上下下都唱过，什么景儿没见过？那白洋淀，一片水乡泽国，北国江南，那才叫个美！……"

"既然师兄什么阵仗都经过，"谭鑫培打断何桂山的美好回忆，"那咱就再去试试。"

"试试就试试。"何九也不含糊。

俩小伙子说走就走，第二天就跑到了遵化的马兰峪，找到了谭鑫培当年所搭的戏班。

乡下的粥班，不管国丧不国丧，戏照唱。戏班管事的看谭鑫培又回来了，还带来个大净角儿，当然高兴，每天给他们俩派戏。这俩小伙儿天天有戏唱，虽累，虽苦，但却不觉得憋屈得慌了。管事的也给他们开戏份儿，尽管比三庆班低，但手里有了零花钱，也活泛多了。哥儿俩闲暇之时，也喝个小酒儿，觉得日子过得挺开心的。

到了马兰峪戏班，谭鑫培又和他那没过门的大舅哥侯廉在一起了。平时就主动亲近亲近，有时他和何桂山喝酒，也拉上他。可是这侯廉，这次和上次相见大不一样。总是躲躲闪闪的，说话也吞吞吐吐，这让谭鑫培觉得很不对劲儿。于是，私下里拉了侯廉问话。

"大哥，家里有什么事么？"

"没，没……有……哇……"

"大哥，咱很快是一家人了，有什么事别瞒着我呀。是不是有什么为难着的不痛快事呀！"谭鑫培十分关切的一再追问。

这侯廉也是老实人，他经不住谭鑫培一再追问，就吞吞吐吐地说，"你和妹妹的婚事……"

"怎么啦？不是我家聘书、定亲礼都下了，亲事已经定下来了吗？"

"家父家母……，有些……不情愿了。"

"什么？要悔婚？"

"就是……那么个……意思……"

谭鑫培听到这里，火暴脾气顿时就上来了，"悔婚？岂有此理！婚姻大事，怎能当儿戏，说悔就悔！"他劈手揪住侯廉脖领，"你今天要给我说清楚，不然，我与你没完！"

侯廉是个胆小怕事之人，他把脖子一缩，对谭鑫培说："兄弟……，这不关我事，……都是家父的主张！"

谭鑫培把侯廉一丢，说，"那我就去让你家老爷子给说个明白！"说完，大步走去。

谭鑫培独自回到下处，换了身夜行的衣服，将一把钢刀斜背身后，直奔玉田县侯家集村。

来到侯家集村，已是第二天申牌时刻。谭鑫培也不管他什么时刻，径自推开侯家柴门，闯入院内。

高声喊道："有人吗？"

听到有人喊，出来个老太婆，问"找谁呀？"

谭鑫培把眉头一皱，"找你和老丈人！"

"你是？"老太太眼神不好，仔细辨认，方看清是没过门的姑爷，看他气势汹汹的样子，有点害怕，忙朝屋里喊："老头子，姑爷找上门来了！"

老头儿，毕竟是在外见过阵仗的人。一看谭鑫培的气头不对，忙上前，换上一副亲近的面孔说道："呦，是姑爷来了呀，赶紧屋里请，屋里请。"

老头又吩咐老太太赶紧烧水沏茶。

谭鑫培来到堂屋内，也不落座，说："听说，您二老要悔婚，我特意来问问有没有这么回事？"

老头支支吾吾,“他是,是这么回事,是,是,是闺女有想法,不大乐意……”

老太太也凑过来,“是……是……闺女不同意,我们又怕,怕过了门,……姑娘受……委屈……”

谭鑫培听到这里,也不作声,拔腿奔了里屋。玉儿在里屋,正侧着耳朵听他们说话,猛不防闯进一个人来,倒下了她一跳。

谭鑫培说:“不用害怕,我就是你那没过门的女婿谭鑫培。咱俩的婚事你想必早就知道了,是你不同意了吗?我就是来弄个清楚!”

说着,他抽出钢刀往炕桌上一插,瞪着玉儿:“如果你想悔婚,我也就不回去了。咱俩就一起用它来说话!”

玉儿一看这阵仗,反倒没了一点儿害怕的样子,落落大方地说,“既然你来了,咱就当面锣对面鼓的说清楚,你也不用拿这个刀哇枪啊什么的,说些个没用的话!”

她这话,倒让谭鑫培觉得自己的举动,莽撞了些。但他仍不改变虎虎的劲头。

“我既许配给你,就没想过不嫁给你,嫁鸡随鸡,嫁狗随狗,这是自古的规矩。我活着是你的人,死了是你的鬼。你娶得起我,就派花轿来抬。娶不起我,就明说穷得娶不起亲,我情愿自己投奔过去,跟你去要饭,也决不会反悔!”

“那你父母刚才还说……”

“行了,亏你也是个大男人,你是娶我,不是……”

“打住。如此说,我今天就带你走,咱进京城完婚,你走是不走?”

“别说是京城,就是天边儿,我也跟你走!”玉儿的话更加坚定。说完,玉儿就下炕,开始收拾衣服之类,打点行装。

他们俩的话,两位老人在堂屋听得清清楚楚。一看生米都煮成熟饭了,还说什么?

老头拉了老太太忙凑进屋里来说话。

“姑爷,”老头说,“让玉儿收拾收拾,来来来,咱到堂屋喝茶。”

谭鑫培这才拔下钢刀,重新背好,来到堂屋落座。

老头过来小心地赔着说话,“姑爷,刚才可能有点误会……,我们不是想悔婚,是看你们下了婚书,迟迟不来迎娶,……觉得是不是有什么变故?……”

谭鑫培听到此处不大高兴,“岳父若说此话,就有点不通情理了。婚姻大事,经过三媒六证,婚书聘礼都下了,就等着择日完婚了,怎么就有什么变故!这是如何看待我谭家,难道我谭家是背信弃义,不讲道理之家么?”

“要不说是误会呢!”老头赶紧赔着笑,斟茶续水。又忙吩咐老太太,“他娘,去街上割点肉,姑爷轻易不上门,俺翁婿俩要喝两盅,好好唠扯唠扯!”

谭鑫培一看,老丈人已然回了头,自己的火气也就消了。把身上的钢刀解下来,脱去外衣,走了一宿零半天的道了,刚好坐下来,也放松放松。

直等到老丈母娘把饭做好,与老丈人痛痛快快地吃了一顿酒饭,这才带了玉儿一同回京城而去。

二人高高兴兴回到京城，一到家，熊氏一看儿子把媳妇带回来了，高兴得不知道怎么好了。忙求邻居去告诉谭志道，让他早点回家。又忙着收拾房间，让儿媳妇坐下休息。

玉儿是勤快惯了的乡下姑娘，哪能坐着等婆婆照顾自己，早挽起袖子帮婆婆操持起来。婆婆看儿媳妇如此勤快利索，更是乐得嘴都合不上了。

谭志道一到家，看儿子把媳妇都领到家啦，赶紧张罗，招呼朋友、邻里、三庆班的弟兄们来喝喜酒，当天就拜天地入洞房，办完了儿子的婚事。

谭鑫培把媳妇娶到了家，父母心上的一块石头落了地。他自己也有了家口，心里也踏实了。三天过后，他要告别父母、妻子，重返马兰峪。

谭志道说，“你还是安心在三庆班等等看吧，不然怎么对得起大老板？”

谭鑫培说：“我如今有了家口，更不能只吃老子的饭了。我先挣点钱，回来再好好报答我的师傅。他老人家疼我，不会怪罪我的！”

谭鑫培告别父母、妻子，回了马兰峪。

谭鑫培回到了马兰峪，何桂山过来问他：“这几天你不在，偷偷摸摸的干什么去了？”

谭鑫培笑笑说：“回了趟北京。”

“干什么去了？也不叫上我？”

“嘿嘿，这个事，不能叫你一起去。”

“为什么？什么事还能背着我？”

“娶媳妇去了。你能替我吗？”

“真的？”

“这我还能骗你！”

“哦，我说怎么看着你脸色发青呢，敢情是累的！”

“去你的，今晚我请你喝喜酒。”

“这还像个朋友样！”

晚上，二人唱完戏卸了妆，来到一个农村酒肆，俩人要了一壶酒，一盘花生米，慢慢地喝，慢慢地聊。

第二天，他们还要赶到五十里外的东陵卫村唱戏。早晨起来，谭鑫培到镇中的饭铺买了几个小米面窝头，窝头里塞了点老咸菜条，用布包了，揣在怀里，叫醒何九，俩人赶路。路过东陵的时候，已是巳牌时刻。二人觉得肚子有点饿了，就在陵道的树荫底下坐下来，掏出窝头，一人一个啃起来。

那年月，能吃上小米面窝头，那就是享受了。何况还有咸菜，这哥儿俩甭提吃得有多香。

这里正吃得香的时候，打道边儿的另一方向的上风头，飘来一股臭味。二人顺着飘来臭味儿的方向看去，只见一个护陵的清兵正在草丛中提裤子。原来是那小子刚拉了屎，这两人觉得这个晦气！

谭鑫培把嘴里嚼着的窝头“啪”的吐出来，随口骂了一句“恶狗乱拉屎，真他妈的丧气！”

二人窝头也不吃了，站起来要走。

那个当兵的系完裤子，朝他们走了过来。谭鑫培的话他听到了，他不提这茬儿，把胳膊一伸，拦着说：“别走！”

谭鑫培是个火暴脾气，看他要找茬儿，就迎了过去，“干什么？”

“干什么？这陵地是不管什么人都随便乱占的吗？”

“我们只是路过，在树底下吃点干粮，也算乱占？”

“不算乱占，你请示过谁了？”护陵的清兵，在这一带欺负老百姓欺负惯了。谁在陵区路过或者捡柴打草什么的，他们都找茬儿敲诈点零花钱。

这个当兵的今天选错了主儿了，正碰上谭鑫培这个愣头小伙子。谭鑫培年轻气盛，又没遇到过这种事，不懂得花钱打点，不吃他这一套。

二人说着话就嚷嚷起来。这个清兵这两天正闹肚子，拉得浑身没劲儿，他一看惹不起对面这小伙子，不敢动手，就吹起了牛角号子。这一吹，护陵的清兵呼啦跑来了一帮。

拉肚子的清兵一看来了帮手，胆子大了，就来拉扯谭鑫培。谭鑫培哪里让他来拉，用手一推，那小子身上没劲儿，脚下没根，往后噔、噔、噔退出好几步远，一个倒仰摔倒了。可巧，后脑勺正磕在一块石头上。那脑瓜像磕鸡蛋一样，“啪”的一声就磕了个洞，当下蹬扯几下腿，就气绝身亡了。

涌过来的清兵，呼啦将谭鑫培他们二人围住，一起动手，拿住绑了起来，押解到遵化州衙。

知州姓李，也是个戏迷。平常谭鑫培在遵化县城唱戏，这知州是常客。他成了谭鑫培的捧角儿的，一来二往，二人就成了朋友，经常来往。

李知州一看，是谭鑫培出了命案，也不敢怠慢，赶紧让护陵的清兵写了一纸证词。并让杵作去现场进行验尸，还让巡捕房去勘察命案的现场。李知州把这出事的前因后果及现场情况一一核对。觉得这命案出得蹊跷：这证词中说，谭鑫培二人企图盗陵，被发现后，拒捕反抗，动手杀死护陵清兵。

可是，验尸报告写得明明白白，死者身上他处并无任何伤痕，只是后脑头颅有磕碰伤洞，是后脑头颅着地，磕碰在石头上重创而亡。

现场勘察，也并无发现现场打斗、踩踏痕迹，只有路上的多人脚印。

证词和验尸报告，现场勘察报告，完全不符。

经审问谭鑫培和何桂山二人，二人所说完全与证词是两回事。

李知州听了二人的供诉，断定谭鑫培是冤枉的。

可是，护陵的清兵总管，那拉贝子却一口咬定，是盗陵拒捕杀人。盗陵是死罪，杀人偿命也是死罪。那贝子严令一定要重判。

李知州哪里惹得起那拉贝子，他明白，那拉贝子是想借此敲一笔竹杠。就表面上喝令将人犯严加看管，暗地里对谭鑫培说，赶紧给远在京城的家里送信儿，想法子打点那拉贝子，开脱放人。

谭鑫培恳求李知州，给家里写一封信，把这里的情况说清楚，并拜托他派人找来侯廉，让侯廉速速进京送信儿。

侯廉连夜进京，来到谭家。全家一听这个信儿，顿时像炸了窝一样，熊氏哭得死去活来；谭志道急得团团打转，干瞪眼，没主意；侯廉傻呆呆的像根木头杵在那里说不出话。玉儿先是哭，之后倒冷静下来。

她把公爹拉到一边，“家里出了这么大事，咱自己也承受不起，赶紧找个明白人想想法子，先救人出来要紧。”

谭志道这才忽地明白过来，想想，大老板省亲刚刚回来。便拿了李知州写的信，拉了侯廉急匆匆来到四箴堂。

程长庚听了这个信儿，也吃了一惊。他打开信认真看过之后，派人找来卢胜奎、赵德禄、徐小香等人，大家一起想办法。

徐小香说：“大老板的高足，惹出事来，大老板应该担承。”

赵德禄反驳道：“大老板叫大家来商量，又没说不担承啊！”

卢台子不吭声，拿过李知州的信认真地看，看了一遍又一遍，又详细问了侯廉谭鑫培他们的现状，慢慢地说：“谭鑫培现在遵化州牢里看押，有李知州关照，不会受多大委屈，志道老兄不必过于牵挂。谭鑫培杀人肯定是冤枉的，他们二人供诉的情况尽管合情合理，但无证人，也无证据。尽管有理，官司也不好打赢。”

听到这里，大家都有点紧张。你看看我我看看你，觉得有道理，但又没办法。

卢台子说，“据验尸报告所说，死者是磕碰而死，又是怎么磕碰而死，没有说清楚，这是个疑点。可以从这里想想法子。”

“台子老兄，你就别卖关子了，有什么法子你就快说吧！”徐小香听得有点着急了。

“我看分两步走。”卢台子不紧不慢地说，“在京城托门子，找那拉贝子放人情，不紧追办案；我去趟遵化，摸一摸那死者的真实死因。然后再看下一步怎么办。”

程长庚听后说：“胜奎老弟的主意很好，就先照你说的办。花钱的事，由我包了。”

谭志道说：“那怎么使得？”

程长庚说：“怎么使不得？谁让他是我的徒弟呢！”

谭志道千恩万谢，赵德禄说，“回来，好好教导教导你那好儿子就行啦！”

卢台子一到遵化，先拜见了李知州，全面了解了案情。又通过李知州，了解了死者周围的士兵，闹清了他闹肚子，拉稀拉了好几天了的情况，并取了书面证词。然后，又到街上找到给死者看病的郎中取证，还到药店抄回了取药的药方。

这一切，都准备妥当之后，卢台子在遵化等待程长庚打点那拉贝子的消息。

在京城，程长庚亲自去了趟惇王府，拜请惇王爷给护陵的总管那拉贝子，写了一封信。那拉贝子看了惇王爷的信，只得自认倒霉，没敲诈了钱财，反而白送惇王爷个人情。

卢台子在遵化，看京里京外都办妥了，才告诉李知州，可以依实情审判落案了。

案子落明：护陵清兵因病四肢无力，被摔倒身亡。因谭鑫培推搡而至，承担死者的丧葬费用和家属补偿费用。如此，推翻了“盗陵杀人”大案。谭鑫培和何桂山免去死罪，当场释放。

落案之后，李知州还款待卢台子、谭鑫培、何桂山一顿酒饭。谭鑫培、何桂山十分感谢卢台子百里解救，感谢李知州牢里关照和从实审判。

李知州通过此事，倒与梨园结下了一段深厚的情缘。

案子办妥了，卢台子就要回京，他对谭鑫培和何桂山说：“跟我一起回去吧，大老板挺惦念你们小哥儿俩呢！”

何桂山说：“闯这么大祸，大老板还要我们吗？”

“这是什么话？”卢台子说，“要是不要你们，大老板干吗还亲自到惇王府，舍财舍脸的为你们去求情，干吗还让我百里之外，来为你们据理审判！你们知道吗，死者的丧葬费，家属赔偿费，都是我来时，大老板早就想到的，把钱提前给我，叫我带来的。”

“那我就回去。”何桂山说，“回去好好唱戏，好好报答大老板！”

谭鑫培看看卢台子，不好意思地说：“卢大爷，您回去给大老板和我爹带个话，我是没脸回去了！”

“那你想怎么办？”卢台子吃惊地问。

“闯这么大祸，不管怎么说，都是给三庆班抹了黑。这还不算，我师傅为我托人，人情钱不说，还把死鬼的丧葬费、补偿费都掏了。我就这么两手空空回去，我还是人吗？我要挣钱，挣不到钱，我永远不回去见他老人家！”

“好小子，有男子汉的骨气！”卢台子拍拍谭鑫培的肩膀，“有这份报恩的心就行了。你师傅的为人尽人皆知，别说是你，就是外人，他也会慷慨解囊的！回去好好干，就是对他的报答！”

“不！”谭鑫培倔强地说：“师傅仗义，我不能不仗义，我一定要对得起师傅！”

卢台子看谭鑫培执意不肯回去，也只好带了何桂山，赶回三庆班。

谭鑫培送走了卢台子和何桂山，独自一人却犯了难。因为命案，再回马兰峪的戏班是不可能了。再搭别的戏班，一下子又找不到合适的，下一步怎么办？还真没了着落。

正在为难之时，只见一队镖车在大街经过。他无意之间，瞅了瞅押车的镖队，可巧看到一张熟悉的面孔。那人也看到了他，上前来就是一拳头：“嘿，小个子，不好好唱戏，在这里瞎逛荡什么！”

原来，这人就是他在金奎科班时的师兄弟，大个子狗刨。这狗刨生得傻大黑粗，练功总是练不到家，教师爷说他不是唱戏的材料，没等出科，就把他介绍给一个镖局，专干押送镖车的勾当。别看他学艺不成，练武把子学的那点功夫，踢腿，亮掌，伸胳膊撩腿，在外行看来，还很蒙人。他本人也觉得干押镖这一行挺自在，不用吊嗓，不用背词儿，跟着镖车，吊儿郎当，倒挺舒坦。

他看谭鑫培在这儿闲着没事干，就给押镖车的头儿说：“叫他来押镖车吧。”

镖头儿看谭鑫培生的身材瘦小，摇摇头，“就他？押镖？还不让贼寇一脚踢飞了他？”

谭鑫培说：“师傅，嘴上留点德呀。”

“呀，你还不服气？”镖头儿挑衅性地，“不服？比试比试？”

谭鑫培轻轻一笑：“来吧！”

那镖头，生性好斗。一听这话，轻蔑的一撇嘴，把身上的衣服一甩，亮一个姿势就扑了过来。谭鑫培看他来势汹汹，身子往旁边一闪，就势来个顺手牵羊，说声，“走吧您呐！”

镖头因冲劲过大，又加上对方的顺势一甩，脚跟难以收住，往前噔噔跑出好几步，一个前扑，趴在地上。

谭鑫培赶紧走上前，把镖头搀起，说声：“小弟冒失了！”

镖头不但没恼，反而高兴的一个鲤鱼打挺，跳了起来，“果真身手不凡！如此，就跟着我们押镖车如何？”

谭鑫培看这镖头还挺仗义，自己正没着落，心想，跟着押镖，先挣口饭吃再说。于是就一口答应下来。

狗刨一看谭鑫培答应下来，自己的小伙伴又与自己在一起了，高兴得嘴都合不拢了。镖头看谭鑫培虽然个子小了一点，但很机灵，身上又有功夫，格外喜欢他，二人很快就说到了一块儿，成了哥们儿。

在镖局，南来北往的押了几次镖，跟镖局的弟兄们都混熟了，大家都很喜欢这个新来的小兄弟。

有一次押镖，路过通州，通州城中一个财主大户，姓徐名策本。此人做货运生意，通州当时是京杭大运河的水陆码头，凡南方给皇家进贡的粮食、布匹、丝绸、咸盐等大宗货物，东北运往南方的木材、皮毛等都是在通州转运。此人就在这水陆码头做货运生意，生意当然做得很红火。徐策本成了通州城数一数二的大户，在城中修了好大一个庄园。

庄园大了，就想找一个看家护院的保镖。他通过镖局的镖头来搜寻合适的人选，镖头觉得同伙当中，谭鑫培人机灵，会处事，身手不凡，看家护院最为合适。这徐策本来相看，觉得小伙子挺着人喜欢，又听说他原来是唱戏的，更高兴。因为这徐策本也是通州城的票友，喜欢唱两口，这就更对了他的心思，于是就领回庄园。

谭鑫培有了看家护院的营生，不像押镖那样生活不稳定了，挣的薪火费也比以前多了，心里很踏实。晚上打更护院，白天，与东家唱皮黄乐和。徐策本一来了劲，还让他装扮起来彩唱，唱家庭堂会。每到此时，谭鑫培就使出看家本事，文武昆乱不挡的单挑一两个时辰。东家点什么戏，他就唱什么戏，直唱的东家一家大小高高兴兴的都叫了好。唱完，东家也不吝啬，总是拿出整锭的银子犒赏他。

谭鑫培看家护院，也很尽心尽力。他夜里值更，身上总带两样兵器。一样是他的六和单刀，斜背在身上。一样是他的弹弓，总揣在衣兜里。

这一天，月黑风高，伸手不见五指。风吹屋瓦，呼呼作响。越是这样的天气，谭鑫培越加小心。他从里院巡到外院，刚走到外院门道，听得房上屋瓦踏踏有声。他循声往上看去，借着星光，只见一个黑影在房顶上一蹦一蹿，身手十分敏捷。他断定此人，肯定不是等闲之辈。

他也不作声，迅速掏出弹弓，拉弓引弹，“嗖”的一声，打出一发铁丸。只听“啪”的一声，正中那人腿骨，那人疼得“哎呀”一叫，顿时从房上跌落下来。

谭鑫培一个箭步蹿将过去，手中的六和钢刀已抵住那人脖颈。

不等那人说话，谭鑫培低声喝道：“不要声张，快快走去，以后不准再来叨扰！”

那人从谭鑫培的话中，听得出此人乃是仗义之人，低声说：“请问恩人高名？”

“不必啰唆，记住我的话，以后不准再来！”

“谢恩人。”那人起身又行一大礼，拖着一条腿，一拧身子跳上高墙，消失在夜幕中。

从此，徐家大院再没有出现过盗贼的身影。

谭鑫培在徐家，看家护院一年有余，算算挣够了偿还师傅的银子，便辞别东家徐策本，返回京城。

有散曲【大石调·青杏子】唱道：

饱暖生闲事，倒运偏赶是非疾，惹下祸束手无计。后悔也晚，自作自受，咎由自取。

【归塞北】为难处，正自暗悲啼。京城里紧锣密鼓，打点王府想主意，愁火攻心急。

【初问口】镇定从容，胸有成竹，案情仔细作分析。师傅情，台子意，一并装在咱心里。

【怨别离】恩重如山心头记，为报恩不回去。宁肯累死在城外，长骨气，相逢在惊天动地！

第三十四回

吊孝焚契义为本
桃李芬芳景和堂

程长庚从老家带回来两个儿子，大儿子十一岁名章瑚，二儿子八岁名章甫。虽不是亲生儿子，程长庚待他们比亲生儿子还用心。在四箴堂，他为他们哥儿俩收拾出一间书房。让哥儿俩在这里好好读书，他亲自任教师。《弟子规》《百家姓》《三字经》《论语》《孟子》《十三经》《二十四史》以及唐诗宋词，先认，后背，再写（写仿影），逐步理解，逐步开讲。

这两个小子在乡下野惯了，初关在书房里，待不惯，总是东瞅西看，心猿意马。程长庚也不惯着他们这毛病，总是一顿板子，打得他们哇哇乱叫。叫他们收心养性，好好做功课。

一个光棍，孤身一人惯了。平白地添了两个臭小子，虽然心里高兴，但又当爹又当娘，确实忙得他手忙脚乱。三庆班的事，精忠庙的事他都得管。更弄得他身疲力竭，心力交瘁。

这些，卢台子看在眼里，疼在心里。这天，他让夫人炒了几个菜，烫上一壶好酒，把程长庚请到自己家里。

卢台子成家之后，没过多久，便在大栅栏西侧的陕西巷买了一处宅院。程长庚，自从卢台子搬出四箴堂之后，还是第一次登卢台子家门。因为有前头掉包换亲的茬口，他怕台子夫妇多想，就没进过卢家之门。

这次来到卢家，卢台子将程长庚让到炕头上，炕桌上，热热乎乎的饭菜酒香，吸引了程长庚。他环视卢台子的家，里里外外干干净净，家什摆放得整整齐齐。再看卢台子的夫人，手脚麻利，端汤送水，斟茶倒酒，很是贤惠。心里不禁生出一股羡慕之感。由此想到自己的家，一个老光棍，带着两个小光棍，真是整天价顾得上吹笛儿，顾不上捏眼儿。家里家外，处处乱乱哄哄，不成个家样。

他正触景生情，默默地发愣，卢台子端杯："大老板，来先干一个！"

酒过三巡之后，卢台子拉开正题，"大老板，别老苦着自己了。这一段时间，我看你顾得了家，顾不了外，忙得里外团团转。大家都担心你的身体，毕竟是五十开外的人了，铁人也搁不住这么折腾啊！"

程长庚被卢台子这番话，说得心里热热乎乎的。笑笑，端起杯，言不由衷地说，"习惯了……就好了。”

“什么习惯了就好了？”卢台子不那么认为，“人的体力和精力是有限的，常言道得好，岁月不饶人，您年龄在这儿摆着哪！”

程长庚听了默不作声，“滋流”喝了一盅酒。

卢台子也喝了一盅酒，“您在成家的事上是受过侮辱，您立誓终身不娶，我当时也理解。可是，此一时彼一时也。时过境迁，已经过了三十多年了。这三十多年，比那大得多的屈辱你受过多少？不是都扛过来了！那点屈辱还算得了什么？再说，此次回故里省亲，您也见识了那个没见识的酸童生，哪里还值得与他计较！”

程长庚还是默不作声，端起酒杯，又喝了一盅酒。

卢台子也随着喝了一盅，“大老板，您对我是有大恩的人，知恩不报是小人。我不能眼看着您受苦受累，操心费力累坏身体呀！当时，您立志发奋，对伶人低下的身世，愤慨填膺，发誓终身不娶。那是对世道不平的抗争，也是怕娶了妻连累人家不入祖坟。现在不同了，您是皇上御封的五品顶戴，又是可京城闻名的大老板。您的名声已经享誉菊坛，什么‘徽班领袖’‘乱弹巨擘’‘老生泰斗’‘伶圣’‘剧神’等，可京城之人，那个还敢小视于您哪！您以您的作为，为自己立了一块无字的碑。您现在是一身荣耀，到现在这个份儿上，何苦还妄自菲薄，自己作践自己呀！”

程长庚仍然默不做声，端起酒杯，又喝了一盅酒。

卢台子也忙端杯喝了一盅酒。此时，卢夫人过来上菜，说，“别光干喝酒，就着菜呀！”

程长庚看一眼卢夫人，下意识地，“就着菜，就着菜。”

卢台子干脆挑开话题，“大老板，您老这么苦着自己，我心里不好受哇！我夫人也感您的大恩大德，她都看不下去了，让我劝您，赶紧成个家，娶一房太太，也好有个照顾啊。”

程长庚还是不吭声，默默地用筷子夹了一口菜，送到嘴里慢慢地品味着。

此时，卢夫人走过来，给程长庚斟上一杯酒，“大老板，您的心事，延老爷很清楚，当初他给我讲过您的志气，让我过来好好照顾您，让您集中心思研究皮黄。可是我没那个福分，没能照顾上您。您知道，‘家’字，是穴字头底下一口猪，猪是靠女人喂的。没有女人，就不成其为家呀！”

程长庚听到这里，略有一愣。端起酒杯又喝下一盅。

卢台子接着说“我婆娘讲得这话，蛮有道理。您现在有两个儿子了，不为自己也得为两个儿子着想啊！不为儿子，也得为您呕心沥血的皮黄着想啊！再说，您又不是顾家之人，您的心思都在皮黄上，您有了女人替您分心，做您帮手，您就可一门心思的管皮黄的事了。孰大孰小，您早就该掂量掂量了。”

听到这里，程长庚端起酒杯，一仰脖喝了进去，把酒杯一放说声：“好酒。品出味儿来了！”

说完，下炕，扬长而去。

卢夫人见长更不辞而别，以为哪句话说得不好，惹得他不高兴了，愣在那里半天不出声。

卢台子冲她一笑说，“得，成了！”

“什么成了？大老板不是拂袖而去了嘛！”

“哎呀，我的傻夫人——”卢台子笑着说，“大老板是曾经立过誓言之人，他要是当场答应此事，岂不是自食其言了吗。”

“那他还是没答应呀。”卢夫人还是不放心。

“他不是说‘品出味儿来了’吗？这不就结了！”卢台子点化夫人道。

“还是你个卢台子能吃透大老板的心思！”夫人佩服地说。

卢台子夫妇两个，紧锣密鼓地张罗。过了两天，卢台子把一个精明灵透的媳妇给程长庚娶到了四箴堂。这女子小程长庚十九岁，姓庄，三庆班的人都称她“大老板夫人”，外人称她为“庄氏”。庄氏自娶到四箴堂，真的成了程长庚的贤内助。把两个儿子打理得整整齐齐，把程长庚伺候得舒舒帖帖，家里家外收拾得井井有条。程长庚更得以一门心思地为皮黄奔忙。

这一天，他溜达到四喜班，想看看四喜班最近有什么状况。哪知到了四喜班，梅巧玲不在。问管事的，管事的说梅老板为他的师傅送葬去了。这下倒让程长庚吃了一惊，他以为是罗巧福故去了，心情一下子沉重起来。及至细问，才知道是个误会。

病故的不是罗巧福，是谢梦渔。

谢梦渔在督察院佥都右御史任上，已经三十多年了。佥都右御史，是正五品官衔。专管宫廷官员执政、执法、勤政、廉洁等自身品行的监察都考之事。按说，这是一个肥缺。试想，宫廷之内，大小官员，那个不想在宫廷百官，尤其是皇上面前留下一个好的名声？但这个好名声，往往是通过这些监察都考官员，进行考察之后的一纸奏章。尤其是那些贪官污吏，既想当婊子又要树牌坊，就只好贿赂这些监察官，用银子封上这些人的嘴，买下他们手上的一纸奏章。因此在这个任上的官员，会办事的很多是既发了财，又为了人，还升了官。可这个谢梦渔，却属于不会办事的哪一类官员之列。他不懂也不容通融，有一是一，有二是二。不管是谁，不管官大官小，一律按都考结果如实禀报。因此也得罪了一些人，可这些人一时拿都考官也没有办法。惹不起躲得起，敬而远之，对他绕着走，尽量不打交道。这也成就了他在这个位置上，不升不迁，一待就是三十年的差事。

不升不迁，一待就是三十年，也正对了谢梦渔的心思。倒乐得他除了处理公务，有时间钻到诗书、金石、文物、音律等学问中去。他把京皮黄也列入学问之一，除了研究京皮黄的音律、韵味之外，还研究它的来历、发展、趋势。所以，他除了有一帮学问界的朋友之外，还有一帮京皮黄界的朋友。什么高朗亭、米应先、胡喜禄等。梅巧玲是他结交最晚、年龄最小、也是最要好、最为知己的朋友。

谢梦渔与梅巧玲是忘年交，二人年龄相差四十岁之多。每当二人唱和京皮黄的时候，他都觉得自己年轻了许多。梅巧玲拿他既当朋友，又当父辈，还当难得的老师。每当谢梦渔手头拮据的时候，梅巧玲总是倾囊相助。谢梦渔总坚持一个原则：借。借据总是写得工工整整，明明白白，分毫不差。到谢梦渔去世的时候，梅巧玲手上有谢梦渔的借据三十多张，共三千余两银子。

听到谢梦渔去世的消息，梅巧玲悲痛万分。在梅巧玲的朋友中，谢梦渔是年龄最长，学问最大，官职最高，两人关系最好的一位。梅巧玲自小失去父母，平时拿谢梦渔当自家父辈孝敬。谢梦渔的去世，梅巧玲真的如丧考妣，直哭得死去活来。回想以往谢梦渔手把手教他写字，教他作诗，教他作画，教他识音律，教他谱宫商，等等，总之是没有谢梦渔，就没有自己的今天。想一想，自己无以回报，本想在花销上接济他一下，没想到老先生还如此执拗，非写下借据不可。如今老先生驾鹤西去了，这些借据，哎，他忽然心生一个念头。对，就这么办！这也是报答他老人家的一个办法！

谢梦渔的祭奠在扬州会馆举行，梅巧玲在祭奠之时，先交上三百两银子，作为祭奠礼。正要行大礼之时，谢梦渔的长子过来，将梅巧玲拉到一旁，说："家父在临终时，一再叮嘱于我，尚欠您三千两银子。父债子还，债算到我的名下，待父亲的丧事办完之后，我典卖了房产，一定归还于您。"

梅巧玲听后，忍不住扑簌簌掉下泪来。说："既是恩公有遗嘱，我心里自有盘算。"

然后，梅巧玲行大礼祭拜。祭拜之际，他掏出那三十多张借据，将其在焚烧纸钱的火盆中，一张一张的焚烧。一边焚烧一边哭诉，由哭诉到涕泪交流的吟唱，唱出一大段散曲【南吕一枝花】。直唱得在场的众人撕心裂肺，跟着痛哭流泪。

祭告

磨穿端州砚，写秃湖笔杆。用尽宣州纸，恩情书不完。我那知心腹的契友忘年。舍了苦兄弟，独自奔赴黄泉。不念我朝夕相伴，不念我时时思念。

【梁州】御史身份何曾摆，皇家官架哪有端。偏与俺九等伶人有缘。弄管吹箫，拉琴拨弦，宫商论律，戏论菊坛。宋词元曲通晓，昆弋皮黄乱弹。都晓得宫商音韵，更破解角色人物，全知道檀板开篇。听板，辨弦，手眼身法加唱念，好身手，都会玩。与那台上老板比高下，全忘却你是御史官。

【牧羊关】胡老板相举荐，御史您更垂怜。方有我年轻无知府上烦，府门大呼小叫唱皮黄，放声呼喊。您慧耳隔墙听得远，看我愣头小子也不嫌。倾囊相授教我，点拨开窍于咱。

【贺新郎】忘年相交抬举咱，愿报木桃琼瑶，区区些许银钱。只望作投桃报李，何须您借据一连连，倒叫欲辞无言。子偿还父债，不须那遗言，师傅恩德还不完。银两值几何，感恩化纸钱。

【隔尾】诗书琴画古玩乱弹，书简文告公事冗繁。三十年轻车熟路忙里得清闲，潇洒终身愿，睡梦都香甜，无牵挂驾鹤西行得安然。

【南吕一枝花】唱罢，一叠借据也焚烧殆尽。

梅巧玲祭灵焚卷的举动，一时轰动了京城，京城上下，都为梅巧玲的义举所喝彩。

全城的人都知道梅巧玲戏唱得好，人品更好。他的人品，被当时“余庆堂”一个唱昆曲的须生，陈金雀所看重，托人将自己的女儿许配给他。当时，梅巧玲孤身一人，带着一帮弟子，住在“景和堂”。陈家就先派自家的老妈子，去景和堂照顾梅巧玲。未婚先得丈人家照顾，这也是亘古少有的佳话。等陈氏过门之后，替梅巧玲撑起景和堂的内事。梅巧玲更得以一门心思的忙活四喜班唱戏和课徒教戏的事。

梅巧玲有自小学戏挨打受骂，被虐待的经历。也有被师傅罗巧福救助的亲身体会，他对弟子体贴关怀备至。他课徒的好名声传出之后，年轻的弟子们都愿投拜到他的名下。他年轻轻的，就收养了一帮弟子。凡景和堂的弟子，均以“云”字排名。后来在京城舞台上享有盛名的就有：余紫云、陈啸云、朱霭云、姚意云、王佩云、王湘云、刘倩云、孙馥云、周倚云、郑燕云、白香云。

在这景和堂诸“云”当中，最早的，也是梅巧玲最得意的弟子就是余紫云。余紫云或许是幼承家学或天生聪颖的缘故，跟梅巧玲是亦步亦趋，分毫不待差样的，完全一个梅巧玲再世。更可贵的是他的品行为人，正直仗义，更像梅巧玲。

可怜的是，余紫云刚刚十一岁，余三胜就撒手人寰，驾鹤西去了。

余三胜经保定刘姓名医的治疗，生命得以延长，至同治五年农历六月十三日亥时，病故于胜春堂。

临终时，余四胜、余夫人都守在身旁。他久久不能闭眼，直到程长庚匆匆赶来之后，他才拉住程长庚的手断断续续地说：“石牌腔……翻……了稍……，还需……完善……以后……全……靠你了……”程长庚攥住余三胜的手满含热泪，

“师哥，您没事的，我给您请最好的郎中，一定治好您的病。京皮黄的前景离不开您哪！”听了这话，余三胜嘴角掠过一丝微笑，闭目喘息养神。

此时，梅巧玲拉着余紫云匆匆来到病榻之前。梅巧玲轻声地叫了一声，“余老板。”余紫云则大着嗓子叫了一声，“爸——！”

余三胜微微的睁开眼，看着儿子，一行老泪慢慢地流出眼眶。他挣扎着，把儿子的手放在梅巧玲的手上，又拉过程长庚的手，放在儿子的手上，满含深情地说：“紫云……还……小，就……交给……你们了！”说完，又大口地喘气。余紫云看着爸爸的痛苦之状，不禁放声哭叫出来：“爸爸——！”

余三胜从枕边，摸摸索索，摸出一个订得整整齐齐的本子，哆哆嗦嗦的递到余紫云的手上，满含希望地说，“这是我……一生……的心血，算是……家传秘……籍，你……要……好好……传……下……去。”说完，头往后一仰，溘然长逝。

程长庚像料理父兄的丧事一样，尽心尽力的料理了余三胜的丧事。并把余紫云和他母亲的一切后事安排得妥妥帖帖。

对余三胜的一生，坊间评说甚多，文人有词云：

【卜算子 · 余三胜】

楚调翻新声，皮黄歌咏动。京城都为听曲来，街巷何曾静。

顾影思往以，谁省江边梦。兄弟沿街拍渔鼓，声凄心更冷。

还有一首七言律诗，题曰《戏状元》：

丝竹相伴唱一生，
兄弟牵手闯帝京。
雅集津门成翘首，
初进京畿得御封。
四喜撑班名巨擘，
徽汉合流始作俑。
胜春堂内结秘籍，
菊坛三代中魁星。

第三十五回

汪大头艺改操琴
脑后音喜得传宗

余三胜的去世，着实让程长庚感受到危机。京城的皮黄三巨擘，走了两个。自己也已年过半百，虽然身体还好，但总有力不从心的感觉。皮黄虽已成京城大戏，但诚如余三胜临终所言，尚待完善。如何完善？眼见得靠自己这一辈人，已经走到了尽头。要完善，要靠后人不间断的继续努力。虽然眼下的京城氍毹之上人才甚广，但真正能挑起头来的还未见端倪。他暗暗地感到自己肩上的压力还很沉重。由此，他思忖，以后的精力不能只用在舞台上，该在培养接班人上下功夫了。于是，他把卢台子、赵德禄、徐小香找来，把自己的想法给他们说明，征询他们的意见。没想到，这三位与他的见解不谋而合。

“大老板所虑极是，这是长远之计。”卢台子第一个赞成，“培养后备人才，使完善皮黄的重任压在他们肩上，一辈传一辈，打磨、修炼、完善。皮黄必能流传后世。”

赵德禄接着说：“咱不妨办一个‘三庆科班’，拣那有出息的孩子，重点培养。”

徐小香说：“人家堂主都养‘孩子’，大老板不妨在四箴堂也养些‘孩子’……”

“说哪里话来？”卢台子反驳道，“让大老板破他几十年立下的规矩？”

“莫急！”徐小香争辩道，“养‘孩子’不是养像姑，就是办‘四箴堂’科班。由大老板主持。”

“这还说得过去！”赵德禄说，“由大老板主持，三庆班的台柱子们担纲教习。您徐小香，卢台子都可任教。”

程长庚听罢，赞成的说：“这个主意不错。”

卢台子说：“取名就叫‘四箴堂科班’，借大老板的名气，也好招收人才。”

“我就是这个意思嘛！”徐小香得了理，声更高了，“眼下，大老板身边就有汪桂芬、谭鑫培，再招别的人才嘛！”

赵德禄接过话茬，“您就别提那个谭鑫培了！这小子惹了祸，到现在还躲着不肯露面呢！”

程长庚说：“他可不是躲着不肯露面，是暗自争气呢！”

卢台子赞成地说，“大老板真是慧眼识珠，看人看得真准！这小子暗里争气，有骨气，将来是个人才！”

程长庚看大家同意他的想法，高兴地说，“英雄所见略同。四箴堂科班的事就这么定了！列位，发现了好苗子可别忘了送来‘四箴堂’哦！”

早在“四箴堂科班”开办之前，程长庚除收了谭鑫培为徒之外，还曾收一个弟子名汪桂芬。

汪桂芬的父亲是春台班的武生汪年宝。因在春台班应工多年，为人持重老诚，人缘很好。汪桂芬自小跟随爸爸在春台班玩耍，跟着大人练功，幼功底子很深。汪年宝岁数大了，眼看要告别舞台，回家养老了。就托余三胜来找程长庚说情，收留汪桂芬作为学徒。余三胜出面送徒弟，程长庚哪有不收之理。尤其是看了汪桂芬其人，人长得宽额大头，一副机灵聪明的鬼头模样，又见这小子幼功扎实，聪明好学，就一口答应下来。

汪桂芬拜程长庚为师后，确实很为程长庚争气。对于程长庚的唱腔、念白、身段、做派甚至台步，都学得惟妙惟肖。这小子长相也很招人喜欢，大脑瓜，高额头。他不光跟程长庚学，也跟班里其他人学老旦、学小生，还跟着文场的师傅樊景泰学操琴。由于他脑瓜聪明，学操琴还真是一学就会，很受樊景泰喜欢。樊景泰也自知年岁大了，正好遇上一个灵透后生，找到个好接班的，就倾囊相授。汪桂芬还真不含糊，亦步亦趋，很快就能单独操琴，能陪人吊嗓儿，拉得有板有眼，有韵有味儿，托、随、裹、垫，一点儿也不在樊景泰之下。由于他学什么有什么，因此，在班里是人见人爱。因他长相个别，班里人都不叫他名字，给他起个绰号“汪大头”。这“汪大头”一叫起来，就一直叫了一辈子。

汪大头长到十六岁，嗓子该倒仓了。程长庚生怕他嗓子出毛病，就不敢再让他用嗓儿。正巧，樊景泰告老回家，程长庚就让汪桂芬改为操琴。为了严格训练他，专叫他为自己操琴。这样，不管台上台下，汪大头成了程长庚的专职琴师。

这下就更造就了汪大头的艺术造诣。不论程长庚台上唱还是台下吊嗓儿，无论走到哪里，唱到哪里，他都紧随其后。不论程长庚过去教过的还是没教过的，汪大头都有了机会学习。程长庚身上、肚里那些个功夫、学问，他都看得清清楚楚，记得明明白白，学得透透彻彻。就连程长庚在保定学来的绝活儿“脑后音”，他也掌握得丝毫不差。在程长庚唱功的基础上他还自创新腔儿，他唱的“脑后音”还能带出“嘎音”，使那“脑后音”听来更加响亮甜韵，有余音袅袅的回响。行内人都称他是宗程长庚的第一人。

汪大头自认，学师不拘泥，根据自己的天赋而加以创新。他与程长庚的唱腔共同之处，都是嗓音高亢，发于丹田，响于胸腔和鼻腔，带有脑后的共鸣，实大声洪。但程长庚的唱，是刚寓于柔，而他的唱则是刚浮于柔，他以雄劲沉郁见长，“壮”多于“悲”。连程长庚对他的唱都很是欣赏。经常对人夸奖，比喻汪大头的唱，像吃北京的脆枣，是又脆又甜，嘎嘣带响。

就是这样一个天才，自从改做了琴师，就很少有登台的机会。他的本事只表现在拉琴上，掩盖了他唱戏表演的功夫。

有一次，兵部郎中庆石臣为其父亲做寿，请三庆班唱堂会。三庆班的全班人马都被拉进了庆宅，戏一出接一出的唱，唱到《打龙袍》的时候，唱李后的老旦，突发滚肠杀，肚子疼得满地打滚儿，实在是上不了场了。可是戏不能停啊！管事的赵德禄急得团团转，心想，“这肚子早不疼晚不疼，偏偏临上场了疼得厉害，这上哪里去找替角儿啊！”

他在后台正急得乱转的时候，一抬头，看到汪大头手提胡琴正要为大老板准备大轴的戏。他一把拉过汪桂芬，“大头，救场如救火，赶紧化妆上场！”

汪桂芬还没闹清是怎么回事，就被赵德禄三把两把抹了脸。一边给他穿老旦蟒，一边给他说明情况，等他弄明白了，妆也扮好了，正好赶上鼓板打响，汪大头不慌不忙踩着鼓点上场。台下看戏的，还从来没看过三庆班有这么年轻的老旦，都觉得新鲜。等汪大头开口唱“龙车凤辇进皇城”一句，刚唱了前半句“龙车凤辇”，台下就像开了锅一样，叫好声震人耳鼓。接着下半句“进皇城”更是响堂嘹亮，台下的叫好声恨不得把庆府的院子给炸开喽。接下来，是一句一好，直到《打龙袍》唱完。庆家的老爷子高兴地连连的叫儿子，“赏，赏，赏，重赏！”

唱完堂会，庆家看堂会的人，才知道这只是程长庚的琴师。一个琴师都唱得如此叫好，更何况，有程长庚、卢台子、徐小香、刘赶三、何桂山等众多名角儿呢！怪不得三庆班在京城能称皮黄之首，敢情真是藏龙卧虎之地呀！

这场堂会着实让汪大头露了一把脸，也让程长庚打心眼里高兴了一把。他高兴的是，虽然汪桂芬唱的是老旦，没唱须生。但在发声行韵上，却完全有了自己的影子。他高兴的是，终于有了传其衣钵之人。

从此，他更加精心指导汪桂芬，不论是唱，念，做，表演和拉琴，都按他的指导下功夫。

有词【千年调】一首写道：

大头尽人欢，才情知多少。专为长庚操琴，曲谐歌更好。文场交椅，首席压群傲。堪佩服，腆拇指，高且巧。 未曾登台，玩艺已学到。琴随声腔运转，用心动脑。举手投足，身段独看饱。唱则震，破惊天，不得了！

第三十六回
收心归本返三庆
耳提面命师傅心

正当程长庚为有了王桂芬这样的徒弟而高兴的时候，谭鑫培突然出现在他面前。

谭鑫培来到四箴堂，径直进了程长庚的书房。见了程长庚，二话不说，双腿跪地，乓、乓、乓磕了三个响头。然后把一包银子双手捧着，放到书案之上。然后又跪在地上，一言不发，等着师傅教训。

程长庚看他不说话，长跪在地不起。知道这小子又犯了倔脾气，长庚也给他来个默不作声。像没看到一样，摊开纸笔，该写写，该画画，只当没他一样。

双方直僵持了一个多时辰，谭鑫培撑不住劲了，终于开口说话："师傅，徒儿知道错了，来给您认错儿，赔不是来了！"

程长庚这才慢慢把毛笔在笔洗里涮干净，用笔帽罩好，插到笔筒里。对他说："知道错了，为什么不早说？"

"徒儿愧对师傅，无颜张口。"

其实，谭鑫培说的这是真心话。程长庚也知道他这是真心认错，是来真心听候教训的。故意不开口，先给他个下马威，杀杀他的野性。

"师傅，徒儿背着您和三庆班，拉人去跑野台子，违反了三庆班的班规。又闯下人命大祸，多亏了您出面搭救，我才免了杀身之罪。不光如此，您还替我赔面子，赔银子。纵是我亲生父亲，也做不到，您比我亲生父亲还疼我，爱我。我今生今世，做牛做马也报答不尽您的大恩大德。师傅，徒儿这回是刻骨铭心的记下了您对我的恩情。"

谭鑫培跪在地上，历数自己的不是，述说程长庚对自己的恩德，字字句句，似杜鹃泣血一般。程长庚听了，也动了情，心里直翻个子。他知道浪子回头金不换，更何况谭鑫培一直是他看好的徒弟，也是他把完善皮黄的希望，寄于其身的苗子。但他更知道，响鼓需用重槌敲。教人最深刻的莫过于教心，要教会他立身的根本，教会他走正道的意念，授之以鱼不如授之以渔。正好借此，好好敲打敲打这个徒弟。

"认错就认错，干吗还把一包硬货放到我的书案之上？"程长庚板着脸问。

"那是徒弟报答您的一点心意。"

"是来还债的？"

"不是。师傅为我花费的心血、金钱，是我一生也还不完的！"

“我看重你，花费心血培养你，不是望求你的报答。如果要报答，你就把心用在皮黄上。皮黄刚刚在京城名正言顺的成为诸腔之首，虽还不完善。但就是熬到现今这个状况，也已熬了六十多年。刚刚熬出了头，决不能前功尽弃。我们这一辈已经把劲儿使绝了，张二奎先生已经作了古，你的师傅余三胜也已寿终正寝。唯有老朽还苟延残喘，虽活在人世，也是去日苦多，心有余而力不足，跟不上趟了。我的徒弟中，汪桂芬虽然唱戏很是像我，但他生性怪僻，终不能撑起皮黄的大树。唯有你，有先天唱戏的条件，还有你闯荡江湖的胆识，更有你争强好胜的心性。只要你收心养性，不再心猿意马，皮黄的兴盛繁荣大业，必定由你承担。”

谭鑫培听罢程长庚的一番教导，更知道师傅对自己用心良苦，寄予厚望，更感到以前所作所为愧对师傅。不禁热泪流淌，说：“师傅的教诲，徒儿深深记下了。”

程长庚拿起书案上那一包银子，对谭鑫培说：“师傅这里不缺银子，缺的是人才。你的心意我心领了，你拿了这包银子，送到胜春堂，交给你的师娘。一日为师终身为父，也不枉胜春堂主对你的传授教导。只可惜，你师傅走的时候，你正在避难，不在他身边。如今，胜春堂只剩下孤儿寡母，正是需要接济的时候。这之前，我听了你的腔儿，很得我师哥余老板的真传，这是弥足珍贵的，你要珍惜继承，好好体会发挥。”

谭鑫培听了师傅这番教导，又看到师傅对余家的深情厚谊，深受感动。从这里，他更看到了师傅对皮黄的执着，和师傅的人格。心情沉重地接过银子，辞别师傅，径奔胜春堂而去。

谭鑫培回到三庆班，为了严肃班规，惩戒后人，程长庚当众宣布了对谭鑫培的处罚，罚他半年不得领取戏份。

程长庚更想到谭鑫培已是有妻室之人，总得居家过日子，就私下里吩咐庄氏包了一包银子，悄悄送到谭家，交给玉儿。并告诉玉儿，谭鑫培是要脸面之人，不能让他和谭志道知道这银子是大老板送的。

过了一段时间，程长庚根据谭鑫培的表现和三庆班的情况，让谭鑫培当了三庆班的武行头儿。

就谭鑫培的武行功夫而言，他当武行头儿，是绰绰有余，武行的人也心服口服。谭鑫培也格外尽心尽力，除了带管武行之外，他还仔细观摩学习程长庚、卢台子等老生行的戏。看了就吃在心里，私下里偷偷用功练习。有时跑个龙套，或临时当个替补角色，也正儿八经当回事似的，一丝不苟的做戏。

因为他有拜余三胜为师和跑外帘的底子，再加上他肯下功夫偷戏，时间不长，老生行当的戏，他差不多都能拿得下来。他本人特别想唱老生，可三庆班就是不派他的角儿，不让他串行。实在想得没了办法，就偷偷到春台班去过把瘾。因为春台班看在他是余三胜弟子的分上，给他面子。再者，自余三胜过世之后，能继余三胜衣钵的后人没有。只有谭鑫培云遮月的嗓子，唱出来的腔儿，余味十足，春台班的人称他为“余三胜再世”。

对于这些，程长庚心里明镜似的。不让谭鑫培改唱老生，是程长庚的主张，这是他欲擒故纵的办法。

他了解谭鑫培的性格，越是不让他改行，越是给他压力，他越是私下里下大功夫，不达目的决不罢休。程长庚的目的，是想让谭鑫培在唱腔上，创出一条徽、汉、京三派兼容的声腔路子。也就是说，既有程长庚的挺拔刚劲，又有余三胜的柔美舒展，还有张二奎的粗犷厚重，使皮黄生行的唱腔达到完美臻善的境地。这是他的理想，也是他所追求的目标。

为达此目标，他对谭鑫培采取外紧内松的管教办法。平时他对谭鑫培的教授，表面上管得严严的，严格按照程长庚的戏路子，要求一字一板，扎扎实实的打底子。在现场实践当中，他让谭鑫培凭着自己的感觉去表演。他鼓励和赞成谭鑫培广取博收，融汇各家之长，兼收并蓄，丰富自己。

这样，谭鑫培一直扎扎实实，服服帖帖，跟着程长庚学了三年。按谭鑫培的性格，早就按捺不住这种受管束的状态了。可是他不敢违背程长庚的要求，他知道，师傅这样要求他自有师傅的道理。

可一个唱戏的，总不让唱。表演欲总不能得以实现，实在憋得他浑身难受。他不敢直接给师傅提，他多了个心眼儿，绕了个弯子，来找卢台子。

这天，他买了一只叫花子鸡，怀里揣了一坛好酒，瞅准卢台子在家的空子，悄悄地来到卢台子家。

进得门来，不称卢老板，一口一个“卢大爷”，显得亲近。口里叫着“卢大爷”，手里就把酒坛儿、荷叶包的叫花子鸡，摆在卢台子家的炕桌上。

卢台子是深谙世故之人，他知道谭鑫培此举必有用意。可是他只看谭鑫培的动作，却不动任何声色。

鸡和酒摆好了，谭鑫培看卢台子不动声色，就招呼卢夫人，“大妈，您给拿个酒嗉子，再拿两双筷子，两个酒盅，我跟我大爷喝个小酒儿。”

卢夫人看卢台子不动声色，就故意问道，“呦，大侄子，这不年不节的，你父儿俩喝的哪门子酒呀？”

“大妈，您是不知道哇，我大爷自小疼我，他光看顾我了。我平时老是瞎忙，也没个工夫陪大爷聊聊天儿。今儿得闲儿，我们爷儿俩唠扯唠扯呗。”

谭鑫培这话是给卢台子听的，也是给自己找话茬儿呢。

卢台子，此时已经琢磨出他的意图。但他故意不往这话题上说，“我说小福子，是不是侄媳妇有喜了，来找大爷偷着乐呀？”

谭鑫培赶紧来个就坡骑驴，“嘻嘻，……什么事能瞒过大爷您哪！”

“敢情是大喜了！”卢夫人也听出音儿来，忙动手摆酒具，烫酒，“那你爷儿俩得好好庆贺庆贺！”说着，就把酒斟到酒杯子里，“你爷儿俩慢慢喝着，我再去给你们弄两个菜。”找茬儿躲了出去。

谭鑫培忙端杯，连敬卢台子三杯，然后说出了真话，“大爷，我都跟我师傅学了三年了，我不能光当武行头儿哇，我得唱正角儿，拉正套哇！”

“我说你小子，又拿鸡，又揣酒的就是有事嘛，还拐弯抹角的说什么要增人添口了！你小子，那点呱呱油儿，我早就看出来了。”

“那是，您是谁呀？三庆班的活诸葛，什么事能瞒过您哪？”

“解铃还须系铃人哪！”卢台子开始拉正题，“你要明白你师傅的良苦用心。他这一辈子，什么都不看重，唯一看重的就是皮黄。他把对皮黄的全部希望，都放在你身上了。他对你用的是欲擒故纵之法，不让你唱，是为了将来让你唱得更红。古人云‘十年不鸣，一鸣惊人’嘛，他就是要你将来一鸣惊人，挑起皮黄大业的重担。”

“大爷，那您看我还欠缺什么呢？”

“依我看已到了七八成火。”

“那两成差在什么地方？”

“这得去问你师傅。”

“我就是不敢给师傅提这茬儿，才来找您么。”

“我要是去找你师傅说，反而让你师傅觉得你师徒俩生分。不如这样，我给你搭个桥，给你找个与你师傅挑明话题的茬儿口，你亲口给他说，不更好吗？”

“哎呀，我的亲大爷呀，您可真不愧活诸葛呀。”谭鑫培感激地说。

“三天以后，你听我话儿——我给你搭桥。”

“好嘞！”

二人一坛酒喝个精光，高高兴兴而别。

三天以后，卢台子告诉谭鑫培，三庆园今天的戏码有《舌战群儒》，他已给大老板请了假，说好了让谭鑫培替他上场。谭鑫培听后，知道这是卢台子给他施展功夫的机会，故意给师傅看的。

谭鑫培知道机会难得，他十分重视，认真做了准备。在《舌战群儒》中，他扮诸葛亮，把平时程长庚教的，余三胜教的和私淑卢台子的，以及从杨月楼身上学来的张二奎的，等诸多名家的唱腔、身段、做派、手眼身法步，都融会贯通，集于一身，表演的淋漓尽致。

到三庆园来看戏的都是三庆班的老戏迷。他们对三庆班的名角儿了解的一清二楚，只知道谭鑫培是小辈中人，武行头儿当得不错，但却没有料到他唱须生，能唱到这般水平。他唱的是卢台子的戏，可是，比之卢台子，有过之而无不及！这可真叫三庆园的戏迷们大开眼界。

谭鑫培在台上唱，程长庚在台下看，谭鑫培能唱得这么好，这也是程长庚始料不及的。他越看心里越高兴，越看越觉得功夫不负有心人，越看越觉得心里踏实。他正自暗暗高兴的时候，一回头，卢台子就坐在他身后。之前，卢台子是向程长庚请假，说是犯了头疼病，上不了场，临时抓来谭鑫培救场。现在他才忽然明白，这是卢台子故意使的偷梁换柱之计。是故意让他亲自看看谭鑫培的底细。

唱罢《舌战群儒》之后，谭鑫培来到四箴堂，是指望找程长庚提提转行的话题。他还没张口，程长庚就说，“你和卢先生合唱掉包计，唱得好哇！”

一听师傅说这话，谭鑫培心里顿时凉了半截。心想，“坏了，坏了，卢大爷撮鼓的这个戏法儿，让师傅看破了！这还说什么？等着挨剋吧。”想到此，他低眉顺眼，乖乖地站在师傅面前，等着师傅发话。

程长庚指着一把椅子，示意让谭鑫培坐下。等谭鑫培坐下之后，程长庚语重心长地说：“师傅看了你的戏，心里踏实了。以前我觉得你离大角儿还有一定距离，现在看来已有八九分了。以往我感到你欠缺的有两点，一点是你的长相，这是个天然的不利，你的嘴长得往外突，上得台去，影响角色容貌。今天你扮演诸葛亮，戴上髯口，倒是很遮丑的。第二点就是你的唱腔，以前听了，觉得柔媚尖细多于刚劲轩昂；这次听了，与以前大不一样。你糅进了余三胜的汉味儿，借鉴了张二奎的京味儿，还带出了京东大鼓的悠扬，加进了河北梆子的激越，保留了徽剧的甜润。这些，与你在京东跑外帘，在粥班摔打、融合吸收有关系。更主要的是你回来这几年，下功夫广收博取，自己吸收消化，用心创造，效果很好。”

谭鑫培听到这里，感到师傅对自己了解得太透彻了，忙接话说：“这都是师傅管教指导的好！”

“师傅领进门，修行在个人嘛。”程长庚接着说，“这几年你的确长进不小，你的唱法很得人缘。师傅知道你早想转行唱须生。不是师傅拦着你不让你唱，是担心你功夫不到家，一登场砸了锅，就不好翻身了！如今你功夫学成了，可以转行了。从今天起，你就可以唱须生了。”

“我行吗？”谭鑫培简直不相信自己的耳朵，高兴地问，“您刚才不是说我只有八九分吗？”

程长庚说，“是啊，你的两点不足，刚才我只着重说了一点。另一点，只说了一半。我要说的还是你的声腔，你的声腔，虽得人缘，但却不是我理想中的声腔。你的声音太甘，柔媚多，阳气不足，近乎靡靡之声，这是亡国之音。”

听到这里，谭鑫培脖颈子后面直冒冷气，忙说，“请师傅指点，我还年轻，我可以改呀！”

程长庚叹一口气说，“这不在你，时运使然。虽是靡靡之音，却正合时人之悦，天时铸就。哀腔流传，国运不昌。”

“那——，我该怎么办？”谭鑫培着急地问，“如此，我还能唱戏吗？”

“天道如此，非你之力所能扭转，而且只能顺势迎合。我想你的腔调，也算得应运而生吧！”程长庚接着说，“就你的条件而言，将来，皮黄戏非你莫属！”

“天时铸就，国运不昌，我再唱，岂不悖谬天时吗？”谭鑫培听了师傅的话，担心地问。

程长庚说，“尽管天道不利国运，但皮黄还是会发展的。皮黄之大树，将来要全靠你来支撑。”

“只怕辜负师傅厚望！”谭鑫培心里战战兢兢地回答。

程长庚满怀信心地说：“你可以出徒了。从今以后，你就可以放开胆量施展你所学的功夫了。经过我一生的感悟，唱戏的功夫是：由简入繁，又返简，简中处处是亮点。你慢慢体会感悟吧。你出徒，暂不能在三庆班应工，以免在我身边放不开手脚。我推荐你到春台班，那里也正缺须生行当的人才，你去了就能做他们的台柱子。为了铭记咱师徒的情感，把我的车赠给你，留个念想。”

谭鑫培听了师傅的话，已经感激涕零。师傅又把自己的爱车赠给自己，这是对自己多大的看重！他不敢推辞，还有什么说的，只有等以后再以技艺报答师傅了。当下磕头拜别师傅，到春台班应工而去。

谭鑫培到春台应工唱戏，程长庚感慨不已，随口念出一首长短句，牌子曰：

【粉蝶儿】

难怪观世音给猴儿戴咒，闹天宫、大圣造就。本事大、玩意好、爱他不够。重槌敲、锻打锤炼熟透。

而今驾辕拉套浪子回头。听鼙鼓、大纛独秀。融丝竹鼓板响、酿作醇谬。皮黄调、穿街过巷如酒。

第三十七回

孙菊仙长腿亡命
老乡亲三庆投师

自从四箴堂科班开始招收徒弟以来，不少名伶都手牵弟子前来投师。这一天，刘赶三领着一个高个子年轻人，来到四箴堂。进得门来，还未等程长庚问明怎么回事，刘赶三就拉过高个子，朝着程长庚按倒说："快给大老板磕头！"

程长庚从这阵仗中猜想到，是赶三给他领来个徒弟。忙说："宝山兄弟，这是谁呀，就叫人家给我磕头。快起来，别难为人家。"

"大老板，该着咱三庆班兴旺了！"刘赶三高兴地对程长庚说，"这是老天给咱送上门来的好材料，经大老板一调教，将来准是个好角儿！"

"那好哇！"程长庚端详过高个子后说，"唱两口，我听听。"

高个子也不含糊，听说让唱，就放开喉咙唱了两句《文昭关》。程长庚一听这嗓音，洪亮高亢，很有张二奎的味道。高兴地说，"好哇，爹娘给了你个吃戏饭的好嗓子！"

"大老板，我说是该着咱三庆班兴旺了嘛！"刘赶三看程长庚对高个子很欣赏，就忙介绍说，"这孩子是我捡来的！"

"哦？"程长庚不明白什么意思，"二十多岁的大小伙子，还用你捡？"

"可不是嘛！"刘赶三更加高兴，滔滔不绝地说起来，"这是我从'洗心斋'票房捡来的。他姓孙，名叫孙菊仙，恰好和我排一个字，号'宝臣'。这不和我'宝山'排在一起了嘛！可巧他也是天津人。我俩是老乡，老乡见老乡两眼泪汪汪不是？我俩一见如故，我看他唱得不含糊，就顺手捡回来，给您捡个徒弟！"

高个子经刘赶三一说，也不腼腆，他倒是个能侃的主儿，就自报家门，说起了自己的来历。

"我家是天津的，我爹叫孙旺，是开铁厂的。这几年天下不太平，净打仗了。铁活儿，尤其是军用兵器很挣钱。我爹挣了钱，就想供我念书。让我将来考个功名，让家里沾点官运。可我从小好玩，在念书上不大用功，书读得二五眼。我爹就送我去天津太平街的弓房习武，练武功。咸丰八年，送我入武庠考取了个武秀才。把我爹乐得一颠一颠的，就送我进京考取武举，哪知，一考就名落孙山。回到天津，我就去票房学戏。别看我念书不济，唱戏还挺灵。不久就进了天津金声茶园唱戏，在金声茶园，我还唱出点名气来。我爹知道后不干，非拉我去投军。在他看来，文不能得官，武能得官也行。靠文武都不能得官，投军立功得官也行。反正，我爹是认准让我走官场的道了。可我们家祖坟上，就没长那棵做官的蒿子！偏偏我投了军，投到了陈国瑞的八旗营中。这陈国瑞是八旗营中，最稀松二五眼的部队了。开到了长江防线，一仗打下来，被太平军打得是稀里哗啦，溃不成军。多亏了我腿长，跑得快！要不然，这条小命早就被太平军送去西天了。我一口气跑到了徐州，搭上船就回到天津。怕我爹逼我又去投军，我从家里拿了点盘缠，就到了京城。天天在戏园过戏瘾，北京城的票房我都唱遍了。这不，就是在洗心斋票房唱戏的时候，被我这位刘大爷看上了。接着就认了乡亲，原来他就是大名鼎鼎的刘赶三。我这位赶爷在天津的时候，我就知道他的大名，那是天津群雅集票房飞出来的金凤凰。天津人那个一提他，不啧啧地叫好哇！没想到我这位刘大爷心眼这么好，待我这么亲！一见面就领我来见大老板。大老板您哪名声就更大了！在京城，在天津卫，在我走过的长江边上，运河道上，哎，一提您哪，没有不知道的！您要是收了我做徒弟，那我算是八辈子烧了高香了！”

刘赶三看他说起话来滔滔不绝，忙拦住他说：“得啦，孩子，快打正题吧！”

“大爷，我从心眼里想拜大老板为师。您不也是这个意思吗？”孙菊仙忙解释说，“我见了大老板，要拜大老板为师了，我得把我身世的底码说清楚哇。咱得对得起大老板哪！大老板您哪，慧眼识人。看我要是吃这碗饭的材料，您就收下我。我保证给您老争光！”

程长庚听他讲了这么多，看这孩子挺实诚，挺招人喜欢的。又看这孩子确实天生的好嗓子，是吃戏饭的材料。说：“你的刘大爷才是真正的慧眼识珠，把你捡回来，就是要造就你嘛！你这个徒弟，我收了！”

程长庚刚把话说完，孙菊仙就跪到地上，“梆”“梆”“梆”，实实在在地磕了三个响头。他磕完头，刘赶三说：“今天的头磕了不算！”

“怎么不算？”孙菊仙着急地问。

“按照咱梨园拜师的规矩，等选了好日子，举行拜师仪式，才算！”刘赶三解释说。

“那哪天是好日子？得等到多咱？”孙菊仙又着急了。

“选好了日子还得置办酒席，才能拜师。”刘赶三说，“这个你不用着急，等选好了日子，酒席我替你置办！”

“哎哟，赶爷，您真比我亲大爷还疼我哪！”孙菊仙高兴地拉住刘赶三的手摇晃着说。

拜师的这一天，请来了皮黄界的名人和老生行的名角儿，由刘赶三主持，隆重的举行了拜师礼。程长庚正式接收了孙菊仙为徒弟。

程长庚收了孙菊仙做弟子，感到格外高兴。因为他从孙菊仙身上看到了张二奎的影子。他的唱，京皮黄的味道特别足，显然是受了张二奎唱法的影响。保留了张二奎弥足珍贵的韵味。因此，程长庚对孙菊仙因人施教，有针对性的精心进行培养指点。

孙菊仙一经名师指点，顿悟玄机，大有长进。他本来就有票戏的底子，又加上曾经念过书，尽管念得不生不熟，但毕竟是有文化底子。对程长庚的指点、教诲领悟极快。没多长时间，就能顶班唱戏。

当时有一本记载唱戏状况的书，叫《菊部丛谭》，对他的记述是“天赋歌喉，不必循规蹈矩而高下长短，从心所欲，自成一家。”

大个子唱戏还很有自己的见解。他师前人而不拘泥前人的路子。按照师傅的真传，而糅进自己的体会和感觉，创自己的路子。他对气口特别讲究，总结出“三讲”的用气方法，即：讲气口，讲音色，讲拟扬。在老生行当创造出“一口气”的唱法。也就是在演唱当中，根据人物身份，变化不同的声腔，用声腔音韵，用不同的气口变化，来表现人物的感情。他反对众人一腔，众腔一味。在唱《桑园寄子》中，他唱“见坟台不由人珠泪滚滚”的一句，采用程长庚脑后音的共鸣和开口音的大喉咙用气，使声音从丹田至脑际喷吐而出，把人物悲哀至极的情感，展现得淋漓尽致。“滚滚”二字用立音唱出，那声音响亮中带出悲愤撕裂之状，使人听后撕心裂肺，肝肠寸断，感染力极强。

大个子一举成名，在京城戏班中有了一号。在京城站住了脚，他不忘老爹的一副衷肠，毕竟自己是背了老爹的意愿，走上唱戏之路的。现在在唱戏上有了名号，也让老爹知道，并非非走仕途之路不可。他就回到天津，搭天津的天成戏班唱戏。

天成戏班有一个唱老生的，名嘎三。这人在天津生行也算得上是一号。他对孙菊仙来搭班唱戏，心里不舒服。心想，你不就是原先天津群雅集的票友吗，现在投了名师，就觉得有本事了！老师是名人，你不一定就是名人！你想在天津来显摆显摆，那就试试看吧，还说不定叫响叫不响哪！

这天孙菊仙的戏码是《碰碑》，唱大段的反二黄。拉弦的是嘎三的琴师，事先，嘎三已经请拉弦的吃了贴饼。吃贴饼是行话，就是角儿给琴师戏份儿以外的好处费。吃了人家的嘴短，拿了人家的手短。嘎三让拉弦的在台上给孙菊仙使坏。拉弦的给孙菊仙定弦，定高了一个调。唱二黄导板“金屋坠玉兔升黄昏时候”一句，几乎使孙菊仙够不着调。孙菊仙，本来是乙字调的高嗓门，在生行是最高的。可这还够不到调，只好扯开嗓子喊，这一喊，唱咧了，跑了调。台下顿时倒彩声起，

“嘟——，下去吧！”

“就这水平，还来天津卫蒙人哪！”

“嘟——，嘟——”

孙菊仙从唱票戏到正式下海，还从来没有因为调门儿的事让人喝过倒彩。他也急了，顿时把身段架子一放，操着天津话，冲着台下大声嚷道：“嘛——，嘛——，老乡亲——，老乡亲——哪！借四（这是）我的过吗？借四（这是）他们阴银（人）哪！你们听那弦了吗？多高的调门呀！——我的老乡亲哪！”说完，一跺脚下场了！

孙菊仙平时待人和气，见人总是带笑，对天津人，开口总是老乡亲长，老乡亲短的叫。这次在台上禁不住又开口叫起了“老乡亲”，台下就此一阵哄笑。就这样，他

落下一个“老乡亲”的绰号。“老乡亲”叫得久了，他倒觉得挺亲切的。干脆，艺名就改成“老乡亲”。后来唱戏写水牌，名字就写“老乡亲”。在菊坛，人们很少叫他孙菊仙，都管他叫“老乡亲”或“孙大个”。

这次回天津唱戏唱砸了，消息传到了他老爹孙旺的耳朵里。他爹气呼呼地找到了戏班，生生把他拉了回去。他爹说：“叫你学好你不学好，非得唱戏。你看，你不是唱戏的命，你是当官的命，还是回家给我等着当官吧！”

“等着当官”，这话很有意思。这当官还有等着的吗？有哇，时代创造奇迹！还真让孙菊仙给等着了。孙旺把孙菊仙拉回家后没几天，就接到满洲英西林军营的一纸聘书，聘他入伍充值。因为他身上有武秀才的功名，那年月，抓丁难抓着呢，你是武秀才，功名在身，理应为国家效力，不用抓，聘你来，这不是名正言顺吗。这正合他爹的心思，高高兴兴的送儿子到了英西林军营。

到了军营，孙菊仙等于是二次入伍。对军营的规矩比别人熟悉得多，再加上他是武秀才出身，身上有武功，个头又大，在军营中，是鹤立鸡群，属于佼佼者。很快被赐予花翎三品衔，候补都司，以“游击”记名。清代绿营中，“游击”相当于现代军队中的营职军官。都司是游击之下的官职，候补都司，就是代理都司之职。以游击记名，就是副营职类军官。很得英西林的赏识，后来英西林出任两广总督，将孙菊仙带到任上，命孙菊仙充任武巡捕。相当于现代的省级刑警队队长。可真是让他爹如愿以偿，真真的当了官了。但是，孙菊仙还真是没有当官的命。没有多久，英西林因为广东省科考赌博案，被弹劾罢官。孙菊仙也吃了瓜烙，被罢职。孙菊仙就此成了流浪汉，流浪到上海，另谋出路。

有散曲【仙侣·后庭花】唱道：

命里注定无？官运没仕途。几番军营进，到了进又出。进又出，终兀自走上梨园路。唱和由心倾诉。

第三十八回

淞沪港名扬艺场
县太爷棒打鸳鸯

当年张二奎收杨月楼为弟子的时候，就很让程长庚眼馋。杨月楼当时虽只有九岁，可那副俊俏灵透的长相，和那清脆甜润的好嗓子，就让程长庚很是欣赏。但当时，杨家父子是人家张二奎招来的。其父在四喜班唱戏，其子，被张二奎收为弟子，那是顺理成章的事。自己眼馋，只能眼馋而已，别无办法。

时光一晃过去了，这杨月楼也一晃长成了个大小伙子。杨月楼不愧是张二奎的亲传弟子，他的唱念做，活脱脱一个张二奎再世。张二奎擅于唱王帽戏，杨月楼也擅于唱王帽戏。他唱的《打金枝》，比张二奎还胜一筹。因为他的嗓子除了有张二奎的洪亮憨直之外，还吸收了余三胜的柔润丰满，兼有程长庚的厚重和婉转。因而他唱《打金枝》比当年张二奎更叫座，戏迷们说，听了一个人的唱，等于听了三个角儿的唱，值！

更可贵的是他的武功，有他老子的传授，他唱文武老生，比他的师弟余菊生要胜一筹。若论打，他打不过余菊生的把子，因为余菊生是有名的拼命三郎，在舞台上打把子，净动真家伙。还风风火火的，打得快，下手狠，家伙用得密不透风，和他打对手，一不留神就有被他打伤的危险。可是杨月楼唱功高他一筹，武打，没有他的蛮劲，反而很有儒将的沉稳风度，更让人喜欢。最拿手的就是他唱猴戏，他扮演的猴子，颇具灵性，是人猴合一，既有猴子的顽皮，又有人格赋予的意志。当时，菊坛都称他“杨猴子”。自从张二奎去世之后，他就是四喜班老生和文武老生的台柱子。

程长庚当了精忠庙的庙首，又总领三大戏班，就常到四喜班巡察，他格外看重杨月楼。杨月楼也深感大老板对自己的重视。就主动向大老板请教，程长庚有爱才的职业病，只要被他看好，他都爱不释手，恨不得把全身的本事都传给他。对杨月楼也是如此。

程长庚教杨月楼唱戏，不同于他人，因为杨月楼对程长庚的唱腔，学得惟妙惟肖，更有敲金嘎玉的韵味儿。对于杨月楼的身段，也不用一招一式的亲手传授。杨月楼的身架，完全是他父亲的武生身架，功底深厚，身段边式俊美。程长庚只是在戏路子上稍加点拨即可。程长庚唱《镇潭州》，长靠戏，大身架，大动作。程长庚教他时，只给他用手比画一遍，杨月楼即刻就能拉开架子唱了下来；文戏如《群英会》《取南郡》《法门寺》等，就更省事，程长庚只给他说一遍戏路和把握人物的方法，他就登台贴演，戏迷看了，都说他是一般无二地拓了程长庚的影子。对于杨月楼，程长庚是打心眼里喜欢。就是不忍拆四喜班的台，不然，一定挖到身边来，手把相待。

孙菊仙流落到上海，和别人合开了个升平轩茶园。因为在上海没根底，仅半年就倒闭了。他只得到金桂茶园搭班唱戏，为了打出名声，他便给杨月楼写了一封信，邀杨月楼来给他助阵，壮声威。哪知信发出去不久，杨月楼还没到，他就唱响了！金桂茶园还被他唱得挺火爆。

当时，上海是清政府在卖国条约上，割让出去的通商口岸。各国的租借地一片连着一片，洋人在租界内外耀武扬威。

整个大上海，十里洋场，灯红酒绿，商贾云集，软红十丈，纸醉金迷。正处在资本主义萌芽阶段的兴盛时期，是冒险家发财暴富、寻欢作乐、恣意享受的乐园。因而，上海的娱乐场所十分火爆。上自官绅富贾，洋人买办，下自贩夫走卒，工商作坊手艺工人，都热衷于在娱乐场所消遣。最火爆的娱乐，就是到茶园看戏。

这之前，上海还没有京皮黄这个剧种。此时，京皮黄向外发展，走出京城，刚刚出现在上海，就像当年南戏北行一样，京皮黄让上海人颇感新鲜奇特，着迷追捧。

一八七六年，上海的《申报》大篇幅介绍这种北京来的戏曲，称之为“京剧”。从此，京皮黄才有了个正儿八经的响亮名字——京剧。

京剧到上海来，实际是南戏的回归。其原本是南方的戏剧，进京之后，经过七八十年的融合吸收，集中国东西南北戏剧的精华，才蜕变定型，成为一个全国各地都能接受的“地方”剧种——京剧。回到上海，北戏南行，算是认祖归根。一下便被上海捧为宝贝，叫响上海滩。不少京剧名家，纷纷到上海“淘金”。

杨月楼接到孙菊仙的信之后，本不想离京，但念及他和孙菊仙以往的交情，体谅孙菊仙独自在外闯荡的难处，也为朋友的诚恳邀请，不便推辞。不为淘金，到上海这个新地方试试身手，也长些见识，便来到上海。

当时上海最火爆的戏园是金桂和丹桂两个茶园。孙菊仙火爆起来，便在金桂做了挑班。他是京城的大角，由他挑班，戏票就卖得更加火爆。丹桂茶园的老板，看了直眼红。正在他抓耳挠腮着急上火的时候，杨月楼来到上海。他像得了救星一样，挖空心思将他拉到了丹桂茶，也让他做了挑班。

丹桂茶园也来了京城的大角，一下子也火爆起来。无形之中，孙菊仙、杨月楼这哥俩，各踞金桂和丹桂，在上海滩上唱起了对台戏。

杨月楼本想一到上海，就与孙菊仙绑到一块儿，好好卖把子力气，为孙菊仙打打人气。没想到到了上海，一登台就与孙菊仙唱起了对台戏。心里挺不落忍的，就私下里找到孙菊仙道歉赔不是。孙菊仙倒不认为是坏事，他觉得这样更好，一举三得。一是各自亮各自的本事，更利于创自己的牌子；二是两个茶园唱对台戏，茶园老板更不敢怠慢他们；三是在开戏份上，都能各自拿高份子。他鼓励杨月楼，放开唱，多玩花样，适应十里洋场的环境。孙菊仙一番话，才将杨月楼一颗吊着的心放到了肚子里，放开本事唱戏。

杨月楼唱戏有他先天的条件，除了一条天生的好嗓子之外，还有他长得一表人才，扮相英俊，身材魁梧，再加上戏装披挂，更是飒飒英气，风流倜傥。他唱戏感情投入，唱念做打都能把观众带到戏里，同他悲喜交流。

当时上海茶园和北京茶园的看客不同。北京是帝王所在的帝都，封建管理比较严格，大清朝曾明令禁止妇女进茶园和娱乐场所看戏或娱乐。即使是堂会，女眷也只能在用屏风遮挡隔离的地方暗暗看戏。大街上的茶园是绝对不让女眷进场的。上海受洋人的影响，比较开放，到茶园看戏的除了男客之外，还有女宾。很多太太小姐也和男人一样，买票进茶园看戏。

就这一点，让杨月楼慢慢地占了上风。他的扮相好，就凭这，让那些女客大多流入金桂茶园。当时上海的一名清客名袁翔甫，写了一首竹枝词：

金桂何如丹桂优，
佳人个个懒勾留。
一般京调非偏爱，
只为贪看杨月楼。

靠近丹桂茶园的法租界里，有一户富商人家，姓韦，祖上广东。在上海法租界做洋行生意，发了洋财，在法租界买下一处房产。这富商常年在香港、广州、澳门等地做生意，整天在外忙忙叨叨张罗挣钱的事，很少光顾这个家。家里只留下妻子女儿和一个女仆。

那女儿名韦阿宝，从小在租界念书，识文断字聪明伶俐。年方一十七岁，生得亭亭玉立，瓜子脸，大眼睛，一头秀发，梳一根溜光水滑的大辫子，垂于身后。走起路来，大辫子随着臀部摆动，格外别生风韵。她在家无所事事，终日逛豫园，遛南京路，游张园，或到丹桂茶园看戏。

自从杨月楼到丹桂茶园唱戏之后，这韦阿宝像着了迷一样，迷上了京剧。她从小就喜欢《红楼梦》《西厢记》《牡丹亭》等书中的才子佳人，爱听评弹开篇，以及评书中的爱情故事。看了京剧中的才子佳人，更使她迷上加迷。由戏及人，由人及角儿，她迷上了杨月楼。正是情窦初开的年华，一迷上杨月楼，就一发不可控制感情，一天不进丹桂茶园，一天不见杨月楼就心慌意乱，坐立不安。即使进了丹桂茶园，看了杨月楼的戏，回到家来也是茶不思饭不想，进进出出，翻来覆去的神不守舍。她的心事，她的母亲尚未发现，女仆王氏却看得清清楚楚。

王氏是韦阿宝的奶娘，从小把阿宝带大。阿宝的反常行为，让她很是担心。当晚看戏归来，阿宝不曾洗漱就躲进卧房，歪在床上想心事。王氏平时就一直伴小姐而眠，到夜静更深的时候，她看小姐还没入睡，就搭讪说："小姐，今天的戏好看吗？"

"不知道。"阿宝翻个身懒懒地说。

“那侬看戏看的什么呀？”奶娘问。阿宝又翻个身，“只看那台上一通混打了。”

“是不是光顾了看那杨月楼打把式了？”奶娘故意用话点她。

阿宝经不住奶娘的逗引，干脆坐起来说，“阿娘，侬看那杨月楼怎么样啊？”

“什么怎么样？”奶娘明知故问，“侬是说他戏唱得怎么样，还是说他戏份挣的怎么样？”

阿宝姑娘满脸含羞的说，“看奶娘说的，他挣戏份多少跟我什么相干？”

“那你说什么跟你相干？”奶娘干脆把话挑破说，“你怕是看上那小白脸了吧？”

“没想到他是那么年轻，戏竟唱得那么好。”姑娘喃喃自语道。

“唱戏的从小坐科学戏，这个年龄正是出科唱戏的时候，当然唱得好了呀！”奶娘说。

“他那么年轻就唱得那么好！难得，难得！”姑娘又感慨地说。

“他是京城的名角儿，自然唱得好啦。”奶娘搭着话又问，“囡子是不是看上他了？”

姑娘也表明了心迹，“他是北京名角儿，怕是早有妻室了吧？”

奶娘进一步说，“这些天，我看囡子心神不定的，准是相中那戏子了。”

“他是很招人喜欢的嘛！”姑娘说了实话。

“如果囡囡喜欢上那武生了，可不得了！他是戏子，像侬这样的小姐是不准看上戏子的！”

“戏子怎么啦，戏子就不是人哪？”阿宝听了不高兴。

“那人家要是有了妻室，你不成了旱烟锅子一头热呀”奶娘试探着阻拦说。

“要不我给他写封信，表明心迹，探探他意下如何？”阿宝大胆地提出了个主意。

奶娘说：“那样是不是太唐突了？”

“可总比我昼思夜想不踏实好哇？”她又犯难地说：“就是写了信，如何交到他手上啊？”

“这个——小姐要是非要写，”奶娘说，“为了姑娘，我就放下这老脸，替你走一趟。至于怎么交到他手上，我再想主意。”

“还是奶娘心疼我。”

听了奶娘的话，阿宝放了心，她下床取出纸笔，亲手写了一封信。说是信，其实就是一封情书。她把对杨月楼的思念，爱慕之情写得情意绵绵，魂牵梦绕，脉脉含情，林林总总，表达得清清楚楚，明明白白。并另用一张红纸，把自己的生辰八字写了上去。信的末尾还写了一首词，题名曰《恋绣衾》：

观剧若细读书文。领会深、眉目传神。笙歌伴、情更忱，舞蹁跹、爱已注心。 相逢陌路人不识，红线牵、花开无痕。长亭话、颓垣土，断桥会、莫叙旧闻。

信和词写毕，取出一个花笺信封，将信和词一并装了进去。然后又从头上剪下一缕青丝，也一并装了进去，然后用糨糊封得严严实实，这才交给奶娘。

奶娘接过信，小姐又嘱咐道：“奶娘，此事须稳妥，你一定要亲手交给杨月楼，信千万不能落到别人手里。”

“我晓得。”奶妈冲小姐笑笑说，“小姐只管放心。”

第二天，王氏拿了小姐的信，径直来到丹桂茶园，找到那专管卖票的案目。那案目姓高，平时在茶园专管推销戏票。因为这韦家是看戏的常客，平时买票又都是王氏跑来跑去，因此，这王氏跟高案目接触多了就熟识了。高案目一见王氏，赶紧笑脸相迎，

“王妈妈哎，今天戏可好看呐！好座位我为侬留着咪！”

王氏笑笑说，“谢谢侬咪，今天我不买票，我是专请侬帮忙来咪！”

“请我帮忙？”高案目蹊跷地问，“我能帮侬啥子忙哦？”

王氏往前一凑，顺手将一包散碎银子送到高案目的手上，“帮这个忙非侬莫属咪！”

高案目接过银子更加莫名其妙，王氏淡淡地说：“我家小姐，看了杨老板的戏，有些个意见，想与杨老板交换一下。请侬给通融通融。”

“啊呀，想见杨老板，这可难哪。他是名角儿，不是什么人都见得的。”

“哦呀，我们是看他戏的常客，我们小姐识文断字，对他唱的戏文有说法，不见他本人他怎么能晓得啦！”

“他正在后台化妆，没有得闲哪！”

“没关系，不打搅他化妆，我只是把信交给他就成。”王氏说。

“侬进去不方便，”高案目伸手说，“要不，我代侬劳吧！”

“那可使不得！”王氏说：“小姐有吩咐，要我亲手交给杨老板。”

高案目拿了王氏的银子，不好推辞，退一步说，“要不侬先等片刻，我到后台去问问杨老板，看他得空不得空？”

“好咪，我等侬。”王氏摆摆手。

高案目进得后台，看杨月楼正化妆，凑过去低声说：“杨老板，外面有一嬷嬷要见您。”

“嗯？”杨月楼一愣，“一个嬷嬷见我何事？”

“说是她家小姐要和您谈谈。”

“她家小姐？”杨月楼不假思索摆摆手，“我到上海举目无亲，不认得什么小姐，男女授受不亲，不谈，不谈。”

“人家是关心您唱的戏，要给您谈谈对戏文的见解。”

“哦。”杨月楼听后，倒动起了脑子，心想；上海唱戏和北京不一样。上海人思想开通，接触西洋玩意儿多，可能是这位热心的小姐，要谈对戏的看法。这倒是很难得。但又一想，上海是花花世界，自己初到上海，又不认得什么小姐，别是什么圈套吧。还是不见为好。便说，“请您转告她，我这里正忙，不得空闲，不见。”

高案目忙说，“那老嬷嬷说不打扰您，只是把小姐的信交给您。”

“信？什么信？”杨月楼怀疑地问。

“就那意见哪，人家写好了，交给您就成。”

听了这话，杨月楼倒觉得可以看看到底是什么意见。对案目说，“那就请她进来吧！”

王嬷嬷来到后台，看杨月楼妆已化好了。近看，这小伙子真是俊俏倜傥，化上妆，更是英姿风流。心想，怪不得让我家小姐神魂颠倒呢！忙近前施一礼。将小姐的信交到杨月楼手上。

杨月楼打开信一看，不禁吃了一惊。这那里是什么“意见”，分明是一封情书。他读后不禁脖子后面直冒冷汗，他生平第一次接到女人的书信，而且是情书。真是尴尬万分，不知如何处置。

王氏见状忙说：“大老板给我们小姐写封回信吧。”

一听这话，倒提醒了杨月楼，他赶紧把信退给王氏说：“杨某初到上海，不认得小姐，不敢接此信件，请嬷嬷带回去吧。”

王氏说道：“无论如何，这是我家小姐的一片心，先生总得有个态度吧。”

杨月楼已经从字里行间，看出了这位小姐纯真的心。若有虚情假意，不会把生辰八字也写明，何况还夹带了一缕青丝。又看那字迹，工整清秀，由此推测，肯定是一位非常清纯秀丽的少女。不觉心里真的动了一动。但转念一想，还是慎重为好。忙说，“感谢小姐错爱，诚惶诚恐！我杨月楼还小，婚嫁之事还从没想过。婚姻大事要父母做主，唐突不得，唐突不得！请转告小姐，实不能接此信件。”

“那就请先生写几个字，给她，我也好回去对她有个交代呀。”王氏又恳求一遍。

此时，杨月楼想起与孙菊仙会面时，师兄曾提醒自己，上海是个杂巴地，什么人都有，一定要谨慎从事。想到此他更加谨慎，摇摇头，对王氏说，“妈妈，有您转告，比写信更为直接。对不起，我要上场了！”此时武场催场的锣鼓已响起，他借机匆匆离去。

王氏回到府上，将看到杨月楼的前后经过，从头到尾细说一遍。韦小姐听后，大失所望。只觉得天旋地转，脚下没根，腿一软，倒在帷帐之中。

王氏见状，忙上前掐人中，揉胸捶腿，小姐才苏醒过来。不觉“哇”的一声，哭出声来。

她这一声哭不打紧，惊动了夫人，他的妈妈赶紧跑上楼来，问明了前因后果，夫人责备王氏办事唐突，不该去茶园传书。又数落女儿不知检点，知书达礼的却妄失身份。

夫人又劝女儿说：“天下好男人有的是，凭我们的家业，凭我女儿的俊俏和才情，还愁得什么嫁，非看上个戏子，下九流，有失门第！”

不如此说还算罢了，没想到这韦阿宝听到此处，高声说道，“我就是看上这个戏子了，这都什么年月了，还说人家是下九流！侬说他下九流，我就偏偏嫁给这个下九流！”

“什么年月？还不是大清的天下！”韦母说，“大清有明令，不准戏子娶良家女子为妻！何况我们是大户人家，你是名门大户的千金小姐，怎能违抗朝廷的典律！”

“您也别用大清的典律来吓唬我。反正我是铁了心了，非杨月楼不嫁！”

从此，韦阿宝饭不吃，水不喝，寻死觅活，给她妈妈闹起了绝食。

女儿是妈妈心头的肉。阿宝一连几天不吃不喝，小脸都没了血色，眼看得瘦了一圈，人也奄奄一息。这一动真格的，倒真让韦母没了主张。

他悄悄对王氏说，“这孩子痴心很重，动了真格的。也不知那杨月楼到底是个什么样的人？”

“论眼力，小姐没有看错人。”王氏说，“经我与杨月楼的接触看，倒是一个蛮斯文厚道和堂堂正正的正人君子。他的戏您是看过的，本人比戏台上看，更潇洒端正。”

“但不知人家是什么态度？”夫人进一步问。

“当下他是一口回绝了。”王氏说。

“可阿宝如此痴心怎么办哪！”韦母听后更加发愁。

“虽然他当下一口回绝了，但他并不是没有动心。”王氏带一丝希望地说。

“何以见得？”韦母忙追问。

“如果他毫不动心，他就会当下将小姐的信撕毁，说出难听的话来……，可是他并没有那么做。”王氏存有一线希望的说，“说不定还有挽回的余地。”

“挽回？怎的挽回？”韦母着急地问道。

“太太不妨亲自约杨月楼谈谈，兴许能有个回旋的余地”王氏试探地说。

韦母为了救女儿的性命，也顾不得许多了，只好让王氏再约杨月楼说话。

王氏打听准了哪天杨月楼得空，径直来到杨月楼的住所，说明韦母要约谈的意思。杨月楼本打算一口回绝，但考虑上次，小姐的信写得那样至诚，自己一口回绝，已属非礼。这次，小姐的母亲约谈，谈何事尚不明白，再若不分青红皂白一口回绝，就有点不通情理了，便答应下来。

韦母将杨月楼约请到法租界的一家西式餐馆。落座之后，韦母端详杨月楼，高高的身材，匀称适度。一张棱角分明的脸，浓眉大眼，炯炯有神。身穿月白色长衫，更透着满身的清秀文雅。如不知他是名伶，怎么看也是一介斯文的书生。韦母看了，心底倒替女儿生出几分爱怜之意。

韦母到底是洋行富商的太太，见过世面。她落座之后，先不说正题，只是谈戏，说那个角色如何如何，那出戏如何如何。在闲扯之中，他观察杨月楼的确举止端庄，谈吐文雅，全不是市面上传说的戏子浮浪粗俗的做派。心里由衷地喜欢上了面前的这个年轻人。于是她挑明了话题，说明自己有意将女儿嫁给他。

杨月楼听后，郑重地说道：“伯母厚意，实实让晚生愧领。我乃一伶人，属世道之上下九流的身份。伯母府上是富商，沪上名门，杨某怎敢生此奢望，有辱千金小姐之身！”

杨月楼越是这样说，韦母越是觉得杨月楼人品难得。若遇上浮浪之人，此事正合其淫欲之心，正好来个顺手牵羊。可杨月楼却说出如此的话来，可见此人是正人君子，能够信赖，可以托付女儿终身。韦母更加诚恳地说，“杨先生，我看您是讲信义之人。实话对您说了吧，是我家女儿看了您的戏，暗生爱恋，如痴如狂。不然，她也不会冒昧地给您写下书信。 自从您回绝了她的书信，她水米不沾牙，已近十天，体力已近不支。为救她的性命，看在她对你一片痴心的分上，您还是答应了吧！”说完，韦母泪流满面。

杨月楼听后，慌忙说道，“韦妈妈的心情杨某可以理解。可是婚姻乃人生大事，不可造次，请妈妈回去再与令爱商议商议，再做决定。不可贻误小姐终生。”

韦母听杨月楼如此说，心里更加没底，“先生若是不答应，就等同将我女儿置于死地。已经没有商量的余地了！”说完，竟然给杨月楼跪了下来。

杨月楼一看，慌忙用双手将韦母搀起，“韦妈妈不可这样，叫杨某生受不起！既是婚姻大事，就要郑重对待，方可对得起小姐。容我三思，准备准备。”

韦母一看杨月楼有了活动的话，就势说道：“只要先生答应这门亲事，结婚的一切准备，都包在我韦家操持，先生只管请媒人下聘书之类事即可。”

杨月楼看韦家妈妈如此诚信而且仗义，也就答应下来。

韦母回到家，将杨月楼答应婚姻之事告诉女儿，女儿当下就从床上爬了起来，开始正常饮食起居。高高兴兴的梳洗打扮，只等杨月楼派媒人来下聘书。

杨月楼回到下处，左思右想，觉得自己不能辜负了小姐的一片心意。绝不能草率行事，要办得稳妥体面才好。他径直来到孙菊仙的下处，将此事的前因后果告诉孙菊仙，请他帮助出出主意。

孙菊仙听后，哈哈大笑，“恭喜师弟，贺喜师弟！交了桃花好运，竟有如此痴心的小姐相待于你！既是韦家如此仗义，我们也要对得起人家，三媒六证，明媒正娶，一点不得含糊。这些事，就包在师兄我身上，你只等着做新郎官即可。”

孙菊仙唱戏之余，紧张罗此事。他请丹桂茶园的老板当主婚人，又请金桂茶园的老板做证婚人。又找了媒婆，将二人的生辰八字合到一起，写了聘书，选好了吉日良辰。一切准备妥当之后，派媒人到韦家去下聘书、庚帖、聘礼。

韦家接到婚书聘礼，韦小姐和韦妈妈高兴万分。韦母就阿宝一个独生女儿，当然在女儿婚事上舍得花钱。为了让女儿守在身边，她在法租界又租下一幢房子，作为他们的新房。室内的摆设，床帐，被褥都置办得豪华时髦。光陪嫁的衣服就有几大皮箱，应时的用品应有尽有。

结婚这天，各大茶园的经理，各戏班的名角儿以及与杨月楼搭班唱戏的同仁都来贺喜。举办婚礼的酒楼，挂满了贺联锦帐。酒楼内外高朋满座，喜气洋洋。婚礼办得既体面又大方。《申报》的记者，还发了一条“名伶杨月楼上海滩喜结良缘”的消息。

杨月楼和韦阿宝郎才女貌，婚后和和美美，甜甜蜜蜜，如胶似漆。

可惜好景不长，他们结婚刚过了三个月，就闹出一场祸事来。

原来韦阿宝有个叔叔名韦间，他哥哥在上海发迹的时候，他还在老家农村是个野小子。哥哥发迹之后，将他接来上海，指望让他学做生意，哥儿俩共同发达。没想到，这小子在老家野惯了，一到上海，进入了个花花世界，弄得他眼花缭乱。整天心猿意马，没心思学买卖，钻到灯红酒绿的热闹场所去放荡开心。他哥哥忙于生意，也曾管教他几次，没有结果。也就不再理他，将他赶出家门，断了他的生活来源，意思逼他自立。这小子没了管教，无拘无束，成了上海滩上的混混，更是放开性子在上海滩恣意妄为。

这一天，他偶然发现《申报》上杨月楼与韦阿宝喜结良缘的消息，顿时眼前一亮，坏招儿马上拱上心头。他来到丹桂茶园的大门外，等着散场之后杨月楼走出剧场。他迎上前去，自报家门说："我是韦阿宝的叔叔，名韦间。你和阿宝成婚，我未曾恭贺，今天算是认识一下。既成韦家的门婿，没有别的，每月给我一千大洋，算是孝敬养老。否则，我让你吃不了兜着走！"

杨月楼一生和正人君子打交道，从来没碰上过地痞无赖，不知道如何应付他们。一听，这分明是敲诈，顿时怒火填胸，伸手揪住这小子衣襟，用力一甩，这小子一下被甩出一丈有余。杨月楼指着他说道，"以后少来招惹我，否则，有你的好看！"

这小子爬起来，拍拍身上的土，冲着杨月楼喊道："姓杨的你等着，看我怎么收拾你！"然后恨恨地溜了。

杨月楼回到家，对韦阿宝说了此事。韦阿宝说确实有这么个叔叔，宁得罪君子不得罪小人。这个叔叔是个无赖，肯定不会善罢甘休的。杨月楼觉得自己身正不怕影子歪，没把此事放在心上。

又过了一天，他卸完妆，正准备回家。法租界的巡警进来，不问青红皂白，将他一把铐子铐了起来。不容分说，将他拉到租界的会审公廨。来到会审公廨，方知道他们的家已被查抄，财产和家私全部被没收，连韦阿宝也被铐到这里。

果不出韦阿宝所料，韦间一纸状书，将杨月楼告上了租界的会审公廨。说杨月楼拐骗良家妇女，卷逃财物。当时租界内的案子，由租界内的会审公廨审理。会审公廨的洋法官，升堂审案，才知道原来韦阿宝是原告的侄女。这是家事，并非有关洋务利益的公事，属于民事案件。便将此案及没收财产一并转给上海县衙，由清朝地方政府审理。

当时上海县属江苏巡抚丁日昌管辖。上海县的县太爷姓白名言晖，是丁日昌的亲信。丁日昌，是一个典型的清朝封建势力的奴仆。他能提升为江苏巡抚，完全是靠了一纸奏章。他原先在李鸿章属下充当一名牙将，打下上海之后，他因功被提升为提督，镇守苏锡常一带。因为当时这一带，为太平天国长期占领之地。开化较早，民间封建意识相对削弱，有了资本主义萌芽状态的新文化苗头。男尊女卑的风气受到很大抑制，男女同劳作，妇女放脚，妇女识字，习武，妇女上街看戏，听评弹，等已是很普遍的活动。

丁日昌对这些一律视为有失风化。他曾两次上书，奏请朝廷查禁“淫词小说”，整饬风化，查禁各种书籍，戏曲，词曲等多达二百多种。

因“整饬风化”有功，他被提升为江苏巡抚。

白言晖就是丁日昌整饬风化时最得力的干将，在丁日昌的举荐下，白言晖就当上了上海县的县太爷。

杨月楼这个案子，移交到他的手上，他像得了宝贝一样高兴。因为他正为上海市面上流行的新式娱乐活动，看不下眼，发愁哪。接了这个案子，他正好借题发挥，杀一杀上海市面越来越难控制的“有伤风化”的举动。

升堂之后，他根本不容被告说话，只看状纸之词，喝令衙役将杨月楼吊起来，用刑棍打脚脖子一百下。

杨月楼是个唱戏的，唱戏的基本功是手眼身法步，把脚脖子打坏了，那“步”还何曾说起。亏得这白言晖也真想得出这损招来！公堂之上，每一棍下去，打在杨月楼的脚上，疼在韦阿宝的心上。

她再也不忍心丈夫受刑，大喊一声“住手！”然后站立起身，走到公堂堂案之前，用手指着白言晖骂道：“你这狗官，那里是审案，分明是毁害伶人！我丈夫是堂堂正正的菊坛名伶。我们成婚，完全是明媒正娶。婚书、媒人、证婚人、主婚人一个不缺，一个不少！这些财物，是我娘家给的嫁妆，凭什么说他是拐骗良家妇女，卷逃财物！你这昏官，只听一面之词，那韦间是我的叔叔，本是地痞无赖，被我父逐出家门，不准管我家事。你不问青红皂白，上得堂来，先打一百脚脖棍。他一个唱戏之人，指着腿功吃饭，你这不是毁他前程吗！”

白言晖被韦阿宝一席喝骂，更加恼羞成怒，惊堂木拍得当当乱响：“你这贱妇，不守妇道，竟看淫词滥调，淫犯奸情，私通戏子，还敢咆哮公堂！来人，给我掌嘴！”

喝令一下，韦阿宝被拉下大堂，被衙役掌嘴，直打得满嘴流血，桃花粉脸，被打得红肿鼓胀。

打过之后，这县令当堂断案：杨月楼拐骗民女，卷逃财物，发配黑河充当劳役。民女韦阿宝，私通戏子，自寻下贱，判予善堂，由官媒择配。所有搜没的财物，一律充公。

就这样，一对好端端的恩爱夫妻，被这位封建礼教的卫道士，活活给拆散了！

有散曲【大石调·青杏子】唱道：

沪上唱京戏，赶时髦都觉新奇，进戏园不分男女。戏中俊男，台下靓女，钟情相思。

【归塞北】有情人，终于成夫妻。三媒六证喝喜酒，双双恩爱如胶漆，永不再分离。

【初问口】偏有无赖，诈人钱财，刁状告到县衙去！冤难诉，恨堆积，平白无故动刑具！

【怨别离】生生拆散好夫妻，棒打鸳鸯东西。发配黑河冰雪地，归无期，苍天冷眼黑黢黢！

【擂鼓体】怒发冲冠骂不息，昏官无赖，沆瀣一气，为官图利披人皮，鼠窃狗偷玩把戏！

【催拍子带赚煞】未饮离杯心已碎，更莫提送君千里。悲悲切切，凄凄惨惨凄凄。昏官折散好夫妻，只要还留一口气，含恨喊冤天叫屈。

第三十九回

一石激起千层浪
双月患难结真情

这白言晖以为这样，快刀斩乱麻草草结案，就能逞一时的震慑之威。哪知，他却捅了一个大大的马蜂窝。

杨月楼是当时上海滩上的当红大角儿，正是风头正旺的时候。丹桂茶园的戏票，早已提前卖出去了，杨月楼吃了官司，不能唱戏，买了票等着看戏的看客不干了，找到茶园老板算账。茶园老板哪受得了看客的挤对，就躲了起来，不敢见看客。看客一时愤怒，把个丹桂茶园的牌子给砸了。这一砸不打紧，招来了租界巡警，巡警为维持治安，当下抓人，闹得沸沸扬扬。

这一下惊动了报界。先是《字林西报》刊发了一条消息，说是杨月楼"狎妓吃官司"。虽是一句话，但却是名人的绯闻。媒体最关心的就是这类绯闻，顿时各报一齐报道，消息五颜六色，一家一个说法，炒作的更是不亦乐乎。比较慎重的是《申报》。因为当初《申报》曾报道过杨月楼喜结良缘的消息，他们知道，杨月楼不可能刚刚度过蜜月就狎妓犯案。于是慎重采访，当采访到上海县令的时候，上海县令白言晖只讲结案结果，不讲案情经过。哪知他欲盖弥彰，岂能躲过记者的眼睛！

记者一眼看穿了白言晖的把戏，于是从案情的缘起采访。当采访到韦母的时候，韦母正为女儿的冤案发愁。便从头到尾讲了女儿婚事的经过，并把杨月楼的聘书，聘礼，证婚人是谁，主婚人是谁，都说得清清楚楚明明白白。记者又逐一采访了主婚人丹桂茶园的老板、证婚人金桂茶园的老板，接着又去采访办事人孙菊仙。

孙菊仙一听说杨月楼犯案的事，心里怎么也想不开，他是一百个不相信！可是公堂竟然结案了，当时他是心急如焚。心想，杨月楼来上海是自己邀来的，在丹桂唱戏打对台，也是自己的主意，与韦小姐结婚也是自己撺掇的。怎么就犯了案呢！早知如此，悔不当初，不邀杨月楼来上海，岂不就免了这场灾难吗！可如今犯了案，自己又无能为力，这不是把杨老弟给害了吗！正在犯愁的时候，记者来采访。他是如获救星，把杨月楼的来历及与韦阿宝成亲的前前后后，一五一十，如竹筒倒豆子，又都重说一遍。并拍着胸膛说，我是当时的办事人，如果公堂对质，我愿上公堂作证。

《申报》的记者把这一切都调查清楚之后，在头版，用通栏大标题刊出"奇冤！奇冤！天大奇冤！"用整版篇幅，报道了杨月楼的婚案。

《申报》的文章一出版，等于在上海滩投下一颗重磅炸弹。一时轰动了整个市面，上海滩无论商贾大亨还是贩夫走卒，无论里巷百姓还是租界富豪，上上下下都在议论此案。

《申报》一登此文，那些小报都相跟着一窝蜂似的刊登此案。有评论，有跟踪报道，有花边消息，还有起哄的杜撰。

总之说什么的都有，有的说杨月楼摊上了桃花运，丽人找上门儿惹了麻烦；有的说杨月楼寻花问柳，狎妓犯案；有的说名伶对名娼，一窝下九流等等。当然大多数报道还是与《申报》相一致，一边倒地数说上海县令断案不公，冤枉栽赃名伶。

吵得沸沸扬扬的这些个报道，也引起了公众的愤怒，一些文人清客、书画艺术界、学界知名人士，纷纷投书报刊，发表文章，抨击上海官场，矛头直指清朝地方政府。这些文章，江苏巡抚丁日昌看了后是坐立不安。弹压不是，承认不是，认错更不是。迫于舆论的压力，他只好做出个样子，撤查白言晖的县令职务，案卷移交娄县县令复审。

娄县与上海县是邻县，县令姓尹名庄禾，也是丁日昌的亲信。尹庄禾对丁日昌移交案卷复审的意图，会心会意。明摆着是转移视听，遮人耳目。为了应付报界记者的追踪采访，还得摆出一副堂堂正正审案的姿态。他对杨月楼一个戏子，搞这么大动作，闹得官场不得安生，打骨子里就恨透了。于是借重新过堂的机会，对杨月楼不管青红皂白先是一顿酷刑，先让他吃顿皮肉之苦，打得杨月楼是遍体鳞伤。之后才装模作样地把办事人孙菊仙、主婚人丹桂茶园经理、证婚人金桂茶园经理、韦母、韦家奶妈、韦间、韦阿宝的父亲等一干人传到大堂对质审问。除了韦间、韦阿宝的父亲的口供与《申报》报道的不一致之外，其他都与被告杨月楼和韦阿宝的口供相符。

尹庄禾也知道这是个冤案，但决不能就这样推翻前案呀。如果推翻前案，这不是明摆着打白言晖的脸吗！这不是公然给他的上司丁日昌脸上难看吗！可是案子明明白白摆在那里，就是一桩冤案嘛！尹庄禾心里暗暗盘算，这个案子，如何断哪？既得让记者无话可说，又得让上司感到不丢面子。他冥思苦想，终于想出一个绝妙的主意来。

第二次升堂，他将韦阿宝的父亲、母亲传上堂来。

韦阿宝的父亲是个商场上的鬼灵通，见过世面，但对于官场上的事却马马虎虎。上得堂来，尹庄禾把惊堂木一拍，厉声喝道：“大胆奸商，竟敢纵容亲女，与戏子私通！”

韦父被这突如其来的喝问，问得有点摸不着头脑。慌里慌张地说道：“大老爷明鉴，小的一直在外做生意，女儿的婚事不是小的做主，小的一概不知呀！”

尹庄禾大声喝道：“你是生意场上见过世面之人，难道不懂得，儿女婚姻大事必须有父母之命吗？”

“小的不在家，由其母做主所为。”

尹庄禾又把惊堂木一拍喝问韦母：“韦阿宝的婚事可是由你做主？”

韦母答道："确实由我做主。"

尹庄禾厉声喝道："大胆贱妇，难道不知道在家从父，出嫁从夫之理吗！"

"他常年在外谋生意，不在家啊！"韦母辩解道。

尹庄禾又转向韦父问道："这样不通三纲五常的愚妇，你能任她做主吗？"

韦父忙说道，"大老爷，我也是上海滩有名望的钟鸣鼎食之家，我的女儿，怎能随随便便嫁给一个下九流的戏子，这太有损我韦家名声了。都是这贱人胡乱主张，这桩婚事我是断断不能同意的！"

尹庄禾说道，"没有父母做主的婚姻，绝不是合法婚姻，你同意解除婚约将女儿领回家吗？"

一听这话，韦母心里一惊。甜甜蜜蜜的一对小夫妻要生生拆散，这不是要女儿的命吗？于是大声说道："青天大老爷，儿女婚事由父母做主，难道我不是阿宝的母亲吗？怎说是没有父母做主呢！"

"大胆贱妇，还敢狡辩，出嫁从夫尚且不懂，都是你教女无方，才惹出这伤风败俗的丑事，还敢多嘴！"听县令申斥韦母，韦父慌忙答道："解除婚约！一定要解除婚约！请大老爷明断，我韦家的名声要紧！这女儿嘛，已辱没我家门风，我断不能再领回家去，听凭大老爷发落！"

一听丈夫说出这样没心肝的话来，韦母当下气得七窍生烟，指着韦父骂道："好你个没心肝的东西！阿宝不是你的亲生骨肉哇，竟说出如此绝情的话来！"

听她这一骂，堂上的尹庄禾惊堂木一拍，厉声喝道："大胆泼妇，竟敢咆哮公堂，掌嘴二十，赶下堂去！"

韦母被打得吼吼乱叫，还被无理赶下大堂。

此时，尹庄禾就势宣判："杨月楼与韦阿宝系无主许婚，不能成婚。杨月楼本属贱业，明知良贱不能通婚，却勾引民女，属拐带良家妇女罪。维持原判，发配边疆充役。韦阿宝仍由善堂择夫另嫁。"审来审去，只不过，"拐骗婚姻，卷逃财物"的话不再提起，还是落得个维持原判！换汤不换药，可算得尹庄禾偷天换日，瞒天过海的伎俩高明。

韦母被当堂掌嘴，脸被打的肿得像紫茄子。更痛心的是好好的女儿婚事，被混账丈夫的一番混话，给搅散了！女儿还不得回家，交善堂择夫，这等于是剜她的心头肉一般！回到家来，与丈夫大闹一场。

原来，这韦父早已在广州金屋藏娇，另有新妾，早把个韦母忘得干干净净。还哪里管什么女儿的婚事！因此才狠着心不领女儿回家，以免累赘。回到家里，韦母与他大闹，他反诬婆娘不通事理，一拍屁股回广州去了。

韦母在堂上被侮辱，在家又被丈夫欺负，想到女儿的婚事被拆散，下一步还不知道生死如何，悲愤交加，一病不起，不几日黄泉路近，一命呜呼了。

最感到气恼的是孙菊仙，明明是一场冤案，审来审去，还是维持原判。杨月楼被发配黑河充役，这哪里还有公道可言！尽管自己在公堂之上，拼命为杨月楼作证，证明是合法婚姻，可尹庄禾还是以无父命做主，判为无主婚姻！由此他看到权力的重要。怪不得父亲千方百计要自己当官呢。原来有官就有权，有权就有理！什么王法？权就是王法，王法就是官法！思来想去，还是得当官。唱什么戏？戏文里的王法，都是给人看的！到了叫真章的时候，屁事不顶，干受窝囊气！如此看来还是得想办法当官！我要是当了官，我真为老百姓说理，为老百姓做主！自打从公堂回来，他无心思唱戏，光琢磨当官的事了。

想什么就有什么。他正为当官，想得吃不香睡不宁的时候，他在两广总督，当武巡捕时候的一个同事来找他。说是他们的老上司英西林又被起用了，现正在古北口重整旗鼓，招兵买马呢！孙菊仙正心猿意马的时候，被这位老同事一撺掇，当官的劲头更足了，二人一拍即合。孙菊仙当晚卷铺盖打点行装，悄悄溜出上海，往北，投奔英西林而去。

杨月楼被关在大牢里，遍体鳞伤，两个脚脖子被打断了，不能行走。整日躺在大牢的草铺上，又思念阿宝，心续不安。愁苦和伤痛相伴，煎熬度日，凄苦交加。

这一天，牢头领来一位年轻女子，自称是杨月楼的表妹，前来探监。

杨月楼在上海除了韦阿宝之外，没有一个亲人，哪里会有什么表妹？

待牢头离开之后，那女子将一个竹编的饭甑打开，将里面的烧鱼，熏肉，鲜菜、水果和米饭，一样一样拿出来，摆在杨月楼面前。看了杨月楼受刑后的伤痛惨象，不觉珠泪吧嗒嗒洒落下来。她一边抹泪一边示意杨月楼进食。杨月楼这些天也确实饥饿难耐，也顾不得问来人是谁，就狼吞虎咽地吃将起来。探监的女子看杨月楼的吃相，不禁破涕为笑，也不作声，高兴地默默看他吃饭。

等月楼吃饱喝足，女子才满意的收拾饭甑说，“杨老板，以后我天天给你来送饭，你一定以保重身体为要。其他的，顺其自然，吉人自有天相，任凭昏官怎么判案。”

杨月楼看这女子也非等闲之辈，不禁问道：“你是——？”

那女子竖一手指掩嘴，示意杨月楼不必多问，“我是你表妹——，来日方长，日后你就知道了。”

说完，收拾器物，离开大牢而去。

这女子姓沈，名月春。是上海豫园内一个唱评弹的说书艺人。这女子年方二八，正是血气方刚的豆蔻年华。她平时说书唱评弹，唱的都是江湖好汉，正人君子，才子佳人。对世上不平之事，看不下眼，顺不得耳。也常常借评弹书场，笑骂指斥那些奸佞之徒，贪赃枉法之辈。

自京剧流入上海之后，她也曾到金桂和丹桂茶园看过孙菊仙和杨月楼的戏。对杨月楼的才艺人品也是倾心佩服，但还没到韦阿宝那么痴心相思的程度。杨月楼的案子见之报端之后，她甚为杨月楼的冤案感到愤愤不平。她曾找到当时的清流名士袁翔甫，请他发动文人发表文章，抨击上海县令。

杨月楼婚案移交娄县县令重审后，她一直关注此案。想到杨月楼身陷囹圄，无人眷顾，便起了到大牢探监，照顾杨月楼的念头。她完全是出于清纯女子的侠肝义胆。但真正到了大牢，看到杨月楼的悲惨遭遇，好端端一个大红大紫的名伶，竟被折磨成这副模样！好一对如胶似漆的恩爱夫妻，被生生拆散，这实在是飞来的横祸！更激起了这个血性女子的恻隐怜悯之心。

自那日探视之后，沈月春每隔三岔五，就到大牢探望杨月楼。好吃好喝，时鲜水果，经常往大牢里送。他还从家里，找来祖传的治创伤药，用黄酒调和后，涂抹杨月楼的伤处。然后，又轻轻地将膏药，敷贴在杨月楼的脚脖处。隔几天，就换一次膏药。很快，杨月楼的脚伤就有了好转。她也经常搀扶杨月楼在牢房里走动，练习走路。

慢慢的杨月楼也了解了她的身世，一个唱戏的，一个说书的，都是吃开口饭的，都是“下九流”，惺惺惜惺惺，兔死狐悲，同类相怜。杨月楼也打心里很受感动。

杨月楼脚伤好了之后，被解往南京，转牢等待发配。沈月春也辞别评弹歌场，跟随到南京，找一个离大牢近的地方，租下一所住处，还是每日里到大牢照顾杨月楼。

一个月之后，江苏巡抚传来号令，第二天发配登程。

沈月春将身上的首饰摘褪一空，到当铺当来纹银，给杨月楼当盘缠，还为杨月楼买来换洗的衣服，一并送到大牢。

杨月楼知道沈月春这么长时间为自己花费，身边已无所存。看到这纹银和衣服，心里更是感动，不觉扑簌簌落下泪来，说：

“我俩萍水相逢，承您这么多日的照顾，在下无以为报，待日后我有了出头之日，定作犬马以报答您的大恩大德！”

沈月春也掉下泪来，“你上路之后，我不便再照顾你了。望杨老板路途之上，多多珍重，盼望云过天开，重返氍毹！”

杨月楼欲言又止，似有不便之状。沈月春明白杨月楼的意思，便从衣襟之内掏出一张报纸，递与杨月楼，“本不想再招你伤心，又恐你牵肠挂肚放心不下，只好让你看个明明白白啦！”

杨月楼打开报纸，只见头版有一条消息“杨月楼案女主角，韦阿宝善堂择夫”。接着往下看，报上说韦阿宝被送善堂后，已由官家配给一个孙姓老汉，不日迎娶。

杨月楼读后不禁痛哭失声，边哭边喊：“阿宝哇阿宝，是我害了你呀！可怜你柔弱纤细之躯，怎能容忍一个糟老头子蹂躏！这等于是送你为葬身之地呀！罪过，罪过呀！”杨月楼直哭得悲天怆地，顿脚捶胸，痛不欲生。

沈月春看他一个男子汉，竟如此中情。也感动得流下泪来。劝他从长计议，以身体为重。沈月春又劝解杨月楼一阵子，说，“今天你好好休息，好准备明天上路，明天起程之时，我再来送行。”

第二天，沈月春准时来到大牢门外等候。

左等也不见杨月楼出来，右等也不见杨月楼出来。正闹不清怎么回事，有些着急的时候，杨月楼独自一人从大牢的边门走了出来。

这可真是天有不测风云，人有旦夕祸福。大清早起来，杨月楼把行装打好，正等着解差过来准备上路的时候。狱卒打开牢门，带他到牢头那里。牢头见了杨月楼，笑脸相待。说道“给杨老板道喜啦！”

杨月楼在牢内被折磨了一年之久，昨天看报纸又知道阿宝已被官媒逼嫁，他更加心灰意冷，万念俱灰，连死的心思都有。哪里还有什么喜可贺呀？他只当是牢头拿他开涮，不予理睬。那知真是喜从天降！原来，五天前是慈禧皇太后四十周岁的寿诞之日。慈禧皇太后为恩感黎民，大赦天下，昨天圣旨刚到南京。丁日昌正为杨月楼的案子心怀鬼胎，怕再惹乱子呢。接旨后，赶紧批点，释放杨月楼。

杨月楼这才脱离了牢狱之灾。

沈月春听到这些之后，不啻喜从天降。忙进大牢帮杨月楼取出打好的行装。然后问杨月楼道：“不知杨老板意欲何处安身？”

杨月楼对此毫无思想准备，且眼下举目无亲，一时也说不出投身何处。

沈月春道：“我家祖籍镇江，家里还有房产和亲故。这里离镇江不远，大老板如若不嫌弃，不如先投镇江我的家下。将养一段身子，再做下一步打算如何？”

“这个——”杨月楼听后不觉犯了犹豫。

“有何不妥？”沈月春问道。

杨月楼沉思片刻，突然双膝下跪，给沈月春磕头。沈月春手疾，一把将杨月楼扶起，“杨老板不必如此！”

杨月楼泪流双颊，“沈小姐，我杨久昌何德何能，累得沈小姐照顾将近一年之久。已经拖累、荒废了你的书场艺业，已让久昌愧疚在心。久昌是戴罪之身，虽得大赦，阴影仍时时伴随。若再连累你的家人，更让久昌无面目以见世人。”

沈月春从杨月楼的话中听出弦外之音。是啊，杨月楼与你沈月春非亲非故，这样不明不白，一同到家，会让族人和邻里怎样相看？刚结了个“淫伶”案，再闹出个什么案，岂不又闹出一场官司来！

沈月春当初照顾杨月楼，完全是出于侠肝义胆的仗义所为。及至对杨月楼一年的照顾接触，慢慢从心里对杨月楼产生了爱恋之情。只不过碍于杨月楼对韦阿宝情深义重，不能给杨月楼心灵的创口再撒盐巴，所以一直隐忍心中，不说出口。而今韦阿宝已被逼另嫁，杨月楼亦已死心。眼下又到了进退维谷的关键时刻，沈月春干脆一不做二不休，对杨月楼表白了自己的心迹。

患难之中见真情。杨月楼这一年多亏得沈月春照顾，衣食不愁，浆洗有助，伤痛得治，烦恼有慰，愁苦得解，音信得传。一个年轻女子，在大牢之中进进出出，抛头露面，有多少不便！遭受了多少白眼，付出了多少心血！这一切，杨月楼是历历在目，件件在心，一直盈蓄胸中，无以为报！人非草木，孰能无情？

一听得沈月春表明心迹。杨月楼又感动得掉下泪来，

“蒙小姐不弃，也算给久昌一个报答的机缘，久昌愿与小姐白头偕老。”

二人当下撮土为香，对天跪拜，结为百年之好。

沈月春携杨月楼来到镇江家下，将养身体，共度蜜月。

消息传到镇江同乐茶园老板的耳朵里，他想，这可是财神降临。杨月楼在上海，红得发紫，除丹桂茶园外，别人请都请不来。今天降临镇江，这不是送上门来的财神吗！如果不是沈、杨连理，杨月楼能请到镇江来吗！于是，他提上礼品几度登门相请，并请沈家族长出面相邀。杨月楼深感盛情难却，才答应在同乐茶园唱几场戏。

这消息如同炸雷鸣响，镇江像沸腾一样热闹起来。在上海都难以看到的大角儿，居然莅临镇江！又加上杨的官司传闻，和沈、杨连理的佳话，镇江人一哄而起，涌到同乐茶园，争相一睹杨月楼的风采。

同乐茶园的几场演出，场场满坑满谷的看客。同乐茶园老板挣了个盆溢钵满。杨月楼也得了不少戏份，总算给沈月春匮乏的钱袋，做了些许补充。

上海丹桂茶园的老板耳目甚灵，一听到这消息，亲自乘车来镇江，把杨月楼接回上海。在最好的宾馆安排他们夫妻住下。然后，在上海的各报，发布杨月楼将在丹桂茶园登台唱戏的消息。

这个消息，比当年杨月楼吃官司的消息还轰动。因为人们只知道杨月楼吃了官司，被发配四千里，充军黑龙江。没想到又突然回到上海唱戏，还传出了与豫园评弹的名媛沈月春小姐喜结连理的消息。真是如同传奇小说一般，情节跌宕，扣人心弦。

消息一出，丹桂茶园的戏票价码飞涨，买票的人群挤破了售票的窗口。

上海的文人清客也为之而感动。有一首竹枝词为证：

调寄《扬州慢》

好个名伶，淞沪走红，丹桂一票难求。新声唱罢了，香车宝马勾留。粉黛迷、秋波频送，公子携手，争相拜投。孤身守孤意，风吹京城梦休。

只为看戏，勾魂魄、相思为愁。终称美眷情，天河牛女，魂断漂流。女杰扶侠肝胆，相呼救、浦江蒙羞。传双月佳话，名德共写春楼。

上海市面上马上就留下名句：“双月佳话，名德春楼。”上海滩的热点话题，一下子又转到了杨月楼的身上。

杨月楼又形成一股旋风，在上海掀起新的风波。光绪二年，他自己开设“鹤鸣戏园”，亮出了自己演猴戏的绝活。《西游记》中，凡是孙悟空的戏，他都演唱遍了。什么《芭蕉扇》《五花洞》《蟠桃会》《金钱豹》《水帘洞》《闹天宫》等，只要海报一贴出去，很快戏票就被抢购一空。

杨月楼本身是文武老生，武生戏尤为擅长，技艺精湛。猴戏又是他的拿手绝活，他扮演孙悟空，有时勾脸，有时不勾脸，无论勾脸还是不勾脸，他动作轻灵，文武兼备，扮相、身段、台步、举手投足，打把子，舞刀弄棒，都是猴子的特征。尤其是他手中的金箍棒，舞起来轻动灵活，快捷圆熟。金箍棒在他手中上下翻飞，嗖嗖带响，只见棒影不见其人。每见于此，无不彩声连连，声震屋瓦。他在台上，犹如活猴放生。只此一个“活猴子”，就闹得上海滩的男男女女趋之若鹜。

有词【南歌子】争传：

横祸临头堕，举目更凄凉。峰回路转好风光。正是柳暗花明、见朝阳。 忆前情恶梦，每催肝断肠。只缘上海人气广，算我运气亨通、逢娇娘。

第四十回

戏翰林因戏遭贬
戏郎中为戏丧生

慈禧太后喜欢看戏，尤其喜欢皮黄。她为讨好咸丰，投其所好，将皮黄戏引入宫廷。咸丰皇帝不看皮黄则已，一看皮黄就着了魔般的迷上了。不仅天天看，有时还亲自操箭打鼓，粉墨登场，这更增加了慈禧看皮黄的瘾头。

咸丰驾崩之后，慈禧太后垂帘听政，威慑天下。更是有恃无恐，戏瘾大发，整天不离西苑重华宫漱芳斋大戏楼，几乎天天看戏。劲头一上来，还装扮起来，与太监们唱，有时还穿着戏装在宫内行走。朝廷上下，对此多有微词。她自我行我素，不予理睬。

慈禧太后二十七岁守寡，春心正盛。一个年轻少妇，没有夫妻生活的隐忧，是难以用语言形容的。她虽饥渴难耐，但碍于身份，在宫廷之内也不敢做出出格的事来。只好借看戏发泄，解春心之困。她常挑那些淫秽低靡的戏码，在宫里演唱。

同治登基之时，还是一个孩子。一个小孩子整天生活在这样的文化氛围之中，能学得了好吗？他除了声色犬马的玩儿，就是玩儿。再加上有恭亲王的儿子载澄陪读。载澄除了声色寻欢外，没有别的出息，净给皇帝出坏招儿，带他出宫贪花乱色。

同治有两大不遂心愿的事。一个因为是儿童登基，小小年纪就受皇宫帝制的规矩约束，如鸟入笼中，行动不得自由。再加上事事受慈禧太后的挟制，动辄受到申斥，精神总在惶恐紧张之中，失去了一个孩子应有的童心天性，郁郁寡欢，心情不得舒畅。

另一个是，当他大婚之时，皇后本来该由他挑选，挑选的对象有两个，一个是阿鲁特氏，一个是富察氏。他喜欢阿鲁特氏，不喜欢富察氏。慈禧太后则硬逼他选富察氏。最后还是在慈安太后的调解下，选阿鲁特氏为皇后，富察氏为皇贵妃。可是大婚之后，慈禧太后却处处刁难阿鲁特氏，不准皇上宠幸阿鲁特氏，逼迫皇上与富察氏同房。同治被逼无奈，两宫都不去，独自在乾清宫就寝。

皇后阿鲁特氏，是蒙古正蓝旗崇琦的女儿。崇琦，是有清一代唯一的“蒙古状元”。是大清朝满族、蒙古族以汉文获翰林院编修的第一人。阿鲁特氏，出生在诗书传家的书香门第，从小，父亲就教她诗书礼仪，清史中说她“雍容端雅”，“美而有德”。婚后与同治感情甚笃，由此也遭慈禧忌恨。因为她知书达礼，性情耿直，不善阿谀。对于慈禧太后一些不合礼制的行为，经常直言相谏。慈禧太后对她本来就不喜欢，因而对她就更加不待见。

慈禧太后看戏，作为皇子的同治和儿媳皇后，都得侍陪两侧。当慈禧专点的那些戏中，出现淫秽词语或不雅动作之时，慈禧看得心旌神动，手舞足蹈。而皇后却往往低下头或侧过脸去，感到不堪入目。每当此时，慈禧则对皇后大加申斥，弄得皇上和皇后很失脸面。有时实在忍无可忍的时候，皇后也反驳说“媳妇是从大清门抬进来的，请太后留媳妇的体面。”

慈禧一生最不爱听的就是这句话。大清律制，皇帝明媒正娶娶皇后，才“从大清门抬进来”。慈禧原是贵妃，不够“从大清门抬进来”的资格，为此她抱恨终生。因此，一听这话，就等于是揭她的疮疤，她恨得都牙根疼。长此以往，慈禧和皇后之间的矛盾越来越深。同治皇帝常为此遭太后申斥。一边是母亲，一边是妻子，同治皇帝夹在中间，很是为难，精神倍感压抑。

同治皇帝身染疾病，卧病在床的时候，慈禧不让皇后在侧侍奉。皇帝奄奄一息，皇后前去探视，夫妻说了些悄悄话儿，被窗外的慈禧听到，慈禧闯进房内，当着皇帝的面，揪住皇后的头发，将皇后拉出房外，头发被揪下一绺，头皮被扯下一块。皇帝被吓得从龙床上滚落地下。在此刺激之下，同治皇帝第二天即驾崩辞世。

对于慈禧太后看戏成瘾，不拘场合，不拘戏码儿，不顾及朝廷影响的做法，那些部院大臣们都心知肚明。只不过是各怀心计，表现不同。有的借机逢迎，为太后选戏班，挑名伶，变法讨好，曲意升官；有的借慈禧无暇顾及朝政之机，狗苟蝇营，营私舞弊，发国难财，中饱私囊；有的上行下效，趁机也不务正业，不问政事，花天酒地，醉生梦死，寻欢作乐；有的则看在眼里，痛在心上，为大清江山的前途忧心如焚。

最感到痛心和内疚的就礼部尚书延熙。他看到自皮黄引进宫廷之后，咸丰皇帝嗜戏成瘾，无心管理朝政，致使大清国一再受洋人的欺侮。同治皇帝也是沉溺酒色，以致早亡。慈禧太后还是沉溺戏中，致使政风不举，国威日渐不振。面临洋人的欺负，朝政的荒靡，长此以往，国家何去何从？大清帝国岂不葬送在这声色管弦之中？

为此，他找来了升平署的郎中禄喜。禄喜一进延尚书的书房，没有落座，就一脸官司的样子说：“我知道尚书大人，是为戏的事找我说事儿。我也有同感啊！早知如此，何必当初哇！”

“如此看来，我们两个倒成了历史的罪人！”延熙也有“早知如此，何必当初”的内疚。“是啊，要知道皮黄戏能使宫廷的权贵们，迷到玩物丧志的程度，我们何必给他们引进宫去呢！”

禄喜丧气地说，“哎呀，你就别说了。成也萧何，败也萧何。理都让你占全了！”

“皮黄戏，如今已发展成京戏，全国各地都在唱。这是历史的必然。是艺文发展的规律，进宫是早晚的事。我们当初把它引进宫去，也是为推动京戏的成熟，做我们该做的事。那也正是你戏郎中分内之事，成也萧何，萧何做了该成之事，功不可没。事总有相反的一面，过犹不及嘛！玩物丧志，这是古训。让声色管弦痴迷误国的事，古也有先例。说‘败也萧何’，则有失公允。败不在萧何，在痴迷者。这不是我们的罪过，你这戏郎中不必妄自菲薄，自责自怨。”

禄喜打断延熙的话，“那你尚书老爷，干吗把我找来说事儿？”

延熙接着说，“败不在萧何，我们没有罪，但我们有过。”

“过在何处？”

“我们作为大清的臣子，看着痴迷者不予劝谏，这不是我们的过错么？”

“你是让我来劝谏太后，不看戏？”禄喜惊奇地问。

“不是不看，是不要痴迷戏中，荒废朝政！”延熙说。

“这个，我是管唱戏的官，不是管朝政的官，更不是谏官。我不能越职言事，请您另请高明吧！”

延熙一本正经地说，“升平署的戏郎中，只管唱戏的事，不管看戏的事，算不算失职？”

“哎呀，我的尚书大人，现今大家都是多一事不如少一事。我们何必多管这些事？”

“吃皇家的俸禄，当皇家的差，不为皇家管事，要我们何用？”延熙丝毫不让步的揪住禄喜不放。

禄喜眼珠一转，反唇相讥，“尚书大人尚且如此，我一个郎中，和大人相比，还不是小巫见大巫！”

“今天我叫你来，就是要你与我共同参奏此事。”延熙正言说道。

禄喜也是正义之人，对于皇太后看戏的痴迷，他是最清楚的。慈禧所选的戏班和戏码儿，都是安德海交与他，经他手办理的。对于一些戏的戏码儿，他看着都扎眼。街面儿上早就严令禁止了，可宫里要看，他敢不给去办吗？他怎么也闹不明白，慈禧干吗非看那些个淫靡之戏？而且到了神魂颠倒，荒废朝政的程度。经延熙一番话，他觉得是得提醒一下太后，戏可以看，可也别耽误正事啊。于是说：“还是尚书大人见识深远，为了大清的江山，还是劝谏劝谏太后，才是我们做臣子的本分。”

延熙点头称是，然后展开纸张，动手写奏章。

奏章写得很长，洋洋洒洒，有万言之多。奏章从皮黄的孕育、形成、发展、成熟，以致成为京戏，在上海、汉口等全国各地，以新剧种形式流布的形势写起，又写到了宫廷引进，促进了京戏的发展和成熟；还写到了艺文起于民间，兴于庙堂，僵化于庙堂的规律，并写了京戏发展的前途等等，奏章末一段以劝诫的口吻，写了宫廷内外对宫里唱戏的反应。

最后劝解宫里看戏应以倡导教化，提高国威民气为本。

奏章写完后，延熙交与禄喜过目。禄喜看后，赞叹延熙不愧为进士及第，文笔升华。然后与延熙一起签署了姓名。

这个奏折放到了慈禧的书案之上，慈禧读后，气得脸都变紫了。她想，好你个老延熙，当年，是靠给皇上讲戏剧教化，让先帝把皮黄引进宫的。先帝迷皮黄你不上折子参奏，我看皮黄你就上折子参奏。看来你是跟恭老六一个鼻孔出气的同党。

慈禧把延熙与恭亲王划入同党，完全是她飞扬跋扈，独断专行，听不进劝诫的主观臆测。

慈禧本来与恭亲王在除灭顾命八大臣，搞宫廷政变上是串通一伙的。但在同治皇帝亲政之后，慈禧太后还把持朝政，左右同治，独断专行，这才与同治皇帝、慈安皇太后、恭亲王在处理朝政中出现了意见相左之处。

为了消除慈禧的势力，在同治皇帝、恭亲王、慈安皇太后，共同密谋下，传旨让山东的巡抚丁保祯捕杀了擅自出宫的安德海。

安德海是慈禧的亲信和帮手。安德海被杀，使宫廷两股势力的矛盾公开化。

在慈禧心目中，凡是不按自己的意图办事的，都是恭亲王的同党。何况延熙这个折子是针对她慈禧太后的呢。

慈禧心想，不杀杀这些人的气焰，他们不知道老娘的厉害！他们杀我个安德海，我也杀他个戏翰林！杀鸡给猴看，看你们以后谁还敢给老娘使绊子！可是又一想，延熙毕竟是道光朝的老臣，三朝的元老，在朝廷为官清正，忠心耿耿，官声甚好，杀他未免震动太大，反给老六提供把柄。仔细一看，奏折上还署有一个名字是禄喜。这禄喜不是升平署的郎中吗？别人不让老娘看戏还算罢了，你一个管唱戏的也不让老娘看戏，岂不是反了天了吗！杀鸡给猴看，我正寻这只鸡呢，你送上门来凑热闹，正好，杀掉！

慈禧在奏折上批示，延熙是三朝老臣，年过七旬，朕念其年高体衰，罢职还家颐养天年。禄喜，身为升平署郎中，所管宫中唱戏之事失察，本应追究，反参奏推脱职责，罪在不赦。杀！

慈禧的笔尖一动，可怜两位大臣就成了宫廷斗争的牺牲品。

圣旨一下，禄喜被绑缚菜市口，准备动刑。

消息一出，京城的梨园界，如同一个晴天霹雳，被震得喑哑无声。

程长庚在三庆园听到此信儿，一个跟头栽在后台。苏醒过来的第一句话："快，快带上全部行头，到菜市口给禄老爷送行！"

三庆班的一班人一路小跑，急急忙忙赶到菜市口。只见里三层，外三层围满了人。程长庚指挥三庆班的人，文武场吹打起来，伶工们放开声唱将起来。

这响动一闹，看热闹的人闪开刑场，呼啦啦围了过来。

程长庚指挥戏班，往刑场靠近，慢慢把看热闹的人挤到了一边。

程长庚急抢一步，来到监斩官面前，深深打一个大恭，说道："监斩官大人，请行个方便，我们来为禄喜老爷送行。"

监斩官一看是三庆班的大老板出面，点一点头说，"难得大老板一片心意，也不枉禄喜管带你们多年！请吧。"

程长庚听罢，谢过监斩官，朝三庆班一招手，三庆班的弟兄们呼啦啦，靠了过来，齐刷刷给禄喜跪下。

禄喜远远地听到文武场鼓乐喧天，就知道是梨园界的弟兄们来给他送行。等到靠近，抬眼一看，看到程长庚为首的三庆班的弟兄都跪在面前，感动得泪流满面。仰天大笑道："苍天有眼，我禄喜，身为管宫廷唱戏的戏官，因为唱戏反获罪宫廷。可宫廷之外，梨园的弟兄们，却念着我禄喜，来为我禄喜送行！有宫外梨园弟兄们的盛情，我禄喜死也瞑目啦！"

此时，程长庚上前一步说道："禄老爷，念我们多年交情，念您几十年对皮黄戏的扶植栽培，如今皮黄已成为京戏，梨园界的弟子们不会忘记您！我程长庚不会忘记您！您走后，可京城的梨园为您义演三天，祭奠您的在天之灵。在精忠庙内设您的祭祀牌位，让梨园永远记住您的大恩大德！"说完，程长庚对禄喜行三拜九叩大礼。

然后说："禄老爷上路，我给您唱戏送别。禄老爷您点戏吧！"

禄喜听罢哈哈大笑，"你程大老板的戏，我看得太多了！可我唱的戏你大老板还未曾听过。今天，我给你老弟和三庆班的弟兄们唱一段，也还我禄喜一生的夙愿！"

说罢，他挺一挺胸脯，昂起头来，似台上念白一般高声念道：

"想我禄喜，身为朝廷管带梨园的命官，一生只知为宫廷唱戏。而今，为了宫廷唱戏，却丢了性命。身为朝廷命官，吃皇家俸禄，为朝廷尽忠，正所谓'武死战，文死谏'，我禄喜因谏而死，也算尽了作臣子的本分。死也心甘的了——"

然后放开喉咙唱将起来：

尊一声大老板细听端详，
我本是堂郎中为戏奔忙。
宫廷中唱戏礼仪甚讲，
九九大庆、月令承应，
法宫雅奏、承应朔望，
国宾迎送、礼仪酬唱，
都靠我戏郎中安排周详。
另有那皇上、后妃、王爷、贝勒玩乐清享，
还得我选戏班儿、定戏码儿，打点奔忙。
可叹我科场功名中皇榜，
可叹我十年苦读守寒窗。
可叹我夸官走马御街上，
哪料想宫廷为官管宫商！
南昆北弋生旦净丑都通晓。
雅部花部吹腔乱弹全在行。
戏码儿三千六百八，
名角儿个个记得详。

高朗亭、魏长生、米戏倌、
胡喜禄、余三胜、张二奎，
还有你皮黄巨擘响当当！
京城茶园我门儿清
宫廷戏楼我平蹚。
齐集京城各方戏，
唯有徽班阵容强。
石牌功底压群雄，
腔调优美韵味长。
群芳荟萃熔一炉，
南北皮黄变京腔。
多亏你京戏鼻祖程长庚，
京戏流布传芬芳。
我禄喜眼看这一天。
不枉一生为戏忙。
我为戏生来为戏死，
笑赴泉台豪气昂！

禄喜唱罢，对监斩官说道："监斩官大人，时刻已到，不耽搁您的公务了。请刀斧手动手吧！"

言罢，闭目引颈受死。

禄喜死后，程长庚和三庆班的弟兄们，将禄喜的尸首包裹装殓起来，运回精忠庙公祭后安葬。

安顿好了禄喜的丧事，程长庚又快马加鞭，赶到延熙的府上。

他径直来到客厅见到延熙，双膝跪倒，"延老爷，您心操到头了。"

"长庚，你一言见的，我的确心操到头了。老朽辞官本是早晚之事。只可惜让禄喜吃了我的挂落儿，教我愧疚终生啊！"

"老爷，戏文中有'武死战，文死谏'，您二位老爷为谏获罪，忠心可鉴。"程长庚痛心疾首地说，"梨园界忘不了您和禄喜老爷。尤其是您，没有您的指点，就没有京戏的今天。您是京戏的祖师爷呀！"长庚仍然跪着说。

"长庚啊，言重了。秉公而论，京戏的鼻祖是你。我只是看客，不过敲了敲边鼓而已。"延熙将长庚搀扶起来，"我在朝为官这许多年，大事没有做成，总算看着皮黄翻稍儿，变成了京戏。也不枉我落个'戏翰林'之名，我心足矣！"

"禀老爷，京城的梨园界已商定：要为禄喜老爷，立祭嗣牌位，永祭不忘。"

延熙接着长庚的话说，"禄喜为宫内宫外的梨园弟子尽职尽责，鞠躬尽瘁，当立嗣奠祭。不过，要适时适度，别挠了内宫的痒处，招灾惹祸。京戏刚成气候，可经不住折腾啊！”

听了延熙老爷的话，长庚不由得掉下泪来，“延老爷，您为戏罢官，都这时候了还为京戏着想，真叫我等敬佩啊！”

延熙笑笑，“我与禄喜同俱上本，本应与禄喜同赴菜市口问斩。念太后垂恩，方保全性命。现今，去了官身，一身轻松。赶明儿，我就打道回皖，归故里打发晚年了。一介平头百姓，何怕之有？要紧的是你，也是花甲开外之人了，还在风口浪尖上扑腾。要自我珍重，保护好自己，从长计议，安排好京戏以后的发展。”

“老爷肺腑之言，长庚谨记在心。您多保重，长命百岁，就是菊坛的福分。”

程长庚说完，拜别延熙老爷，洒泪回四箴堂。

有小令【越调·天净沙】唱道：

丝竹清音谐声，歌场繁华正浓，宫廷乐不思蜀，忠贞谏奏，反落死罪公卿！

第四十一回

扶危救难四箴堂
怒斥昏聩泄孤愤

同治皇帝的早早病亡，除了慈禧的压制，也是他恣意放荡，沉溺声色，自作自受的作践所致。他不愧是咸丰的儿子。真是龙生龙凤生凤，老鼠的孩子会打洞。登基之后，由两宫太后垂帘听政，实际上朝政是慈禧太后一人把持。有他的老娘替他执政，这个傀儡皇帝就只剩了吃喝玩乐了。比他的老子咸丰玩儿得更有过而无不及，他老子最大的胆子就是在花园内养个“四春娘娘”。他则敢溜出宫去，随便逛八大胡同，寻花问柳。结果是染了一身花柳病，梅毒侵体，溃烂不可救药。到阿鲁特皇后到病榻前探视他的时候，他已是前胸后背脓疮成空洞，脓血交流，奄奄一息。加上眼瞅着慈禧揪住皇后的头发发淫威，刺激之下，一命归西，年仅十九岁就呜呼哀哉了。

皇帝驾崩，按照清廷的规定，国丧期间，百日之内不准动响器，禁止一切娱乐活动，更不准唱戏。

别人可以不动响器，可戏班是靠唱戏吃饭的，不让唱戏，就等于断了伶人的收入，敲了伶人的饭碗。除了大角儿之外，一般伶人的收入本来就低，别说是三个月，就是三天不唱戏，家里就揭不开锅，就会断顿儿。

一个戏班，少说也有百十口子人，京城那么多戏班，就有几千口子人。几千口子人吃不上饭，这是个大问题。作为精忠庙庙首的程长庚，心里火急火燎地为大家着急。他以精忠庙的名义，要求各班班主，自己想办法，在百天之内，至少发半薪，也要保证大家吃饭。

三庆班也有一百多口人。程长庚知道，对于大角儿，不发半薪，靠平时的积累，也过得去。一般配角儿或龙套演员，发半薪也没几个钱，也难养家糊口。

晚上，他回到家里，把庄氏叫到跟前，说：“你去各家串串门儿，打听打听，看哪家揭不开锅了，清清咱的家底，把钱拿出来，发给他们。”

庄氏是再贤惠不过的人了，他看到有的家揭不开锅，比程长庚还难受，就主动把钱送过去。

就这样，三庆班揭不开锅的家，天天由庄氏发钱度日。一晃，两个多月过去了。一天，庄氏为难的来找长庚，“当家的，咱那些家底儿都花完了，咱家的日子也艰难了。你快拿个主意吧！”

程长庚听后，半晌没吭气，嘬着牙花想了半晌，说：“把咱这四箴堂卖喽吧，总得先让大家过日子呀！”

“卖了四箴堂，我们住哪儿呀？”

“先搬到韩家潭，赁个房子住着。”

庄氏为难地叹口气，“也只能那么办了。”

一听说程长庚要卖四箴堂，三庆班的人都坐不住了。第一个找上门的就是卢台子，他也没了平时的斯文，进门就冲程长庚嚷道：“卖四箴堂，就等于卖三庆班。这是三庆班的帅帐，是三庆班的老窝儿，连窝儿都没了，三庆班还能保住？”

他正嚷着，赵德禄、徐小香等一干人也都挤进四箴堂。大家异口同声，坚决不让卖四箴堂。

可是不让卖四箴堂，谁也没有进钱的好办法。程长庚咬咬牙，把脚一跺，“卖！保住了人就保住了三庆班！保人要紧！”

四箴堂卖了。可是所得银两，也不够大家吃几天的。

最后，程长庚召集起三庆班所有人说：“弟兄们，大家看到了，我的劲儿已使绝了。咱们为了生存，戏园不让唱戏，咱只好赶集，上庙，跑码头，堵车马大店，到人多的地方撂地摊儿，打把式，卖唱，挣钱糊口了。”

程长庚为三庆班的老老少少吃饭糊口，确实已经做到了山穷水尽的地步。大家有眼皆识，看得清清楚楚。人心都是肉长的，大家都为程长庚的仗义慷慨所感动。看长庚焦心，大家心里也不好受。对程长庚提出来的这个办法，都一致赞成。

程长庚按照不同的行当，把人分成几拨儿，由他亲自带领一拨儿，卢台子、徐小香等各带一拨儿。大家分头到各点儿去撂摊子，挣钱糊口。对此，再苦再累，大家都没怨言，因为程大老板都和大家一起撂地摊儿了，别人还有什么话说！

几天之后，徐小香不干了。他来找程长庚，“这算怎么说的呢！一个堂堂的大角儿，去撂地摊儿，丢人现眼不算，也挣不了几个钱哪！这丢份儿的事儿，我不干了！”

程长庚对他淡淡的一笑，“你要嫌丢份儿，你就别去了。咱这个饭碗是祖师爷给的，如今，这个饭碗都端不起来了，还何份儿之有？人哪，此一时彼一时也！咱不就是为祖师爷争这个份儿嘛！”

一听此话，徐小香也不说话了，他闷头琢磨了一会儿，撂下一句话：“为了祖师爷，咱什么都得豁出去！”说完，又带着他那一拨儿人出发了。

就这样，三庆班的弟兄们挣扎着撑过了一百天，三庆园又开锣唱戏了。

别的戏班也开锣唱戏了。伶人们终于熬过来了。

大家有了饭吃，都想着没饭吃的时候大老板的接济。大老板，真是咱伶人的救星啊！可眼下，大老板一家，还住在韩家潭租赁的房子里。三庆班的弟兄们心里哪能安生？大家自发凑钱，给大老板把“四箴堂”又赎了回来。在将房子交还陈长庚之前，卢台子提议，在四箴堂给大老板树一个生祠牌位，上写：至圣先师。三庆班的弟兄们都一致赞成，把牌位做好了，摆在四箴堂内之后，大家不容分说，一起动手，将大老板的家给搬回四箴堂。

程长庚想不回去都没有办法。但“至圣先师”的牌位，他是坚辞不授。没有办法，卢台子又出主意，将此牌位移至精忠庙内。京城的伶人闻此，无不前来祭拜。这倒不是奉迎程长庚精忠庙首的职位，而是打心眼里敬重程长庚的人品和艺德。

桃李不言，下自成蹊。这是程长庚用五十多年的心血，在京剧剧坛，为自己树了一块丰碑！

他自唱戏出道开始，就遵循江晚晴师傅的教导，先学会做人，再学会唱戏。艺要精，德要高。这是他立身的原则。唱戏是“贱业”，但人品不能低贱。对于他来说，秉承师傅的教诲，唱戏是广施教化，是自己至高无上的责任。他觉得，只有这样，才配端祖师爷给的这个饭碗。因此，他唱戏的戏码是经过严格筛选的。他唱的戏都是忠臣良将，孝子贤孙，英雄豪杰。

他从来不演《空城计》《走麦城》。

别人以为他是讲戏德，不唱他师哥余三胜的拿手戏，尊重师哥，不与师哥争饭吃。其实不然，是他骨子里就不赞成诸葛亮用人不当，险些误国，而以“空城计”弄险的做法。他不唱《走麦城》，是因为，他不忍心去演一个自己崇尚的，集忠孝节义于一身的偶像人物，败走麦城而被人杀害。

作为京城菊坛的大老板，他几乎无戏不会唱。真算得上文武昆乱不挡。尤擅演扎靠、箭衣、袍带、褶子等老生戏。京剧关云长的形象，是他在师傅米应先的基础之上创造而来的。他的《战长沙》，把关羽端庄威武，形神兼备的形象留给了后人。他平时常唱的戏有《群英会》《战樊城》《鱼藏剑》《让成都》《举鼎观画》《镇潭州》《击鼓骂曹》《风云会》《捉放曹》《战太平》《法门寺》《长亭会》《文昭关》《庆唐虞》《状元谱》《钗钏大审》《八大锤》《临江会》《战长沙》《华容道》《安居平五路》《天水关》。

在老生戏中，他除不唱《空城计》和《走麦城》外，他还不唱《战北原》《赶三关》《武家坡》《算粮登殿》。他认为这些戏不合戏情戏理，有悖人伦纲常，有失世风的教化。

在曲调中他不唱“反二黄”，认为此调多悲凉之声，于大清朝当前的世风无补。

程长庚是眼瞅着大清朝，自道光末年以来一步一步走下坡路的。当初鸦片战争失利，割地赔款；英法联军火烧圆明园，他都曾为之痛心疾首的感叹过。但他还是把希望寄托在清廷政府的奋力自强和反抗上。但自咸丰之后，又一连发生了天津教案；古田教案；酉阳教案；俄军占领伊利；法国人在华南滋事；日本人侵占台湾等，这一桩桩一件件被帝国主义欺凌侮辱和侵略的事件，连续不断。可是他寄希望的大清朝廷，却无能为力，在帝国主义的步步紧逼下，却节节败退。这使他越来越对清政府失去了信心。尤其看那些王公大臣，根本不把国家蒙受的耻辱和灾难放在心上，整天价花天酒地，醉生梦死，一派亡国的迹象。他平时不唱悲凉的反二黄曲调，多唱忠臣孝子的戏，就是想以此作为激励讽世之词，尽一个忠心爱国伶人的教化之责。

但眼前的一切，使他对皇朝的希望，变成了担忧，变成了愤慨。忧国忧民的悲苦，慢慢积成了胸中的块垒，越积越多，堵得他简直透不过气来。

尤其是延熙老爷被罢官，禄喜老爷被处斩之后，他更看透了宫廷的黑暗，甚至看到了大清的末日。胸中的一颗拳拳报国之心，更受压抑。总觉得不吐不足以解胸中的愤懑！

一天，都老爷家的戏提调找到四箴堂，提出来让长庚去唱堂会。自悲苦的块垒压心之后，程长庚很少唱戏，更别说是堂会了。这一天，他却答应得格外痛快。条件是除三庆班的规矩全班人马做底包外，戏码里必须有《击鼓骂曹》。戏提调一看程长庚答应得如此爽快，觉得这是给了他莫大的面子，当下掏出定银，说："大老板，只要您能出山，戏码由您定。"说罢，赶紧赶回都老爷府上报功去了。

这都老爷一听程长庚答应了唱戏，这是莫大的赏脸。赶紧让家人张罗戏台，通知督察院各衙门的老爷来看戏。

一听说程长庚出山来都老爷家唱堂会，那些御史大人们高兴得手舞足蹈，程长庚好长时间不出头唱戏了，这可是千载难逢的好机会。于是乎都蜂拥而至，都老爷家的戏台下，满满地坐齐了那些红顶子的官员。

开戏了，前头的戏码一个接一个，都唱得很精彩，更吊起了那些大员们的胃口。压轴的是程长庚的《击鼓骂曹》，程长庚出场后台下更是彩声高叫，哄嚷不断。

程长庚手执鼓槌，擂动堂鼓。

本来祢衡骂曹，是指着曹操和那两班文武大臣骂的。可是今天，程长庚却出人所料，面向台下，手指来看戏的那帮红顶子官员放声骂道：

"方今外患未平，内患迭起，你们一般奸党，尚在此饮酒作乐，好不愧也！有忠良，你们不能保护；有权奸，你们不能弹劾。你们一班奸党，尚在此饮酒作乐，好不愧也！"

骂完之后，程长庚把鼓槌一扔，带领三庆班的弟兄们怒气冲冲走出都府。

起初，那些红顶官员们，看长庚此次骂曹，身段与往不同，以为是创新，多有彩声而起。及至听长庚骂完扬长而去之后，方醒过闷来。顿时一个个面红耳赤，吵吵闹闹，哄嚷着要把程长庚拿来问罪。那都老爷也气个半死，但自知一个朝廷命官，与一个伶人较劲，声张出去，好说不好听。况且，有过穆彰阿的前例，也只好火窝在心里，吃个哑巴亏了事。

程长庚痛斥腐败昏官的消息，在京城不胫而走。听者有的拍手称快，有的伸出拇指佩服，有的为他担心，怕他遭报复，受迫害。长庚则一如平常，胸中的块垒爆发而出，倒觉得舒畅了许多。遭报复，他不是没想过，但转念又一想，自己已是六旬开外之人了，还何怕之有？大不了老死狱中。与其窝窝囊囊地活着，不如轰轰烈烈地拼上一拼，怒斥昏聩，聊以泄胸中悲愤。

刘赶三对程长庚之举格外赞赏，连说"骂得好，骂得好！若是赶上我，我也照骂不误！"

最能看透程长庚心思的还是卢台子。他知道官场一向是欺软怕硬，报喜不报忧。就大老板在京城的影响，官场那些狗官们，还没有哪个有胆量敢出头给自己找麻烦的。宁肯当缩头乌龟，也不愿因亲自出面整治程长庚，而惹下众怒。对此，他深深佩服大老板的胆识。只有他，才敢给那些红顶子们叫板！

对于这件事，他有自己的看法。他不亲自到程长庚的府上去赞扬和安慰。而是在家里写了一首词，用工笔誊写清楚，派妻子送到了四箴堂。

词牌名：【真珠帘】

京剧老板称泰斗。积块垒、重压心口。一通重鼓槌，一腔激愤吼。警醒世人祸患有。杞人忧天抖三抖。怎够？见大厦将倾，支木已朽。 皮黄调已唱响，鼓板仍须敲，瞻前顾后。一曲达阳关，哪堪表人忧。好鞋莫踏臭狗屎，香自香来臭自臭。是臭？我事我自做、我路我走。

第四十二回

秉仗义为人师表
谋远虑应对世事

程长庚读罢卢台子的词，反躬自省，觉得卢台子说得是。如今天下皆如此，靠一人发愤，只不过吐一吐胸中的块垒，逞一时之快而已。杞人忧天，安有补天之功？心想，知我者，卢台子也！真心爱我者，卢台子也！关键时刻点拨我，让我冷静行事者，卢台子也！

卢台子真诤友也！

同治皇帝驾崩，国丧期间，四喜班主梅巧玲也同程长庚一样，让夫人陈氏把家底儿搜罗搜罗，拿出来给四喜班的弟兄们度日。家有万贯，也抵不上人多嘴多，消耗大呀。到底是把全部家当都变卖了，还是熬不过一百天。

眼看着师傅把家底儿都兜出来了，还养不起四喜班的家小几百张嘴。梅巧玲的弟子们也为师傅着急，景和堂的八大弟子，号称“八朵祥云”，齐集一起，推举大师兄余紫云去给师傅捎话。余紫云来到师傅的书房对师傅说：“师傅，弟子们不才，不能替师傅分忧。大家又看不下您发愁上火。让我来给您捎话儿，弟子们想开相公堂子，挣钱替师傅担些分量……”

余紫云话还没有说完，梅巧玲把桌子一拍，生气地喊道，“给我住了！谁的主意？——丢人现眼，损人格，败名声！我看你们哪个敢？”

余紫云一看师傅发如此大的脾气，吓得缩在一旁不敢再吭气。

梅巧玲余怒未尽，接着说：“实在没了办法，我带着大家沿街讨饭去，也决不许你们当像姑，去出卖色相。”他叹口气，“本来我们这一行就是贱业，在世上地位低下，还去干那种下三滥的事，那不是自毁自身，自暴自弃吗？”

余紫云看师傅火气小了一些，诺诺地说：“弟子们是担心师傅愁苦伤身……”

“大不了我也学学大老板，把景和堂卖喽！”

“卖景和堂，我是第一买主！”

梅巧玲的话刚落音，书房外有人搭了腔。随着声音，走进来的是著名青衣时小福。

梅巧玲赶紧起身让座，吩咐夫人上茶。

余紫云也赶紧起身打躬问安，“师叔好？”

时小福也不客气，冲余紫云点点头，算是回礼。大大咧咧坐下，端起茶碗抿了一口，对梅巧玲说，“你不是卖景和堂吗？——我买下了！”顺手从袄袖里甩出一张银票，放在书案上。

梅巧玲看了银票，当时也愣了神，“好你个时老弟，你是算准了时刻来趁火打劫的呀！”

时小福也不含糊，“刚才是你亲口说的要卖景和堂啊！怎么算我趁火打劫呢？谁不知我时小福能掐会算？我是算准了你梅老板撑不下去了，该卖景和堂了！我就事先把银票预备下了。”说着把银票往梅巧玲跟前一推，“咱一手钱，一手宅子，你马上搬家，我还等着用房呢！”

余紫云听了坐不住了，“师叔，您也逼人太甚了。哪就说搬就搬，您当这是住店呢，说走，抬脚走了，这是个家呀，当下往哪儿搬哪？”

时小福冷笑一笑，“没地儿搬，就别说卖房呀！”

梅巧玲也苦笑一笑说，“实在撑不下去了！”

“就掐算着你实在撑不下去了，我才送了银票来呀！”

梅巧玲看看银票，无奈地对余紫云说，“你去，喊你师弟们来搬东西，腾房子！”

余紫云不情愿地站起身，慢腾腾地还没走出书房，只听时小福放声哈哈大笑起来。

梅巧玲听了时小福的笑，顿时明白了什么，沉下脸来问道，“你的银票是哪里来的？”

“从钱庄兑换来的呀。”

“钱庄的钱怎么会兑给你？”

“这……个，这个……师兄你就别管了！”

梅巧玲终于明白过来，“你把房子卖了？”

“兴你卖，就不兴我卖？”时小福说了真话，“我把鲜鱼口那套房子卖了！”

“你这是何意？”梅巧玲痛心地问。

“四喜班是京城梨园的四喜班，不是你景和堂的四喜班，你撑不下去了，我能眼看着四喜班就被饿散了呀！我也是四喜班的人哪！”

“是我梅巧玲无能，连累了您老弟呀！”

余紫云未走出书房，就听到了两位师傅的交谈。马上又折身回到书房，给时小福跪下磕头，“师叔，四喜班有您这样的角儿，这是四喜班的福分哪！——我替师傅和四喜班的弟兄谢谢您了！”

时小福正言道：“你师傅的仗义，可北京城都有名。我紧追都追不上呢！”

“师弟，您过奖了！”

时小福对余紫云说，“焚券送葬的事，我就不提了。国丧之前，那个广东的举子，穷得光剩了当票了，你趁他不在家，到他家里翻箱倒柜的搜罗，把个家搜了个底儿掉。他的老仆把你当贼，扯着你要去见官。你还正儿八经地拉着老仆上了街，没有去见官，却直接去了当铺，把你搜罗到的当票都赎了回来，交还老仆，还另外给了他二百两银子，让他赶紧回家交给主人救急。可有这事？”

“那举子和我是朋友，我与他交往，从他那里学了不少本事，他如同我的先师。我的老师穷困潦倒了，我能看着不管吗！”梅巧玲辩解着说。

“看看，这就是你师傅的为人！”时小福对余紫云又说，“半年前，我的徒弟吴菱仙亲口对我说，他的老妈病了，没钱治病，愁得他垂头耷拉脑袋的打不起精神。这天唱完戏，正在后台卸妆呢，你师傅过去，冲菱仙一甩手，说‘菱仙，给你个槟榔提提神！’丢过去一个纸团。菱仙打开一看，原来是一张银票。再看你师傅呢，已经没事人儿似的走了。就是这张银票，救了菱仙老妈的一条命。”

“别说了，我的老弟，谁活在世上没个为难着窄的事啊，弟兄之间，咱不照应谁照应啊！唱戏先做人，不懂做人，祖师爷也不饶你呀！”梅巧玲当没事似的说。

时小福对余紫云说，“紫云，你们记住你师傅这话，这是咱梨园做人的规矩。不然，祖师爷也得敲了你的饭碗！”

“长辈们身教言教，徒儿们都谨记在心！”余紫云诚挚的回答。

时小福与梅巧玲，并不是师出同门。因他们都私淑老一辈的胡喜禄，又都是京城的名旦。因此见面彼此都以师兄弟相称。

时小福比梅巧玲小四岁，原名庆，又叫时小馥，字琴香，号赞卿。江苏吴县人，十二岁来京，因家贫，投师学艺，先学皮黄青衣，转而学昆腔旦角儿，兼乱弹青衣。因转承多师，昆乱兼能。嗓音坚实嘹亮，在腔调上取胡喜禄、梅巧玲两家之长，再加上昆曲的唱法，吐字真切，情韵兼深。是当时京城有名的“大青衣”。当时文人评他的唱“引吭一鸣，如风送洞箫，韵来天外；遥空鹤唳，声彻绛霄。一字一腔，皆细针密线，极意熨帖，各臻神妙，虽属莺歌燕语，却是钟韵镛声。”他的演唱堪称独步。

他的寓所取名“绮春堂”，自称为“绮春主人”。他为人豪侠仗义，擅饮酒。就连台上饮场，也不喝水而喝酒。京城有一个御史专爱看他的戏，此御史也擅饮酒，每此看他的戏必坐前排，辄把酒碗放置台沿上。一次，时小福演唱之中，口干舌燥，不自觉之中，就端起御史的酒碗一饮而尽，逗得全场都捧腹大笑。御史也不责怪，接着又满上一碗酒，放置原处，示意小福再饮。小福戏中做出身段，谢过御史。成为菊坛一段趣话。

他弟子颇多，均以仙字排名。分别是吴菱仙、张云仙、秦燕仙、陈桐仙、吴霭仙、江顺仙、王仪仙、陈霓仙、张紫仙等。

弟子也都能饮酒。每当弟子相聚，都畅饮一番，酒酣耳热，一醉方休。时小福每年诞辰，弟子都到。拜寿之后，则师徒共饮。一个个喝得东倒西歪，烂醉如泥，仍兀自纵情唱戏，欢闹不止。由于名字都排“仙”字，此时，他们自称“醉八仙”。

时小福及其弟子，虽饮酒无度，但做人却个个豪侠。凡听得弟兄们谁家有难，必解囊相助。国丧前，时小福正在四喜班搭班唱戏，国丧停唱之后，他估摸着梅巧玲为了四喜班的弟兄们吃饭，已经到了山穷水尽的地步，就主动卖了自己的一处房产，前来支援梅巧玲。

梅巧玲对于时小福的雪中送炭，感激不尽。便命夫人炒几个小菜，命余紫云把盏，小酌几杯。

常言说三句话不离本行，二人边喝边聊，聊着聊着，就聊到了当前唱戏的景况上来。梅巧玲深有感触地说：

“现在的戏班是越来越不好带了，没有大角儿唱不了戏，有了大角儿，唱不起戏。”

时小福喝下一盅酒，“师兄所言，小弟耳闻目睹，非常理解。时下，京戏已成气候，戏班也由过去徽班的班主当家制，变成了大角儿挑班制。班主当家，虽然挣钱有多有少，大家都有饭吃。大角儿挑班，按戏份儿得钱，大角名声越大戏份越高。你不给那么高戏份，对不起，咱‘明儿见！’人家不伺候。‘此处不留爷，自有留爷处！’拍拍屁股——走人！可是大角戏份高了，戏班就剩的少了。戏班剩的少了，僧多粥少，戏班的日子就越来越不好过了。可是你不养大角儿，那戏园子不上坐，戏班喝西北风去？要不眼下，兴大角儿挑班呐！嗨，此一时彼一时也！这是时世所逼，谁也没有办法呀！”

“名角也有名角的难处哇。你的戏份多了，场面心里哭愁得慌，他不好好伺候，大角也得崴泥呀！”

“敢情师哥您当班主的也有同感哪！我那琴师，我得给他吃贴饼，少了都不行！咱可不敢得罪人家，要不他台上阴你一把，叫你吃倒彩儿！——这叫一物降一物。”时小福对此深有感慨。

梅巧玲端杯，二人同饮后，思忖地说，“这个事，我琢磨了，从长计议，得培养自己人做场面。——我思摸着，让我家大锁——”

“就是你那大儿子？”

“对，他学名叫雨田。叫他学琴，将来做琴师，给我拉琴。让二锁，就是我那老二，学唱儿。我死之后，有他哥给他拉弦，当哥的也不会给弟弟要贴饼吧！”

“二锁就是叫竹芬的那个？”

“对呀。”

“师兄远见，把两辈子的事都想好了。”

“人生如白驹过隙，说不定一辈子碰上什么变化呢，常言道得好，无有远虑必有近忧哇。”

“师哥一言，如醍醐灌顶。我也得学学师哥，从长计议，让我那老大也改学胡琴。”时小福受启发不小。

“你那老大不是德宝吗，他不是正学老生呢吗？”

“要不我说让他该改行学胡琴呢！有老四，就是慧宝学老生就行啦。”时小福说。

梅巧玲羡慕地说：“你老弟行啊，有四个儿子，人丁兴旺。要学哪行学哪行，哪行都占上，那才什么都不怕呢！”

时小福挤挤坏眼儿，“你再努把力，让嫂子再给你生两个呀！”

“喝高了——说胡话！是吧？”二人哈哈大笑，越说越投机。频频举杯，开怀畅饮。

有散曲【中吕·醉高歌】唱道：

八躲祥云一心，八个醉仙紧跟，两个师傅交情好，春华满台缤纷。

高台教化现身，做戏做人何分？仗义德行走天下，一曲暖人三春。

十年科班滚打，九死一生不假，盼得登台献艺，血汗氍毹遍洒。

第四十三回

违规章甘受庙戒
刘赶三怒斥腐朽

国有国法，行有行规。梨园行的行规也很多。管理执行行规的机构，就是精忠庙。梨园行的行规，除了有伶工的台上台下规矩，拜师坐科规矩，从业串行规矩，行动坐卧等等规矩外，还有开锣、封箱、祭拜、祭祀、忌讳等规矩。有些尽管是迷信或不合理的，但这都是老一辈流传下来的，也得照规矩执行。

梨园行的伶工，无论何人，违犯规矩，就要受罚。没有规矩不成方圆嘛！程长庚执掌精忠庙，首先自己严格自律，遵守庙规，维护梨园行的尊严。对任何违犯庙规的人都严格按规矩办理。有大老板的人格所在，有精忠庙的尊严所在，梨园几十年来，照章办事，继承发展，井然有序。偶有小的摩擦，稍加调解，即相安无事。

可就在相安无事的时候，大老板接到了一个举报：刘赶三，公然在三月十八，梨园行的祭神日，去应人家的堂会。

三月十八是祖师爷老郎神的归天日。为祭奠祖师爷，这一天梨园停演一天。这是梨园老幼尽知的忌日。

这一天刘赶三去应堂会，这很让大老板感到意外。

程长庚与刘赶三在氍毹之上，摸爬滚打，相识、相知、相交三十多年了。刘赶三的为人，大老板心里明镜似的，如果没有意外情况，刘赶三是绝对不会违犯庙规的。

刘赶三的为人，确实让大老板看准了。

刘赶三此时，也是五十多岁的人了。他整日在舞台上唱戏，有时一天两场，碰上有邀戏的，还得赶场，说不定就是一天三场到四场。一天下来也感到疲乏，本想借祭神日这一天停演，好好休息休息。可巧，军机大臣那桐家要开堂会，派人来三庆班下帖子。未进门，让刘赶三给碰上了。

他接过帖子一看，上写：三月十八日唱堂会。

他胸中的一股无名火，腾地烧了起来。心想，你们皇家有丧事，就叫国丧，一百天不让唱戏。伶工们不唱戏，吃不上饭，弄得大老板和各班的班主领着各班，赶集上庙，耍把式卖艺，甚至砸锅卖铁，沿街讨要着，挨天儿数日子。你们那个过问过？我们伶人，好容易熬一个祭神日，祭罢神休息一天，你们还插空子来打搅我们！

好吧，你不让我们休息，你们也别想安安生生的看戏。我豁出来冒犯堂规，给你们点颜色看看！

他心想着，就把这帖子接下了。然后私下里在班里找了几个哥们儿，悄悄地对他们说，“我应了个堂会，哥们儿捧场，咱走一遭。别让班里其他人知道，更不要让大老板知道！”

那桐与慈禧太后那拉氏同姓，是皇亲国戚。尽管资历不长，年纪不大，但有那拉氏做靠山，在朝廷中也是骄横跋扈，不把任何人放在眼里。他有一个致命的嗜好，就是爱看戏，尤其爱看京戏。因为他是纨绔子弟出身，书读得马马虎虎，深沉的文戏他不愿看，就偏爱看小花脸戏。尤其小花脸中那些个打情骂俏，夹杂着荤言秽语的戏，他一看就心会神往，乐的不知所以。

一听说是请来了刘赶三，他更是高兴得不得了，赶紧夸府上的戏提调会办事。然后又邀来一帮狐朋狗友，看堂会。

刘赶三今天特别卖力，破例一场两出戏。他头一出唱的是《连升店》。《连升店》的内容是说一个举子，进京赶考，住在了小小的旅店之中。店家是个势利小人，不把个穷举子放在眼内。怕他穷酸付不起店钱，百般刁难。当得知举子王明芳高中时，马上变了一副嘴脸，阿谀奉承，拉扯攀亲。是一出以丑为主角的戏。

刘赶三出得场来，嬉笑捧逗，把个场子弄得热火朝天。台下的纨绔之徒们被逗得前仰后合，呼三喝五，鼓噪叫彩。

店家和举子王明芳的对白中，有一段“破题”的对话。刘赶三，借题发挥，讽刺同治皇帝生前声色犬马，不务正业，嬖爱当红名角十三旦的事。

十三旦，是艺名，名侯俊山，是当时最受官场大员们宠幸的花旦。因为他扮相俊俏，台上做戏风骚放浪，惟妙惟肖。那些大员们，看了他的戏垂涎欲滴，恨不能拉下台来亲热一番。同治皇帝因此嬖爱十三旦，尽人皆知。刘赶三，借此戏耍一番：

店家问：“今年会试的题目是什么？”

王明芳：“是‘君子坦荡荡’。”

店家：“这个题目好解！”

王明芳：“怎见得好解？”

店家：“‘君子坦荡荡’不就是十三旦么？”

王明芳：“十三旦是什么东西呀？”

店家：“你可真是个书呆子呀，连十三旦都不知道？是京城梨园当红的旦角侯俊山哪！”

王明芳：“哎呀，店家，这解题可当不得玩笑戏耍呀！会试是当今皇上亲自命题，切切不可当儿戏呦！”

店家：“这怎么是儿戏呢？这里头大有学问！”

王明芳：“还大有学问？”

店家：“听我给您解上一解。君子者，京官老爷之谓也！坦荡荡，乃十三旦也！”

王明芳："坦荡荡怎么是十三旦哪？"

店家："亏你还是个读书人！连这都不明白，坦字，是不是旦字边上加上十一呀？"

"那是十一旦哪，怎么是十三旦哪？"

"瞧这书呆子，真不会变通。旦字本身不是一个旦么？"

"哦哦，是还有一个旦。啊啊，你这一变通，也只有十二个旦哪，……怎么说是十三旦呢？"

"真是读死书，死读书，书读死啊，除了这十二个，再加上侯俊山这个旦角，这不就凑够十三旦了吗？"

"哎呀呀，原来这十三旦，是这样凑起来的呀！这样凑个十三旦，倒也别出心裁呀！"

店家："哎，故此，今年会试的题目么——就是十三旦也！"

王明芳："解得好哇！"

店家："哎，不是我解得好，还是皇上题出得好哇！"

台下看戏的光顾笑了，根本就没听出这是讽刺皇上的噱头。

《连升店》唱完之后，中间垫了几出小旦戏，接着，刘赶三又唱了一出《请医》。

《请医》是刘赶三的拿手戏。戏的内容是，店家老黄，为住店的病号去请医生，请来了不通医术，胡乱骗人的江湖医生刘高手。刘高手由刘赶三扮演。这也是一出两个丑的闹戏，讽刺那些专门打着医生幌子骗人钱财的江湖医生。

刘赶三一出场就念白打诨说，"东华门我是不去的。因为那门里头，有个阔哥儿，新近害了病，找我去治。他害的是梅毒，我还当是天花呢，一剂药下去就死啦！我要再走东华门，被人家瞧见，那还有小命儿吗？"

他分明说的是同治皇帝，患梅毒致死的事。同治皇帝得梅毒病而死，宫廷内尽人皆知。为了给他遮丑，对外说是害天花病而死。

台下的人，只顾瞪眼傻笑，说皇帝的事，也只当取乐，谁也没心思多想。刘赶三心想，你们这些狗官，骂你的主子，你们还乐呢。眼看着洋人步步紧逼，国家都快亡了，你们还成天价花天酒地的取乐！他越想越觉得这些狗官们该骂。骂了他们，才能撒出憋屈在胸中的愤懑之气！

当请医的老黄对刘高手说，"先生到了，留点儿神，别叫狗咬了！"

刘赶三指着台下说，"这门里头，我早知道，是没有狗的。不过——要有也是叭儿狗，不咬人的，都是走狗！"

他这话一出口，台下举座皆惊，都为之变色。但因是丑戏，说笑逗骂，是寻常之事。挨了骂，也只好当戏耍，不好发作。无可奈何，隐忍而已。

刘赶三唱完堂会，总算出了一口恶气。回到家来，又想起祭神日的事。明摆着是犯了堂规了，别等着让大老板找上门来呀！干脆学一个廉颇负荆请罪，到大老板门上认罚去吧。

刘赶三来到四箴堂的时候，程长庚正为刘赶三的事犯愁呢。罚吧，刘赶三对梨园一贯忠心耿耿，对弟兄一向实诚热心，对恶势力一贯嫉恶如仇。他一向以戏为媒，寓教化于讥讽之中，寓劝善于说笑之中，寓鞭笞唾骂于嬉戏之中。多好的角儿呀！他都已过知天命之年，还真的要处罚他？不罚吧，他明明白白的犯了堂规，怎能服众呢！

刘赶三一进四箴堂，就打躬作揖，口称："大老板，我刘赶三一股火冒上来，违犯了堂规，我是来认罚的。"

程长庚赶紧给刘赶三打过座位，"刘老板，不必如此。我只当你忘了祭神日，又去唱戏，可不知应了什么推不开的堂会？"

"其实我不是忘了祭神日。就是因为祭神日他们唱堂会，我气不过，才去腻歪他们！大老板，您就照规矩办吧！我刘赶三是挨打是受罚，我认，我心里高兴。我出了口恶气，就是挨了打，受挨了罚，心里也痛快！"

"你呀，老弟，我就佩服你这一点！光明磊落。一辈子刚直不阿，眼里揉不得半点沙子！"程长庚打心里佩服刘赶三的大丈夫气。

"大老板，这叫做'跟着嘛人学嘛人，跟着巫婆学跳神'——我这不是跟您学的嘛！"刘赶三打趣说。

"京城梨园的弟兄们，那个不认识你刘赶三？你一上台就要活了，嬉笑怒骂，指斥权贵，抨击流弊，揭露腐朽，执艺以谏，随戏寓讽，教化于民，什么人都没怕过，什么恶都没放过！比我可强似百倍。"程长庚赞叹地说。

"在天津群雅集玩票的时候，我的一位名叫戴康曾的恩哥，就教导我，唱戏要敢于伸张正义，要敢于替老百姓说话。打那儿，我就牢记恩哥的教导，一辈子牢记在心中。"刘赶三解释说。

"其实，你这个人，骨子里就有铮铮铁骨，正义在胸，大义凛然。不过，你韬晦之计还用得很好！"

"何以见得？"

程长庚看着刘赶三笑着说，"你这个人的诡谲之处，瞒得了别人，瞒不过老兄我呀。"

"愿听其详？"刘赶三诡秘地问道。

"你的堂号名'保身堂'。其实是反其意而行之，名曰保身，实则大无畏也。可京城之中，人称你'疯人'、'反叛'，正是为保身尔！"

"哎呀，大老板呀，你可是把我看明白了！要不怎么让人佩服呢。今天我可是犯在您手下了。

——您就放心大胆的处罚我吧！"

程长庚叹口气，"我是在其位，谋其事。就是做个样子，也是为得让梨园弟兄们服气呀！那就委屈你老弟了！"

刘赶三说，"您大老板，一向都是赏罚严明！在我这里也不能只做做样子。就算是做样子，也得做个真样子，不能做个假样子！现在，就先从咱老一伐的做起！来，给后人留个警醒。”

无奈之下，程长庚按规矩，让刘赶三自费五百两银子，重修精忠庙院内的旗杆。亲手油漆一新之后，在旗杆上镌刻：“津门弟子刘宝山敬献重修”。

这一行字，写得好！它不只是记录了刘赶三的过错，还记录了老一辈艺人做人的品格。

有词【凤来朝】为证：

【第一五】

赶三有名姓。为艺真、似梦犹醒。言警世、冷面敏讥讽。投匕首、铮骨硬。文和武满宫廷。似寒蝉、保朱顶。何堪为民请命。真名节、衣冠梦。

第四十四回

寻接班深谋远虑
回京城月楼承选

程长庚打小坐科唱戏，所参加的戏班，都是班主当家式的戏班。即班主像一家之长，在班主的带领下，不分大角小角，大家同台唱戏，挣得来钱，每人一份，大家都有饭吃。唱戏排戏码儿也不按大角小角，分出什么主角和配角，再排戏码谁先谁后。

自打有了茶园，有了专门唱戏的场子之后，为了招来看客，追求上座率。唱戏有了大角小角之分，主角配角，分得相当严格；排戏码也特别讲究，戏班的大角唱最后一出戏，叫“大轴戏”；倒数第二出戏，叫“压轴戏”。压轴戏，也由仅次于唱大轴戏的大角来唱。角的名次，基本上是从唱大轴戏的角算起，倒数，按一、二、三、四等的名次往前排列。开场第一出戏，叫开锣戏，也叫开场戏，由不出名的一般角或科班的学生上场。

如此排列，跟当时茶园唱戏的条件，也有一定关系。那时没有电，场内照明受限制。因此，茶园唱戏没有夜场，只有白天的日场。一般，中午一点开戏，唱三个小时左右，到五点左右散戏。这段时间，正是场内光线充足的时候。

开锣戏一点钟唱，中午一点之前，台上先由武场打三通鼓。

第一通，是招呼场外的看客，进场，告诉后台的伶工做准备。

第二通，是告诉入场的人员坐好，后台的伶工准备上场。

第三通鼓打罢，恰好中午一点，紧接着开戏。此时，正是人们午休之后的时间，进场的人懒懒散散，稀稀拉拉，络绎不断，场内闹闹哄哄不安静。因此，开场戏让几个科班学员或无名气的角色，练练身手，打打场子，起到压压场内噪声的作用。所以第一出开场戏，也叫帽儿戏。然后一出一出往下唱，当唱到压轴戏的时间，正好是下午三点左右的时候，场子也坐满了，那些专爱看戏的达官贵人，绅士富豪及戏迷们，午觉也睡足了，精神头正好的时候，溜溜达达也进场坐稳当了。此时，大角们上场，压轴戏开戏了。唱完压轴戏，紧接着大轴戏开锣，戏班最拿手的角上场了。大轴戏唱完，已是下午五点以后了，场内光线暗了，正好散场。

因此，茶园叫座如何，主要看戏班唱大轴和压轴戏“角”的名气如何。如此各戏班唱大轴和压轴戏的角们，就有了身价。这就给戏班的管理体制提出了挑战。再若像以往班主当家式的老办法，每个人所得都差不多，大家都有饭吃，不行了。大角们开始拿乔，使酸，摆架子，要条件。

当时，京城的三庆、四喜、春台、和春等大戏班，由诸如程长庚、余三胜、张二奎、王洪贵、梅巧玲等名家掌班，他们本人都严格自律，不提格外要求，做到有饭大家吃，有福同享，有难同当。其余别的大角，虽然有想法，也不好意思提出来。有个别拿乔使酸的，怎么也越不过三巨擘的名声，只好随大流而已。

随着时光的推进，京城的皮黄已成气候，变成一个独立的剧种，被称之为“京戏”了。观众越来越普及，戏班之间的竞争越来越激烈，看戏的人越来越挑剔。上座率成了戏班收入的晴雨表。大角们的身价越来越高，戏班的班主们越来越感到戏班不好掌控。

程长庚首先感到了这一点。他觉得自己老了，跟不上世道的变化了。想想，自己也是六十开外的人了，越来越感到力不从心了。

晚上躺到床上，他跟庄氏念叨，“人活五十不为夭寿，我活了六十大几岁了，眼瞅着快到头了。”

庄氏赶紧拦着他说，“你身子骨硬硬朗朗的，一上台就活蹦乱跳的，怎么就老了？我可不愿听您说这话！”

“愿听不愿听，这是天道。谁能不服天道？”程长庚说，“我程长庚一个不入流的下等人，都让族人开除了族谱，能有今天，知足了。章瑚和章甫他们哥儿俩，也长成人了。后面的事我早安排好了：在正定我买下了一处庄院，给章瑚在那里安了个家，他生儿育女，走耕读之家的路。将来若能读取功名，也不辜负我程家祖宗，也算圆了祖上诗书传家的梦。”

“那，章甫呢？”庄氏问。

“章甫在科班学场面，专攻武场，继我程长庚的戏业。也算我五品顶戴的名声，后续有音儿啦。”

庄氏不情愿地问，“后事就这么安排啦？”

“嗯，家里的后事好说。”程长庚叹口气说，“就是三庆班的事还没有着落，得找个好掌班的。卢台子倒是个非常好的掌班，可惜他也年过花甲了，掌不动了。眼下看好的人还没有，我为此事很伤脑筋哪！”

庄氏让程长庚说得很是伤感，不忍再听下去打断他说，“天不早了，早点睡吧，身子骨重要。”说罢吹灭了灯。

第二天吃过早饭，程长庚正在书房看戏文，打外面蹑手蹑脚，走进了一个大个子，来到长庚面前，跪下就磕头。长庚一看，高兴地喊起来：“孙菊仙！好你个大个子，你从哪里冒出来的？”

孙菊仙给师傅磕罢头，憨厚地笑着说，“我打上海回来。一到京城就先来看师傅！”

“打上海回来？”

“嗯哪。——道上走了将近一个月。”

“路上太平吗？”

“还算太平，只是德州、沧州那边闹义和团，倒是不伤害赶路的行人。”

“杨久昌没和你一道回来？”

孙菊仙听师傅打听杨月楼，心里咯噔一下，不禁落下泪来，“师傅，您甭提月楼师弟了！”

“我听风言风语的传，久昌因狎妓犯案，有这事吗？”程长庚急切地问。

“师傅，您甭问了，他是犯了案了。”孙菊仙难过地回答。

“没想到这小子是这么个不争气的东西！”程长庚生气地说。

“师傅，不是，他是犯了案，可不是因为狎妓。师弟他，他是被冤枉的！”孙菊仙看师傅误会了杨月楼，脸都憋红了，着急地解释说。

“怎么回事？”程长庚听说杨月楼是被冤枉了，也着急地问。

孙菊仙就敞开话匣子，从他怎么被解职，怎么到的上海，怎么在金桂茶园唱戏，怎么邀杨月楼到的上海，杨月楼又是怎么唱红了上海滩，韦小姐怎么看上了杨月楼，杨月楼又是怎么和韦小姐结的婚，韦小姐的叔叔又怎么诬赖杨月楼，杨月楼又是怎么被冤枉，上海的报界又是怎么为杨月楼鸣不平，杨月楼二审又是怎么被冤枉，他孙菊仙又是怎么为杨月楼作证，又是怎么一气之下辞别金桂茶园，想投军报仇，又是怎么奔走一路，回到北京，……哩哩啰啰给师傅说了半天。

程长庚听得非常认真，听后感慨万千。心里还是惦念着杨月楼，心情沉重地说，“千里迢迢，音信隔断，也不知久昌最终是不是被发配到了黑河？唉，好端端一个大角，却蒙受如此不白之冤！”

孙菊仙说，“师傅，我是路过京城，专门来看望师傅的。我还要去投军！”

“到哪里投军？”程长庚问。

“古北口。听说我先前的上司，现在在古北口招兵买马，准备东山再起！”孙菊仙回答。

长庚眼睛盯住孙菊仙愣了一会子神，担心地说，“你想投军，师傅打心里不赞成。现今世道混乱，远去坝上，千里迢迢，等你跋山涉水赶到那里，说不定时局已变。万一投军不成，反落得徒劳往返。你想投军当官，想得倒是很容易。其实你也看到了，官场尔虞我诈，互相拆台，岂是你这等老诚实在之人能站住脚的？”

“依师傅之见呢？”孙菊仙问。

“别人小看咱伶人，是他们不知道做伶人的难处。你已经下海这么长时间了，这其中的甘苦，你也品透了。梨园行有句老话，‘十年能出一个将军，百年不一定能出一个大角。’眼见得你几年间就出落得能在梨园挑班唱戏，可见是祖师爷给了你个好饭碗，可不能轻易把祖师爷给你的饭碗打喽哇！”程长庚语重心长地说。

孙菊仙细细琢磨师傅的话，完全是为自己着想。自己本意也不愿去投军，只是杨月楼受冤枉之事，激起了他的报复心理，才一怒之下，起了投军发迹的念头。现在冷静下来一想，就是投军，就能当上官？就是当了官，势单力孤，就能扫平世上的不平之事？杨月楼师弟的冤枉之事就能摆平？落个事与愿违，自己唱戏的机会也丢了，岂不鸡飞蛋打？想到这里，他对程长庚说："我听师傅的！不去投军了，就在师傅这里跟着师傅唱戏。"

程长庚听了孙菊仙的话，十分高兴。他看眼前这个年轻人实诚，待人也宽厚，人缘好。唱戏的玩意儿瓷实，功底能服人，有走南闯北的经历，遇事能压得住阵，是个掌班的好材料。正盘算着为三庆班找一个接班的呢。他就送上门来了，真是天助我也！程长庚如此想着，就把让孙菊仙接班的想法，合盘对他说了一遍。

哪知孙菊仙听了，半晌没吭声。等了好一会子，他吭吭哧哧地说："师傅，您……身子骨……硬朗……着哪！干吗急着……找接班的？我……还是好好地唱几年……再……说吧！"说完，给师傅磕了个头，起身告辞走了。

程长庚万万没有想到，孙菊仙会是这个态度！他很生气，心想，自己看好的一个弟子，怎么这么不争气呢？一说让他接班，他头一缩，给爽了！是他觉得担子重？还是胆小缩头？这太叫他失望了！难道是自己看错人了吗？难道自己真的老了吗？他陷于愁苦之中。

庄氏看程长庚蔫头耷脑的愁苦样子，心里很不是滋味。可自己又没有办法帮老头子的忙，瞎琢磨之中，忽然想起了卢台子。卢台子是老头子的知心，又是三庆班公认的诸葛孔明。她想只有卢台子能破解老头子的烦恼，于是，他炒了几个菜，烫了一壶酒，请来卢台子。

卢台子来到四箴堂，一见桌上的酒菜，再瞄一眼书房中程长庚的愁苦样子，就明白了庄氏的用意。他朝庄氏点点头，会意地坐在酒桌边，冲着程长庚以念白的腔调喊道："主公，来，喝酒哇！一酒解千愁啊！"

程长庚被他这一喊，喊得哭笑不得，从书房出来，用手指着卢台子，"好你个贪酒吃的卢台子，你是算准了我有心事呀！"

二人边吃酒边聊，程长庚把刚才对孙菊仙说的，和孙菊仙的表情，对卢台子述说一遍，依然愤愤地说，"这哪像我的弟子？他怎么能这么对付我呢？"

卢台子喝罢一盅酒，说："此事不怨大个子——"

"不怨他，难道还怨我？"程长庚余气未息。

"怨您未选对给他交底的时机。"

"嗯？"程长庚端杯发问。

"您想，他几年未在京城，刚刚回来，您就急着让人家接班，这是不是有点饥不择食了？"

"年龄和身子骨不饶人哪！我能不急吗！"长庚愁苦的说。

"哎，着急吃不得热豆腐嘛！"卢台子不紧不慢又喝下一盅酒，接着说，"大老板的心情我理解，的确，年岁不饶人，是该找接班的了。但还得审时度势，慢慢来呀。"

“人选，我是反反复复考虑再三。在我的弟子中，最能惟妙惟肖学我的活儿的，就是汪桂芬。可他，脾气古怪，不是掌班的材料。谭鑫培倒肯下功夫，但，他只是个唱戏的好材料，圆于外，而须修于内。要掌班，还得好好修炼修炼。再说，他眼下正在春台班当台柱子！手心手背都是肉，总不能为了三庆班就拆春台班的台吧！可巧，孙菊仙从天而降，这不天如人愿吗！可他却蔫退了！你说让人上火不！”

“凡事应倒过来想一想，我要是孙菊仙，我也不会答应您。三庆班这么多老人，你是他的师傅，几乎个个都是他的师叔、师兄、师弟，你冷不防教他掌班，他敢掌吗？甭别人，就徐小香一个就够他葳鼓的了，何况还有别人呢！他离开京城好几年了，生来乍到，上来就掌班。这班让他怎么掌？他掌得了谁？这不是难为人家吗！”卢台子把酒杯一端，“大老板，您这事办得唐突了。”

程长庚听此言，如梦方醒，“哦。欠点火候？是我唐突了！来，喝酒！”

卢台子一饮而尽，“哎，欠点火候就夹生啊！放长线，才能钓‘大鱼’嘛！”

“咱也学学姜太公钓鱼，愿者上钩？那我就等！”

“嗯，”卢台子端起杯，“嫂子烫的这酒真好！”

程长庚也高兴地端起杯，“你嫂子就是会烫酒。来，——干！”

程长庚放平了心态，将掌班人的事从长计议。

孙菊仙自从离开四箴堂之后，再也不敢来见师傅。他来到四喜班找到梅巧玲，梅巧玲高兴地一口应承，答应他在四喜班搭班。

杨月楼虽然在上海大红大紫，可心里总像坠个铅块，总觉得头上老是罩住个阴影。一想起那庄冤案来，心里就打寒战。因此，总是惴惴不安，老没有个开心的笑脸。沈月春看在眼里，痛在心上。总变着法地给他开心解闷，可杨月楼总变不过闷闷不乐的样子来。

沈月春在上海滩是见过世面之人，遇事通达，有主见。她知道杨月楼的不开心，终是那场官司的阴影在作怪。她明白，人要是活得不痛快，毋宁死。人挪活，树挪死。既然上海有阴影，何不离开上海！

晚上，睡到床上，小两口儿说悄悄话。 沈月春试探着对杨月楼说，“要不咱离开上海吧？”

“你舍得离开上海？”杨月楼反问道。

“我听你的。只要你开心！”沈月春说。

杨月楼听了这话，很是感动，“上海，是你学艺起家的地方，我是怕你离开上海，舍不得！”

“嫁鸡随鸡，嫁狗随狗。你是我的丈夫，是我的当家的，你走到哪里我跟到哪里，只要你开开心心的，走到哪里，我都愿意！”沈月春依偎在杨月楼怀里，温存地说。

“其实我早想回北京了。家里有近七十岁的老父，还有我的师傅程大老板，另有我的师兄师弟们，我一走几年，心里总是牵挂着。我早想他们了！要不是摊上那场官司，我早该回去了。只是这里刚刚打开局面，我怕你舍不得，我一直不好开口。”杨月楼吐露了真情。

沈月春更温存地说，“你看我是贪图钱财之人吗？你要是不开心，就是挣个金山来，我也不要。我只要你！如此说，我们就赶紧回北京去。越快越好！”

听了这话，杨月楼压在心上的一块石头落了地。安安稳稳地睡了个好觉。

没几天，沈月春就把行囊打点完毕，并买好了去北京的船票。

杨月楼终于又回到阔别了三年的北京。

可是，京城等待杨月楼的仍然是一片冷漠。就连他的老父亲，都对他冷面相待，不让他们夫妇进家。这很让他感到不解和寒心，只好先暂栖客栈安身。

听到杨月楼回到京城的消息，程长庚非常高兴。他了解杨月楼的为人，更了解他身上的玩艺儿。心想，卢台子说的对：只要放长线，上天总会给机会。杨月楼是个人才，他圆于内，而讷于外，才德兼备。让他接三庆班的掌班，是再合适不过的了！

今天他让庄氏又烫了一壶酒，喊来卢台子同饮。哪知卢台子落座之后，一听说是为这事，把端起来的酒杯又放下了，叹口气说，“嫂子这壶酒可烫得不对劲！”

程长庚看卢台子这个举动，知道卢台子又有高见。说，“别卖关子，有话快说！”

卢台子用探寻的口气说，“你不怕他玷污了您的名声？”

“他从来都是一身正气，焉能玷污我的名声！”程长庚说。

“难道您没听说他在上海狎妓犯案的事？”卢台子凝重地问。

“我当是什么事！这事我问过孙菊仙了，纯属谣传——杨久昌是被冤枉了！”程长庚把杨月楼在上海被冤枉的经过，一五一十地对卢台子学说一遍。卢台子方长出一口气，重新端杯打趣的说，“看来嫂子烫酒就是有两下子！好！好喝！”

程长庚也打趣地说，“她要不会烫酒，你也不会给我撮合呀！”

“太史公说‘众毛飞骨，众轻折轴’，老百姓说‘舌头底下能压死人’，看来此话有理呀！如果不是孙菊仙亲眼所见，亲身经历此事，恐怕他杨久昌跳到黄河也洗不清啊！”卢台子为此大发感慨。

程长庚也激动起来，“我程长庚就能为他洗清！”

“是啊，这事，只有你大老板出面，才能为他洗白清楚！你只须让他来三庆班搭班，就能一举两得，既为他洗清冤枉，又顺手牵羊得一个大角，捡个大便宜！”卢台子又显出“军师”的本相。

程长庚也高兴起来，“不对，是一举三得！三庆班还得一个好掌班！”他说完又找补一句，“不过，这次我可接受上次选大个子的教训：暂不让他上马，先遛遛蹄儿，然后扶上去再送一程，等水到渠成了，再稳稳妥妥地了我心愿。”

卢台子听后，端杯一饮而尽，连喊，“好酒！好酒！”

第二天，程长庚让赵德禄把杨月楼叫到四箴堂，正式邀他到三庆班搭班。

到三庆班搭班的第二天，就给他派戏，让他在三庆园露演。

“杨猴子”又回来了！北京城又为他轰动了一把。程长庚让他在三庆园露演，本身就是对谣传的洗消。程长庚是什么人，如果杨月楼真有其事，程长庚能放过他，还让他唱戏？如此，“狎妓”谣传不攻自破。很快，“双月佳话”就传遍了京城。

大刀杨二喜也高高兴兴地把儿子和媳妇接到家里，并大张旗鼓地为他们补办了婚礼。

杨月楼进了三庆班，如鱼得水。唱戏，有那么多大角同台，能很好地配合，并能从他们身上学到本事。他把劲都铆足了，用到戏台上；处事，有程长庚扶植，并给他压担子，造声势，慢慢让他进入预备掌班的角色。一年时间，赢得了全班上下老老少少的信任。

这一年，杨月楼是双喜临门。第一喜，是生了一个大胖小子，取名“三元”。为了让儿子子承父业，早早就给儿子起下一个艺名，叫“杨小楼”。第二喜，就是程长庚把握时机，顺势把他扶上了掌班的位置，做了三庆班的班主。

有散曲【南吕·一枝花】唱道：

虎老雄心在，体力怎堪支，难得回天手，皮黄咋相续。身边弟子，哪个称意心随？炕头问拙荆，老妻痛心脾，讳言老和病，不解其中意。

【梁州】请出那身边诸葛孔明，万事通透卢台子，酒管够，菜多吃，不能光吃光喝不吭气，惹得我干着急。不是我光吃光喝不吭气，凡事要三思。耐心等时机，等到那顺理成章瓜落蒂，接班自然顺天理，保证随心意！

【尾】苍天不愿泄天机，沪上飞来双月夫妻，德艺全才无挑剔，能挑大梁搭天梯，三庆有福气，掌班得为继。

第四十五回

识命相喜得义子 说行话企盼高徒

卢台子好喝茶交友，三庆班也有一个人，喜欢喝茶交友。二人论起祖籍来，都是江西。老表加同班同事，又都有共同的嗜好，相交甚笃，可说是无话不谈。此人姓萧，名永康，比卢台子小二十多岁。他是梨园世家，哥哥是唱昆旦的名家，他在三庆班应工丑角。

这日，萧永康邀卢台子到家里品茶。他住在百顺胡同。堂号名“畹清”，与卢台子家一步之遥。落座之后，萧夫人，已净杯洗盏，将开水烧好，提壶进来，泡茶。萧永康陪卢台子聊天。萧夫人泡好茶，给每人斟上一碗，就退进里屋。

卢台子看着萧夫人泡完茶，给每人斟上一碗，递了过来，就退进里屋的背影，端起茶碗来品一口，连说：“好茶，好茶！地道的毛尖儿，好味道！”

萧永康笑道，“茶不好我敢请你来品？小舅子刚从赣南捎来的。地道的新品。”

二人边品茶边聊天，闲聊之中，卢台子端着茶碗，用一副坏相儿对萧永康说，“恭贺老弟！”

“你我品茶、喝茶、论茶是家常之事，就一杯新茶有什么可值得恭贺的？”萧永康不解。

“你快当爹了！还不值得恭贺？”卢台子仍是一副坏相。

“你又瞎掰，她还没动静呢，你就知道了！”萧永康指指里屋，不屑地说。

“哎，老弟岂不知，十个秀才九个医嘛。我虽不是医生，但医道还是懂得一些的。医者看病，讲究望闻切问。刚才夫人泡茶、斟茶，我观其气色，就知其已有身孕。不信，你晚间细问便知。”卢台子满有把握地说。

萧永康仍然不相信，“我却不信，她一点反应都没有，没有任何动静，怕是老兄看走眼了——瞎掰！”

卢台子一本正经：“这种事岂是儿戏，咱兄弟之间，何曾有过妄说。我可以告诉你，夫人不但是有喜了，而且怀的是个儿子。”

“越说越玄！”萧永康说，“若果如兄言，生了儿子归你。”

卢台子摆摆手，“越是兄弟，越不能夺人所爱！何况那是你萧家的长子！”

“若果真是儿子，认你为干父！”

“那也不行！你若果真要谢我，待第二个儿子出生后，再认干父也不迟。”卢台子说。

“第二个就肯定是儿子？我说你瞎掰嘛！”萧永康这回，真的认为卢台子是瞎掰胡扯。

“我可不是瞎吹八扯。我打小念书，是无书不读。《周易》、《麻衣相》，就连诸葛亮的八卦我都下力扣过。”卢台子一本正经地说，“第二个不是儿子，是千金。我已算准了。”卢台子说得毫不含糊。

“第二个不是儿子，你认的什么干儿子？”萧永康揶揄地说。

“第二个是儿子，不就是你的第二个儿子吗？”卢台子反唇相讥。

“好。如此，第三个若果是儿子，一定拜你为干父。”萧永康说。

“说话算数？”

“一言为定！”

卢台子看着萧永康笑着说，“今天的茶品得好哇！我一句话就得个义子！算得上福分哪！”卢台子品口茶又接着说，“不过，我也不无功受禄，我先给你的儿子起下个名字等着。”

萧永康说：“好，先起下名，等着检验你，看没看走眼！”

卢台子不紧不慢地说，“你家姓萧，萧乃草字做头，长子应该叫长荣，取萧家昌盛繁荣之意，如何？”

“好。‘长荣’好啊！”萧永康高兴地说。

“别忙！”卢台子说，“第二个儿子叫长华。——取荣华繁茂之意。”

“呵，你连第二个儿子的名字都起下了！”

“第二个儿子是我的干儿子，我当然得先起好哇！”

“好一个台子老兄，闹了半天是先占下我个儿子！”

“反悔了？”卢台子半真半假的开玩笑反问。

“君子一言，驷马难追。我岂能反悔！我萧家是梨园世家，就是缺少文墨。如能与您结为亲家，也算我们沾上你卢家的文气了！”萧永康激动起来。

“我得了义子，一定先教他念书，然后再教他学戏！”卢台子像看到儿子一样说。

“将来，儿子有您的教导，定是文武全才。”萧永康说。

卢台子像想起什么似的说：“我刚才进贵府，好像大门上书‘畹清’二字，你的堂号是不是‘畹清’？”

“是啊，这是先父留下来的堂号。”萧永康说。

卢台子皱皱眉，“这个堂号，雅是雅。但未免兆门庭不旺。”

萧永康听后大惊，“你待怎讲？”

卢台子显出书生本相，“‘畹’者，田亩家庭之谓也。‘清’者，净寡之貌也。此二字，隐含门厅冷落之意。不好，不好。”

萧永康听后半信半疑，“不知当初先父为什么取下这个堂号。”

卢台子也笑笑说，“既是先父所取名号，当时定有所含意，你也不便加以更改。等你发达之后，另起新宅再行更改。我先给你起下一个堂号，备你以后之用。”

“如此甚好！”萧永康忙说。

卢台子不假思索，用手指蘸茶水在桌子上写了“荣华”二字。然后解释说，“你的两个儿子取名‘荣’和‘华’，都与你的姓氏‘萧’字有关，取繁茂昌盛之意。将来萧家的堂号定为‘荣华’堂，既与后代繁衍相关，又取萧家兴旺发达之意，是再好不过的！”

萧永康听后，高兴地说，“既如此，烦请老兄，动手给书写下来，也算留下了亲家的墨宝。”

卢台子取笑说，“为了我将来的干儿子，我回家就写！”

萧永康说，“理当的。算是你的定亲礼！”

二人说笑着尽兴而别。

萧永康应卢台子一番话，得了两个儿子一个姑娘，卢台子得了一个干儿子的事，一时成了三庆班的趣谈。

刘赶三平时就爱和别人凑趣，听到此事便找到萧永康，拉他到一个小酒馆里，喊堂倌给烫上一壶酒，叫上一盘花生米，一盘卤虾，二人对饮闲谈。说到唱戏的事，二人的话题就凑到了一块儿。

刘赶三说：“丑行，历来分昆丑和北丑，昆丑你们南方素称苏丑。你我虽然都是丑行，却各占南北两派，但我还是佩服你们昆丑。你看，杨鸣玉杨三爷，人家那功夫，《盗甲》的时迁，那轻功，三张高桌一个倒翻落地，台板不带有声的，人家那矮子步，低、轻、帅，动作利索边式，那才叫绝呢！还有那《访鼠》中的娄阿鼠，况钟拍其肩膀，他一惊之下，将签筒抛起，跪地旋转一个整身，仍接住签筒，身不歪，脸不斜。那功夫多深！测字时，拍手一笑，一个仰身后翻，轻捷的从板凳底下钻出，又轻灵地坐在板凳上。他那两下子，我一辈子都学不到家！”

萧永康说：“刘老板你谦虚，昆腔中的苏丑固然了得，但北丑中的黄三雄，那个不佩服，他那嗓音响堂，中听，逗人，那才是一绝那！还有您有名的刘赶三，在台上抓哏，逗趣，现趸现卖，那个能比你来得快？《探亲家》你骑驴上场，这一招儿就绝了！还有那《拾玉镯》中的刘媒婆，说学逗唱，打情骂俏，那个能演出你那两下子？”

“丑婆子戏是京戏的一绝，我也是跟老先生们学的。我那两下子，跟老一辈的比，就好比马尾拴豆腐——提不起来了！”

“就您那功夫，也够我们学一辈子的啦！”

“我琢磨着——”刘赶三端着杯想着话题说，“怎么才把苏丑和北丑融合起来，既有北丑说白的功夫，又有苏丑做表的本事，那就把京戏的丑行做圆满了。”

萧永康觉得刘赶三说得很有道理，“话虽如此说，做到恐怕就不容易了！”

刘赶三也感慨地说，“靠我们这一辈是不行了，功夫得从小练起！哎，等你有了儿子，也让他学丑行，让他唱念、做表都学到家，把苏丑和北丑的功夫都学好！”

“那敢情好！那样，咱丑行就齐活了！可是我还没儿子呀！”萧永康说。

“怎么没儿子？我都听说了，你的儿子都拜卢台子为干爹了！”刘赶三紧追不放，“我可把话先撂到这儿，等你有了儿子，我收他为徒，叫他南北都学，咱培养个好丑角！”

“那话，是卢先生看命相，看的。还不知道准不准呢！”萧永康说，“大家当笑话说说罢了！”

刘赶三认真地说，“哎，那卢台子是何等样人啊？二庆班的诸葛孔明！人家上知天文下晓地理，阴阳八卦，什么不通？那还能看走眼？他看的准没错！哎，我还是那话，生了儿子，不管生几个，一定挑一个，让他学咱这一行！咱京戏的丑行也得传宗接代呀！我也占下了！兴他卢台子占下干儿子，就得兴我刘赶三占下个接班的名丑！”

一听这话，萧永康十分高兴，忙举杯说：“蒙刘老板抬举，我也盼着有这一天哪！”

二人一仰脖同饮而尽，会心地哈哈大笑。

卢台子的命相看的还真准。五年之内，萧永康得了两个儿子一个千金。第三胎，生的果然是个小子。按着卢台子事先取好的名字，叫萧长华，字和庄，艺名宝铭。拜卢台子为义父，私淑刘赶三为名丑，这是后话。

散曲唱道：

【仙侣·点绛唇】风轻影瘦，花香树秀。摆茶桌，品茶侃风流。

【混江龙】香茶引话语没够，东侃花瓣落水走，西侃鸟语唱枝头。南侃风细，北侃雨骤。远侃皮黄传承有新手，近侃丑行才俊秀。更侃你我老朽夕阳坡下走，盼儿孙接班，总有盼头。

【醉中天】盼儿孙成才不在你我后，子是你子优秀，我当教头。

【赚煞】当教头我白尽义务，保管分文不收。只为咱梨园人才有，哪管咱倒了葫芦撒了油。到那时我瞑目西天，也竖耳畅听弦歌高奏。

第四十六回

恭王府科班报散
四箴堂收拢新徒

慈禧太后一举剿灭“顾命八大臣”，垂帘听政之后，大清国世道相对承平，显现了“同治中兴”的短暂时期。这一时期，也是皮黄进宫之后，向京戏进化的定型期。皮黄的进宫，引起了皇亲国戚的极大兴趣。以往独踞宫廷的昆曲，逐步被冷落，很少有人问津。尤其慈禧太后，是个爱热闹的风流寡妇，对昆曲的高雅古板，本来就不感兴趣。皮黄的新颖和通俗，使她一见倾心，如痴如醉。

楚王好细腰，宫人多饿死。慈禧太后尚且如此，更何况那些王爷、贝勒以及朝廷命官呢。王宫府邸，唱堂会、养戏班、办科班便大为时兴。从宫廷到市井处处以赏戏、听戏、唱戏为时髦。皮黄戏的走红，促使京戏的进化加快，各行当角色脱颖而出。

在诸王爷当中，唯有恭亲王独出心裁，却办起了昆腔科班。恭亲王这么办，自有恭亲王的用意。在剿灭“顾命八大臣”中，恭亲王是慈禧太后的铁杆帮手。因此，慈禧垂帘听政后，对恭亲王也极为倚重，百般拉拢，封恭亲王的长女为“固伦公主”。“固伦公主”的封号不是任何人能用的，只有皇后亲生的女儿才能封此名号。嫔妃和王爷的女儿只能封“和硕公主”，恭亲王的女儿被破格封“固伦公主”，完全是慈禧太后拉拢恭亲王的手段。意思是，我把你恭亲王视为当今皇上一般对待，你还敢不对我效忠从命！

可是，在实际行动中，慈禧太后对恭亲王却暗加提防，怕他权柄过重，拥权自持。同治四年，就以“揽权纳贿”，目无君上的罪名，免去了他议政王的一切职务，只许给他一个“内廷行走”的虚衔。由于恭亲王暗中指使杀死安德海，并劝谏同治皇帝不要修复圆明园，又因与慈禧太后结下宿怨。慈禧太后对恭亲王更是明敬暗防，视作心病。慈安太后去世，慈禧为一举剪除异己，以“萎靡因循”为借口，免去他的一切职务，并把它的全班人马逐出军机处。

对于慈禧太后的独断放任行为，恭亲王也确实深恶痛绝。尤其对慈禧太后背弃祖训，放荡随性，更是看不下眼。可是对于慈禧太后他又无可奈何，只能反其道而行之，你爱看皮黄，我就提倡昆曲。昆曲自乾隆年间就是宫廷的御用戏曲，与皮黄向有“花”“雅”之分，你摒弃昆曲就是悖谬祖宗！我恭亲王府就是要办昆腔科班，以示对慈禧太后的警示。

可是，毕竟大势所趋，皮黄已成气候，昆曲很少有人问津。再加上恭亲王被罢免一切职务，逐出军机处，他于政界的纠葛及诸事也都心灰意冷。躲进戒台寺，隐居休闲。更无心思打理昆腔科班，于是昆腔科班遂即报散。

这一天卢台子在茶馆喝茶，听人说“全福昆腔”报散了，他茶也顾不得喝了，急急忙忙奔到四箴堂来找程长庚。一见面，他就说：“大老板，告诉您个好消息，全福昆腔科班报散了！”

长庚听了很觉得惋惜，“好端端的个科班，怎么就报散了呢！”

“报散了好哇！”

“我说卢先生，我们可不能以邻为壑呀！”

“哎呀，我的大老板！恭王爷的那个班报散，那是迟早的事！他心思没在科班上！那些个弟子，可是咱梨园的宝贝呀！我是告诉您，咱得赶紧去挖宝呀！”

卢台子一句话，提醒了程长庚。

恭亲王的昆腔科班，程长庚是了如指掌的。这个科班，名曰“全福昆腔”，班所就在琉璃厂的八角琉璃井。程长庚作为戏界鼻祖，曾被聘为该班的临时教习，为科班的弟子们上过课，因此，他对此班各个子弟的状况十分清楚。内中确有几个弟子，天赋条件很好，是天生吃戏饭的材料。经卢台子这一提醒，他也知道，皇家的事，老百姓是说不清楚的。他也不再考虑什么以邻为壑、趁火打劫的事。赶紧派人将几个有潜质的弟子，收到四箴堂科班。其中就有武净钱金福，旦角陈德霖。

陈德霖是程长庚更为看重的一个。

因为那时，唱旦角的后起之人不多。尤其像陈德霖这样唱大青衣的旦角更是凤毛麟角。当时皮黄旦角跟风儿的倾向较重，大家都跟胡喜禄、罗巧福、梅巧玲、余紫云的风，以唱花旦为时尚。可是陈德霖却稳稳当当的打昆曲青衣的功底。程长庚非常赞成他这种稳当扎实的劲头。

陈德霖祖籍山东黄县，是汉人旗籍。祖父是世袭二等子爵，曾任山东副都统。至其父时已家境没落，父病故后，其母携其兄姊四个进京投亲。为生计计，他十一岁投“四喜”科班学戏，未被重视，后转至“全福昆腔”学戏，艺名金翠。到了四箴堂科班，艺名改为陈得林，后，写成陈德霖。因他乳名石头，人称陈石头。成名之后，他曾号漱云，漱芬，瘦云。

陈德霖是程长庚看中的人才，所以对陈德霖，格外用心，也相当严格。程长庚晚年，致力于培养弟子，教戏时一丝不苟，相当严厉，他一手拿戒尺，一手拿戏文，手把手地口传身授，稍有差池，戒尺伺候。陈德霖曾为发音咬字，吃过程长庚不少戒尺的惩戒。因此，他昆腔的底子扎实，皮黄的功底深厚，咬字发音，非比寻常之辈。

在皮黄唱腔上，他艺宗胡喜禄、时小福、兼学余紫云。余紫云有家传的“余氏秘笈”指导，尖团、唇齿、五音、四呼都发挥得恰到好处。陈德霖除了唱腔声韵上的优美嘹亮之外，在咬字发音上紧步余紫云后尘，比之余紫云有过之而无不及。弥补了皮黄旦角唱开口音时，口张得太敞的毛病。

一次，他在徐宅中唱堂会，唱的非常幽雅舒展，引起全堂轰动。下场之后，他坐在客堂之内，落落大方，静默端坐。此时梅巧玲走了过来，看他一身蓝布大褂，文静端庄。高兴地说，你叫什么名字？唱得如此之好？陈德霖起身，恭恭敬敬地叫了一声“师傅”。梅巧玲听后一愣，想不起何曾有过这个弟子。此时戏提调走过来对梅巧玲说：“梅老板，他曾是四喜班科班的弟子，这么好的人才，被你们放过了，人家投奔了全福昆腔班，此班报散后，被程大老板挖到四箴堂科班，科班排名叫陈德霖，刚刚十三岁，现在还未出科。”

梅巧玲听后，唏嘘良久，后悔当时走眼，漏掉了一个难得的人才。

光绪初年，在文昌馆唱堂会戏，所到之人，皆文人墨客，都是戏篓子。这些个人，看戏择毛，一择一个准儿。在此堂会上，陈德霖唱了两出戏。一出是压轴戏《活捉张三郎》，由杨鸣玉给他配戏，他把个阎婆惜演得活灵活现，有名丑杨鸣玉的捧唱，戏唱得绝妙叫好。第二出戏，是大轴子戏，由著名须生王九龄为他配戏，唱《武家坡》，他扮王宝钏。二人配合得严丝合缝，丝丝入扣。对唱唱得句句叫好。那些个好择毛的酸文人们，一个个支棱着耳朵细听，光顾的鼓掌叫好了，哪里还有择毛的份儿？

看戏“择毛”，是看戏人的“行话”，就是挑毛病的意思。看戏能择毛的人，说明他懂戏，在行。他们若是“择”不出毛来，必定大为佩服或认可。若经他们的嘴一哄嚷出去，此角必然走红。

由此两出戏，陈德霖果然一举成名，成为后起的旦角之秀。

有词【燕归梁】写道：

芳草遍地花丛中。全凭慧眼盯。花香未必芳草性。孑然立、任吹风。　风吹总把、花瓣打散，花碎草更青。采掬泡制深加工。来日看、色香浓。

第四十七回

皮黄鼻祖驾鹤去
京城氍毹动地哀

光绪五年，冬季来得特别早。刚沾腊月的边儿，地就冻得嘎儿嘎儿的。加上京城的西北风一吹，那天儿，就更加冷得出奇。风吹在脸上，就像小刀子刺一样。唱戏的就怕冬季。冬季，天寒地冻，那茶园空旷，就更显得冷，坐在凳子上，冰得人大腿都发麻。所以，冬天，一般人都不出来看戏。宁肯猫在家里在火炕上“盘脚粘”，也不进茶园看戏，大家都称那冬天的茶园叫“冷洞子”。所以一般戏班不敢冒冷洞子唱戏，怕冷场。可大班就不怕，大班，阵容齐整，大角压场，且排的戏码儿都叫座儿。有些个戏迷，就专等着看冷洞子的戏，看那些个叫座儿的戏。因为戏迷们，大多是财主、官绅、遗老阔少，或商贾富人。他们皮裘加身，饱暖有余，不怕冷。

自从杨月楼接了三庆班的班主，程长庚心里的石头落了地，他一身轻松。一入冬就盘算着，在年终封箱之前，告别氍毹，息影舞台。回到那生他养他的江南水乡，去重温那儿时放牛的田园生活。息影的风儿放出去了，亲朋好友，都为他颐养天年的想法感到高兴，但更多的是为他感到惋惜。他风风火火，在氍毹之上摸爬滚打了半个多世纪，他为皮黄奔走呼号，为皮黄披肝沥胆，为皮黄耗尽了心血。而今皮黄成型了，唱响了，成了气候，有了自己的门户，成了一个独立的剧种。而他这位皮黄的鼻祖，却要息影南归。想来，不禁令人感到有些于心不忍，难舍难分。

京城梨园界的人，听到这一风声，也个个感到凄苦，心里默默地罩上一层阴影。

长庚虽觉得，息影归田是顺理成章的事，但一提到离开，心里也是觉得难舍难分。眼前总是浮现出江晚晴师傅和江洪师傅、米喜子师傅、董师傅，以及延四爷、禄喜、余三胜师哥、张二奎兄弟、卢台子、刘赶三、赵德禄、徐小香等等人的笑貌音容。这些人都是自己的恩人和亲友。没有他们，就没有我程长庚的今天，也就没有京皮黄的今天。他们有的作古了，与我们长辞了，已经不能得见了。有的归隐退休了，像延四爷、赵德禄，不知何年何月才能得以相见。有的还和自己在一起，整天台上台下的厮混，像亲哥儿们一样，怎么能说离开就离开呢。因此，他迟迟下不了这个决心，也定不下南归的日子。

这天，大清早起来，章甫就来到父亲的房内，拨了拨炕下的炭火，屋里顿时暖和了许多。他帮父亲披好皮袍，乐不唧儿地看着父亲发笑。

长庚看章甫的神情怪怪的，问：“什么事儿叫你大早清的就这么欢喜？”

章甫仍笑么滋儿的对父亲说：“报告爹爹一个喜信儿？”

“什么喜信儿？看把你乐得神经兮兮的！”

“我大哥托人捎信来了！说大嫂给您生下一个胖孙子！九斤重！”

“是吗？”程长庚听了此信儿，喜出望外，“那怎么不早说呢！”

“这不大清早儿的我就来了，还晚哪！”

“昨个晚上怎么不说呢？”程长庚乐得合不拢嘴，指着章甫对庄氏说，“你说说，这么大的喜信儿，他隔了一宿才说！”

庄氏高兴的嗔怪老头子说，“章甫还不是为你着想，怕你一宿睡不好觉呗！”

章甫对父亲的嗔怪一点也不在意，“大哥信上说了，等着过了满月，就抱来给您磕头报喜！”

程长庚扳着指头一算：“好哇，过了满月就是明年啦！今年春节咱双喜临门，又过年，又添孙子，大喜！大喜呀！”

“我哥信上还说，等着您给孩子起名字哪！”章甫提醒爹爹说，“这可是长子长孙，您可得好好琢磨琢磨，给起个好名！”

“那是自然！”程长庚抑制不住内心的喜悦，“我曾对你们哥儿俩说过，孙子的名字由我来起。长孙，不做伶人，要继承程家祖宗的香火，读书经仕，续写程家的家谱！”

庄氏看看章甫，“都这么多年了，不续家谱，不进祖坟，……还是你爹的心病啊！”

这句话说到了程长庚的痛心之处。程长庚说，“虽说我被勾却家谱，但我人还是姓程啊。我虽履贱业，我人不贱哪！皮黄已为我谱写了生谱，皮黄就是我的生命。章甫，当初我让你仍投身梨园，也是为了继承我的事业。将来你的儿子，也要投身梨园，要让那些人看到，我程长庚所做的贱业不贱！我终生不悔！我程长庚的后代，也要继我的‘贱业’，世代不悔！”

章甫怕爹爹太激动了，会伤身子，忙转移话题说，“快给孙子起个名字吧！”

长庚略加思索说，“就给长孙取名程遵尧吧。我们都是尧帝的后代，遵尧，就是不忘祖宗！”

庄氏说：“这名字我记住了，等章瑚带孙子来时，就给他叫这个名字。”

听说大老板有了孙子，第一个来道贺的就是卢台子。他一进门就高声说：“人都说有了孙子是好事，是该庆贺的事。可是人们不知道，有了孙子，就当上了孙子。”

庄氏说：“你这个卢台子，净说些个歪理，怎么有了孙子就当上了孙子？”

“这点大嫂你到时候就明白了。等孙子来了，你得照顾他，照顾得比伺候爷还周到呢。你这不是就当了孙子了吗？等他会说话了，冲大老板说‘爷，喝水’，你就赶紧给端过去，喂他水喝。你说是你喝水还是他喝水？他喝水叫‘爷喝水’。你说你是不是孙子？”

他这番话逗得庄氏笑得前仰后合，程长庚也跟着笑得合不拢嘴。他指着卢台子说，“什么事一到你那里，就成了故事！要不让你打本子呢！”

“不说不笑不热闹。”卢台子也笑着说，“这不正赶上大老板家有大喜事嘛！这时候不乐什么时候乐呀？”

“你来得正好，”程长庚说：“有了孙子，我就更显得老啦。我掐算了一下，过春节我有两件喜事，一是过大年；二是得孙子。我想再凑一件，来个三喜临门！我想最近看个日子，唱一出我自己的封箱戏，然后就息影抱孙子去了，你说这不是三喜临门么？”

“息影也算一喜？”说这话的是徐小香，他也是为程长庚来道贺的。他从大门外就听见程长庚说话了，紧接着就搭上了话茬，“息影氍毹也算一喜，那我们都该喜喜了！”

“我看大老板还是慎一慎再说吧。”卢台子也不同意，“你颐养天年，是大家为你祈福，盼着的事。可是真要告别了，大家心里总不是个滋味啊！”

“嗨，早晚总有这一天呐！”程长庚固执地说，“明天是腊月十三，我看明天就是个好日子。告诉久昌，明天我在三庆园唱《华容道》，早点把水牌写出去！这个戏码，冷洞子好招人！”

“不要这么说急的就来快的，”章甫也泼冷水说，“刚得了孙子，正是心理不平静的时候，还是等安稳几天，再选日子唱吧！”

“就这么定了！”程长庚说：“就着得了大孙子的喜兴劲儿，趁热打铁，再加一把火，喜上添喜。”

大家都知道程长庚的脾气，他定了的事，是不能改变的。大家只好依了他，忙着去准备。

为大老板唱这出戏，紧操持的是杨月楼。

头一天，他亲自到三庆园，里里外外张罗布置好。

说真心话，对大老板唱这种“封箱”戏，他打心眼里觉得犯矛盾：大老板是他的师傅，又是把他推上掌班座位上的恩人，他打心眼里不愿大老板离开自己，离开三庆班。觉得只要大老板不离开，不论大老板在场不在场，他都觉得办起事来心里踏实。可是，大老板已是六十大几的人了，为皮黄辛苦了一辈子，也该让他歇歇脚了。一想到这儿，他又觉得这场戏该唱。既该唱，就把大老板一辈子要唱的最后一场戏，安排得妥当些，让大老板把戏唱好，好让他离开得放心。因此他把配角、三箱、包头的、文武场的人都一个个嘱咐一遍，让大家全力以赴，保证让大老板唱好这出戏。

诸事安排好之后，他又到茶园大门前看挂出去的水牌。不看便罢，一看，更使他禁不住热泪交流。只见水牌下挤满了人，黑压压的一片。大家交头接耳，都在赞叹大老板。

“这老爷戏可是程长庚的拿手戏呀！”

“是啊，不看可一辈子看不上啦！”

“千载难逢，机不可失呀！”

“听说‘戏神’要离位啦，看戏就是送‘神’呐！”

“…… ……”

“…… ……”

杨月楼听了这话，心里更不是滋味。他抹一把脸上的泪水，又返回三庆园。

腊月十三这一天，天气特别晴朗。艳阳高照，风和日丽，太阳照到人身上，暖洋洋的，似乎要驱走严冬的寒冷。来看戏的人到的特别多，三庆园内，满坑满谷，还有加座的，站大墙的。各大戏班的掌班也都闻讯赶来，为大老板的告别演出送行助威。

程长庚今天显得特别有精神，脸上红红的，闪着亢奋的光彩。他早早来到后台，等着包头的为他化妆。这时，章甫端着长庚的紫砂茶壶，悄悄来到他的身边，用手摸一摸壶身，试一试水温，把壶送到长庚的嘴边，在他耳边悄声说，“昨晚兴奋的一宿没合眼，就这么上场，行吗？”

长庚就着壶嘴抿了一口茶，笑笑，用淘气的口吻说：“就看你的鼓箭子打得怎么样了！”

很快，关云长的妆化好了。按规矩，化了“老爷”妆，就是“神”了。

他按照规矩，在衣箱上肃穆而坐。此时，卢台子走了过来，看他化好了妆，不便说话。便以眼神询问道：“行吗？”

程长庚用坚定的眼神告诉他，“行！”

卢台子不放心地皱皱眉，指指脸，意思是你脸色不同寻常，别出意外！

程长庚指指胸口，点点头，意思是我成竹在胸，没有问题！

这两位知己，一向配合默契，对对方了如指掌，时时都把对方放在第一位，这是老哥儿俩心换心的交情。

卢台子这才心怀忐忑的离开后台，来到池座。

三通鼓过后，开戏了。

前头是几出垫场戏。最后该程长庚的大轴戏《华容道》了，卢台子再也坐不住了，他又一次来到后台，只见程长庚已经披挂整齐，来到出将口等候。卢台子从旗把箱倌手中接过青龙偃月刀，双手递到程长庚的面前，轻声问：“怎么样？”

程长庚接过刀柄，上身身子略微一晃，然后又稳住，点点头。此时，武场已打响上场的鼓点。

程长庚踩着鼓点，迈着台步，来到戏台正中，一闪身，来个利索的亮相，这亮相，帅气，漂亮。台下，也顾不得程长庚不准叫好的规矩，喝彩声响震屋瓦。

卢台子在出将口的门帘缝隙，紧盯住程长庚的一举一动。只见程长庚用手搂须，将大刀往身后一戳，他身子却先趔趄了一下，卢台子的心也跟着紧了一下。

程长庚静一静神，双目微闭，此时文场奏响了过门，程长庚张嘴刚要唱，还未出声，一口鲜血“噗”地喷出口外，他身子一晃，扑倒在台上。

几乎与程长庚扑倒的同时，卢台子一个箭步跑上前，去抱程长庚。章甫也几乎是同时，甩掉了箭子，扑到程长庚的身边。

杨月楼赶紧叫人拉上守旧。大家纷纷围拢到程长庚的身边。

可是程长庚一句话也没说，眼睛看着大家，费力地眨了眨，慢慢地闭上了。

就这样，京剧的奠基人，一代戏剧宗师，在舞台上悲壮地驾鹤西去了。

各大戏班的掌班都跳上戏台，围拢在程长庚的周围，默默地致哀。

顿时，整个三庆园，由剧场变成了祭场。台下来看戏的，一个也没有走。大家不哄不嚷，默默地注视着台上，好像还在看大老板唱戏，默默地为大老板送行。

大老板走了。

京城梨园一片沉寂。

大家自动停了响器，三天不写水牌。

精忠庙内搭起了灵棚。

刘赶三自动担起了主祭。梨园界不论老幼，都纷纷到灵棚祭拜。

章瑚和章甫身着孝子服，长跪一侧，点长明灯守灵。

三庆班的全体伶工，每人都一身重孝，由卢台子带领，跪于孝子之后，为大老板守灵。

谭鑫培、孙菊仙、汪桂芬、杨月楼、余紫云、陈德霖等诸弟子，都着孝子服，长跪守灵。

段二、王九龄、胡喜禄、梅巧玲、罗巧福、时小福等名家都身着素服前来祭拜，轮流守灵。

京城名士、文人、有的前来祭拜，有的送来祭文，有的送来祭品。

票友、戏迷以及百姓，扶老携幼，前来吊唁。

寺庙僧伽主动前来做法事，诵经念佛，超度亡灵。

精忠庙门前，车水马龙，都是四方赶来的吊祭之人。

刘赶三主祭，他的祭文，发于心声，每念一句，都感人肺腑，催人泪下：

呜呼，大老板，程长庚，吾兄！闻君仙逝，吾适北城。奔走呼号，涕泪交凌。十里长街，两腿飞腾。撞翻行人，滚我泥泞。膝破流血，脸肿牙崩。衣服坏损，履掉足疼。心急如火，实为送行。我自顽愚，蒙兄宽容。长记教诲，铭刻终生。愚钝不才，追影随行。汗裹泪流，追思吾兄。十岁坐科，大器早成。砸场转运，蒙师玉成。承志北来，辗转进京。坎坷寻觅，戏馆接应。保定修炼，脑后发声。十年不鸣，一鸣惊城。三庆掌班，仁德秉承。石牌翻稍，长记在胸。三鼎交流，皮黄铸声。广揽人才，虔心益恭。礼贤下士，为求新声。大轴翻新，弦管交融。唱念做打，精益求精。皮黄鹊起，蜚声皇宫。帝都翘首，京戏独成。披肝沥胆，心血浇红。长天不悯，曲就人终！悲哉剧神，悲哉长庚！悲哉剧神，悲哉长庚！举天哀悯，痛悼吾兄！举天哀悯，痛悼吾兄！

念完祭文，刘赶三由于过分悲伤，只觉得天旋地转，头晕目眩，强撑着没有倒在灵棚。退出灵棚，他也病倒了。

卢胜奎蘸着心血，写就一首挽词。

调寄酹江月 · 悼戏神

刚送出将，博台下喝彩，神情矍铄。偃月刀竖撑不住，兀自扑身长卧。泪飞惊心，手足慌乱，无刹片思索。暖语犹温，却做离别之客。都道皮黄腔美，哪堪渗透，溶汝一生魂魄。氍毹不唱断肠句，怎奈老泪婆娑。大轴筹划，耳边尚响，留何人举措？守旧拉开，犹见身手念做。

徐小香也填写了一首词，以为痛悼。

调寄武陵春 · 悼大老板

绝调竟成广陵散，旧情怎勾销？强自把纸钱焚烧。涕泪洒荒郊。蒙君三顾多看重，始将轻慢抛。伴汝万世三生桥。还不尽、恩德高。

送走了大老板，徐小香痛失知己。从此谢绝戏坛，返回故里养老，在家设香炉，垂念程长庚。

程长庚葬在彰仪门外，石道路旁。

卢台子，在大老板坟前筑庐，守制一年。

一年后方返回城里，帮助杨月楼执掌三庆班，如同大老板在世一样，出谋划策，全力辅佐。

有词【沁园春】写道：

豪气英雄，笑对人生，视死如归。回首千年史，往事如烟，翻看书简，心往神追。淳于髡言，优孟劝谏，敢与大夫比神威。下九流，位卑志常怀，社稷安危。文起八代之微，道济天下之位，非是文豪种，教化于民，弘扬正气，舍我其谁？丝竹管弦，意含音外，佳音一腔传数辈。沥心血，追梦石牌调，京戏芳菲。

第四十八回

汪桂芬守制皈依
庄夫人点化愚孝

自从程长庚去世之后，汪桂芬比死了亲生老子还悲痛，整日以泪洗面。睡下，一闭眼，似乎程长庚现于眼前，教他如何用嗓，如何做身段唱戏；起来，一睁眼，穿衣服，似乎程长庚又来到面前，教他如何整冠、撩衣、走台步；一摸到胡琴，似乎又看到程长庚如何吊嗓，如何登台，如何唱戏。

是啊，所有世上之人，除了师傅，还有哪个更关心他汪桂芬的？自从拜师后，程长庚待己如同自己的亲儿子，教他练功，教他吊嗓，教他念戏文、抄写戏文，教他拉胡琴，行动坐卧，都在师傅的教导影响之下。尤其是如何做人，师傅身教胜于言教，给他树立了楷模。

他是亦步亦趋，步步按照师傅的样子学出来的。如今师傅撒手人寰，他觉得无依无靠，胡琴拉得再好，给谁伴奏？不动胡琴还好，一动胡琴泪如雨下。他由胡琴想到师傅，由师傅想到梨园，由梨园想到当今世道。

眼见的大清王朝，被一个妇道人家作弄，日渐衰败，君不似君，臣不似臣，整个一窝窝囊废。洋人都打进京城了，骑着脖子来拉屎了，他们还不觉醒，还醉生梦死，寻欢作乐呢！处处是一派败家亡国之相，这日子还有什么好过的？

一想到这些，他就想，还不如追随师傅而去，眼不见心不烦，活在世上，真没意思。

如此，汪桂芬，整日失魂落魄，恍恍惚惚，忧愁满腹，悲愤交加。他无心唱戏，也无心过日子。饥一顿饱一顿的，衣服不整，脸也不洗，身子日渐憔悴。

三庆班的弟兄们看他这个样子，是既同情又可怜，可是没人能劝得了。

汪桂芬一向性格孤僻，和谁都不交往，大家说不进话去。平时只有程章甫跟他有交情，一来汪桂芬一向把程长庚视为亲生父亲一样对待，他和章甫，就像亲哥儿俩。二来，程章甫是鼓师，汪桂芬是琴师，二人一文一武，掌管文武场，二人经常切磋场上的配合，比亲哥儿俩还热乎。

章甫看他这个样子，心里也非常难过。可是劝着劝着，二人就感同身受，想到一块儿去了，彼此抱头痛哭一场，不但劝不了，还更增加伤感。

庄氏，平时对汪桂芬像亲儿子一样，她看汪桂芬总是这样，心里也是一剜一剜的疼。这一天她把汪桂芬叫到四箴堂，给他做了一顿好吃的饭菜，让他好好地吃上一顿饱饭。汪桂芬吃着师娘做的饭，吃着吃着，触景生情又落下泪来。

庄氏就势劝道："孩子，你师傅走了，这是他的福分啊。他是高高兴兴地走啦，心满意足地走啦。皮黄成了京城的大戏，他一辈子的夙愿了了。大孙子生了，有了传宗接代的人了，他知足了。他一辈子唱戏，他是在戏台上唱着戏走的，他走得高兴，走得值啊！咱得为他高兴才对呀！可不能老是哭了，老是哭，他看了也心酸哪！"庄氏说着说着也掉起泪来。

汪桂芬擦一把眼泪，"师娘，这些我都知道。可是一想起师傅来，就抑制不住的掉泪。我师傅这一生，操了多大心，受了多大累，吃了多少委屈呀！可世道之上，谁把我们唱戏的当人看哪！末了还是下九流哇！"

"孩子，你师傅从来没有把自己当下九流看，他总是挺直腰板，堂堂正正的唱戏，觉得这是他这辈子的荣耀！"庄氏接着劝汪桂芬。

她看汪桂芬这个样子，是精神受了刺激，光靠劝是劝不过来的，需得另想主意。她略加思索，"桂芬哪，我看你总是缓不过来，还是换一个环境养养身子吧。"

"换一个环境？"汪桂芬摇摇头，"师娘，这世道都让大清朝给弄乱了，哪里还有什么好环境啊？"

"京西门头沟有一个大的寺庙，你师傅曾带我到那里烧过香，那里清静，是佛家圣地。你为你师傅守制一年，这么守着，不如到那里守着，也修行修行。让佛门大师给你点化点化，你就会好的！要是能皈依佛门更好。"

"师娘，我要是皈依了佛门，还怎么为师傅守制呢，师傅在我身上花的心血不是白费了？我不出家，不做和尚！"汪桂芬想的还是如何报答师傅。

"皈依不等于剃度，你可以做佛门俗家弟子，当居士。"庄氏说，"你师傅疼爱你，师娘也疼爱你，我也舍不得你出家。等你守制期满，身子缓过劲来，我就让章甫接你回来！"

听了师娘的这番话，汪桂芬安定了许多。说"我听师娘的，就到门头沟的大寺里去修行修行！"

第二天，庄氏吩咐章甫送汪桂芬去了门头沟的潭柘寺。

潭柘寺，在京西门头沟潭柘山山麓的山环里。距京城七十多里，群山环抱，层峦叠嶂。风水先生说，潭柘寺的所在，叫"九龙拱珠"，是天然的风水圣地。远远望去，回龙峰、虎踞峰、捧日峰、紫翠峰、集云峰、璎珞峰、架月峰、象王峰、莲花峰，九条山脉似九条巨龙拱卫着中间的宝珠峰。潭柘寺就在宝珠峰的南麓，依山就势，修建起肃穆庄严的佛家寺院。依次是山门殿、钟鼓楼、天王殿、大雄宝殿、千佛阁、观音殿、九仙殿和伽蓝殿、祖师殿。另有五百罗汉堂、财神殿、南北二宫、上下两院和方丈院、地藏院。整个寺院，清静肃穆，气象森严。古松古柏，遮天蔽日。琉璃殿顶，在古树的遮蔽掩映之下，更显得雄伟庄严，法相不凡。

章甫送汪桂芬到潭柘寺的时候，正是隆冬时节。然而寺院之内，因为有苍松古柏，和山峦雾彰的辉映，丝毫没有冷冽酷寒的感觉。倒是方丈热情的接待，让汪桂芬感到暖烘烘的，心里的寒苦少了许多。

章甫因为陪父亲和母亲来上过香，对这里还比较熟悉。老方丈提起程长庚来，是满心佩服。他听了章甫对汪桂芬情况的介绍，双手合十，念声“阿弥陀佛”。慈悲地说道，“但请小施主放心，老施主一生积德行善，在精忠庙灵堂，又经僧伽超度，已被菩萨接往西天圣土，往生极乐世界，望小施主勿多挂念。”

章甫又说让汪桂芬皈依佛门之事，老方丈合掌答曰：“佛门乃是普度众生之地，只要众生发心菩提，正是佛门求之不得之事，欢迎施主皈依佛门。”

就这样，汪桂芬皈依了佛门。

每日在地藏院，修行佛事。三更起床，拜忏、诵经、念佛、绕佛、僧人的功课，一课不少。踏踏实实，清清净净，苦苦修行。每日求佛超度自身的冤亲债主，洗肃自己的贪嗔痴慢。精神焕然一新，完全变了个人一样。

心情好了，他也有心思领略这古刹风光。一有闲暇，便登上潭柘山麓，俯瞰这“九龙拱珠”的风貌，或观赏寺庙内的卧龙松、自在松、九龙松、抱塔松、活动松，“五大名松”。

山门殿后，有一砼石碑，字迹隽秀，记载着寺庙的历史。

原来潭柘寺，始建于西晋永嘉年间，已历一千六百多年。经历代皇家修缮、扩建，至清康熙年间，已成为皇家规模最大的寺院之一。康熙朝又拨巨资，扩大规模，殿宇翻新，康熙亲自到寺庙参禅进香，赐“潭柘寺”匾额。自此，潭柘寺成为京城皇家的第一大寺院。

潭柘寺不愧皇家寺院，寺内有很多大德高僧，汪桂芬在寺院遍拜这些大德高僧，参禅悟道。学了很多佛学知识，长了很多见识，智慧开悟，心情也开朗了许多。

转眼一年过去了，参禅之余，也很想念师娘、章甫和三庆班的弟兄们。他很想请假下山，进京去探望这些思念的亲人。

这天，老方丈突然带着师娘和章甫来到他的面前。他赶忙双手合十，给师娘和章甫行礼、问讯。

师娘见汪桂芬神情如此之好，心里惦念的石头才落了地。转身向方丈施礼，口称“阿弥陀佛”：“感谢佛门教诲，感谢方丈导引，使他皈依大法。”

方丈也合掌答曰：“全仗施主佛缘深厚。”

师娘对方丈也是对汪桂芬说：“他情愿为师傅守制一年，眼看守期已满。他又缘佛缘，皈依大法，变了一个人似的。我今天借烧香的机会，顺便接他回京，谢方丈布施恩惠！”

汪桂芬也拜谢了各位方丈、师兄人等，随师娘返回四箴堂。

回到四箴堂，师娘对汪桂芬说：“你师傅在世时，不让你登台，是爱护你，保护你。他怕有他挡路，你打不出名气来，耽误了你的前程。他曾对我说过，等他归天之后，隔一段时间，再让你登台。那时候，人们想看你师傅的戏，都想疯了，憋急了，你再出台，就会一炮走红。

我想你师傅这话，是早为你谋划好了的。现在都一年过去了，那些个戏迷们，想听你师傅的戏，也想到了火候，你该出山，登台亮相了。”

汪桂芬听师娘一席话，更感到师傅对自己恩深义重，面对师傅的灵位跪下，磕了三个响头。然后起身对师娘说：“我决不愧对师傅对我的栽培，是该我回报师傅的时候了！”

然后，他来到三庆班，对杨月楼说明了他要登台唱戏的想法。杨月楼等三庆班的弟兄，一见汪桂芬回来了，又看他精神头这么好，还想登台唱戏，都高兴万分。

杨月楼说：“师哥登台，是三庆班巴不得的事，明天就唱，我这就去安排写水牌！”

卢台子也高兴地说：“给他写《文昭关》，这是大老板的拿手戏，别人是不敢唱的。只有大头能唱！”

三庆园一贴出《文昭关》，整个京城都嚷动了。程长庚的《文昭关》，几年了不看了，看谁能唱过程长庚！是啊，程长庚喋血氍毹之前的几年，就不曾唱《文昭关》了。他不唱，谁人能唱？谁人敢唱？如今又贴出了《文昭关》，这还不攘动京城吗！

第二天，三庆园被戏迷们挤得风雨不透。汪桂芬一亮相，台下吃惊得鸦雀无声。他的扮相，身段，俨然一个程长庚再世。听他唱“伍云马上怒气冲……，”台下更是屏气压声，那气势，那腔调，那脑后音，完全是程长庚重返舞台的感觉。但细细品味，比程长庚当年还底气充韵，饱满圆实。大家遵从程长庚在世时的规矩，不敢喝彩叫好，只是厍着耳朵，品味声腔的完美。等整出戏唱完之后，台下的喝彩声才哄然而起。这些个憋了几年的戏迷，终于又听到了大老板的美腔！池内欢呼雀跃，都说“程长庚又活啦！”

这台戏，是程长庚活着的时候为汪桂芬安排的。这真是深谋远虑，一下子把汪桂芬唱红了。

散曲【双调·乔牌儿】唱道：

徒弟师傅姻缘，父子骨肉相连。尊师傅更亲过骨肉限，守孝制梦绕魂牵。

【搅筝琶】望黄泉，师傅去路多遥远。倒叫我系愁肠，整日泪涟涟。泪眼与愁肠，只缘师傅走怆然。黯然，想师傅想到梦魂间，只觉得枕冷衾寒。

【落梅风】师娘怜，痛心间，送我潭柘寺里参禅。参禅悟道心静安然，悟透玄机轮回再现。

【沉醉东风】师傅心血未曾报还，技艺未展师承未传，懵懵懂懂哪算完，显身手为师傅争脸，也算我汪大头报孝未完，听氍毹弦管正繁。

【本调煞】自算不如师傅算，早埋下钓饵鱼线，一鸣惊人戏迷看！

第四十九回

谭鑫培破门出新
卢胜奎鼎力相助

程长庚去世之后，头上感到压力最大的就是谭鑫培。恩师虽然过世了，但师傅的话还时时响在耳边。师傅曾亲口对他说过：“将来我死之后，你必然能撑起皮黄的大树。”可是师傅真的走了，皮黄已成为京戏，京戏这棵大树，我怎么撑啊？师傅在时，师傅是领路人。师傅走了，让我领路，这个路怎么领？

谭鑫培一向是个争强好胜的脾气，艺高人胆大，在任何事上都没犯过怵。但到了此时，他却打心眼里犯了琢磨。眼下京戏的现状他是清楚的。京城各戏班之中，除了和春频临报散之外，还是当年进京的三庆、四喜、春台实力最强。京城的徽班，在融合徽腔汉调，向京皮黄转化的过程中，旦角异军突起，越来越受重视，有了胡喜禄、罗巧福、梅巧玲、时小福、余紫云、陈德霖等一批名人，但仍然是老生压阵，撑着京戏的台面。虽然老三杰相继过世，但支撑台面的还是老生。三庆班有卢台子、杨月楼、汪桂芬；四喜班有孙菊仙和张胜奎；春台班有王九龄和我谭鑫培。阵容还算齐整，但让我当领路人，我实实感到担子沉重。寻思自己，有很多不如人处。唱王帽戏，自己身材瘦小，脸上不丰满，比不过杨月楼。比如《坐宫》，杨就胜自己一筹。唱唱功戏，自己的嗓音比不过汪大头和孙大个。比如唱《文昭关》桂芬、菊仙都是师傅的原腔原调，实大声洪，高亢圆韵，咱怎能与之相比？唱《空城计》唱不过卢台子，人家是神情俱至的活诸葛。唱《打侄上坟》《盗宗卷》之类的戏，唱不过王九龄和张胜奎，比不上人家念做身段的老辣。思来想去，真是“书到用时方恨少，戏至临台恨功低。”不担担子，不知道肩膀疼。越想越觉得当年师傅不让自己忙于改唱老生，是多么的英明。越想越觉得恩师的重托，不能辜负。京戏这棵大树我要撑起来，功夫还得着实下一番！

他正在为此事费心思的时候，南派武生泰斗李春来突然造访。

李春来是河北高碑店人，十一岁入梆子科班。那时，谭志道年岁大了，从三庆班退了下来，自己办了一个科班。李春来从梆子科班转到了谭志道的皮黄科班，改学皮黄。

李春来自称是谭鑫培的徒弟，其实他只比谭鑫培小八岁。是谭鑫培给爹爹的科班帮忙的时候，帮李春来抄过腰、压过腿，说起来也算作李春来的师傅。李春来出科之后，在天津唱戏，后辗转到了上海。

经过一段戏台上的摔打历练，李春来已是与俞菊笙、黄月山齐名的三大武生流派之一。此时，李春来已是上海京剧界的著名武生，以南派武生泰斗为号召。

他此次到京城来，是邀京城的名人到上海唱戏的。京戏自流布到上海之后，发展很快。京城把上海的京剧伶人称为“海派”或“南派”，上海把京城的京剧伶人称为“京朝派”或“京派”。上海是商埠重镇，人员融汇全国乃至世界，对各种艺术也融汇交流反应极快。京剧一到上海，就融入当地文化之中，打破了固有的束缚，求新，求俏，求红火热闹。李春来在京城坐科打下了厚实的功架基础，到上海之后，融入了南派武生的做派，重点发挥自己短打武生的特点，动作敏捷，开打干净利索，筋斗翻跌又猛又快，号为南派武生泰斗。

他到北京来邀角，是冲着谭鑫培来的。在京津来往串唱的时候，他最崇拜的就是他的“老师”谭鑫培。所以，一进京城就直奔谭鑫培的家“英秀堂”。

他先到上房，拜见了师傅谭志道，并呈上带来的礼品，然后退回堂屋，再拜见老师谭鑫培。商量邀请谭鑫培到上海唱戏的事。

到上海去唱戏，谭鑫培起初并不感兴趣。但他听了李春来介绍了南派伶人，破门创新，独树一帜的劲头，反倒勾起了他去见识见识的念头。反思自己的处境，要担当起撑起京戏大树的使命，这不正是开阔眼界，增长本事的机会吗！

可是，当他把想法告诉家人之后，反对最激烈的就是妻子侯玉。她的理由就是，爹爹已是七十开外的人了，离不开儿子的照顾。其实，她的真实心理是对谭鑫培不放心，她听说上海是个杂巴之地，男女之事比较开放。尤其是有杨月楼的前车之鉴，她更是不放心，死活不让谭鑫培去。

事情吵吵到了谭志道那里，知子莫如父也。谭志道理解儿子去上海的心意，他说服儿媳，这才放谭鑫培去了上海。

谭鑫培一到上海，如同进了花花世界，与京城死气沉沉的世面相比，真是天壤之别。

安顿好住处之后，李春来带领谭鑫培拜会沪上伶界名人。这叫“拜场”，是礼貌客气，也是祈请捧场支持。

第一个拜会的是武生朱湘其。李春来介绍说：“朱老是王鸿寿的师傅。”

谭鑫培听后顿时肃然起敬，谦恭地说：“那也是我的师傅了。我刚到三庆的时候，曾看过王鸿寿老板的戏，玩艺儿地道，很有功底。原来是得朱师傅真传！”

朱湘其听后高兴地说：“师傅只是领领路，还是他修炼发展得好！”

“修炼发展……”谭鑫培听了很受启发。

接着又拜会了湖北名旦月月红吴鸿禧、蔡桂喜，并观看了他们唱的《楚汉争》《虹霓关》和《梅龙镇》。通过拜会名人和观赏他们的演出，他认真体味了海派艺术的特点，从中琢磨他们的成功之处。

回到下处，他根据感觉到的上海特点，认真排定了唱戏的戏码，文武生旦穿插，各具优长，雅俗兼顾。有《长坂坡》《冀州城》《挑滑车》《王佐断臂》《琼林宴》《盗宗卷》等，五十多天的戏码，无一重复。

按照与茶园签订的合同，谭鑫培要在上海唱五十多天。唱了十几天之后，茶园上座率不高。茶园老板对谭鑫培有了微词，“什么京城的大角，也就如此而已，再唱就吃不上饭了！”

这话传到谭鑫培耳朵里，他觉得很刺耳，也很恼火。因为有合同签在那里，自己有火，也不好发作。平心静气，找找上座率不高的原因，还是觉得上海人看京戏不进门道，只图红火热闹，不讲功底韵味。想到此，谭鑫培反而觉得很委屈，很憋屈得慌。

看戏的不服气，我唱戏的还不服气呢！

一气之下，他不上场了，让二路老生替他上场。

他满带着一肚子不服气的劲头，钻进了丹桂茶园。丹桂茶园里也在唱京戏，戏码是《捉放曹》。谭鑫培赌着气钻进茶园的时候，正是陈宫唱“听他言吓得我心惊胆怕”的时候。谭鑫培一听这唱腔，与京城的唱腔大不一样。曲调柔美悲凉，花哨带水，着人听着甜丝丝，辣丝丝，悲丝丝，还愤丝丝。觉得身临其境，替陈宫后悔之余还捏着一把汗。他塌下心来，把全戏看完。然后不自觉的就来到后台，想和扮演陈宫的人交流交流。

“哎呀，师弟，您大驾光临，怎么也不事先招呼一声呢！”未等他开口，唱陈宫的人倒先迎了上来，“早就知道您莅临上海了，只是整天绑在戏上，抽不出工夫来去拜访您！失敬失敬！”

谭鑫培仔细观察此人，原来认识。早先是四喜班的二路老生，名孙小六，大名孙春恒。比谭鑫培大一岁，是张二奎的弟子。只可惜当时倒仓没倒好，嗓子稍差一些，就在四喜班唱二路老生。在京时，曾与谭鑫培有一面之交。后来听说去了天津，不知怎么又到了这里。谭鑫培也赶紧上前作揖行礼，“我当是谁呢，原来是师兄。”谭鑫培就势说道，“孙哥，等下了妆，咱到外边找个馆子，好好叙叙？”

“这就好！”孙小六赶紧三把两把洗去脸上的油彩，穿好衣服，“可算逮个工夫，咱好好唠扯唠扯！”

二人离开丹桂，就近找一个小酒馆，落座，叫菜，叫酒，细细的谈了起来。

谭鑫培单刀直入：“师哥，您唱的这捉放曹，怎么那么好听？”

“好听？”孙小六咂一下嘴“这要搁京里，还不得让同行们打上门算账啊！这也是没法子，被逼出来的。在这里照京朝派的路子唱，人家不买账，吃不上饭哪！”

“嗯——”谭鑫培很有同感。

“可是在这里，我这么唱，反而叫座！”孙小六越说越来兴头，“我也寻思啦，咱唱戏不就是为叫人家看么！同是这出戏，人家怎么爱看，咱就怎么唱。怎么唱还不都是这出戏？”

“你不怕让人说你破了规矩？”谭鑫培试探地问。

“规矩是人定的。古人还说‘时移事易变法宜矣’呢，我们怎么就不能破门出新？”

“破门出新？”谭鑫培对这个说法很感兴趣。

“在上海，不出新玩意儿，人家不买账。要出新玩意儿，就得破规矩。要不怎么叫破门而出呢！”孙小六深有感触地说，“吃咱们这碗饭，真难哪！门好破，新不好出啊！出不好，就砸了饭碗！我唱的这几口《捉放曹》，是按照我的嗓子安的腔啊。我的嗓音低，不容易出彩，我就吸收当地评弹、越调的柔美，甜韵，以巧补拙。”

“好一个‘以巧补拙’！师哥，你这‘破门出新’‘破’的好，‘出’的好，补得更好哇！”谭鑫培由衷的佩服孙小六“破门出新”的本事。由衷地道出了心里的苦衷，“师哥，我头一次来上海，感触颇多……，说实话，京朝派生来乍到，是不好打开局面哪！”

谭鑫培给孙小六斟满一杯酒，“师哥，与君一席话，胜读十年书。您的‘破门出新’使我如醍醐灌顶。就这杯酒，我敬您，请您答应我，就算拜师酒，从今天开始，您就是我的师傅了。”

“您这是怎么说话？”孙小六受宠若惊，“您是京城的大角，是大老板的高足，我算什么？我是被淘汰出京的里子老生！”

“话可不能如此说，时隔三日当刮目相看，此一时彼一时也！”谭鑫培诚恳地说，“京城说京城，沪上说沪上，您已是南派老生的名角了。小弟是真心求您赐教了！”

孙小六也是个实在人，“‘师傅’二字不敢当，我倒是可以教一教你如何排沪上的京戏腔儿。”

“一言为定。”谭鑫培说，“从明天起，我就到您的府上学戏！”

“恭敬不如从命。”孙小六笑着答应。

与戏园合同签订剩余的那些天，谭鑫培天天到孙春恒的府上学新腔儿。水牌上写哪出戏，就排哪出戏。现趸现卖，上午排完，晚上就登台唱。

这样一来，上座率大增。茶园的老板再也没有微词，高兴地夸谭鑫培，“不愧京城大角，真有翻天覆地的本事！”

谭鑫培上午学腔儿，晚上登台，确实够辛苦的。多亏了他是吃戏饭的天才，再加上有底子，孙春恒稍一指点，他就举一反三，很快掌握。尽管如此，还是劳累过度，精神头不足，又怕晚上登台打不起精神来，他就狠劲的抽大烟。茶园老板，为了多赚钱，就讨好他，怂恿他可劲抽。还给他找了一个专门烧烟泡的姑娘伺候他。这姑娘名张俊清，整天陪他，不离左右。谭鑫培也离不开她，干脆就收她为妾。合同期一满，谭鑫培就带了张俊清，返回京城。回到京城，他倒不急着上台唱戏，而是闷在家里，一出一出的琢磨过去唱过的戏，应该怎么“破门出新”，把在上海趸来的新招儿，用于自己的唱法唱。

他在闷头琢磨“破门出新”的唱法的同时，反思自己，以前是在戏台上跟着感觉走，没有主动地去刻意琢磨怎么创新腔儿。盲目之中也迎合台下的呼声，唱了些个新调，随意性太强，狗熊掰棒子，掰一个丢一个，行不成自己的风格。从沪上学来的经验就是，必须一出戏一出戏的下功夫，使所唱的每一出戏都带出自己的风格特点，别出心裁，与众不同，才能竖起自己的旗帜。嗯，——师傅让我当“领路人”，我就如此领路，如此去撑起京剧的大树！

去了趟上海，倒让他增加了撑起京戏大树的自信心。

对他改戏的做法，反对最强烈的就是汪桂芬和孙菊仙。师傅教的戏，怎么能说改就改呢？这不是欺师灭祖吗！因为谭鑫培是他们的师哥，他们不敢直接给谭鑫培去说，就找到卢台子，让卢台子给他传话。

卢台子已从中看出谭鑫培的心计，既佩服他的聪明，又对他的改腔不大放心，几次想劝他，话到嘴边又收了回来，怕伤了他的兴头。

正在这时，谭鑫培找上了门来。谭鑫培这次登门，没有带叫花子鸡和酒，而是带来了从上海买来的洋布、绸缎。进门便大声喊“大妈！大妈！”

卢太太听到喊声，忙从屋里出来，一看谭鑫培托着衣料，嗔怪地说：“你这个坏小子，这是又出什么幺蛾子？”

“我是孝敬您二老来啦！”谭鑫培掂一掂手中的衣料。

此时，卢台子从书房走出，故意说：“这回不是有求于我吧？”

“看大爷说的，”谭鑫培打岔说，“我从上海回来，还没顾得上来看望大爷呢！”

“那我就为你接风！”卢台子吩咐夫人，“炒两个菜，俺爷儿俩喝杯小酒。”

“还是大爷和我亲哪！”谭鑫培套近乎说，“我早就想大爷啦！”

酒菜上齐后，卢台子端杯说；“是不是听到大头和大个子说什么了，让我来从中解释解释？”

谭鑫培打心里佩服卢台子的眼力，他真能一眼看穿你的心思。笑笑说：“大爷，那解释什么？师傅教我们戏的时候，也没说让我们照葫芦画瓢，永不走样呀！总是越改越完善哪！”

“有道理。”卢台子笑笑，想听他的下文。

“我没有大头和大个子先天的好嗓子，我就得按我的嗓子改改尺寸。万变不离其宗，改来改去，还是师傅教的那戏，只不过，适合我唱，听戏的也爱听罢了。”

卢台子听出了门道，一语替他道破天机，“改来改去，就改成了你的风格。”

“如果果真如大爷所说，成了我的风格，就没有枉费师傅对我的嘱托。”谭鑫培诚恳地说出了真心话。

卢台子也赞成地说，“大老板曾给我说过，将来能撑起京戏大树的人，非谭鑫培莫属。你师傅没看走眼哪！”

听卢台子如此说，谭鑫培喜出望外，“大爷，您也支持我这样改？”

“我原来对你改戏也有担心，”卢台子也实话实说，“怕你改不成，反而搅和了原来的味道。细细一想，这戏就是在唱中改进、磨合、变化的。不然，徽剧怎么成了皮黄？皮黄又怎么变成了京戏？其实，大头、大个子和其他人，也和我想的差不多。大家都是珍重京戏得来不易，也是为了京戏的前程，怕走了味儿。”

“殊途同归嘛。”谭鑫培进一步解释说，“既是为了京戏的前程，就要精磨细研，才能丰富多彩。我这么唱，大头、大个子以至于杨月楼等，各按各的唱法唱，好调调就多了，这不就丰富完善了京戏的唱腔儿。到了，总会归到一条道上去。这不都是为了京戏好嘛！”

卢台子赞赏的举杯，“如此，干杯！”

“慢来，慢来。”谭鑫培恳求地说，“我还有求大爷呢。”

“说吧。”卢台子爽快地说。

“您得让我一出戏。”谭鑫培不好意思地说。

唱戏的以戏为饭碗，让了戏就是让了饭碗。卢台子略一迟疑，说，“让哪出？”

“《搜孤救孤》。”

“那是咱两个人的戏，我还能怎么让？”卢台子不解地问。

“我是这么想的——”谭鑫培敬一杯酒说，“这出戏，公孙是正角，我扮程婴，总是配角。我想给程婴加几段唱，在戏文上稍有变动，就让他变成主角了。我可不是想夺您的饭碗……”

“好哇，你小子，你这是打我死后的主意，想等我死后，把这出戏变成你的！”卢台子平和地说。

“哎呀，大爷，我盼着您长命百岁呢，打死我也不敢这么想啊。”谭鑫培忙赔罪敬酒。

“你小子有心计！我倒是想着让你这么想呢。”卢台子对谭鑫培的想法并不恼火，反而感到欣慰。“我都这把年纪了，应该为你们年轻人多想想，为京戏的将来让路了！”

“可不是让路，是铺路！”

“对，应该为你们铺路！”卢台子觉得应该尽自己的责任了，“你放心，这出戏的戏文由我来改。还有什么你想改的戏文，我都为你改。大老板对你寄予厚望，我理应按大老板的嘱托扶助你！”

听了此话，谭鑫培放下杯筑，跪下给卢台子磕头，“有大爷的这句话，金福感激不尽！如此，安敢不按师傅的嘱咐尽力！”

之后，谭鑫培又让卢台子帮他把《卖马》，由小花脸的戏改为老生为主的戏。以前的《卖马》，是以店家要逗为主的词，噱头太多。

比如，秦琼说，你不要这般打扮了！

店家说，只要你让我发财，我什么打扮都行。

秦琼说，头戴麻冠。

店家说，那东西好，冬暖夏凉。

秦琼说，身穿重孝。

店家说，穿白衣服，倒省了染色钱啦。

秦琼说，手拿柱丧棒，

店家说，走路倒稳当啊。

如此种种，冲淡了秦琼受困的气氛，淹没了生行的戏。经过修改，删去了不必要的噱头戏，秦琼前头加了一段西皮慢板，后面加上了舞双锏的身段，还加了一段西皮摇板。使秦琼变为主角。谭鑫培饰演秦琼，最终，使这出戏成了他的保留剧目。

《战长沙》一戏是出老爷戏，是程长庚的拿手戏。程长庚去世之后，很少有人敢唱。谭鑫培觉得，这出戏，不能就此失传哪！可是自己扮关公，没有那个条件。扮黄忠还可以，无论靠把、做功、身段都没问题。就是台上戏少，撑不起情节。他又请卢台子帮忙，改词，增多黄忠的戏，在戏中加强了黄忠的分量，也就加强了谭鑫培的分量。即使汪桂芬或孙菊仙扮关公，也淹没不了谭鑫培的黄忠。经这样一改，也成了谭鑫培能唱的戏。

如此这般，谭鑫培边改边唱，把自己所唱的几百出戏，都捋顺，形成了自己的风格。

有词【贺新郎】为证：

凤尾龙香贵，盛唐梨园曲艳，能传几辈？浔阳江头琵琶曲，唱罢多少兴废。古往今、谁知原味！昭君吟唱马上催，听原曲、雁送离别情，弦拨断，沙透泪。皮黄已得京戏位，腔虽定、尚须圆润，追求完美。更新岂不破门出，一举冲出垣围。师承重、根基不毁。枝繁叶茂靠滋补，花香万里更娇媚。谱新曲，人已醉。

第 五 十 回

活诸葛帷幄运筹
新三杰鼎足而立

程长庚去世之后，经梨园界公众推举，刘赶三当了精忠庙的庙首。论资历、论艺术威望、论慷慨精诚为梨园弟兄仗义执言和热心办事的精神，刘赶三当精忠庙的庙首，是众望所归顺理成章的事。

刘赶三有自知之明，他知道，自己远没有程长庚办事当机立断的能力。因次，他凡事都愿给老伙计们商量商量。他最佩服的老伙计就是卢台子，在他心目中，卢台子有见识，有计谋，在台上演诸葛亮，人称“活诸葛”。在台下，也是活诸葛亮。因此上，不管大事小情，他都愿意先跟卢台子磨叨磨叨。

这一天，升平署有人给他说，“明年——光绪十年，是老佛爷的五十大寿。老佛爷想仿效当年乾隆爷庆八十大寿的规模，大大庆贺一番。到时候可该着你们大大露脸了！不过，你们从现在就得抓紧物色好角，别到时候抓瞎。宫里还准备招外学呢。”

刘赶三听了心里很不是滋味，慈禧太后，还不到五十岁就被宫廷那些马屁精们捧为“老佛爷”了。不管她老佛爷不老佛爷，你临朝不理政，中法战争朝廷又吃了败仗。闽海舰队，被打得稀里哗啦，损失殆尽。一味地割让土地，拱手把缅甸、暹罗、越南、朝鲜等藩国割让给洋人，并签订“天津条约”。英国还妄图趁机把黑手伸向云南、西藏。放着这些个国家大事你不想主意，却想着你那五十大寿。真邪行了！

她慈禧邪性归邪性，可是升平署的话不能不听啊！这外学怎么招哇？这角们怎么准备呀？他怀着这些个心事来找卢台子。

“好事呀！”卢台子听了刘赶三的一番话，头一句就是这话。

“什么好事啊？国家都快亡了还好事！”刘赶三不同意地说。

“赶三老哥，咱干什么吆喝什么。咱是唱戏的，就专说唱戏。国家亡与不亡，咱管不了啊！人家也不让你管呀！国家养了那么多该管这些事的，都管不了，我们一个不入流的戏子，能管得了吗？我们眼看着心里难受，气愤，只能是气不忿而已，能于国有补吗？”卢台子就话论话说，“当初，你和大老板，都曾在台上痛骂过那些败家的王公大臣们，心中憋的那口气是出了，可哪个王公大臣听了你们的痛斥就幡然醒悟，改了？变得忧国忧民了？像你、我一样忧国忧民的老百姓多了去了，也只能是忧国忧民，忧忧而已，有什么法子？”

“国家兴亡匹夫有责嘛。”刘赶三还是不同意卢台子的说法，“国家要亡了，怎么能说是好事呢？”

卢台子笑笑说“我说的好事是指宫里要招外学，和准备庆寿这件事。我们还是干什么吆喝什么吧！”

“怎么个好法呢？”刘赶三问。

“‘招外学’是乾隆年间，宫里招外部伶人进宫唱戏和当教习的称呼。取消这么多年了，又兴起来，这是伶人的福分，也是京戏的福分。”卢台子解释说，“老佛爷庆大寿，大操大办唱大戏，这不是让京戏大大的露脸么？咱唱戏的不就盼着唱红火、唱热闹吗？”

“就这点看，的确是咱的好事。”刘赶三又问，“怎么个让它哄起来呢？”

“这要好好动动脑筋。”卢台子略思片刻，高兴地说，“不管它宫里怎么想，当初，咸丰皇帝请皮黄进宫，给了皮黄一个立身的机会。这次，庆寿又给了京戏一个红火的机会！大老板总担心京戏的成熟完善，这下，天赐良机，该着京戏能成大气候哇。”

“怎么操办这事呢？”刘赶三着急地问。

“皮黄变成京戏，已经走了一大步。丰富完善还欠火候。机不可失，丰富完善，要在红火热闹中打磨。大老板在世时，曾说过，能撑起京戏大树的非谭鑫培莫属。现在谭鑫培已经开始打磨了，不过，只限于闭门造车。真正打磨，还得靠在红火热闹中比高低。”卢台子边思考边叨咕。

刘赶三听着，领会地说：“在比的真杀实砍中去粗取精！”

“对！”卢台子肯定地说，“比，就是见贤思齐，这就是完善丰富的最好办法。”

“那谁和谁比呢？”刘赶三又问。

“京戏的根是谁栽的？”卢台子故意问。

“当然是大老板啦！”

“大老板走后，谁是后继者？”

“他的弟子，谭鑫培、汪桂芬、孙菊仙、杨月楼……还是他的弟子们在挑大梁啊。”刘赶三答道。

“那就让他们比呀！”卢台子出主意说，“让他们比的越热闹越好！最好天天让他们唱对台戏！打对台的这个药捻子得你来点！”

刘赶三听到这里，明白了卢台子的用意，用手指点着卢台子，“好你个活诸葛，你算把大老板的大戏给唱活啦！”

刘赶三按照卢台子的主意，先找到了谭鑫培，对他说：“金福啊，我告你个好消息，明年是老佛爷的五十大寿，要搞大庆，正物色角哪。你看大个子、大头他们，整天价铆着劲唱戏，一天都不落趟，那是挣名气呢。你小子，挺有心眼儿的，别光憋在家里闭门造车，该给他们亮一亮真章的玩意啦。”

谭鑫培听了，嘴上说，“他们本来就比我名气大，我再怎么也比过他们哪！”

刘赶三也知道他说的不是真心话，故意说：“比得过比不过，你自己掂量吧，我可是把话给你传到了！”丢下这句话，刘赶三甩手走了。

刘赶三走后，谭鑫培心里就盘算起来：这可是得天时的转机呀，撑得起撑不起皮黄的大树，就看这一杵子了。想到此，他更加细心的琢磨下一步的对策。

刘赶三离开谭鑫培家，转眼来到汪桂芬的家。汪桂芬正在家里自拉自唱，吊嗓子。看到刘赶三进家，忙把胡琴挂起来，迎上前，“刘大爷，您是稀客，难得光临我这陋室。”

“大头，练功这么下功夫，真没辜负大老板对你的栽培呀！”刘赶三说着，接过汪桂芬递过来的杌子，坐下，把刚才对谭鑫培说的慈禧庆寿的话说了一遍。还没说选角的事，大头把嘴一撇说，“她活该庆她的寿，等亡了国，让洋鬼子扒了他祖坟，看她还庆不庆寿！”

刘赶三知道他的脾气，率直，刚强，正义，宁折不弯。看大头没往唱戏上想，就引导说：“谭鑫培知道庆寿要唱大戏，后老婆子打孩子，正暗里使劲呢！”汪桂芬听后，不屑地说，“他使他的劲，再怎么使劲，也是欺师灭祖的瞎折腾！”

刘赶三看鼓不起他的劲头来，就扇风说：“谭鑫培已经放出话来了，暗里使劲，就是冲你和大个子的，就是要盖过你们两个！”

“哼！”汪桂芬鼻子里哼了一声，“骑驴看唱本，走着瞧吧！”

刘赶三看这把火终于点起来了，心里暗暗笑了笑说，“大头，你和大个子该好好合计合计了。”

说完告辞。

汪桂芬最不能容忍的，就是改师傅所传授的戏的“欺师灭祖”做法。为此事，他和孙菊仙找过卢台子，让卢台子劝一劝谭鑫培。不知为什么，卢台子不但没劝过来，反而心甘情愿的做了师哥的帮手。听了刘赶三拱火的话，他再也坐不住了。径直到孙菊仙家来找大个子商量对策。

孙菊仙家住在东交民巷一个四合院内。东、西交民巷，是皇城脚下，东西相对，最长的两条胡同。多是朝廷六部官员和外国使领馆，及其眷属居住的地方。孙菊仙这套房子，是他做“候补都司”时，一个同事的房子。他从上海回京城之后，他的同事家里落难，过不下去了，就把房子转卖给他。这里距大栅栏不远，到各茶园唱戏还算近便。

汪桂芬来到孙菊仙家，孙夫人赶忙上前招呼，沏茶倒水。汪桂芬也不客气，落座之后就说：“大个子，师哥也有点太过分了！”

“怎么啦？不就是改戏吗？他改戏是他心眼儿发活。”孙菊仙比谭鑫培大六岁，因为拜程长庚为师在谭鑫培之后，所以也得称谭鑫培“师哥”。他操着一口天津话说，“师哥本来就比咱哥儿俩心儿眼活嘛。他改戏不也是为了吃饭嘛，他改他的，咱唱咱的。咱不跟他学，咱不能丢喽师傅的传授！”

“这还不算，他发下话来，说要盖过咱俩去。”汪桂芬被刘赶三拱起的火还没撤，

“你说他，同根相生，相煎何急？”

“哼！”孙菊仙也被刘赶三点的火烧着了，“盖过去？他谭鑫培的确有过人的本事，可他也有致命的弱点。就他那嗓子，他那个头，他长的那副模样，好多戏他就难对付！”

大个子的火头，点起来还挺旺：“他不是盖吗？咱打明儿起，各自贴演他怵头的那几出戏，让他盖盖试试！”

二人说定了，从明天起给他谭鑫培叫叫板。

第二天，汪桂芬在三庆园贴出了《取成都》，孙菊仙在庆乐园贴出了《逍遥津》。第三天，汪桂芬又贴出了《文昭关》，孙菊仙紧跟着贴出了《浣沙河》。第四天，汪桂芬贴出了《华容道》，孙菊仙贴出了《洪羊洞》。第五天，汪桂芬贴出了《战长沙》，孙菊仙贴出了《镇潭州》。这些戏，都是程长庚亲传的唱功戏。都是程长庚唱法，调高声洪，只有汪桂芬、孙菊仙能原汁原味的唱。谭鑫培因为嗓音较低，够不到师傅的味儿，一般不唱。

第一天、第二天汪孙二人的贴唱，没有引起谭鑫培的注意，第三天就引起了他的关注。当时他想，这哥儿俩这是怎么啦，总是贴唱叫我短儿的戏，是不是有什么来头哇？等到第四天的水牌一出，谭鑫培马上醒悟过来，哎呀，我这俩师弟是成心挤对我呀。回想起刘赶三说的话，莫非这哥儿俩真要给我票一票？

谭鑫培再也坐不住劲了！我得好好给他们较量较量！他把这些天在家憋出来的戏，好好捋巴捋巴，在广德园贴出了《取成都》。他贴演《取成都》是专门对着汪桂芬的。《取成都》又名《让成都》，这出戏是程长庚的拿手戏。程长庚扮演刘璋，有大段的唱，很吃功力，现在又成了汪桂芬的拿手戏。谭鑫培早就琢磨过这出戏，经过修改，他加大了马超的人物动作和念白，又为马超加上了两段唱，这样他扮马超，就很适合他谭鑫培文武老生的表演特点。

此戏一贴出来，不但大头和大个子吃惊不小，就连戏迷们也觉得蹊跷。都想，他谭金福真敢玩邪的，这能叫响吗？戏迷们都抱着看热闹的想法涌进戏园，大头和大个子也都派了人前去看动静。没想到这出戏在谭鑫培这里唱出了新意。戏迷们图新鲜，都觉得好看！这出戏反而叫他唱响了。

谭鑫培第二天又贴出了《战长沙》，也是针对汪桂芬的。《战长沙》中主要是关云长的戏，又是汪桂芬的拿手戏。这正是谭鑫培求卢台子给改过来的戏，戏中加重了黄忠戏的分量。谭鑫培扮演黄忠，又是文武老生！他把黄忠的勇敢，临阵的从容机变，演得淋漓尽致。戏中关羽的戏好看，黄忠的戏更好看。他的这出《战长沙》一演，又叫响了！

谭鑫培这么多天，憋在家里，改了那么多出戏，正好借此好好抖搂抖搂。

第三天他贴出了《捉放曹》。他把在上海学来的腔糅进自己的腔中，形成了与原来大不相同的新腔。上台一唱，戏迷们既觉得新鲜，又觉得婉转悠扬，凄苦哀怜。加上他动情的身段，这出戏又打响了。

第四天他贴出了《卖马》。他的《卖马》，是经过精心修改过的。与以前的《卖马》，无论身段还是唱腔都大有不同之处。尤其他的唱，那段西皮慢板“店主东带过了黄骠马”，头一句，开口就把人带了到秦叔宝悲苦落魄，英雄落难的境地。之后又加上他新添上的舞动双锏的身段和唱腔，使戏迷们看后顿觉耳目一新。他的那段西皮慢板，竟成了千古绝唱。从此，京城大街小巷都能听到传唱“店主东带过了黄骠马”的回响。

就此，谭鑫培一发不可止。又推出了《打棍出箱》《定军山》《南天门》《战太平》《宁武关》，天天都有不同凡响的戏贴出。

大头和大个子哪里能服气？各自使出浑身的解数，贴唱自己的能戏。

汪桂芬又贴出了《战樊城》《鱼肠剑》《状元谱》《天水关》《金水桥》《朱砂痣》。有时候还反串老旦，唱《钓金龟》《哭灵》《游六殿》等。

孙菊仙更是个较劲的主，他跟着又贴出了《三娘教子》《桑园寄子》《奇冤报》《雍凉关》《四进士》《喜封侯》等。

这三个人，轮番较劲的唱，可把个京城的戏迷们唱高兴了。他们每天都挑着拣着看好戏，今天谭鑫培，明天汪桂芬，后天孙菊仙。追着，跑着，轮着，转着，看个没够。

老一伐戏迷们说，“以前是轮着看号称‘老三杰’的程长庚、余三胜、张二奎。现在是轮着看谭鑫培、汪桂芬、孙菊仙。他们该号称‘新三杰’啦。”

“新三杰”的名声，就是这样被他们可劲唱出来的。

当时有一首名人词为证：

【昼锦堂·新三杰】

戏闹京城，群芳竞秀，笙歌茶园楼台。老三新三鼎甲，辈出英才。京胡箫管奏皮黄，声韵绕梁碧霄来。孰最胜，秋色平分，戏迷洗耳凭猜。沙里淘精金，费打磨、几代过箩过筛。尽道今日氍毹，好个精彩。哪知台前幕后事，耗干心血为培栽。休道好，待到曲终人散，尚自拍排。

第五十一回

萧长华辍学学艺
卢胜奎引路教人

谭鑫培、汪桂芬、孙菊仙三个人，哄起了京城的舞台。杨月楼、王九龄、梅巧玲、罗寿山、余紫云、杨隆寿、黄润甫等，都来了劲头。京城的戏台空前的红火。卢台子和刘赶三，看了这阵仗，心里明白。刘赶三打心眼里佩服卢台子的运筹策划。

二人看着这阵势，心里也高兴，时不时地钻进小酒馆，喝个小酒儿，庆贺一番，侃一通大山。这一天，他们又凑在一起，边喝边聊。说着说着，说到了卢台子能掐会算的时候，刘赶三说起了萧永康生儿育女的事。

卢台子得意地说，“我算得不错吧？”

“你是算对了，你得了个干儿子。可我呢？我本想捡个顺手的徒弟，结果还是让你给搅了局，我什么也没落着。”刘赶三带着嗔怪的声调数落卢台子。

卢台子，不以为然，笑一笑，端杯说：“这还记仇哇？”呷一口酒解释说，“小孩子，但凡家里有一口饭，就要想法子让他念书学文化。没有文化是睁眼瞎子，活在世上多难哪！”

“那是。”刘赶三赞成地也呷一口酒。

“甭说远喽，”卢台子说，“就说咱这门里，多少有出息的能人，就是因为没有文化，多吃多少辛苦哇！”

“可不嘛，就说谭金福吧，他要是有文化，他还不得成了精！可他没文化，就比别人多下好多功夫。”刘赶三很替谭鑫培惋惜。

“所以，”卢台子解释说，“萧长华一落生，我就对永康老弟说先让他上学。”

“是啊！”刘赶三又拾起话茬，数落卢台子，“本来，我指望收他为徒呢！结果永康老弟还是听了你的，你是他干爹呀！把二顺和他哥都送去上学了。”

“这几年，也难为永康老弟了，媳妇死了，自己一个光棍供着两个儿子念书，还得养家糊口，也真不容易呀。”卢台子说

“这两个小子一天天长大了，半大小子，吃死老子，我看永康老弟快扛不住了。”刘赶三说，“我听人说，他给这俩小子已经张罗了投科班的事。”

“你是不是又想打二顺的主意？”卢台子问。

“嗨，我打主意也晚了！”刘赶三惋惜地说。

"怎么？"卢台子不明白什么意思。

"已经坐了科了！"刘赶三说

"拜在谁的门下？"卢台子忙问。

"拜在昆腔小生徐文波的名下。"刘赶三叹口气，"本来是个好丑的料子！"

"要是坐科，还是先学生旦行，然后再转你那一行为好。"卢台子说。

"我说你净搅局嘛！"刘赶三嗔怪地说。

"不是我搅局，你是过来人，你登台就学的丑行吗？"卢台子进一步解释说，"你那一行，是全行，没有各行的功底，能端你那饭碗？"

"嗯，要说呢，你这话的确是行话。"刘赶三不再嗔怪。

二顺投科的事，卢台子也觉得很是突然，他退一步想，萧永康这么做也是没法子，总得先给孩子找个饭碗哪！他心里这么想，但总是放不下，不知道二顺感觉如何。他端杯说："喝完酒我得去问个明白。"

"行！"刘赶三说，"尽心又尽力，你这干爹没白当！"

二人酒足饭饱，各自回家。

卢台子回到家，让他儿子到萧家，去唤二顺。不一会儿，这哥儿俩亲亲热热地进了家。二顺见了卢台子夫妇，忙行礼请安："干爹干娘好？"

卢台子装作若无其事地问道："二顺，今儿上学去了吗？"

"去了。"

卢台子听了一愣，又故意问："先生开讲了吗？"

"还没呢，先生说，等'四书五经'都会背了再开讲。"

"嗯。那还早着哪！"卢台子故意顺着往下问，"《百家姓》、《三字经》、《弟子规》都会背了吗？"

"早就都会背了。"二顺说，"先生说了，不光会背，还得离了仿影，自己会默写，然后才开'四书五经'呢。"

卢台子听了二顺的回答，倒也很满意。他知道，二顺读书读得很正规，起码文化基础是垫了个底。他心里清楚，教二顺子哥儿俩的先生，是他给推荐的，人家拔恭出身，肚里有真货，不会误人子弟。所以他才让萧永康将两个儿子都送过去读书。卢台子还是惦记着萧长华坐科学戏的事。就试着问道："二顺，你爹知道你们就要开'四书五经'了吗？"

二顺听了，愣了片刻，说："干爹，我爹不让我告诉您，他怕您知道了心里难过。"二顺子说着说着就要掉下泪来。

"怎么啦？"卢台子明知故问。

"我爹说，我们哥儿俩念私塾糟消太大，他供不起我们了，就把我们哥俩送科班去学戏了。"

"哦。"卢台子又故意问，"坐的哪个科？"

“是景善堂科班。我师傅姓徐，是唱小生的。”二顺说。

“景善堂，是个老科班了，挺正规的。”卢台子说，“堂主姓徐，名文波，字承翰。是三庆班老班主陈金彩的弟子。”

“是，那里挺正规的。”二顺说，“我一坐科，就给我改了名字。既不叫二顺，也不叫长华，都排‘宝’字。给我叫‘宝铭’。”

“你学哪一行？”卢台子问。

“我学老生行，兼学老旦。”

“好。”卢台子听后放了心，又嘱咐道，“生旦行是基础，要把底子打瓷实啊！”

“干爹放心，我会学好的！”萧长华说完又有些惋惜地说，“只是我的书念不成了。”

卢台子也很为萧长华感到惋惜，叹口气，安慰地说，“总算打下了文化底子。不要紧，你想念书，抽空到干爹这里来，干爹还可以教你。”

二顺像个大人一样说：“我爹知道您心疼我，怕您知道我不念书了心里难过，他不让我告诉您。可您是我干爹，我总不能老瞒着您哪！我爹还说您岁数大了，让我多孝敬，少麻烦您。”

听了二顺的话，卢台子心里热乎乎的。说：“既然走了吃戏饭的路，就要下功夫走好。我这里有好些个好的连台本，你得空就来我这里翻看。一页一页地看，一个字一个字地念，就像念书一样。念戏文就当念书的课本，这样，念了书，又念了戏文。还要理解戏文的内容，才懂得戏情戏理。有不明白的地方，我还可以给你讲解。学了戏，还念了书，两不误。再者说了，这也是学戏的基本功，别人想借这个劲儿，都没有这个缘分，唯独让你摊上了！”

萧长华听了干爹的话，十分感动，激动地说：“干爹，我要是把您的全部本事学过来，那有多好哇！”

卢台子高兴地说：“好小子！只要你肯下功夫，干爹恨不得把浑身的本事都传给你！”

说着话，卢台子把一摞“三国”的手稿，搬出来给萧长华看。萧长华看了爱不释手，说，“干爹，干脆。打今儿个起，我就读吧！”

卢台子听了更是高兴：“好小子，着急啦？”他马上拉过一个杌子，让萧长华坐下，“现在读吧！”

这爷儿俩正要翻开书稿看戏文，卢夫人招呼道：“吃饭了——”

卢台子只好拉了萧长华先到饭桌吃饭。

萧长华总算有福气，摊上了个好干爹。在科班学戏，在干爹家学戏文。还时不时地由干爹给他讲解戏文，以及戏文以外的很多学问。他的脑瓜里，装的东西比别的孩子多很多。但他不浮躁，不骄傲，扎扎实实，一步一个脚印，真想把他干爹肚里那些学问都学过来。

有散曲【越调·天净沙】唱道：

本来奔往仕途，却来命相悬殊。为戏牵肠挂肚。事无巨细，说我不曾糊涂。

第五十二回

五旦联袂起京城
皮黄宫商哀四喜

谭鑫培、汪桂芬、孙菊仙三个大角，鼎足京城茶园，把京戏唱得沸沸扬扬。这让一个人看了心里觉得很不是滋味。这个人就是当时四喜班的台柱子，当红旦角时小福。

这一天，孙菊仙贴出了《浣纱河》。由时小福扮演浣纱漂母，时小福因为心里憋屈得慌，多喝了两盅酒，醉倒了，上不了台了。梅巧玲，为救场，马上临时化妆，登台替唱。下了场之后，梅巧玲来到“绮春堂”，到时小福家来找他。

时小福住在宣南北大吉巷四号，是个坐北朝南的四合院。梅巧玲来到时家，时小福已经醒过酒来，正在客厅品茶呢。见梅巧玲进来，也不起身让座，冲身旁的一个藤椅努努嘴，意思“请坐”。然后喊夫人，过来斟茶。梅巧玲和时小福，整日在一起，不分彼此，也不在意乎什么礼数，坐下端起茶来就喝。

喝了一口咂咂嘴，“嗯，好茶。好你个‘绮春主人’，藏着好茶在家吃独食！”

“吃独食？哪敢！”时小福也咂了咂嘴，“这么好的茶，就是专为你沏的。我早算好了你要来！”

“知道我要来兴师问罪，先沏上好茶，堵我的嘴。”梅巧玲玩笑似的责问。

“师兄，我是早就憋了一口气，没处发泄。今天就是专给他们点颜色瞅瞅。”时小福发泄似的说，“都是唱戏，凭什么旦角就光给生角配戏？他们大红大紫，我们陪绑垫背？我们比他们差在哪儿啊？功，我们比他们练得还多。他们练过跷功么？他们尝过贴片子的滋味么？……”

“你都唱了多半辈子戏了，一直是这么传下来的。从祖上至今，都是生角为主支撑局面，怎么到这时候，你想起翻把来了？”梅巧玲责问时小福。

“这是什么年月了？”时小福不服气地说，“现在是光绪年间了。‘皮黄’都改称‘京戏’了。连西太后都改称‘老佛爷’了。眼下的旦角阵容比生角一点都不含糊，凭什么老叫他们一统天下？再者说了，西太后庆大寿，唱大戏，选大角，又不是只选生角，不选旦角。难道我们就干等着，让生角来扒拉咱们？咱们为什么不自立自强，争口气！我气不忿，就不忿在这个地方！”

听了时小福一篇宏论，倒叫梅巧玲顿开茅塞。他佩服地说：“哎呀我的绮春主人！

敢情这香茶里有这么浓的味道啊！”梅巧玲抿一口茶，咂咂嘴说，“你老弟说得有道理！自己的天下是得自己打呀！正是宫里选人的时候，我们旦角不能坐等生角来扒拉咱们。咱们也得使出浑身解数，打打旦角的天下。打不下整个天下，与生角平分秋色也成啊！”

“说的就是这个理呀。”时小福感到有了支持者，来了劲头，“看谭金福、汪大头、孙大个他们在‘斗宝’比高低哪，都在争自己的地盘。杨月楼也没等闲相视，他让三庆班把他给拖累住了，不然，他也是一路豪杰。王九龄、卢台子身子骨顶不上劲了，要不然，他们也宝刀不老，也得与它们见个高低！眼下是生行群雄逐鹿，旦行是为渊驱鱼，被人家挑来挑去，给人家配戏，为他人作嫁衣裳！”

“这个局面是该改一改了！”梅巧玲被时小福煽起了劲头，“从明儿起，咱旦行也得为自己折腾一番。哎，咱先点一点将，能顶得住个的，看都有谁？”

“你，我，余紫云，还有——”时小福想一想，接着说，“吴菱仙，——”

没等时小福往下说，梅巧玲接过来，“还有个年轻人陈德霖。我在堂会上偶然发现的，这孩子有潜力，还是咱四喜班放走的。真可惜呀，让大老板给挖走了！”

“大老板还不是为京戏挖的人才。”时小福说，“有这几个先打炮，就够了。人少好抱团，劲好往一起使。等将来地盘大了，再增兵添将！我看就以你梅班主为号召，明天就贴演自己的戏！”

“你时小福真成了咱这一行的总兵了！”梅巧玲手点着时小福说着，站起身来，“我这就安排去。”

“你才是真正的总兵呢！”时小福起身送客，顺手抓一抓梅巧玲的胖胳膊，“看你这身肉，可把你坠住了。注意保重身体，保住咱这本钱！”

在梅巧玲的精心安排下，第二天，京城的五名旦角分别贴出了以坤角为主的戏。

在庆乐园，梅巧玲贴出了《梅玉配》，梅巧玲饰苏玉莲，秀才徐廷梅由一个不出名的小生扮演。梅巧玲以花旦的做派，把苏玉莲演得生动活泼。令全场叫好不迭。

在广德园，时小福贴出了《小宴》，时小福扮杨贵妃。唱表俱佳，颇得赞誉。

在三庆园，陈德霖贴演了《游园惊梦》，陈德霖饰杜丽娘。他把杜丽娘的纯真，秀雅，大家闺秀的性爱痴情，表现的洋洋洒洒，飘逸超凡。深得行家赞叹。

在同乐轩，吴菱仙贴出了《桑园寄子》，吴菱仙饰邓伯的弟媳，将弟媳的仁德、仗义、坚强，刻画的惟妙惟肖。

在中和茶园，余紫云贴出了《游龙戏凤》。由杨月楼给他配正德皇帝。余紫云扮演的李凤姐，天真无邪，活泼可爱，而又风情万种。正好与正德皇帝的风流倜傥相呼应，使人看后余香绕口，回味无穷。

这之后，这五个旦角天天贴演自己的拿手好戏。使那些生角，不想当配角，也得当配角。因为没有以生角为主的戏。

挨着天排，梅巧玲又贴演了《雁门关》《闺房乐》《虹霓关》《得意缘》等戏，他扮的萧太后、管道升、狄云鸾、东方氏，个个鲜活，无与伦比。

时小福贴出的《三娘教子》《桑园会》《南天门》以及昆曲《挑帘裁衣》《阳关折柳》戏中的王春娥、罗敷、玉姐、潘金莲、霍小玉等受苦女子，个个哀苦凄楚，充分体现了时小福“第一青衣”的表演风格。

余紫云贴出的《赶三关》《御碑亭》《芦花河》《战蒲关》，唱出了以代战公主、孟月华、樊梨花、徐艳贞、为代表的古代女子忠贞、刚强、豪侠仗义的巾帼丈夫形象。

陈德霖唱的《思凡下山》中的赵尼姑，《断桥》中的白蛇，《活捉》中的阎惜娇，《宝莲灯》中的王桂英又别是一番风格。

吴菱仙扮演的《二进宫》中的李艳妃，《霸王别姬》中的虞姬，《桑园寄子》中的弟媳，《武家坡》中的王宝钏，更显露出他青年旦角的锋芒。

这五旦联袂长期占据京城的主要茶园，戏迷们整天轮番看坤戏。可使那些专爱钻相公堂子的花心爷们儿过足了眼瘾，得意挑着样的看台上的小姐夫人。也使各戏班的生角们，心里好不是味道。人家旦行抢着贴演，这是好事，谁能说出半个不字？你说京戏是老生行撑台面的，可是人家贴演的这些戏中，有的就根本没有老生的份儿，你只能靠边站，看热闹。到底是谁支撑台面？这世道变了，莫非旦行真个要翻天？

这个阵势，被谭鑫培看出来了。他猜出了梅巧玲时小福他们的意图。从光绪以来，京戏发展的势头看，他觉得这是迟早要发生的事。旦行已经异军突起，慢慢占据了半壁江山。这五旦联袂，就是挑战，对京戏来说这是好事，是京戏走向完善成熟的趋势。

谭鑫培为此很是高兴，他也为此动了心思。与其让他们联袂，唱“独角”戏，不如生旦“结对”共同联袂，唱“合作”戏。光绪以来，唱戏虽说仍以戏班为组织，但大角结对，自由组合，跳槽串演，已经司空见惯。这倒是强手联合，优胜劣汰，促进京戏精益求精的好办法。

想到这里，他坐不住了。他不由自主地来到“景和堂”，他想听听梅巧玲的意见。刚进景和堂大门，正巧碰上了梅巧玲的夫人陈金翠。

当年，谭志道与陈金雀是戏台上的老搭档，那时他们都住在韩家潭的大杂院里。谭鑫培与陈金翠自小就一起玩儿，跳蹦子，过家家，熟得很。陈金翠乳名“翠儿”。谭鑫培忙上前打招呼：“翠儿姐！”

梅夫人猛然间被叫得一愣，定神一看，忙答话：“呦，我当是谁呢，原来是金福大兄弟！您可是稀客，里请，里请。”

谭鑫培忙说：“我是来找慧仙大哥的。”梅巧玲比谭鑫培大五岁，也是自小相熟，所以以大哥呼之。

“哎呀，不巧。”梅夫人说，“他身子有点不舒服，刚喝了药，躺下了。”

“既是大哥身子不得劲——我改日再来。”谭鑫培转身就要离开。

此时，只听里屋卧室，梅巧玲搭了话：“是金福老弟吧？难得贵客登门，光临寒舍，怎么连杯茶不喝，就走呢？”

听到梅巧玲搭话，谭鑫培又反转身，进了景和堂的客厅。

他刚刚落座，梅巧玲身穿肥大的大裤衩子，上身穿一件马甲似的细布褡裢，趿着拖鞋，露着浑身的胖肉，呼哧呼哧地从卧房走了出来。

谭鑫培忙站起身问道："怎么啦这是？身子怎么不舒服？"

"没事，上点火，头昏脑涨的。"梅巧玲没当回事的说。

梅夫人沏上茶，斟好一杯，递到谭鑫培的手上，"金福大兄弟，怪热的天儿，你看他穿这个还冒汗呢。麻烦你来看他！"她看看梅巧玲说，"他呀，就是累的。这大热的天气，就他这身子，那扛得住热呀。这一阵子，他像玩命似地，一出接一出的唱起来没完了。我还正想找像您这亲弟弟似的人儿，来劝劝他呢。"

"行啦，别啰唆啦！"梅巧玲打断夫人的话，"金福贤弟是大忙人，无事不登三宝殿。我们还有话说呢！"

梅夫人冲谭鑫培笑笑，退出客厅。

谭鑫培看夫人退出客厅，说；"嫂子说得有道理，大热的天儿，身体重要。不要光唱'独角'戏啦！你好好歇两天，养养身子，咱俩合唱一出《南天门》如何？"

梅巧玲从谭鑫培的话中听出了弦外之音。《南天门》是出生旦并重、唱做都很吃功夫的戏。戏中，玉姐家中遭难，家人曹福保护玉姐逃奔大同，途径广华山，遭遇大雪，主仆互相扶助，爬山滚雪，唱念做表，样样功夫都很吃重。是一出不是一般生旦能配合得严丝合缝的戏。

从这里，梅巧玲看出了谭鑫培此番找上门来，绝非只为合唱一出戏。言外之意，就是停止眼下旦角唱"独角"戏的局面。生旦联袂，同撑戏台。其实这么做，是正中下怀。这不正是五旦联袂抢占戏台，所要的结果吗？

梅巧玲是何等聪明之人，立刻明白了谭鑫培的意思。马上就梯子下楼，"贤弟有此美意，愚兄求之不得。何须亲劳动腿，派人打个招呼就结了！"

"我说大哥是痛快人嘛！唱戏是咱的大事，我走一趟，遛遛腿，心里也舒坦。"谭鑫培起身告辞，"如此，大哥先将养身体，等您康复之后，我静候佳音。"

"一言为定。"梅巧玲起身送客。

梅巧玲把此信儿，捎给时小福。时小福听后高兴地说："五旦联袂闹京城，总算打下了半壁江山！"

几天之后，谭鑫培、梅巧玲贴演了《南天门》；紧接着，时小福与孙菊仙贴演了《四郎探母》；余紫云与汪桂芬贴演了《一捧雪》；杨月楼与陈德霖贴演了《打金枝》；吴菱仙与王九龄贴演了《上天台》。之后，各个生旦各自捉对儿，都亮出各自的拿手好戏，唱火了京城的大小戏台。如此，生旦净丑，各个行当，异彩纷呈，演绎了京戏磨砺精熟的春秋。

正是京戏红火京城的热闹时刻，梅巧玲病倒了。他身体肥胖，加之气温高热，和费心劳力，操劳过度，心力交瘁，终于一病不起。

谭鑫培听说梅巧玲病倒了，火急火燎的来到景和堂。梅巧玲一见谭鑫培，眼泪止不住地流了下来，拉住谭鑫培的手说："贤弟，你年富力强，身体好，京戏就指望你了……"

"大哥，您岁数也不大呀，刚四十出头，正是顶班挂帅的时候。"谭鑫培安慰梅巧玲说，"等您身体好了，咱们还一同登台。"

"贤弟，你赶上好时候了！现在正是京戏火爆的时候，以后就全看您的了！"梅巧玲断断续续地说，"哥身体不行，没你的造化，我是扛不住了。哥只托付你以后多多关照大锁儿……"

"大哥，你是说雨田哪？"

梅巧玲点点头，示意夫人把大儿子叫进来，让雨田给谭叔行礼。

谭鑫培忙将雨田拉起来。对梅巧玲说："这孩子拉一手好琴，有出息。我以后拉把他，让他给我拉弦托腔儿！"

梅巧玲听后，放心地点点头，咕哝着说了一句"拜……托……啦……"然后便不能说话。

谭鑫培赶紧退了出来，急着喊医生。

不一会儿，医生出来说："他是心肌梗死。操持后事吧！"

医生这一句话，使围在外面的时小福、余紫云、吴菱仙、陈德霖以及闻信赶来的卢台子、杨月楼、孙菊仙、汪桂芬以及梅巧玲的弟子，和四喜班的弟兄们，"哇"的一声，哭成一团。

梅巧玲平时待人和蔼，又肯仗义舍财，经常救助身边的梨园兄弟，也经常救助周边的街坊邻居，以及大街之上受困受难之人。因此，他人缘极好，名声极佳。一听到他的噩耗，京城之内，梨园同行，亲朋好友，街坊邻居，认识的和不认识的，都屡屡行行涌到景和堂吊祭。

吊祭的人群中，有一名举人，只有梅巧玲与他相识，其他人等一概不知道他的名字。这就是梅巧玲到他家搜罗当票的那个落魄举人。他穿一件带补丁的长衫，长衫虽破旧，但浆洗得很干净。他长跪在灵堂之内，手托一纸悼词，朗声哀悼：

> 呜呼哀哉，吾悌亲人。兄困京城，弟为名伶，目不相识，得弟垂霖。隔三岔五，莅临寒门。或衣或食，软语问询。相互讨教，互通学问。声腔做表，悉见亲临。鄙见粗理，恭受诚心。抵足而眠，不耻下问。感我肺腑，动我灵魂。十年寒窗，愧不如君。京城困守，多受寒贫。当衣典卖，果腹充薪。怕弟悬挂，当票藏存。弟为救苦，乘隙入门。搜罗当票，赎物归身。扬长而去，袖甩白银。一生施舍，修福善根。修善修德，菩提发心。呜呼我弟，佛祖托身。归佛升天，足踏祥云。皮黄神曲，流传妙音。天音天曲，普度黎民。托福京戏，教化归心。呜呼我弟，无量佛身。

这位举子的悼词，使众人肃穆谛听，景然起敬。哀愍虔敬，如听佛经。

举子读完悼词，飘然而去。大孝子梅雨田，俯首灵前，仔细听读悼词，听毕，方知此乃父亲生前至交。赶紧起身追至堂外，欲留下举人姓名。然而，举人已无影无踪，似仙人降临。

有词【南歌子】写道：

三千大千界，华夏一盛池。仁义礼智信交织。笙歌初起，霓裳舞罗衣。　旦行翘楚范，唱念行礼仪。旦行长旦行豪气。异军突起，打半边天地。

第五十三回

宫廷外学精英聚
内廷供奉应运生

慈禧太后迷上了京戏，宫里内务府，有由太监专门组成的戏班，她嫌不过瘾，还专门成立了一个“普天同庆”皮黄科班。此班，不属内务府管理，直接由慈禧亲自掌控。有时候她亲自粉墨登场，偶尔，她也拉上光绪皇帝。

光绪皇帝喜欢武场，尤其精通锣鼓经，经常亲自持箭子打鼓。

就这，慈禧还嫌不够，她还隔三岔五的，传唤外面的戏班进宫唱戏。有时是一个戏班，有时是两个戏班，有时是三个戏班。更多时，多达五六个戏班。那时京城的茶园，经常大门贴一张黄纸，上写“承差停演”。所谓“承差停演”，就是进宫唱戏去了。戏迷看此黄纸，吃一个闭门羹，只好自认倒霉。

那么多戏班同时进宫唱戏，未免太招摇。慈禧就另想出一个主意：按照乾隆朝的办法，单个招外面的名角进宫，作为宫廷戏班的“教习”。其实，这些外籍“教习”，教宫廷内戏班唱戏是次，主要的还是以“教习”为名，在宫廷唱戏。凡选为“教习”的人员，都按乾隆朝的称呼，称为“外学”，以区别于宫廷内部戏班的太监。“外学”隶属升平署，因此这些“外学”人员，也叫“升平署承差”。

凡入选为“外学”之人，朝廷也发给薪俸。每人每月三两银子，一担五白米。这些拿朝廷薪俸的人，也称作“内廷供奉”。

这些“内廷供奉”们，并不常住宫里，宫廷内要唱戏，随传随到。宫廷不传，即在宫外随本戏班唱戏。

这样，被选上的人，等于双重待遇。宫里挣一份钱，宫外挣一份钱。在宫里唱戏，除了挣薪俸钱，还外带赏钱。赏钱比薪俸钱要多得多。被选为“内廷供奉”，那是当时伶人的一大得意。那可真是一步登天，要名有名，要利有利，是别人可望而不可即的。

在未设“内廷供奉”之前，很多名人都随戏班进宫“承过差”。慈禧对这些名人都很熟悉，像卢胜奎、刘赶三、王九龄、侯俊山、杨月楼、罗巧福、梅巧玲、时小福等老一伐的老伶工，经常进宫承差。这些人，也都熟悉宫里唱戏的规矩。

宫里唱戏规矩很多。例如：

迎驾曲。宫里开戏之前，不像宫外茶园开戏之前打三通鼓。而是吹奏【将军令】

曲牌，迎驾。慈禧和皇上临到戏楼之前，由太监报信，文场开始吹奏【将军令】，从起驾吹起，直到落座为止。

跳灵官。宫里开戏之前虽然不打通，但须跳灵官。名曰“净台”。让“灵官”在台上一跳，驱逐魑魅魍魉。这些“灵官”由武生、花脸等生行扮演。如赶上庆典，跳灵官规模加大，连旦行也得去跳。

有一次，内务府总管太监让陈德霖也去跳。陈德霖说：“旦角在净行未开脸之前，是不能动朱笔的。这是梨园行祖师爷的规矩。”

总管说：“祖师爷也得听皇上的，外面的规矩不能拿到宫里来说话。”

陈德霖只好也扮上妆去跳灵官。他也是打小坐科练过武功的，跳起来比武生行一点都不逊色。慈禧在台下看了高兴地说，“没想到德霖也跳得这么好，赏！”陈德霖为跳灵官还意外得了赏。

穿驾衣。戏班的文武场人员，必须穿宫中特制的“驾衣”。所谓驾衣，就是宫中执事、仪仗、轿夫、舆辇抬驾之人等专门的服装。用红缎或绿缎制作，绣以菊花、葵花等小团花，宽袖，身长至膝盖处。

宫外，殡葬馆，也给抬灵罩之人，效法此衣做成“杠服”。只不过是用布料，不绣花。进宫唱戏的人，出了宫，有的以曾穿过“驾衣”而吹嘘。老百姓奚落他们说，“什么‘驾衣’，不就是殡葬馆的杠服哇！”

开团场。开团场就是唱第一出戏。第一出戏必须是昆弋戏。因为过去宫里从来不唱皮黄，总是唱“雅部”之戏。慈禧为了遵循祖制，堵上似恭亲王之类人攻击她“悖逆祖制”的嘴。第一出戏，先唱昆弋戏，以作样子，装门面。这叫“开团场”。

安殿本。安殿本，就是安放在台下慈禧或皇帝御案上的剧本。每一出戏的“安殿本”，都由内务府或翰林院的文人，用工整的楷书大字抄写清楚，装订完好，安放在御案之上。供慈禧或皇帝像现在看“字幕”一样，边看戏边对照戏文，听得更清楚，看得更明白。

不按安殿本唱，或戏文中有慈禧忌讳之词，都要获罪。如《连环套》中有一句“兵发热河”，慈禧听了大为恼火。因为“热河”即承德。那是咸丰皇帝病死的地方，也是慈禧逃难躲避的地方，是使她最不体面的所在。一听这个词儿，就触动了她的心病。因这一句白，扮演者获罪，挨了顿板子。后来改为“兵发塞外”，以后再唱，就以改动稿为准。

扮相谱。就是扮相化妆的图谱，以脸谱为主。戏中的各个行当的脸谱、穿着、头饰、打扮，都画得清清楚楚，多达一千二百多幅。扮相谱封面有一行字：“穿戴脸儿俱照此样儿”。勾脸扮妆，穿衣戴帽，必须按此谱的样式，否则，就要获罪受罚。这本图谱又名《升平署扮相谱》，后流传到宫外，宫外的戏班也参照此谱装扮。这倒为京戏人物化妆、扮相的定型、规范提供了样本。

定时刻。宫里唱戏，时间把得很严。哪出戏，唱多长时间要算准确，以刻为单位。

十五分钟为一刻，一个小时为四刻，整台戏共唱几刻，都写得明明白白，长短差几分钟可以，若差过一刻钟，内务府总管就会受到申斥或责罚。唱戏的戏班或本人，必须把所唱戏用的时间，计算准确，预先报告内务府。由内务府总体把握，把各出戏和整场戏所需的时刻，报呈慈禧。慈禧要求定时刻，但是她一高兴，没准就临时加一出戏，打乱预定的时刻，这也是常有的事。

在宫内承过差的人，尽管都熟悉这些规矩，谨遵执行，但也有说不上什么时候就受处罚或挨打的。同治年间，净角李永泉进宫唱《白逼宫》，饰曹操。唱得非常卖力气，心想唱完准得得赏。没想到，唱完之后，同治皇帝吩咐打他四十竿子。

为什么挨打？他自己不知道，连总管也不知道为什么打他。挨完打，还得给皇上叩头谢刑。这时，同治才说，“我看你还奸不奸！”

升平署总管听了忙说，“皇上，他那是演戏，他不是曹操。演谁得像谁呀！”

同治这才知道错打了李永泉。他也乐了，说，“那就赏吧！”

总管问，“赏多少？”

同治说，“让他自己说。”

李永泉说，“一竿子十两吧。”

同治应允。

李永泉挨了四十竿子，得了四百两赏银。出宫后，再也不唱戏。在彰仪门外买了一处宅院，几亩地，两挂骆驼，去过田园生活。

慈禧生辰属“羊”，她最忌讳“羊”字。《牧羊圈》《变羊记》之类带“羊”字的戏，都不能呈报，得换了戏名呈演。戏文唱词中带“羊”字的，也得改。旦角孙怡云，初进宫承差，不懂得宫中的避讳。唱《玉堂春》，原唱词中有“苏三此去好有一比，好比那羊入虎口有去无还。”唱到这里，慈禧大怒，令将孙怡云赶出宫去。后人再唱，只得改为“好比那鱼儿落网有去无还。”。

文武老生王福寿，在前门与人合作，开了一家羊肉铺。不知怎么让慈禧知道了，从此再在宫里唱戏，怎么唱都得不到赏银了。慈禧说，“他天天剐我，我还赏他！”

另有一次唱《翠屏山》，戏正唱得得劲儿的时候，慈禧突然发火，把戏停下来。让人把戏提调叫来训斥说，“今儿这戏是怎么唱的？还想不想当差了？”

戏提调挨了骂，还不知是怎么回事，莫名其妙的，后来一查，原来有一句唱词是“最狠不过妇人心！”，嗨，——原来在这儿犯忌了！

“内廷供奉”，不是终身的，过一段时间，根据宫里需要，就裁退一批。本次招选的“内廷供奉”，是为慈禧五十大寿准备的。

光绪十年是慈禧太后的五十大寿。慈禧是个好张扬，好虚荣的花花老太婆。她想把五十大寿办得与乾隆八十大寿一样隆重热闹。但她生不逢时，此时正是列强虎视眈眈瓜分中国的时候。各个卖国条约，一次次把白花花的银子“赔偿”给洋人。国力衰微，已经没有多少本钱，给她办五十大寿了。但那些个宠臣、太监，却一味奉迎慈禧，在慈禧面前极力阿谀奉承，叫嚷要为她办好大庆。

其中最卖力的就是李鸿章、李莲英。这二人，一个大奴才，一个小奴才，一个在宫外，一个在宫里，相互勾结，一唱一和，为慈禧操持此事。

慈禧五十大寿，要重修清漪园。清漪园就是原来玉泉山脚下“瓮山泊”空旷地带，被英法联军焚毁的皇家园林之一。早在同治初期，慈禧就主张重修被焚毁的，以圆明园为代表的各个园林。因为国力匮乏，此议遭到以恭亲王和慈安太后为首的一帮朝臣的反对，没有成行。慈禧一直耿耿于怀，现在她一手遮天了，她又旧议重提，但她也知道国力衰微，只得先重修清漪园。

为了讨慈禧欢心，李莲英与李鸿章私下勾结，将各封疆大吏收来的装备海军的银子，拨出一部分，用于重修清漪园。

为庆贺慈禧的五十大寿，将清漪园改名为颐和园。整个园林重修完毕，耗资三千万两白银。

颐和园的德和园大戏楼，比原来圆明园的大戏楼还排场。格局与原颐和园的同乐园大戏楼相仿。只是尺寸规模要大得多。同为三层戏台，第一层表演用，第二层场面用，第三层神仙鬼魅升天飞腾用，地下一层是山水、莲花等砌末升降、喷水用。

最显眼的就是戏楼上的题联，每一联都出自王公大臣、御用文人的精心工对。

一层：

上联是：山水协清音龙会八风凤调九奏

下联是：宫商谐法曲象德流韵燕乐养和

横联是：驩胪荣曝

这副对联，把大戏楼的地理环境风水佳景，与音乐的协和，和慈禧朝廷的宏德，颐养洪福，都包含在内。以“驩胪荣曝”点题，誉慈禧享尽人间荣华，达到了登峰造极的境地。也正印证了慈禧的奢华腐败。

二层：

上联是：七政衍玑衡珠联璧合

下联是：四时调律吕玉节金和

横联是：承平豫泰

这是一个马屁对联，意思是政通人和，乐奏慈禧节高和鸣。横联点题是天下太平，可现实正好是对时政的最大讽刺。

三层：

上联是：八方开域皆为寿

下联是：兆姓登台总是春

横联是：庆演昌辰

这副对联写得倒挺实在，举国为庆寿，百姓歌功德。可是为了一人庆寿，让全国老百姓负担苛捐杂税，怎能算得是“昌辰”时刻？

本次入选的“内廷供奉”，有谭鑫培、汪桂芬、孙菊仙、杨月楼、时小福、陈德霖、何桂山、余紫云等。

名单呈报到慈禧手中，他反复看了几遍。这次选的大角，少壮派的多，有的是第一次进宫承差，她不认识。由李莲英一个一个给她介绍。说谭鑫培其父是老叫天，他是小叫天；杨月楼号称杨猴子……，

“杨猴子就别说啦，他带领三庆班承差又不是一次两次，他的戏我也不是只看过一回啦！”

李莲英又接着介绍汪桂芬和孙菊仙，说他们是活着的程长庚；时小福有京城第一青衣之誉；陈德霖有花衫新秀的美称；余紫云是余三胜的儿子，青衣花衫兼长等等。

慈禧边听介绍，边翻看名单，突然说：“这个人干嘛非叫鑫培，‘金’太多了，有一个就够他花的了。就叫谭金培吧！”李莲英“喳”一声，记在了心里。

这天，谭鑫培正在家里和梅雨田吊嗓子，杨月楼派人给他送来一个帖子。此时，刘赶三因为年老体衰，已经辞去精忠庙庙首，让位给杨月楼了。

谭鑫培不识字，接过帖子，颠过来倒过去，不知道是咋回事。送帖子的人说是升平署发到精忠庙的帖子。宫里选了一批角，到升平署承差，称为“内廷供奉”。

梅雨田打小跟着父亲学认字，有文字的底子。他接过帖子，念道“外学民籍教习谭鑫培”，又看了帖子的内容，然后把帖子还给谭鑫培说：“恭喜叔叔，你被选上‘内廷供奉’啦！宫里让您明天到颐和园，登德和园大戏台给太后唱戏去！”

“哎呀，我的妈呀！”谭鑫培听了，高兴地就地起身，“噌”地拔了个“提筋”，就势又摔了个“抢背”。躺在地上，仰面朝上大声喊道：“老佛爷佛眼大开，终于选上我进宫了！”

梅雨田把手中的胡琴挂起来，说：“快快起来收拾收拾，准备起程吧！说不定，明天就有早场戏，今天就得往那里赶，宫里的差可误不得！”

谭鑫培这才一个鲤鱼打挺，跳将起来。吩咐家人，给他打点行装。乘上师傅赠的那辆骡车，紧忙往颐和园赶。到了颐和园，看到汪桂芬、孙菊仙、杨月楼、陈德霖等，早到了，敢情都是头一天就来候着。一看都是师兄弟，这才松了一口气。

到申牌时刻，一个小太监过来传，说老佛爷召见。他们一个个都蹑手蹑脚地，跟在小太监后面，到颐乐殿等待慈禧召见。

此时，李莲英把谭鑫培拉到一旁，把慈禧关于改名字的话传给他，让他别忘了谢恩。谭鑫培听说老佛爷把自己的名字给改了，不知道为什么？是不是我的名字犯什么忌讳呀？……，心里突突的，老是不踏实，李莲英后面说的话，他半个字都没记住。

不一会儿，随着一声“老佛爷驾到——！”的喊声，慈禧在众人的簇拥下来到大殿。这哥儿几个，多数是头一次进宫，头一次受召见，个个大气也不敢出，跪地接驾，头都不敢抬。

慈禧落座后，接过太监递过来的名单，念一个名字，对照着看一个人。当念到“谭

金培”时，谭鑫培不敢应声。李莲英赶紧过来说：“小叫天，老佛爷叫你哪！”

谭鑫培赶紧趋前一步，还没等说话，慈禧说：“你就是那个‘叫天’呀？”

谭鑫培惶恐之至，赶紧回答：“‘叫天’是奴才的艺名，我本名叫谭鑫培。”

慈禧笑笑说，“我知道你叫谭鑫培。我说呢，鑫培，鑫培，‘鑫’的金太多了！你要那么多金干什么？有一个就够花了！”

李莲英赶紧接过话来，“我不是告诉你了吗，老佛爷给你赐名叫谭金培了。——还不谢恩！”

谭鑫培不懂宫里的礼数，但他唱戏演臣子演得多了，知道戏台上的礼数。赶紧照戏台上常演的礼数给慈禧叩头谢恩。他这么一表演，倒把慈禧给逗乐了，说：“赶明儿先看你的戏，就唱你的《失空斩》吧！”

老佛爷给他赐名，又先点了他的戏，他觉得受宠若惊，赶紧又表演着给老佛爷叩头。

老佛爷是金口玉言，她说的话就是圣旨。

从此，在宫里，谭鑫培就改叫“谭金培”了。宫外，市面百姓叫惯了“谭鑫培”，老百姓不买宫里的账，仍叫他“谭鑫培”。

《失空斩》中，谭鑫培扮演诸葛亮。他演诸葛亮，完全是从卢台子那里学来的。但是他的眼睛亮，有精气神，他身体精瘦，演出了诸葛亮夙兴夜寐，“鞠躬尽瘁，死而后已”的神韵。慈禧看了很高兴，当下赏古月轩的鼻烟壶一只，尺头两卷。

第二天，慈禧点了《战长沙》。谭鑫培扮演黄忠，汪桂芬扮演关羽。关羽演出了程长庚的水平，黄忠演出了忠心耿耿的大将军风度。慈禧看后很是高兴，夸奖说：“真是名师出高徒，都不愧为程长庚的弟子！”然后又发赏银。

接连几天，慈禧天天点谭鑫培的戏。谭鑫培越唱越上劲儿。亮出了自己半生学习、摸索、苦练的绝活儿。看了他的《翠屏山》，慈禧看他刀耍得出神入化，不禁叫好道“好个单刀叫天！”

从此谭鑫培又得了一个“单刀叫天”的名字。

穿插着，慈禧还点了杨月楼唱的《打金枝》，陈德霖、孙菊仙、何桂山唱的《二进宫》，余紫云唱的《三娘教子》等。慈禧毕竟出身于书香门第，琴棋书画都很精通。由于对戏曲的迷恋，对京戏各个行当角色更是在行。看过戏，她对此次招选的这一批“内廷供奉”，都很满意，个个都给予奖赏。她对谭鑫培尤其欣赏，既欣赏他的武功，又欣赏他的唱功。她说“金培在唱上，虽略逊桂芬、菊仙一筹，但他自成一体，悠扬柔和，千回百转，甜润舒展，韵味绵长。”她这话与当时的时局相对照，正好应验了程长庚“子声太甘，近于柔靡，亡国之音也。”的话。

有散曲唱道：

【中吕·粉蝶儿】慈禧太后老佛爷，宫中无事总生邪，享受不够庆寿发泄，五十大寿要比过乾隆爷。国库亏空发瘪、刮地皮、挪军费，筹款不停歇。外靠那军机大臣李二，内凭太监莲英把心贴。

【醉春风】重修园林加戏楼，全为我气畅神谐。顺我者昌逆我者亡，看哪个敢大逆反叛，灭！说什么诗书礼仪遵古训，道什么忠孝立身节，唯我独裁是也！

【叫声】声色狗马双陆蹴鞠最数皮黄好，我好我爱，独自赏心悦。传皮黄大班并各大角，宫廷供奉，挑着样儿唱戏声震宫阙。

【剔银灯】洋人你动枪动炮分割瓜分相威胁，我大清四万万黎民不怕流血，你想一口口吃肉，我一笔笔签约！大清河山割不尽，唯留我歌榭。

【蔓青菜】大角们尽管唱得嘴角流血，戏楼热热闹闹轰轰烈烈。为我销魂散心，乐得东倒西斜。赏、赏、赏！扬那白银似雪！

第五十四回

谭鑫培蒙教思进
卢胜奎精修戏文

本次所选的内廷供奉，多数都出自程长庚的弟子或三庆班的伶工，这让卢台子及刘赶三等三庆班的弟兄们，打心里感到荣幸，为大老板感到荣幸，为三庆班感到荣幸。刘赶三撺掇杨月楼，好好庆贺庆贺。杨月楼倒觉得，最好的庆贺，莫过于借风唱戏，就着三庆班宫廷露脸的势头，多多唱戏，既揽座儿，又磨练人，还创牌子，扬名声，一举多得。

卢台子很赞赏杨月楼的做法，还是多唱戏，多磨砺人才，多留下好戏比较实在。

卢台子已界临七旬高龄，他知道自己的时日已不多。上台唱戏，已经没有当年的精神头，干脆就不再登台了。他觉得时不我待，得赶紧把以往写的那些戏，再精心整理一番，不要给后人留下谬误。否则，谬种流传，贻害无穷。

他每日里伏案整理戏文，每整理一出，夫人就给他誊抄一出。卢夫人自持笔墨，替夫誊写。此举，更让卢台子感动。夫人原来本不通文墨，自嫁给卢台子之后，真个的就“近墨者黑”了，受卢台子的熏陶，居然也开始识文断字，捉笔代绣，竟练出一手好字。每当夫人誊写一出之后，卢台子就心疼地说：“可别累坏了呀，你管我吃管我喝，偌大个家，家务全由你操持，你还替我抄戏文，这可叫人心疼啊！”

“你又来——”夫人得到老头子的赞叹，心里由衷的高兴。假装嗔怪地说，“谁让你个死老头子，没日没夜地点灯熬油，老是这么修修补补呢！”

“大老板一生留下的是艺，我一生也得留下点什么，我想，我就留下点戏吧！”卢台子已自深思熟虑。

“有一样，你给我听好喽——，”夫人认真地说，“你要掂量着自己的身子骨，量力而行。咱放长线，慢慢来。可不能累坏了身子！”

卢台子用戏台上的白口语调调侃道，“卑人记下了。”

夫人每每想到像“乱点鸳鸯谱”一样，阴差阳错地嫁给卢台子，就觉得像做梦一样。回想起来，甜蜜一生，幸福一生。每想到这里，就打心眼里感激延老爷，感激大老板。真是三生有幸，让自己摊上这么个好男人。每想到这里，她就更加无比的心疼卢台子，珍惜他们的情意。

这两年，他看卢台子塌下身子，夜以继日地整理那些戏文，冥冥之中，她也感到这是老头子在做最后的挣扎。他心疼老头子，但她更理解老头子。她想劝阻他，但又支持他，因为这是老头子一生的心愿。她知道，一个文人，不能进入仕途，兼济天下，就够苦恼悲哀的。不得已进入了梨园，再无所作为，心里会更觉得窝囊。老头子，要留下戏文，也是对他一生的安慰。所以老头子整理戏文，她总是默默地照顾他，并帮他誊抄。帮助老头子，实现心愿，也是自己的心愿。

卢台子在家没日没夜地整理戏文的事，外边，只有萧长华知道。因为隔三岔五的萧长华就来给干爹请安、读戏文。他看干爹伏案劳累，总是心疼地劝干爹，千万别累坏了身子，他当然知道卢台子在干什么。

另有一个人，知道此事，就是谭鑫培。谭鑫培贴演《桑园寄子》，缺一个扮演邓方的娃娃生。管事的临时从科班找来一个小男孩，这个小男孩就是萧长华。没想到萧长华一上台，就把邓方给演活了。谭鑫培高兴，在后台给小男孩唠话。方知道这就是卢台子算卦算准了的萧长华。

他顺便问了一句萧长华，“最近常到干爹那里去吗？”

“常去。”

“你干爹身子骨结实吗？”

“结实。——不过就是太累。”萧长华心疼地说。

“太累？”谭鑫培关心地问，“他忙什么呢？”

“他没日没夜地整理戏文呢。”萧长华绘声绘色地说，“他一辈子编了几十出戏，多部都是大轴子，光那线装的书稿，摞起来就跟我一般高。他那么大岁数了，要重整一遍，那得耗多少精气神！”

“哦——。”说者无心，听者有意。谭鑫培听了这话，不禁动了心思。

他知道，卢台子的夫人，生了两个儿子，老大三岁就夭折了。两口子老来得子，又生了老二。卢家就这么一棵独苗，卢台子不让他当伶人，从小教他念书，如今已是秀才，正铆足了劲求取功名呢。卢台子，是梨园打戏文的高手，打了那么多戏文，都供大老板和三庆班唱了，从来没有外传过。他如今重新拾掇那些本子，总不是留给他儿子的。他儿子不唱戏，要那个也没用！那他累死累活地折腾那个干什么呢？谭鑫培想来想去，觉得这是个谜。他知道干他们这一行的，是靠“戏文”挣饭吃的，戏文就是剧本。剧本，剧本，是一剧之本。无本不成戏，没有戏文，戏打哪来呢？所以梨园行有一句话：“宁给二亩地，不教一出戏。”把戏教给别人，就等于把饭碗给了别人。所以，不拜师磕头，是学不来戏的。拜师磕头就等于是给师傅当儿子，从小伺候师傅，还得终身尽孝，回报师傅。不然，能学得了戏？

可卢台子整理那么多戏文，干什么？他从没收过徒弟，儿子又用不着戏文……，他这是……，他左思右想，似乎想出了点名堂。

这一天，他提了一个沉甸甸的包儿，来到卢家。进门就喊：“大妈——，大妈——！”

卢夫人从里屋出来，一看是谭鑫培，故意虎下脸说：“都成了朝廷供奉了，还像个小孩子似的，进门就大呼小叫的，叫魂儿呐！”

“哎呀，大妈，老没看您二老了，想你们了！”谭鑫培说着就往堂屋进。来到堂屋，把那一包沉甸甸的东西往桌上一放，“我大爷呢？身子骨硬朗吗？”

“你小子，都四十出头了，还这么咋咋呼呼的！”卢台子从书房出来，“你现在是宫里宫外的红人了，还想着大爷呢？”

“哎呀，大爷说哪里话呢？”谭鑫培说，“再怎么着，我也是您看着长大的！怎么能忘了大爷您呢？”

“喝茶。”卢夫人端茶放在谭鑫培面前。

谭鑫培双手接过茶碗，抿了一口，放在桌子上，然后打开那个包儿。边打边说，“我今天是孝敬您二老来的！”

那包儿打开之后，卢台子夫妇俩不禁被惊得目瞪口呆。原来那是一包黄澄澄的金条，足有十几根。

卢台子看着这金条，脸色变了。卢台子一辈子从来不和别人在钱上说事，在他看来，动钱说事，则有出卖人格之嫌。因此一见金条，他的脸像被人抽了两巴掌一样，先是变红，由红变黄，由黄变紫，又由紫变红。渐渐地，又恢复到原来模样。他看出谭鑫培这是怀着目的而来。然后看着谭鑫培从容地笑笑，打哈哈说：“你这是让我们老俩开眼哪？”

“大爷，我真的是来孝敬您二老来了。”谭鑫培倒有点不好意思了，“您二老岁数越来越大了，我大兄弟，就是您那公子，正在南学读取功名，也需要束脩。这是做侄子的一点心意。”

“世上最难买的是人心。大侄子，有这个心意我就知足了。这金条你还是留着给你那一窝子孩子成家用吧！”卢台子一口回绝。

“大爷，您别见外呀。”谭鑫培诚心诚意地说，“当年，要不是您把我从蓟县大狱里捞出来，我哪有今天！这些个年，您又点拨我，给我改戏呀什么的……，给我做了那么多事，我还没报答您呢！”

“金福啊，真情是不讲回报的！”卢台子也真诚地说，“我是看中你的人才才那么做的。大老板说了，能撑起皮黄大树的，非你莫属！——我所做的，是为了你，也是为了皮黄啊！”

“大爷您要是那么说，我还得求您呢！”谭鑫培恳求地说。

“你说——，”卢台子真诚而直率地对谭鑫培说。

“大爷，您知道，干咱这一行的最需要什么？最需要的是戏文。我现在宫里宫外都站住脚了，但还是缺‘戏’呀！”谭鑫培道出了苦衷，也道出了他的真实来意。

“哦——，”果不出卢台子所料，卢台子明白了他的真实意图。脸上仍不露出表情，语重心长地说，“金福啊，你现在最缺的不是戏文，是你的统帅之才。京戏走了个大老板，走了个统帅。大老板要你撑起京戏的大树，是想让你当统帅。当统帅，要德艺兼备，你还须要修炼哪！”

“那——大爷，您打那么多戏文，留给谁呀？”谭鑫培不理解地问。

“留给京戏。”卢台子不假思索地回答。“我卢台子一生是为皮黄写戏文的，我要把它留给京戏。”

“哪，我……不就是……唱……京戏的吗？”谭鑫培还是把想说的话说了出口。

“金福啊，我是看着你长大的，大爷了解你。你是个人才，是个唱戏的好材料，你可以撑京戏的大树，但你只是个匠。”卢台子点拨谭鑫培说，“你没有文化，只能唱戏而已。我就是把戏文给了你，你只能唱，而不能传。那我就不能把戏文传给你谭家，而是要传给戏坛，传给咱菊坛的‘坛’家！”

“哦——，”此时，谭鑫培方明白了卢台子整理戏文的意思，他也明白了自己误解了卢台子。对自己的唐突感到内疚，倒陷入了进退两难的地步。他赶紧给自己找台阶下，诚恳地问，“大爷，那您说我该如何呢？”

卢台子笑一笑，真诚地，“我送你两个字：‘修炼’。”

卢夫人把谭鑫培的金条包好，递给谭鑫培。笑着说，“金福啊，记住你大爷的话，你大爷对你是真心的。‘真心’是用金子也买不到的。”

谭鑫培回到家里，细细琢磨卢台子的话。是啊，我没有文化，唱新戏只能别人教我。我看不懂戏文，怎么拿戏文教别人呢？……我还得……“修”……“炼”……。

在宫廷，老佛爷是那么恩宠我，可老佛爷也说我的唱赶不上大头和大个子。真是艺无止境，还真得好好地“修炼”哪。

我不识字，从书本上学不来，我在戏台上学！

谭鑫培唱戏有股子霸气，——自我意识特别强。一到台上，别人只能按他的意思配合他，他从来不按别人的意思顺从人家。

一天，他贴演《状元谱》，他饰陈伯愚。戏唱到陈伯愚让家院取竹板子，要打儿子陈大官的时候，家院局促不安，迟迟不去取竹板，在那里兀立不动。经谭鑫培几次催促，才取来竹板。但却抱着竹板不动，不送到谭鑫培手上。谭鑫培只得上前来接取竹板，家院却反向而跑走。谭鑫培看家院不予配合，气得赶上前去，夺过竹板，这才接着演拷打儿子陈大官的戏。

下得场来，谭鑫培冲着扮演家院的伶工发火说：“你唱过这出戏吗？会不会唱？有你这么唱的吗！”

那个伶工却反唇相讥：“有你这么唱的吗？——我陪大老板唱这出戏，唱了多次！大老板就是教我这么唱的！”

谭鑫培一听人家说的有来头，忙换了口气，请教道：“大老板是怎么教的？”

“大老板根据戏情戏理，说，陈大官是陈伯愚的儿子，陈伯愚要打，家院得护着，不让打。所以陈伯愚让取竹板，家院兀立那里，迟迟不动。经再三催逼，才取来板子，不主动递到陈伯愚手上，等陈伯愚来取，家院反而反向躲避。陈伯愚抢上前来，抢过竹板，并踢家院一脚，家院顺势做一个屁股坐子的身段，这才合情合理。”那个伶工从头述说一遍。

听了这些，谭鑫培才明白过来，不是人家不会演戏，是自己不会演戏，反倒误解了人家。他赶紧道歉，虚心向人家请教。打这件事上，他也醒悟到卢台子让自己好好“修炼”的用心。

有一天，他和李顺亭在府城茶园唱《战长沙》，谭鑫培饰演黄忠。黄忠与关羽交锋后，耍下场。谭鑫培的把子功底深厚，他耍大刀，任何时候都不是简单耍几下就下场。而是把把子功的功底抖落一番，直到叫好为止。而这次，台下不但没叫好，反而有人大呼倒彩，并嚷嚷道：“马头掉了！”

谭鑫培顺着声音看去，见此人似懂行之人。这出戏唱完之后，谭鑫培，亲自下到池座，将此人请到茶园外的小酒馆里，点上几个菜，要上一坛好酒，请这人指教。这个人看谭鑫培诚心诚意，说，“你那大刀，砍出的时候，是刀锋朝外的，收回来的时候不应翻转刀刃，更不能顺来势返回，若翻转了刀刃，顺来势收刀，岂不正好砍在马脖子上？您别忘了，您是骑在马上耍大刀的！”谭鑫培听后感到收获不小，好好地敬了人家几杯酒，并告诉他以后看戏不用买票，随时找老谭就行。

在台上学不到的，就去“捋叶子”。“捋叶子”是梨园的行话，就是“偷艺”。“宁给二亩地，不教一出戏。”人家不教，就得偷着学。这是梨园伶工学艺的一种特殊方式，算不得丢人。

春台班有一个文武老生，名姚起山。唱戏身架武功都很好。姚起山已年过六旬，但精神矍铄，上台很有人气。同行都称他“姚大爷”。他的靠把戏，堪称一绝。尤其《伐东吴》《镇潭州》，当时无与伦比。有他在，谭鑫培不敢贴演此类靠把戏。他几次请教姚起山《镇潭州》中岳飞的靠把架子路数。姚起山都支支吾吾，顾左右而言他，不告诉他。一次，他看姚起山贴演了《镇潭州》，就悄悄溜进茶园，躲在柱子后面，偷看姚起山的靠把路数。

姚起山虽然上了几岁年纪，但眼神极好，他在台上，一眼就看到了谭鑫培。心想，“好你个鳖羔子，来捋老子的叶子！我叫你捋！叫你捋一把刺！”姚起山当下把戏路子翻了个过。动作，左的变为右的。右的变为左的。

谭鑫培知道姚起山耍了“花腔”，但他毕竟是梨园老手，从姚起山变了的路数中，看出了门道。破解出姚起山的真实路数，将艺偷到手。但他不露声色，几年之后，姚起山驾鹤西去之后，他搬出了姚起山的动作路数，令人惊叹不已。

谭鑫培在实际“修炼”中，更体会到“人怕出名猪怕壮”的道理。越是出名越引人注目，越不能妄自尊大，忘乎所以。越想越觉得卢台子说得对，“修炼”不是一时的功夫，得“修炼”一生。这时，他明白了为什么梅巧玲专去拜文人为师。他想，我也欠缺文化，不妨也学学胖巧玲，请一个文人为师呀。可是这个文人到哪里去找呢？

这一天，他在同乐园唱《击鼓骂曹》，他饰祢衡，有一句唱词是“昔日太公曾垂钓，张良进履在圯桥。”谭鑫培唱到此时，忽然台下有人叫倒彩。进到后台之后，谭鑫培命人告诉喝倒彩之人，散戏不要走。他要请教此人。

传话之人误解了谭鑫培的意思，传话对那人说：“是你喝倒彩了吧？”

“是我，怎的啦？”那人也不含糊。

“谭老板叫你散戏不要走，他要和你理论理论！”

“他和我理论理论？——让我不要走？他别给我拿老板的架子，我不吃那一套！散戏了我不走，他请客呀？”那人听了气愤不已。

“嘿，别敬酒不吃，吃罚酒！——谭老板是什么人？给你理论理论是抬举你呢！”

那人听了正要发火，此时，谭鑫培已唱完戏卸了装，来到台下，忙赔罪说：“老先生，请别误会，鑫培是留下老先生请教。刚才他传话误解了我的意思，我这里赔不是了。”说着鞠躬作揖，谦恭有加。

那老先生一时火气未消，说，“我现在没工夫陪你理论！——”

“那就请先生定个时间，鑫培登门求教。”

那位老先生，看谭鑫培一副恭敬诚恳的样子，也缓和了态度，说，“改日，我到你家里谈吧。”

“不敢，不敢。”谭鑫培说，“不敢劳驾老先生，还是鑫培登门求教吧！”

老先生看谭鑫培一片真诚，就将住处门牌告诉了谭鑫培。

第二天，谭鑫培带了礼品，造访老先生家。老先生把谭鑫培引到书房里，从书架上取出《康熙字典》《说文解字》《声韵》等书。然后翻开这些工具书，引经据典地对谭鑫培说，“那天，你把‘圯桥’的‘圯’字，唱作了‘吉’，应该发‘仪’音，你发错了音。若是别人，我就任他错下去，不喝倒彩了。因为圯桥是个有典故的名桥，人们很注意。你又是名人，名人影响极大，大家都跟着你学，你那么唱，就会以错传错，以致传给后人，贻害后代子孙，贻笑大方。岂不毁了你的名声！”

谭鑫培听了，感慨万千。说，“多亏了老先生指点，不然真是贻笑大方，贻害子弟后人！光听人家说‘一字师’，您真是名副其实的‘一字师’。先生，如不嫌弃鑫培驽钝，请允许我拜先生为师！”说着，谭鑫培就要跪下磕头。

那位老先生，赶紧将谭鑫培搀扶架住，嘴里连说：“不敢当，不敢当！你是可京城的名人，拜老朽为师，折煞老朽了。如不嫌弃，我们还是以兄弟相待，更为亲热。”

“如此，您就是大哥了！”谭鑫培高兴地说。

谭鑫培，年届不惑之年，结识了这位大哥，时常请到英秀堂，求教音韵、讲解戏文或读诵古典传奇故事。自此，谭鑫培开始修读书文，通晓文墨。

有诗曰：

英秀堂内英秀人，
菊坛俊杰菊坛魂。

外帘野台根基稳，
四箴堂内点成金。
广取博收为我用，
一字为师成趣闻。
内功垂成尚修炼，
伶界大王要成神。

第五十五回

菊坛诸葛传遗稿
月楼托孤为嘉训

卢台子终于将戏文整理完了。老两口将整理好的戏文，满满装了一箱，这才松了一口气。夫人高兴地说:“老头子，为这一箱宝贝，整折腾了你两三年。这下你该放松放松喘口气了吧!”

“多亏夫人相助，你的蝇头小楷，写得越来越清秀了。你的功劳非小哇!”卢台子满意的赞叹夫人，又爱抚的说，“闲暇无事了，我陪着夫人满京城走走，把那好玩的地方，让你逛逛;把那京城的什么‘驴打滚’呀，‘炒肝’呀，‘爆肚’呀，等等小吃、名吃，让你吃个够!”

“死老头子，光嘴上甜哄我!你先松口气，好好歇歇吧!”夫人嗔笑说，“只要你没病没灾的，我就念阿弥陀佛啦!”

卢台子，忽然像想起什么，说:“先等等，咱这事还没办完呢!取笔墨纸砚——”

“还折腾啊?”夫人不解的取来文房四宝。

“咱这一箱宝贝，怎么打发，还没标明呢。”卢台子回答着，琢磨着词。

“这交给谁呢?”夫人问道。

“我已胸有成竹。”卢台子提笔写下三个大字:开箱偈。然后挥笔写下四句偈语:

长封存此若干春，
华夏皮黄有传人。
开班必得师先会，
箱内宝物须更新。

写毕，命夫人封贴于箱盖之上。又让夫人找来一把大锁把箱子锁好，然后把钥匙交与夫人。这才放心地说道，“好了，好了。好即了了!”

卢台子说着话，坐在椅子上，头一歪，不吭声了。夫人以为他睡着了，说:“你个老东西，真的不中用了，怎么说着话就睡着了!”她嘴里说着，顺手扯过一件衣服，给他盖在身上。可是定睛一看，卢台子已经咽了气，与世长辞了!

夫人一屁股坐在卢台子旁边的椅子上，看着卢台子安然离去的样子，半天愣在那里。

她愣了半天之后，方醒过神来。他把老头子轻轻地抱到写字的书案上，然后，给老头子洗脸，梳头，找来存好的衣服，一件件给他换上。泪珠一串一串地往下掉，一边打理老头子，嘴里还一边叨念：

“你个老东西，说话不算话，刚才还说带我逛京城的好玩处，还说吃什么好吃的。你怎么说话不算话，这是你卢台子的脾气秉性吗？你卢台子，一辈子说话算数。诗书礼仪你什么都懂，你心里什么都明白，你把世道上的事看得真真的，什么事也瞒不了你卢台子，你什么事心里都明镜似的。你这一生，跟了大老板，算是弃暗投明，英雄得了用武之地。打戏文，打了整整一箱子。光‘三国’戏就三十六出，还有什么薛仁贵征东的《龙门阵》，什么郿坞县的《法门寺》，你一辈子打了那么多戏文，怪不得落了个诨名‘卢台子’。可怜你个卢台子，好好的文人，投笔下海，连个媳妇都找不上！要不是礼部延老爷把我送到四箴堂，让大老板乱点了鸳鸯，你能娶得了我？说不定，一辈子落一个老光棍！你娶了我，也算咱三生有缘。恩恩爱爱地过了一辈子。我嫁给你，也算我的福分。你是我的老爷，是我当家的，也是我的先生。我从你身上也学了不少玩意儿。你的为人，你的品行，你的处事，我都学会了。我还学了你的文化，读书、画画、写字，你手把手教我，我也快成书香佳人了。可是你的本事，我学不完。我不会唱戏，我成不了台上的活诸葛，我也成不了台下能掐会算的活诸葛，我不会打戏文，我不能辅佐大老板给祖师爷创业，我更不能看人入木三分，帮人排忧解难。…… 可是卢台子，卢胜奎，我的老头子，我的顶梁柱，你怎么就好好地撇下我悄悄地走了呢？你说你叫我后半生怎么过！哦，你说你早安排好了，儿子有了功名，走仕途之路。我由儿子养老送终，可我不能没有你呀！人家说，少年夫妻老来伴。老了老了，该有个做伴说话的啦，你倒走了。你走了，谁陪着我说话呢？还有，你费劲巴拉地折腾了一箱子戏文，箱也封了，封条也写了，也贴上了，你这是留给谁呀？这叫我怎么办呐？”

卢夫人流着泪，叨叨咕咕，给老头子穿好了装裹衣裳，从头到脚又打量一遍卢胜奎。这才安下些心，撩起衣襟擦了擦泪眼，回过头看箱子上的偈文。从头至尾反复读了几遍，也没看出什么名堂。她纳着闷站起身，又从侧面用眼一扫，突然眼前一亮。心里佩服地嗔说道，“好你个卢台子，你个活诸葛，死了都得教人佩服！”

原来，她把偈语纵过来一看，竟是一个藏头偈语。字头连起来，明明白白，清清楚楚地写着“长华开箱”。卢夫人，看了这几个字，心里踏实了。赶紧移动书箱，把它悄悄地藏了起来。

卢夫人按着卢胜奎生前的嘱咐，对丧事不大操大办。只把知己的朋友和三庆班的弟兄们请来，大家祭奠了一番，共同动手，把丧事了了。

办卢胜奎的丧事，干儿子萧长华当然得来守灵。办完丧事，卢夫人，并没有把装戏文的箱子交给萧长华。她只字未提箱子的事，对任何人都没露出一个字。

卢夫人，毕竟是卢夫人。她确实从卢胜奎身上学了不少见识，她知道，虽然是个书箱，但对伶人来说，却是个万宝箱，价值连城。万一露出去，就可能是个祸害，招来是非灾祸。

萧长华年龄还小，还没有出科，尚撑不起大事。因此不能让他知道，免得给他招灾惹事。书箱之事，只她一个人知道，深深地藏在心里。

这两年，京城伶人被灾星笼罩。头一年王九龄、时小福相继去世。卢胜奎丧事办完不久，杨月楼又病倒了。急得沈月春心火上扬，满嘴燎泡。赶紧请医熬药，为杨月楼调理将养。

杨月楼身染重病的消息，传到宫内，慈禧也很关心。他知道杨月楼是个难得的文武老生，相貌端正，扮相清秀，一看就招人喜欢。更何况杨月楼是奎派声腔，清越高亢，另有一种风味。杨月楼的猴戏，慈禧更是格外爱看，每提起“杨猴子”，她就笑逐颜开。听说杨月楼病了，她大发恻隐之心，命人给杨月楼送去二十两银子，药四匣，以示体恤。

杨月楼自掌管三庆以来，深念师傅程长庚的信任与重托，夙夜操劳，生怕有负师傅和三庆班的希望。加之又担任精忠庙庙首，整个京城的梨园大事他都要操心。由于操劳过度，还不到五十岁，头发就白了，牙齿也脱落了好几颗，背也有些驼了，显得衰老多了。尽管有沈月春好好照顾服侍，终究是不胜整日耗费精力，耗费心血，到底病倒了。

由于沈月春照顾调理得及时，杨月楼的病情好一阵，犯一阵，好好，犯犯，苟延残喘，坚持了一年。到第二年六月，天气酷热难熬。杨月楼再也顶不住了，这次倒在床上，奄奄一息，再也爬不起来了。

沈月春赶紧请来郎中诊治。郎中进到内室，摸着杨月楼的脉搏，直皱眉，凝眉半晌，离开内室，对沈月春说：“以往杨老板的脉搏，虽滑细无力，但尚有生息。此次杨老板的脉象不佳，几乎细若游丝，时断时续，恐怕熬不了多少时日了。”说完摇摇头，叹口气，走了。

沈月春也知道，杨月楼已病入膏肓，心理上也有所准备，只不过没想到大限竟来得如此之快。她抹去眼泪，定定神，来到杨月楼的床前。温柔地把手搭在杨月楼的额上，又抚摸他的脸颊，欲言又止。杨月楼看出了沈月春的意思，他把手轻轻地搭在沈月春的手上，脉脉含情地凝视妻子半会儿。嘴唇嚅动着说，“这个家靠你了……儿子也要靠你了……”

喘息了一会儿又说：“把金福找来，我有话对他说……”

杨月楼的父亲大刀杨二喜和谭鑫培的父亲谭志道，是前后脚来到京城的。一个投奔了张二奎，一个投奔了程长庚。开始都住在韩家潭的大杂院内，两家走动得很勤，关系很好。杨月楼被张二奎收为弟子，谭鑫培在遵化科班，回来之后，两个半大小子时常一起去茶园靠大墙，对练把子，交流唱腔。从小就很投缘分，杨月楼比谭鑫培大三岁，谭鑫培称杨月楼为久昌哥，俩人像亲哥儿俩一样。杨月楼当了三庆班的班主，经常邀谭鑫培来搭班助威。杨月楼也非常看重谭鑫培的本事，对程长庚预言的必撑皮黄大树的说法，深信不疑。

谭鑫培接到月春嫂子的传话，赶紧赶到百顺胡同的杨家。

谭鑫培来到杨月楼的床前，轻声说：“久昌哥，我看你来了。”

杨月楼听到谭鑫培的声音，慢慢睁开眼睛，颔首示意坐下，断断续续地说，“金福兄弟……，我快顶不住了……”

“久昌哥，快别这样说，你时好时犯的，都一年多了，不会有事的。等闯过这一关，就好了。”谭鑫培安慰地说。

“我的病我清楚，这次……恐怕是顶不住了。金福兄弟，我死后，……你一定要把三庆班扶起来，……那是咱师傅的心肝宝贝，……是师傅用心血带到现在的……”

“这个……”谭鑫培迟疑片刻，点点头，“久昌哥，尽管放心，三庆班，耗尽师傅的心血，也耗尽了你的心血，我怎么能眼瞅着不管呢！”

“你真是我的好兄弟……师傅没看错你，……你是咱皮黄的大树……”杨月楼看着谭鑫培答应了下来，满意地眨眨眼，然后又喘息说，“还有一事，……哥拜托你了——就是我的儿子……让他拜你为义父，你替我收养，……管教……管教他……成人……”

“久昌哥，这个你放心，我收这个干儿子！这小子聪明，将来肯定有出息。久昌哥的儿子，就是我谭金福的儿子。我一定把他抚养成人！”

杨月楼让沈月春把儿子三元叫到床前，杨小楼当时刚刚十一岁，还在科班坐科。人长得细细的，高高的，跟豆芽菜似的，水灵可爱。杨月楼看见儿子，眼里滚出泪花。转过脸来，冲谭鑫培点点头。他眼瞅着儿子给谭鑫培磕头，叫了干爹。这才放心地喘了一口气，慢慢地合上了眼。

谭鑫培帮助沈月春料理完杨月楼的丧事之后，对沈月春和杨小楼说：“嫂子，我对久昌哥说啦，他的儿子就是我的儿子。我有八个儿子，加上三元就是九个。他们哥儿们都排‘嘉’字。依次是善、瑞、祥、荣、宾、乐、祜、禄。三元也顺着‘嘉’字排，就叫‘嘉训’吧。”

“谢谢干爹赐名。”小楼这小子机灵，赶紧给谭鑫培磕头。

“以后不要如此见外。”谭鑫培说，“以后有谭家吃的，就有你娘儿俩吃的！”

沈月春听了十分感动：“谢谢兄弟的真诚。大恩，等三元，——啊，等嘉训长大了报吧！”

“如此，嘉训先继续在科班学艺，等出科之后，就跟着我唱戏！”

沈月春母子俩，对谭鑫培的安排，千恩万谢。沈月春为儿子有了着落，心里踏实了许多。自此，她一心用在儿子身上，为儿子早日成才而操劳。

有散曲【中吕·醉高歌】写道：

文人伶人传人，都为皮黄丧魂。不是唱戏有瘾，那得戏带入坟。

戏文封箱保存，只为传给后人。不为那位成角，只为京戏有魂

唱戏受尽煎熬，沪上蒙怨未消。技艺要传后世，临终托孤泪抛。

不言唱戏身贱，一曲足满心愿。 何论花部雅部，传我祖业心甘。

第五十六回

新三杰当面挑刺
余紫云望子成龙

杨月楼逝世之后，三庆班失去了掌班。班内又没有能压住阵脚的名人，一时似断了线的风筝，飘飘摇摇，无根无主，濒临报散。

谭鑫培虽然答应了杨月楼，来掌管三庆。但他明白，当初大老板不让他来接班，就是因为自己修炼不够。生性好动，只适合于唱戏，不适合坐镇。

眼下虽然杨月楼走了，但三庆班已经适应了杨月楼的管理方式，自己仓促接手，恐怕一时难以稳住阵脚。再有，汪桂芬就在三庆班，他的脾气虽不适合掌班，但他是压阵的名角。他以“程长庚再世”为号召，市面上很买他的账。我去掌管三庆，同为师兄弟，汪桂芬作何感想？

四喜班还有一个孙菊仙，他与汪桂芬都是袭大老板唱功的衣钵。他们二位确实在唱上高我一筹，他们两个若联起手来，我在三庆班岂能站得住脚？

谭鑫培左思右想，还是不急于接手三庆班。唱戏，以技艺为第一重要。我谭鑫培的脾气，向以不服人为执拗，这怎么能成为大器？还是虚下心来，听听别人的看法，也好改进自己。

要听，得先听听我这两个师弟的意见，让他们当面指摘。一是示我谦恭；二是学真本事；三是哥儿仨好好交流交流，拧成一股绳，为祖师爷的事业，好好卖一膀子力气。那时再说接手三庆班，岂不水到渠成？

他想好之后，就来找孙菊仙商量此事。孙菊仙虽然个子大，但为人实诚。平时，他只知道，谭鑫培不服任何人，有股子执拗之气，这是人家艺高人胆大的霸气。不服别人，自有不服别人的高超之处。人家高傲，各走各的路也就罢了。今天，听谭鑫培如此说，觉得这位师哥，挺谦虚的，主动来找师兄弟挑刺儿找毛病，还真有大家风范。他说得有道理，师兄弟之间先把毛病去了，岂不更是完美，更能服众？

“哎呀，师哥，你这个主意好哇！”孙菊仙佩服地说，“咱兄弟之间先把毛病去喽，就更叫外人无话说了！你真是高人有高招儿”

“要挑刺儿，你说怎么个挑法呢？”谭鑫培，请孙菊仙拿个主意。

“师哥，我看这么办——”大个子出主意说，“咱仨，像平常一样在茶园贴演，每人各贴一出戏，台上一个兄弟唱，台下两个兄弟混在人群中看，等一圈轮完了，咱再坐到一块儿，互相挑毛病。你看这样行吗？”

“这主意好！”谭鑫培赞成的说。但他担心汪桂芬脾气古怪，不理这茬儿，“美仙那里——？”汪桂芬字艳秋，号美仙。这里谭鑫培特意以尊称称他的号。

“他那里我去说！”大个子一口应承。因为他知道，汪桂芬平时不赞成谭鑫培改变师傅的亲传戏曲，对谭鑫培有看法。若谭鑫培去说，汪桂芬未必给面子买账。

汪桂芬听了孙菊仙的一番话，倒真的认为，他们哥儿仨，确实应该好好互相挑挑毛病。他同意了孙菊仙的主意，由他先贴演《洪羊洞》。

汪桂芬扮演杨六郎，因为有谭鑫培和孙大头在台下，汪桂芬唱得格外投入。他本来就有比程长庚还嘹亮的嗓子，加之他唱的卖力，那声音就更加响亮有力。如果他这股劲用在《文昭关》里，表现伍子胥的悲愤和报仇的勇气，还正恰如其分。可是《洪羊洞》，正是杨六郎病入膏肓，奄奄一息的时候，又听到焦孟二将遇难身亡的消息，病就更加沉重，濒临断气。听了汪桂芬的唱，谭鑫培对孙菊仙说：“看他一会儿怎么‘死’！”

看罢汪桂芬的戏，看孙菊仙贴演的《逍遥津》，孙菊仙扮演汉献帝，唱二黄回龙“叫孤王回想起好不悲伤”一句时，唱到“叫孤王”三个字时，翻高八度，凄中带惨，声虽高，韵味还非常充足，听来教人撕心裂肺。谭鑫培和汪桂芬不禁叫好不迭，谭鑫培打心眼儿里佩服孙菊仙的唱功，深感自愧不如。但从孙菊仙的唱中，谭鑫培也听出了孙菊仙的不足。孙的唱，尽管声调高亢，韵味十足，但精雕细刻不够。声腔中有“浊”和“糙”的地方，汪桂芬对谭鑫培说，“怪不得人家给他叫‘孙一捋’，托腔该唱清楚的地方，被他一捋给捋过去了”。孙菊仙念白有时还夹杂天津话的土话，因为他是半路下海，身上功底欠缺，有时走台步也不讲究，一放松就大步蹽。

该谭鑫培唱了，他贴唱的是《空城计》。他把卢台子扮演诸葛孔明的身架、精气神都搬了出来，加上他自己对诸葛孔明身世人物的把握，和他自身身材精瘦，精神矍铄的特点，确实演出了诸葛亮足智多谋，鞠躬尽瘁的神气。他在唱腔上，根据自己的特点，加以改造，使唱腔更加圆润甜美。汪桂芬听了则感到柔媚多于力道，对身边的孙菊仙说：“叫天真巧！”褒中带贬，直率地说出了自己的看法。不过看了谭鑫培的《卖马》，看谭鑫培唱念做打，的确身手不凡。汪桂芬又服气地说，“叫天真不愧叫天，确实有真玩意儿！”

互相看过戏之后，哥儿仨又聚拢到一起，由谭鑫培做东，在全聚德开了一个雅间。三人边吃边喝，把自己的看法，直抒己见，竹筒倒豆子一般都倒了出来。哥儿仨，越说越互相服气。连吃带比画，连比画带唱，交流得透彻痛快。孙大个高兴地说，“就是师傅在四（世），也没有机会介（这）么，有怎（针）对性的点拨咱们！”

汪桂芬本来就放浪不羁，这下多喝了几杯酒，靠在谭鑫培身上，指着孙菊仙说：“师哥，咱不给他说了，说着说着，他又冒出天津味来了！”

孙菊仙也反唇相讥：“你那‘洪羊洞’多带点哭腔吧，不介，你没法死！”

哥儿仨通过这一番互相指摘，更加亲密了。戏也都唱得比以前严谨精进了。

梅巧玲去世之后，余紫云接了四喜班的掌班。

这一年，余紫云刚刚二十八岁，正是风华正茂的年华。也是他才艺发挥到极致的时候。在唱和身段上，他继承了梅巧玲的技法，又私淑胡喜禄的唱功。把青衣和花旦的身段、唱功糅为一体，既有青衣的沉稳，又有花旦的清纯。他擅于唱闺门旦的戏，在他身上，花衫行当的形成，露出了端倪。他是继梅巧玲、时小福之后，当红的著名青衣。他被选为宫廷供奉之后，很受慈禧青睐，由此名声更为显赫。他除了戏唱得好，在他师傅梅巧玲身上，他还格外学了一招儿，就是鉴定文物古玩。他鉴定古玩字画等文物的本事，就连琉璃厂古玩店的专家都很佩服。经他手鉴定过的古玩，百分之百的真品，从不走眼。

在朋友的撺掇之下，他也在琉璃厂开了一片古玩店，生意红火不亚于其他铺面。既有唱戏的收入，又有宫廷的俸禄，还有古玩店的进项。余紫云日子过得比别人宽绰得多。

他承袭了他父亲余三胜"胜春堂"的堂号，称为"胜春主人"。妻子沈氏，是京城著名昆曲艺人沈天喜之女。他们生了四个儿子一个女儿，儿子以"第"字排名，分别是第福、第禄、第祺、第祉。

老大第福，字伯清，继承父业从艺学戏。余紫云有钱，怕儿子受屈，不送科班，专门给他请了最好的教戏先生来家上课。

三子第祺，刚刚三岁，生的聪明伶俐，小脑瓜反应机敏，很讨人喜欢。余紫云夫妇对此子，格外喜欢。余紫云不打算让他再走伶人之路，打算让他读书，奔功名仕途。两口子谋划着，将来给他请最好的先生，说什么也要供出一个举人进士。谋一个封疆大吏的差事，也好改变一下余家的门风。

按照"伯仲叔季"的排列，余紫云给三子取字"叔严"。"严"字是余紫云费了许多心思才选中的。汉代羽林军的头领称为"羽林郎"，羽林郎又叫"严郎"。"严郎"就是"官"的借代名。将"严"作为第祺的字，很明显，"叔严"，就是"叔官"，隐喻必须做官。余紫云打小就经常给他说，取这个字的讲究，给他灌输长大当官的念头。

这一天，老大在前院由师傅教戏，教他练"起霸"，云手，拉山膀。教了半天，第福就是不得要领，怎么也做不好这些动作。第祺在旁边玩耍，边玩边看热闹，看着看着他倒先学会了。他在旁边云手，拉山膀，一招一式，蛮像那么回事。教戏的教习看了，大为惊叹。——要教的没学会，不要教的倒学会了！

他马上到后院，将这意外的发现，报告了余紫云夫妇。余紫云夫妇听后，也感到意外。忙来到前院观看，只见没有桌子高的小第祺，果然做得很像那么回事。教师又把前两天教唱的戏文让哥儿俩唱，结果，第祺比第福唱的还有韵味。这让余紫云夫妇更感到意外，——这老三小子不啻是个唱戏的小天才！

这下，动摇了余紫云让第祺走仕途之路的主意。他记得有一位王爷曾说过，"状元一年出一个，好戏子，几十年也出不了一个！”想想余家，从父亲余三胜到我余紫云，虽说也坎坎坷坷，比之走仕途之路，虽没有权势地位，但也算得上富贵了。积攒得家财万贯，竖着的房子躺着的地，子孙儿女不受饥馁之苦。自己还有一个古玩店，说不上日进斗金，银子也整日长流水般进账，比当官还超脱自在。

如果第祺真的能像他爷爷一样，唱响京城，余家再出一个“戏状元”，不更可以光宗耀祖，富贵齐家了吗！

有了这个想法，余紫云从此很少登台唱戏，整日在家亲自课子教戏。余紫云翻出父亲交给他的“余氏秘籍”，逐字逐句教小第祺，打下吐字发音的基础。

尽管余紫云动摇了让儿子奔仕途的想法，专心课子，将家传的秘籍搬出来教第祺。但走仕途之路的余念，怎么也从脑子里抹不掉。等第祺刚到五岁，他又花重金为第祺请来一位教书先生。他是为儿子做双重准备，书要念，戏也要学，将来走哪条道顺当就选哪条道。

余紫云为儿子请的这位教书先生，是位秀才，河北高阳人，姓蒋，名为之。教书先生二十多岁，为人很厚道，很谨慎。对第祺所学的功课非常认真，因孩子尚小，就先从《弟子规》教起。余紫云每日也到课堂旁听一两次，以监督先生的教学。

蒋为之，有个同乡，也是他的秀才同年。两个人从小一起长大，又一起念书，同在乡试中中秀才。此人姓齐，名如山，又名宗康。听说蒋为之当了私塾的教师，就前来拜访。

蒋为之怕在书馆会客，引起东家误会，齐如山到来，没说上几句话，就有端茶送客的意思。齐如山理解蒋为之的难处，起身刚要告辞，余紫云迎面走了进来。他一见是齐如山，非常恭敬客气地说：“哦，齐先生！贵客临门。难得，难得，难得的很呐！”

原来，齐如山是京城梨园界最为尊崇的文人。齐如山与余紫云早就很熟识，只是不知道，蒋为之教的学生，竟是余紫云的儿子。

余紫云哪里能放走如此的贵客，忙吩咐家人安排酒饭款待。并把小第祺拉到齐如山的跟前，嘱咐说，“要记住这位齐先生，他是学贯中西的大文人，又是懂戏的行家，将来长大了还要靠齐先生提携！”

当然有了这层关系，余紫云经常邀齐如山到家里做客。蒋为之也不用担心东家怪罪了，小第祺倒是记住了这位“齐先生”。他说只要齐先生一来，蒋先生就放了他的假，他倒多了一个玩儿的机会。他小小年纪，当然不明白他老子是在为他将来的发展，不露声色地垫底子。

有一首词，写谭鑫培和余子云的心计。牌子为【惜红衣】：

声闻京畿，名遍里闾。芳音响处。即知谭余，总有过人曲。老谋深算，为长远、非为城府。算术。年届不惑，志壮踌躇。

胸怀鸿鹄。为业齐家，该深思熟虑。不负万人仰慕。缘酬谬。千载伟业奠基，子孙万代有路。拼洒几身汗水，何辞千辛万苦。

第二卷

02

第五十七回

老佛爷胡编乱转
陈德霖巧妙安腔

看儿子慢慢长大，余紫云便不再登台唱戏，在家专心课子成才。

这一天，接到御史衙门的戏单，传他到御史衙门唱堂会。

这御史衙门，是京城的城防总管，是管京城社会治安的专门机构。茶园、戏楼、妓院、买卖门市等都属他管，弄不好说封就封。他们看戏，各茶园都有包厢专席，从来不买票，还得格外伺候。茶园老板不敢得罪他们，梨园弟子也不敢得罪他们，万一得罪了他们，轻者，等你贴演戏的时候，他们来封场捣乱，戏就唱不成。重者，随便给你个罪名，就叫你吃不了兜着走。以前治罪程长庚、张二奎就是先例。

余紫云接到戏单，对派单的人说："我已封箱谢绝舞台，不唱戏了。对不起，恕不能奉传临堂。"

派单之人回禀御史大人之后，御史大人恼怒万分，传下话来，"他不接单唱戏，以后就休想再唱！"

话传到余紫云耳朵里，余紫云嗤之以鼻，"哼，不唱就不唱！——我本来就不想唱了！"从此，就彻底告别了戏台。

余紫云告别了氍毹，京城菊坛，旦角之中，年富力强且最具号召力的，就是陈德霖了。

在年轻的旦角里，昆曲底子最扎实的就数陈德霖。因为他赶上了在三庆科班，由程长庚当教习的末班车。其后的京戏科班，就不再打昆曲的底子，只是一般的走走路子而已。仅此，陈德霖受益匪浅，他从昆曲中学来许多念白、唱腔和身段技巧，用到京戏中，使自己的技艺变得更加雅化。

他被选为"内廷供奉"之后，很被慈禧看重。

以前唱《雁门关》和《四郎探母》，萧太后都是花旦应工。自陈德霖之后，改为青衣应工。以往，演萧太后最出名的就是梅巧玲，继之是杨朵仙和李宝琴。被称为是"二胖一瘦"。梅巧玲、李宝琴都是胖子，宫廷里称"胖巧玲"和"胖宝琴"。杨朵仙是瘦子，所以称"二胖一瘦"。当时，"二胖一瘦"都很有名气。大诗人樊樊山，有一句诗赞扬梅巧玲就提道："天子亲呼胖巧玲。"可见他的影响之大。

陈德霖进宫唱戏之后，仔细观察慈禧太后走路的步法、行动的姿态和身段，私下模仿。当他扮演萧太后之后，台步则模仿慈禧太后走路的样子和行动姿态，模仿得惟妙惟肖。

一次在宫中唱《四郎探母》的“回令”一场戏，萧太后下场，从御案后出来，饶过御案，再到台前，然后回身转向入相口，随着武场的家伙点儿，走一截儿台步。他这一走，完全是慈禧的姿势，大家看得清清楚楚。引起台下王爷、妃嫔、大小官员及侍女、太监人等的窃笑。

连台下看戏的慈禧也掩口暗笑。她不好意思当面直接夸奖陈德霖，而是悄悄地说：“他真聪明。”

从此，萧太后的台步、姿态、身段等，都学陈德霖。成了台上的“慈禧步”，流传至今。

伴君如伴虎，陈德霖却从来不敢公开承认萧太后的身段是模仿慈禧。一个伶人胆敢模仿老佛爷，岂不惹来杀身之祸？

慈禧太后心里高兴，也不好意思挑明。从此，她更加喜欢陈德霖。闲暇的时候，经常传陈德霖陪她唠嗑，说闲话。

有一次，当说到唱戏自小坐科，受苦受罪的时候，慈禧对他很是怜悯。

陈德霖接着说自己“倒仓”，七八年嗓子变不过来。每天，一大早儿就到天坛根儿喊嗓练功。有一天就碰上了谭鑫培，他是来坛根儿散步的。

慈禧问：“小叫天怎么说？”

“当时谭老板摇摇头说，‘你见过哪个好角是由坛根儿出身？只要祖师爷赏饭吃，总不会饿着！’”

陈德霖说，“当时我听了谭老板的话，伤心透了。谭老板言外之意就是别再受苦了，另谋出路吧！”

“小叫天这也是心疼你！”慈禧说。

“谭老板的话也刺激了我，我想，我非在坛根儿把嗓子找回来不可！祖师爷不给我嗓子，我拼命地练，祖师爷也拿我没法子，闹得他不好意思了，兴许给我条好嗓子！”陈德霖庆幸地说，“就这样，我在坛根儿喊了八年嗓子，终于把嗓子找回来了。”

他的话，逗得慈禧咯儿咯儿的直笑，“行，有志者事竟成！终于把祖师爷给喊动了！”慈禧也赞叹说“你这股子犟劲，也合了古人的做法。从前有一个秀才，总是考不中，说‘越读越不中，我岂奈命何？越不中越读，命其奈我何？’你嗓子找回来了，小叫天怎么说？”

陈德霖说，“嗓子回来之前，我没下园子唱过戏。嗓子回来之后，一次有一个堂会，我暗里求戏提调，给我安排个角色。戏提调安排了《二进宫》，我演李艳妃，谭老板演杨波，刘永春演徐彦昭。谭老板起初怕我唱不了，还担心砸场。等唱完之后，他高兴了。说，‘你用私功了吧？’我说，‘坛根儿的功夫。’他笑笑说：‘你还记得那茬口儿？’以后我还是天天去坛根儿练嗓。后来又一次碰上了谭老板，他说：‘你在坛根儿，已经遛出了一个陈德霖，干吗还遛？还想遛出个双料的陈德霖！’”

说到此，陈德霖得意地说道：“——我总算争出了那口气！”

慈禧听了，也笑着说，“总算让叫天也服气了！”

慈禧说着说着，转了话题，“你昆曲底子打得不错，像你这个年岁的，昆曲底子打这么瓷实的不多啦！”

“都是大老板教导我打下的。”陈德霖回忆说，“当年大老板教我们唱戏，必须先打昆曲的底子，然后再学皮黄。”

“程长庚是过来人，他知道学什么有用，就怎么教你们。”慈禧说，“昆曲是南方戏，我不大爱看。宫里留下的那些个老戏，像《五福五代》《万年甲子》《劝善金科》《阐道除邪》《升平宝筏》《昭代萧韶》《鼎峙春秋》《铁旗阵》可多啦，光戏文就存了两屋子，有几千出戏。那都是乾隆爷朝留下来的。听说那时候，宫里编戏，有乐部和和声署，专门的编排部门，还有专门的编戏大臣。每排一种戏，就得几个月。那些个行头，都得提前置办。听说为排《昭代萧韶》的二百四十出戏，光蟒袍就做了二百多套。戏一编出来，就先开单子，由江南的三个织造官，提前分头打造行头。然后再定制戏箱，专船漕运到京。可惜，现今不行了，时运不济，这些戏都压箱底了！”

慈禧不无惋惜的倒腾出这些陈年往事。忽然她眼睛一亮，“这些老戏，压箱底儿也怪可惜的，要不咱们捡喜欢的，把它翻改成皮黄戏，唱唱怎么样！”

“咱们？”陈德霖吃惊地问，“还有我的事？”

“嗯。”慈禧说，“现今，宫里没有写本子的大臣了，宫里只有太医院和如意馆有有学问的人。他们对戏都是外行，只能翻翻稿子，抄抄写写，鼓捣个文字什么的。要改戏，就得你这样的行内之人！”

听了这话，陈德霖吓得脸都变了。“扑腾”给慈禧跪下，“老佛爷，您真是抬举我了，我一个唱戏的伶人，怎敢给您翻改戏文呐？——翰林院还有各部院大臣，不是现摆着那么多大文人呢嘛！”

“石头，起来，不用胆小，我说你行你就行。”慈禧鼓励似的解释说，“那里的文人是不少，可我不想用。——他们都在宫外，用他们，进进出出的动静太大。传嚷出去，闲话太多。从太医院和如意馆，找几个通文墨的，翻改本子，有原来现成戏文的架子，不用大动筋骨。你懂昆曲，又会皮黄，由你安腔儿，让小叫天排戏！准行！”

陈德霖现在才体会到伴君如伴虎的感受，老佛爷发下话了，如若不从，那是违抗圣意，要掉脑袋；如若答应，翻不成戏文，或安不好腔儿，怪罪下来，也承受不起。他略一思索，赶紧跪恩道：“承蒙老佛爷看重，不妨先翻改两出试试，边翻边排，翻一出，排一出，试着来……”

“好！——我说你行嘛！这主意好，翻一出，排一出。我就不信咱翻不成！”

慈禧一口一个“咱”，实际上是她有想法，她兴头上来了，跃跃欲试的要亲自动手。

“那先翻哪个戏呢？”陈德霖试探地问。

“我最爱看的就是杨家的戏。”慈禧不假思索说，“就先翻《昭代萧韶》！”

“那里含二百四十多出呐！”陈德霖提醒说。

“怕什么？咱有的是功夫，一出一出来，还怕它长？”慈禧太后一锤定音。

就这样，宫里悄悄地开始了昆曲戏翻皮黄戏的工程。

翻改的第一稿，由太医院和如意馆抽的两个文人进行，然后交慈禧审阅，修改。什么修改？实际就是审定。一经慈禧的手修改，就是圣本，谁还敢动一个字？

慈禧虽多才多艺，但毕竟没写过戏文，尤其是唱词，什么尖团、辙韵、平仄，她一律不管，只管任性而改。只要她看着顺当了，就算好了。等交到陈德霖的手上，可就犯了难了。

皮黄的安腔，要根据上下句尾字的平仄、辙韵及句式的字数等，来适当配腔。慈禧写的唱词，什么都不讲，还不能改动一个字，要安起腔来就非常费劲。有一次，急得陈德霖在屋子里转磨磨，就是安不上一句腔。正好谭鑫培走了进来，陈德霖赶紧求助谭鑫培说：“谭老板，赶紧帮帮忙吧。您看老佛爷写的这唱词，怎么也不好对付上腔儿！”

谭鑫培笑笑说，“兄弟，你不是拿我开涮吧？字认得我，可我不认得它呀！就我认得的这几个字还是刚学的，我能安腔儿？”

“可你们都是内廷供奉，被请到宫里来的呀！”陈德霖着急地说。

“内廷供奉和内廷供奉也不一样，有的是来教戏的，有的是应着名来唱戏的。我是来唱戏的！”谭鑫培说。

“我也是来唱戏的！”陈德霖说。

“谁让你叫老佛爷看上了呢！”谭鑫培幸灾乐祸地说，“你那是钦点的！当闹着玩呢？”

“得了，谭老板，”陈德霖着急地说，“人家都急成什么样子了，你还闹呢！——哎，你别闹，老佛爷也钦点了你了，——让你排戏！”

谭鑫培根本不把排戏当回事，但他看陈德霖着急上火的样子，也着实有点儿可怜，便放低声音，弄着坏眼儿说：“老佛爷写的唱词不规矩，说明她不懂规矩。她不懂，就好办啦！你就只管按你的想法去安腔。她不懂，就挑不出毛病来。只要她不说什么，就算安好了。她要是提出来哪儿不行，你再顺着她的意思重新安呐。这就叫作摸着石头过河，摸一步，走一步，走一步，看一步，岂不就稳妥了！”

听了谭鑫培这一席话，可把陈德霖高兴坏了，佩服地说：“人家都说你从小就是个嘎小子，果然不假！”

“说什么呢！”谭鑫培装出一脸的正经说，“这不为了你好嘛！要让老佛爷知道这主意是我出的，还不要我脑袋？——俺们可不敢跟你开玩笑啊！”

陈德霖也挤挤坏眼说：“安腔儿是我，排戏就是你的事了。好唱不好唱，好听不好听，就看你了！”

谭鑫培毫不在乎，“有什么了不起，俗话说的‘兵来将挡，水来土屯’，‘车到山前必有路’。排戏，有现成的程式，到时候按程式套套再说！”

陈德霖看谭鑫培无所谓的样子，也放松了许多，大着胆子，去安腔。就这样，《昭代萧韶》改一出，排一出，唱一出。历时两年，直翻到四十出的时候，八国联军打进了京城，再也翻不成了，只好不了了之。

现在流传下来的京戏，和其他地方戏中，关于杨家将的戏，大部分都有这四十出戏的影子。说起来，也算是慈禧宫廷翻改京戏的作为吧。

有词【梦江南】写道：

兰儿乐，宫内任使娇。借兴动笔改戏，供奉奉旨心焦，对付熬一熬。

第五十八回

余菊笙解难传艺
谭鑫培点铁成金

自从杨月楼去世之后，沈月春与杨小楼母子相依为命，日子过得很是清苦。沈月春，把全部的希望都寄托在儿子身上。杨小楼一天天长大，他在小荣椿科班跟着杨隆寿、范福泰等诸教习习武生，已经满八年，已是十七岁，到了出科的时候。但嗓子“倒仓”还没有倒过来，总是唱不出声。

科班给杨小楼排的名字叫春甫。他长得酷像他的父亲杨月楼，身材魁伟，四肢颀长，扮出戏来，威武雄峻。但他嗓音跟不上去，再加上科班学的武功还没有“实受”到戏中去，台上动作有些笨拙，同行都暗暗的讥笑他为“象牙饭桶”。

杨小楼对自己的嗓子，也暗暗着急叫苦。面对讥讽，他更受刺激。但他并不灰心丧气，他知道，哪个伶人都要过这一关。只要坚持练功，方法得当，总会闯过去的。

因为嗓音倒不过来，出科之后，很难找到搭班的戏班，沈月春也很为儿子搭不上戏班着急上火。正当母子俩犯难的时候，春台班的班主俞菊笙找上门来。

沈月春一见，忙上前见礼，让进堂内，端茶倒水。俞菊笙用眼扫视一遍杨家的住处，看出日子清苦的样子，很是心酸。从腰中掏出一包银子，放到桌上，说“弟妹，自从久昌兄弟走了之后，很少来看你们。我知道你们孤儿寡母日子艰难，这点银子，先解解饥荒吧。”

“俞老板，这怎么使得？”沈月春急急地推让。

“怎么使不得！”俞菊笙是个直性子，平时急公好义，爱管闲事，爱打个抱不平什么的。因他急脾气，人送外号“俞毛包”。他一看沈月春推让，就有点起急，说道，“杨月楼是我的师弟，你家老爷子，大刀杨二喜大爷，算得我的师傅。就凭这，我早就应该来看望你们。弟妹，这就算我的一点心意吧！”

沈月春一看推辞不过，忙说：“自从月楼走了之后，他的师兄弟们没少接济我们。大哥，您的心意我就收下了。等三元搭了班，有了出息，再报答您们！”

“兄弟之间，讲什么报答！”俞菊笙直截了当地说，“我今天就是为三元的事来的，让他先跟着我打打把子，实受实受，把科班的功底在台上再瓷实瓷实。”

“那敢情好！”沈月春听了这话，比受了俞菊笙的银子还高兴，赶紧去后院唤出儿子。

杨小楼见了俞菊笙，忙行礼叫了声：“俞大爷。”

俞菊笙一见杨小楼相貌堂堂的样子，打心眼里喜欢，干脆直接说：“谭金福收你个干儿子，我就收你个徒弟吧！”

“儿子还不磕头！”沈月春赶紧拉儿子叩头，“只可惜，我们拿不出拜师的供项来！”

“弟妹，你又来了！”俞菊笙说，“我带他学艺，就是对久昌师弟和杨大爷的回报，还讲什么供项！”

俞菊笙说罢，对着杨小楼说：“走吧，跟着大爷上台去！”

俞菊笙当年和杨月楼同拜张二奎为师，杨月楼因为嗓音较好，就走了文武老生的路子；余菊笙因为嗓音稍差，就偏重武生，走了武生的路子。余菊笙身材魁梧，长靠戏、花脸戏兼长。在场上开打，有稳、准、狠，剽悍勇猛的特点；开唱有张二奎实大声宏的腔调；表演人物讲究“派头”，能演出人物性格，勇猛之神，溢于眉宇。他还创造了武生勾脸的先例，俞派武生，是京戏当时三个武生流派的北方代表。

杨小楼跟了俞菊笙，如鱼得水。他有很多先天条件，比俞菊笙毫不逊色。他身材魁梧，具有剽悍勇猛的身架条件；他方盘大脸，扮相英俊，具有靠把武生的威武条件；他腿脚利索，身轻体捷，具有武生的轻灵帅气条件。跟着俞菊笙在台上摔打了一年多，长进很大，武戏的玩意儿很有俞菊笙的派头。唯一不足的就是嗓音老倒不回来，俞菊笙也为他的嗓音着急。给他出了个主意说：“孩子，谋事在人，成事在天。你若认了天命，祖师爷不给你副好嗓子，你就干演武生，演一辈子，也能巴个饭碗。你若不认天命，找个清静地方躲起来，好好练练气功，运气到咽喉，以气养嗓，慢慢也许能把嗓子找回来。”

杨小楼本来就是个不服输的性格，听了俞菊笙的话，他梗梗脖子，说：“大爷，我就不信祖师爷不给我这碗饭吃！”

“好小子，有点儿你爹的犟劲！”俞菊笙看了杨小楼的样子，高兴地说，“那我就把练气功的方法教给你！不过，你可得耐着性子，好好憋在屋子里练！”

“放心吧大爷，您瞧好吧！”杨小楼下定决心要用气功攻一攻嗓子。

俞菊笙把杨小楼带到一个没有人的屋子里，教杨小楼怎么运气，怎么练功。

杨小楼学会气功的方法之后，辞别俞菊笙，回到家里，把俞菊笙教他练气功的事告诉母亲，然后就离开了家。

原来，杨小楼在科班坐科的时候，每天天不亮，就到南八里庄的窑坑洼地练身手。那里有一个破庙，已断了香火，庙内无人，四野也无人，非常清静。俞菊笙教他练气功的时候，他就想到了这个破庙。他离开家，就来到这个破庙，拣块草席把门窗遮挡起来，然后就打坐入静，开始练气功。有时一坐就是一个昼夜，饿了，到附近的老乡家里讨口吃的，然后回来接着练。

练到第三个月的时候，只觉得喉头热乎乎的，似有一股热流在嗓子眼里来回流动，在扩通他的咽喉。他忍着热感，继续练。又过了七天，只觉得“突”的一下，嗓子里突然豁亮了。他慢慢收了气功，像平时坐科喊嗓子一样喊了一声，连他都没想到，如此嘹亮。他高兴的一下窜出破庙，在窑坑空旷之地，放声大喊，“咦——”，“呀——”，嗓子居然清亮无比。他高兴得大叫：“祖师爷，您到底把嗓子给了我啦！”

他撒开腿就往家奔。到了家，沈月春一见杨月楼的样子，不禁吓了一跳。杨月楼离家三个多月，栖身破庙，脸不得洗，衣服不得换，像个野人一样，能不叫他娘吓一跳吗？沈月春赶紧给他找出干净衣服，给他烧水，让他洗澡，换衣服。问他到哪里练功去了，杨小楼笑笑说，“到仙境里练去了。”

然后就进了自己的房间。杨小楼怕练回来的嗓子再跑喽，不敢先对娘说，他悄悄躲进自己的房子又练起了气功，试着换个地方再巩固巩固，直直的又练了三天。

沈月春听不见儿子的动静，以为这小子又跑出去了，也没在意。杨小楼练了三天之后，收了功，想试试嗓子是不是又跑了，他以念白的声调，高声喊了一声“马来——！”

这一嗓子不要紧，声震屋瓦，响彻里外院。他妈妈在里院做针线呢，听到前院有人喊，以为是有人来找杨小楼呢，也大声冲前院喊，“我儿子没在家——！”

这时，杨小楼从前院来到妈妈跟前，高兴地说：“娘——，我嗓子找回来啦！”

“真的？”沈月春不相信自己的耳朵，“我儿子的嗓子真的回来了？”

“娘，是真的。不信您听——”杨小楼又以念白的声调喊道，“马来——！”

沈月春听了儿子的喊声，“哦，刚才就是你喊来呀！”沈月春说着，眼泪扑簌簌流了下来。返身奔进大堂，扑跪在杨月楼的灵位前，泣不成声地喊：“月楼，——咱三元的嗓子回来了！”

杨小楼高兴万分，飞奔到谭鑫培的家里，进门就喊：“干爹——，干爹——，我的嗓子找回来了！”

谭鑫培正在堂上默戏呢，听到杨小楼喊，问道：“你这小子，乍乍呼呼的，嗓子怎么啦？”

“找回来啦！”杨小楼拟制不住兴奋，“不信您听！”

接着他就放开声音喊道：“马——来——！”然后又就地一个鹞子翻身，来一个跨马的身段。

“好哇，这下，咱京戏的‘杨猴子’又回来了！——你整个一个‘小杨猴子’！”谭鑫培也拟制不住心中的兴奋，脱口而说，“行，打今儿个起，你就跟着干爹唱戏。——今晚干爹就安排你的戏码。”

“不行啊，干爹——”杨小楼说，“俞大爷已把我安排在春台班，我不能还没报答老人家就先跳槽啊！”

“好小子，长大了，懂得讲义气了！”谭鑫培夸奖着说，“既然跟了俞毛包，就好好给他卖力气，也好好掏掏毛包身上的货。俞毛包可是三大武生流派中最硬的一派呀！”

“干爹，我听您的！等报答了俞大爷，我再来孝敬您！”杨小楼乖巧地说。

“你小子，越来越会说话。”谭鑫培咧咧嘴说，“你这话不如说‘等把俞毛包的玩意儿学到手，再到我这里来捋叶子’！”

“哪儿能呢，您是我干爹，我还用捋您的叶子！”杨小楼奉承地说，“不用捋，您早就说了要给我说戏的！”

梨园的行话，教戏，不说教戏，叫“说戏”。“说戏”，就是教戏。

谭鑫培手指着小楼，笑着说：“鬼小子，将你干爹的军？是吧！——到时候看我怎么给你‘说’！”

杨小楼耍个鬼脸儿，辞别谭鑫培，又去投奔俞菊笙。

谭鑫培看杨小楼恢复了嗓音，知道这样的人才难得，他很关注杨小楼的发展，总想找个机会，看看他台上的玩意。

杨小楼毕竟坐科就是武生，再加上他变声期长，只注重了武生功夫戏，而忽视了文武兼唱的戏。按照戏界的行话说，这叫戏路子太窄。

戏路子窄，就是能唱的戏太少。若论戏路子，京戏生行的戏路子最宽，旦行的路子较窄。仅次于老生的是武生，再次是小生。戏路子窄，就是戏码少，翻来倒去总是那几出戏，吃戏饭的路子就窄了，当然对发展不利。谭鑫培作为干父，时时惦记着的就是杨小楼这点。

一次，杨小楼贴唱《武昭关》，他扮伍子胥。谭鑫培悄悄地来到台下看戏。此戏中，伍员保护马昭仪母子逃出郑国之后，伍员有一段唱，本应是〔慢板〕，他却唱成了〔散板〕。台下引起哄笑，但无人叫倒彩。因为杨小楼从来没唱过〔慢板〕，戏迷们都习惯了。谭鑫培哪里看得下去这个，一生气，贸然叫了一声，“嘟——，下去吧！”

人们顺着声音一看，发现是谭鑫培，场内一下子都乱了。大家不再看台上的戏，而朝谭鑫培围拢过来。

“谭老板——！”

“谭老板是给干儿子捧场来了！”

“捧场哪有叫倒彩的！”

“是砸场来了吧！”

“……，……”

“……，……”

这一下戏唱不下去了。台上的也发现了台下的谭鑫培。

杨小楼赶紧带妆来到台下，给干爹请安。

班主俞菊笙也拨开人群来到谭鑫培面前，抬抬手，作个揖，说道：“谭大老板光临，请台上指教！”

谭鑫培听出了俞菊笙带刺的话，略一寻思，觉得自己确实是情不自禁，脱口而喊，搅了人家的场子。赶紧也抬手作个揖，还礼道：“俞兄，对不住，在下唐突了！”

“难得贤弟光临。”俞菊笙环视一下人群说，“咱们后面说话。”

这才由杨小楼拨开人群，为二人让出一条道，二人来到后台。

此时，谭鑫培更感到自己贸然一声喊，搅了茶园的戏，很有点不好意思，愧疚地对俞菊笙说：“俞老哥，真对不住，没想到贸然一声喊，搅了场，恕小弟唐突！”

俞菊笙原以为谭鑫培是有意来搅场的，当时在众目睽睽之下，不好发作，忍着气给谭鑫培留面子，只是带刺儿说了那句话，留着更难听的话到后台说的。当听谭鑫培发自内心说了不安的话，知道必有因由，忙换了口气说道：“贤弟，来此有何吩咐？”

“俞老板，我今天是路过，顺便进来看看，没想到一不小心，就搅了场。惭愧，惭愧！”谭鑫培越解释，越觉得不好往下说。若说是特意来看杨小楼台上的活儿，给他挑毛病，俞菊笙是杨小楼的师傅，这不是挑师傅的眼来了吗。可当着俞菊笙的面，也不能说杨小楼哪儿唱得不是，那也是当面打人家俞菊笙的脸哪。只好支吾一句，“顺便找嘉训有点事。——俞老哥，打扰您了，您忙您的场子去吧，我只找嘉训，只找嘉训，……说句话儿。”

俞菊笙看出谭鑫培心里有事，赶紧退一步，调侃地说，“哦，——想干儿子了！三元啊，去，卸了妆，送你干爹回去，陪你干爹好好说说话儿。”

谭鑫培这才解了围，从尴尬中回到家里。

谭鑫培回到家中，在英秀堂的太师椅上一坐，把桌子一怕，厉声喝道；“嘉训，跪下——！”

杨小楼还没看到过谭鑫培发如此大的火，乖乖地给谭鑫培跪下，低着头，大气不敢出。谭家的人也很少看谭鑫培发如此大的火，吓得一个个躲到别的屋里不敢出来。

谭鑫培痛心地说：“嘉训哪，嘉训，我以为你嗓子找回来了，该好好发挥发挥，真唱出点儿彩来，没想到你那么不沾气，在唱上还耍奸滑，不用心！气得我也跟着丢人现眼，搅了人家的场！”

“干爹教训得对……”杨小楼不知道哪里耍了滑，但也不敢反驳，只好含糊的回应。

“我问你——，”谭鑫培说，“伍员那句唱，是谁教给你的？为什么不唱慢板，唱散板？是不是耍奸滑，不卖力气？”

“这个……”杨小楼明白了谭鑫培发火的原因。以前他嗓子没倒过来时，唱不了慢板，只能唱散板对付，至今未改过来。不怨干爹发火，干爹是为了自己好哇！他真诚地对干爹说：“干爹，是孩儿错了……”

“没想到你小子还会耍滑！”谭鑫培痛心地说，“这可不像你爹的儿子，你爹唱戏，丁是丁卯是卯，一板一眼都丝毫较真呀！你爹的王帽戏，那是张二奎再世，连大老板都看好。要不，怎么又收他为徒呢。你唱戏也有你爹的影子，北京人讲话‘戳个儿’好哇！高高的，大大的，扮出戏来，有‘范儿’啊。你爹起初也是学武生的，可他，仗着嗓子好，学了文武老生，戏路子宽了。你师傅俞老板，嗓子欠火，就只好走武生的路子，尽管他是俞、黄、李武生三派之一，但还只是个武生。你嗓子好了也赶不上你爹，你走不了文武老生的路子，你只能兼唱武老生。老生戏路子最宽，但不戴髯口就叫反串。武生戏路子虽窄，戴上髯口唱武老生就不算反串，叫应工。一下子戏路子就宽出了一倍。但得用嗓子，得能唱出来。比如《阳平关》的赵云、《武昭关》的伍员，是戴髯口的武老生。你现今的嗓子，凡这类武老生的戏都能唱。这——，戏路子不就宽了！戏码就多了，你就有戏唱了！——饭碗就变大了。"

"干爹教训得对，孩儿明白了。"杨小楼听了谭鑫培一席话，如醍醐灌顶，明白了许多。

"就你这'戳个儿'，你唱武生没的说，唱武老生也没说的！你嗓子没回来之前，干爹也不过分地难为你，如今，你嗓子找回来了，在唱上还想偷懒耍滑，干爹能不生气吗！"

"干爹别生气了，孩儿明白了，孩儿争气！"杨小楼真的感到愧对谭鑫培的一片苦心。

"嘉训哪，你争气就对了。你成了气候，我就对得起你爹了！不然，我将来地下见了他，不好向他交代呀！"谭鑫培看小楼真的领会了他的话，心里也踏实了，气也消了。他顿一顿，喝口茶，对小楼说，"别跪着啦，起来，干爹给你支个招儿——"

杨小楼赶紧起身，为干爹斟茶："干爹，您说吧。"

"干爹不是拆俞毛包的台，完全是为了你将来的发展。"谭鑫培抿一口茶说，"你如今科也坐了，师傅也拜了，身上的玩意儿也学得不少了，该丢了拐棍儿自己闯荡闯荡了。那样，实受的更快，更扎实。"

听了干爹支的招儿，杨小楼觉得干爹说得对，是该自己闯荡闯荡了。于是，私下里暗暗打主意，离开春台班。

有词【浣溪沙】写道：

练功莫辞艺压身，天外有天人外人。安得响鼓重锤音。 一旦工成事半倍，唱念做打更随心。多亏父辈教诲恩。

第五十九回

武戏文唱情为主
唱念做打戏有魂

谭鑫培的一番教训，深深印在杨小楼的心里。他回到春台班，正好管事的给他派下戏来，叫他演《挑滑车》中的岳帅。他跟俞菊笙学这出戏，主要学的是高宠的武功戏，今天给他派个岳帅，他心里不高兴，但嘴里并没说不唱，只是用鼻子“哼”了一声。管事的说他不服提调，二人为此吵吵了起来。一气之下，杨小楼拂袖而去。

这不是招儿的招儿，倒让杨小楼脱离了春台班，有了独自闯荡的机会。

他怕在京城碰上俞菊笙，挨师傅的骂，一个蹶子单独跑到通州，搭了个戏班。

在通州戏班，他自告奋勇贴唱《挑滑车》，艺名写的是“嘉训”。俗话说“名师出高徒”，他毕竟是俞菊笙的徒弟，高宠一出场就威风凛凛，雍容大气，非通州府一般的水平。一出戏下来，在通州城打响了。

事有凑巧，那天台下看戏的有天津“上天仙”和“下天仙”两个茶园的“堂头”看戏。所谓堂头，就是茶园里替经理管事的人。这两个人，是奉了经理的委派，到京城邀名角唱戏的。水路进京，坐了一天的船，刚到通州码头，天就黑了，他们便打尖住店。晚上无事，就溜达到茶园看戏。

这两个人，毕竟是茶园的行家，一眼就看上了这个“嘉训”的功夫。他们看嘉训年纪轻轻，肯定是个尚未出名的雏儿，戏份不会要得太高。但功夫在那儿搭着呢，戏份低，上座儿高，邀这样的角合算。

武生行，原来混在生行中不独立成行。自俞菊笙、黄月山、李春来三派打响之后，才独成一行。

武生成了名，武戏也就跟着单独叫响。因为武戏对打红火，新鲜热闹，很受欢迎。因此，武戏是十分上座儿的戏。尤其天津、上海都是商埠城市，人们都追求红火热闹，在天津上海就格外叫座儿。这两个堂头，看了戏，都动了心劲儿。虽然同是来邀角，但各为其主，就各自有了动作。

散戏之后，上天仙茶园的堂头悄悄找到杨小楼，邀他到天津唱戏，杨小楼二话没说，便答应下来签下了合同。下天仙的堂头也悄悄来找杨小楼，邀他到天津唱戏，杨小楼也二话没说，便答应下来也签下了合同。杨小楼初次出来打天下，还是个雏儿，不懂“请戏”的规矩，不管三七二十一，有来签合同的就签，只要给戏份儿，怎么个唱法儿全然不闻不问。

回到天津之后，这两个茶园都贴出戏报，说某月某日，京城新秀“嘉训”贴唱某某戏。戏报一出，两家扯起了皮。同一天，同一个人，同一个钟点儿，唱两台戏，这还能不扯皮吗？两家你说你先唱，他说他先唱，都有合同为证。各说各的理，互不相让。报界为此抓了新闻，在报上大肆渲染这两家的唐突。

正所谓“鹬蚌相争渔人得利”。这两家茶园的纠纷，吵得整个天津市纷纷扬扬，争吵的焦点人物是武生“嘉训”。这么一争一吵，就炒热了“嘉训”。嘉训还未到天津，天津人已家喻户晓了。

天津有一个奎派的老生名周春奎，此人与杨月楼是师兄弟，平时交往很深，他对杨月楼的家事也颇为关心，杨小楼在京城的经历他也略知一二。天津的报纸一热炒，就引起了他的注意。他料到这个“嘉训”就是杨小楼。杨小楼涉世不深，初出茅庐便惹下了麻烦。出于对杨小楼的保护，便亲自出面调停两家茶园的纠纷。周春奎在天津戏界很有名望，他出面调停，两家戏园都很尊重。他的主意是嘉训到了天津，头一天分头唱两场，每家各一场。以后，每天一家，轮着唱，直至合同到期。在他的调停下，两家方算罢休。

杨小楼在通州的合同一到期，就赶来天津。一下船就被周春奎接到家里。杨小楼不认得周春奎，但听他父亲经常说起过，于是便认下了这个叔父。周春奎把两家茶园的纠纷给他述说一遍，杨小楼方知人未到天津已捅了娄子，非常感谢周春奎从中帮忙。

天津的戏迷，早就憋足了劲儿，要亲眼看看这个“嘉训”到底是个什么样的角，两个茶园的戏票早就一抢而光。这两家茶园的经理，此时方明白，吵得不吃亏，挣了个盆满钵满，——吵得值。

天津戏迷，一观杨小楼的风采，服了，叫好不迭。头一天两场戏下来，“嘉训”的名气就响震津门。

两场戏唱完，杨小楼在鸿宾楼设宴答谢周春奎。周春奎顺便拉了两家天仙茶园的经理，共同赴宴。

小楼虽年轻，但颇知礼仪。把诸位客人让至上座儿，把盏言道：“小楼初到津门，不知深浅，不懂规矩，给各位长者惹了麻烦，晚生还请各位海涵。”

大家纷纷举杯，夸赞小楼功夫底子深厚，深孚众望。

周春奎举杯给大家介绍说：“嘉训年岁虽小，却是菊坛名门之后，他父亲就是著名的‘杨猴子’！”

一提杨猴子，举座哗然，“果是名门之后，将门出虎子，一点儿不差！”

“他的师傅是当今武生三派之一的俞菊笙！”周春奎接着说。

“哦——！”举座又是一惊。

“他的干父就是京城大名鼎鼎的戏界大王谭鑫培！”周春奎继续说，“他‘嘉训’这个名字还是谭老板排着他儿子的名号起的呢！”

“怪不得身手不凡，原来是在名人堆儿里长大的！”举座又是一阵惊叹。

“‘嘉训’的名字，在京城戏报上也似曾见过，但印象不深……”两位经理对“嘉训”的名字犯了琢磨。

“大侄子，恕我冒昧，在京城叫‘嘉训’，到了天津卫了，不如改名‘杨小楼’或‘小杨猴子’。这样的艺名响亮！”周春奎举酒杯建议。

“对！对！”两位经理响应着，“打你父尊的旗号，更有号召力！就叫‘小杨猴子’吧！”

“如此，感谢诸位前辈，”杨小楼举杯，“‘杨小楼’本是家父打小给起的艺名，只是本人不争气，不成气候，在京城唱戏只好打干爹给起的名字。承蒙众望，就依诸前辈的提议，打今儿起，我就以‘小楼’为艺名，以‘小杨猴子’为号召。”

“好！——”大家一齐举杯，“为‘小杨猴子’成名干杯。”

从那天起，天津戏园的戏报把“嘉训”改为“杨小楼”。天津各报纸也跟风似的介绍“杨小楼”名字的来历，把个“杨小楼”吵得沸沸扬扬。

杨小楼每天轮一个茶园，各天的戏都很叫好。周春奎也很为杨小楼的争气感到高兴，他打心里喜欢上了这个小伙子。

这一天，他把杨小楼请到家里，设家宴为小楼庆贺。因为小楼是奎派后人，周春奎不把他当外人，也让家人同席。

席间有周春奎的侄女，此女生得眉清目秀，落落大方，坐在那里左顾右盼，眉目传神，不时给杨小楼布菜。弄得杨小楼直个劲不好意思地点头示谢。

周春奎看在眼里，忽生一念。他举杯说，“贤侄，如无婚配，我做主，把我这侄女许配给你如何？”

周春奎此言一出，弄得他侄女和杨小楼满脸绯红，都低头不语。

周夫人趁势烧把火说，“我看不光门当户对，这俩孩子长得还真有夫妻相。”

“千里姻缘，红线拴就！”周春奎继续说。

“承蒙前辈不弃，”杨小楼不再沉默，说，“婚姻大事，当得父母做主。等我回到京城，禀明母亲，再作道理。”

“贤侄说得是。”周春奎端杯说，“那我就静候佳音了。”

回到京城，杨小楼把天津唱戏的过程说给母亲，母亲高兴得掉了眼泪，并一口答应了小楼的亲事，很快择日下聘礼，换帖子，办完了婚事。

杨小楼第二次去天津唱戏，就住在岳叔父的家里，抽空由岳叔父给他指点戏中的不足。

周春奎是个有文化的奎派老生，唱戏很讲究理解戏情戏理，然后通过唱、念、做、打，把戏情戏理表达清楚。杨小楼在他身上，学了不少这方面知识。

在武生里面能给杨小楼配戏的有两个人，一个是王长林，一个是李永泉。王长林武功很硬，还擅演丑戏，文武丑兼工。这两个人都曾跟着俞菊笙打过把子，能对付得了俞菊笙猛、急、快的风格。杨小楼是俞菊笙的徒弟，他打把子除了有他师傅的影子外，也吸收了黄月山的身段，猛中蕴含洒脱优雅；还兼收了李春来的矫健利索，急而不乱，快而不燥。因此跟他对把子的人，不是高手就配合不默契，打不出杨小楼的风格来。

到天津来，杨小楼也带来了这二位搭档。当唱完《冀州城》之后，三个人卸了妆，杨小楼带他们到狗不理包子铺去吃夜宵。三人边吃边聊，聊着聊着就聊到了戏上。

王长林说："这出戏拖得时间太长，咱能不能三下五除二打完了，早早散场啊？"

"我也这么想。"李永泉附和着说，"不就是打吗，台下看的就是咱们打把子的玩艺儿，玩艺儿卖完了，咱就利利索索收摊儿得了，还落得早早来吃包子，早早钻被窝儿睡大觉。"

杨小楼听了，咬一口包子，说："二位，这包子好吃，好吃在什么地方？"

"那还用问？"

"馅儿啊，馅儿好哇！"

"我看这唱戏就像吃包子，"杨小楼不急不慢地说。

"哎，戏是戏，包子是包子，——两码事！"

"事不同，理同。"杨小楼说，"吃包子吃的是馅儿的味道，看戏看的是戏的情理。如果戏没情理，就跟包子没馅儿一个道理。那还有什么吃头？"

他这话把二位说得直了脖儿，干咂巴嘴，瞪着眼听着。

"如果咱光打把子，三下五除二打完了，打得再精彩，与天桥撂地摊儿打把式卖艺的有什么区别？"杨小楼看他们听得很入神，接着说，"《冀州城》这出戏，我马超与你们打，打得狠，打得急，打得猛，主要是打出了马超当时的心情。你们想，马超二次回到城楼，看到妻子被杀了，抱着妻子的尸首，心里是个什么滋味？能三下五除二打完就了事？马超再是个有勇无谋的匹夫，也是人哪。人是有情的，咱唱戏唱得就是戏情戏理，得把那个情和理表达出来。所以，他抱着妻子尸首的时候，我加了那几段唱。把他的情和恨都唱出来，然后再开打，开打就是情和理的进一步扩展。所以，那一段对打，就打出了他国仇家恨的感情。在那种情理之中，把子打得越激烈，越火爆，越能抓人。这就是戏里的把子，不是地摊上的把子。"

"哦——，"这俩人听到这里，听出了门道。咬一口包子咂咂嘴，"有味道！"

"我们学把子功时候，师傅也讲过什么戏情戏理。可一抬腿，腿没抬到位，师傅一棍子下来，就把那些情啊理呀全给打跑了。"王长林嬉笑着说。

李永泉也笑笑说，"咱是光练了打的功夫，没练打的道理，反正是你来我往，打红火热闹了拉倒。"

"以前师傅都讲过，可是自己理解不深，只知皮毛，不知骨肉。"杨小楼吃着包子，慢慢咀嚼着说，"我到了岳叔丈这里，听他的讲说，才慢慢琢磨出这些个理儿来。"

"再比如，《长坂坡》这出戏，"杨小楼接着说，"赵子龙七进七出，如果光是没有层次的打，打七次跟打一次就没有什么区别，那就不如打一次。”

“《长坂坡》的打法，你确实那一次和那一次的打法都不一样。不光打法不一样，你出场和下场也都与别人不一样。”王长林说。

“你也看出来了？”杨小楼欣慰地说，“赵云在三国中，是一个智勇双全的大将军。在三国戏中，他表现的最充分的就是《长坂坡》。怎么才把他智勇双全的劲道表现出来？说实话，我是下了一定功夫的。不知你们看没看出来？”

“看是看出来了，只看出你和别人不一样。可为什么不一样？我闹不明白。”李永泉嚼着包子说。

“别人出场是‘四击头’后亮相、下场是‘急急风’下场。”王长林说，“你跟他们不一样。”

“武场的鼓点是一样的，四击头、急急风，都是那么打。就拿上场来说，一般武将上场，是四击头后最后一锣时，劲道十足，精神一抖，在强烈的武场氛围中，踏着节奏一昂头来个亮相，如此显得威武精神。可是，我在《长坂坡》中扮演赵云，亮相从不如此。扮演赵云要演出他的内心世界，他是沙场宿将，他的勇不是色厉内荏的匹夫之勇，而是久经沙场，智勇双全的大智大勇。虽然单枪匹马，但并不把曹操的八十万大军和八员虎将放在眼内。所以，他上场没必要做那表面的动作。因而，我是从从容容，踏着四击头上场，在最后一锣略微一扬头，表现出他的从容镇静，胸中自有雄兵百万的大将军气魄。用他的沉着、冷静，为后来的激烈勇猛厮杀打下伏笔。以‘静’趁‘动’，更能表现他‘动’的气魄。演别的武将，耍下场，主要在耍上下功夫，耍的越精彩，越衬托武将的本事。此戏中赵云的下场则不然，我不踩急急风下场，而是在最后一锣之后，从从容容下场。不懂行的还以为我要奸滑不卖力气，其实，这更表现了他久经沙场，对胜负应付自如，沉着、稳健、余勇可贾，时刻以冷静头脑保持继续再战的大将军胸襟。因为他心里清楚，自己面对的是曹操的八员上将和八十万大军。要打的大仗还在后面，怎能耍个下场就算了结。所以，我不做一般的耍下场动作。我的打，要打出赵云的气度来。”

“怪不得人家称你‘活子龙’。”王长林说，“我们跟你打了这么多场，只是跟着你对打而已。从没有想过你为什么这么打。”

“《长坂坡》‘抓帔’那场戏是全戏的戏眼。赵云七进七出，拼死搏斗，都是为了保护刘备的两位夫人和儿子阿斗。当打到人困马乏的时候，好不容易找到了糜夫人，结果糜夫人怕拖累赵云却跳井而亡。这时候的赵云，当然得拼死相救。他一个箭步跳向前去，伸手拦阻糜夫人，却只抓住了一件空外衣，这岂不令他痛心疾首。一声‘哎呀’之后，一连几个动作，蹦子、搓步、下跪以致浑身震颤。这几个连贯的动作，不仅仅是表演程式，而是赵云内在心情的刻画。这里有他的忠心，忠于刘备的汉室天下；有他的使命感，他要完成刘备交给他保护家眷的使命；有他的自责感，怎么就没把糜夫人拦救成功！我就是通过这几个常用的程式，把这许多的情感表达出来。我琢磨着，这才是当时的赵云，是一个活生生的赵云。这才是戏。”杨小楼认真地说。

“这就是你高于别人的地方！”李永泉说。

“其实，我不比别人高，是我吃透了戏情戏理。比如演黄天霸，得演出他的武艺超群，还得演出他的心狠手毒，又得演出他阴一套阳一套的两面派嘴脸。你看我唱的‘八大拿’戏中，《八蜡庙》《霸王庄》《恶虎村》《连环套》《骆马湖》《独虎营》等各戏，哪一拿，黄天霸的嘴脸都不一样。武戏不光是武打，武打要打出人的魂儿来，打出戏的魂儿来。打是戏情的扩展和交待，是人物性格的刻画和交待。武打和文唱都是戏情戏理的演示。——我给它起了个名，叫作‘武戏文唱’！”

“好个‘武戏文唱’！听你这一白活，我们哥儿俩陪着你打了这么多年把子，才弄明白，敢情打出个‘武戏文唱’来！”王长林说。

“武唱也好，文唱也罢，反正我们哥儿俩的把子是被你绑定了！”李永泉说。

杨小楼指指包子，“快趁热吃。我的武戏文唱，以后就全凭你们哥儿俩托场了！”

哥儿俩笑笑：“哼，今儿个这包子，味道儿新鲜！”

散曲唱道：

【双调·新水令】莫道吕尚困棘津，莫道百里饭牛群。神人也不是天生入圣，圣人倒可以百练成神。志在高远天地间，锥刺股铁杵磨针，自然得浩然气长存。

【驻马听】抖擞精神，亮亮我七尺腰身；放声高唱，听听我优雅清音。八年科班加寒窑苦辛，才有今日氍毹皮黄魂。

【雁儿落】文武老生戏路双门，跟头把子只为招人。打出那戏情戏理，武戏文唱人物出新。

【尾】父辈的杨猴子世人皆闻，我这辈杨猴子尚且毛儿嫩。功夫还差劲道，身段儿再美几分。不为争名为争气，深钻细研，天道酬勤。精益求精路遥远，奋奋奋，长精神！杨门猴子梨园闹，闹得梨园总是春。

第六十回

文场武场皆高手
三绝闷头戏出新

文武场，是梨园的专用词。文场，是指弹拨管弦等器乐乐队；武场，是指打击乐器乐乐队。两个乐队的总称叫文武场。

武场的鼓师，是戏台上一场戏的总指挥，也叫鼓佬。角色的举手，投足，也就是唱念做打等各种表演、文场的音乐起奏、转板、落腔、托腔、节奏等都靠鼓佬打击鼓点指挥。

角在台上唱得好坏，跟鼓佬的鼓打得怎么样有直接关系。程长庚非常重视鼓佬的水平，他让过继的儿子程章甫从艺学打鼓，就是要为京戏培养一个六场通透，文武昆乱不挡的全才接班人。

所谓“六场”通透，是指武场的鼓、锣、镲，文场的笛子、胡琴、三弦，主要的六件器乐都精通。

所谓“文武昆乱”不挡，是指文戏、武戏、昆曲、皮黄的各种戏，各种角色的戏都能唱，都能拿得起来。

从另一个角度上说，鼓佬的艺术是“铁饭碗”。唱戏的则不然，要靠嗓子，靠身段。一旦嗓子塌中，或腿脚腰身哪个部位出了毛病，饭碗就打了。鼓佬只要鼓打得好，那个老板都不敢小视，都得敬重三分，永远丢不了饭碗。所以，程长庚让儿子学了打鼓。

程章甫打鼓从师刘家福。刘家福是安徽人，随徽班进京，从小学文武场，他的笛子、胡琴在当时徽班中很有名气。他打鼓，堪称当时一绝。鼓点子打出来，能带出情绪，带出气氛。程长庚之前的徽班艺人，都曾请他作鼓师。晚年他受程长庚之聘，在三庆班管文武场，给程长庚司鼓。程长庚把儿子交给他，既是学他的本事，又是怕他创下的皮黄武场“绝活儿”失传。

程章甫有名师的传授，又有父亲的严格督促和在台上实践的锻炼，他的鼓打得是青出于蓝而胜于蓝，超出了刘家福的水平。功夫学成后，成了程长庚的专职司鼓，在台上跟程长庚配合得丝丝入扣。刘家福去世之后，程章甫是可京城有名的“硬点儿”。他打的鼓点，充满喜怒哀乐的感情色彩，能把台上台下的情绪调动起来，整个茶园，里里外外，上上下下都随着他的鼓点共鸣。打到激动传神的时候，手中的鼓箭子常常打出手，飞出很远。因此，他上场之前，帽耳上、褡包上、椅垫下都备插鼓箭子，打飞一支，随手就抽出一支。

谭鑫培早就看中了程章甫。程长庚去世之后，他曾想请程章甫司鼓。但程章甫坚守父亲的遗志，永远不离开三庆班。三庆班一度报散之后，程章甫受了刺激，得了一场大病，遂即谢绝舞台，专门在四箴堂科班从事教学。他有一个得意的弟子，名李奎林，小名李五。李五的鼓打得敢和程章甫比高下，是当时少壮派打鼓的“一绝”。谭鑫培挖不动程章甫，就早早瞄住了李五。等李五一出徒，谭鑫培第一个找上门，请他来司鼓。

谭鑫培不光抓了一个好司鼓，还抓了一个好琴师，那就是梅雨田。梅雨田是梅巧玲临终前托付给谭鑫培的，谭鑫培早就下功夫盯住他的琴艺。一出山就顺手牵羊，抓了过来。

梅雨田从小就跟着他姨兄贾祥瑞，学胡琴和吹笛子，年轻轻的就能吹四百支昆曲曲牌。他的姨兄贾祥瑞去世之后，谭鑫培又把他介绍给著名琴师李春泉学胡琴。李春泉是与王晓韶、樊景泰齐名的胡琴圣手。在李春泉的指导和带领下，梅雨田的胡琴拉得犹如天籁之音，是当时少壮派拉弦的“一绝”，有“百年第一琴”之美誉。

文人徐珂，写了一本记载当时京城演艺界状况的书，名《清稗类钞》。书中，对梅雨田的胡琴有一段生动的描绘，不妨抄录下来，供为一观：

胡琴本无奇胜，自梅弄之，凡喉所能至，弦亦能至。柔之令细则如蝇，放之令洪则如虎，连之令密则如雨，断之令散则如风。手指上下急如风轮，密如蛇足。而某音应深按使切，某音应浅抚令泛，虽繁不胜记之中，而以耳会，以神通，无不入妙入微，曲尽其趣。其二黄不独倜傥舒和，而煞尾处撮六七音于一轮指之中，如联珠并流，如轻环急转。紧处加密，而余处仍故令放疏，戛止徐来，界限清楚。取径皆大方家数，又非徒以繁弦急管见长。唱调无穷，弦亦复无穷；每换句调，则易其法；每弄过门，则更其声，五花八门，层出不已。他人虽拾得一二，莫能窥其涯涘也。

谭鑫培把梅雨田和李五拉到自己的麾下，三个人的组合，在京城京戏戏班中被称为“三绝”。当然第一“绝”是谭鑫培的唱，那两个“绝”就是梅雨田的琴和李五的鼓。“三绝”的搭配，使京戏的唱腔、曲调、音乐有了很多创新。

那时没有照明设备，当然也就没有夜场戏。每天晚上，这三个人必凑到一起，琢磨某戏的某个身段该如何动，某个腔该如何唱……，边商量，边比划，边打鼓，边拉弦，边唱。有时候商量通了，第二天拿上台就照着唱。

有多数时候，三个人意见不一致，各认各的招儿，谁都不服谁。一到这时候，仨人就憋在那里，谁也不说话，都闷着头干坐着。按说谭鑫培是主家，二位是聘来的搭档，谭鑫培又比他们大一个辈分，梅雨田、李五该听谭鑫培的，让谭鑫培拍板。可是这小哥俩都痴心艺术，为了艺术见解，都很较真。谁也不给谭鑫培面子，僵在那里，就是不肯让步。连他们小哥儿俩之间，意见不一致时，也是互不让步，都坚持自己的观点。

他们的较真儿，倒让谭鑫培很高兴。他明白，只有这样较真儿，才能“较出”好艺儿来。一到这时候，谭鑫培也没了招儿，只得说，“得，不想了，上烤鸭店吃夜宵去——！”

吃着夜宵，三个人还是各想各的，谁也不说话。直到吃完了夜宵，其中有一个人就综合三个人的意见说，“那个戏（比方某戏）呢，鼓，打四击头，转朵头……；琴嘛，拉二黄慢板，转三眼……；唱呢，亮相后报家门，叫板，开唱……”如此这般，说上一通，其他两个人，都着耳朵听，但照样闷着头不开口说话。这时候，谭鑫培就招呼堂倌结账。三人照样没话，各自回家。第二天碰面，谁也不提昨晚上的事。等一到台上，都心有灵犀，准就是按吃夜宵时，某人的说法唱。鼓、弦、唱、念、做、打，配合得丝丝入扣，不漏汤水，管保圆满，而且特别出彩！谭鑫培的许多好身段、好唱腔，都是这么较真“较”出来的。——这“三绝”也真叫“绝了”。

这个做法，就成了他们的出新模式。一有新花样出台，人们就取笑他们“又是烤鸭店‘烤’出来的新货！”

谭鑫培的许多好戏，都是他们三个如此弄出新花样来，成了范本，流传至今。

比如《空城计》，原是卢台子、王九龄的拿手戏。这二人去世之后，谭鑫培与梅雨田、李五对此戏，进行改造加工。去掉了以前唱词中的冗长赘句，使唱词变得简短而明快。梅雨田把“我本是……”一段唱腔重新梳理，变为“西皮慢板”，使曲调变得轻扬舒缓，便于抒发诸葛亮在城楼沉稳、镇静、自信、而又为弄险担心的复杂心理。把“我正在城楼观山景”一段唱，安上“西皮二六”的唱腔，唱腔节奏明快，清甜透亮，潇洒飘逸，表现出诸葛亮临危不乱，洒脱自然，沉着机智，而又内心纷扰的心情。李五认为，这两段唱前后不应有过多的武场插入，那样会破坏当时的气氛。三人经过再三推敲，即成现在的格局。谭鑫培在这两段唱中，唱出了诸葛亮当时的心理状态。前一段慢板，唱得舒展悠扬，展示了诸葛武侯的雍容优雅，足智多谋。边唱边弹琴，弹琴以表面的镇定从容，掩盖了内心的担忧。唱和弹，表现了诸葛聪明诡谲而又忧心忡忡的心理。在唱“二六”，的时候，谭鑫培手持羽扇，从容洒脱，边弹琴边饮酒，嬉笑嘲讽，侃侃而论。表现出他直面老对手，不慌不乱，镇定自若老谋深算的风采。这两段唱再加上梅雨田的胡琴托、裹、垫、衬，真是流利顺畅，妙曲天成。

前头《失街亭》和后面《斩马谡》的两场戏中，李五都以大开大合的武场，把气氛渲染到极点。谭鑫培的表演也大起大落，大张大驰，表现了复杂矛盾的心理状态。当闻探马三报时，表情大不相同。一报，他略微吃惊，已是预料之中的事；二报，心中正在盘算对策，只是深沉的命令“再探”，三报传来，已经超出了他的预料，就连这位久经沙场的智者都流露出紧张急迫的情绪。武场急打一个〔撕边〕，谭鑫培以急切惊迫的口气命令“再探！”，把戏情的氛围逐步推向高潮。在《斩谡》中，对王、马回营请罪，愤怒不已，对赵云的回营又欣喜万分，论说马谡罪行，不想斩，而又必须斩的各种心理，都表演得淋漓尽致，至两次“叫头”唱“啊……马幼长……”唱得人鼻酸泪流，把全戏推到高潮。这些是谭鑫培，也是他们“三绝”共同塑造诸葛亮这个人物的得意之作。

《击鼓骂曹》中，谭鑫培打鼓的鼓点，三通鼓能打出五套花，〔节节高〕、〔鬼推磨〕、〔夜深沉〕、〔渔阳三挝〕都经过李五精心设计，以〔夜深沉〕为铺垫，把〔节节高〕、〔鬼推磨〕糅入其中，〔渔阳三挝〕垫底，层次分明，悲愤沉郁敲击肺腑。

他们三个的得意新作，连续不断，总能使人耳目一新。京戏之有此“三绝”，可说是成熟发展的里程碑。

后来，谭鑫培进宫唱戏，把梅雨田和李五也带进宫去。

慈禧看梅雨田的弦，李五的鼓，都这么精彩，也很高兴，命谭鑫培带这两个人来见。

慈禧打量着两个人问：“叫天哪，带这两个小帮手进宫，你也不禀报一声？”

谭鑫培知道慈禧并无责备的意思，故作紧张的样子，慌忙跪倒，“回老佛爷，奴才是为给老佛爷添兴凑乐子，才把他们二人带进来的。这不，进来就上台了，还没来得及禀报您呢！”

慈禧一听高兴了，“这个小胖子叫什么名字？”

“回老佛爷话，他叫梅雨田，是梅巧玲的大儿子。”

“哦，我说怎么看着胖胖的长得有点像胖巧玲呢——过来，让我好好看看！”慈禧太后当年最喜欢看梅巧玲的戏，她对伶人从来不呼名字，而呼小名和外号，以示亲近，她一向给梅巧玲叫胖巧玲。一说是梅巧玲的儿子，她爱屋及乌，不禁拉过梅雨田，看了又看。说，“你那弦拉得真好，一会儿单独给我拉一段。”

梅雨田不敢说话，忙点点头，跪下磕头。

谭鑫培又介绍道，“这个叫李奎林，小名叫李五。”

“你那鼓打得又脆又响，像爆豆似的，怪吵耳朵的。”慈禧爱抚地看着李五说。

“额娘，那才叫真功夫呢！”光绪皇帝插嘴说。

“我知道你平时爱打鼓，你能听出功夫来。”慈禧笑着对光绪说，“一会儿，你们俩各打一段，比试比试。”

谭鑫培忙说：“老佛爷抬举他，他怎么敢跟皇帝比试呢！”

“哄着大家玩嘛。”慈禧不在意地说，“不就是凑乐子嘛！”

说了一会子话，慈禧让梅雨田拉一支曲子。

梅雨田也不说话，调整胡琴之后，拉了一曲〔夜深沉〕。慈禧听后连连说，“好，好。胖巧玲的儿子拉得好。”

之后，又让李五与光绪皇帝各打了一段鼓，大家说说笑笑的乐呵一阵。慈禧太后对李莲英说，“这两个后生都挺有出息的，也添进来当差吧。”

“喳！”

慈禧一句话，这两位也当上了内廷供奉。

在回来的路上，这两个年轻人高兴万分，问谭鑫培：“都说宫廷威严，威严，怎么太后和皇帝这么随和呢？”

谭鑫培摆出一副老辈儿的架势说，“你们两个小兔崽子，见过什么世面？宫廷威严，那是龙庭上装门面。下了殿，在后宫排戏，他们和我们一样，有说有笑的，跟普通人一样。——以后，进宫时间长了，就知道了。”

为此，梅雨田口占了一段散曲：

【南吕·内廷供奉】

宫廷威严人人信，庙堂高殿宇森。后宫笙歌管弦劲。皇帝鼓，太后吟，嬉伶人。

欢歌笑语，安享天伦。玉笏臣，山呼拜，蒙世人。蟒袍却了，不如黎民。去纶巾，除面具，休充神。

弄玉音，舞清尘，内廷供奉供何人？山河破碎浑不觉，洋人枪声耳不闻！

第六十一回

敢碰无人碰之戏
勇做无人做之人

时小福去世之后，《汾河湾》这出戏再也没唱过。因为这出戏，时小福没有传给弟子。时小福健在时，给他搭档唱这出戏的是谭鑫培。时小福去世之后，没有搭档敢和谭鑫培唱这出戏。时小福那些弟子们都不敢“碰”这出戏，连余紫云、陈德霖等都不敢“碰”。所以这么多人都不敢碰，主要是没得到时小福的真传，怕唱走了样；再就是出于戏德的原因，名人的拿手戏，其他角都有意的避开不唱，不抢人家的饭碗，这是戏界不成文的规矩。客观上还有一个原因就是唱别人的名戏，唱好了也是替别人挣名；唱砸了，更叫人耻笑。因此，一般情况下，名人的名戏，不得真传，别人都不唱。

这出戏很上座，没有搭档唱不成，谭鑫培总觉得太可惜。

一个偶然的机会，谭鑫培去一家唱堂会，他的戏码是《打棍出箱》，是大轴戏。前头还有几出戏，他到得早了，不着急化妆，就在大堂找个座位，坐下看戏。台上唱的是《五花洞》，《五花洞》是出花旦“对儿”戏，戏中有真、假潘金莲对戏。真潘金莲是主角，由小鸿奎班的班主陈七十扮演，假潘金莲是配角，由小鸿奎班的学生扮演。扮演假潘金莲的学生聪明伶俐，身段、唱、念、做的功夫都很扎实，演得比真潘金莲还好。台下看戏的，误把假潘金莲，看成真潘金莲，将假潘金莲当做了主角，彩声、掌声不断。

此时，老生行的老角，除了汪桂芬和孙菊仙之外就数谭鑫培了。因为谭鑫培的名气大，人们都以“老谭”呼之。当然这个称呼是尊称，尊他是京戏的老角，尊他是京戏的名角，尊他是京戏的大佬。谭鑫培人随和，外人称他什么，他都不在乎，听了“老谭”之呼，他还很高兴。

他此次坐在堂内看戏，纯属消磨时间，等着上戏。没想到，却发现了人才。他慧眼识珠，一眼就看上了这个假潘金莲的本事，心里不禁生出喜欢之意。当他到后台准备上戏之时，碰上了正在卸妆的假潘金莲。他冲假潘金莲招招手，那孩子慌忙凑了过来，行礼说：“谭老板好。”

“你认识我？”谭鑫培问。

“可京城，哪个不认识您‘老谭’大老板呀！”孩子天真而诚实地回答。

“你叫什么名字？”谭鑫培问。

“回大老板，我叫王瑞臻，艺名叫王瑶卿。”

“看来你是咱世家子弟，你爸爸叫什么？”谭鑫培又问。

“我爸爸可能您认得，叫王绚云。”

“哦，认得，认得，昆旦名家！唱皮黄的哪个不认得他，那是京戏的老人了。”谭鑫培应声说完，又问，“你师傅是谁？”

“您也认得，是谢双寿。”

“当然认得。这么说，你和余紫云师出同门啊！”谭鑫培说。

“余紫云虽是我师哥，可他出名时我还没出生呢！”小孩子佩服地说。

“你多大了？”

“刚满十三岁。”

“是啊，别说出名，他出科时，你还没出生呢！”谭鑫培笑着说。接着又问，“你净会唱什么戏？”

王瑶卿丝毫不怯生地说：“唱过的有《祭江》《祭塔》《彩楼》《教子》《大保国》《二进宫》《战蒲关》《武家坡》《金水桥》《芦花河》《五花洞》《落花园》什么的，没唱过的有《汾河湾》……”

“等等，你说你会唱《汾河湾》？”谭鑫培截住他的话惊奇地问。

“嗯。”王瑶卿肯定地点点头。

“跟谁学的？”谭鑫培不相信地问。

“跟……靠大墙，跟‘绮春主人’学的。”王瑶卿坦诚地说。

“噢——捋叶子捋来的！”谭鑫培很赞成这孩子的刻苦劲头，接着问，“怎么不唱呢？”

“没人敢碰这个戏！——没有搭档。”王瑶卿说。

“我要给你当搭档呢？”谭鑫培问。

“您——？”王瑶卿怀疑地问。

“嗯。”谭鑫培点点头。

“您不怕我砸了您的台？”王瑶卿真诚地问。

“砸不了！”谭鑫培肯定地说。

“怎么呢？”王瑶卿又问。

“我今天看了你的活儿，我相信你砸不了台。”谭鑫培充满信心地说。

“那——，”王瑶卿顾虑重重地，话说出了半截。

“放心吧。”谭鑫培知道王瑶卿想说什么，“我去给陈七十说，你等我的信儿吧！”

没想到第二天，在同乐园贴出了谭鑫培和王瑶卿的《汾河湾》。唱戏的头一天晚上，谭鑫培把王瑶卿叫到英秀堂，二人对了对词，比画着走了一遍场，第二天在场上，唱得天衣无缝。台下看戏的直纳闷，这出戏原来是老谭和时小福唱的，隔了这么多年，没人敢碰这出戏了，这个小小的青衣是怎么学会的？

唱完这出戏，老谭高兴地对王瑶卿说：“真是初生牛犊不怕虎哇，这么多年没人敢碰，让你给碰‘响’了！”

“还不是仰仗您谭老板的提携！”王瑶卿小小年纪很会说话。

“咱唱戏是得承师传教导，但也得靠自己闯路！”谭鑫培看着王瑶卿说，“敢碰别人不敢碰的戏，敢做别人不敢做的人。”

打那以后，王瑶卿仔细琢磨谭鑫培这句话，觉得很有道理。唱戏的从小学戏，凭师傅口传身授。师傅怎么教，徒弟怎么唱，不准走样，更不准随便改。随便改，就是欺师灭祖，大逆不道！谁都不想做大逆不道的人。可是纵观那些个名家，哪个不是在师傅所传的基础上有所发挥？就拿旦角来说吧，胡喜禄不发挥，京戏怎的来十三咳？梅巧玲不创新，怎的花旦青衣的戏他都唱？时小福不破门，怎的昆乱青衣他都演？要敢做别人不敢做的人，不就是敢做所谓“大逆不道的人”吗？如果这也是大逆不道，谭老板是最“大逆不道”了！他几乎哪出戏都按自己的唱法唱，还不是唱红了！——哦，王瑶卿琢磨谭鑫培的话，琢磨出味道。——他是让我不循规蹈矩，既遵师承，又有创新！

——戏在人演，只要努力研究，戏限制不了人。

他不管旦角青衣不能花旦、武旦、刀马旦混唱的“规矩”，凡是旦角的戏他都唱。他向钱金福学把子功，唱刀马戏《扈家庄》《竹林记》《破洪州》《穆柯寨》《杀四门》等，还学了《虹霓关》《打金枝》《银空山》《雁门关》等花旦戏。

他还多了个心眼儿，唱这些戏，总是想法和老谭搭配，以减少别人说他“大逆不道”的闲话。自从与他同台唱了《汾河湾》之后，谭鑫培还真看上了这个小搭档，他更看上的，是这个年轻人敢为人先的闯劲。他觉得，京戏多一些这样敢闯的人，就更有发展。他很愿意与这个小搭档同台。他俩搭档时间长了，合唱的《牧羊圈》《南天门》《金水桥》《桑园寄子》《汾河湾》等戏叫响一时，无人敢与之搭对儿。

有一次，唱完戏卸妆，老谭派跟包的把王瑶卿叫到自己的化妆室，亲切地说：“来，在这儿洗脸吧，这暖和，挺俊的小脸蛋，别让风扇了脸。”

“不敢，不敢。”王瑶卿连忙摆手，“您的化妆室，我怎么配用！”

当时名角都很讲究“派儿”。要说“派儿”，谭鑫培是最讲“派儿”的。“派儿”，说白喽，就是“气派”。出门、唱戏、前呼后拥，雇很多人伺候。有跟包的，专管跟在身边伺候；送手巾把儿的，专管洗脸擦汗；传话送信儿的，专管跑腿送信儿；沏茶倒水的，专管烧水沏茶；端喝水杯子的，专管端杯子送水。其中这端杯子的，最讲究。他得闹清楚角喜欢喝多高温度的水，水烫了不行，水凉了更不行。得不凉不烫，总保持一个温度。有的角喝水也讲究，水必须是自家带来的，茶必须是对口味儿的。如此，就又多一个专门担水壶的。那时候没有暖壶，瓷壶必须装在保温套内。一壶不够，还得多预备几壶。把保温套装到两个保温盒子里，用扁担担着。一到饮场的时候，端杯子的就得把水递给检场的，及时送过去。另外还有在出将入相口专门打帘子的。后台还有专门管勾脸化妆的，专门管勒头穿衣服的。这些人，老谭都有。除这以外，后台还必须有专供角用的一间化妆室。一个大角，就这么大的“派儿”。

“你上这儿洗脸，咱好说说话呀。”老谭不容分说把他拉进化妆室。

恭敬不如从命，王瑶卿只好在这里洗脸卸妆。老谭边看他卸妆边说，“你青衣也唱，花旦也唱，刀马旦也唱。在旦角行当中，也没你这个行当啊！你这叫什么行当呢？”

“是我自己创出来的行当。”王瑶卿正好借着机会对谭鑫培说，“谭老板，您给琢磨琢磨，这叫什么行当？”

“嗯，嗯。”老谭应承着也琢磨起来，“过去青衣也叫青衫，刀马旦的做派也有花旦的成分，……”

“叫花衫怎么样？”王瑶卿受老谭的启发，忽的一下子想到“花衫”这个名字，忙说“花衫，既有青衣，又有花旦，还有刀马旦的成分。可又非青衣，又非花旦，又非刀马旦。是青衫和刀马旦的合拢，叫‘花衫’贴切。您说呢？”

“好！”老谭听了之后肯定地说，“就叫‘花衫’！——这是你创出来的一个新行当！好哇，咱京戏旦行又多了个新行当！”

谭鑫培一锤定音。

“花衫”一行，出自王瑶卿。拍板定名却是谭鑫培。

有七言绝句写道：

京戏百年有佳音，
名伶代代都创新。
集腋成裘汇新曲，
心血浇灌满园春。

第六十二回

仁义人做仁义事
德行好报好德行

萧长华出科之后，也被谭鑫培要到身边，与他同台唱戏。自从萧长华帮他唱《桑园寄子》，扮娃娃生之后，他觉得萧长华是个人才，一直盯住萧长华的成长。后来听说萧长华学了丑行，他更高兴。他知道，丑行虽不是主行，但是个稀缺之行，人才难得。一次无意中他看过萧长华与人唱的《法门寺》，看那贾桂演得活灵活现，起初不知是谁扮的，仔细一看，方认出，原来就是卢台子那个干儿子萧长华。他一下子像葥了宝一样，只等到后台萧长华下了场，忙拉住萧长华问："你小子出科啦？"

"出科啦！"萧长华看是谭鑫培拉住他，也喜出望外，"大爷，您怎么在这里呀？"

"我今儿打这里经过，偶尔看一眼戏，看你唱得蛮像那么回事，我就专在后台等你。你出科了怎么不到我这里来？"谭鑫培嗔怪地问。

"我哪敢哪！"萧长华解释说，"没两把刷子，谁敢投奔您哪？怕给您现眼丢人呗。"

"你丢不了人。"谭鑫培夸奖的说，"你自小就有出息，是个吃戏饭的材料。甭说了，打明儿起，你就到我那里唱戏，咱俩做台上搭档。"

谭鑫培慧眼识珠，把住人才不放过，非搂到自己身边不可。萧长华喜从天降，偶然之间，就"飞"到了谭鑫培的身边，给谭鑫培做了搭档。萧长华有如做梦一般，心想这可得了谭鑫培提携，成角成得更快。

这是天大的喜事。他急忙把这个喜信儿告诉干妈去。

自从卢台子去世之后，萧长华像侍奉亲娘一样，侍奉卢夫人。柴米油盐酱醋茶，萧长华总是及时给她送到家里。卢氏一有个头疼脑热什么的，萧长华就陪在身边，端茶倒水，请医熬药，敲腿捶背，掐头揉手的不离左右。卢夫人也心疼他，又要唱戏，又要来照顾自己，怪不落忍的。总是说："你忙你的，我身子骨硬朗着哪。干娘啊打小就是干活吃苦的命，一星半点儿的小毛病，一挺就挺过去了。你刚出科，别耽误了你的前程，有事还有你兄弟卢赣呢。"

"干妈快别这么说，我伺候您是应该的。卢赣兄弟刚进衙门，正需要历练，怎么能让他分心呢，他才是奔前程的人。我一个唱戏的，还有什么大前程，孝敬您就是前程。"萧长华说。

"可不是那么回事，你干爹在世的时候，可把唱戏当回事呢！"卢夫人回忆说，"他说那是祖师爷的事业，是大事。大老板把唱戏，看得比性命还重要哪！”

“敢情！——我干爹和大老板是什么人？他们都是戏神。我算什么？我怎么敢跟他们比呢。”萧长华说。

“怎么不敢比？你干爹像你这么小的时候，还没沾戏的边儿呢。再看人家谭金福，小的时候淘着呢，现在也是个人物了！吃戏饭的，那个不巴结他呀！”卢氏说。

“对了！干娘，我今儿就是来告诉您，谭老板让我给他搭档唱戏呢！”萧长华高兴地把这个消息告诉干娘。

“哦，那敢情好！有金福提携，你也会有前程的！”卢氏高兴地说。

“既吃上这碗饭了，就铆足劲儿奔吧！”萧长华说，“咱可没有谭老板那么大造化！”

听了萧长华说与谭鑫培搭档唱戏的消息，卢夫人觉得萧长华肯定不是等闲之辈，如不然，谭鑫培是看不上眼的。看来老头子没看错人，他在戏文封条上写明把戏文传给萧长华。这小子是个有出息之人，如今出科了，人也长大了，也有见识了。说话办事也不张狂，挺稳重的，是个中托付的孩子。正是上进的年纪，该把戏文交给他了。

想到这里，卢夫人冲萧长华招招手，神秘地说：“跟我来。”

萧长华从来没见干娘这么神秘过，好奇地跟她到后院，来到她的卧房，站在她的床下。卢夫人把垂着的床单掀开，冲萧长华说：“你把那个箱子拉出来。”

萧长华猫下腰，伸手到床下拉出一个箱子。卢夫人揭开糊在箱子盖上的一层纸，只见当年卢台子写得那句偈语裸露出来。

萧长华不知什么意思，愣在那里傻看。卢夫人用目示意：看看是什么意思？

萧长华俯下身，仔细念那偈语。反反复复念了几遍，从字面上只知此是传世之物，但传给何人尚不明白。他围着箱子转了个圈，仔细琢磨其中的含义。卢夫人，紧随其后，一步一步跟着他，默不作声。此时萧长华在转着圈默读中，突然眼睛一亮，看看卢夫人，疑惑地问：“干娘，这是干爹留给我的？”

“怎见得？”卢夫人假作不明白，问道。

“这不，干爹明明白白写得清楚‘长华开箱’！”萧长华指着偈语说，“这是干爹的藏头偈语，竖念字头，写得明白——”，他用手指一个字一个字地指着，念给夫人：“长——华——开——箱。”

长封存此若干春，
华夏皮黄有传人。
开班必得师先会，
箱内宝物须更新。

卢夫人轻拍萧长华的头，高兴地说：“你个机灵鬼，你干爹没看错了你！”

卢夫人拍拍箱子，非常郑重地说："这可是你干爹一生的心血。他临终这几年，一个字一个字地修改，整理，你也看见了。他就是一门心思，要把这些戏文留给京戏，一个心眼儿希望这些戏文传下去。由谁来传呢？他心里早有主张，连我都没告诉。临了，才写下这四句偈语。我也是反复看，反复琢磨才看懂的。那时候你还小，正在科班用功呢，我怕你年岁小，肩膀嫩，经不起事。再者说了，这么珍重的东西，想着的人多了。要是当下交给你，别人知道了，万一要打你的主意，若是受了害，岂不坑了你。因此，干娘就用纸封上了偈语，藏起了箱子，不敢走漏半点风声。专等你长大了，再交给你。"

"干爹干娘真是对我恩重如山！"萧长华听了干娘一番话，感动得热泪盈眶，扑通跪在地上给干娘连连磕头。"干娘，我绝不辜负干爹干娘对我的看重和抬举。这些戏文，我一定照干爹说的，好好传下去！——传给京戏，传给世人！"

卢氏赶紧把萧长华拉起来，"孩子，你有这份心，你干爹九泉之下也就瞑目了。干娘这些个年，战战兢兢，压在肩上的担子也就卸了肩了。"

萧长华从干娘那里找来一床旧被子，把箱子紧紧裹好，到外面叫来一辆羊角车，让车夫把箱子绑到车上，辞别干娘，把戏箱子推回自己的家。

自从父亲去世之后，萧长华一直与哥哥萧长荣住在一起。萧长荣的媳妇是个邋遢娘儿们，平时好吃懒做，极没出息。她生了两个孩子，一个是被她喂奶时用奶头堵死的，一个是她抱着孩子到邻居家打牌，被邻居家的孩子传染上水痘，发烧病死的。就因为她不会过日子，两口子经常打架，公公看不下眼去，又不便说，是被她活活气死的。

羊角独轮车进院，萧长华与车夫抬箱子进屋，被她看见了。她想，这小叔子不知发了什么大财了，搬这么沉个箱子进屋了。从此她就想上了这个箱子，总想知道箱子里到底装的什么宝贝。

萧长华自从接过这一箱子戏文，真如得了宝贝一样。非常珍重，也格外小心。每出门时都门上上锁，每次回家，进得门来先仔细关好门，再干别的。他越是这样，就越引起他嫂子的注意，她就越是惦记这个箱子。

一次她趁萧长华上厕所的工夫，窜到萧长华的房间，急急打开箱子一看，——嗨！原来是一箱子破书本！这值什么钱？有什么用？值得那么关门锁门的加小心！要说没用也有用，这要是上厕所，可比那草纸光滑柔软得多。想到这里，她随手就抓了两本掖到袄襟里，没事人似的走了出来。

萧长华自从有了这一箱子戏文，每天一回家就关起门来阅读。只要离开房间，他都格外小心地把书稿放回箱内。这一次，他从厕所回来，净过手，又打开箱子，准备接着刚才读过的戏文继续阅读，不承想，怎么也找不到刚才读过的那本书稿。他仔细回想，临出门就是随手放在箱内书稿的上面，怎么就不见了呢？他记得这本戏文是写曹操诛杀汉献帝皇后，逼汉献帝让出帝位的故事，题名《逍遥津》。他把上面的几本书稿一本一本翻看，可哪一本都不是，不由得急了一身冷汗。他用手抹了一下额头，冷静地想了想，想到肯定是有人趁他上厕所的空子进了房间，拿走了戏文。可是这家里没有别人，只有嫂子在家。萧长华知道嫂子是个不着调的女人，平时只是敬而远之，不大理睬她。嫂子从来没到自己房间来过。她不识字，更不看书，即使是她来了，她也不会拿那书稿。可是，不是她拿了书稿，那书稿会不翼而飞？

正当萧长华急得坐立不安，在房间团团打转的时候，他从窗户里看到嫂子急匆匆奔厕所的身影，恍惚之间，好像手里攥着一把黄纸。他猛地打了一个激灵，一个箭步窜出门外，只见嫂子已经进了厕所。他急得一跺脚，嘴上就喊了出来；“嫂子——”可是下句不知说什么了。

恰在此时，嫂子在厕所应了声，“有事等一会儿再说！”

一听这话，萧长华脑瓜也反应过来，说：“嫂子我闹肚子呢，您先让我一让！”说着一个箭步就进了厕所。幸好，他嫂子还没来得及解裤腰带呢。他一眼就看出嫂子手中攥的正是那戏文书稿的纸页，他伸手抢过来，嬉笑着说，“这个我先用！”

他嫂子只当他是真的闹肚子呢，嘟喽着嘴说，“我说怎么刚来过又来呢！”嘟囔着走了出来。

萧长华展开纸页一看，正是戏文的书稿。他不禁吃了一惊，心想：紧小心慢小心，还是差点毁了大事。正所谓“家贼”难防，谁想到她会拿那书稿呢！萧长华由此蹲在厕所里犯了思索：书稿肯定是她拿了，可怎么要回来呢？直接去要，等于揭了嫂子进房间翻箱子的疮疤，嫂子是个不着调的主儿，她要是翻了脸，岂不闹得一家不和？不直接要，这书稿在她房间，夜长梦多，说不定她又用来生火做饭，或怎么糟蹋毁坏呢！他想了又想，还是等大哥回来再说，免得惹是生非。

他虽是这么想，可还是怕哥哥回来之前，嫂子又毁书稿。他只好直不错眼的盯住嫂子，察看她的动静。为了稳住嫂子，挽回嫂子没去成厕所的尴尬，他随手找了几张废纸，隔着窗子对嫂子说，“嫂子，耽误您了，我这有纸，您去方便吧！”

嫂子在屋内说，“什么破纸，我这儿有的是！”

一听这话，萧长华慌了，怕嫂子再扯书稿，赶紧赶到屋里，一把抢过两本戏文，故意用哀求的声调说，“嫂子，这是我借的人家的书，看着玩儿的，我还要还人家，您用这个废纸吧！”随手把手中的废纸塞给嫂子。

这样一来，不想揭嫂子的疮疤也揭了。因为萧长华说得哀婉，嫂子当下没反应过来，接过废纸就匆匆进了厕所。等一醒过闷儿来，她觉得不对劲儿。这翻箱子的事要是他告诉长荣，两口子又是一顿架要打。她想，不等他告，我先告他！

等长荣回来，她就鼻涕一把，泪一把的，对长荣说弟弟怎么怎么对她非礼，还追到厕所……等等，乱说一通。

长荣与长华从小没了妈妈，由父亲抚养长大。哥儿俩相依为命，同生共死，什么苦难都一起吃过，哥儿俩心心相印，从无猜忌。听了媳妇的一番话，他知道这是这个邋遢娘儿们又在无缝下蛆，胡说八道。他明白弟弟绝不是那样的人，可听她说得有鼻子有眼儿的，又有些将信将疑。此事又不便讲破，只是令他多有了些个想法：弟弟也长大成人了，也该成家立业了，该琢磨着给弟弟娶一房媳妇了。可是这老宅子太窄，住着不方便。还是先买一处宅院，再说娶媳妇的事为妥。

于是，他找到弟弟商量此事，萧长华为了书稿受损的事，也正愁不安全呢。恰好哥哥提出此事，他也想，反正另买宅院这是早晚的事，哥儿俩也早感到此老宅风水不太顺当，早有买新宅的想法。听哥哥一说，忙说，“哥哥说的是，就照哥哥说的办。但有一条，买了新宅院，咱哥儿俩不分家，还住在一起！”

“那是自然。”长荣说，“买个宽绰点的，分前后院，还在一起。”

哥儿俩说定，不久，便买下了大百顺胡同的一套宅院。此宅为前后两套院，大门坐北朝南，萧长荣翻出了爹爹让他保管的，当年卢胜奎所写的堂号墨宝“荣华堂”，让人刻成堂匾，悬挂门首。从此，萧家改换了门庭。

哥嫂住后院，萧长华住前院。萧长华有了一个清静独立的环境，除了唱戏之外，就是安坐窗前，研读干爹传给他的戏文。

散曲【越调·寨儿令】唱道：

好门风，出戏星，戏文交接得传承。大嫂半疯，闹到茅坑，洒笑到西东。多亏哥俩心通，破解麻烦横生。吟读含窗月，品戏书稿中。好，戏出匠斧工。

第六十三回
梅雨田琴定秦晋
杨隆寿义聘千金

慈禧爱看戏，光绪皇帝也爱看戏。除了陪慈禧看戏外，光绪皇帝有时也单独看戏。光绪皇帝最爱看的是武戏，最喜爱的角是杨隆寿。光绪皇帝爱看武戏，据说与时局有关系。他当政之时，正是清政府内外交困，国力衰微，军事实力衰败无力的时候。作为皇帝，他当然企盼国家武力强盛，国威振作，不畏外强的威胁。所以他看戏都爱看武戏，尤其喜欢武功超群的武把子。他觉得，那样，看了都长劲儿，给人以鼓舞。

杨隆寿是当时武生的老角，是程长庚当三庆班班主时候的顶班武生。后来，他创小荣椿科班，杨小楼，程继仙都是此科班的弟子。他虽曾与谭鑫培同班唱戏，但谭鑫培却“敬之如师”。杨隆寿是个多才多艺的艺术家，他除了武生戏唱得无与伦比，还擅长编戏，曾编写《陈塘关》《三侠五义》《九华天》《火云洞》《双心斗》等戏。后被选入内廷供奉，任升平署教习。是唯一被光绪皇帝赐座的教习。

当时有一个著名鼓师，名沈宝钧。与杨隆寿同时在内廷，为光绪皇帝陪练打鼓。光绪皇帝手持鼓箭子打，杨隆寿在一旁走台步，哪一个鼓点怎么打，都由杨隆寿和沈宝钧一步一点儿的指点。因此他们和光绪皇帝处得很好，排练时没有君臣之分，嬉笑说唱非常随和。有时，赶上皇帝进膳，皇帝也将御膳分给他们同吃。

一次，光绪皇帝练打鼓，让杨隆寿走台步，沈宝钧做打鼓示范。沈宝钧坐在皇帝对面，说狄鼓太响，怕皇帝吵得慌，故意将皇帝享用的一匣点心放在面前，用鼓箭子敲击点心纸壳匣盖，代替狄鼓。皇帝也跟着用鼓箭子敲击匣盖，沈宝钧以让皇帝敲着方便为由，故意将点心匣子往皇帝跟前推了推，假装不经意，就手碰开了匣盖，露出点心。皇帝意会沈宝钧的意思，也不嗔恚，笑一笑，招招手，让大家停下来，吃完点心再练。

杨隆寿、沈宝钧等人巧吃皇帝点心的事，成了内廷供奉们的笑谈。

杨隆寿为了让光绪皇帝看好戏，还经常特意邀梅雨田操琴伴奏。一来二去，梅雨田就与杨隆寿成了莫逆之交。梅雨田是梅巧玲之子，杨隆寿与梅巧玲过去就曾在四喜班同台唱戏，梅家的底细杨隆寿知道得一清二楚。梅雨田娶了胡喜禄的女儿为妻，可惜，胡喜禄的女儿不生养，结婚多年了梅雨田尚无子女。

梅雨田的弟弟梅竹芬又叫二锁，梅巧玲去世的时候他还是幼儿，没赶上受他爹爹的亲传。如今已长大成人，借他哥哥梅雨田的光，由哥哥的岳丈胡喜禄亲传唱旦角青衣。在家里，又有梅雨田的指导，梅竹芬做派唱功有胡喜禄的底子，也很有他爹爹梅巧玲的影子。如今，也是在京城舞台上大红大紫的后起之人。

杨隆寿有四个女儿，老大名杨长玉，年已过及笄，尚待字闺中。杨隆寿有意将杨长玉嫁给梅竹芬，可不知梅雨田的心意如何。因为他知道，梅竹芬是梅雨田一手拉扯大的，长兄如父，在梅家就更有一层意思。所以，梅竹芬的婚事非经梅雨田认可不行。

有一天，从宫里回来，杨隆寿对梅雨田说："这两天在宫里不敢放开声唱，总觉得憋屈得慌，兄弟，你能不能到我家陪我扯开嗓子发泄发泄！"

"这还不现成！"梅雨田二话不说，就随杨隆寿到了他的家。二人稍事休息，就调弦对调，唱了起来。

梅雨田的胡琴拉得是风雨不透，而且是如泣如诉，像学人真嗓唱戏一般。这样好听的胡琴声，杨家还从来没有听过。引得一家大小都围拢来听胡琴，看新鲜。杨隆寿的小女儿才六岁，顽皮可爱，挤到人前头边看边想动手摸摸胡琴。大姐长玉怕小妹捣乱，就过来拉小妹。就在眨眼之间，梅雨田用眼角的余光扫视了一下这位大姐，只见杨长玉生得眉清目秀，举止大方稳重。稍稍走了一点神，但琴声却丝毫未乱，依然清脆悦耳，如唱如诉。杨长玉也借拉小妹的一瞬间，瞥了一眼梅雨田，对梅雨田有了一个清晰的印象。这一切，都让杨隆寿看了个清清楚楚。

一段唱下来，杨隆寿命家人斟茶，稍事休息。此时小妹又过来想摸那胡琴。梅雨田逗小妹妹说，"喜欢吗？"

"嘻嘻，"小妹一点也不怯生，说，"喜欢。能让我拉拉吗？"

"喜欢就送给你！"梅雨田真的把胡琴递到小妹手中。

此时杨长玉端茶过来，放到茶几上，回头对小妹说，"那琴是金贵东西，可不是玩的！"

梅雨田却说，"她喜欢就送给她了！"

"那是你吃饭的家伙，怎么能送人呢！"杨隆寿旁边阻拦道。

"不就一把琴嘛！"梅雨田毫不在乎地说，"头一次登您家门，也没给孩子们带什么见面的稀罕玩意儿，这把琴，就当见面礼儿吧！"

"如此，礼太重了！"杨隆寿说。

"回头我再做一把。"梅雨田不在乎地说。

"这么金贵的东西，还不谢谢叔叔！"杨隆寿赶紧让小女儿致谢。

这小女儿得了琴，像得了宝一样，接过琴，抱在怀里，恭恭敬敬地给梅雨田鞠了一个大躬。大姐杨长玉也鞠一个大躬，说声，"谢谢了！"忙拉小妹到后堂去。

梅雨田看着杨长玉的背影，久久出神。

杨隆寿看出梅雨田的心事，说，"我这大姑娘，年方十八，该出阁了！"

"哦，哦。——还没有选中人家？"梅雨田醒过神来问道。

“我是选中了，还不知道人家中意不中意。”杨隆寿故意引导话题。

“但不知是哪一家？”梅雨田问。

“如不嫌弃，许配令弟如何？”杨隆寿突然发问。

“这么好的姑娘，舍弟哪有此福？”杨隆寿的突然提议，正中梅雨田下怀。这半天，他走神、发愣，琢磨的就是此事。正不知怎么开口为弟弟提亲呢，听此言，当然高兴万分。但还是绕个弯子探探虚实。

“贵府是我早就选中的人家，令尊大人在京城是有名的大善人，他扶危济困谁人不知？焚契消债的事哪个不晓？搜券还当，已成传奇故事，京城奇闻。传到你这一辈，继令尊之慷慨，你梅雨田扶困救贫，一掷千金伶界那个不知？就凭你梅家的人品家风，我还怕高攀不上呢！”说到这里，杨隆寿像想起什么，“哎，我还有一事要证实证实。”

“什么事？”

“传说你娶胡氏过门之后，回老家泰州祭祖，路过南京时，正赶上江苏遭遇百年不遇的旱灾，饿殍遍野，饥民涌进南京城，充街塞巷。你不忍看灾民冻饿街头，将身上带的三百两银子，拿出二百两，兑成铜钱分散布施，撒给灾民。可是杯水车薪，还有更多灾民无以度日。你一咬牙，将所剩一百两银子也拿了出来救济灾民。你回不成老家，当然也祭不成祖，然后就携胡氏搭商船返回京城。——此事不为虚传吧？”杨隆寿言之凿凿，追问此事。

梅雨田笑笑说，“这样事让你碰上，你也会如此。”

“啧啧！——活菩萨，真是活菩萨再世！—— 一家活菩萨！”杨隆寿对梅雨田赞叹不已。之后用坚定的话语说，“似你这样的人家，我杨隆寿打着灯笼也难找哇！——我的大女儿许配令弟，铁定了！”

梅雨田探出了杨隆寿的实底，高兴地说：“如此，咱就成亲家了！”

“马上换帖子定日子吧！”杨隆寿急切地说。

“慢来，慢来，”梅雨田不慌不忙地说。

“莫非贤弟相不中小女？”杨隆寿急忙问道。

“仁兄岂不知儿女亲事，没有父母之命媒妁之言，不成体统？”梅雨田说。

“你家与别家不同，令弟是你一手把他拉扯大的，不要说长兄如父，你对令弟的抚爱，虽父亲也难以相比。这是世人有口皆碑的！替弟弟的婚事操心做主，也应当应分啊！”杨隆寿辩解说。

梅雨田说，“话虽如此说，但我尚有老母，总得听听她老人家的示下。何况毕竟是弟弟的婚事，总得征求征求他本人的意见，方为妥当。”

“还是贤弟虑的周到。虽不是诗书礼仪之家，但比之诗书礼仪之家，也不为不逊色。——家风好，家风好哇！”杨隆寿听此言更是赞叹不已，“如此，我就等贤弟的音信了！”

“仁兄但得放心，到时候我定会请媒人上门求亲的！”梅雨田给杨隆寿吃了颗定心丸。

梅雨田告辞回家，禀告母亲，又征得弟弟的同意。最后敲定了这门亲事。

当时，斟茶送水的时候，杨隆寿的大女儿，用眼瞥了一眼梅雨田，看此人慈眉善目宽脸方额，很有福相。又听说他弟弟梅竹芬与他长相酷似，当然心里很是满意。又有爹爹做主，就更没有什么可说的。

不久，两家换帖子，办婚事，梅竹芬娶了杨隆寿的大女儿杨长玉为妻。

有词【鹧鸪天】写道：

门当户对结亲情。花容月貌配金龙。琴定佳音阳关曲，歌唱调门第几重？寻好梦，梦已成。巫山云雨裹金风。绣衾隔帘听昵语，卿卿我我到天明。

第六十四回
承秘籍兄弟出壳
严郎儿借祖成名

常言说，人算不如天算。余紫云既开古玩店，虽谢绝氍毹，有时兴起也隔三岔五的接个堂会唱唱，白花花银子总是往家里流。为儿孙的后事，也铺排得头头是道，小日子过得是红红火火。但他有个时尚流行的通病，就是抽大烟。抽得过了火，禁不住烟毒攻身，因而早早夭亡。

当时抽大烟是社会通病，戏界名人，为了追时尚，很少有不抽大烟的。他们自圆其说，说是消乏提神，到台上格外长精神，也可能有一定刺激作用。

自从林则徐虎门烧毁洋人鸦片之后，清政府曾几次明令禁烟，不准老百姓抽大烟。因为有台上“提神”这一说，慈禧太后则特许伶人抽大烟。

这说起来还有个故事。

有一次谭鑫培为慈禧唱戏，临上台，烟瘾上来了，他请示李莲英，把戏码往后调一调，等自己抽一口大烟，提提精神再上场。李莲英看谭鑫培得宠，心里吃醋，犯了嫉妒，故意刁难谭鑫培。说这是老佛爷恩准的戏码，不能随便变更。谭鑫培只得犯着烟瘾上场。到了场上，浑身打颤，鼻涕眼泪往外流，哈欠打个没完。慈禧在台下看着觉得不大对劲儿，就问身边的人，“小叫天今儿个是怎么啦？等他下台来叫他来见我！”

谭鑫培见了太后，仍犯着烟瘾，脸都抽得变了模样。慈禧抚爱地问道：“小叫天，你是病了还是怎么的？怎么台上台下的这么一副模样？”

谭鑫培不敢隐瞒实情，只得说：“奴才没病，是奴才的烟瘾犯了。”

慈禧赶紧命李莲英给谭鑫培去取烟枪什么的，让他抽烟解瘾。李莲英想趁此落井下石，却说，“朝廷已明令禁烟，老佛爷，可不能让他开这个头哇！”

“放你娘的屁，他一个戏子，吸口烟提提神，还能把大清的江山抽垮呀？——净拿着鸡毛当令箭！”

慈禧这一句话，等于是给伶界开了个口子。从此，伶人抽大烟不为犯禁。反而成了时髦，成了享受，成了伶界名人的象征。更美其名曰抽“芙蓉膏”。

岂不知，多少伶人都受了这“芙蓉膏”的毒害，损害了身体，过早的离开了人世。

余紫云就是一例，他死的时候才四十四岁。连他自己都没想到就这么早早地撒手人寰，他还有很多事没来得及安排呢。

为了小儿子第祺学唱戏，他觉得光靠自己亲自教还不够，自己是唱旦角的，隔行如隔山，毕竟生行的戏路数不熟。他本打算让第祺拜谭鑫培为师，当时谭鑫培正是大红大紫之时，宫里宫外，堂会茶园应接不暇，他没有时间、也没有心思收徒教戏。如此，拜了谭鑫培，反而把孩子耽误了。与其找谭鑫培这样的名人，还不如找功底深厚的老伶工拜师更为实在。于是他把第祺托付给了姚增禄。姚增禄是昆曲科班出身的老伶工，生行的戏路子精通，昆乱不挡，能戏四百多出。姚的功夫更是了得，尤其腿功，堪称一绝，人称“姚一腿”，连宫廷内学都聘请姚增禄为教习。姚的唱功学谭鑫培，在伶界公认为“姚氏谭派”。余紫云的此举可谓精心妙算，姚增禄能扎扎实实地教儿子，儿子能扎扎实实地学到功夫，还能跟上时髦，不漏掉老谭的本事。

在家里，他让大儿子第福为第祺操琴，对照余氏秘籍练发声，他在一旁指导。如此，小儿子的功夫突飞猛进。他也很为小儿子的长进窃窃得意，自此，他更加暗暗拿定主意，一定把第祺培养成余家的第二个“戏状元”。到第祺十岁的时候，已经学会了很多戏，而且嗓音极好，能与汪桂芬的嗓音同调。外人夸他为“小汪桂芬”，余紫云觉得余家真的又要出一个“戏状元”了。但是这个戏状元的艺名，不能叫小汪桂芬。叫“小余紫云”也不合适，因为他是生行，不是旦行。想来想去，还是打余三胜的旗号有号召力，于是就给第祺取艺名“胜荪”，谐音“余三胜之孙”的意思。他为第祺的成名可谓费尽了心思，可惜，天不假人，未等他的设想露出眉目，他就被无常招去，归了阴曹。

余紫云死后，沈氏执掌家务。她也很有余紫云的心计，对小第祺的管理丝毫不得松懈，经常亲自督看第福和第祺哥儿俩练功。为了丰富第祺的唱腔韵味，她又为第祺聘请吴联奎专练唱腔。命大儿子破解余氏秘籍中的音韵唱法，弥补小第祺发音不圆润饱满的欠缺之处。

无独有偶，此时，京城之内还真出了一位唱功敢与汪桂芬媲美的小伶童，居然真以“小桂芬”的艺名为旗号，在京城的戏台叫得很响。

这一下更刺激了第福第祺哥儿俩的练功劲头。第福比第祺大十岁，从小眼力不好，一只眼失明，人送外号“余大瞎子”。他唱戏不成，余紫云让他学了操琴。有余紫云的关系，第福也曾受过梅雨田的指导。琴艺练得十分精当，余紫云就让他专门为第祺拉琴。第祺的唱功很多也受大哥的指导，哥儿俩一拉一唱，配合得天衣无缝，也很让外人羡慕。第福是操琴的，专门研究音韵唱腔，对爷爷留下的余氏秘籍也死抠钻研。因此，第祺在唱腔上也挺服大哥的气，大哥怎么教，他就怎么唱。

京城也出了个小汪桂芬，第福心里不服气，暗暗到茶园听过一次小汪桂芬的唱。他不听不知道，一听吓一跳。这小汪桂芬的嗓音确实清脆嘹亮，比之汪桂芬，还高出一个调门，能在乙字调以上，还丝毫不带吃力的。真是人外有人，天外有天，既生瑜何生亮，怎么就蹦出个对头来！凭第福拉琴的经验判断，这个小汪桂芬的嗓子条件比第祺要好得多。第祺的嗓音虽然嘹亮，但中气不足，没有力度，缺少穿透力。近听很甜韵，远听，就显得单薄绵软。无奈，这是天赋所致，祖师爷就给了个这么样的饭碗。要突破，谈何容易！

第福是个老实人，听了人家的唱他很服气，也很丧气。回家告诉第祺，第祺却毫不在乎。他说：

“大哥，别那么长别人的志气，灭自己的威风。他唱他的，咱唱咱的。他有好嗓子，咱有好爷爷！咱有余氏秘籍，怕他何来！”

“哎呀，我的好弟弟，你小小人家真有见识！”第福被弟弟的这番话鼓起了劲头，“咱亮出爷爷的‘十三一’，以腔比嗓，各为取胜！”

所谓“十三一”，是指余三胜在秘籍中记录的一个腔调。此腔又叫“满江红”，是从一句的头一个字起腔，行腔中音韵连连有十三个转折，听来连环起伏跌宕，最后才落到下一个字上。这样的唱法，创始于余三胜，他在秘籍中有详细的记录。

余三胜去世几十年后，又搬出此腔，当然新鲜别致。在余氏秘籍中，还有失传的其他腔，也被第福哥儿俩搬了出来。这可是挖掘了京戏唱腔的宝藏，也为余第祺的成名增添了砝码。

哥儿两个信心十足。第祺这一年十二岁，在湖广会馆登台，亮出了《鱼肠剑》。他扮演伍子胥，在《文昭关》一场中，唱“一轮明月照窗前”时，第一次亮出了“十三一”的腔。来湖广会馆看戏的人，不管老的少的，都是有身份、有地位、有来头的上层人物。这些人什么名人的戏没看过？就是没看过这个小伶童的戏。看扮相、看做派、听唱腔都与众不同。尤其是“十三一”的唱腔，年轻的根本没听过，年老的听着耳熟，觉得似曾相识，又一下子想不起在哪听过。不论年老年轻的，都觉得这个腔新鲜好听，既韵味绵长又切切萦怀。叫好声，喝彩声，连连不绝于耳。散戏了，有人问此伶童名号，有人告诉说是“胜荪”。“胜荪”，挺费解的，闹了半天是余三胜的孙子的意思。由此名号，有的老戏迷一下子想起这“十三一”腔调的出处。原来，这是几十年前曾听到过的，当年余三胜使过的腔调。

这样一传十，十传百，“十三一”腔调的重生，使“胜荪”的名字有了点响声。

这消息不胫而走，传到了谭鑫培的耳朵里，他也倒觉得很是奇怪。他想，余三胜是我师傅，我师傅教会的我唱腔不少，但从来没有教过我什么“十三一”的唱法。我和余紫云同台唱戏，那么多年，也从来没从他嘴里说过有个什么“十三一”，我倒要看看究竟什么样的腔叫“十三一”。他抽冷子到“胜荪”唱戏的茶园留心听了一回，一下子才明白，原来当年师傅教我的时候还留了一手。就是没教过我这个“十三一”。今天师傅的孙子，竟然亮出了这个“十三一”，并且以之为号召。可见，余家是多么有心计。这么多年秘而不露，一鸣而惊人。怪不得余家能出三代名家，这与余家的深藏不露，大概也不无关系。

不过，腔不瞒人，只要唱出来，总会有人记住的。即使记不全，也有模仿的。这个“十三一”已经被人模仿的比比皆是了，自己在《捉放曹》宿店一场中唱的，“一轮明月照窗下”不就是“十三一”的翻版吗？那是前人模仿下来的。我也是在模仿前人的基础上，有所变化而成的。

戏要发展，腔也要发展。戏不发展了就是死戏，腔不发展了就是死腔。这个“十三一”不发展，早晚也是死腔。无论戏还是腔，总是要出新的，总不出新，就会堕落成僵死的东西。可是有些遗老，以老腔为自我标榜，总为老腔叫好招魂。可是叫不了多久，就与老腔一起被葬埋了。

当时，与谭鑫培同时期的生行名家，没有几个了。比较活跃的还有汪桂芬、孙菊仙。他们两位也听说了“十三一”和“胜荪”的各种传说，二人也不约而同的相继看过第祺的戏。都为第祺的天赋而高兴，为余三胜能有这样的孙子，而感到庆幸，为余家的三世戏曲名人而感到惊叹。对“十三一”的唱法，与谭鑫培看法相同，觉得不足为奇。

有散曲【中吕·山坡羊】唱道：

主意拿定，天衣无缝，疏而不漏岂能行？写秘籍，为家声，兰舟只为独家用。好歌不唱也放冷。唱，热哄哄；热，传佳声。

第六十五回

刘赶三讽喻太后
十三绝画内藏师

刘赶三自从为程长庚念完悼词病倒之后，一直恢复不过元气来。身子骨时好时坏，有两年多不能登台唱戏了。但刘赶三是条硬汉子，他不肯让病魔拿住。只要能站起身来，决不闷在退身堂，他坚持着往外头溜达溜达。

这一天，他溜达到正阳门的大墙外面，闲看那些遛鸟、斗蛐蛐、打太极拳的闲杂人等的闲杂儿。正看得上劲儿，后衣襟被人抻了一抻，回头一看，原来是宫里的一个小太监。这个小太监，借在宫外办差的机会，混到人群里看闲杂儿热闹。他在宫里看过刘赶三的戏，当然认得刘赶三。所以才抻刘赶三的衣襟，算打个招呼。

刘赶三看是小太监，忙拱拱手，打招呼："出来办差呀您呐？"

"刘老板您好自在呀，在这儿闲逛哪？"

"遛遛身子骨。"

"听说您病了，这不身子骨还蛮硬朗的吗！"

"借您的吉言，好多了！"

二人打个照面，各自走各自的了。

这小太监回到宫里，给同事们瞎白话，说："你们说我看到谁了？"

"谁？"

"刘——赶——三！"

"他不是病了吗？"

"嘿，身子骨硬朗着哪！在正阳门楼子底下闲逛呢！"

"嘿，这个刘赶三，老佛爷早就说传他的戏，他老说有病，闹了半天，是给老佛爷玩花活呢！"

这话传到了李莲英耳朵里，李莲英来了兴致。李莲英正愁这些日子，慈禧太后老是心烦哪。烦什么呐，自从光绪皇帝亲政之后，她总觉得光绪在背着她搞什么新花样。这使她越来越不放心，所以心里总是烦得慌。李莲英总想给主子找个解解闷儿的角唱唱戏，逗老佛爷开心。可是除了老谭就是老谭，唱得再好，总是一个人的戏，也不新鲜了。一听说刘赶三，他当然知道刘赶三是个开心解闷儿的大角，这不正好传来，给老佛爷解解闷儿嘛！

于是，他决定传刘赶三进宫。

第二天，刘赶三就接到宫里传差的帖子。虽说身子骨还没好太利落，但宫里传差，还得去呀。他到驴棚，把墨玉从槽边解开，边解缰绳边对墨玉叨咕："老伙计，咱好长时间不登台了，这回我陪你进宫，咱进宫唱戏去。"墨玉像听懂他的话，甩甩尾巴，放开喉咙，啊啊啊的叫了一阵。"行啦，走吧您呐！"刘赶三给墨玉戴好鞍韂，骑上它，踢踏踢踏的进了宫门。

李莲英见了刘赶三，高兴极了，赶紧报告给慈禧太后。慈禧也是好长时间不看刘赶三的戏了，听到禀报，忙令李莲英张罗人来看戏。

开戏了，刘赶三唱的是他拿手的戏《探亲家》。他在台上骑着毛驴走了个圆场，边走圆场边做身段，逗得台下慈禧及皇上和王公大臣们哈哈大笑。

刘赶三骑在驴身上，边走边唱，边唱边往台下看，看到慈禧坐在正中，光绪皇帝站在她的旁边，连个座位都没有。其他人等都在侧面，反而都有座儿。刘赶三越看越觉得新鲜，怎么皇帝看戏还没个座儿呢？

其实，这是慈禧太后给光绪皇帝立的规矩。只要光绪皇帝在慈禧身边，慈禧不赏他座位，他就得站着。看戏更是如此，这也是故意摆谱给王公大臣们看的——连皇帝在我这里都没有座位，何况你们呢！

这也是给光绪皇帝的警示，——你这个皇帝宝座是我给的，有我在，我不让你坐，你就得给我站着！

这个规矩自打光绪皇帝登基以来，一直是这么照着做的。刘赶三只是看着新鲜，他哪里知道这里头还有慈禧太后的心思呢！

当戏唱到到了亲家家里，亲家给他让座儿。刘赶三现场抓哏的本事又露出来了，他拱拱手，说："您没看台下的皇帝还站着呢，我哪里敢坐呀！"

刘赶三觉得这个哏肯定能响，哪知，此话一出，台下一片惊讶，鸦雀无声，连光绪皇帝听了都惊得目瞪口呆。

慈禧听了这话，脸上红一阵白一阵，也现出尴尬相。

李莲英听了这句台词，气得脸都青了，他紧盯着慈禧的脸色，但听得慈禧一声令下，就立马将刘赶三拿下。

慈禧毕竟是政治场上的玩家，当着宫里上上下下那么多人，她怎么能露出真实意图，显出小家子气呢！她冲光绪皇帝一笑，转脸对李莲英说："小李子，给皇上搬个座儿，让皇上坐下吧！"

"嗻！"

李莲英赶紧张罗，给光绪皇帝搬来把椅子，放在慈禧身边，请皇上坐下。

光绪一落座，台下的气氛才缓和了过来，人们开始放声笑了起来。

刘赶三在台上那句话一出口，本想出个响哏，却见台下一片惊诧，他知道自己又捅了娄子，心里正突突的打鼓呢，一看慈禧真的赏给了光绪皇帝一个座位，场内人们都松了一口气，他才放下心来，接着往下唱。

唱完戏之后，李莲英气哼哼地来到后台，对刘赶三说：“拉上你的驴，滚出宫去！以后休想再进宫！”

刘赶三也不示弱：“以后？没有以后了！以后想看爷，也看不到了！”

李莲英听这话不对劲，找茬说：“你给谁称爷？这宫里还有你个臭戏子称爷的份？”

刘赶三说：“这，谁不知道，宫里唯有你敢称爷呀！——我是说以后想看，‘也’看不到了！”说罢，拉上他的墨玉，踢踏踢踏，不慌不忙地走出宫去。

李莲英看着刘赶三的背影，恨得牙根都痒痒。可是他看慈禧太后都忍下了，自己也只好忍下。

刘赶三的一句台词，给光绪皇帝争了个座位。这在宫里宫外，引起了不少传说。

刘赶三也不管他传说不传说，从此谢绝了戏台，再也不唱戏了。

他照旧每天到外面遛腿闲转。这一天，他转到了琉璃厂姓薛的一家古玩店前，正东洒西瞅的瞎踅摸呢。打从店里走出一个人来。一看到他就亲切地喊道：“哎呀，仁兄，多日不见，您身子骨可好哇？”

刘赶三定睛一看，原来是老个朋友。此人姓沈名蓉圃，是个著名的画匠。他专门给人画像，他画出来的像，惟妙惟肖，得体传神，因此一举成名。大户人家专请他给家人画像留作纪念。有此技艺，他在京城，也算得一绝。

刘赶三怎么与他是老朋友呢？原来沈蓉圃也是天津人，曾在杨柳青戴康曾的画店当过学徒。刘赶三是经戴康曾介绍拜余三胜为师的，戴康曾去世之后，刘赶三念戴康曾的恩德，经常回天津给戴康曾上坟，有时也到画店走走，这样就认识了在画店学徒的沈蓉圃。刘赶三比沈蓉圃大几岁，沈蓉圃就称刘赶三为大哥。

戴康曾辞世之后，画店经营得不景气。沈蓉圃就来到京城专以为人画像为生。到了京城，他经常和刘赶三交往，二人就成了无话不谈的哥们儿。沈蓉圃成名后，经常往琉璃厂画店、古玩店走动，刘赶三也喜欢字画古玩等物，二人就更多了谈论的话题。

二人多日不见，此一见面，更觉得亲切。沈蓉圃不容分说将刘赶三拉进薛家古玩店。对薛老板说：“薛兄，今天有贵客临门，您大喜啦！”

薛老板是个戏迷，他经常看刘赶三的戏。一看是刘赶三，惊喜万分，忙说：“果然是贵客临门，刘老板驾到，小店蓬荜生辉呀！”

薛老板忙招呼刘赶三落座，上茶。他对沈蓉圃一笑说：“今儿个真难得，你们两个‘一绝’同时光临小店！”

刘赶三也不见外，一边落座一边用天津话叨咕：“瞧您说的，嘛‘绝’呀！不就是两个老哥们儿么！”

“嘿，你们这老哥们儿可不得了哇，一个是画匠一绝，一个是名丑一绝，这不是两个‘一绝’吗！”

“若说我这位老弟，人家画像那是一绝，我一个唱戏的，说得上什么绝不绝呀！”刘赶三还是不认账。

“您骑上那墨玉，在台上这么一走圆场，包袱一甩，全场爆笑，这不是一绝吗！”薛老板越说越来劲，“听说您前几天还在台上给皇上争了个座儿呢！——这不是一绝么！”

刘赶三听到此，想起了李莲英对他的态度，知道这事肯定得罪了慈禧太后，但慈禧又不好拿他发作。刘赶三想起来倒也觉得很解气，反正是再也不登台唱戏了，我刘赶三也就如此而已了。想到此，心里也很舒坦。忙岔开话题说：“要说梨园行中程长庚、余三胜、卢台子、徐小香等，那些人，有些是受过皇封的名家呀，他们才称得上是一绝呢。只可惜呀，死的死啦，走的走啦，再也看不到他们的绝活啦！”

薛老板听到这里，把刘赶三的话挡住：“等等，等等，我这里还真有一个十三绝的玩艺儿，让你们开开眼。”说着，他到里头套间的保险柜里取出了一幅画。

一看，这幅画装裱得很精细，横幅长轴。慢慢打开，足有一丈有余。仔细一看，可把刘赶三和沈蓉圃看呆了。原来画上画的是一群戏曲人物，工笔重彩，一个个栩栩如生。刘赶三和沈蓉圃一个一个地数了一遍，整整十三个人物。刘赶三还能一个一个地说出，哪个人物唱的是哪出戏。

薛老板得意地对他们说：“二位没见过吧？这可是宝贝，可大清国就这一份！此画名《京腔十三绝图像》，是乾隆年间——”

不等薛老板说完，沈蓉圃猛然一拍脑门儿，“我想起来啦，听说过是有这么一幅画，是乾隆年间的画匠贺世魁所画。当年是给廊坊头条，诚一斋南纸店门首画的匾额，一直挂在店门口，怎么……？”

“经沈老弟这么一提，我想起来了，《都门纪略》里头对此画有记载，画上画的这些个梨园前辈，咱虽没见过，但书中写得清清楚楚，有霍六、王三秃子、开泰、才官、沙四、赵五、张虎、恒大头、卢老、李老公、陈丑子、王顺、连喜。是当时名擅词场的十三位伶人，他们各怀绝技，堪称当时一绝。”刘赶三说。

“二位老板说得不错！”薛东家把话接过来：“这原是做匾额的画稿。匾额经几朝风雨，朽烂了，无从可考。可这幅画的原稿，早就被我踅摸到手了。你们说这不是宝贝么！”

“敢情宝贝，这是难得的宝贝。”刘赶三赞叹道。

沈蓉圃看着这幅画发起呆来。

薛东家边收画卷，边对沈蓉圃说：“沈老板，发什么呆呀？他贺世魁能画十三绝，你沈蓉圃就不兴也画它一幅十三绝？”

“哎，薛大老板，我发的就是这份呆呀！——我的心思让你给猜着了。”沈蓉圃说，“这写诗作画，就怕没有题目，您这幅宝贝倒给我出了个题目，我也借题发挥，画他个十三绝！”

“画本朝的？”薛老板说：“光绪朝的角，没几个能称得上绝的呀！”

“唉，我那些台上的老哥们儿，个个是绝。——可惜，都快死绝啦！”刘赶三感叹道。

“没关系，凭我的本事，不出一个月，我保证画出个新十三绝来。”沈蓉圃胸有成竹地说。

“好，沈老板真有绝的！”薛老板使出了激将法，“一个月后的今天，我们还在这小店，看新十三绝如何？”

“一言为定！”沈蓉圃回答得斩钉截铁。

一个月后，这三个人又聚在薛家古玩店。沈蓉圃得意洋洋地打开一幅画卷，此画尺寸之大，他们都未曾见过。展开之后，可墙山大。画中的人物如真人一样大小，一个个活灵活现，似在戏台上正扮唱各自的角色。

刘赶三看了非常激动，用手指着：“嚯，这个是程长庚大老板唱得《群英会》之鲁肃；这个是卢胜奎卢台子，扮的是《战北原》中的诸葛亮；这个是张胜奎唱的《一捧雪》之莫成；这个是杨月楼扮演的《四郎探母》中的杨延辉；这个是小谭叫天谭鑫培，他演的是《恶虎村》中的黄天霸。对，这小子刚着道的时候是唱武生的。现在他如愿以偿，改唱须生了；嚯，这个是徐小香扮演的周瑜，这可是个活周瑜；这个是第一青衣时小福，他扮的《桑园会》中的罗敷；这个是梅巧玲，这是他扮演的《雁门关》中的萧太后；这个是余紫云，我师傅余三胜的儿子，他扮演的是《彩楼配》中的王宝钏；这个是朱连芬，他扮演的是《琴挑》中的陈妙常；这个是郝兰田，他扮演的是《行路训子》中的康氏；呵呵，怎么还有我呢？这个乡下妈妈确实是我的拿手活儿；哦，还有我的师哥杨鸣玉，他扮演的《思志诚》中的闵天亮——我说贤弟，这些个人都让你给画活啦！”

沈蓉圃笑笑，对刘赶三说：“我刚才故意不吱声，听您指划着说，就是看我画的人物有没有错，能不能让您认出来。”

“说什么错不错，一个一个都活了，还能错？”刘赶三高兴得合不拢嘴。

薛老板在旁边也佩服得五体投地：“我真服了您了！这活着的人好画，这死了的人您是怎么画的？照着他们的魂儿画的？——真神啦！”

沈蓉圃得意地说：“只要刘大哥说没错，就说明我画的人儿‘像’了。画画，一靠平时的素描；二靠记忆中的印象；三靠想象发挥；四靠技艺娴熟。那些个已故的伶人，都是靠我过去看戏的记忆，发挥想象描摹出来的。刘大哥说画得像，我也算对得起这些梨园大家了！”

薛老板说：“这幅画，哪儿都好，就是还没个题名呢！”

“题名么，我是想听听二位的意见，再作题名。”沈蓉圃说。

“那幅画是乾隆年间的十三绝，咱这幅画是光绪年间的十三绝……，我看就叫光绪十三绝如何？”薛老板提议。

“不妥，不妥，郝兰田、张胜奎还没到光绪年就过世了。”刘赶三说。

沈蓉圃说:“我也是这么想。我画的这些梨园名家，都是同治、光绪年间最红的大角，……不妨叫做‘同光十三绝’如何?”

“好，好。叫‘同光十三绝’妥当。”薛老板赞成地说。

“那，贤弟就提上题名吧!”刘赶三赞成地说。

沈蓉圃随即提笔，在画外，题上“同光十三绝”的名。在画中空白处落款：沈蓉圃绘。并重重地盖上朱红印章。

看着这幅画郑重落成了，薛老板动了心思。他对沈蓉圃说:“沈老板，您开个价，这幅画我买下啦!”

“哎，哎，这可是无价之宝，不卖，不卖!”刘赶三抢着说。

“这幅画就送给刘大哥吧，也不枉您在梨园踢打了几十年。”沈蓉圃说。

听了这话，刘赶三又不好意思了。他思量片刻，说:“贤弟的一片心意我领了。这幅画画得太好了，我拿回家去，也不好收藏，准得让那帮梨园弟兄们给抢了去。要不这样，这画就放在这古玩店里，让薛老板保管，他保管古玩古画是行家。这样，一准儿保管得更完好。挂在他这儿，也得劲儿让店里来来往往的客人们观赏。”

沈蓉圃听刘赶三如此说，觉得很有道理，便说:“刘大哥说得很在理。这幅画就委托薛老板给保存吧。”

“恭敬不如从命，那我就当仁不让了。”薛老板巴不得呢，即刻命人将画装裱，镶好框子挂在店铺的大堂里。

自从大堂里挂上这幅画，薛家古玩店的生意火爆了起来。有些人是来买古玩的，有些人是专为来看画的。

刘赶三也隔三岔五的往古玩店来溜达，每看到这幅画，就勾起他对往事的回忆，想起了大老板，想起了卢台子，想起了徐小香……

因为想念程长庚，自从程长庚去世之后，他就经常往四箴堂走动，看看大嫂庄夫人，看看孩子们。看着章甫打鼓成了名，看着章瑚的儿子遵尧长大，进了同文馆，看着章甫的儿子尊孔也长大了，进了小荣椿科班……他打心眼里替大老板高兴。大老板的子孙都按大老板生前的安排一个个出息了，他也为大老板感到欣慰。

这一天，他在杨隆寿办的小荣椿科班门前碰到了尊孔。尊孔又名叫程继光，这孩子懂事，老远就赶过来用手搀着刘赶三说话:“爷爷，您怎么溜达到这儿来啦?身子骨好多啦?年岁大了，经着点儿心，保重要紧。”

刘赶三被这孩子说得心里头热热乎乎的，用手抚摸着尊孔的头说，“小光子，爷爷想你啦，不觉不由得就溜达到这儿来啦。你长高啦，都成大人啦。我觉着你该出科啦，能不能给爷爷露两手?”

“我已经出科啦!在四喜班唱小生。今天是回科班给师傅请安来啦!”尊孔搀着刘赶三边走边说,“爷爷，您别光叫我小光子啦，我的艺名叫程继仙。”

“哦，哦，是长大啦，都有艺名啦!快成大角了!”刘赶三高兴地夸奖他。

“嗯，我正铆着劲儿当大角哪！”

“好，有志者事竟成！”刘赶三突然想起了那幅《同光十三绝》的画，高兴地说，“走，爷爷带你去看看你的亲爷爷去！”

“我亲爷爷？”程继仙以为刘赶三老糊涂了，被弄得一头雾水。

“对了，你亲爷爷——程大老板。”刘赶三高兴地说：“你是没看过你爷爷当年的风采，那才是真正的大角哪！”

程继仙懵懵懂懂的，被刘赶三拉到了薛家古玩店的大堂。

直到看到那幅画，他才明白了刘赶三的意思。

刘赶三指着程长庚的画像说：“看，这个就是你爷爷。——有名的戏神哪！”

程继仙被眼前这幅画上一个个栩栩如生的人物吸引住了。他目不转睛地看着画上那绘声绘色的戏剧角色，神情也进入画的境界中。

刘赶三看他看得如此入神，慢慢地凑过来，给他讲那一个一个的人物和他们的故事。

程继仙入神地看着，专心地听着。在科班里学戏，师傅常给他们讲那些前辈人勤奋成名的故事，只是有些模模糊糊的印象。如今看了这些画像，他才真正看到了他们的风采。

当刘赶三讲到徐小香时，程继仙格外用心。刘赶三知道程继仙是唱小生的，讲徐小香就讲得格外用心。他讲徐小香当年是怎么整日不卸行头在家练功；怎么在家用台上的身段道白接待客人；怎么在台上活灵活现的扮演周瑜；徐小香的翎子功、水袖功、扇子功、水发功等是如何出神入化；徐小香是如何被称为当时的活公瑾，等等。

程继仙认真地听完刘赶三的介绍，郑重地对刘赶三说：“爷爷，我唱小生，怎么也找不到徐爷爷那份感觉。若是徐爷爷在身边，指教指教，肯定就不是现在这个样啦。我想找徐爷爷请教请教，不知能不能找到他？”

“你想得好哇孩子！自打你爷爷辞世之后，他伤心不过，息影氍毹，回了老家颐养天年。这么多年啦，我也很想念他呀。他一定更想念当年三庆班的老哥们儿们。”刘赶三回想着说，“他老家是苏州，我家里有他的地址，你跟我回家拿了他的地址，就去一趟苏州，一是求他指点；二是替我还有三庆班原来的老弟兄们探望探望他！”

因为看了《同光十三绝》，程继仙看到了当年小生泰斗徐小香的风采，油然而生敬意，仰慕之情难以按捺。就按照刘赶三的嘱咐，专程去了趟苏州，拜访了徐小香，并接受了徐小香的亲自指导，当然收获很大。

当他如愿以偿，高高兴兴返回京城之后。就急着要把如何见到徐小香，徐爷爷是如何高兴的接待他，如何真心诚意的传授他技艺，又是如何让他带话问刘赶三及老辈哥们儿好，等等。有好些个话要告诉刘爷爷的时候，才听爹爹章甫说，刘赶三在他离开京城的三个月后去世了。

程继仙听到此，感慨万端。他赶到刘赶三的退身堂，跪倒在刘赶三的灵牌前，整整哭祭了三天三夜。

有一片词志此。

【调寄·祝英台近】

流觞曲，传诸暨，韶华总难住。一纸丹青，时光风采凝固。生旦净丑岁月，悲欢怎述。鼓板劲、台上新宿。

看新舞。更添十分风流，新苗又出土。代代传承，更唱流年句。再吊荒草孤坟，长满玉树。任歌台、几多风雨。

第六十六回

双顺班保定不顺
田际云涿州际运

光绪初年，有一个河北梆子戏班名为双顺班，到保定演出。

保定是直隶总督的督府所在地，也是清河道署所在地。清河道署，是直隶总督所管辖的一个道。其管辖范围，大致是大清河水系流域的范围，包括从天津至邢台这一地域的保定、正定二府和另外的五个州的水务。这个衙门是督抚巡察衙门，上承总督，下管州县，专管这一范围的河务水利工程。它虽不是行政衙门，但油水很大。不说所管州县的敬奉银子，光每年清廷用来修复水利的工程款，以及地方政府筹集的水利工程款，加起来，就是一大笔银子。事管得不多，银子却总是用不完。

清河道署的官员称为道员，也叫道台，正四品官。这一任道员姓山，名山林，山西晋州人氏。山林是个特会享清福的道员，他巡查督抚，只是例行公事。睁一只眼，闭一只眼，让大家相安无事。落得个好人缘，好让所属州县的父母官多孝敬他点银子。河务上的事，有专人督管，他过问一下就了事。他养尊处优，娶了八房小老婆，每日除了给小老婆们打牌，斗蛐蛐，就是看戏。他最爱看梆子，尤其是山西梆子。但保定地处河北腹地，没有山西梆子，他只能入乡随俗，看河北梆子。看得多了，河北梆子也看顺了眼，就成了河北梆子迷。

到保定唱戏的这个河北梆子双顺班，就是给他唱堂会的。连唱了三天，他是越看越爱看。第四天唱了一出《牧羊圈》，把他给唱得翻了脸。

《牧羊圈》又叫《朱痕记》，故事是写朱春登替叔父服军役出征，其婶母的内侄宋成，相伴服役从军。因为宋成看上了朱春登的妻子赵锦棠，就半途逃回家去，谎言朱春登战死。逼迫赵锦棠与之成婚，赵锦棠和朱母坚决不从。宋成和朱春登婶母则以朱春登战死之名，侵吞朱春登家产，将朱春登母亲和赵锦棠赶出家门，令婆媳住到深山的羊圈牧羊。适朱春登立战功拜将封官，回家省亲。其婶母骗他说其母及锦棠已死，朱春登在牧羊圈舍粥济贫。赵锦棠婆媳赶来食粥，母子夫妻得以相认。

这出戏故事情节很曲折，唱得也很精彩，怎么就惹恼了道员大人山林呢？原来这山林的经历有点像戏中的宋成。他有个表哥从军服役，因立战功，回家省亲，路遇山林。山林谎称表哥的妻子、母亲已死，趁表哥悲痛恍惚之际，将他推下山崖摔死。他霸占了表哥的家财，才得以买官发迹，狗苟钻营，好不容易才熬到了道员的官职。这出《牧羊圈》，正好揭了他的老底儿！他做贼心虚，怀疑这戏班里有知道他底细的人，故意来影射辱骂他。恼怒之下，他下令扣住戏班，不准再唱。

扣住戏班，不准唱戏，戏班的伶人靠什么吃饭哪？双顺班的班主王茂生急得团团打转，好话说了千千万，这道员老爷就是不松口。他不光不松口，还暗中访查是什么人知道他底细，非要弄个明白不可。

王茂生没了办法，只得偷偷给远在涿县的老朋友赵俊送去一封信，请他帮忙解围。

赵俊是涿县白塔村的一个财主，广有家产。本人有一个爱好，就是喜欢戏曲。不光爱看，还对戏曲多有研究，文武场六场通透，唱念做打，昆乱不挡。因此结交了不少朋友，其中有一个就是直隶总督署的文案陈彦衡。

提起陈彦衡，在直隶总督署是大大的有名。他本是山东胶州知州的儿子，又名鉴，字新铨。在家排行十二，人称十二爷。陈彦衡出身书香门第，从小饱读诗书，对唐宋八大家韩愈、柳宗元、欧阳修、苏轼等大家的诗文尤为喜欢。十五岁即写出散文《游龙洞记》，时人读后称其奇才。他尤其不喜欢当时应试之文“八股”式，他父亲盼他走仕途之路，但他不善学应试之文，怎能考取功名？无奈，只得给他以国学生员身份，捐了一个候补知县，在直隶总督候补。

当时任直隶总督的杨士骧，是个京戏迷。其子杨悟川和侄儿杨晴川与陈彦衡年龄相仿，也是京戏迷。陈彦衡候补期间，没有实际职务，就在直隶总督衙门做一个临时的文案。陈彦衡除了诗文超群外，书画琴棋无所不精，尤通音律。更擅操琴，他弹七弦琴，时称一绝。由七弦琴而缘，京胡也拉得绝妙无伦。因此，杨氏父子对他格外喜欢，公事之余，便一起在总督署大院内操琴亮嗓，唱和一番。因为陈彦衡的胡琴拉得好，京戏的音律掌握得好，四面八方的京戏戏迷、票友和胡琴爱好者，都来和他交流，向他问艺学习。因此，他结交了不少爱戏的朋友。

涿县的财主赵俊，就是和他要好的朋友之一。赵俊接到双顺班主王茂生的信之后，就亲自到保定来找陈彦衡。陈彦衡一听不是什么大事，就给清河道的道员山林写了一封信，让赵俊面呈山林大人。

山林见了陈彦衡的信，赶忙放了双顺班。他知道，陈彦衡虽是个小小的文案，候补知县。但他是杨士骧身边的文案，又与杨士骧父子关系非同一般。得罪了他，就等于得罪了杨士骧。杨士骧是他的顶头上司，是绝对得罪不起的。何况他心怀鬼胎，做贼心虚，万一因戏班的事，倒滕出他图财害命的事，岂不完蛋了吗，所以他乖乖地就把双顺班放了。放了双胜班，他心里仍惴惴不安，疑神疑鬼，失魂落魄，不久得了场大病，命归阴曹去了。

双顺班的班主王茂生，见了赵俊就像见了救星一般。他替双顺班的弟兄们磕头作揖，感谢赵俊。赵俊也不小气，甩出一把大洋，让双顺班的弟兄们压惊，然后又拉王茂生进保定的鸿宾楼饭庄饮酒。酒过三巡，王茂生端杯敬赵俊说：“大哥，双顺班多亏大哥百里奔来相救，不然就困死在那个老西儿的手下了。”

赵俊也仗义举杯;“兄弟说哪里话来，如此一个大班，焉有不救之理！”

“带此一个戏班实属不易，唱戏好说，就是这官场地方上的事难以应付！小弟一个唱戏的，没依没靠，实难生存！”王茂生说出了心里的难处。

赵俊看王茂生着实为难，也不客气，说:“贤弟如实感为难，干脆把双胜班过户到我的名下，算我的家班，有了为难的事，我来扛着，如何？”

王茂生闻听此言，当下说道:“仁兄仗义，不嫌累赘，一言为定，双胜班就归到你的名下了！”

二人当下立下文书，双胜班就成了赵俊的家班。由赵俊带回涿县的白塔村，王茂生仍任班主，管带双顺班。

双顺班有了赵俊做靠山，才真正走上了顺当之路。赵俊花钱重新置办了行头，添置了文武场乐器，还招兵买马，物色好角，壮大底包。双顺班本来班底就不错，再加上这一重整旗鼓，更是声威大震。不光三乡五里连连写戏聘唱，各州县衙门以至京城茶园、堂会都来邀请，双顺班的名气越来越大。

一次，双顺班到定兴县城唱庙会，看戏的人山人海，其中有一个小男孩也挤在台下看戏。他看戏看得着了迷，竟忘了去上学读书，忘了回家吃饭。他爸爸看他没回家吃饭，到学堂里找他，先生说这孩子自打庙会来了唱戏的，就没到学堂里来过。他爸爸一听，火不打一处来，返身来到戏台下找到了他，一把把他拉回家，按到炕上就是一顿臭揍。正在教训孩子的时候，家里来客人了。

这客人不是别人，正是他的拜把子兄弟赵俊。戏班在定兴县唱戏，赵俊跟过来听听反响，顺便来看看把兄弟田玉生。没想到正赶上田玉生教训儿子呢，赶忙上前拉住，劝开田玉生。

田玉生是高阳县人，自小外出谋生，在定兴县城开一个小杂货铺，挣下点银子，好容易巴结儿子田际云上了私塾，求指着将来儿子能读取功名，光宗耀祖。没想到这个儿子迷上了唱戏，一听戏台上锣鼓响，就没了魂儿，变着法儿的去看戏。这小田际云还贼聪明，所看的戏过耳不忘，回来就能唱下来。

一听是为这事教训孩子，赵俊说道:“孩子长大后走什么道，是胎里带来的，打小就显相了。他既然是个唱戏的坯子，就让他学唱戏吧！”

“咳，哥哥说得也是，他就是下九流的命，赶都赶不到仕途的道上去呀。”田玉生叹口气，“让他学唱戏，也得有个门路哇！”

“嘿嘿，兄弟，这下让你说着了！”赵俊得意地说，“哥哥我收了个梆子班，成了我的家班。你要让大侄子学戏，就让他跟我走得了！”

“你的家班？”田玉生疑惑地问。

“嗯！”赵俊点点头，“现在，在你县城里唱庙会的梆子班就是！”

“哎呀，这个梆子班一来，就叫响了，原来是哥哥你的家班！”田玉生感叹地说。

“爹，你就让我跟着大大走吧！”刚挨过打的田际云抢过来说，“大大，我保证不给您丢人！”

赵俊拉过田际云端详一番，爱抚地说，“想学戏？那你就给我唱上一段，让我先看看祖师爷给你这个饭碗不？”

田际云也不胆怯，说，“我就唱今天戏台上唱的《二进宫》吧！”他好像早就忘了刚才挨打的事，放开喉咙唱起了李艳妃的唱段：

李艳妃坐昭阳自思自想，
想起了老王爷好不悲伤。
耳边厢又听的朝靴响亮，
想必是徐杨进了昭阳。

他还没唱完，赵俊已高兴得合不拢嘴，冲着田玉生说，“哼哼，不错，不错，是个吃戏饭的料！”

儿子的唱，连田玉生都没想到竟是这么好！嗓音圆润嘹亮，清甜悦耳。而且刚看过的戏，他竟能唱下来。看来，儿子就是个吃戏饭的材料。他咂咂嘴，对赵俊说，“得，大哥，这小子就交给你了！”

从此，田际云就进了赵俊的双胜班。

有散曲【端正好】唱道：

大清河水务忙，道台享福收银两。收了银两把堂会唱，唱到隐私心慌。

【倘秀才】困戏班欺心不良，倒引来上司情状。求情者十二郎，一纸救戏班，天生爱皮黄。在督府伴老爷和唱。

【滚绣球】台上唱，迷人狂，逃学迷戏乖张。天随人愿进戏行，戏迷变成角，一举登歌场。成就了小儿郎。

第六十七回

响九霄宫廷受宠
暗传书皇帝变法

田际云确实是个吃戏饭的天才，他在双顺班坐科学旦角，师傅一点就通。一出戏学上两遍，便能登台演唱。很快就成了双顺班的台柱子，没过几年，就进京下卫，唱红了天津、北京的大小茶园。

他唱的虽是河北梆子，可是他的梆子能和皮黄搭调。最善于研究和创新的谭鑫培，特别喜欢他的梆子腔调，经常找他探讨咬字发音的诀窍，从他的梆子调中吸收唱腔。田际云也是个善于创新的高手，他以梆子为基础，向京戏学习，学习京戏的高雅大气，去除梆子地方戏的小家子做派，向大戏看齐。

谭鑫培比田际云大十七岁，由于志趣相投，很快两个人就成了忘年之交的好朋友。

田际云除了向京戏学习，还独出心裁的创出了梆子皮黄“两下锅”的唱法。

所谓梆子皮黄“两下锅”，就是在同一戏台上唱两个戏种，即既唱梆子又唱京戏；或是一出戏前半出用京戏腔唱，后半出用梆子腔唱；或是同一出戏中，旦角用京戏腔唱，生角用梆子腔唱；或是同一角色，用梆子腔和京戏腔交替混唱。河北梆子，是地道的北方戏，与京戏生存的地域相同，唱念尤其接近京城的口语和发音方式。京城人听来也很亲切，所以这“两下锅”，正好把京城人的欣赏口味搅拌到一块儿，增加了色彩，增加了乐趣，充满了新鲜。

赵俊去世之后，田际云挑班，将双顺班改为“玉成班”，成为京城的梆子大班。上海的金桂茶园，也慕名来邀“玉成班”南下，去上海唱戏。玉成班到了上海，也把“两下锅”的唱法带到上海。上海是个追求时髦的地方，对“两下锅”更是反响强烈。田际云一到上海，诸事新鲜，他年轻，又有上私塾的文化底子，对新鲜事物尤其敏感，在那个中西文化混杂的花花世界，他接受了很多西方新的理念。

上海有个“春阳社”戏班，班主名王钟声。他是赴日留学回国的洋学生，在日本，结识了同盟会的宋教仁、黄兴等进步人士。回国后组建了“春阳社”，由于受同盟会进步思想的影响，这个春阳社戏班，总是编唱一些时政新戏，宣传民主救国的新思想，在上海很有声望。因戏曲同行的关系，田际云结识了王钟声和主演刘艺舟，并接受了他们的进步思想。在他们的思想影响下，田际云亲自编写了一出神话戏《斗牛宫》，用神话，宣扬自由开放的伦理观念。剧情是：九天仙女清水花，爱上了人间的书生赵月仙，并喜结连理。由于上天制造离乱，清水花与赵月仙被冲散。赵月仙在寻觅清水花的途中遇劫，得遇神仙东方朔相救，方使清水花与赵月仙在《斗牛宫》团聚。

在排《斗牛宫》新戏中，田际云花大钱投入，迎合上海人追赶时髦的心理，引进洋人的声光电新技术，制作最新式的布景。开场演出，大幕一启，肃穆庄严的凌霄宝殿，彩灯辉映，金碧辉煌。玉皇大帝、王母娘娘、四大金刚、十八罗汉及诸多神仙、仙女等踏着仙乐，在变化的彩灯和缭绕弥漫的仙云迷雾中，飘飘登场，使人如入仙境一般。再加上起伏跌宕的爱情故事，和田际云绘声绘色精彩绝伦的演艺技巧，一上演就产生了巨大的轰动效应，场场爆满。上海的戏界，报界，街头巷尾，都夸赞《斗牛宫》的神话世界。人们依照田际云扮演的仙女丰姿，幻化想象，想入云霄。从此，上海人给田际云送了一个新的艺名"想九霄"。

"想九霄"的名字，随着报界不胫而走，很快传遍了大江南北。

田际云回到京城，"想九霄"的名字也带回京城，很快传到了慈禧太后的耳朵里。

这天，谭鑫培进宫唱戏，临上妆之前，慈禧传见谭鑫培，开口便问："小叫天啊，你知道有个叫什么'想九霄'的伶人吗？"

谭鑫培马上跪倒回话："回老佛爷话，奴才知道。此人是唱梆子的旦角，在上海唱红了，人送艺名'想九霄'。"

"在京城的时候，你认得他吗？"

"回老佛爷话，认得。他叫田际云，比我小十七岁，梆子唱得确实很好，我还跟他讨教过唱腔呢。"

"哦。年轻轻的就'想九霄'了，回头，我倒想看看这个年轻人，看看他'想'到那里去！"慈禧高兴而揶揄地说。

谭鑫培忙帮腔说好话，"老佛爷，那是您抬举他。京城这些唱戏的，哪个不是老佛爷您抬举起来的！经您一抬举，就把他给抬举红火了！"

没过几天，田际云即奉召进宫唱戏。他把《斗牛宫》搬进了宫里。慈禧太后，以前多是看皮黄，很少看梆子。这次她一看田际云唱的梆子确实非同凡响，尤其是《斗牛宫》那惟妙惟肖的布景，那五光十色电光石火般的灯光，觉得很是新鲜。为了换换口味，她就传下话去，留玉成班在宫里多唱几天。

田际云在宫里连唱了三天，可把个慈禧乐坏了。难得这么好的梆子，口味儿一新，回响于耳。

慈禧高兴了，传旨见一见田际云。

慈禧一见田际云，呵，好一个风华正茂，眉清目秀，血气方刚的小伙子。正是出彩儿发达的年龄，高兴地问："你就是那个'想九霄'哇？"

"奴才名田际云，'想九霄'是沪上人送给奴才的艺名。"田际云战战兢兢跪着不敢抬头。

慈禧笑笑，"想九霄，也到不了九霄。我听你唱戏的声音清脆甜韵，挺响亮的，干脆叫‘响九霄’得了。响，就是响亮的响。唱戏的叫‘响九霄’多响亮啊！”

田际云赶紧叩头，“谢老佛爷赐名！”从此，田际云的艺名“想九霄”，就改成了“响九霄”。

慈禧回过头对李莲英说：“给他在升平署添个名，回头好在宫里唱戏！”

李莲英“喳”了一声，田际云就成了内廷供奉。

田际云成了内廷供奉，经常到宫里唱戏。他把梆子皮黄两下锅的唱法也带进了宫去，这唱法使慈禧，光绪皇帝及宫里的太监宫女诸人等，也都感到新鲜。慈禧和光绪皇帝都很爱看。进宫唱的时间长了，田际云和慈禧、光绪就处得随和了。慈禧和光绪皇帝闲暇之时经常与田际云拉呱、聊天儿。

田际云经常把在上海见到的新鲜事给他们说，他们对那些新鲜事也格外感兴趣。但慈禧和光绪皇帝的反应往往不大一样，慈禧对那些新鲜事虽然感到新鲜，只是当故事听一听，听完了事。光绪皇帝则不然，他对那些新鲜事特别关心，有时候追根问底，很当回事。

原来，从甲午战争之后，光绪皇帝和慈禧的政见明显相左。慈禧只顾保住自己的权力，只管保持自己的享乐，只管颐指气使的发淫威。光绪皇帝则不然，自亲政之后，他是雄心勃勃励精图治。甲午战争失败之后，他对如何富国强兵，如何吸收洋人治国的长处，如何使大清国中兴再起，整日处心积虑的寻找新的治国方略。所以他对外面的新鲜事特别关心，尤其关心宋教仁、黄兴等人的一些政治见解。为此，他就经常单独找田际云聊天。除此而外，他还让田际云注意这方面的消息，给他带进宫来。田际云本来就是个新派人物，对这类事就更加注意搜集，带进宫来讲给皇帝听。

一来二去，田际云就成了维新派人物与光绪皇帝的“联络员”。

公车上书的事件发生之后，光绪更倾向于康有为等的变法维新思想。在公开听取了康有为的变法主张之后，光绪皇帝对变法维新，有了清醒的认识。从此，宫廷出现了以慈禧为首，和以光绪皇帝为首的，“后党”“帝党”之争。“后党”掌握着军政实权，反对任何有损于其统治的改革。“帝党”为从慈禧手中夺取权力，企图从开明人士和资产阶级改良派中，寻找支持力量，对康有为、梁启超等改良派人物的主张越来越接受。

慈禧太后对光绪皇帝的行为越来越不放心，她暗暗在光绪皇帝身边，安插了自己的亲信和太监，监视光绪皇帝的行动。康有为和梁启超他们，进宫见光绪皇帝变得非常困难。为了坚定光绪皇帝维新变法的决心，康有为、梁启超等就把一些进步书籍，交给田际云。田际云把这些书籍资料夹在戏箱的行头之中，带进宫去。

那些慈禧太后的眼线，做梦都不会想到，一个唱戏的伶人，和那些维新派人物有瓜葛。

光绪皇帝爱武场的打击乐，除了打鼓之外，还打大锣。当光绪皇帝来和伶人们一起敲敲打打玩乐的时候，田际云就趁势将这些书籍、资料交给光绪皇帝。这样，就巧妙地躲过了那些太监和慈禧亲信的监视。

就这样，变法维新运动，在宫里宫外，悄悄地进行着。

光绪皇帝，终于在光绪二十四年六月十一日颁布《明定国是昭》，宣布实行变法。

这一年是戊戌年，在历史上叫做“戊戌变法”。

《明定国是昭》的颁布，等于是光绪皇帝在慈禧太后的心窝子上捅了一刀。但是，基于舆论压力，慈禧太后干着急，一下子也想不出把光绪拉下皇帝宝座的主意来。

变法的诏书发表之后，康有为、梁启超等人成了皇帝身边的智囊亲信。田际云也备受皇帝信任，出入宫廷唱戏更加自由。

慈禧越来越仇视光绪的变法维新，可是，光绪皇帝亲政，他又表面上不能直接干预。据传，慈禧未进宫之时，曾与荣禄有过一段热恋情结。因此，她掌权之后对荣禄格外重用，她视荣禄为最贴心的权臣。此时，她与荣禄密商一个阴谋，就是携光绪皇帝去天津检阅新军，那时趁机下手，实行政变，废黜光绪。

光绪闻信，赶紧找康有为、梁启超、谭嗣同等人研究对策。他们把宝押在了直隶按察使、新军统领袁世凯的身上。他们觉得袁世凯是洋务运动的主将李鸿章的亲信，一向追随李鸿章办洋务。现如今，他正按洋人的办法统领新军，既然能接纳洋人的治军思想，就会拥护新法。

于是派谭嗣同深夜去见袁世凯，让袁世凯在阅兵时发动兵谏，杀死荣禄，软禁慈禧太后。

袁世凯当着谭嗣同的面，信誓旦旦，表示坚决忠于皇帝，一定照办。

他们哪里知道，袁世凯是个口是心非的两面派人物。等谭嗣同一走，他便把皇帝的主张，立即密报荣禄。

慈禧在颐和园听了荣禄的密报，大吃一惊，马上返回紫禁城。光绪皇帝闻听慈禧太后连夜返回紫禁城，料到大事败露，急忙派人送信给康有为等人，让他们赶快逃命。

他自己被慈禧带到了议政堂。

慈禧在议政堂，一见到光绪皇帝，气得浑身上下直抖。光绪皇帝给她跪下请安，她把脸扭向一侧，愤愤地说：“黄鼠狼给鸡拜年——你没安好心！你不是要软禁我吗？我给你送上门来了，我倒要看看你是怎么个软禁法儿！”

“儿臣只不过是想让额娘真正的在后宫享福！”光绪辩解道。

“让大清的江山由你摆布！”慈禧鼻子里发出愤恨的“哼”声，把脚一跺，“没门！”

“额娘，儿臣也是为大清的江山社稷着想，也是为了大清的中兴啊！”光绪争辩道

“你那是跟洋人的屁风，吃洋人的剩饭，当洋人的奴才！”慈禧愤愤而言。

“洋人有很多值得我们学习的地方，我们不能再妄自尊大啦！”

“呸！”慈禧骂道：“我怎么选中了你个洋奴才！”

“额娘，您是看到的——”光绪说道，“洋人的坚船利炮，洋人的火车机器，洋人的电信电报，洋人的电灯照相，洋人的蜡盘留声，洋人的录影电影……哪样不比我们

先进！儿臣的变法维新，也是为了大清的富强发展哪！”

“大清自立国以来，一向以帝国自尊，只有洋人臣服我们，万万没有我们学他们的道理！”

“额娘，我们不能再固步自封啦！再这样下去，要亡国灭祖啦！”

“呸！白眼狼！没想到在我的身边竟出了个洋奴才！”慈禧厉声喝道，“马上下诏，废除你的《明定国是昭》！”

“万万不能！”光绪皇帝坚决的回答。

“那就只有你退位！”慈禧威逼道。

“儿臣宁肯退位，决不废《明定国是昭》！”光绪皇帝毫不让步。

“退位？”慈禧眼珠一转，“没那么容易！我把你扶上位，就是要用你，用你做招牌。摘了你这块招牌，用谁做幌子！我不要你退位，你给我写‘吁请太后训政诏书’发布全国，我还要训政！”

在慈禧逼迫之下，光绪皇帝只好动手写“训政诏书”，将权力交还慈禧。

眼瞅着光绪皇帝的“训政诏书”写好，慈禧一挥手恨恨地说道：“把这个白眼狼关押到瀛台！”

从此，光绪被软禁到中南海的瀛台。瀛台，是中南海的一个“孤岛”，是宫里观鱼和赏荷花的宫中之苑。此是三面环水的一片芳渚，地面虽不大，但却建有亭台楼阁，回廊曲径，神秘幽深。自大清王朝入驻皇宫以来，康熙、乾隆、嘉庆等历代皇帝，不断增修楼台亭榭，奇石假山，玉树珍花。这里就成了宫里皇族休闲娱乐之所。一面修有石桥，与宫里相通。但有宫墙隔断，只一个小门相连。光绪被关在这里，这里就成了与世隔绝的宫中监狱。

自颁布《明定国是昭》，到光绪被关到瀛台，共一百零三天。这一百零三天，历史上被称为“百日维新”。

康有为、梁启超逃往国外，谭嗣同等六人被杀。田际云闻信也逃往上海躲了起来，不敢再露面。

有词【水龙吟】写道：

破浪扬帆风波处，激流险滩堪顾。云板敲击，载歌载舞，暗流涌注。书简频传，奏章暗递，维新有术。明定国是诏，昭告天下，惊天雷，炸实处。 秀才造反无谋，泄天机、惨遭屠戮。奇谋报国，悲吟梁父。宫廷如故。铁锁瀛台，隔湖望月，愁苦无数。对苍天发问，南柯梦破，何为出路？

第六十八回

风云变惹火烧身
罹战乱祸起萧墙

慈禧此次重新掌权之后，打心眼里恨透了光绪皇帝，更恨透了洋人。在她看来，要不是洋人或那些一肚子洋墨水的人，给光绪皇帝出主意，怎么会有“戊戌变法”？回想起来，还是这个光绪皇帝没良心，白眼狼！他怎么不想想他是怎么当上皇帝的！

同治皇帝驾崩之时，皇后已有身孕。慈禧太后担心如果皇后生下个男孩，按照祖制，必然接替皇位，那样皇后就成了皇太后，就会威胁她的权位。为了永远保持自己的权位，她宁肯不要自己的亲生孙子。于是她下令断绝皇后的饮食，无奈之下，皇后被逼自杀身死。

慈禧太后决定，由自己妹妹的儿子载湉继位。当时载湉才刚刚四岁。慈禧的主意完全是为自己设想的：他妹妹的儿子过继给她，当了皇帝，她仍是太后，没有权位的威胁；皇帝年岁尚小，不能执政，她仍然垂帘听政，权力永远在他手中；她是永久的太后身份。无论载湉长到多大，她永远处在“太上皇”的位置，什么时候都能挟制皇帝听她的话。这个如意算盘对于她来说，可说是挖空心思，蓄谋筹划的。

此决定一出，朝廷大哗。许多大臣虽然内心极力反对，但无人敢谏。唯有御史吴可读，敢于冒犯太后的“天威”，进行“尸谏”。他知道敢于阻拦慈禧此主意者，必然受死。但他还是出于对大清王朝的忠心，直言相谏。

临上朝之前，他吞食了大量鸦片膏。上得朝去，直面慈禧，朗朗说道：

“太后心里明白知道，你妹妹的儿子继位，是违反祖制，却一味专行。你这样做，无非是继续当皇太后，接茬揽权听政。你篡位的面目已经昭然若揭，暴露无遗。众大臣都明白你的用心，大清的天下早晚会败在你的手上，你将是大清朝的罪人，遭天下人唾骂！……

我知道我斗胆讲此话，你会治我死罪。不劳太后传旨，我已吞下大烟膏，我临死也要让你明白，你才是真正的罪人！”

说完倒地身亡。

在众朝臣的睽睽瞩目之下，受此指斥，使慈禧太后尴尬至极点。但她还是立了载湉为皇帝，改年号为“光绪”。

她又接茬垂帘听政了十三年，至光绪皇帝满十七岁，才“归政”于皇帝。

虽然归政，实权她始终未放。

本想归政后，光绪乖乖的做个傀儡，仍由她摆布。万万没有想到，光绪皇帝竟对她杀了个回马枪，弄出个什么维新变法！

这不是在心窝子上捅了她一刀嘛！

这不是白眼狼嘛！

要知如此，何必当初冒天下之大不韪，立他为皇帝！

慈禧不愧是玩政治的老手，她虽然把光绪皇帝关进瀛台，但她并不废除光绪的年号。

她知道，自己不能亲自抛头露面，出来料理国事。面对纷乱的内外局面，她还得利用光绪这块牌子。她只能当没有光绪皇帝的幕后皇帝。

现如今，尽管她又夺回了大权，但面临一个百孔千疮的局面，她也够挠头的。

甲午海战，海军全军覆没不说，还签订了《马关条约》，得赔人家白银。越这样，越引起洋人各国更加变本加厉，虎视眈眈觊觎大清的国土。这些个洋鬼子，除了用武力打你，还出什么变法维新的洋主意。变法不成，他们又反对她执政，时时吹风，让她还政于光绪皇帝，不断威胁要颠覆她的统治。

国外的敌人捣乱就够闹心的了，山东、直隶还闹什么义和拳，公开提出“反清复明”的口号，闹腾的朝廷上下不得安生。面对两大敌人，究竟是先治夷还是先平寇？慈禧一时也拿不定主意，朝廷之上大臣们剿匪、治夷两种主张也纷争不定，吵吵得慈禧脑袋嗡嗡的，坐卧不宁。

自甲午海战之后，洋人侵略中国的行为步步紧逼，激起了国人的义愤。义和拳民在愤恨之中爆发出强烈的民族意识，在反清的旗帜下，也将矛头指向帝国主义列强。山东沿海的拳民，自发抵御洋人的侵略，焚教堂，杀传教士，灭洋教。

义和拳的这些行动，让山东巡抚毓贤看出了门道。毓贤是在旗的汉人，巡抚是他捐来的官，他是“后党”的得力干将。他上书讨好慈禧，提出了一个既对付洋人，又剿灭“匪乱”的损招。他在奏折中写道“民可用，团应抚，匪必剿”，这是一个招安义和拳的招数。

朝廷中惇亲王载濂、端郡王载漪、辅国公载澜，庄亲王载勋等都是“后党”的铁杆心腹。他们看了毓贤的奏章，觉得此议可用。极力撺掇慈禧予以采用。慈禧也觉得，这倒是一个两全其美的办法，既收服了义和拳，又对付了洋人，一举两得，此议可取。便即刻下诏，招安义和拳。

义和拳受了招安，由义和拳，改名为“义和团”，口号也由“反清复明”改为“扶清灭洋”。由原来被清政府追杀剿灭，一变而为被清政府支持、撑腰，被看成是抵御洋人的重要军事力量。他们被召进京城，发给饷银，允许进驻各个衙门设坛。那些浑浑噩噩的“后党”官员，还把义和团真的当作“刀枪不入”的神兵，相信他们的咒符。

义和团的咒符说得活灵活现，不妨摘一段如下：

神发怒，仙发愿，一同下山把道传。

非是邪，非白莲，念咒语，法真言。

升黄表，敬香烟，请下各洞诸神仙。

仙出洞，神下山，附着人体把拳传。

兵法艺，都学全，要平鬼子不费难。

义和团领受的第一道命令，就是攻打东交民巷使馆的洋人。义和团以为有清政府做靠山，便无所顾忌，迷失了本相，变得不可一世。

他们把洋人统统叫作“大毛子”，把信奉天主教、基督教的教徒称为“二毛子”，把通洋文、懂洋语、卖洋货、穿洋服的人称为“三毛子”。

在他们眼里，不管大毛子、二毛子还是三毛子，都是罪人，统统该杀。

他们闯进使馆区，不管三七二十一，见外国人就杀。杀红了眼，连使馆区外面的居民也被视为“二毛子”，烧杀抢掠，一律不放过。

继而，他们在北京城内，进行抄剿，凡他们看着像“二毛子”“三毛子”或不顺眼的人，轻者被殴辱抢劫，重者即遭屠戮。时人记载：“若纸烟，若眼镜，甚至洋伞、洋袜的所有者，都被他们殴辱或处以极刑。”曾有六个学生仓皇避乱，因一个身边带有一支铅笔和一张洋纸，被搜出后，这六个学生俱被乱刀砍死。

他们滥杀无辜，整个京城被他们杀戮者无数。大街小巷，被他们烧杀抢掠，店铺关门，居民闭户，凄凉惨淡乌烟瘴气。

有些官员的府邸，也被闯入的义和团教民烧杀抢掠。有些官员为此上书朝廷，列数义和团的胡作非为。朝廷不辨真假，反治罪这些人，被革职的革职，查办的查办，无人再敢说半个不字。

洋人的使馆被围攻、烧杀，各帝国主义列强一起发难，向清政府提出抗议，并提出出兵帮助清政府镇压义和团。慈禧以为这是洋人借机进逼，让她还政于光绪。更是怒火中烧，她以有义和团的力量为壮胆，竟然向英、美、法、德、意、日、俄、西、比、荷、奥十一国同时宣战！于是，这便给了帝国主义列强进攻中国的借口。由英、美、法、德、意、日、俄、奥八国组成的八国联军突破天津防线，向北京进发。

慈禧实指望义和团能抵抗洋人的进攻，哪知，义和团毕竟是民团组织，根本不是外国洋枪洋炮军队的对手，眼瞅着被洋人打得七零八落。

慈禧一看大事不好，又悄悄与洋人勾结，出卖义和团，请洋人帮助镇压剿灭。这样，八国联军更加出师有名，一路进击，攻入北京城。

慈禧太后此时方明白，这是惹火烧身，引狼入室。后悔当初不该相信毓贤一帮庸臣的提议，让义和团进京；后悔不该同时对十一个帝国宣战，惹恼洋鬼子，对华开战。如今是束手无策，叫天天不灵，叫地地不应。打掉了门牙只好往肚子里咽，没有别的办法，只得仓皇逃命，逃奔西安。

临逃跑，还不忘保住她的皇权地位。她想，我跑了，留下光绪，落到洋人手里，洋人扶植他东山再起，真的就没了自己的位置。她思索再三，决定胁迫光绪一起逃命。这样，光绪就落不到洋人手里。况且，把光绪攥在自己手里，他就永远翻不了天！虽是个无用的皇帝，那也是皇帝！这个幌子还是不能丢掉的！一旦有事，打出皇帝这面旗来，还是能蒙混世人的。于是，她命人速速处死珍妃，从瀛台拉出光绪，硬塞上车，一起离京。

北京城一年之内，两次遭难，先是义和团，后是八国联军，烧杀抢掠，黎民涂炭。

洋人进了北京，如入无人之境。所到之处，见到妇女轻则调戏，重则奸污。见到贵重物品，必抢到手。

慈禧带着皇上跑了，国家无主无君。王爷大臣们也都各自亡命去了。皇宫和各衙门像放了羊一样，散了群，空落落无人管事。洋鬼子们自由出入，为抢东西吵吵闹闹，打群架，里里外外乱成了一锅粥。

大街之上的商家，被抢得一片狼藉。当铺的东西值钱的抢走了，不值钱的衣服，用具，被搬到大街之上，横七竖八，东倒西歪，被风吹的抖抖瑟瑟，飘飘零零。粮店的米面，由店里到店外，像铺街垫道一样，撒得遍地都是。酒店的酒被抢时，大坛小罐往外搬，有的坛坛罐罐打碎在地上，撒得马路上到处是酒，满街满巷酒气熏天。

百姓各家都关门闭户，不敢露面。妇女脸上不是抹上锅底灰，就是涂上粪便，或泥土。整日躲到阁楼或夹道里不敢出来，一日三餐都靠家人端来端去。

有散曲【双调·蟾宫曲】唱道：

搬起石头砸脚，妇人无计，自叨自扰。吹笛捏眼，首尾难顾，按葫芦起瓢。乱中慌神手足无招，三十六计只得出逃。出逃出逃，逃计颇高，皇帝作标。

第六十九回

陈石头怒打洋匪
齐如山平息风波

洋鬼子大闹京城，抢得顺了手，杀得红了眼。满城的百姓，像没娘的孩儿，没人保护，没人来管。起先，义和团闹京城，有朝廷的明昭，百姓们不得不强忍着。如今洋鬼子横行大街小巷，朝廷官府没有一个出头，为老百姓来说话。老百姓愤恨在心，牙咬得嘣嘣响，忍无可忍了，就暗暗下手还击。明杀、暗杀洋鬼子的事，天天发生。

义和团、洋鬼子先后祸害京城，京城被闹得鸡犬不宁。买卖关张，商家躲难，老百姓性命都难保，整日猫在家里躲避洋鬼子，谁还有心活看戏？

戏唱不成了，这唱戏的可就没饭吃了。萧长华一家去卖白薯；李永泉去卖劈柴；王长林去卖大碗茶。另外还有卖菜的，卖饽饽的，摆针头线脑杂货摊的，总得想法，弄个混饭吃的营生啊。

大角们不怕歇业。他们平时挣得多，早有积蓄。一时也不愁吃喝，只好憋在家中抻抻胳膊，下下腰，活动活动筋骨，也不敢大声吊嗓子，怕招来祸灾。

陈德霖总惦记着搭档没饭吃，怀里揣了点银子，去铁树斜街看一个朋友。刚要穿过前门大街，迎面走来一个洋鬼子，在大街上东洒西瞅，正寻找抢劫对象呢，恰好就碰上了陈德霖。

这个洋鬼子生得五大三粗，满脸大胡子，深眼窝，蓝眼珠，天生一副凶相。他看到陈德霖，招招手，陈德霖不理他，打算赶快紧走几步，穿过前门大街，拐入胡同。没想到这个洋鬼子步衩子大，三步两步窜到了陈德霖跟前，伸手拦住陈德霖，二话不说就要搜身。

陈德霖早就对洋鬼子横行霸道、抢劫杀人的事，心里憋了一口气，但还从来没有碰上过。今天真让他给碰上了，他气不打一处来，冲着洋鬼子就“呸”了一口，然后骂道：“杂种奏的！”

他骂着一闪身，躲过了洋鬼子的阻拦。

他骂什么，洋鬼子也听不明白。但他看陈德霖的恼怒劲头，觉得这个人不好惹。可是他们横行惯了，从来不把中国人放在眼内。再说，这洋鬼子好不容易才寻到一个目标，咋能让你跑了！他一把扯住了陈德霖的衣襟，随手给了陈德霖一个嘴巴。

陈德霖本来就憋了一肚子气，这一个嘴巴打得他七窍生烟，怒火喷发。他自小练功，身手不凡，再加上血气方刚，身强力壮，那能吃洋鬼子的打？就着洋鬼子打人的劲道，伸手捉住洋鬼子打过来的这只手，另一只手顺势来个掏心掌，狠狠地往洋鬼子心口打去。这一掌，用力过大，只听“砰”的一声，打得那洋鬼子往后噔噔噔趔趄了好几步，差点摔个屁股蹲儿。

洋鬼子哪里吃过这个亏？就这一掌，他更看到这个年轻人的厉害。这个洋鬼子，仗着占领者的霸气，也不肯吃这一掌的亏。嘴里叽里呱啦叫着，端着大枪就冲了过来。

陈德霖一看这洋鬼子要拼命，毫不示弱。把大褂一甩，往旁边一闪身，来个顺手牵羊，把洋鬼子的大枪夺了过来。然后顺势一拉，那洋鬼子一时脚收不住，往前趔趄几步，扑哧来个嘴啃泥，趴在地上。

陈德霖把洋鬼子的大枪往地上一扔，顺势来个骑马势，一骗腿骑到洋鬼子身上。一个脚踩着洋鬼子一只手，身子往下一坐劲，把洋鬼子压在身下。一只手摁主他的脑袋，另一只手攥紧了拳头，抡圆了，像武松打虎一样，往洋鬼子头上、身上一通狠擂。打得这洋鬼子腿脚乱蹬，手乱拧，哇哇怪叫。

周围的老百姓看打洋鬼子呢，都觉得解气，纷纷围拢过来，在旁边呐喊助威。

“打得好！”

“使劲打狗日的！”

“打死狗日的！”

“打得解气！”

人声鼎沸，群情激昂，连连叫好，个个喊打。

此时，有一人路过，看到这种情景，也觉得打得过瘾。但，听着打的工夫不小了，便走过来，拨开人群，站到近前。只见他一身藏蓝长袍，文质彬彬，像个文人先生。他正要阻拦众人呼喊，一低头看到是陈德霖在打洋鬼子，忙说道：“石头，这回可用上你这块石头的‘硬’劲了！”

陈德霖小名叫石头，他生来性情倔强，熟人都不叫他大名，都给他叫“石头”。一听有人叫他小名，知道是熟人，抬头一看，忙说道：“齐先生，是你呀？”

这位齐先生，就是齐如山。他冲德霖说道：“教训他一顿，解解气就得啦，别惹大乱子。”

听齐如山如此说，陈德霖才放了手。齐如山向前一步，用洋话对地上的鬼子教训了一通。洋鬼子这才从地上爬起来，拿起大枪，一歪一歪地走去。围观的人群冲那洋鬼子“噢”，“噢”的一通起哄。那洋鬼子远离了人群，才敢撒开腿逃跑而去。

齐如山向大家挥挥手说：“乡亲们快散了吧，一会儿，洋鬼子会回来报复的！”

大家一听，赶紧散去。

陈德霖问：“这是哪国的鬼子？”

“不是英国的就是美国的！”齐如山说，“刚才，我用俄文、德文、法文给他说话，他都听不懂。最后用英语他才听懂，估计是英、美国家的。”

“管他哪国的，这些洋鬼子早该挨揍了！”陈德霖搓搓用力过大的拳头，捡起自己的大褂。

“咱们也赶快离开这里，那鬼子肯定邀人来报复。”齐如山拉了陈德霖，赶紧离开前门大街。

齐如山家在法国开着豆腐作坊，他经常到欧洲办生意，在欧洲学会了法语和德语。他的父亲是咸丰朝的进士，因看不下朝廷的腐败，于光绪年辞了官，专事实业经营。为了兴业与外国人打交道，又让齐如山以秀才的功名进了同文馆，专修洋文。因此，齐如山对很多国家的语言都通。洋鬼子打进京，因他懂洋文，靠他的周旋，使很多人免遭洋人的抢掠。因此，人们都尊称他“齐先生”。

齐如山，爱好戏曲，在国外看了很多洋戏，对比中国的戏曲，他有很多新见解。他又善于研究戏曲，就经常与戏界的名角们交流。谭鑫培、余紫云、汪桂芬、陈德霖、杨小楼等都是他的好朋友。

今天巧遇陈德霖怒打洋鬼子，他救了陈德霖，也救了洋鬼子。倘若是陈德霖一气之下打失了手，把洋鬼子打死，那就会酿成大祸。陈德霖就会遭大难，这一条街的老百姓也都会遭洋人报复，跟着遭殃。

齐如山拉陈德霖离开前门大街，要分手时，陈德霖说：“齐先生，好长时间不唱戏了，我窝憋得很，不如到我家，咱俩侃会儿京戏如何？”

“到你家？就到你家。我也想听戏了，你小声给我唱几段，咱也解解闷儿。”齐如山欣然赞同。

两人边说边走，刚到陈德霖家大门外，就听到陈家院内有吵吵声。他们紧走几步，来到大门口，只见两个洋鬼子，每人抱了一抱唱戏的行头，往外走。后面是陈德霖的夫人在哭喊叫骂。

陈德霖刚在大街上跟洋鬼子打了一场，胸中的气还没撒完，到家又碰上他们来抢劫，真是气上加气。他一个箭步冲到两个洋人跟前，大喝一声就要动手。此时，齐如山也赶紧跟了过去，伸手拦住陈德霖。

“兄弟，不可莽撞。”齐如山解释说，“这是在你家里，闹不好会给全家招灾惹祸！”

陈德霖仍张开手臂拦住这两个洋人：“这是我吃饭的家伙，怎能让他们抢走！”

齐如山一看，这两个洋人抱的都是唱戏的行头，不禁暗笑洋人的无知。他上前一步，把陈德霖挡在身后。一看这两个洋鬼子穿的是德国军服，便用德语说：“这是中国人唱戏的戏装，你们拿回去也没用！”

“没用？鬼才相信！”德国鬼子用德语对齐如山说，“这都是锦缎面料，用金银线精工绣制，描龙绣凤，金光闪耀，这么精美，会没用？”

“是的。”齐如山边说边比画着唱戏的动作，“戏装，除了唱中国的戏能穿，你们又不唱中国的戏，要它何用？”

这俩洋鬼子，听了齐如山的话，似信非信，放下抱着的行头，打开一件，往身上比量比量，看看是没法穿。觉得齐如山没有骗他们，只好把行头放下。可抢了半天，一文没得，又很丧气，不肯罢休。齐如山见状，从怀里掏出些碎散银子塞给他们，对他们说：“走吧，不要惹麻烦！”

两个德国鬼子一看齐如山德语讲得如此好，估计这不是一般人物。怕是与上司有关系，倘若将此事报告上司，岂不自讨没趣？不如见好就收，走人了事。于是两腿一磕，咔的对齐如山一个敬礼，溜溜地走出大门。

陈德霖望着德国鬼子的背影愤怒的喊道：“洋鬼子，我操你们八辈姥姥！”

齐如山说：“在大街上抽冷子，暗暗地揍他们一顿解解气可以。在自己家里且不可惹他们，他们吃了亏，带人来家报复，岂不全家遭殃？”

陈德霖平时就很敬佩齐如山，听他一番言语，觉得很有道理。也深感自己的莽撞，真诚地说：“齐先生，今天多亏碰到了你！”

“这是我们的缘分！”齐如山笑笑说，“走，唱戏去——消消晦气！”

齐如山即兴吟诵一首词，词牌【破阵子】

长安街夷狄发乱，宫廷放羊一空。百姓罹难遭摧残，百官禁口哑无声。国破沦丧情。 伶人挥拳解恨，匹夫呐喊敌惊。社稷倾废何人问，留得史册落骂名。谁能救 苍生?

第七十回

梅家眷躲避兵灾
杨隆寿愤激蒙难

梅雨田家住在李铁拐斜街，离前门太近，又临街，洋鬼子一群一伙，一拨一拨的在门前骚扰。当时，梅竹芬病逝刚刚两年多，儿子梅兰芳还不满六岁，梅兰芳的母亲杨长玉守寡，梅雨田的母亲陈氏夫人年老体衰。这一家孤儿寡母，老的老，小的小，实在再也禁不住兵荒马乱的折腾了。梅雨田整天如坐针毡，生怕再遭洋鬼子的抢掠。

杨隆寿家是深宅大院，墙高院深，且内院还有一阁楼。他家离大街稍远一些，杨隆寿为了让梅家避难，就把梅雨田一家接到自己家来。女眷都避到阁楼上，男人分前后院居住，看家护院。

洋鬼子打进北京已经好几个月了，市面上仍然冷落萧条。因朝廷无人主事，大街上是洋人的天下，外国人仍然横行霸道，经常破门进户的骚扰百姓。

一天下午，杨隆寿实在憋屈地难受了，对梅雨田说："兄弟，你把胡琴琴筒别上，咱俩小声的吊吊嗓子如何？"

"家里一出声响，别把洋鬼子招来，"梅雨田说，"不如我帮您把把子架抬出来，您活动活动筋骨得了。"

"刀枪把子架要抬，胡琴也要拉。咱文武都练！"杨隆寿坚持说。于是，二人把把子架抬到当院。

梅雨田不好扫杨隆寿的兴，谨慎地说，"咱把大门关上再练，如何？"

"好，我来关门，你去拿胡琴。"杨隆寿说着去关大门，梅雨田取来胡琴。

正当杨隆寿走到大门口，要关大门的当儿，有三个德国鬼子，闯进门来。

杨隆寿张开双臂拦住他们："你们要干什么？这是民宅……"

三个德国鬼子根本不理杨隆寿，一把把他推到一旁，径直往院里走来。

梅雨田刚取出胡琴，还没来得及别上琴筒，就见洋鬼子已到了跟前。他刚要问这是怎么回事，洋鬼子把他一搡也搡到一边。一个鬼子对另外两个叽里咕噜说了些什么，那两个鬼子点点头，径直奔后院而去。

杨隆寿一看洋鬼子奔了后院，心里更着急。后院是女眷们藏身的地方，洋鬼子进了后院，女眷们岂不遭殃？他也想赶紧奔往后院，留下的那个洋鬼子，用大枪一档，嘴里哇啦了一句什么，挡住他，不让他动身。

眼看着鬼子进了后院，要出大事。杨隆寿又急，又气，又恨，激愤至极，浑身颤抖。全身的血涌到脸上，脸变得通红。震怒之下，头发、胡子、连身上的汗毛都竖了起来。一股怒火从口中喷了出来，像戏台上武净打哇哇一样，“哇哇”地叫了起来。随着叫声，他一拧身，就地一个提筋倒扎虎，“噌”地拔地而起，竟越过了眼前一米八高的大个子洋人，落到他身后。在落地的瞬间，他伸手从把子架上抻过一把大刀，口里的哇哇声依然不止。这狮吼一般的哇哇声，如晴天炸雷，震得里外院房檐的尘土乱飞，窗棂子哗哗直响。再看杨隆寿，满脸血红，张着血盆大口，手里横抖着大刀哇哇地似困兽犹斗。

那德国鬼子哪见过这种阵仗，他眼前这人，一个筋斗两米高，哇哇的声似霹雳，一落地手上就多了一把大刀。这大刀他从来都没见过，长长的把杆，大大的刀头，刀头有尺把长，刀刃有半尺宽，锃明瓦亮，寒气逼人。杨隆寿矗立在面前，手抖着大刀，怒瞪着豹眼，张着血盆大口，哇哇地叫得瘆人。这哪里是人，分明是天神！他顿时吓傻了，大枪也握不住，腿发软，打着哆嗦，跪倒到地上，用手直在胸前画十字。

梅雨田对杨隆寿这突如其来的动作也吃了一惊，但一看洋鬼子的模样，他明白了。灵机一动，也抄起胡琴。把大褂的后摆往上一翻，遮住头和上半截身子。他想，你杨隆寿有绝的，我也给他来个绝的！他便使出拉胡琴的绝招，长弓短弓交替，拉出一连串“鬼”音。那声音隐隐现现，幽幽冥冥，时长时短，时高时低，真个的好似鬼到了跟前。眼前那个鬼子，听到这不知从哪冒出来的声音，浑身颤抖得更加厉害，胸前的十字划拉得更加忙活。

本来已经到了后院的两个洋鬼子，听到前院传来的哇哇声，声震屋瓦，幽幽冥冥，吱吱啦啦鬼音不断，也被弄得毛骨悚然，赶紧返回来看个究竟。

一到前院，见杨隆寿天神般的模样，再听那幽幽冥冥，吱吱啦啦的鬼声，又看到那个同伴跪地画十字，求上帝保佑的神态，也被吓得浑身起鸡皮疙瘩。

在没到中国之前，常听人说，中国人有神功，能呼风唤雨，搬动天神，驱魔打鬼。莫非眼前真的碰上了神人？这三个德国鬼子，被弄得五迷三道，摸不清底细。他们本来就做贼心虚，看了这种阵势，赶紧拉起那个画十字的，相互保护着，倒退着，退出杨家大门。

洋鬼子退出了大门，可是杨隆寿还在哇哇地大叫。梅雨田收了胡琴，过来用手捅一捅他，说：“哎，可真有你的，把洋人都吓跑了！”

哪知，杨隆寿好像没有听到梅雨田说话一样，手里的大刀还横着直抖，口里的哇哇声依然不止。

梅雨田再捅一捅他说：“得了，他们早跑远了！”

杨隆寿还是哇哇的叫个不停。

梅雨田觉得不太对劲，看他不光哇哇声不止，浑身的颤抖，和张着的血盆大口，也丝毫不变，不管怎么喊他，动他，他还是那样哇哇不止。

梅雨田知道这是气急中风，得下毛病了。他赶紧喊来弟妹杨长玉和杨夫人，三个人硬是从他手上取下大刀，把他搬倒，放平。梅雨田用拇指使劲掐他的人中，掐了一会儿，哇哇声方得止住。但他血涨的脸，总是恢复不过来，神志也不清醒。

一会儿说，“皇上，您那鼓点打得不对呀……”

一会儿又说，“老佛爷，您真在行，连那武场的锣鼓经都背过了……”

一会儿又不停地骂洋鬼子，“洋鬼子不是人揍的，看那……红头发……蓝眼睛的……，那是狮子狗日出来的杂种……杂种……”

杨隆寿确实是病了，得的是疯魔。

梅雨田赶紧给他张罗着请医生诊治，医生说是因惊吓气愤而得。开了几服药，也不见轻。医生又给他扎针灸，锥子似得大针，扎镇静穴，扎上之后能镇静下来睡上一觉。等醒来，又重犯毛病。如此反反复复，诊治了一个多月，他人也被折磨得不成样子了，完全没了当年虎虎生威的武生精神劲儿，不久竟萎靡衰老而死。

杨隆寿去世了，一家人悲痛不说，更发愁的是发送。这兵荒马乱的，怎么发送啊？连殡仪馆那些杠头们都不敢上街，生怕碰上洋鬼子给捣乱。他们说，总不能把人抬到大街上，遇到洋鬼子，放下杠子逃跑，把灵柩给人家撂到大街上吧。

可是人死了，不能总停在家里呀。梅雨田和杨夫人正没主意呢，孙菊仙来了。他一进门，先到灵堂烧了几张黄纸，然后哭祷亡灵。行过礼之后，梅雨田、杨长玉把他让到上座敬茶，叙话。

孙菊仙感慨万分：“咱这一行，老一伐子的没剩几个啦！杨隆寿一走，跟我就伴的就更少了。隆寿这位老弟正直刚强啊，可惜让洋人给祸害死了！洋人欠中国人的债太多了！以后，这笔账会给他们算的！……不说他们了，先说我老弟怎么发送吧。”

“我们也正没主意呢。”杨长玉愁苦的说，“兵荒马乱的，连杠头都不敢承揽这事。”

“别人害怕，咱一个穷唱戏的怕谁呀！”孙菊仙梗梗脖子说，“这事交给我来操持！”

杨夫人忙说：“孙大哥，您也是五十大几的人了，我们怎么好劳动您老人家呢！”

“给老哥们儿送行，也送不了几个啦。我应当应分哪！”孙菊仙说着起身，“你们在家等着，我先找人到齐化门外挖坟穴去！”

“孙大爷，街上洋鬼子横行霸道，可小心哪！”杨长玉感恩戴德的说，“别连累了你和叔叔大爷们！”

“我还是那话——咱一个穷唱戏的，家无隔夜粮，身边镚子没有。不怕偷，不怕抢，不怕拦路打劫的。碰上洋鬼子，他要钱没有，要命有一条。要抓咱进去，好哇！——有地儿吃饭了。不抓咱进去，咱该干吗干吗去！——你们只管放心好了”

孙菊仙说着，走出杨宅，消失在大街之上。

第二天，孙菊仙带来一帮棒小伙子。那都是流行的武把子。这帮小伙子一听说杨隆寿被洋鬼子给欺负死了，一个个愤愤不平。这些人学打把子的时候，没少得杨隆寿的指点，在戏台上，也没少给杨隆寿打下手，对杨隆寿视为长辈师傅。一听说给杨隆寿抬灵，没有一个推辞的，都是上赶着来的。何况又是老一辈的名家孙菊仙开口放话了，大家更没有二话。

唱戏的行当分生、旦、净、丑。另外还有一个行当就是“流行”。这个行当就是戏台上专门演兵丁的武把子，翻筋斗，打上下手的人。“上手”，就是扮演正面的兵丁。“下手”就是扮演反面的兵丁。另外，还有专门跑龙套的。这些人合到一起，统称“流行”。因为这些人专业性不是太强，但人数很多，一般戏班养不起。他们就只好独立成“行”，给个各戏班配戏。哪个戏班用，就到那个戏班配合。今天这儿，明天那儿，轮流到各个戏班上台。有时一天跑好几家戏班，流动性很大，所以叫做“流行”。流行的人，由用人的戏班发给戏份，当下兑现，仅够糊口而已。孙菊仙所说家无隔夜粮，身边无分文，就是指的这些人。这些人虽然穷，但都很义气。济危扶困，仗义敢为，很有梨园的传统。

这些棒小伙子们，抬上杨隆寿的灵柩，就上了大街。杨家送葬的人都穿了孝衣，抬灵的小伙子们，也每人戴一个孝箍，纸幡招摇，纸钱翻飞，远远看去，一团白雾。

大街上那些执勤的洋鬼子，从来没见过中国的丧葬礼仪，看了这白花花的一片人，走到大街上，不知是怎么回事。以为是有人游行示威，赶紧报告上司。

上司也不知道是怎么回事，赶紧去问翻译。经翻译解释，才知道这是在送葬。虚惊一场，命令放行。

执勤的洋鬼子，傻呆呆地看着灵柩通过，弄不明白这是怎么个礼仪。

就这样，杨隆寿被法送了。他是被洋鬼子害死的，也是让洋鬼子眼睁睁看着发送的。

孙菊仙非常仗义的来法送杨隆寿，其实，他是忍受着巨大悲痛的。八国联军进京，京城梨园各家，受害最大的莫过他孙菊仙自己家了。他家住在东交民巷，义和团攻打洋人使馆，把他家当作二毛子，先抄了他的家，抢了他的家产；八国联军打进来后，一伙洋鬼子闯进他家，轮奸了他的两个夫人，然后放火烧毁了他的房子。他的两个夫人被关在房内烧成重伤，被人救出来后恨恨而死。当时孙菊仙没在家中，幸免于难。

当孙菊仙赶回家来的时候，看到这种惨象，满眼灰烬，目不忍睹。他站在房子的废墟上，欲哭无泪，仰望长天，悲声似号，顿足捶胸：“国破家亡！……国破家亡……！国破家亡啊……！”

痛定思痛之后，他反思，

这是谁的罪过？

这是谁的罪过？

这是谁的罪过？

……

他把国破家亡的悲痛掩埋在心里，去看望那些被害的同事和朋友，以此来抚慰胸中的伤痛。发送完杨隆寿，他实在不忍再看京城的惨状，默默地离开了这块伤心地，又去上海谋生路。

有一首元曲唱得悲切：

【越调·斗鹌鹑】

天煞地煞，阴风乱刮。刀枪兵马，京城遍踏。皇宫已破，无人当家。老妖婆，罪叠加。凶凶对内，哀哀败垮。

【紫花儿序】明知道内溃糜烂，无力回天，还硬着头皮装假。只剩下逃亡，任倭寇宰杀。天哪，哪有点为国为民慈愍众生天下，亡命天涯？京城流血，破败家家。

【秃厮儿】决堤千里非一时一刹，内虚空怎堪风雨打，祸国殃民罪数她。天长怨，地久恨，该杀。

【圣药王】冬练九，暑练夏，唱念做打糊口生涯。血流乏，汗透甲。到头来国亡人无家，枉费粉饰繁华。

【紫花儿序】多亏了难兄难弟，患难与共，哪怕是沦落天涯。

只一声鼓板，是弟兄一家。好啊，窝窝头会能顶替大清天下，角无小大。氍毹天地，气节堪佳。

【尾声】盼只盼有个太平天下，有一寸净土喝茶。不管他社稷王朝谁来坐，我自把春秋演义当话拉。

第七十一回

祸国殃民滔天罪
签约卖国苟偷安

慈禧太后胁迫光绪皇帝逃出京城，出西门，经门头沟，来到了怀来县。怀来是个山区小县，又穷又偏僻，从来没有接待过大官，何况太后和皇帝。一听说太后和皇帝临驾，可把个县太爷惊得如火烧屁股一般，不知道如何是好。

这位县太爷是浙江嘉兴人，姓吴名永，字渔川。他自幼苦读寒窗，没经办过大事，如今赶上接待太后和皇帝的事，哪里有主意！何况又如此匆忙，来不及准备，县衙连个干净地方都没有，如何让老佛爷和皇上落脚？他能不急得如火上房吗？幸亏他身边带了一名绍兴师爷，颇有见解。见他如此惊慌失策，安慰他说：“老爷，您升官的机会来了！”

“哎呀，不掉脑袋就不错了，还升官？您瞧这破县，怎么接待老佛爷和皇上！”吴永愁得脸缩成一团。

“老爷，此一时彼一时也！”

“此话怎讲？”吴永问。

“若是太平世道，您接驾，稍有差池，就可能掉脑袋。如今是兵荒马乱，国破家亡，老佛爷是逃命来了。她顾不上讲究了，只要您尽心尽力，她就知足了。您平时再尽心尽力的效忠朝廷，他们也看不见。现今，他们送上门来了，您在他们眼皮子底下，只要尽心尽力，他们都看着哪，岂不是您升官的机会来了？”师爷款款道来，吴永听得很是仔细，觉得确有道理。

吴永与师爷策划，将圣驾安排在县城的寺庙里。那里安静，平时有和尚打扫，干净整洁。吴永命人现做了几床新被子，把慈禧和皇上安置在里面的禅房。其他王爷人等安排在外面的佛殿，宫人太监安排在寺外的民房，杂役人等只好露宿街头。

住是住下了，可是吃什么哪？这些人在皇宫山珍海味都吃腻了，小小的县城再怎么做，也做不出皇宫御膳的味道来呀！这要是让老佛爷怪罪下来，如何是好？

此时，师爷又给吴永支了一招儿，给老佛爷和皇上等人上的御膳是煮老玉米。

正值盛夏，玉米刚刚长到灌浆快熟的时候，不老不嫩，煮着吃甜、香、筋软，正是好吃的时候。尤其刚刚出锅，金黄透亮，香气扑鼻。

慈禧和光绪就是在宫里，也没吃过这么新鲜的煮老玉米。他们在山路上颠颠簸簸，摇摇晃晃走了一天，早已饿得前心贴后心。一见这老玉米，也顾不得什么御膳不御膳了，正所谓饥不择食，每人抓过一个，啃了一口，连连说“香！”“香！”“好吃！”“好吃！”

随行的王爷其他人等，啃了老玉米也连连称好。李莲英伺候着慈禧啃老玉米，看慈禧高兴的样子，说，“看来这怀来县还很会办事。这么穷兮兮的个小县，能想得如此周到，还真难为他了！”

慈禧连连点头，说：“挺尽心尽力的！我们路上就缺这么个能尽心尽力，张张罗罗打前站的人。给他官升一级，封他个‘粮台会办’的职务，让他专办西狩路途的事。”

就这样，吴永真的升了官，带上师爷，随从慈禧一路督办驻跸之事。

慈禧仓皇出逃，李莲英只想到了马车的颠簸，怕老佛爷受不了，就让车夫想办法，把车子弄稳当些。车夫提出，只有加大车的载重，才能稳当。如何加大车的载重？老佛爷的车上能多上几个人？或是能拉货？要不用石头摆在车底上？都不可能！情急之下，李莲英想了个法子，把宫里的库银提出一些，平铺在慈禧和光绪的车底上，然后在上边再铺毡子，毯子。这样车就加大了载重，稳当多了。

李莲英只想到了让主子们舒服，没想到路上要花钱。再说，他们派差派惯了，什么时候出门花过宫里的钱？还不是走到哪里派到哪里，由当地出？在宫里的时候，他们花钱，大把大把的像流水一样。出了宫，还照样那么花。由当地出，一路上都是穷地方，当地急切里一时也弄不出那么多银子来。没办法，就只好从慈禧和皇上的车底上取。眼看着那些银子也快花光了。李莲英就让吴永想办法。

别看吴永是书呆子，但在如何刮地皮上却早历练得轻车熟路。他知道过了太原，再往西南就是平遥。平遥县是晋商起家的地方，有名的晋商都出在那里。平遥的大户，富可敌国，还愁筹不出银子来？他把下一站故意安排在平遥，让山西巡抚预先给平遥县令发一个接驾的文书。平遥县令，也是官场的老手，他一接到接驾的文书，就想了个两全其美的办法，把圣驾安排在乔家驻跸。乔家是平遥的首富，庄园比县衙还宽敞讲究。把圣驾安排在乔家，既安全，又排场，而且吃住都不用县里花费和操心，这不是两全其美吗！

尽管乔家富可敌国，但毕竟是商家，是大清国的臣民。对于接待圣驾，看作是天赐的恩荣，当然安排的头头是道，周详完备。

慈禧在乔家住的安逸舒适，不亚于宫里。心里很是高兴。乔家还为慈禧接了一家有名的戏班，唱山西梆子。慈禧自离开京城之后，一路奔波，虽没有受苦，但总是不如宫里过得自在，更不说看戏了。看了山西梆子，觉得抑扬顿挫铿锵有节，很觉新鲜。高兴之中，忘了逃难的苦恼，有说有笑的，恢复了精神。

趁她高兴的当儿，吴永提出给乔家“借”银子的事。慈禧一听，顿时收敛了笑容，拉下脸来说：“我堂堂大清之国，怎么能向一个商家借银子！他再富，也是我大清的臣民。借他的银子，岂不颠倒了上下！”

吴永被慈禧的一番话说得目瞪口呆。李莲英在一旁看得清清楚楚，他有意在吴永面前显摆一下他的本事，好让吴永服服帖帖听他的指挥。忙堆上笑脸对慈禧说：“老佛爷说的句句是圣言。不过呢，吴粮台说的也是为老佛爷着想，咱们在乔家吃住这么多天，虽然消耗不少，但这正是他们为国尽忠的机会，就是再让他们进贡些银两，也是对他们的恩宠，他们也是应当应分的。不过，这要是传扬出去，对老佛爷来说呢，名声上就显得不太情理，反而落下一个吃了，住了，还拿着的话把儿。那些别有用心的人，还会借题发挥，说老佛爷借西狩之机，刮地皮，让他们烂嚼舌头。吴粮台的这个‘借’字，用得恰到好处，这不是为老佛爷您着想吗！”

慈禧听了李莲英这番话，不禁变恼为乐，笑道：“我倒没想到这层意思。既然你说‘借’好，那就‘借’！”

吴永这次真的领教了李莲英巧舌如簧的本事，也佩服了他在慈禧面前一语千钧的厉害。

第二天，他将从乔家“借”来的十万两银子的银票送到了李莲英手里。李莲英嘿嘿一声奸笑，将银票褪到袖子里。

从京城到西安，走走停停，观风望景，哩哩啦啦走了两个月零十二天。中途，慈禧派荣禄返回京城，探听京城的动静。并给远在上海的李鸿章拍电报，让他速速进京，与洋人谈判议和，让洋人撤兵。

其实给李鸿章拍电报，不是一封了，而是无数封了，李鸿章就是迟迟不进京城。

早在闹义和团的时候，李鸿章还在广州，朝廷就给李鸿章拍了电报，让他速速进京。李鸿章接到电报之后，置若罔闻，不予理睬。

这其中是有原因的。李鸿章是什么人物？那是历经三朝的朝廷元老，久经官场的老官油子。凡清宫官场之事他都洞如观火，看得清清楚楚，心里明明白白。甲午战争之后，他代表朝廷签订了《马关条约》，结果背上了“汉奸卖国贼”的千古骂名。不明真相的人骂他还算罢了，朝廷中那些慈禧的亲信也骂他是“汉奸卖国贼”，其实这是转嫁罪责，故意将屎盆子往他身上扣。他在日本议和，是朝廷左一份电文，右一份电文，硬逼他签字的。如此，他就成了朝廷的替罪羊。既是忠君，吃朝廷俸禄，替国家担忧，这是做臣子的本分。替朝廷担罪名，担就担了，何况自己是北洋大臣，总理军机衙门，甲午海战失利，自己也罪责难逃。但这与“汉奸卖国贼”的罪名，不是一码事。自己背了黑锅，为朝廷分忧，只得隐忍了！哪知，那些朝廷政客，却趁此大做文章，哄哄嚷嚷大造舆论，硬把这个“汉奸卖国贼”的骂名坐实，炒得天下人都骂他“汉奸卖国贼”。他知道这些人是“后党”顽固派的铁杆，就是要趁此落井下石，置之死地而后快。就连那些帮闲文人们也写文章，写诗联对儿，骂他。什么“宰相合肥天下瘦，司农常熟世间荒。”“杨三已死无昆丑，李二先生是汉奸。”“宰相合肥”是指李鸿章，他是合肥人，相国之职。“司农常熟”是指翁同龢，他是常熟人，司农之职。他们二位都是“帝党”之人。“马关条约”签订之后，翁同龢与李鸿章都被罢官。翁同龢回原籍养老，李鸿章被贬到广州听用。

义和团进京之后，那些“后党”派人物，以为有了军事后盾，利令智昏，要歼灭“帝党”，斩草除根。端郡王载漪、辅国公载澜等就曾指使义和团的人到瀛台刺杀光绪，被慈禧发觉后制止。他们给李鸿章拍电报，调他进京，企图一网打尽“帝党”，予以歼灭。

李鸿章虽然远在广州，但京城的事他了如指掌。对于端郡王载漪等人，调他进京赶尽杀绝的阴谋，他一眼就看穿。所以对调他进京的电报，一概置之不理。直到朝廷对十一个帝国宣战，朝廷又发来电文调他进京，他料定“后党”那帮顽固派，已近黔驴技穷的地步，所以才拍电报搬他进京。他毕竟是三朝老臣，懂得忠君的礼法，眼见得朝廷真的有了难，这才动了进京之念。但他已是惊弓之鸟，还是提防“后党”阴谋杀害他。于是放慢了进京的脚步，绕道而行，先滞留上海，静观事变，徐图良策。

直到八国联军打进北京，慈禧太后仓皇出逃后，又给他发来电文，他预料朝廷已到了山穷水尽的地步。此时，才是真心调他进京。在磨扇压着手的时候，还得搬出他这个办外交的老手，与洋鬼子周旋。为了摸清洋鬼子八个帝国的价码，他还是决定逗留在上海，搜集有关情报。尽管朝廷电文一封接一封催他，他终是稳坐钓鱼台，迟迟不予动身。为了堵上“后党”那帮人骂他“奉旨不尊”的嘴，他在上海回电说：“予筹兵事，不得不小作徘徊，坐观敌制，再做排解。”

在做了一番准备之后，李鸿章进了北京。

京城已无办事的衙门，他只好先住在东安门外贤良寺。李鸿章到了北京，马上致电西安。慈禧见了电文，方放了心。马上回电，委以全权议和大臣之职。

议和中，八国提出议和的前提是：惩治对十一国宣战的主犯。

主犯是谁？是慈禧。

慈禧又故技重演，把罪过推到别人身上。——主战派的官员们，就是替罪羊。

端郡王载漪、辅国公载澜被革职流放新疆；庄亲王载勋、原山东巡抚毓贤，以及启秀、英年等，有的被处斩，有的赐自尽，一个一个都给杀了。

慈禧太后用这些人的革职流放和性命做交易，换来了议和的前提。

十一个帝国看大清国动了真的，惩处了主战派，这才坐在了议和的谈判桌前。

李鸿章与十一个帝国议和，在谈判桌前直“议”了十一个月。最后的结果是，李鸿章又代表大清朝廷与虎狼一般的十一个帝国签订了《辛丑条约》。这个卖国条约，比《马关条约》，卖国卖得还厉害。

《辛丑条约》签订了，八国联军撤了兵。

《辛丑条约》签订的两个月后，李鸿章病死在贤良寺。

从谈判到李鸿章病死，共一年零一个月的时间。

这一年零一个月，有李鸿章扛着，慈禧才松了心，放开了心性，享受古都西安的风光、古迹、特色食品和特色戏曲。

最使她感兴趣的就是陕西的梆子戏，她刚到西安，李莲英就给她找来最好的梆子班进入行宫，任她点戏。那时候有路途颠簸的劳苦，有逃离京城的烦恼，有八国联军在京城烧杀抢掠的噩耗，还有八国联军惩处慈禧的要挟，等等烦心之事，搅得她没心思看戏。

如今她心里踏实了。有人替她扛这些烦心之事了，她看戏的兴趣又来劲了。她把进入行宫的戏班所能唱的戏都看了个过儿，越看越觉得新鲜别致。李莲英又投其所好，把陕西东路的梆子，陕北的说书，汉南的乱弹，甚至邻省河南的杂耍，都调进行宫。逗得老佛爷整天价欢天喜地，乐乐呵呵的。

慈禧看了汉南的乱弹，看出了点学问。她听那汉南乱弹，颇带二黄的腔调，便问当地的官员是何缘故？当地官员回答说，汉南乱弹，本身就是二黄。慈禧在宫里几乎天天看皮黄，她在宫里与谭鑫培闲谈聊天中，听谭鑫培说过，听他师傅程长庚说，皮黄的产生地在石牌，是石牌腔的演变。她也查过资料，《扬州画舫录》也说皮黄产自安庆一带。怎么陕西却说皮黄就出在汉南呢？哎呀，大清之大，大得让人弄不清个究竟。西狩期间，也没那么多心思琢磨这些。心想等回到京城，再让那些文人们去弄个明白吧！

那些个随行的王爷福晋、官员人等，只管跟着慈禧尽情享乐，不管什么汉南乱弹还是皮黄京戏，只管玩乐，乐不思蜀。

唯有光绪皇帝，整天愁眉苦脸，思念珍妃，感叹国破沦丧，暗中垂泪。

《辛丑条约》签约之后，八国联军开始从京城撤军。等京城稳定之后，各衙门也陆续开门办公了。慈禧接到了荣禄可以回銮的电报，方命人整理行装，打道回銮。

这天，正好是李鸿章病死的第二天。

有小令【中吕·山坡羊】写道：

峰峦叠固，云涛仍怒，山河呜咽无处诉。望京城，难回顾。伤心流浪逃亡路，宫阙辉煌无有看顾。兴，百姓苦；亡，百姓苦。

第七十二回

汪大头拒绝召见
谭叫天独享隆恩

慈禧回到京城的时候，京城已经恢复了往日的繁华。被烧毁的东交民巷使馆区，已动工开始修复。前门大街的商家店铺也已开张营业。八大胡同的妓馆又展现出灯红酒绿，拉人载客的模样。京城的戏园，也早已开锣唱戏。往日的大角，孙菊仙去了上海，汪桂芬时唱时不唱，只剩下谭鑫培一人了。京城的戏迷们还是喜欢新三杰的老生戏，看不到孙菊仙和汪桂芬的戏了，就都集中在谭鑫培身上。所以谭鑫培是京城皮黄唯一执牛耳者。

此时的谭鑫培，已是炉火纯青，京戏唱到了几近完美绝伦的程度。当时京城流传“有书皆作垿，无腔不学谭”的说法。王垿是当时有名的大书法家，大街之上的牌匾，各家的门额，厅堂的条幅等凡有书法的地方，都遍布王垿的字体。人们将谭鑫培与王垿相提并论，可见之红火到什么程度。

汪桂芬为什么时唱时不唱呢？义和团和八国联军两度袭扰京城，使他精神受了很大的刺激。他饱览了京城百姓惨遭义和团和八国联军荼毒杀害的惨景，他更看透了清政府的无能。国破家亡，民生涂炭，要这样的政府何用？他伤透了心，万念俱灰，还唱什么戏？哪有心思唱戏？唱给那些只知吃喝玩乐的王公大臣，官僚政客听？他们也配？

八国联军进北京之后，他没心思唱戏，又到了他曾修行过的潭柘寺。可是他当年的师傅已经圆寂了，潭柘寺也失去了他当年的精神寄托。他又穿上了当年的海青袍，留起长发，头上戴上一个金属头箍，打扮成头陀的样子，还给自己起了个名字叫“德生道士”。他整日神情恍恍惚惚，离开寺院，回到城里，不知所措。有时躲到无人的破庙里，甩动弓弦，自拉自唱，直唱得声泪俱下，吐出了胸中的块垒，方感到轻松些。有些可怜他的同行，拉他上台唱戏，他高兴了就上场唱几出，不高兴了就撒手而去，在大街上流浪，所以他是时唱时不唱。

京城稳定之后，那些王公大臣们也还了阳，急着追寻他们往日的享乐。内务府的大臣继禄，早就急不可耐了，他让人张罗着唱一场堂会。他是程长庚的戏迷，最爱听程长庚的戏，点名一定要汪桂芬到场。

戏提调遵命，拿了继禄的帖子，去请汪桂芬。汪桂芬接过帖子一看是继禄家的堂会，把帖子往地上一摔，对戏提调说道："告诉继大人，汪桂芬不给洋奴才的奴才唱戏！"

"不是，汪老板，继大人一向是迷您的！以前您不是经常到他家唱吗？"戏提调知道汪桂芬的脾气，为了给主子把事办好，他紧压着肚子里的火，委屈着说好话。

"以前是以前，今非昔比了！"汪桂芬愤愤地说。

"今儿是怎么了？"

"以前只知道他是老佛爷的奴才，现今才知道，他是洋奴才的奴才！"汪桂芬头一仰，"我是不给洋奴才唱戏的！"

"唱不唱，放在一边，你不能这么说话呀！"戏提调再也压不住火了。

"我就是这么说话！"汪桂芬用手一指大门外，"你请吧！"

戏提调出了大门对着王桂芬说："好小子，你等着！"

汪桂芬冲着门外大声说："你大爷做事，一向是一不更名，二不改姓，我等他拿索子来绑我！"

继禄吃了个闭门羹，这一肚子的气窝大了。可是一个内务府的官员，又不敢直接上街拿人，于是他变着法子的要出了这口恶气。接着他找到了李莲英，撺掇说："老佛爷回銮这么多天了，该给她老人家放松放松了！"

李莲英阴阳怪气地说，"您说是给老佛爷唱出戏？"

"唱戏的事，是您大总管安排的，我只不过给您提个醒，省得让老佛爷挑了您的理呀！"继禄忙巴结着说。

李莲英又问："那唱哪一出呢？"

"八国联军欺人太甚，唱出报仇的，当然是《鱼肠剑》最好了。"继禄出主意说。

这些事本来是李莲英正管的事，李莲英说那么多废话，只不过是故作姿态。他一想，继禄说的也不错，是该让老佛爷放松放松了，便故意送继禄一个人情，说："亏了你提个醒儿，就照你说的，你去办吧！"

继禄想"可算给我这个机会了！"他"喳"了一声，屁颠屁颠的退了下去。

继禄领了李莲英的指示，就像领了圣旨一般。亲自到汪桂芬的府上去"请"汪桂芬。到了汪桂芬大门口，继禄故意不进门去，只让人把宫里的帖子送了进去。汪桂芬看了宫里的帖子，也不说话，摆摆手把来人"请"出大门，然后命家人把大门关上，上了门闩。

继禄看了不禁暗笑，心里想道："正中下怀。我还担心你不来这一手呢！"

继禄心里暗暗高兴，回到宫中把汪桂芬的举动添油加醋的禀报了李莲英。李莲英又照继禄说的，禀报了慈禧太后。慈禧听后大怒道："我治不了洋鬼子，还治不了个臭戏子！——给我抓起来！"

慈禧一怒之下，把汪桂芬给关进了大牢。

由此慈禧联想到，汪大头胆敢给我耍蔫土匪，那谭鑫培是不是也变了心，不拿老佛爷当盘菜？于是她下令，点谭鑫培的戏，宣他进宫！

谭鑫培接到宫里唱戏的帖子，赶紧进了宫。未化妆之前，李莲英来传老佛爷的口谕，传谭鑫培来见。

谭鑫培见了慈禧跪倒磕头道："老佛爷万福！"

慈禧嗔怒道："嘟，好你个叫天，知道我回銮了，为什么不早进宫请安？"

谭鑫培听了此话心里一惊，但很快吃透了慈禧的意思，忙磕头道："老佛爷，您刚刚回銮，日理万机，我一个小小的伶人，怎敢冒犯天恩，不经宣召，敢来打扰您哪！"

慈禧听了这话，心里非常舒坦，改嗔为笑道："叫天，你还没忘了我这个老戏迷？"

"老佛爷西狩离京一年多，叫天哪天都想念老佛爷，想念老佛爷的恩德。没有老佛爷，哪有今天的京戏？没有京戏，哪有小叫天？老佛爷的恩典，小叫天怎么能忘了呢？"谭鑫培赶紧借机奉承慈禧。

"敢情要都像你，我就不生气了。"慈禧说着随口问道："听说汪大头知道为我唱戏，闭门不出，还口出狂言，辱骂朝廷，反了他了！"

谭鑫培忙赔笑说道："老佛爷，您有所不知，您离京这一年多，梨园界哪个不想念您哪！您这一走，京城梨园，像没娘的孩儿一样，可遭了大难了。"

慈禧也愤愤地说："那些个天杀的洋鬼子！"

"义和团抢了孙菊仙的家产，随后，洋鬼子闯进他家，奸污了他的两个夫人，还放火烧了他家的房子，他的两个夫人也被活活烧死了！大个子无法生活，跑到上海去另谋生计！还有那杨隆寿，活活被德国鬼子惊吓气恼而死！"

"哪——大头也不该给我个闭门不出啊！"慈禧还是盯着汪桂芬不放。

"大头是我的师弟，我最了解他，他平时就神神道道的不正常。京城这一乱，义和团、洋鬼子烧杀抢掠，这么一闹腾，我这师弟又受了惊吓刺激，老毛病又犯了。他老早就不好好唱戏了，岂是对着您老佛爷呢？"谭鑫培转着弯的给汪桂芬开脱。

慈禧听后，气也消了，说道："原来是这样……"

"老佛爷，您何必跟他一个疯疯癫癫的人生真气呢！别跟他较真，省得让人说三道四的。"谭鑫培试探着搭救汪桂芬。

"说的也是！"慈禧回过头对李莲英说道，"小李子，把大头放了吧！"

"喳！"李莲英一声喳，汪桂芬被放出大牢。

对于汪桂芬来说，放出大牢和不放出大牢，没有什么区别。反正在他心中已经是无国无家了，他把世间的一切都看得一片空白。正所谓《红楼梦》中写的"白茫茫一片真干净"，国遭难，人遭难，都是业障。唱戏，不唱戏，都于国无补，于家无补，于事无补，于人无补，于事无补了。

他一个伶人，还有什么不可舍弃的呢！被放出来，他还是整天失魂落魄的，东走西串。饿了，到卖小吃的地摊上弄口吃的。困了，随便找个背风向阳的地儿倒头便睡。实在憋屈得慌了，就取出胡琴放开嗓子大唱一阵。人们都以为他疯了，都很可怜他，但他神志却清楚得很。他是冷眼观世界，热血浇愁肠，假面掩真痛，长歌当哭声。

谭鑫培听人说了汪桂芬的样子，很是痛心。他想，好端端一个师弟，当年名声盖京城，怎么成了这个样子？想到此，他走街串巷，追寻汪桂芬的足迹，终于找到了他。只见汪桂芬蓬头垢面，泪眼乜斜，他上前一把拉过汪桂芬，大声说：“师弟，你叫我好找，快跟我回家，别过这流浪日子啦！”

汪桂芬乜斜双眼，看着谭鑫培呆呆地发笑，“回家？家在哪里？大家不是都无国无家了吗！”

“老佛爷已经回銮了，京城安定了。”谭鑫培说。

“老佛爷是谁？佛祖在西天，不在紫禁城啊！”汪桂芬摇头漠视。

“师弟，回家吧，咱还好好唱戏。”谭鑫培说。

“唱戏？给谁看？给那些没心肝的人唱戏？他们也配？”汪桂芬仍然乜斜着眼说话。

“师弟，别辜负了师傅的栽培，荒废了一身的功夫！”谭鑫培看汪桂芬这样，觉得十分痛惜。

“师傅传给我的除了艺儿，还有精气神儿。这些，我都承接过来了！师兄，我可比不上你，你行啊，不光承接还——发挥了！”汪桂芬傻笑着对谭鑫培说。

谭鑫培看汪桂芬夹枪带棒的挖苦他，忙换一个口气说：“师弟，不看咱师兄弟的面子，看在弟妹在家愁苦的分上，看在大侄女盼你想你的分上，你还是回家吧。回家好好过日子，好好唱戏，为她们挣口饭吃啊！”

听了谭鑫培的这句话，汪桂芬默然了。他想起了妻子，想起了女儿。……她们在家吃什么？喝什么？她们还靠我养活呢！我这么多天没登台，没给她们挣饭钱，她们怎么活着呢？……想到这里，他的眼里滚出泪花，对谭鑫培笑笑说：“师兄，谢谢您了！劳您的大驾了！只是，京城的戏我是唱不了了——我把朝廷都得罪了，还怎么唱戏？”

谭鑫培听了汪桂芬这句话，才一下子明白过来，闹了半天，我这师弟脑瓜清醒得很哪！他这是故意给朝廷添腻歪呢！谭鑫培也笑笑说，“师弟，大个子已到了上海，他那里有门路，要不你去投奔大个子，闯闯上海滩吧！”

汪桂芬听后点点头。谭鑫培这才拉了汪桂芬，招手叫来一辆黄包车，将汪桂芬送回家中。

谭鑫培送走了汪桂芬，心里踏实了许多。

京城的新三杰，只剩他谭鑫培一人了。往日伺候慈禧太后眼里的大角儿，只剩谭鑫培一个了，慈禧越离不开谭鑫培了。只要想看戏，非谭鑫培不可。

谭鑫培独享隆恩，连那些王公大臣们都对他另眼相看。想讨慈禧的好，但又巴结不上的，都想借谭鑫培这个梯子，曲意奉承。有的以唱堂会为名，请谭鑫培到家唱戏，故意多给赏钱，套近乎；有的干脆把大礼直接送到英秀堂，请谭鑫培在老佛爷面前上好话。

李鸿章去世之后，那琴轩接替了相国之职。那琴轩是慈禧的那拉氏同宗侄子，慈禧怕大权旁落，让同宗侄子做了为她看家护国的大奴才。因为慈禧爱看戏，那相国当然极力安排，跑前跑后尽心尽力，千方百计讨慈禧欢心。一来二去，宫里人背后不称他相国，都称他戏提调。这位戏提调心里明白，要讨得慈禧欢心，必须得先讨好谭鑫培。因此，他对待谭鑫培，比对待宫廷大臣还恭敬有加。

一次，庆亲王的姨太太庆寿，在府里唱堂会。这位庆亲王，也是个戏迷。他对谭鑫培佩服得五体投地，二人私交甚笃。王爷的姨太太庆寿，按理，谭鑫培应当送戏庆寿。但正好赶上谭鑫培那几日身子不舒服，他就提前对庆亲王告假，说实在登不了台，请王爷海涵。

不能亲自登台祝寿，但礼数还是不能少的。寿诞之日，谭鑫培还是备了份大礼，带着病体前去祝寿。寿诞宴席，就摆在唱戏的堂会台下。王爷与谭鑫培同席，边吃，边看戏，边拉呱。拉来拉去，就拉到了戏上。戏迷和大角谈戏，是越谈越谈得热乎。谈到最热乎的时候，王爷忘了谭鑫培身子不舒服的茬口，说，“干脆，你就着热闹劲唱一出吧！”

谭鑫培平时与王爷近乎的不分彼此，也不买他的账说：“我是事先告了假的，身子骨顶不住，上不了场！”

王爷也不相让，故意挖苦谭鑫培说：“别给我拿糖，你这不好好的嘛！”

谭鑫培也不相让，“说好了不唱就是不唱嘛！要唱，除非是相国给我下跪！”

哪知这话，让就坐在旁边席上的那相国听到了。那琴轩不紧不慢凑了过来，也不作声，“扑通”给谭鑫培来了个双膝下跪。

谭鑫培一时被将了一军。他指着那琴轩哭笑不得地说，“那相国，你可真会凑份子呀！”

这一幕，在场的诸多宾客都看在眼里，大家都惊诧，一个堂堂的大清相国，给一个伶人下跪求戏，真是闻所未闻！

谭鑫培双手把那琴轩搀起，对庆王爷说：“王爷，我老谭豁出去了，这戏我唱！”

谭鑫培带病，硬挺着上场，溜溜地唱了两出戏，方算作罢。

那琴轩给谭鑫培下跪的事，很快传到了慈禧的耳朵里。满朝文武大臣都觉得慈禧会大发雷霆，训斥那琴轩。哪知慈禧听后，当作笑话，哈哈一笑说：“叫天是我的欢喜坛儿。有了他，我能多活好几年。他比那王公大臣都功劳不小，那相国给他下跪，还不都是为了我，为了江山社稷。”

李莲英听慈禧一番话，忙奉承道：“老佛爷慈悲，豁达，净抬举伶人。叫天也着实有佛缘，净给老佛爷开心解闷，也算得功劳之臣。他的师傅程长庚，被皇上封为五品顶戴；他的另一个师傅余三胜，被封为‘戏状元’，他还没有封号呢。”

慈禧听后高兴地说：“小李子说的也是，他也该有个封号了！封他个什么哪？——

他师傅是五品顶戴，他总不能盖过他师傅吧！——就封他个六品顶戴吧。”

谭鑫培被封了六品顶戴。宫廷内外对他奉承、恭维的人就更多了。有的称他“谭贝勒”，有的称他“谭大王”，有的称他“谭状元”，有的称他“谭教主”。谭鑫培可以自由出入大内，那些王公大臣们都与他称兄道弟。一时间，市井之中，商贾豪绅争相与他来往，“痰（谭）迷”更是遍布京城，遍布天下。

当时有一套散曲流传——

【仙侣·京城皮黄】

家住在正阳门下，守八大胡同繁华。天乐中和广德，戏园一家紧挨一家。观红裙翠袖江南艳，听急管哀弦声嚐呀。出东园，进西馆，追声捧角，听不够皮黄乱弹，喜不尽生旦娇娃。倒落得神魂潇洒。

【元和令】汪大头声剑拔，孙大个音洪大，小叫天婉约峭立韵味佳，兼得做派身架。三杰流派俱堪夸，谁知师出一家！

【上马娇】拳乱怕，洋兵煞。京城乱如麻，避难时仍想鼓板打。咱，西皮二黄心总记挂。

【游四门】演君臣夫妇作假，扮忠孝豪侠。富贵贫贱悲欢作耍，倾情洒泪花。咱，台下呆看犯傻。

【胜葫芦】王公大臣随流俗也像咱，请皮黄到家，爱管弦歌舞嘈杂。皇城圈大，戏楼高搭，太后大玩家。

【后庭花】名伶大角内廷供奉，随叫随到听话，去了汪大头，叫天不能落。丢了江山算啥。戏中天下，演义春秋繁华，盛世元音听罢，卖了国土作价。

【青哥儿】呀，听声声声声秋江月洒，看树树树树春花枝挂。满台是笙歌娇娃，声舞俱佳，魂乱眼花，神往天涯。生旦净丑文武灵如动画，皮黄乾坤大。

第七十三回

时尚黄腔喊似雷
四海一人谭鑫培

此时的谭鑫培，可说是功成名就了。回到家里，很觉得浑身乏力，累得瘫坐在太师椅里，不愿动弹。此时，老伴儿侯玉给他端来一碗参汤，他慢慢饮下，仍觉得缓不过劲来。侯玉又给他取来烟枪，给他点上，递给他，坐在他旁边给他烧烟泡儿。吸了几口大烟，谭鑫培方觉得提起点儿精神。他抽足了大烟，把烟枪交给侯玉，却扯着侯玉的衣襟不让她离开。他细细地看着侯玉的脸，看了半会儿，轻轻地叹口气说，“岁月不饶人哪！转眼之间，你我都老了！没有当年那个精神头了。”

侯玉笑笑，揶揄地说：“是啊，再也没有你背插钢刀闯到我家，问罪提亲的劲头了！”

谭鑫培被侯玉揶揄得扑哧笑了，“要不是我背插钢刀抢你过来，你能有今天？”

侯玉美美地挺挺胸脯，“你也不想想，我给您们老谭家立下了多大功劳！”

“那是，你给我生了八子二女，个个成人，让老谭家人丁兴旺，夫人功不可没呀！”说起这个，谭鑫培从心里感激侯玉。想想自己整天泡在戏园，顾不上家，把八子二女扔给夫人，偌大一个家，里里外外全靠她打理，的确劳累她了。

侯玉听老谭夸奖，很是满足知趣：“自古夫贵妻荣。我有今天，也多亏了你闯荡世界，打下了天下。”说起老谭的功劳，侯玉更是心满意足，如数家珍一样滔滔不绝地说了起来，“你瞧，这竖着的房子，躺着的地：这大外廊营胡同东头的头一个大门，门楼有多高！院内，三进带两层小楼的大院，里里外外四十六间半房子；门外拴马桩、拴马环、轿车、洋车，还有单乘小轿……你出门前呼后拥多少人伺候？孩子们个顶个的像公子哥似的，多体面！你又被老佛爷封了个六品顶戴，这是多大的荣耀哇，怪不得人家都称你谭贝勒，你比那些当官做老爷的派头还足呢！”

侯玉说得痛快，老谭听得麻烦了，摆摆手说：“行啦，行啦，打住吧您呐！妇道人家就知道家里这些事，你可知道‘人怕出名猪怕壮’的道理。家大业大，大有大的难处！”

侯玉看老头子听烦了，就蔫蔫地退了出去。

谭鑫培眯着眼，想心事：想起唱戏的事，老佛爷虽然宠着自己，可伴君如伴虎，自己累得不行不说，还得谨慎小心，说话要掂量再三，行动要谨小慎微，不知什么时候一不小心，就可能招来杀身之祸。又一想，要不是慈禧太后这么喜欢京戏、宠着京戏、护着京戏，京戏还不会这么成大气候呢！哎呀，京戏有今天算得了天时了！想起前三杰和大老板，硬是把三种皮黄捏巴、糅合成京戏的坯子，费了多少心血呀！临了，大老板把京戏的大旗交到我的手上，希望我撑起京戏的大树。我怕辜负师傅的重托，夙夜忧叹，尽心尽力：托卢台子卢大爷改戏文……，激梅巧玲师哥等旦行奋起争天下……最终生、旦行配戏，联袂锻造戏码……拜孙春恒为师，谋新腔儿……与大头、大个子两个师弟择毛挑刺，比上座儿……拜文人先生为“一字师”……奔京东，跑粥班儿，吸纳、采集民间曲调，串勾栏、进书场，吸收大鼓、落子、单弦等各种曲艺的韵味，一出戏一出戏的捋出唱腔音韵，捋出一百多出戏，糅进我自己的玩意儿……世面上传什么‘时尚黄腔喊似雷，四海一人谭鑫培’，四海一人我不敢当，我也是博览群收，采众家之长，兼收并蓄。世面上说得也没错儿，是我改变了前辈们直大声洪，吼皮黄，喊皮黄的老腔儿，增加了花腔、七腔，创出了闪扳、耍板等，使唱腔变得柔美了、舒展了……大老板曾说我这是柔靡之音，是亡国之音……可这才赶时尚啊……就是这种时尚之音，才是大家喜闻乐见的腔调。就这样形成了今天京戏的声腔……京戏算定了型了，算成熟了，所以才有了今天那么多的流派，那么多的后起之秀……我这棵“树”算撑起来了没撑起来呢？……

想罢唱戏的事，又想家事：八个儿子，两个女儿，加上嘉训九个儿子，除了嘉祐夭折之外，哪个孩子都有了归宿，都活得挺体面的！可惜，九个儿子中，唯有老五小培和义子小楼在唱戏上是有造化的。小楼是杨家的血脉，造化大，就不说了。小培有造化，可是嗓子倒仓没倒好，太可惜啦！儿女成家立业，我这个家也扩大了。大有大的难处，各有各的想法，要管好也难哪！以后得立规矩，我得亲自管管，不能光靠老伴儿一个人支撑啦！人家书香门第讲什么齐家、治国、平天下，我不是书香门第，我是伶人世家，伶人有伶人的家训，得传祖师爷的事业，得明白高台教化，做戏先做人……

正想到这里，五子小培进来了，轻轻地走近谭鑫培身边，悄声说：“爹，您孙子裕升的事您得费费心啦……”

儿孙们在谭鑫培的心目中，唯有五子小培，和小培的儿子裕升占得分量大。因为只有五子是继他的衣钵唱须生的，虽说他嗓子倒仓倒出了毛病，但身段、骨架，做派功底都很扎实，唱二路老生还是绰绰有余的。所以，谭鑫培也没少让他在戏台上摔打，谭小培还是很得人缘儿，台下总是为他叫彩，这使谭鑫培很得欣慰。他更看中小培的儿子裕升，打三岁起，谭鑫培就教他唱戏，给他做个身段、使个腔调什么的，他都模仿的像模像样的，他就看着这个孙子有造化，是个唱戏的材料。如今都七岁了，他时时提醒小培，别误了孙子的前程……

一听说是孙子的事，谭鑫培半躺着的身子一激灵，坐了起来，急着问：“裕升怎么啦？”

“我想让他进富连成科班，人家叶春善说什么也不收，这得劳动劳动您亲自走一趟了！”

一听这话，谭鑫培站了起来，二话不说，到门口拉上孙子就走。谭小培话也不敢说，悄悄地后面跟着。

进了富连成大门，叶春善听说谭大老板来了，忙迎了上来。笑着说：“谭大王光临，有失远迎，里请，里请。”

谭鑫培点点头，拉着孙子来到叶春善的房间，恭敬地说：“叶社长，我给您送来个学生。”然后指指裕生，“就是他，这是我孙子，老五的儿子。”

叶春善忙给谭鑫培端过一碗茶水，不好意思地说：“师叔，您一个大老板，要收他当学生，还用您亲自送啊……，小培师弟已经来过一次了。”因为谭鑫培与杨隆寿是同辈人，叶春善是杨隆寿小荣椿科班的弟子，所以叶春善亲切地称谭鑫培为师叔。他有点不好意思，又亲切地解释说，“富连成有成文的规定，不收富家子弟，只为穷苦人家的孩子谋个饭碗。您谭大王是戏界大王，什么戏不能教？谭小培师弟什么戏不能教？何必送来科班受罪呢？科班学戏的苦您又不是不知道，像他这富家子弟，受得了这份苦吗！……”

不等叶春善说完，谭鑫培把手一伸，拦住叶春善的话说：“咱都是梨园弟子，都坐过科，都是过来人，坐科的苦都尝过。不坐科，不吃苦，我们能有今天？我们都是梨园世家，我们小的时候除了幼承家学，父辈还非把我们送到科班受苦？他们明白科班有科班的优势。我不管你富连成有什么成文的规定，我就是把孙子送到你这儿，就是让他吃苦。你就按穷家子弟一样对待他，该打，打！该罚，罚！严师出高徒，不打不成才。”

叶春善听谭鑫培把话说到这个份上，也再不说什么，笑笑：“恭敬不如从命，师叔发话了，我们接收！”他马上吩咐人给裕升安排班次住处。

谭鑫培看裕升被接收了，这才放了心。临走对叶春善说，“对他一定像对其他学生一样，不要照顾，不要吃偏饭儿，不准给他搞特殊！”

叶春善郑重地对谭鑫培说：“师叔请放心，不管对谁的孩子都一视同仁，这是我们富连成的规矩。”

谭鑫培回到家里，把谭小培叫到身边说，“裕升的事算有了着落了，我得特别给你谈谈。”

谭小培站在谭鑫培面前乖乖地说：“爹，有什么吩咐，您就说吧，孩儿听着哪。”

谭鑫培平静地说：“你们兄妹十个，我对你最偏爱，你心里大概也明白。”

小培说：“我心里明镜似的。”

谭鑫培接着说：“我们谭家是伶人世家，唯有你是第三代传人，将来能不能传下去，你是个坎儿。你儿子裕升也是个坎儿，你得多长个心眼儿，把住自己的台口，也为裕升铺好路子。过了你们爷儿俩的坎儿，咱这伶人世家就戳住了。这个家，家大业大，上上下下百十口子人，不好拢住心。我死后家里不管发生什么情况，你都要把住主心骨，丢了什么也不要丢了唱戏的本事。这是谭家的传家之本。保住这个老本儿，就保住了谭家的家业。”

听到这里，谭小培都要掉泪了，忙拦住说：“爹，你身子骨硬硬朗朗的，怎么说起这个？有爹在，这个家就永远和谐安乐。”

谭鑫培说：“年岁不饶人，我是先给你交个底。你心里要有个路数儿。”

谭小培安慰爹爹说，“孩儿记下了。您明天还有台口儿，早点儿歇息吧。”

说完退了出来。

谭鑫培看小培明白了他的心意，像了了一桩心事，心里踏实了许多。因为明天还要到宫里唱戏，便早早睡下了。

有一首词【玉楼春】写谭鑫培：

几十年氍毹腾挪滚。京戏一人天下信。声腔柔美曲迷人，名人倒被名声困。家国情怀丝竹论，手眼身法功夫尽。高台教化暗用心，犹思传承乏后劲。

第七十四回

谭叫天金蝉脱壳
杨小楼悦喜天心

谭鑫培名气越来越大，不要说宫里，光是王公大臣的堂会就应接不暇，更没有多少机会到茶园唱戏。王公大臣中，数庆王府的堂会最多。隔三岔五，几乎天天唱戏。这一天，谭鑫培在庆王府刚刚唱完《捉放曹》卸了妆，躺到烟房的热炕上吸烟解乏，庆王爷又派戏提调来请他再加一出《打棍出箱》。谁让他与庆王爷是至交呢！谭鑫培抹不开面子，就着大烟劲，又粉墨登场。谭鑫培登场后，使出浑身解数，脚往内拐，手往外翻，在箱口，翻转腾挪，快如风车。见煞神时，惊恐至极，发随心动，滚背，吊毛，甩发，踢鞋上头，眼直神呆，须炸嘴颤，心惊肉跳，把个范仲禹的神态演得活灵活现。全场无不拍手叫好，称叹不已。

下场之后，已是浑身汗透衣衫。庆王爷赶紧过来，陪他到烟房，亲自给他烧烟，陪他说话。谭鑫培边吸烟，边懒懒地说："也就是您庆王爷发了话，如是别人，我是说什么也不卖这个老命的！"

庆王爷笑笑，"谁让咱俩是知己呢！——没别的，今儿，在府里不走啦，好好歇歇！"

一听这话，倒提醒了谭鑫培，他一个激灵坐了起来，"不行，明儿个一早儿还得赶到听鹂馆，老佛爷还要看戏呢！"

正说着，下人端着条盘，送来点心。庆王爷把点心往谭鑫培跟前推了推，"别忙，先垫补一下肚子，离明儿还早呢！"

此时，那琴轩又溜了进来，袖筒内摸出一个剔透的酒瓶，往炕桌上一放，说："谭老板今天辛苦了，我特意让人备了点小菜儿，咱小酌几杯，解解乏。"谭鑫培这才想到，刚才那出《打棍出箱》，肯定又是那相国的主意。耐于庆王爷的面子，也不好再多说什么。三个人各自端杯，就着几碟羊肚、牛心、鸡杂、鸭脖之类的小菜儿，边说边饮，直至凌晨，方才睡下。刚眯了一会儿，他一个激灵醒了过来，赶紧洗漱更衣，套车赶往颐和园。

到了颐和园的听鹂馆，已是卯时了。听鹂馆的戏早开锣了，本来是谭鑫培的《伐东吴》，因他来晚了，急得李莲英直转磨磨，只好让张凤歧垫上一出《反西凉》。

等到谭鑫培上场唱《伐东吴》的时候，慈禧把李莲英叫到跟前，问道："刚才张凤岐的《反西凉》戏码上没有哇，是现垫上的吧？”李莲英只好照实说道：“是。”

慈禧的脸立刻拉了下来，“谁让垫的？”

李莲英忙跪下说道：“奴才这也是没法的法子……”

“是小叫天误场了？”慈禧问。

李莲英点点头。慈禧拉着脸说：“告诉他下了场来见我！”

谭鑫培唱完《伐东吴》，正洗脸卸妆，李莲英过来对他说：“老佛爷要你过去……”

谭鑫培马上明白了是怎么一回事，赶紧匆匆洗了脸，来到慈禧的寝宫，见了慈禧，慌忙叩头，等着慈禧教训。

慈禧虎着脸说道：“叫天，今儿怎么误场了？”

谭鑫培不敢说头一天在庆王府熬夜的事，顺口编道：“回老佛爷，是奴才昨天吊嗓忘了时辰，睡得晚了，今儿睡过头了！误了今儿的场……”

慈禧摇摇头，“你家里人不会叫醒你吗？”

“回老佛爷话，奴才家规严，没有我头一天发下话，他们不敢叫醒我。”谭鑫培回道。

没想到慈禧听了这话反倒不生气了，对李莲英和左右笑笑说，“瞧哇，人家一个唱戏的，家规还挺严呢！你们哪，也得学着点儿！”

回过头对谭鑫培说，“念你是初犯，今天不治罪。又念你家规严格，齐家有方，赏银五十两，绸缎两匹。”

谭鑫培误场，不受罚还得赏，宫廷左右人等更加另眼相看。

谭鑫培虽得了赏，心里总是忐忐忑忑，觉得不踏实，更感到伴君如伴虎的压力。倘若一句话说不好，就可能掉了脑袋。想想，自己也是六十出头的人了，总这么宫里宫外的连轴转，就是铁打的身子也得熬坏喽。可偏偏自己“佛缘”特好，老佛爷离不开。长此以往，岁数越来越大，梨园向来是养少不养老，一旦身子顶不住了，难免有出纰漏的地方，那样就会招来大祸。俗话说，见好就收。得赶紧想法子撤步抽身，早作准备。想到这里，他想到了杨小楼。——若是把年轻的晚辈引进宫来，历练历练，倒是个一举两得的好事。

这一天，谭鑫培又进宫应承，他带来的戏码是《战宛城》。由他扮演典韦，穆凤山扮演曹操，杨小楼扮演张绣。这出戏唱得台下连连叫好，连慈禧太后都觉得非比寻常。散戏之后，太后发下赏来。每人赏银二百两，谭鑫培外加内画鼻烟壶一个。之后太后又单独召见谭鑫培。

慈禧高兴地问谭鑫培：“叫天儿，那个扮张绣的后生怎么瞅着眼生啊？”

“回老佛爷，他的艺名‘小杨猴子’。”

慈禧听后眼睛一亮，“‘小杨猴子’是不是已过世的那个‘杨猴子’的后人？”

“老佛爷明鉴！他正是杨月楼的儿子，名杨小楼，艺名‘小杨猴子’。”谭鑫培忙介绍说。

“哦，我说怎么觉着眼熟，又看着眼生呢！敢情是杨猴子的儿子‘小杨猴子’。好个小杨猴子，这一晃，成了角了，比他老子还招人喜欢呢。快，快，快把他叫来让我瞧瞧。”一听是杨月楼的儿子，慈禧喜欢得不得了。因为，慈禧当年就喜欢杨月楼的戏，总是把“杨猴子”挂在嘴边。杨猴子过世了，杨猴子的儿子又成了角，爱屋及乌，不由得就喜欢上了他的儿子。

杨小楼奉召来见太后，进得殿来，既拘束又紧张，跪倒就磕头，磕完头，就跪在地上低着头，没了词儿。

慈禧看这孩子紧张拘束的样子，不禁笑出声来，“嗨，嗨，看把孩子紧张的！‘小杨猴子’，不用紧张，别净跪着啦，站起来，站近点儿，抬起头来，让我看看。”慈禧爱抚地仔细打量杨小楼，边打量，边啧啧地赞叹，“好个小杨猴子，比你爹当年还威武高大呢！《战宛城》的张绣，演得好！有你爹当年的影子，比你爹当年还洒脱！”

杨小楼看谭鑫培在旁边，怕冷落了他，忙说道：“老佛爷夸奖。我的戏是跟我干爹学的！”

“你干爹？谁是你干爹？”慈禧问。

杨小楼用眼睛看着谭鑫培，回道：“我父亲去世之后，干爹教我学戏，是干爹手把手把我带大的。”

慈禧看看谭鑫培，“叫天，你这个干爹当得称职。我说这孩子的身架功夫怎么这么瓷实呢，原来是你调教的！”

谭鑫培忙说道，“老佛爷夸奖。师弟过世的时候，把这孩子托付给我了，我答应他把孩子调教好。也是这孩子天分好，有出息，很快就出落得成了大角。全托老佛爷的福哇！”

“还是叫天会说话！你也功劳不小哇。不过，他身上还有杨猴子的影子，天生的又一个‘小杨猴子’！”慈禧爱怜地对杨小楼说，“净会什么戏呀？回头给我拉个单子，我得好好看看你这个小杨猴子的戏！”说完他对李莲英说，“小李子，小杨猴子就留作供奉吧！”

“喳！”李莲英一声喳，杨小楼就成了内廷供奉。

杨小楼成了内廷供奉，谭鑫培达到了目的。尤其是他看慈禧太后爱屋及乌，由杨小楼又想到了杨月楼，又由杨月楼而更喜欢杨小楼。今后，慈禧看戏必然非杨小楼不可。这样，自己就能抽身退步，退避三舍，金蝉脱壳，慢慢地躲些个轻闲。

果不出谭鑫培所料，自从见了杨小楼，慈禧太后就别人的戏都放一边了，凡看戏必然是杨小楼的。

杨小楼本来在京城就是风头正起的时候，加之慈禧太后的恩宠，一下子，名声大振，京城上下都叫响了杨小楼的大名。那些个王公大臣，富商大亨家的堂会，名帖上都少不了杨小楼。一时间，杨小楼宫里宫外大红大紫了起来。

尽管年轻，杨小楼也是肉长的身子，也扛不住宫里宫外的连场折腾。

二月二，是龙抬头的日子，宫里宫外都庆贺。杨小楼应了两家的堂会，唱的都是《挑滑车》。下了场，匆匆忙忙赶到宫里，在畅音阁和紫光阁两个宫内的戏台又为王公福晋们各唱了一出《挑滑车》。还没卸妆，一个小太监就急急赶来，说老佛爷正在长春宫观耍龙灯呢，点名让杨小楼去耍。

杨小楼赶紧抹了一把脸，洗去油彩，化上新妆，赶到长春宫。杨小楼擅长耍珠子，他一上台就在脖子上套上一大串珠子，耍了起来。

珠串子在脖子上转，杨小楼人在戏台上转，又是跑台，又是筋斗飞车，又是旋子，又是戳脚，各种身段花样翻新。无论做什么身段，脖子上的珠串子总是转个不停。他的身段出彩，武场的锣鼓点也出彩，脖子上的珠子转得更出彩。台下的人，既看他身手，又看他的珠子，又听那铿锵有声，节奏分明的锣鼓经。真是看得眼花缭乱，听得振奋人心。鼓掌声，叫好声，此起彼伏，响成一片，震得长春宫四周的墙壁回声四起，整个宫苑都热闹非凡。

大家正看得上瘾，杨小楼也正要到兴头，一不小心，把戏台角上的檀香木架子给撞倒了。檀香木架子做得玲珑剔透，料大质实，一倒下，"扑腾"一声，砸得重，摔得碎。

宫里的家具岂是可以随便损坏的？台上的场面、检场的、箱倌儿人等，见状一个个吓得大惊失色。杨小楼也感到闯了大祸，摔了架子事小，惊了老佛爷的驾是大事。想到此，他心里扑扑腾腾直打鼓，忐忑不安地下了场。

慈禧在台下正看得高兴，檀香架子一倒，使她吃了一惊，一下子大为扫兴。教人把杨小楼唤道跟前，问道："三元儿，你今儿是怎么啦？"

慈禧称伶人一向喜欢称外号、小名或艺名，一般不称大名。"三元"是杨小楼的小名，他进宫供奉也有些时日了，渐渐熟悉适应了慈禧的这些习惯。因为慈禧平时格外喜欢杨小楼，经常与他拉拉呱，说说家长里短的话。因此，对慈禧也不拘束了。

他跪下对慈禧说："回老佛爷，奴才今儿个连唱了四出《挑滑车》，实在累得有些支撑不住了，脚下一滑，才撞倒了架子，惊了您的驾，奴才罪该万死！"

慈禧听完，咂咂嘴，爱抚地问道："没磕着碰着身子吧？"

"奴才摔打惯了，练出来了，没事。"杨小楼回道。

"真难为你了，以后可不能应这么多活儿！"慈禧关切地说完，又补充说，"今儿个辛苦，赏你二十两银子，回去休息吧。"

摔了架子还受赏，这真出乎大家所料。

接着耍珠子的是李寿山，他边耍边想，嘿，这倒不错，不加罪，反加钱。我也来一下子！他耍着耍着，故意往台角另一个架子上一撞。又是"扑腾"一声，大家又是一惊。

等耍龙灯散了场，李寿山被带到慈禧面前。慈禧面带怒气问道，"李七，你是怎么回事？"没等李寿山回话，慈禧说道，"我看你是看三元得了赏，你也想试试，你是存心哪！来呀，传竿子！"

李寿山一听传竿子，吓得腿都哆嗦圆了，忙梆梆地磕头求饶。

宫里的专用语“传竿子”，就是用竹竿子打人。这竿子可不是一般的竹竿子，是灌了铅专门用来打人的竹竿子。灌了铅的竹竿子，有分量，打在身上，一下是一下的，非同一般的棍棒，疼痛难忍。

慈禧看李寿山磕头如捣蒜，直个劲求饶，消了点气，说：“免去竿子，罚俸三个月！”

李寿山一听，又磕头道：“老佛爷，您还是打吧！”

慈禧听了感到奇怪，问：“怎么又愿挨打了？”

李寿山说道：“老佛爷，您罚我三个月的俸，我全家吃什么呀？您还是赐打吧！”

慈禧听后乐了，笑着说：“下去吧，再存心闹事，我可饶不了你！”

有散曲唱道：

【正宫·端正好】人怕出名叫好，累死莫要喊冤。无人顶替无人换，连轴转总也没完。谁让你玩艺拔尖！

【滚绣球】累死我戏老谭，老佛爷掌着生死权。今日唱明日唱毫不厌烦，累得我有苦难言。自己挽套自己钻，何不自己解套得安然。老佛爷，我偷梁换柱耍点奸，给你个顺水推船。你呀，不见露汤不见漏水，你呀，只当我一颗忠心荐人推贤。哈，落得我躲躲轻闲。

【倘秀才】您看这棒小伙儿玩艺多全，保证您喜欢又解馋。花样翻新功夫打眼，飒爽英姿风度翩翩，不似我老眉可赤眼，乐得您看个没完。

【快活三】小杨猴子身手不凡，眼爱心爱全身喜欢。出错反受赏，倒教您可怜。老佛爷，您喜欢可别心偏。

第七十五回

王瑶卿内廷唱戏
老佛爷小试锋芒

陈德霖与谭鑫培是老搭档，他对谭鑫培最了解。谭鑫培的一举一动，他都能猜出底细来。谭鑫培把杨小楼带进宫去，推荐给慈禧，他看出了门道。他不动声色，也来个照葫芦画瓢。他把王瑶卿也带到宫里唱戏，一来是举荐后人；二来是减轻自身的负担。

王瑶卿出身梨园世家，从小受家庭的熏陶，对京剧的唱念做打，见得多看得广，见识比较开阔。加之他又读过几年私塾，文化底子比较厚实，在投入戏曲这一行之后，很有独特的见解，创出了“花衫”的新路子。连陈德霖都对他高看一眼，很多地方，感到自愧不如。好在陈德霖不是武大郎开店的胸怀，他对王瑶卿的独树一帜，不但不嫉妒，还热心呵护，加以赞扬指点。因此，王瑶卿对陈德霖视入父兄，格外敬重。时不时地经常到陈德霖的家中讨教。陈德霖也毫不保留地将自己的见解、体会或想法告诉他。

陈德霖能带王瑶卿进宫唱戏，也是打本心里想提携王瑶卿。王瑶卿对此，当然感恩戴德，铭记心中。

陈德霖把王瑶卿带进宫去，给慈禧唱的第一出戏是《樊江关》。

临进宫之前，陈德霖对王瑶卿说：“瑞臻哪，这次进宫唱《樊江关》，咱俩换换角儿。”

王瑶卿和陈德霖唱《樊江关》，已是老搭档了。都是陈德霖扮樊梨花，王瑶卿扮薛金莲。樊梨花是主角，薛金莲是配角。这次进宫，陈德霖提出来两个人换角，这让王瑶卿更是感恩匪浅。进宫是给老佛爷看戏，陈德霖把主角让给晚辈，这不是有意在老佛爷面前提携自己吗！

王瑶卿不好意思地说：“陈大爷，您有意栽培我，我没齿不忘！但在老佛爷面前，您为我配戏，这不折煞我也！况且，一旦唱出纰漏，让老佛爷怪罪下来，岂不连累了您？要换还是等在外面唱的时候再换吧。”

“俗话说，好钢使在刀刃上嘛。”陈德霖拍拍王瑶卿的肩膀说，“没问题！你今年二十二岁了，唱了十几年戏了，也历练出来了，该让太后见识见识了。我像你这么大的时候，早就在宫内唱了好几年了。要不是洋鬼子闹京城，早就该轮到你们这一垡子人进宫了。”

王瑶卿听陈德霖如此说，更是感动得不得了，真诚地说：“我说您是梨园界的‘老夫子’么，您总是谦让，不让我提这个名号，论师德、论戏德，您可真是咱菊坛名副其实的夫子先生啊！”

陈德霖笑笑，平淡地说：“咱一个唱戏的，怎么趸来，怎么卖。真诚待人，说什么夫子不夫子的！咱书归正传，还是说说《樊江关》吧！你旦行的角色串得熟，擅演闹戏。凭你的本事，你只管放开了演，太后也是看官，她老人家懂戏，准能看出你的活儿来！”

王瑶卿说：“有您在身边，我心里就踏实，就放得开。该怎么唱就怎么唱，我保证把樊梨花演活喽。”

二人到得台上，王瑶卿使出平时唱花衫的本事，道白清脆响亮，俏皮甜润，人物演得活灵活现，唱出腔来，高亢柔美，铿锵有节，一气呵成。台下看戏的慈禧太后和王爷福晋，公主贝勒们，都看呆了，从来没有见过这么活泼潇洒，阴柔漂亮的旦角。樊梨花，配上陈德霖扮的薛金莲，真是珠玉佩翡翠，玲珑剔透，趣味盎然。剧情的美，加上人物的美，再加上唱白身段表演的美，更是美上加美，美不胜收。

看完戏，慈禧把陈德霖叫到跟前，乐呵呵地说：“石头，你上哪里葝来这么个宝贝搭档啊？真够水灵的！”

陈德霖就着慈禧的话茬说道：“老佛爷真是法眼，一眼就看出宝来了，这可真是年轻一辈的宝贝疙瘩！”

“他是你的徒弟？”慈禧问。

“他是昆旦王绚云的儿子，有家学的底子，十二岁又拜谢双寿为师，出科后，又跟他的师哥余紫云同台唱戏。这孩子聪明，又有心计，谁的活儿他都学，什么时小福、吴菱仙、杜蝶云啊，他都私淑，广益多师。您看他身上的活儿，有青衣的，有花旦的，有刀马旦的，有闺门旦的，他都学过来了，凡旦角行当的玩艺儿他都搂到手了，他自名一个新行当叫‘花衫’。您刚才看到了，他亮的就是花衫活儿的路子！”陈德霖在慈禧面前，使劲地把王瑶卿褒奖了一番。

慈禧听了很是高兴；“身边有个陈石头，我就够饱眼福的了，这又冒出个比你石头不逊色的后生！我看他身上也有你石头的影子，你石头也对他下了不少功夫吧？”

“我身上那点玩艺儿，早被他掏空了。您光是看了他身上的活儿，您还不知他创腔的本事呢。赶明儿，您听听他唱《女起解》的八句反二黄、《王宝钏》的西皮和二六、《三娘教子》的二黄三眼，那都是他创的新腔儿。到时候您品品那个味儿，真够绝的！”陈德霖打心里佩服王瑶卿的创腔，一个劲儿在慈禧面前赞扬不止。

“好哇，我宫里除了你一个创腔的行家，还正缺人手呢。赶明儿我试试他，让他给我配配腔儿。”

慈禧很高兴地把王瑶卿留在了宫里，补了个内廷供奉的差使。她按陈德霖介绍的，让王瑶卿陆续唱了《女起解》《王宝钏》《三娘教子》还有《得意缘》《十三妹》《梅玉配》等戏。真如陈德霖所说，王瑶卿的创腔儿确实优美动听。他的每一句唱，都唱得字正腔圆，情调委婉缠绵，旋律柔美婉转。做功动作，因人物不同，收放得体，美轮美奂。与以往进宫的旦角相比，放得开多了。不像他们那样，老是死守程式，抱着肚子呆唱。王瑶卿因人言情的表演风格，让慈禧越看越喜欢。心想自己一生，唯以看戏为享受。老了老了，又冒出个新角儿，这真是天赐洪福，该着了，再好好享受享受！她已是垂暮之年，仍贪恋着声色，不弃不舍地想着皮黄，想着看戏。

有一天，她把王瑶卿叫到面前，把她亲手抄录的一首王之涣的《凉州词》交给王瑶卿。说：“你把这首诗安上腔儿，给我唱唱。”

王瑶卿接过《凉州词》来一看，不禁吓了一跳。原来，慈禧把诗的断句抄乱了，已经不是诗的格式，而是参差不齐的长短句。她是这样抄录的：

黄河远上，白云间，一片孤城，万仞山。羌笛何须，怨杨柳，春风不度，玉门关。

王瑶卿反复看了几遍，头上不禁冒出汗来。心想，这诗是怎么抄的，诗不是诗，词不是词的，句读都乱了。怎么安腔套曲呀？

又一想，可这是慈禧亲笔抄录的，这是御笔圣书啊，不能给她指出来说她抄错了，只能是将错就错着来呀。他正琢磨怎么安腔儿呢，慈禧看着他的样子，诡谲的暗笑，然后板着脸认真地问道：“怎么样？”

王瑶卿当下还没琢磨出办法来，听慈禧问，边思索，边绕圈子延长时间，答道：“回老佛爷，您的字真是大家风范，有魏碑的底子，有九宫格的丰满，有……”

“谁让你说我的字？我是说安腔儿安得怎么样？”慈禧打断了他的话。

就在与慈禧说话周旋的工夫，王瑶卿灵机一闪，已想出了办法。他赶紧回话道：“老佛爷天才，您把这首诗改成了一首竹枝词，竹枝词本来就是唱词，这就便于奴才安腔了！”

“什么竹枝词？你给我念念，我听听。”他这话倒把慈禧闹糊涂了。

王瑶卿按着自己的改法，念给慈禧听：

黄河远上，白云间一片，孤城万仞山。羌笛何须怨，杨柳春风，不度玉门关。

慈禧听了，笑着点点头默认了。说：“安个什么腔儿呢？”

王瑶卿看慈禧没有责怪的意思，心里明白自己的改法，太后认可了。他才把心放到了肚子里，从容地说道：“竹枝词，有现成的曲儿，咱就套个‘南吕一枝花’吧。——我给您唱唱，如不合老佛爷的意，再换个牌子。”

王瑶卿说罢，用手拍着板眼，就放声唱了起来。

慈禧听他唱得清脆甜润，悠扬缠绵，不禁连连叫好。她本来是想用《凉州词》这首诗，试试王瑶卿的本事，所以故意抄乱了句读，看看他的反应是否机敏。没想到，他倒顺势改成了一首竹枝词，而且曲子还套得这么得体。

不禁夸奖道：“怪不得石头夸你，安腔有一手。今儿听了你的唱，果不其然。”

慈禧高兴地继续说，“洋鬼子闹京城之前，我和石头、叫天他们改过宫里的那些个老本子。八国联军这一闹腾，改本子的事也停了。今儿有了你这个高手，咱还接着改……”

又过了些日子，慈禧把《阐道除邪》中的一折戏，修改完毕，把陈德霖和王瑶卿叫到跟前，让他们安腔儿。

陈德霖接过戏文用眼扫了一遍，知道又是慈禧胡编乱转的唱词。忙奉承说：“老佛爷大手笔，改编得真快，容奴才们下去，好好琢磨琢磨，安上腔儿，再让老佛爷法眼斧正。”

陈德霖怕王瑶卿没碰上过这样不合规矩的唱词，当下安不出腔来犯难，让慈禧责备。故意说退下来琢磨，意思是给王瑶卿留有思摸的余地。慈禧正在兴头上，听陈德霖如此说，拦阻道：“当下先安一段我听听嘛！”

陈德霖犯难地说：“这个……”

慈禧看陈德霖犯难，说：“怎么了石头？拗拗咕咕，这个那个的！”

王瑶卿见状，忙将戏文接过来说：“那就先安一段，让老佛爷斧正斧正。”

陈德霖担心地看着王瑶卿，生怕他安不好腔在慈禧面前出丑。可是，他哪里知道，王瑶卿早已领教过慈禧的面试，能对付慈禧。

只见王瑶卿接过戏文，对一段唱词小声反复念了几遍，从容地对陈德霖说：“这一段词，安西皮三眼怎么样？”说着他就小声地哼唱起来。

陈德霖看王瑶卿如此轻松地就安出腔来，而且听来还挺顺当。他打心眼里佩服王瑶卿的聪明，对他竖一竖大拇指，小声说：“真有你的，连这样嗟倨傲呀的词都能安呀。”

慈禧看他们俩小声嘀咕，问道：“石头，怎么样了？别光你们俩小声叨咕，快唱唱，我听听！”

陈德霖赶紧回道：“回老佛爷，这一段安好了，您听听，看中不中啊？”

说完，陈德霖拉着王瑶卿同时哼唱起来。

慈禧听着，也用手拍着板眼，随着他们摇头晃脑地品味。听罢，高兴得眉开眼笑，“哎呀，两个人安腔就比一个人安腔快！看来这出《阐道除邪》的大戏，改成皮黄，有指望了！”

慈禧一高兴，又补充说：“石头安《昭代萧韶》的腔儿时，吃双俸。如今，安《阐道除邪》，又添了个王瑶卿，也照例吃双俸吧。”王瑶卿赶紧磕头谢恩。

进宫承差唱戏时间不长，就吃上了双俸，这很让同行们刮目相看。有诗赞道：

七步成诗已惊人，
瞬间谱曲更属新。
实践方能出英秀，
梨园后起有佳音。

第七十六回

天津成名小三胜
兄弟相扶站脚跟

天津下天仙茶园的老板赵广顺，吃准了京城梨园晚生辈伶人的甜头。当年杨小楼在下天仙唱戏，他挣了个钵满盆满。之后，他又将京城的小伶童“小汪桂芬”接来天津，又是天天满场。于是他又出了一招儿，进京邀小“胜荪”到天津，与“小汪桂芬”唱对台。

接到下天仙茶园邀请的聘书之后，第祺和第福哥俩很是高兴。第祺很想到外面闯荡闯荡，初生牛犊不怕虎，他踌躇满志，他自信能在京城唱红，在天津也一定能唱红。第福比第祺大十岁，他在梨园已经厮混了十几年，对梨园行的根根蔓蔓，很是熟悉。他也赞成弟弟到外面见见世面，他对第祺说：“到天津闯荡闯荡对你也是个历练，但天津这个地方，能人很多，在天津能不能唱红，得另说。天津的戏迷一向好择毛，不好伺候，得多加小心。”

小第祺对大哥的话不大愿听，说：“大哥，您怎么长别人的威风，灭自己的志气！天津的能人多，他能多过京城？我就不信这个邪！”

第福说：“哥可没有那个意思，哥是提醒你，让你不可掉以轻心。我想过了，咱这次到天津，你把名号换一换，不要叫‘胜荪’了，那样太绕口，而且费解，不好叫响。不如改叫‘小小余三胜’，直截了当打咱爷爷的旗号。咱爷爷是在天津起家的，由侯家后票戏，进京当了戏状元，后来又带着戏班到天津唱戏，可天津卫，哪个不知道余三胜的大名。”

“大哥的这个主意不错，为了名号响亮，咱就打‘小小余三胜’的旗号。这次到天津，咱有利条件多，一是有爷爷的影响；二是有爷爷当年在天津置下的老宅，咱吃住方便。进进出出有乡亲邻里们关照，总比生来乍到方便得多。”第祺充满信心地说完，又补上一句，“哥把嫂子也带上，住在咱老宅，跟住在家里一个样，早早晚晚的，也好有个照应。”

哥俩商量已定，随后就到了天津。

他们到天津的时候，“小汪桂芬”已挪了场子，转到东天仙。这是两个茶园老板事先安排好了的阵势，表面上，是给“小小余三胜”腾场子，实际上，是摆开唱对台戏的架势：两个童伶，一个在下天仙，一个在东天仙。一个“小汪桂芬”，一个“小小余三胜”。

天津的戏迷爱哄事，“小汪桂芬”在天津唱红了，又来个“小小余三胜”。“小小余三胜”怎么样？是嘛人哪？一个“小”还不行，怎么还“小小”？好事者打听清楚了，原来这“小小余三胜”是余三胜的孙子，一个“小”小一辈，两个“小”就小了两辈。果真是余三胜的孙子，还真得看看！余三胜了得！当年在侯家后的群雅集票房起家，第一次进京就被嘉靖皇帝封了个“戏状元”。后来为报答他的拜把子哥哥戴康曾，曾多次带班到天津唱戏。他把天津看作第二故乡，在天津买了房产，把父母接来天津安家，父母去世，就葬在天津。他去世后，也留下遗嘱，安葬在天津。他的儿子余紫云在京城已是大红大紫，如今已传到了他的孙子，也是京城有名的童伶。这个“小小余三胜”的戏是非看不可！

“小小余三胜”还没唱戏，家底儿就被哄事的人摸清了。哄事的一哄，茶园的票一抢而空。

第福知道“小汪桂芬”的厉害，他也不敢掉以轻心，他用了番心思，给弟弟排了戏码，征求第祺的意见。第祺也不在乎什么，一切按哥哥的安排唱。

第一场打炮戏唱的是《击鼓骂曹》。《击鼓骂曹》原本是余三胜当年的拿手戏，这出戏本是明代戏剧家徐渭写的传奇戏《狂鼓吏渔阳三弄》，后被米喜子改为昆曲，又由昆曲改为皮黄，传给了余三胜，余三胜又传给了谭鑫培。谭鑫培在唱腔中又加进了高亢的西皮唱段，一直在京城传唱。第福为第祺选这出戏打炮，还是想借余三胜当年在天津的影响，让戏迷由戏想到余三胜，由余三胜再想到他的孙子“小小余三胜”。果不其然，这出戏一贴出去，就很叫座。当第祺出场念定场诗：

平生志气运未通，
蛟龙困在潜水中。
有朝一日春雷动，
得会风云上九重。

戏迷在台下听气口，看扮相，追忆当年余三胜的做派，完全被眼前这个“小小余三胜”折服了。叫好声此起彼伏，场子顿时热了起来。

等到他唱大段西皮“谗臣当道谋汉朝——楚汉相争动枪刀……”几个翻高甩腔之后，场内的喝彩声一波连着一波，起伏不断，直到戏终。

“小小余三胜”在天津一炮走红，名声打响了。

接下来几天，场场爆满。

“小汪桂芬”那边，更是铆足了劲唱，也是场场座无虚席。

两个童伶，棋逢对手。不相上下，打了个平手。

“小汪桂芬”的琴师知道“小小余三胜”嗓子的底细。若是拼嗓子，“小小余三胜”不是“小汪桂芬”的对手。“小汪桂芬”之所以取艺名“小汪桂芬”，就是他的嗓子有汪桂芬的高亢、响亮、劲拔和清脆。所以他唱汪桂芬的戏，音韵酷似，轻松自如。既然是打对台，当然得知己知彼，以己之长攻彼之短啦。所以，琴师建议贴演《文昭关》。《文昭关》是汪桂芬从程长庚那里丝毫不走样学来的拿手戏。当年在京城，只有汪桂芬一人贴演《文昭关》。就连谭鑫培、孙菊仙一看到大头贴出这出戏，都退避三舍。

第福一看东天仙贴出了《文昭关》，心里暗暗高兴，也在下天仙贴出了《文昭关》。——这才是真正的唱对台戏！——两家叫上板儿了。

第福告诉第祺，亮出爷爷的“十三一”，给他点颜色看看！

第祺唱到“一轮明月照窗前”时，在“一”字的甩腔上，用上了“十三一”的唱法。一个“一”字，从起板到甩腔，拐了十三个弯。完全是当年余三胜的唱法，过了这么多年，终于又听到余三胜的余派腔调了！就这一个甩腔，台下炸了窝了。

散场之后，戏迷们互相谈论，与东天仙的“小汪桂芬”比较，总觉得“小小余三胜”唱得有味道。在舆论上，余第祺占了上风。

接下来的日子里，对台戏继续唱，小汪桂芬是拼嗓子，小小余三胜是玩儿技巧。玩儿技巧可以不费嗓子，拼嗓子则嗓子受大害。日子长了，小汪桂芬，渐渐嗓音不支，终于败下阵来，退出东天仙，打道回京城了。

击败了小汪桂芬，第祺成了天津卫独一无二的小童伶。他的座儿卖得越来越火，他的名声也越来越大。

正当他趾高气扬得意非常的时候，从上海来了一位小伶童名周信芳，艺名麒麟童。周信芳最初艺名叫“七龄童”，一次，写戏报，因上海话发音“七龄”和“麒麟”近似，写戏报的人，误将“七龄”写成“麒麟”。戏报已经贴出去了，茶园才发现名字有误，让写戏报的人改写名字。写戏报的人是个老学究，听后倒认真地说：“‘七龄’，哪有‘麒麟’名字吉祥！麒麟乃祥符之兽也。头上生角，腹部生麟，落于谁家，乃大祥大瑞之兆也。富贵人家生子，多称为‘麟儿’。如此名字何改之有？”大家听老先生此言，赞同道，“老先生说的也是，叫‘麒麟’，比‘七龄’好。就叫‘麒麟’吧！”麒麟童的艺名，就这样叫了起来。

周信芳生于梨园世家，从小家学极严，幼功扎实，七岁即登台唱戏，因此，取艺名“七龄童”。自从艺名改成“麒麟童”后，名声越来越大，从上海唱遍了江浙沿海等地，继而北上，从徐州唱到了青岛、烟台、济南。一路名声大震，“麒麟童”的名字，享誉华东。

此次，麒麟童到天津唱戏，也是下天仙茶园的老板赵广顺邀来的。赵广顺总给梨园界打交道，时间一长，他就成了“戏篓子”，戏路子也很精通。他已看出眼前这个小小余三胜的软肋，他打的是余三胜的旗号，实际上是在吃祖上的老本儿。他的唱腔，很多是第福按余氏秘籍死搬硬套来的，有很多咯生的地方。全凭了第祺的好嗓子遮丑，再加上有余三胜的名号，连蒙带虎，红火一时。唱的时间长了，行家就会来挑毛病，长此以往将会站不住脚。有小汪桂芬给他打对台，人们凑热闹起哄，场子还能热起来。如今，小汪桂芬被他打败了，只剩他一家独鸣了，场子早晚还得凉下来。正有此顾虑的时候，赵广顺听说济南来了个“麒麟童”，比小小余三胜还小五岁。真是天不灭曹，他吃童伶吃上了甜头，就赶紧与东天仙的老板商量，让东天仙的老板亲自跑了趟济南，将麒麟童接到天津，又摆开了唱对台戏的阵势。

第福一听说又来个南方的小童伶，赶紧打听此人的底细，琢磨对策。

第福第祺小哥俩，此时已非比初来天津时候的紧张，自知已有了人气底子，心里踏实很多。只看东天仙贴什么戏，他们就贴什么戏。

第一天，周贴《黄金台》，余也贴《黄金台》；第二天，周贴《战长沙》，余也贴《战长沙》；第三天，周贴《八大锤》，余也贴《八大锤》。如此较着劲地赶着麒麟童的戏码走，直赶了二十一天，双方不分彼此，难论高下。

麒麟童的戏班，这才领教了京派皮黄的厉害。本来是打遍江南无敌手的麒麟童，一到天津就遇上了个小对手，直赶了二十一天，真有个赶尽杀绝的势头。幸亏是麒麟童，若是别人，说不定，早被他赶得无有招架之力了。哎呀呀，这小小余三胜真真的厉害！

如此，麒麟童赶紧变换招数，贴出了《盗御马》。此戏是花脸戏，麒麟童自小戏路宽厚，文武昆乱都学，花脸戏也很有功底。他此招儿可谓怪招儿，想打小小余三胜一个冷子。

第祺果然不会唱花脸戏，第福一看对方使出了怪招儿，不禁心内窃喜，知道，对方已经快到山穷水尽的地步了。他和弟弟一合计，不再赶他的戏码儿，而是使出了撒手锏，——贴演《文昭关》，再亮一亮“十三一”。

第一次贴唱《文昭关》，让天津的戏迷重温了余三胜的老腔儿，勾起的那个热劲儿还没降温。这次又贴《文昭关》，正好是热上加热，呼声比第一次还高。茶园被挤得满坑满谷，喝彩声连连不断。

麒麟童的《盗御马》，也唱得让人眼界大开，领略了南派花脸的风采。

至此，麒麟童和小小余三胜的对台戏，仍是平手。但从人气上看，小小余三胜是略占上风。麒麟童班底的人感到，现在收场，正是时候。所谓见好就收嘛，对台戏再唱下去，谁处于下风也伤面子。于是他们决定撤出在天津的演出，转场去大连。

有词【渔家傲】写道：

棋逢对手互不怵，婉转歌喉翩翩舞。身手不凡才华露。不服气，且听台下喝彩处。　年少气盛不相顾，放眼方得饶人处。氍毹歌舞几十载，相扶助，蓬舟千里留归路。

第七十七回

魏铁珊慧眼识珠
余第祺天津蒙教

到天津登台就连打了两次对台戏，打出了小小余三胜的地盘。第祺、第福这哥俩，在天津扬眉吐气，笑傲氍毹。尽管下天仙的老板赵广顺看出了小小余三胜唱腔儿上的破绽，但毕竟这是棵给他挣钱的摇钱树，他怎么也舍不得这哥俩离开。一再与他们续定合同，延期演唱。

第祺只管唱戏，只要有戏唱，他就乐得登台，至于合同的事，他一概不管。第福则看中了天津这块宝地，白花花的银子天天进账，这何乐而不为。唱戏所挣的钱，他全部收入囊中，第祺从来不闻不问。

况且，哥俩吃住都在自己家，什么都方便。来时，第福已将家口一并携来，除了唱戏，他还能和孩子老婆热热乎乎地享受天伦之乐，比起在京城受老母管束还清净自在。他是巴不得永远不回京城，在天津扎下去。

如此，他们在天津一住下来就过去了将近一年。这一年当中，第祺在梨园界、票界，结识了不少朋友。

这一天，哥俩正在侯家后老宅吊嗓，大门外停下一辆骡车。打从车上下来一位高个子男人，这人身着一袭长衫，方面颊，清瘦矍铄，冷面凝神，浑身上下透着一股侠骨冷峻之气。他下了车，也不用人通秉，径直推门而入。

他进的门来默不作声，站在哥俩的身后，听他们吊嗓。二人吊的是《捉放曹》，陈宫唱的西皮慢板："听他言吓得我心惊胆怕"。当唱到"马行在夹道内我难以回马"一句时，这个汉子猛叫一声"停！"

弄得这哥俩一愣，方才知道身后站着一个生人。对这种突如其来的打扰，第福很是恼火，不礼貌地问道："你是干什么的？也不打声招呼，来打扰我们练功！"

此人对这种不礼貌的问话，未加任何理会，只是认真地说："刚才这一句，'夹道内'，唱得不准。"

第祺观此人倒很有意思，他能挑毛病，说明必然是行家。赶紧搬过一把椅子，客气地说："先生，请坐。"然后谦恭地说，"这一句怎么个不准？清先生指教。"

来人也不客气，坐下说道："夹道内的'内'字，甩腔要上扬，有一个小弯，然后再拖腔。应该这样唱，内——"说着他就唱了起来。

第福听了很不服气，直直地说：“你唱得不对，那是谁的腔儿啊？”

来人说道：“我唱的是老谭的新腔儿，谭鑫培就这么唱。”

第福一副蔑视的口气说：“谭鑫培的腔儿，有什么了不起？我们唱的是谭鑫培的师傅的腔儿，——是余腔儿。”

来人也不相让：“余三胜老先生的腔儿也不是这么唱，余腔儿在这地方唱得简短，‘内’字一带而过，似这样‘内——’，他又唱了起来。”

此时，第祺看出这个人很有来头，非同一般。忙亲自斟了一杯茶，恭恭敬敬地端了过去，“先生请用茶。”

这个人接过茶，抿了一口，满意地看着第祺乐了一乐。第祺恭敬地说道：“先生弄腔儿如此在行，请道其详。”

这个人慢慢吃着茶，慢条斯理地娓娓道来。“鄙人，从小就很喜欢皮黄，对皮黄腔儿，很爱琢磨。老生前三杰程长庚、余三胜、张二奎的腔都曾一一研究过。这三个人的腔，各有所长。但都不是现在的皮黄，都各带自己的本土味道。程长庚多带徽腔儿二黄的味道，你们的爷爷余三胜多带汉皮黄的味道，张二奎多带京皮黄的味道。前三杰的腔调，至后期，也就是咸丰朝及其之后，逐步被程长庚大老板吸收、融合、改造，变成了京皮黄统一的腔调儿。谭鑫培就是在这个底子上起家，主要吸收了你爷爷的腔调儿，又广取博收，还吸收了京梆子，哦，——就是河北梆子，乐亭大鼓，京韵大鼓等腔调，才变成了今天的京皮黄味道儿。”

第福听到这里，不屑地说道，“我们有祖上的真传，不管怎样，我们的腔儿才是皮黄正腔儿！”

来人听了此言，微微洒笑道：“我今天就正是奔着你们这个‘正腔儿’来的呀！”

第福听了很不高兴，拉着脸责问道：“有何见教？”

第祺看哥哥的问话很是失礼，忙赔笑道：“请先生指教。”

这位来客也不管他们哥俩的态度如何，仍然娓娓说道：“听说你们祖上留给你们什么‘余氏秘笈’。这可见余老先生的精明细致。这不光是你们余氏的家宝，也是皮黄的国宝。如今皮黄已成了京戏，岂不是国宝？无论是家宝还是国宝，只能作为参考。如果一味地按照‘秘笈’的文字去搬，就成了生搬硬套。不光腔儿不顺畅，且不合时宜。只可取胜一时，不会取胜长远。”

第福听了这些，无异于当面批评他照秘笈抠出来的腔儿，更是诋毁他们余家的秘笈。他再也忍不住了，高声喝道：“你且打住吧，你是哪里的狂徒野叟，敢来污蔑我的祖上！”

来人见状，不禁哈哈大笑道：“果然是坐井观天，妄自尊大。不见今日皮黄已到何等现状，还兀自抱着老黄历翻时辰！”

第祺赶紧把哥哥拉到一边，轻声说：“人家能登门指教，这是求之不得的贵人，怎能对人家非礼！”

第福一甩袖子，愤愤地说：“听他指教？要听，你听！”说罢拂袖而去。

第祺赶紧对来人说：“休怪我哥哥鲁莽，他是对祖上的秘笈太看重了！”

“你祖上的‘秘笈’，确是弥足珍贵。但刻板死套‘秘笈’，无异于刻舟求剑哪！”对于第福的愤懑之情，来者似乎无动于衷，仍平平淡淡地谈自己的见解。

第祺仍谦恭地说道：“听先生之言，是认真看了我的戏，听出了唱腔儿的毛病，特意来登门赐教的呀！”

来人对此话不置可否，“我乃一介书生，逢事爱较真。看你小小年纪，有如此好的天赋，实乃祖师爷偏爱于你，给你这么个好嗓子，沙中带甜，听来如云遮月一般，真乃天籁之音，可算天赐的圣童。可是听了你唱腔中的诘嗷之处，如观玉之瑕疵，很是为你痛心，不当面指出，总觉得如鲠在喉。”

听了此一番话，第祺对来人更是敬佩，感恩戴德，忙说道：“真乃圣人驾到，请一一指教！”

来人见第祺一片真心，沉吟片刻说：“难得你小小年纪，能如此闻过知新。你如真若打算从根本上剔除腔儿中的瑕疵，就到群雅集票房找窦砚峰。他是盐商出身，曾做过长芦盐运纲总。别看他出身盐商，是位票友，但此人一生嗜戏，人高马大，有孙菊仙的嗓子，有王九龄和谭鑫培的腔调儿，响堂嘹亮，韵味十足。很追时人的潮流，他可以给你一一矫正唱腔上的毛病，设或能给你创腔上的启迪。”说罢，起身，悠悠然而去。第祺听了此话正自深思，等回过味来，他已走出大门，登上骡车，甩鞭蹬途。

第祺追到门外，望着远去的骡车，直犯后悔，怎么就没问问人家的名号，也好以后报答！

群雅集票房，是当年余三胜起家的地方。第祺来到天津，寻根问祖，也曾到这个票房和票友们唱和交流过，但他不曾知道有个什么窦砚峰。这天他按照那个陌生人的指点，来到群雅集票房。

一看小小余三胜来到票房，票友们都高兴万分。纷纷过来打招呼。其中一个汉子，长得人高马大，一脸络腮胡子，说话瓮声瓮气的，此人为人热情，豪爽，人们都叫他“纲总”。第祺也碰上过他两次，每次见面只是礼貌地点点头，没有打过招呼。这次第祺主动过去打个招呼说声：“纲总好？”

“纲总好”的话一出口，他忽然想起那天那个陌生人让他找的人，就是个什么“纲总”。他对眼前这个人，又仔细打量了一番，感到此人一身豪气，与众不同。

这位“纲总”，听到第祺打招呼，倍感亲切。他看第祺，像看到自家孩子，热情爱抚地伸过手来，一把攥住第祺的手说：“别看你人小，你可是大名家呀，可着天津卫谁不知道‘小小余三胜’的大名！行啊，有出息。”

他的一双大手，攥得第祺的手都有点疼。第祺想抽回手，抽都抽不动。一双大手握得他的手热热乎乎的，第祺心里由衷地生出一股暖流，感觉像父子亲情一般，没了拘束距离之感，亲切地问道：“大叔，您这个‘纲总’，可是咱群雅集姓窦，名窦砚峰的先生？”

这位纲总听他问，不禁睁大了眼睛，脸上透着微笑，看着第祺说道：“嗯，——不才就是在下。”说完爽朗地大笑起来。

第祺看面前之人，就是自己要找的那位“窦砚峰”，扑腾一声跪下便拜，说道：“师傅，您叫弟子好找哇！”

第祺这一拜，倒让窦砚峰丈二的和尚摸不着头脑了。慌忙双手搀起第祺，说道：“哎，哎，小兄弟，你是不是搞错了？你可是大名家呀，怎么能拜我为师呢？”

整个群雅集票房的人看了这场景，都感到惊讶，是啊，“小小余三胜”一个名家，怎么能拜票友为师呢？大家都围拢来，想探听个究竟。

第祺便把那天家里来的那位不速之客，所说的一番话，讲述一遍，大家方弄明白事情的原由。

“好个‘铁大侠’呀，原来是他把我给卖了！”窦砚峰边说边笑道，“虽是铁大侠说的，这个师我也不敢当，咱一起交流交流还行！”

众人当下跟着起哄似地说：“纲总，要收高徒啦，请客吧！”

窦砚峰万万没想到，从天上掉下一个大名人，要拜他为师，他高兴万分，亲热地拉了第祺的手，爽快地说：“诸位，今天天道大吉，咱们喜迎高人，拜师不拜师先放在一边，客是当然要请的！走，咱到鸿宾楼集齐吧！”

这伙人也不客气，呼啦啦跟着窦砚峰进了鸿宾楼。

宴席之中，大家纷纷敬酒祝贺。窦砚峰来者不拒，一杯接一杯地喝酒，直到酒酣耳热，方坐下来陪第祺说话。第祺实实在在地对窦砚峰说：“师傅，让我来找您的那位铁大侠，是何许人哪？”

窦砚峰听第祺问此话，就着酒兴高声说道，“咱先不说他，先说咱俩，以后咱以兄弟相称，千万不可称师傅，称师傅我担不起。”

“是他让我来拜您的！”

“要拜你应该拜他，他才够师傅的份呢！”

“我真该死！人家亲自登门指教，我连人家的姓名都没来得及问上一问！真是惭愧得很哪！”第祺追悔地说。

窦砚峰又喝下一杯酒说：“提起此人，是大大的有名。此人姓魏，名铁珊，字匏公。光绪乙酉科举人。此人是满肚子学问，三坟五典，经史子集，无所不通。他还是个书法大家，魏碑、篆书，一家独秀，无人堪比。琴棋书画他无所不精，尤其对音韵极其精通，对皮黄咬字发音，颇有研究。”

“可是他很佩服您的唱功音韵，要不怎么会让我来找您呢。”第祺说道。

“要不怎么叫他大侠呢！”窦砚峰又喝下一杯酒，接着说，“他为人仗义，且知进退。明明他可以做你的师傅，他却不做，偏偏扯上我。我怎么能和他比呢，我这两下子，连他手指缝里落落下来的都不够。”

“是不是人家功名在身，怕沾上伶人的下作气，有辱斯文呢？”第祺问道。

“喔，非也，非也！那不是他大侠的风格。他行事仗义，从不管什么斯文不斯文。他虽是一介文人，瘦骨嶙峋，但身上的武功了得。一向做事只讲公道，不问身份贵贱，我行我素，清高自傲，从不把官家豪强放在眼里。”窦砚峰又喝下一杯酒，接着说，“当年，他在原籍绍兴，因冒犯了官家，官家想治他罪，又无由头，就鸡蛋里头挑骨头，问他个‘聚酒歌妓’的罪名，要革掉他的功名。派衙役到他正酣歌纵酒的酒楼前去拿他。可他毫不在乎，一手边端杯畅饮，一手便抓起一个衙役，顺手便从窗子丢下楼去。就在刚刚出手的一刹那，他方想到，这个人一丢下去准会闹出人命官司。随即一拧身子，跟着跳出窗外，一个燕子抄食，把那个衙役抱在怀中，轻轻放在地上。随后一纵身，又跳上酒楼的原位，继续与歌女唱和饮酒。他这本事，一时传遍了诸暨大地，——他铁大侠的大名就是这样得来的！”

“是谁在背后这么白话我呀！”随着声音，魏铁珊来到他们面前。

第祺一看那天登门之人飘然而至，赶紧起身，紧趋几步上前叩头，说道：“师傅，莫怪弟子有眼无珠，不视师傅真相！今天就借众人为证，弟子磕头拜师傅了！”

窦砚峰也说：“巧啦！说曹操曹操就到，拜他就拜对了！他才是那真佛哪。”

魏铁珊摆摆手说道：“不必，不必。不用多说，看来大家彼此都认识了。能相逢相识，这是多大的缘分哪！既然有缘来相聚，咱就不来那个老一套了。拜师，不好。师徒彼此之间拘束。我看咱就来个忘年之交，交上你这个大名鼎鼎的小老弟，咱唱和皮黄，不是更洒脱吗！”

“好你个大侠，既如此说，干吗还让小小余三胜来拜我呀！”窦砚峰嗔怪道。

“哎，我说窦先生，咱当着这位小哥的面，可要说清楚，我何曾让他拜你为师呀？”魏铁珊辩驳道。

第祺赶忙解释说：“是我打心里想拜二位长者为师的！”

“哦，如此什么都不必多说了，咱们这个忘年交是交定了，打明儿个起，咱三个就一起唱和皮黄得啦！”窦砚峰爽朗地说道。

大家一起举杯，为三人的结交喝彩祝贺。

从此，第祺一有空闲，就凑到窦砚峰和魏铁珊的家里分别请教。窦砚峰，把从王九龄、谭鑫培那里学来的唱腔，一点不落地都交给他。魏铁珊则把汉语的音韵发音，咬字用气等等学问，从头一点一点讲给他听。同时，还把书法、绘画的技法教给他。一连两年，第祺从这两位不是师傅的师傅那里，学了很多以前没有学过的本事，把以前唱腔中不顺畅的毛病也纠正了不少。

他在天津一住三载，人长了三岁。由一个少年，长成了一个文雅清秀的大小伙子。

有小令【中吕·小上楼】写道：

自满自足，艺业盲目。死抱秘籍，自捆自缚，尚且自负。天外天，无重数，劝君光顾。更见精彩人物。

第七十八回

喜连成科班奠基
萧长华中选教习

吉林有个姓牛的财绅大户，已传富三代。牛家的生意做得很大，遍布全国，有三百多家分号。光是北京城内，就有几十家。这第三代东家名牛子厚，继祖上的产业，掌管着全国这三百多家分号。每年有一半时间要住在北京打理生意。此人多才多艺，颇喜欢皮黄，在北京打理生意期间，几乎天天在大栅栏一带的茶园看戏。分号的经理或伙计，有事找他，只好追到茶园，他经常边看戏边办理业务。

他若是回吉林，必带上一个戏班，由他安排在吉林或东三省的演出。他爱皮黄，也懂皮黄。生旦净丑的戏他都能唱，文场武场他都拿得起来。人送他为“文武昆乱不挡”,“六场通透”的“牛财主”雅号。他听了很是扬扬自得，自美其趣。

八国联军搅闹京城之后，他看梨园行的名家老人，跑的跑了，死的死了。生行只剩下谭鑫培，旦行只剩下陈德霖，净行只剩下黄润甫，丑行只剩罗寿山了。可这些个名家，大多被皇宫选为内廷供奉，他们伺候宫里、应付官家富绅的堂会还忙不过来呢，很少在茶园唱戏，更怎么能跟牛老板到东北去唱戏呢。中年伶人中也有几个能叫座的，但都说不上出类拔萃，像后三杰那样叫得当当响。眼瞅着皮黄大有青黄不接的势头，他很为皮黄的后劲儿担忧、着急。

有一次，他一时兴起，想妆扮上登台唱上一回，过把瘾。哪知人家戏班说什么也不答应，说他没进过科班，不能破了规矩进戏班登台唱戏。这倒令他多想了许多问题。他一气之下，在吉林的繁华地段，买了块地皮，自己修建了一个戏园，招兵买马，自己登台唱戏。心想，我自个儿的戏院，自个儿的戏班，我唱戏别人管不着了吧！登台唱过之后，他有了亲身体验，转过来细细想一想，觉得唱戏这个饭碗，不是随便可以端的，不经过科班，生个子登台，的确是找不着北，洋相百出。由此他产生了一个举办科班的想法。

八国联军打进北京后的第二年，也就是光绪二十七年，他到京城打理被洋人祸害的分号，一切安排就绪后，打算返回吉林。这时候他想，吉林有了自己的戏园，何不带上个京班，去热闹一番？

经过筛选，他便选中四喜班，打算把整班带到吉林去唱戏。当时，北京城还受战乱的影响，唱戏卖不上座儿。四喜班的人，也愿意随牛老板到吉林去闯荡一番，双方一拍即合。为了让戏班儿的人安心唱戏，临离京时，牛老板给戏班儿的每个人都提前发了包银，作为安顿家下之用。

四喜班有一个唱老生的，名叫叶春善，是杨隆寿小荣椿科班的弟子。此人出身梨园世家，其父是与程长庚同时期的花脸演员，与程长庚在三庆班同台唱戏多年，早就有“活孟德”的名声。由于有世家的底子，再加上小荣椿科班严师的传授，叶春善也是四喜班的台柱子。

他随同四喜班赴吉林途中，因受风寒，到了吉林即发高烧，嗓子哑得说不出话来，当然更不能登台唱戏。

叶春善为人憨厚，觉得拿了人家的包银，登不了台，很对不起东家。就找到牛子厚请假回京，说到家后，把包银寄还给东家。牛子厚看他嗓子哑得实在唱不了戏，说：“大老远的不要回去了，我派人给你找个郎中，开上两服药，就在吉林养病，等痊愈之后再登台也不迟。”

叶春善听了东家的话，觉得心里很不落忍，说：“吃白食不说，还让东家破费，我这心里挺过意不去的。”

牛子厚摇摇头说：“咳咳，有病总得看病啊，这算不得什么。”

叶春善对东家感恩戴德，说，“去年，闹洋鬼子，闹得人们吃不上饭，牛家在京城设粥棚舍粥，可京城的人都说东家是‘牛善人’。今天我算亲身体会到了，您可真是菩萨转世的大善人哪。这叫我怎么报答您呢！”

牛子厚笑笑说，“救苦救难，这是咱老祖宗的传统，你们梨园行还有个‘义演’的窝窝头会规矩呢。叶老板，您甭觉着不落忍。您要是身子骨能顶得住，您上不了场，可以在后台当当管事。”

当时后台的“管事”，就相当于现在后台的场务。所有后台的化妆、催场、搭砌末、打帘子、衣箱安置等等凡有关前台后台唱戏的事都管。

叶春善就这样当了后台的管事。他自小有家传和科班的教育，对台上和台下的规矩都很明白，他当管事，管得头头是道。又感东家的恩德，他尽心尽力，不管是场上场下，只要是和唱戏有关的事，他都想得很周到，提前打理得清清楚楚，妥妥帖帖。每天散了戏，人们都走了，他还得台上台下，里里外外，仔细检查一遍，不留任何疏漏。对此，四喜班里上下人等，都夸赞他尽职尽责。牛子厚把这些事也看在眼里，对这个年轻人格外留意。

叶春善嗓子恢复之后，开始登台唱戏。但管事的活儿他还兼着。他也不抱怨，还是一如既往，一丝不苟。

经过一段观察之后，牛子厚选中了叶春善这个人才，他把举办科班的希望，寄托在此人的身上。于是，牛子厚几次约叶春善商谈举办科班的事。

对于办科班，叶春善觉得，这是牛东家为梨园办的一件大善事，是利在当今，功在千秋的壮举。对此，叶春善大加赞赏，他为牛东家出了不少好主意。牛子厚听了之后，连连点头，心里暗暗欢喜，窃窃自得，心想，确实没有看错眼前这位年轻人。

于是，他把心里的想法说了出来：“鉴贞老弟，我办科班这事，就托付给你了！”

叶春善听东家不称呼自己的名，而称呼自己的字，又说出这样的话来，知道这话不是东家随便说说的，慌忙站起身来，倒退一步，正衣站稳，深深打一大躬，郑重地说道：“东家，您待小人之恩，是天高地厚，为报答东家，小人才敢斗胆替东家出了些个主意。至于让小人掌管办科班的事，小人管窥蠡测，孤陋寡闻，见识短浅，实实不敢承担，怕耽误了东家的大事。”

牛子厚说：“你们在这里唱戏已一年有余，这一年多的时间里，我处处留意，观察你的一言一行，一举一动，觉得，要担此重任，非你莫属。”

“牛东家，断不可以！您一定要从长计议，另选高明，不能因为小人的无能，而毁了您的大计。”

“鉴贞兄弟，我相信我的直觉。凭我多年在市面上混事的见识，我相中的人肯定能如我所愿。我就相中你了！”牛子厚没有商量的余地。

叶春善只得退后一步说：“东家，这是大事，容小人再思摸思摸，再作最后决定如何？”

牛子厚看叶春善有了活动气儿，松了一口气，说：“那就沉一沉，咱们还接着仔细琢磨琢磨，好好筹划筹划。”

这事，就此就先放在了这里。

又过了一年，就是四喜班来吉林唱戏的第三年，俄国侵吞东北三省的行动步步紧逼，东三省战事一触即发，闹得人心惶惶，人们没有心思看戏了。牛子厚一看形势吃紧，赶紧，送四喜班打道回京城。临行前，牛子厚把叶春善叫到跟前，又提出了举办科班之事。叶春善还想婉拒，牛子厚把脸一拉，说道：“叶老弟，好不知进退，既是口口声声说感我牛某之恩，声言报答，为何连我这么一点心愿都不体贴，是不是口是心非了！”

听牛子厚说出如此话来，叶春善忙解释道，“东家您错怪小人了！我知道您三番五次地与我商量此事，是您瞧得起我！这是您的心愿，也是我叶某的心愿。办科班儿，这是大事，需慎重对待。身为东家，您再三地求我一个穷唱戏的，这就够让我受宠若惊了。我不是口是心非，实实是怕能力低下，担不起这副担子，成不了大事，反误了东家的宏图大愿！”

牛子厚一听叶春善有了活口儿，顿时心落了底。为了把办科班的事商量彻底，他送走戏班儿的其他人，特意留叶春善在家住了下来，二人彻夜长谈，直谈了四天四夜。牛子厚诚恳地对叶春善讲：“鉴贞老弟，只管放心，你回京城之后，即可着手办理，经费的事不必担心，一切责任由我牛某担承。科班一旦办成之后，算我们俩家的股份，你我一人一半儿，我决不会让你吃亏。”

叶春善听后，忙摆手说道：“东家，您要这么说就小瞧我叶某人了！我虽是个穷唱戏的，但穷有穷的骨气。我既然答应了您，就会尽心尽力去办，绝不贪图半文钱财。您给了我这么一个为梨园弟子尽力的机会，我就心满意足了，多拉巴出些个梨园弟子，为祖师爷传承布道，我就功德圆满了。财东我绝不当！”

牛子厚看叶春山一片真心，便不再多说什么，当下就起草了一纸文书，说，“恭敬不如从命，黑纸白字写清楚了，经费由我承担，东家是我，社长是你，具体事由你在京全权办理。”

叶春善看东家拟好了文书，痛快地说：“东家只管瞧好吧！”

叶春善接了文书，拜别东家，登火车回到北京。

回到北京，叶春善即着手办理科班的事。

第一年招收了六个学生，都以喜字排名，雷喜福、武喜永、赵喜魁、赵喜贞、陆喜明、陆喜才。号称“六大弟子”，这样科班就算办起来了。

六个弟子吃住就在他家，他妻子管内勤，吃喝拉撒住，衣食洒扫都由妻子操持。六个弟子的练功、唱念做打，生旦净丑的戏，都由叶春善一人担当教师。除此而外，拉煤、淘粪、买粮食等力气活，也是叶春善自己干。但六个弟子的功课，一丝一毫没受过影响。六个弟子，专心致志地学戏，长进很快。

叶春善把六大弟子的学徒情况，写信报告给牛子厚，牛子厚见信，很是欣喜，给他汇来二百八十两白银。叶春善有了资金，扩大招生，又招收了三十多名学生，连陆续招来的学生总共五十多人。叶春善租下宣武门外铁厂七号一个四合院，共二十多间房，作为校舍，全家也搬了进去，打理学生。

规模扩大了，叶春善感到教学、管理、料理食宿等人手不够了。料理食宿的人员好找，教学人员可不是一般人能胜任得了的。

找文武昆乱都拿得起来的好角来当教师，聘金少了，不如上台唱戏挣得多，人家不干。聘金多了，又聘不起。还不能找那些个功底不扎实，一瓶子不满，半瓶子咣当的人来任教，那样会误人子弟。这找谁来好呢？想来想去，他想到了一个人，这个人就是他的拜把子契友萧长华。

萧长华比叶春善小两岁，但上过私塾，识文断字。台上的活儿，生旦净丑，样样拿得起来，而且样样叫好儿。最主要的是此人人品好，和谁都配合得来，台上台下不撒奸蹭滑儿，为人忠厚，不计较得失，乐善好施，善待他人。

萧长华此时已是名丑，连谭鑫培唱戏都愿拉上他配戏。他能把冷场子给烘热喽，把戏中的情绪拉起来，使每个角都能发挥得淋漓尽致。杨小楼戏冷，场子不火爆，为此他经常追着萧长华，求他来配戏。除了配戏，萧长华还能给杨小楼说戏，指点戏中的关节，点到戏眼，唱出戏魂来。在同龄人当中，杨小楼最佩服的就是萧长华。

叶春善和萧长华的交情不是一天了，也是多年在台上配戏结下的缘分。一次，他俩同台唱《法门寺》。萧长华扮贾桂，叶春善扮郿坞县令赵廉。当唱到郿坞县当着刘瑾的面审刘媒婆、刘公道一伙案犯的时候，扮演刘公道的演员一走神，把台词给忘了，慌乱之中，他现编台词，编得驴唇不对马嘴。弄得扮演郿坞县的叶春善没办法接茬儿，正要冷场出娄子的时候，扮演贾桂的萧长华把台词接了过来：

“嘟，大胆的狗才，杀人灭口还敢胡言乱语，东拉西扯，搅扰公堂！郿坞县，似这等无赖的地保，不杀他，留他何用！”

萧长华这一大段台词，给叶春善留出了定神儿的空子，从容地接上了戏的茬口，为叶春善解了围。

台下丝毫未有察觉，连那爱择毛的老戏迷，都以为这是新改的唱法呢。

就这一招儿，叶春善对萧长华佩服得五体投地，感激得刻骨铭心。从此，二人拜了把子，成了莫逆之交的好兄弟。一有个大事小情，俩人就凑到一块儿，嘀咕嘀咕，想想办法。没事的时候，二人也好凑到一起，喝个小酒儿，交流交流。

叶春善从小丧父，萧长华从小丧母。二人打小都是过苦日子长大的，平时都很节俭。即使凑一块儿喝个小酒，也是很简单。经常是只要一壶酒，要盘花生米什么的小菜，有时候都不要菜，兜里装几粒花生米，或是几颗大枣，不论是枣还是花生，哥俩对半平分，每人几个，算作下酒菜。喝的是个哥们交情，是个乐呵。喝高兴喽拉倒。

叶春善想让萧长华来当教习，可是聘金又开得不多，碍于二人的交情，觉得口不好开，于是又想到了喝酒。 干脆，酒桌上见！反正变着法子，找机会开口就是了。

叶春善约萧长华喝酒，自己先到小酒馆要了几盘菜，在那里等着，不一会儿萧长华到了。

萧长华一落座，叶春善从上衣大襟下掏出一个竹编的酒葫芦。萧长华劈手抢了过来，左看右看，笑嘻嘻地说：“哪儿踅来的宝？还是竹编的，怪精致的。”然后举到耳边晃了晃，“肯定是好酒！”

“要不叫你来呢！小楼从南方回来，特意带回一壶，昨天刚送给我的！这么好的酒，我第一个就想到了你！”叶春善有点卖弄地说。

“要不怎么说您是我哥呢！”萧长华感慨地说，“这么好的酒，还点了这么好几个菜，这是不有点太破费了。”

“好酒好菜，有喜事要给你说呀！”叶春善边说边打开酒壶口儿。顿时，一股醇美的酒香扑鼻而来。

“嗯，真不赖！这是什么酒？”

“小楼说是什么……液……我也没记住，反正是好酒！你闻，——这味道，的确是开坛十里香啊！”叶春善说。

“的确好酒！这酒真配得上庆贺喜事！——哎，你还没说呢，是什么喜事呀？”

“这……个……”

“喜事还有什么难说的？”萧长华盯着酒碗催促。

“我想……我想……咱俩……将来……做个……儿女亲家！”叶春善话到嘴边，突然拐了个弯儿，把话题转到了做儿女亲家上。

萧长华一听，扑哧一声乐了起来。——他用手指点着叶春善，“你这话提前量打得太多了！你我都是结婚不久，连孩子的影儿都没有呢，就结儿女亲家，这提前量打得也忒远了！”

“不远！”叶春善也知道自己转弯儿转得太急了，硬是转出这么个话题来。只得硬着头皮往下说，“有地有种子，还怕种不出苗苗来！”

“大哥您行啊，将来生个七郎八虎，就赶上杨继业了！咱哥俩做亲家，我都觉得人气旺！”

“敢情！”叶春善就着话题往下侃，“你也生上一窝子，咱结亲家，亲上连亲！咱这梨园不就火了嘛！”

“是啊，咱干哪行说哪行，就为咱梨园兴旺，咱也得结亲家，咱哥俩知根知底呀！”

“是呢！——这个喜事还小哇？”

“不小，是大喜事！不过就是喝酒喝得早了点儿！……怪不得好酒好菜这么破费呢！”

“也不……全为这个。”叶春善终于等到了说正事儿的机会。

“还为什么？”

“我是在打你的主意。”

“打我什么主意？”

“我想请兄弟到科班来当教习！”

“哦——，您这是绕弯儿绕我呢！——我说今天怎么破天荒的又是好酒又是好菜呢！”

“今儿算叫你说着了！——要不怎么说有喜事呢！”

“来，喝酒！”萧长华听了特别高兴，说声“喜事，喜酒！”端起酒碗和叶春善咣叽一碰，一仰脖儿，兹喽，喝了下去！

叶春善也一仰脖儿，兹喽，喝了下去。

“成了！”叶春善看萧长华喝得这么痛快，忍不住高兴地说，“——你答应了。”

“什么我答应了？”萧长华揶揄地说，“你老兄也忒小看我萧长华了！”

“怎么，不成？要反悔？那你喝得那么痛快干什么？”

“你老兄怕我不答应当这个科班教习，拿作儿女亲家来堵我的嘴。咱哥俩交往这么多年了，用得着绕弯儿吗？”

“兄弟，我说请你当教习是真心的，做亲家也是真心的！你千万别误会！”叶春善怕萧长华误解而反悔，着急地说。

“大哥，您看得起我。我实话告诉你，——咱亲家也做，教习我也当！”

叶春善听了这话，心中的石头终于落了地。赶紧端起酒碗与萧长华又咣叽一碰，一饮而尽，又解释说：“痛快！说真心话，我是真想让你来当教习，可又怕对不起你，当教习辛苦，又比登台唱戏挣得少，哥心里不落忍哪！”

萧长华也一饮而尽，咂咂嘴，“大哥，要说那个，您这账就算得小了！”

萧长华看叶春善听得那么认真，放开了说道：“就凭咱哥俩的交情，儿女亲家是做定了！教习我也早就想当了！我当这个科班教习是多合算的事呀！——你算算，人家牛东家那是什么人哪？可北京城都知道的‘牛善人’哪！北京城遭难，连皇上太后都跑了，他却跑到北京城来救饥救贫，舍粥救难！可北京城，光有看皮黄的，哪有救皮黄的？光知道看大角，大角还剩几个？他牛善人看到了，大角没剩几个了！他看到了皮黄的危机，出银子建科班，这是多大的功德？这是咱京城梨园行的大善人哪！为京戏培养弟子，这个账就算大发了！”

“兄弟说得不错！”

“牛东家好眼力，一眼就选中了你这个好社长。你拉家带口的，不图名不图利，舍家抛业，招收六大弟子，一炮打响了。可着京城梨园行哪个不佩服您呢！”

“哎，我是报人家的知遇之恩哪！”

“我到你这科班来当教习，也是报牛东家对梨园行的大恩大德呀！这个账我也得往大里算哪！”

“兄弟，听你这么说，我确实小瞧你了，我还担心你嫌挣得少，委屈你呢！”

“谁跟钱过不去呀？凡事得讲个大道理嘛。当初大老板程长庚舍了家业，不是为的皮黄的今天嘛！我干爹卢台子，老了老了，豁着老命整理戏文，还不是为了皮黄的发达嘛！”

“还是老弟看得深远！”

“我要是不当这个教习，我都对不住我干爹留给我的那一箱子戏文！”

“一箱子戏文？”叶春善听了一阵惊喜，“怎么没听你提起过？”

“不瞒老兄说，十几年过去了，我这是头一次对外人说出此事。”萧长华严肃地说，“那是梨园的无价之宝哇！梨园的角们，哪个不缺戏文？哪个不想得到这宝贝？可我明白，我干爹把它留给我，不是让我归为己有和留给哪一个角，而是留给梨园，留给皮黄，盼着我把它传下去。我保存这么多年，就是等机会呢！这回牛善人给了机会，我再不献出来，我不是枉费了干爹的心意呀！”

“好！就凭这，这个总教习你也得当！”

“那是，——我当仁不让！”萧长华说，“今天你这顿酒菜没有白请，打今儿起，我就上任了。在其位谋其政，我这就给你策划策划：牛东家出了银子，科班也初具规模了，就该请他来，正式举行个开科仪式，取个名号，立个规矩，从此就大张旗鼓地办将起来！”

“好！说干就干！”

二人端酒，同干碗中酒，忙着回科班接着策划。

光绪三十年，就是公元1904年，科班正式挂牌成立，取名“喜连成”。这科名的来历是取牛子厚三个儿子“牛喜贵、牛连贵、牛成贵”名字中，各取中间的一个字连结而得。牛子厚是东家，叶春善是社长，萧长华是总教习。

这是京城有史以来，办的时间最长，出的人才最多，最负盛名的京戏名家摇篮。

有一首词专唱此事：

【调寄・千秋岁】

鼓板不绝，弦管声接。天大喜事来天街。洋人闹乱世，皮黄音短缺。几断弦，千呼万唤盼大角。 善人动善意，普天同心悦。危难中，天不灭。承先德明志，揽过祖师业。寒窗岁，桃李蹊径对穹阙。

第七十九回

梅喜群蒙师教诲
谭鑫培刮目看人

自从杨隆寿去世之后，梅雨田身上的担子更重了。他不但要负担梅家老少几口的生活，还要把心分出一半，为杨家的事操心。自从梅竹芬去世之后，杨长玉伤心不已，年纪轻轻的守寡，还得照顾女儿和不满四岁的儿子，孤儿寡母，心情极为苦恼。杨长玉之下，还有两个弟弟两个妹妹，都还未成人。杨老夫人，带着这一大家子人，六七张嘴，日子确实过得很艰难。

梅雨田就只当是自己家的事，分出心来替杨老夫人拉巴这个家。

梅雨田的夫人胡氏，不生养。梅竹芬的儿子就成了梅家的独苗，梅雨田也把他视为亲生儿子。梅巧玲的夫人陈氏，更是把这个孙子看作眼珠子一样金贵。

这个孩子乳名群儿，也叫群子。为了让梅家的这棵独苗成才，梅雨田把他送到离家很近的万佛寺湾私塾馆读书。教书先生给他起个学名，叫澜。字畹华，也写成浣华。读了几年书，也识了不少字，眼看着到了八岁，个子也长了许多。该为孩子的前程操心了，梅雨田把全家人都叫到母亲跟前，郑重地商量群儿的前程问题。

梅雨田说："大家都知道朝廷的规矩，伶人的后代即使书读得再好，也不准考取功名，只能做伶人。要做伶人，眼下就该操持了，再晚了，就把孩子给耽误了。"

杨长玉说："群儿是大哥看着长大的，您就为他做主吧！"

"做伶人有什么不好？你爹是做伶人的，还不是唱进了宫，连慈禧太后都喜欢'胖巧玲'。我的孙子做伶人，也能做到像他爷爷一样，唱得红遍天下！"陈氏老夫人一提起孙子，就很为得意。

"妈呀，您老也别那么说，你看群子长得那个样子，貌不惊人，形不出众，眼皮下垂，大眼泡子，见人也不会说话，没有一点机灵劲儿。就凭这，他做伶人，也未必能像我爹那样出类拔萃！"群子的姑姑给她妈泼了一盆冷水。

"有你当姑姑的这么说话的吗？"梅老太太听女儿这么说，不高兴了。

梅雨田怕妹妹和妈妈吵吵起来，忙说："将来怎么样，就看他的造化了！"

杨长玉听到这里，止不住流泪说道："群儿这孩子生得命苦。本来有子承父业，艺学家传的好条件。爷爷、老爷、爹爹都是唱戏的大角。可天不遂人愿，他们都早早地离开了人世，撇下这个孽障，怎么成才呀？"

梅老太太听了杨长玉一番话，也唏嘘感叹了一番，然后说："这事就交给大锁了，你去张罗着给他请个好师傅，花多少钱，咱也要巴结这孩子造化成才！"

老太太一锤定音。

就这样，梅雨田给群儿请来了当红的旦角朱霞芬来家教他唱戏。

朱霞芬教群儿先学《三娘教子》，教唱三娘开头唱的四句老腔儿。连教了三四个钟头，群儿还是没有唱下来。朱霞芬一气之下，甩下一句话："祖师爷没给你吃戏饭的碗！"愤而离开梅家，不再来教戏。

梅老太太很为孙子着急。女儿又过来劝妈："妈呀，我说什么来着，群儿就不是吃戏饭的材料。您就别为他瞎上火啦！"

当姑姑的话虽是这么说，实际上她也很为侄子着急。梅家就这么一个独苗，她当姑姑的不为侄子，也得为梅家着急呀。

回到自己的家，她对丈夫秦稚芬说起了此事。

秦稚芬与吴菱仙同台唱戏，台下闲谈之中，秦稚芬与吴菱仙说起了群儿气跑师傅的事。

说者无心听者有意，吴菱仙听了之后，觉得心里疙疙瘩瘩的放不下，散戏下场之后，就来到了梅家。

吴菱仙是时小福的弟子，"八仙"之一。出科后，曾在四喜班跟随梅巧玲唱戏。论辈分，梅雨田和吴菱仙是平辈。梅雨田看客人到，忙亲自张罗着让座，端茶。

吴菱仙也不讲什么客套，落座之后开门见山地说："贤弟，我听说令侄正在择师，如不嫌弃我驽钝，就把他交给我吧！"

按照常理，孩子择师，都是孩子的家长先拜访师傅，投石问路，看人家愿不愿意收孩子学徒，然后再行拜师礼。没有师傅找到孩子家主动收徒的，怕让徒弟家小瞧喽。

梅雨田知道吴菱仙是大角，论名声能与陈德霖比肩。听他如此言，喜不自禁，忙说："仁兄，愚弟知道您正是大红大紫的时候，怕耽搁了您台上的营生，因而不敢登门告求。今儿个反劳仁兄厚爱，亲自登门来寻，实是小侄的福分，真不知该怎么感谢仁兄。"

吴菱仙笑笑说："贤弟不必客气，蒙当年令尊大人的恩德，无以报答，今正好尽微薄之力！"

"如此，雨田就代全家拜谢仁兄了！"

"一言为定。明天送孩子到舍堂，就正式上课吧。"

就这样，八岁的群儿就正式拜了吴菱仙为师。

吴菱仙所收的弟子，除了群儿，还有两个，一个是朱幼芬，一个是王慧芳。群子正式走上了学戏的道路，梅雨田给侄子起了一个艺名：喜群。

吴菱仙对弟子要求格外严，他教弟子，真个是手把手，一字一句，一个唱腔一个唱腔的教。这三个孩子也格外争气，师傅教的，都一一领会，学得既快又扎实。他们三个齐头并进，分不出先后名次来。虽然如此，吴菱仙总说喜群差些火候，总是单独留下他，罚他单独练功。那两个孩子练十遍的功，就让他练三十遍。那两个孩子看了，总是暗暗笑话喜群，说他笨，总挨师傅的罚。

喜群对师傅这种单兵教练似的处罚，丝毫不抱怨。因为在家里，气走朱师傅之后，妈妈曾背地里教导过他，妈妈说："人不怕笨，怕懒。笨鸟先飞，才能早入林。勤奋才能出才华，哪个读书人的功名，不是靠十年寒窗勤奋用功求来的？你爷爷，你姥爷，你爹爹，他们能唱红京城，哪个不是坐科时挨打挨罚，苦苦练出来的？"

奶奶也曾给他说："笨人用笨功，铁杵磨成钉。挨罚是好事，是给以后成气候垫底呢！"

喜群也立下志气：我爷爷、我姥爷、我爹爹能成名，我也一定能成名！因此，师傅越是罚他，他越是下气力练功。除了按师傅的要求练功之外，他每天早晨起来，自己跑到什刹海边上，对着什刹海喊嗓子，之后，就在岸边练腿功、腰功、身段、跑圆场等；冬天，什刹海结冰了，在冰面上练跷功，直练得踩着跷能在冰面健步如飞，不闪不滑，稳稳当当，浑身冒汗。在家里练拿大顶，经常练得头昏眼花，直到晕倒在地。但他从不放松，从不气馁。

吴菱仙也特别喜欢这个孩子的倔强劲头。他很看好这个孩子，有点恨铁不成钢。嘴上不说，心里暗暗对这孩子下功夫。

有时候，吴菱仙去登台唱戏，也带上这三个弟子到茶园见习见习，让他们看看人家怎么唱。有时也带他们到后台看看化妆，学习学习后台的规矩。得便时，别人也凑趣，让他们三个各唱上两口。

在别人的眼里，吴菱仙的这三个弟子，王慧芬最拔尖儿，嗓音清脆高亮，身段柔美；朱幼芬嗓子声高亮美，数第二；对喜群的评价是声音发闷，脸死，身僵，唱腔笨。对这些评价，吴菱仙一概不予理睬。作为师傅，他最了解每个弟子的情况，从不当着三人的面论他们的高下。

对这些评价，唯有一个琴师陈祥林心里明白，他知道喜群的声音发闷，是故意把声音闷在胸腔，在练内功。等到该放出来的时候，自然就一鸣惊人。

吴菱仙以喜群家庭负担重为名，先让他登台唱戏。

那一年，喜群刚刚十岁，广和楼唱《天河配》，吴菱仙事先给戏班班主说好，让喜群扮演织女。在登鹊桥时，喜群个子小，登不到桥上，吴菱仙就将他抱上鹊桥。

第一次登台唱戏，喜群登上那插满花花绿绿纸鹊的桥上，高高在上，面对台下的看客，心里油然生出一股自豪的成就感。他亮开嗓子唱昆曲，台下为这个小伶人清脆甜润的唱腔所震惊，喝彩声，掌声不断。

这一次登台，更激发了喜群学戏的热情。很快他就学会了《战蒲关》《二进宫》《桑园会》《武家坡》《三娘教子》《玉堂春》《御碑亭》《桑园寄子》等三十多出戏。

喜群十三岁的时候，吴菱仙对梅雨田说："喜群跟了我五年了，贤弟是文场第一高手，这孩子底子打得怎么样，瞒得了谁也瞒不过你呀。我看该让他上台摔打摔打了。”

“仁兄所言极是，是该让他摔打摔打了。”梅雨田说，“你私下里给他吃‘贴饼’，比别的孩子总是多练几十遍，我心里明镜似的。亏了仁兄一片心思，这孩子底子打得瓷实呀！”

“你也没少对这孩子下功夫哇，他唱上的内功，还不是您私下里指点的？”吴菱仙说，“别人说他声音发闷，到底怎么回事，我心里也明镜似的。”

二人彼此哈哈大笑。

二人当下决定，让喜群到喜连成带艺搭班。

第二天，吴菱仙把喜群叫到跟前，说了让他带艺搭班的意思。小喜群对吴菱仙恋恋不舍，说：“师傅，您教我的这五年，像慈父一样对待我。一日为师终身父，您的恩情我永远也忘不了！”

“你爷爷在世的时候，常教导我们：做戏先做人。”吴菱仙佩服地说，“你爷爷给咱做伶人的树了榜样。他焚卷、赎当的事在梨园人人皆知。当年我在四喜班唱戏，家母病重，无钱看病，你爷爷听说后，扔给我一个纸团，还打趣地说‘给你个槟榔吃’，然后无事人似的走开了。我打开纸团，原来是一张银票。就是这张银票，救了我老母一条性命。——你爷爷仁德传家，你伯父也是仗义为人。你要把你爷爷的仁德继承下来，这才是咱做伶人的根本哪！”

“师傅的话弟子记下了。”喜群说。

“我做你的师傅，生怕哪一点尽心不到，对不起你爷爷的大恩大德。你学瓷实了，也算我对你爷爷，对你们梅家的报答吧。”

“师傅的恩德，弟子谨记在心。您永远是我梅畹华的师傅！”喜群就此拜别了师傅。

十三岁那年，喜群进了喜连成科班，带艺搭班。

带艺搭班，是喜连成培养人才独有的一种形式。这个科班，就是专为在外面已经学有所成的弟子，到喜连成进修、实习提高的一个特别班。凡带艺搭班的伶童，唱戏都给戏份。吃住学戏，也和本科班弟子有所区别，由师傅个别单独指导。

喜连成科班除了教学正规，管理严格外，还非常注重弟子的舞台实践。因此，他们包下广和楼茶园，作为实习演出剧场。弟子们在科班里学了戏，就到台上实际演唱，在戏台上摔打着练真本事。为了弥补本社弟子们幼小，托不住台的缺陷，就吸收外面已经有了功底的弟子来搭班唱戏。这样一举多得，既使外面已有功底的弟子有了一个实习锻炼的场所，又给本社弟子一个观摩交流的机会，还提高了茶园的上座率，增加了科班的收入。这些带艺搭班的弟子，又得到了科班教习的现场指导，使技艺长进更快。

与喜群同在一个班，带艺搭班的有贯大元、林树森、曹小凤、姚佩兰、十三旦、水上漂、葫芦红、高百岁等，其中，还有一个来自上海的小名人，就是麒麟童。

麒麟童自从在天津被小小余三胜挤走后，在大连、长春、沈阳等地唱戏达一年之久。师傅为了让麒麟童熟悉掌握京朝派的“正规”戏路，就将麒麟童送到了喜连成，带艺搭班。

在带艺科班，麒麟童与喜群同龄，也是十三岁。这小哥俩，一见如故，很是投机。他们合作的第一出戏就是《九更天》。这出戏是奇冤戏，麒麟童扮马义，喜群扮马女。冤戏冤案，二人演得悲愤凄厉，动义动情。台下人被感动得唏嘘落泪，感叹不已，称绝叫好。合作的第二出戏是《战蒲关》，这出戏也是动情动义的戏。此戏的内容是说汉将王霸镇守蒲关，被敌军围困，粮草断绝。王霸欲将妾徐艳贞杀死，以妾肉犒赏三军，以鼓舞斗志突围。王霸又不忍亲自下手，就让老仆刘忠动手。刘忠面对温柔贤惠的徐艳贞，更是长吁短叹，进退两难。刘忠的表情让徐艳贞看破，待弄清真相后，徐艳贞夺过刘忠的朴刀，自刎而死。刘忠被主母的忠烈所感动，也自刎而死。麒麟童饰刘忠，喜群饰徐艳贞。他们将二人当时的神态演得慷慨壮烈，入情入理，悲中带义，义中带凄，凄中带烈。全场被二人的悲、凄、壮、烈，慷慨大义所感染，散戏后，观者久久围堵在后台，一定要看看这两个伶童卸妆之后的真实面孔。

喜连成科班，自从来了这么多带艺搭班的伶童，演艺水平大大提高，尤其是喜群和麒麟童的搭配，茶园的上座率陡增。这两个人的合作也越来越默契，二人更是情深意笃，不离不弃。

叶春善和萧长华也非常看好这两个小伶童。每次下台，叶春善和萧长华都给他们亲自指点戏中的不足之处，这两个人在科班收获很多，长进很大。

梅雨田的妹夫秦稚芬，是著名的武生，他有习武的功底。在台上打把子，风生水起，台下叫好不绝。梅雨田经常把他请来，帮梅兰芳练腰身、腿脚和把子功。

除此之外，梅雨田还近水楼台，格外给侄子吃偏饭，带着他到各个茶园观摩别人唱戏。

他让喜群蹲在文武场的后边，细细地观看每个角色的身段、唱腔、武打以及各种功法。体会每个角的动作和感情。

喜群对谭鑫培、杨小楼、陈德霖等名家的表演看得更是仔细，揣摩得更加透彻。他特别佩服谭鑫培根据自身条件创新唱腔，创新身段，创新表演的大胆创新精神。他更佩服杨小楼武戏文唱动情入戏的表演动作；他尤其佩服陈德霖中规中矩，一丝不苟的严谨戏德。

一次，吃过晚饭，梅雨田将喜群叫到跟前，像老师考学生一样问道：“你跟了我这么多天看蹭戏，看得怎么样？”

喜群高兴地对伯父说：“实在太开眼了？”

“怎么个开眼法？”

“在科班学不到的活儿都看到了。”

“说说看。”

“谭鑫培和金秀山唱《捉放曹》，当曹操拔剑杀吕伯奢一家的时候，谭鑫培的眼神儿，变化极快。惊异中透着不理解，不理解中又夹杂着怜悯，怜悯之中夹杂着对曹操的怨恨。谭鑫培是在用眼唱戏，眼神儿里充满戏情戏理。”喜群说。

“这就是老谭的高明之处。”梅雨田赞叹地说，“还有呢？”

“还有就是黄润甫唱的《战宛城》，他演出了曹操夺取宛城后的放纵骄奢，一脸沉湎酒色的奸相；当他唱《阳平关》时，曹操则换了一副面孔，一副鼎足三分，不可一世的王者霸气。——他真是一个‘活孟德’呀。”喜群佩服地说。

“还有呢？”

“还有萧长华老师的丑，表演得活灵活现。有善良的解差崇公道，有骄横诡诈的贾贵，有丑态百出酸掉了牙的书呆子蒋干，有势力眼巴结猴儿连升店的店家，演谁像谁，入木三分。”

梅雨田听侄子如数家珍地述说他看到的那些个大角们活灵活现的表演，高兴万分。他夸奖着说：“行！你没白在我身后蹲这么长时间。看了人家的要长记性，把人家的玩艺儿学过来，变成自己的玩艺儿，这就是长进。”

喜群像个大人一样对梅雨田说：“伯伯，我在喜连成科满后，搭哪家戏班唱戏呢？总该给家里挣钱了呀。”

“你年岁还小，挣钱的日子在后头呢。最要紧的是学好本事，把旦行的活儿学瓷实喽。”梅雨田说。

“要不我先搭杨小楼的班，杨小楼比我大不了几岁，我们好配合。”喜群试探着对伯父说。

“不。”梅雨田说，“不先搭班，先学本事。在喜连成带艺搭班，是个学习的好机会，先继续在科班历练。年轻人里头，我看王瑶卿的玩艺儿时兴，我跟他有交情，你拜他为师，一边在科班摔打，一边让他教你些新戏。”

“嗯。”喜群说，“我听伯伯的安排。”

第二天，梅雨田把喜群领到王瑶卿的家里。说明来意，王瑶卿在广和楼看过喜群的戏，他觉得这孩子很有潜力。今天说要拜自己为师，当然高兴。他对梅雨田说：“叔叔，群子不是外人，我教他没得说，但不能拜师。我们俩是平辈儿，是哥们，他平时叫我哥哥呢，怎么能叫师傅呢？不用拜了，我教他就是了！”

就这样，王瑶卿就做了喜群不称师傅的师傅。

王瑶卿一边教他戏，一边带他唱戏。喜群在王瑶卿的带领下，把旦行青衣、花旦、刀马旦的活儿熔于一炉，变成自己的路数，形成了自己的特色，逐步在台上有了名声。

一次在广和楼唱戏，这一天的戏码是吴彩霞的《孝感天》，喜群和王慧芳的《五花洞》，刘鸿升、张宝琨的《黄鹤楼》，谭鑫培的《盗宗卷》。当天喜群和王慧芳在湖广会馆还有一场堂会，一下子赶不到广和楼。广和楼的戏开锣了，先是《孝感天》，之后应该是《五花洞》了，可是喜群和王慧芳还在那边下不了场。广和楼的戏码，只能依次前挪，《黄鹤楼》登场了。《黄鹤楼》唱完之后，喜群和王慧芳还是没赶过来。戏园为了不空场，只好让老谭上《盗宗卷》了。

《盗宗卷》是大轴戏。哪知老谭一上场，场下不干了，大呼小叫，拍桌子打板凳，起着哄非要看喜群的《五花洞》，不然就退票。茶园老板赶紧上台解释，说喜群很快就到，由谭老板的大轴给他垫场。

台下的观众喊："垫场着什么急？老谭是大轴，不能把梅喜群给挤喽！我们就看梅喜群的《五花洞》！"不管怎么解释，台下就是不认账，就要先看梅喜群！

老谭是数十年享誉京城的大角，他总登台，戏迷们看他的戏看得不新鲜了，何况他是大轴，总少不了，梅喜群是新秀，大家爱看，怕老谭大轴一上场，把梅喜群给挤了。所以，非轰下老谭不可。老谭是台上的"老江湖"，他明白戏迷的心思，也惊讶梅喜群的号召力。为了稳定场内情绪，他不得不先退下场。但被人起哄轰下场这还是头一次，也很堵心，面子上觉得很是尴尬。

幸好茶园老板动作麻利，赶紧派了辆车，赶到湖广会馆去接人。

车刚到湖广会馆，正好喜群和王慧芳下场。接人的人一见他们二位，汗流巴岔地说："哎呀，二位小爷，快，快，快上车吧，广和楼那边都炸窝了，老谭都压不住场了，救场如救火，快着点吧！"

等喜群一出场，场内一片掌声，《五花洞》开唱了。

谭鑫培从来没有挨过这样的窝脖，虽然尴尬，但毕竟理解。他悄悄躲到帘后，看喜群的戏。不看便罢，越看心里越服气，堵心尴尬一扫而光。心想，即使是当年的梅巧玲再世，也未必抵得上他这个孙子！

有诗为证：

氍毹享誉几十年，
京城无声不学谭。
皮黄独步创新韵，
内廷供奉六品官。
一旦后生蓬勃起，
奇葩绚丽开菊坛。
生旦净丑争高下，
千回百啭唱新篇。

第八十回

老搭档怄气反目
新旦角蕾绽兰芳

梅雨田是谭鑫培的琴师，二人合作了几十年。梅雨田对于老谭的唱腔了如指掌，每一个细微的音符，梅雨田都垫得严丝合缝。除了梅雨田，哪一个来操琴，谭鑫培都觉得不顺溜。除了梅雨田给他托腔，谁他都不认可。

那次在广和楼，观众为老谭起哄，这倒让梅雨田也吃了一惊，这是他们二人都始料不及的。

这之前，梅雨田对侄子技艺的长进很高兴，但还没有想到，他能响亮到让老谭尴尬的地步。谭鑫培也没想到，斜次里杀出一匹黑马，能对自己有如此大的冲击。事发偶然，这两个老搭档都感到吃惊，但都没有往坏处想。还一如既往，真诚合作。

梅雨田毕竟是喜群的伯父，他私下里给喜群吃偏饭，在唱腔上给他指点、纠正、设计新腔，那是情理之中，且理所当然的。

他为群儿唱的《玉堂春》设计了一套新腔，这一天在广和楼被列入戏码。因为是梅雨田设计的新腔，他必须亲自为喜群操琴。在过门中他引用了【寄生草】和【柳青娘】的曲牌，这两个曲牌，一般琴师都很少拉。梅雨田在拉这两个曲牌时，亮出了他“胡琴梅”的绝活儿。台下的看客，听了如痴如醉，喝彩不断。喜群还未出场，琴声就出了彩。等到喜群登台亮相，苏三那漂亮的身段扮相，和婀娜多姿的台步，又招来一个碰头喝彩。等到他放声开唱的时候，他那清醇甜韵，脆亮的歌喉，配上他伯父设计的新腔，使全场为之一震。这么多年了，从来没有听过如此新颖的唱腔；从来没有看过这么年轻水灵，嗓音如此清丽婉转的旦角；也从来没有看到过，琴师和伶人如此珠联璧合的搭配。这爷俩的一场戏，引起了极大的反响。

这场戏唱过不久，就传到了谭鑫培耳朵里。谭鑫培本来对上次被轰的事没怎么放在心上，可是听了这些添油加醋的闲话，倒让他引起了联想。尤其听说梅雨田给侄子设腔、拉弦，配合得那么严丝合缝，如此珠联璧合，以至引起那么大的反响。他想得更多了，越想，心里越不是滋味。一气之下抱怨道：“既然他心思在他侄子身上，就别给我拉啦！”

他那是气话，私下里抱怨而已。哪里知道这句话，又被快嘴人传到了梅雨田那里。梅雨田一听这老谭说出如此绝情之话，也来了气，也顺嘴撒气道：“不拉就不拉！如此，他就是亲自来请我，我也不给他拉了！”

这话又传回了谭鑫培那里，谭鑫培听了更加有气，“哼！我去请他？他不给我拉就拉倒，我让我二儿子给我拉！”

俗话说：话是越传越多，东西是越传越少。这些话来回一传，二人就怄气闹僵了。

好几天过去了，彼此僵持着，谁也不肯让步。

谭鑫培只好让二儿子先顶着。他那二儿子曾经跟着梅雨田学过拉琴，但毕竟不是一日之功，技巧上还欠功力。结果儿子一上手，老谭根本就没法张嘴。父俩在家合练了很多次，老谭总觉着别扭，根本就没法与梅雨田相比。气得老谭总是冲儿子发火，他越是冲儿子发火，儿子越是心急，越是心急，手越不听使唤，琴音越是不利索。最后儿子也火儿了，干脆把琴一撇，不给他拉了。

这样，弄得老谭心里更是窝火，后悔不该当初说那样怄气的绝话。自己找上门给梅雨田道歉吧，又舍不下脸来。只好让李五出面替自己到景和堂给梅雨田去赔礼道歉，请梅雨田重新出山。

梅雨田这次是真格的拿定了主意，干脆不再给别人托腔伴奏。真个要塌下心来，好好扶植扶植侄子。

梅雨田让李五捎话，谢绝了谭鑫培。

就这样，谭鑫培失去了一个好搭档。

就这样，梅雨田专心致志地做了侄子的琴师。

有了伯父的扶植，梅喜群的人气大增，在京城梨园界已经小有了名气。

喜连成已经办了好几年，从京城梨园界的反应来看，效果还真不错。尤其广和楼茶园的戏，更是给他们打出了名声。眼瞅着第一科“喜”字辈的弟子都快出科了，有的弟子，人还没出科，先已名声在外，俨然成了“角”了。这让叶春善格外感到欣慰。

提起“喜”字辈，这个叫法，在梨园行里头还真有个说道。

喜连成科班举办之前，梨园培养弟子，有多种方式。在早，多以“手把徒弟”为多。就是弟子拜在某人名下学艺，弟子交由师傅管教，师傅手把手地教弟子，这叫“手把弟子”。另一种方式就是，戏班也招收弟子，叫作“科班弟子”。

当时，各个大戏班也都办科班。主要是为戏班培养后备人才。如“三庆”“四喜”“和春”“嵩祝”戏班，都办有科班。为区别戏班和科班，科班名字都在戏班名字之前冠一个“小”字。如“小三庆班”“小四喜班”“小和春班”“小嵩祝班”“小荣椿班”。随着戏曲的繁荣，戏班的数量增多，小科班也日益增多。如“小金奎班”“小得胜奎班”等不计其数。只不过其弟子有限，规模小，人数少，不能与喜连成科班相提并论。

喜连成则是与哪个戏班都无关联的独立科班。但弟子人数最多，规模最大，名声最响。

无论哪类科班，“科班弟子”排名，都遵循一个既科学又传统的办法。就是凡进科班学戏的弟子，都由科班给起一个艺名。同年级同班次的弟子，艺名名字中有一个字相同。喜连成的第一科，排“喜”字，就是遵循这个说道。如此，第二科排“连”字，第三科排“富”字，以及后来顺序排下来的“盛、世、元、韵”字。这样排名很科学，不论走到哪里，只要一看艺名中的“字”，即使彼此不认识，就知道此人是出自哪个科班的哪一科，是哪个师傅的弟子；从名“字”中，彼此就知道谁是师兄，谁是师弟。

喜连成“喜”字辈的弟子要出科了，这是喜连成的第一科呀，东家牛子厚格外重视。他来信，让叶春善带上弟子班去东北唱戏，要亲自欣赏欣赏，检验检验办科班的成果。

叶春善接到来信，就找萧长华商量，怎么样去给东家做汇报演出。

萧长华琢磨琢磨，出主意说：“光本社的弟子，怕实力不够，再在带艺班挑几个像样的带上。”

叶春善说：“还是总教习想得周到，带艺班的弟子也是咱喜连成的！就如此办。”

就这样，喜群也被选在这个戏班内，随班前往。

到了吉林，第一台戏，喜群唱的是《玉堂春》。牛子厚看了一辈子戏，看过那么多戏，看过那么多次《玉堂春》，从来没有看过像喜群这样好的旦角，唱出如此甜润优美的唱腔来。也从来没有看到过像喜群这样扮相俊美，含情脉脉的苏三。这个小小的喜群，在牛东家的心里留下了极深刻的印象。

第二天早晨，叶春善陪着东家遛早儿，二人边走边聊，来到了吉林的北山坡上。当时吉林还是个小城，背山面水，林海朦胧，微风拂面，阳光明媚，自然风光特别宜人。牛老板看了自家科班的戏，一出比一出精彩，科班的童伶，一个比一个有功底。他打心眼里高兴，总算实现了他多年的心愿。他的心情特别好，二人一边走一边念叨着下一步该如何办。

猛然间，发现不远的树林中，有一个少年，一身白色纺绸练功衣裤，在林中舞剑。那宝剑在他手中犹如一条银蛇，在他的舞动下，围着他的身体上下翻飞。他那矫健的身姿，有丛林翠绿的映衬，再配上那身白色的练功服，在晨曦斑驳阳光的照耀之下，犹如神童一般。

这幅图景让牛东家给看呆了，他伫立在大树之下，赞叹不已。

叶春善看牛东家如此入神，也不便惊动他。直等到那人练过一套招式，收住姿势之后。叶春善才对东家介绍说：“这个孩子乳名叫群儿，出身梨园世家，是名旦梅巧玲的孙子。”

“他就是昨晚儿唱《玉堂春》的那个？”

“正是他。”

“哦——”牛子厚意味深长地哦了一声。

此时，群儿也看到了叶社长和牛东家。就主动走了过来，彬彬有礼地给二位请安道：“二老早？”

牛子厚赞叹爱抚地看着眼前这个英姿飒飒的少年，问道：“你叫什么名字？”

“我姓梅，名澜，字畹华。我的艺名叫喜群。”

“哦，”牛子厚细细咂摸着说，“姓梅，梅花的梅……，名澜，波澜的……澜，艺名，喜……群。”他嘴里喃喃一通，郑重地对群儿说，“你的名叫澜，波澜的澜，与兰草的兰，同音。你姓梅，梅花和兰草都是名贵高雅的花木，同为芳香典雅之属。花中四君子‘竹兰梅菊’，你自己就占了两个，不，是占了三个。还有个‘菊’，你是菊坛的梅兰。我看你举止言谈，待人接物，温文尔雅，不同于凡俗之辈，很有君子的风度。做戏也有大家风范，将来必成大器。你的艺名‘喜群’与你的气质不相一致，不如改为‘梅兰芳’。如何？”

叶春善听了此名，连连重复几次：“梅——兰——芳，梅——兰——芳——。嗯，是比‘喜群’好！——梅，——兰，——齐芳嘛。多么高雅响亮！好，实在是好！”

喜群读过私塾，识文断字。细细品品这个名字，觉得确实很好，比喜群的名字文雅得多。他对着牛子厚深深鞠下一个大躬，说道：“谢谢牛东家赐我艺名。从今天起，我就叫梅兰芳了。”

喜群一趟吉林之行，最大的收获，就是得了个艺名——梅兰芳。这个艺名最终真的成为中国乃至世界闻名的，千古流芳的，戏剧大师的名字。

有词【玉楼春】写道：

春风玉缕西林灿，熙阳剑舞晨光乱。冰清玉洁英姿美，引来游人驻足看。扑朔迷离寻已见，终究视得玉人面。竹兰梅菊大君子，幽香芬芳不争艳。

第八十一回

雨田巧荐陈彦衡
鑫培邀角梅兰芳

梅雨田与谭鑫培是多年的搭档，梅谭两家是梨园的世交。梅巧玲临终之前，曾托孤谭鑫培照顾两个儿子。这样的交情，是永远割不断、理还乱的。

谭鑫培和梅雨田这对老搭档，每想起怄气闹别扭的事，各自心里都疙疙瘩瘩的不痛快。谭鑫培老是觉得自己说气话，伤了对方，心里愧疚得慌。梅雨田也总觉得一气之下晾了老搭档的台，心里不是滋味。二人虽说都不肯让步，但总觉得欠对方点什么，总想找个补偿的办法。

这一天，梅雨田的一位好友吴凤笙，请他在泰丰楼吃饭。吴凤笙还带来一个人，相互寒暄落座之后，吴凤笙介绍来人说："这位姓陈，名彦衡，久慕你'胡琴梅'的大名，今天特来拜识。"

陈彦衡在保定直隶总督府当文案的时候，曾陪杨士骧父子在总督府内唱和皮黄。因为他胡琴拉得好，又是各种乐器触类旁通，因此，杨士骧父子也常带他到京城的各大票房票戏，他的胡琴在京城票界也算的一号。因为他酷爱皮黄，整天沉醉在皮黄的音乐之中。他的父亲看他无心于功名，就将他保定的候补知县官缺，转到京城，补了一个小小的京官。举家迁入北京，在西四受壁胡同买下一个宅院。

在保定总督府当文案的时候，他就经常独自跑到京城，花一吊三百钱买张戏票，在中和茶园专门听谭鑫培的戏，细细品他的唱腔，细细琢磨梅雨田托弦的奥妙。

进了京，看谭鑫培的戏方便多了，他对梅雨田胡琴的奥妙也琢磨得有了成色。他仰慕梅雨田，但总是无缘当面请教。

正好，他的朋友吴凤笙约请梅雨田吃饭，他便借此机会认识一下这位"百年第一琴"。

还未等陈彦衡开口，梅雨田就笑着问："可是那个陈十二爷？"

"不敢，那是在家的排行称呼。学生陈彦衡，字新铨。今天有缘拜识百年第一琴，真乃荣幸之至！"陈彦衡恭恭敬敬地作揖行礼。

"既是胡琴同行，何必客气。"梅雨田微笑着说，"虽未谋面，也久闻大名。今天幸会，就请试试手如何？"

"正好请教，请大师指点。"陈彦衡取出胡琴，拉了一个曲牌。不好意思地说，"班门弄斧，献丑了。”

梅雨田听过陈彦衡的琴音，点头称赞道，“果然手音很秀。”

这个“手音很秀”，不是行家里手，一般人是说不出来的。尤其这个“秀”字，用得恰到好处。一个“秀”字，里面埋藏着多少年的功夫！

梅雨田也不客气，接过胡琴，也拉了一个曲牌。他这一拉，举座无不折服。

梅雨田收起胡琴，对陈彦衡说，“得空到寒舍，我们再做交流。”

梅雨田能主动邀请陈彦衡到家里交流，足见他对陈彦衡的看重。

陈彦衡能得梅雨田的邀请，倍感受宠若惊，幸甚之至。

从此，二人经常切磋交流技艺。梅雨田诚心以待，倾囊相授。陈彦衡虚心以学，洗耳恭听。两个人经常为一个曲子再三讨论，推敲。把工尺、尺寸，弓法，打音等细节，反复细细地琢磨，直到二人都认为满意为止。

陈彦衡毕竟是读书人出身，精通音律，他把梅雨田伴奏过的曲文，用工尺谱记录下来。从此，开创了京戏用工尺谱记谱的先例。二人通过加工再造，记谱、整理，装订成册，才有了京戏工尺曲谱流传后世。

他们二人的结合，相得益彰，遂成莫逆之交。

在和陈彦衡整理谭鑫培唱腔的时候，梅雨田心里总装着对谭鑫培的一丝歉意。这天，他们二人琢磨谭鑫培《空城计》的一段唱腔。整理之中，梅雨田心灵一动，假意记不准确了，让陈彦衡亲自去到英秀堂找老谭当面讨教。

陈彦衡有些为难说：“我认得他，可他不认得我，他是大家，怎么肯接待我的讨教。”

梅雨田微微一笑，也是。老谭名气大，架子大，岂是随便容人讨教的！说着，顺手拿过自己的一把胡琴，对陈彦衡说，“你拿了我这把胡琴，让他看看，假意要买下，请教请教他，让他断断，这把胡琴值多少钱。”

陈彦衡拿了胡琴，来到英秀堂，见到了谭鑫培。谭鑫培一眼就认出这把胡琴是梅雨田的，猜出此中必有来头。

谭鑫培接过胡琴，用手掂了掂，假装拿不准价码，说，“光看不行，你拉一拉，我听听声儿，再说。”

陈彦衡接过胡琴，郑重其事地拉了一段曲牌。谭鑫培仔细听着，手音、弓法、尺寸，哪一点都与梅雨田如出一辙。他不禁为之一振，猜出了这个人的来意，满意地点点头说道，“这胡琴乃无价之宝，千金难买。”

“果然慧眼识珠！”

“是梅雨田让你来的？”

“谭老板果真梅先生诤友也！”

“唉，一言难尽！”谭鑫培说，“音在弦外，他这是雪中送炭！”

“此话怎讲？”陈彦衡不解地问道。

“听你的琴音，我已明白，他是荐你来为我操琴的。”不等陈彦衡开口，谭鑫培说，“既是他荐你而来，当年我给他开多少嚼谷，也给你开多少嚼谷！”

陈彦衡听到此处，方明白梅雨田让他来找老谭的意思。他本意是想研究老谭的唱腔，并未有给老谭操琴的意思。但若平时，果真想给老谭操琴，那是可望而不可即的事。眼下却如此爽快地成了老谭的琴师，实在在他的意料之外。他前一段学过了梅雨田的操琴技艺，马上就能在老谭身上验证，这真是天意使然。

老谭的决定让他喜出望外，他不假思索地痛痛快快地答应了下来。

陈彦衡一答应，谭鑫培就再也坐不住了，高兴地说，“来，咱先吊一段《鱼肠剑》，试巴试巴。”

陈彦衡马上调音对弦，拉起了过门。《鱼肠剑》是谭鑫培不常唱的戏，因为后面有快板，既难唱，也不好托腔。陈彦衡给他托得丝丝入扣，这使老谭大为惊讶。没想到陈彦衡对他的唱腔，把握得如此准确。老谭一时高兴，又接着唱了一段《珠帘寨》。那时候《珠帘寨》这出戏中“昔日有个三大贤”那段唱腔，是老谭独创出来的，还未曾传过他人。可是陈彦衡居然托得分毫不差。这很让老谭感到吃惊，他奇怪地问道：“这你也会拉？”

陈彦衡笑笑说：“看您的戏看多了，就记下来啦！”

老谭一时兴起，“再吊一段《朱砂痣》如何？”

陈彦衡点点头，拉开了过门。此戏中“借灯光……”一段二黄慢板，是老谭改编过的，第一句大腔就与普通的唱法不一样，第二句是借来的老旦唱腔，第四句“凤凰”的“凤”字，落在末眼上转腔，最后垛字收尾。这么生疏，这么复杂的唱腔，陈彦衡不光在唱腔中托得严丝合缝，就是小过门也垫得恰当得体。这更让谭鑫培佩服陈彦衡的琴技。

二人越合作越融洽，越合作越投机。从此，谭鑫培一天也离不开陈彦衡。有很多腔儿，都是陈彦衡帮他设计或捋顺的。

一次在募捐义演中，菊坛名家会集一堂。谭鑫培大轴唱《碰碑》。演唱中，不知怎么，谭鑫培出了点纰漏，他未按常规使腔。在唱“大郎儿”的托腔时，他在“儿”字下加了一个“诺”字，然后就收住了腔。按常规，此时本不该收腔，陈彦衡托到此时，机灵而巧妙地给他补了个过门。由于他这一补，在座的那么多大角，竟没有一个听出老谭的破绽。事后，老谭问陈彦衡：“你怎么知道我要停住，赶紧垫过门补救？”

陈彦衡说：“我看你在那儿喘了口气，我就及时地垫了几弓子。”

“哎呀，要不是你那几弓子，我就露怯出丑啦！”

谭鑫培佩服陈彦衡的技艺，更佩服他的乐理音律见识。不管什么样的唱腔，只要经陈彦衡一整理，保证顺溜好听。他俩不但成了诤友，陈彦衡居然成了谭鑫培的畏友。只有陈彦衡能一针见血地批评他唱腔上的毛病，且让他心服口服。

谭鑫培早期在百代唱片公司，灌过三面唱片。那是李五打的鼓，梅雨田操的琴。

唱得拉得都非常到位，无可挑剔。后来又在百代公司灌过十二面唱片，那时，老谭正与梅雨田怄气，就让他二儿子谭嘉瑞操琴，为了不让外人知晓，他还避开李五，另找了一个打鼓的，结果灌出的片子大为减色。

为此事，陈彦衡毫不留情面地对他说:“你唱了一辈子戏，名震中外，北京城都传‘无腔不学谭’，你就为了怄气争面子，灌出了那样的唱片，你自己听一听，和以前灌的那几段比一比，成色差远了！这不是给你自己的名声丢份抹黑嘛！你留给后人的声音就是这样的？”

老谭听了陈彦衡如此尖锐的批评，半天不吭气，心里头后悔极了。可是已经既成事实，也无可挽救了。至今，人们听到的老谭的声音，还大多是那十二面唱片的录音。

陈彦衡虽然敢于当面批评谭鑫培，但他对谭鑫培的唱腔和做戏，还是打心里佩服的。谭鑫培是菊坛的一棵大树，撑起了京戏的天地。虽然已是老树虬枝，但仍庇荫着梨园的沃土。陈彦衡甘愿做这棵老树虬枝的一个支撑立柱，扶保他经风历雨。

陈彦衡把对谭鑫培艺术的理解，写成一本书，名曰《说谭》。把谭鑫培的艺术记录下来，介绍给世人，流传后世。

他对谭鑫培的唱腔，有一段画龙点睛的描写。他写道:“声调本乎工尺，能知工尺，然后可以言声调。鑫培于声调繁促时皆能引宫刻羽，不爽毫厘，非熟于工尺者不能臻此境。然工尺特声调之际准，苟无真气行乎其间，则声调反为之累。夫气音之帅也，气粗则音浮，气弱则音薄，气浊则音滞，气散则音竭。鑫培明于养气之诀，故其承接、收放、顿挫、拟扬、圆转自如，出神入化。晚年歌声清朗如出金石，足证颐养功深。盖艺也，而近于道矣！”

对于谭鑫培唱戏的身段神情，他也有一段精辟的描述。“鑫培摹写戏中情节，惟妙惟肖，不即不离，如初写黄庭，恰到好处。固由于其富于思想，能揣摩社会人群心理，而趋仓举止之间，一种雍容名贵气象尤足动人注视。”

谭鑫培之得遇陈彦衡，犹如良骥配好鞍。陈彦衡可算得上是谭派艺术薪火相传的播火人。

谭鑫培自从有了陈彦衡这把弦，如鱼得水。但他心里还是感谢梅雨田，不是梅雨田，他能得遇陈彦衡？想起往事，心里还是觉得对不住梅雨田。

一次在天乐园唱戏，戏码有谭鑫培的《桑园寄子》，谭鑫培扮演邓伯道，陈德霖扮演金氏。那天正赶上陈德霖有事，不能登场。找谁来替他呢？除了陈德林，平时能与谭鑫培配这出戏的就只有王瑶卿了。可是王瑶卿正闹嗓子呢，上不了场。管事的问老谭，找谁来给您配戏呢？谭鑫培朝东方努努嘴，说:“东边的。”

东边的，就是大外廊营的景和堂，那意思就是请梅兰芳来配戏。

梅兰芳来到天乐园，见了谭鑫培恭恭敬敬地行了一个礼，甜甜地叫了一声:“爷爷！”

“哎。”谭鑫培脆生生地答了一声。然后亲切地问道，“《桑园寄子》，你唱过吗？”

“唱过。”

“跟谁学的？”

“我师傅，——吴菱仙。”

“给谁配的戏？”

“贾洪林老师。——爷爷咱还对对戏吗？”

老谭一听是吴菱仙教的，曾和贾洪林唱过。这两个人的戏，老谭最清楚。吴菱仙是时小福的弟子，老谭和时小福搭档唱过此戏，戏路子一脉相传；贾洪林是老谭的弟子，走的是老谭的路子。他心里有了底，对梅兰芳说，“不用对了。我的戏都是通大路的，不用对。到台上，你放大胆子唱就是了。我都有肩膀交代清楚，不会出错的。”所谓“肩膀”，是梨园表演的专用语，就是气口接茬的停顿尺寸。

果然，到了台上，这一老一小，配合得十分默契。当唱到“手攀藤带娇儿忙登山界”时，邓伯道手拉着孩子，边唱边做登山的身段，其中还有一脚蹬空，往后仰倒的身段。小孩用童稚的嗓子喊道：“您慢着点儿！”演得身临其境，台下叫好不绝。

下台之后，梅兰芳向谭鑫培道谢，感谢他的提携。

谭鑫培听了嘿嘿一笑，说：“咱谭梅两家，祖一辈，父一辈，是世交，不言谢。要说谢，我应该谢谢你爷爷当年的提携。还有，当年，我父亲办科班，手头发紧，你爷爷二话没说，卖了套房，把钱接济了我父亲。要不怎么说是世交呢！要说谢，我也该感谢你伯父的帮助。不是他多年来给我拉琴托腔，创腔，我能有今天？今天，我能帮扶你，应当应分，说什么谢字呢？”

之后，谭鑫培又与梅兰芳合唱了《汾河湾》。

《汾河湾》只有王瑶卿与他配过戏。梅兰芳是王瑶卿的弟子，当然也是配得严丝合缝。

不过，戏中谭鑫培故意出了点水词。考验考验梅兰芳临场应变的能力。

薛平贵进得寒窑之后，要茶要饭。

薛平贵：“口内饥渴，可有香茶，拿来我用？”

柳迎春：“寒窑之内，哪里来的香茶？只有白滚水。”

谭鑫培加了一句：“什么叫白滚水呀？”

这句台词本来没有，梅兰芳听后一愣，然后从容地回答：“白滚水就是白开水呀。”

薛平贵又要好菜好饭，柳迎春：“寒窑之内，哪里来的好菜好饭？”

谭鑫培又加了一句：“既无好菜好饭，与我做一碗抄手来，我用。”

梅兰芳随机应变地说：“什么叫作‘抄手’哇？”

谭鑫培对着台下说：“真是乡下人，连‘抄手’都不懂，——‘抄手’就是馄饨哪！”

梅兰芳假意嗔怪，以韵白念道：“吃抄手，到你们湖北老家去要，我这里只认馄饨，不认你那抄手！”

台上临时加上去的插科打诨的台词，称之为“水词”。

梅兰芳对于谭鑫培的这些水词，应对得恰如其分，妙然谐趣。更表现出梅兰芳的表演天才，谭鑫培看了也打心里为梅家高兴。

后来，他们又合作了不少戏。这一老一少的搭档，倾倒了京城的戏迷。

至于梅雨田与谭鑫培的别扭，也就此烟消云散了。

后人有散曲赞之。

【双调·清江引】：

梅谭两家像花和叶，相映星与月。皮黄百余载，情缘结歌榭。世代一脉凝心血！

第八十二回

汪桂芬官司迭起
汪笑侬奋起高歌

汪桂芬离了京城，到了上海。经打听，在天仙茶园找到了孙菊仙。孙菊仙一见汪桂芬，惊喜万分。拉了汪桂芬的手端详了半天，说:“师弟，你怎么也到上海来了？”

汪桂芬把在京城怎么得罪了继禄，怎么不给慈禧唱戏被投入大牢的事，述说一遍。大个子说:“这是什么年头了？咱不给他们唱就不给他们唱！咱吃饭的家伙带在身上，走遍天下也不愁没饭吃！——你到上海了，就听我安排，我现在和潘月樵合开着这天仙茶园呢，我这就给你安排戏码，明天你就唱打炮戏！”

汪桂芬是京城的大角，名声在那儿摆着呢，天仙茶园卖了个满坑满谷。

汪桂芬一炮打响，在上海滩传开。上海滩很快就形成了一个汪迷群体。

这些个汪迷们，看了他的戏，还想看他本人。看了他本人，还想听他吊嗓。凡是汪桂芬的活动，他们都感兴趣。

汪桂芬是程长庚的得意门生，性格、行为也学程长庚。他无论是台上唱戏，还是台下吊嗓，和程长庚一样，不准喝彩，只要一听到喝彩声，马上戛然而止。

上海人哪里知道他这个行为，起初有几次都是他唱到最卖力的时候，台下一声喝彩，他戛然止住，放下身形，不唱了。还得茶园管事的给台下解释，又给他说好话，他才重新接着唱。慢慢地上海滩上的戏迷习惯了他的做法，也就不给他喝彩了。

汪桂芬每天清早起来，都在他的寓所吊嗓。他吊嗓自拉自唱，越唱调门越高，越唱越高亢激昂。往往引来许多戏迷围在他的寓所外面听戏。他一发觉外面有人听戏，马上停止。

一次他吊嗓子唱《取成都》，外面又围了一群戏迷听戏。他唱“皇儿奏本欠思论，孤王倒做了进退两难人”一段西皮原板，当唱到“人”字的行腔时，他一跌三宕，翻高亮嗓。外面听得人都暗暗叫绝，唯有一人实在按捺不住欣赏的快意，禁不住将“好”字喊出了声。这一声“好”不打要紧，汪桂芬戛然停住了吊嗓。

这一声好，让外面这一群人这个扫兴！只听“啪”的一声，有人给了哪个喊“好”的人一记耳光。

喊好的人哪能吃这个亏？两个人当下厮打起来。当时，有劝架的，有认为打得好的。一群人立马分成两拨，对着又吵又闹，乱成了一锅粥。直闹得警察来了，才赶走了这群人。

汪桂芬在天仙茶园一连唱了三个多月，三个多月，几乎每天一场，场场爆满。汪桂芬成了天仙茶园的摇钱树，潘月樵和孙菊仙这个高兴啊！每天用洋车接送汪桂芬，三天一小宴，五天一大宴，像供佛一样供着他。

眼看合同到期了，在天仙茶园还未与他续合同之前。丹桂茶园的老板动了心思，他私下里找到汪桂芬，与王桂芬协商，在丹桂茶园也唱三个月。并付了一笔不小的定金。

汪桂芬离开北京三个多月，思家心切，等天仙茶园的合同一到期，他就急匆匆打道回北京了。

等到了北京，看到北京城还是那个死气沉沉，阴霾满天的样子，在上海唱戏的精神头一扫而光。旧病复发，整日精神恍惚。经常游走在大街小巷，头上戴一个金属头箍，手里提一把胡琴，不管走到哪里，高兴了就自拉自唱一段。累了，不管是哪里，倒头就睡一觉。

他的夫人几次哭哭啼啼把他叫回家，女儿也劝他，让他离开京城，仍去上海唱戏，换换环境。

他听了女儿的劝告，又买舟南下，第二次到了上海。

一到上海，他早把与丹桂订合同的事，忘得干干净净。他又找到了师哥孙菊仙，孙菊仙一如上次一样，像供佛一样，热情接待，并给他在天仙茶园安排了戏码。

等到戏报一贴出去，麻烦来了。

丹桂茶园的老板正找不到汪桂芬呢，汪桂芬在天仙茶园露面了。他二话没说，将汪桂芬一纸诉状，告上了租界的洋法庭。

汪桂芬拿了人家的定金，一直不露面。露了面，又不给丹桂茶园唱戏，这显然是违约。上海会审公廨一根索子将他绑到法庭，判汪桂芬退还丹桂的定金。

汪桂芬神情还没有清醒过来，他迷迷糊糊，想不起与丹桂订合同的事，且身上分文没有。还不起定金，法庭判决：刑仗一百，戴枷游街示众。

孙菊仙听到此事，慌慌忙忙跑到会审公廨，用银子赎免了王桂芬的一百刑杖。可是游街示众的事却赎免不了，只得眼看着汪桂芬，披枷戴铐，在南京路被游了回街。

汪桂芬已把世上这些是是非非的事，看得如同过眼烟云。被游街的事，根本就没放到心上，如同儿戏一般。过后，仍我行我素，一如既往。他想唱戏了就登台唱上一出，不想唱戏了，就跟没事人一样，躲在寓所闭门不出。常常闹得茶园卖出了票，却找不到他汪桂芬，只好退票了事。退了票，茶园的损失必须由他弥补。他唱戏所得的包银，不够弥补人家茶园的损失。闹到法庭，法庭又来传唤，孙菊仙只得掏腰包，拿银子赎他出来。

如此，汪桂芬的法庭官司是常吃不断。

孙菊仙也拿他没了办法，只得把他送回京城。给他夫人留下一包银子，让他夫人好好照管他。

在京城有一个七品官员，名德克金，字润田，号仰天。他出身八旗，十六岁应试八旗官学，中举后，擢为河南太康县知县。他自幼聪颖，精通音律，又酷爱京戏，未出任知县前，就是京城著名票房“翠峰庵”的知名票友。他唱老生，嗓音极其高亢嘹亮。直追孙菊仙、汪桂芬。

到任一年，因抗拒上司多收赋税，被罢官免职。他一气之下，脱离仕途，下海唱戏。

按梨园行的规定，真正下海唱戏，得正式拜师。他平生最崇拜汪桂芬，于是就备了一份厚礼，托人送到王桂芬的府上，想拜汪桂芬为师。来人说明来意，汪桂芬当即大笑道：“我本痴人，有人比我还痴。下海唱戏，谈何容易！”

说罢，大笑着连连摇头说着，“谈何容易，谈何容易！”将礼品投到来人的怀里，返身进了内室。

被托之人将汪桂芬的举动，原原本本地告诉了德克金。德克金反复揣摩汪桂芬“谈何容易”的意思。

他琢磨出来了：汪桂芬虽然举止疯癫，但神志并不疯癫。他是在忠告我，文人下海，半路出家，的的确确困难重重。先不说身段功法的底子如何，就是梨园行互相拆台挤兑，排斥“外行”故步自封的风气，就够使人难以忍受的了。如若真的下了海，不是汪桂芬笑我，而是梨园行笑我，看我的笑话。这是汪桂芬在提醒我。可是我下海的决心已定，他们笑我，就能阻拦我下海唱戏吗？何况我下海，本不全是为了唱戏，而是要借歌场，吐块垒，抒发对封建世道的抨击。他们越是笑我，我越是要下海唱戏！干脆艺名就叫——汪——笑——侬！

汪笑侬，汪笑侬。“笑”音同于“效”，“侬”，意为“你”。我就效法你汪桂芬，——“他自仰天而笑，我却长歌当哭！”

他下海之后自编自演的第一出京戏，就是以戊戌六君子为题材的《党人碑》，借戏悼念谭嗣同等六君子，抨击慈禧等保守势力。

接着汪笑侬又到上海，在孙菊仙与人合办的春仙茶园，唱他自编自演的第二出戏《瓜种兰因》。这是一出时装戏，以现世真人的题材，写封建余孽的根深蒂固。此戏一唱，在上海引起巨大反响。当时的《警钟日报》评论说“其寄托之遥深，结构之精严，音律之悲壮，实为梨园之未有之结构。于民族主义虽未显露，然处处隐刺中国时事，借戏中之关目以点缀入场，使听者先无限感动。”

汪笑侬以革新派文人的面目进入梨园，给梨园带来了一片生机。

有散曲唱道：

【中吕·粉蝶儿】宫廷赋闲，笙歌管弦不嫌乱。后庭花唱罢玩完。英法逼，八国打，拳扰民厌。坐视等闲，全不顾国破民怨。

【叫声】汪大头愤膺填，愤懑愤懑，愤世嫉俗疯癫。狂走京城里，放歌吐心酸。

【醉春风】英雄所见略同，智者见识高远。投奔您高师名下，抒情宏志音共弦，弦。

宫商高奏，大张旗鼓，唾骂凶顽。

【迎仙客】不记恨洒笑咱，笑愚痴也心甘。投的是你人格高尚见地宽。得舒展，天地远；拜师敬佩肝胆，传您衣钵举旗斩凶顽。

【蔓菁菜】不学你窝憋块垒心间，书剑恩仇作笑谈，挖掉封建一座山。

【普天乐】恨无穷，愁无限，不能吐满腔愤，堵塞窝憋在胸间。鼓是旗，琴是剑，大张旗鼓放声喊，鼓板声腔跨雕鞍。摧枯拉朽，舍生征战，杀向前沿。

第八十三回

嘉训避宠进寺庙
老谭拍片赶时髦

汪桂芬从上海回到北京后，时间不长就抑郁而死。谭鑫培听说后，到汪的府上吊唁。给他妻子留下了一包银子，让她除了法送汪桂芬之外，作为糊口度日之用。

“新三杰”中走了一杰，谭鑫培心酸了好长时间。这“新三杰”师出同门，享誉京城，各自创出了自己的新路，在京城鼎足而立。汪桂芬走了，三条腿少了一条腿。京戏生行的巨鼎，如何能不撼动？

谭鑫培为了躲避这个伤心的环境，决定到上海去换换空气。于是，便乘火车去了上海。

谭鑫培去了上海，也躲了慈禧太后调他进宫唱戏的劳乏。

杨小楼自从被选为内廷供奉之后，慈禧太后就转移了看戏的目标，她迷上了杨小楼。总是点杨小楼的戏，几日不见杨小楼，她心里就像缺少点什么一样。

一天慈禧太后看完戏，将杨小楼传到跟前，满脸微笑着说，“三元呀，累了吧？”

“不累。”杨小楼跪着说。

“别老是跪着说话！——那样显得生分。”慈禧让太监给杨小楼搬一个座位，让杨小楼坐下。

太后给一个伶人赐坐，这是从来没有过的事情。杨小楼哪里敢坐，仍然跪着往前蹭了蹭，说:“我还是跪着吧！”

“你太规矩了！——不坐着，也别跪着了，站着说话。”慈禧还是笑着说。

此时杨小楼才站了起来。因为他个子高，他站在慈禧面前，半截塔似的。慈禧爱抚地看着他，说:“你今天戏唱得好，我赏你个稀罕玩意儿，我把这个扳指赏给你，伸过手来，我给你带上。”慈禧说着，就将自己手上戴的祖母绿色的玉扳指退了下来，拉过杨小楼的手，给他戴。

杨小楼自降生下来，除了母亲、妻子和女儿的手他拉过，此外没有碰过任何女人的手。慈禧太后给他戴扳指，他羞得满脸通红。本想接过来自己戴，可是慈禧太后硬是拉着他的手不放。直到给他戴好，并抚摸着啧啧赞叹道:“这个扳指就适合你戴，看看，多合适呀！”

杨小楼赶紧跪下谢恩，借机将手抽了回来。

慈禧年轻的时候，曾和荣禄有过儿女情长的关系。进了宫，时间不长就守了寡。她垂帘听政后，授予荣禄重权，二人仍能继续来往，在荣禄的参与协助和支持下，执掌大清国的天下。她六十九岁的时候，荣禄死了。这对她精神上是个很大的打击，他只好在戏中寻找慰藉。

杨小楼生来一副大男人风采，榫高面阔，浓眉凤目，面部线条轮廓鲜明，个子高高大大，风流倜傥，一表人才。这很让慈禧欣赏，也很让慈禧太后动心。尽管她已是年过七十的老太婆，但风流不减当年。她对杨小楼由欣赏到暗恋，经常有不自已的流露。

在多次接触中，杨小楼也隐隐地有所察觉。为了躲避宫里传差，杨小楼到北京的白云观，受了戒，拜白云观的主持高峒元道士为师。成为白云观的俗家弟子，道长赐名“嘉年”。高峒元还发给他衣钵、戒牒，他穿戴起来与其他道士一起参神悟道，趺坐诵经，十分虔诚。

他常常在白云观一住几天不回家，宫里催得紧了，实在没法子，才回去应承一下。

这次，慈禧太后给他戴扳指的事，使他想起来格外胆战心惊。

慈禧的这些举动，宫里人也有传言。宫里人一传，朝野也就有风传。本来世俗就有捕风捉影的习惯，这一传，不管有事无事，都说得有鼻子有眼，活灵活现，假的也得传成真的。

谭鑫培和杨小楼为慈禧唱戏，唱罢戏，慈禧高兴，每人各赏一个红包，一包一百两银子。杨小楼是谭鑫培的干儿子，又是他的弟子。所赏的银子，杨小楼总不能让谭鑫培亲自去领，杨小楼就代谭鑫培领取。因此，杨小楼每次都领两包银子。一见杨小楼领两包银子，宫里宫外就风传慈禧太后偏心眼儿，赏杨小楼双份银子。这不是捕风捉影的事吗？

这种捕风捉影的事传得多了，好像谎言说一万遍就成了真理一样。王公大臣们根据对慈禧的了解，也信以为真，跟着也相互风传。

这次，慈禧当着宫内上下人等的面，退扳指拉着杨小楼的手亲自给他戴上。这是大家有目共睹的，这件事若是传出去，再加上风传中添油加醋，常言道，东西越传越少，话语是越传越多。真不知要传成何等情形。

杨小楼是何等聪明样人？每想到这些，他就不寒而栗。心里盘算，宫里的戏自己是再也不能唱了。再唱，说不定就会唱出个满门抄斩之罪来。

可是慈禧太后一不看杨小楼的戏，心里就没着没落的总是割舍不下，隔三岔五地总是传差，非看到三元不行。

杨小楼推又推不掉，唱吧又提心吊胆。这种事又不能对外人讲，只是暗暗发愁。杨小楼心中有事，瞒不住妻子，妻子周氏再三询问，杨小楼才把心中的愁苦告诉妻子。

妻子周氏，将杨小楼的发愁之事禀告婆母。杨小楼的母亲沈月春，那是过来之人，对这种事看得透透的。她又有过和杨月楼的经历，心里明白，这种事如不尽快想法子，早晚会酿成大祸。于是，她为儿子出了个“三十六计走为上”的主意。

走，往哪里走？往哪里走能走出大清国的地界？沈月春的主意是让儿子往寺庙里“走”。——出家，跳出三界外，超凡脱俗，皈依佛门，投身净土，不再沾染社会俗气。

杨小楼本是修了道的，已是道士身份，也不是“凡夫”了。只是白云观就在西便门外，离城里太近，宫里不管他是不是凡夫，只要太后发话看戏，就派人来找他。总摆脱不了慈禧太后的纠缠。

这次他听从母亲的安排，到近百里之遥的戒台寺去剃度修行。“剃度”，名副其实地就成了僧人，真就超凡脱俗了。有戒规律条限制，宫里再也不好给他派戏了。且戒台寺离皇宫将近百里，鞭长莫及，就是派，也不能够随叫随到，像以往那么方便了。

杨小楼皈依佛门，这件事传进宫去，令宫里人吃惊不小。尤其慈禧太后，听了这个消息，唏嘘感叹，难过了好一阵子。

杨小楼的戏可以不看，可是人不得见，总使她失魂落魄的，觉得心里头空得慌。想起来她就嗔怨交加，她嗔恨杨小楼不识抬举：我这么看重你，你毫不怜念我的感情，说离开就离开，竟躲到寺庙去寻自在，还剃度为僧！她怨就怨在，眼前再没有个令她倾心眷顾的倜傥异性了。

嘿——！这老太婆才是自寻烦恼，

——自作自受！

谭鑫培有八个儿子两个女儿，大女儿嫁给京戏武生夏月润。夏月润也是梨园世家，其父名夏奎章，是上海滩有名的老生。夏月润承其家学，武功瓷实，擅长武戏，也兼唱须生。《冀州城》《战马超》《挑滑车》等是他的拿手戏，上海滩送他“活马超”的雅号。

因为谭鑫培也是先武生后须生，文武兼能。他出于对本行的喜好，就选中了夏月润这个小伙子，做了他谭家的乘龙快婿。因而，他对这个姑爷是格外喜欢。夏月润也以有谭鑫培这么个老泰山，而感到骄傲。因此翁婿关系特别好，谭夏两家的关系也特别好。

夏月润和他的哥哥夏月珊、夏月恒合开着丹桂茶园。谭鑫培的到来，很让夏家兄弟高兴。夏月珊、夏月恒兄弟有意让谭鑫培在丹桂唱几场戏，借谭鑫培的名声拉拉上座。

夏月润觉着不合适，那样好像是借机沾亲戚的光，面子上过不去。

夏奎章却不那么认为，觉得既然亲家从京城千里迢迢赶到了上海，夏家就应该尽地主之谊。何况自家就开着茶园，理应提供场地，方便谭鑫培。至于上座率如何，那是另一码事，夏家甘愿奉献场地，分文不取。

哥几个听老爹一席话，都哑口无言，完全照办，忙着张罗接客招待。

谭鑫培一下火车，车站上已是人气喧腾，都是闻信来欢迎老谭的。

老谭一行被夏家亲亲热热接到宾馆，然后赴宴，接风洗尘。

夏家父子都到场陪客，酒席当中，说长论短，亲热非常。酒过三巡，夏奎章将上海的安排一五一十地给谭鑫培述说一遍，谭鑫培高兴得心花怒放，连连举杯回敬，口称“叨扰，叨扰，让亲家费心了！”

然后郑重其事地说道，“亲家是亲家，可咱都是戏班跑江湖的，咱有咱的规矩，亲家的心意我谭鑫培领了。但规矩不能破，——我拿包银，茶园包底。——亲兄弟明算账，照规矩行事！”

夏奎章一冉相让，谭鑫培仍坚持照规矩办事，最后只得按谭鑫培的意思办。

夏奎章很觉得过意不去，除了谭鑫培唱戏，就陪他夫妇逛大上海，凡是好吃的、好看的、好玩的，都让他们享受个够。

谭鑫培到上海的消息一经传开，上海滩的戏迷们沸腾了，茶园的老板们坐不住了。都来找谭鑫培洽谈，要与谭鑫培签合同唱戏。谭鑫培本来是躲清静到上海散心来的，但出于对夏家如此热情，安排得如此周到，心里不落忍，不想让夏家过分破费，才在宴席上提出按规矩办的办法，并与丹桂签了合同。

谭鑫培在丹桂园唱了一个月，戏份分得大把的银子。那时的大角，养成了一个讲身价，讲排场，摆谱甩摊子的风气。出门讲究上等的马拉轿车，随行人员前呼后拥。谭鑫培光跟包的就四个，上台有专门打帘子的，有专门送水饮场的，还有专门检场的；后台有专门化妆勒头的，还有专门扎靠的。除了文武场面，配角之外，光是这些伺候他的人等就一大帮。这些人嚼马喂，总得银子养着。他虽然戏份挣得不少，但花销也大。一个月下来，一算账，入不敷出。

此时，夫人侯玉发话了：“当家的，咱这样唱下去可不行，再唱就吃不上饭了。那么多茶园经理来邀戏，咱不如换换场子，兴许上座会更好，收入也会好哇！”

老谭听夫人如此说，连连摇摇头反驳道：“你那是妇人之见！说得轻巧，合同签了，不到期就挪窝，那是爽约！我谭鑫培即使赔得吃不上饭，也不干那种破梨园规矩的事！”

他换换口气接着说，“再者说，咱那么做对得起亲家？对得起女儿女婿？——我老谭的脸面绝不能丢在上海滩！”

谭鑫培嘴上如此说，心里也在犯嘀咕：“自己不挣钱是小事，不能让亲家总补贴呀！这个无底洞亲家填不起呀！眼瞅着天冷了，戏园成了冷洞子，上座会更少，再唱下去，戏园真要赔钱了。那样，亲家更会吃大亏。”

我谭鑫培从来不干对不起人的事，……怎么办呢？他想来想去，三十六计，走为上。还是走去为妙。如何走发呢？苦想之中，他想出一个妙招儿，——让管事到邮局以北京的名义给丹桂戏园发一份加急电报：家有急事速归。

与此同时，他带领所有人等悄然离开茶园，急奔火车站，无声无息地上了火车。

火车开动了，回想来上海时，接站的人群，人头攒动，好不热闹。夏家何等热情！看此时，冷冷清清，悄然无声地离开上海。

——嗨，人哪，此一时彼一时也！

他心中默念：夏奎章贤兄，老弟不辞而别，实实地对不住您了！

谭鑫培不辞而别，夏奎章心里也很不是滋味：是没照顾好？是冷落了亲家？是戏份开得少了？……都不是呀！等看了电报，他心里才踏实了一些。

夏家父子是何等人？个个人精！梨园的事，看得最透，细琢磨，老谭不辞而别，是怕给夏家添消耗。——老谭真人杰也！

谭鑫培坐在火车上，回想在上海的这些日子，最让他感到稀奇的是大世界影院放的无声电影，那玩意儿真少见！真人在上边活蹦乱跳，……真人是怎么上去的呢？我唱戏要是能唱到那上边，看戏的就不用进戏园了，那老百姓看戏可就省了大事了！……

回到北京，他还想着“电影”的事。

事有凑巧，一天，正赶上谭鑫培到三庆园上戏，半路上碰上丰泰照相馆的老板任庆泰，他是谭鑫培的老朋友。谭鑫培马上让车夫停车，把任老板请上车来同行。二人边走边谈，说到谭鑫培的上海之行，谭鑫培说到了无声电影的新鲜事。任庆泰听后突然冒了一句：“谭老板，您该过生日了，明儿到我的照相馆来，我送您一份大礼！”

谭鑫培笑笑说：“蒙您老板垂念，大礼也不过是照个戏装相，给我留个念想！我先谢您了。”

任庆泰也不多言，只客气地说：“今儿搭了您的车，谢您了。明天一定来，我等您！我到了，下车。”

他下了车，临走又补充一句，“一定来，我等您啊！”

谭鑫培只当是照个生日相，没太在意。但朋友心意，盛情难却。第二天便带了行头，来到了丰泰照相馆。

一进门，任庆泰已经等在门口，笑着迎了过来，“咱今天照个新鲜的，不用灯光，就在门外这块空地上照，——照个会动的！”

“会动的？那不成电影了吗？”

“嗯，就是电影。——昨天在车上，您不是一直在念叨上海那个电影吗？”

谭鑫培听到这里，不禁大为惊喜：“怎么？你这儿也鼓捣那个玩意儿啦？”

任庆泰笑着说：“谭老板，算您运气，我前天刚买回这套机器，昨天就碰上了您，而且您对这玩意儿还挺感兴趣，在车上叨咕个没完没了，——这就巧了，我想正好拿您这戏大王开机！”

谭鑫培真如喜从天降，想什么就有什么，真是天遂人愿，走了大运了！

任庆泰和谭鑫培是老朋友，朋友不隔心，不客气，不言谢。任庆泰自任导演，说，“这个玩意儿新鲜是新鲜，就是只有影无有声，你唱得再好也照不进去。咱就拍您的功夫戏，你最拿手的那出《定军山》，文武带打，挺热闹的。咱不拍里头那文的，只拍那武打和动作大的。”

谭鑫培说："行，照你说的办！拍武的咱就来武的！就拍其中的'请缨''舞刀'和'交锋'几个吃功夫、动作大的片段。"

任庆泰佩服地说："戏大王就是戏大王！敢情您门儿清。不过，扎靠穿行头由你们行家去办，化妆得我们的专门师傅化，你们那是戏妆，只能戏台上看，我们这是影妆，得适合光线拍照。"

谭鑫培说："这个悉听尊便，您指到哪儿，我打到哪儿，保证听话！"

他俩连说带逗，商量着，就把一切安排妥当了。

摄影师是任仲伦，他把摄影机架在照相馆门前的空场上，由任庆泰给谭鑫培画好站位，谭鑫培按照平常的演出，在画好的区域里起霸、亮相、耍刀、武打……

一遍又一遍，经过三天的拍摄，《定军山》的三个片段终于拍完。

编辑完成后，全长十分钟。

这十分钟，谭鑫培一身汗又一身汗的，足足演了三天。

这十分钟，让作为"导演"的任庆泰，全神贯注地紧张了三天。

这十分钟，让摄影师任仲伦也不错眼珠儿地盯了三天。

这十分钟，开天辟地地完成了中国无声电影的第一部。

这十分钟，是中国拍摄的第一部电影！

这十分钟，谭鑫培成了中国电影史上的第一位演员。

这一年谭鑫培五十八岁，五十八岁追了个时髦，又冒了个大尖儿！撞上了大运！

有小令唱道：

【中吕·红绣鞋】

一曲唱遍天涯，威名何用琵琶。牵动南北有年华。廉颇叹老矣，鬓白添花发。时过人更佳。

第八十四回

窝囊皇帝窝囊死
作践太后作践归

杨小楼在戒台寺修行，归了佛门，虔诚得很。每日按照寺庙的规矩，该参禅了参禅，该念经了念经，该拜佛了拜佛。所有的功课，一丝不苟认真去做。很得主持方丈的喜欢，时间一长，方丈就与他交了朋友。二人无话不谈，平时谈得最多的是参禅的功课，有时也谈杨小楼唱戏的见闻。

这一天，方丈老和尚找杨小楼闲聊，聊着聊着，聊到了杨小楼作内廷供奉的事，很自然地就聊到了慈禧太后看戏。

一聊到慈禧太后看戏的事，杨小楼就想法回避，顾左右而言他。老和尚也看出杨小楼有难言之隐，就避开了话题，聊回参禅悟道的话题。

老和尚对杨小楼说："学佛也是讲层次的。像你初进佛门，先学《地藏本愿经》，这是学佛的基础。有了基础再学《无量寿经》《华严经》《金刚经》《楞严经》等其他经。就像小孩子上私塾，先学《弟子规》《百家姓》一样，要先打基础。"

杨小楼说："师傅，《地藏本愿经》，我天天诵，已经能背过了。虽然会背了，但经中的内容有些还不甚明白，师傅什么时候给我开释？"

"《地藏本愿经》，是最贴近阎浮提众生的经。经的主旨是讲六道轮回，因果报应。教导阎浮提众生避恶行善，一心向佛，才能往生净土。"

"这个我背得多了，朦朦胧胧中也有所理解，阎浮提众生一心向善，才能获得好的果报。"杨小楼说。

"看来你的悟性很好，已经参透了经的本意。"老和尚夸奖地说，"诵经，诵经。念经，就是要达到背诵的程度。诵着诵着，有些经文的含义就慢慢理解了。再加上师傅的开释，对经文就有了透彻深刻的理解。看来你很有佛缘，背诵经文的本事还挺强。"

杨小楼像有意在老和尚面前卖弄一样："我们唱戏的，练的一招功夫就是背戏文。一出戏，师傅只要教上几遍，便能将戏文背过。进了寺庙，师傅带着诵经，诵上几遍，我就背过了。不信我给您背上一段，请您指点——"

杨小楼说罢，便背了起来，"地藏菩萨若遇杀生者，说宿殃短命报；若遇窃盗者，说贫穷苦楚报；若遇邪淫者，说雀鸽鸳鸯报；若遇恶口者，说眷属斗诤报；若遇毁谤者，说无舌疮口报；若遇嗔恚者，说丑陋癃残报；若遇悭吝者，说所求违愿报；若遇饮食无度者，说饥渴咽病报；若遇畋猎恣情者，说惊狂丧命报；若遇悖逆父母者，说天地灾杀报；若遇烧山林木者，说狂迷取死报；若遇前后父母恶毒者，说返生鞭挞现受报；若遇网捕生雏者，说骨肉分离报；若遇轻法慢教者，说永处恶道报；若遇破用常住者，说亿劫轮回地狱报；若遇诬梵诬僧者，说永在畜生报；若遇汤火斩灼伤生者，说禽兽饥饿报；若遇非理毁用者，说所求阙绝报；若遇吾我贡高者，说卑使下贱报；若遇两舌斗乱者，说无舌百舌报；若遇邪见者，说边地受生报。如是等阎浮提众生身口意业，恶习结果，百千报应。……”

“好啦，好啦。”老和尚拦下杨小楼，“你的确背诵得不错，非常流利。若不是我拦住，你能背诵到底。你所背诵的这一段经文，是地藏本愿经第四品中专讲阎浮提众生业感报应的事。佛告地藏王菩萨，一切众生未解脱者，性识无定，恶习结业，善习结果，为善为恶逐境而生。无论行善行恶，都有报应。”

听到这里杨小楼问道：“师傅，这就是您所说的‘因果报应’？”

“然也。众生行善行恶，都会得到因果之报。”老和尚说，“世上有两大因果报应的事，足以示现阎浮提众生记取教训。”

“哪两件？”

“第一件，就是世尊，释迦牟尼佛，氏族遭报应的事。”

“请师傅明示。”

“世尊释迦牟尼成佛之后，其家族曾遭受琉璃王灭绝性的杀害。世尊眼看着家族遭受灭绝性的屠戮，不予反抗，不予救助，只是暗示家人赶快逃生。他知道，其家族遭灭绝性屠戮，是在遭受报应。因为释迦族王朝宫廷，曾以欺骗的手段，将婢女以公主的身份嫁给琉璃王，并对婢女与琉璃王所生的太子进行蔑视和侮辱。几年以后，琉璃王的太子登上了王位，对所受的欺骗和侮辱怀恨在心，便发兵前来报复。这便是一饮一啄，一报还一报，释迦族必然遭到的报应。反抗和救助都是徒劳的，反抗和救助，只能增加相互之间的仇恨，冤冤相报，仇恨永远不得化解。世尊是用自己家族遭受报应的事例，示现给阎浮提众生，教育阎浮提众生，放弃仇杀，而免除因果报应。”

“另外一件呢？”

“另外一件嘛……”老和尚欲言又止，沉默片刻，左右看看无有他人，低声对杨小楼说，“这一家报应是大报应，——就是本朝。”

“本朝？——大清国？”

“对。”老和尚点点头，轻声说，“大清国正在遭受灭国的报应。”

“此话怎讲？”杨小楼不解地问。

“大清兴起的当初，爱新觉罗氏部族曾经灭绝过叶赫那拉氏部族。叶赫那拉氏部族的首领临死之前，曾对天发誓：我叶赫那拉氏的仇恨一定要报，即使全部族只剩下一个女人，也要报此仇恨！”

“可是大清国，经历了太祖、太宗、顺治、康熙、乾隆、嘉庆、道光、咸丰、同治、光绪这么多朝，并没有什么变化呀！”杨小楼吃惊地问。

“咸丰以前的几朝，正是大清由兴盛走向发达的时期。咸丰之后的这几十年，是大清朝走向衰微至于灭亡的时期。”

“啊？”杨小楼被师傅的话惊得目瞪口呆。

方丈老和尚不动声色地继续讲道：“慈禧皇太后就是在大清朝走向衰微的时候，来报仇的那个叶赫那拉氏族的女人。她自同治朝垂帘听政以后，一直掌管大清的朝政。大清的天下，实际已落入叶赫那拉氏的手中。大清国的气数已尽，她就是大清国的掘墓人。不久将改朝换代，这就是报应。”

杨小楼听了这番话，不禁毛骨悚然，吓得半天愣不过神来。可是，想想老和尚的话，说的一点不差！大清国不就是这么走过来的吗？

大清朝果然遭到了报应！

杨小楼在戒台寺修行期间，皇宫里确实出了大事。

光绪皇帝被关在瀛台，整日愁眉苦脸，因心情不畅，致使病魔缠身。他顾影自怜，知道自己已不久于人世。但他对被关在瀛台，一直恨恨在心。每天写日记，他在日记中写道：拼年龄，自己总会死在皇太后的身后。只要慈禧一死，朝廷的大权，还会回到我光绪的手中。一旦我皇权在手，第一个杀的就是袁世凯，第二个杀的就是慈禧的心腹李莲英。

光绪皇帝的日记被李莲英派去的亲信太监偷看了，李莲英一得到此信，马上报告给了慈禧太后。

慈禧太后听后勃然大怒。她恨恨地说：“他想让我死在他的前面，我偏偏不死，我一定要死在他的后面！”

之后，慈禧太后派李莲英去照顾光绪皇帝。李莲英一到瀛台，就给皇帝派太医看病，开方抓药。一剂药下去，光绪皇帝就一命身亡。

光绪皇帝死的前几天，正是慈禧过七十四岁寿诞的时候。慈禧一向好吃，平时她对膳食就过分挑剔。她好吃厚味肥腻的食物，尤其喜食肥鸭。她过生日，宫中大摆寿宴。她大快朵颐，吃得过了头，弄得腹泻不止。连日腹泻，大伤元气，弄得她瘦瘦不堪。她自知不久于人世，匆匆忙忙立溥仪继位。

溥仪继位的第二天，光绪皇帝去世了。相隔一天，慈禧太后也去世了。

慈禧太后死了，杨小楼再也没了荒唐流言的困扰。

杨小楼的夫人周氏，就撺掇婆婆，将杨小楼接出来，回家团聚。沈月春当然也想儿子，就给儿子捎话，让他还俗回家。

杨小楼在戒台寺修行了将近一年，参禅悟道，对佛法道理有了了解。深感佛法无边，回头是岸。人这一辈子，身在世俗之中，六根不净，贪嗔痴慢，何时是个了？步入佛门，身口意业慢慢得到净化，反觉得觉悟清净。倒真格地有了皈依佛门，永不还俗的想法。因此，母亲虽连连捎话让他还俗回家，他迟迟不动，不予理睬。

这一下，沈月春和周氏可发了毛，没想到弄假成真。当初只是为了避祸，而今却让他有了脱凡超俗真要出家的念头。于是，沈月春命周氏赶忙找来杨小楼的盟兄弟何佩亭，让何佩亭到戒台寺把杨小楼拉回来。

何佩亭到戒台寺找到杨小楼，说明了来意。杨小楼对何佩亭说："兄弟，世情三昧，我已参透，俗家尘缘，皆是虚幻之境，没有什么好留恋的。我不回去了，就在这里消业修行，脱离尘世了！"

不管何佩亭怎么把杨小楼母亲妻子女儿的想念盼望之情，对他苦口婆心地反复解劝，杨小楼就是无动于衷。

无奈，何佩亭只得无功而返。将见到杨小楼的情形，一五一十地对沈月春和周氏学说一遍，弄得这一对婆媳抱头痛哭，也引逗的杨小楼三岁的女儿，哇哇大哭。

何佩亭是个血性男儿，他与杨小楼是八拜之交，又与杨小楼同台打把子唱戏，与杨小楼亲如同胞兄弟。他哪里看得下杨家一家人如此痛哭流涕的情形。他"扑腾"一声，给沈月春跪下说，"干娘，是干儿子没出息，没把我大哥叫回来。干娘，嫂子，你们别哭啦，尽管放心，我要是叫不回我大哥来，我永远不登你杨家的门！"

何佩亭说完，径自出了杨家大门。

杨小楼平时最好结交朋友。他待人宽厚诚恳，无论走到哪里，总能结交下一帮铁哥们儿。何佩亭出了杨家大门，把北京城杨小楼的那帮铁哥们儿召集到一起，数数还嫌不够数儿，又把天津、保定杨小楼的那些铁哥们儿叫来，足有三十多人。他说明意思：大家一同到戒台寺去说服杨小楼回家，如果杨小楼执意不回家，大家抬也要把他抬回来！

这三十多个弟兄直奔戒台寺。到了寺院山门之外，齐刷刷跪倒在地，叩请寺院方丈放杨小楼回家。方丈听小和尚报告，山门外跪倒了一排壮汉，说是请杨小楼回家。方丈觉得此事非同小可，赶紧找来杨小楼问话。杨小楼把打算一生皈依佛门的想法，对方丈言说一遍。方丈笑笑说，"那你去对山门外那些个壮汉去讲吧。只要他们不再跪拜山门要人，你的功德就圆满了。"

杨小楼来到山门前，一看这些铁哥们儿都来了，也慌忙跪倒，对大家说："有劳各位兄弟了！"

大家跪着一动不动。何佩亭说："哥哥，您要是不还俗回家，我们就在此陪着您，跪死此地！"

无论杨小楼怎么解释，大家跪着纹丝不动，且是一声不吭。

杨小楼也没了辙，他也跪着一动不动。如此僵持了两个时辰，眼看太阳就要落山。此时，只见老方丈手拄禅杖，颤颤巍巍地走了出来。他单手竖立胸前，对大家施佛家礼，口念："阿弥陀佛！——各位施主辛苦了。"

方丈说罢转身对杨小楼说："你虽有归佛之心，但你命中本非寺中弟子。你在尘世之中，是有名望之人，你的尘缘未了，业债未清，佛祖宽宥，你还是做居士较为合适。

听老衲之言，同你这些兄弟回家修行去吧。”

听了方丈之言，那一排跪着的壮汉，一齐对老和尚磕头拜谢。

杨小楼听了方丈之言，也没了话说，只好对老和尚磕头说：“谢师傅指点！”

如此，杨小楼才跟了这帮弟兄下山回家。

有散曲流传——

【双调·水仙子】

生为倜傥风流哥，文武昆乱有绝活。赖有佛缘宫廷火，佛缘火不是乐。因佛缘故惹出祸。拜真佛自思过，觉清净才是佛。远离报应佛是我！

第八十五回

风流但得风流过
无知铸成无知错

余第祺在天津有魏铁珊、窦砚峰两个名人扶持帮助，更是如虎添翼，戏功大长。“小小余三胜”的名声在天津卫打得更加响亮。

俗话说，人怕出名猪怕壮。人有了名声，好事歹事都来找，就看你自己怎么处置。处置好了是福，处置错了就可能是祸。

“小小余三胜”在天津一扎下来就是三年。由一个十几岁的娃娃，长成了一个俊秀挺拔的大小伙子。由于名声响亮，除了唱戏之外，总有一些富豪士商前来交往。多数是慕其大名，进行唱和、交际或玩耍。这些人，手上有的是银子，经常带第祺到酒楼、舞厅、跑马场等地享乐。

天津和上海，是当时开化较早的城市。一般交际场合，都有歌妓相陪。这一天，天津一个有名的富商高博培，在天津一家有名的南方妓馆宜春院设席，邀第祺和几个富商吃酒同乐。

酒过三巡之后，其中一个纨绔子弟胡瑞，把女老板喊来，说：“老板，听说你们这里有个名叫阿香的红歌妓，架子挺大的，一般人不伺候。今儿个，我们这里可来了一位可天津卫都红遍喽的大名人，——‘小小余三胜’。是不是喊出她来，让我们这位名人也见识见识？”

这个女老板看着第祺上下打量了一番，说：“哎哩，这位小爷，久闻大名，今天光临敝馆，说什么也得让那犟丫头来见识见识。”说罢，扭扭地就上了楼。

过了一袋烟的功夫，果然，他带了一位俏女子，来到大家面前。

“亏的是‘小小余三胜’来了，阿香也乐得见识见识。”老板说着，给阿香一一介绍。

这位阿香，的确生得风姿娇艳，细皮嫩肉的，白里透亮的脸蛋，顾盼清亮的双眸，自然红润的嘴唇，微微一笑，露出洁白整齐的牙齿。真的一个天生丽质，俏丽佳人。她随着老板的介绍，一一与各位见礼，显得落落大方，彬彬有礼。当介绍到“小小余三胜”时，她双目放光，冲第祺点点头说道：“久闻大名，今日得见，幸会幸会！”

胡瑞说：“阿香姑娘，别客气了，你快就座吧，大家等你好半天了！”

阿香笑笑说：“让各位爷久等，实在抱歉，我们这里给大家赔礼了！”说着斟满一杯酒，“我先罚酒三杯！”连饮三杯过后，她一一给各位筛酒。边筛酒边说，“酒也罚了，礼也赔了。我这里可是有一个条件——”

“什么条件？”胡瑞问。

“得让这位大名人给我们唱一段京戏！”阿香姑娘，用眼睃着第祺挑逗似的说。

“不行！”高博培说道，“这不合我们天津卫交际场上的规矩！”

“就是啊！”胡瑞也嚷嚷道，“哪有主压客的道理！”

“还是得阿香姑娘先唱，才说得过去！”大家纷纷说道。

“好好，既然各位爷抬爱，我就先现丑，——哎，大名家可别见笑哇！”她故意朝第祺使个眼色，“我唱罢了，您可不能再端着啦！”

阿香说完，朝楼上招招手，叫来一位乌师。所谓乌师，就是专在妓馆里给歌妓伴奏的琴师。这位乌师，长袍大褂，下颏一缕小胡子。过来给大家鞠一个躬，拉过一把凳子，坐下，调调弦，冲阿香点点头，就拉开了过门。阿香放开了喉咙唱了一支小曲儿。曲儿唱得袅袅娜娜，与她的身段一般矫揉造作。

阿香唱完，冲第祺笑着说：“该您啦，请吧您哪！”说罢，她又冲乌师说，“今天您逮着了，给大名家拉一段吧。——这就是大名鼎鼎的小小余三胜！”

乌师一听，赶紧躬身施礼：“不敢当，我这两下子行嘛？余老板您多担待了。”

第祺不加可否，只说：“就唱段《卖马》吧！”

乌师拉响了过门，第祺放开声音唱了起来。他第一句“店主东带过了黄骠马”一出口，满座皆高声叫好。直到他唱完，四座叫好不迭。

阿香娇滴滴地用手拍了一下第祺的手说：“唱一段可不行，难得相逢您这大名家，怎么也得再来一段啊！”

她歪歪脑袋说，“再唱段《文昭关》如何？”

阿香此话一出口，胡瑞接上了话：“阿香姑娘果然厉害，点戏也点得咬人。这一段二黄，可是较劲的段子。不过，您还真点着了。这是他家祖上老爷子余三胜大老板的拿手唱段。阿香姑娘能点出这个段子来，可见也是择毛的老手！”

“哎呀，我家阿香可是个见过世面的主儿，她是老戏匣子啦，肚里嘛段子都有！”女老板赶紧为阿香捧场。

“亮亮您余家的十三一吧！”阿香果然知根知底。

余第祺被阿香夸得兴头十足，马上放开喉咙亮出了他“十三一”的绝活儿。举座欢腾，赞不绝口。连女老板都听出了味道，说：“再来一段！”

“别介！”阿香马上拦住说，“小余老板晚上还有戏，留着点嗓子吧！——来，我敬您一杯。”说着端起酒杯凑到第祺跟前，心疼地说，“可别累着哇！”

敬完酒，阿香说，“诸位爷今天难得一聚，我敢断定，诸位都是小小余三胜的戏迷。诸位，也别端着了，每人也唱一段吧！”

有阿香的提议，大家就趁着酒兴，每人唱了一段。一轮下来，酒酣耳热，大家脱去外衣，放开性子尽情唱和。

因为天热，阿香也解开旗袍上襟的袢扣，露出白皙嫩细的脖根儿，越发风姿绰约。她随手掏出一把折扇，打开轻轻地扇着。

坐在旁边的高博培眼尖，看到扇面上的淡墨山水画。于是说道："阿香姑娘扇面的画，很得功力呀！"

阿香听此很为得意，停下扇动，把扇面展现给大家看："让诸位爷开开眼，——画得怎么样？"

"敢情，这是出自名家之笔。谁人不知这是大名鼎鼎的魏铁珊之作呀！"高博培赏识着扇面上的画，赞叹道。

"这山水嘛，的确是大手笔。这水边的一亭一人，可是另出一家呀！"魏铁珊是余第祺写字作画的老师，余第祺当然熟悉老师的笔法。他对扇面中的一亭一人，提出了看法。

"看来，小余老板不光唱戏是名家，字画也是行家。果然被你说中了，扇面中的一亭一人是我自己添上去的！"阿香解释说。

"哦，——恕我直言，你这一添，不说是画蛇添足，也是狗尾续貂了！"余第祺很不同意在画中添上这显眼的一亭一人。

"哦呀呀，想不到你小小年纪，细皮嫩肉的，说话还如此尖刻！刚才我还可怜你晚上唱戏，怕累着你。你反倒恩将仇报，在这里挖苦我！——不行，你得补上刚才没唱的那一段！"阿香嗔着余第祺的话说。

"阿香姑娘有所不知，你那扇面的画家，就是小小余三胜的老师。"高博培解释说。

"哦呀，怪不得对书画如此在行呢！"阿香对第祺更加另眼相看，"既是如此，戏可以不唱了，就请小余老板在扇面上提几个字，留下墨宝吧！"

阿香的要求赢得了大家的共鸣，大家撺掇第祺题字，再露一手。

于是，女老板让人取来笔砚。阿香亲自研磨，边研边说："这扇面是泥金纸的，吃墨，我给您研浓点儿。"

墨研好了，余第祺提起笔略思片刻，写下了柳永的一首词：

望海潮

东南形胜，三吴都会，钱塘自古繁华。烟柳画桥，风帘翠幕，参差十万人家。云树绕堤沙。怒涛卷霜雪，天堑无涯。市列珠玑，户盈罗绮竞豪奢。

重湖叠巘清嘉，有三秋桂子，十里荷花。羌管弄晴，菱歌泛夜，嬉嬉钓叟莲娃。千骑拥高牙。乘醉听箫鼓，吟赏烟霞。异日图将好景，归去凤池夸。

笔力遒劲，有米芾的味道，很得魏铁珊之气韵。大家看后啧啧赞叹，夸不住口。

高博培说："这幅字正好提到了阿香姑娘可心的地方。"

"此话怎讲？"胡瑞不解地问。

"阿香姑娘是江浙人，这首词正是写她家乡的美景，这还不写到她可心的去处呀！”

阿香看了词，看了字，的确非常可心。更是对第祺的才华感到钦佩。

散了宴席，在送客的时候，阿香送第祺至楼梯口，伏在第祺的耳旁悄声说：“明天晚上散了戏，到我这里来，我与你单独小酌几杯。”

第二天散了戏，第祺刚卸了装，门外就有人拿着帖子来见。第祺打开帖子，才知道是阿香派人来接他。就对大哥说，晚上有约请，不回家了。第福有家口，忙了一天了，也急着回家，没有多问，点点头就走了。

第祺跟了来人，来到茶园大门之外，早有洋车在那里候着。

第祺不慌不忙上了洋车，转眼来到了宜春院。

阿香姑娘早在楼梯口候着，见第祺上来，忙迎上来，挽了第祺的胳膊来到雅间。那里早备好了酒菜。二人落座，酒过三巡之后，阿香姑娘嗲声嗲气地说：“小哥，你昨天给我提的扇面那字，还没落款呢，今天得补上！若不然，别人看了，说不定又说是什么‘狗尾续貂’呢！”

“昨天只是一句玩笑话，阿香姑娘倒当真了！好好，拿笔来，我给补上。”第祺哄着她说。

雅间早有备好的笔墨，第祺提起笔在上款刚要落笔，阿香说：“慢着，本姑娘在家行三，你提款得提‘三姐’……”

“这个……”第祺略有踌躇。

“什么这个那个的，论年龄，你本来就应称呼我姐。提阿香姐才合适。”阿香摇着第祺的肩膀辩解说。

第祺只好提“阿香姐清玩”。

当写落款时，第祺本不想落艺名，那样太招摇。在他迟疑的片刻，阿香看出了他的犹豫，用坚定的口气说：“必须落小小余三胜的名。——只有这样，才能与你老师魏铁珊相配。”

第祺只得依阿香的说法落上款。

阿香满意地将扇子收起。各满上三杯酒，说：“来，阿姐敬你三杯！”

不容第祺辩解，阿香端杯与他共饮。三杯酒下肚，第祺觉得浑身燥热，不由地解开了脖领的纽扣。阿香看了说：“到了姐这里就跟到了家一样，脱去外衣多松快。来，姐帮你脱！”说着动手来帮第祺脱衣服，脱着脱着，她身子就靠在了第祺的身上。第祺正是青春火旺的时候，哪里禁得住一个风流俊俏的异性的爱抚，不禁一把把阿香搂在怀里。阿香是风月老手，顺势将第祺拉到套间，紧抱第祺滚到牙床之上，二人沉浸在温柔乡里。

第祺平生第一次品味了天香。

有了第一次，就忘不了第二次。如此，第祺就隔三岔五地到宜春院来找阿香。

二人热乎了近三个月，第祺纵酒纵欲，已使身子受到了损伤，整日精神恍惚，四肢酸软无力。但每天还得坚持登台唱戏。

无独有偶，此时，下天仙的老板赵广顺，又请来一位女角，此人名王克琴。这是京剧史上第一个女旦角，她先学河北梆子，后改京戏。她有时唱梆子，有时唱京戏，有时一出戏中，前头唱梆子，后头唱京戏。在天津，以梆子京戏两门抱响名。人长得漂亮，扮相也俊俏，嗓音甜润响亮，很有号召力。

赵广顺就是看了她的号召力才把她召到下天仙。

她到了下天仙，与余第祺同一个台口。起先是分场唱戏，错开时间，互不干扰。这样，这两个人也有时间观摩对方的演唱。余第祺对王克琴的演唱很感新鲜。王克琴对余第祺的台上功夫很是佩服。两个人年龄相仿，对对方都很有爱慕之情。

这一天，王克琴找到余第祺，说："余老板，您提携提携我们如何？"

"王老板客气！您是可天津独一无二的名人，怎么说我提携您哪！"第祺说。

"可我们毕竟是女流之辈，刚刚上道，还得靠您这大名家捧捧啊！"王克琴真诚地说。

"不敢当。"第祺说，"彼此互相捧场吧。"

"您同意啦？"王克琴高兴地说，"那我们合作如何？"

"怎么个合作法？"第祺问。

"咱俩唱出《翠屏山》。"王克琴说，"我扮潘巧云，……"

"那我就扮石秀！"

"好主意！"他们的谈话正好让赵广顺听到了，"我明天就贴《翠屏山》。"

王克琴指着赵广顺说："你可真会赚钱！海报一贴出去，你又得卖个盆满钵满！"

"好处大家得！"张广顺嬉笑着说，"少不了二位的！"

《翠屏山》一贴出去，尤其标明：金童玉女联袂演出。

下天仙真的又卖了个满坑满谷。

在台上，王克琴扮演潘巧云，淫声荡气，嬉笑怒骂，把一个泼妇恶女演得淋漓尽致。第祺扮演的石秀，英武潇洒，正气刚强，一副英雄姿态。台下看戏的，看得是津津入味，叫好声不迭。

这出戏被他们唱火了，第二天又是满坑满谷的人。他们唱完戏刚刚卸完装，赵广顺就来到后台，催促说："快，快，二位快换衣服，茶园外有车来接二位来了！"

"谁这么急？也不让人喘口气？"王克琴嗔怪地说。

"哎呀，这人可有来头，也是你们的福星到啦！"赵广顺说，"天津小站兵营的老总，——袁世凯袁大总督的亲信张勋。"

"哦，是个丘八呀！"王克琴不屑一顾地说。

"哎哟，我的姑奶奶，你老可别这么说，这年头谁惹得起军界？当年，那李鸿章李大总理，兵权在握，老佛爷还怵他三分呢！如今袁大总督接了李大总理的班，这张大人眼见的就接了袁大总督的帅位。这位张大帅也是个戏迷，高兴了还能唱两口，今儿个亲自派车来接二位。二位福分不浅，要是让张大帅相中了，他不就是二位的福星嘛！”张广顺叨叨咕咕说着，帮着二位换衣服，催着他们上了车。

这车径直驶到张勋的帅府，在一个小花厅的外面停下。早有人候在那里，等车一停，搭过车凳，扶着二位下了车，把他们引到花厅。

花厅里早摆好了一桌酒席，厅内并无别人。他们二位落座之后，从花厅侧门步履蹒跚地走进一个身着北洋将帅服的军人，这人由副官陪同，进得花厅冲二人点点头，大大咧咧地坐在主位。副官俯身介绍说：“大帅，这就是天津的金童玉女，两位皮黄名家。”

王克琴、余第祺忙站起身，躬身问安。

副官说：“大帅近日军务繁忙，今儿得空隙。听说你们唱的《翠屏山》风生水起，很是叫座儿。大帅得闲儿，想欣赏欣赏。”

张勋是江西人，早年丧母，沦落为地痞无赖。后投身军营，因打仗不怕死，屡建战功，步步提升。后被袁世凯赏识，做了亲信。袁世凯进京坐了总理衙门，他被带进皇宫，做了慈禧和光绪皇帝的侍卫都统。因很得慈禧赏识，由袁世凯推荐，袭了袁世凯的大帅之位，于是就耀武扬威的成了人物。

当了大帅，他早年地痞的恶习不改，吃喝嫖赌照做不误。听说城里有个王克琴，不光戏唱得好，还很有姿色。他就动了心思，又听说王克琴与小小余三胜联袂唱起了《翠屏山》，他更感到新鲜。管他什么金童玉女不金童玉女，先弄到家来看看再说。

于是就有了今天小花厅的这桌宴席。

张勋用眼乜斜着二位说：“先喝酒，喝好了，咱就在这里乐和乐和！”说罢端杯一饮而尽。王克琴赶紧斟酒，张勋冲她的脸蛋吹了一口气，说，“小脸蛋好嫩哪，吹口气能吹破喽！”王克琴讪讪一笑，“大帅喝酒！”

张勋连喝下几杯酒，也不管客人喝没喝酒说，“该你们两个唱戏啦！”然后招招手，从花厅外走进一个琴师。第祺与王克琴相视后点点头，对琴师说：“《唱武家坡》吧。”琴师调好弦，二人唱起了《武家坡》的对唱。

张勋摇头晃脑地听完一段，又点一段，一连唱了好几段。他高兴了说“你们二位就在我这里住下，排一出整出的戏，我得空儿好好品一品！”说完喷着酒气走出花厅。

就这样，第祺与王克琴住在了张勋的帅府，两个人排起了《四郎探母》中的《坐宫》一折。戏排了一遍又一遍，两个人排累了，就坐下来休息。王克琴看第祺远远地坐在一边，就搬凳子凑过来说话，越凑越近，几乎身挨身。说着，就伸过手来拉第祺的手，说，“我给你看看手相，”用她那柔嫩的手，抚摸着第祺的手，那柔软肉头的手点着第祺的手指肚，“一斗穷，二斗富，三斗官运有来路……”

她边用手指点第祺的手指肚，边用媚眼看第祺的脸蛋，看着看着，将头靠在了第祺的身上。第祺早被她那肉头柔软的手揉摸得心旌摇动，又由她这一靠，仿佛阿香又靠在了他的身上，随手一把将王克琴搂在怀里，亲了一口。王克琴机灵地把他推开，说，“别忘了这是大帅府，等出了这虎口……”王克琴冲第祺色迷迷地做了个鬼脸儿说：“快排戏吧，大帅等着看戏哪！”

张勋看过他们的《坐宫》，派车把他们送出帅府，王克琴指导车夫，将他们径自拉到她自己的家。

王克琴自小父母双亡，是靠姨妈抚养长大，七岁姨妈就把她送进戏班的科班学戏，出科后她就成了戏班的第一个女角。自她以前，戏班唱戏都是男扮女，乾旦登台。由于天津开化得早，加上天高皇帝远，她乂是第一个坤旦，加上她确实扮相美，嗓音甜，因此登台则红，响遍天津卫。她成名之后，银子挣得白花花的，给姨妈买了套房子，给自己买了套别墅，为了方便，她搬进别墅与姨妈分住。

进了王克琴的家，这一对妙龄男女如鱼得水，如胶似漆地好好痛快了一番。

有了王克琴，第祺不必再偷鸡摸狗似的，提心吊胆地去宜春院找阿香。每天唱完了戏以送王克琴回家为名，与王克琴幽会。

王克琴早已染上阿芙蓉的癖好，他们在床上颠鸾倒凤，累了，就拿过烟枪，用阿芙蓉解乏。从此，第祺也染上了阿芙蓉癖。

正是倒仓刚刚过后，嗓子还不稳定。第祺白天唱戏，晚上与王克琴厮混，时间一长就掏空了身子。为了提神，他又以抽大烟补劲，其实是饮鸩止渴，越抽大烟，越糟蹋身子。唱戏的练唱功，以练气为主。气为声之帅。俗话说“少气无力”，无力则无气，无气则无声。

余第祺的嗓音越来越差，他直要求第福将弦降调，余第福实际上已经给他降了几次调，他还是感到吃力，于是拼命而唱，声嘶力竭，越是这样越坏嗓子。

对于小小余三胜的嗓子越来越坏，戏迷们都大感不解，对他的唱也越来越不满意。最终开始给他叫倒好，哄他下台！

他唱戏的状况越来越差，上座率越来越低，第福几次对他发火，嫌他挣钱少。于是哥俩为此吵架的次数越来越多。一次，第祺找第福要钱，第福说：“你没挣了钱，还有脸来要钱？”

“那我以往挣的钱呢？”

“那更不能让你给挥霍喽！”第福说，“你以为我不知道哇，你先是嫖妓，后来又与王克琴鬼混，掏空了身子，学会了抽大烟，现在又要钱养婊子，——没门儿！”

第祺被大哥揭了老底，恼羞成怒，随手抄起一把椅子朝第福砸了过去，第福眼神不好，躲闪不及，椅子角正好打在他那只好眼的眼眶上，顿时血流满面，第福唯一的一只好眼，顿时看不到事了。第祺也自知失手，赶紧把大哥送到医院，伤口缝了好几针，总算保住了眼睛。

哥俩闹成这样，第福出院后，怕回京面对老母无法交代，一气之下，带上孩子老婆去了上海，另谋出路。

第福将所有钱财席卷而去，第祺败嗓败家，自己觉得没脸面去见王克琴，更觉得不能依赖王克琴吃软饭。思想前事，也觉得自己做的事过于荒唐，才铸成如此大错，弄到眼下尴尬的地步。今后何去何从？愁苦不定。

正在愁忧之际，魏铁珊出现在他的面前。余第祺见了魏铁珊，像见了亲人一样，一头扑到魏铁珊的怀里，号啕大哭起来。

魏铁珊也跟着伤感起来，说："你走到今天的地步，也怪我指点的不及时。虽说好汉难过美人关，但男子汉大丈夫，不能栽在女人的身上。况且王克琴水性杨花，终不会是长久伴侣。依老朽之见，你还是远离于她，不如回京城在家将养一段时日，先保住身子，再恢复嗓子，慢慢东山再起。"

余第祺听了魏铁珊之言，觉得很有道理，只好收拾行装，打道回京。

曾有天津卫文人仿陆游《钗头凤》词一首为记。

【钗头凤】

莲花落，丝竹错，皮黄歌舞声情脉。金童男，玉女婵。同台做戏，细语缠绵。缘，缘，缘！

杏花没，桃蕊破，风来云摧海河过。身已残，堪人怜。问逝东水，可曾回还。难，难，难！

第八十六回

喜连成二科招生
广兴园三赏中选

喜连成的皮黄科班办得名气越来越大，可京城想学戏的孩子，都渴望能到喜连成学戏。因为喜连成科班办得正规。叶春善肯听萧长华的意见，办科班的心劲拿得准：一要对得起东家，二要对得起家长。既办科班，就要办成出人才的科班。他们唯一的一个办法就是：苦练。正正规规，一丝不苟地苦练。

科班学生一律早晨六点起床，洗漱完毕之后开始练功。下腰、踢腿、劈叉、拿顶、毯子功、把子功等，八点左右活动热了身子，就文武行分开，吊嗓子，学戏，排戏，一直到十一点结束。十一点半开饭，饭后，不唱戏的在家练功，唱戏的由管事带队到茶园唱戏。唱戏的，十二点开锣，下午六点收场，回到班社吃晚饭，吃过晚饭，又上夜课，排戏，唱戏，直到十点钟。一天十六个钟头，天天如此，周而复始，年复一年。能说不苦吗？

虽然苦，但每看到学生们英姿抖擞的样子，人人都夸喜连成社：成！教学有方。

——从每天到茶园唱戏，学生走在大街上的样子，就看出了成色。

这一路就是一道颇饶风趣的风景：队伍排得整整齐齐，一个个精气活现的。穿着一个式样的科班服，冬天是蓝色棉袍、青棉布马褂，头上戴皮帽或棉绳帽，脚上蓝袜青靴；夏天穿月白色竹布长衫，头上戴草帽，脚下是白袜青鞋；春秋穿蓝布长衫，青布马褂，头戴瓜皮小帽；赶上阴雨天气，一律油靴雨伞。他们打由宣武门外铁厂班社出发，沿西柳树井大街东行，经珠市口往北，走前门大街东便道进肉市口，到达广和楼。甭说唱戏，这些个学生，规规矩矩地在大街上一走，就别提多显眼啦，引逗得大街上一街筒子的人驻足观看。这就成了喜连成科班班社的活广告，谁看了谁都夸赞不止。

自打喜连成社与广和楼签订了长期唱戏的合同，广和楼就和喜连成社一起出了名。人们到广和楼看戏，就是看喜连成社科班的戏。那些学生，别看年岁小，但一登台，一招一式，唱念做打，一丝不苟，有时确非大人能比。

喜连成社出了名，招收弟子的分寸也严格多了。有学生要入学，得先报名，经过测试选拔才能进班。招生报名，并无定时，随报随试，随试随收。一般是前一个科班招生两年之后，下一个科班才开始陆续招生。招进班的学生，要坐科七年，科满之后，还要带艺留科服务一年。学生入科，也同手把徒弟一样，家长与班社签订“关书”，订下生死协议。

因为从入学到教戏、管理、唱戏实习等都比较正规，科班出人才较多，家长们看得十分清楚，因此来投科报名的孩子很多。

正是光绪皇帝和慈禧驾崩的那一年腊月，阜成门一家姓马的回民，名三赏的孩子前来报名。

这位马三赏，就是后来的马连良。马连良的父亲名叫马西园，在阜成门开一家茶馆，因紧挨阜成门，所以，茶馆取名“门马茶馆”。马西园弟兄六个，他是老大，有两个弟弟都是唱京戏的。因为这两个弟弟能联系戏界的同行，马西园的茶馆，就成了不是茶园的茶园。每天都有京戏的文武场，伶工和票友来这里唱和。乐乐呵呵，热热闹闹，很是火爆。这样一来，带的茶馆的生意也很火爆。

马西园生有五男一女，老三乳名三赏。三赏从小生长在茶馆这个环境里，锣鼓丝竹，京戏声腔，整天不绝于耳。耳濡目染之中，小三赏也整日嘴里铿铿锵锵，哼哼唧唧满是锣鼓经、唱腔。虽然孩子是在戏水里“泡”大的，但马西园还是希望孩子能读书识字，学点识文断字的本事。刚刚五岁，马西园就把三赏送到阜外三里河，一所清真寺所办的学堂念书，学文化，背诵《古兰经》。

来回上学的路上，经过阜城园茶园。这个府城园茶园，是个老戏园子，八国联军进北京的时候，给放了一把火，烧成了个破园子。后来有人稍加修理，凑合着还能唱戏。一些登不了大雅之堂的戏班或初进京的外来戏班，就在此对付着唱。

三赏每路过这里，听到里头锣鼓响，心里就痒痒。一次趁人不注意，就溜进去看了起来。虽然在自家茶馆听惯了锣鼓丝竹的音响，但看到台上粉墨装扮的带行头彩唱，还是头一次。这一看，他就上了心。心里总盘算着，自己将来也能像他们一样，装扮起来到台上唱戏。

他七岁的时候，赶上了慈禧、光绪皇帝驾崩。京城不准动响器。马西园开的门马茶馆，因为没了响动，喝茶的人也少了。买卖不行了，马西园只好关闭茶馆，推上独轮车，沿街卖洋灯罩子。所谓“洋灯罩子”就是煤油灯的玻璃罩子。一天也卖不了几个，挣不了多少钱。

眼看着这一家人的生活一天不如一天，三赏看在眼里，很为爹爹犯愁。

一天，他吃过早饭，没有背书包去上学，对爹爹说：“爸爸，咱家的日子这么苦，我不想上学了，不能再给您添累了。”

不让儿子上学，这是当爸爸的最不想听的话，也是他最难说出口的话。可是儿子说的也正是他不得不说的话，他叹了口气：“孩子，别怪爹没本事，是世道逼得，爹实在没法子啦！”

“我知道。我都长这么大了，不想再给爸爸添累赘了。”

“那你想干嘛呀？”

“我想去学戏。——听人家说，学戏不吃家里的嚼谷。管吃、管穿，还有买饽饽的零花钱。”

“那可是得受苦的呀。”

“爸爸，您就让我去吧，我不怕受苦！”三赏用恳求的眼光盯着爹说。

马西园眼看着儿子，心里犯了踌躇。

正好此时，马西园的三弟马昆山打外面进来，他对马西园说：“大哥，三赏这孩子是个唱戏的材料，打小就哼哼唧唧的皮黄不离口，我们练功，他在旁边也伸胳膊撩腿地跟着比画，很有那么个样子。”

马昆山是唱皮黄的，他的一番话让马西园动了心，“进了科班，总算有口饭吃了，比在家挨饿强。”马昆山进一步劝大哥，“要学戏，就投个像模像样儿的正规科班，——我看喜连成就不错。”

“那得找保人，还得考试。”马西园说。

“保人，找广德楼的张子潜，那是我的朋友，请他做中保人。考试嘛，我看咱这孩子不成问题。——试试吧，听天由命呗！”马昆山说。

马西园听了三弟这番话，终于拿定了主意，说：“那咱就去试巴试巴。”

就这样，马西园托保人给报了名，带着儿子三赏来到广兴园茶园考试。

怎么在广兴园考试哪？因为国丧期间，不让动响器，各戏园都关了张。只有喜连成以实习的名义“排戏”能唱，广和楼就成了京城唯一能看戏的地方。如此，戏迷们便一窝蜂似的涌入广和楼。一个戏园哪容得下那么多戏迷，喜连成就着火爆人气儿，又包下广兴园，作为班社唱戏的第二场地。

广兴园外面，同三赏一起报名等着考试的，还有五个孩子。年龄都相差不多，都是家长带着，等着考试。考官只有两个人，一个是社长叶春善，一个是总教习萧长华。

等到广兴园的戏散了之后，叶春善和萧长华才从茶园出来，就在茶园门口，这两个人，围着六个孩子转了一圈，用眼仔细把每个孩子的长相，个头，身架，看了一遍，然后逐个地摸一摸头顶、下巴、大小腿比例，还逐个地叫他们跟着“依依——，呀呀——”地喊一喊，会唱的还让唱上几口。最后，这两名考官闪到一边合计了合计，回来对其他四个孩子的家长说，“您们四个回去吧。”意思是没考中。然后对三赏和另一个孩子说，“这两个孩子留下。”算是考上了。

于是，马西园和另一个孩子的家长，带了孩子，跟着两位考官来到喜连成班社，签下了“关书”。

从此，三赏便成了喜连成社的正式弟子。他被编在二科，二科的弟子，名字都排“连”字辈。

萧长华对三赏印象很好，亲自给他起学名叫“连良”，号“温如”。从此，三赏的名字就被“马连良”代替了。只有家里人，和同街坊的人，仍叫他乳名“三赏”。

马连良进了科班，如愿以偿。他一切从头学起，和别的孩子一样，先打基础，练基本功。踢腿、撕腿、压腿、劈岔、耗腿，行话叫作“踢四门腿”；接着耗顶拿倒立，下腰，拉“山膀”，起“云手”。练毯子功，翻跟斗，“虎跳”，“踺子”，“蛮子”，“吊毛”，“抢背”……。练把子功，打“小五套”，“幺二三”等等。虽然同是练功，但马连良知道，自己家里穷，练好了功，唱好了戏，是自己的唯一出路。只有那样，才能给家里挣钱，帮爹爹养家糊口。所以别人练一遍，他偷偷地练两遍，不练瓷实喽不罢休。那时候，无论是科班还是手把学戏，都要挨打的。功练不到家挨打，戏唱不到位挨打，犯了班规挨打，伺候不好师傅挨打，……。“打戏子”的词儿，就是这么叫起来的。马连良因为总是做得尽善尽美，很得师傅的满意，因而也很少挨打。

打基础的功练过半年左右，科班开始因人施教，分行当学戏、练功。因为马连良嗓子好，被分在老生行，业师是萧长华和蔡荣桂。因为叶春善是唱文武老生的，他也经常辅导马连良。他看马连良很有出息，就吩咐萧长华和蔡荣桂提早给他说一些配角的活儿。像《连环套》中的施仕伦，《金燕桥》里的孔明，《斩黄袍》里的苗顺等。虽是配角零碎活儿，但马连良特别下功夫。他一招一式，手眼身法步，一丝一毫都不放过，都演得很到位。

苗顺，本是个不起眼的灵碎角，场上只有两句摇板，“早知为官不长久，不如深山把道修。”马连良觉得这两句词交代得不够氛围，就加了两句“罢罢罢，休休休，汗马功劳就一笔勾。”并央告琴师给拉快板，自己还设计了动作，把水袖兜到头上，一个转身下场，求鼓师给打一个“八达仓”的鼓点。他这一加，台上出了彩，台下叫好不迭。就这一手，更引起了班社的看重，尤其萧长华，慧眼识珠，把他当个大角的苗子精心培养。从此，萧长华、蔡荣桂开始给马连良排正戏，《四进士》《一捧雪》《四郎探母》《失空斩》《黄鹤楼》等。

那时，大戏班里没有专扮儿童的角，遇到有儿童角的戏，就到科班里临时借。有一次，谭鑫培贴唱《朱砂痣》，谭扮老员外韩延风，陈德霖扮江氏，贾洪林扮吴惠泉，老旦谢宝云扮金氏，阵容相当硬整。其中就是缺一个娃娃生扮演天赐，老谭派人到喜连成借一个扮天赐的孩子。

老谭发话要借人，这是看得起喜连成。这可唐突不得！说什么也得找一个拿得出手的，——整台都是硬手，这个娃娃生也得是硬手。一要对得起老谭；二也要显露出喜连成科班的水平来。为此，叶春善把萧长华和蔡荣桂叫到一起，合计了又合计，大家觉得派马连良去最为合适。

他们立即把马连良叫来，给他说明此事。马连良听后，不慌不忙地只说了一个字，“行。”

大家听后，不禁一愣。——“行”，真是初生的牛犊不怕虎。谁也没教过他唱这出戏，怎么张口就说“行”呢？他们哪里知道，这个孩子特有心计，平时看戏，就长心眼学戏，他早看会了。

叶春善担心地问：“你会《朱砂痣》吗？”

“会。我看了好多遍了。”

萧长华问："天赐的戏你会唱吗？"

"会，我边看边记，他的戏我都记住了。"

蔡荣桂也问："那他的站位，唱、念的肩膀都记住啦？"

"都记住啦。——要不我给师傅们走一遍，您们再指点指点。"马连良还是不慌不忙地说。

"好。"叶春善说，"为了把握起见，还是走走好。"

于是叶春善、萧长华、蔡荣桂分别扮演韩员外、吴惠泉、老旦和其他角色，陪着马连良走了一遍台。马连良无论是台词、唱腔、身段、感情和站台的位置，丝毫不差。

这一下叶春善才把心放到肚子里，亲自将马连良送到老谭身边。临上场，叶春善还叮嘱马连良："与大角同台也别怯生，该怎么唱就怎么唱，千千万万别搅了人家的场。"

马连良沉稳地说："放心吧社长，我保证能给他配好戏。"

开戏了，叶春善躲在文武场旁边，亲自给马连良把场。

马连良到了场上，不慌不忙，配合得丝丝入扣。

天赐是被丢失的孩子，多少年之后父子又重逢。悲欢离合，马连良不光戏的程式做得好，感情也表演得好。台上台下都被这孩子的真切感情所感染。下场后老谭端详马连良半天，连说："不错，不错，有出息。"

能得到戏界大王的夸奖，着实让马连良高兴了一阵子，也让喜连成的教习们高兴了一阵子。

有人为他初出茅庐而有佳声写下一首词：

【卜算子】

一马跃出栏，千里凭远眺。凤雏展翅待飞腾，赢得仰首翘。

为丝苦作茧，茧肥机杼闹。待得花雨彩缤纷，坐听龙虎啸。

第八十七回
梅兰芳洁身自好
齐如山寄书结缘

梅兰芳自从在广和楼，折了谭鑫培一个对头弯，在京城就引起了轰动。戏界大王，一个爷爷辈的享誉天下的头等大角，硬是被一个孙子辈的小小旦角给挤下台去了。这事这么一哄传，戏迷们就争先恐后地来看梅兰芳的戏。不看便罢，一看，传得更邪乎：

台上美女，京城绝韵；

台下美男子，台上美天仙。

……

等等，不一而足。

正是轰动的时候，老谭又邀他同台唱戏，这更让京城的戏迷们大开眼界。对梅兰芳哄嚷得更加邪乎。

无论外头哄嚷得多么邪乎，梅兰芳心里明白，谭鑫培邀自己同台唱戏，这是老一辈的在有意识地提携自己。

别看他年岁小，他心眼里很有数。

对老谭的提携他是打心眼里感激，又打心眼里高兴。——能与伶界大王同台，这是多么高的荣耀，多么好的临场学习机会！

因此他留心，在台上同老谭做戏，更注意看老谭是怎么唱戏，这可说是当面“捋叶子”，一捋一个准儿！

他看老谭，除了唱念做打功夫深之外，更受启发的是谭鑫培做戏真挚，感情细腻。在台上，老谭仿佛不是在唱戏，而是身临其境地置身于戏中的人物环境，悲欢愁苦，七情六欲，刻画出的人物活灵活现，恰如其分。

梅兰芳与谭鑫培同台的感受，引发了他的深思。回想诸位师傅教自己唱戏，或看他们唱戏的情形，老夫子陈德霖有陈德霖的深沉；吴菱仙有吴菱仙的鲜活；路三宝有路三宝的神韵；王瑶卿有王瑶卿的灵气……

但旦角与生角相比，总是好像受什么束缚，在刻画人物上，总没有达到像谭鑫培这样活灵活现入木三分的程度。

——这或许就是皮黄戏自诞生以来，生角总是引领戏台，旦角总是陪衬随顺的缘故。

这个问题，使梅兰芳百思不解，总是困扰着他，他总是想尽快地找到答案。

对梅兰芳哄嚷的人群，鱼龙混杂，上到官员士绅，文人墨客，下到贩夫走卒，什么人都有。抱着什么心态来看戏的都有。与其说是来看戏，不如说是来看梅兰芳。正人君子，是来看梅兰芳的艺术表演；痞子流氓，是来看梅兰芳的美颜色相；更有些宫廷遗少，富豪官绅，纨绔子弟，做着相公堂子的美梦，是来满足他们的色欲。最可恶的是一些无聊文人，写一些“捧角儿”的无聊诗文，还发表在报刊上，发泄他们的色欲。这里不妨选出一篇“代表作”，以观当时鱼龙混杂之一斑。

……此时观台下百千万，我能知其心中十八九。男子皆欲娶兰芳以为妻，女子皆欲嫁兰芳以为妇。本来尤物能移人，何止寰中叹稀有。正如唐殿之莲花，又似汉宫之人柳。宜为则天充面首，莫教攀折他人手。吁嗟乎！谓天地而无情兮，何以使尔美且妍？谓天地之有情兮，何以使我老且丑？……

对于报刊的或坊间的，这些杂七杂八的“捧角”之人，“捧角”之言行，梅兰芳一概置若罔闻。

俗话说，鱼找鱼虾找虾，癞蛤蟆单找丑王八。那些个不三不四的人，虽然对他垂涎三尺，跟风儿起哄架秧子，但也不敢来亲近招惹他。

梅兰芳敬重文化人，很愿意跟有文化的人打交道。清朝政府为了办洋务，便于和洋人打交道，曾办过一个同文馆，就是学习外语的学校。庚子洋匪乱京后，同文馆改为译学馆。宣统末年，译学馆的学生，已不是长袍马褂脑后留辫子的清廷装束，多为西装革履的西洋人装束。这些学生都是小青年，他们经常一群一伙地到茶园看戏，有的还到后台来找梅兰芳聊天。梅兰芳对这帮学生很喜欢，都是同龄人，他们都有文化，有教养，还通洋文，梅兰芳和他们相处感觉很亲近。于是，他也经常应他们的约请，到译学馆找他们玩。一来二去的，就和他们交上了朋友。在他们身上，学到了很多开化、科学的新鲜知识，以及文明戏的表演知识。

梅兰芳很想把这些新鲜知识糅进自己的戏中，破除旦角唱念做表，拘谨放不开的老套子，吸收老谭和文明戏重在演人，进入角色，刻画人物，身临其境的表演方法。

他带着这个想法，去找他的师傅王瑶卿。

王瑶卿说起来是他的师傅，其实也是个二十刚出头的小青年。论辈分梅兰芳给王瑶卿叫哥，因为王瑶卿曾说过，不让梅兰芳称他师傅。王瑶卿在家排行老大，梅兰芳只好既不称他师傅，也不好意思给师傅叫大哥，按照京城的俗论，称他“王大爷”。

他见了王瑶卿，说了自己的想法，说：“王大爷，您说，为什么，总是生行引领戏台，旦行随顺其后，是不是旦行不争气呢？”

“什么我们不争气！”王瑶卿说，“是三从四德的礼教，捆住了我们的手脚。生活中的女人，大门不出，二门不迈。在家从父，出嫁从夫，夫死从子。处处受人管束，不能大声说话，不能抛头露面轻易会客见人，……等等。我们扮女人，就按三从四德的行为上台，思想被捆住了，手脚也被捆住了，身段的程式也被捆住了。”

“身段的程式被捆住了？”梅兰芳有所明白，“是啊，唱青衣的，只能手捂着肚子唱，很少身段动作，也很少表情。”

“对呀——”王瑶卿说，“有点表情，比如哀痛，也只能是用水袖遮脸，喂——呀——，就得了。多干得慌啊！”

“王大爷，怪不得您把旦行的活儿都揽过来，创出‘花衫’行，您是突破程式，好自发挥呀！”梅兰芳渐渐悟出了道理，“译学馆的学生们，也说国戏的表演，受束缚，不好发挥，尤其是旦行。”

“这点，我们不得不佩服谭老板，人家那个伶界大王，是创出来的。他能守门户，但又能突破门户，破门出新。我们旦行就缺少他那个劲，受三从四德的束缚，就是突不破门户。”

“既要守门户又要破门户，创新路子。王大爷，我懂了，您那个‘花衫’我不但要学过来，还要创新路子。——您可别骂我欺师灭祖哇！”

“连古人都知道‘青出于蓝而胜于蓝，弟子不必不如师’的道理。你的风头现在就比我盛，我为你高兴还来不及呢，又怎么能嗔着你创新路呢。”

梅兰芳听王瑶卿如此说，高兴地说：“王大爷，我想了，我一定在您创出的‘花衫’的基础上，扩展青衣的行当，把青衣、花旦、刀马旦的活儿都拿下来，除老旦外，凡是旦角的活儿，我都上。您刚才说的我也琢磨过了，老谭之所以成为老谭，就是他除了黑头花脸丑角、小生的戏不上，凡是生行的戏都上，什么文老生、武老生、唱功老生、衰派老生、武生等，不管是什么王帽、袍带、箭氅、褶子老生他都上。他拓宽了生行的戏路，我为什么不能学他，破一破门户，拓一拓青衣的戏路？我现在还小，多学点玩意儿，打好基础，多长本事，生角能引领戏台，我们旦角就不能引领戏台？”

“这话说得有志气！”王瑶卿说，“我早就看好你了，祖师爷给了你个吃戏饭的好条件。咱们吃戏饭的六份，嗓音、相貌、身材、身段、扮相、劲道你都占全了！”

“别介，王大爷，您别忘了您是我师傅，我跟着您好好学就是了！”梅兰芳真心地说，“在年轻的旦角里头，您是扛大旗的。您就把这个大旗扛下去，给咱旦角争这口气！”

“我有几斤几两我还不知道？”王瑶卿说，“我最近总是闹嗓子，怕是祖师爷要断我的饭碗。你有后劲儿，我早就看出来了，你不是池中之物，早晚会飞黄腾达。旦角这个大旗，非你才扛得起来！”

王瑶卿的这番话，更坚定了梅兰芳破门出新的想法。

有一天，梅兰芳下了戏，译学馆的学生们便来邀请他，参加译学馆的戏剧沙龙。大家在文明戏和旧戏的区别、各具特长等诸多问题上展开了争论。这一争，就争得时间长了些，直到深夜才散。

梅兰芳赶到家，已是深夜。他生怕惊动家人，蹑手蹑脚地进了大门，只见堂屋的灯还亮着，奶奶坐在堂屋还没睡。他赶紧紧走几步，上前给奶奶请安。还没等他开口，奶奶厉声喝道："跪下！"

梅兰芳打小是跟着奶奶长大的，奶奶平时疼他，爱他，宠着他，从来没有对他这样厉声说过话，何况让他跪下。他不知为什么让奶奶生了如此大的气，赶紧乖乖地跪下，低下头大气也不敢出。

"上哪儿去啦？"奶奶怒气不息。

"下了戏到译学馆去了。"梅兰芳低声回答。

"到那里去干什么？"

"那里的学生讨论旧戏……"

"什么旧戏？"

"就是京戏。"

"那是老辈子人传下来的戏，能不是旧戏？"

"不是啊奶奶，那些学生拿京戏和西洋话剧相比，称京戏为'旧戏'，西洋话剧叫'文明戏'。"

"老辈的早把戏传好啦，还用得着他们说三道四！"

"这些个学生见识很广，我跟他们讨论能学很多新鲜玩意儿，能吸收到我唱的戏中来。"梅兰芳耐心地给奶奶解释。

奶奶听梅兰芳说得有道理，才缓和了口气，让梅兰芳站起来说话。

原来，市面上那些杂七杂八捧角人的言语，传到家里，梅兰芳的奶奶听了很不放心，生怕她的宝贝孙子走了邪道儿。今天见梅兰芳深夜不归，以为他去应酬那些不三不四的捧角人，就特别在景和堂堂屋等他，借此教训教训孙子。

听了梅兰芳的解释，她仍不放心："'新戏''旧戏'的就说到这早晚儿？"

"奶奶您是没看到，他们争论起来可热闹呢！各抒己见，争得没完没了。要不我这时候才回来呀！"

"哦，能学本事就好。"奶奶放心地看着孙子。

"奶奶，您放心吧！我一定好好地学本事，把本事学瓷实喽，好好唱戏，给您挣大钱，好好孝敬您！"梅兰芳亲昵地伏在奶奶肩旁。

"你挣个金山来，奶奶也不稀罕。"奶奶语重心长地说，"奶奶见过大钱，你爷爷，你大爷，你爹都挣过大钱。你爷爷说过，挣大钱，不是靠角一个人，是靠戏班的所有人。所以他挣了大钱，济困扶贫，随手就散给大家了。你爹过世得早，你大爷也是，挣了大钱，随手就散给吃不上穿不上的弟兄们啦。这是咱们家的门风。挣了钱也不要把钱看得比什么都重，一辈子要把人格看得比什么都重，这些你可要记住。"

"奶奶，这些我师傅吴菱仙都给我讲过，我都记下了！"

"记下了就好。"奶奶接着说，"干你们这一行的人，成了角，钱来得太容易。有了钱就胡花乱用，糟蹋身体，最后落个一败涂地。这样的教训，眼面前儿摆着，多了去了。如今你唱红了，短不了有人来约你，你可得自己把握住，别染上一套吃喝嫖赌的坏习气，这是你一辈子的事，千万要记住我的这几句话。”

梅兰芳蹲在奶奶脚下，亲昵地说：“放心吧奶奶！我不会把咱梅家的家风坏喽。别人怎么说，怎么做是他们的事。我是个唱戏的，茶园戏、堂会戏、义务戏，我都唱。因为这是咱的本行！除此之外要让我陪他们吃酒、打牌、做相公，门儿都没有！”

奶奶听了这番话总算放了心。

正当梅兰芳苦下功夫，探索旦角破门创新的新路时，有一个人对他唱戏的情形引起了关注。

这个人就是齐如山。

齐如山的祖父、父亲都是清廷的翰林。齐如山本人也是秀才出身，其祖籍是河北高阳县。其故里曾是水陆皆通的交通重镇，因而昆曲最早流传至此，经演变传承，而变为北曲，称为北弋。北弋在高阳很为流行，几乎村村都有北弋戏班。齐如山家就养有家班，齐如山的曾祖、祖父、父辈及其本人，都精通北曲。齐如山的父亲能成本大套地背诵《北西厢》《长生殿》《琵琶记》《牡丹亭》《桃花扇》等戏的戏文。齐如山很小的时候，对这些戏曲就很爱好，常常在家哼唱玩耍。齐家在欧洲有生意，齐如山曾几次到欧洲打理生意。他本人在同文馆读过书，系统地学过洋文，对英、法、德文都精通。因为他打小爱好戏曲，在欧洲做生意期间，也就非常留意欧洲的戏曲，研究过他们的戏剧。回国之后，他对照欧洲戏剧，进而研究中国的京戏，这样就结识了不少京城的戏界名人。谭鑫培、杨隆寿、杨月楼、孙菊仙、汪桂芬、陈德霖、贾洪林等都是他的好朋友。他们送他一个绰号“洋戏通”。

有一次戏界名人集会，他们邀请这位“洋戏通”到场，请他发言，不料这位“洋戏通”却大谈起京戏。足足讲了两个时辰，还都是讲的京戏的不足。

这些个名家，都是在戏台上摔打出来的，要唱戏，唱念做打，手眼身法步，都做得很精到。但要讲出深层次的道理来，他们都做不到。齐如山却能把深层次的道理说得这样明白透彻，而且切中要害，一针见血，讲出它的不足。

这个“外行人”却讲得在座的各个“内行”名家心服口服。

讲完之后，很少夸奖过别人的谭鑫培站起来，庄重地走到齐如山面前，恭恭敬敬地给齐如山鞠了一躬，说：“听您这些话，我们都应该愧死！”

齐如山当时还不认识梅兰芳，但市面上捧梅兰芳的声浪一波接一波地涌起，不禁引起了齐如山的注意。

他便买了梅兰芳的票，进茶园细细看梅兰芳的戏。

他边看戏，边拿梅兰芳和余紫云、陈德霖、王瑶卿等成名的旦角相比较。越看，越觉得梅兰芳确有很多高人之处。除了天分之外，他的大气，他的优雅，他的自然天成等诸方面，都透出他的自身气质和内涵的不同凡响。

一连看了好多天，他开始喜欢上梅兰芳这个年轻人。从直觉，他看到了这个年轻人不可限量的前途。

当然在观察中，他也看到了梅兰芳的不足，他从心里想尽自己的力量帮帮这个后生可畏的年轻人。

但他也有所顾忌，他对梅兰芳不了解，如果梅兰芳是个稳重之人，谦虚可塑还好。如果梅兰芳是个放浪之人，朽木不可雕，自己花费心血不但会付诸东流，还将会给自己招致名誉上的损伤。

他不得不慎重对待。

他决定先投石问路，探试一下梅兰芳的水有多深。

他把当天看过的《汾河湾》对梅兰芳表演的感觉写了一封信，寄给了梅兰芳。

信的第一段是这样写的：

梅君兰芳：

昨观《汾河湾》，演得很好，一切身段，都可以算是美观，尤以出入窑之身段最美。所以美丽原因，在水袖运用得合宜，以后仍应再多注意。此戏有美中不足之处，就是窑门一段。您是闭窑后脸朝里一坐，就不理他了。这当然是先生教得不好，或者看过别人的戏都是如此，所以您也如此。这是极不应该的，不但美中不足，且甚不合道理。有一个人说是他自己分别十八年的丈夫回来，自己虽不信，当然看着也有点像，所以才命他述说身世，意思那个人说来听着对便承认，倘说得不对是有罪的。在这个时候，那个人说了半天，自己无动于衷，且毫无关心注意，有是理乎？别的角虽然都是这样唱法，您则万万不可。因为果如此唱法，就不够戏的原则了。或者有人说，此处唱旦角的正好休息休息，这更不合国剧的规则。国剧的规矩，是永远不许有人在台上歇着，该人若无所事事，便可不用上去。……这一段是全戏主要的一节，承认他不承认他，全在这一套话，那么这一套话可以不注意吗？再者听到他说起当年夫妻分离的情形来，自己有个不动心不难受的吗？所以此处旦角必须有极切当的表情，方算合格，将来方能成好角。……

信洋洋洒洒写了三千多字，写得既具体又真切，完全是出于关切、帮助的意思。然而，信寄出后，如石沉大海，没有半点回音。

齐如山也不计较，继续看梅兰芳的戏。每看一出戏，就针对梅兰芳的唱法写一封信，一连写了很多封信，仍是如泥牛入海，没了影子。

但有一次，当他再看《汾河湾》时，看梅兰芳的身段动作已照他信上的说法改了。而且改的很协调，很得台下观众的赞赏。齐如山又看其他的戏，梅兰芳也都照他信上写的改了。

这一发现，使齐如山喜出望外，而且使他对梅兰芳更加刮目相看。梅兰芳越是不给他回信，他越是喜欢梅兰芳的老练稳重。由此还推断：梅兰芳不但是可塑之才，而且具有难得的伶人品格。不卑不亢，不世俗，不迎逢，出污泥而不染。

推断归推断，梅兰芳到底人品如何，还有待进一步考察。齐如山明白：几年可以出一名状元，几十年甚至百年，不一定能出一个大角。他认定了梅兰芳这个人才，为了国剧，为了艺术，他决定好好跟踪考察，培养培养这位未谋面的后生。

于是，他一如既往，一连写了一百多封信，对梅兰芳进行不着面的，一对一地指导。

有一段散曲【仙侣·赏花】，唱道：

香径芳林鸟语喧，蜂飞蝶舞影翩翩，蝇鸣杂乱趁。歌喉婉，涟漪涌清泉。

【煞尾】芙蓉秀，清荷艳，出污泥中我更鲜。任管他鸡跑狗踮。清净心艺业深钻。谁说旦行居偏，统领梨园。似这等优秀青衣寻觅难，信寄青鸾，知音中选，秀才百书衷诉明天。

第八十八回
余第祺严郎梦破
陈德霖施教怜才

余第祺回到家里，让母亲好一顿教训。

教训之后，母亲还是心疼儿子，给他做好吃的，将养身子，整天看着他不让他外出。一连在家关了两个多月，第祺的气色有了回转，身子骨也觉得有气力了。

一个年轻人，总这么在家闲着，吃了睡，睡了吃，白白地养着，第祺实在养烦了。就央告母亲，想出去走走。母亲看儿子憋屈得难受，点点头说："要出去可以，不能走远，就到邻居陈德霖家串个门吧。陈德霖与你爹同台多年，也是至交，让他给你出出主意，看以后怎么办。"

"好。我听妈的。"第祺乖乖地告别妈妈，来到陈德霖家。

"哎呀，有名的'小小余三胜'光临敝舍，蓬荜生辉呀！"陈德霖一见第祺，不知是揶揄还是打趣，忙把第祺让到堂屋。

"哎呀，陈叔，您可别寒碜我了。我都没脸见您们这些长辈们了，我恨不得找个地缝儿钻进去！"第祺见了平日关心疼爱自己的陈德霖，落座之后，不禁热泪流淌，把在天津这几年的情形和遭遇，从头到尾述说一遍，这么多天憋在胸中的苦闷总算倒了出来。

陈德霖边听边跟着唏嘘感叹，为第祺的不幸感到痛心。

"陈叔，我在家待得实在烦闷得很，您给我介绍介绍，我到哪个班唱戏吧。"第祺恳求陈德霖。

"找一个戏班容易得很。"陈德霖犹豫地说，"就是不知你的嗓子做主不做主？"

"我觉得好多了。"第祺寄希望地说，"试试吧。"

"也只好先试试。"陈德霖担心地说。

第二天，陈德霖给第祺找到了杨小楼的陶咏社，戏码是《镇潭州》，在戏中给他安排了个配角。哪知上台之后，就几句唱，他还是嘶哑地唱不下来，被台下的看客哄了下去。自此，余第祺彻底灰心了。他料定自己一生再没有登台的本事了。整天像霜打了的茄子，蔫头耷脑的，提不起精神。

看儿子如此状态，当妈的也着了急。恨不得赶紧给儿子找点事干，提提精神。此时，沈氏想起一个人来。这个人姓王名文卿，幼时曾跟着余紫云学过皮黄。后来到山东跟戏班唱过一阵子戏，不知怎么中途不干了，在袁世凯的麾下当了兵。因为嘴巧，能说会道，很得袁世凯的赏识。袁世凯经常派他进京联络各个衙门，办些个公事。余紫云去世之后，他也曾趁进京办事的方便，到胜春堂来看望过余紫云的夫人沈氏。后来，余第祺哥俩到天津唱戏，他经常去天津的家里关照这哥俩。余第祺以“小小余三胜”的艺名在天津唱红以后，他对第祺格外喜欢，就认了第祺做干儿子。现如今，袁世凯进京当了临时大总统，他也跟着发了迹，得了个美差，专管总统府唱戏的事宜，还掌管宣统皇室的升平署。一官二职，很是自得。名字也由王文卿改为王锦章，在总统府和皇宫出出进进的，跟袁家和皇宫的人都混得很熟。沈氏想到了他，就找上他的门去，托他给第祺找点事干。

王锦章听了干儿子败嗓败家，在家苦闷发愁的事，也很心焦，他把第祺叫到身边，对第祺开导了一番，然后说，“眼下，给你找个唱戏的差事，恐怕不行，你嗓子还不作劲呢。不过找找袁大总统的大公子袁克定，让他给你派个差事，倒是不太费劲。”

“他会给我派个什么差事呢？”第祺担心地问。

“哎呀孩子，你可不了解这个袁克定啊，他是袁世凯的大公子，眼看着就要立为太子啦。他替大总统掌管着一统江山呢。他的话就是圣旨，他派个差事，还不是小事一桩！”

“他派的差事我干得了吗？”第祺有些怵头地说。

“哎，我想起来啦，这位袁大公子，也爱票戏，在天津的时候，他经常看你的戏。我一说你，他一准认识，不妨我带你去见见他。”王锦章说。

听干爹如此说，第祺也没别的办法，只好照干爹说的，跟了干爹去见袁克定。

袁克定一见第祺的面，一眼就认了出来。他还不知道第祺毁了嗓子的事，以为是王锦章给他找来的好角呢。高兴地说：“这不是名震天津的小小余三胜吗！你来得好，大总统正想要唱堂会，你来的好不如来得巧，赶紧露一手！”

听了袁克定的话，王锦章赶紧解释，把求袁大公子的事述说一遍。袁克定听了，也为第祺感到惋惜。他用眼盯着第祺怜悯地说：“小小年纪就砸了吃饭的家伙，可惜呀可惜！”说完，又晃着脑袋爽快地说，“我这儿的事，任你挑，你挑上什么我就给你安排什么！”

第祺一看袁克定这么大包大揽，也放大了胆子。心想，从小爹爹就盼着我走仕途，给我起名叔严。“严”者，“严郎”也。我今天终于有了机会，我走仕途总比当伶人强似百倍。可是当下让他选个官职，他毕竟年岁还小，没见过什么官场的世面，当下还想不上来。看着袁克定身穿的一身将帅服，很是威风，便用手指指袁克定的军装说，“我就当个穿这个衣服的差事吧。”

袁克定听了笑笑说：“这好办。嘴里念念有词‘叔严，叔严，严字本是羽林郎’。你要穿这样的衣服，这是军服。内卫军就是羽林军，——你是实至名归，如愿以偿了。就当总统府里的羽林军吧！”袁克定说完，朝外面喊一声，“来人呐”，随着声落，进来一个侍卫。袁克定命令，“去，给他挑一套内卫军服来！”

余第祺就这样，穿上了总统府内卫军的军服。呵，这身军服一上身，第祺乐得合不拢嘴。对着镜子左照右照，越看越觉得威风。大盖帽，长马靴，身挎大腰刀，腰别短手枪。怎么看怎么觉得精神，好看！他第二天就穿着这身军服，到照相馆照了一张照片，放大到可真人大小，做了个框子装进去，摆在了胜春堂的大厅里。

余第祺当了内卫，袁克定就让他跟在身边，紧随自己左右。袁克定字云台，袁世凯把他当作太子培养。袁克定也紧紧追随其父，野心勃勃，做梦都想有一天能接替袁世凯，坐上皇位。他政治上野心勃勃，可毕竟是纨绔子弟，平日里吃喝玩乐的事一点也没少干。他很爱看戏，也很爱皮黄，还经常票戏。因此他对往日的“小小余三胜”一见钟情，就留在了身边。为的是得空唱和。

袁克定有一个同父异母的弟弟名袁克文。袁克文与袁克定虽同为兄弟，但意趣绝然不同。袁克文是袁世凯征战朝鲜的时候，娶的朝鲜贵族的小姐所生，禀赋极高，但生性怪僻，尤其不热衷仕途。每日琴棋书画，声歌狗马，逍遥自在。他给自己的书房取名“寒云馆主”，故又自名“袁寒云”。他极喜欢票戏，尤其喜票丑角。他对戏界极熟，袁世凯在天津当大帅的时候，他就整天泡在天津的票房里。因此他与余第祺在天津的时候就很熟识。

在总统府他突然看到了余第祺，很觉意外，但又特别高兴。——毕竟是找到了皮黄的知音啊。

就这样，余第祺成了袁克定和袁克文的好朋友。第祺上岗的时候，是士兵。下了岗就是这哥俩的伙计，谈戏，说腔，戏里戏外，宫里宫外，无话不谈。

有一天，总统府唱戏，接待南方来的军阀。第祺在堂会外站岗，袁世凯由袁克定陪同入场，在门口看到第祺，袁世凯一愣，原来他在天津看过第祺的戏，他认得第祺。袁世凯看着第祺说，“咦，你怎么站在这里？这不是你站的地方，”他指指戏台，“那才是你站的地方。”然后一晃一晃地走了进去。

就袁世凯这一句话，让第祺心里好是不安。他下了岗躺在床上，翻来覆去琢磨袁世凯这句话，“他到底是什么意思呢？……他让我去唱戏，我嗓子不赶劲，若是不唱，岂不是抗旨不遵？……这如何是好呢？”

堂会之后，袁克定和袁克文到宿舍来找第祺。第祺将自己的心事给他们哥俩一说，这哥俩听了莞尔一笑，不以为然。

“你们倒是说话呀！”第祺着急地说，“是不是大总统赶我走呢？”

袁克文说：“他就是那么一说而已，你别理他就是了。”

“他可是金口玉言！”第祺说，“大公子，你快拿个主意呀！”

“刚才克文不是说了吗，大总统就是说说而已。”克定也不以为然地说，“他一天那么多事，怎么会老想着你呢。”

“依我说，你到底是块唱戏的料，还是回归本行为好。”袁克文说，“自古仕途多是非，哪如唱戏落得个洒脱自在？想唱就唱，不想唱就不唱，也没人能怎么着你。”

袁家两公子的话，倒让第祺想了很多：看来这羽林郎的官也不是好当的。在人家眼里，怎么看，你怎么都是个唱戏的。大总统说了，“那（台上）才是你站的地方”，官位怎么会有你的份。既然如此，我还在这里混个什么劲儿？可是自己嗓子不争气，又唱不了，不在这里又如何呢？

袁克定看出了第祺的心思，说：“我看你本行不能丢！官差也不能丢，你不要为难，这里我说了算。羽林军的军服你照穿，岗可以不用站了，差事可以不管，饷银照拿。回家养嗓子去。等嗓子养好啦，愿唱戏唱戏，不愿唱戏，我再把你弄到军官训练团，将来说不定就弄个师长旅长的干干！”

袁克文在旁边咬文嚼地劝说道：“我说你这个名字，‘叔严’的这个‘严’字，本不应是羽林郎的‘严’字，头上应该加上一座山，变成‘巌’，山岩的巌。”说着，动笔在纸上写了个“巌”字。“这个叔巌，顶天立地，站得多稳当啊！比在这里当个羽林郎的‘严郎’踏实得多。”

第祺听了袁家这哥俩的话，穿着军装就回家去养嗓子。将名字“叔严”改为“叔巌”。因为“巌”与“岩”是通假字，就将余叔巌写为余叔岩。

余叔岩在家养嗓子，闷得慌了就到总统府找袁家两公子唱和唱和，或聊聊天，倒也洒脱。

他毕竟是皮黄世家出身，唱戏的事怎么也放不下。可是嗓子总也恢复不了，他也很是糟心。这一天，他正要到总统府去消遣一番，刚一出门口，恰巧就碰上了陈德霖。

“第祺，你不是在总统府当差吗，怎么回来啦？”陈德霖问。

余叔岩就将进总统府当差的前前后后，详详细细地给陈德霖学说了一遍。陈德霖思存一下说：“想不到袁家公子还这么通情达理，知冷知热地疼你。”说完又真诚地说，“要养嗓子，你跟着我遛弯，我帮帮你。”

“哎。”余叔岩高兴地答道，“听说您当年就是遛弯遛好了嗓子。”

陈德霖略一点头，一本正经地说：“打明儿个起，你每天早晨跟我遛弯，咱每天大门口集齐儿出发。”

“好！”余叔岩终于又燃起了希望之火。

打那以后，余叔岩每天跟随陈德霖起早儿遛弯，先跑步，等身子跑热了，就慢慢步行遛弯。在遛弯时，陈德霖教他怎么运气，怎么气沉丹田，将腹中的真气慢慢运到嗓子，之后又带他到天坛坛跟儿，轻声吊嗓子。

对余叔岩的这一段经历，有人写了一段散曲流传于后。

【中吕·粉蝶儿】

生养的娇，四时冷暖不知道。那用他去把心操。沃肥甘，穿锦缎，浑如一生蜜罐泡。念过私塾，也练声腔踢腿脚。

【醉春风】自认天赋忒高，秘籍还作保。一鸣京城皆称妙，好，好，好。不用费劲，不用求教，兄弟相靠。

【迎仙客】寻时机奔津门，承祖号。打出个小小余三胜，唱对台，逞英豪，一时名枭，养成个趾高气扬尾巴翘。

【石榴花】更有那捧角声急乱号叫，吵得人心焦。最是叫人心烦恼，心性被搅扰，定力全消。鱼龙混杂都来闹，忘乎所以浮躁。天降匏公大师来指教，方见天高地阔隐士能人遍地曹。

【红绣鞋】更那堪灯红酒绿美人俊俏，勾得那童心生生查查地跳。则道是欢欢乐乐懵懵懂懂着了道。追欢引乐玩闹，轻纱软帐调笑。怎晓筋骨销。

【普天乐】损身害嗓惆怅，怎得了！温柔梦醒，不知迟早，落得个愁苦报，方知晓。怨天尤人苦自恼，谁叫我不懂世道。乱乱糟糟，纷纷扰扰，天理昭昭！

【小上楼】方尝到忧愁苦恼，闷煞煞在家难熬。严郎寓意，仕途征兆。托人情，巴结官，总统作靠。却原是纸糊的灯罩。

【么】本是唱戏的材料，站岗放哨，人见人笑，身穿军服，跑起龙套。袁大总统，尚不买号。似这等官运犹如吹泡。

【满庭芳】老夫子人好，把世道看饱。驯我脱缰野马，每日里拉上天坛跑步遛早。直跑得人遍身汗冒，气生丹田上腾声道，无人处依依呀呀把嗓子微吊，苦累对谁言说，自己心里知道。

【后庭花】四季哪得停脚，纯把心性消耗。废铁也要成钢，全凭他响锤敲。星斗移，昼复朝，人不老，对银蝉破寂宵，炼得大梦方醒人开窍，人生三味境真妙。

【随煞尾声】十八九岁不算大，百年过后方知小。对着乾坤日月莫说长寿老，时日尚早，对着丝竹管弦从头学。

第八十九回

老夫子迷津指路
余叔岩反省奋发

经过日复一日地遛弯锻炼，余叔岩在陈德霖的指导下，终于恢复了元气，嗓子也响亮如初。这对余叔岩来说无异于涅槃重生，他对老夫子陈德霖视如再生慈父一般。他每天陪老夫子遛早回来，都是先把老夫子搀进大门，送到堂屋，服侍老夫子换了宽松的衣服，给他打好洗脸水，看着他洗漱完毕，方才回家。

晚上，没事就过来陪老夫子聊天。

陪老夫子聊天，那是享受。

老夫子陈德霖，是慈禧都看重的皮黄高手。他肚里的货，车载船装，掏都掏不尽。陪他聊天，等于是掏他肚子里的货。既长见识又长学问，还学得很多皮黄的技法，就等于是听他的讲课。

戏界的晚辈，称陈德霖为老夫子，是因为他唱戏的资历老，为人持重，处事老到。“老夫子”，是对他的尊称。实际上陈德霖的年龄并不老，正是年富力强的时候。也是他舞台上最活跃的时候，当时，几乎天天有台口。

余叔岩知道老夫子忙，顾不了家，就主动帮助陈家处理家里的杂务。什么该买柴了，该买粮了，房顶漏雨该修理了，家具该油漆了，陈德霖的包车该更新了等等，他都主动操心张罗。无论陈德霖在家或不在家，他都像管自己家的事一样，管得头头是道。他这样做，没有别的意思，纯属想替老夫子分担点挂念，报答老夫子对自己的关心。

这些事，老夫子也没有放在心上，只当晚辈对自己的孝敬。

可是余叔岩的这些举动，却引起了一个人的注意，这个人就是陈德霖的女儿陈淑铭。

陈淑铭正当豆蔻年华，待字闺中。余叔岩与爹爹的交往，她都看在眼里。余叔岩对爹爹实心实意地报答，她也看得清清楚楚。在她的仔细观察中，她发现余叔岩并不是传说中的浮浪子弟。而且余叔岩的才华、聪明、仪表，也深深地印在了她的心里。

因为陈家家教甚严，陈淑铭也是个很懂礼数、恪守闺阁操守的贤淑小姐，尽管对余叔岩有很好的印象，但并没有和余叔岩有更多的交往和言谈。

这一天，余叔岩又早早来到陈家，看看有什么要办的事。恰好，陈德霖有事早早就出去了。陈淑铭给爹爹熬好的参汤放在堂屋的桌子上，陈德霖没来得及喝就走了。

此时，余叔岩迈进了堂门。

陈淑铭彬彬有礼地笑笑说："你来得正好，参汤刚刚熬好，爹爹没来得及喝，你趁热喝了吧。"

余叔岩连连摆手："这怎么行，给老人家的参汤，我怎么能喝？"

"没关系的，等爹爹回来我再给他熬，不然放凉了，再热，参劲道就减了。"说着，她真挚地端了汤碗送到余叔岩的跟前。余叔岩推辞不过，只得接过汤碗，刚刚喝了几口，陈德霖办完事回来了。他把女儿端碗，余叔岩喝参汤的情形，都看在了眼里。

陈淑铭的脸上一阵绯红，余叔岩倒没觉得有什么不好意思，只是歉意地对老夫子说："您的参汤便宜了我，让小姐再给您熬吧。"

陈德霖没事人一样，笑笑："谁喝都一样，省的放凉了。"

陈德霖从女儿的脸上，看出了女儿的心事。他不露声色，但对余叔岩，他却要更严格地训练训练。

余叔岩嗓子恢复了，对此最感兴趣的是袁克定和袁克文。这哥俩虽然都迷皮黄，但和别的角不好对面交流，比如老谭，人家都六十多岁了，怎好与他交流。余叔岩与他们年龄相仿，而且，在天津，早就与余叔岩熟识，又有余叔岩在总统府当差的便利条件，哥俩早就是余迷，袁克定有话在先，准予叔岩在家养嗓。如今余叔岩的嗓子恢复了，这是他们巴不得的事。余叔岩又能与他们一起唱和了，他们听了当然高兴。为了看看余叔岩的嗓子到底恢复到什么程度，袁克文出了个主意，让袁克定点谭鑫培的戏，唱《四郎探母》，并点名提出让余叔岩配演杨六郎。

余叔岩一听说与谭鑫培配戏，心里又高兴又紧张。他马上找到陈德霖，让陈德霖给点拨点拨。陈德霖听后，满不在乎地说："给老谭配戏有什么紧张的？他的戏都是大路活儿，他最讲规矩，该有肩膀的地方，自然放得清清楚楚，你就放开了唱就是了，越紧张越容易出纰漏。"

"要不要给他老人家对对戏？"余叔岩仍不放心地说，"不怕一万，就怕万一。"

"你还不了解老谭，他和谁对过戏？他最常说的一句话就是'台上见'。他到了台上，什么人都带的起来。你和他同同台就知道了，——顺当得很！"陈德霖说，"这是你学习的最好机会，可要珍重啊！"

有了陈德霖的交代，余叔岩心里有了底。头上场之前，余叔岩给谭鑫培鞠了一个大躬，谭鑫培笑着点点头说："听说老夫子把遛坛根儿的功夫传给你了，嗓子恢复了许多，等把本钱找回来，你得好好报答老夫子啊！"

在台上，谭鑫培的杨四郎，余叔岩的杨六郎，二人虽然戏接榫的不算多，但配合得丝丝入扣。正如陈德霖说的，老谭的肩膀留的恰到好处，余叔岩虽是嗓子恢复后的第一次上台，但毕竟是台上的熟手，老谭对余叔岩的表演功夫也很是赞赏。由此，老谭对余家戏曲传家的印象，又闪出了新的亮点。

晚上，陈德霖没有戏，余叔岩来到陈德霖的家里，说起与谭鑫培配戏的感觉，他真是打心里佩服谭鑫培的功夫：“与他配戏，就是顺当。水到渠成，不用刻意去琢磨，你想做的他早给你准备下了，他想做的，他早暗示给你了，自然流畅，天衣无缝。”

“要不怎么称他为伶界大王？”陈德霖也佩服地说，“台上的功夫不是一天练出来的，他是一辈子在台上滚爬摔打出来的。戏谚说‘一脚二劲三心里’，脚，就是步法，这是台上做戏的根基；劲是劲道，就是火候。演员在台上做戏要掌握好分寸，不温不火，恰到好处。这是上台的经验，全靠自己摸索、体会、把握，靠师傅教是教不来的。心里，就是对戏情戏理的理解，把角色的身世，所处的环境，应有的喜怒哀乐表达出来。心里有戏，身上才能有戏。心里要有整个台，台上讲究一棵菜，要和场面、配角、检场、看客都配合好。这些都不是师傅教出来的，都是自己台上摸索体验出来的。这是一辈子的功夫，‘唱到老学到老，学一辈子也不巧’就是这个道理。”

“你们俩同台这么多年了，一定是配得天衣无缝了。”余叔岩听后，对老夫子的话深有感悟，“我什么时候，能到您们这个样就好了。”

“台上的功夫没有诀窍可言。”老夫子语重心长地说，“台上掺不得半点儿假，功夫都是扎扎实实地打底子练出来的。投机取巧，只能摆摆花架子，就像打拳的，花拳绣腿只能做样子，一动真章儿，就招架不住了，非败下阵来不可。”

陈德霖说着说着，就把话引导余叔岩身上，“就拿你们哥俩，在天津亮‘小小余三胜’的牌子来说吧，你们连‘余三胜’的真活儿，还没闹明白是怎么回事，就亮‘小小余三胜’的牌子，只能蒙唬那些似懂非懂，捕风捉影的外行戏迷。你们‘小小余三胜的’牌子所以能叫响喽，一是靠老牌‘余三胜’的牌子唬人，二是靠了你的小聪明，靠了你的好嗓子。真正的‘余三胜’味道在哪呢？真正的余三胜腔，让你哥哥捕风捉影地胡编乱转给歪曲了。”陈德霖看余叔岩流露出不太服气的表情，更不客气地说，“你爷爷留下的秘籍是真传的好东西，是真经。可惜你哥哥不懂，参不透真经，把个真经给念歪了。他创出来的腔儿，四不像。模棱两可，说像又不像，说不像又有点味儿，这就蒙唬住了津门那些个戏迷。你们打的是余三胜的旗号，所以就出了‘小小余三胜’的呼声。你们却以此沾沾自喜，其实，你们也是糊里糊涂，捕风捉影地蒙在鼓里，还自以为是呢！”

余叔岩万万没想到，陈德霖对他“小小余三胜”，有这样的看法。对陈德霖的批评，他似服非服，心里疙疙瘩瘩地觉得很是委屈。他喃喃地说道：“照您说的，我们在天津这几年，是走到岔路上去了？”

“说走上岔路，有点重，但确实是离经叛道了。”陈德霖仍口气很重地指出余叔岩的过错。他不管余叔岩接受不接受，也不看余叔岩的脸色变化，一点面子也不留，说完，站起身来，到上房去了。

客堂里留下余叔岩，走也不是，坐也不是，越想越觉得委屈。脸上一会儿红，一会儿白，一会儿黑，一会儿紫。气也不是，恼也不是，愧也不是，悔也不是，脑袋里乱七八糟的，一时转不过弯来，像个木头人一样，僵在了那里。

此时，陈淑铭端着茶壶来续水，她把余叔岩茶碗的凉茶倒掉，又续上一杯热茶，端给余叔岩轻声地说："爹爹没把你当外人才这样说你，若是外人，谁能说得这么深？"原来陈淑铭，在客堂外，把陈德霖的话全听到了。她看余叔岩僵在那里，一时下不了台，所以，就以送茶为由，过来安慰安慰，给余叔岩搭一个台阶。

余叔岩听着陈淑铭说话，僵直的身子才缓和了一点，但心里还是乱七八糟的。陈淑铭的话是什么意思，他也没认真琢磨，糊里糊涂地接过陈淑铭新斟的热茶，深闷一口，点点头，"这茶，一直热到肚子里。"然后，木木地将杯子放在陈淑铭端来的茶盘内，用恍惚的眼神看一看陈淑铭，慌乱地站起身，说，"哦，哦，不早了，早点儿歇着吧。"然后迈着沉重的脚步离开陈家。

陈淑铭不放心地看着余叔岩狼狈的背影，消失在夜幕中，方回过身，动手插上大门。心事重重地回到客堂，看到爹爹已经回到堂屋，静坐在太师椅上愣神。便带着嗔恚的口气对爹爹说："他是你什么人哪？你说的他那么重，说得他心里沉甸甸的，都挂到脸上来了！"

"哦——"陈德霖也觉得说得重了，正在反思刚才的话呢。经女儿一嗔恚，反说道，"响鼓需用重锤敲。他是个有造化的人，用重锤敲敲醒悟得更快。"

"他是个要面子的人，你就不怕伤害了他的自尊？"陈淑铭提醒爹爹。

"《随园诗话》中有一句话，——天分高之人其心必虚，肯受人讥弹，钟鼓虚故受考，笙芋虚故成音。"陈德霖说，"我就是要考考他的天分！"

"考出个高低，又与你何干？"陈淑铭故意追问。

陈德霖用爱抚的眼光看着女儿："我自有用意。"然后用狡黠的口气反问道，"于你何干？"

陈淑铭被爹爹这一反问，问得红了脸。把身子一扭："与我何干！"把手一甩，"睡觉去！"然后回闺房去了。

陈德霖看着女儿的背影，暗笑着喃喃说道："就因为与你相干，我才考他。"然后默默念道，"天欲降大任于斯人也，必先苦其心志，劳其筋骨，饿其体肤，空乏其身，行拂乱其所为，所以动心忍性，增益其所不能……"，嘴里默默念着，优哉游哉走向卧室，睡觉去了。

余叔岩回到家中，躺在床上，回想陈德霖的那番话，翻来覆去睡不着。他想，老夫子向来对自己很好，天天遛早，坛根儿练气儿，空地儿吊嗓儿，向老谭、王瑶卿、杨小楼等介绍自己恢复嗓子的进展情况，推荐票友帮助练功热身，真像对自己的孩子似的。今天怎么突然翻起了陈年老账，数说我们哥俩在津门的往事？什么离经叛道……，有那么严重么？

仔细一想，人家说的在理啊，在津门，不就是哥哥照葫芦画瓢，套爷爷的秘籍，创腔儿，挣银子……。这时，他又想起当年魏铁珊破门而入，指出自己的唱腔不合套数，与哥哥争执的情形。……

是啊，老夫子说得完全是行内话，在理呀，在理呀！……

此时，他猛想起临出陈家门，陈小姐送茶来所说的话，“没把你当外人……”

“哎呀——对呀！老夫子当真没把我当外人哪！他这是在为我好，才如此不留情面地批评呀！这是在用重锤敲打我呀！……”

想想自己刚刚与老谭很顺当的配过戏，有了好的开头，到了该回正行的节骨眼儿了。这时候，老夫子敲打我，这不正是为我上正路垫台阶嘛！——我怎么这么不识好歹，还嗔恚他呢！

他终于彻底省过味来。如此想明白了，烦恼全消了，倒头便睡着了。

第二天，他又若无其事地来到陈家。陈德霖看他若无其事的样子，知道他想通了，心里暗暗高兴。总算没看错他，是个天分十足的好后生。陈德霖也故意不提昨天余叔岩闷闷不乐离开陈家的事，像昨晚一样，继续说他想说的话：“如果你仍以天津唱的腔儿在京城唱，京城人肯定不买你的账。”

余叔岩今天是洗耳恭听。陈德霖继续说，“你学你爷爷的腔是从书本上学的，是死腔套新调，味道难免个生。要学你爷爷的腔儿，不如学老谭。老谭是你爷爷的亲传弟子，他是学了你爷爷的活腔儿之后，在你爷爷腔儿的底子上，又融合了京城各个名家的好腔儿。他这么创出来的新腔儿，自然，顺溜，让人爱听。可根儿上，还没离开你爷爷老腔儿的谱儿，所以京城人认老谭的腔儿是余腔儿。他又由余腔儿，幻化出他的谭腔儿。要传你们余家的腔儿，最近便的办法就是向老谭去学。免得舍近求远，绕弯子不算，还学得变了味儿。”

陈德霖今天的这番话，像专为给他指路一样，让余叔岩听得心服口服。打心眼里感激陈德霖的关爱，视陈德霖真如亲爹老子一样。

有词【尉迟杯】感怀：

陷迷雾。醒来早、得贵人指路。遛早儿练气机，难得心腹谈吐。响鼓重锤，全不管、心理承受度。教人心、披肝剖肚，全把旧病割去。不是藏私隐私，还有个、娇娇小姐眷顾。也念相亲为亲数，仍为你、重登氍毹。如今哪、引你上路，舍老脸、求托我旧故。莫道我、挖空心思，推你到巅峰处。

第九十回

齐如山梅府蒙敬
梅兰芳艺得相知

梅兰芳不认得齐如山，也不了解齐如山。贸然间接到齐如山一封信，信虽写得很诚恳，对自己做戏的指点也非常准确，但毕竟不知齐如山何许人也。必须慎重对待，因此他打定主意，且观察观察再作道理。

人可以慢慢观察，但人家信中好的建议还是要认真对待的。他把信看了一遍又一遍，对照信上的意见，仔细推敲自己做戏的细节，纠正以往死守师训，抱着肚子呆唱的做法。

齐如山看他接纳了自己的意见，心中暗喜，便每看梅兰芳的一出戏，就把建议写出来寄过去。梅兰芳每接到一封信，就认真对待，调整尺寸，整理身段，改正不足。齐如山写得越是具体真挚，梅兰芳越是改得仔细彻底。二人成了不见面的导演和演员，彼此在艺术上精雕细刻，一拍即合。

但二人都各揣着一个想法，就是先以不见面的方法进行交流，通过信件交流，观察对方，考察对方的人品。

齐如山是文人学者，一直在研究戏剧，他戏界的老朋友多，对戏界了解得太透彻了。对伶人中的是是非非，君子小人，乌七八糟的事了解得太多了。他很看重戏剧，也非常尊重戏界真正懂戏的各色人等。他为了戏剧艺术，为了戏曲学问，曾拜访过戏界的各种人物，上到名家，下到跑龙套、打上下手的流行，文武场的鼓佬、琴师，以及后台的箱倌、水锅、专管检场饮场的各色人等，但他完全是为了艺术和学问。对于戏界那些乌七八糟的事，他是充耳不闻，置之不理。对于那些不三不四的小人，他更是避而远之。他用家乡俚俗之语说“宁可逮不住狐狸，也不惹一身骚。”——文人自有文人的清高。

当时，旦行中还有的保留“相公堂子”的陋习。与这些人交往的多是纨绔子弟，浮浪之人。因此，旦行也就跟着沾了包，凡与旦行交往的人，世人往往都以另眼相看。同事、家人、亲戚朋友也都诧异相待，甚而议论纷纷，遭受白眼。因此，齐如山对梅兰芳的考察格外细心。生怕考察不细，交往上一个俗陋之人，岂不毁了一生的名节？还如何立于世人面前？还如何面对家人和父老乡亲？——这是他最大的顾忌。所以他宁肯多写些个信，也不轻易与梅兰芳谋面。

梅兰芳虽然每信必读，每读必改，但他对齐如山还是保持很高的警惕。因为他身在戏界，最了解其中的是非。有的角确实行为不检点，招来非议，有的人即使很检点，经不起捧角之人拉拢奉承，最后败倒在那些捧角人的手上，毁了自己的一生。梅兰芳深知自己还年轻，对捧角之人万万不可放松警惕掉以轻心。平日里，师傅的教诲，老祖母的训斥，时时响在耳边。

梅兰芳虽然对这个写信之人，存有戒心，但每读罢信之后，总是心生感激。人家写了一百多封信，总是针对唱戏而言，字里行间从没有流露出任何别的意图。且文辞典雅，用语恭敬，没有半点奉承阿谀或有伤风雅的话语。尤其信的抬头用语，和别的文人有所不同，每次都是用“梅君兰芳”。

单这一个“梅君兰芳”，就让梅兰芳想了很多。清末民初，伶人下九流的地位并没有多少改变。世人对戏界之人俗称“戏子”，或“唱戏的”，稍文明点的称为“伶人”或“伶工”。再不就是直呼其名，直呼其名还专呼小名或外号，美其名曰“爱称”。如杨小楼称“三元”，陈德霖称“石头”，谭鑫培那么大名气也只被称“小叫天”“老谭”。碰上稍稍斯文一点的文人，给写副对儿，或送幅字，画个画儿什么的，题称个“小友”“歌郎”就算是高抬了。梅兰芳有一个文人朋友名樊樊山，对梅兰芳不称“小友”，不称“歌郎”，可着劲挖空心思琢磨出个“艺士”的称呼。教人怎么听怎么觉得牵强，别扭。而这位写信的齐如山则不同于常人，他每次都写“梅君”。以“君”相称，可见他没有居高临下，歧视伶人的世俗之见。而且，每次信的内容，除了谈戏就是谈戏，完全是出于对艺术的臻爱，他是在平等地与你研究探讨戏的真与美，是在实实在在地做学问。再则，如果是浮浪文人，只为阿谀取悦吹捧，一封两封信得不到回音，则早就就此罢手了。而这位齐如山，则连续写了百多封信，相继了近一年之久，则仍一如既往。

就凭这些，梅兰芳仔细分析判断，觉得这个写信的齐如山是个正人君子，是可以结识交往之人。为了慎重起见，他还是吩咐跟包的阿福到陈德霖、杨小楼、谭鑫培身边去打听齐如山的身世。不打听便罢，一打听，原来确如自己的判断，回话都说“齐如山，齐先生，——戏界诤友也！”

梅兰芳证实了自己的判断之后，欣喜若狂：爷爷梅巧玲结交文人，以修自身，提高了技艺；伯父梅雨田结交文人，切磋琴艺，精艺修德。梅家辈辈敬重文人，借文人之才德，修梅家之家风。我梅兰芳终于能有缘结识一个文人君子，以助我成功！

于是，梅兰芳派家人正式给齐如山送去一封请柬，邀请齐如山到梅府一叙。

齐如山接到梅兰芳的请柬，也很欣喜。通过近一年的通信，他证实了自己的判断：梅兰芳是个扎扎实实搞艺术之人，他很尊重别人的意见，闻过自新，谦虚谨慎，从不浮浪张扬，是个可结交之人。因此他接到请柬就欣然前往。

那时，梅雨田已过世两年，梅家家境几经周折之后，已经有了好转，梅兰芳刚刚搬进北芦草园青云胡同的新居。这是一个并列的两套四合院居所，房屋宽敞明亮，客厅、卧室、厨房、练功房、砌末库房等一应俱全。正对客厅的四合院，院落宽敞，院落通往街门处，有木质雕花影壁，院内有一个大大的青枝绿叶的藤萝架，罩满整个院落，显得满院子幽静而充满生机。客厅摆放红木的八仙桌、太师椅，四壁有梅兰芳亲手画的竹兰梅菊四君子四扇图屏；旁边的四合院有梅兰芳祖母的佛堂，香烟缭绕，两个院落都飘满焚香的香味。

齐如山被梅兰芳迎进院来，客客气气让进客厅，在喝茶叙话的工夫，环顾内外，大有进入书香门第的感觉。再看梅兰芳本人，刚二十岁出头的年龄，生得风流倜傥，一表人才。但老成持重，彬彬有礼。偌大一个家业，由他支撑执掌，不觉油然生出敬佩之心。

正在齐如山欣然敬佩，思绪重重的时候，梅兰芳用一个檀香木托盘，托着一个精致的檀香木匣子，恭恭敬敬地放在齐如山面前的八仙桌上。

梅兰芳郑重而尊敬地对齐如山说："齐先生，这是您一年多来，给我写的一百多封书信。我都奉为至宝，生怕散落遗失，专门定做了一个檀香木匣子，盛在里面，好好珍藏，留传后世，教育子孙。"

齐如山打开木匣，信手取出一封书信，翻看浏览，惊奇而兴奋地说："这些不过是随看戏随想，即时即兴随感而写，粗陋之语，不过抛砖引玉而已，却劳梅君如此珍视，齐某受宠若惊了！"

"别人有一字之师，我有洋洋万言之师。这是我三生有幸，得遇先生。先生谆谆教诲，学生受教匪浅。每对此木匣，都有面对先生之感。一日为师，终身为父。先生发心，慈如父兄。先生之恩德，梅家当永世相记。"梅兰芳说至此，躬身施大礼，"蒙齐先生不嫌弃，兰芳一生以师事矣！"

齐如山见此，很受感动，忙起身相对施礼："梅君不必如此！有了皮黄艺术，我们方有知音。为了艺术我们互而为师，要论专业，你才配做真正的老师。齐某请教你的地方还在后头呢！"齐如山换一换口气，缓和一下严肃的气氛，"总是这样客气，咱们以后怎么交流呢！——以后，我还想靠着您的名气，出出风头呢！"

齐如山一句话，逗得梅兰芳哈哈大笑。他也换了口气，以轻松的话语与齐如山交谈，二人越说越投机，越谈越觉得相识恨晚。

二人都为找到了知音而倾情交谈，忘了时间，忘了饥渴，不觉已过了几个时辰。早就过了吃午饭的时间，梅兰芳的家人，看梅兰芳与客人谈得如此亲切，也舍不得过来打扰。可又怕二人饿坏肚子，梅兰芳的夫人王明芳，只得抱了未满周岁的女儿，带着两岁的儿子以请安的方式，过来请他们用餐。

"先生好？"王明芳大大方方地给齐如山行一个礼，然后笑着对梅兰芳说，"二位先生，真是谈话谈得忘情，连用午餐都忘了。"

梅兰芳赶紧给齐如山介绍："这是内人王明芳。儿子大永。小女五十，还未满周岁，正是累人的时候。"

齐如山忙与王明芳见礼，他用手拍拍大永的头，然后亲昵地摸摸女孩的脸，侧脸上下打量王明芳，看她端庄文雅，很代表这个温馨之家的女主人气质。由此，更对梅兰芳这个艺人之家刮目相看。

梅兰芳赶紧手拉齐如山进餐厅用餐，二人边用餐边聊。一谈起艺术，二人真是到了废寝忘食的地步。

有词【满庭芳】而歌之：

文墨书生，氍毹新秀，书信做媒牵搭。怎不谋面？只为提防人家。同为戏里故事，心思里、暗暗服他。那堪更，日复一日，纸背透出真扎。为戏，更为德，人品为重，德艺尤佳。幸两方金石，磨出火花。坐踞高山流水，听丝竹、蕴育光华。问前程，两心相贴，满天映云霞。

第九十一回

杨小楼挑班自立
亮舞台大火成灾

杨小楼从戒台寺回到京城，京城已经改朝换代。宣统皇帝登基就位。正值慈禧和光绪皇帝驾崩的国丧之期，不准动响器。杨小楼踏踏实实地在家练功默戏，陪着母亲、妻女好好享受了一阵子天伦之乐。没了慈禧太后阴影的笼罩，他日子过得特别轻松舒坦，不觉一晃就过了半年之久。

国丧之期，不让动响器，戏班的日子又艰难起来。当时，王长林和几个伙计挑班的“复出四喜班”，日子过不下去了。他们听人说，国丧期不让动响器，只有北京管得严，外埠天高皇帝远，当官的睁一只眼闭一只眼，管得松。尤其上海，开化之地，有租界撑腰，老百姓根本不理睬什么国丧期不国丧期，灯红酒绿，管乐丝竹，从未停息。王长林就动了心思，不妨拉着戏班到上海去挣饭吃。

王长林听说杨小楼还了俗，正待在家里清享天伦之乐呢。不禁想起了这位老搭档，要论唱武戏打把子，非杨小楼出马才能叫座！为了请出杨小楼，他当晚到天福号酱肉铺，买了一包酱牛肉，外加两只酱扒鸡，提上一瓶好酒，到杨小楼府上专程拜访。

一进门就大呼小叫：“杨老板——，杨老板——”

沈月春老太太听到喊声，颠着小脚迎上来，“是谁呀，叫杨老板，叫得这么响？——够亲热的！”

“哎嘤，大妈，是我，打扰您啦！”王长林喊着，“杨老板是我的老搭档了，想死我啦，我来找他喝壶小酒，叙叙旧——！”

“哎呀，是长林兄弟！”杨小楼听到喊声，也迎了出来。

“是我呀，杨老板！”王长林举举手上的酒和肉，“咱老不见了，唠扯唠扯！”

杨小楼久不见这些打把子的弟兄了，也着实想念，亲热地说，“来吧兄弟，不过，你来就是啦，还买酒买菜！我管不起你酒喝呀！”

“兄弟的一点心意吗！”王长林把酒肉放到桌子上，“这多现成啊！”

俩人二话不说，满上酒，喝了起来。

二人边喝边说，打天津唱戏，说到慈禧归西，天南地北地拉扯了半天，最后扯到了到上海唱戏的事上。杨小楼听了到上海去唱戏，有些犹豫，担心人生地不熟，到上海打不响，吃个窝心饽饽回来。

王长林则一再动员，劝杨小楼，看在“复出四喜班”弟兄们不饿肚子的份上，助一把力。提到“复出四喜班”这个班名，杨小楼就觉得这名字起得啰唆，他喃喃着说：“怎么叫这么个名字？”

“这不是为得打出老四喜班的旗号嘛！”王长林解释说，“这还是老谭帮助起的名号呢。”

一提是干爹起的名号，杨小楼就不再说什么，但还是没有答应随班去上海唱戏的事。

王长林也没了词，二人闷闷地喝酒。

正在此时，沈月春老太太凑了过来，她笑着给王长林添了一点酒，然后对儿子说：“长林兄弟既然说出口了，你就应该去！”

一听到老太太说这话，王长林和杨小楼都感到吃惊。但王长林除了吃惊之外，更是感到高兴。这老太太真是救星啊！王长林赶紧斟满一杯酒，送到老太太面前，然后端起自己的杯，“老太太，您吃斋念佛，发菩提心，救苦救难，帮了我们戏班大忙了，得啦，我替戏班的弟兄们谢谢您老人家！”

沈月春也不推辞，端起酒杯一饮而尽。然后对儿子说：“三元呀，戏班的弟兄们在难处，我们应当出手相助，这是其一。其二呢，你在京城也休整了半年多了，不能总歇在家里了，不能荒废喽本业呀。其三呢，你爹是在上海起家的，也是在上海蒙受灾难耻辱的，你应该去上海为你爹争争脸面，让上海的老戏迷知道知道，老杨猴子杨月楼，还有你这么个争气的儿子！咱老杨家在上海的旗号，还得亮亮风儿啊！”

听了母亲这一番言语，杨小楼心里滚过一阵苦辣酸甜，一股热流直冲胸膛。他打小就听娘说过，他爹在上海闯荡的风波。经娘提醒，他端起杯子对母亲也是对王长林：“上海我去定了！”

说完，将杯中酒一饮而尽。

沈月春也举杯一饮而尽说：“到了上海，不要再打‘小杨猴子’的名号啦，就打‘杨小楼’的名号！以后，无论走到哪儿，都打‘杨小楼’的名号。因为那是你爹对你寄予的希望！”

沈月春对儿子的一番话，像是重述当年杨月楼的遗嘱，如响鼓敲在杨小楼的心里。杨小楼这才如梦方醒，以前是给戏迷唱戏，给宫里唱戏，给干爹唱戏，唯独没有给自己唱戏！打今儿个起，我杨小楼要给杨家唱戏，给我杨小楼唱戏！

如此，他便随戏班去了上海。一到上海，他就打出了“杨小楼”的名号。上海滩的报界可比京城灵光，自然就把杨月楼、杨小楼的名字连在一起，并发表了很多的议论。一下子上海滩的老戏迷、新戏迷就把当年“双月佳话”的老故事翻成了新故事，传遍了上海滩。上海滩很快就刮起了“杨小楼”的旋风热。

杨小楼在上海一炮走红，一年的工夫，挣了个盆满钵满，最主要的是打出了“杨小楼”的名气。从此以后，他就以“杨小楼”的名号叱咤菊坛。

杨小楼一回到北京，就拿定主意：要永远亮“杨小楼”的牌子。于是他自己组建了个戏班，取名“陶咏社”。他自己挑班，挂头牌，唱大轴。这个戏班里的角，都是他点名挑选的当时在京城戳得住个的硬手。如朱文英、黄润甫、李顺亭、许荫堂、钱金福等。除这些人之外，他还经常邀请谭鑫培、陈德霖、刘鸿升、王瑶卿、王凤卿、梅兰芳等搭班助阵。

就是那个时候，他趁着兴头，邀王瑶卿过来搭班唱《长坂坡》。王瑶卿饰演糜夫人，他自己饰演赵云。

这出戏，在当时算个冷门戏。过去除了谭鑫培和陈德霖一对老搭档唱之外，就是杨小楼和王瑶卿唱。

杨小楼是从干爹身上学的这出戏，王瑶卿是从陈德霖身上学了这出戏。

平时在京城，有老谭和陈德霖在那摆着哪，他们也不敢唱。只有到外埠或老谭、陈德霖不在京城的时候，他们才唱。如今，谭鑫培和陈德霖有了年纪，腿脚不如先前利索了，很少唱，就将这出戏撂下放冷了。

杨小楼对这出戏特别感兴趣，是觉得这出戏特别能发挥他武戏文唱的特点。他知道王瑶卿是个善于攒戏的能人，而且有点敢为人先的精神，他想对这出戏加加工，所以才特意邀他来唱这出戏。

杨小楼比王瑶卿大三岁，从小一块长大的。由于嗓子的原因，王瑶卿比杨小楼出道早，早就被陈德霖提携着唱红了。杨小楼打小就护着王瑶卿，王瑶卿也一直记着护着自己的这个大哥哥，他一提到杨小楼，嘴上就称“小楼大哥哥”，还总是把“大”字加重语气。小楼也一直称瑶卿为“大兄弟”。这二人像亲哥俩一样，不离不弃的。只是自打王瑶卿出了名，杨小楼才不好意思在大庭广众之下叫他“大兄弟”。私下里，还是“大兄弟”不离口。

这次他把王瑶卿找来，说：“大兄弟，咱哥俩琢磨琢磨《长坂坡》怎么样？”

王瑶卿听了眼前一亮，他俩早先唱这出戏，对这出戏总觉得有些个拖沓，主题不集中。但耐于老谭和陈德霖的面子，从来没提出来过。听杨小楼如此说，他先是为之一振，但稍一琢磨又为难地说：“老爷子们那儿——，能过得去吗？”

杨小楼明白他说的意思，把手一摆，“咱先把这出戏拿下来，再找老爷子们过目去！”

“好！大哥哥，就听你的！”王瑶卿也拿定了主意，“咱把戏找回来再说！”

于是，他们找来了《长坂坡》的本子，王瑶卿先仔细看了几遍本子，从本子上就对戏进行了加工。然后，凭着过去唱这出戏的感觉，二人就手舞足蹈比画着，边改边排了起来。

他们俩排戏的事，传到了萧长华的耳朵里，萧长华也很高兴，就偷偷地跑来当指导。萧长华与杨小楼同岁，他毕竟是总教习，对排戏懂门道，这哥俩也很服他。

他们仨人就对《长坂坡》下了一番功夫，动了大手术。对戏中的许多情节、身段、动作做了改动。尤其对糜夫人跳井自尽的一刹那，突出了赵云的感情色彩，抓帔前后的身段处理，更加突出了赵云的心理表现。其他细节，他们也推敲锤炼，使戏更加紧凑动人，身段动作更加优美得体。连出场、站位等细节都不放过，戏排得瓷瓷实实的。这出戏一贴出去，就轰动了京城，众口叫好。

老谭看他们贴出了这出戏，还专门看了一场，看后，私下里对陈德霖说："他那个武戏文唱，还很有嚼磨头。"

陈德霖听了点头感叹道："晚辈们迎头赶上来啦，看来咱们是真的老了！"

这出戏就这么流传了下来。杨小楼也因这出戏落下了一个"活赵云"的美名。他把这出戏也带到上海演出，很是叫座儿。

杨小楼的上海之行，还有一个大的收获，就是大开了眼界。他对上海剧场的舞台、灯光、布景等各项设施非常感兴趣。他回到北京之后，就雄心勃勃地要仿照上海剧场的规模，建一个新型的剧场。

几经策划，他与别人合作，在前门外西珠市口柳树井路北，修建了北京城第一座新型剧场，取名"第一舞台"。舞台呈椭圆形，台中央另制圆形转台，门帘、台账改为一道幕，台口另有一道大幕，并仿照上海"新舞台"特制灯光、布景，成为京城第一个设有灯光布景的戏园子。剧场有观众楼三层，除二楼包厢外，场内所有座位都是长条椅子，可容纳三千五百多名观众，是当时京城容纳观众最多的大戏馆子。

有了自己的戏园子，杨小楼高兴万分，他赶紧张罗开张唱戏的事。开张选了个好日子：六月九日，取六九大顺的意思。开张戏的戏码也安排好了，因为有了电灯，分日场和夜场。日场是：《大回朝》《镇潭州》《钟馗嫁妹》《功臣宴》《群英会》《马上缘》《蟠桃会》《黄金台》《目连救母》。夜场是：《飞虎山》《金钱豹》《打金枝》《玉玲珑》《金锁阵》《朱砂痣》《樊江关》。这些戏都是杨小楼精心安排的，出场的全是当红的名角。

他唯独没有安排他自己，因为他得以戏园老板的身份，接待各界祝贺开张的来宾。

日场在一通鞭炮放过之后开场，整个园子座无虚席。人们都怀着享受新戏园子看戏的兴致而来，个个神采奕奕，兴致勃勃。

尤其杨小楼，有了自己的戏班，又有了自己的戏园子，这么大张旗鼓，热热闹闹地唱皮黄大戏，真有一股子扬眉吐气的感觉。

三通鼓过后，戏开场了，先是跳加官祝贺第一舞台开张。殊不知，"加官"还未跳完，楼前的罩棚起火了！

大火熊熊，浓烟滚滚，浓烟烈火堵住园门，猛烈燃烧。

戏园内像炸了窝一样，人们大呼小叫，四散奔逃。幸亏消防队到得及时，扑灭了大火。有惊无险，只烧了大门前的罩棚，没有烧到里面，没有人员伤亡，真是万幸！

杨小楼看着被烟火熏燎的，黑乎乎的戏园，看着被人们逃命，挤得东倒西歪散乱满堂的座椅。呆愣在戏园台口，心事重重地默念"阿弥陀佛"。

值此，杨小楼才真正体会到创业的甘苦。

有词【摸鱼儿】吟唱：

歌宗师

想当年、名列宫墙，慈禧爱抚小楼。凭艺吃饭不受宠，削发剃度比丘。无所求，为保命、销声匿迹避风头。人格造就。还俗随人愿，歌台重返，成武生泰斗。沪上行，重塑杨家二楼。春月佳话怎够？武戏文唱成一统，老戏重排补救。新时尚，追风早、第一舞台赫然有！功名毕露。榜列三大贤，叱咤梨园，宗师美名留。

第九十二回
响九霄杀回京城
精忠庙改头换面

自从逃出北京城之后，田际云一个猛子扎了十一年。这十一年，他隐姓埋名搭班唱戏，浪迹江南水乡。顺着长江，由西到东，重庆，汉口、安庆、九江、上海，苏州、杭州、扬州、无锡等都布满了他的足迹。由一个三十岁出头的青年，变成了一个四十多岁的壮年汉子。

这十一年，他眼睁睁地看着世道的风云变化，从戊戌六君子被杀，到康有为、梁启超东渡；从义和团搅扰京城，到八国联军进京；再从慈禧西狩逃亡，到李鸿章签订《辛丑条约》。……沧桑之变，他的眼界开了，阅历广了，行事处事也豁达沉稳多了。但更使他看清了一点：清朝政府像秋后的蚂蚱，没几天蹦跶了。

听到慈禧驾崩，他长长地出了一口气。——总算可以杀回京城啦！

他知道，京戏的根儿在北京，要找回他以往的风华，必须回北京。于是，他打点行装，仍以响九霄的名号杀回北京城。

一到北京城，他就组建起自己的戏班，取名“翊文社”。

在京城偃旗息鼓十一年的“响九霄”又回来了！京城的老戏迷又来了精气神。他们又回想起当年那个唱梆子花旦，后来串行唱皮黄花旦的田际云，又想起当年唱梆子皮黄两门抱的“响九霄”。一时新老戏迷都涌往戏园，来看新杀回京城的田际云。

田际云又回来了，最为高兴的是谭鑫培。因为田际云曾是谭鑫培的老搭档，当年无论是在宫里，还是在宫外戏园的戏台上，田际云都曾与谭鑫培配过戏。田际云比谭鑫培小十七岁，几乎是差一辈人了。可是，因为田际云做戏洒脱灵透，嗓音甜韵嘹亮且带感情色彩，而且常常皮黄味中夹带梆子的滑腔。谭鑫培那时候，正是醉心集众家之长，丰富自己唱腔犯琢磨的时候，他就悄悄以田际云为师，从田际云的身段和唱腔中吸收了不少新鲜玩意儿。

如今时隔十一年，田际云又回来了，他当然高兴。于是派人郑重其事地给田际云送去一个请帖，在鸿宾楼宴请田际云。

在鸿宾楼，二人一见面，先是行大礼互相参拜。接着是二人紧紧拥抱，再接着就是你捶我一拳，我拍你一掌，二人似孩子似的啼笑拍打，不知道怎么亲热好啦。

入席落座之后，田际云又起身，正式给谭鑫培叩头：“老前辈在上，受晚辈一拜。”

谭鑫培也感慨万千，忙离席躬身搀扶："哎——，当年咱俩一向以兄弟相称，今天怎么'前辈''晚辈'的，听着别扭！——贤弟，咱还是以兄弟相论才好。我都这把年纪了，能把兄弟盼回来，有此幸会，贤弟呀，说明咱哥俩有缘，有缘哪！"

二人重新落座，杯酒之间，谈起这十一年的离别之情。往事萦怀，历历在目，感慨万千。

"仁兄，当年咱俩唱《春秋配》，你扮张雁行，那身手，多边式！"田际云回忆着说，"你一个提筋，翻过两张桌子高的鹿砦围墙，现在我还记得真真的！"

"那时候我五十来岁，还是翻得动的时候。现在不行了，老啦！"谭鑫培感叹之余，也兴致勃勃地回忆说，"就是你扮秋莲的时候，那段唱……，那段小安板，真好听，在我耳边绕了很长一阵子，终于变成了我西皮腔中的一个韵味……，"谭鑫培说着说着，就哼唱了起来，唱完后感慨地说，"你是我的师傅哇！"

"哎呀，仁兄折杀我也！"谭鑫培的话田际云哪里敢担承，"论年龄您应该是我的长辈，您红遍京城的时候，我还没坐科呢！您现在是伶界大王，您能如此看得起我，就算高抬我了！本来我进京之后理应先拜访您，可是只顾了先攒班唱戏，挣饭吃了。反而劳您在鸿宾楼请我，我这就够难为情了！您老就别寒碜我啦！"

谭鑫培一本正经地说："说句倚老卖老的话，我是看着你成名的。别看你年岁小，在京城，要论唱戏的活儿，你算灵透的啦。要论执掌大事，交际世道，总揽全面，应付世事的本事，梨园界就数的上你啦！"

田际云听谭鑫培话里有话，试探地问："您老这是什么意思——？"

"对着明人不说暗话，"谭鑫培说，"精忠庙庙首的担子，经老一辈的一辈一辈往下传，如今压在我的肩上啦。不是我自大，要论辈分资历，论唱戏，我还凑合。要论应对市面上的世事，我实在无能为力。何况年岁也不饶人，我耳顺之年都过了五了，这副担子实在是该卸了。我正愁找不到接手的人呢，你不期从天而降。天赐咱梨园弟兄洪福，送来你这么个好接手的！"

听了谭鑫培一番话，田际云更感激谭鑫培的知遇之恩："老爷子，您可真会搭梯子下楼！咱梨园界的规矩，非有名望者才能当会首，我这点玩意儿您还不知底？我能挑得起这幅担子？再说还得公议评选，我能通得过？"

"这十一年你虽不在京城，可你当年的红火还在大家心里哪！一提起当年的响九霄，哪个不腆大拇哥！何况是，闯荡了这么多年江湖的响九霄呢！"谭鑫培满有把握地说，"你回来这些天的叫座劲头，就是证明！"

"老前辈如此看得起我，我就试试？"田际云恐怕再推辞，会让老谭觉得不给他面子，不识抬举，就应承下来。

老谭也说急的来快的，第二天就召集梨园界的名人开会，选举田际云为精忠庙庙首。田际云当了庙首，提议谭鑫培不能撒手不管，必须当副庙首。老谭也理解田际云的心意，痛痛快快地答应了下来。

谁知，田际云上任的第一件事就碰了一鼻子灰。庙首改选了，须报呈升平署审批。清政府已经倒台了，升平署不存在了，总统府是临时的，机构残缺不全，没了这个管事的衙门。谁审批？田际云只好先当这个没经审批的庙首。

不管批不批，有了庙首的这顶帽子，田际云更添了一些应付世事的方便。他本来就是急功好义的脾气，再加上他这些年在江南的闯荡，上海滩的时髦洋派在他脑袋里装了不少。新官上任三把火，他先在梨园界立了个规矩，彻底铲除相公堂子的旧习。接着又提出准予妇女进戏园子看戏的主张。天津已经有了第一个坤伶王克琴，开了女伶登台的头。于是田际云的戏班，允许坤角进班唱戏。从此，京城出现了第一个有坤伶的戏班。

田际云虽然当的是没经审批的庙首，却当得风生水起，梨园界对他的新派主张很是拥护，连京城的戏迷们都拍手叫好。尤其妇女界，看戏能与男宾平起平坐了，大有地位提高的感觉。妇女能进戏园看戏，戏园子更热闹了。看戏的，看女宾客的，人气更兴旺了。无论唱戏的，看戏的，还是戏园老板，都赞成田际云的这些主张。

可是田际云总觉得，没被审批的庙首，当着心里没底。于是他又找老谭商量："仁兄，我这个庙首是咱们自立为王，没有上峰认可，心里总觉得像是坐着没底的轿一样呀！"

"这本来就是咱梨园弟兄自力自助的摊儿摊儿，没有上峰认可，咱梨园界弟兄们认可呀！咱管的就是梨园界弟兄们的事！你新官上任三把火烧得不错呀，台上的台下的都夸你，说你有见识，有本事，叫咱梨园更红火了！——这不齐了嘛！"老谭满心赞赏地说。

谭鑫培的一席话，倒让田际云的脑瓜开了窍儿："对呀——"田际云高兴地说，"既是咱梨园兄弟自力自助的摊子，咱干脆不打精忠庙的旗号了，也不让谁去批了！咱改名叫'正乐育化会'如何？"

"这是什么新名词儿？我怎么没听说过？"老谭疑惑地问。

"这是我琢磨的新名号啊。"田际云解释说，"咱唱戏的，祖师传下来的，不是把唱戏当成教化吗？"

"是啊，是教化呀！是让大家乐乐呵呵地受教化。"老谭应对着。

"乐乐呵呵的，决不是邪淫乱调的歪教化！"

"那是——！"

"咱唱的都是正戏！"

"当然！唱的都是三纲五常的正戏，叫大家看戏学好！"

"咱用正戏教化百姓，教化就是教育，是我们的宗旨。定下这个标准，不准乌七八糟的坏戏上台！就为着这个，我们才叫'正乐育化会'，名副其实。这作我们的名号不是挺好吗！"

老谭听后反复琢磨："'正乐育化会'，'正乐育化会'……好，好，新鲜，时髦……"

田际云看老谭同意了，趁热打铁：“仁兄，咱当头头的，应该也不叫庙首了，咱应该叫‘会长’！”

“对！对！叫会长！会长好，会长好！”谭鑫培说。

田际云趁势说：“这个首任会长，必须是你当！”

“我当？”老谭一下子转不过弯来，“怎么必须是我当？”

“因为你是伶界大王啊！”田际云解释，“搞正乐育化，论名气，论资历，只有你才有号召力呀！”

谭鑫培想了一想说：“‘借’我的名号？有号召力？——好！那我就号召号召！”

“一言为定，您是会长！”

“你也别爽，你当副的！”

“好，我就好好辅佐辅佐您！”

就这样，经伶界名人大会通过，精忠庙从此改为“正乐育化会”。

第一任会长是谭鑫培，副会长是田际云。

有散曲【正宫】叨叨令二首，唱和：

祖师爷衣钵祖师歌，优孟衣冠幽梦歌。帝王将相帝王歌，百家家事百家歌。笑煞人也末哥，笑煞人也末哥，一生唱就自己歌。

一生走上戏坛路，叱咤风云歌一路。辛酸喜乐聚满路。歌不尽也末哥，歌不尽也末哥。立身立志回眸路。

第九十三回

名家配名家名响
技艺传技艺艺精

梅兰芳自从结识了齐如山，无论在唱戏上还是在行事上，都有了主心骨儿。齐如山把西方的戏剧理论介绍给梅兰芳，通过梅兰芳，把西方的戏剧理论中国化，糅到京戏的表演上。齐如山有家传北弋的底子，他又指导梅兰芳把北弋的传统表演，和京戏的时尚表演糅到一起。为梅兰芳中西贯通，今古贯通，生旦贯通，旦行自身各行的贯通，作了全面的设计和指导。有了齐如山的指导，梅兰芳开大家风范，不拘一格的向京戏当红的大家看齐。在做人行事上，更以能者为师，崇德崇艺，见贤思齐。

在搭班唱戏上，他也有目的性地选择名人，从名人身上学本事。

在当红的年轻老生中，有一位名人，叫王凤卿。这位王凤卿，是当红青衣王瑶卿的同胞兄弟。王瑶卿行一，王凤卿行二。人称“凤二爷”。他们的父亲就是当年唱红京城的昆旦，艺名彩林的王绚云。王家是戏曲世家，可惜，王绚云死得早，这哥俩是由叔父养大的。

这位凤二爷与其胞兄“王大爷”都幼承家学，有很扎实的幼功。哥俩嗓子都很嘹亮，为了哥俩不呛行，叔父王二让老大学了旦行，老二学了生行。王瑶卿走的是陈德霖的路子，王凤卿走的是汪桂芬的路子。

王凤卿走王桂芬的路子，但却没能拜汪桂芬为师。

说起来还有段故事。当年王凤卿的叔父王二看他嗓子挺冲，能和后三杰的汪桂芬比高，便因材施教，打算让凤卿拜汪桂芬为师。于是便备了一份厚礼，拿到王桂芬的府上。

汪桂芬与王二，经常哥俩似的同台唱戏，本来很熟。

王二一提出学艺的事，汪桂芬便说：“你侄子，不是那个‘凤二爷’吗？那小子是我看着长大的，他唱戏是块好材料，学我的腔儿正可好儿，就让他学吧！”

王二看汪桂芬答应得如此爽快，高兴得不得了，试探地问：“那咱就看个好时辰拜师？”

汪桂芬看了看他拿来的厚礼，说：“学戏就学戏，拿这么贵重的东西来，就为拜师？”

“这是咱们梨园行的规矩，给师傅的见面礼嘛！”王二以为汪桂芬嫌礼轻不高兴，便说，“等拜过师，他还有孝敬您的！”

汪桂芬听后，站起身来一甩手说：“老二啊，咱就当没交情，这个师咱不拜了，把东西拿走！”

“汪老板，这是怎么话说的呢？”王二慌了。

“怎么话说的呢？”汪桂芬正言道，“咱唱戏就是为挣钱唱戏吗？祖师爷教弟子唱戏也是为挣钱吗？当年大老板教了那么多弟子，也是为挣钱吗？大老板手把手教我，把他的绝活儿脑后音传给我了，也没收我什么礼呀！咱唱戏是唱义，唱德，唱理，不是唱钱！我教你侄子，是想让他把祖师爷给咱留下的这份事业传下去。你拿厚礼来，当本钱，让我收弟子，弟子学了本事去挣大钱。我要是如此收徒，这不作践祖师爷的事业吗！——当年我师傅没给我这个传授。对不起，您另请高明吧！”

就这样，王二生生地被汪桂芬给撅出了门。

但汪桂芬却很舍不得王凤卿这块材料，每当自己登台唱戏之前，他都让人传个话告知王凤卿。王凤卿便闻信即往，就这样，王凤卿不是“真传”的真传，接过了汪桂芬的衣钵。

由此，王凤卿以汪桂芬的唱腔儿唱红了。

为了和王凤卿配戏，梅兰芳托他的师傅王瑶卿去说情。梅兰芳的名气，王凤卿早就有耳闻，只是还没同台配过戏。经哥哥一说，满口应承，顺便问一句：“他的嗓子的调门够得上我吗？”

“放心吧，他的嗓门高低自如，谁都能配。”王瑶卿说。

“那就齐了，让他来吧！”王凤卿说，“过来我们先配一配。”

王瑶卿搭了桥，梅兰芳来见王凤卿，见面梅兰芳施礼：“凤二爷！”

“咱俩先配出《汾河湾》怎么样？”王凤卿点头还礼后说。

“行。”梅兰芳顺从地只答了一个字。

“按我的调门走。”王凤卿说。

“行。”梅兰芳还是一个字。

于是王凤卿让琴师定好调，二人唱了起来。不唱不要紧，一唱，让王凤卿满心欢喜。自打唱戏以来，都是他降下调门随别人，连同他哥哥王瑶卿唱，也是降调相随。没想到这么多年了，猛地杀出个小将能与他唱同一个调门。对了几段唱之后，王凤卿高兴地说：“齐了，齐了。”他接着说，“正好，上海丹桂第一舞台的老板许少卿，来京城接角，邀我过去。我正愁找不到搭档呢！这下好啦，你同我一起去吧！”

就这样，梅兰芳随王凤卿第一次到上海唱戏。

王凤卿是名角儿，许少卿给他的包银是每月三千二百元。因梅兰芳是新角，又是第一次到上海，许老板给他的包银是每月一千四百元。王凤卿从中再三说情，许老板才答应长到一千八百元。

包银谈妥了，第二天就要开戏了，当天又来一个插曲。

王凤卿的一个朋友受人之托，来请王凤卿当晚在婚场上唱一场堂会，点戏唱《武家坡》。王凤卿答应了，可是许少卿不干。他信不过梅兰芳，怕梅兰芳初来乍到，万一在堂会上唱砸了，影响第二天戏园的卖座。

王凤卿以一个月的包银作保："唱砸喽，我白给您唱一个月的戏。"就这样，许少卿才勉强同意，他不放心，还跟到堂会亲自去观动静。

为了唱这场堂会，让凤二爷以一个月的包银作保，梅兰芳觉得很过意不去。他也紧张了起来，生怕唱砸喽，他对王凤卿说："凤二爷，咱俩是不是对对戏？"

王凤卿也看出梅兰芳的紧张，调侃着说："不用对，上海滩儿，滩儿滩儿大的一个小地方，还能比过京城？该怎么唱就怎么唱。不用紧张，放开唱就是啦！"

经王凤卿一调笑，梅兰芳也放松了许多。

堂会的地点，设在张家花园的一个礼堂内。礼堂里，热闹非凡，道贺的、吃酒的、看戏的，一片喜庆景象。不过，大家憋足了劲的，还是看京城来的大角唱戏。

开戏了。梅兰芳出场一亮相，就得了一个碰头彩。大家看他的扮相、身段婀娜多姿，情态绵绵，再听他的道白，韵味绵长真切嘹亮，全场都被他征服了。等到他开唱，"西皮慢板"和后面的对口"快板"时，一句一彩，一句一好，直到终场。

谢幕之时，台下参加婚礼的人都涌向戏台，都来看这位京城来的"靓妹"，怎么这么动人啊？更有那阔佬、小姐、太太，把红包、耳环、戒指、手镯，抛上台去，丢得满台皆是。

还没有正式登戏园的戏台，就这一场堂会，梅兰芳就唱红了！所有看了堂会的人，都异口同声大加赞赏，消息不胫而走。第二天戏园的戏票卖得满坑满谷，可把个许老板乐坏了。

第三天，许少卿设宴招待二位大角，端杯之际，王凤卿揶揄地问："许老板，我的包银还作保吗？"

许少卿赶紧抱歉地说："王老板，说哪里话来？我早就知道，您的这位小兄弟的活儿叫好嘛！"说完，他又主动地给梅兰芳布菜，斟酒，然后说，"梅老板一鸣惊人，上海滩唱红啦！——我还是看好梅老板的嘛！啊，——我也不委屈梅老板，梅老板的包银也和王老板比齐！——比齐喽！"

王凤卿有意提携梅兰芳，故意说："上海滩讲究压台，不妨让我这位小老弟唱几出压台戏如何？"

"只要您王老板肯让一码儿，我当然求之不得呢！"许少卿听后高兴万分。

一个星期后，戏园给梅兰芳安排了压台戏。压台戏，就是大轴戏，是最叫座的名角戏。

梅兰芳胸有成竹，压轴戏选了《穆柯寨》。穆桂英文武带打，英武的扮相，漂亮的身段，精湛的武功，潇洒的风度，甜美清脆的京白，柔美嘹亮的唱腔，一下子倾倒了上海的观众。一连月余，天天爆满。梅兰芳的名气，一下子响遍了上海滩。

观众的热情，媒体的热情，戏院老板的热情，梅兰芳整天被包围在热热闹闹的邀请、采访、饮宴之中。

这一天，梅兰芳清晨起来，趁着清净，独自一人在宾馆的花园内练功。正在舞剑的时候，有一个温文尔雅，鼻梁上架着金丝眼镜的青年小伙子，向他走来，彬彬有礼地鞠了一个躬，然后款款地说："您是梅先生吧？——我是欧阳予倩。"

"欧阳予倩？"梅兰芳听后吃了一惊，梅兰芳自打到了上海，上海滩许多新鲜事让他大开眼界。什么灯红酒绿的舞厅，歌厅，跑马场，新式舞台，新式灯光，新式砌末，新式台账，等等，最新鲜的就是春柳剧场演出的时装戏，《黑奴吁天录》《热血》等。梅兰芳专门去看了戏，看到主演是一个小伙子，戏报上写的名是欧阳予倩。他很佩服欧阳予倩的演技，很想拜访拜访他。今天，欧阳予倩突然出现在他的面前，真使他喜出望外，他顾不得放下练功的双剑，一把拉住眼前这个文质彬彬的小伙子，不相信似的问："您就是欧阳予倩？"

"是的。"欧阳予倩腼腆地说，"知道您忙，应酬多，所以才趁大清早来拜访您。"

"我看了您的戏，正想怎么才能得见您呢！"梅兰芳边说着，便拉着欧阳予倩，"走，到我下榻的卧室说话。"

进了房间，二人互相端详着，年龄不相上下，身材不相上下，神态气质也不相上下，二人对视着，倾情注目，仿佛一见如故。二人都激动异常，肚子里更有很多话要说。

"我看了您演的时装戏，很受启发，印象很深，很想找您去学学。"梅兰芳以主人的身份给欧阳予倩斟上一杯茶，"没想到，您就突然出现在眼前了！"

"冒昧打搅，是不是太唐突啦？"欧阳予倩接过茶杯，礼节性地抿一口茶，"先前只知道您是京城的名角，直到看了您的戏，您的表演才华一下子倾倒了我。激动得我几夜没有睡好觉，实在按捺不住心中的向往，我今天就做了您的不速之客。"

"要说看了戏的感觉，咱俩是彼此彼此！"梅兰芳说，"我也正想找您讨教呢！"

二人越说越投机，把对戏、对人物的刻画，身段、道白、唱腔等戏中的功法，细细地交流了起来。

欧阳予倩出生于湖南浏阳，他的家，是一个书香官宦世家。其祖父曾任广西桂林知府。他很早就考入日本成城中学，后入早稻田大学文科。他从小就喜欢戏曲，学过青衣，唱过皮黄。在日本读书期间，就组织了中国留学生柳春社，编演时装新戏。回国后，他带柳春社在上海、江苏一带演出，颇负盛名。

由于他学识渊博，又有戏曲的功底，加上他锐意进取，很快自编自演了《黛玉焚稿》《晴雯补裘》等新戏，正式下海唱起了京戏。不久就声名鹊起，红极一时，世有"南欧北梅"之称。

这一次，他结识了梅兰芳，从梅兰芳身上学了不少旦行的功夫。

梅兰芳从欧阳予倩身上，学了很多时装戏的表演技巧，丰富了自己的表演。

"南欧北梅"，真的风行一时。

梅兰芳随凤二爷的上海之行，更拉升了他的名声。回到京城之后，田际云邀他到翊文社唱戏，俞振庭邀他到文明戏院唱戏，杨小楼邀他到陶咏社唱戏。他只好各家赶场。

赶场，就是从这个戏园下了场，紧着往下一个戏园赶。那时候，戏班或戏园为了叫座，都特别邀请名角在大轴戏开场前，唱一场折子戏，名角唱完就走。有时几家戏园都安排这样的折子戏，名角就只好唱完一家再赶往下一家。最多时一天要赶三四场，当然很是疲乏。不过在赶场中，梅兰芳有了与更多名角同台的机会，比如唱《起解》与萧长华搭档，唱《樊江关》与陈德霖搭档，唱《牧羊圈》与田际云搭档，唱《长坂坡》与杨小楼搭档，唱《探母》与龚云甫或李多奎搭档，唱《岳家庄》与金秀山父子搭档，唱《御碑亭》与程继仙或姜妙香搭档，当然更多的时候是与王凤卿和谭鑫培搭档。

老是赶场，越是最后，越是劳累，梅兰芳生怕累了发挥不好，对不起看客，总是竭力铆劲儿唱，越是铆劲，越是累得精疲力竭。

有一次，梅兰芳连赶了两场《樊江关》，又急急赶到一个堂会，已是精疲力竭了。正好来赶堂会的还有金少山，原来是他俩唱《穆柯寨》。

一见面，金少山就诉苦："今天这是赶的第三场了！"

一听这话，梅兰芳心想：完啦，两个赶三场的碰一块了，都疲惫得不得了，戏能唱好吗！

可是到得场上，金少山没有丝毫疲惫的样子，仍是精神饱满，一招一式，劲道十足。

下了场，梅兰芳边卸装边问金少山："金哥，您怎么一连赶了三场也不显得累？"

"嗨嗨，"金少山笑笑说，"我家老爷子教了我赶场的一个诀窍，所以才不累。"

"什么诀窍？"梅兰芳忙问。

"干咱这一行的赶场是常事，尤其过年过节，戏馆、堂会不断，一场一场的总是赶哪。"

"是啊，怎么才不累呢？"

"我家老爷子，教我把每天各家赶场的戏，事先捋一遍，看有几场，把劲留匀喽，不能哪个地方都使傻劲唱啊，那不累死呀！把劲留匀喽使，既不使奸耍滑，也不敷衍了事。该用劲的时候，把劲用足；该省劲的时候，把劲攒足。这样又圆满，又不至于太累。"

"哦，——真是经验之谈！"梅兰芳又学了一招。

就是和这些个名人搭档唱戏中，梅兰芳长了很多见识，也学到了很多本事。在配戏中大家也看到了他的活儿，的确非同一般。尤其他为人谦恭、厚道、本分，大家都愿与他合作。如此，大家互相提携，在名角之中，他的声望越来越高。

有一首绝句写道：

人外高人天外天，不在虚无缥缈间。
谦恭身旁有贵客，真知名师在身边。

第九十四回

痰迷学戏成契友
余言票房取真经

余叔岩自从听了陈德霖的一番教诲之后，头脑深处冷静了许多。他对照京城流行的生行唱腔，比较自己以前的唱腔，觉得自己的确差距不少。在对各个名家腔调的比较中，他确实品出谭鑫培的唱腔味道纯正，韵涵深厚，绵雅悠长，高低适度，雅俗兼容，韵味无穷。他从心里更加佩服老夫子的指导，打心眼里涌出一个想法，产生了拜谭鑫培为师的念头。他把这个想法，告诉了陈德霖。陈德霖听后点点头又摇摇头说："老谭艺只传家人，轻易不收外人为徒。这是因为他整日唱戏，没有时间教徒，怕贻误弟子。也是咱行内有艺不轻传的说道，'宁给二亩地，不教一出戏'嘛。谁不怕被抢喽饭碗？"说罢，陈德霖又安慰地说，"你嗓子虽恢复了许多，但还没有复原，还需要将养。你恢复嗓子，和我当年恢复嗓子的情况不同。我当年是倒仓，一下子倒不过来，你是倒仓后又坏了嗓子。所以，你的嗓子即使养回来，还要慎重保护，不能再累着。所以我劝你不要急于上台唱戏，不如先边练嗓，边熟悉老谭的唱腔，先找感觉，然后再慢慢走上学谭的正路。"

余叔岩觉得陈德霖说的在理，说："那我就从找感觉做起。边找感觉，边每天跟随您遛早练功。"

"好。"陈德霖点点头。

余叔岩下了学谭的决心，每天看戏报，看老谭哪天在哪个戏园唱戏，就早早买好戏票，等着看老谭的戏。他买的座儿很特别，都是廊座儿，有时是正对出场门，有时是正对下场门儿，为的是从不同角度看老谭的动作。他看戏还带个本本，边看边记，或边看边画。记，是记唱、念戏文。画，是画站位和动作。可是有时候，顾得了记，顾不了画。看戏，还看得很忙活，很紧张。

有一天，无意之中一侧身，看到旁边一位与自己年岁相仿的年轻人，也和自己一样，边看边画，也挺紧张的。不由得惺惺相惜，苦笑相对。他这一笑，正好对方也看到了他，也相对还一个苦笑。殊不知，这两个苦笑，却结下了深深的缘分。

散戏之后，这两个人不由地就走到了一起。谈起了相互的苦衷，原来同是两个"痰迷"。

当时，人们戏谑追谭的戏迷，说他们"有病"，得的是"痰迷"症。

这两个年轻人，越谈越投机。论一论，又是同岁，更是互为知己。原来还是同病相怜，得的都是“痰迷”症。

这个年轻人就是言菊朋。

言菊朋是蒙古族人，本不姓言，姓玛拉特。名延寿，字锡其，号仰山。因为从小酷爱京戏，把名字中的“延”字作为“言”姓，以菊坛之友自诩，取名“言菊朋”。

言菊朋，祖上是蒙古正蓝旗。其高祖崧筠是清朝嘉道间名臣，武英殿大学士，军机大臣。曾祖曾任工、刑两部侍郎，其父为举人，孝廉。言菊朋从小就被送进陆军贵胄学堂读书。陆军贵胄学堂，是军校，学生要穿军装。言菊朋酷爱京戏，经常进出戏园，心思根本没在学堂里，整天都留在京戏里。因此，他的军装也穿得马马虎虎，军服的扣子经常扣得张冠李戴，衣服穿得歪歪斜斜的，被学堂称为有名的“邋遢兵”。

可是，他谈起京戏，或唱起京戏来，却正正经经，规规矩矩，有板有眼。

毕业后在理藩院任职，他的业余生活全部泡在了京戏中。

他最喜欢和最佩服的人物就是谭鑫培，是典型的“痰迷”。他不光迷谭鑫培的戏，迷他的唱腔，迷他的做派，还迷他的生活细节。谭鑫培平时吸鼻烟，总是把鼻烟塞满鼻孔，到唱戏临上妆之前，用清水洗洗鼻孔。言菊朋不吸鼻咽，可他也学谭鑫培，票戏临上妆前，也学着谭鑫培的样子，用清水洗洗鼻孔。就是走路的姿势，也学谭鑫培。当时，谭鑫培有一张戴着小帽，身穿长袍、坎肩，手托鼻烟壶的半身照片。言菊朋也照做一身衣裳，买一顶相仿的帽子，连帽子上的碧玺帽正，都刻意仿谭，手托鼻烟壶也照那么一张半身照片。一洗多少张，题名为“仿谭照相”，遍送朋友。为了学谭鑫培的戏，他更下功夫，每当谭鑫培唱戏的水牌往外一挂，他就带上纸笔，早早地去买票看戏。边看边记，边看边画。这点跟余叔岩一样，因此，他们俩彼此相通，遂结为契友。

俩人一谈到学谭，余叔岩眼睛一亮：“咱俩干脆来个分工合作，我记唱念，你记做打，顺便画下站位和姿势。这样不就比一个人又记又画，省了一半的事吗。”

“好主意！”言菊朋赞成地说，“咱干脆再找几个戏友，一起来看戏，大家分头记的记，画的画，散了戏，再一起核对。多两个人，总比一个人，记得全！”

“那样最好啦！等散了戏，大家各扮一个角色，走场对戏，学得更快。对戏地点可以到我家，我家院子大，好摆布。如何？”余叔岩建议。

“我有一个更好的去处——”言菊朋说，“我在票界认识一个朋友，他是打鼓的，名樊棣生。其祖上也是官员，其父与我家老爷子相识，因此我们俩走得很近。他颇有家资，慷慨解囊，把浙江慈善会馆包下来办了一个票房，名‘春阳友会’。春阳友会里有的是‘痰迷’，请他们一起去看戏。等回来，到春阳友会票房，那里头有戏台，咱到那里的戏台上去对戏，岂不宽敞正规？”

“那敢情好！”余叔岩说。

于是，他们便约了戏友，每次看完戏，就到春阳友会去对戏。时间一长，他们自然也就成了春阳友会的票友。大家对戏，对到高兴的时候，就分角色披挂整齐，彩妆票起戏来。

春阳友会，是个名票会聚、藏龙卧虎的地方。许多票界名人，都到这里来票戏。

其中有一个名人就是陈彦衡。陈彦衡替梅雨田给谭鑫培作了一阵子琴师之后，帮老谭又介绍了一位琴师孙佐臣，把自己替换了下来。他是文人，喜欢研究唱和京戏，若把自己死绑在戏台上当琴师，他并不情愿。

把自己“解放”出来之后，陈彦衡经常串戏园看戏，或到京城有名的票房票戏。春阳友会，也是他经常光顾的地方。

言菊朋认得樊棣生，樊棣生有一个打鼓的朋友名杭子和，杭子和文武场都很精通，他的师傅就是陈彦衡。

经樊棣生介绍，言菊朋和余叔岩就认识了陈彦衡。

——敢情曾当过谭鑫培琴师的，就是这位陈先生！这是多好的老师！言菊朋和余叔岩就把陈彦衡当作师傅，凡谭鑫培的唱腔，哪一句弄不清楚，就请教陈彦衡。

由陈彦衡，他们又想到了和谭鑫培搭班配戏的老搭档，如钱金福、王长林、李顺亭等，以及谭鑫培的跟包，检场，鼓师。他们都追着请教，请人家纠正动作，或指点不足。

这俩人还真像得了“痰迷”魔怔一样，行住坐卧，都离不开老谭的唱腔和动作。

有一次，余叔岩请一位议员，也是名票叫恒诗峰的吃饭。二人边吃边谈戏，谈着谈着，余叔岩脑瓜走私，发起了呆。

恒诗峰看他发呆，问：“怎么啦？哪儿不舒服？”

“不是，”余叔岩说，“我想起老谭在《辕门斩子中》一句唱，——‘叫焦赞和孟良急忙招架’，‘和孟良’这仨字的腔儿，在哪儿听过，怎么这么耳熟呢？”

“哦，原来是为这一句腔儿啊？”

“啊，是呀。你也想想，在哪儿听过？”余叔岩认真地问。

恒诗峰一时也想不起来，弄得余叔岩总是愣愣呆呆的，一顿饭都没吃好。

不要说一顿饭没吃好，就为这一句腔儿，他一宿觉都没有睡好。翻来覆去睡不着，脑袋里老是倒腾老谭的唱腔儿，倒腾来倒腾去，总算被他倒腾出来了。

第二天恒诗峰又到余家串门，一进门，余叔岩迎头就是一句：“哈哈，我总算找着啦！”

“找着什么啦？”恒诗峰被说得一头雾水。

“那句腔儿是从《珠帘寨》中借过来的！”余叔岩也不管人家弄没弄明白，唱道，“千里迢迢远路来，你听——‘远路来’与‘和孟良’这不是如出一辙吗！”

“原来你还为这一句腔儿折腾呢！”恒诗峰方弄清是怎么一回事。

没等恒诗峰坐下，余叔岩又给他说起谭老板，如何巧拆巧借，各种腔调的例子。恒诗峰看他神神叨叨投入的样子，打心里服了这个“痰迷”。

一天，余叔岩看了老谭的《桑园寄子》，散了戏，回到家里，翻来覆去琢磨老谭的唱腔儿和表演。躺到床上睡不着觉，就从床上爬起来，悄悄来到堂屋，把椅子搬到桌子跟前，口里念着锣鼓经，练起邓道伯“手攀藤条……”爬山的身段。边唱边做爬山的身段，甩髯口，拉小孩，艰难爬山。一步一步，蹬着椅子，爬上桌子，一不留神，从桌子上摔了下来。身子一滚，把条几上的瓷瓶碰了下来，“噼里啪啦”一阵响声，把老太太惊醒了。

老太太披上衣服出来一看，“阿弥陀佛！儿子，你这是唱的哪一出哇？”

“老娘啊，这是谭老板的爬山身段！”余叔岩一本正经地对妈妈说。

老太太用手点一点儿子：“真格是‘痰迷’啦！”

余家是如此，言家也是如此！

言菊朋在家里，也常常为学谭老板的戏，弄得全家不得安宁。

一次，言菊朋在家里练《定军山》，他身穿大靠，颌戴长髯，手握大刀，在院里走圆场，直走到深夜。大概快两点的时候，他发现女儿慧珠睡觉忘了关灯，他就走到女儿房前去关灯，谁知这时候小慧珠醒了，猛地看到窗前一个如此的怪物晃动，吓得大叫一声，蒙上被子缩成一团。

还有一次，也是半夜，小慧珠睡得正香，猛地被一阵鼓声惊醒。迷迷糊糊，揉揉眼定睛一看，原来是言菊朋在院子里练《击鼓骂曹》。小慧珠嗔怪地说：“爹呀，明天我还上学哪？一个破鼓点子，值得你敲上一个通宵了吗？”

言菊朋歉意地对女儿说：“吵醒你啦？这可不是破鼓点儿啊，这是谭老板的绝活儿！谭老板把祢衡无端遭受贬辱，憋着的一肚子闷气，全倾泻在这‘渔阳三挝’的打鼓之中啦。这鼓点子，是戏魂儿，谭老板用鼓点子，把祢衡这个人物唱活了！我通宿练打鼓，是练手腕子的功夫，也是找谭老板的戏魂儿！”

言菊朋特别喜欢他的两个宝贝女儿，慧珠和慧兰。他们小的时候，他爱带她们到什刹海去吃京城的小吃。可是每次当女儿们津津有味地吃小吃时，却发现不见了父亲。后来，女儿们才发现，爹爹到什刹海带她们吃小吃，是搂草打兔子，捎带的。原来，他是另有所图。——爹爹为的是到刘宝全的大鼓书棚去听大鼓。

言菊朋知道，谭鑫培的好多玩意儿是从刘宝全这儿趸的。听了刘宝全的《大西厢》，言菊朋就哼唱“二八的佳人，他懒梳妆……”——原来谭鑫培“要板”的东西，就是从这一段似在板上，又不在板上的唱中套来的！

余叔岩、言菊朋这一对“痰迷”，经常绑到一块儿，死抠“谭味”儿。

谭鑫培除了戏园唱戏之外，更多的是唱堂会。民国初年，北京城唱堂会时髦。官场、军阀、士绅、商贾大户的礼庆活动，都唱堂会。而且，每唱堂会都以请到谭鑫培为炫耀。凡有谭鑫培的堂会，余叔岩、言菊朋都想法子去看。一般门户的堂会都好进，有的大宅门，门户紧，不好进。他们就假装跟班，帮着箱倌琴师鼓佬提琴盒子，背狄鼓，抬衣箱，混也要混进去。

有一回，是大军阀段桂芝在安徽会馆唱堂会，门卫森严。不管是坐洋车来的，还是骑马来的，步行来的，都要查验名帖。

余叔岩和言菊朋来到大门口，远远一看这阵势，书呆子出身的言菊朋有点犯难泄气，想打退堂鼓。余叔岩经常出入总统府，又当过卫兵，对官场这一套阵仗看得多，也经得多了。他脑瓜一转，对言菊朋说："咱闯闯如何？"

"闯？"言菊朋忧虑重重。

"根据我当卫兵的经验，越是大胆地堂而皇之地进，卫兵越是不管。"

"能行？"

"随我来！"

不一会儿，余叔岩赁来一辆高档的双驾大马轿车。二人正襟危服，端坐在车内。轿车门帘大启，吩咐赶车的车夫，径直往大门里赶，过门卫也不许停车。赶车师傅按着吩咐，鞭子一甩，双驾大马撩开四蹄，咣咣地响着串铃，长驱直入大门。门卫见这么高档的轿车，如此堂而皇之地驶入大门，不知是何等高贵客人前来，也不便查问，一个立正敬礼，马车已进入大门之内。

余叔岩和言菊朋，就是这么堂而皇之地进入堂会。那天，谭鑫培唱《失空斩》，唱得十分卖力，非常精彩。余叔岩和言菊朋看得全神贯注，心领神会，把枝枝蔓蔓的细节，都记得清清楚楚。二人十分过瘾，开心极了！

临到终场了，还出了一个小噱头。与谭鑫培配戏唱马谡的架子花脸麻穆子，一向稀里糊涂，随心应付。当唱到斩马谡一场时，按照常法，诸葛亮一声令下"斩！"，推马谡将走出帐时，又高声喝道"召回来！"如此两番，演出诸葛亮不忍杀马谡，又不得不杀的痛苦心情。念完第二番"斩！"将马谡推出帐外，马谡人头落地，马谡的戏就算完了。哪里想到，麻穆子到了入相口，又反转身来对着台口放声大笑三声。笑罢，一跺脚"走！"准备下场。

他这一笑，弄得场上场下都莫名其妙，大家都被他笑愣了。当时，谭鑫培也被他笑得莫名其妙，但是他镇定自若，羽扇一挥，喝令一声"召回来！"

此时，武场只好重启锣鼓，在锣鼓点中，马谡又被推回大帐。诸葛亮郑重其事地严肃问道："你为何发笑？"这像是戏中诸葛亮的问，又像是戏外伶界大王谭鑫培的诘问。戏外之意是"你竟敢在军阀的堂会之上耍骨头！"

这一问，把麻穆子给问傻了。是呀，我为何发笑啊？情急之中，他又把脚一跺，用京白答道："我笑我该死！"然后转身下场。他这一折腾，把全场逗得哄堂大笑。

余叔岩、言菊朋可巧赶上，看了出岔子的这一插曲。也看到了谭鑫培临场发挥，既巧妙又诙谐，还不伤大雅地应对。常言道：见多识广，见多识广。真是看得多了，见识也就多了。这个小噱头，也使他们颇受启发，成了他们学谭的笑谈。

有词【太常引】曰：

一对痰迷痴心多，深钻又深磨。却也真着魔，披星月、实为谭歌！　艺无止境，功夫恨浅，用心自然活。谭派独树纛，蹊径开、我翻新波。

第九十五回

陈德霖择婿聘女
余叔岩拜师谭门

余叔岩一门心思学谭的劲头，陈德霖看在眼里喜在心里，他很为余叔岩的上进精神高兴。余叔岩刻苦学谭的精神，还使一个人看在眼里爱在心里，这就是陈淑铭。

陈淑铭早就暗暗地喜欢上了余叔岩。爹爹那次那么不留情面地数落余叔岩的不是，她心里头是又高兴又替余叔岩担心。高兴的是爹爹没把余叔岩当外人，教人以严，她知道爹爹打心里喜欢余叔岩。她想试探试探爹爹的用意，才当面说出质问爹爹"与你何干？"的话。可是爹爹没给她露底，只是给她一个反问，"与你何干？"打一个哈哈而遮掩过去。她替余叔岩担心的是，怕余叔岩伤了自尊心，失去上进的信心。等第二天看余叔岩不但没有失去信心，反而更想闻过知新，完全是一副大男人的气度，她更加喜欢余叔岩。她深信余叔岩将来会成梨园栋梁之材，就更加暗暗地关心余叔岩，时时处处照顾余叔岩。

余叔岩自打迷上了学谭之后，每天练功的劲头更足了，不到天亮，就早早来到离陶然亭不远的窑台去练功，先踢腿、下腰等练做功。等身子练热了，再喊嗓子，直到嗓子喊开了，太阳也升的老高了，才回家吃早饭。陈淑铭担心余叔岩饿坏身子，就早早煎好鸡蛋，熬好稀粥，送到窑台，让余叔岩点补点补身子。

起先不好意思说是专给余叔岩送的，说是给爹爹送的。明知道爹爹今天没到窑台，也照送不误。推说不知道爹爹没在，就顺水人情送给叔岩。久而久之，余叔岩吃出了这早点的意思，吃在嘴里，甜在心里，可就是不好把事说破。

有一天，陈淑铭又来送早点，天光不是很亮，远远地看着一个人在练功，影影绰绰像是余叔岩。就提着食盒走了过去。

"吃——""早点"俩字还未出口，那个人转过身来，却不是余叔岩，而是爹爹。

陈淑铭一愣，粉脸一下子红到耳根。

陈德霖打趣地用手一指："在那儿呢。"

陈淑铭顺着爹爹手指的方向一看，只见余叔岩在另一处练功。她嗔怪地说："爹爹，怎么说话呢？这是送给您的！"

陈德霖摇摇头，笑对女儿："爹爹总是不在呀！"

陈德霖说破了女儿的迷，也说中了女儿的心。陈淑铭也不扭捏了，大大方方地对爹爹说："那就叫过来一起吃吧！"

陈德霖摆摆手说："还是你叫他过来吃吧，我还有事呢！"

"有什么事啊？吃完早点再去呀！"

"我到余家给你提亲去呀！"陈德霖说着，笑着，乐乐呵呵地走啦。

陈德霖郑重其事地，写了陈淑铭的生辰八字，托媒人送到了余家去提亲。

这反倒让余家老太太沈氏很是为难。

余紫云去世了，大女儿素霞出嫁了。余家四兄弟闹着分家，把余紫云唱戏和开古玩店留下的家底儿，都倒腾光了。余家已经今非昔比，不能与陈德霖家相提并论了。怎好让陈家的小姐嫁过来受委屈呢？沈氏是通情达理的女人，她让媒人把真情实话捎给陈德霖，不能委屈了陈小姐。

陈德霖听了媒人的话，对沈氏的真诚很是感叹。他又一番让媒人到余家传话。告诉沈氏，不必担心。结婚和叔岩夫妇婚后的花销，一律由陈家负担，沈氏只管等着抱孙子就是了。

余家竟有这等好事！儿子竟有这等福分！人家不但不嫌贫，还倒赔人、财，将媳妇送上门。这真是打着灯笼也难找的亲事。还有什么说的！沈氏高兴地一口答应！

余叔岩的婚事，完全由陈德霖一手操办。婚事当然办得体体面面，热热闹闹。

婚后，小夫妻恩恩爱爱，日子过得甜甜蜜蜜。余叔岩有陈淑铭的照料和支持，身体和嗓子恢复、保养得更好了。余叔岩更得以一门心思地扑到唱戏上。

为了让爱婿尽快地学到老谭的玩意儿，陈德霖找到陈彦衡，由他出钱，让余叔岩每天到陈彦衡家里，由陈彦衡一板一眼地纠正余叔岩在天津唱走了的老腔儿。在这之前，虽然余叔岩在春阳友会请教过陈彦衡，但那种指指点点地学，跟这种拜师似的系统学，毕竟不一样。

在陈彦衡的家里，为了让余叔岩养嗓子，陈彦衡调低胡琴的调门，让他逐步练唱，由低到高，慢慢适应，最终教会了他《托兆碰碑》《失空斩》《琼林宴》《捉放曹》《洪羊洞》《搜孤救孤》《桑园寄子》《乌盆记》《武家坡》《汾河湾》《八大锤》《卖马》《骂操》《探母回令》《战太平》《南天门》《定军山》等戏。都是正宗谭腔儿，谭味儿，谭派风格。

余叔岩在陈彦衡一句一腔儿地纠正和指导下，既学到了正经的谭腔儿，也剔除了以往"小小余三胜"的痼疾，理顺了腔调。除此而外，余叔岩还从陈彦衡身上，学到了广博的音韵学问。他操琴、打鼓、行腔儿，都有了新的收获。转回头来再琢磨爷爷留下的余氏秘籍，理解得更深透，继承得更自然。

陈彦衡是个社会活动家，官宦人家唱堂会，经常请他当戏提调。正赶上皇亲那明允家唱堂会，陈彦衡给余叔岩安排了一出《琼林宴》。他对余叔岩说："光是听口头说戏、练唱不行，还得登台粉唱，那才见效呢！"

"我能行吗？"余叔岩心里没底。

"你只管放心唱，《琼林宴》多是四平调，调门不高。我给你操琴，配角我都给你选好了，由王君直给你配戏。”陈彦衡说，“王君直是你的老搭档，你俩互相知底，褒着唱是没问题的。”

在陈彦衡的鼓动和操办下，余叔岩自恢复嗓音后，正儿八经地唱了出《琼林宴》。唱念，句句有彩。他发挥已有的功夫，“铁板桥”“抢背”等身段都做得相当到位，成了堂会上叫得最响的戏。

之后，在陈彦衡的提调下，余叔岩又在广东水军提督家的堂会唱了一出《空城计》。《空城计》安排压轴，前头是王君直的《碰碑》，恩禹之、程继仙的《群英会》，梅兰芳、王慧芳的《虹霓关》。陈彦衡精心安排，给余叔岩配戏的都是曾和老谭配戏的名家，金秀山扮司马懿，黄润甫扮马谡，刘春喜扮王平，王长林扮老军。前前后后的名家，真如众星捧月一样地捧着余叔岩。《空城计》开戏了，台下鸦雀无声。余叔岩完全按照老谭的戏路走，身段、做派、唱腔都俨然老谭登台。他按照陈彦衡的指导，在尖团咬字中剔除了湖广音的“土”音，糅进家传的“余腔儿”，使韵味更加明快清朗。这场《空城计》，唱得呱呱叫，人人看了都说过瘾。就此一场堂会，使“余叔岩”的名字在京城溅起了涟漪。

一个女婿半个儿，陈德霖对余叔岩，比整个儿子都看重。在请陈彦衡给余叔岩教授的同时，他还是想请谭鑫培收余叔岩为徒，使余叔岩得以谭派真传。可是老谭一向秉行“艺不轻传”的做法，不予答应。陈德霖总是找不到让老谭吐口的合适机会。

余叔岩每天除了在陈彦衡家上课之外，还到总统府衙门转一圈，算是点卯上班。总统府里，有时请谭鑫培唱戏，有时请谭鑫培清唱，供那些部吏大员们享乐。每当这时，余叔岩就逮住了学习的机会，认真观摩谭鑫培表演。他对谭鑫培恭敬有加，一个劲儿围着谭鑫培前后左右地服侍。谭鑫培化装前，余叔岩把茶水沏好，端到谭的面前，谭鑫培卸装后，余叔岩又把茶水端过来，扶着老谭坐下，请他喝水。每当老谭离开，他总是恭恭敬敬地送他到大门外，扶他上车。他还特意让义父王锦章把办公室腾出来，供老谭休息。谭鑫培对余叔岩的热情很有好感，总是说上几句热乎话，表示亲近，余叔岩就借此和谭鑫培套近乎。

谭鑫培在总统府唱戏，比当年在宫里给慈禧唱戏的待遇可是差远了。那时候有慈禧宠着，他是名副其实的“内廷供奉”，“六品顶戴”，人称“谭贝勒”，人人对他恭敬有加。每次唱完戏，不算戏份，赏钱至少一百两银子。自打民国以后，每次应差唱戏，最多给二十块大洋。一进总统府，只把他当个“戏子”对待，连个站脚的地方都没有。后台化完装就上场，卸装洗完脸就走人，比过去跑码头唱戏强不了多少。但为了不得罪官场，保住饭碗，他还是强忍着对付。

一次，他的二小子谭嘉瑞跟着去拉弦，唱完戏，领戏份的时候抱怨了起来，说“总统府真小气，给的戏份太少。”谭嘉瑞的话被人听见，传到了王锦章的耳朵里。

王锦章马上发下话来，“谭老板岁数大啦，以后不必进总统府唱戏啦！”

这如同是对谭鑫培的封杀。

谭鑫培回到家，骂儿子不懂世道，自绝出路。因此，多少天登不了台，对外称有病，憋在家里生闷气。

此事被陈德霖听到啦，他知道机会来了。就带了礼品到“英秀堂”探望，顺便说起余叔岩最近嗓子恢复，和学谭腔儿的长进。当说到余叔岩想拜师的事的时候，谭鑫培假装没听见，顾左右而言他，陈德霖也只得作罢。

谭嘉瑞惹了祸，挨了爹爹骂，赶紧想法子补救。他知道余叔岩与总统府的关系，便凑过来，托陈德霖带话给余叔岩，请他给袁大公子说说情，还放谭鑫培进去唱戏。

陈德霖回到家，如此这般对余叔岩一番交代。余叔岩一听机会来了，赶紧进总统府，对义父王锦章如此这般地述说一遍。

王锦章第二天即到“英秀堂”前来“探病”。

谭鑫培受宠若惊，亲自斟茶招待。

王锦章一阵嘘寒问暖之后，说道：“谭老板如若身体康健，仍可进总统府应差。”

谭鑫培当即表示：“感谢王总管关照，愿听任总管吩咐！”

“至于俸禄，那是总统府定的数目，不便随意更改，多多见谅。”王锦章假意解释道。

“哎咳，那是犬子不懂规矩，信口胡言，还望总管多多海涵。”谭鑫培赶紧赔说不是。

王锦章把话题一转，说这次谭老板能再次进总统府唱戏，还是叔岩请袁大公子发的话。接着又把余叔岩对谭鑫培的崇拜、对谭派艺术的追求、如何如痴如醉，述说一番。王锦章说，“余叔岩对谭老板佩服得五体投地，他把余家的堂号都改了！”

“唔？他把他爷爷留下的堂号都改啦？”谭鑫培惊奇地问。

“改啦！”王锦章用夸张的语气说，“改成了范——秀——轩！”

“范秀轩？”谭鑫培问，“什么意思？”

“嗨，您的堂号不是‘英秀堂’嘛！——他要以您为范！”

“哦，看看这孩子，怪叫人喜欢的！”谭鑫培夸奖地说。

说来说去，王锦章一看到了火候，便顺口说到请谭鑫培收余叔岩为徒的事。

谭鑫培是何等聪明之人，他立即明白了王锦章前来“探病”的真正意图。联想陈德霖的造访，以及余叔岩在总统府对自己的亲近。又想一想，最近余叔岩学谭派唱戏的反响，再想一想余三胜当年对自己的栽培，余紫云和陈德霖这么多年与自己同台唱戏的交情。再看这位总统府总管的亲临“要挟”，看来这个徒弟是非收不可了。

他爽朗地一笑说道：“叔岩天赋吃戏饭的条件，又有家传，还有德霖老夫子的栽培，是块好材料。如不嫌弃老朽误人子弟，我当然愿收为弟子。”

就这样，谭鑫培答应了收余叔岩为弟子。

事不宜迟，陈德霖第二天便在鸿宾楼设宴，召集梨园界名家，为余叔岩举行拜师仪式。

余叔岩拜在谭鑫培门下，每日执弟子礼在谭家伺候左右。

谭鑫培唱戏之余，回到家，有时躺在烟榻上，手执烟枪，边喷云吐雾，边给余叔岩说戏；有时则在客堂喝着茶为余叔岩说戏。说戏时，手头的烟枪、折扇、蝇摔、手杖随时作为教具，比比画画，指指点点，一连数日，把整出《太平桥》教会了余叔岩。他说《太平桥》是打基础的戏，唱念做打全活儿都有。学会了《太平桥》，别的戏就好说了。之后，余叔岩请他说《失空斩》，他说，“《失空斩》中的诸葛亮，现在不适合你唱，你的年龄和阅历还不够，找不到诸葛亮的感觉，先学王平的戏吧。”于是他把《失空斩》中王平的戏教给了余叔岩。他哪里知道余叔岩已经从陈彦衡那里，或在茶园，或在堂会捋谭鑫培的叶子，早把诸葛亮的戏学熟了，而且已粉墨彩唱，在广东水师提督家的堂会上唱出了名声。至于有没有谭鑫培所说的“感觉”，那是另外一回事了。

余叔岩在谭鑫培的身边，随时请教，谭鑫培也随口指点，随地示范。余叔岩回到家私下里用功领会，就这样，零七八碎的总算得了真传，学到了谭派的真玩意儿。除了系统地学了《太平桥》和《失空斩》中的王平外，还学了《珠帘寨》《镶门斩子》《打侄上坟》《天雷报》等戏。

有词【六州歌头】写道：

平生志气，皮黄唱留名。拜大角，难靠近，偷跟踪。模仿形。魂追名家戏，得痰迷，无白昼。堂会上，香车驾，往里蒙。叩拜琴师，傍角搭档，访不漏空。看写画积累，描摹破天惊。彩唱歌声，妙天成。

求谭艺难，诚意到，绕弯走，功垂成。时不待，饥渴甚，得补充。学神通。手眼身法步，动身段，不放松。立雪志，得抱负，堪动情。回眸津门败嗓，今日终得葆霓旌。得平生志愿，展奋世豪情，大气奔腾。

第九十六回

文人因国剧聚首
精英会菊坛耕耘

以往历朝历代，都把经史子集作为中国文化的主流。把戏曲曲艺等，视为民间里俗。把戏曲艺人看作下九流，予以歧视。大清王朝，更规定朝廷官员以及文人君子等，不准进茶园看戏，更不准粉墨登场。如有违禁，轻则革除官职，重则交官查办。

宫廷、官场，士绅墨客，只把戏曲当作消遣享乐的玩意儿，不拿唱戏当作一回事。历代以来，一些文人墨客，虽然也迷恋戏曲，但多数人却怕沾上下九流的边，只是玩玩而已。

虽有仁人志士，如关汉卿、王实甫、高明、汤显祖、孔尚任等人，或著戏曲名篇，或躬身词场歌台，也终因人、因事、因世事、因各种缘故而为之。似这等墨客仁人，也是凤毛麟角。

但民国之后，随着封建王朝的毁灭，那些封建制度的藩篱也被铲除。文人墨客受西方文明的影响，对中国文化的认识，也有了新的开始。戏曲也作为中国文化宝库的一支，引起了他们的重视。尤其京剧的兴起，更给他们对戏曲的研究，带来了新的兴趣。

京皮黄，在京城当时就有很多称呼，如京腔儿、昆弋调、乱弹、京梆儿、皮黄、皮黄调等，自从上海给它叫京戏以后，北京人也开始给它叫京戏。国内有了西方的“文明戏”话剧之后，又有人给它叫“旧戏”。当京戏流布全国之后，文人们开始称它为国剧。

文人对国剧的研究、评判、追捧、唱和、创作，在中国文化史上也开始掀起了波澜。

“五四”运动前后，以胡适、傅斯年、钱玄同为代表的一干新文化的旗手们，开始以新文化的思想评判国剧，《新青年》是他们评判的阵地。胡适以《文化进化观念与戏剧改良》一文，将京剧称之为“遗形物”。他解释这个“遗形物”犹如男子的乳房，只有形式的存在，而无有实际意义。本应该废去，而没有废去，所以称之为“遗形物”。在他这种思想的影响下，《新青年》连篇累牍，发表新文化干将们的文章，主张只要“新剧”，不要“旧剧”。所谓“新剧”就是话剧，所谓“旧剧”，就是国剧。这些文人偏颇之态，竟达到数典忘祖的地步，他们吃西餐洋饭吃得久了，竟忘了中餐的馒头烙饼，一点中国文化传统的影子也不留了。

与他们针锋相对的也有一干人，其中一名斗士，是当时北大的一名学生，名张厚载。他曾在报刊发表多篇文章，与那些新文化干将门进行论战。以至于言辞过于激烈，伤及教授学者，被北大除名。

另外一些文人，虽没参加论战，但其骨子里就是酷爱皮黄，唱和皮黄，研究皮黄的知识分子。他们往往自觉自愿地会聚在某一名角旗下，追捧，呵护，为之奉献。

会聚在梅兰芳旗下的文人，除齐如山外，还有冯耿光、吴震修、李释戡、罗瘿公、黄秋岳、张彭春，画家王梦白、李师曾、齐白石等。这是一个自发组织起来的，非常坚强的集体。张厚载被北大除名后，也投入了这个集体。

这些文人，自发而义务地为梅兰芳策划搭班唱戏、配角搭档、演出时间、演出地点、演出剧目、演出戏码等等，凡是与梅兰芳有关的事务和活动，包括梅兰芳的个人生活起居，家庭、孩子、婚姻等他们都予参与。

他们又是梅兰芳的智囊团。这个智囊团被外界称为“梅党”。

“梅党”有两个核心人物，一个是齐如山，一个是冯耿光。

冯耿光又名冯幼伟，广东人，早年曾就读日本的士官学校，与蔡锷、蒋百里、唐在礼等为同期。学成回国后，一直在军界任职，当过袁世凯的军事顾问。离开袁世凯后，斥资两千万创办了中国银行，担任总裁。

齐如山和冯耿光被称为梅兰芳的两个“口袋”。齐如山是他的“戏口袋”——他为梅兰芳改戏、写戏、排戏，是艺术活动的总策划；冯耿光是他的“钱口袋”——梅兰芳唱戏的行头、砌末、排戏等各项花销，一有困难，他则倾囊相助。就连“梅党”集会的车马饮食花销，他也一包到底。

梅兰芳对这个智囊团相当倚重，大事小事必经智囊团研究，拿出方案后，方做行动。

梅党的“办公”地点，多在梅兰芳的书房里。梅兰芳的书房，最早的斋名叫“缀玉轩”。这个斋名是罗瘿公题赠的。

罗瘿公是当时大名鼎鼎的诗人。他祖籍广东顺德，其父是清翰林院编修。罗瘿公名惇融，号瘿公。幼承家学，聪慧勤勉，早年就读于广雅书院，与陈千秋、梁启超同为康有为弟子，光绪二十九年曾中副贡。他小小年纪即以诗名享誉京城，曾与林纾集为诗社。因学识广博，被选拔为总统府秘书、国务院秘书、参议、顾问、礼制编纂等，还当过袁寒云的老师。袁世凯称帝后，他不愿追随独裁的袁世凯，拒受其禄。从而纵情诗酒，留恋戏园，沉溺歌台，研究皮黄，遂加入“梅党”。

他为梅兰芳的书斋题赠“缀玉轩”后，对梅兰芳解释说“此斋名，典故出自宋代词人姜白石《疏影》词中的‘苔枝缀玉’四字。‘苔枝’为梅，‘缀玉’即梅花开放之貌。姜白石是宋代的才子，精通音律，善制曲调，为九歌注律吕，为琴曲注指法，是一位词曲兼能的大家。以‘缀玉轩’为您的书斋名，是最合适不过的了。”梅兰芳欣然接受，将题字送荣宝斋装裱，悬挂书房之内，“缀玉轩”就成了他的第一个书斋名。

梅党的人，都是梅家的座上客，“缀玉轩”，就是梅党聚首“办公”的去处。

每当梅兰芳的戏谢幕之后，他们都自发凑到“缀玉轩”，对梅兰芳的手眼身法步，行腔拿调，等等表演细节指指点点，评头论足，讨论一番。梅兰芳从中受益不小，他总把梅党的人当作上宾对待，每次都命厨房，准备上等酒饭款待大家。有时候，散戏之后，因为离梅家较远，或时间仓促来不及到“缀玉轩”聚首。就由冯耿光做东，就近找一个饭馆，大家边吃边谈，议论一番。

这些文人墨客，除了直接为梅兰芳出谋划策之外，还写诗作赋，撰文挥笔，为梅兰芳做舞台评介，剧情评介，人物评介，审美评论，歌功颂德等。有时他们之间也为拥梅、保梅、爱梅，争风吃醋，打诗文官司。

罗瘿公曾写诗调笑冯耿光，其中有一句“梅魂已属冯家有”。另一位捧梅的诗人易顺鼎，看了打抱不平，马上写了一首《梅魂歌》予以还击：……吾友瘿公乃云梅魂已属冯家有，此语颇遭人击剖。冯家冯家果何人？不过与我同为梅魂效奔走。梅花万古清洁魂，岂畏世间尘与垢。……

之后，易顺鼎又曾写诗，歌颂梅兰芳并激励罗瘿公等诗人：京师第一青衣剧，梅郎青衣又第一，梅郎每演青衣时，冷似梅花玉妃泣。时作菩萨垂华鬘，时作贵妇戴华冠。胡天胡帝庄严相，此际梅郎似牡丹。……天香国色此时看，斗大一枝红芍也。姚黄魏紫几千春，都借梅郎得返魂……罗（瘿公）黄（秋岳）在座并诗家，不羡金吾羡丽华。请将五色文通笔，品定梅郎做国花。

齐如山也曾遭罗瘿公写诗讥讽，但齐如山并不在意。他认为做梅兰芳的帮手，是周瑜打黄盖，愿打愿挨的事。不怕别人说什么，塌下心来为梅兰芳的艺术着想。

当时，在京城有两个硬班社，打对台打得很厉害。一个是杨小楼的“陶咏社”，一个是俞振庭的“双庆班”。杨小楼和俞振廷都是当时著名的武生。两个人都挑班自立，硬手挑班，势均力敌，在京城平分秋色。

正值中秋佳节即将来临的时候，两个班社都准备“应节戏”。

应节戏，一般说来都是喜庆热闹，带着民间传说色彩的戏。比如：元旦唱《上元夫人》《彩楼配》《大登殿》；端午节唱《白蛇传》《钟馗》《混元盒》；七夕唱《天河配》；八月十五唱《阴阳河》等。

陶咏社在第一舞台，挑班旦角是王瑶卿。

双庆班在吉祥戏园，挑班的旦角是梅兰芳。

陶咏社放出风来：八月节的戏码，是王瑶卿从宫里带出来的《天香庆节》，这是宫廷里的应节戏，首次在宫外唱。

就这一招儿，使俞振庭大为挠头。宫里的戏，外边没唱过，就凭这个，戏迷看新鲜，看热闹，也得挤着上座儿。用什么戏码与人家打对台呢？要是戏迷都涌向第一舞台，吉祥戏园放了空，岂不要丢人现眼，喝西北风啊？

此时，梅兰芳找到齐如山讨主意。

梅兰芳恳切地说:“齐先生，快想想办法吧，王瑶卿是我师傅，他独占鳌头我高兴。可我是他的弟子，我也不能给他丢人哪！再说双庆社还有一帮弟兄要吃饭呢，总不能看着弟兄们丢喽饭碗吧！”

齐如山听后，微微一笑，打趣地说:“要和他们比，你们必然要喝西北风！”

“为什么？”

“打对台是比实力，你们的实力怎么跟人家比？”齐如山伸着手，掰着手指头说，“论舞台，人家第一舞台，是京城第一大舞台。幕布什么都是新的，连台子都是会转的。你们的吉祥戏园又破又旧，通风不好，臭气熏天，怎么和人家比？论行头，人家是刚刚花八千两银子，从上海定制来的衣箱。你们更没法和人家比啦！你们那行头都破得露了裆，唱《挑袍》，台底下都说是‘粉戏’。怎么关公戏还说是粉戏呢？关公一抬腿，什么都露出来了，那不就‘粉’了吗！比戏码，你们更是差了一层，人家是从宫里倒腾出来的，你们有吗？要比实力，只有你和王瑶卿能势均力敌，可王瑶卿又是你师傅，你能拿师傅教给你的戏，去给师傅难看吗？”

“哎呀，齐先生快别说啦！要不我怎么来求您呢！”梅兰芳着急地说。

齐如山并不着急，他乐乐呵呵地说，“要打过他们，只有我出马。”

“您出马？”梅兰芳惊奇地问。

“对呀，我出马。”齐如山满有把握地说，“你听说过古人赛马的故事吗？”

“听说过。”

“咱以己之长攻彼之短，必能取胜！”齐如山说。

“那您怎么出马呢？”梅兰芳还是不解地问。

“我给你编出新戏，他们绝对没有！”齐如山满有把握地说，“我编一出新戏，给他爆个冷门。”

“齐先生您真是救星！”梅兰芳高兴地说。

三天以后，齐如山拿了厚厚的一沓子文稿，来到梅兰芳家。

梅兰芳接过文稿，欣喜地打开，只见第一页，用清秀的楷体大字题名《嫦娥奔月》。他顾不得给齐如山寒暄让茶，一页一页认真地看下去，一口气把戏文看完。然后，默默地把戏稿放到文案上，不再说话。

齐如山看出梅兰芳不满意的样子，凑过来问，“怎么样？”

梅兰芳讪讪地笑笑说:“让班里人看看再说吧。”

文稿到了戏班里，从俞振庭看起，再传到鼓佬、琴师，以及其他老伶工，大家看完之后，都觉得这出戏没意思。情节简单，文辞太雅，排出来肯定不卖座儿。因此大家都对此戏不抱希望，排戏的意思不大。

齐如山在家等了两天，来到梅兰芳家里，闻听大家是这种态度，他毫不觉得奇怪，乐呵呵地笑着对梅兰芳说:“我说非我出马不行嘛！”

“您不是亲自出马了嘛！”梅兰芳指指文案上的戏文。

“我要亲自给你排戏。”齐如山说。

“您做导演？”梅兰芳惊奇地问。

“是的，身段图我都给您画出来了。”齐如山又拿出一沓子纸稿。

听齐如山如此说，梅兰芳对齐如山又是一番刮目相看。

齐如山郑重其事地说：“据我观摩所得，国剧是无声不歌，无动不舞。我编的这出戏，就是要充分把国剧艺术的特点，淋漓尽致地表达出来。让人们真正认识国剧，看到国剧载歌载舞的奇光异彩。”

“无声不歌，无动不舞，……载歌载舞……”梅兰芳细细品味齐如山的话，连连点头佩服地说，“齐先生概括得太在行了，就是这么个特点！”

“这个特点，只有通过我这出戏，也只有通过你，才能体现得淋漓尽致，而且表达得恰到好处！”齐如山肯定地说。

“那我们就排排？”梅兰芳试探地说。

“排！”齐如山肯定地说，“我儿时，在家登台唱过昆弋，有昆曲的身段底子，当然，你的昆曲底子比我厚实得多。咱这出戏，就按昆曲的身段排。我对照剧本，把每一个身段都画了出来，你照此做身段，保证好看。”

在齐如山的指导下，梅兰芳在客厅里比比画画，做各种身段。从头到尾排了一遍之后，觉得不像刚看了戏文之后，那么干巴巴的啦，但还是觉得不顺溜。齐如山在旁边，看得心里起急，干脆穿上戏装，甩开水袖，拉开架势，引导梅兰芳一招一式，细细排了起来。

经过三天的努力，从头到尾的身段终于排完了。齐如山建议，文武场齐上，一起走走台。

梅兰芳赶紧派人到外面，赁来十几张八仙桌子，拼并在院子里作为临时舞台。齐如山还把“梅党”的文人们都招呼来，坐在台下看“戏”，挑毛病。

这出《嫦娥奔月》，在梅家拉开架势一唱，台下的文人们都说：“好！”

“高雅！”

“新奇！”

“大气！”

“有国剧的风采！”

不光梅党的人说好，双庆班的人也觉得的确不一般。

“看戏，看戏，看来，戏不能只从戏文上看，还得竖起来，在台上看！”俞振庭虽然是大角，但毕竟只会唱戏，不懂写戏文。他看了排出来的戏，服了气。“不服这些个文人不行，人家齐先生就是比咱强！”

大家都开始看好这出戏。

于是，梅兰芳信心十足，决定以这出戏，与第一舞台比比高下，他忙张罗着派人去置办行头。

此时，齐如山却阻拦道：“先不要忙着置办行头。”

“为什么？”梅兰芳很是不解地问。

齐如山从身上掏出一幅画，原来是一幅古装仕女图。他指着图说：“既是新戏，咱在行头上也得出个新样！”

“照着画上的侍女服装置行头！”梅兰芳看了画，心领神会，高兴地说。

“对。”齐如山说，“不光行头，头饰及面部化妆，都要改改样。不要总是贴片子，包大头了。——咱给他来个照葫芦画瓢，照着画面儿上的美人儿像，依照你的体型，脸型，量体裁衣，定制行头，发式，统统来个大变样！”

梅兰芳对齐如山这一招儿，佩服得五体投地。连连说：“好，好，好！都照先生说的做！”

经过与裁缝匠、头套制作匠，反复试验，一套全新的古装行头和头面做好了。

一切准备停当，梅兰芳又在家里的“戏台”上彩唱了一回。梅党的所有人员，双庆班的所有人员以及梅兰芳家里的家人、厨师、保姆、车夫等所有人员看了之后，无不拍手叫好。

至此，俞振庭一直吊着的心才落到肚子里。

八月十五，就此一出戏，把北京城唱了个翻天覆地。

第一舞台的观众都涌到了吉祥戏园。

自此，梅兰芳特别依仗齐如山这个“戏口袋”。凡是和戏曲艺术沾边的事，他都先问问这位“齐先生”。

有一段散曲传唱：

【越调·斗鹌鹑】

清宫倒台，民国初搭。新旧交替，人心如麻。破了封建，新了文化。孔家店，胡乱砸。乱乱哄哄，叽叽喳喳。

【紫花儿序】不管旗手们咋呼，攻击国粹，文人们已自选门下。不甘做票友，早操刀上马。天哪，不再写锦绣文章诗词赋话，投奔伶家。笔书戏文，词场歌涯。

【秃厮儿】名角们得新戏怒放心花，叫座戏虎添翼耍，国剧添彩绽新花。打对台，看戏码，高下。

【圣药王】龙文化，攻不塌，一脉相承是一家。诗词赋，曲戏杂。根根蔓蔓攒枝杈，开的是龙脉典籍花。

【紫花儿序】国剧总有根蔓，徽剧做底，昆曲传家，皮黄串行，京城开花。真佳！现如今曲调传唱遍华夏，边边沿沿地方旮旯。哪个地方戏堪比？都看齐这京戏精华。

【尾声】最喜的是文人伶人结对儿谋划，本来就纷繁如画，巧手匠双双细磨打，迎来那国剧精粹似繁花。

第九十七回

三杰巨擘思接力
剧界大王抱恨归

谭鑫培在舞台摔打了五十多年，已近七十高龄，他还硬撑着，活跃在京城舞台上，名声比清廷倒台之前更盛。

他打小有拼命三郎的劲头，无论什么事，他都争强好胜不服输。尤其是在唱戏上，他更是一丝不苟，从来不偷奸耍滑，总是好上加好才算罢休。他这把年纪了，京城后起之秀，已经声名鹊起，杨小楼“小杨猴子”“仙猴”“神猴”等名声已叫得当当响；梅兰芳更是一花独秀，誉满京城。老谭对这些后起之秀，满心地喜欢。但就是不服老，你们仗着年轻，有你们的优势。我虽老，但我老马识途，我有我的优势，“老骥伏枥，志在千里。”我有我的玩意儿！他还特别愿与杨小楼和梅兰芳同台，比的就是这种不服老的劲头。每和他们同台的时候，他都格外卖力，叫好的次数，不能少于他们两个娃娃。

一次，在天乐园贴唱《四郎探母》，谭鑫培饰杨四郎，梅兰芳饰铁镜公主。戏迷们一看这一老一少的戏报，就特别起劲，天乐园的票一抢而空。

戏票卖出去了，谭鑫培这天，一起床就觉得身体不太对劲，吊一吊嗓子，嗓音也觉得干涩。他摇摇头，派人给天乐园送个信，打算回戏。天乐园说票被抢的精光，戏迷们都铆着劲要看这一老一少呢，回不成啦！

谭鑫培只好硬着头皮顶劲撑着。到晚上化装前，精神还是不太好。梅兰芳见此，说声，“爷爷，您怎么样啊？”

谭鑫培冲梅兰芳点点头，说：“上装吧。”

等到开戏了，谭鑫培上场唱了那段大段的西皮慢板，还算是满宫满调，台下没有彩声，但也没有其他反应。等到梅兰芳上场，唱到“猜一猜驸马爷腹内的机关”，一猜，二猜，又猜，直到杨四郎唱“未开言不由人泪流满面”这句导板的时候，谭鑫培的嗓子突然暗哑了，接着往下唱，竟哑到出不了声的地步。

谭鑫培也猝不及防，没想到竟出这种状况，他头上的冷汗“忽”的一下子冒了出来。但他还是硬撑着，只见嘴唇动不见出声，就这样二人唱完了那段对唱的快板。

台下都是“痰迷”“梅毒”的老友。看了今天的状况，竟没有一个喝倒彩的，大家静静地听他们唱完“坐宫”一场。谭鑫培非常感谢台下老友的理解和宽厚，下场到后台，他对梅兰芳说，“无论如何，得对得起这些看客！”于是硬撑着又上场，直唱到杨四郎出关来到宋营门前，被绊马索绊倒时，摔了一个吊毛。这个吊毛，是他打心里报答台下朋友们的。他心想，我唱不出来了，身段上不能亏了大家。于是他铆足了劲，吊毛摔得干净利落，漂亮极了。台下顿时报以热烈的满堂彩。

毕竟岁数不饶人，又加上身体不爽，只好唱到此，半途终场。

在后台，梅兰芳从来没看到过他如此沮丧的样子。忙过来安慰他，给他端来一碗热茶。谭鑫培接过热茶，拍拍梅兰芳的手背说：“没关系，孩子，等过几天，我身子骨好利落了，咱再给大家补上！”

谭鑫培不服输的劲头，是一辈子形成的，怎么能就此罢休呢！一个月后，他身体好利落了，派人到百顺胡同通知梅兰芳，再唱《四郎探母》！

谭鑫培不服输的脾气尽人皆知。戏报一出，戏迷们知道，他这次是要彩啦！戏票呼啦啦又抢购一空。

这次，他精神抖擞，一出场就一个碰头彩。接着是大段的西皮慢板，唱得是声泪俱下，如泣如诉。台下随着他的感情默默感叹，不敢喝彩。等到他与梅兰芳对唱的时候，喝彩不断，为这一老一少的精彩表演击节叫绝。当唱到“未开言不由人泪流满面”的时候，谭鑫培唱得既悲声如泣，又慷慨爽朗，把杨家将的威风和家事，交代的明明白白，清清楚楚，使人振奋激昂。台下一句一彩，报以热烈的回响。大家知道这是老谭故意使腔，在哪儿跌倒的在哪儿爬起来，找回上次的损失。

就这样句句彩，段段好的，唱完了这出戏。下场之后，谭鑫培显得有些疲劳，但他精神却极好。他对梅兰芳说：“今天不错吧！”

“好极啦！”

谭鑫培高兴地说：“以后咱爷俩还唱！”

谭鑫培回到家里，回想自己五十多年的舞台生涯，出这样的事还是头一次！——给戏迷补戏！

这从哪里说起呢？莫非我真的老啦？我还能在戏台上蹦跶多长日子？京戏的大业怎么往下传承呢……

谭鑫培在英秀堂独自徘徊，很多往事涌上心头。回首以往，五十多年戏台上的摸爬滚打，他不禁唏嘘感叹。当年，年少气盛的时候，师傅再三叮嘱自己要撑起皮黄的大树。看眼下，皮黄已变为国剧，风靡全国，甚至海外。这棵大树总算根深蒂固，枝繁叶茂了。撑起这棵大树的虽非我谭鑫培一人，但我毕竟是按照师傅的嘱托，艰难踽踽而行，继承师傅们一辈的衣钵走过来的。与自己同辈齐名的汪桂芬、孙菊仙，人称“后三杰”。皮黄界的同人们，都是这棵大树的浇灌扶植者啊！可惜，汪桂芬师弟亦已作古。另一个师弟孙菊仙，虽然还活跃在氍毹，但京城成了他的伤心之地，一向滞留上海，很少回京。如今，京城虽捧我为“戏界大王”，但环顾左右，孑然一人，很觉得孤单。师傅当年花费毕生心血而为之奋斗的理想，终于变为现实。师傅的夙愿得以实现，师傅可以含笑九泉了。这虽然很让人感到慰藉，但看今日京剧老生行当，仍不是十分景气。在谭鑫培眼里，生行历来是京戏的台柱子。眼看着自打梅巧玲起，旦行平地崛起，相继有余紫云、陈德霖、田际云、王瑶卿以及梅兰芳等人才辈出，风头日盛。京戏的主宰眼见得已不属于生行，旦角戏，已占据了京戏的半壁江山。可是生行呢？眼下能拿到台面上来的角，并不多。自己的弟子中有个贾狗子洪林，虽然在做戏上能继我之衣钵，但并不是支柱之才。年轻之辈虽有个王凤卿，算是当红老生。但他是师弟汪桂芬的路子，曲高而和寡。

如此下去，京戏的大业如何继承？后辈之中，自己虽有八个儿子，唯一能登台唱老生戏的，就一个老五小培，虽幼承家学，会唱不少出戏，但功底不深，名声不大响亮，成不了大器。十个孙子中，唯有老五的儿子裕升像那么个样子，但还年小，还在富连成科班打底子，还不成型呢。成型的晚辈中马连良是个好坯子，可惜还有点嫩。眼下，能成大器的有两个，一个是我师傅余三胜的孙子余叔岩，一个是票界的言菊朋。唯此二人能继我之衣钵。余叔岩已拜我为师，得我真传。言菊朋自学成器，私淑于我，也得我三昧。就看他们二人将来的发展造化了。将来京戏生行的希望就看他们的啦！

谭鑫培已是京城首屈一指的大角。民国初年，唱堂会的风气，比前清更盛。凡唱堂会，不管主家懂不懂戏，只要能请到大角，就是排场。尤其要请到谭鑫培，那就更不得了。

堂会戏的戏提调们，也故意总是这么撺掇。把唯有谭鑫培登场的堂会，才算最为排场的堂会，他们把这样的说法，撺掇得更加家喻户晓。俗话说，人怕出名猪怕壮。此名声一起，所有堂会都请谭鑫培，这不得把谭鑫培累死？谭鑫培年事已高，体力不支，只得让家人挡驾，非碰上推不掉的硬主，才出场登台。

此时，他也想过让杨小楼进宫唱戏，把自己顶替下来的办法。但此一时彼一时，那时是慈禧因“老杨猴子”爱上“小杨猴子”，爱屋及乌所致。即使那样，慈禧也还是隔三岔五的传自己唱戏，只不过是有了喘口气歇歇身子的机会。现在杨小楼、梅兰芳等少壮派都起来了，但唱堂会讲的是排场，非谭鑫培到场才算最排场。这就没法子替换啦，这可真是要要我老命了！

他自从带病与梅兰芳在天乐园唱《四郎探母》中途终场之后，虽然时隔个把月又补唱了一回。但身子骨时好时坏，总没有缓过劲儿来。

这一天，他又觉得身子不爽，躺在炕上迷迷糊糊地养神，此时，孙子裕升从科班回来了。

裕升来到爷爷的卧室，看爷爷睡下了，轻手轻脚地刚要退出来，谭鑫培睁开了眼，看到孙子，他满眼放光。

“别走哇！”谭鑫培慈祥地说。

小裕升看爷爷醒了，高兴地返回来，凑到爷爷身边，亲切地叫了一声：“爷爷！”

“是不是又请假啦？”谭鑫培关切地问。

“不是，是萧老师特意让我看您来啦！”小裕升答道。

“裕升啊，以后不准老让师傅照顾你，得和大家一样，到放假的时候，再回来。不能耽误了科班的功课！记住啦？”谭鑫培关切地叮嘱说。

“记住啦！爷爷，以后您不能老是‘裕升’‘裕升’地叫我啦？”

“怎么？”

“我有学名啦。——也是艺名！——萧老师给我起的，是‘富’字辈的。叫谭——富——英！”

“哦——，我孙子有艺名啦！谭——富——英！好名字，响亮，响亮！”谭鑫培高兴地重复着孙子的名号，伸手抚摸小裕升的头，“好哇，谭——富——英！”

谭鑫培又询问裕升最近学什么戏？练什么功？然后嘱咐说：“好好跟师傅学，打好底子。等爷爷身子好利落喽，爷爷教你几出戏！”

爷俩正谈得热乎，小培进来小声说：“阿爸，来客人啦！”

谭鑫培知道小培进来报告，来的客人就不一般，不然他就挡驾啦。

小裕升听爹爹说来客人啦，赶紧冲爷爷摇摇手，小声说“爷爷，我出去啦！”然后退出谭鑫培的卧室。

谭鑫培挣扎着起身，穿好衣服，来到客堂。

原来，来访的是那相府的戏提调。那相府，就是那琴轩的府邸。清廷倒台之前，谭鑫培经常被那琴轩请到府里唱戏，戏提调他当然很熟识。只是随着改朝换代，那琴轩已搬出首相府，不知所终。那相府新来的主子是黎元洪的亲信江朝宗，戏提调就侍奉上了这个新主子。

谭鑫培在客厅见了戏提调，直截了当地说：“我现在身子骨不爽快，上不了台，不唱戏。”

戏提调巧舌如簧，嘻嘻地笑着说：“谭大王有所不知，这是新大总统黎元洪派的差。黎大总统亲自点名谭老板，那是对谭老板的看重。再说黎大总统这次堂会，是专为欢迎广东军政都督陆荣廷，堂会就在那府花园的戏台上，您是熟门熟路，不劳您费神费力的。”

“可是，我病体缠身，实实的不能应差呀。”谭鑫培辩解道。

“谭大王，您不看我们多年的交情，也要看黎大总统对您的器重。这么隆重的场合请您上场，实实是难得呀！”

“请先生回去，对上峰多多美言，谭某抱病实实不能从命！”谭鑫培把话说得很死。

戏提调一看没有余地，只好灰溜溜告辞，离开英秀堂，带着满肚子的气恼回禀江朝宗。江朝宗为黎元洪办差，正是风头正盛的时候，哪容得下谭鑫培的回驳。气得顿时脸都青了，顿脚喊道：“来人，把谭鑫培绑也要绑到堂会！”

戏提调第二次来到英秀堂，还带来了四个荷枪实弹的马弁。

谭鑫培一看这阵势，知道非去不可了。他默默地告别家人，对戏提调说：“你们可真看得起我！”

说完挥挥手，四个马弁过来，连扶带架，把谭鑫培搀上骡车。

到了那府，堂会的戏码给谭鑫培安排的是《珠帘寨》。谭鑫培听后连连摆手，说：“使不得，使不得！”《珠帘寨》是出唱做并重的戏，谭鑫培病体缠身，哪能顶得下来？经他再三要求，才改为《洪羊洞》。

《洪羊洞》里的杨六郎，与谭鑫培当时的身体正好相符。病夫唱病夫，同病相怜。

谭鑫培上得台去，当唱到“叹杨家投宋主心血用尽”时，由杨家想到自己，一生投身氍毹，艰难历尽。坎坎坷坷，有荣耀也有屈辱。虽曾蒙太后恩宠，但毕竟是个为别人开心取乐的工具。到头来只落得疾病缠身，还被官家驱赶着登台唱戏，为他们取乐子，讲排场，增威添彩。想到这里，不禁悲愤交加，老泪纵横。

谭鑫培唱杨六郎的这一段“二黄快三眼”，一向是最叫座的。——清醇圆润，浑厚苍劲，淡远悲凉。然而今天，却被他用另一种感情色彩渲染，似诉似怨，如泣如诉，悲悲切切，激愤交加。尺寸未改，板眼依旧，声调哀婉。谭鑫培似乎要把这段唱，唱成感叹人生，辱骂那些毫无人性的官场、军阀，痛斥他们只知鱼肉百姓、欺压平民、横行霸道、作威作福、贪赃枉法、欺凌无辜罪行的申诉状。他越唱越激愤，越唱越气恼，气裹着腔，腔带着气，悲愤至极。

唱到激昂处，只觉得热血攻心，一股热流充满胸腔。“噗——”一股鲜血从口中喷射而出。

鲜血喷满了舞台，染红了氍毹，染红了他的戏装，……

他一个趔趄扑倒在舞台上。

他挣扎着爬起半身，一只手撑着台板，一只手指向台下，怒目圆睁，鄙视着台下那些军阀大员们……

此时，鼓佬、琴师等人赶紧跑过来，连抱带抬，把他送到车上，急急地送回家中。

一家人看他如此而归，气愤唾骂，怨恨不已，……家里也乱了营……，请医生的请医生，给他换衣服的换衣服，熬药的熬药，送水的送水，张罗着给上海的两个女儿女婿发电报的发电报……

一家上上下下忙里忙外，中医、西医，进进出出，中药、西药都用遍了，还是效果不大。几天过去了，谭鑫培仍是迷迷糊糊，神志不清。

英秀堂笼罩在一种不祥的气氛之中……

谭鑫培的八个儿子中，七子嘉祐早逝。其余七个儿子，七个媳妇，两个女儿和姑爷夏月韵、王又宸，共十八个儿女围集在谭鑫培的身边。大家大气都不敢出，关注着父亲一丝一毫的变化……

忽然，谭鑫培睁开了眼。他一个一个打量身边的人。

他的眼光在大女儿和夏月韵的身上停留了一会儿，嘴角流出一丝微笑，好像歉意当年他对夏家的失礼；之后，又将眼光移到小女儿翠珍和王又宸的身上，他的眼神里充满了慈祥和满意。王又宸是他的得意门生，是他亲自为小女儿选择的这位佳婿。王又宸在上海，很振他谭派的名声……

他用眼神告诉两个女儿和姑爷，看到他们在身边，很感欣慰。

在看过他们之后，眼神又停留在五子小培身上，似乎用询问的眼光问“裕升回来没有？”

小培明白父亲的意思，赶紧退出房间，在守候于外面的孙辈群中，找到了裕升。悄悄地把他拉进屋，推到父亲面前。

小裕升看到爷爷憔悴的病容，不禁流出了眼泪，他近前一步，跪在爷爷头边，还没有出声，谭鑫培已看到了他，眼睛放出了光亮。

小裕升忙小声地喊了一声“爷爷！”

谭鑫培颤颤巍巍伸出一只手，小裕升赶紧把爷爷的手放在胸口，流着泪说：“爷爷，我这两天刚学了一出新戏，叫《仙缘》，是萧老师亲自教的。回头我唱给您听听……”

“好，好，好。好个谭富英！——好好学……，萧老师肚里玩意儿很多，……有你学的……”不等裕升说完，谭鑫培把话接过来说，“可惜，爷爷听不了你唱啦。……爷爷原先答应教你几出戏，也教不了你啦……你要好好学戏……好好跟着萧老师学戏……，裕升……呵呵，谭——富——英！”

他话没说完，有气无力地合上了眼，喘着大气。

此时，余叔岩闻信赶了过来，匆匆忙忙来到谭鑫培的炕下，“扑通”跪下，轻轻地叫了一声：“师——父——”

谭鑫培此时睁开了眼，他颤颤巍巍地拉过余叔岩的手，又将裕升的手抓过来，放到余叔岩的手上。断断续续地说：“你……来得……正好，裕升就交给你啦，……让他……拜你……为师……。当年……我拜……你爷爷……为师，今天……我孙子……拜你……为师。祖师爷的……事业……就是这么……一辈一辈……传下来的。……往后……生行……的大旗……，就靠……你……扛啦……”

说完，谭鑫培的手一松，头一偏，停止了呼吸。

生行巨擘，戏界大王谭鑫培，至此，走完了他坎坷而灿烂的一生。

他的一生，印证了京剧走向成熟。

他用自己的一生，为京剧树立了一块辉煌的里程碑。

谭鑫培的丧事办得很隆重。

大外廊营的整个谭宅，被花圈和挽幛围绕着。

来祭吊的人络绎不绝，李铁拐斜街被汽车、骡车、驴车、人力车、马匹等，堵得严严实实的，连街坊四邻、市民百姓、票友戏迷都来吊唁。

杨小楼披麻戴孝站在孝子行列守灵。

他送的挽幛写道：

扮君扮父扮臣扮子君臣父子凝聚一身演绎人伦天下

宫里宫外公事公所堂会茶园从容献艺熔铸国剧新声

梅兰芳亲笔书写的挽联是：

融古今声曲纳八方音韵腔调板眼规矩方圆成一统

承巨擘名师集四海俚俗歌词融会贯通京戏铸二腔

当时有俚俗散曲唱道：

【仙侣·点绛唇】

呼隆隆山崩透，倒下了大纛旗手。皮黄声腔铸就，壮志未酬，做了莲台首。

【混江龙】好大来由，湖广战乱逃亡愁。父挑扁担走，母泪随后。数着脚印追残月，渡江渡河日月忧。山间露宿，林下栖息，避风坡口。饥寒交迫足无根，三步一晃脚难收。讨口馊饭，好比盛宴珍馐。

【油葫芦】亏皇家修一条运河做导游，向北走。津门躲兵灾暂停留。老父沿街展歌喉，挣三文五文糊口。可怜叫天子，挨村唱云游。只盼兵荒马乱休，好赶到京城谋糊口。

【天下乐】怕拖累父母投科班进修，休休，罪受够。拿顶下腰吃苦难受，都只为一身功夫能出头。猴急出粥班留。

【那吒令】浑似个倒霉蛋命运乖透，半路上出命案冤罩云愁，若不是大老板伸手搭救，小命儿阴曹勾，转世轮回走，到哪厢里当马牛？

【鹊踏枝】峰回路转有救，巨擘手。三庆班里肯收留，做武行头。收心归性唱念做打学从头，三杰所长一身收。

【寄生草】粥班经历有，作底酬，师父指点庙堂高雅咱学就。大鼓琴书落子往里糅，只要好听音色秀，依着云遮月的嗓子品歌喉。亡国之音时髦走，听店主东黄骠马京城风流。

【村里迓鼓】也是时来运转，恰好个风流太后。皮黄逢时顺风舟，宫里宫外消磨白昼。上行下效趋步急，堂会戏，遍地走。鼓板茶园，丝竹亭楼，从皇宫唱到乡野村头。

【元和令】太后宠风头出够，前呼后拥好生受。宰相大臣随身后，好个伶人班头！谁不见车水马龙堂英秀，六品顶戴名头。

【上马娇】国剧独占鳌头，享风流，流布各地声悠悠。京戏丝竹腔声柔，畅好勾留，国粹声遍九州。

【游四门】好一个生行魁首，大业已成就。贝勒状元教主，戏界大王一身承受。叹古今荣辱，看兴亡成败，身后笙歌高奏。

【柳叶儿】则待看山明水秀，已眺望后世物穰人稠。谁个是行领袖？耕耘者，在田畴，正苦心磨砺吴钩。

【赚尾】京戏天天有，究竟谁是后起秀，听鼓板声声敲，丝竹缓缓奏。随着幕启幕落，花团锦簇，好戏连台，潮来的正是时候。船逢当头，吹箫管到扬州。

第九十八回

余叔岩重返舞台
梅兰芳相待诚心

谭鑫培驾鹤西去，老搭档们都余哀不止。陈德霖与谭鑫培搭档唱戏几十年，从宫里唱到宫外，老谭这一走，真让他心里空落落的。想找个配戏的搭档都不好找，余叔岩是谭鑫培的亲传弟子，谭派的戏学了不少，要是余叔岩能登台唱戏，倒是个不错的搭档。可惜余叔岩自从嗓子坏了之后，还没有正式搭班唱过戏，只是在票房里和票友们票戏。

他看余叔岩嗓子恢复了，身体也壮实多了，就鼓动他选戏班搭班唱戏，日后也好翁婿俩搭班。

他的想法和余叔岩不谋而合。余叔岩也觉得嗓子恢复了，总在票房唱，不是个长法。学了一身的本事，总憋在票房里，得不到施展，也觉得委屈得慌，他很想搭班正式登台唱戏。

这一天翁婿俩在家喝茶聊天，分析京城各班社的情况。

陈德霖说："眼下，京城的名班，屈指可数，最好的可算得上杨小楼的陶咏社，俞振廷的双庆班和朱幼芬的翊群社。陶咏社和双庆社都是以武生戏为主，两个班并驾齐驱，平分秋色。翊群社是梅兰芳搭的架子，班底角硬整，梅兰芳只挂牌，不主事，一切听由朱幼芬安排。这个班的生旦净丑，个顶个的厉害，梅兰芳挂头牌，大家都没说的。"

"梅兰芳的活儿，的确不含糊，人也很随和，人缘极好。那年在总统府的堂会上，我唱《珠帘寨》，他那么堂堂的大角，屈尊给我配演二皇娘。一点都不觉得委屈得慌，我感激他，对他说了几句感激的话，他说，只要为了艺术，还分什么大呀小呀的。我很愿意和他搭班。"余叔岩说。

"你长他七岁，登台比他早，肯去为他挎刀？"陈德霖有意试探地问。

"见贤思齐，还管什么年岁大小。只要能给他搭班配戏，从他那里学到本事，还管什么挎刀不挎刀！"余叔岩口气坚定地答道。

陈德霖看这个贤婿，的确够贤，心里暗暗高兴。但还是进一步试探道："翊群社除了梅兰芳，还有王凤卿。这位是少壮派中红得发紫的老生。你去了那里，怎么摆布你俩的关系？另外还有高庆奎和麒麟童，这都是冒尖的生角，你和他们怎么摆？"

"这个，岳父不必担心，我不和他们争位置，只向他们学本事。我只摆在学生的位置，好好学活儿就是了。”余叔岩似乎早就胸有成竹。

陈德霖听完余叔岩的一番话，对这位贤婿，更加另眼相看。他此时才真正感到，此时的余叔岩，非彼时的余叔岩，已经变得谦虚、稳当、成熟多了。他很为余叔岩的转变高兴，也为女儿的幸福高兴。

“既然贤婿的主意已定，梅兰芳那里我去说，他曾拜我为师，跟着我学过几出戏。这点面子，他总会给我的。”陈德霖要为叔岩亲自出马说项。

余叔岩当然从心里感谢岳父的支持。但他明白，梅兰芳是个除了唱戏肯用心思，其他事都不善于摆布的人。一般除了唱戏的事，他都推给梅党的“智囊们”去处理。梅党的党首是冯耿光，冯耿光就是梅兰芳的主心骨。梅兰芳常挂在嘴边上的话，就是“问问耿六爷，看他怎么说？”此事，即使岳父说动了梅兰芳，如果以冯耿光为首的梅党智囊们，出来作梗，还是办不成。要说服冯耿光，必须先说服齐如山。齐如山等于梅兰芳的艺术顾问，唱戏的事，梅兰芳听齐如山的。

想来想去，要说服齐如山，还是自己亲自出马为好。因为，自从自己在家学念书时，齐如山到家里来找他的同乡蒋先生，便与父亲一见如故，成了余家的常客。那时虽然自己还小，但却与这位“齐先生”早就熟稔起来。齐先生与父亲谈戏论腔儿之余，还在家听过他“余小云”的唱呢！从天津返京后，还经常在堂会和票房里见到齐先生，齐先生对他嗓子的失韵很是痛心，经常热情地给以关注，询问恢复的状况。余叔岩觉得虽然岳父与齐先生是老朋友，但不如自己去找齐先生，更显得亲近好说话。

主意打定，他约齐如山在汇丰楼吃饭。酒过三巡，余叔岩直奔主题。“我想搭翊群社唱戏，请齐老前辈帮帮忙。”

齐如山爽快地说：“你从天津回到京城，一直以养嗓子为名，休养生息。实际上总统府、春阳友会，各堂会、票房，你也没少唱。我知道你是在磨刀砺剑，准备重返氍毹。看来这几年，你是刀剑都打磨得锋利无比，该小试锋芒了！”

“前辈明鉴，我不能总不登台呀！”余叔岩以实相告。

“我早已看出你并非等闲之辈。有此志向，方不埋没你余家戏曲世家的名声！”齐如山为此而高兴。

“前辈看我搭翊群社够不够资格？”

“岂止是够资格，我怕是屈了你的大才！”齐如山说，“翊群社现有的生角都很硬整，但各有各的韵味。实话说，没有一个正南八北的谭派味道！要说得老谭之精髓者，唯有你余叔岩尔。”

“前辈过奖了！”余叔岩赶紧端杯敬酒。“如此说，我进了翊群社，不会给人家丢份？”

“不但不会给他丢份，还会给他添彩！”齐如山一口把酒喝下，“只是你的位置，恐怕不好摆布。”

“我只求一个登台唱戏的机会，至于位置和待遇，听由其便。”

"你真甘心给兰芳挎刀？"

"能给兰弟挎刀，是我的荣幸。"余叔岩诚诚恳恳地说，"给兰弟挎刀，胜似再拜师学艺，也是我报答他在总统府为我帮忙的恩德。"

"说实在话，你俩相配，才是珠联璧合，是京城梨园的福祉。"齐如山实实在在的，"既然如此，我去给你搭搭这个桥，成全成全此事。"齐如山痛痛快快地答应了下来。

齐如山去找朱幼芬的同时，陈德霖找了梅兰芳，梅兰芳二话没说就答应下来。

哪知齐如山去找朱幼芬，朱幼芬一口给回绝了。可把齐如山折了一个对头弯。

朱幼芬也觉得如此已得罪了齐如山，干脆，就把这事捅到了梅党的智囊团，想让智囊团来挡驾。

梅党的智囊团，还为此正儿八经地开了一个讨论会。会上，大家还是顾虑余叔岩进班后戏份、戏码都不好摆布。见仁见智，各说其词。

冯耿光为了给齐如山留个面子，出了个调和的主意：余叔岩可以进翊群社，但戏份只能拿王凤卿的一半。戏码排在倒数第三之前。

当时王凤卿的戏份是每场四十元。给余叔岩半数，就是二十元。梅兰芳表示给的太低了，能不能长长。朱幼芬说，"他还带来了原来傍谭大王的钱金福和王长林，我们还得开这两个人的戏份，这样开销就太大了。"有人建议：如果这两个人的戏份由余叔岩负担，可以给他开四十元，与凤二爷拉齐。这样说起来，余叔岩也不会觉得太没面子。齐如山笑笑说，"背着抱着一般沉，他又不是傻子。不过，他不会计较这些的。"事情就这么定了下来。

余叔岩果然不计较这一切，痛痛快快地接受了条件，来到翊群社。

梅兰芳闻听余叔岩来了，赶紧热情地迎了上去，不好意思地说："三哥，您能来，咱俩合作，我是打心眼里高兴。只不过社里定的条件有点对不住三哥。我本来觉得您不会同意，哪知您如此雅量，实在令人敬佩！"

余叔岩笑笑，说："班社有班社的难处，可以理解。我主要是想和你搭班，为你挎刀，为的是艺术，又不是为了别的。"

"如此最合我意。"梅兰芳三句话不离本行，诚恳地说，"我和三哥是老弟兄，我们是世交了。不为别的，咱先琢磨几出对儿戏，烘烘场子吧！"

"这也是我的本意。"余叔岩愉快地接受。

经齐如山提议，余与梅的对儿戏，要避开梅与王凤卿的对儿戏。梅与王是多年的搭档，不能因为余的到来，影响王的情绪。余与梅的结合，也确实应该有个突破，必须另辟蹊径，唱新戏。

齐如山提出先排《戏凤》，也叫《游龙戏凤》《梅龙镇》《美龙镇》。是早年谭鑫培与田桂凤、余紫云常唱的戏。余紫云和田桂凤都作了古。后来，谭鑫培和王瑶卿搭档，因为这出戏旦角必须踩跷，王瑶卿一向不踩跷，所以这出戏就停了下来。齐如山之所以提出唱这出戏，一是因为这曾是余紫云唱过的戏，如今余叔岩来唱，余叔岩有继承感，使他感到亲切。二来这出戏很叫座儿抓人，不能失传。梅兰芳对此建议也很满意，他说，“以前我曾跟路三宝学过这出戏，因为我和凤二爷调门相差很大。按我的调门唱，他压得慌。按他的调门唱，我够不上去，所以一直没排过。我和三哥的调门相当，正好排排这出戏。”其实另一层意思，梅兰芳没有说明，就是他和余叔岩唱对儿戏，戏码就会往后排。这是有意为余叔岩长面子，好使余叔岩心里不疙疙瘩瘩的。

“把这出戏拾起来也是好事。”余叔岩没想那么多，他赞成地说，“咱可以把陈十二爷请来帮助捋捋音韵，请齐先生帮助修改修改戏词。”

“对。还可以把老票友陈子芳请来当指导。”梅兰芳说，“陈子芳是学你家余老先生腔的行家，号称‘余紫云第二’，他也跟着余老先生学过这出戏。有了他，咱就有了准谱。”

“好，就这么办！”余叔岩很赞成梅兰芳的主意。

说干就干。

拍戏的地点就选在梅兰芳的家里。在院子里放了一把椅子，算是戏台的正中。陈彦衡和陈子芳都被请到了，还有齐如山、冯耿光、李释戡等梅党的人都来了，围坐一圈作观众，也当参谋，助阵。

开始排戏了，梅兰芳的琴师茹来卿口里念着锣鼓经，哼着过门。余叔岩这天穿了一件纺绸大褂，手里拿把折扇，踩着锣鼓经，迈着台步出场，走到椅子旁边，就算正式登台了。

《游龙戏凤》这出戏，是一出小闹戏。是写明朝正德皇帝北上大同巡视，乔装军人打扮，途经梅龙小镇，在一个小酒馆里用餐。见小酒馆主人的妹妹李凤姐不光人长得俊美，而且伶俐聪明，活泼可爱。几经言谈说笑，便生喜爱之情。假意调戏李凤姐，却被李凤姐巧妙躲避，并正色斥责“军爷”的不轨行为。更使正德皇帝对这个乡村小姑娘刮目相看。遂现出真相，封纳李凤姐为妃。

这出戏，以前旧伶人演唱，为了取悦台下那些纨绔子弟和官绅等的色欲，往往把它演为粉戏。把李凤姐演得色迷迷的，浪声浪气假意正经，调笑挑逗，有意勾引正德皇帝。正德皇帝也被演得失去了皇帝的身份，成了出宫寻花问柳，专为调戏良家女子的浮浪子弟。

这次排戏之前，早由齐如山、李释戡和陈彦衡把戏文和唱腔好好捋顺了几遍，把不严肃，不合戏情戏理的情节删了去，把那些油腔滑调也加以修改。并由齐如山为他们二位串讲了一遍戏文。

齐如山说：“这出戏虽是闹戏，但却是正戏。‘闹’是戏胆，绝不是‘粉中取闹’，而是‘戏中取闹’，是为了戏中有戏。李凤姐绝对是个活泼伶俐的良家女子，而不是借卖酒而卖身的放浪女人。正德皇帝，是巡察民情而乔装军爷出宫的皇上。决不能演成寻花问柳，放浪散漫的军人。人物分寸把握好了，戏就自然轻松了，戏的主旨就分明了。”齐如山最后说，“你们二位都是大角，戏情戏理一说便通，不用我再赘述。”

在排练中，梅兰芳和余叔岩按着齐先生的意思，各自把握住人物分寸，一截一截地往下排练。当排到李凤姐送香茶进客堂，用手巾擦完茶桌，将茶杯放在正德皇帝面前，用手绢遮着半边脸，表示小姑娘见生人的含羞心理时，梅兰芳说：“此时正德皇帝用扇子轻轻拨开小姑娘的手，二人眼光相对的一刹那，小姑娘应是嗔怪之情，所以用‘呀啐’斥责，表现出小姑娘的天真无邪。改变以往，此时凤姐色眼眯眯，引逗轻浮的表现。当她离开客堂，用手巾撣撣身上的灰尘，转身把手巾往肩上一搭，手巾一端应是无意识的滑落地上。这样漫不经心，不把正德皇帝的举动放在心上。更能表现李凤姐心无杂念，正经经营的良家女子的品德。——我觉得这样演，合乎李凤姐的人物身份。”

他的见解和表演，得到了在场的陈子芳和梅党“观众”的肯定。

“我觉得此时的正德皇帝，出离了皇宫内苑，所见到的一切都会感到新鲜，对宫外的任何事物都会感到好奇，这才符合他的人物身份。见到李凤姐也是如此，一个深山内的小姑娘，独自卖酒，天生的活泼水灵，手脚麻利，动作洒脱，天真机敏，当然使他颇感有趣。更何况李凤姐长得那么眉清目秀，天生丽质，美貌动人，不由得心生喜悦。正想与她亲近亲近的时候，她却居然敢对他这个天下独尊的皇帝予以啐斥。李凤姐这种大胆无邪的举动，更是他从来没有遇到过的。他此时完全是出于新奇的心理，而以皇帝特有的居高临下的习惯，才动手拨开李凤姐遮挡脸面的手，并非有意动手调戏的意思。以致后来，追上去踩住李凤姐手巾的一端，也是舍不得小姑娘离开，故意找碴儿亲近而已。当后来李凤姐嗔怒，正过脸来，义正词严地让他看的时候，他才醒悟到自己的失态。而作为皇帝又想守住尊严，不肯认错，所以才支吾地说，‘不看了！’凤姐问，‘怎么不看了？’他又强词夺理地说，‘我看饱了！’这样，戏中有戏，而非调笑逗闹的浮浪之举。”余叔岩也说了一通自己在排演中对正德皇帝这个人物的把握。大家听了，一致赞成。

《游龙戏凤》这出戏，就是这么边排，边议论，边排边修改，一直排了一个多月，才完成全戏。然后又上装彩排了几次，请大家提意见。陈子芳、陈彦衡，以及梅党的齐如山、李释戡等都认为没有明显的瑕疵啦，可以上演了，才算大功告成。

这出戏的首演定在吉祥园。因为梅兰芳的原因，《游龙戏凤》排在了大轴。

从败嗓息影，到重新复出登台，整整经历了八年时间。这八年时间，也是余叔岩卧薪尝胆，苦苦修炼学习的八年。他终于又正式登台了！此时的余叔岩说不出是个什么感觉，八年没登戏园的台，首次登台就排大轴，显然是沾了梅兰芳的光。他有些紧张，生怕砸了梅兰芳的戏，心里不踏实。化完装，他独自坐在一边安神。

梅兰芳也化好了装，走过来摸摸他的手，只觉得他的手有些个发凉，便笑笑说：“三哥，这出戏我们那么多人，下了那么多功夫，肯定能叫响。你不必担心你那嗓子，就那么几段四平调，好对付！咱台上见吧。”

余叔岩点点头，没有说话。

余叔岩先出场，台下先来个碰头彩。虽是八年后头一次登场，他毕竟是台上的老手了，论身段，论扮相，论这八年他唱堂会的人缘和声望，观众还是很买账的。

梅兰芳等人也来到门帘边听戏，听他的四平调一唱，韵味十足，潇洒爽朗，人们长长地出了口气。台下又给了个彩头，余叔岩略微紧张的心才放了下来。等到梅兰芳一上场，二人一对戏，念白、唱腔、表演等接榫之处，处理得严丝合缝，缓急轻重，说笑逗唱，恰到好处，台下不时报以彩声。这时，余叔岩才真正放松下来，嗓子也更豁亮了。戏演得更精彩了，台下跟着台上的情绪，越来越热烈，直到轻轻松松唱到终场。

台下的观众好长时间不看此戏了，这次“老戏精唱”，倍感亲切新鲜。大家冲着戏台长时间喝彩，不肯退去。梅兰芳拉了余叔岩几次谢幕，才算告终。

在后台卸过装后，梅兰芳向余叔岩道辛苦，余叔岩用热毛巾焐到脑门，满面笑容地说：“今天的戏唱得痛快极啦！”

“跟您搭档，身段、盖口、尺寸都合适，我也觉得顺溜。太好啦！”梅兰芳见余叔岩精神焕发，自己也很兴奋。既是鼓励又是安慰地说，“三哥，以后您就放开唱吧。翊群社真是如虎添翼了！”

第一场戏打响了，余叔岩心里的石头落了地。第二天他又唱了一出《盗宗卷》。这是老谭的拿手戏，唯有余叔岩，才能把当年老谭的劲道唱出来。人们看了无不称赞，“太漂亮了！”“比老谭还要漂亮！”接下来几天，他又唱了《铁莲花》《宁武关》《黄鹤楼》等戏。这些戏都是当年谭鑫培常唱的戏，谭鑫培驾鹤西去后，别人也唱老谭的戏，可是别人唱只是动作和声腔的模仿，唱不出老谭的戏魂来，余叔岩这一唱，不光身段、扮相、更边式，谭派味儿十足，还能唱出老谭的精气神来，声腔甚至比老谭更柔美。这一下，人们又找回了老谭的感觉。余叔岩的名字，随着他登台次数的增多，一天比一天叫得响亮。

余叔岩步步走红，名声越来越响亮，越来越叫座儿。起先最爱看他戏的多是文人，都说他演出来的角色，都带书卷文雅之气。经文人们报纸上一评介，老百姓也来看究竟，文气不文气，他们看不出来，但谭鑫培的劲道他们看出来了。都觉得这是谭鑫培第二，当年的“痰迷”们，开始迷上了余叔岩这个老“痰迷”。这么一传扬，涌进戏园看戏的就各色人等都有了，有看门道的，也有凑热闹的。凡是有梅兰芳和余叔岩的戏，都场场满座。

有一天他们在新明戏院贴演《游龙戏凤》，票也是卖得满坑满谷的。

他俩的《游龙戏凤》，算是叫响了，什么时候唱都是满堂喝彩。

今天的场子也很热烈，可是唱着唱着，台下出现了骚乱。原来，台下看戏的有十几个兵痞，当唱到李凤姐与正德皇帝报酒饭时，兵痞们闹起事来。

台词是这样的：

李凤姐：有三等酒饭。

正德：哪三等？

李凤姐：上中下三等。

正德：这上等的呢？

李凤姐：来往官员所用。

正德：中等的呢？

李凤姐：买卖客商。

正德：这下等呢？

李凤姐：那下等的吗——不讲也罢。

正德：为何不讲？

李凤姐：讲出来怕军爷着恼。

正德：为军的不恼就是。

李凤姐：军爷不恼？那下等的就是你们这些吃粮当军之人所用。

听到这里，台下的兵痞不干了。

大声嚷嚷道："好你个臭戏子，胆敢小看我们军人！"

"不是老子在前线卖命，哪有你们这些臭戏子今天在上面胡吣的份！"

"叫他们滚下来，给老子——道歉！——赔不是！"

他们一嚷嚷，把戏园子搅乱了，别的看戏的人冲他们抗议，请他们安静。哪知这更加激怒了他们，又破口大骂这些台下的人。这些人和他们讲理，互相一吵吵，台下更乱了，几个兵痞还挽胳膊撸袖子要动手。戏园的经理闻声赶来，好言相劝。后台的管事也匆匆奔了过来，拱手作揖："军爷息怒，军爷息怒，这是戏文里老辈子就有的，不是故意冲你们来的，听了你们的高见，让打戏文的给改改……。军爷将就将就，高抬贵手，让他们把戏唱完……"就这么好说歹说，这帮兵痞们才算了事。好好的一出戏被他们给搅了，就这样悻悻而散场。

碰上这样的事，梅兰芳和余叔岩都觉得很晦气。两人在后台互相安慰，但心里都惴惴地不踏实。

此时，余叔岩与梅兰芳挎刀已一年有余。余叔岩与梅兰芳挎刀的这一年，收获不小。高起点，高标准配戏，达到了自己初衷的想法。借梯子上楼，实现了艺术磨练，也在观众中唱出了自己的威望。打此以后，他也间或和陈德林配戏，翁婿俩终于有了唱和。

一个跟头栽了十年的余叔岩，总算又崛起了。

有词【玉楼春】写道：

梧桐十年叶成幕，凤凰饶飞争来住。梧桐凤凰相谐贵，落得华章赞无数。歌场艰辛勤为路，投师借名攀高处。功夫不负有心人，一炮驱散童年雾。

第九十九回

萧长华因材施教
马连良雏燕凌空

一晃，马连良在科班学戏已过了六年。喜连成科班也因牛子厚财东撤出，换成了山西财东沈玉崑，喜连成遂改名富连成。富连成的学生也招了好几科，已排到“盛”字辈了。当年，在富连成科班带艺搭班的梅兰芳、麒麟童等早已成名，离班而去。之后又进来的高百岁、王文源等搭班唱戏的也相继出科，科班唱戏还要不要请外来的老生？

叶春善犯了嘀咕。

萧长华和蔡荣桂坚定地表示：不用。——马连良顶上去就行！

叶春善仍犯嘀咕：马连良还小，才十五岁，怕顶不起来。

萧长华和蔡荣桂是马连良的老师，他们了解马连良的情况，所以态度很坚决。

蔡荣桂还举了个例子：“前两年，马连良在吉祥戏园唱《朱砂痣》，扮演吴惠泉。可巧谭鑫培老板有事，来吉祥戏院碰上了。他认真听了一会儿，对身边的人说，‘别看这个孩子现在毛儿嫩点，将来你们谁也唱不过他！’——你想，戏界大王都这么说。这又过了几年，马连良确实长进不小，在科班顶须生的班绝对没问题。”

萧长华换个口气说：“明天有马连良和云中凤的对儿戏《武家坡》，叶社长看看戏再定也不晚。”

叶春善同意萧长华的意见，说：“好，看完戏再定。”

第二天，叶春善、萧长华、蔡荣桂早早坐在台下，等着看马连良的《武家坡》。

马连良闷帘唱“一马离了西凉界——”人未出场，先声夺人。这句导板唱得满宫满调，翻番拔高，响亮清脆，台下先给了一个满堂彩。接着薛仁贵出场，台下一看这个小老生，精神饱满，目光炯炯，神气非凡。再看扮相：鞑帽、箭衣、马褂，脚踏厚底靴，台步稳健大气，黑三髯口稀疏潇洒。扮相俊美精神，台下又是一个碰头好。接下来，与王宝钏对白、对唱，尺寸、规矩，样样一丝不苟，讨俏好看。台下叫好不断，连台上围着四周看的、听的老师，都交口称赞，连连说好。

叶春善对萧长华、蔡荣桂小声说：“还是你俩说的对。咱不用费劲巴差地去找老生啦！”

从此，马连良就成了富连成的顶班老生。

这下，马连良有了学本事和施展本事的机会。在广和楼，他的戏码不断，而且都是压轴戏。《骂王朗》《雍凉关》《法门寺》《琼林宴》《汾河湾》《黄金台》《定军山》等，无论是重唱的、重做的、重白的他一律拿得起来。科班里教戏，有的是戏码，有的是老师。不管是谭鑫培唱过的，还是孙菊仙唱过的，也不管是程长庚留下来的，还是余三胜、张二奎留下来的，各个专业老师都填鸭式地给他们往里灌。马连良一律兼收并蓄，学了就上台实习，所以广和楼的戏码看不完，数不清。马连良饰演的角色无数，越摔打越老练成熟。

萧长华看马连良有了广种博收的基础，而且他聪明好学，又不怕付辛苦，他终于找到了实现自己心愿的理想人物。

他对叶春善说："把马连良交给我吧！"

"你是总教习，哪个弟子入科不是交给你？"叶春善不理解地问。

"我是说把马连良单独交给我。"萧长华说。

"你单独教他？"

"我这儿不是有我干爹传给我的一箱子戏文吗！"

"是呀，你早该打开箱子往下传了！"

"以前不是没有看好传给谁合适嘛！"萧长华说，"我看准了，只有他才合适！"

"哦，闹了半天，这么多年，你一直在踅摸合适的人选。"

"让你说着了。看不好角，他拿不下来，半套活儿，半截儿给你撂了，岂不枉费了我干爹一生的心血。"萧长华郑重其事地说，"这是我干爹的心血，也是祖师爷的千秋大业。不选一个靠谱的，怎么替祖师爷传道！"

"看来你的心机，是早就瞄着这个马连良啦！"叶春善佩服地说，"你选的苗子不错，就把他交给你啦！"

萧长华当即把马连良找来。

马连良来到萧老师面前，恭恭敬敬地行了一个礼，等着萧老师吩咐。

萧长华冲他招招手，示意他跟进卧室，撩起垂着的床单，指着床下一个箱子，让他把箱子拉出来。

马连良拉拉箱子，很沉。他明白了，老师是让他帮忙拉箱子。他一使劲，把箱子拉了出来。直起腰，问："老师还要帮忙吗？"

萧长华还是不作声，示意他打开箱子。

马连良打开箱子，只见箱内是满满的一箱码得整整齐齐，一本本订得规规矩矩的书稿。

马连良不明白老师的意思，又不便开口问，用眼神询问萧长华这是何意？

萧长华信任地看着马连良，深沉地说："从今天起，我就教你这些戏。"

马连良听后一惊："啊，这么多！"

"这是老三庆班留下来的看家轴子戏。"萧长华给马连良细细地讲说了这一箱戏稿的来历。

马连良听后，感动得流下了眼泪。

“这是三十六本《三国志》轴子戏。从刘备依附刘表，马跳檀溪，至一气周瑜，取南郡止。基本是《三国演义》全书的精华。”萧长华解释说，“当年三庆班，每年进入腊月开始贴演，一连演三十六本，最后一天再重演一场《长坂坡》，然后就封箱过年。腊月，正是戏园冷洞子，不上座儿的时候。可是，一贴这大轴子《三国志》，冷洞子就变成了热洞子，轰动京城，场场爆满。程大老板饰鲁肃，徐小香饰周瑜，我干爹卢胜奎饰诸葛亮，杨月楼饰赵云，黄润甫饰曹操，钱宝峰饰张飞，都是大角。所饰演的角色，每个人都被冠以个‘活’字。什么‘活’鲁肃，‘活’诸葛，‘活’周瑜，‘活’曹操等。当年，看这个连环本的大轴子戏，是京城的一大盛事。要不怎么说‘三庆的轴子，四喜的孩子，春台的把子’呢。我干爹打了这个本子之后，一直整理加工，直至去世才整理完毕。装到这个箱子里，过了好几年，等我长大了才由干娘传给我。”

萧长华继续讲给马连良听，“梨园一向有‘戏不轻传’的说法。可是都不往下传，祖师爷的事业不就半途而废了吗？为祖师爷传道，这是历代梨园大师的美德。我干爹就是照着大老板程长庚的样子，把这些戏文毫无保留地传给了下一代。我甘愿当富连成这个科班教习，也是遵照祖师爷的教诲，为祖师爷传道，也是为实现我干爹的遗愿。

为寻找一个能接得下此戏文的人，我细细地观察了十多年。从出科送走的弟子，到你们‘连’字辈这一科，我观察你就观察了六年。这六年，我发现你嗓子好，甜润，响亮，清脆，能高能低，高低都有韵味。——祖师爷给了你这个饭碗。你聪明又肯下功夫，师傅一教就会，而且肯钻研，长进快，出活儿。人品好，人缘好，同门弟子喜欢你，师傅们也喜欢你。德、艺、能的条件都有了。这六年，你跟这么多师傅学了各种门派的戏。叶社长是小荣椿科班的尖子，以衰派老生著称，唱念做并重。在念做上，有独到的功夫，他教你的《一捧雪》《南天门》《四进士》《坐楼杀惜》《失印救火》《马义救主》等，不都是重念做吗？蔡荣桂老师，与叶社长同出一门，是师兄弟。他精于靠把戏，与谭大王配《定军山》《珠帘寨》非他莫属。他教你的靠把戏不少，都是谭派的。我曾多次与谭鑫培老板、孙菊仙老板、汪桂芬老板‘后三杰’同台唱戏，对谭、孙、汪各家的戏路都很熟，该教的戏也都教给你了。到今天为止，你各个大家的戏路都有了。底子打得很瓷实，全科班的老师也都看好你，《三国志》这个大轴子的重担，就非你莫属了。”

“科班重视，萧老师栽培，马连良没齿不忘！”马连良听了萧长华这一番话，感动得热泪交流。他扑通跪倒在萧长华面前，举起右手起誓似的说，“马连良誓死学好这个大轴子戏，决不辜负老师的厚望！——承接师爷爷卢老板的遗愿，为祖师爷承业传道！”

萧长华看了马连良的态度，欣喜万分。连忙双手把马连良搀起来，仰天而叹道：“干爹，程大老板，三庆班的前辈们，你们可以含笑九泉啦！”

《三国志》中的三十六本戏文，共分为六个节次。前二十四本分四个节次；后八本从《舌战群儒》到《华容道》是一个节次，取名《赤壁鏖兵》。之后的四本合称《取南郡》为最后一个节次。

打这一天起，萧长华、马连良师徒俩，就昼夜加班，赶排这三十六本戏。

当排到第五个节次《赤壁鏖兵》中《借东风》一本的时候，萧长华感到诸葛亮的戏少，原稿中，诸葛亮出场只有四句唱，唱不出诸葛亮足智多谋的形象来。他与马连良连夜加工，借鉴《雍凉关》的二黄导板、回龙、原板的唱法，重新设计出场的唱腔。萧长华先写出唱词，然后一句一句安腔儿，让马连良唱。师徒俩整整熬了一个通宿，终于把腔儿理顺了。

天亮了，正赶上叶春善查早功，一见他们俩的面，就大笑起来。他这一笑，引来别的老师、同学都来看，大家一看，也都哈哈大笑起来。原来这师徒俩在油灯下熬了一宿，油灯冒烟，把他们熏得顺两个鼻孔留下两道子黑烟印，像鼻子里长出了胡须一样，这才引来大家发笑。

这爷俩不知道大家为何发笑，莫名其妙地用手在鼻子、脸上抹一把。不抹不要紧，一抹更成了满嘴巴黑烟子，大家笑得更厉害了。

叶春善知道他们熬了一宿的夜，笑着说："别抹啦，都成三花脸啦！——快洗把脸，去睡一觉吧！"

师徒俩明白了大家笑的原因，萧长华风趣地说："洗什么，就着'脸儿'唱吧！"他用手指指大家，"都别走，听听这段唱！"

说着，他喊来琴师，对琴师说："给他定弦儿，二黄导板，回龙，转原板。"

琴声一起，马连良放开声在院子里唱了起来："习天书玄妙法犹如反掌——"

那悠扬深沉婉转高亢的声音，在富连成的大院里回荡，刚才所有围观发笑和其他练功的人，都被这悠扬的唱腔打动了。大家静静地听着，一直到听完，都情不自觉地鼓起掌，叫起好来。

就是这段唱，马连良唱了一辈子，修改了一辈子。这段词曲越改越精，一直传唱了一百多年。至今，仍是马派最叫好的唱段之一。

萧长华一鼓作气，把这一节次的戏文合并、归拢、理顺。把场次、人物、唱腔都捋顺好，连成一本《群英会》，推向舞台。

就这一出戏，在京剧舞台上红火了一个世纪，马连良在这出戏上红火了半个多世纪。这出戏，也成就了富连成科班几代众多弟子的威名。

经过几个月的排练，富连成将三十六本《三国志》推向了广德楼戏园。几十年不唱的连本大轴子戏又开唱了！北京城的戏迷像炸了窝一样，涌向广德楼。

马连良的名字，随着这炸了窝一样戏迷的传扬，在京城奔走。

有一段散曲【仙侣·村里迓鼓】以记之：

看人从小儿看大，自根儿志向堪夸。一心要走伶人路，遂将富连成当家。六年的科班业，吃苦啊，挨打受罚！台上四功五法，皮肉苦，血汗洒。呀！多少死活摔打换来个喝彩声佳。

【元和令】清晨不见朝霞，落日未见昏鸦。只听得吊嗓杜鹃对天涯，盼只盼声不嘶哑。还得讲五声四呼，尖团气口到家。

【上马娇】撕裂腿，扭腰胯。倒立走趴趴，筋斗小翻刀枪把。咱，诸活儿到家。

【游四门】天天练唱念做打，每日里比画。手眼身法步功法，还转眼磨牙。咱，纹丝儿不差。

【胜葫芦】师傅手把手教咱作耍，摆水袖甩法，涮雉翎帽翅转花，喷火耍牙，捋髯吹气，咱一些儿不落。

【后庭花】咱背戏文儿唱念滚瓜，声腔五眼高拔。念白如数豆，身段达潇洒。台步随板，跟鼓经走趟马，撩袍端带耍，做戏台上行家。

【青哥儿】呀！六年间恍然恍然一刹，端的是学那学那名家。师承前后三鼎甲。各派各家，兼收并拿，台上说话！施展身手东西南北走天下，氍毹争老大。

第一〇〇回

一师高徒成瑜亮
净行逞强有余威

净行是戏里不可少的行当。元杂剧里，把戏里的角色行当称为生、旦、净、末、丑。从排列顺序上就可以看出，净行仅次于生、旦，属第三位。

“净”，也叫花脸。分大花脸、二花脸。

大花脸又称“黑头”或“铜锤”，是演出中以唱功为主的花脸。戏中包公和徐延昭，都是花脸，因为这两个人物都是以唱功为主。包公的脸谱是黑色，徐延昭上场就抱着一柄铜锤，人们就习惯地把大花脸称为“黑头”或“铜锤”。大花脸多扮演文官，或文雅沉稳的老臣。

二花脸又称“架子花”，是以动作表演为主的花脸。他们的表演以身架见功夫，身段动作豪放大气，威风凛凛，充满霸气和威猛。如楚霸王项羽、张飞、李逵等。

花脸就花脸，怎么又叫净行呢？因为花脸的脸谱化妆比较复杂，涂的油彩最多，最不干净，卸妆时洗脸最费事，洗净洗净，洗的次数多，总是净、净、净得洗，就把这个行当叫作了“净行”。

皮黄形成以来，相继的净行名家有徐宝成、何桂山、叶中定、金秀山、刘永春、钱宝峰、庆春圃、黄润甫，都是老一辈的净行。当红的净行名人有三个，一个是郝寿臣，一个是侯喜瑞，一个是金少山。

郝寿臣和侯喜瑞师承一人，就是黄润甫。他们虽师承一人，但却不是师兄弟。

侯喜瑞是科班出身，他是富连成科班的第一期弟子，但却不是“六大弟子”之一。他祖上是河北衡水，因家境贫寒，十一岁入富连成科班学戏。入科班的时候，是富连成科班成立的第二年，是扩招招进来的。扩招之前就有了“六大弟子”，他扩招进来之后，算作第一期的弟子，是第七位。因而也排在“喜”字辈。

萧长华看他唱花脸是块材料，就教他学唱曹操的戏。他悟性好，又肯下功夫，对曹操的奸诈权变理解得深，刻画得好，精而又工，在富连成的戏班里博得了个“活曹操”的绰号，奠定了花脸的基础。当时他学黄润甫，走架子花的路子，武功身段都有黄的影子。

侯喜瑞老诚敦厚，又很讲感情，他科满后，执意不出科，仍留富连成教戏，算作对母校的回报。他能戏很多，不只教花脸戏，武生、小生、武旦的戏都教，一连教了两科，五年之后才离开富连成。

因为在富连成，他的花脸就唱得很有名望，所以一离开富连成搭班，搭的都是名班、名人。老生他搭过余叔岩、言菊朋、高庆奎、王又宸、孟小冬、马连良、谭富英；武生搭过杨小楼、李万春；旦角他搭过梅兰芳、程砚秋、尚小云、荀慧生、朱琴心、徐碧云、筱翠花等。因为他姓侯，为人老实敦厚，和谁都合得来，大家都喜欢他，戏称他为“侯爷”。

可是这位“侯爷”，无论搭谁的班都是排第四位的角。梨园有规矩，生旦主角总是排第一、第二，其次才是净行。净行内，他经常排在郝寿臣的后面，郝寿臣第三，他第四。这使他心里很不自在，但又考虑和戏班的关系，也不好说什么，只好屈就第四。

郝寿臣是在唱戏的实习中学的本事，主要是学李连仲。李连仲是黄润甫的弟子，因此与侯喜瑞可说是同门，都是黄派花脸。二人同门不同辈，所以不是师兄弟。郝寿臣比侯喜瑞大六岁，郝搭杨小楼戏班登台唱戏的时候，侯喜瑞还在富连成教戏，论戏台上的资历，侯喜瑞比不过郝寿臣，论本事各有千秋，所以侯喜瑞总是排在郝寿臣之后。

郝寿臣虽未坐过科，但很有志气，初出茅庐时，他搭三乐班陪董桂笙唱《捉放曹》，他饰曹操，嗓音呲了花，一连得了三个倒好，很伤面子。第二天他就打好铺盖卷，找到管事的辞了班。从此立志，嗓子练不好不再登台。回家之后，他卧薪尝胆，暗下苦功，练嗓子，唱念俱练，两年之后突飞猛进，重新登台，一炮而红，被杨小楼看中，逐步走向大红大紫。

后来他曾搭高庆奎的班唱戏，唱《七擒孟获》时，他扮魏延，连演连满，很是叫座。他看火候到了，就找到高庆奎谈公事。“公事”，是戏界工资待遇的专用语。

“高老板，这个戏很吃功夫，挺累人的，能不能给加点嚼谷？”

高庆奎听了很是为难：“郝爷是想长戏份？”

“是。场场满座，班里收入多了，给加点嚼谷呗。不能光是小驴颠，小驴跑，还得小驴不吃草哇！”郝寿臣说得很直接。

他哪里知道，高庆奎的戏班一直上座一般，就是这出《七擒孟获》有点起色。高庆奎的经济压力正大着呢，而且戏班人多，涨一个，别人涨不涨？这个口子他不敢开。

当着郝寿臣的面，他只得敷衍：“眼下亏空还没填上呢，等以后咱日子好过了，亏待不了你郝爷！”

郝寿臣不吃他这一套，当下变脸说：“既然老板有难处，也不勉强。这戏我唱不了了，您另请高明吧！”

说完摔门而去。

郝寿臣不上台，戏还得唱啊！高庆奎只得派人去请侯喜瑞。“侯爷”这次可是占了上风，头一次排了个第三位。侯喜瑞的活儿是科班的底子，瓷实。唱起《七擒孟获》来，也是风生水起，上座很好。高庆奎马上给“侯爷”长了戏份，也算是给郝寿臣个脸子看。

郝寿臣自讨无趣，只得辞班另选出路。

当时，戏班直接管戏份的不是老板，是经励科。经励科的人谈戏份一向没有真话。他们欺上瞒下，给来搭班的人说一口价，上报班主的又是一口价。他们暗中扒皮，克扣搭班伶工的报酬。坑了搭班的，宰了戏老板。经常为此造成搭班的和班主之间的误会，弄得大家不愉快。唱生旦的大角都挑班，谈不上挨宰的事；不挑班的生旦角，长期搭一个班，按月拿报酬叫包月。净行和丑行以及流行，戏码少，只能随叫随到，一出戏一结账，叫戏份。郝寿臣虽然算得上是净行大角，但也是随着戏走，有戏就登场，没戏就歇菜，挣的是戏份。经励科的人克扣戏份的事，谁心里都明白，就是不敢说，得罪了经励科，他给你穿小鞋，不派你的戏，让你永远不得上场。

郝寿臣对此事一直耿耿于怀，他琢磨出了个整治经励科的主意：他把自己所唱每出戏的戏码列出一个单子，每出戏的戏份根据吃功大小，明码标价。来邀角者照单付款，先交款，后唱戏。这一招儿，整得经励科的人牙根疼，可又没办法。请不请他唱戏是老板的意思，经励科做不了主，人家有明码标价，骗不了班主，因此都暗暗恨他。

他戏份定得不低，一般的小戏班还不敢请。可是像杨小楼、余叔岩，以及四大名旦的戏班，都请他，要的是水平。尤其杨小楼，净行最看得上的就是他郝寿臣。郝寿臣也最讲报恩，他搭杨小楼的班从来不提戏份的事，给多给少都认真唱戏。谁让杨小楼对自己有知遇之恩呢！

在架子花里，有“活曹操”之称的仅他们郝、侯二位。

郝寿臣善于体会人物性格，能把曹操奸诈、凶狠、霸道和官场的气魄表演得活灵活现。他个子不高，体型微胖，有宰相的官气。他唱念讲究，能把曹操的奸诈从声腔里表现出来。

侯喜瑞个子矮小干瘦，但有科班的武功底子，身架潇洒，身段边式，举手投足都恰到好处。他念白有炸音，先声夺人。一出场，念定场诗，就彩声四起，很有人缘。

这两个架子花可说是不分伯仲，有瑜亮之称。

二人旗鼓相当，但郝寿臣总排第三，侯喜瑞总排第四，侯喜瑞心里不服气，老是耿耿于怀。有一出用两个架子花脸的戏《闹江州》。剧情是李逵大闹江州之后，名声大震。有个赌徒名李鬼，就假冒李逵之名在江州一带打家劫舍，专以剪径为生。不想一天他剪到了李逵的头上，两个李逵就打将起来。李鬼当然不是李逵的对手，被李逵拿住。问起情由，李逵知李鬼家有老母，无以为养，干剪径生意是为了孝敬老母。李逵念他是个孝子，就赠以银两，劝他改邪归正，谋个营生，好自为之。在这出戏中，李逵是主角，李鬼是配角。但二人化装、行头、动作都一个模样。

戏班派了这出戏，请郝寿臣扮李逵，侯喜瑞扮李鬼。

侯喜瑞本心就不服郝寿臣，二人同台，打起把子。侯喜瑞使出科班的功夫，斧子耍得花哨威武，想以此“喝”掉郝寿臣。

郝寿臣也看出了侯喜瑞的意思，心想，别看你有科班打把子的底子，我也不能让你“喝”到戏台上。于是使出浑身解数，和侯喜瑞对打起斧子。一场斧头大战，打了几个回合，对来对去，不分彼此。

武场也觉得场上不对劲儿，几次换锣鼓点，给信号，就是刹不住。

此时，侯喜瑞有些个性急，手头把不准，一斧头抡过去，砍到郝寿臣的手臂上。好在斧头是木板做的，没有大耐。可手臂却是血肉长的，郝寿臣手臂一麻，手中的斧头落到地上。

正打得难解难分的时候，斧头被打掉了，气得他一跺脚，“嗨——！”转身下场了。

留在台上的侯喜瑞，也挺不好意思，打到这个份上，也出乎他的所料。没奈何，弯腰捡起郝寿臣的斧头，怏怏地也下了场。

打从这件事起，二人再没同过台。

侯喜瑞确实有科班的底子，身段、唱、念，都有独到之处。尤其唱《连环套》，扮演窦尔敦是一绝，号称“海内第一人”。“坐寨”一上场的〔点绛唇〕念得字字有交代，处处带身段，唱出了窦尔敦的英雄豪杰气魄。“盗马”的第二场是背着观众出场，然后转身唱〔摇板〕“来之在，山洼内，四下窥望……”到“耳边厢，又听得，梆音儿响亮，此乃是天，助俺成功也。”边唱边念，边做身段，用右手往左推髯口，身体做蹲矮架子，念到“成功”二字时用手拍右腿，然后踢腿亮相。这一连串的唱、演动作，一口气完成，干净利索，毫不拖泥带水，把个豪杰的形象活灵活现地表演出来。场内鸦雀无声，最终喝彩不止。

在“拜山”一场，窦尔敦手接过“名帖”，交予左手，撕开来看，念白道：“浙江绍兴府保镖黄——”，念到此，一诧异，站起来又坐下，急问，“此人有多大年纪？”

喽啰答：“三十上下。”

窦尔敦一顿，不屑地道：“后生之辈，叫他进来。”

说此话时，他把拿名帖的左手抬起来，把名帖夹在指间，用右手一磕，名帖飞向下场门的上角。就这一手，将窦尔敦自持武艺高强，目中无人，蔑视来人的表情表演得入木三分。场内顿时彩声满堂。

郝寿臣的窦尔敦，在“拜山”一场，演得窦尔敦精神饱满，痛快淋漓，和杨小楼所演的黄天霸，对啃起来，唇枪舌剑，功力匹敌，有气魄，有韵味。有山大王的英雄大气。但比起侯喜瑞的身段，稍显不足。

可是杨小楼唱《连环套》，宁肯用郝寿臣，不用侯喜瑞。杨小楼觉得郝寿臣的火候把握得好，他把窦尔敦演活了，演出了气质，但不过分。与自己的水平匹敌，恰到好处。若用侯喜瑞，侯的气势咄咄逼人，一定喧宾夺主，就把杨小楼给“喝”了。“喝”是梨园术语，就是盖过去了。他武戏文唱，要保持风格和盛名，晚年就更不敢用侯喜瑞了。

郝寿臣五十岁出头就息影舞台了。

侯喜瑞再也不当第四了！不但不当第四了，也“牛”了起来。

要唱《连环套》，不是像样的武生配戏他不登台。是像样的武生，他也得挑挑拣拣，还得拿双戏份。

王又宸的儿子王士英是唱武生的，是个绣花枕头，中看不中用，人称“妹妹武生”。也就是王又宸的戏班用他，别的班根本搭不上。王又宸为了拉把他，就请侯喜瑞陪儿子唱一次《连环套》。侯喜瑞看在王又宸的面子上，卖个人情勉强答应，但必须拿双戏份。为了儿子，王又宸认了。哪知到了台上，王士英根本凑不到戏上去，彩都让侯喜瑞得了，王士英干撅着，一个彩没落着，绕着陪侯喜瑞杵了一个整场。他这才体会到，没有真本事，实在受罪。

杨小楼去世之后，孙毓堃把永生社的班底接了过来，孙毓堃的武生功夫得俞振庭和杨小楼真传，在晚辈里头是拔尖的，有“小俞振庭”之誉。他接了杨小楼的班底，也占了杨小楼经常唱戏的吉祥园，填“坑儿”。为了打名声，打算请侯喜瑞来托托场，就派人去请侯喜瑞。

侯喜瑞一听来意，便撇扯着嘴说：“怎么着，小振庭儿，也想跟我唱《连环套》吗？不成您哪！他的火候儿还差得远哪！”那种骄矜之气，就像是戏台上《法门寺》里的刘瑾。派去的人好一阵关说，总算给了个面子，答应来上戏，当然是大戏份啦。

到了台上，孙毓堃铆足了劲儿，和他“对啃”，总算没被他“喝”掉。

这件事，很让武生们看不下去。

经常与侯喜瑞合作唱《连环套》的武生周瑞安，气不忿儿说：“看我怎么收拾收拾他！”

第二天还是在吉祥园，他约侯喜瑞唱《连环套》，这是老搭档，侯喜瑞不好摆谱了，答应上场。在“拜山”一场戏，黄天霸和窦尔敦“对啃”。

窦尔敦：“与我拿下了！”

黄天霸：“你们住了！想俺前来奉帖拜望……俺要皱一皱眉头，算不得黄门中后代！”

窦、黄二人都在激愤之中，双方怒目而视，剑拔弩张，黄天霸边拍着肚子念“俺要皱一皱眉头……”边往前赶步，为了留出表演的尺寸，窦尔敦只得挪步侧移，周瑞安有意前逼，侯喜瑞步步躲避，直把个窦尔敦逼到下场门儿，眼看就要下场了。观众都看乐了，侯喜瑞这才恍然大悟，也忍不住乐了。

下了场，他对周瑞安说：“这回你可把我给喝了！”

平常闹是闹，闹完了，还得按规矩唱。周瑞安和侯喜瑞是老搭档，总是绑在一起似的，谁也离不开谁。

那年隆冬时节，周瑞安和侯喜瑞在天津北洋戏院唱《连环套》，虽然天气寒冷，上座仍然爆满。

前厅的衣帽间里，来看戏的男客女客，皮大衣、呢子大衣、棉大衣，挂得满满的，有的挂不下了，只好码在墙边。

戏唱到高潮，正是窦、黄对啃的时候，台上如火如荼，台下连戏院的职员，都被吸引到戏中。

此时，衣帽间的火炉子也火热烘旺，喷出的火星子点着了那些衣服，衣帽间那些衣服就成了火引子，引起了大火。

大火苗子呼呼地从衣帽间窜出来，前厅的大火很快烧向剧场。

场内一下子乱了起来，人们纷纷夺路而逃！

台上也乱了，演员们也夺路而逃。

侯喜瑞逃到了马路上，身上的行头一样没卸，厚底靴、大绿花褶子，满脸油彩，一副苦相，蹲在大街上无可奈何。

幸好消防车及时赶到，扑灭了大火。可马路上全是水了，侯喜瑞怕行头沾了水，只得提着褶子，踮着脚尖溜到墙根儿，登着砖头贴墙站立。

周瑞安只穿了件紧身打衣，衣服单薄，直冻得浑身打颤。

第二天报纸上登出消息："昨晚北洋戏院失火，大街上淹了窦尔敦，冻干了黄天霸。"

金少山是金秀山的儿子，幼承家教，唱花脸走他父亲的戏路，铜锤、架子两门抱，都像模像样。在他父亲带领下与王瑶卿合演《金猛关》，与程继仙、荣碟仙合演《秦淮河》，与梅兰芳、朱素云、谢宝云合演《岳家庄》，和他父亲合演《白良关》《洪羊洞》《穆柯寨》。因为年轻，毛儿嫩，总是唱边配，不露头角。

唱小生的德珺如与金秀山是至交，他慧眼识珠，对金秀山说："你这个儿子，非囊中之物，将来会有起子！"

金秀山说："蒙您夸奖，无非唱个边配而已！"

"非也，非也！"德珺如说，"看他长得方面大耳，气宇轩昂，生就的好花脸的料子嘛！"

"跟着我唱了这么多年戏了，没见长进哪！"

"璞玉，璞玉嘛。如今还是土内明珠，将来会放光的。"

"贤弟不弃，交给您调教调教如何？"金秀山试探地问。

"果能如此，我三生有幸！"德珺如竟然慨然答应。

"那就行拜师礼，您就是他的师傅了！"金秀山当下摆席，让儿子行拜师礼。

来参加拜师礼的人都纳闷："一个唱花脸的，怎么拜个唱小生的为师呢！"

其实，金秀山心里明白，德珺如虽工小生，但人家是皇族后裔，学问渊博，肚里有货。儿子拜他为师，少学不了玩意儿。

他这个主意算打对了。德珺如收了金少山，像得了宝一样，他腹笥渊博，生旦的戏都会。既教他花脸的声腔音韵，也教他生旦的做派身段，还教他诗书礼仪。此外还请名净何桂山、黄润甫等教他台上的功夫。金少山一下子开拓了眼界，花脸的技艺大长。金少山生来的好嗓子，高低宽窄都能适应，唱铜锤，声音饱满，鼻音、脑后音、腹腔音，都运用自如。他个子高，膀乍腰圆，唱架子花，威武气魄，能压台。要唱有唱，要样有样，真如明珠出土，走到哪儿都叫好！

德珺如看他成型了，心里高兴，带他到上海去见梅兰芳。梅兰芳和德珺如是老搭档，听德珺如介绍，非常高兴说："德君慧眼，沙里淘金，有名师必有高徒。况且，少山我们以前也曾同台，戏路熟悉。德君高抬我，让我做什么，都没有二话。"

"初出茅庐，小试牛刀，请大贤拉他一把。"德珺如说。

"那就贴一出《霸王别姬》如何？"梅兰芳试着问。

"大贤高抬他了！"德珺如从心里为金少山高兴。

《霸王别姬》一出戏下来，金少山红了！

上海滩一下冒来出个"金霸王"!

梅兰芳对金少山也另眼相看。金少山真的面貌大变，装龙像龙，装虎像虎，发于内而形于外。真的如他所说"扮戏不是我，上台我是谁。"身上、肚里都满是玩意儿。梅兰芳和他签约，只要是有旦净合作的戏，非金少山莫属，二人在上海成了铁搭档。

不论铜锤、架子，只要花脸的戏，金少山都上。什么《二进宫》《锁五龙》《御果园》《牧虎关》《断密涧》《龙虎斗》《刺王僚》《失街亭》《连环套》《闹江州》《法门寺》《探阴山》等等。

因为金少山的到来，上海滩一时兴起花脸迷。称金少山：

"金嗓子"

"金霸王"

"十全大净"

金少山乘胜而上，单独挑班，成了净行独立挑班的第一人。

金少山的戏班，一头扎在上海，一唱就是十几年。

人出了名，钱也挣得哗哗的，他也放纵了起来。

钱挣得容易，花得也容易。他置起了宽房大院，顾了养花的、养鸟的、养猫的、养狗的、养狗熊的、养猴子的等一干人等。他对这些宠物都爱如珍宝，斗鸡，斗蛐蛐，斗狗狗……，凡是玩儿的，他无所不爱。尤其他训练的猴子，特别有灵性。同行往他家打电话，都知道他家是猴子管接电话。如果金少山在家，猴子即请来主人接听。如果主人不在家，猴子就把电话挂掉。人们都嘘称"金老板比猴精，猴比金老板还精！"

金少山回到京城，与郝寿臣、侯喜瑞鼎足而立。因为他是独立挑班，所以位列第一。三人的排列顺序，京城戏界似乎约定俗成是：金、郝、侯。

可惜金少山花天酒地，挥金如土。到了晚年嗓子失润，上座锐减，挑不起班来了，钱也花完了。死后连安葬费都是同行弟兄凑起来的。一代净行大家，沦落至此。悲也夫！

有散曲【越调・天净沙】唱道：

航船万里扬帆，风力借助桅杆，帆随风向旋转。支撑有点，船行盖过浪尖。

第一〇一回

无巧不成书信否
有丑才为戏诚然

有一句俗话曰："无巧不成书。"这句话，说书的、唱戏的，都认可。说书、唱戏的情节，不是误会就是巧合。这是最普通的表现手法。

"有丑才为戏"，这也是戏界的至理名言。

丑是戏里的作料，这味作料格外有味儿，没有这味作料，戏就显得枯燥没味儿，成不了"戏"。

丑，分文丑武丑。文丑又分大丑、小丑、方巾丑、丑婆子、彩旦。武丑又叫开口跳。

大丑，又名长衣丑，如《女起解》里的崇公道，《奇冤报》里的张别古。

小丑，又名短衣丑，如《红娘》里的琴童，《打樱桃》里的秋水。

方巾丑，是读书人里的丑角。通晓文墨，有股子书呆子酸劲儿。如《群英会》里的蒋干，《乌龙院》里的张文远，《审头刺汤》里的汤勤。

丑婆子，是年长的婆娘中的丑角。如《朱痕记》里的婶娘，《六月雪》中的禁妈妈。

彩旦，是年轻女子中的丑角。如《凤还巢》中的程雪雁，《锁麟囊》中的梅香。

武丑，是翻扑跌打的武把子中的丑角。如《花蝴蝶》中的蒋平，《白水滩》中的抓地虎。

开口跳，是既有翻扑跌打的功夫，又注重说白、神情、做表的丑角。如《连环套》中的朱光祖，《三岔口》中的刘利华，《巧连环》中的时迁。

丑角的念白一般用韵白，也叫京白，行话叫"上口"。也有的根据剧情，用方言念白，称为"方言白"。如《荡湖船》中的李君甫，说苏州话，叫苏白。此外还有川白、山西白等。

丑角的人才很难得，第一得有唱念做打的所有功夫，第二还要头脑灵活，反应迅速，能见景生情，随机应变。插科打诨要有分寸，是火候，还能临时抓哏，会适时适度地调节场上气氛。

丑行扮演的角色，好人坏人都有，五行八作，各色人等都有。如渔翁、樵夫、更夫、差役、老军、酒保、太监、土地等。多是下层劳动者，大多是好人。也有草莽英雄，如程咬金；还有文人，如蒋干；官场中七品芝麻官唐成。这些都不是坏人。

坏人也有。奸险的：《逍遥津》中的华歆；卑鄙的：《打严嵩》中的门官；贪狡的：

《乌盆记》中的赵大；势利的：《连升三级》的店主；诡诈的：《一捧雪》中的汤勤；奸夫：《翠屏山》中的海和尚等。

文丑，刘赶三之后，最出名的就是萧长华。

萧长华十一岁同哥哥一起，拜在梨园名宿徐承瀚名下为徒，排名宝铭。徐承瀚字文波，除唱戏外，还办科班，是当时招收梨园弟子最多的科班。其孙，即著名琴师徐兰沅。徐文波看萧长华聪明伶俐，口才机辩，就让他跟宋万泰学小花脸。宋万泰腹笥渊博，凡是丑行的戏都会。这正对了萧长华的心思，凡是老师教的，无论文丑武丑，他一概全学，而且是学无不精。这更让宋万泰喜欢，除了本工戏，老生、花旦、花脸的戏都教。这奠定了他后来在富连成科班当总教习的底子。

他科班一出道，就搭谭鑫培的同庆班唱戏，唱《天雷报》的贺氏、《审头刺汤》的汤勤，都活灵活现，很得谭鑫培赏识。萧长华最早是散搭各班，与当时的大角杨小楼、刘鸿升、黄润甫、贾洪林、金秀山、杨小朵都同台唱过戏。因为活儿地道，各个大家都争相抢他唱戏。直到在富连成当了总教习，还经常被人拉出来搭档唱戏。梅兰芳走红之后，他认定了梅兰芳，就只搭梅兰芳的承华社，与梅兰芳合作几十年。

说起萧长华的玩意儿，梨园上上下下，没有一个不敬服的。他只要上台，出出都是拿手戏。丑角为主的戏：《连升三级》的店家，《老黄请医》的医生，《选元戎》的程咬金，《一匹布》的张古董，《小过年》的王小，《打杠子》的刘二混，《绒花记》的崔八，《荷珠配》的赵旺，《变羊记》的贾妈，《荡湖船》的李君甫……。与老生配的戏：《群英会》的蒋干，《审头刺汤》的汤勤，《法门寺》的贾桂，《黄金台》的侯銮等。与武生配的戏：《骆马湖》的樵夫带酒保，《青石山》的王半仙等。与青衣配的戏：《女起解》的崇公道，《玉堂春》的医生，《春秋配》的贾氏，《六月雪》的禁婆，《西施》的伯嚭，《太真外传》的杨国忠，《凤还巢》的朱焕然，《生死恨》的胡为，《霸王别姬》的老军。与花衫配的戏：《贵妃醉酒》的高力士，《乌龙院》的张文远等。

他所搭唱的戏不下几百出。但不论演那个角色，他都能演得入木三分，活灵活现。

蒋干、汤勤、张文远都是读书人，都是方巾丑。但性格绝然不同。萧长华把每个人都表现得淋漓尽致。

蒋干是个迂腐而好自用的书呆子，萧长华扮的蒋干，一出场就是一副呆头呆脑而又自作聪明的迂腐相。“盗书”时，则大愚若智，喜不自胜，百拙藏巧，自作聪明。回到曹营，功高我慢，扬扬自得。直到酿成大错，曹操知道中计后，他还蒙在鼓里，懵里懵懂邀功取赏，一副迂腐到家的书呆子气。

汤勤是个阴险诡诈，忘恩负义的小人。他一出场就把个小人的嘴脸刻画得入木三分。此人为了贪图原主人妻子的美色，诡计用尽，陷害主人莫怀古，把莫怀古害得家破人亡。最后竟咬住“人头是假”不放，百般狡赖，变换嘴脸，施展诡计。在陆炳的抢白、挖苦面前，前倨后恭，诡诈阴险，那副嘴脸让人看了唾骂厌恶，恨不能跳上台去，掏出他的狼心狗肺！当陆炳识破他的诡计，同意将雪雁配他为妻时，他自以为诡计得逞，立即匍匐在地，感恩戴德，得意忘形。整场戏表现出他翻手为云，覆手为雨的狡诈阴险形象。与蒋干相比绝对判若两人。

张文远也是书生，但却是个贪花恋色的另一类书生，这个方巾丑又是另一副嘴脸。这是个有贼心没贼胆的贪色小人，他与阎惜娇暗中来往，又怕被宋江知晓，欲罢不能，而又淫心难耐。踌踌躇躇，畏畏缩缩一副偷鸡摸狗的穷酸恶醋劲头。萧长华准确地把握了他的性格特点，忽而热情，忽而怯懦，拿捏分寸，恰到好处。把个贪花恋色的书生小人，演活了。那份境界，其他小花脸盖莫能及。

《连升三级》的店家，是另一类小花脸。这是个充满小市民意识的下层人士。起初，他看王明芳是个穷秀才，于是表现出一副看不起而不屑一顾的劲头。居然在秀才面前，信口开河的大讲起四书，讲得牛头不对马嘴，却神气活现。待王明芳高中后，他则马上百般奉承，千般巴结，像侍奉祖宗一样伺候王明芳。萧长华把这个势利眼的小人物，演得浑身是戏，入木三分，演技真乃炉火纯青。

《女起解》中的崇公道，是个老解差，也是个下层人物。但这个下层人物练达世故，厚道老诚，是个好人，但却带点衙门习气。一个老解差，押解一个年轻的女犯人，既同情又怜悯。他与苏三的加白，不死抠戏词，说得自然通俗，像爷俩拉家常。插科打诨不温不火，不卑不亢，贴切而充满生活气息。他和梅兰芳唱这出戏，一直码列大轴，几十年长演不衰。

还有一出戏，名《荡湖船》，这是一出丑角闹戏。戏中角色全是丑。四个男丑，一个彩旦（女丑）。戏里既没有西皮也没有二黄，只念苏白，唱苏州小调，也叫苏滩戏。

这出戏的主角李君甫，由萧长华扮演。他出场戴瓜皮帽，穿蓝长袍，黑坎肩，腰间系一块褡包，青衫裤，白长筒袜，福字履。戴一副黑框平光眼镜，一副闲散的没落商人打扮。

李君甫先上场，念诗：“春游芳草地，夏逛莲花池，秋饮菊花酒，冬吟白雪诗。”然后念白：“看今日天气晴和，不免荡湖船上游逛游逛。吆，那旁有人来了，闪在一旁。”

此时上来三个丑，两个扮骗子，一个扮闲散富人。富人头戴瓜皮小帽，帽顶上还垂下一股长穗子。勾红鼻头，带蓝眼镜，八字胡，黄长袍、紫坎肩，腰间也系一块褡包，褡包上挂着眼镜盒、槟榔盒、鼻烟壶、扇子等什物，黑薄底靴子，红彩裤。

李君甫看罢，再念：“一生忙碌碌，两脚走奔波，区区李君甫，爹娘养活我，一份家财传把我，都被我吃喝嫖赌弄得一场糊涂，没奈何生意赔本赚吆喝，只得荡湖船上找乐呵！”大段念白，没有唱，配上锣鼓、弦索造个气氛。边念边走太极图的圆场。

此时，船娘上场。船娘是彩旦，身穿竹布裤褂，手执船桨，上面系两条彩绸子。

念对儿：“从小生的伶俐，人人看见中意。”然后报家门，“我呀——，荡湖船上龙德官便是。”

接着念大段苏白，唱起苏州小调。此时，李君甫招手顾船，船娘伸过船桨，李君甫扶船桨上船，接过船娘甩过来的彩绸的一头。船娘开船，接唱苏州小调，李君甫随着小调，舞着彩绸配合。李君甫这个丑角，完全是戏引子，耍噱头，踩着舞步做戏，很吃功夫。

另外三个小丑，看着船上的表演，开始做戏。两个骗子，掏出一个独筒望远镜，那时候叫“千里眼”。交给富人，让他观看荡湖船上的船娘。船娘的美色和动听的苏州小调，以及李君甫的舞技，迷得他忘乎所以，神魂颠倒，只顾贪色去看美人。两个骗子开始下手：先从他腰间扒起，解下他的褡包，腰间的眼镜盒、槟榔盒、鼻烟壶、扇子等物，都一扫而空。然后再扒他的坎肩儿、袍子、上衣、帽子。看看没的可扒了，低头看上了他的靴子和裤子。一个骗子把他背起来，让他高点儿，再高点儿，告诉他高了看得清楚！另一个骗子顺势扒下他的裤子和靴子。此时船娘和李君甫唱得、舞得更精彩，那个富人全神贯注地陶醉在船上。荡湖船远去了，富人才发现自己只剩了条裤头，问骗子“我的衣服呢？”骗子指指远方，意思是让人给你捎回家去了。然后抢过“千里眼”，逃之夭夭。

闹戏，就是要闹出个花哨来。无论大戏、小戏、闹戏，萧长华都能抓住角色的“戏眼”，表演到最佳处，表演出丑行宗匠的艺术风范。

萧长华是一个大角，但他从不充大。无论与谁搭档登台，哪怕是他的弟子，他都规规矩矩。在没有配戏的活儿的时候，唱帽戏儿，也从不推辞。像《请医》《一匹布》《小过年》《绒花记》《荷珠配》等小戏，他都单独上过场。

萧长华任富连成总教习三十六年，从第一科到第七科，弟子七百多人，可说是桃李满天下。他以身教代言教，师为学范。平时穿着总是布衣、布鞋、布袜子。不动烟酒，家里不雇佣人、保姆，唱戏不带跟包，一切躬亲自理，勤俭持家，谦和待人，朴素为本。最可贵的是，他的众多弟子，不论是谁请他来配戏，他都不论辈分，欣然上场，捧足输赢。

他腹笥渊博，能编、能演、能教、能排，不止是丑行宗匠，可说是京剧全才。不仅富社的学生，所有梨园中人，都尊称他为“萧先生”，以师傅相待。

田汉写诗赞扬他：

三冬两夏苦耕耘
百载梨园一老军。
盗柬争疑真蒋干，
审头都说活汤勤。
艺能已是醇如酒，
桃李于今密似云。
难得称觞新社会，
再抛心力福人群。

平时他扶危济困，仗义疏财，凡有义演或公益活动，义不容辞。对恩师感恩戴德，对恩师的后代徐兰沅、徐碧云诸多照顾，恩师的坟茔年久失修，他二话不说，掏出一千多块银元修缮一新。

与萧长华同时期的名丑还有王长林、慈瑞泉。

晚辈的名丑有马富禄、茹富蕙和叶盛章。这三位都是富连成的弟子，都得过萧长华的真传。名师出高徒，自然青出于蓝而胜于蓝，堪称一时才俊。

叶盛章是叶春善的三儿子。老北京的买卖人有一句俗语“柜上不能有三爷”。所谓“三爷”就是东家的少爷、姑爷、舅爷。用“三爷”容易徇私情，让同人看不起。事实上也是，“三爷”在柜上，伙计们不肯严厉督责，便把他们宠坏、贯坏，养成废物。不但“三爷”业务干不好，主家买卖也受影响。

这很有商业道理。叶春善也遵循此理，把三儿子送到朱幼芬的福清社去学戏，不到两年，福清社倒闭了。无奈之下，叶盛章才入了富连成。编入四科，排“盛”字。那时他才刚满十岁，叶春善看儿子长相不够丰满，让他学武丑。他对儿子督责很严，各位教师都知道叶春善的脾气，对这位少老板毫不放松，绝不徇情。叶盛章在父亲和老师们的严加管教下，也很用功，他个子不高，但很壮实，腰腿灵活，练就了一身好功夫。萧长华又把王长林找来，教他武丑的戏，《跑驴子》《打瓜园》《祥梅寺》《巧连环》《打渔杀家》里的武丑，他都得以真传。文丑的戏，萧长华更是言传身授，把自己的玩意儿，倒竹筒似的都倒给了叶盛章。叶盛章得天独厚，一下子成了文武丑的全才。

到了出科的时候，因为他是少东家，不能出科，留在科班效力，他在富连成唱大轴。后来，创出了文武丑挑班唱戏的先例。武丑又叫开口跳，开口跳的主戏是“三盗一偷”。“三盗”即《连环套》盗钩，《战宛城》盗戟，《雁翎甲》盗甲。“一偷”即《巧连环》时迁偷鸡。当时北方的开口跳能唱“三盗一偷”的唯有叶盛章一人。因此他在京城独步梨园，号称“武丑大王”。他还有最拿手的一出戏就是《三岔口》。他演刘利华，堪称一绝。当时南方能与他配演《三岔口》的唯有盖叫天，他们两个唱的《三岔口》，号称“南北双雄”。

与叶盛章齐名的文丑当属马富禄。马富禄原籍河南扶风，生于北京，八岁入鸣盛和科班。后来科班报散，转入富连成。萧长华给他起名“富禄”，字寿如。他的丑戏，完全承传于萧长华。他天赋一条好嗓子，念白声音响堂，为人聪明，反应快，悟性强，官衣、方巾、彩旦、婆子，凡是大小丑的戏全会。出科之后，搭散班，杨小楼、梅兰芳、尚小云的班都搭过。大红大紫之后，搭上了荀慧生和小翠花的长班，最后被马连良挖到身边，长期合作。

有词【少年游】写道：

不是主角，戏中有戏，不能没有他。配角配戏，配得精彩，绿叶扶红花。　丑是戏中作料儿，有他味更佳。若知丑行甘苦事，见传神、本事大。

第一〇二回

真谭假谭争谭派
无君有君言菊朋

谭鑫培在世之时，京城有“有书皆作垿，无声不学谭”的说法。此说把谭鑫培与书法家王垿并列，可见谭鑫培名声的响亮。

谭鑫培去世之后，京城没了真老谭，假谭须生却比比皆是。越是二五眼的老生，越是以谭派为标榜。其实得谭鑫培真味者，实为凤毛麟角，寥寥无几。以谭派为标榜者多为滥竽充数，拉大旗作虎皮，包着自己，去蒙唬别人。

所谓“某派”这个词，以前在梨园界并未曾有。即使是程长庚、余三胜、张二奎前三杰，也不被称某“派”。

从后三杰谭鑫培起，才有了“派”这个叫法。这个“派”，是后来的文人，戏剧评论者，给“评”出来的。

所谓“派”的称谓，是有条件的。被称为某派的某人，首先必须有自己的剧目，演技独树一帜，有自己的独特风格，是名副其实的真正名家；其次是他这种独特风格必须得到社会公认，大众认可；再次，就是必须有众多人群追随、传承，形成一种艺术倾向和潮流。这才够得上称某“派”。

打从谭鑫培起，梨园众多名家，才有了“某某派”的称谓，于是，就形成了各个“流派”。

流派的形成，是戏曲繁荣发展，传承普及，兴旺发达到一定程度的体现。

通俗地说，“派”就是一帮人。眼下“谭派”这些滥竽充数的标榜者，也是追随潮流的一帮人，从这种意义上说，也算得上是谭派。只不过是精和不精，水平够和不够的问题。

这种谭派遍京城的局面，着实着恼了一个人，这个人就是言菊朋。

言菊朋是谭鑫培忠实的追随、观摩、学习、研究者。从小到大，从上学到任职当差，他从来没有停止过学习谭鑫培。在阳春友会票房，以及各票房票戏，普遍被公认为“谭派”的，就是余叔岩和言菊朋。余叔岩后来真的拜在谭鑫培门下，成了谭鑫培的弟子，那就是当然的谭派了。

言菊朋因为没有机会拜在谭鑫培的门下，他知道，要学得谭派的真本事，就得比拜在谭门下的徒弟，下更大的功夫。这点，他有比余叔岩优越的条件，因为它是票友而不是戏班的演员。那个年月，梨园的规矩是，凡戏班的演员，不准在戏园或堂会看戏，怕有捋叶子之嫌。而言菊朋是票友，他就可以到戏园随便买票看戏。尤其是老谭的戏，不管是戏园还是堂会，他是一场不落。余叔岩自从拜了谭鑫培为师，就不如他方便了。因此，言菊朋现场学谭的机会就更多。

除此之外，他为学到谭鑫培的真玩意儿，访遍了谭鑫培周围所有的人。他也像余叔岩一样，把陈彦衡请到家来，拜师求教。

陈彦衡很喜欢言菊朋，因为他们都是出身诗书传家的书香门第。又都饱读诗书，学识渊博，还都热衷皮黄。脾气相投，爱好相投，二人一见如故。他与言菊朋不以师生相待，而以相知的朋友相待。于是，他将从老谭那里看来、学来、研究来的知识，毫无保留地传给了言菊朋。

言菊朋也精通音韵，二人对老谭的唱腔，细细品味，细细分析，将尖团字，上口音，闭口音，等五音四声，发气用力的部位，都讨论得头头是道。言菊朋从陈彦衡那里不光学来了谭鑫培的玩意儿，还学得了很多京剧实用的音韵知识。他将学的知识运用到实际演唱之中，对老谭的唱腔驾轻就熟，唱得特别流畅顺当。

就是这样，他都不敢打老谭的旗号，以“谭派”标榜自己。可是，老谭去世之后，市面上，却遍地“谭派”。这能不让他着恼吗？

虽然言菊朋从来不以谭派自诩，桃李不言下自成蹊。当时京城的名家，凡到票房和他唱和过的，都知道他言菊朋是地道的谭派。陈德霖、杨小楼、梅兰芳、王瑶卿、王凤卿等都和他同台唱过戏，都很佩服他这个地道的谭派票友。到票房票戏或看过他戏的票友，也都称赞他是地道的谭派。

戏园里唱戏的谭派，除了余叔岩之外，很少有人比得过这个不在戏园唱戏的谭派。一时，也成为京城的一大新鲜事。

因为京城对言菊朋的呼声越来越高，名家们要唱谭派戏，就来邀言菊朋进戏园搭班。

按照精忠庙的规矩，未经坐科的票友，是不能随便进戏园登台唱戏的。如今是民国了，精忠庙的规矩也不太灵了。

但票友进戏园唱戏，也与坐过科的真正演员不一样，区别就在写水牌和戏报上。

水牌和戏报上，在写票友的名字时，姓氏后面要特别加一个“君”字，既是显示与真正演员的区别，也是对票友的尊敬。说明人家的出身不是“下九流”，人家是正人“君”子,“票”戏而已。

所以言菊朋在被邀请进戏园唱戏时，就被写为“言‘君’菊朋”。

言菊朋被邀的次数多了，他谭派的名气在京城也越传越广。“言君菊朋”的“君”字，就特别显眼。

梅兰芳是个善于提携人的艺术大家，他与人搭档唱戏，从不论资排辈，只要是活儿好，和谁都可以同台。在京城唱戏，当余叔岩不方便的时候，要找谭派搭档配戏，必然邀请言菊朋同台。

梅兰芳一向敬重文人，言菊朋的谭派戏路很精，同台配戏接榫很对茬口，梅兰芳对言菊朋很为敬重，一向以“言兄”相称。言菊朋能与当红的大家同台，也深感荣幸，对于梅兰芳的礼贤下士也深为敬佩。他对梅兰芳从不以“老板”相称，一直称呼“梅先生”。一举一动，对梅兰芳十分尊重。因此两个谦谦君子，关系处得很和谐，俨如兄弟一般。

梅兰芳第二次被邀请到上海唱戏，来邀戏的人，点名要梅兰芳带一个谭派须生。梅兰芳本来是想请余叔岩同往，但余叔岩因事脱不开身。王凤卿此时嗓音有些失韵，正在家养嗓子，并且他也不是谭派。没办法，他想到了言菊朋。他对管事的说：

“他要能去当然很好。只不过他是蒙藏院的官员，不知道他能不能脱得了身。”

管事的按梅兰芳的意思去找言菊朋，把梅兰芳的原话传给他。

言菊朋听后高兴万分。梅兰芳要带自己去上海唱戏，这是打着灯笼也难找的好事，机会难得，千载难逢。他不假思索，一口答应。

可是蒙藏院上班的事，怎么办？他想了个主意，正正经经地给院里写了一张假条，说是夫人高逸安有病，要陪夫人到上海看病，须请一段时间的假。然后托同事将假条带给院里的主事，自己就带上夫人，随梅兰芳登上了去上海的火车。

到了上海，他和梅兰芳同台搭档唱戏。上海的报纸，戏院的戏报都登了出来。

大字标明：京城青衣名旦梅兰芳，京城谭派须生：言“君”菊朋。

除了与梅兰芳唱搭档戏，他还单独唱了《空城计》《捉放曹》《定军山》等几出谭派名戏。

上海的戏迷爱哄场，几年看不到正牌的谭派戏了，一看言菊朋的戏，的确谭派十足，很是新鲜。场内哄嚷叫好，彩声不断。

报纸、电台都跟着炒作。把个谭派言“君”菊朋的名字，吵得红红火火。

言菊朋没想到，他这个谭派，在京城没声张，到上海却张扬得如此厉害！

梅兰芳在上海的合同期满，载誉而归。

感觉收获最大、最有成就感的就是言菊朋。他这个谭派，居然得到了上海戏迷的认可。想起来，他心里就美滋滋的。

当他满怀着成功喜悦的心情，回到京城的时候，等着他的却是兜头一盆冷水。——蒙藏院以：“请假唱戏，不成体统”的原因把他开除了。

是呀，上海报纸、电台那么大的动静，还能瞒得过去？报纸上白纸黑字，写得清清楚楚，还跟谁去辩解呢？

无奈，言菊朋索性一咬牙，“下海，唱戏！”

都三十岁的人了，才下海唱戏，与自小坐科唱戏的人比，他有许多先天不足。但回想自己二十多年的追求，不就是唱戏吗？这倒给了他一个咬牙跺脚，死心塌地唱戏的机会！

言菊朋真的下海唱戏了。

戏园写水牌的，也不用特意加一个“君”字了。真正下了海，总得有个招牌名号呀！

以前，他出于票友的谦虚，不公开以谭派为标榜，

如今下海挣饭吃了，就得堂堂正正，郑重其事地亮开旗号。他打出来的旗号是：谭派正宗须生。

号称“旧谭派首领”。

要说正宗老谭派，言菊朋并未言过其实。他自小就死啃着老谭不放。虽未经谭鑫培真传，他无论看戏捋叶子，求谭的搭档配角、谭的琴师鼓佬所教所传，都是地地道道的谭派戏。后来他又拜陈彦衡为师，都是学的正宗谭派。尤其他有文人的执拗，对所学每出戏，一定要学成原汁原味，丝毫不变的谭派，才算罢。对于他这个老谭派，京城的戏迷还是很买账的。所以他不管与谁搭班唱戏，只要水牌一写，保证满场。

因为他请假到上海唱戏，才真正下了海。所以，文人们送给他一副对联：

上海即下海，无君而有君。

有散曲【仙吕·寄生草】写道：

学谭不敢称谭派，怕辱没大家名号。不成想遍地谭派冒，真真假假鱼目混珠乱搅，唱的全不是谭派调。岂能再漠视装假做缩头？下海去君扶正谭道！

第一〇三回

江城借祖显身手
申沪绝艺平杂音

对于言菊朋的下海，最受震动的是余叔岩。余叔岩与言菊朋因“痰迷”而结为好友，又多年同在阳春友社票戏，因此他最了解言菊朋的底细。论嗓子，余叔岩唱不过言菊朋。论做功，言菊朋唱不过余叔岩。余叔岩有幼功，言菊朋半路出家，当然做功差一些。论戏路，两个人都是正宗的谭派。虽然余叔岩拜到谭鑫培门下，但言菊朋的谭派风格还是很瓷实的。如果言菊朋不下海，还当票友，言菊朋对余叔岩影响不大。如今言菊朋下海了，对余叔岩来说就是一个挑战。同是正宗谭派，就有了一个竞争对手。

这不得不让余叔岩多想了许多。如何更广泛地扩大自己的影响，牢牢站稳谭派的脚跟，除了自身的努力，还得有一点策略。在借梯子上楼，搭上梅兰芳的“车”，登了一个台阶之后，还得继续用这一招儿，扩大一下地盘。于是，他由与生旦的结合，转到与更多行当的结合，于是他看好了杨小楼的“桐馨社”。

自从杨小楼的第一舞台失火之后，他的陶咏社也一直没景气起来。杨小楼是个极讲义气的人，陶咏社与人合作，总是不挣钱，他很觉得不落忍，自掏腰包，补偿了亏损，另起炉灶，自己成立了桐馨社。

桐馨社刚刚成立，正是招兵买马的时候，杨小楼很看重余叔岩，打算请余叔岩加盟。因为余叔岩正在梅兰芳的翊群社应工，只是放了个口风，耐于梅兰芳的面子，不好直接邀请余叔岩，不愿落下挖人家墙脚的名声。

余叔岩本来就在打桐馨社的主意，听到杨小楼放出的口风，当然正中下怀。可是又不好意思当面与梅兰芳讲，怕落个出尔反尔，不够朋友。

正在为难的时候，梅兰芳来找他。其实梅兰芳也听到了杨小楼放出的口风，他也愿意成全余叔岩，总让人家挎刀，排第三位，确实委屈了余叔岩。况且余叔岩此时已拉家带口，有了女儿，家里开销大了，尽管有陈老夫子兜着，也该给人家一个挣钱的机会，总不能老拿别人一半的戏份啊。他要放走余叔岩，也不好直接开口，怕余叔岩多想，好像要甩掉人家一样。

正好，天津有一个戏园来邀梅兰芳去唱戏，余叔岩在天津有过不愉快的经历，他肯定不会随戏班去天津。梅兰芳正好借此机会放他出班。

梅兰芳一见余叔岩，磨不开面子似的说：“三哥，天津来人邀班唱戏，不知您脱得开身脱不开身？”

余叔岩一听，机会来了。也磨不开面子似的说：“是吗？哎呀，多好的机会呀！可惜，慧文这两天感冒发烧，得跑医院。你嫂子一个人顾大顾不了小，倒不过来……，我……我就别去啦！”

“哎呀，孩子闹病，大人焦心，您就照顾照顾大侄女吧！”梅兰芳接梯子下楼。

梅兰芳前脚去了天津，余叔岩后脚到了杨小楼的家。

杨小楼比余叔岩大十二岁。杨小楼曾和余叔岩开玩笑说，你父亲和我父亲是哥们关系，那么咱俩也应该是哥们关系；我和你岳父同台唱戏，也是哥们关系。如此论来，咱们俩应该是叔侄关系。是叫叔叔，叫哥哥，你看着办吧！余叔岩聪明，认大不认小。正儿八经地说：“哪有按老岳父的辈分排辈的，那样不就远了吗，还是叫哥哥亲哪！”

杨小楼听后哈哈大笑：“为了哥儿们亲，我就甘愿矮一辈！”打那时候起，他们俩就以兄弟相称。

杨小楼一见余叔岩登门，已猜到余叔岩的来头，不禁哈哈大笑。不等余叔岩开口，说：“别说啦，我正等着你唱《八大锤》哪！”

余叔岩心领会神。也哈哈大笑，“这回咱哥俩可算能‘打’到一块儿啦！”

杨小楼摆摆手，“二话别说，——喝酒！”忙令夫人置酒菜，二人对饮了起来。

就这样余叔岩转到了桐馨社。

余叔岩到了桐馨社，与杨小楼同台唱戏。合作的第一出戏果然是《八大锤》。

《八大锤》又名《断臂说书》或《朱仙镇》，是岳家军的戏。这出戏是出文武带打的戏，很有看头。故事是讲岳家军的四员小将大闹朱仙镇，把金兵打得落花流水。金兀术让义子陆文龙出战，方抵住四小将的进攻。岳飞帐下的谋士王佐，知道陆文龙是当年大宋国官员的儿子，被金兵掠去，由金兀术养大。王佐断去一臂，诈降金营，说服陆文龙，回归宋营，打败了金兵。

这出戏，是当年谭鑫培的拿手戏。老谭饰王佐，给他配演陆文龙的是武生王桂官。王桂官去世后，谭鑫培亲自为杨小楼排了这出戏，由杨小楼为他配戏。谭鑫培去世之后，杨小楼失去了配戏的人，一直撂着未演过。不光这出戏未演，以前曾与谭鑫培配过的戏都未演。所以，杨小楼提前放风，是想把余叔岩挖过来，把撂下的戏重新拾起来。因此一见面，杨小楼开口就说了“等着你唱《八大锤》的话”。

这出戏中，余叔岩扮王佐，杨小楼扮陆文龙。岳家军里的四员小将严正方、何元庆、岳云、狄雷所使的兵器都是双锤。四员小将，八个大锤，大闹朱仙镇。因此，戏名也叫“八大锤”。

杨小楼饰演的陆文龙，双枪把子，打得潇洒英武，节奏分明，台步稳健，舞蹈身段和把子配合得严丝合缝，汤水不漏。活脱表现出陆文龙英勇无敌，英雄年少的小将气派。

余叔岩扮演的王佐，断臂残身，诈降金营。在断臂之前，为忠君报国，思苦肉计，想良策，有一段脍炙人口的二黄唱段“听谯楼打初更玉兔东上，为国家秉忠心食君禄报王恩昼夜奔忙。……”唱得既动情又流畅，朗朗动听，比谭鑫培当年唱得不在以下。

尤其在后面自残断臂的表演，展现了功夫。随着“八达仓”一个鼓点，他身体就势后仰扬剑，腾空而起，在宝剑向下砍的瞬间，翻一个“吊毛”，同时扔掉宝剑，左臂就势抽出袖筒。与此同时，躲在桌子后面的检场人员，把一只假臂抛向空中。“吊毛”越过桌子，与假臂同时落在舞台中央。然后，跌起，甩发。这一连串动作，做得干脆利索，节奏分明，协调不乱，美不胜收。演得扣人心弦，惊心动魄。

他和杨小楼的这台表演，可说是珠联璧合。观众，内行，台上台下都赞不绝口。

接下来的日子，他们又合作了《定军山》《阳平关》《五截山》。这三出戏，连下来唱是一出戏。余叔岩扮黄忠，杨小楼扮赵云。黄忠在戏中扎靠，戴扎巾，以武老生应工。余叔岩完全以谭鑫培的唱法，绝不在台子上“洒狗血”，乱折腾，而是稳扎稳打，表现老将黄忠忠心耿耿，尽心效力的大将军风度。开打打得精练集中，念白念得深沉凝练，唱段唱得流利自然，俏头分明。看了他的戏，让人更怀念老谭，觉得谭鑫培有眼力，传了个好徒弟。

杨小楼扮的赵云，出场一个朝天蹬，挺拔峭立，威风凛凛，演出了他自己的风格。

之后，他们又唱了《连营寨》《天雷报》《连环套》等戏。他俩越合作，越觉得找对了搭档。杨小楼找到了当年与义父谭鑫培配戏的感觉；余叔岩通过杨小楼，也找到了谭鑫培当年在戏台上的感觉。

二人相得益彰，把谭派戏又演绎到一个新的层次。

正当二人合作得非常和谐的时候，又传来一个好消息：汉口举办名伶大会演。

此会演，由当地巨绅出面，遍邀京城名角，轮换演唱，为期四个月。每个名角演唱一个月，这四个月是这样安排的：陈德霖半个月与刘鸿升合演，半个月与王凤卿合演；王凤卿和陈德霖演半个月，再与梅兰芳合演半个月；梅兰芳接茬再与余叔岩演半个月；余叔岩，后半个月与杨小楼合演。

这个排法对余叔岩来说是天作之美。他一个月之内，与刚刚合作过的两个大角再度合作，熟戏熟角，轻车熟路。加之，这两个大角都是挂头牌的，他是傍角挎刀的，不会太吃力。

更对余叔岩有利的是，地利。——唱戏的地点在汉口，那是余叔岩的祖籍。当年余三胜哥俩就是从湖北出发，北上京师，而成就了前三杰的名号。余叔岩是名角之后，这是湖北的骄傲。况且他又是另一个湖北名伶谭鑫培的弟子，而且在京城也亮出了正宗谭派的旗号，就更让汉口人高看他一眼。

如此，天时地利人和，都让余叔岩赶上了。他很会利用这个机会。为这两个大角挎刀，他尽心尽力，做到珠联璧合。他垫了这二位的台，这二位也提了他的位，汉口的观众很买他们的账。这二位大角也有意高抬余叔岩，每人唱过几出大轴戏之后，就改唱压轴戏，把大轴让给余叔岩。

余叔岩看这二位大角如此抬举自己，他知道这是给他机会，让他在祖籍好好表现一番。余叔岩更知道时机的重要，就着祖籍地利的环境，好好成就自己。

为唱大轴戏，他搬出了岳父陈德霖，以《雁门关》打炮。他扮杨四郎，陈德霖扮萧太后。第一场大轴的炮戏就叫响了。

接下来几场又唱了《珠帘寨》《南天门》《宁武关》等。

几出大轴戏唱过之后，余叔岩的名字在江城火了起来。他这一个月唱下来，给湖北人挣足了面子。湖北人也把余叔岩等同梅兰芳、杨小楼大角看待，引以为江城的骄傲。

汉口打响的消息顺流而下，传到了上海。上海丹桂第一台的经理尤鸿卿，亲自来汉口相邀，把余叔岩接到了上海。

这次到上海，用的是丹桂第一台的班底。只带了鼓师杭子和，琴师李佩卿。杭子和是他在阳春友社时认识的，那是陈彦衡的学生，音乐节奏极强，鼓箭子打出来催人奋进，很有鼓动性。余叔岩早就长了心计，一重新登台，就把杭子和请到身边来打鼓。李佩卿是他的忘年恩友窦砚峰推荐给他的，余叔岩把李佩卿养在家里，天天练音，练嗓。他俩练得琴音和嗓音十分和谐，相得益彰。俩人还创出了一种“东拉西唱，殊途同归”的演唱方法，堪称当时一绝。

余叔岩下榻在大东旅社，第一次到上海来，很感新鲜。就在附近遛遛弯，刚拐进四马路，老远就望见丹桂第一台门口的广告牌，“余叔岩”三个大字赫然醒目。在余叔岩名字的上方还冠以“谭派冠军”“天下第一生”的名号。这种夸大张扬的宣传，在京城和天津从来没有过。

他心里总觉得不自在，赶紧走到剧场，对老板尤鸿卿说：“门口的招牌是不是太张扬了？”

“哎，这算什么？”尤鸿卿不以为然地说，“京城来的角，都这么捧！王凤卿来此，我们报纸上还写过环球第一须生呐！这是生意的需要嘛。”

同余叔岩一同遛弯的杭子和说：“在京城，余老板和王凤卿都给梅老板配戏，二人都是重量级的！也该是环球闻名啊！”

“要环球闻名那还不好说，报纸拿了咱的钱，听咱们的，明天见报。”

本来是一句戏言，第二天的报纸真的登出了余叔岩“环球闻名的”字样。

余叔岩第一次感到，上海剧场的老板，为了招揽生意，什么大话都敢说，真是“语不惊人死不休”啊！

京剧成型之后，自从流入上海，形成了一种规律似的现象：伶人在京城，无论怎么拼死拼活地卖力气唱戏，要想“火”起来，非常得不容易，除非有得天独厚的本事。可是一到上海则不然，立马就能“火”得不得了。媒体、海报铺天盖地地炒作张扬，台下台后串通一气地吹捧……，只要功底到位，施展出来，名和利就都来了！所以梨园界非常看重上海这个市场。

余叔岩第一次来到上海，自然也不敢怠慢，前三天打炮戏，专检拿手的排，分别为《琼林宴》《南天门》《连营寨》。

凭着他在汉口的名声，场子卖得还算满荡，余叔岩心里很满意，决心卖一把子力气，对得起看戏的观众。

开戏了，头几出是丹桂底班唱的垫戏。

大轴《琼林宴》开戏了。

《琼林宴》中的丑角随着锣鼓经登台，刚开始念白，台下前三排的人一个个站了起来，开始“抽签”退场。

余叔岩还未出场，怎么就有“抽签”离席的呢？

此时，余叔岩心里犯了嘀咕，忐忑之中还是努力敛神静心，把戏唱完。

在吃夜宵的时候，余叔岩闷闷不乐。

此时，薛观澜带来的一个上海朋友坐在余叔岩身边。

薛观澜是袁世凯的女婿，是当年余叔岩在总统府当差时候的老朋友，也是皮黄名票。袁世凯倒台之后，他移居沪上。听到余叔岩来申唱戏，就赶来捧场助阵。

那位上海朋友名罗亮生，是上海的富家子弟，喜欢票谭派戏，对余叔岩很是仰慕，看完戏就由薛观澜拉来见余叔岩。

一番寒暄过后，余叔岩问罗亮生说：“叔岩初来乍到，不懂沪上的规矩，怎么我还没出场，就那么多人‘抽签’退场呢？”

“余先生是不是没有拜客？”罗亮生问道。

“何为拜客？”余叔岩不懂。

“余先生有所不知，”罗亮生明白了退场“抽签”的原由，“上海人既捧新，又欺生。新来的角，不论多大名气，登台前必须先到各票房和报馆去走访，联络感情。在沪上这叫拜客。”

“哦，——这个规矩我不懂啊。”余叔岩如梦方醒。

“方才退席的原因就清楚了。”罗亮生接着说，“拜客时，到了票房，与大家唱和几段，算是与大家同乐，表示谦恭随和没架子。到报馆，见见总编、编辑、记者，送几张红票，表示感谢和尊敬。如果这些礼数不到，现场就会出麻烦……”

“对呀，今儿个这不就是给你个下马威嘛！”薛观澜也帮腔说。

“据我推测，凭余老板的名气，这些人，是提前买了集体票准备捧你的。一直等着你去拜客。可是等了几天不见您的踪影，他们脸上无光，恼羞成怒，就给了你个集体‘抽签’退席……”

“怪不得前三排都走光了！”薛观澜恍然大悟，“亡羊补牢，为时不晚！——那我们明天补上这一课还来得及呀！”

余叔岩听了这话未作可否，夜宵也吃不下去，忧心忡忡地回到大东旅社，一宿也没有睡稳。

上座好坏，直接影响到剧场的收入，尤鸿卿比余叔岩还着急。第二天他就急急来到余叔岩下榻处，见面就说："他们捣乱，是因为你没有拜客。这样吧，我来联系，先陪你去恒社，那是杜月笙先生的票房；然后再到大世界，拜访黄金荣先生；之后再到啸社，拜访张啸林先生。这三家票房是上海的把头，拜到了，有这三家捧你，其他就消停了，就可以安安生生唱戏了。"

不拜客就捣乱，本来就憋了一肚子的气。受了侮辱，还给他们去低三下四地说好话，这是哪家的道理？余叔岩窝着一肚子的火，让尤鸿卿给引了出来："他们越是捣乱，我越是不去！我凭本事吃饭，看他们能奈我何！"

余叔岩犯了拧劲儿，尤鸿卿也没了辙，只好任由于他。

第二天的《南天门》，第三天的《连营寨》，照样是前三排集体"抽签"退场。

这还不算，一张小报还登了以下文章，寒碜余叔岩。小报的题目就是：

余三排

京城驰名须生余叔岩连日在丹桂献艺，不想每场有整整三排固定观众在其出场之前集体"抽签"，场面颇为尴尬，好事者称此景象为"余三排"，正闹得不亦乐乎。

余叔岩仗其三代梨园名家，且获伶界大王谭鑫培亲授，自视甚高，来沪后仅在小圈子活动，人心大失。沪上诸票房原是捧角儿最力者，今不堪余艺员之傲慢，决定采取联合抵制行动，包下三排座位而届时"抽签"，非给他难堪不可。与此同时，关于余叔岩的花边新闻也在剧场门口流传，其中不无荤料。

叔岩少年以"小小余三胜"艺名走红天津，生活颇不检点，声色犬马，无所不为。尤其与坤旦王克琴合作期间，每日对戏，上面对，下面也对，精气早泄、大泄，致使嗓败而不可收拾。此事已成为小道消息之头条，不胫而走，为人所津津乐道。其嗓音至今尚未全部恢复，因此音量很小，演唱时仅前排观众席能够听见，于是"余三排"之雅号翻出新意，为其声音传远有限也。

余叔岩看了这张小报，气得牙根儿都咬疼了。他把尤鸿卿找来，把报纸塞到他手上，说："欺人太甚。他们不让我唱，我还不唱啦！打道回京！"

小报尤鸿卿早见到了，他把报纸接过来放到一边说："余老板，消消气，消消气。你一走正中他们的圈套，他们巴不得你走呢！"

"我要告他们！告这张无耻的小报！他们诋毁人格！"余叔岩余怒未息。

"与这张小报较劲儿，得不偿失！"说话的是罗亮生。他是被薛观澜看了报纸之后拉了来帮助余叔岩的。他接着说，"这类小报本来就没有什么市场，只好靠登这些无聊的花边新闻养活。你给他打官司，等于是帮他扩大市场。他倒巴不得让你把事件搞大，扩大他的影响，替他扬名立万。而你反落得此地无银三百两，越涂越黑，落个跳到黄河里也洗不清。”

“难道就任人宰割不成！”余叔岩还是咽不下这口气！

“合则两利。还是请人说和说和，大事化小，小事化了为好。”薛观澜劝说道。

“最好的办法是不理睬他，余老板该怎么唱戏还怎么唱戏。这两天除了前三排之外，剧场效果还是不错，上座看长。”尤鸿卿还是担心余叔岩撂挑子，在旁边敲边鼓。

“尤老板说得有道理。”罗亮生说，“自谭老板去世之后，沪上还很少来过正宗的谭派，余先生此次来，圆了大家的梦。前三天虽然打炮不利，也只是少数人闹事。上座看长，就说明号召力还很大嘛。如果余先生就此而去，反而让人看了笑话。”

余叔岩听大家说的有道理，气消了许多。“越是想赶我走，我偏不走！非拿出点真玩意儿来让他们瞧瞧不可！”

“此为上策！”薛观澜说，“丹桂的戏班中有个挑班的麒麟童，我和他有交情，请他来挎刀，不就更卖座啦！”

“哎哟，——是我失礼！”提到麒麟童，余叔岩猛然一拍脑袋，“该死，该死。周先生一直在我前面垫戏，几次在后台照面，没来得及好好说话，怠慢了人家。烦请尤老板带话，今天在天仙阁我请他吃饭，诸位都作陪。”

“不巧呀，麒老牌请了假，去杭州休息几日，今天刚刚离开。”尤鸿卿回答道。

余叔岩一想，他不是去休息，分明是恼恨天津的过节，垫了三天戏，大面上也给了面子，然后躲出去回避了。

本来这次来上海，见了面，余叔岩就想好好与麒麟童坐一坐，谈谈心，检讨一下天津的失礼。哪知，让捣乱的，搅得心烦意乱，还没顾得上圆这个场呢。这不是自己完全失礼吗？无怪人家躲出去。

余叔岩赶紧动笔写了一封信，拜托薛观澜到杭州去请麒麟童。

信是这样写的：

贤兄大鉴：

日前后台匆匆一面，失之交臂，怎不叫人空对浦江之月，常怀怅惘之情。前于津门，弟尚幼稚，今日回想，后悔莫及。贤兄宽大为怀，未与小人计较，仍台上垫戏，真乃雅人亮节，古风犹存。本当效仿廉颇负荆，直趋相如台前，然连日有戏，分身乏术。唯盼贤兄能回申一叙，由小弟把盏，相逢一笑，为消胸中之块垒，则三生有幸也。

书不尽意，伏案涕零。顺颂时绥！

叔岩再拜

薛观澜带了余叔岩的亲笔信，诚诚恳恳地去杭州请麒麟童。

周信芳乃豁达达观之人，见信二话不说，即同薛观澜回到上海。

余叔岩在天仙阁设席，宴请周信芳。余叔岩把盏，将失礼赔罪的话又重说一遍，又将当年在天津的过节，赔情一番。

周信芳端杯呵呵一笑："儿时戏闹，不值一提。今沪上一见，三哥的玩意儿大见精进。不愧谭大王真传弟子。愚弟正得机会学习，望仁兄不吝赐教！"

余叔岩深感周信芳的雅量，看他不计前嫌，不计小怨，真君子也！

余叔岩敞开胸怀，尽述此次上海之行的苦恼。诚恳邀请周信芳鼎力相助，以报沪上观众。

周信芳侠肝义胆，慨然应允："三哥，闹事之事不必放在心上，这在上海司空见惯。他们闹，其实就未必不想看您的戏。我们好好合作几出戏，让他们饱饱眼福，也就不闹了。——您是谭大老板亲传弟子，您唱几出谭大老板当年的拿手戏，您唱大轴，我唱压轴，给您垫戏，或是给您挎刀陪您唱大轴都行，悉听三哥安排。"

余叔岩听后更是感动，举杯说："那就委屈贤弟了！"

二人共同举杯，一饮而尽，然后商量唱戏的事。

余叔岩接连几天贴出谭派拿手戏《珠帘寨》《战太平》《空城计》等。麒麟童除了垫戏之外，还分别配演了程敬思、马谡。

一南一北两个大角，同台献艺，把个丹桂剧场抬得天天满场，火爆异常。

余叔岩的上海之行，总算圆满。载誉而归。

有词【临江仙】曰：

附梅攀杨身价贵，更借祖地扬名。顺势来沪上夺声。打炮三排空，三天闭门羹。 安得倚天舒我志，谭派由我继承，扯旗张帆借东风。轻舟破浪走，踏歌波已平。

第一〇四回

九死一生为学艺
咬牙立志自名词

河北东光县，在大运河的沿岸。沿河的百姓，被历代漕运的官吏巧取豪夺，折磨得穷困潦倒，无以度日。

荀慧生就生在东光县。荀慧生出生的年月，正是义和拳兴起的时候，东光县也是义和拳的发起地之一。官兵剿杀拳众，拳众与官兵交战，这一带烽烟四起，民不聊生。荀慧生的父母带上两个儿子，逃难到了天津。

这一年，荀慧生的哥哥荀慧荣八岁，荀慧生七岁。逃到天津也没有活路，无奈之下，父亲荀凤鸣将这哥俩以五十块大洋的价码，卖给了天津“小桃红”梆子班，指望给哥俩找条“生路”。

哪知，进科班学戏，就等于进了鬼门关，天天挨打。慧荣挨打不过，逃走了。

明明花钱买了两个徒弟，如今只剩一个，“小桃红”班很觉得不划算，因此也不要慧生了。找到荀凤鸣，一并退回，索要五十块大洋。钱已经花了，上哪里去找五十块大洋？无奈之下，荀凤鸣只得托人，又将荀慧生以七十块大洋的价码，卖给了河北梆子花旦庞启发，做“私房徒弟”，这才了了“小桃红”班的账。

卖身文书写好，庞启发带走了小慧生。

从此，七岁的荀慧生便过起了炼狱般的生活。

庞启发是著名梆子花旦，老十三旦侯俊山的嫡传弟子。虽专擅花旦，但戏路极宽，什么戏都能教，人送雅号“戏包袱”。他教徒弟严厉刻薄，殴打弟子有名，绰号“庞剥皮”。荀慧生，跟他学戏，等于是卖给他家做奴隶。整天给他家劈柴烧火、挑水做饭、刷锅洗碗、看孩子、洗尿布、洗衣服、端尿盆子等做家务活儿，此外还加班练功学戏。稍有懈怠，庞启发便用沾了水的麻绳鞭子抽打他。挨打还不许哭，才七岁的孩子，被鞭子抽打，能不哭吗？只要哭，就用棉花套子堵上嘴，然后由师娘按倒在地，师傅继续打，直打到不哭为止。

“打戏”，在那个年月，是教戏天经地义的规矩。不论是“科班”还是“手把”，教师一律以“打”为教法，所谓“不打不成才”，就是他们的至理名言。可是科班和别的手把老师，打人有章法。为什么打，怎么打，打的轻重尺寸，打的时间，打的工具，都按章法，该打了必须得打。可是庞启发这个手把师傅，什么都不顾，无论怎么样都是一个“打”字。拳头巴掌，棍子棒子，绳子鞭子，手里逮着什么就用什么打，而且不论轻重，一律往狠里打。七岁的荀慧生，挨打是家常便饭。身上青一块紫一块，总是伤痕不断。

七岁的孩子，身单力薄，师傅不管这些。买了你来，就是为了早出活儿，早登台唱戏，为师傅挣钱。打你，也是为了让你早长本事，早挣钱。所以，每天没日没夜地逼你练功。跑圆场、走矮子、下腰、耗腿等。夏天让他穿棉袄练，练不出汗的功夫。冬天让他穿单衣在冰面上跑，还得在头上顶上一碗水，不许有一滴水洒出来。在腿上绑上沙袋，逐日加重沙袋分量，直练到腿脚利索，身轻如燕的程度方止。为练眼功，师傅在桌子上放一个烧饼，让他双眼注视，师傅用手左右前后移动烧饼，眼珠必须跟着烧饼转。练到一定程度，就改为看香头。眼珠跟着点燃的香头转，直到一炷香烧完为止。除这些之外，还练翻、跌、跪、扑，耍辫子、耍翎子、耍甩法、耍水袖、耍手绢、耍扇子、打刀枪把子……

最痛苦的是练跷功。跷功，是乾旦演员为舞台上美化所扮妇女的小脚，而专门设计的一种脚功。古代妇女，以小脚为美。从儿时起就裹脚，限制脚的发育，硬把大脚片，束缚成尖尖小脚，成为所谓“三寸金莲”。台上的大脚片男旦，尽管穿上旦角的行头，带上面部头饰，但两只大脚，也不雅观。于是就有人创造出“跷”这一行头。“跷”，就是用枣木或榆木，做成与当时女人脚一样形状的木头疙瘩，然后给它穿上袜子，再穿上绣花鞋，把这个木头疙瘩绑在旦角演员的脚上，用裤脚掩住后跟，前半部露出那个尖尖的小脚。这样，男人的大脚，就酷似那个年代女人的小脚。

可是那个木头疙瘩，只能绑在旦角的脚掌部。脚三分之二的后半部，必须成悬空状。一个人的体重都靠脚的前脚掌支撑，可见难度有多大。何况演员在戏台上还得做各种身段、翻跟斗、打把子、卧鱼，甚至登在椅子背上翻跟斗，从几张摞起来的桌子上翻下来，还得平平稳稳地落地。全身全靠这“跷”来支撑，如果没有“跷功”，怎能进行表演？

荀慧生刚炼“跷功”的时候，把跷一绑在脚上，直挺挺地站立起来，就像上了刑。不过半个时辰，两条腿开始发酸发胀，疼痛难忍，双腿打战，汗水湿透全身，直到双腿麻木，头晕目眩地倒在地上。小慧生，倒在地上，真想到不如去死，他恨发明“跷”功的人，恨师傅，甚而恨爹爹，干吗非把我卖身学戏？可是师傅不管你的死活，他拿鞭子站在旁边监视，此功必须得练！

一天，两天，终于能站起来，扶着墙或拄着棍儿行走啦，再过几天，练得能行走自如了，师傅又给他增添了花样，——让他踩跷站砖。先站平放在地上的砖，再站侧竖的转，然后站直立竖起来的砖。师傅要求，只要跷一绑到脚上，就不许解下来，连睡觉也要绑着跷。练功时间绑着，做各种家务活也不准解下来。跟着戏班到外地唱戏，别人都坐大车，让他绑着跷跟在大车后面走，一走就是十几里或几十里。他的脚被磨得打了泡，化了脓，再磨成老茧。这个小小的“跷”可把小小的荀慧生磨惨了，也磨练出意志来了。

他小小的年纪，也变着法对付师傅和师娘。一次，师傅在身边监视他练跷功，他练得实在太累了，想歇一歇，可是师傅就是不让。等师傅也站累了，离开到屋里喝茶，他就坐在院子里的长板凳上，用脚敲地。哒，哒，哒，也像练功的声音，让师傅听到他还在“练功”。正暗自得意的时候，师傅冷不防来到他身后，一巴掌把他打得从长板凳上跌下来，鼻子磕得鲜血直流。师傅把他拉起来，又是一顿饱打。

还有一次，他跟戏班到乡下去唱戏，他绑着跷跟在大车后面走。走累了，趁师傅不注意，悄悄坐到大车的后尾上，用脚敲着车板，哒哒地，跟带跷走路的声音一样。不知怎么的，师傅一直也没有察觉。他歇得好自在！

正得意间，突然车上有人喊“停车！”

他吓坏了，以为又让师傅发现了，赶紧跳下车，站在车后。

车上人接着喊“快拿灯笼来，有人掉下车，连挣扎都没挣扎一下，准是摔死啦！”

等拿来灯笼一照，嗨，原来是师傅钻到老虎模型里睡觉，一翻身滚下车了。灯笼照到他，他还正打呼噜呢。

虽然免了挨一顿打，但看师傅睡得这么死，慧生也怜悯起师傅来。师傅虽然对慧生像头凶猛的狮子，但师傅却面对一头母狮子，那就是师娘。

师傅惧内，怕师娘怕得像耗子见了猫，唯唯诺诺的。师娘发起威来，比母狮子还厉害，师傅大气都不敢出。白天师傅除了唱戏之外，还得教慧生练功，累了一天，晚上回到家，还得听从师娘摆布，总是睡不够觉。怪不得连掉下大车都睡不醒，还在梦乡呢。

师傅太可怜啦！

小慧生平时挨打，对师傅并不记恨。可是看了师娘对师傅的态度，倒很为师傅抱不平，总想找个机会替师傅合兑合兑师娘。“合兑”是东光一代的方言，就是“整治整治”的意思。

机会终于来了。

师娘要到城南十五里铺去会朋友，早早就起来梳头抹粉搽胭脂，脸抹得像烂菜花似的。她让慧生给她赶毛驴，她骑在毛驴上，带的大包小包礼品却让慧生背着。

路途十几里，走到半道，驴累了，慧生累了，师娘也骑驴骑累了。

师娘吩咐慧生扶她下来，她去庄稼地方便去了。

趁此机会，小慧生随手抓了一只纺线虫，用草梃绑在驴的尾巴根处。师娘方便完了，又坐在地上休息一会儿，让慧生扶她上驴。刚走了几步，纺线虫爬到了驴的肛门处，驴开始有了反应。先是甩尾巴，后是尥蹄子，先小尥，后大尥。驴不停地尥蹶，师娘在驴背上前颠后仰，吓得哇哇大叫。正叫着，驴一个后蹄大尥蹶，将师娘从驴背上掀了下来。师娘本来就富态，身量重，摔到地上，像砸夯一样，摔得她滚在地上，滚了好几滚。脸上的胭脂沾上了土，像个驴粪球子似的。她也顾不得美了，搓着摔疼的腰身，一边大声骂驴，一边大声骂小慧生，嫌慧生没牵好驴。

小慧生看师娘被摔得狼狈相，不由得心里暗暗地乐。赶紧过来把师娘搀起来，煞有介事地说：“师娘，没摔疼吧？——今儿这驴是怎么啦，这么不安稳！”

等把师娘搀起来，驴早跑得没了踪影。慧生把身上的一堆包袱放在师娘脚下，说声：“师娘您等着，我去追驴。”然后撒丫子跑着去追驴。

师娘既没了驴骑，也没了小慧生背包袱。左等也不来，右等也不来。好在没有摔坏身子，看看天色不早了，只好起身拍拍身上的土，自己背了包袱，一步步蹭到朋友家。

小慧生追到了驴，连颠带跑地赶回家，天色已经很晚了。也顾不得吃晚饭，躺到炕上，虽然肚子饿得咕咕叫，却一点也不觉得累。

荀慧生学徒，虽然吃了不少苦，挨了不少打，但身上的功夫，确实练得很瓷实。庞启发看了也暗暗高兴，很有成就感。私下里也常拿荀慧生给同行炫耀，炫耀自己有多么高明的课徒手段，自己教出来的弟子怎么怎么不一般。

正是他得意忘形，炫耀自己本事的时候，一件事让他大大丢人现眼。

荀慧生学徒十个月后，也就是他八岁的时候，师傅让他登台唱戏。这是荀慧生头次登台唱戏，也是他的开蒙戏，戏码是《王春娥》。唱戏的地点，是在天津乡下，韦陀庙的土台子上。

头次登台，就登了个土台子。也是他时运不好，没赶上好时候。偏偏赶上慈禧和光绪的国丧，不准动响器，当然也不准唱戏。好在这不是在京城，是在乡下，天高皇帝远。再加上乡村人爱热闹，管他国丧不国丧，唱土台子，热闹了拉倒。但戏班还是不敢动响器，由琴师用嘴念着过门，师傅用枣木梆子代替板鼓。就这样荀慧生踩着梆子点上了场，琴师用嘴念完过门，该荀慧生张嘴唱了，他一看台下挤满了人，人头攒动，黑压压一片，心里一紧张，台词给忘了！吓得他不知如何是好，越是着急，越想不起词来。没办法只得往后台跑，刚跑到后台，师傅迎面抢上来，抡起手里的梆子照着慧生的脑门就是一下子。这一梆子打得小小慧生眼冒金花，险些晕了过去。

为了躲避师傅的毒打，他翻身又返回前台。这一折腾，他的戏词又想起来了。这才张口唱戏，小慧生一开口，台下为他嘹亮的嗓音和折而又返的劲头叫起好来。就这样，他唱完了这出戏，还得了不少彩声。

戏唱完了，因为忘词，庞启发现了眼；因为得了彩，庞启发也露了脸。荀慧生没有再挨打。

可荀慧生心里却痛苦极了，他恨自己不争气。自己这一年，挨打受骂，吃尽千辛万苦，不就是为了学艺能唱戏吗？可头一次登台就忘了词！难道这一年的罪白受了不成？这次忘词，成了他痛心疾首的教训。

为了铭记这次教训，他给自己起了个名字叫“词”。

他不识字，托别人给自己刻了枚图章，图章上刻着：

“荀词慧生是我名，河北东光是我家”。

从此，他时刻把这枚图章带在身上，把忘词的事作为一生的教训，时时刻刻铭记在心上。

有散曲【双调·殿前欢】唱道：

似坐监，卖身学艺苦熬煎。歌不停声打不断。暗数天天，盼出科能过关。过关难，悲苦加辛酸。宏志长啸，铭刻心间。

第一〇五回

白牡丹京城转行
尚小云仗义救友

荀慧生第一次登台虽然忘了词，但毕竟展示出他嘹亮甜润的歌喉，麻利漂亮的身段，和瓷实稳健的功底。师傅高兴，戏班的人也另眼相看，都夸他是吃戏饭的好材料。庞启发平时打他骂他，就是盼着他早登台，早为他挣钱赚银子。小慧生能登台了，他挣钱的目的得以实现了，当然高兴无比。

为了给小慧生更多的上台机会，他快马加鞭，紧上加紧地又为小慧生排了《花田错》《喜荣归》《小放牛》《烧骨记》等几出戏，国丧期一过，便让他随着戏班登台唱戏。

从九岁起，荀慧生就跟着师傅跑遍天津、保定一带的农村、县城，唱野台子或是赶庙会。因为荀慧生长得眉眼端正，扮相俊俏，唱念声音甜润，很讨台下看戏人的喜欢。每次登台，都叫好不绝。师傅更是觉得像捡了个宝贝似的，把荀慧生看作摇钱树，更施展他“戏包袱”的本事，边让他唱戏，边教他学新戏。慧生会唱的戏越多，登台的次数就越多，给他挣的钱就越多。他看荀慧生越唱越红，就想给他起个艺名。可是他自己从小也没念过书，脑袋里也挤不出文化水儿，总琢磨不出个响亮的名字来。就向戏班里的教师爷讨主意，教师爷脑瓜一转说:“这孩子生得白白的，嫩嫩的，像朵初开的牡丹花，就叫个白牡丹如何？”

“白牡丹，这名字响亮，像咱们梨园的名号。好，好，好。就叫白牡丹！”庞启发连连称好。

从此荀慧生艺名就叫作了“白牡丹”。

白牡丹的名字，在天津、保定一带的梆子班里，越叫越响亮。

庞启发看白牡丹的名字叫响了，他不再满足只在乡下唱野台子挣钱，于是带上荀慧生，进了京城。

进了京城，庞启发带着荀慧生投奔了他的师傅侯俊山。

侯俊山是当时红极京城的梆子花旦，艺名十三旦。他文武昆乱不挡，曾与谭鑫培同台唱《八大锤》，谭鑫培扮王佐，十三旦反串陆文龙。那时正是梆子、二黄两下锅时髦的岁月，王佐唱二黄，陆文龙唱梆子。一个以京胡托腔，一个以板胡伴奏，二人各展才能，唱得满场喝彩。

谭鑫培从十三旦身上学得不少玩意儿，借鉴梆子，丰富了皮黄。

十三旦见到荀慧生的时候，已经老态龙钟，不能登台了。他一见荀慧生这个小徒孙，长得白白净净的，又听了他的唱，觉得这孩子是个好材料，心生喜欢，就比比画画地，亲自给小慧生传授了《辛安驿》《香罗带》《英杰烈》《大劈棺》等戏。并推荐这位小小的徒孙，同老元元红、水上漂、盖三省、十三红等诸多名家同台唱戏。荀慧生不但得到了名家的提携，更是在他们身上学到了玩意儿，从而技艺大进。“白牡丹”的名声在京城也逐步叫响。

经过几年历练，师傅庞启发应十三红的邀请，把荀慧生送到了“正乐科班”插班进修。

正乐班，原名三乐班，是李莲英的侄子李继良办的戏班。清政府垮台了，李莲英也没了势力，隐退养老去了。他的侄子李继良过去在他的庇护下，纵情声色，皮黄也唱得几口，在戏班里混日子，人称混世魔王。李莲英失势后，他借李莲英的余威，自攒了一个戏班，名为“三乐”，在京城还很红火。李继良毕竟不是科班出身，带不了科班，就请梆子名旦十三红孙佩亭掌班，改名“正乐班”。

戏班带科班，科班里有不少学徒的弟子。荀慧生是插班到科班来的，原三乐班中与荀慧生同岁同行当的有两人，一个名尚小云，一个名芙蓉草。他们三个同班，同伴，同台，同样出名，关系还最要好，这三人被称为“正乐三绝”。

荀慧生和芙蓉草，一个是“花”，一个是“草”，同在台上“花草”争艳。

荀慧生和尚小云，一个生得“白”面皮，一个生得面皮略黑一些，台下是“黑白”相印，情投意合，交谊甚笃。

二人无话不谈，说到学戏的经历，二人更是感同身受，一腔苦水诉说难尽。

尚小云名德泉，字绮霞。祖籍河北南宫，其父曾为清王府的总管。父亲亡故后，家道败落，其母以为人浆洗衣服维持生活，一人带着几个未成年的儿子艰难度日。没有办法，只得把二儿子德泉送进科班学戏。就这样，德泉进了三乐戏班，艺名“三锡”。他的开蒙老师是著名青衣孙怡云。三锡学戏很投入，嗓音扮相也很好，很得孙怡云喜欢。他对德泉说：“我看你将来非等闲之辈。就是艺名不太响亮，你既跟我学戏，就借我一个‘云’字，改叫小云吧。”

于是尚德泉艺名改为尚小云。

尚小云对荀慧生说，三乐科班就好比是个阎王殿，待科班徒弟就像阎王待小鬼一样。各种体罚犹如十八层地狱，花样翻新，惨不忍睹。平时伙食、衣着更是不堪一提，弟子们穿得就像叫花子一样。就连睡觉都没有枕头，每人枕一块半头砖。

一次，师傅教尚小云练唱，一句唱腔尚小云学了几遍还是唱得不对，师傅急了，说，“你怎么这么笨呢！”说着，就用杉木戒尺朝尚小云的肚子上捅去。尚小云被捅得“哎哽”一声倒在地上。师傅把戒尺拔出，只见尚小云肚子上的一块肉，血淋淋的翻得老高，伤口上还带着一些木刺，鲜血忽地一下染红了他的小褂。

师傅冷冷地说：“回家摘刺去。”

尚小云被送到家，母亲心疼得眼泪直流，又没钱上医院治伤，只得抓一把高粱面给儿子糊在肚子上止血。血一止住，尚小云又赶紧返回科班。

尚小云对荀慧生说："别人学戏是为了糊口，我们除了糊口，还要立志自立，给自己争气！"

尚小云的话说到了荀慧生的心里，二人息息相通，心里都憋了一口气，一定要唱出个名堂来，不枉打小受的苦。

一次，戏班安排尚小云与龚云甫唱《母女会》，尚小云正在化装，管事的看他化装，说："与龚老板唱《母女会》？你够份吗？旁边凉快凉快去，等练好了再唱吧！"尚小云的装化了一半，只得作罢。

但尚小云硬邦邦地给管事撂下一句话："好，等我练好了，我头一出戏就给龚云甫唱《母女会》！"

荀慧生听说后，找到尚小云说："男子汉大丈夫，是得有这样的骨气！我陪你练，练出个样来让他们瞧瞧！"

打那天起，尚小云憋着一股劲苦苦练功。荀慧生每天陪着他练，憋着这口气，尚小云暗下狠劲儿，每天天不亮就打着灯笼从地安门出发，一直走到龙潭湖去喊嗓子。天亮后，回来吃过早点，就请琴师赵艳奎来上弦练唱。不到一年，功夫大有长进。尚小云心里有了准谱，头一件事，就是找到龚云甫，请他同唱《母女会》，龚云甫欣然同意。开戏前，正化装的时候，管事的过来对龚云甫说："下了戏，鸿宾楼我请客！"

龚云甫不明白管事请客的缘由，点一点头，又摇摇头，继续化装。

转身，管事又来找尚小云，尚小云也正在化装。他在身后拍了一下尚小云的肩膀，没待说话，尚小云回过头，一看是他，以为他又来找碴儿，不由得火冒三丈，跳将起来，举起巴掌就要打他的嘴巴。管事的往后一缩，拦住尚小云说："你快扮戏，好好唱，龚老板等着你呐！"说完赶忙退了开去。

尚小云吓退了管事，肚里还是憋了一股火。他把肚里的火铆在戏上，唱得尽善尽美。唱完戏，龚云甫及全班都夸尚小云《母女会》唱得好。尚小云终于长长吐出一口气。

正在卸装时，管事又来到尚小云面前，尚小云挺起胸脯相对，看管事有何话说。管事认真地对尚小云说："你得请客。"

"请你？"尚小云不知管事葫芦里卖的什么药。

"嗯！——没有我当初激你的那几句话，你能这么快就与龚云甫唱《母女会》？"

"哦——"尚小云想了想，"也是。要不是当初你那么刺激我，我哪会长进得这么快！"

"现在你才明白？我那是激将法，恨铁不成钢！"

尚小云是个知恩图报的人，他为人一向豪爽慷慨，忙感激地说："这客我请定了！——你选饭馆。"

“早选好了！——鸿宾楼。——就等你这句话呢！”

“走吧。”

“不成，还有一帮人呢！”

尚小云顺着管事手指的方向一看，只见龚云甫、琴师、鼓佬等《母女会》中的配角都来了。这才明白，“清客”敢情是管事设的局。尚小云笑笑，爽快大方地把手一招，对大家说：“走，到鸿宾楼集齐儿！”

荀慧生和尚小云穷根相生，苦命相连，殊途同归。打此之后，更加知心，像绑到了一起一样，心心相印，形影不离。

荀慧生虽然和尚小云同班，但他却有自己的难处。他坐科是学河北梆子的，正乐班是以皮黄为主的科班，他在学梆子本戏的同时，还得外兼着学京戏，这倒成全了他的艺术。他上台，有时梆子、京戏两下锅，甚至京剧、梆子混唱。常唱的戏码有《梵王宫》《双锁山》《采花赶府》《大登殿》《蝴蝶杯》《翠屏山》《卖绒花》《铁弓缘》《紫霞宫》等。

无论梆子、京剧，荀慧生都唱得彩声不断，很有人缘。在京城茶园，都知道有个京戏梆子两下锅的白牡丹。

白牡丹有了名气，引起了京城学界的重视。由米佩弦、秋吟籁、刘弦伯、张梦词等北京大学的大学生发起，成立了专门研究推荐白牡丹的“白社”。

白社不但研究推荐白牡丹的声腔戏剧，还对荀慧生本人非常关心呵护。他们经常找到荀慧生门上，登门指导、帮助荀慧生学文化、纠正声腔发音的毛病。

正当荀慧生艺术升华向上的时候，他开始倒仓了。为了保护这个年岁不大的小名人，白社派出代表与庞启发交涉：停止白牡丹的登台演唱，让他好好保护嗓子。

白牡丹是庞启发的摇钱树，哪能停止唱戏，这不是断了他的财源吗？

他直言不讳地向白社的代表提出：“我是他师傅，对于他的嗓子，我更关切。只是，我们吃开口饭的，一天不唱戏，就断了顿。停唱可以，但总不能缯上脖子不吃饭吧……”

对于庞启发这个框外的要求，白社早有预料，白社在派代表交涉前就募集了资金。代表说：“停唱耽误的戏份钱，我们出。但必须保证保护好他的嗓子！”

“那是，那是。”

“另外，鉴于国剧的发展势头，我们建议让白牡丹在保嗓期改学皮黄。”

“哎呀，你们可真是活菩萨，我也巴不得他转行学皮黄，皮黄在京城多吃香啊！只是这延师的费用……”

“费用由我们出。”代表一口定音。

“我说你们是活菩萨嘛……什么都为他想到啦！我替我的徒弟谢谢你们了！”庞启发做梦都没有想到，为了他的徒弟学本事，学子们比他想得还周到。

就这样，荀慧生正式转学皮黄。先后向陈桐云、乔慧兰、曹心泉、陈德霖、吴菱仙、路三宝、孙怡云、程继仙等京戏名家学皮黄和昆曲。

当时的名家艺人，各自有各自的嗜好。因嗜好误事者大有人在。荀慧生学皮黄青衣，就曾遇上一个嗜酒的师傅陆杏林。

陆杏林也算得上当红的青衣，他唯一的嗜好就是喝酒。荀慧生跟他学《贵妃醉酒》，每次学之前必须给他预备上好的酒馔。不备酒，他就拂袖而去。备好酒馔，他就放开豪饮，直至醉成烂泥。还教什么戏？得先照顾他回家睡觉。备酒备少了，他一见则怒，怒而不教，牢骚不断。备酒备多了，陆先生多在醉乡。如此，荀慧生往往十天半月学不了一句腔，跟他学了一个月，连“海岛冰轮”一段唱都没学全。可是酒馔之费，已经花费的顶不住了。

此事，被大个子李七看不下去了。李七名李寿山，是个老伶工，因身材修长，外号大个，在家行七，小名李七。他由旦改净，曾在宫里为慈禧唱过戏。他对荀慧生说，我虽不才，但“醉酒”这出戏我会，我教你分文不收！在李七的教唱指导下，荀慧生学会了《贵妃醉酒》。后又得路三宝雕琢，更增加了神韵，登台演唱效果颇佳。

荀慧生倒仓的转换期不长，大概一年的时间就得以恢复，嗓子甚至比原来还好。这让白社的大学生们和庞启发大喜过望。

现在的白牡丹已不是一年前的白牡丹啦！他一弃梆子而改为京戏，有梆子的底子，京戏旦行的各个行当对他来说，都驾轻就熟，而且没有框框的羁绊。青衣、花旦、刀马、闺门旦，他都拿得起放得开，样样活路精透，让人耳目一新。

荀慧生的京戏唱得出了名，更让庞启发心花怒放。他死死地抓住荀慧生这个摇钱树，让他挣更多的钱。可是，眼瞅着荀慧生学徒已满七年，到了该出徒的时候了。按照坐科的规定，徒弟学徒期满，应自行另谋发展，师傅不予干涉。可是庞启发哪能轻易放荀慧生走，荀慧生托人找师傅提及此事。

庞启发把眼一瞪，“走？门儿都没有！他还没到期呢！”

“有契约为凭啊。”

“什么契约？你看看契约上有期限吗？”庞启发一副蛮不讲理的样子。

原来他买荀慧生为徒的时候，欺负荀慧生的父亲大字不识，在契约上就没写期限。

这让荀慧生有理也没处申诉，就是打官司，也说不清楚。只得忍着，继续给庞启发唱戏挣钱。

白社的人都是大学生，在学问上都是佼佼者，但对付社会上的这类事，却束手无策。

荀慧生苦于不能自立，愁眉苦脸的样子，让尚小云看不下去了。问明了缘由，他说：“这好办！”

“怎么办？”荀慧生问。

“他耍无赖不讲理，咱以其人之道还治其人之身！”尚小云说。

“怎么个意思？”荀慧生还是不明白。

“也给他来个不讲理的招儿——鞋底抹油，——溜。”

“往哪里溜？”荀慧生问。

“你只管照常给他唱戏，其他的事我来安排。”尚小云胸有成竹。

过了两天，尚小云告诉荀慧生，让他从后窗户跳出去，溜走，到杨小楼家去找杨小楼。荀慧生闹不清是怎么回事，担心师傅找不到他会生事。

尚小云拍拍胸脯，说：“这里的事由我安排，你只管放心走你的！”

荀慧生走后，庞启发来找荀慧生。被尚小云挡在门口：“庞师傅，找白牡丹哪？”

“嗯。”庞启发根本没把他放在眼里，一副待答不理的劲头，要径直往里走。

“等等。白牡丹让我告诉你，他走了。”尚小云说。

“走了？往哪儿去啦？”庞启发问。

“出徒了。——走啦！”尚小云加重了语气。

“他敢？走哪儿去啦？”庞启发有些气急败坏。

“往哪儿去，是他自己的事。出了徒，就不用师傅操心啦！”尚小云故意说气话气他。

“反了，反了，反了他了！”庞启发气得跺着脚走了。

尚小云看他气得横蹦的样子，心里很为荀慧生解气。

原来，上海天蟾舞台的老板，进京来请杨小楼组班南下唱戏。

杨小楼此次南下，组成永胜班。他有意提携后生，特意挑选了几个年轻人进班，老生选了谭小培，青衣选了尚小云，花旦刀马选了荀慧生。

尚小云得知此信儿后，就借机给庞启发演了那么一出。

荀慧生悄悄到了杨小楼的家，第二天在杨小楼的带领下去了上海，临时摆脱了庞启发的控制。

有散曲【双调·寿阳曲】唱道：

结好伴，交好友。生死关头得相救。闯荡江湖打天下，两肋插刀眉不皱！

第一〇六回

三小一白闹上海
载誉江南离春申

杨小楼已是数次来沪上唱戏，在上海的号召力自然可以想象。这次来上海，他组了个新班，除了他之外，都是少壮派，这倒让上海的戏迷颇感新鲜。

能不能打响，连天蟾的老板都吃不透。

他组班来沪前，京城的同行，都对他这次组班有微词。谭小培，那是京城早有定论的里子老生，连谭鑫培都感到他名声不响亮，让他来挂头牌须生，能叫响吗？尚小云和荀慧生，都是胎毛刚退的嫩芽子，能压住台吗？

可是杨小楼有杨小楼的主张。他认为，上海人喜欢新鲜，赶时髦。总是老班底的老面孔，看腻了不新鲜，反而平平常常不温不火。这次都是新面孔，谭小培虽然弱一点，但他是老谭的儿子，借他老子的光，肯定有新鲜感。尚小云和荀慧生，是杨小楼在京城早就盯上的两个新秀。他知道这两个人都不是池中之物，将来迟早会唱红。带这两个年轻人来沪，就是迎合上海观众赶时髦的心理，把这两个年轻人推出来。

杨小楼毕竟是走南闯北的老江湖，果不出他所料，他们这次来沪一炮打响。

头一出戏是《花田错》，尚小云扮演小姐刘玉燕，李桂芳扮演小生卞稽，荀慧生扮演丫鬟春兰。尚小云扮演的小姐庄重大方，举止稳重，扮相俊美，唱腔高亢圆润，喝彩不断。荀慧生扮演的春兰，跷功扎实，身段优美，表情细腻。把梆子花旦的表演技巧，糅进京戏花旦的表演之中，生动地刻画出一个小姑娘天真纯洁、活泼可爱的舞台形象。使上海观众耳目一新，掌声喝彩声此起彼伏，整个场子都哄了起来。

接下来几出戏，场场叫好。

杨小楼的《长坂坡》，杨小楼饰演赵云，荀慧生饰演糜夫人，尚小云饰演甘夫人。谭小培的《珠帘寨》，尚小云饰演大皇娘，荀慧生饰演二皇娘。在《摘樱会》中，杨小楼饰演唐蛟，谭小培饰演楚庄王，尚小云和荀慧生分前后扮演娘娘。在敬酒一场，荀慧生边唱边舞，声情并茂，眉目传情，渲染了舞台气氛。真是红花配绿叶，效果非常好。

杨小楼、谭小培、尚小云、白牡丹，这四个人各具特色。谭小培有谭家的风格，尚小云有刚柔并济的大气，荀慧生有活泼纯情的妩媚，杨小楼宝刀不老，有国剧宗师的风范。

此次上海之行，他们一老三少得了一个“三小一白”的名号。三小就是，“小楼，小培，小云”，一白就是“白牡丹”。

“三小一白”的艺术表演，倾倒了上海的观众，唱得风生水起。各大报刊连篇累牍介绍“三小一白”的艺术风格，大登特登这四个人的剧照，可让这四个人在上海占尽风光。

一晃一年过去了，杨小楼的永胜班大获丰收，准备离沪回京。

杨小楼带上家眷，乘火车先走了。

戏班的人商量怎么回京城，大家觉得老坐火车太乏味，不如换个方法新鲜新鲜。

当时戏班聘了一个唱小生的名金仲仁，此人是皇室后裔，票戏下海，有些文化水，也很有见识。他建议大家坐轮船。从上海出发，经青岛到天津，然后再乘火车回京。大家都觉得这是个好主意，很多人没见过大海，正好坐轮船观观海上风光。

在选择乘哪家轮船的时候，发生了点分歧。金仲仁主张，乘坐日本的轮船青岛丸号，荀慧生则坚决反对。理由是中日海战之后，日本人太猖狂，不拿中国人当人，坐他们的船怕受欺负。再加上语言不通，许多事不方便。多一事不如少一事，还是乘坐中国的船方便。

在荀慧生的坚持下，大家选择了中国的轮船金昌号。

金昌号和青岛丸号，两艘客轮同时起锚，一前一后驶出上海码头。

船顺着黄浦江经吴淞口，平稳地驶入东海。

辽阔的大海，碧蓝的海面，宽阔得一望无垠。眺望远方，水连着天，天连着水，水天相接，高远莫测，无涯无际。海水碧蓝碧蓝的，犹如一方硕大无比，无边无沿的蓝宝石，沉到了水底，把海水映衬得变了颜色。已近黄昏时候，晚霞映照在海面上，灿烂的天，斑斓的海，海天被染成绛红色，浮光掠影，摇曳生辉。客轮航行在大海之上，船头破开清澈的水面，犁出雪白的浪花。船尾把犁出的水痕长长地留在海面上，任由霞光涂抹它的颜色。海鸥追随着客轮犁出的彩色浪花，上下翻飞。客轮偶尔鸣一声汽笛，沉闷悠扬。这一切更给大海的安详带来了蓬勃的生机。

从来没乘坐过轮船，从来没见过大海，从来没到过大海深处的旅客，被大海的神韵征服了。大家都涌到甲板上，凭栏欣赏大海的胜景。永胜班这几个伶工，更是陶醉在大海波澜壮阔的画图之中。金仲仁拉着荀慧生靠在栏杆之上，指指画画，尽情评点大海的美景。说到动情之处，手之舞之足之蹈之，竟放开嗓子唱起了昆曲。甲板上的人听到唱声，都围拢来，随着他的唱，领略大海的风光，更加情志盎然，韵味无穷。

客轮进入夜间航行，大海之上，突然刮起了大风。

大风裹着海浪，呼啸着，奔腾着，狂怒地拍打着客轮。

偌大的客轮，在港湾停泊时像一座楼房，俨然一个庞然大物。可是到了狂怒的大海上，却像一片漂浮的木板，一会儿被推上巅峰，一会儿被抛向浪谷。在大海的风浪之中摇来晃去，上下颠簸，完全失去了控制，听任风浪的摆布。

船上的乘客，一个个被掀下铺位，像滚煤球一样，被摇来摇去。有的死抓着床沿的把手不放，随着船体荡来荡去；有的站立不稳，被晃得东倒西歪；有的不知所措，听任船体的颠簸，滚东滚西；有的像被抛出的皮球，弹过来弹过去；人们被摇晃呕吐得一片狼藉。乘客手边的行包，被颠落得满仓满地；小孩的哭声，大人的叫声，混杂着嗷嗷的呕吐声，还有海浪狂吼的呼啸声，整个客船，舱里舱外被折腾得一塌糊涂。

金仲仁紧搂着荀慧生，一边呕吐，一边埋怨：“我说乘日本的青岛丸号，你不听，……倒霉了吧！……沉到海里淹死，那是个什么滋味呀？……肯定好不了。……海水咸得比腌萝卜的汤还咸，齁也齁死了！还等着灌满肚子憋死！——我才不等它来灌呢！等船一往下沉，我就抓住电线电死，省得灌一肚子盐水腌着！”

金仲仁这一番罗罗话，把众人说的一个个神情紧张，不知所措。马富禄、张春彦、曹连孝都让他说得要掉泪。连说，“完了，完了，完了！……”

他们这么一闹腾，闹得满船舱的旅客都更加恐慌，哭爹叫娘，闹成了一锅粥。

船在风浪中颠簸摇晃了两天两夜，直到第三天早晨，出乎人们意料的，——风停了。

大海像给人们开了一个大玩笑一样，狂怒得闹腾了一阵子，又平缓了，照旧是风平浪静。船上的人们又有了生气，一个个死灰的脸又泛出了淡定和平静。

马富禄说：“戏文中有‘九死一生’这个词，这回我可领教了，‘九死一生’是个什么滋味儿啦！”

永胜班这几个弟兄又恢复了谈笑。在谈笑中，有人忽然想到了日本的青岛丸号客轮，说它一直跟在我们的客轮之后，怎么不见它踪影了哪？

一问船上的水手，水手说：“青岛丸号经不住风浪的冲击，昨晚沉到海底去啦！”

听了水手的话，金仲仁目瞪口呆，舌头吐出来半天才缩了回去。说：“多亏听了荀慧生老弟的，不然我们也早葬身海底啦！”

马富禄打趣说：“白牡丹，是什么呀？——是吉祥花！跟着他就总是吉祥。”

荀慧生从上海回来，带了礼品，先去看望师傅。

庞启发看生米已煮成熟饭，荀慧生又在上海打出了地盘，也就借梯子下楼，答应让荀慧生出徒。

荀慧生也不忘师傅七年的教导，当面说好：出徒之后，两年之内挣的钱，归师傅，算是对师傅的报答。

有词【虞美人】写道：

游子思乡望江浦。茫茫天涯路。好水送人展风帆，看风平浪静、水蓝蓝。偏翻江倒海狂怒。临到阎王处。望乡台上走一回，领略人生难为、寻梦归。

第一〇七回

小培泪眼观家败
立志奋起图复兴

谭鑫培去世后，谭家的结局，终于让谭鑫培言中了。家大业大，大有大的难处。谭鑫培过世了，家里没有一个压阵掌家的当家人，弟兄们闹起了内讧。你嫌住的窄巴，他嫌住得憋屈；你看我用得多，我看你挣得少，只打小算盘，不管伙里的量，都想多捞一把，多占家里的家当。如此，妯娌、弟兄们经常犯口角，天天家里闹闹哄哄的，各个斗得像乌眼鸡似的。实在过不下去了，就吵吵着闹分家。小培在外面唱戏，回到家还得找哥哥弟弟们劝解说和，把谭鑫培留给他的话，给全家人不知说过多少遍，劝大家，看在老爹的面子上，不要把家闹散喽。可是哥儿们各说各的理，各有各的道儿，就是听不进去。谭小培给老娘商量，侯玉岁数大了，主不起事来，只是急得流泪。小培只好到玉田侯玉的老家去搬舅舅侯廉，侯廉年轻的时候就是个没主意的人，如今老了，更经不得事，看了谭家的现状，只是唉声叹气，不知道该怎么办。哥儿们一看谭小培请来了娘舅，便有了话说：有亲娘舅做主，干脆分家！侯廉看拦不住大家，只好依从大家：分家就分家吧。浮财，早被大家偷偷瓜分得差不多了。剩下的院落、房子怎么分呐？其实哥们儿早就长了心眼儿，各自在外面买下了房产。这所老宅划价卖了，大家分钱倒也方便。侯廉依大家的主意，把房子卖给了一家医院。弟兄们拿了钱各奔东西。

谭小培眼睁睁地看着老爹辛辛苦苦创下的谭家大院转异人手，偌大一个家业，就这样垮塌了。他心如刀绞，眼泪止不住地流淌下来。回想当年老爹爹给他留下的遗言，自己无能为力兑现，心里更是难过万分。

无奈之下，他买了一份烧纸，在老宅大门楼下焚烧，边烧边发誓：绝不辜负老爹爹的遗愿，终有一天要重整家业，赎回这所祖居。

哥儿们分家了，谭小培只分了一份房产钱。因为他事先没有各自过的准备，家里的浮财一件没多占。房子卖了，他这一家子往哪里去呢？

正在为难的时候，他的岳父德君如来了。

德君如是皇家后裔，有深厚的文化教养，从小酷爱京戏，长大后干脆下海唱起了小生。他的龙凤嗓，是小生行的一绝。他佩服谭鑫培的戏大王精神，也很看重谭小培对京戏的执着和刻苦劲头，于是把女儿许配给了谭小培。小培和女儿过得很恩爱，外孙子裕升正在富连成科班深造，这小子打小机灵，是个可造的材料。

如今，谭家四分五裂，弟兄们如鸟兽散。他知道谭小培平时没有分家的准备，肯定正是犯难的时候。于是，他便在大外廊营外的南堂子胡同看下了一套房屋，垫付了租金租了下来，让谭小培一家搬过去。

有了这套房子救急，谭小培心里踏实了许多。

一想起爹爹的遗言，谭小培就耿耿在心，立志奋斗，要复兴家业。

为了不让京城的戏迷淡忘谭家，他每日里都登台，有时上午、下午、晚上三开箱，一天三场戏，不论文戏，不论武戏，不论文武带打，不论唱功戏衰派戏，见戏都唱。什么《桑园寄子》、《失空斩》、《借东风》（前鲁肃后孔明）、《龙凤呈祥》（前乔玄后鲁肃）、《龙潭鲍骆》、《战宛城》、《连环套》等。凡是谭鑫培当年唱的戏，他都想法子拾起来唱。每天水牌上、戏报上都要有“谭”字，以示谭家后继有人，谭鑫培精神不败。每天上的戏多了，自然戏份就多了，集腋成裘，积累资财，以图复兴。

他这种劲头，感动了戏界的名家。杨小楼、梅兰芳、余叔岩等都主动邀他登台配戏。荀慧生、尚小云、芙蓉草等都拉他入班搭档。他的岳父德君如，也拉他挎刀……

这个时期，是谭小培最活跃、最辛苦、最卖命的时期。他的辛苦，让他的太太德夫人很是心疼。她劝他保重身体，放长线图恢复。夫人看他图复兴的心切劳累，不得不去动员爹爹帮帮他。

德君如深深理解谭小培的苦衷，除了拉他挎刀唱戏，还帮他托朋友，打通外埠台口，陪他到上海、汉口、青岛、烟台、济南、保定等地闯荡，打台口，挣戏份。

尽管谭小培使出浑身解数，毕竟一个人的力量太单薄，拼搏了几年，仍积累不下多少资财。正当他苦扒苦拽折腾的时候，报纸上一条消息，让他看到了希望的曙光。京报上登了一条消息：谭家第四代传人十四岁的谭富英，与富连成科班同学翟富燮在浙慈会馆联袂演出老生戏《黄金台》，谭富英完全是乃祖谭鑫培的路数，唱念俱佳，颇受赞叹。

看了报上的消息，谭小培仰天长啸：“哎呀，老天爷有眼，但愿谭大王香火不绝，复兴有望啊！”

德君如看了报上的消息也很欣喜，正好他受同仁堂乐家药铺掌柜的邀请，在金鱼胡同那家花园为老太太庆寿办堂会，借着兴头，他把外孙子谭富英从科班接出来，加上谭小培，翁婿外甥三人唱了一出《群英会》，三人铆着劲儿唱，台下叫好不断！小小谭富英又冒了一次尖儿！

办堂会的东家乐十爷高兴极了，一门三代给他家唱堂会，尤其孙子辈的谭富英挺有后劲儿。乐老板大喜过望，在后台，笑嘻嘻地拉过谭富英的手说：“裕升，给你爷爷争了脸啦！”说着，从手指上退下一只通体透绿的翡翠扳指，“这只扳指是无价之宝哇！这是你爷爷当年在宫里唱戏，慈禧老佛爷赏给他的。我与你爷爷是拜把子兄弟，你爷爷把这只扳指送给了我。今天，你的表演，又让我看到了你爷爷的影子，你爷爷后继有人啦！这只扳指我送给你，完璧归赵。你还得加劲儿学本事呀！”

同被邀来唱堂会的还有余叔岩，余叔岩看了谭富英的表演，凑过来问谭小培：“他什么时候出科呀？等出了科，把他交给我，我把你们谭家教给我的活儿，都还回去！”

看了儿子的表演，谭小五更增加了复兴家业的信心。他忽然想起，爹爹入殓下葬的时候，戒台寺的妙老法师对谭家的子弟们说：京西门头沟的栗园庄，是寺里特意精心为谭大王选下的墓地。老施主安卧在这里，背靠卧龙山，面对永定河，风水非同一般。老施主的子孙、家业都会一旺再旺，延续数载。

莫非老法师的箴言就要显现啦！？

有词写道：

【石州慢】

大厦已倾，树败叶飘，何时再造。丝竹犹奏清音，依然伊人腔调！乌咽哭诉，奋力上下求索，讨回当年繁荣貌。常怀父遗言，那堪人知道！

顺势，天时地利，风水宝地，已见芳草。轻舟重负，风帆鼓满远眺。更待时日，纤绳弓满增人，当识台上纛旗号。不枉一腔血，代代传骄傲！

第一〇八回

京城梨园三大贤
纵横捭阖争上座

此时京城的梨园，杨小楼、余叔岩、梅兰芳，三足鼎立。杨小楼是武生和文武老生的佼佼者，余叔岩是老生的佼佼者，梅兰芳是旦行的佼佼者。京城的梨园和戏迷，把他们三个称为梨园的“三大贤”。

以“三大贤”为代表的三个京戏戏班，也确确实实展现了那个时期，京剧发展的水平和辉煌。

杨小楼、余叔岩、梅兰芳，尽管被称为国剧“三大贤”，但他们毕竟是吃戏饭的，得靠唱戏挣钱养戏班，靠唱戏挣钱置家业，靠唱戏挣钱成就自己的艺术事业。每天必须盯着观众，盯着剧场，盯着票房卖票的多少，盯着各个名角排出的戏码，琢磨自己的戏码。因此三大贤之间虽然互相恭敬礼让，互相包容支持，但也互相掣肘竞争。

余叔岩从上海回来后，名气有了，名分也有了，人气也到了，开始考虑投班的事。分析京城各戏班的状况，他打算投奔俞振庭的双庆戏班。

俞振庭是绝顶聪明之人，其父是著名武生余菊笙。余菊笙和杨月楼为同辈演员，武功甚佳。为人脾气毛躁，人送外号“俞毛包”。俞毛包的儿子俞振庭，与杨小楼同出一科，是杨隆寿办的小荣椿科班的弟子。武生功架和演技与杨小楼媲美，也曾享誉舞台。因他爹外号“俞毛包”，他被称为“小毛包”。

小毛包除了唱戏，还精于管理。于是创办了斌庆社科班，并兼任文明园经理。经过一段历练，他把斌庆社科班改为双庆社戏班。从此很少登台，在台下当起了戏班班主。

他依仗和民政部尚书，肃亲王的亲戚关系，经与谭鑫培和田际云掌管的正乐育化会通气联手，首先在他掌管的戏园，施行了男女同台唱戏，和男女观众同进戏院看戏的新规矩。就这一招儿，使他的文明园红火非常。他利用梨园世家，名宿之后的名声和人缘，遍邀名角，戏班也空前红火，在京城名噪一时。

如此，俞振庭就成了京城梨园的怪杰。他头脑新，反应快，了解观众心理，会派戏码儿，会要噱头，在梨园特别有人缘。他尤其会捧人，他看上的角，肯定想法子捧红喽。他善于提携培养新人，在梨园新冒尖的苗子，他都倍加关注，总是先邀到双庆社加以历练。他会适时适度，因人而异地给派戏码，一步步把他推向大角的行列。梅兰芳、尚小云、李万春等，都曾被他拉过来提携培养过。因此，谭鑫培、刘鸿升、杨小楼等一些大角，都很给他面子，捧他的场，应他的邀请，在文明园唱过戏。

余叔岩看好俞振庭的双庆社，正投俞振庭心思。俞振庭也早就看好了余叔岩，二人一拍即合。他借助余叔岩的影响，干脆让他挂头牌，单挑双庆社戏班，自己帮他打边鼓。

为此，余叔岩受宠若惊，十分尽心尽力。每晚占三庆园唱戏，旦角启用新手尚小云和俞步兰，票卖得挺火，每天都满坑满谷。俞振庭根据余叔岩在上海卖两元一张的票价，把三庆园的票价定一元二角，这在当时的北京是最高的票价。

当时北京的四口小康之家，每月的生活费才十二元。一张戏票一元二角，就占了一个家庭一个月生活费的十分之一，当然是够高的了。但因为有余叔岩挂头牌，一元二角的票价，照样抢购一空。

这个势头，让梅兰芳和杨小楼都感到了压力。

梅兰芳此时也自挑班，将原来的翊群社更名为喜群社，他和王凤卿在班里挂双头牌。他们是老搭档，戏唱得丝丝入扣，声声入耳，没挑没检。票价才定八角至一元。

杨小楼的桐馨社，阵容硬整，旦角有陈德霖，净角有郝寿臣，老生有李寿山。杨小楼早有“国剧宗师”，“武生泰斗”的名号，加上他长期占用第一舞台，宽敞明亮，舒适干净，一直是京城上座最好的戏园。他的票价最高也只能卖一元。

而余叔岩却卖到一元二角，而且他一登台，第一舞台的上座率就明显下降，这很让杨小楼心里疙疙瘩瘩的不痛快。

这天，杨小楼白天没戏，憋着闷子瞎溜达。溜溜达达，不知不觉地，就走到了梅兰芳家的大门前。

正琢磨是进，是不进去的时候，齐如山从后面走来。齐如山是个瘦高个子，走路一晃一晃的，老远就喊：“国剧宗师到了大门口，怎么不进去呀？”

“我当是谁哪，原来是齐先生！”杨小楼和齐如山是老朋友，说话不拘礼节，“拿不准兰芳在家不在家，正琢磨是进去不进去呢，您来啦，这说明兰芳在家。”

“在家不在家，咱俩就不兴侃一会儿。”齐如山不容杨小楼分说，拉了他就进了梅家大门。

梅兰芳这天也没有日场，正在院子里练功。一看齐如山拉了杨小楼进来，赶紧收了功架，笑着迎过来：“是那阵风把大哥哥吹到寒舍？”说着，忙拉了杨小楼走进客厅，亲手端上茶来。

杨小楼和梅兰芳是世交，打梅巧玲和杨月楼那一辈起，梅杨两家就交往甚深。杨月楼去世之后，梅雨田经常给杨小楼配文场，梅雨田与杨小楼关系甚好，梅雨田比杨小楼岁数大不少，杨小楼也不敢与梅雨田论平辈。杨小楼比梅兰芳大十六岁，梅兰芳上私塾的时候，杨小楼经常背着他，送他上下学。梅兰芳打小就称杨小楼“大哥哥”，如今都成了角，分别成了京城三大贤之一了，梅兰芳还是称杨小楼大哥哥。

杨小楼接过茶碗，抿了一口："这碧螺春有味道！"接着说，"今天没有日场，出来随便走走，不知怎么就走到兄弟的门口了。"

"说明你们哥俩缘分大。"齐如山打哈哈说，"心有灵犀，必是有事想到一块儿了。身不由己，就随心而往了。"

"你这大文人，——总是有词儿！"杨小楼指着齐如山的鼻子说。

"难得你们两个大角凑到一起，我倒有个想法，正想找你们俩合计合计呢！"齐如山倒先提出话题。

"愿听先生指教。"杨小楼半开玩笑半认真地说。

齐如山认真地看看梅兰芳，看看杨小楼："你们两个配的戏不少了，配一出响一出。尤其《长坂坡》，都成你们俩的专版了！"齐如山抿一口茶高兴地说，"我琢磨了很久，你们要是再合作一出戏，保证还是杨梅专版！"

"齐先生又卖关子啦！"杨小楼说，"什么戏呀？"

"要说什么戏，得先征得你杨老板的同意我才敢说。"齐如山还是不说。

"只要能唱出好戏，我杨小楼什么都舍得！"杨小楼痛快地说。

"杨老板别嫌我说话嘴冷，我也是为你们哥俩考虑。"齐如山说，"你和尚小云合作的那出《楚汉争》，叫响了这么几年啦，也多亏了清逸居士打本子的功夫，再加上你们二人下气力排得丝丝入扣，才这么屡唱屡响。"

"齐先生是想让我和大哥哥合作这出戏？"梅兰芳插进来说，"那可不合适。"

"怎么不合适？"齐如山问。

"您想啊，大哥哥和尚小云已经合作了那么多年了，我半路横插一杠子，把小云顶下去，那我梅兰芳成了什么人啦？半路甩了尚小云，也不是大哥哥行事的方式啊！"

"兰芳你听我把话说完。"齐如山不急不躁，继续慢慢地说，"《楚汉争》，我看了多少遍了，总觉得有点拖沓，我想下功夫好好改改，改得紧凑精练一些，突出重点，让戏更抓人。"

"哎呀，齐先生不愧是打本子的行家，一语中的。"杨小楼不等齐如山说完，就高兴地赞同道，"这出戏，我虽然一直唱了这好几年，也有同感。但念人家清逸居士的一番苦心，我不好停下来不唱，既然齐先生有此成人之美的想法，那是再好不过了！"

"那样，清逸居士和尚小云那里怎么交代？"梅兰芳担心地问。

"为了艺术的完美，我觉得他们都会高兴地接受。"杨小楼爽朗地说，"他们俩那里交给我了！"

"杨老板不愧国剧宗师，说话办事有大家之气！"齐如山赞扬道。

"齐先生别恭维我，先亮一亮你的本事吧。"杨小楼催促说。

"既然杨老板同意了，我就不客气了。"齐如山高兴地说，"三天之后，我拿出本子来，等你二人看了本子再说究竟。"

当下三人接着喝茶聊天，谈天论地，直至天晚方散。

《楚汉争》是清逸居士为杨小楼编写的剧本。故事出自《史记·项羽本纪》，写刘邦的大将韩信，在九里山将项羽围困在垓下，项羽左冲右突，不得突围。韩信又让士兵唱江东之曲，使项羽的士兵听后思乡心切，斗志涣散，无心突围。项羽突围连连失败，心情沮丧。项羽的爱妃虞姬，深知大王已处于绝境，苦痛之中为项羽斟酒舞剑，让项羽排解心中的忧苦。最后拔剑自刎，以解除项羽对自己的眷恋，专心突围。

这出戏，过程写得过于冗长，分四本，每次演两本，要连唱两天，才能唱完。

三天之后，齐如山把改好的本子拿来。梅兰芳立即打电话，请杨小楼过来一同看本子。俩人看完本子后，觉得非常满意。

齐如山看他们满意，自己也高兴，自告奋勇说："你们俩排这出戏，我来当导演。"

"敢情好哇。"杨小楼第一个赞成。

梅兰芳了解齐如山的底子，对齐如山当导演，当然打心里满意。

齐如山看他们没有反对意见，说："文章是改出来的，戏是侃出来的。咱们边排边侃，边侃边改，怎么顺当就怎么办！"他说着就走马上阵，"我先给二位说说我改这个戏的主导思想。这出戏的重点在'别姬'上。所以我把戏名改为《霸王别姬》，戏眼是个'情'字。虞姬跟随项羽东征西战，戎马倥偬，夫妻恩情无限。在关键时刻，最疼爱项羽，最想让项羽突围成功。在危难之际，虞姬为项羽置酒，舞剑，排遣烦恼，都出于一个'情'字。最后她刎剑殒命，更是出于一个'情'字。只有对自己最爱的人，才能以生命相许。她刎剑，是为了最终挽救项羽的败局，让他一无牵挂，义无反顾地去突围取胜，也是当面表达自己对项羽忠贞不渝的爱情。基于这一点，我把原戏删减了不少，只唱一次，就结束全戏。"

"好哇，好哇。"杨小楼听后赞不绝口，"我们唱戏的讲究'戏保人'，和'人保戏'。齐先生大笔一挥，可算得上'戏保人'啦！"

"杨老板说哪里话来，你们两个大角，只能是'人保戏'。我写得再拉杂，由你们两个一唱，就管保能成。"齐如山看看梅兰芳说，"这个，兰芳心里最清楚。——我写的戏，是案头戏，发冷，发干，非有名角才能唱成功。这不是'人保戏'吗！"

"行啦，我看咱既是'戏保人'，也是'人保戏'。离了谁也成不了戏。"梅兰芳说，"咱还是快排吧！"

《霸王别姬》这出戏，就这样由他们三个排出来了。

戏排出来了，是以喜群社的名义唱呢，还是以桐馨社的名义唱呢？

梅兰芳主意已定，非以桐馨社的名义唱不可。理由就是桐馨社牌子响，上座率高。其另一方面的意思就是，自己年岁小，什么时候也不能抢了大哥哥的上风，这是他做人的一贯原则。

杨小楼则主张以喜群社的名义唱，原因是喜群社是梅兰芳办的第一个起家的戏班，这出戏说什么也得先为喜群社壮壮门面。

二人争来争去，互不相让。齐如山听他们争得都有道理，说："别争了，我出个馊主意，你俩看行不行？”

“齐先生向来有见地，你就说吧。”梅兰芳说。

“京城戏界，争上座争得厉害。你们虽然嘴上不说什么，可心里都明镜似的：眼下，你们两家都被双庆班压得喘不过气来。要论实力，三个大贤，你们占了两个，要争还是有底气的。你们干脆两个社合为一个社，绑到一块儿，也和他们争一争如何？”

齐如山虽然没点余叔岩的名，但还是点中了要害，点到了杨小楼和梅兰芳心中的难言之隐上。是啊，杨小楼、余叔岩、梅兰芳三个人，平时像亲哥们儿一样，可余叔岩的票价，却卖一元二角，愣是压他们一头。嘴上不说，心里还是堵得慌。

杨小楼说：“齐先生说得对，咱干脆儿合起来，拼一拼如何！”

梅兰芳也壮足了胆：“拼一拼，就拼一拼！”

齐如山说：“你们合起来的班名我琢磨了一下，叫‘崇林社’怎么样？你们二位姓上都有一个‘木’，二木成林，叫‘崇林’，把二位都‘崇’进去了。多好哇！”

“就依齐先生所说，叫崇林社！”杨小楼拉开一不做二不休的架势，“咱《霸王别姬》在第一舞台唱，票价也定一元二角！”

“第一舞台三千多个座位，够拉场子的！”梅兰芳考虑这样一来，看戏的都涌过来，别的戏园还能卖满座吗，他很是于心不忍。

“拉场就拉场吧，比的不就是这个劲儿嘛！”杨小楼下了决心。

《霸王别姬》排出来之后，首演于第一舞台。

戏报上大字楷书“杨小楼、梅兰芳联袂推出新戏《霸王别姬》”。

海报一出，京城哗然。

因为杨小楼和梅兰芳原来都各自挑班，合作的机会少了点儿，很少联袂登台。这次，突然两大贤，合为一个戏班。联袂登台，强强联合。这可是眼下少有的事情！再说了，新戏《霸王别姬》，是个什么故事？什么情节？这可是两个大贤的新戏！——这得看看！戏迷们抱着好奇、看稀罕的心情，纷纷涌向第一舞台。

三千一百个座位场场爆满，座无虚席。

三千一百个座位，几乎等于一般戏园座位的两三倍。一下子，把三庆园的看客拉走了一半。

这一下，可让双庆班的老板俞振庭麻了爪儿。他找到余叔岩，语无伦次地说：“怎么办？看这对台打的！他们那边一开戏，咱们这边塌下去一半，这怎么得了！”

“俞老板，这有什么大惊小怪的！”余叔岩很镇定地说，“唱戏的打对台，较劲儿的事，司空见惯。他们两个都是大角，又是新戏，当然抓人。”

“可咱是靠上座儿吃饭的呀！”俞振庭争辩道。

“打对台就是争人气，咱再想办法把人拉回来呀。”余叔岩胸有成竹地说。

这话俞振庭爱听，高兴地说：“快说，快说，有好主意快说！”

“俞老板，我一说，您一听。说得对，您参考，说得不对，就当我没说。”

“现在就是等您的高见呢！”俞振庭恳切地说，“您就只管说！”

“要和那两个大角争上座儿，就得打破建制，甭管哪个班的，只要是好角，都拉来搭班。哪怕是唱一出换一个，也得拉过来。不过——”余叔岩顿一顿，看看俞振庭说，“您得舍得银子！”

“舍银子那是应该的。不过——”俞振庭有点犹豫地说，“那可损梨园的德呀。”

“世道不同了不是？这都民国几年了，大角挑班，跳槽儿搭班，串场唱戏，……这样的事多了去了！”余叔岩说，“谁还照那老皇历死抠哇！”

“您说的也是！”俞振庭把大腿一拍，“就照您说的办。您选戏码，找搭班伙计，我出银子！”

就这样，余叔岩想到了一出戏——《辕门斩子》。这出戏，原来是谭鑫培的戏，谭鑫培作古之后，刘鸿升以高派的味儿唱红了，刘鸿升将这出戏传给了徒弟高庆奎。高庆奎又把它唱红了，如今市面上只有高庆奎以高派的风格唱这出戏。余叔岩想到这出戏，是想打市面一个冷子，以老谭的唱法，仍唱谭派风格。

“这个想法好哇！”俞振庭听了为之一振，“这叫出奇制胜！如今谁敢唱老谭的这出戏？唯有你！蝎子的屉屉——独份儿（毒粪）！

“这得挖一个角。”余叔岩说。

“挖谁？”

“把郝寿臣挖过来，让他配焦赞，那才叫绝呢！”

“郝寿臣是杨小楼桐馨社的台柱子，挖他，可别惹恼了杨小楼哇！”俞振庭顾忌重重。

“他们两个班打散了正重组呢，再者说，郝寿臣在《霸王别姬》中又没活儿，这不正好，顺手牵羊嘛！”余叔岩鼓动说。

“着，着，着！”俞振庭说，“一不做二不休，挖他，就挖他！”

经过一番鼓动，郝寿臣终于被挖过来了。

郝寿臣是当时正走红的净角，是杨小楼慧眼识珠，把他拉把到桐馨社，把他提携带红了。他从小本不想坐科唱戏，因为家境困难，七岁就辍学，走街串巷吆喝着卖五香豌豆。由于嗓子好，叫卖声惊动了一个唱皮影的王德正，王德正便收郝寿臣为徒，教他唱花脸戏，于是走上了唱戏的道路。经过借着唱戏拜师，拜了师再学戏，学了戏再求同行指点等等种种磨炼，终于有了搭班唱戏的机会。不过也是登台打杂作底包，正不得出路的时候，杨小楼看上了他，拉到身边，认真栽培，他才步步走红，成了年轻的净角。

郝寿臣说什么也不肯背弃杨小楼，但又仰慕余叔岩谭派传人的名气，想借机会捋叶子学活儿，就答应下来。但与俞振庭说好，到双庆班只是帮忙，唱完《辕门斩子》就回去。俞振庭一口应承到底，完全按郝寿臣的意思办。

郝寿臣这才到了双庆班，与余叔岩配焦赞。余叔岩和郝寿臣都是势头正旺的时候，谁都要好，排戏格外认真。余叔岩借鉴与梅兰芳排《游龙戏凤》的经验，对《辕门斩子》细嚼慢咽，排得精细认真。余叔岩的嗓子虽然恢复了，唱老生如六月的西瓜，沙甜脆润，口口叫好。但《辕门斩子》，老谭是以小生的唱腔扮杨六郎，余叔岩能以老谭的唱法唱好吗？他嗓子够得着吗？俞振庭还是为他暗暗担心。

戏排出来了，海报一贴出去，京城又是哗然一片。老谭的《辕门斩子》又出世了！走看看去！戏迷又涌向三庆园。

《辕门斩子》贴演之前，俞振庭担心一元二角的戏票太高，怕争不过第一舞台，想降到一元一张。余叔岩坚持不降，一元二角争就争到底。果然，票价没降，三庆园还卖了个满坑满谷。

余叔岩踩着鼓点登台，开口唱戏，并不和乃师谭鑫培一样完全以小生腔演唱，而是在满宫满调的完成小生高腔的运转之余，把他沙甜脆润的特点巧妙地体现出来，更赢得了戏迷的好评。这一点，更让俞振庭服得目瞪口呆。

俞振庭是梨园的行家里手，开戏前，他悬着一颗心，生怕余叔岩的嗓子够不到乃师的调门，把戏唱砸喽，早早坐在台下认真地去看戏。

他细细品听余叔岩的唱，他的嗓子无论宽、高、亮、厚，都不如乃师谭鑫培。但他的“功夫嗓”，的的确确亮出了他这几年苦练的功夫。宽不够，他则以峭拔取胜；高不够，他则以雄奇陡峭取胜；亮不够，他则以韵味醇厚取胜；厚不够，他则以顿挫委婉取胜。俞振庭在细细品味中，听出了余叔岩声腔的奥妙。原来他是取了乃师的空灵，去了乃师的朴拙；取了乃师的精深细腻，去了乃师的古简粗豪；专门刻意求精求美。把粗豪细腻化，把古朴典雅化，宁失之书卷气过多，也不留些许尘杂。好一个余叔岩！真是青出于蓝而胜于蓝。不愧为生行大贤也！俞振庭边看边磨叨，连连说：“好，好，好哇！他一个大贤，给我顶住了两个大贤！”

杨小楼和梅兰芳也不示弱，他们除了唱《霸王别姬》之外，也拉来尚小云、白牡丹、马连良等少壮派来配戏亮台。穿插着唱《春草闯堂》《蝴蝶杯》《甘露寺》《审头刺汤》等戏。

两个台口打对台，都是大角，都是好戏，可得了京城戏迷们的意，——天天挑着，捡着，轮着，转着看好戏。银子哗哗地流向了这两个戏园，一元二角的票价，谁都没降，谁都卖满座。

散曲唱道：

【中吕·粉蝶儿】三大贤各展神威，占戏园名声鼎沸。唱对台挖空心思，争上座拉看客，劲使绝，心还要操碎。八仙过海，亮出本事显能为。

【醉春风】小毛包聪明动心机，余叔岩谋划巧应对。梅杨合作又联手，齐如山，戏出大手笔，嘿，都能够搅动乾坤，一个个出类拔萃！

【叫声】精益求精艺绝，宫商丝竹敲推、对台如打擂。凭看家本事，亮绝活，谁服谁？

【喜来春】偷不得奸耍不得懒精神百倍，只认艺不认人票房比对，不用吹牛瞎咋呼，艺术价值多少，上座儿说贱贵！

【红绣鞋】流派自然成一统，功夫不见一两回，一生心血耗费，只为台上一刻，多少辛酸苦和累。

【白鸽子】三大贤可是自我标榜？百口众人公推。大旗一旦竖起，负重望，众口一词钦佩。无人非。

第一〇九回

须生高腔出新秀
灵透木讷高庆奎

在三大贤红红火火唱对台戏，大饱京城观众眼福的时候，其他戏园也跟风较劲，唱得红红火火热热闹闹的，京城的国剧呈现了一片繁荣景象。

在须生行，一个很不事喧哗的人物，渐渐出人头地，露出天赋，这个人就是高庆奎。

高庆奎是清末名丑高四宝的儿子，原名振山，号子君。他出生在京城的梨园世家，自幼耳濡目染，看了不少的名家好戏，眼界宽，见识广。加之他聪明灵透，看什么学什么，学什么会什么。台上的生旦净丑，台下的八行九作，他都熟记在心。虽然聪明灵透，就是不善言辞，不爱开口说话，别人给他说半天，他点一点头，咧嘴一笑了事。顶多答一句“嗯哪。”算开了尊口。人们都觉得他木讷，实际上他心计很深，很有自己的主意。

高四宝看他是个吃戏饭的材料，凭着他在梨园的关系，就让他分别跟着贾丽川、沈三元、朱天祥、李鑫甫学戏。这几位，都是梨园行文武昆乱不挡的人才，因此，高庆奎小小的年纪，就打下了很好的根基。这时候，高四宝又盯上了贾洪林。贾洪林何许人也？贾洪林是谭鑫培台上的左右手，与谭鑫培配戏二几十年了，谭鑫培的戏路，他合着眼都记得清清楚楚，连谭鑫培都高看他几眼。

这一天，高四宝和贾洪林下了场，二人卸完装，高四宝凑过来悄悄对贾洪林说：“师弟，找个地儿——”用手比画喝酒的样子。贾洪林和高四宝是从小坐科的师兄弟，俩人亲的像哥们儿一样，还爱开个玩笑。贾洪林假装不懂高四宝的意思：“上八大胡同？怪脏的，不去！”

“美得你！”高四宝说，“找个地儿喝小酒去！”

“你做东？”

“对呀，我做东！”

“那得我挑馆子！”

“随便！”

别看贾洪林说挑馆子，只不过是逗闷子开玩笑，他挑馆子，也是路边小铺子，舍不得上大馆子。

于是，二人就在前门外大街一个小酒铺子，落座喝酒。

酒喝到正酣的时候，高四宝说："师弟，你收个徒弟吧！"

"收徒弟？"贾洪林奇怪地问，"我能收什么徒弟？"

"不收徒弟，可惜了你那一身本事！"高四宝揶揄地说，"人家谭鑫培不收徒弟，是艺不轻传。你不收徒弟，还想把你那点子本事带到祖坟里去呀？"

"嗨，我倒是想收徒弟，我一个唱边配的，人家谁肯拜我呀！"贾洪林自嘲地说。

"有个人肯拜你呀。"

"谁？"

"我儿子，高庆奎呀。"高四宝赶紧说。

"你拉倒吧！"贾洪林说，"别看你那儿子木讷，人家可经了四个师傅了。——那小子灵透着哪！"

"可他非拜你不能成气候哇。"高四宝说。

"此话怎讲？"

"拜了你，就等于拜了老谭。"高四宝一脸神秘地说，"老谭的玩意儿你最熟哇！"

"师哥，闹了半天你是拿我开涮哪！"贾洪林打岔道。

"此话差矣，师哥是真心真意！"高四宝一本正经。

"是真心真意地绕着弯，掏老谭的货吧！"贾洪林一言揭破谜底。

"如此，哥哥也是真心真意的。"高四宝一脸正经，"不拜你，你侄子怎么沾上谭味儿呢。"

"冲师哥看得上我，为了让大侄子沾上谭味儿，这个师傅我当啦！"

高庆奎就这样拜了贾洪林为师，绕着弯学了谭鑫培的玩意儿。

高庆奎嗓子的天赋条件比谭鑫培好，他的嗓音清亮，调门高亢，并且有脑后音。贾洪林就他的天赋，教他用气托腔，把老谭的唱法传授给他。使他的唱功满宫满调，慷慨激昂，声情并茂，犹如长江大河，奔放流畅。

高庆奎唱功有了老谭的基础，就向贾洪林老师提出学一学刘鸿升的唱法。

贾洪林看一看眼前这个小徒弟，眨眨眼，嘿嘿一笑："看你小子木讷，茶呆呆的，赶情早动心思啦！"

贾洪林也看好高庆奎的嗓子，觉得光学谭腔是有点儿屈才。高庆奎没提出来之前，贾洪林就曾想过，让他再登一个台阶。还没等得说，高庆奎倒先提出来了，他当然为这个徒弟的聪明感到高兴。忙说，"你和我想到一块去啦。你的嗓子论响，论亮，论宽，论厚，都不在刘鸿升之下，是得向他靠靠。有了老谭的底子，再有了刘鸿升的腔调，你就没治了！"

刘鸿升比谭鑫培小十几岁，字子余，号海滨。他本不姓刘，因幼年在京城内一个刘姓的刀剪铺学徒，经常下街卖刀剪，给人的印象很深，人们就称他为"小刀刘"。久而久之，他的真姓就被淡忘了，他索性就改为姓刘。刘姓刀剪铺的邻居，住的是著名花脸穆凤山。穆凤山每日在家吊嗓，刘鸿升都听得真真切切，也记得清清楚楚。刘鸿升天赋一副好嗓子，有时在刀剪铺吼上几嗓子，也满带穆凤山的味儿。一次，刘鸿升高声唱《探阴山》，被隔壁的穆凤山听见，甚为惊奇，遂过门来结识。后来经人介绍，刘鸿升拜在穆凤山名下，正式下海唱戏，并得到同行金秀山的指导，名声渐起。

他曾在同庆班和谭鑫培配戏，唱《捉放曹》《失街亭》等戏，由此名声大长。后随玉成班到上海唱戏，一出《牧虎关》，震动申沪，被誉为“第一花面”。可惜他好运不长，得了一场大病，落下个残腿。他硬是撑着，改为唱须生，咬着牙登台唱戏。因为他嗓音好，学孙菊仙、汪桂芬，声腔高亢甜润，酣畅淋漓。因此大红大紫。他拿手的戏就是“三斩一碰”，即《斩黄袍》《斩马谡》《辕门斩子》和《碰碑》。回到北京后，经常和谭鑫培唱对台戏，就连谭鑫培都退避他三分。在京城，“孤王酒醉桃花宫”的唱腔，就像谭鑫培的“店主东带过了黄骠马”一样，流传在大街小巷。之后他又吸收了小生的唱法，唱《辕门斩子》，“见老娘施一礼躬身下拜”的唱，也是跌宕起伏，优美绵长，快人心脾。由此他创造出一个高亢的唱腔，在生行独树一帜。

高庆奎在学谭的基础上，学刘鸿升。把两位大家的唱腔都暗暗掌握，但他却含而不露。当时，除了谭鑫培、刘鸿升两位泰斗，比他资深的老生还很多，如孟小如，王凤卿、贯大元、王又宸等。另外还有新秀余叔岩、言菊朋。在高手如林的梨园，不学得有两下子之后，哪敢轻易冒尖儿？他的策略是：夹着尾巴学艺。

经师傅贾洪林牵线，他搭过谭鑫培的同庆社，作底包，唱零碎儿，为的是借台学艺。还搭过刘鸿升的班，也是为了就近捋叶子，学本事。与他们二位大家同台唱戏，他留了个心眼：如果与谭鑫培同台垫戏，就露刘鸿升的戏；如果与刘鸿升同台垫戏，就露谭鑫培的戏，为的是不露苗头，不抢风头，不给大角添乱子，砸了人家，坏了自己的名声。

他正式搭班唱戏之后，给自己约法三章：不争主角配角，不争戏码先后，不争戏份多少。他的“三不争”原则一出，各戏班管事的都乐意来找他。于是乎，他搭的班子越来越多，在台上学的玩意儿也越来越多，台下的观众人缘也越来越好。他先后曾搭过田际云的玉成班、俞振庭的双庆班、谭鑫培的合庆班、王瑶卿的天庆班、杨小楼的桐鑫班、周瑞安的瑞庆班、梅兰芳的喜群班。几乎京城所有的大班，他都搭过。戏路越唱越广，人脉越走越宽。因此，无论生旦净末丑，他都能唱，台上需要什么角，他就上什么角。行家人说他的戏路“太杂”，有人挖苦他，给他起个绰号叫“高杂拌儿”。他听了，也不反驳，嘿嘿一乐，心想：“没有杂，哪有博，没有博，哪有大，没有大，哪有精和深。——我要的就是这个博、大、精、深！”

当时，京城梨园行，最能提携人的行家有三个，一个是俞振庭，一个是杨小楼，一个是梅兰芳。

俞振庭看出了高庆奎的天赋，他第一个把高庆奎邀到双庆社。当时梅兰芳还在双庆社搭班，正在走红，挂头牌。余振庭对梅兰芳说：“贤侄婿，你拉吧拉吧他吧，这个须生将来非池中之物。也提前给自己选下个好搭档!”

俞振庭是梅兰芳夫人王明华的姑父,梅兰芳也称他为姑父:“姑父说好便好,您就排戏码吧。”

第一出戏,俞振庭给安排的是《玉堂春》,高庆奎给梅兰芳配红袍潘必正。

第二出戏,在梅兰芳的新戏《邓霞姑》里,他配邓文彬。

第三出戏,在梅兰芳的《红线盗盒》里,他配演薛嵩。

之后,凡梅兰芳的戏,都有高庆奎配戏,无论角色轻重,高庆奎是无役不兴。这很让梅兰芳感动,也让双庆班的伶工们感动。俞振庭更是感到这个后生不错,派什么唱什么,先、后、主、配都毫无怨言。于是更加重用他,给他单独派重头的压轴戏。

本来,与梅兰芳配戏,高庆奎就跟着总唱压轴和大轴戏,这对于一个刚刚登台配戏的演员来说,就沾足了光。让他单独唱压轴戏还不算,俞振庭为了彻底捧红他,私下说服梅兰芳,让梅兰芳把大轴也让给他,让他唱《辕门斩子》。却让梅兰芳给他垫场压轴,唱《穆柯寨》。梅兰芳欣然承让,心甘情愿地给他垫戏。俞振庭和梅兰芳,就这样把高庆奎捧足了输赢。

杨小楼也很看重高庆奎,他把高庆奎挖到桐鑫社,他与尚小云唱《楚汉争》,让高庆奎饰韩信;唱《长坂坡》,让高庆奎饰刘备。总之,凡杨小楼登场都把重头配角派给他。

杨小楼新排头本《宏碧缘》,用的都是一色老角。他自己饰骆宏勋,贾璧云饰花碧莲,钱金福饰余千,王长林饰胡理,李连仲饰鲍赐安。唯独老旦骆母,安排新角高庆奎反串。

高庆奎反串老旦,桐鑫社的著名老旦龚云甫怎么安排?杨小楼让龚云甫与尚小云去合唱《母女会》,专给高庆奎让道。

高庆奎反串老旦,与那么多前辈耆宿平头并列,显然是杨小楼蓄意捧高庆奎。

高庆奎从正式搭班唱戏,七八年时间,就由唱边配、演二路到唱正戏,以至于唱大轴挂头牌。这与俞振庭、梅兰芳、杨小楼等对他提携、捧带,所给予的推动是分不开的。之所以有如此福报,也是他适应环境,虚心做人,老实做事,一心作戏的结果。

他的木讷是形,灵透用心才是实。由此,让人记起一句佛家之言:说话厚道而不刻薄者,乃有福之人。良有已也!

有词【定风波】写道:

且莫论好汉英雄,人生路好好修行,忠厚老实行有德,德旺,福报四方伴平生。 学艺虔诚莫装懂,自省。高人良师却相迎。梨园生行独一秀,大角,迈步青云浪已平。

第一一〇回
言菊朋腔中寻路
辟蹊径终得千秋

言菊朋占了“正宗谭派”的名分，一下海就总是和名人配戏。梅兰芳是不必说的了，杨小楼、陈德霖、王瑶卿、尚小云等都曾邀他配戏。得空子，他还独自唱压轴戏或大轴戏。因为他有文化修养，对戏文理解得深透，对老谭的身段、唱腔很能传神地表达出来。随戏班走南闯北，下天津，走上海，赴汉口，赶烟台……，居然成了享誉天下的谭派须生大角。

当时，戏台上风头最盛，真正有谭派名分的大角，一个是余叔岩，一个是言菊朋。二人虽并驾齐驱，但却各有不同。他们都各自用自己的心计，成就自己的艺术。

余叔岩虽是老谭的弟子，但他却很有自知之明，无论嗓子天赋，身段功底，都没有老谭的本钱。为此他的岳父陈德霖曾拉着他，拜访过齐如山，请齐如山指教。

齐如山和他们都是至交，也不含蓄客套，单刀直入，说掏心窝子的话：“叔岩的戏我看了多少出了，我细细品味，你学老谭，学的精巧灵透，不刻舟求剑。但你的天赋没有老谭好，功夫也没有老谭深。就你现在的这种唱法，就很对路。——遵老谭的准绳，开自己的新路，扬长避短，发挥你的天赋。依我所看，你唱的谭派，可说是新谭派。这个‘新谭派’，就是你余叔岩的特点，就是你的‘余派’。”

“齐先生高抬他了，在须生多如牛毛的当今，他怎敢称什么‘余派’！”陈德霖听齐如山如此说，虽然心里高兴，但还是替姑爷打掩饰。

“陈兄也不必替姑爷谦让，从长远计，叔岩必成须生执牛耳之人。他的趋向必将自成一派，那就是新谭派，——余派。”齐如山肯定地说。

在没听齐如山讲这番话前，余叔岩虽然是这么做了，但还没敢往“余派”上想过。齐如山这番话，还真如醍醐灌顶，开了他的窍。师傅谭派的水平我够不上，我才走了齐先生所说“新谭派”的路。我既已开了路，就继续走下去，叫我“余派”倒也实至名归。于是，他更坚定了闯“余派”戏路的信心。

当时，他的这种戏路，被世人称为“新谭派”。

言菊朋本来以“老谭派首领”为号召，听市面上人称余叔岩为“新谭派”，这更坚定了他唱“老谭派”的戏路。平心而论，言菊朋也很有自知之明。自己三十多岁的人了才下海，再怎么下功夫练身段把子，也赶不上老谭，也比不过余叔岩和其他科班出身的同行。但唱功及戏路，确确实实是自己刻模子一般，十几年如一日刻出来的。与余叔岩的“新谭派”比，自己的“老谭派”也可说是实至名归。既然如此，你唱你的新谭派，我唱我的老谭派。于是，继续在老谭派的戏路上下功夫。

言菊朋的唱腔，虽然刻板学老谭，但也有他的独到之处。最大的特点是他富于感情，他能把人物的内在感情在表演中表达得明明白白。比如在《骂殿》和《上天台》两出戏中，他演赵光义和刘秀，就很下了一番功夫。这两个人，在戏中都是皇帝。谭鑫培是以“奎派”王帽戏的路子顺下来的，嗓子好，有气力，一气呵成，唱到底就算唱好了。言菊朋则不如此简单化，他扮演的赵光义，向贺后赔情道歉，主要用慢板唱腔。他的唱，曲折含蓄中带有羞愧的意味，既显得低声下气，又不失皇帝的尊严，听来还端庄大方。《上天台》刘秀对姚期的大段唱，则唱出了皇帝对姚期的亲切安慰和委婉劝解，因此唱中流走灵活，听来娓娓如叙家常。

言菊朋的唱腔是因情而发，讲究吐字发音，尤其注意“气口”。强调行腔时音节的起伏顿挫，变化多而韵味长。他特别讲究咬字，任何时候都做到“尖团”不倒。腔随字行，字字珠玑，腔跟字走。

京剧唱念发音，最讲究“尖团”字。大角名家，一般都很注意行腔咬字。但由于唱腔的曲折缭绕，也有把“尖团”字唱“倒”了的时候。就连谭鑫培、杨小楼、余叔岩、梅兰芳等都有因腔顺字，不讲“尖团”的时候。唯有言菊朋一字不倒，宁肯变腔不能变字。尽管“尖团”字是湖广音中州韵，用京腔唱，有时很别扭，但由他口里唱出，字不倒，音不变，却清晰悦耳，轻重分明，使人很好接受。在行腔上，他也有较大的独创性，他善于把高低悬殊的音节，错落参差地连在一起，从极高的地方又陡落到极低的地方，转而又低起高升，却使人没有突兀个生之感，反而觉得充满悠扬和谐之美。

有一次在南京唱《天水关》，他扮诸葛亮，唱三眼“先帝爷临终托孤皇恩重”一句，刚一拖腔，台下就有人大喊：

“嘟！——下去吧！什么老谭腔？别蒙人啦！”

尽管这一嗓子喊声很大，但场内却没有反应，别人反而愣愣的，不知道怎么回事。

言菊朋在台上却听得真真切切，暗暗感到吃惊，很是佩服这人的见识。顺着喊声瞟了一眼，看这人坐在第三排正席。言菊朋不露声色，唱完这一场，来到后台，他吩咐管事的盯紧那个人，散戏后别让他走。

等到下场，言菊朋卸了装，来到场中，管事的正缠着那个人，没让他离席。

这个人看管事的缠着他，不让他走，有点恼火，便道：“怎么？找碴儿啊？——散了戏还不让走！”

“言老板怕您看了半天戏，坐累了，请您休息休息。”管事的话中带刺，尖酸地说道。

“言老板？只怕是我认得他，他不认得我！”那人很不买账，起身要走。

言菊朋观此人，四十岁上下，白面皮，清瘦矍铄，很有气度。于是走向前深施一礼，说道："先生，菊朋不才，愿向先生讨教。"

这个人只知道台上扮诸葛亮的是言菊朋，等言菊朋卸了装来到面前，却并不认识。见来人向他打弓施礼，并口称"菊朋"，倍感唐突。疑惑之中，忙站起身，还礼道："岂敢，岂敢。"

言菊朋不由分说，手挽这位先生，拉到了后台。然后亲手端过一把椅子，将先生按坐在椅子上，又躬身施礼道："言菊朋半路出家，孤陋寡闻，戏中纰漏，请先生指教！"

直到此时，此人才忽地一下明白过来，原来是为刚才喝倒彩之事。一般来讲，台下喝彩赞扬，人人皆喜。喝倒彩，谁愿听？谁肯接受？莫非言菊朋要对他非礼？看眼前，言菊朋倒不像找后账来纠缠的样子，反倒有真心讨教的意思。

于是便直言道："久闻言老板以'老谭派'享誉京沪，可惜未得亲闻。盼言先生来南京献艺，渴望久矣。然今听言先生《天水关》的头一句拖腔，俨然没有老谭的味道，何谈什么'老谭派'！故而喊了倒彩。如若恼嫌，就当面理论理论！"

言菊朋看此人谈吐，不卑不亢，斯文有加。又听他对名家流派甚是熟稔，断定此非一般戏迷。便更进一步谦恭道："先生不必误会，菊朋确有真心请教之意。这里不是交流深谈的地方，眼见得也到了吃饭的当口，我们不妨找一个幽静的酒楼，边吃边谈，也好讨教得更为明白。"

此人倒也痛快："既是如此，南京的酒楼饭庄请言老板任意挑选，我们也好一敞胸怀。"

二人就近来到秦淮河的醉仙酒楼，选一个雅座，落座畅饮。

原来此人是南京的一个世家子弟，姓林名璈。在家排行第六，人称"六爷"，俗称林六。他祖上做过江浙督府，是相传几代的官宦世家。如今，虽已至民国，但家道还很兴旺，是南京城四大望族之一。林璈诗书礼仪传家，自小饱读诗书，对皮黄尤其感兴趣。几十年来凡京城来的皮黄戏，无不场场必看，而且久看不厌。对京戏的行当、流派也研究得很为精到，兴致一起，有时也粉墨登场，票上几出。

言菊朋和林六越谈越投机，竟成了莫逆之交。言菊朋对林璈的通戏深深佩服，他言道："林兄喝倒彩，喝得一点不差。《天水关》确实不是老谭的唱法，乃是前三杰余三胜的唱腔。属于老腔老调。另外，《骂王朗》三眼'取天水'一句，《镇潭州》原板'脸带含羞'一句，《除三害》'心惊''蛟精'的两段三眼的拖腔，都是老腔老调。老谭没有留下唱腔，我只好法前人的老腔老调。一般不懂声腔的人，是不知就里的。林兄在台下一声喊，我就知道君非寻常之人。故而让管事留住林兄，怕错过讨教的机缘。"

谈起声腔韵律，两个人更有共同语言。就此，二人结为契友。

吃完饭，言菊朋喊来小二结账。林璈对小二说道："以后言老板什么时候来，吃什么，用什么，随便点，不准结账。"

店小二听罢，点头打躬，连说"是，是。谨记东家吩咐！"然后喏喏而退。

"东家？什么东家？"言菊朋被弄得丈二的和尚，摸不着头脑。

林璈哈哈笑道:“我已有言在先，进哪个酒家饭庄，随你挑选。——南京城像样的大酒家饭庄，都是林家铺子，我是东家。”

“哦，原来如此!”言菊朋这时更加悟到，林璈非平民等闲之人。

林璈邀请言菊朋到府上居住，言菊朋盛情难却，欣然前往。

住进林宅，两人更是亲密。每日就戏论腔，就腔谈戏，成了戏外的搭档。原本这个林六就是个顾曲的行家，他对言菊朋的老谭派品知三昧 ncv。根据他对言菊朋嗓音状况的判断，断定言菊朋对“老谭派”的腔调 ，不会坚持太久。建议他以谭腔为基准，跳出老谭派的藩篱，寻找自己的戏路。

对于林璈的建议，言菊朋也有预感。随着年龄的增长，总有力不从心的感觉。但他仍坚持老谭派的戏路不变，只是气力顶不到火候的时候，才在断句咬字上找点技巧。比如唱《桑园寄子》《双狮图》《朱痕记》的二黄导板，《探母》《斩子》《大登殿》的西皮导板时，唱来比较吃力。他就以增加气口断句，借换气，调节气力的劲道，但听来仍婉转自如，疾徐得法，仍有水到渠成之妙。

他虽一味刻板地追求老谭的唱腔，但却已不得已，无意中走了样，不幸被林璈言中了。对于谭鑫培未曾唱过的新戏，他只得依老谭的模式，自己安腔定调。他自创腔的特点是：锋棱毕现，垫虚字，出虚腔，显得花哨险峻，由苍凉转入颓唐，又一波三折，转入一字三顿，虚与委蛇，有气无力，似魔音缭绕。有些腔，从京韵大鼓中套来，把高腔和低腔杂糅一处，在突变中，寻求美感。他的这些唱法，出离了谭派的范式，久而久之，形成了自己的风格。

对于他这样的风格，林璈曾一针见血地指出，这不是谭派，这是“言派”。是他身体气力不佳，不得已而为之。

为了美化他的“言派”，林璈仗义执笔，为他的唱腔加以修改和韵色。后来成为言菊朋本戏的《让徐州》《白帝城》《骊珠梦》中的大部分唱腔，都是林璈帮同设计，真正成就了他的“言派”韵味。

言菊朋下海之后，多年挥汗于氍毹，更加开阔了眼界，涉猎更广。凭着他勤奋好学，精研细究的精神，无师自通，学了许多谭鑫培未曾唱过的戏。他的靠把戏、武戏都能让人刮目相看。以致无戏不能，文武昆乱，无一不精。自立生行门户，终成大家。

有小令【天净沙】唱道：

深钻谭派一生，菊坛赢得芳名，却也大吕黄钟。人老腔重，言派妙趣天成。

第一一一回

罗瘿公功成伯乐
程艳秋学艺蒙恩

梅党的成员，在梅府聚会，谈论京城几大戏班，如何铆劲儿唱对台，如何挖角、邀戏、壮门面的见闻。谈得兴味正浓的时候，罗瘿公兴高采烈地走了进来。兴致勃勃地打断大家的话：“诸位，诸位，旦行里又出了一个新人，你们可知晓？”

“看你说的，国剧里出的新人多了，那个行当都有，怎么光旦角呢！”冯耿光不屑地给他泼了一盆冷水。

“哎，冯兄，可别犯您银行老总的官僚。”罗瘿公对冯耿光，也是对大家说，“国剧人才辈出，这是大家都知晓的。我说的是一个刚露头角的小人才。”

“别卖关子啦！”齐如山催促道，“快说说是谁呀。”

“我不说你们不知道，我要一说，你们可能都见过，只是没有注意而已。”罗瘿公引导大家的思索，“你们都到樊棣山办的那个春阳友会看过戏吧？”

“看过，在座的哪个没到那儿看过戏！”

罗瘿公继续引导大家：“看没看过一个十岁左右的小旦角？”

“是不是荣蝶仙那个弟子？”

“对呀！就是他。”罗瘿公肯定地说，“那可是个青衣的好苗子。他六岁拜荣蝶仙学艺，腰功、腿功、跷功都练的很瓷实。嗓子也干净透亮，唱念甜美可人，扮相更是俊美鲜活，这样的苗子实在难得，实在难得呀！”

“罗兄说起来，我也有了印象。”齐如山接过话来，“三年前，我在丹桂园看芙蓉草的戏，给芙蓉草唱开场戏的那个小青衣活儿不错。听人说是荣蝶仙的弟子，是不是他呀？”

“齐先生果然好眼力、好记性。就是他！那是他第一次正式登台，果真活儿不错吧？”罗瘿公说。

“确实不错！嗓音极佳，又脆又亮，扮相也好，台风也正。”齐如山回忆地说，“他的做派、声音、身段，有点像‘老夫子’石头。我旁边一个看客，边看边叨叨咕咕地夸，又出来一个‘石头’，——活脱一个‘小石头’。”

梅党的人都是戏虫儿，差不多天天看戏。对京城的大小角都很面熟，即使叫不上名来，提起来总有印象。经齐先生一说，大家好像在春阳友会或什么地方见过，都感觉是有这么一个小青衣，挺招人喜欢的，都想听听这个小青衣的底细。

罗瘿公看大家来了兴趣，慢慢地给大家介绍起来："这个男孩子是大清皇族的后裔，在家行四，名叫承麟。父亲名荣寿，世袭'将军'的爵位。纨绔子弟，提笼架鸟，养狗抓獾，只会享福，不会置业。大清败亡后，他一命呜呼，丢下了四个儿子。四个儿子中，老大老二业已成人。但刻绍其父，也是吃喝败家之徒。坐吃山空，不久家业糟尽，连房产都变卖糟光了。老大老二丢下两个弟弟和寡母，各自逃亡而去。其母只好带着老三老四，串房檐艰难度日。后来，流落到天桥穷汉市的一个大杂院里落了脚。日子实在过不下去了，只好将老四，——也就是承麟，一纸关书写给了荣蝶仙学戏。拜师时，承麟才六岁。他拜在荣蝶仙门下，荣蝶仙给他起了个汉人的艺名，将他继承的'承'字，改为前程的'程'字。取名程菊侬，知道他底细的人，都叫他'程老四'。"

"诸位是知道的，手把徒弟，如同卖身为奴。学徒期间，受的那份罪就别提啦。但这孩子有志气，也有天赋。蝶仙教他的功夫，他丝毫不落，全练地道了。他在练跷功时，一边练功，一边向陈桐云学了三出打戏：《打樱桃》《打杠子》和《铁弓缘》。荣先生看他功夫上有了根底，就教他头本《虹霓关》，嘿，这孩子还唱得很地道。荣蝶仙一高兴，请陈啸云教了他《彩楼配》，等一上弦，他的嗓音又高又亮。荣蝶仙觉得让他唱花旦太可惜，就决定让他学青衣。以后就按着青衣的戏路教他，唱完了全是西皮的《彩楼配》，接着学全是二黄的《二进宫》，进而学全是反二黄的《祭塔》。把青衣的唱腔打瓷实了，又学《宇宙锋》《别宫祭江》等。就这样，经过几年打磨，小菊侬就出道登台了。"

"瘿公兄这一席话，使我想起来了，这个孩子我见过。在春阳友会登台，那是刚上台摸道儿。这几年，出息得不得了了。前些天，我在丹桂园看了刘鸿升的一出《辕门斩子》，这个孩子给他配的穆桂英。我当时就寻思，这个小穆桂英活儿不赖，在哪见过？经瘿公兄这一说，我想起来啦，是前几年在春阳友会见过。这么小就给刘鸿升这样的大角配戏，照这个势头下去，这孩子将来的确非池中之物也！"冯耿光听完后，认真地说了一席话。

"冯兄好眼力！这孩子自打登台，我就看上他了，凡有他的戏，我都赶去看。每看之后，感受颇深，感慨之余，为他写下不少诗句。"罗瘿公说着掏出一本诗抄集，翻开几页，"不怕献丑，我给诸兄念几句：风雅何人作总持，老夫无日不开眉，纷纷子弟皆相识，只觉程郎是可儿。"念完一首，他又翻开一页，"这里还有一首：日上新声渐寂寥，梅郎方调本天骄；谁知后辈风华甚，听彻清歌意也消。除却梅郎无此才，城东车马为君来；笑余计日忙何事，看罢秋花又看梅。"

"罗兄不愧诗人雅兴，且有心之人！慧眼识珠，真乃梨园伯乐也！"齐如山听完诗句，佩服罗瘿公慧眼识人的眼力，也很关心地问，"这么说，这孩子有十三四岁了，也该出科了吧？"

"还有半年就出科啦。不说出科，还则罢了。一提出科，这孩子可要遭难了！"罗瘿公摇头叹气地说。

“怎么啦？”众人急问。

罗瘿公摇摇头道：“这孩子一登台，就有起子。大角都拉巴他，这个拉他唱配角，那个拉他唱开场，还有的拉他垫戏，……越是这样，师傅越是得意。他可得了摇钱树了，白天逼他去浙慈会馆，晚上又安排他到丹桂园，从早晨到深夜，一直唱个不停。天天如此，车轮转。别说是个大活人，就是一部机器，也得有保养休息的时候哇！何况他已到了倒仓的年龄，嗓子是肉长的，能经得起老这么抻摞吗？”

“荣蝶仙是过来人，他难道不懂保护弟子的嗓子要紧吗？”齐如山担心地说。

“这都是金钱的罪过！”罗瘿公愤愤地说，“姓荣的钻钱眼里去了，什么叫见钱眼开，见利忘义？他只顾往腰包里收钱了，哪里还管孩子的嗓子！”

“这事儿我们得管管。”冯耿光认真地说，“状元一届出一个，秀才一年出一拨儿，皮黄大角一辈子也出不了几个。人才难得，可不能眼瞅着把个好苗苗给毁喽！”

“冯兄说得有理，我也正为此事着急呢。”罗瘿公接着说，“程菊侬已经出现了嗓音嘶哑的状况，有了倒仓的征兆，到了好好养护嗓子的节骨眼上啦。可偏偏这时候，上海丹桂圆的经理许少卿到北京来邀角，一眼就看上了菊侬。他向荣蝶仙提出，以每月六百大洋的包银，接菊侬到上海唱戏。到了上海，许少卿还不把菊侬榨干了油，把骨头碾成粉都卖了钱？”

“许少卿可是茶园经理中的魔头。”齐如山说，“当年兰芳第一次去上海，要不是凭着功夫硬，就让他给活宰啦。”

“我为此，去专门找过荣蝶仙。”

“他怎么说？”

“荣蝶仙就是看上了那六百银元的戏份，紧咬着菊侬不松口。”罗瘿公无奈地说，“谁让他是菊侬的师傅呢，有关书在那摆着，他有揪手哇！”

“眼看就该出科了，能不能提前解除关书呢？”有人问。

“我与荣蝶仙再三理论，请他看在师徒的份上，让菊侬过了倒仓期再唱。他说，等过了倒仓期，菊侬就该出科了，挣的钱就不姓荣了。他倒说，如果谁肯替菊侬出了这六百元，他宁肯解除‘关书’，让菊侬提前出科。”

“他果真有此话？”

“他亲口对我说的！”

“为了这孩子的前途，我让银行出七百元，把菊侬赎出来！”冯耿光慨然说道。

“不是六百吗？怎么您出七百？”齐如山问。

“六百是上海订的‘戏份’价码儿，一百是给荣蝶仙个面子，省得他反悔。”冯耿光说。

“还是冯兄想得周到。”齐如山赞叹道。

“不过，这七百元不能说是银行出的，省得张扬出去，市井中说三到四，给银行惹麻烦。”冯耿光提醒地说。

“那以什么名义给荣蝶仙呢？”大家问。

“罗兄一直在关心程菊侬，就以罗兄个人的名义，将菊侬赎出来最好。”冯耿光出主意说。

“我一介书生，一向囊中羞涩，一下子拿出这么多银元为一个孩子赎身，岂不让人家生疑？”罗瘿公说。

“没关系，咱要有言在先，给菊侬说明，这钱是你临时借来为他赎身的，等他将来挣了钱，再还债。”齐如山出主意说。

“如此甚好！”大家一致赞成。

于是，第二天罗瘿公就带了钱，到荣蝶仙的府上，去为程菊侬赎身。

罗瘿公对荣蝶仙说明来意，荣蝶仙很感意外。虽然自己说过：谁出六百大洋，就可以解除与菊侬的师徒契约“关书”。那是对罗瘿公的过激言辞，他知道，罗瘿公是一介书生，属于穷酸之辈，拿不出钱来为菊侬赎身。所以才以拿钱赎身的话来讽刺罗瘿公，没想到罗瘿公真的拿了钱来，倒真有些个后悔，后悔当初不该把话说得太绝。但话已出口，难以收回。荣蝶仙在梨园也是有头脸的人，怎能说话不算数，留下话柄让人嚼舌头？他沉思片刻，对罗瘿公笑笑说：“罗先生，您真不愧梨园行的知己，梨园行有了您们这样的学者，真是万幸！您少坐片刻，我去给您把菊侬叫来。”说罢，转身奔后堂而去。

菊侬正在后堂给师傅家劈柴，听见师傅叫，麻利地从后堂赶了来，脸上的汗水都没顾得上擦，上身的小褂，扣子也没系，敞着怀来到客厅。一抬头看到有客人，刚迈进来的腿又要退回去，被师傅喊住。师傅在他身后，唔哝着说：“去吧，跟着罗先生去吧！”荣蝶仙说完，没了下文，转身进了后堂。

程菊侬不知就里，跟了罗瘿公走出荣蝶仙的家。罗瘿公也不说话，直把程菊侬送到家。

到了天桥穷汉市的大杂院，程菊侬看到自己的家，忙大声喊：“妈——，妈——！”

听到儿子的喊声，菊侬妈半信半疑地答应着开开门。

“手把徒弟”学戏，不经师傅允许，是不能随便回家的。菊侬自打登台唱戏，从早唱到晚，一场连一场，一天接一天，已经两三年没回过家啦。母亲一见儿子果真回到家，一阵欢喜，不禁热泪双流，一把把儿子搂到怀里。

母子在亲热之中，母亲突然发现身旁的罗瘿公。马上把儿子推开，惊疑地看着儿子说：“你乍猛子回来，是不是出了什么事？”

小菊侬也疑惑地对妈妈说：“师傅让我跟这位罗先生走，是罗先生把我送回了家。”

罗瘿公被母子相见的情怀所感慨，心里正在慨叹之中。经母子这一说，也感慨地顺口说道：“以后就不用离开家了！”

“怎么？不让我唱戏啦？”小菊侬万分惊讶，急得脖子脸都红了。

“这孩子是不是有什么过失？被辞退啦？”妈妈也着急地问。

“不是的，回到家来，正是为了将来好好的唱戏！”罗瘿公把为菊依赎身的经过，详详细细地对母子讲说一遍。

母子感动万分。

母亲拉过儿子，推到罗瘿公面前，让儿子跪下磕头。说：“就是你亲爹在世，也替你想不了这么周到！——罗先生真是活菩萨再世！儿子，快磕头，磕响头，永远记住先生的恩德！”

菊依听了这位罗先生的一番话，六年多来学徒所受的苦痛，一时都涌上心头。如今终于熬出了头，跳出了苦海，多亏了梅党诸位先生们的搭救。他感动得泪流满面，不用母亲再推他，他就“扑腾”跪在罗瘿公的脚下，连连磕头道：“罗先生，您就是我的恩人，是我的再造父母。我虽然并不认识您，只知道您姓罗，您罗先生的仗义所为，就是我做人的楷模。从今后您就是我的恩师！”

罗瘿公被孩子的真挚所感动，不由得眼含热泪，忙把菊依搀了起来：“不要如此，不要如此！这也是大家怜惜人才，帮扶你成才嘛！我是一介书生，也是你的戏迷。帮你，也是为了京戏梨园的繁荣嘛！”

他说着话，环顾房内，只见家徒四壁，除了床上的一团破被窝，就是床头的锅碗瓢盆，没有任何东西。再看屋外的杂院，家家绳门破户，挤挤查查；破破烂烂杂物，胡堆乱放，没法插脚。——这哪里是唱戏练功的地方！他长叹一口气：“我既把你接了出来，就对你负责到底。你们母子先亲热着说说话，我这就去号房子，明天搬出此院！”说完离开程家，扬长而去。

罗瘿公相中了一处房子，地点在北芦草园九号。这所房子，离罗瘿公住的广州会馆较近，离梅兰芳的住宅也不远。房子宽敞明亮，安静舒适。既便于程菊依练功，也便于罗瘿公随时过来照顾，还便于随时到梅兰芳府上请教。可见为这所住处，罗瘿公是动了心思的。第二天，就急赶到天桥的大杂院，让菊依家搬家，迁进新居。

菊依搬进新居后，罗瘿公给他请了医生，帮他调理嗓子。

在他养嗓子期间，给他安排了功课表，每天上午由阎岚秋教武把子，练基本功，吊嗓子。下午，由乔慧兰教昆曲身段，由江南名笛师谢昆泉、张云卿教曲子。星期一、三、五，间或之中，由罗瘿公带领他到电影院看电影。如此，综合性的提高程菊依的艺术素质。

不光如此，罗瘿公还给他安排了文化课。先从识字学起，读《三字经》《百家姓》《千字文》《弟子规》，然后再学经史子集，逐步加深。除此还有习字，绘画等。罗瘿公亲任他的授课老师，认真教授。罗瘿公对他讲，京戏是大戏，人称“国剧”。高雅大气，温文敦厚，含有深厚的文化内涵。唱京戏就得有相应的气度，要把深厚的文化内涵表达出来。这就需要多方面的修养，不光在台上，在台下的行为举止，也都要有京戏大角的风度，处处体现出国学文化的风采。

罗瘿公是当时的名儒，他要按照他的想法培养打造这个小伶人。他用和蔼爱抚的眼光看着菊侬，用手捋着八字胡，慢悠悠地对菊侬说：

“就连名字都要带出文雅的味道。”

“恩师，您看我的名字文雅不文雅？”小菊侬天真地问。

“你自己觉得呢？”罗瘿公神秘地问。

“我不知道。”小菊侬说，“我这个名字，还是我师傅请一个先生给起的呢！”

“先生怎么说？”罗瘿公继续问。

“先生说，我是唱戏的，是在菊行，叫菊侬就很有菊行的味道。”

“先生说的有道理，名字虽然在行，就是太直白了，缺少点雅意。”罗瘿公说。

“既然如此，恩师，您给我另起个名字吧！”小菊侬企盼地说。

“呵呵……”罗瘿公听菊侬如此说，感到这孩子听明白了自己所说的一番道理，孺子可教！他很高兴，捋捋八字胡，“改‘菊侬’为‘艳秋’吧。”

“恩师，‘艳秋’是什么意思呀？比菊侬文雅吗？”

“‘艳秋’是‘菊侬’意思的延伸。也在菊行，但意思更含蓄文雅。试想，秋天正是菊花盛开的时候，由于菊花的开放，秋色更加美好。‘艳秋’就取这个秋色美好的意思。你将来成了大角，不就更加增色于梨园了吗！”罗瘿公摆开老夫子的架势解释一番。

“‘艳秋’好！——我就叫艳秋吧！”小孩子高兴地自言自语念叨着，“程艳秋，——程艳秋……，嗯，将来我一定给梨园增添色彩！”

“好！有志气！——我就等着你这句话呢！”罗瘿公万分高兴，“不过，还得有一个字。”

“‘字’，什么‘字’呀？”小程艳秋又不懂了。

“正人君子，都要有‘名’，还得有‘字’。”罗瘿公又摆开了老夫子的姿态讲解道，“‘字’是‘名’的同义、延伸和补充。有了‘字’，‘名’就更完美。”

“恩师，我就要更完美，您给我再起个‘字’吧！”小程艳秋虽然不懂的“字”是什么，只要完美就行。

他的话逗得罗瘿公哈哈直笑：“好，好，好，你的‘字’就叫玉霜！”

“玉霜是什么意思呀？”小程艳秋急着知道自己“字”的意思。

“莫急，莫急。听我给你讲。”罗瘿公慢慢地讲道，“玉霜，是菊花里的极品，花开色白如玉，凝脂似霜。做了玉霜之菊，你这朵艳秋的菊花，就更加珍贵无比啦！”

“好，好，太好啦！”小程艳秋高兴地拍手说，“玉霜是珍品，我就做珍品！”

罗瘿公给程艳秋起了名，赐了字，还给他的居室起了个文雅的名字，叫作“玉霜簃”。

罗瘿公就是如此花费心思，向着高雅的艺术学者目标，全面打造这棵艺术的幼芽。

有词【沁园春】写道：

一时文豪，诗词名号，世间频传。观仕途沟堑，逃之夭夭；遁世梨园，丝竹漫漫。伶人为友，词曲作伴，忘却忧恼与愁烦。看罢戏，品评论高下，回味尚甜。识珠歌坛慧眼，偶见天生戏才少年。穷奔走呼吁，救拔如愿；致君尧舜，买舟东还。置屋别舍，教导用心，诗书琴画学全面。莫邪剑，淬火锻打造，锋利无前。

第一一二回

造共和军阀角斗
谋复辟张勋进京

袁世凯想当皇帝，结果刚刚黄袍加身，还未登基，只过了八十三天皇帝瘾，就在举国上下的反对声讨中，慌忙宣布下野了。皇帝没当成，“大总统”的位子也不肯放。但是他倒行逆施，窃国篡政的狼子野心，已经在国人面前暴露无遗。在内外讨伐，分崩离析的困扰之下，他黔驴技穷，焦头烂额。昼夜忧虑，一病不起，呜呼哀哉，投奔了阴曹地府。

袁世凯死了，副总统黎元洪继任大总统，段祺瑞当了国务院总理。

段祺瑞，字芝泉，是北洋军阀的实力派人物。他手握兵权，身居国务总理，哪里把黎元洪夹在眼内？

黎元洪本来是代表共和派掺沙子，掺到袁世凯总统班子来的。袁世凯当年，就没把他这个副总统放在眼内。袁世凯死后，黎元洪是按照“国法”，顺延下来，续当大总统的。

段祺瑞是袁世凯的老部下，是北洋“三杰”之一，号称“北洋之虎”，一代枭雄。北洋军阀独断专行的霸道行为一脉相承，一个凭运气续补来的总统，在他眼里算得上老几？

况且黎元洪主张的共和，和段祺瑞主张的共和，根本就不是一个轨道。二人政见不一，黎元洪往东，段祺瑞往西，总是尿不到一个壶里，这就产生了总统和总理之争。

黎元洪在总统府，段祺瑞在国务院，因此，当时人们便把他们二人的斗争，称为“府院”之争。

为了平息府院之争，全国各派政治势力都各显身手，企图在平息府院之争中分得一杯羹。都以“护国”“打造共和”为旗号，展开角逐，埋下了军阀混战的祸根。

在军阀混战的大幕拉开之前，又钻出个实力派人物，瞎搅和了一番，这个人就是张勋。

张勋本来就是袁世凯的亲信，是北洋军阀中的实力派之一。因为镇压辛亥革命有功，被封为江苏巡抚兼署两江总督、南洋大臣。袁世凯当了大总统，他奉命与“二次革命”军交战，镇压革命力量，屠杀革命志士，之后驻守徐州。袁世凯称帝后，封他为一等公爵。他对这个一等公爵不怎么感兴趣，倒对清王朝满怀缅怀留恋之心。虽被袁世凯封为一等公爵，却时刻不忘复辟清朝的统治。

府院之争闹得不可开交，他洞若观火，复辟的念头油然而生。在他心中，什么政权都比不上封建朝廷统治。争来争去，不如恢复清朝统治为好。一朝当政，皇帝老儿说了算，绝对没有什么“府院之争”。于是乎，他开始在徐州策划复辟。成立了北洋七省同盟，继而扩充为十三省同盟。并暗中把保皇党的首领康有为请到徐州，密谋复辟事宜。

“府院之争”的黎元洪和段祺瑞，谁也知道手握重兵的张勋是一股不可忽视的力量。要是把他拉到自己一边，就增加了一个制约对方的砝码。他们都想得到张勋这个砝码，于是便暗做文章！

张勋正在徐州策划复辟的忙活之中，突然副官来报，说是有贵客从北京来访。

他立刻在客厅召见，原来是段祺瑞派来的亲信，他赶忙以上宾相待。

来人待他屏退左右之后，对他行叩拜大礼。

段祺瑞的亲信肯定是段祺瑞的部下，应该施军礼才对，怎么仍施清廷的叩拜礼呢？这让他很是感到纳闷。

来人看他纳闷，便解释说：“临行前，段总理有所交代，将军是北洋元老，清廷的耆宿，对大清朝忠心耿耿，怀旧拳拳。故以大清的礼数参拜大人！”

“呵呵，知我者芝泉也！”张勋这才明白过来。由此，又让他想起一件往事：民国初立，全国上下都剪辫子，拥戴民国。唯独他张勋不肯剪辫子，不但他不剪，也不许他的部下官佐和士兵剪辫子。袁世凯当了临时大总统，张勋是他的老部下，他不剪辫子，岂不让人说三道四？这样不有损大总统的名声？于是，就命段祺瑞派人去见张勋，让他从众，剪掉辫子。张勋不但不剪辫子，还拔出手枪要枪毙来人。经人阻拦，那人才得慌忙逃命而去。袁世凯也拿他没法子，只得戏称他为“辫帅”。就此，张勋落了个“辫帅”的称号，他所统帅的“武定军”，也被称为“辫子军”。想至此，他暗暗发笑，来人给他行叩拜礼，是冲着他的辫子来的。这也算段祺瑞对他的无奈吧！

寒暄过后，来人掏出一封段祺瑞的亲笔信，恭恭敬敬交给张勋。张勋打开信件，从头到尾看了一遍，不禁喜上心头，他把信件收好，不露声色地对来人说：“段总理国务缠身，日理万机，还不忘故旧，张某深为感慨。请回禀段总理，张某仍念北洋的情谊，愿与段总理同担国是。”言毕，端茶送客。

原来段祺瑞派亲信来，是以北洋元老的交情来拉拢他，让他以军界实力来支持段祺瑞。张勋送走来客，不禁暗暗自喜，心想：不管你段祺瑞二造共和，还是三造共和，你坐在总理的位子上，上有黎元洪，下有革命党，受上下左右围攻，整日如在火上烤，看来也不自在。还得来拉故旧老友帮忙……，哼哼，看我怎样帮你！

送走段祺瑞的亲信没几天，京城又来一位客人，这位客人是黎元洪派来的亲信。来人把黎元洪写给张勋的一封亲笔信，恭恭敬敬地交给张勋，张勋看完信之后，又是一阵喜上心头。客客气气地对来人说：“黎大总统国务缠身，日理万机，还不忘张某，张某深为感慨。请回禀大总统，张某一定以国事为重，愿与总统分忧。”

各路政治势力背后，都有外国帝国主义做靠山。以段祺瑞为代表的军阀，背靠的是日本帝国主义；以黎元洪为代表的政治势力，背靠的是英美帝国主义。张勋虽是北洋军阀，但背后靠的不是日本帝国主义，而是与黎元洪一样，靠的是西方帝国主义。在这一点上，他与黎元洪有共同的利益关系。此时，黎元洪就是借此交情，来拉拢张勋，让张勋以实力支持自己。

送走两个亲信，张勋心中有了准谱。“府院”之争，争得如此激烈，正所谓“鹬蚌相争，渔人得利”，这正是给我复辟创造的好机会。机不可失，失不再来！——正好，借此机会，好好地跟他们玩一把！

于是他派出两个亲信，带了亲笔信，分头回访段祺瑞和黎元洪。

他给段祺瑞的信，写得很亲近，多是北洋元老之间套近乎的话。什么请段兄台放心呀，张某一定念北洋之情呀，张某一定站在段兄台一方呀等等，让段祺瑞吃定心丸。

他写给黎元洪的信，也很亲近，多是政界的官方套话。什么值此国家图强发展之际，一念国家利益呀，二念与总统私交甚笃之情呀，张某一定站在元首一方呀等等，让黎元洪认定他的忠心。

他这两封信，一石二鸟。一是麻痹他们两方对自己复辟阴谋的防备；二是为他们的“府院之争”火上浇油，他好火中取栗。

果不其然，段祺瑞接到张勋的信，心里踏实了，觉得多了张勋的一条臂膀，在总理府更加强硬起来，对黎元洪更是不放在眼内，径自以国务院的名义发号施令，把总统府撇在一边，不予理睬。

黎元洪接了张勋的信，觉得有了张勋这个实力派的支持，正所谓有恃无恐，对段祺瑞的独断专行，开始反击。他行使大总统的职权，罢免了段祺瑞国务总理的职务。

张勋坐山观虎斗，看这两家的争斗，到了白热化的程度。觉得时机成熟，到了出马的时候了。

段祺瑞被罢免总理职务，退出总理府，调兵遣将困兽犹斗，急忙给张勋发来电报，请他速速发兵北进，合力挽救“共和”。这正好给了张勋出兵的理由，于是张勋亮出平息“府院之争”的旗号，挥师北进。

辫子军开拔到天津，先在天津扎住阵脚。

张勋的起家地在天津，家也安在天津。部队驻扎后，他以回家看妻小为由，在天津观观风向，再进一步策划复辟之事。

他今天会见天津的故旧，明天视察天津的防务。一边部署部队，一边探听京津的风声。

回到了家，见到了家小。夫人及五个姨太太见当家的回来了，各个高兴，都上前献媚争宠。每个争宠的都各有高招儿，这个领着儿子来喊爸爸，那个喊来女儿给爹爹撒娇，有的捧着水果鲜货来献殷勤，三姨太还给张勋打了一件毛线衣，用两只手拎着，在张勋身上比画着，嗲声嗲气地让他试大小肥瘦。唯独五姨太王克琴会想招儿，她知道张勋是个京戏戏迷，忙把戏园的戏单找来，请张勋过目选戏。张勋见夫人、太太、儿子、小姐们围了一大帮，倍感亲热。一大家子嘻嘻哈哈的挺是高兴。

高兴之中，看了王克琴拿来的戏单，这才想起来，好多天没看京戏啦。便对王克琴说："还是老五懂得我的喜好。是该看出戏啦！"于是吩咐人到戏园，"给老子清清园子，老子要带全家去看戏！"

说到看戏，他想起几年前的一件事来。便虎下脸来对王克琴说："跟你一起唱《双小上坟》的那个刘喜奎，还没有音信哪？"

"您大帅派的侦探，都侦探不着，我一个妇道人家，整日在家给您养儿子，我哪里知道她的音信哪！"

"妈个巴子，看她能跑到哪里！"张勋一想起这件往事，就耿耿于怀。"迟早大清国都属我管，她还能跑出大清国？我就不信，她能跳出我的手心！"

原来，几年前张勋在天津点戏，一定要看王克琴和刘喜奎唱的《双小上坟》。其实，他哪里是想看戏，他是盯上了这两个女伶的姿色。在他看来，这两个小女人，那才叫一个比一个水灵。他垂涎三尺，想把这两个小坤旦弄到府上做小。于是，他就把这两个女戏子"请"到了家里。先是让他们俩唱戏，等唱完戏，就直截了当地对王克琴和刘喜奎说，要他们两个留下做小。王克琴半推半就，就答应了。

刘喜奎虽说比王克琴岁数小，但很有心计。她心想：说什么也不能落到这个军棍、色鬼的手里！心里这么想，嘴上却不这么说，她甜甜地一笑，说："大帅，婚姻大事，仓促不得。我回家和母亲商量商量，再回您话。"

张勋听后，把脑后的大辫子一捋，脸一拉说："我说的话没有商量，不论商量不商量，你就是我的六姨太！"

刘喜奎不慌不忙，从容笑道："大帅，如今世道变啦，时兴婚姻自主。您自主，我们也得自主哇。等我回家料理料理，说服家人，甭给您添乱。到那时，再过来好好伺候您也不迟呀。"

"哈哈哈……这小女子会办事。"这话哄得张勋高兴了，他爱听。笑着说，"料理料理？就料理料理去吧，宝贝儿，可别让我等得难受喽哇！"

刘喜奎得了这个便，便急急忙忙回到家。简单收拾一下，母女俩急匆匆，双双逃出天津。

等到张勋发现刘喜奎跑了，气得暴跳如雷。吩咐侦探四下里去找，去追！发狠说道："只要跑不出大清国，就要抓回来侍奉我！"

一想到这件事，张勋就觉得窝心。王克琴赶紧让奶妈抱过她给张勋生的儿子，哄哄张勋："得啦，既然早晚跑不出您的手心，还不是给您留着。快别想她啦，快看看您这宝贝儿子吧。都快会叫爸爸啦，还没让他爸爸抱过呢！"

王克琴把话岔了开去，才算解除了张勋的烦恼。

张勋的原配夫人，是个明事理的大家闺秀。此人姓曹，名琴。她是反对张勋复辟的。张勋在徐州，她在天津掌管家事。虽不在张身边，但却早吩咐一个伺候张勋的婢女，监视张勋的行动。张勋在徐州策划复辟的前前后后，婢女都看在眼里，随时报告了曹氏。张勋回天津后的复辟策划，曹氏清清楚楚看在眼里，她心里不踏实，总想找个机会好好劝劝他，千万别胡闹，毁了身家性命不说，还落个倒行逆施的臭名声。

张勋回到天津，除了看戏，会友，陪小老婆打牌，与王克琴耳鬓厮磨之外，就是策划复辟的事。

一天，曹琴看张勋一个人在书房里发呆，就亲自端了一碗茶，送了过去。曹琴把茶碗放到张勋面前，体贴地说："哎呀我的大帅呀，整天操劳，别累坏了身子骨哇！"

"没事！"张勋看夫人亲自送茶来，这么体贴自己，很受感动，"我整日在外操劳，把偌大一个家扔给你，让夫人受累啦！你也要珍重呀！"

"我看你独自在书房发呆，怕是有什么烦心事吧？"

"凡天下大事，没有难住我张某人的，哪有什么烦心之事！"张勋志酬意满地摇着脑袋说。

"我可是听人说您正在谋划大事。"曹琴进一步说。

"夫人也听说啦？"张勋警觉起来。

"大帅，您是北洋的大帅，清朝的将军，清朝对您不薄，你感恩大清，也算是大清的忠臣。可眼下大清已经亡啦，如今是民国，都共和好几年了。您得识时务，可不能再逆潮流，搞什么复辟呀！大清国对您不薄，民国共和，对您也不错呀！"曹琴终于说出了埋藏心底的话。

"妇道人家，不要掺和国事！"张勋不爱听。

"我也是为了您，为了这个家呀！搞复辟不得人心！那可是大逆不道哇！"

曹琴本想好好劝劝张勋，哪知张勋听到这里，勃然大怒，拍着桌子，吼吼地骂了起来："为了这个家，你就老老实实给老子管好这个家！老子的事用着你管个球！滚出去，——滚！"

曹琴被张勋骂了出来，憋了一肚子的气。她越想，越觉得张勋是逆潮流而动，大逆不道，终不会有好下场。于是打发两个侄子，带上三十万大洋的银票一张，偷偷南下，伺机去见孙中山。先疏通关系，预备一条后路。

张勋在天津住了一段时间，把京津的形势摸得清清楚楚了，便把段祺瑞甩在一边，郑重其事地给黎元洪发了一封进京的电报。暗暗带上康有为，带上第五房小老婆王克琴，驱车往北京进发。

黎元洪正弄不清张勋兵扎天津的意图，突然接到张勋进京"报国"的电报，高兴得不亦乐乎。马上吩咐给张勋安排下榻的地方，并安排人等，带西洋乐队，敲敲打打去夹道欢迎。他知道张勋酷爱京戏，还特别准备下一场京戏，预备为张勋接风洗尘。

他哪里知道，张勋被他迎进京，就把他撇在了一边，先偷偷地去和清朝的遗老遗少官员，商量“襄赞复辟大业”。把事先策划好的方案当场宣布，这些遗老遗少，可算又逮着了当官复职的机会。听了之后，弹冠相庆，拍手称快！

接着，张勋又以“调停”的身份，当即把当时的京津警备司令王士珍、副司令江朝宗、陈光远，以及京师警察厅总监吴炳湖，四位掌握军警实权的人物，“请”来商谈安全防卫之事。待四位落座之后，他突然宣布：“本帅此次率兵入京，并非为某人调停而来，而是为了圣上复位，光复大清江山！”然后，他告诉这四位，昨晚他已进宫面圣，召开了“御前会议”，明日早朝，请皇上登基。然后，他厉声喝问这四位：“诸位尊意如何？”

听了张勋的这番话，这四个人，面面相觑，吓得脸如土灰。这才心里明白，他们上了张勋的当。到了这里，就等同解除兵权，被软禁起来。还有什么话说？不反抗，还兴许能捞个一官半职。若是反抗，等于自寻死路。于是乎，只得唯唯诺诺，听任张勋摆布。

第二天一大早，张勋就带领一大帮清朝的遗老遗少，和被他解除兵权的四个将军，进宫拥戴十二岁的溥仪，重登皇帝位，复辟大清王朝。

溥仪登基之后，按照张勋早就拟好的官诰名单，封张勋为政务总长兼议政大臣，直隶总督兼北洋大臣。

封徐世昌、康有为为弼德院正副院长。

封黎元洪为一等公。

各部院大臣都封赏到位。

就等拟旨，昭告天下。

至此，张勋导演的这场复辟闹剧，算是登台上演了。

有词【鹤冲天】写道：

大清皇上，失却忠良将。袁大将军最贤，得崇望。调转枪口叫，凶狠似饿狼。黄袍加身上。速奔泉台，自得一枕黄粱。民国初立，军阀刀兵相向。分羹天下利，各逞强。唯忠张勋辫帅，记宫廷、恩浩荡。复辟请皇上！鹬蚌且争，看怎换柱偷梁。

第一一三回

吓情敌敲山震虎
前车鉴叔岩断情

溥仪登基，复辟大清王朝的闹剧，只是在宫里上演，还没有拟旨昭告天下。宫外人尚不知音信，连大总统黎元洪都被蒙在鼓里。他还指望张勋来助他一臂之力，抗衡段祺瑞呢。

黎元洪还在张罗为张勋准备的那场京戏，亲自给他安排接风洗尘。

这场戏，就安排在溥仪复辟登基的当天晚上，地点是江西会馆。

那天晚上，被请来唱堂会的，都是京城的名角，余叔岩也在被邀请之列。

余叔岩准时来到后台，与名角们一一寒暄过后，看到袁寒云也在。不管袁世凯当政还是倒台，袁寒云都是整日与伶人为伍，纵情氍毹，唱戏消遣。今天他也在被邀请之列，并不奇怪。他与余叔岩是老相识，一见余叔岩进门，就迎了上去。

余叔岩忙问："今天的堂会门头不小，是什么由头？"

"今天是黎大总统为张大帅接风。"袁寒云说，"当然门头不小！"

"张大帅？哪个张大帅？"余叔岩问。

"张勋哪！"袁寒云把嘴凑到余叔岩耳根处，诡谲地小声说，"小心哪，你的情敌来啦！"

不听这话还算罢了，一听这话，真的让余叔岩倒吸了一口凉气。

王克琴被张勋纳为第五房小老婆之后，曾给余叔岩写过无数封信，诉说被张勋纳妾，许多不自由，不痛快的烦心之事。怀念与余叔岩相处时的醉心往事，大有重温旧梦，重续旧情的意思。余叔岩因有毁嗓之痛，又因已与陈淑铭结婚，夫妻恩恩爱爱，生了一个女儿，活泼伶俐，一家人日子过得很是舒心。于是，对于王克琴的来信，一概不予理睬，不予回复。

王克琴已然成了张勋的姨太太，张勋不可能不知道他与王克琴那段沸沸扬扬的风流韵事。今天张勋就在台下看戏，自己送上门来碰面。那张勋是一介武夫，若是吃起醋来，发起淫威，什么事干不出来？闹不好性命难保！真是冤家路窄，晦气呀，晦气！

想到这里，他真后悔，不该应这场堂会。可是，人已到了这里，再走，已经走不脱了，只好硬着头皮唱戏吧！他在忐忐忑忑化装的时候，下意识地透过守旧往台下看，正好看到黎元洪拉着张勋落座，张勋的旁边还紧跟着王克琴。几年不见，王克琴仍风骚依旧。如今，成了大帅的第五姨太，正是受宠的时候，打扮得更加花枝招展，风流时尚。只是从神情和容颜上看，暗藏忧郁，并不幸福。心底，悠然升起一股怜香惜玉的怜悯之情。

余叔岩的戏码排在杨小楼、梅兰芳之前，剧目是《空城计》。

他怀着忐忑的心情，踩着鼓点上场。

开唱之后，偷眼看台下的张勋和王克琴，只见他们边看还边交头接耳地交流，似乎是在评判自己。从神情上看，并不带丝毫的忌恨敌视之意。于是他放下了心，放松神态，亮开嗓子，进入做戏的佳境。戏唱得很成功，博得了台下的彩声。他看到张勋和王克琴也在鼓掌，他的顾虑才消除了大半。

唱完戏，卸完装，正准备提前离开，逃出险境。堂会管事的走来，交给余叔岩一张纸条。余叔岩打开纸条一看，吓得出了一身冷汗。原来纸条是张勋写的，内容是，请余叔岩明天下午，到张勋的府上会面。

余叔岩看着字条上的"请"字，顿时愣了半天。这个"请"字，吉凶卜测。"请"了去，是约谈？是叙旧？是兴师问罪？还是要算总账？"请"了去，还能不能回得来？一时难以猜透。但他张大帅已经带辫子兵进了京城，连黎元洪大总统都为他接风洗尘，势头那么大，他"请"的人，谁敢不去？余叔岩想了半天，还是决定：去！就是去虎狼窝，也要探个究竟！看他张勋能把我怎么的？

看完戏的第二天上午，溥仪皇帝颁布了复辟的昭告文书，通电全国。

此时，黎元洪大总统才明白过来，上了张勋的圈套，——他被耍了！

黎元洪正在生气发火的时候，溥仪皇帝的敕封圣旨到了。送圣旨的，依照过去宣读满清皇帝圣旨的老样子，宣读道：奉天承运，皇帝诏曰，黎元洪"奏请归还国政"有功，封为一等公。

黎元洪半躺在沙发上，对宣读圣旨，充耳不闻。摆摆手，把宣读圣旨的人赶出了客厅。随即起身，给冯国璋发了一封电报，请冯国璋火速进京，续接他的大总统之职；接着又给段祺瑞发了一封电报，恢复段祺瑞国务总理的职务。

发完这两封电报，他弹弹衣袖，迈开大步，离开总统府，隐居到一个静谧的住所，坐观局势的变化。

冯国璋接到黎元洪的电报，部署部队，准备进京。

段祺瑞看到溥仪皇帝的昭告，气得鼻子都歪了。这都是张勋这个混蛋搅和的结果！这是篡逆，是对民主共和的强奸！为此他大发雷霆。

正在他雷霆大怒的时候，接到了黎元洪发来的电文。

本来他对黎元洪就没正眼看过，何况二人的"府院之争"，争来争去，黎元洪公然罢免了他的总理职务，他对黎元洪就更是耿耿于怀。看完电文，他把电报往地上一摔，嗤之以鼻。哼！你大总统，说罢免我就罢免我，说让我复职就让我复职，我段祺瑞是你随便把玩于股掌之上的软柿子呀？你总统当不成了，又来拉我，我不理你那一套！

段祺瑞的幕僚，对黎元洪的电报不那么看。他们觉得，不管黎元洪是怎么想的，有了这份电报，就有了进京的理由，有了国务总理的招牌，就有了再造共和的权柄。正好借电报的由头，以国务总理的旗帜，指挥部队，发动“讨逆”，打回京城，推翻复辟的清王朝，再造共和！

段祺瑞采纳了幕僚的意见，着手组织“讨逆”。

余叔岩怀揣张勋的纸条，惴惴不安地回到家里，一宿翻来覆去地没有睡好觉，到天亮了反而睡着了。陈淑铭见他刚刚睡着，也不便叫醒。他一觉睡到了中午，醒来揉揉眼睛，看看墙上的挂钟，已近十二点，赶紧起来，匆匆洗把脸，吃了一点东西，让陈淑铭给他整理衣服。陈淑铭看他急吼吼的，要出门，就问道：“出门有事呀，这么急吼吼的？”

余叔岩看妻子如此贤惠，想想要去见那个活阎王，这一去，不知回得来回不来，心里一阵心酸。又不能说明，只是含糊地说：“有点事，我要是回不来，你好好照顾孩子……”

陈淑铭听他如此说，心里发慌。忙问：“什么事？到哪里去呀？”

余叔岩穿好衣服，怕妻子担心，放松地说：“没什么，我走啦……”

说完，径自出了大门。

余叔岩出了大门，来到大街上，只见大街上的人慌慌乱乱，交头接耳，议论着什么。又见大街上的电线杆上，黄龙旗换下了民国的五色旗。

——看来京城是出了大事。他赶紧拦下一辆洋车，坐了上去，边走边与拉车人说话。

“今儿是怎么啦？大街上人心惶惶的？出什么事啦？”

“先生，您不知道哇？可出大事啦！今儿早儿，皇帝的昭告就下来啦，溥仪皇帝又复辟登基啦！”

“哦？”

“嘿，可京城这么大事您不知道？——您看电线杆上不是换了黄龙旗了吗？您看人们不是正在抢辫子呢吗？”

“抢辫子？”

“可不！卖假发的辫子铺可发大法啦！几大包辫子，一抢而光，去晚了的都买不上啦！”

“买个假辫子怎么戴呀？”

“嘿，剃光头的，有用黑胶布粘的。戴帽盔的，有用帽盔压上的……，反正用什么法子的都有，——不是又是大清的天下了吗？辫子又时髦啦！”

“看起来，什么都有时髦的时候！”

“还是人家张勋，张大帅心里有谱，人家压根儿就没有剪辫子！如今，满京城是人家的辫子兵，多威风啊！”

“满京城的辫子兵？”

“人家张大帅带着辫子兵，占据了京城，把溥仪爷又扶上了宝座。”

“原来是他干的！”

“听人说，扶皇帝爷登基的大典上，张勋大帅，脱去了民国的将帅服，又穿上了大清的龙衣马褂，头戴红顶子帽，大辫子梳得流光水滑。参拜溥仪皇帝时，用唱戏的身段，九叩八拜，行大礼。说起话来，跟唱戏的念白一个样。他这一拜呀，您猜怎么着？——逗得满朝官员和皇上太后，想笑又不能笑，憋得都红了脸。那洋相可出大发啦！”

张勋的大帅府在南河沿。余叔岩根据张勋字条上的地址，找到了大帅府。下了车，付了车钱，凭张勋的字条，进了府。张勋一改在客厅接待客人的惯例，下人把余叔岩引到了书房。然后看座，命人上茶，很是客气。

余叔岩对张勋的召见，本来就揣摩不透，再加上一路上车夫述说张勋的一番话，更摸不清张勋此时召见，葫芦里到底要卖什么药。他只是按着礼节，应主人的招呼，就座，用茶。一句话也不敢说。

张勋看余叔岩拘谨的样子，冲他笑笑，帮他缓神儿说：“路上人多吗？”

“人多。”

“都是干什么的？”

“有换龙旗的，有抢着买辫子的。”

“你都看见啦？”

“看见啦。”

“天下又变回来啦！——现在又是大清的天下啦！”张勋说着，得意得用手捋了捋流光水滑的大辫子。

余叔岩这才注意，看张勋的衣着打扮，只见他这大热的天儿，也舍不得脱掉一身肥大臃肿的清朝官服，马蹄袖哩哩啦啦地在手腕处摆动，很不方便。这身官服，捂得他肥胖的身子浑身是汗，呼搭呼搭地用肥大的衣袖一个劲地煽，看得余叔岩心里暗暗发笑。

张勋得意地说：“大清又得了天下，我张勋作了首辅大臣。这次进了京城就不走啦！以后就更得便看你的戏啦！”

“承蒙大帅抬举。”

“哈哈，昨晚你的《空城计》唱得很够味。和以前大不一样啦！”

“以前是我哥攒的腔儿，不成体统。如今我是跟着恩师重新学的。”

“不愧是伶界大王，他的腔儿就是好听。——你唱出来更好听！”张勋赞扬地说。

“感谢大帅夸奖！”

说起唱戏，想想往事，余叔岩心里直犯嘀咕，不敢多言。

“我喜欢戏，爱看戏，也算懂戏吧。——这你是知道的。以后少不了看你的戏，和你一起玩儿玩儿。——谁让咱们是老相识呢！……，以往的事，我既往不咎。如今，克琴已经是我的夫人啦。有句老话，我得给你当面锣对面鼓，挑明喽，‘朋友妻，不可欺’。你，戏只管唱，闹好喽，我还可以保举你，弄个内廷供奉什么的，进宫去唱。”说到这里，张勋顿了一顿，脸一变，大眼珠子盯着余叔岩的脸，粗声粗气地说道，“但有一样，——可不能再给我找麻烦！”

余叔岩听到这里，浑身的毛孔都紧缩了，这才明白了张勋今天召见的意思。——原来他要算老账！

正在不知所措的时候，张勋的副官急急地走了进来，伏在张勋耳边，与张勋耳语了几句。张勋的脸色顿时变得更加难看，汗水顺着脸颊流了下来。

余叔岩借机起身告辞，张勋扬扬手，算是送客。

副官给张勋报告的，是段祺瑞起兵“讨逆”的消息。

这当然令张勋心急火燎，他知道段祺瑞的军事实力，也明了段祺瑞用兵的本事。

若是别人起兵“讨逆”还能对付，段祺瑞是北洋的老将，非比一般人物，他带兵来征讨，岂可小视？

他当即把辫子兵的带兵官员召集起来，认真进行了一番部署。

部署完毕，刚刚喘了口气。秘书进来报告，说侦探营抓到了刘喜奎，已经带到府上。

听到在这个消息，倒是让他略微换了一点儿心情。马上吩咐：“带进来！”

秘书把刘喜奎带进客厅。刘喜奎还是那么年轻水灵，进了客厅，大大方方地对张勋道了声万福，便落落大方地坐在了沙发上。

张勋自打刘喜奎进来，就带着气色迷迷的眼光看刘喜奎。等到刘喜奎坐下，他色迷迷地围着刘喜奎转了一圈，用调侃的口气说：“美人儿，你这一料理，可是料理了好几年哪。料理得老子想得你心急火燎的！看来，你今儿个是料理清了，过来伺候老子来了？”

刘喜奎不卑不亢：“大帅，我今天是被你的手下抓来了，不是我自个找上门来的。”

“这么说，你还是想跑哇？我实话告诉你说，跑到哪儿，都逃不出我张某人的手心！——你放老实点儿，痛痛快快答应做我的第六房夫人，才是你的归宿。”

刘喜奎用眼看看张勋的装束，挑衅地说：“您要是把辫子剪喽，我就答应您。”

刘喜奎知道，张勋已做了大清王朝的首辅大臣，头上的辫子正是他的得意之物。她也曾听说过，当年张勋拔出手枪要处决让他剪辫子的使者的事，张勋曾咬着牙发誓：“头可断，辫子绝不可剪！”如今这个节骨眼儿上，“辫子”正是她出击最好的靶子。因此，她瞄准“靶子”以攻为守。

哪知听了这话，张勋不但没恼，反而哈哈大笑：“宝贝儿，今非昔比！除了当今皇上，谁敢给我剪辫子！——你还想给我耍花活？少废话，今天进了大帅府，就是我的六姨太啦！”

因为战事紧急，他顾不得多说，冲秘书一挥手："先把她交给老五，给我伺候好喽！"

刘喜奎被带到了王克琴的房间。

王克勤和刘喜奎能在这里相逢，真是做梦也没有想到！

待秘书离开房间之后，二人相互诉说了离别之后各自的苦处。王克琴更是诉说了自己给张勋做五姨太的种种不自由，离开舞台，孤独难耐的悲苦心境。说着说着，不禁潸然落下泪来。听刘喜奎说是被抓进来，要立逼着做小的，王克琴十分同情，更有兔死狐悲的感觉。她十分仗义起来，忿忿地说："妹子，我已经体验了虎狼窝的滋味儿，说什么也不能让你再跳进来受罪！——我这就帮你逃出去！"

于是，她立马帮刘喜奎化装，扮成贴身丫鬟，二人一同乘车，离开大帅府。

车离开南河沿，驶到前门外大街，二人在"独一处"烧卖馆前下车，然后步行，拐进对面的瑞蚨祥绸缎庄。

借假装挑选面料的工夫，王克琴悄声打听了一些京城梨园界的情况，并特意问到余叔岩。刘喜奎在天津时，也知晓王克琴与余叔岩的浪漫故事，就尽自己所知，把余叔岩的家事，养嗓儿，拜师，唱戏，交际等，统统讲给王克琴。王克琴听了感慨不尽，说着掏出一封书信，深情地说："这是我到了京城之后，写给他的一封信，总不方便交给他。今天正好拜托您，要千方百计送到他手里。请您转告他，我心里还有他。如不嫌弃，我愿与他重归于好。哪怕是做他的偏房，我也心甘情愿！"

离开瑞蚨祥，王克琴送刘喜奎到大栅栏繁华处，让她混入人流中。

王克琴搭救自己跳出了火坑，刘喜奎感恩不尽。对王克琴交办的事，当然是尽心尽力。她仔细考虑，周密安排，选好了六国饭店二楼的一个房间，请来余叔岩，作客交谈。

刘喜奎虽然已是京城的名角，但余叔岩与她交往并不多。接到刘喜奎的邀请，余叔岩感到有些突然，本不想应邀，但耐于交际情面，只好前来应付。

二人见面，稍作寒暄，刘喜奎便将王克琴的信，交给余叔岩。余叔岩打开书信，看到王克琴熟悉的笔迹，顿时心头一热，不禁情思满怀，赶紧展信阅读。王克琴写道：

三哥如晤：

别后无时不在念中。前者多次去鸿，迄未获复，何其怅然，顿生人心之叹也。

……

前日观三哥之空城，又发津门之遥忆。相濡以沫之情，似胶如漆之景，历历若在昨日。眼下又是独掌孤灯，难道悲怀，能慰克琴者，唯君一人耳。望三哥惜当年之情分，赐见一面，重叙旧欢。地点宜在六国饭店，时间可由君定。

书不尽言，详情面叙，静候佳音。

专此 即颂

安吉！

克琴 敬上（以上信件摘自《余叔岩传》）

余叔岩看了这封情书，浑身热血沸腾，往事萦怀，心头骚动不已。尤其看了王克琴以“妾”自称，更看出了王克琴对自己的一往情深。并将相会地点安排得如此仔细，更说明她诚心可鉴。使他沉浸在情感的溶透之中。

这时，刘喜奎在旁边开腔道：“三哥，英雄美人，自古使然。克琴更看重艺术的知音。据说，大帅已答应她，将来做宫中的女班头，与梅老板的男班头并驾齐驱。你们过去，曾唱和得天衣无缝，今儿正好花好月圆，重奏宫商。她虽然已嫁张勋，也是出于无奈，心里想念的还是你三哥。我俩无话不谈，每念及三哥，他惴惴私语，怀念再三。并常责怪你不辞而别，……还不是心里放不下你呀！机缘难得，您定个时间，就在这饭店叙叙旧情，我甘愿当这个红娘。”

余叔岩听了刘喜奎的话，沉吟片刻，充满谢意地说道：“感谢刘老板美意成全，我思摸再三，还是不见为好。”

“为什么？”

“回首往事，我败嗓，害家，皆起因于少不更事，胡作非为。前车之鉴，记取犹深。我好不容易恢复了嗓子，能重登氍毹，刚有了些长进，又已结婚生女，成家立业。怎能半途而废，重蹈覆辙，毁家毁业，坏我前程。”

“那，——克琴大姐那里，我如何回话？”刘喜奎看余叔岩态度坚决，不便再多说，为难地问。

“我给她写封回信，烦请刘老板转交给她。也免得您从中作难。”余叔岩想出了这个两全其美的办法。

于是，他当下提笔写道：

克琴女史惠鉴：

大扎妥收。日前蒙张大帅召见，叙谈中已知君将为宫中女班首，与梅郎并驾也，可喜可贺。弟尊陈氏为贤妻，仰德霖为泰山，膝下已有一女矣。又，经数年苦养苦练，病嗓初愈，甚不易也，断不可重蹈覆辙。君为吾昔日之艺友，往事既可追，亦不可追，岂未闻覆水难收之故耳？

你我仍是艺友。艺术乃吾辈终生之事业。

克琴共勉！

专此回复，诚望保重，好自为之。

顺颂

康吉！

叔岩（以上信件摘自《余叔岩传》）

就在刘喜奎将余叔岩的信，秘密转交给王克琴的第二天，段祺瑞指挥“讨逆”的部队，攻入京城。张勋的辫子兵，一触即溃。辫子兵四散奔逃，为了保命，纷纷把辫子剪下来，丢得满街满城皆是。

京城那些买了假辫子的人，一看时局有变，辫子将成为惹祸的证据，赶忙把辫子偷偷地扔到大街上。大街上除了逃兵的辫子，再加上这些辫子，简直成了辫子大街。

皇宫内的溥仪皇帝，一看皇位难保，赶紧匆匆忙忙颁发昭告，宣布退位。皇帝的宝座只坐了十二天，成了中国历史上的一大笑话。

张勋一看辫子兵溃不成军，知道大势已去，自身难保。慌忙带了王克琴溜进荷兰使馆，避风躲难。娶刘喜奎为第六姨太的梦想，又一次落了空。

王克琴与余叔岩重归于好的美梦也化作泡影。

国家被张勋这一搅和，复辟徒劳，共和不稳，反招来了军阀混战。

有散曲唱道：

【正宫·端正好】复辟梦，泡影去，军阀战，硝烟起。辫子横丢满街弃，谁解张帅谜?

【滚绣球】旧日情还记，对面话难叙。鱼雁传书通消息，把一腔相思离愁书中寄。愿君慢慢儿地看，贴心儿细回忆，耳鬓厮磨多甜蜜，真格的如胶似漆。今朝相见别回避，念旧情，不分离，想法儿打捞我出樊篱。

【脱布衫】覆水难收已作泥，破镜难圆碎琉璃。不是旧情已丢弃，伤疤苦痛未痊愈。

【上小楼】小时儿戏，一生长记。不更事种的苦果，触摸疼痛，想来心悸。更何况身边老虎为伥，虎视眈眈捕获待机!

【快活三】艺友情深便利，交往随和适宜。即便还同台唱戏，知己知彼，丝丝入扣，更多情趣。

第一一四回

孙菊仙老当益壮
忘年交老少同台

张勋复辟前后，“后三杰”中只剩下孙菊仙了。

此时，孙菊仙已是七十多岁的老人了。

以往京城给他留下的创伤，永远刺痛着他的心。他老啦，很想落叶归根，回到他唱戏起家的京城。但一想到家破人亡的以往，就抑制不住心头的悲痛，对京城又充满了怨畏。在百般矛盾的心理中，他想了一个折中的办法，——选择了天津。天津是他出生的地方，落叶归根。回天津，也顺理成章。天津离北京不远，坐火车就两个多钟头的路程，想看看京城梨园的亲朋故旧，一天可以打个来回，倒也方便。

其实，他落脚在天津，却还是想京城的梨园。在家安顿了安顿，便打道进了北京。

俞振庭一听说孙菊仙回来了，第一个把他接到了双庆班，好好地给他安排了吃住，并安排专人陪他，照顾他。

孙菊仙是个实在人，看俞振庭如此热情，便实话实说道：“贤侄呀，您接我来，我给您添累赘呀！如今我老啦，上台顶班顶不住啦，这么死啃你，我心上不落忍哪！”

俞振庭听孙菊仙如此说，忙笑着答话：“师叔，您可甭误会。您是京城梨园老一辈儿唯一的一个老人，我当晚辈儿的，孝敬您还巴不得呢，怎能让您上台呀！您就放心地在我这里住着，在京城遛遛转转，看看京城的老街老巷，拜访拜访故旧好友，享享清福。我伺候您，给您养老，也就得了您的福报啦！”

俞振庭是何等聪明之人！他心里明白，接了孙菊仙，就是接了个活财神。不要说孙菊仙登不登台唱戏，就是孙菊仙“后三杰”的这块牌子，在双庆班这么一戳，也够招摇的。北京城的那些个新老戏迷，即使没看过孙菊仙戏的，哪个不晓得孙菊仙的大名？有了这块招牌，还怕戏迷不上座儿！

孙菊仙虽然已年届七十六岁，可身体倍儿棒，身板硬朗挺实，腿脚利索，口齿清楚，耳不聋眼不花。开口唱戏，唱、念、做，功夫不减当年。孙菊仙虽然口说，不再登台唱戏了，可一辈子的戏虫，习惯使然，怎能说放就放得下？

他住在双庆班，出来进去一溜达，就被双庆班的管事盯上了，管事就过来撺掇他上戏。他本来就戏虫子钻心，痒痒得难受。这一撺掇，马上就着了道儿。答应上一出。上一出什么戏呢？他随口答道，就上《三娘教子》吧。

他答应上戏了，可倒难坏了管事的。谁给他配戏呢？人家是皮黄耆宿，后三鼎甲之一，响遍全国的大角，一般的角配不上，减份儿。大角陈德霖、梅兰芳又不在身边儿，王瑶卿嗓子沓中，唱不出来了。怎么办呢？这可真是犯了难了。

正在他犯难的时候，孙菊仙找上门来了。他是有了名的大嗓门，进门就说："坐中先生，和我配戏的您甭犯难，我看就咱班上那小青衣就行。正好我也跟小一伐的沟通沟通，唱个'老少配'。"

戏班上，对管事的尊称为"坐中"。坐中，就是坐在后台中央的桌子边，策划指挥唱戏大事的当家人。孙菊仙给管事的叫"坐中先生"，这有点太客气了。管事的哪敢担当？真有点受宠若惊的感觉。又听他说让本戏班的小青衣配戏，那小青衣，不就是指尚小云吗？尚小云当时才十六岁，孙菊仙七十六岁，相差六十岁，这倒的的确确是"老少配"，可这合适吗？孙菊仙最后又补充一句，"这两天我看他的戏，蛮不错的，我就看上他啦！"

有了这句话，还有什么好说的？就是他啦！管事的立马找来尚小云，让他准备上戏，扮王春娥，与孙菊仙唱《三娘教子》。

与孙菊仙配戏？这可让尚小云吃了一大惊。人家是戏坛耆宿，我是刚出科的小嫩牙子，这可能吗？可能不可能，就是这么定的，没什么好商量的。那就硬着头皮上吧！好在，尚小云生来就是个打硬炮，敢开顶风船的人物。

在后台扮好了戏，尚小云有点紧张，生怕给人家大角砸了场。正在此时，孙菊仙也扮好了戏，凑了过来。尚小云慌忙起身，恭恭敬敬地叫了声"爷爷。"还没等往下说，孙菊仙就笑呵呵地拉住了他的手，"你这个小青衣，我看了你的戏，很有来头。咱俩唱出'老少配'，我也沾你点儿少年灵气！"

"哎呀，爷爷，您说反了，是我沾您的大名气。——我怕给您唱砸喽！"

"哎，砸不了，砸不了！你该怎么演就怎么演，只管放开了唱！——我随你！"孙菊仙真的像个老爷爷对孙子一样，温和地对尚小云说。

尚小云的手，被孙菊仙的大手，攥得温温和和的，又听了他和和气气的话，心里也暖暖的，一下子放松了许多。

管事的事先早让写水牌、戏报的，把孙菊仙、尚小云"老少配"的戏码儿写了出去。京城的老少戏迷，一看戏报、水牌，立马儿传扬开去，都挤进戏园来看孙菊仙这位"老乡亲"。剧场里挤得满满的，连空当夹道都塞满了人，后排还有靠大墙的，黑压压的，来了个大满贯。——这状况，果如俞振庭所料，让他俞振庭的双庆社又火了一把。

开戏了，尚小云扮演的王春娥上了场。尚小云此时，已拜了陈德霖为师，唱功、做派上已见陈德霖"第一青衣"的影子，在京城戏迷中，已经有了一号。今天和大名鼎鼎的孙菊仙配戏，更让人高看一眼。他因为给孙菊仙配戏，更加经心铆劲儿，一板一眼，举手投足，身段表情更加规范潇洒。台下的戏迷也看好他的戏，很给面子，一句一彩，"好"声不断。这很让尚小云受鼓舞，更加放开了唱戏。

等到孙菊仙上场了，台下的戏迷先给他一个碰头彩。老爷子高兴，更是入戏添神。他扮演老薛保，不用化装也是老薛保的年龄，何况他化了装，又加上身段，更像一个活脱脱的老管家。

孙菊仙本是张二奎唱腔的底子，又加上拜程长庚为师，糅张、程的唱腔为己用，形成了自己特有的风格。他嗓音宽厚，加之发声吐气讲究，韵味天成。因此被称为后三鼎甲之一，与谭鑫培、汪桂芬齐名。戏迷们来听的就是他的这一口儿。当他唱到“小东人下学归言必有错，若不然母子们吵闹为何？见三娘把泪啼机房闷坐，转面来问一声东人倚哥。”这几句腔儿还没落，场内的喝彩声已经炸了窝。多少年不听孙腔儿的味儿了，这下可过了瘾啦。接下来一句一彩，句句喊好。就连他与三娘的对白对唱，也是一口一彩。戏迷不光给孙菊仙喝彩，也给尚小云喝彩。他们俩，一老一小，一个是高腔儿老生，一个是立音儿的青衣。此时，完全进入戏中，老的看不出老来，小的看不出小来。这老少配，配得如此天衣无缝！整出戏，就是在喝彩声中唱完的。

下了场，孙菊仙感到特别的痛快，尚小云更感到从未有过的痛快。与孙菊仙配戏，就像在活生生的演绎生活。孙菊仙是老人，他扮演老管家，就像是他在做老管家。唱念做，不是戏中，完全像是生活中，而又是在戏中。这着实让尚小云感受到，名家就是名家，名家确实是有高人之处。

正当尚小云沉浸在感动和佩服的回忆时，孙菊仙走了过来。他拉着尚小云的手和蔼地说：“孩子，咱爷俩搭档的痛快吧？”

“痛快，特别痛快！爷爷，和您配戏真痛快！”尚小云情不自禁高兴地说。

孙菊仙笑着点点头，拉着尚小云的手乐呵呵地说：“为了咱老少配的成功，我请你下馆子去。”

“哦，……不……不，哦，我请您下馆子，我请您下馆子去！”尚小云听了孙菊仙要请他下馆子，简直不敢想象，哪有名家请配角的规矩？哪有老的请小的规矩？他一下子慌了神，嘴里也不知说什么，最后镇定了下来，才说请孙菊仙下馆子。

孙菊仙也不管他说什么，伸手拉着他的袖子说：“走吧！——咱今天，不喝酒，不炒菜，只吃北京城的小吃。京城的油茶面，猫耳朵，炒肝，豆汁儿，五香烧饼，……，都特别有风味儿，好吃！咱都尝尝。”不容分说，拉着尚小云直奔王府井后面的东安市场。

来到东安市场，各家小吃都有店面，店里店外都有桌凳，里头外头都能吃，但凭客人自便。

孙菊仙拉着尚小云只坐外面的桌凳，吃一家，挪一家，逐家挨着吃，一边吃一边交谈。完全是爷爷带孙子的模样，既品尝小吃，又讲唱戏，传授他一辈子戏台上的经验体会。他还坚决不让尚小云付钱，吃一份，他亲自付一份。尚小云感觉比拜师学艺还长功夫，长见识。吃着吃着，他对孙菊仙说：“爷爷，您就像我亲爷爷一样。干脆，您搬我那里去住，由我照顾您，咱爷俩更亲近热乎！”

“哎，好，你这个主意好！我就搬到你那里住。咱爷俩无拘无束地多放松啊！”他说完又有点儿觉得不妥，“你成家了吗？和你住一块儿方便吗？”

“方便！”尚小云赶紧说，“方便极啦，我还没成家，就我一个人。家里有老母，但我唱戏在外不回家，怕老是深更半夜回家打扰老娘休息，就在外另赁了一处住处。”

“这便也好。”孙菊仙像个爷爷嘱咐孙子一样，“可不能忘了老娘，要常回家看看。”

“是的，我每过几天就回家去看看老娘。”尚小云解释说，“这不影响您和我住在一起。”

“好唻，就这么定啦！”孙菊仙说。

孙菊仙搬到了尚小云的住处，尚小云得了个爷爷，也得了个师傅。他的做派潇洒挺拔，得了孙菊仙不少传授。孙菊仙搬出了双庆班，得了清净，少了人情债，多了自在心。但他还是时不时地到双庆班唱戏，给双庆班挣了不少人气。

孙菊仙最热心的就是唱“义务戏”。

“义务戏”，顾名思义就是演员白尽义务。干唱戏，分文不取，不拿戏份。唱戏挣的钱，归戏班或做某项专用款项。比如每到年终封箱之前，戏班都唱两场“义务戏”，挣了钱，分给戏班里收入低的，家里拖累大的，过不起年的困难户，让每个伶工都过一个好年。因为这个戏是济贫，给贫困户挣饭吃，所以，梨园界给唱这种戏，起了个专用名，叫“窝窝头戏”。再有就是赶上水旱灾害、地震、兵患，以及特殊的状况，需要花钱救济的时候，名角们则出头唱“义务戏”，募集款项进行捐助。有时候，有了特大喜事，如打了胜仗、除了大害、修庙、办义学等，也唱“义务戏”资助，以示庆贺。每唱“义务戏”，大角们都自觉自愿地带头上戏，这已成了不成文的规矩。孙菊仙虽然上了年纪，但每有“义务戏”，他都抢着上。凡上的“义务戏”，都是大角们的拿手戏，为的是上座率高。“义务戏”的票价也比平常定的高，总之是为了多挣钱，多捐献。举众家之力，做公益事业。“义务戏”，是梨园经常做的一大善事。孙菊仙为老自尊，躬行在先，以身为范，抢着做这种善事，为祖师爷的事业立德立基。尚小云，作为晚辈，看在眼里，记在心里，侠行仗义，立身，立德，谨言善行，风范后人。

有人对他们二人的忘年之交，写下一段曲牌，名曰：【中吕·普天乐】

忘　年

老乡亲，尚三锡，忘年相会，同一志趣。台上师，同室居，老少交心逢知己。近水楼台相扶持，声腔音外，义气第一。归去来兮！

还有一曲曰【正宫·叨叨令】：

道　情

年龄大小由天造，不容选择自来到。人以群分聚散终有报，只看那缘分到未到。您省的也么哥，您省的也么哥？休问相聚迟早随天道。

第一一五回

张大帅欲擒先纵
孙菊仙卖老逞强

孙菊仙人老心不老，除了抢着唱义务戏之外，总还琢磨着找个搭档登台。他虽和尚小云是忘年交，能搭档上台，但他知道，尚小云正年轻气盛，正是往上奔的时候，不能误了人家的前程，总缠着人家不是个办法。在京城住了一段时间，住的絮烦了，便打道回天津。

在天津，除了享天伦之乐外，还是想登台唱戏。凡有个民间庆典、堂会呀什么的，只要唱戏，他都往前凑。不管给不给报酬，只要能上戏就行。他是享誉天下的大角，有名的“后三杰”之一，他挤着要上戏，这是人家巴不得的事，何况他又不计较报酬，只要他提出上，没有不安排的。如此，他倒得了很多上戏的机会，比起在京城来，还潇洒惬意。

事有凑巧，爱唱戏的碰上个爱看戏的。张勋一辈子就是爱看戏，尤其偏爱皮黄。为看戏，找小老婆，也盯着女伶人，先是王克琴，后是盯着刘喜奎。结果呢，王克琴中途离他而去，因为闹复辟，吃了败仗，刘喜奎也没盯上，落了一场空。小老婆没捞着，复辟也吹了灯，还吃了官司。他的辫子军被段祺瑞打垮后，他逃到了荷兰使馆，临时避难。北洋政府要惩治这个复辟的将军，他便吃上了官司，他知道荷兰使馆也不是久留之地，便逃到天津，蛰居在德国租界。

别看张勋是一介武夫，但人缘不错。平时，他对朋友、对乡亲、对文人都不错，大家都念他的好。官司哄哄嚷嚷，报纸也频发议论，不少清朝的遗老遗少，都站出来，在报刊发表意见，为他说好话。说他忠心可鉴，人品尚优之类的话。他的一个江西同乡说他“千载凛然见生死，九庙于今有死臣”。江西护军欧阳武说他“戴发效孤忠，无言不仇，无德不报；丹心照千古，其生也荣，其死也哀。”连孙中山都说他“清室逊位，本因时势。张勋强求复辟，亦属愚忠，叛国之罪当诛，恋主之情尚可悯。文对于真复辟者，虽以为敌，未尝不敬也。”

张勋的北洋旧僚，徐世昌给段祺瑞写信，要段祺瑞看在多年北洋军旅的份上，释放张勋。段祺瑞迫于各界舆论，也看北洋旧友的情分，以“时事多艰，人才难得”为由，特赦了这个北洋军棍。

赦也罢，不赦也罢，张勋躲在德国租界，全然不在乎。他不当将军了，过的仍是花天酒地的生活。

下野了，他也不闲着，在天津开着当铺、银行、金店、工厂、商铺、电影公司等七十多家企业。

钱有的花，他在天津河西区浦口道建了一处庄园。庄园大得出奇，院内有假山、凉亭、荷花池、石桥、游船，各种奇花异木，绿树掩映，四季盎然。还有单独养鸟、养各种宠物的场所，整个一个人造的梦幻世界。

庄园中央建有两栋洋楼，远远望去，楼顶四坡蓝瓦，边角有尖顶塔楼，赫然醒目。近看，楼底层为拱形门窗。建筑整体呈狮子状。两楼之间有廊檐相连。东楼起居，西楼会客。会客楼由高台阶进入，圆形门厅。底层设戏楼，有两层看台，看戏听曲极为方便。

他虽下野了，仍有英国租界工部派来的警察站岗，门禁森严。庄园内有仆役、丫鬟、司机、花匠等各色佣人一百多位。

张勋虽然复辟失败，但他一年四季仍是清朝官员装束。头戴尖顶帽，上面缀有宝石或钻石饰物，身穿大褂或马褂，尺寸肥大，宽敞舒服。腰间扎丝绸宽带，带上有带幅下垂，带上挂着眼镜盒、槟榔荷包、扇子等。足登官靴，走起路来，大摇大摆，总是一副养尊处优的员外派头。

他没事就是看戏听曲，找乐呵。

孙菊仙是他家戏楼的常客。张勋懂戏，他知道孙菊仙的实力。孙菊仙虽然比他大十几岁，已然八十开外的高龄，但吐字、用气、甩腔都很有功夫。他很爱听这位老伶人的唱，孙菊仙一到，他就来精神，立马儿点他的戏。唱完后，总是大把的洋钱行赏。

这一年张勋六十八岁，过生日，他要庆寿。

庆寿是少不了唱戏的。

他把孙菊仙叫来吩咐道："老乡亲，老子要庆寿，唱大戏。你是梨园老字号的，有号召力，你给我当个戏提调，把那些个名角搜罗搜罗，都给我找来，叫他们好好卖把子力气，吃住我全包，戏份拿大头儿。唱好了，老子还有重赏。"

这一下孙菊仙受宠若惊，连说："好好好，大帅这么看得起我孙菊仙，您就赌好吧！"

孙菊仙连夜进京，请来了杨小楼、梅兰芳、余叔岩、高庆奎、王蕙芳等名家。

这些名家一到张府，孙菊仙紧忙去给张勋汇报，表功。张勋听说来了这么多名家，当然高兴。夸奖孙菊仙："宝刀不老，能耐不小！回去好好歇着吧，有事我再找你。"

孙菊仙听着这夸奖的话，怎么这么别扭哇！"回去好好歇着，有事再找你。"难道这就没我的事啦？我这戏提调怎么能歇着呢！戏码不用我来安排？我唱什么戏码呢？他心里头犯了嘀咕。莫非这大帅老糊涂了，忘了我是唱戏的？

不管孙菊仙怎么嘀咕，张大帅就是不理他了。戏码是大帅亲自安排的。他点谁唱什么戏，谁就唱什么戏。都点到了，戏码都安排好了，就是没点他孙菊仙。

孙菊仙憋不住了，找到张勋去请缨："大帅，您的好日子，我得给您唱一出，您点吧，点什么我就唱什么！保证叫好！"

张勋心不在焉地说："你是有名的'孙一捋儿'，现在都爱听刘鸿声、余叔岩的唱，你过时啦。"

孙菊仙听了这话这个别扭！心想："他刘鸿声的唱还是跟我学的呢！余叔岩，那是我师兄谭鑫培的弟子，我唱戏的时候，他还不知道在哪个旮旯猫着呢！我老了？我老了您还让我当戏提调！就冲这话，我也得唱一出！我非得让他们看看，我到底老不老！"

不管他怎么想，张勋就是没有安排他的戏。

第一天的开场戏是朱桂芳的《蟠桃会》，朱桂芳的猴子演得活灵活现，张勋咧着嘴看得津津有味儿。第二出是孟小茹的《打棍出箱》，唱做都很吃功夫。张勋边看别和旁边的陪客交流："小茹是学生出身，半路出家，唱戏是学叫天的。一个文弱书生，能练出这功夫，够下本钱的。他还和梅兰芳同台唱过。今天因为角多，就把他挤到前头唱了第二出。够难为他的！"

下面是程继仙、慈瑞泉的《连升店》，再后面是钱金福的《山门》。文戏，武戏，玩笑戏穿插安排。可见派戏码儿费了心思。张勋自夸道："这戏码儿安排，是我的杰作。别人家唱堂会，头一出总是《天官赐福》，我不需要什么官赐福，我也不按那老一套。怎么开心我就怎么排，这不挺好的！大家都开心，愿看！"他只顾自卖自夸，一看戏单，"哎吆，该《穆柯寨》了！乖乖，我的宝儿呀，王蕙芳要出场了！"

张勋这个人，看戏也和戏迷一样，有个通病，就是喜欢谁，就死捧谁。旦角中他最喜欢王蕙芳，所以他对王蕙芳格外青睐。看王蕙芳该上场了，他不顾年迈，也不顾寿星佬儿的身份，径直离座儿奔了舞台，从正面爬上去，要不是上面有人奔过来拉他一把，还差点儿掉下来。他沿着舞台边儿奔向后台，在后台，给王蕙芳鼓了一番劲儿，这才又从台上出溜下来，回到原位。

王蕙芳比梅兰芳大几岁，与梅兰芳同出一门，都是吴凌仙的弟子。他出道比梅兰芳早，玩意儿很地道，也是有名的旦角。张勋就喜欢上了他，专捧他，每次唱堂会都不能少了他。孙菊仙熟悉张勋的脾气，便投其所好，这次约角，特意选了王蕙芳。

张勋看王蕙芳唱《穆柯寨》，看得特别投入，嘴里也跟着台上的曲调哼哼，摇头晃脑，进入戏中。

场外的孙菊仙还在愁苦之中。心想，大帅呀，大帅，你用人可真狠哪，邀角你让我出头，看我老了有面子，能给您邀来大角。角们邀来了，您把我给甩了。说我老了，跟不上趟了。您问问来的这些个角，哪个敢说我老了？哪个敢说我唱不了了？

此时，梅兰芳场上没戏，凑过来给他聊天儿。梅兰芳尊敬地对孙菊仙说："爷爷，您身子骨儿还这么硬朗啊？"

孙菊仙正没好气，回道："身子骨硬朗也不行啦，赶不上趟啦！"

“您是咱梨园的老前辈，后三鼎甲之一，什么时候都是一杆旗，名望在那儿摆着呢！不唱便不唱，乐得自在呀。”梅兰芳宽慰他。

这话孙菊仙不爱听，不由地想起当年在四喜班时的一段往事，便对梅兰芳说：“当年你爷爷可不这么说，他就是变着法儿地让我唱戏。着哇，我们唱戏的，有戏唱就有活力，没戏唱就没了活头。你说是不是呀？”

梅兰芳赶紧迎合：“爷爷说得对，是那么个理儿。”

“哼，当年在四喜班，你爷爷邀我搭班唱戏。孙老元给我操琴，他给我要贴饼，（贴饼是梨园行话，就是补贴）我不给他，他就在台上阴我，把调门定得高高的。我唱《碰碑》，大段的反二黄，让我扯着嗓门唱，可把我累死了。下了场我把老元好数落一顿，我不让他拉了，让你大爷拉。你大爷是孙老元的师弟，他听孙老元的，也给我把调门定得高高的。嘿，差点儿没把我放到台上，敢情你大爷比孙老元还狠。你爷爷是班主，他看出来了，没等我说话，你爷爷就把你大爷好一顿死搂。说这是戏德，台上台下一棵菜，这是咱梨园的规矩。场面和唱的是骨肉兄弟，谁也离不开谁，怎么能使阴的呢！你爷爷是个好人呐！……”

孙菊仙哩哩啰啰说了一大堆话，梅兰芳该上场了，说：“爷爷，等我唱完了再和您唠扯。我愿听您说说老辈子的话儿！”

第二天的戏码是杨小楼的《落马湖》，高庆奎的《辕门斩子》和梅兰芳的《贵妃醉酒》。

快散场的时候，孙菊仙再也坐不住了，他凑到张勋跟前说：“明天是堂会的最后一天，您一定让我露一下，看老孙比他们如何？”

张勋冲孙菊仙诡谲地眨眨眼睛：“你唱？”

“嗯。”

“好，你唱《鱼肠剑》吧！”张勋点了戏。

“好唻！大帅，赶明儿您睛好吧！”孙菊仙如愿以偿，高兴得不得了。

第三天的戏码儿更硬整，有杨小楼的《连环套》，梅兰芳和余叔岩的《梅龙镇》，大轴是孙菊仙的《鱼肠剑》。

第三天张勋看戏看得格外开心。杨小楼的黄天霸，扮相英俊，动作边式，英武中带出一股霸气，台下响起阵阵掌声。梅兰芳和余叔岩的《梅龙镇》，唱有唱，做有做，风趣撩人，笑声和掌声相间不断。梨园三大贤各展风采，看了让人叹服。

大轴是孙菊仙的《鱼肠剑》。

张勋看得格外带劲儿。孙菊仙扮伍子胥出场，高方巾，宝蓝褶子，右手持马鞭。左手大幅度抖袖，把伍子胥武将的气派表现得淋漓尽致。这第一个身段便引来全场的彩声，看眼前伍子胥的神采，谁也不会相信这是一个年过八十的老者扮演的。

张勋为此大声叫好！叫完好，嘴里还叨叨着：“他奶奶的，这老家伙可真给老哥们儿争气！”

下面唱散板，“子胥阀钺门楣地，落魄天涯有谁知”，吐字凝练，苍凉感慨，台步法度井然，进退中规中矩，干净沉稳。接着唱“一事无成两鬓斑，叹光阴一去不回还……”他用丹田气催声，立音响亮，中气充足，喷薄而出，爽朗脆亮。就这一句，全场彩声雷动，经久不息。

张勋高兴地几乎跳起脚来叫好。

“实指望到吴国借兵转……”转成快板，气口险中见长，吐字斩钉截铁，一气呵成。

看出孙菊仙实是使出了浑身解数，要与晚辈们决一雌雄。看戏的人，用热烈的喝彩声把他送进后台。

张勋都看直了眼，直到伍子胥到了后台，他才转过味儿来，口里连连说：“这老家伙，拼了！有骨气。”说完，对旁边的人说：“老孙今天学程长庚，几乎原汁原味儿。够卖力气的！”

转过头来，又对坐在他后面的人说：“你们今天听了一出好戏，得谢谢我。——我用激将法，憋了他两天。他早憋坏了，就等着今天发泄呢！要不今天这么卖力气。早年他搭梅巧玲的四喜班，我听过他的《五彩舆》，他扮海瑞。那天小叫天也在四喜班，有叫天比着，他也卖力得很，唱得那才叫个好！连小叫天都服他的气。今天，杨小楼、余叔岩、梅兰芳三大贤都在场，凭他孙大个的脾气，他是‘后三杰’之一，能不唱出个样儿来，叫他们看看！”

原来台上是戏，台下也是戏。张大帅略用兵法，欲擒先纵，用激将法把孙菊仙的玩意儿拱到了高潮。

唱完堂会，张勋论功行赏，每个角都有赏，少者三百大洋，也有四百、伍佰的。孙菊仙受赏最高，得大洋六百块。

这场堂会，是北方各大角的大亮相。是不会演的会演，展示了梨园的实力和风采。

第二年张勋就病死在庄园。

孙菊仙老当益壮，还是不断唱义务戏，唱堂会戏。寿年九十，无疾而终。

有词【满庭芳】写道：

海天高新，波微浪小，碧水万里无云。楼台歌榭，丝竹柔清音。多少皮黄往事，堪回首、喝彩声闻。名沪上，京津翘首，艺名老乡亲。 酸辛。奔波时，东西南北，枪炮烟熏，官不就、大老板点迷津。一头扎进皮黄，苦学艺、才得安身。名声起，列后三杰，叹为耄耋人。

第三卷

03

第一一六回

程艳秋拜师学艺
王明华冰媒穿梭

经过罗瘿公的指点、教育和培养，程艳秋大有长进。文化修养提高很快，唱戏，对戏情戏理理解得也深透了许多。因此到了台上，手、眼、身、法、步等身段、表演也大有长进。

对此，罗瘿公当然很是欣慰。但他对程艳秋是恨铁不成钢，恨不得一下子就把他打造成名家，一把就把他推向大角的行列。

当初，在给程艳秋租房子的时候，他就从长远谋划，租的北芦草园九号，与梅兰芳的住处不远。每得空儿，罗瘿公就带程艳秋，到梅兰芳的家里进行请教。梅兰芳对这个小旦角很是欣赏，倍加爱护。每有请教，必倾囊相授。

梅兰芳私下里对罗瘿公说："罗老果然慧眼识珠，这个小旦角确实非同一般，无论长相、嗓音、做派，都是吃戏饭的材料，将来必成大才。"

"既然梅君看中他的天才，就当鼎力帮扶，使这个小天才终成大业。"罗瘿公敲边鼓似的撺掇。

"那是自然。在下唯恐孤陋寡闻，自不量力，误人前途。"梅兰芳谦恭地说。

"既然梅君有此心志，不如收他为弟子，也好使他终得前程。"

梅兰芳听此话，忙说："我比他大不了几岁，尚在不断学习之中，哪敢妄收弟子？将来误人误己，岂不令人贻笑大方！"

"梅君说哪里话来？梅君虽在妙龄，但艺业已如日中天，高山仰止，哪个不佩服得五体投地。为了祖师爷的事业，梅君就能者多劳，收下这个弟子吧！"罗瘿公诚心诚意地一番中肯之语，打动了年轻的梅兰芳，他终于答应收程艳秋为弟子。

罗瘿公看梅兰芳答应下他的要求，长出了一口大气，回去把这个好消息告诉程艳秋。程艳秋高兴得眼泪都流了下来，赶紧把这个好消息告诉母亲。母亲听后激动地对儿子说，"这都靠了罗先生的面子，也多亏罗先生鼎力操心张罗。儿子，罗先生就是你的再造恩人。将来，即使变牛变马，也要报答罗先生的大恩大德。"

紧接着，罗瘿公就操办程艳秋的拜师仪式。罗瘿公是京城的名士，京城的文人雅士，他没有不认得的。他又善交际，讲义气，在文人雅士群中，很有人缘。当时名著京城的大画家李梦白、徐悲鸿、吴昌硕、陈师曾、金拱北、姚茫父、汪蔼士、陈半丁、齐白石等，都是他的座上客。平时，他凭着自己在京城的名气和影响，为这些个画家，排忧解难，帮了不少的忙。这些人对他都感恩戴德，以师友相敬。他也热心肠地将这些画家，介绍给梅兰芳，梅兰芳在与他们相交之中，曾分别向他们学习丹青水墨。有的也被罗瘿公请来教程艳秋绘画艺术。

如今，程艳秋要拜梅兰芳为师了。他把这个天大的喜事告诉他们，请他们届时来祝贺。这些人欣然答应，届时一准到场贺喜。罗瘿公还特别要求徐悲鸿作一幅画，以作贺礼。经罗瘿公介绍，徐悲鸿对梅兰芳和程艳秋早就熟识，并曾多次观看过梅兰芳和程艳秋的演出，对这两个旦角结为师徒倍加赞同。他对罗瘿公不遗余力栽培梨园弟子的精神，也深深感动。听后慨叹再三，欣然命笔，画了一幅梅兰芳《天女散花》的彩妆图。

这幅梅兰芳彩妆的散花图，与真人大小一般。图画以西洋的技法，糅以中国画的笔墨，画出了梅兰芳散花的潇洒飘逸。背景配以烟霞彩云，云雾缭绕，既似舞台，又似仙境。既画出了梅兰芳的风采，又展现了徐悲鸿大画家的大手笔。

拜师的地点，就设在梅兰芳的家里。拜师这天，在梅家大门内的迎门处，摆放着装裱在画框内的徐悲鸿的这幅大画，格外醒目。来参加拜师仪式的各路宾客，进进出出，人人都驻足欣赏，赞不绝口。

梅党成员，都对罗瘿公的这一策划，大加赞赏。

罗瘿公为能为程艳秋举办这样一个体面的拜师仪式，倍感欣慰，里里外外紧张罗，忙得不亦乐乎。

梅兰芳比程艳秋大十岁，拜师的这一年，梅兰芳二十五岁，程艳秋十五岁。

虽为师徒，梅兰芳待程艳秋像亲兄弟一般。除了在家教授之外，每有演出，必然留出戏票，让程艳秋观看揣摩，下台之后，二人再进行交流，如此进行现场教授。梅兰芳谆谆告诫程艳秋，不要好高骛远，要从老戏学起，打好底子，再求发展。他手把手地教他先学会了《醉酒》《虹霓关》《女起解》《玉堂春》，然后再教他古装戏。在唱《上元夫人》《天河配》《打金枝》《大观园》等戏时，梅兰芳还让程艳秋上场，装扮宫女、丫鬟等配角，同台演唱。这样更便于程艳秋近在咫尺地仔细观察老师的身段、眼神、面部表情等，体会戏中角色的心理动态。

这一时期，程艳秋学多于唱，对梅兰芳亦步亦趋，认真学习，收获很多。因为成了梅兰芳的徒弟，名气也大有提升。罗瘿公，对他的点点滴滴，时时刻刻都给予关注，即使出门在外地，也从报纸上了解程艳秋的演出反应，及时写信予以鼓励督促。

经过一年多的精心打磨，梅兰芳对程艳秋的一腔一句，一举一动都精雕细刻，使程艳秋真正在大青衣的戏路上前进了一大步。如此，程艳秋几乎可以独自登台抵挡一面了。但程艳秋，仍谨慎小心，恭恭敬敬地向师傅学习，很少应酬戏园的演出。

江苏有一位实业家，名张謇，字季直。对京戏特别喜欢，并热心支持京戏人才的培养。他与南派青衣欧阳予倩私交颇深，在欧阳予倩的鼓动下，他慷慨解囊，出巨资委托欧阳予倩，在南通创办了中国第一所新兴的戏曲学校——南通伶工学社。修建了新型的剧场，取名“更俗剧场”。

为了伶工学社和剧场的开业大典，欧阳予倩下了一番功夫。他第一个想到的就是请梅兰芳来献艺祝贺。

梅兰芳和欧阳予倩，自从在上海见面之后，就一直保持联系。或是书信来往，或是电话交谈，或是唱片交流。互相勉励，互相切磋。欧阳予倩担纲创办伶工学校的事，梅兰芳早已从书信中得知。觉得这是梨园的一大盛事，以书信的方式，帮欧阳予倩想了很多办法，提了不少建议。当然欧阳予倩第一个想到的，就是请梅兰芳来当场献艺。

一接到欧阳予倩的邀请函，梅兰芳便把此好消息告诉了齐如山。齐如山听后，大加赞叹。齐如山是梨园改革的积极倡导者，但还没有亲自实践。这个机会他当然不能错过，一是支持，二是学习借鉴，三是加深“南欧北梅”的艺术交流，多好的机会！他当即催促梅兰芳放下眼面前的演出，亲自陪同他去往南通。

梅兰芳在南通当场献艺，自然是火暴非常。在更俗剧场，他献艺十天，剧目有《游园惊梦》《天女散花》《木兰从军》《贵妃醉酒》等。并与欧阳予倩同台演唱了《思凡》《琴挑》等戏。“南欧北梅”，两个大角，联袂登台，轰动一时。

张季直对“南欧北梅”的联袂登台，非常感动，立即将剧场的前楼，命名为“梅欧阁”。并亲撰一联，浓墨疾书，悬于“梅欧阁”的两侧：

南派北派会通处，宛陵庐陵今古人。

回到京城，梅兰芳对程艳秋有了更高的要求。开始手把手地教他古装新戏。程艳秋巴不得师傅教他新戏，更加刻苦认真的学习。

一年之后的一天，梅兰芳突然改变了主意，改教《贵妃醉酒》，一招一式非常认真。程艳秋虽然不大明白师傅是什么意思，但《贵妃醉酒》是师傅的拿手戏，一般不轻易传人。师傅突然教自己，这是难得的机会。他更是铆着劲儿，好好学习。

《贵妃醉酒》学完了，学会了，学精了。梅兰芳才松了一口气。

这天，学戏之余，梅兰芳对程艳秋说：“你《醉酒》学得不错，我要派你一个差。——你代表我去一趟南通。”

“什么时候动身？”

“过一两天。”

此时，程艳秋琢磨，师傅让我去南通，这和学唱《醉酒》肯定有关系。

果真让他猜着了。梅兰芳看看南通伶工学社创建一周年了，欧阳予倩肯定还得邀请梅兰芳前去祝贺。梅兰芳觉得，这正是个让程艳秋挣名气的机会，就提前对程艳秋下功夫，偷梁换柱，让程艳秋去闯荡闯荡。

果然，几天后，南通派人来邀请梅兰芳。梅兰芳以脱不开身为由，委托齐如山带上程艳秋前往。

程艳秋一到南通，南通就传炸了。

“名师出高徒，这个小青衣肯定错不了！”

“拿不出手来，梅大师也不会派他出来呀！”

“别看人小，没有金刚钻儿，也不敢揽瓷器活呀！”

程艳秋此时，方明白了师傅的用心良苦，这是对徒弟的信任和器重。他决不辜负师傅的厚望，一定不辱使命，把戏唱好。

他的第一出戏就是《贵妃醉酒》，真是一炮而红，台上台下叫好不绝。有人去年看了梅兰芳的《贵妃醉酒》，今年又看了梅兰芳徒弟的《贵妃醉酒》，细细回味，留香一载，首尾相连，品味无穷。有人写文章夸奖说真乃“平生第一杰出”。

次年，适逢张季直七十寿辰，梅兰芳又派齐如山陪同程艳秋前去献艺祝贺。程艳秋两度去南通，可是为自己挣得了大名声。

转眼之间，梅兰芳收程艳秋为徒，已过三载。程艳秋，已由一个半大小子，长成了大小伙子。这个徒弟，不但梅兰芳看重，梅党的人都看重，梅兰芳的夫人王明华也很看重。

王明华作为师娘，对程艳秋的婚姻大事开始操心。

她为了学会给梅兰芳绣戏装的装饰花样，经常到骡马市大街的大吉巷，去学机绣缝纫女红。在这里同学女红的两位姑娘很让她喜欢。

交往中，知道这两个姑娘是两姐妹。大的叫果葵英，小的叫果秀英。她们的父亲也是唱旦角的，名果湘林。老家是河北霸县，曾和王瑶卿同窗学戏，出科后搭班唱戏，也曾红过一阵子。经人介绍，与余紫云的女儿余素霞订婚。

余紫云看小伙子老诚厚道，想招赘入门，做养老女婿。却遭夫人的极力反对，她看果湘林光棍一条，出身贫寒，无家无业，以门不当户不对为由，说什么也不同意，非退婚不可。

可是，女儿余素霞却很有主见。认为母亲这是嫌贫爱富，不守信义，坚决不同意退婚。表示，就是跟着果湘林去讨饭，也非嫁果湘林不可。

母女为此闹得翻了脸，余素霞一气之下，离家出走，只身投奔果湘林，不要家里的一针一线、半点嫁妆，毅然与果湘林成了亲。

余素霞与果湘林结婚时，连被褥都是临时借来的。这倒很有点像《三击掌》中的王宝钏，虽没有去住寒窑，但婚也结得很是寒酸。

寒酸归寒酸，但夫妻俩过得很幸福。夫妻举案齐眉，患难与共，共创家业。买了房子，安了家。生儿育女，日子过得红红火火。

王明华被余素霞的忠贞果敢所感动，由此，对眼前的这一对姐妹更加喜欢。

王明华便想让大姐果葵英嫁给程艳秋。经与梅兰芳商量，梅兰芳欣然同意。梅兰芳又将此意转告给程艳秋母亲。儿子的师傅、师娘，对艳秋如此的关心，程母感激不尽，千恩万谢，一口答应：全凭师傅师娘做主。

王明华看程家没有异议，便托人到果家说亲。余素霞对两个女儿视如掌上明珠，看女儿一天天长大，打心里盼着给女儿找个好人家。一听是梅兰芳夫人托媒人来提亲，心里很是踏实，便一口答应。

为了妥当起见，王明华出主意，借给梅老夫人祝八十大寿，给两家家长创造一个当面相亲的机会。

祝寿这天，程母带了程艳秋，余素霞带了果葵英，同来祝寿。两家四人相见，互为交谈，算是不相亲的相亲。两家会面后，余素霞非常满意。回家对果湘林说："那孩子个头高高的，模样还不错，就是眼睛小了点，但很有神。——我很称心的。"

果湘林听后稍一琢磨，说道："毕竟是吃戏饭的，不能光看相貌，还得台上见！"

"台上见"这是梨园行话，意思是本事怎么样，得看台上的活儿好不好。果湘林提出，等看过程艳秋的戏再定。

可巧，果湘林的一个亲戚是给程艳秋打鼓的。他一听说果家要看戏，马上在华乐园定了一个包厢，请果家夫妇去看戏。程艳秋这天的戏码是《宇宙锋》，这是师傅不久前教给他的一出大戏，他正演得红火的时候。果湘林毕竟是行家，看过戏后，大加赞赏："到底是梅兰芳的弟子，果然身手不凡。身段、唱念都是大家风范，就是嗓子还没完全变过来。不过，有希望！"俗话说，褒贬是买主。余素霞从丈夫的话里听出了满意的意思，便让媒人回话，答应这桩婚事。

哪知话传到梅家，却如泥牛入海，没了消息，这倒让余素霞如堕五里雾中。

原来是媒人将话传到梅家，王明华又变了卦。她忽然觉得，姐姐不如妹妹长得好，还是妹妹更为合适。可是，这出尔反尔的话，王明华实在说不出口，因此就暂时卡了壳。

此时，媒人吃不住劲儿了。过了几天就找上门来，问个究竟。王明华提出了自己的想法，想把妹妹果秀英请出来再让程家相一次亲。

媒人把王明华的这个想法传给了余素霞，余素霞坚决不同意。她心里的主意是，看是看中了程艳秋，愿意得这个乘龙快婿。两个女儿哪一个嫁他都行！但这毕竟是女儿的婚姻大事，不是菜市上卖萝卜白菜，任人家拨拉来拨拉去的，随便挑！——她拿定主意，定哪个都行，就是不同意再相亲。

不能再相亲，怎么向程艳秋和程母交代？虽说程母有话在先：全凭师傅师娘做主。但梅家毕竟是师傅师娘，比不得亲生父母。还是再相一次亲，才让程家母子更为称心如意。

可余素霞就是不同意再相亲，这可如何是好呢？正在为难时，罗瘿公来到梅家。王明华灵机一动，罗是程艳秋的恩人，罗对程的所有事都大包大揽，程的婚姻大事，他会更是操心，让他拿个主意多好！王明华便把这一难题说给罗瘿公。罗瘿公听后眼珠一转，说："这好办，不当面相亲，我有高招儿！"究竟是什么高招儿，他没了下文，然后转身走了。——这也让王明华堕入五里雾中。

第二天，罗瘿公从照相馆里寻来了果葵英和果秀英姐妹俩的一副合影照片，拿给王明华看。王明华看后佩服地说：“还是瘿老见多识广，有办法！”

程母和艳秋看了照片，当然赞成王明华的看法，同意娶妹妹果秀英。

媒人把娶果秀英的话传给了余素霞，余素霞欣然答应。

正当双方要交换龙凤庚帖，准备订婚的时候，余素霞的一位表姐，闻信赶了过来，对余素霞说：“妹子，你怎么这么糊涂哇？咱水灵灵金枝玉叶的大姑娘，可京城挑着样的寻女婿，怎么能找程家呢？”

余素霞听表姐一说，不禁吃了一惊，忙问：“程家怎么啦？”

“唉，你也没打听打听，程家穷得叮当响，原先在天桥的穷汉市糗着，就靠老太太捡媒核过日子！咱姑娘嫁过去，怎么过日子？——那不是跳火坑了吗！”

余素霞以为是怎么回事，一听原来是说这个。心里放平和了。他对表姐说：“感谢表姐惦着二姑娘。我还是信那句老话：‘会给的给儿郎，不会给的给家当。’这个程艳秋，我是相看过的，我看中啦！——小人儿忠实又老成，又肯用功学活儿，哪怕以后不出息！”

表姐听余素霞一番话，知道她当年出嫁时的犟劲儿没改。也不好再多说什么，只得怏怏告辞。

就这样，程艳秋与果秀英的婚事定了下来。

那个年月结婚，只是口头答应还不算数。还要有订婚仪式，叫作“放小定”。这天，由王明华和荣蝶仙的夫人代表男方，送来定亲礼品，有镶银手镯，嵌宝石的戒指等。放小定时交换了双方的生辰八字，名曰“交换龙凤帖”。就在换帖子的时候，余素霞，又给程家出了一个不大不小的难题。

余素霞说：“程家哥儿们多，结婚后不能住在一起，得搬出来单住。”

在这节骨眼上，提出这样的问题，着实让王明华心里没底。但也含糊不得，她当机立断，坦然回答道：“那是自然，请亲家母放心，结婚入洞房新娘子就进新居。”

在放定回来的骡车上，荣蝶仙夫人担心地对王明华说：“梅大奶奶，您可真敢做主。连搬出来单住那么大事你都敢定。”

“在那个节骨眼儿上，能含糊吗？不就是搬出来住吗，想法子嘛！”

“程家现在住的这处房子，还是人家罗先生给租赁的呢，再搬，可往哪里搬哪？”

“车到山前必有路，过了一坎儿说一坎儿！”

回到梅家，罗瘿公正等着听放小定的情况呢。王明华对罗瘿公述说了一遍放小定的经过，随着话题，又顺水推舟，把搬出来单住的房子问题推给了罗瘿公。

罗瘿公听后，捋捋胡须，点点头说：“梅夫人反应机敏，回答得好！”然后，站起身来，慨然应允道，“这个问题，我马上去解决！”

不出三日，罗瘿公就在西河沿排子胡同，又为程艳秋租下一套四合院，并张罗着布置洞房，操办婚礼。

结婚典礼在前门外大街，同兴堂饭庄隆重举办。梅兰芳是冰媒，兼主持大礼，罗瘿公是尊翁，兼证婚人。宽敞的宴会大厅，张灯结彩，布置得喜气洋洋。大厅的四壁，挂满四方文人雅士送来的贺词、诗画条幅。来宾熙熙攘攘，其中有身着长袍马褂的老者，有西装革履的青年，有淡扫蛾眉的女士，有浓妆艳抹的姑娘，还有在人群中钻来穿去嬉笑欢闹的儿童。整个大厅座无虚席，约有五百人之多。

特别有趣的是，梨园界的来宾中，多是唱旦角的。大概是因为，新郎是唱旦角的，新郎的师傅荣蝶仙、梅兰芳是唱旦角的，新郎的岳父果湘林是唱旦角的，新娘的外公余紫云是唱旦角的。这些人的师傅，师傅的弟子，弟子的朋友，朋友的同行，同行的师兄师弟，大多都是唱旦角的。如此，京城梨园唱旦角的，几乎倾巢出动，都来参加婚礼，随喜祝贺。在座的有德高望重的老夫子陈德霖，桃李满天下的王瑶卿，还有余玉琴、田桂凤、王琴侬、朱幼芬、阎岚秋、朱桂芬、荀慧生、筱翠花、朱琴心、王慧芳、姚玉芙等名家。

这些人，平时各有各的事做，或演出，或排戏，或打本，或带徒弟，或做学问，很难凑到一起。今逢婚礼，正好聚济一堂。大家相见，格外亲近。觥筹交错，言谈嬉笑，调侃逗趣，敞开胸怀，畅所欲言。说到忘情处，兴之所至，手拍席案，循腔拿调就唱将起来。你一曲，他一曲，此起彼伏，成了京戏旦角的大交流。当时的一家报刊，专为此写了一篇报道，称之为“自有伶人办喜事以来，真正巨观之名旦大会也。”

这场婚礼办得热热闹闹，花团锦簇，金玉满堂，风光至极。

婚后，罗瘿公为秀英改名为素瑛。程艳秋将母亲接进新居，夫妻二人夫唱妇随，孝敬母亲，一家三口其乐融融。

有人写一首长短句以寄情：

谪仙怨

相如拍板节击，文君当炉举醍。酒香随风作曲，桃李斗艳争奇。声韵千里万里，鼓响音高音低。只为祖师传戏，菊坛无字碑题。

第一一七回

马神庙凑趣沙龙
古瑁轩蒙尊教主

程艳秋婚前婚后的这一段时间，梅兰芳听他的声腔，总觉得他嗓音有点不顺耳。是什么毛病，他一时还拿不准，他一直想领他找一个人，帮着听听，给指点指点。想来想去，他想到了他的师傅王瑶卿。

王瑶卿是梨园公认的名家里的行家，最有学问，请他指点指点，肯定有办法。

王瑶卿家住宣武门外，大马神庙二十八号。他的居室斋名“古瑁轩”。

因为他的居住，这里就有了名气。

凡北京城的梨园弟子，文人墨客，贤达贵人，名家雅士，几乎无人不知大马神庙，无人不知大马神庙的古瑁轩，无人不知古瑁轩的主人王瑶卿。

这里头当然很有说道。

王瑶卿幼承家学，又转益多师，腹笥渊博。再加上他勤恳好学，凡戏剧的事，他无所不通。小小年纪就被谭鑫培看中，拉他同台唱戏。在旦角行当中他突破羁绊，创造出“花衫”一行，打破了以往旦行墨守成规的旧习，开一代新风。连老夫子陈德霖都敬佩他破门发挥的闯劲。

他虽然年岁不大，但资历却很老。很小的时候就给谭鑫培、杨小楼等名家配戏，老一代旦角时小福，对他格外青睐。亲自教他《汾河湾》，旦行名家“万盏灯”李紫珊，亲授他《虹霓关》。他把这两出戏编演发挥到极致，传给了弟子梅兰芳。在宫中，他很得慈禧太后赏识，多次重赏，并让他担纲《阐道除邪》的声腔安置。哪一个伶人有他这样的资历和道行？

他虽初出茅庐，但很有创造的胆魄。《玉堂春》原来是生行主演的戏。是谭鑫培从他的师傅程长庚那里学来的，一直是生行为主角。他和谭鑫培唱这出戏，谭鑫培挂头牌，他挂二牌。一次谭鑫培因事不能上场，他勇挑头牌，居然唱响了。自此，他在演唱中，不断对情节、唱词、唱腔、话白修改、加工、整理，居然使这出戏成了以旦行为主的大轴戏。经过他的加工，这出戏，既可以单折唱《女起解》《三堂会审》，也可以连起来唱大轴。《樊江关》是他与杨小朵在宫里承差时改编的。他居然将此剧带出宫来，反复加工，传给世人。

他不光创出了“花衫”的行当，还创出了许许多多的服装、盔头等。《樊江关》中樊梨花的女夫子盔、斜蟒、软靠是他设计的；《棋盘山》中的雁翎双刀是他设计的；《珍珠烈火旗》中双阳公主的回回盔和长方靠旗是他设计的。《贺后骂殿》的贺后，着黑帔，系绦子；《探寒窑》中的王宝钏从发髻上垂下一缕散发；《破洪州》中穆桂英戴蝴蝶盔；《十三妹》中，十三妹着大红战袍，红风帽，红绣花薄底靴，扎腰巾，挂面牌，挎弹囊，背弓刀，青丝马鞭，眉间点一俏丽的红痣；《貂蝉》中的道具：朱竿（红色短叉）、玉戚、叉头等等都是他设计的。

他不拘一格地从塑造人物出发，在行头、发式、道具等各方面都有突破性的创造。

京戏早期，生行一直主宰舞台。从梅巧玲以后，生、旦并驾齐驱。自王瑶卿后，旦行独立门户，单独支撑舞台，他是首创。旦角挂头牌，他是第一人。旦角唱大轴，他是第一人。在京戏发展中，他和谭鑫培是破门的革新者，堪称“梨园汤武”。

就这资历和名望，梨园行哪个能比得了他？

除此而外，他对各种艺术都有广泛的涉猎。他擅长中国画的泼墨写意，他绘画的竹、兰、梅、菊、海棠等画，颇具风格。

他对古玩情有独钟。他的家里收藏有上百种古董，什么名人字画、木器、瓷器、玉器、翡翠、牙雕等，大到家具，小到扳指、鼻烟壶、蝈蝈葫芦、蛐蛐罐等，玲珑剔透，精雅别致。

他对种花养草，斗蛐蛐，养蝈蝈，养鸟等民俗玩耍有广泛爱好。他家满院子种的花花草草，打理得特别精细，一进院子花香扑鼻，争奇斗艳。从开春一直开到冬至，总是那么生机盎然。

他博学多闻，又好交际。再加上他本人的爱好和名望，因此各方面的朋友特别多。登门求教的、拜访的、交流切磋学问的、闲谈的等等，各行各类人等络绎不绝。

每当太阳偏西，傍晚将近，华灯初上的时候，大马神庙就热闹起来。车水马龙，一拨一拨的，有男有女，有老有少，有乘坐马车的，有乘坐洋车的，有徒步的，有单人而来，有结伴而行的。都涌向大马神庙，都涌向古瑁轩，都来找王瑶卿。

如此一来，大马神庙还不出了名？古瑁轩还不出了名？

当然，来者梨园行的人最多。有找他学戏的，有找他安腔儿的，有找他改本子的，有找他切磋身段的，有找他研究京戏各种学问的。除了他的弟子梅兰芳、荀慧生、尚小云之外，还有陈德霖、杨小楼、余叔岩、马连良、言菊朋、高庆奎等等，生旦净丑的行家都有。就连写戏的、票戏的、研究戏的，像齐如山、罗瘿公、陈墨香、李释戡、徐凌霄、周贻白、杜颖陶、张伯驹，以及梅党的其他人都有。

除此而外，还有书画界的，如齐白石、陈半丁、姚茫父、颜伯龙、金拱北、王雪涛，指画家李石君，时常找他来切磋书画，笔会老友。

来者还有医学界的名医，如汪逢春、孔伯华、肖龙友、杨仲武、金石家、孙冠宇、孙润宇、刘厚宽等。

来者更有票界的官员、清客、文人，京城有名的“八大少”，如华北银行的总经理柯鸿年的五少爷柯允堂、七少爷柯允臣，内务府唐子炎的唐少爷，秦老胡同的索少爷，颐龄堂的乐少爷乐咏西、乐元可，还有沛仁堂乐朴荪的两位少爷，以及当时的北京市长周大文，宛平县的县长王冷斋等。

古玩古董的玩家、藏家、卖家，都是王瑶卿的常客。当年廊坊头条的古董商，吃不准真假的古董货，都拿到古瑁轩，“请王大爷给掌掌眼”。

王瑶卿四十多岁嗓音失韵，登台少了，就是在古瑁轩课徒、交友、做学问。他按唱戏时养成的习惯，白天睡觉，养精蓄锐，晚上会客。因此，大马神庙越是日落西下，越是车水马龙的热闹。

有一天，刚吃过晚饭，王瑶卿正在院里散步下食。从大门走进个大个子，老远就打招呼：“饭后百步走，活到九十九。——看来是吃过晚饭了！”

王瑶卿顺着声音看去，赶忙迎了过去：“哎呀，我以为是谁呢，原来是齐先生大驾光临！——里请，里请。”

说着话，挽住齐如山的胳膊，走进客厅。

齐如山落座，也不客气：“我打算办一个京戏研究会，想请你出山，不知尊下意下如何？”

王瑶卿闻言忙答道：“您齐先生是研究京戏的专家，我掺和进去能干什么？”

“专家不如行家。你在京戏界，年富力强，且腹笥渊博，正是能干点事的时候。”齐如山直言说道，“我搞研究是外行，是做学问。你进来就不同了，你是总结实践的理论。”

“齐先生高抬。我可没您那满肚子的墨水呀！”

“我看你这里每天车水马龙，都是来交流学问的。你这里可算得上一个京戏沙龙，还不是都冲你来的？”

“什么，什么‘龙’？”王瑶卿不太懂。

“沙龙。”齐如山解释说，“这是一句法语的译音，是客厅的意思。”

“哦，我这儿成客厅啦？”

“沙龙这个客厅，是当时法国贵夫人的客厅。”

“……怎么？齐先生，我都成妇人啦？”

“你别误会。当时法国的贵妇人，为了切磋文学、艺术，就在自家家里，召集文人、艺术家来谈论、交流、评判当时的文学、艺术等。如文学作品、戏剧演出、音乐演奏、绘画作品等等。这可是高层次的文人雅士集会，一般世俗人等是进不了门的。”

“原来是集会的客厅。”

“对。后来沙龙这个词被广义开来，社会上文艺家聚会、展览、专题研讨的场所，都被称为‘沙龙’。就成了高雅集会交流场所的代名词。”

“哦，听齐先生一说，我又长了知识。”

“你王瑶卿家的客厅，每日群龙聚首，戏剧、音乐、绘画、古董、医疗、民俗、俚俗，五行八作，无所不谈，无所不讲。——你这里不就是个文化沙龙吗？”

“经齐先生一说，我这儿真成了沙龙啦。沙龙就沙龙吧，我这里大家愿来，我呢，又愿意大家来。两就便，我也长见识，添乐呵。”

“你腹笥渊博，尤其梨园行那些个弟子，在你这里学了不少活儿，趸了不少货，大家都尊称你‘王大爷’，你这个王大爷当得起呀！”

“您别寒碜我了齐先生！大家叫我王大爷，是因为我在家行一。可不大家就给我叫大爷么，我弟弟凤卿，行二，人家称二爷。这不乡村论么，就这么论出个王大爷来！”王瑶卿忙解释。

“那只是其一，叫王大爷，是尊称。尊敬你有教无类，广施善缘。要叫我说，我还得给你转一个词儿——通天教主。”齐如山半带调侃地说。

“齐先生，都说您爱开玩笑。您又拿我开涮是不？”

“通天教主是神。”齐如山使个坏眼儿，“你就是神，是圣人哪。”

“开涮啦！”

“别人还当不得，你当之无愧。”齐如山一本正经地说，“通天教主，是小说《封神演义》里的神灵。盘古开天地之后，把天下分交给三尊元神，分掌人、阐、截三教。通天教主是第三元神，称‘混元大罗金仙’。他创立的‘截教’，门下仙人最多，是三教中最大的教派。通天教主，有教无类，广施教化，不图得报。你不是也是如此吗？”

“齐先生，您这玩笑开大发了。我一个小小伶人，为弟子们尽点微薄之力，也是为了祖师爷的事业。怎敢与什么神啊圣啊相提并论！”

“为祖师爷的事业尽力，这就是神。”齐如山接着说，“祖师爷是老郎神，你是教主。兰芳、小云、慧生，旦行你已收了三大弟子了。这三人已然成才，各呈风采。其他行的，老旦、净行、丑行、生行，那些个弟子，哪个能忘得了你的栽培？你是文武昆乱不挡，谁的活儿都拿的起来。唱念做打，手眼身法步，你因人而异，掰着手教，尽着性给。哪个不尊你为师？行头、化妆、灯、服、道、效，唱腔、剧目、戏文，你创了那么多！改了那么多！这是人所共知，有目共睹的。人说你和鑫培是京戏改革的‘汤武’。这话说得不假，你们二人都当得的。但你和鑫培不同，鑫培的改革，是为了自己唱，在改革中闯路，奠定了京戏的基础。你的改革，是为了别人唱，是为他人作嫁衣裳。你甘当人梯，搭上自己，成全了别人。你这个通天教主，名副其实。”

正当齐如山夸夸其谈的时候，客厅里已经陆陆续续来了不少人，把个客厅都快坐满了。

平常，大家见齐如山也很难，今天听他大发宏论，一个个平心静气，庌耳无声。齐如山的话，讲到了来人的心坎中平日里想说，又不知怎么说的话，今天都让齐先生给表达出来了。

大家听后，不禁都鼓起掌来，震得客厅嗡嗡作响。从此，王瑶卿“通天教主”的名字就这样传开了。

古瑁轩“沙龙”的名声，也传扬起来。

梅兰芳为了给程艳秋调理嗓子，就把他带到了古瑁轩。

来的那天，客厅里人多，不便说话。梅兰芳把王瑶卿请到一边，低声地说明了情况，把程艳秋交给了王瑶卿，就告辞赶场唱戏去了。

客厅的客人，一拨一拨的轮流请教王瑶卿。王瑶卿不论对谁，一律和和气气，平等待人。他针对大家提出的不同问题，一个一个掰开了揉碎了，给大家讲透，有的还亮开身形，走台步，使身段，念道白，调腔施韵的做示范动作。

程艳秋几年前在戏园看过王瑶卿的戏，对王瑶卿的印象还很深。今天在客厅里听他讲，却是头一次。听他针对不同人讲的不同话，觉得他的确像个教书先生。真像人们传的那样，他什么都会，什么都教，的确是个“通天教主”。他屏心敛气，坐在客厅的角落里细听，听得很有收获。打心眼儿里对这个王大爷肃然起敬，一瞅空子，他就默默地提上水壶，给大家续水，然后又坐回原处，静静地听讲。

等夜深人静，人们都陆续离开了。王瑶卿才和蔼地对程艳秋说：“你就是畹华的弟子程艳秋？”

“是。”程艳秋恭恭敬敬地回答。

“你是个规矩孩子，我在丹桂园看过你的戏。那时候你还小，很有前程。后来听说畹华收了你，我挺为你和畹华高兴。我当时想畹华收了个好弟子，菊侬拜了个好师傅。这是缘分呐！”王瑶卿一番话，说得很亲切，把程艳秋恭敬紧张的心情说得放松了许多。

然后王瑶卿说：“听说你在南通唱出了名气，好哇！你给我唱一段，我听听。”

程艳秋放松了神情，放声唱了一段《贵妃醉酒》。程艳秋唱着，王瑶卿轻轻拍着手打板，低头默默地听着。听着听着，他的眉头皱了起来。等程艳秋唱完，王瑶卿惋惜地说：“怪不得畹华把你带到这儿来，你的嗓子变声期没有变好，出了毛病。”

程艳秋听如此说，大吃一惊，忙问：“师爷爷，我的嗓子还能唱吗？祖师爷真的不给我这碗饭了？”

王瑶卿听后忙安慰说：“事在人为，祖师爷给不给饭碗，要靠自己去争，你不必惊慌。”王瑶卿继续说：“你的嗓子出了‘鬼音’，这在唱旦行的是一大忌。不过，你底子打得好，气口，五音四呼都很对路。我可以教你一个用气的方法，遮掩鬼音，弥补嗓音的缺陷。”

听到此，程艳秋扑腾跪在地上给王瑶卿叩头：“能得师爷爷真传，程艳秋三生有幸，没齿不忘！”

王瑶卿对跪在地上的程艳秋说：“要练好这个用气的方法，也不是一日之功。我虽是畹华的师傅，但从不以师徒相称。以后你也不要称我师爷爷。既然畹华把你交给了我，你就是我的弟子了。从今以后，你就来我这里，我帮你迈过这个坎儿。”

程艳秋听王瑶卿如此说，心上的一块石头落了地。就着跪在地上没起身，马上三拜九叩，拜在了王瑶卿门下。

有一首七律写道：

京戏旦角王瑶卿，
文武昆乱诸门通。
破门而出创花衫，
斩断羁绊演艺精。
有教无类传子弟，
甘当人梯办沙龙。
古瑁轩里人品贵，
通天教主布真经。

第一一八回

错中错同行开打
冤解怨新戏连台

程艳秋拜在了王瑶卿门下，梅兰芳一百个放心。他相信王大爷，有办法帮程艳秋迈过嗓音的坎儿。他不用带徒弟了，更加聚精会神地放在唱戏上。

上海丹桂第一台的经理许少卿，亲自来京邀请梅兰芳到上海唱戏。梅兰芳盛情难却，就答应下来，点齐人马去了上海。

梅兰芳这是第二次到上海唱戏，有第一次垫的底，这次在上海名声更加响亮。尚未返回北京，京城就传开了。京城的各大戏班都盯上了他，都想抢他到自己的戏班唱戏。抢他自然是抢他的名气，抢他的上座率。

梅兰芳到上海演出之前，曾搭田际云的玉成社，此社后来改名翊文社，签了一年的合同。该返回北京了，俞振廷，算着他的合同到期了，便派人抢先赶到上海，与他签订了回京后搭班的新合同。

梅兰芳与他签了新合同，却结下了冤家，得罪了一个人，那就是当时势力正盛的田际云。

田际云是正乐育化会的会首，在梨园界是说一不二的人物。梨园界的名角都任他摆布，哪个敢得罪他？梅兰芳与他签的搭班合同，一年期已满，没说再续签，也没说不续签。“小毛包”派人赶到上海与梅兰芳签合同时，正好掐了这个当儿。

梅兰芳初出茅庐的时候，俞振庭曾提携拉巴捧过梅兰芳。梅兰芳对双庆班有感情，对俞振庭怀有知遇之恩。再加上俞振廷与王明华有姑丈的亲戚关系，由于这种种原因，梅兰芳没有多想，就痛痛快快地与双庆班签了合同。

田际云听说小毛包派人去了上海，就猜到了小毛包要挖梅兰芳搭班的意图。赶紧给梅兰芳写了一封信，信中的意思是，续签合同，继续合作。信寄到上海的时候，梅兰芳已经登上了返京的火车。回到北京，自然就搭双庆班唱戏啦。

田际云并不知道梅兰芳没有接到他的亲笔信，以为梅兰芳是故意轻慢自己。这怎么能让他容忍！如此当红的名角让人轻易挖走，田际云岂是吃这种哑巴亏的主？

田际云当年从上海杀回京城之后，曾与革命党成员、新剧创作演唱家王钟声，合作演出了《爱国血》《孽海花》《青梅》《黑奴吁天录》等剧目，震惊了清政府。清政府的遗老遗少，本来就对他当初配合革命党搞戊戌变法怀恨在心。慈禧死了，他回来了。却眼睁睁没法追究他过去的所作所为。正在没辙之际，可得了个拿他的机会，这就是“时编新戏，辱骂政府”的罪状。将他抓进监狱，关了三个月。田际云出狱后，又和王钟声秘密策划起义，清政府再次通令抓捕他和王钟声。他逃脱幸免，王钟声被捕，被杀死在狱中。

民国成立后，田际云因革命有功，被选举为国会议员。此时的田际云，既有梨园头衔，又有议员的名分。梨园弟子哪个不敬着他？

偏偏梅兰芳没考虑那么多，就与双庆班签了合同。

田际云本来对梅兰芳很是看好，有让他扛起梨园大旗的想法。但梅兰芳的这一举动，让他恼火非常。小小的梅兰芳，胎毛还没退净，刚有了点名声，就敢不听使唤，与我叫板，敬酒不吃吃罚酒，随便跳槽走人。不给他点厉害瞧瞧，谁还把我田际云放在眼内！

于是他派管事的闯入梅家，气势汹汹地对梅兰芳说：“不许搭其他班唱戏，否则，打断你的双腿，永远不能唱戏！”

梅兰芳回到京城之后，已听到田际云有怨气的风声，本想亲自到田际云府上去解释一番，以免产生误会。听了田际云管事的这番话，反而觉得田际云太霸道，欺人太甚！我合理合法唱戏，你不能这般无礼，侮辱我的人格！因而赌气不理睬他，在双庆班照唱不误。

这更激怒了田际云，于是派出戏班的三十六名武把子，手持打把子的刀枪棍棒等，气势汹汹杀向梅府。梅兰芳闻信，赶紧从后门逃出，投奔姑丈秦稚芬家。

秦稚芬虽然也是唱皮黄的，但他早年在天津，曾跟人称魏大侠的魏铁珊学过武功，武艺相当高强。能在摆满花盆的条案上，穿梭似的打一套猴拳，然后在花盆上方拉开架势，站一个多钟头的骑马蹲裆式。他深得魏铁珊武术的真功，铁棒、七节鞭，刀枪剑戟，各样兵器样样精通。最拿手的是站在奔驰的马车上耍钢叉。一年，在陶然亭举行的秋季武术比武大会上，他曾大展神威，令参赛的武术高手们刮目相看。梅兰芳唱戏的各种武功，什么踩跷、打把子等，都曾跟着他这位姑夫学过、练过。

秦稚芬听梅兰芳说田际云如此霸道，令人闯入家门行凶发横。他不慌不忙，让梅兰芳坐下喝茶，压惊。

安顿好梅兰芳，他只身一人来到梅府。刚到梅府，就听到田际云派来的那一伙人在大吵大闹。他大喝一声来到他们面前：

“你们要干什么？”

田际云戏班的赵管事迎上来问道：“你是谁呀？——别多管闲事！”

秦稚芬看他像个管事的，擒贼先擒王，大声回答道：“我是你祖宗！”

随手一掌，将这位赵管事打倒在地。

其余的武把子，见领头的被打倒了，便一拥而上，前来相救，把秦稚芬围在中间。

秦稚芬没事人一般，看看这帮人，冷笑一声，将大褂一甩，嗖地从身上抽出一根三尺长的马棒，抡圆了出手就打。

那帮武把子，只会在戏台上打花架子，真打起仗来，哪是秦稚芬的对手！秦稚芬手起棒落，直打得那帮武把子纷纷倒地，喊爹叫娘，屁滚尿流。有些本来就是跟着来起哄助威的，一看这阵势，吓得直往后退，瞅空子，拉起被打倒的赵管事，撒丫子就跑。

被打倒的那些人，也挣扎着爬起来，一瘸一拐地跑了回去。

田际云一看这些人狼狈而回，更加气上加气，把赵管事等臭骂一顿。

只得另想主意，——先收拾这个当横的秦稚芬。

他花钱雇了四个打手，每天在秦稚芬的宅前屋后，找寻下手的机会。

这一天，秦稚芬带着两个孩子上街玩耍回来，刚走到胡同口，就见四个人影在前面晃动。他机灵的一闪身，拉着两个孩子，拐到胡同口的一个杂货铺子里。杂货铺掌柜认得秦稚芬，笑脸迎上来说道："秦老板，用点什么？"

秦稚芬也笑脸说道："掌柜的，我的两个孩子您先帮忙照看一下，我办点事就来。"

他将两个孩子安置妥当，然后进了胡同。

秦稚芬与那四个打手走了个迎面。

四个打手中的一个，朝那三人一挤眼，四个打手两个人一拨，分作两路，一前一后将秦稚芬夹在中间。秦稚芬若无其事，继续往前走。那四个人发一声喊，噌！噌！亮出刀剑，向他杀来。

秦稚芬向腰间一伸手，抻出一根七节钢鞭，前后应敌。五个人在胡同里，噼噼啪啪厮杀起来。

这四个打手，可不是前次那帮武把子，这是练过真刀真枪的杀手。秦稚芬丝毫不敢懈怠，一招一式地与他们对阵，乒乒乓乓地真砍真杀。他看准一个人的空当，一鞭下去，正中那人面门，扑哧一声，那人的脑门上裂开了一道口子。其他三人，看自己人中了招儿，也慌乱起来，乱了方寸。秦稚芬看对方乱了方寸，一鞭一个，连打了两个。剩下的一个，不敢再打下去，虚晃一刀，跳出阵外，把刀扔到地上，跪倒在地说道："好汉饶命！我们也是受人指使，替人解恨。咱们一无怨，二无仇，请好汉手下留情。"

秦稚芬也很仗义。用手搀起那位杀手，说："回去告诉田际云，好好唱戏，不要当戏霸！冤家宜解不宜结。"随手掏出一叠大洋，放在打手手上说："回去给那几个兄弟治治伤。以后不要做这种替别人卖命的买卖啦！"

为了防备田际云再派人伤害梅兰芳，秦稚芬每天不离梅兰芳寸步，给梅兰芳当起了临时保镖。

田际云看实在整治不了梅兰芳，细想想，还是那句老话说得好，冤家宜解不宜结，和为贵。退一步海阔天空，干嘛给自己拴对儿结梁子呢！于是，他找到老乡齐如山，让齐如山从中调解。

梅兰芳本来就没有和田际云过不去的想法，是田际云逼得他到了眼前的地步。

经齐如山说和，梅兰芳打算给田际云一个台阶。于是带了姑丈秦稚芬来到田际云府上，面见田际云。

田际云一见梅兰芳来访，心中的怨恨顿时烟消云散，赶忙热情相待。

梅兰芳解释说："田老板写给我的信，是在我到达京城后，由上海转过来的。怪我当初考虑不周，没有先和田老板通通气儿，就与斌庆社签了合同。请田老板海涵。"

田际云连忙高声拦道："误会，误会，——都是误会！一切都过去了，还劳驾你们二位跑一趟！都是老朽做事鲁莽，畹华老弟，稚芬老板不要见怪。你们大人大量，老朽这厢赔不是了！"田际云说着，竟起身要向梅兰芳和秦稚芬打躬作揖。梅兰芳赶忙上前拦住，大家都坐下来说话。

伶人的话题，三句不离唱戏。他们由皮黄说到河北梆子，由梆子说到京戏。由老戏说到古装戏，又由古装戏说到时装戏，越说越亲切，越说越投机。

说到京戏的发展，田际云由衷地对梅兰芳说："京戏走到今天，是谭鑫培先生综合了前三杰的玩意儿，吸收了秦戏和京腔各调的所长，创出了谭派的风格，奠定了基础，才有了今天的格局。"

"谭大王的确是京戏发展，里程碑式的人物。你田老板也推波助澜，助了他不少的力呀。"梅兰芳说。

"我算不得什么！"田际云说，"如今旦行能与生行并驾齐驱，共领京戏舞台的风骚，你梅畹华功不可没呀！"

"田老板过奖。实际上，旦行与生行并驾齐驱，打我爷爷那一辈就已露出苗头，是我师傅王瑶卿接过他们的玩意儿，扩展了旦行路数，把旦行的地位又往前推了一把。"梅兰芳侃侃而谈。

"想不到你小小年纪，如此深沉，早就看出了京戏的走势。"田际云佩服地说，"不错，是王瑶卿扩展了旦行的地盘。是你，在他扩展的地盘上打下了旦行的天下。如今的京戏戏台，没有旦角，就没有人看。旦行已经成了支撑京戏天下的梁柱子。我说你功不可没，并非有意吹捧。你现在是当红的旦角，引领氍毹，引领观众。眼下，古装戏，时装戏，很是看好。你也体验过了，不妨再带个头，往深层次引领引领。"

"承蒙田老板看重。我不会辜负田老板的厚望！"梅兰芳认真地回答道。

"我看重你，并非只看重票房收入，我是看中你的才华。我愿意和你合作，是想借你之力，成就祖师爷的事业。"田际云道出了他正乐育化会会长的另外一层意思。

"蒙田老板扶植，为了祖师爷的事业，以后我们会合作得更好！"梅兰芳听了很受感动，也说出了发自肺腑的话语。

真是冤家宜解不宜结。二人一番话，不光化解了结下的疙瘩，还增进了情谊。过了些日子，田际云又派人到梅府提亲。梅兰芳和祖母商量，将亲戚王家的五姑娘嫁给田际云的儿子田雨农，两家居然成了亲戚。

在唱了新戏《嫦娥奔月》之后，梅兰芳看到了新戏的号召力。在上海，梅兰芳更看到了唱新戏的风头，本想回到京城好好排几出新戏，因为演出频繁，加之田际云寻衅，没有工夫和精力再想此事。这次，经田际云点破，觉得确实该好好排几出新戏啦。

他把这个想法告诉了齐如山，齐如山听后抿嘴一笑，伸手从大褂的里襟里掏出一沓纸稿，说：“我早料到你会有这样的想法，我写了一个新戏，你看看能不能排？”

“哎呀，我的齐先生，您真是神机妙算，料到我心里去啦。原来早准备好了等着我呢！”

梅兰芳喜出望外，恭恭敬敬地接过戏稿，只见封面上工工整整地写了几个大字“黛玉葬花”。

“一看戏名儿，就肯定叫座儿！《红楼梦》以前是禁书，有关《红楼梦》的戏，也是禁戏，很少有人唱，也很少有人写这类戏。齐先生开了这个头儿，肯定能打响！”

“不是我开头儿，是你开头儿。你唱，就是冒了尖儿。就看你有没有这个胆量？”齐如山用激将法，鼓励梅兰芳。

“敢！都什么年月啦，还故步自封，自己封锁自己！咱马上排！”梅兰芳毫无顾忌地说。

齐如山写的这出《黛玉葬花》，取材《红楼梦》的第二十三回“西厢记妙词通戏语，牡丹亭艳曲惊芳心”的故事。一共五个角色，林黛玉和贾宝玉是主角，其余都是丫鬟小厮之类角色，场面很是清冷，倒是很有齐如山剧本的特点。如果不是由梅兰芳这位表演大家来唱，恐怕场子很不得人气。

齐如山就是针对梅兰芳温文尔雅的气质，冰清玉洁的情操而写，又根据梅兰芳白口功夫深的特点，唱白大部分用了《红楼梦》小说中的原词。尽管词句生僻艰涩，但在梅兰芳唱念之下仍是朗朗上口，抑扬顿挫，熨帖甜润，听来饶有趣味，动人心弦。

在表现林黛玉的人物性格上，梅兰芳不是刻意表现她的弱不禁风，多愁善感和凄苦悲凉。而是着重表现她执着倔强，与封建大家庭格格不入的内心世界。葬花时，梅兰芳边唱边舞，“花谢花落飞满天，随风飘荡扑绣帘。手持花帚扫花片，红消香断有谁怜。取过花囊把残花敛，携到香冢葬一番。”用〔西皮导板〕和〔慢板〕，把林黛玉以花自喻，惜花怜人的心境表现得淋漓尽致。接着以贴切的身段和浓重的情感表演葬花。接着用〔二六〕唱腔且歌且舞，“取过了花锄仔细刨，轻松地香土掘一番，回身倒出残花片，好将艳骨埋黄泉。怪侬底事泪暗弹，花谢容易花开难。一抔净土把风流掩，莫教漂泊似红颜。质本洁来还洁返，强如污浊陷泥团，荷锄归去把重门掩，冷雨敲窗梦难全。”他的几个亮相，委婉无力，不胜娇弱，表情凄惨而忧郁，表达出寄人篱下，孤苦无依的身世和境遇。

梅兰芳在舞台上塑造了一个以泪洗面的绝代才女。面对这如泣如诉的唱念做舞，观众们如痴如醉，也以泪洗面，进入戏中，直至剧终。

梅兰芳的《黛玉葬花》，不同于过去昆曲的《红楼梦》，另辟蹊径，别开生面。这出戏如石击水，又在京城戏台激起一股旋风。田际云看后，激动地来到后台，拉着梅兰芳的手，说：“梅君果然一诺千金，此戏又为古装戏和时装戏开拓了一个新领域。可喜可贺！”

《黛玉葬花》的上演，使京城的古装戏、时装戏等新戏，跟风似的时兴起来。

有散曲唱道：

【大石调·六国朝】公车上书我攒忙，只落得南国逃煞；民国兴我重返京城，唱新戏再遭擒拿。生性儿追时尚赶天下，当议员正乐会长正铆劲育化。梨园我占高枝儿，哪个不巴结奉承谨听我话？偏有那不谙世事胎毛儿未退的梅畹华，竟给我棒槌当针往眼里插！

【喜秋风】我便与你较较真儿，我便与你搭搭茬儿！派出我如狼似虎武把把儿，给你点儿颜色添花花！看你还敢不把我放在眼内？认不认京城梨园交椅我是头一把！

【归塞北】天呐，哪知你绵里藏针是硬茬，竟有武林高手护院看家。硬拼不行我另想良策，退一步讲和咱做亲家！

【雁过南楼】方认得你年轻轻遍身鳞甲，旦行领袖独成一家。老戏唱得名扬天下，旦行破门青衣大家。古装戏、时装戏戏戏创新，头饰行头砌末样样称佳。

【初问口】将来你一定坐梨园交椅头把，我老眉砢碜眼已跟不上趟，倒不如退避三舍让与你掌管公家。

【尾声】都说是后浪推前浪，每一波都出新浪花。看梨园新秀相继出，祖师爷瞑目九泉下。

第一一九回

坤旦登台震京城
梨园侠女明大义

梅兰芳的《黛玉葬花》在京城轰动之后，他又相继推出了《千金一笑》《天女散花》《麻姑献寿》《红线盗盒》《上元夫人》《霸王别姬》《西施》《廉锦枫》《洛神》《太真外传》《俊袭人》《木兰从军》等古装戏，连上以前推出的《嫦娥奔月》和《黛玉葬花》共为十四出，全部是新编戏。

每一出戏的头饰、行头都是根据人物所处的时代、身份、环境分别设计的。这十四出戏的主人公的行头，一改以往旦角梳大头，贴片子的老一套化妆办法，赋予了各个主人公新的造型，新的装扮。梅兰芳给他创造的这种装扮形式，起了一个新的名称——“古装”。

这些戏也就被称为“古装戏”。

梅兰芳古装戏的推出，为京城乃至全国新戏、古装戏的上演既开了先河，又做了榜样。京城内外古装戏、时装戏等各种新戏的上演波澜壮阔，蔚为壮观。

在波澜壮阔的唱新戏的旦角之中，有一个坤旦颇引人注目，这名坤旦就是刘喜奎。

刘喜奎是当初为逃避张勋逼婚，逃难，逃到京城来的。一晃，在京城也打拼几年了。

她祖籍河北南皮，其父刘义文曾为北洋水师某舰艇的大副。刘喜奎下生不几年，其父即去世。其母带着幼小的女儿艰难度日。由于生活困苦，母亲带着她离开天津，到营口谋生。当时营口是东三省坤伶竟出的时候，母亲便将喜奎送入梨园科班学戏。先学梆子，后学皮黄。八岁即登台唱戏，唱老生，艺名连奎。

孩子学了本事，母亲又带着她回到天津，搭戏班登台唱戏。在唱戏中，为适应天津戏迷的口味，改唱花衫，一炮走红，于是更艺名为喜奎。

改唱花衫之后，结识了当时已颇有名气的坤旦王克琴。王克琴看刘喜奎扮相、声腔都很有潜力，又同为女伶，惺惺相惜，有意提携于她，便与刘喜奎合唱一出《双小上坟》。两个坤旦一大一小，都惊艳绝伦，越唱越红。她们俩的《双小上坟》，久唱不衰。在王克琴名气的荫庇之下，刘喜奎的名气也越来越大。

刘喜奎因为唱红了天津，她的声腔、姿色越来越抢眼。那时，兵痞张勋正好回天津，在家休整。他天天泡在戏园里看戏。与其说是看戏，不如说是看人。他一只眼盯着王克琴，另一只眼盯着刘喜奎，总是瞪着贪婪的眼睛，看这两位坤伶的表演。

经不住金钱和权势的诱惑，王克琴终于成了他的囊中之物。

刘喜奎伺机而行，方得脱身。

刘喜奎母女逃离天津后，下济南，走烟台，到营口，最后逃进北京。

一个伶人，逃到哪里也得靠唱戏过日子。

她逃到京城，搭三庆班唱戏。在第一舞台唱时装新戏，《宦海潮》《黑籍冤魂》《新茶花》等。最叫座的是《新茶花》，一个年轻漂亮的青年女子，唱时装新戏，人新，戏新，装扮新，唱腔新，真是给京城氍毹送来一股春风。一扫戏台老气横秋的旧貌，给人以清新明亮，春意盎然的新鲜之感。

当时时装戏风头刚起，又是红遍津门的女伶担纲，顿时，观者趋之若鹜，剧场门前拥挤不堪。不分冷洞子热洞子，即使大雪纷纷，戏票照样售罄。京城刮起了一股坤旦刘喜奎风潮。第一舞台，三千五百个座席，场场满座。剧场每场净收入就达一千五六百大洋。

正是刘喜奎风潮涌起的时候，从坝上来了一位坤伶，艺名小菊芬。这个小女子倒也很有出息，能文能武，做工全法十三旦，号称“坤伶花旦之巨子”。他一到京城，心高气盛，一心要压倒刘喜奎。刘喜奎的母亲是个梨园行老谋深算的策划者。她看小菊芬的风头很盛，就有意躲过风头，退避三舍。让刘喜奎以逸待劳，休养生息。不出半个月，果然小菊芬如昙花一现，卖座儿不到三成，只得偃旗息鼓，退出京城。

此时，第一剧场的经理武少卿，又找上门来，请刘喜奎出山。

刘母胳膊一伸，把武少卿挡在门外，“请喜奎出山，给多少包银？”

唱戏的工资，有论场次开的，一场一开的叫“戏份”；有论月开的，一月一开的叫“包银”。

“任刘母开口！”武少卿知道刘母要拿他一把，只好让步。

“三千！”刘母伸出三个手指，眼瞪着武少卿，咄咄逼人。

一听这个数字，在场的人都愣怔一下。

“可京城哪有这个价码呀？”武少卿苦笑着说，“刘家母，别狮子大张嘴呀！”

“我就这个价！”刘母不让寸分，“可着京城哪有第二个刘喜奎呀！”

武少卿无奈，笑笑说：“要说也是，可着京城就这么一个摇钱树！得……得……，我认了！”

就这样，刘喜奎的包银，在京城开出了最高价码。

刘喜奎重新登场，艺旗高悬，艳名远播。几年下来，名声越来越响亮。

文人们更是捧场凑趣，看了刘喜奎的演出，赋诗曰：“远山之眉瓠犀齿，春云为发秋波瞳。娇羞灵艳妙难数，牡丹能行风能语。”

剧评家挚勘，竟称刘喜奎为“刘教教主”。

更有诸多报章称刘喜奎“秦腔博士第一名”“文艳亲王”“坤伶十美之首”“坤伶

三杰”“花衫之魁”等等。

因为刘喜奎的名声和香艳，引起京城军阀政客、达官贵人和城市公子的垂涎。袁世凯、黎元洪、冯国璋、徐世昌、曹锟等都曾打过刘喜奎的主意。

袁世凯曾以总统的名义，堂而皇之地请刘喜奎到总统府唱堂会戏，在刘喜奎化装的时候，有一个听差对刘喜奎说：“有人请。”

刘喜奎跟听差到了一个富丽堂皇的房子里，看房中无人，刘喜奎问：“谁找我？”

此时，袁世凯从帘后走出，对刘喜奎嬉皮笑脸地说：“美人，是我找你呀！”

刘喜奎顿觉气氛不对，问道：“找我什么事？”

“没，没，什么事，就是……，想找你随便……聊聊天儿！”袁世凯做贼心虚，忙用话遮掩。

刘喜奎一眼看出袁世凯不怀好意，她不卑不亢，“既然没事，我得去化装！”说完，拂袖而去。

把个袁大总统弄得尴尬万分，对人说：“这个小娘们儿真不好对付！”

袁世凯倒台之后，袁家三公子曾扬言：“我不结婚，等着娶刘喜奎。刘喜奎不结婚，我绝不讨老婆。”

由于刘喜奎的香艳，世间公子哥儿们都垂涎三尺。一天，刘喜奎在三庆园夜场唱完《独占花魁》，卸装回家，刚刚走到戏园门口，就有一个猛男一步窜到刘喜奎跟前，不管三七二十一，抱住刘喜奎就热吻一口。警察赶过来干涉，这个男子从怀里掏出五十块大洋，丢在现场，高兴地说：

“值啦！值啦！——终于如愿以偿啦！”

然后扬长而去。

原来当时的治安条令规定：凡猥亵妇女行为，被警察抓住，处罚五十块大洋。这个男子，早有准备，事先准备好了五十块大洋，以饱捧坤伶之快意！

为此，京城四大阔少之一的张伯驹即景写了一首打油诗：“独占花魁三庆园，望梅难解口垂涎。此生一吻真如愿，顺手掏来五十元。”

刘喜奎在京城梨园界的名声越来越大，气势直逼梅兰芳。《顺天时报》凑趣评选伶界大王，梅兰芳的得票是二十三万两千八百六十五张，获男伶大王称号；刘喜奎的得票是二十三万八千六百零六张，获坤伶大王称号。

这一对金童玉女在京城的氍毹各展风采，使京城的诸多伶人，望而却步。就连当时的梨园老将、伶界大王谭鑫培，看过二人的演唱，都赞不绝口，慨叹廉颇老矣，说：“我男不如梅兰芳，女不如刘喜奎。”

京城这对金童玉女的出现，更使报界、文化界文人赞叹不已。一家报纸写道：“刘喜奎与梅兰芳，皆有天仙化人之目，其身份高艳，风姿绝韵，犹如两颗璀璨的双子星，正焕发着夺目的光芒。”

社会各界和梨园界同行的赞扬、追捧，更激励着这对金童玉女的表演天赋发挥到极致。

刘喜奎虽然已名震京城，但梅兰芳和刘喜奎都各自忙着唱戏，并没有见过面。尽管互有耳闻，但只是听旁人传说而已。

事有凑巧，正赶上袁世凯的外交总长陆徵办堂会，邀集了北京城所有的名角到场。谭鑫培、杨小楼、陈德霖、梅兰芳、刘喜奎等都到了。

梅兰芳、刘喜奎这对金童玉女，由听传闻倾慕，到见面，真是一见钟情。

当时有好事者撺掇，请谭鑫培担纲唱一出《珠帘寨》。由梅兰芳演二皇娘，刘喜奎演大皇娘，杨小楼演周德威。谭鑫培年事已高，怕坚持不下来，好事者说，“主要是看这二位旦角，您老就给撑个架子就行啦！”谭鑫培本好成人之美，就答应了。

谭鑫培答应了，梅兰芳当然乐从其成，更建议由刘喜奎演二皇娘，自己演大皇娘。理由是刘喜奎是梆子花旦出身，耍得开，演得活，演二皇娘更得心应手。大家觉得梅兰芳的主意在理，就相依而行。

《珠帘寨》开演了。果如梅兰芳所说，刘喜奎演的二皇娘说笑逗唱，样样到位，活儿好，路数精。俗话说得好：外行人看热闹，内行人看门道。梅兰芳和刘喜奎在台上一对戏，就各自看出了对方的技巧，果然名不虚传，不禁暗暗对对方深深佩服。

看来真是天赐良缘，金童玉女，天作之合。自此以后，二人心心相印，脑海中总是浮现对方的身影。

同行中的热心人也从中烧火加油。

这两个金童玉女，真的谈起了恋爱。

这是刘喜奎第一次谈恋爱。

刘喜奎对爱情的标准是很高的。她蔑视权贵，唾弃军阀，鄙视那些浮浪子弟。面对权贵、富商、阔佬、公子哥们的追捧示爱，一概嗤之以鼻，不予理睬。她对梅兰芳的爱，却是那么深情真挚，以致神魂颠倒，不能自已。在她看来，梅兰芳才是真正的知己。相同的行当，相同的志趣，相同的气质，相同的年龄，相同的向往……。这真是百里挑一都难以寻觅的好伴侣！

梅兰芳也被刘喜奎的艺术风采，人品气质和侠肝义胆所倾倒。

他们频频相约，经常凑到一起，互表衷情。一谈就是几年，心中对对方的烙印，越谈越深。

张勋复辟破产之后，刘喜奎又相约梅兰芳，地点是六国饭店。

约会之前，梅兰芳下定决心：这次表明心迹，决定娶刘喜奎为妻。

一见面，刘喜奎就主动表态，说：“梅郎，我决定了——”

梅兰芳也爽朗地说：“我也决定了！”

“我决定，从此与你一刀两断！”刘喜奎含着泪花，咬着嘴唇说。

“什么？什么？”梅兰芳着急地问。

“我决定和你一刀两断！”

“你是不是嫌我已有了妻室儿女？——我正要向你解释此事。”梅兰芳诚恳地说。

“不要解释了。”刘喜奎说，“我早知道您有贤惠的妻子王明华，还有一双儿女。我爱你，就爱你的一切，包括你的妻子儿女。他们并不妨碍我对你真挚的爱……”

“那，又为什么？……”

“我经过反复考虑，我爱你，就要为你着想，为了你的事业，为了你的安全。我越是爱你，越是不能嫁给你。为了你的事业和你的安全，我宁肯牺牲我的爱，也绝不能让我所爱的人的事业和安全受到伤害。”刘喜奎认真地解释说。

“伤害？怎么伤害？为什么伤害？”梅兰芳一时难以理解。

“嗨，这些你们做男旦的，摊不到身上，是怎么也不好理解的。——自从我成名之后，那些军阀、官僚、地皮、阔少，没有一天不打我的主意。特别是那个军棍色鬼张勋，曾派出侦探，从天津直追到营口、济南、烟台，最后又追查侦探到京城，终于抓到了我。妄想逼我成婚，可巧他复辟梦破，匆忙逃避，我才得以虎口脱险。”

“他们这些个魔王鬼怪，天天虎视眈眈地盯着我。如果我和你成亲，你就成了他们的眼中钉肉中刺，他们会拿你当敌人，时时刻刻变着法儿整你，甚至让你失踪。如果那样，你还怎么唱戏？你不能唱戏，岂不荒废了你的天赋，荒废了你的事业，辜负了祖师爷对你的看顾，辜负了苍生大众对你的厚望！”

“……我反复地想了又想，与其那样，我宁可牺牲了自己的爱情，也绝不能牺牲你，不能让你受到伤害。那样就不是我爱你，是我害你。——我绝不让我深爱的人受到一丁点儿伤害！”刘喜奎说到深情处，热泪双流，“梅郎，梅郎啊，就为此，我决定坚决离开你！打今儿起，就不再见面！”

刘喜奎说完，抹一把眼泪，把手一挥，噔噔下楼而去。

梅兰芳看着刘喜奎的背影，渐渐消失在视野里。仿佛一个大侠，悠忽之间腾空而起，飞离而去。

自那天以后，刘喜奎就在京城“蒸发”了。销声匿迹，几十年后，方露芳容。

有词【拜星月慢】写道：

坤旦乾旦，小荷露角，舞台同属光艳。巾帼须眉，梦齐眉举案。乐相遇，似觉、天做地配一双，月老暗中牵线。瓜结兰因，总平生稀见。 相思中，也春风拂面。那堪想、隔瑶台深堑，巫山雾锁烟霞，恐遭魍魉难。为君计、宁肯对离乱，重门闭、面壁长垂叹。念君意、深埋恩爱，洒泪强离散。

第一二〇回

相夫教子贤内助
贤妻良母王明华

刘喜奎在京城销声匿迹之后，好长时间梅兰芳的心情都没有平静下来。睁眼闭眼，总有刘喜奎的音容笑貌浮现眼前。刘喜奎的侠肝义胆，聪明伶俐占据了他的心灵，使他久久难以忘怀。

梅兰芳的妻子王明华，是个相夫教子的贤妻良母。梅兰芳和刘喜奎接触的前前后后，她都有耳闻。她心里虽然七上八下的不踏实，但作为一个封建社会的妇女，她懂得三从四德，觉得那是男人的权利。只要自己所爱的男人需要，自己愿无条件服从。

刘喜奎和梅兰芳分手后，王明华也为梅兰芳感到过惋惜。但更多的是使她感到自己的责任更重，更应该全身心地呵护自己的男人，让他一心扑在自己这个小家庭里，扑在他正蒸蒸日上的事业上。

梅兰芳和王明华结婚，是在民国初年。那时梅兰芳才十六岁，王明华长梅兰芳两岁。那时的梅兰芳刚露头角，家境还不太富裕。王明华过门之后，就担起了梅家的全部家务，柴米油盐，烧火做饭，洗洗涮涮，里里外外，都打理得头头是道。王明华吃苦耐劳，聪明能干，更增加了夫妻二人的恩爱。结婚第二年就生了儿子大永，隔了一年又生了女儿，取名五十。这真是一个儿女双全，和谐美满，幸福安康的家庭。

随着梅兰芳艺术越来越火的劲头，王明华更感到作为一个名人妻子的责任。她不仅生活上无微不至地照料梅兰芳，在梅兰芳的艺术事业上，她也尽心尽力地给予帮助。她为梅兰芳准备了一个梳头盒子，把梅兰芳每天唱戏所扮演的人物的头饰，事先梳好，装到盒子里，梅兰芳化好面妆后，将头饰往头上一套，就十分得体，又方便又美观。连后台的梳头师傅都佩服她的梳头技巧。那时候，女人是不准进戏院，更不准上后台的。王明华根本就不用去剧场，在家里就把梅兰芳的头饰、服装等打整好了。随着时间的推移，文明程度的开化，女人渐渐走出了厅堂。王明华则干脆就跟随梅兰芳到后台，为丈夫化装。渐渐的，随着梅兰芳艺术声名的远播，王明华就以夫人的名分，公开地、形影不离地陪伴在丈夫身边。无论是到戏馆演出，还是外出应酬，王明华都不离梅兰芳左右。梅兰芳到上海、天津、汉口、青岛等地演出，王明华也相随前往。梅兰芳第一次出国去日本演出，王明华也相伴而行，并负责掌管梅兰芳的演出业务。

梅兰芳东瀛演出成功之后，名声更加响亮。王明华对梅兰芳照顾得更加精细。梅兰芳对家中的事务，一概不管，全部推给了王明华。除包揽全部家务外，对丈夫的演出事务，王明华也精心管理。场次的安排，化装的服饰、头饰、样式，设计制作，王明华都仔细参与，甚至亲自到服装、头饰制作作坊监督制作。梅兰芳真正从身心，感受到了这个贤内助的体贴和帮助，他对王明华更加赞赏和倚重。夫妻二人，一唱一和，形影不离，相处和睦，事事顺利，令社会公众羡慕不已。

梅兰芳越是对妻子倚重，越使王明华感到自己责任的重大。她感到丈夫越是红火，越离不开自己的照料。看眼下，儿女活蹦乱跳的，丈夫红红火火的，这个家还缺什么，缺的就是对丈夫的支持！丈夫越红火，家庭越兴旺。这个家不能没有丈夫，丈夫不能没有她！她更要全身心地呵护和支持丈夫！——这就是自己最大的责任！她这样想着，于是，就做出了一个那个年代，一般人想都难以想象的决定：绝育。——不再给丈夫添累赘！

王明华做了绝育手术。把全部身心都扑在了丈夫的事业上。

天有不测风云，人有旦夕祸福。

在她做了绝育的第三年，儿子大永和女儿五十，都扛不住瘟疫的进攻，双双夭折了！

儿女的夭折，使梅兰芳陷入了极大的痛苦和悲伤之中。王明华已做了绝育，补救都没了手段。这也使王明华陷入极大的悲痛和后悔之中。

梅兰芳是梅家的独生子，儿女双亡，等于绝了梅家之后。在那个年代，不孝有三，无后为大。梅兰芳是跟着伯父长大的，一人祧两房。这下，梅家真的就要成为“绝户”。

——这个罪过，梅兰芳说什么也承担不起。

——这也是让王明华说什么都难以接受的现实。

王明华陷入了极度的痛苦和自责之中。她终日愁苦，得了抑郁症，整日以泪洗面，整夜整夜地睡不着觉。偶有睡意，又惊觉而起，抱着枕头愣愣怔怔地待到天亮。

梅兰芳也精神萎靡，无心唱戏。在暗自悲伤之后，还要强打精神掩饰痛苦，劝慰妻子。

王明华悲伤中不思茶饭，饮食不周，身体虚弱，又患上了肺结核。

痛定思痛之后，她真诚地对梅兰芳说：“为了梅家传宗接代，为了你的事业后继有人，你再续娶一房吧。”

“有你这样贤惠的妻子相伴，畹华一生足矣！我怎么能舍弃你再娶呢！”梅兰芳握着妻子的手，安慰明华。

“不，你畹华一子祧两家，梅家不能绝后！为了梅家传宗接代，你一定要再续一房！我王明华甘愿服侍你们！”王明华态度坚决地表明心迹。

为了梅家的传宗接代问题，梅党的成员们也为之苦思冥想，煞费苦心。在那个年代，男子可以三妻四妾，为了梅家的后续香火，梅兰芳再续娶一房太太，乃是天经地义的事。冯耿光、齐如山、罗瘿公等几个骨干，也曾为梅兰芳的续房动了一番脑筋。

只是碍于梅兰芳和王明华平时感情深厚，恩恩爱爱，不好明提此事。后来，他们眼见得王明华有了明确的态度。这才力劝梅兰芳续娶一房，以担当续梅家香火之重任。

在众人的劝说之下，梅兰芳方有了续娶的活动气。

续娶何人？梅党的众位成员，当然是尽心尽力。前面有刘喜奎为参照，大家一致认为，找一个与梅兰芳意气相投，有共同话语，有共同志趣的坤伶最好。在百般遴选之后，大家的眼光，落在了一个女孩儿头上。

这个女孩儿就是——福芝芳。

福芝芳生在旗人家庭，早年丧父，与寡母相依为命。

福芝芳的母亲，人称“福大奶奶”，是一个京城闻名的刚强女性。别看她青年孀居，带着一个孩子，但生性要强，靠做牙签维持生计。平时发卷盘在头上，可又不像旗髻，喜欢穿旗袍坎肩马褂，跟当时的蒙古卡拉沁王福晋一般打扮。她人高马大，说话高喉咙大嗓门儿，能言善辩，常给人虎虎生威的感觉。市井好事之徒，给她起了个绰号叫：“福中堂”。虽寡居带着个幼女，但却无人敢欺负这“福中堂”母女。

为了女儿有出头之日，她把女儿送到香厂新世界的戏班学戏。这孩子也争气，早早地就在大京班唱倒第三出，很快就有了“天桥梅兰芳”的名气。

福芝芳，年方二八，人生得脸如银盘，眉如柳叶，眼如清泉，扮上相更是楚楚动人。

有一帮大学生，组织了一个留芳小集，天天到新世界去为她捧场。

福大奶奶有心计，她把这帮大学生伺候得头头是道，哄得他们滴溜溜转。这帮大学生也不负“福中堂”的厚爱，他们每天都有捧福芝芳的诗词文章见诸报端。这样，福芝芳在新世界很快就名声响亮，居然成了“角”了。

有些个地皮恶少，也闻风而来，总想瞅个空子会一会这位“坤角”新秀。福大奶奶哪容得这些个苍蝇蚊子围着女儿转？女儿每天上园子唱戏，坐包月的玻璃棚马车，那些个污七杂八的捧角人，就跟着马车后面呼喊，更有甚者，把写好的情书或赤身裸体的春宫图投进车内。

福大奶奶岂容他们胡闹，为了保护女儿，她每天坐在车把式的位置上，手持长鞭，横眉立目，凡见图谋不轨者，一怒之下，长鞭子抽将过去，那人就龇牙咧嘴地狼狈逃窜。从此，福大奶奶“福中堂”的大名，也在大街上叫的当当响。

福大奶奶护女儿护得严实，但也为女儿的终身大事动了心思。男大当婚女大当嫁，女儿眼瞅着到了嫁人的年龄，福大奶奶把眼睛睁得大大的，紧盯着女儿身边的人，挨个地认真拨拉。

在捧女儿的人中，有一位将军的公子名张舒铎，对福芝芳很是欣赏，每次捧场，出手颇为阔绰。福大奶奶赶紧打听这个张舒铎的家世，才知道他是一个蒙古镶白旗的世家公子，在农商部供职。人虽风流倜傥，却无不良嗜好，倒是一个不错的目标。

正巧，福芝芳刚刚跟冯慧林学来一出《女起解》，还没露演过，张舒铎的朋友们就起哄，叫张舒铎在泰丰酒楼包下一个雅间，请来福芝芳唱这出《女起解》。

这样的“堂会”倒也别致，近在咫尺，听得清楚，看得真挚，跟在台上唱不是一个感觉。张舒铎得了这个方法，每隔个把月，或福芝芳每学一出新戏，就请来这样唱一次“堂会”。倒唱得张舒铎心旌摇曳，对福芝芳有了几分意思。福大奶奶也从中瞧出了门道，正盼着张舒铎托媒人来提亲呢，张舒铎的父亲，怕儿子深陷声色犬马的放荡之中，把儿子调到汉口，换了工作。福大奶奶的佳婿梦随即破灭了。

也是天赐良缘，一天，正赶上梅兰芳和福芝芳同被邀请唱一个堂会。梅兰芳先唱了《思凡》，后唱了《武家坡》，中间福芝芳唱了《战蒲关》。梅兰芳对眼前这个小姑娘的演唱很感新奇，在后台闲谈，梅兰芳问福芝芳：“跟谁学艺？”

“跟恩师吴菱仙学青衣。”福芝芳腼腆地回答。

“哦，吴菱仙是我的开蒙恩师。”梅兰芳惊喜地说，“咱们还是同门师兄师妹呢！”

“有您这样的同门师兄，我们好幸运哪！”福芝芳也开朗地说。

梅兰芳看福芝芳的谈吐，很是落落大方。人也长得“天然妙目，正大仙容”，很是大气，他对这位同门师妹印象很好。

梅党的成员们正为梅兰芳的续房下功夫，挑来选去的，正好，发现了这个目标。经与梅兰芳一说，梅兰芳对福芝芳已有好感，很对心思，就答应下来。由罗瘿公出面，找到吴菱仙，让吴菱仙出马作筏。

吴菱仙一直感恩梅家，对梅兰芳的续房，格外关心。尤其听说要把福芝芳说给梅兰芳，对这两个弟子，他都很知根知底，打心眼里觉得这是天生的一对儿，立即拉了罗瘿公去见福大奶奶。

福大奶奶一看女儿的恩师亲自来上门说亲，不好意思当面说不字，只是说要到梅家亲自相一相再定。

事不宜迟，罗瘿公马上操办：拉上吴菱仙带上福大奶奶，以到梅家借戏装为名，踏入了梅家大门。

福大奶奶看了梅家的宅院，看了梅家的旺气，回到家对吴菱仙和罗瘿公讲：“别的没有意见，只是有两个条件，梅家必须答应方可结亲。”

“您说。”罗瘿公说。

“第一，我女儿到了梅家不能做小，既然是为梅家续香火，我女儿要与王明华平起平坐，要当家主事。”

“王明华深明大义，梅君生性谦和，福姑娘过了门，当然是主人身份。”罗瘿公说。

“第二，我就这么一个女儿，我要随女儿过门儿，由女儿养老送终。”福大奶奶快人快语，说得明明白白。

“梅郎忠孝传家，这点儿，您不说，梅郎也会做到的。”罗瘿公也答应得干干脆脆。

说妥之后，福大奶奶满口答应了婚事。

梅兰芳和福芝芳很快举办了婚礼。

王明华的确深明大义，她全力支持梅兰芳和福芝芳的结合。

新婚之夜，梅兰芳总觉得对不住王明华。他不入洞房，先来到王明华的房间，陪着王明华说话。对梅兰芳的温情脉脉，王明华很是感激。夜深了，王明华真诚地对梅兰芳说："快去吧，别让人家老等着。"

梅兰芳只好不好意思地起身说道："你歇着，我过去了。"

梅兰芳和福芝芳对王明华很是尊重，大事小事都先和她商量了才去办。

福芝芳做事很重情理，她平时给王明华叫姐姐，总是姐姐长姐姐短的，两个人亲热得很。福芝芳生下大儿子，立即提议把儿子过继给王明华，并把孩子抱到王明华房间，亲手交给王明华。

王明华对孩子特别喜欢，亲手给孩子织了一顶婴儿帽。爱抚了几天，又将孩子交给福芝芳，说："孩子还是你来带吧，我身体不好，还请妹妹多费心，照顾好梅家的后代。"

后来，王明华的肺病越来越厉害，她怕传染了梅兰芳和孩子及全家。就主动提出：到天津一个亲戚家的医院去养病。

梅兰芳和福芝芳，亲自送她到天津，并专门请了位保姆伺候她。

王明华病重期间，梅兰芳和福芝芳一边张罗着为王明华看病，一边为王明华选购墓地。

梅兰芳看中了北京香山脚下一片名为"万花"山的坡地，有近二十亩。因梅兰芳名"畹华"，与"万花"谐音，梅兰芳觉得很是可心，立即买了下来。当下雇人进行修整，加装篱笆围墙，亲手栽上松柏树，选好方位，挖好墓穴，雇人看管料理。

王明华病危，梅兰芳和福芝芳意欲带上大儿子葆琪去天津接灵柩，正赶上葆琪患了白喉，就抱上刚刚三岁的葆琛作为王明华的孝子，赶到天津。由佣人抱着打幡，迎灵柩，接到北京。

梅兰芳为王明华选了最名贵的金丝楠木棺椁，盛殓之后，由葆琪、葆琛、葆珍戴孝，行孝子礼，送到万花山墓地下葬。

梅兰芳每当唱戏劳累或闲暇之时，总爱到万花山去走走，说是去散散心，观观景，赏赏花。其实还是心里放不下王明华，给她扫扫墓，坐在墓前，对她说说心里话。

有词【阮郎归】写道：

西山万花忠骨香，留下念字长。红袖添香茶芬芳，持家日夜忙。梳头套，理戏装，剧务记心上。歌场事业助梅郎，泪尽岀烛光。

第一二一回

出科入科再深造
台上台下皆用心

马连良打十五岁起，在富连成科班当起顶梁柱，唱大轴戏，一晃已过了两年。他已经十七岁了，人长得瘦高瘦高的，已是个大小伙子了。这也是他坐科学戏的第八年，眼见得已到了出科的日子。

出科，要举行出科仪式，出科仪式很是隆重。出科的弟子和教师，首先在社长叶春善的带领下，参拜老郎神。然后是给恩师叩头，感谢教诲之恩。之后，是班社和出科弟子，把当年入科时签订的字据，就是那个“关书”找出来，当面撕毁，烧掉。以示自此双方不再受“关书”束缚，弟子自由了。

以上这些程序过后，是双方商谈“公事”。

本次出科的弟子，并非马连良一人，而是富连成“连”字辈的八个人。有李连贞、赵连华、赵连成、李莲英、陈连洪、高连登、宴连恭。

所谓商谈“公事”，就是商谈出科弟子在科班任职的待遇。

刚出科的弟子，搭班唱戏很不容易。哪个戏班也不养无能之辈，进了班不能顶班唱戏，就得跑龙套，跑两年龙套还上不了角色，被开销，就丢了饭碗。新出科的弟子，谁都有这个担心。班社为弟子着想，如果个人同意，可以先留科班，边实习边找合适的戏班，然后再离开科社。留下的可以在科里唱戏，按搭班伶工对待，根据个人条件，给开戏份。如果愿意教戏的，算是给祖师爷传道，十分欢迎。每天上午来科里教戏，不开戏份，中午管一顿饭，下午自便。

本次出科的八个人，有七个人都愿意留科唱戏。只有一个人不留，很坚定地表示出科，这个人就是马连良。

这并不是马连良觉得自己能耐大了，翅膀管硬了，出科能马上应工顶班。而是觉得心里许了七年的愿，该还了。——当初，他是怀着替爹爹分担家庭担子的心愿入科学戏的。七年过去了，自己已经长大了，该挣钱替老爹爹减轻点负担了！

当然，这也和马连良的三叔马昆山背后的操作有关系。

马昆山是唱须生的，这是马家的一个能人。他须生唱得也算说得过去，但他更大的本事是脑瓜儿活泛，善于交际，能联络各个行当伶工，临时攒班唱戏。这个活儿，他在上海滩已经干了几年。在十里洋场跑码头，历练得更加精明能干，在江南各地都能踢腾得开，打得响。

他在江南闯荡的同时，也没忘了京城富连成科班的侄子。在来来往往的伶工中，也常听到关于马连良在科班挑班唱戏的名声，这很令他欣喜。好哇！这个侄子，终不负他当年力主进科班学戏的厚望，到底学成了本事，能给马家争口气了！马连良出科的日子，他早算准了。他提前给他大哥写了封信：马连良一出科，马上送来上海搭班唱戏。

马连良的父亲马西园，也早盼着儿子出科。有三弟兜底，儿子马上就能挣钱了，这也是他巴望已久的了。他把这个消息提前告诉了儿子，父子俩的想法不谋而合。所以马连良才坚定地表示出科。

马连良出了科，要正式登台唱戏了，不能像在科班唱戏用官伙的行头了。总得有套自己的行头哇，可是置办行头的钱从哪儿出呢？马西园整日推车卖切糕，卖取灯儿等杂货，挣几个小钱，养家还艰难呢，哪有积蓄？马连良在富连成唱戏，有些许补贴，都一分一厘地积攒下来，给了家里，指望贴补家里的开销。儿子给的钱，马西园分文未动，都给他攒了起来。提起置办行头，马西园把那些钱，从装钱的坛子里倒了出来，高兴地对儿子说："这都是你平时给家里的钱，我分文未动，都给你攒着哪！"

马连良看了这些钱，都是铜子儿、铜钱，哗啦啦一大堆。看到父亲平时的艰难，还这样节省，不禁流下了热泪。别看是一大堆钱，都是零镚子，数了数，也没有多少。

马连良对父亲说："戏台上用的行头多了去了，戏行有规矩'宁穿破，不穿错'，咱不能瞎买。再说了，这点儿钱也置不起什么，只置一件金蟒得了。戏台上虽然用各色蟒，金蟒颜色鲜艳，抢眼。再绣上黑色大龙，既庄重又有气魄，凡穿蟒的重臣角色，都可以穿。一件顶几件用，也不犯忌。"

马西园看儿子如此会节俭，也很受感动，就照儿子的安排，去给他订置了一套金色大龙黑蟒。

一切准备就绪，马西园带了儿子，乘船赶到上海。马昆山在码头接了大哥和侄子，立马改换轮船，去了福州。原来他已攒好了戏班儿，在福州的戏码都排好了，就等着侄子登台呢。

马昆山给侄子安排的"打炮戏"是《借赵云》。由马连良扮刘备。《借赵云》这出戏，是一出白口戏，以念白为主。此时，马连良尚在倒仓期，嗓子还没有完全变过来。马昆山是想照顾侄子，故意安排了这出戏。可是在梨园行，谁都知道白口戏，是最不好唱的戏。戏曲自然是"唱为主，白为宾"。如果唱少，白多，谁愿听？可是梨园还素有"千斤话白四两唱"的说法。尽管白为宾，但"白"也列在唱功之内。道白，也是有声韵的戏剧语言，并非大白话。道白，必须有极强的音乐旋律，富有音乐性的节奏和美感。唱，有乐器衬托铺垫，可以借点劲儿，遮点丑。道白，无任何乐器借劲儿，全靠嘴上的劲道儿和身段表演，因此，白比唱更吃功夫。"千斤话白四两唱"一语见的，道出了"白"功的难为。事有凑巧，这么吃功的戏，可巧碰对了马连良。马连良拿手的一招儿，就是白口。

马连良的白口功夫是得了真传的。富连成的社长叶春善，是著名衰派老生。老生行主要分三支，安功老生、衰派老生和靠把老生。衰派老生是老生行的一支。按功老生以唱功为主，靠把老生以武打为主，衰派老生则以做和念为主。叶春善的白口功夫相当了得。马连良成了社里的顶梁柱，他不是衰派老生，是老生全才。凡老生的活儿，他都拿得起来。这让叶春善欣喜万分，他看马连良非等闲之辈，将来必成气候。就格外重点培养，天天给马连良吃“偏饭”，恨不得把自己一身的本事都传给他。把自己曾唱过的衰派老生戏，都端出来教他。什么《一捧雪》的莫成、《四进士》的宋世杰、《清风亭》的张元秀、《南天门》的曹福、《甘露寺》的乔玄、《失印救火》的白槐等老生，都是以白口为重。叶春善把着手，一字一句，气口声调，抑扬顿挫，五声四呼，丝毫不懈地教他，让他练白口功。马连良也格外下功夫，叶社长教的字字句句，都吃在肚里，记在心中。成百千遍地练习，终于练得一口好白功。

对于在福州的“打炮戏”，他胸有成竹，蛮有把握。马昆山尽管照顾侄子，给马连良安排了白口戏，但他也担心。他当然知道白口戏难唱，更让他担心的是，福州是闽南口音，听京戏的白口，听惯听不惯，听懂听不懂，适应不适应，能不能压住场？他心里没底。担心侄子炮戏打不响，在福州栽跟头。他心里总是惴惴的，在后台坐立不安。

马连良登台之后，一个漂亮的亮相，身段扮相英俊潇洒，立马得了一个碰头彩。接着进入戏情，道白抑扬顿挫，朗朗上口，谈吐嬉笑，声情并茂。台下的观众鸦雀无声，听得真真切切，仔仔细细。到响堂的贯口，满堂喝彩。虽然唱不多，但到唱的时候，马连良尽管还在养嗓期，调门不高，却是韵味十足，叫劲处细腻甜韵，蕴味绵长。台下也是喝彩不断。福州的戏迷终于开了眼，到底是富连成的弟子，名不虚传！

马昆山一直提着的心，也落了底。——京戏就是京戏，国剧名副其实。走遍全国，人人都听得懂！马连良就是马连良，唱、念、做、打，都非同一般！

马连良的“炮戏”打响了。

接着，马昆山就放心地给马连良安排戏码，一个台口接一个台口地演出。在福建及东南各地，整整巡回演唱了一年有余。马连良的戏码由第三，逐步排到倒地三，偶尔也排压轴或大轴。名气也打出来了！

马昆山想把这个戏班带到上海，让侄儿在上海打打名气。在上海打出了名气，再回京城，就稳坐了角的宝座。到那时，大哥就等着在家张着口袋，哗啦哗啦地数大洋钱啦！京城的大角，从谭鑫培到梅兰芳，以致杨小楼、余叔岩等，走的都是这条道，马连良当然也行，肯定能行！——这是马昆山为马连良设计的成名之路。

可是马连良却偏不按三叔设计的路走。他向三叔提出辞班，回京城，重返富连成科班深造！

马连良就是这么有主见。

马连良经过一年的戏班实践，感觉戏班和科班唱戏不一样。在科班唱的戏，都是老师手把手教的，自己唱了又唱，练了又练的熟戏。且配角都是同学，都守规矩，按正规路数唱。台后还有师傅把场，心里踏实，放得开，唱得顺劲儿，戏好唱。可是在戏班儿唱戏就不一样了。戏班儿的人，来自四面八方，水平不一样，路数不一样，心术也不一样。好唱的戏，就着劲儿唱好，不好唱的戏，撒奸耍滑，有的还阴损使坏，使暗劲儿捣乱。功夫不扎实，没有两下子，对付不了，闹不好就会栽跟头。再有就是，一个台口，总不能老唱几出戏，讲究三十天，或一百天不翻头。不翻头就是不重复。谭鑫培和人唱对台，曾有过一百二十天不翻头的纪录，余叔岩曾有过六十天不翻头的纪录。这么多天不翻头，不光不唱重样戏，还不许唱对台唱过的戏。这样算来，就得会唱几百出戏。据说谭鑫培能戏四百多出，余叔岩能戏二百多出。马连良实践中感到，自己的能戏太少，经不住翻头，资历太浅，毛儿太嫩，经不住走南闯北，闯荡江湖的折腾。因此，他下了回京深造的决心，坚决辞班。

马昆山听了侄子一番言语，觉得侄子讲得有道理，还是把眼光放远些，放他回去的好。

马连良一到京城，就奔了富连成科班。

他向叶春善提出了回班的要求，这倒让社长叶春善吃了一惊。

他连忙问道："是我们班社教的功夫不瓷实？对付不下来？还是有人对我们弟子学的活儿说三道四？"

马连良忙解释说："都不是。正因为我们富连成的活儿好，我才能在南方闯荡一年，给咱富连成争了脸面。"

"那为什么又回炉再造呢？"叶春善还是不理解。

"我想学更多的戏。"马连良侃侃说道，"除了老生行的戏还学之外，其余各行当的戏都要学。都学瓷实，上台心里就有谱了。"

叶春善听着马连良讲述二次入科的理由，还是不太理解。自古以来，哪个坐科的弟子，不是在戏台上边唱边历练，才发达成名的？我本人也是这么过来的，虽然没有成大名气，但上了台还是很有人缘的。富连成自创办以来，哪一届的弟子不是这么过来的？没有一个提出过要二次进科学戏。对于接受不接受马连良回班，他还犹豫不定。

此时，坐在里间屋里，修改戏文的萧长华走了出来。马连良和叶春善的谈话他都听见了，马连良是他的亲传弟子，他对马连良的脾气秉性知根知底。他听出了马连良的弦外之音，深知马连良的心思。看叶春善总是犹疑不定，就走出来插话道："叶社长，马连良回来再深造，这是好事。于科班，与本人，都是好事。以前不是还有梅兰芳、周信芳、贯大元等带艺搭班的规矩吗？马连良回来，照老规矩办就得了呗。"

叶春善听萧长华如此说，也觉得有道理，只是怕委屈了马连良的一身玩意儿。说："既然你师傅说了，就照老规矩办吧。"他回头对萧长华说，"那，你还是带他的师傅！"

萧长华痛快地答道："那是自然。"

萧长华把马连良带到自己的房间，点着马连良的脑门说：“你的心思我明白，你是在外面见了世面，更体会到艺不压身。想学会各个行当的玩意儿，将来把握全局。——好小子，我没看错你！我带你！”

“知我者，师傅也！”马连良佩服师傅对自己的理解和支持。

“有什么想法，直截了当地对我说吧。”萧长华说。

“在科班时，生行各个行当的活儿，我都学过了。尤其老生，我觉得还是谭大王的活儿好，在市面上名气大，受欢迎。我还是想重点学学谭派，学得更瓷实些。”

马连良说着，萧长华听着，他点点头：“简直说，就是打老谭的旗号有号召力。”萧长华点拨道，“打他的旗号，还真得好好学学他的玩意儿。——我给你搭个桥，你拜在贾狗子名下，好好跟他学学。他可是老谭地道的得意弟子！也可以间接跟余叔岩学学，余叔岩虽是老谭的弟子，但他比老谭唱得更俏，更文气，别有味道儿。”

马连良把师傅的话记在心中，他对师傅说：“我二次坐科，总不同于带艺搭班。科里的戏我一定上，但分文不取。不论什么角的活儿，我都上。即使跑龙套，我也上！”

萧长华从马连良的话里，更听出这个弟子成大才的志向。

马连良就这样第二次进了科班。

但二次进科，与头一次坐科不一样。他除了唱戏、学戏，留在科里。其余时间可以自行安排，比以前坐科自由多了，这更给了他广泛学戏的空间。

他按照萧长华的点拨，想法子先拜贾洪林为师。

萧长华说给马连良搭个桥，拜贾洪林为师。马连良对贾洪林打小就敬佩，贾洪林的戏他私淑已久，唱得也蛮有贾洪林的味道，人们私下里叫他“小贾狗子”，他当然愿拜在贾洪林名下。萧长华曾与谭鑫培多年搭档唱戏，当然与贾洪林关系也不一般，他若是搭这个桥，当然会很顺当的。但马连良想，自己都出科了，不能总让师傅为自己操心哪。拜贾洪林的事，我自己去想法子，碰碰运气。

可他毕竟与贾洪林不是一辈儿，人家是爷爷辈儿的，自己找上门去只能是碰碰运气。去碰运气，也得找个由头，不然怎么进贾家的门呢？

这天，他想了个主意，买了两盒子点心，还有几样时鲜果品，连提带抱地来到贾家大门外，一边敲门一边大声喊：“师傅，师傅，开门哪，徒儿看望您来啦！”

他这一喊不要紧，倒让在家的贾洪林感到纳闷：“这是谁敲着门喊师傅呢？——我只收过一个徒弟，这声音也不像高庆奎呀！”

他这么寻思着打开大门，一看是个年轻人，恍惚见过，又不太熟悉，说：“孩子，找错门了吧？”

“师傅，师傅，没找错门！”马连良硬着头皮说，“是萧老师，我的师傅，萧长华老师，让我来拜望您老来了！”

“萧长华的弟子？你是——？”

“三赏，马三赏，马温如，艺名马连良！”马连良赶紧自报家门。

“哦——，是你，是你。我想起来了。你长大了，也长高了！——对了，你现在已经是个角啦！”贾洪林夸着，嘴里还磨叨着，“你在富连成都成角啦！不是科满后到南方闯江湖去了吗？怎么回来了？大角光临，欢迎啊，请进，请进！”

贾洪林说着，把马连良让进客厅，一边让座，一边磨叨着：“你是客人，我可不是你师傅哇，你怎么师傅，师傅的，大声喊呢？喊得像真格的似的！”

马连良一边把提着的抱着的点心、果品放下来，堆在茶几上，一边说：“您就是我师傅！——是我萧师傅让我来拜您作师傅来了。”

贾洪林听后笑笑说：“萧长华是梨园的教头，你有他一个师傅，就齐了！他可真会打哈哈，还拜我？我怎么能比得了他？”贾洪林真以为是萧长华在开玩笑，“他这是打哈哈，自打盘古开天地，梨园有这么拜师傅的吗？”

马连良也笑笑说：“我师傅从来不给我们开玩笑，他是让我先来认认门儿，拜见拜见师傅，您同意收我了，然后他再来操持拜师仪式。”

贾洪林听后，一寻思，倒是不像打哈哈。便认真起来：“我要是能收你这么一个徒弟，也算烧了高香了！——你是富连成科班的尖子老生，早就是角了，又拜在我的名下，这不给我长脸呢吗？我还巴不得呢！”

马连良一听这话，嘿，有门儿！马上跪下拜道：“师傅，我是真心想拜在您的门下，我愿得谭派的真传，替祖师爷传道。”

贾洪林笑道：“嘿嘿，我师傅早有预言！——你小的时候在科班唱戏，我师傅在台下看了一眼，就对我们说‘将来你们谁也唱不过他！’你有出息呀！得，就冲我师傅的那句话，我收了你了！——这是我平生收的第一个科班生徒弟，也是最后一个徒弟！”

马连良就这样拜了贾洪林为师。当然，拜师仪式经萧长华安排、主持，还是很隆重的。

贾洪林，号朴斋。祖籍江苏无锡，出身梨园世家。祖父贾阿三，号棣香，字树堂，是昆曲小生。父贾阿金，号阔亭，习文场。贾洪林出生在同治十三年，那一年岁次甲戌，生肖属狗，因而他小名儿“狗儿”。自幼学戏，工老生，后入小鸿奎班唱戏。因为嗓音圆润爽亮，极受欢迎，小有名气。市面上爱叫他小名，算是对他的爱称，——“贾狗子”。后来拜谭鑫培为师，与谭鑫培同台配戏，师徒二人配得天衣无缝，很得谭鑫培依重。有时谭鑫培唱戏唱累了，想歇乏，就让贾洪林顶替上场，他的唱，完全是乃师真传，音色，道白，动作身段，比谭鑫培不在以下。台下的观众不但没有异言，反而喝彩不断。后来贾洪林因服药败嗓，就以硬里子老生应工，谭鑫培仍依他为左右手。

富连成时常组织学生观摩谭鑫培的戏，只要谭鑫培上场，必然有贾洪林配戏。贾洪林一上场，马连良就特别来情绪。贾洪林的唱腔优美动听，身段边式帅气，扮相威武英俊。马连良对贾的崇佩不在谭鑫培之下。

谭鑫培辞世之后，贾洪林也很受刺激，很少登台唱戏。想想自己败嗓，失去了台上的依靠不算，更不能替师傅传戏布道，神情很是懊丧，逐步息影舞台，在家养老。自从收了马连良这个徒弟，他精气神儿大振。恨不得把全身的本事都传给这个弟子，让弟子替他传道。他唱《回荆州》，前饰乔玄，后饰鲁肃，把乔玄和鲁肃都演活了。他把这个唱法传给了马连良，马连良举一反三，在唱《龙凤呈祥》时，也前饰乔玄，后饰鲁肃。后来在他唱的戏中，多有这种一赶二，一赶三的唱法。

最主要的是，马连良通过贾洪林，学来了谭派骨子里的真活儿，就是“戏魂儿”，——人物的“精气神儿”。

这期间，他跟着贾洪林把《八大锤》《琼林宴》《九更天》《打渔杀家》《乌龙院》《盗宗卷》《捉放曹》《搜孤救孤》《四进士》等戏都按照纯谭派的唱法重新学了一遍，牢牢地打好了谭派的基础。

可惜的是，跟着贾洪林仅仅一年有余，学谭派戏刚刚进入佳境，贾洪林一病不起，撒手人寰，往生西天了。

马连良无奈，只好把学谭转向余叔岩。

余叔岩自恢复嗓子之后，正是在戏台上走红的时候，他没时间课徒，也不想课徒，一心扑在唱戏上。几乎天天有戏，天天上场。

此时，由于有了电灯，戏园很少白天唱戏，都改成了夜场。这也正对马连良的心思，白天，他在富连成科班学戏或排戏，晚上正好有时间。他就天天揣上两个馒头，趁着天不黑，大门还没收票，就溜进戏园。蹲在避人的地方，等着余叔岩上场。余叔岩的戏，往往是大轴或压轴，总是很晚。他饿得受不了了，就啃干馒头。边啃边看，干馒头吃进去了，余叔岩的唱腔、身段、做派也“吃”进去了。由于余叔岩唱的戏都是他曾经学过的戏，不用死记戏文，只记余叔岩的特点和谭派的风格即可。

有了一年多贾洪林垫的底，有了在戏园捋叶子，学余叔岩，和在科班老师教谭派戏的基础，还有他当年给谭鑫培唱《朱砂痣》等娃娃戏，在台上搭档或跑龙套，亲眼看谭鑫培唱戏的记忆。马连良所学的谭派，更有骨子里的东西。

他的唱念做打，综合了谭鑫培、贾洪林、余叔岩的特点，各取其长，糅到自己的戏中，行家看来，是地地道道的谭派风格，但却有马连良独到的表现。

只论唱腔，贾洪林发挥了谭鑫培的唱腔，更圆润爽亮，有韵味；余叔岩继承了谭鑫培和贾洪林的唱法，糅进自己的创作，唱腔更加柔润甜美，且刚健挺拔，形成了自己的风格，创出了“余派”。而马连良则在他们三人的基础上，充分运用自己嗓音宽厚的条件，在用气上巧下功夫，在主要吸收余叔岩唱腔的同时，巧用“闪”“滑”“偷气”“换气”的功夫，唱出了巧、俏、美、大气、豪放、收放自如的韵味。创出了自己的风格，形成了“马派”。

马连良的念白，更是独树一帜。既遵循尖团音的发音规矩，又完全不受尖团音的局限，信性信口，字随情走，音随情出，抑扬顿挫，朗朗上口，喷薄而出，大气磅礴。正所谓“说的”比“唱的”还悦耳动听。

马连良的做戏，不只细腻传神，而且是刻画入微。

《清风亭》的张元秀，是个打草鞋、卖豆腐的穷老头，在他演来，略有腰弯驼背，走起路来两腿稍弓，很有劳动者健康朴实的形象；《四进士》中的宋世杰，是退休的官衙书吏，个人开个店房，生活比较安定。这个老头在他演来，两腿微弓，腰微弯，台步悠闲从容；《甘露寺》中的乔玄也是个老头，是东吴的国老，养尊处优，在他演来，举手投足，带出官家老臣的风度与庄严。在刻画人物做戏上，马连良发挥了前三人的优长，创出了自己独特的做派，边式大气，自成一派。

有词【浣溪沙】相叙：

苍穹自任天马游。七尺男儿志筹酬。弹匣只为看吴钩。铁杵磨针终成就，一任成名展歌喉。后人方听曲成流。

第一二二回

纸醉金迷争霸主
良骥卧槽困麒麟

民国以后，上海十里洋场，正是青帮地痞称王称霸的时候。最出名的就是“上海三大亨”。这三个大亨是黄金荣、张啸林和杜月笙。

上海人惹不起这些黑道大亨，对他们有一个特别的称呼：“海上闻人”，意思是上海闻名的人物。

“闻名”，“闻”什么名？大家心知肚明。

——“闻”的是黑势力头子之“名”。

当时，有人评价这三人是“黄金荣贪财，张啸林善打，杜月笙会做人”。无论怎么评价，这三人成名发达的路是一样的，就是由地痞混混起家，投机钻营，互相利用，欺行霸市，违法走私，杀人越货而成为“大亨”，然后才成为“海上闻人”。

黄金荣是浙江余姚人，生于苏州，字锦镛。因满脸麻子，绰号麻皮金荣。小时候当过裱画匠学徒，后来又当衙门捕快。二十二岁投身到法租界，当上了法租界的“更宜”，即上海人说的“包打听”，给法国租界当特务。仗着他当过捕快的本事，为法国人办了许多案子，得到重用。他借势，网络了一批地痞流氓，成了上海地皮上的恶霸人物，在上海滩耀武扬威，称霸一时。

杜月笙是上海浦东人，从小死了爹妈，十四岁进上海十六铺鸿元盛水果行当学徒，日夕与流氓歹徒混在一起，又嗜赌成性，因此被开除。之后，又进一家水果行当店员。恶习不改，由流氓同伙牵线，拜青帮陈世昌为老头子。陈世昌绰号“套签于福生”，在青帮中属“通”字辈，是小东门一带的地皮恶棍头子，杜月笙按顺序排在“悟”字辈。在跟随陈世昌“打天下”的时候，认识了黄金荣。

黄金荣当时已是“发达”起来的人物，杜月笙极尽巴结攀缘的本事，很得黄金荣赏识。他趁势拜黄金荣为“师傅”，成为黄金荣的亲信，黄金荣让他经营法租界的三大赌场之一——公兴俱乐部，兼管鸦片提运。这一下，使他踏上了发财的道路。

当时的黄金荣广有财源，经营商行、工厂、赌博、运输等行业，主要靠倒卖鸦片和开设娱乐场赚钱。娱乐场则包括舞场、赌场、游乐杂耍、戏园等。他开的戏园名“共舞台”。共舞台有戏班，专唱京戏。

在共舞台戏班里，有一个女伶，名露兰春。此人能文能武，亦生亦旦，昆乱不当。

年方二十出头，生得俊俏靓丽，浓眉大眼，楚楚动人。她在台上唱戏，黄金荣在台下看戏，越看对露兰春越动心。五十多岁的他，鬼迷心窍，一心想把露兰春弄到手。为此他下了大心思，每天坐在戏园最好的包厢座位，为露兰春捧场，高喉咙大嗓门地为露兰春喝彩。高兴的时候，随手将白花花的大洋投向舞台，投到露兰春的脚下。还花巨资请上海滩各大报的记者，采访露兰春，发表文章，刊登剧照，撰写戏评。他还张罗着请上海百代唱片公司，为露兰春灌了《宏碧缘》《枪毙阎瑞生》《哭祖庙》《苏武骂毛延寿》等戏的六张唱片，在世面发行。一时间，露兰春被捧得大红大紫。倩影玉照，报刊封面，大街的头像广告，到处是露兰春。

黄金荣不惜血本地捧露兰春，捧来捧去，却捧出一场祸来，差点儿没让他送了老命。

在上海滩，露兰春的名声越来越大，来看戏的人越来越多。其中有一个少爷，正是血气方刚，风华正茂的年龄。此人就是浙江督军、军阀卢永祥的儿子，上海滩有名的四大公子之一卢筱嘉。他不但看上了露兰春的戏，更看上了露兰春的人。

这一天，还没开戏，他就早早地来到共舞台戏园，在后台，找到了正在化装的露兰春，虔诚地将一枚镶有绿宝石金光灿灿的钻戒，送到露兰春面前，并说，等散了戏，请露兰春吃饭，共度良宵。这一突兀的做法，弄得露兰春很是惊讶，她对这位公子笑笑说："对不起，已另有约会，不能奉陪！"

卢公子吃了闭门羹，心里怏怏地不快活，就买了一张包厢座的票，坐下看戏。等露兰春上场，刚刚开唱，还没唱出拖腔，他就不阴不阳地大声喝起彩来。他这一声不前不后，不是时候的喝彩，弄得整个戏园的观众哄堂大笑。他这一声喝彩，让坐在他旁边包厢的黄金荣大为恼火，气得他暴跳如雷，一步窜到卢公子的包厢，抡圆了巴掌，给了卢筱嘉两个"锅贴"。打完后，骂道："狗娘养的，也不看看这是哪里？敢在这里扫爷的兴！"卢筱嘉一看，黄金荣的身边一群保镖，虎视眈眈地看着他，知道惹他不起。挨了打，也不敢吭声，捂着红红的脸，狼狈地逃出戏园。

卢筱嘉哪里吃过这样的亏？这口恶气怎么能咽得下去？回到家，立即给他妈妈撒气，让他妈妈给老爹打电话，说受了黄金荣欺负，要报仇解气！他妈妈是卢永祥的小老婆，平时最受宠。她哪里看得下儿子受气，马上给远在苏州的老公打电话。卢永祥接到电话，先责备老婆不调教儿子，又责骂儿子拈花惹草，到戏园闹事。这小老婆看老公这样对待他们母子，便在电话里撒泼使贱，数说老头子软蛋稀泥，欺软怕硬，不敢惹黄金荣，堂堂督军在上海直不起腰来！小老婆的一番数落，倒真激起了卢永祥对黄金荣的气恼。好你个黄麻皮，仗着有一伙地痞流氓，就敢横行霸道，欺负到我卢某的头上来了，不给你点儿厉害，上海滩谁还把我卢某当作一回事！

想着，他抓起了另一个电话，打回了上海。

电话打给了淞沪护军使何丰林。何丰林接了督军的电话，立即做了安排。

此后，过了几天，共舞台的戏码是《枪毙阎瑞生》，露兰春饰演莲英。黄金荣带了四个保镖，早早来到包厢为露兰春捧场。戏正唱得热闹，唱到“莲英惊梦”一折中莲英痛斥阎瑞生的精彩唱段。黄金荣憋足了劲儿正要喝彩，包厢里呼啦啦闯进一帮士兵，手枪顶在了黄金荣的光头上。他的四个保镖还没反应过来，就被缴了械。用枪顶着他脑袋的人低声喝道：“不许动，动就送你上西天！”

此时，卢筱嘉走进包厢，瞪着眼，恨恨地看着黄金荣，然后一努嘴，一个大汉抢步上前，抡圆了巴掌，左右开弓，给黄金荣吃上了“锅贴”。噼噼啪啪，这一顿好打！打得黄金荣眼冒金星，脸打肿了，牙打松了，眼皮打鼓了，鼻子打破了，脸上大坑套小坑的麻子，坑坑点点都充了血，涨平了，麻子倒没有了。口水和着鼻血、汗水、眼泪，哩哩啦啦直往下流，他喘着大气，不敢出声。打完之后，卢筱嘉一歪头，几个士兵过来，像抓死狗一样，把黄金荣架出包厢。

包厢里这一顿噼噼啪啪的暴打，早已惊动了戏园看戏的人。但看不到是谁在挨打，等黄金荣被架出包厢，全戏园的人都惊愣了，黄金荣也有今天！大家都不再看戏，都来看黄金荣的热闹。戏唱不下去了，连戏班的人也都来看热闹。

黄金荣被人架着，像刑场上的犯人，穿过戏园座位的通道。人们都纳闷，连黄金荣自己也纳闷，我养了那么多打手，那么大的势力，怎么没有人来救援哪？等被架到大街上，黄金荣才明白：只见大街两边，三步一岗，四步一哨，排满了荷枪实弹的士兵。大街已被戒严了！黄金荣一看这阵势，心想，完了。不禁两腿发软，迈不开步了。他被像拖死狗一样，拖到了汽车上。

就这样，黄金荣被在大庭广众之下，送到了何丰林的大牢。黄金荣这个上海滩不可一世的“闻人”，一下子“闻名”了大上海！

兔死狐悲。黄金荣坐了大牢，惊动了杜月笙和张啸林。杜月笙善动脑子，他窃喜自己发达的机会来了！要是救出黄金荣，自己的地位就非同一般了。这个机会不能丢失！

他急忙奔到张啸林的家里，痛哭流涕地表白一番，劝张啸林说什么也得把大佬“捞”出来，毕竟是生死弟兄嘛！

张啸林被说动了，他亲自出马到苏州去“运动”卢永祥。

杜月笙则亲自到何丰林的公馆，“拜访”何丰林。把好话说了几箩筐，话都说出了花儿！并甩出三百万的银票，用以“解除误会”。何丰林这才卖给杜月笙一个人情，答应，可以把黄金荣从大牢里赎出去。

杜月笙亲自接黄金荣出大牢，并送他回家。

在回家的路上，黄金荣瘫坐在车上一言不发。

他黄金荣什么福没享过？什么荣耀没经过？什么场面没见过？唯独没挨过打，没游过街，没坐过牢。在大牢里这些天，澡不能洗，脸不能洗，牙不能刷，衣服不能换，浑身上下脏兮兮的，一团臭气。吃的都是馊饭，喝的都是剩汤，睡的是水门汀地上的稻草。哦呀，那个罪受得就别提啦！这还是小事，我黄金荣这个脸面丢不起呀！我是一跺脚上海滩都乱颤的人物，如今遭人侮辱！丢份呀！上海滩的弟兄们该怎么看我？今后我还是不是他们的大佬？

车到了黄公馆，家人将他扶进堂内，洗澡更衣，这才有了点儿人样。此时，杜月笙来到他身边，亲切地问候道："师傅，好些了吗？"

就这一句问候，让黄金荣热泪横流，一把把杜月笙抱在怀里："兄弟，你能干哪！"，不由地说出了心里话，"这一下我黄金荣算跌到家了！"

"师傅，大丈夫能伸能屈。这点儿泥坑，不是蹚平了吗！来日方长，君子报仇十年不晚！"杜月笙用硬话安慰他。

黄金荣抱紧了杜月笙："兄弟，以后不要叫师傅啦！你把那个拜师的帖子拿来，咱再换一张帖子。从今后你就是我的兄弟！"

打那一天起，杜月笙就与黄金荣平起平坐，称兄道弟，成了哥儿们。

这件事，让黄金荣折戟沉沙，元气大伤，一蹶不振，在家当起了"寓公"，成了缩头乌龟。

杜月笙则踩着黄金荣给他搭的梯子，一跃而起，羽翼逐渐丰满，成了上海滩上呼风唤雨的人物。

上海滩还有个一个地头蛇，名顾竹轩。此人入过"青帮"，做过探目，开过香堂。在上海滩各行各业中，收罗的徒子徒孙有万名之众。他一声令下，能搅得上海滩天昏地暗。但他的势力还比不过前三个"闻人"，只排第四。与黄金荣、杜月笙、张啸林共称为上海滩"四大金刚"，人称"四先生"。

这个四先生，也开着一个戏园，就是有名的天蟾舞台。

天蟾舞台在英租界四马路附近虞恰路的闹市地段。戏园的规模、设备，在上海滩首屈一指。三层坐席加包厢，共有座位三千多个。

别看地段好，设备好，规模大，但当时的上座率并不高，这让顾老板大伤脑筋。他的一个徒弟，绰号"斧头阿七"，是个典型的地痞无赖，打架惯用斧头砍人，因此得此绰号。他看师傅伤脑筋，献计说："师傅，戏园要上座儿，得有叫得响的名角才招人哪！"

"那个道理谁不晓得？可人家不来呀！"

"花大价钱招嘛。"

"那个道理谁不晓得？招得来，养得起吗？"

阿七对顾竹轩奸笑一声，说："招得来，可以不养嘛！"顾竹轩听他说，已明白了斧头阿七的意思。斧头阿七看师傅很欣赏他的说道，忙献媚说，"阿拉有个主意，能把上海头号伶人麒老牌，——麒麟童招来！"

"牛皮不是随便吹的。麒麟童在丹桂，唱得好好的，你能招得来？"

"阿拉有办法嘛！"

"好啦，你招得来麒老牌，算你头功。"

丹桂的老板许少卿非常精明能干，他把上海的大牌伶人麒麟童招到麾下，并给他一个后台老板的头衔，让他掌管唱戏的事。其实是将麒麟童拴在丹桂，攥在手里不放。原来的后台老板尤鸿卿，很理解许少卿的意图，便主动让贤。他这一让贤，则引起了他老婆的不满，夫妻二人为此，闹起了别扭。

这个斧头阿七，已得知尤鸿卿的夫人正为此事与丈夫闹别扭。他便钻空子，从中使反间计，挑拨离间，让夫人出面开销麒麟童。

麒麟童本是以唱戏为本，不愿搅入丹桂的内部矛盾之中，一见夫人插手，便痛痛快快地答应离开丹桂。

麒麟童一离开丹桂，斧头阿七马上找上门，与麒麟童谈“公事”，许下麒麟童到天蟾当后台老板，组织戏班，安排戏码。并许下，以后台四六分成的条件作为报酬。麒麟童不知有诈，慨然应诺，并签下合同。

麒麟童此时已是上海滩响当当的头牌老生。上海戏迷都称他“麒老牌”。他一出马，很快把上海的名角邀到天蟾搭班，并赶排了一出新戏《龙凤帕》。海报一贴，天蟾三千座位卖得座无虚席，一连数日，天天客满。这可把个四先生顾竹轩乐得眉开眼笑。

头三个月的收入分成，一切正常，麒麟童每月能得三四千大洋，也算不错。岂料，从第四个月起，麒麟童的分成逐月递减。

麒麟童找到管事的问怎么回事，管事的说，上座率下降，每月递减。并说：“别看坐得满满的，有很多是客票，不收费的，是为了充填席位。”

麒麟童信以为真，赶紧又拍一出新戏《满清三百年》，这是一出连台本戏。戏报一贴，又是满坑满谷的客满。可是麒麟童的分成却仍然是每月递减，不光他的分成递减，其他邀来的搭档的戏份，也是逐月递减。有的人不满，找到老板顾竹轩论理，顾竹轩把手枪往桌子上一放，厉声喝道：“问问它就明白了！”

配角们惹不起他，只好偷偷辞班，另去搭班。别人可以走，麒麟童已明白上了当，却不能走。他有合同，只好等合同期满再做打算。

眼看合同到期了，赶上过小年。顾竹轩将麒麟童和几个后台人员“请”来，摆了一桌宴席，说是大家一起“过年”。

酒过三巡，顾竹轩诉苦说道：“大家一年辛苦，我是命苦。我一年下来，亏损大了。排戏添行头，置砌末，花老了钱了。可偏偏收入不景气，我亏得连年都过不去啦！你们都是我的兄弟，别人可以看着我受瘪，撒手而去，你们可要给我顶住，替我蹚过这一河苦水呀！”

顾竹轩“请”来的这一桌人，除了麒麟童，都是他的亲信。后台管事是他的表弟，案目头，茶房头，账房先生，总稽查，都是他的打手，斧头阿七更不用说。他们早已串通好了，唯独瞒着麒麟童。老板开了头，大家也纷纷表态，说什么一定要跟随老板，“闯”过“难关”，共担“风险”。

麒麟童虽然年轻，但也曾东西南北闯荡过江湖，颇有见识。他一眼看出，顾老板的这顿筵席，是“苦肉计”外加“鸿门宴”。明摆着是事先安排好了的，演给自己看的。无非是想绑紧他，即使合同到了期，也不准离开天蟾。联想这一年被缩减的分成，知道中了他们早已下好的圈套，悔不该当初与天蟾签合同。既然眼前这出“戏”已唱到了这个份上，他拿定主意，一言不发。看他们怎么演下去！

在座的每个人都表了态，都愿意消减薪水，共渡难关。唯独麒麟童如入无人之境，只管闷头而坐，一言不发。此时，斧头阿七耐不住性子了，把斧头掏出来，往席上一摆，阴阳怪气地说：“师傅尽管放心，大家都知好歹，如有哪个不懂规矩，我的这个家伙是不答应的！”他用手指一指斧头，对麒麟童说，“麒老牌，你说呢？”

麒麟童扫了一眼斧头，用鄙视的眼神儿看了看斧头阿七，鼻孔扑出一缕无名之气，仍是一言不发。

顾竹轩看斧头阿七干在那里，忙端酒杯解围：“阿七，今天是过年，不要说伤和气的话嘛！我想周老板还是愿和我交朋友的。来，我敬周老板一杯！”

周信芳仍是一言不发，无奈地苦笑一下，端起酒杯，喝下了这杯苦酒。

在那个年月，一个孤立无助的伶人，能惹得起流氓大亨吗？只得甘受盘剥。无奈之下，麒麟童被困在了天蟾，用血汗为人家挣钞票。

如此，飞天的麒麟，成了卧槽的驽马。

有一支散曲【南吕·骂玉郎过感恩采茶歌】唱道：

浦江涌浪千重恨，空目断何为亲。地痞流氓满街混，手遮天，行霸道，咋还认？尊称闻人，顶礼似真，口似蜜，心如蝎，剑断魂。霸地夺金，眨眼杀人，无人伦，恨天地，鬼不闻。叹伶人，笙歌尽，断肠人唱断肠人，唱尽冤屈无人问，饮泪悲声抚伤痕。

第一二三回

闻人大亨爱玩票
坤生玉女孟小冬

杜月笙比黄金荣小十九岁，比张啸林小十一岁。他出道晚，资历浅，但却很有手段。他比黄金荣豪爽，比张啸林文雅。比他们有远见，懂谋略，善交际。

在十里洋场，租界与租界之间、军阀与军阀之间，军阀与租界之间，军阀与地方势力之间，地方势力与帮会之间，租界与地方及帮会势力之间，劳工与老板之间，工商、企业竞争比拼之间，金融与社会各界之间，可说是各类矛盾丛生，盘根错节，错综复杂。

杜月笙却能在这诸多矛盾中，穿梭游弋，从容应对，摆平各种势力，游刃而有余。

他善敛财，也会散财。他贩卖鸦片，开设赌场，大把的银元流入他的钱口袋。他对这些钱毫不吝啬，用这些不义之财，笼络政客、文人、帮会骨干等，遮挡他“流氓大亨”的嘴脸。也用钱，打通了他所需要的各个关节。

黎元洪被张勋赶下台后，曾一度滞留上海，杜月笙与黎元洪没有任何瓜葛，但他不问下野不下野，热情接待，全程照顾，并出资救助这位落魄的总统。黎元洪的秘书长为此特撰一联：

春申门下三千客，小杜城南五尺天。

他的门徒，借此大肆张扬，吹捧他为“当代春申君”。

他也以此收买人心。每年他必定花钱购买预防传染病的药水，送回浦东家乡，挨户发放，分文不取，一直坚持多年，很得家乡人心。每逢上海附近出现水火等灾难，他都出资赈济，扶危救难。有时他也亲自出面调解劳资纠纷，维护工人的利益。

此时的杜月笙，非比当年刚出道时的杜月笙。已经俨然由“闻人”，而变成“文人”了。从打扮上，他一改过去胸前挂着大金表链，手上戴着大钻戒，眼上罩着大墨镜的杀手形象。一变而为，整整齐齐地穿长衫，端端正正地戴礼帽，正正规规地穿布鞋，一副文质彬彬的模样。大夏天，在家里也是一身的纺绸衣裤，整整齐齐。别人劝他脱了凉快凉快，他却摇摇头，说：“我的公馆，也算豪门巨宅了吧，如果我这个主人，只穿一件汗衫，我身边这些个红眉毛绿眼睛的人，还不脱得只剩下短裤？那我这杜公馆不就成了洗澡堂子了吗！”因为他的一副文雅相，国民党大佬胡汉民曾称他“侠而儒者”。

不论是“侠而儒者”，还是儒而侠者，杜月笙还是杜月笙。除了黄金荣、张啸天所经营的行业外，他还涉足金融行业，创办了中汇银行。勾结军阀、法租界，成立了“三鑫公司”，垄断鸦片提运。被法租界提名，担任了上海法租界商会总联合会主席，兼纳税华人会监察。真是既有名又有利，名利双收。

杜月笙有一个最大的嗜好，就是看京戏。他自诩为“天下头号戏迷”，他确实戏瘾很大，不光爱听戏，爱看戏，还爱上台票戏。他曾是上海多家票房的理事，并自己在徐品丹老西门创办了“恒社”票房。恒社票友有三十几号人，都是他的门徒以及军政工商各界的要人。因为恒社票房人多，角色齐全，他经常粉墨登场过戏瘾。他曾和张啸林合演过《连环套》《打严嵩》《骆马湖》。上海证券理事长张蔚如主演《三堂会审》，他和张啸林分别扮蓝袍和红袍。

为了上台票戏，他还专门请来天津的“戏包袱”苗胜春教戏。苗胜春曾坐科天津德胜魁科班，号称文武昆乱不当。杜月笙以师尊之，称他为“苗二爷”。杜月笙上台，全由他精心包办，化装、扎扮、检场，甚至行头也全由他来设计、打理。

杜月笙在唱戏上很舍得花钱，为唱《连环套》，光黄天霸的行头他就置了四套，出一次场换一套行头。因为头盔镶的宝石太多，压得他头昏脑涨，再加上慌场，总是忘词儿。每当他一忘台词儿，台上台下就一起忙活。台上，苗二爷赶紧端着茶壶来饮场，借着饮场，给他递词儿。台下，众位弟兄就为他高声叫好，喝彩打掩护。——总之，他一上台唱戏，他的票友弟兄、哥儿们、打手，都跟着他忙活。他自己也被折腾得难受，一场戏唱完，他一边卸装一边苦笑:“阿拉唱一场戏，如同生一场病，实在吃不消。我这是苦中作乐呀！”

杜月笙自称是“天下头号戏迷”，因而他对伶人格外赏识，另眼高看。与当时一些所谓社会名流，一面捧角，一面又歧视伶人，骂他们是“戏子”“下九流”之辈的人截然不同。

他尊重伶人，尤其喜欢交结京津沪的梨园名人。谭鑫培、梅兰芳、杨小楼等都曾被他请到恒社交流。他对伶人格外呵护，经常为他们排忧解困，随时为他们解决难题。他和不少梨园名人，都结下很深厚的友谊。梅兰芳每次到上海演出，杜月笙都首先接他到公馆洗尘接风。杜家的每次堂会，梅兰芳都到场唱和。杜月笙还和梅兰芳同台唱过《四郎探母》的坐宫一折。二人交情颇不一般。

说来也怪，他这个自诩“天下头号戏迷”的称号，也有来头，是迷上了一个十二岁童伶的戏，才给自己叫起来的。

这个童伶就是孟小冬。

孟小冬，祖籍山东济南府。她乳名若兰，本名令辉。因生于冬天，故取艺名筱冬，后改小冬。

祖父孟七，老徽班出身，唱昆曲和乱弹，工武生兼武净，是与谭鑫培同时代的著名艺人。为谋生，一直在长江下游一带跑码头。后带着五个儿子，在上海天仙茶园长期演出。与丹桂茶园的夏月恒父子，同为两大梨园世家。

孟小冬的父亲名孟鸿群，是孟七的第五个儿子。孟鸿群子承父业，工武净兼文武老生，得其父真传，唱《铁笼山》《收关胜》《艳阳楼》《通天犀》等大武把子戏，很有他父亲的派头。麒麟童成名后，他曾多次与麒麟童配戏，唱《大名府》《宋教仁遇害》《花蝴蝶》《要离断臂》等。麒麟童很佩服他的武功。当年，已近古稀的谭鑫培，最后一次来上海唱戏，这位伶界大王，在新新舞台唱全本的《连营寨》，指名道姓地请孟鸿群为他配演赵云。谭鑫培多次到上海唱戏，与孟七一家颇为熟悉，对孟家兄弟的功夫也了如指掌，点名让孟鸿群配戏，也就不为奇怪了。那年孟鸿群三十五六岁，正是身强力壮，英俊潇洒的时候，他一上台，红花配绿叶，身手不凡，演活了赵子龙，让老谭好一番夸奖。

孟小冬是孟鸿群的长女，孟家三代人中，九个唱皮黄，孟小冬襁褓之中就包围在京戏的氛围之中。五岁就被父亲带到上海老城的城墙上喊嗓子练功，六岁跟着父亲跑码头，七岁就登台唱娃娃生。

那年，她跟随父亲在天津唱戏，有一天，父亲唱《扒腊庙》，扮演诸彪，与费德功交手打把子，一个抢背过后，突感天旋地转，倒在了戏台上。台下一片哗然，孟小冬正在上场门侧看戏，一看父亲被抬下场来，赶紧扑了过去，父亲对她和众人摆摆手说："没事的，我休息片刻还上场！"

孟小冬此时像大人一样，坚定地对爹爹说："爹爹，您多歇一会儿，台上冷不了场，我上！"

说完，便对文武场交代一下，挑帘登台。

台下的观众一看上来个小女孩，不知怎么回事，立即安静了下来。

孟小冬不慌不忙走到台口，对台下深深地鞠了一个躬，朗声说道："各位看客，十分抱歉，刚才是我爹爹偶感不适，让他歇息片刻，由我加演一段清唱《捉放曹》。"

说完，冲文武场一点头，伴奏开场。她放声唱道："听他言吓得我心惊胆怕，背转身只埋怨自己做差，我先前指望他宽宏量大，却原来贼是个不义的冤家。……"

她的唱腔声韵优雅，嘹亮甜美，丝毫没有女孩子的雌音。天津的观众是好择毛的，但这个小姑娘却唱得无可挑剔，且无与伦比。台下的观众被这个小姑娘震惊了，喝彩声阵阵不断，唱完这段，还鼓掌欢迎她再来一段。

孟鸿群简直不敢相信眼前发生的一切，哎呀呀，这个不满八岁的女儿，竟然如此为爹爹争气！他的心头一阵热涌，眼泪顿时填满眼眶。

哪知，孟鸿群得的是脑中风，经过医治，虽然保住了性命，但从此再也不能登台唱戏。一家的生活重担，眼看要压在不满八岁的孟小冬身上。父亲拖着病体，一方面安排孟小冬唱戏，一方面张罗着让她拜师。

孟小冬的姨夫仇月祥，与刘鸿声是同门，有孙菊仙的风格，孟小冬嗓音高且亮，适合唱孙派。父亲就让女儿拜仇月祥为师。

拜师时，孟鸿群教导女儿，既然唱戏就要当角。

孟小冬立志说：“要当角，就当大角。当谭鑫培，谭大王那样的大角！”

孙派的风格是唱腔高亢，力道十足。刘鸿声吸收了孙菊仙唱腔的高亢，借鉴了汪桂芬唱腔的甜韵，创造出高亢甜韵的唱腔。仇月祥则宗刘鸿声的风格，唱孙派戏。刘鸿声叫得响的戏是“三斩一碰”。就是《辕门斩子》《斩黄袍》《失空斩》《托兆碰碑》，仇月祥就先教孟小冬唱“三斩一碰”。所以孟小冬的启蒙坐科，不是谭派，是孙派。因为生活在上海，他也学了麒麟童的《徐策跑城》《扫松下书》等海派戏。

学戏是要挨打的，孟小冬也没少挨姨夫的打。但她明白，“不打不成才”，“不打不成戏”。为了成才，挨打受苦也甘心情愿。她绝顶聪明，一出戏，用不了多少时间就拿下来了。因此，姨夫打也打她，但还是很心疼她、喜欢她的。她跟着师傅学戏，师傅随着戏班唱戏，她也跟着戏班四处奔波。这也给了她见识交流的机会，每遇上文武老生唱戏，不管是哪一派，她都凑上去请益交流，从不轻易放过。大家看这个小姑娘这么虚心好学，都特别喜欢她，倾囊相授。因此她也得了不少“外快”，学会了《逍遥津》《七星灯》《哭秦廷》《闯幽州》等戏。

因为不能登台，家里断了生活来源，日子实在没法过了，孟鸿群背着孟小冬，把五岁的小女儿孟佩兰送了人。孟小冬得知妹妹被人领养后，大哭一场。为了分担父亲的压力，她回到戏班，哭着央求姨夫，要登台唱戏。

从此，孟小冬就正式登台唱戏，那年她刚九岁。她唱的第一出戏是《乌盆记》。

别看她年小，却少年老成。

她唱的是一场堂会戏。

这场堂会是为沪上一个“闻人”关炯之祝贺四十大寿，堂会在哈同花园举办。

来唱戏的除了戏班，还有集雅歌集和久记社两个票房的票友。孟小冬唱《乌盆记》，与她配演张别古的是票友——上海著名剧评家冯叔鸾。

孟小冬上台之后，竟把孙派老生的唱功、行腔、做派、神态表演得淋漓尽致。尤其她那高亢响亮甜润的嗓子，更是把孙派的韵味表达到了无与伦比的地步。在座的都是京戏行家，尤其冯叔鸾，与她配戏，在台上看得清清楚楚，听得真真切切。真想当下给她叫好，因在戏中，只有打心里佩服。台下的观众，可声为她喝彩。冯叔鸾一下场，就动手写剧评，夸奖这个小姑娘。第二天就上了《申报》，孟小冬的名字，九岁就第一次出现在大上海的报纸上。

台下看戏的票友，其中有一人就是杜月笙。

那时候杜月笙还没成大气候，只是诸多“闻人”中的一员。他只是爱看戏，但还没到痴迷的程度。但是看了孟小冬的戏，却给他留下了永不磨灭的印象。在他看来，孟小冬绝非一般演员，将来必有大的造化。他暗暗发誓，如若自己有能力，一定好好打造这个女天才！自此，孟小冬的戏他一场不落，孟小冬若是天天有戏，他天天去看。

就这样迷上了孟小冬，并自封为“头号戏迷”。

哪知，突然一天，孟小冬在沪上销声匿迹了。

有词【卜算子】写道：

附庸风雅人，风雅那堪误？花钱买来风雅时，挥金如粪土。 扎进京戏去，风雅自相顾。乘兴扶植女奇才，一生皆投入。

第一二四回
头号戏迷悲心悯 初露头角得机缘

当时的上海，正是“髦儿戏”兴起的时候。人们跟风似的看髦儿戏。

所谓髦儿戏就是女人登台唱的戏。一个戏班都是女角，叫“髦儿戏班”。虽然时兴，但受重男轻女封建思想的影响，髦儿戏班不准登大雅之堂。

孟小冬所在的这个戏班，虽然不是“髦儿戏班”，但班小没有名气，只得跑江湖，在外面找台口。

孟小冬随戏班到了无锡。

她在无锡，唱戏的戏园，是新世界花园剧场。这个戏园设在楼顶的平台上。楼下是旅馆、书场、电影院，并设有电梯，在当时是顶气魄的大场所。

因为孟小冬在上海一场堂会出了名，戏班就拿她当顶梁柱。她上场次数越多，唱得越多，名气就越大。一晃几年过去了，已经是名声显赫了。

这一年她十二岁，在屋顶花园剧场唱《逍遥津》。海报一贴，无锡的戏迷都慕名而来，都想一睹这个十二岁大坤生的芳容。

孟小冬饰汉献帝，她从帘后叫板——“伏后御妻呀——”，一声叫板，先声夺人，还未出场就喝彩不止。接着出场唱“二黄导板”“回龙”“原板”——“父子们在宫院伤心落泪，想起了朝中事好不伤悲。曹孟德与伏后冤家作对，害得她魂灵儿不能相随。二皇儿年岁小孩童之辈，他不能在灵前奠酒三杯。我恨奸贼把孤的牙根咬碎，他上欺君下压臣做事全非。欺寡人在金殿不敢回对，欺寡人好一似鼠猫相随……”

她这一大段唱腔，唱得悲凉凄惨，荡气回肠。唱得台下的观众随着唱腔，悲声呜咽，一同进入戏中，恨曹操的奸诈、蛮横和惨无人道。唏嘘慨叹之后，深感这个小姑娘唱得好！接着是掌声雷动，喝彩叫好。

接下来一个多月，她天天上场，唱的戏码有《武家坡》《捉放曹》《奇冤报》《白虎堂》《击鼓骂曹》等。她演《击鼓骂曹》中的祢衡，唱做念白，句句到位，英姿勃勃，充满英雄之气，很叫人叹服。她演《失空斩》中的诸葛亮，小小年纪，却演得老到沉稳，把诸葛亮足智多谋，沉着果断，机谋权变的军师形象刻画得栩栩如生。

当时的《锡报》评论：

“工架老到，腔调圆润，咬字清切，态度自如，为所有目睹者共赏。”

“王勃十四岁作《滕王阁序》，自古惊为天才，孟小冬十二岁能唱皮黄各调，亦天才也。”

此时，袁世凯的二女儿之夫薛观澜也在无锡。看了戏，特把孟小冬请到家来唱堂会，唱《黄鹤楼》，刘备的一段唱“休提起当年赴会在河梁”，此一句就使四座皆惊，彩声骤起，经久不息。之后，薛观澜每提起此唱，都啧啧作叹。

因为她名声鹊起，结识了不少无锡的名门望族。除薛观澜外，还有北洋政府的高官亲属杨寿彬等，杨夫人还特邀孟小冬同游梅园。孟小冬与无锡名门结下了很深的友谊，后来到京城，多受庇护。

从无锡回到上海，孟小冬被大世界的老板接到大乾坤剧场唱戏。

孟小冬从上海无声无息地消失之后，一晃过了四年。

这四年，让杜月笙过得很不安生！他千方百计打听孟小冬的踪迹。这一天终于在海报上又看到了孟小冬的名字。

他急不可耐地赶到大世界去看孟小冬的戏。

此时他看到的孟小冬，已非四年前看到的孟小冬。虽然只过了四年，但孟小冬已长出了大姑娘的轮廓。

这天孟小冬的戏码是《击鼓骂曹》，当祢衡唱到：“纵然将我的头割下，落一个骂贼的名儿扬天崖。”唱腔刚落，场内喝彩声哗然。

在台下看戏的杜月笙，被这刚健雄浑的声音震服了。

果不出自己当初所料，这个小姑娘真成了大器了！

有一天，唱完戏，孟小冬正在卸装，杜月笙来到后台，来到孟小冬的面前，朝身后摆摆手，后面两人抬过一个一人高的大花篮。按着他的指挥，摆在孟小冬面前。花篮放好后，杜月笙又摆摆手，抬花篮的人默默离去，杜月笙对孟小冬深鞠一躬，彬彬有礼地说：“孟大小姐，阿拉这厢有礼了！”

杜月笙念着韵白，像台上唱戏一般。

孟小冬观此人，三十上下年纪，留着寸头，面色苍白清瘦，身着长衫，倒不像歹人。但如此拿腔捏调来献花，颇为好笑。

正不知如何回答，杜月笙又念着韵白说道：“恭喜孟大小姐演出如此成功。”

这不禁逗得平时不苟言谈的孟小冬，“扑哧”一声乐了。

师傅仇月祥虽没见过杜月笙的面，但此时杜月笙的名声已在上海赫赫有名了。一听到杜月笙的大名，又见送上如此气魄的一个花篮，判定此人必是杜月笙。赶紧趋步上前引见，孟小冬这才收敛笑脸，上前接过花篮，然后双手合十，向杜月笙还礼致谢。

打此之后，杜月笙便经常到后台献花篮。

次数多了，孟小冬便对杜月笙熟悉起来。每次杜月笙都很想与孟小冬攀谈，请教戏中的动作、唱腔、行头什么的。

起初，孟小冬，心存戒心，不愿与之多说话，只是以微笑应付。

久而久之，孟小冬看一个三十多岁的大男人，恭敬虔诚，向自己一个小姑娘家家的伶人，求教戏上的事，而且问得合情合理，神情如此专注，绝不是没话找话，心怀不轨的样子。何况听说，他就是沪上三大闻人之一的“大人物”，就更增加了对杜月笙的敬重。于是便解除了心头的戒备，敞开话题与他进行交流。

由谈戏，到谈演出，进而到谈戏份，到谈生活。杜月笙对孟小冬了解得越来越多，越是对孟小冬格外关心。因为杜月笙上过台，他有扮装唱戏的感受，他知道唱戏人场上的辛苦。何况孟小冬每天上戏，一年三百六十天，大部分是在戏台上拼搏。又听说孟小冬的父亲因病不能登台，家庭的重担都压在这个小姑娘身上，很是同情，很是佩服。他想周济孟小冬，但每谈到此，孟小冬都严词拒绝，晦默甚深。

在孟小冬看来，只能做忘年的戏友，不能有过分的交往。

杜月笙则认为，既是打造栽培于她，就要尽心尽力。

在征得孟小冬本人和她爹爹孟鸿群、师傅仇月祥的同意之后，杜月笙给孟小冬介绍了一位谭派行家。

此人姓程名君谋，程君谋就是当今著名演员程前的爷爷。程君谋出身官宦世家，自小喜欢皮黄，曾跟陈彦衡学过戏。当然学的是地道的老谭派戏，他唱的老谭派，在上海首屈一指，人人叹服。只是奈于出身，不能下海，只好玩票。杜月笙看他是个人才，便把他拉到恒社票房，二人成了好朋友。当年余叔岩来沪唱戏，票界观后，都认为老派谭味儿比不过程君谋。

谭鑫培是伶界大王，时人无腔不学谭。孟小冬的父亲孟鸿群是非常清楚的，孟小冬的师傅仇月祥也是非常清楚的。尽管仇月祥的孙派名气也很大，但时下谭派走红，人们还是追捧谭派。孟鸿群在穷困潦倒的情形下，没有能力让孟小冬拜谭派的师傅，仓促之间也难找谭派的高手，只能把孟小冬交给亲戚仇月祥。仇月祥也明白，凭孟小冬的天赋，学谭派更有出路。如今得杜月笙介绍，能学谭派，那是小冬的造化。

杜月笙把孟小冬带到恒社，拜程君谋为师。程君谋一个票友，收了一个正规伶人，而且是一个很有潜力的伶人为徒，当然感到自豪。于是下决心，一定把这个徒弟带好。

孟小冬跟着仇月祥学的是孙派，进了恒社，拜了程君谋，开拓了眼界，感到谭派确实比孙派更文气，更适合须生演唱。程君谋把孟小冬以前唱过的戏，一出一出重捋一遍，念白、声腔、气口、咬字等，一句一句从头教起。虽然孟小冬天资颖透，但程君谋觉得纠正老腔，比学新腔还不容易。师徒俩，教得认真，学得刻苦，一年功夫，孟小冬已由孙派变为谭派。

为培养孟小冬，杜月笙可说是不遗余力。他千方百计又搬来了孙佐臣。

孙佐臣何许人也？孙佐臣，北京人，名光通，字佐臣，小名老元。他自小坐科学戏，因倒仓坏了嗓子，便改行学操琴。他与梅雨田是同门师兄弟，两个人的琴都拉得很好。孙佐臣十七岁便给大老板程长庚伴奏。程长庚去世之后，他相继给谭鑫培、汪桂芬、孙菊仙等操琴。对后三杰的唱腔都十分通透。尤其对谭鑫培的戏，可说是了如指掌，细微末梢都托伴得分毫不差。

他手大，指长，拉琴时，高低音无须倒把，上下裕和，音位准确，琴声响亮，干净刚健，托字随腔，能把唱包裹得浑圆柔润，腔琴一体，浑然天成。陈彦衡对他拉琴十分钦佩，陈彦衡说他“手音极响，以挺拔取姿，虽好花点而路数大方，不失矩镬。”余叔岩在汉口和上海演出，都是孙佐臣拉琴伴奏。那时，孙佐臣曾获“全国第一琴”的美誉。

杜月笙请来孙佐臣是花了大价钱的。他说服孟小冬拜孙佐臣为师，孟小冬当然乐从其意，欣然接受。

此时孟小冬已是十六七岁的大姑娘了，她一生从不涂脂抹粉刻意打扮，她的审美准则是“艺人之美，应表现于舞台之上，而不是在台下的修饰。”

因为是拜京城请来的这位胡琴大师为师，她特意穿着得比较庄重。枣红色的缎面旗袍，外罩黑獐绒的坎肩，头戴貂皮帽子，显得气质非凡，文雅大方。

此时的孙佐臣，已是六十多岁的老头了。此公一向只重艺术，不修边幅。他大概怕上海冬天天冷，身穿一件咖啡色厚厚的棉袍，还外加一件黑呢子的背心，头戴一顶蓝色的毡帽，显得有些臃肿邋遢。一张瘦马脸，干瘪无光。人中处还沾着一撮黄色的鼻烟末，吸溜吸溜，直抽鼻子。

相形之下，这师徒俩一个高雅秀气，一个土得掉渣。参加拜师仪式的人，都瞧着这俩人好笑。

拜师之后，师徒先唱和一段。孙操琴，孟唱戏。孙佐臣的琴声一响，举座皆惊。孟小冬的唱腔一出，蓬荜生辉。这师徒俩真是机缘巧合，天地造就一般。

孙佐臣有一肚子的好谭腔，听了孟小冬的唱，他听出了孟小冬的前程，乐得收这样一个徒弟，他倾囊相授。其后数年，他都常伴孟小冬左右，为其操琴、吊嗓、说戏，使孟小冬真正步入了谭派艺术的殿堂。

孟小冬在上海唱的第一场谭派戏，是《四郎探母》，操琴孙佐臣。戏报一出，轰动全城。戏园卖了个满坑满谷，还有买加座儿、靠大墙的。这一场戏下来，孟小冬谭派的名声就在沪上传开了。接下来，一连一个多月，天天贴演谭派戏，孟小冬俨然成了上海滩的谭派名人。

只要有孟小冬的戏，杜月笙是必然到场。散场后，到后台陪孟小冬聊聊天儿，消消乏。有时还拉孟小冬到餐馆吃宵夜。

这一天，两人边吃宵夜边聊，说到孟小冬的戏路，杜月笙建议说：“眼下，你谭派的名声是树起来了，但须锤炼，老谭派的味道很浓。如今余叔岩的新谭派更受欢迎。你不妨到北方去闯荡闯荡，看看有没有机会拜余叔岩、言菊朋为师，他们已自成一派，唱腔交关好听。你的嗓音天赋远胜于他们哪！”

孟小冬对杜月笙几年的培养，心存由衷的感激，她对杜月笙的这席话，很是赞成。兴奋的脸上布满红云，慢慢说道：“是啊，对于京戏艺员来说，沪上的名角，得不到京津观众的认可，名气再大也是野路子，称为‘海派’。不是有人说过吗，‘情愿在北京数十吊一天，不愿在沪上数千元一月！盖上海人三百口同声说好，固不及北边识者之一字也！’”

“如果你同意我的建议，你可尽快移师北去，费用你不必多考虑，我自会安排。”杜月笙当即表态，全力支持。

孟小冬也当即表示，走谭、余派的戏路，北上求师深造，艺不成名，决不返沪。

有散曲【越调·寨儿令】唱道：

角唱戏，票唱戏，正好大角对戏迷。一个花钱，一个学艺，角票两欢喜。倾心追捧加推举，感恩深造抓时机。只为暗恋用心，愿承雨露晨曦。笑嘻嘻，又传好消息。

第一二五回

周信芳逃离虎口
裘丽琳择配私奔

周信芳被困在天蟾戏园，钱挣不到，又不得脱身，很是苦恼。无奈之下，他采取了一个磨洋工的办法。就是偷懒，耍滑，不卖力气。他想，你老板不让我走，我不好好唱戏，卖不上座儿，你戏园关门，看你让我走不让我走？

他这一招儿让顾竹轩看出来了，顾竹轩威胁周信芳说："麒老牌，不要不识相，我顾竹轩可容不得别人给我过不去！要不然，小心吃饭的家伙安得稳当不稳当！"

麒麟童听后笑笑反唇相讥："顾老板是很识相的，若不然你吃饭的家伙安得那么稳当！"

麒麟童唱戏照样不卖力气。顾竹轩心里明白：麒麟童是上海的名人。名声不在他顾竹轩之下，吓唬一下可以，但要动真格的，他也不敢轻易下手。

说起来也怪，麒麟童在台上故意荒腔走板的唱戏，不但上座儿没减，反而越来越增。原来上海滩只见过唱戏一向卖命的麒麟童，没见过唱戏耍滑，偷工减料，慌腔走板的麒麟童。消息一传出去，沪上的戏迷反倒很感兴趣，倒要看看麒老牌是怎样个耍法？上座儿的人反而多了起来。

顾竹轩一见上座儿多了，管他麒麟童怎么唱，只要我挣了钱，就由他去吧！他反而撒手不管了。

消息传到了杜月笙那里，杜月笙觉得这很糟蹋麒老牌的名声。他对麒麟童的艺术素来佩服，经常邀请麒麟童来恒社唱戏，他和麒麟童很有交情。对麒麟童当前的处境也很同情，由于与顾竹轩的关系，不好亲自出面帮助麒麟童。

正在此时，倒有了一个机会。

黄金荣的儿媳李志清要学戏，来找杜月笙帮忙找个师傅。杜月笙听后，略一思忖，计上心来。他笑道："贤侄媳要学戏，当然要请沪上最好的角了，沪上最大的角，哪个比得上麒老牌？"

"能请麒老牌敢情好啦！"李志清为难地说，"他在天蟾唱戏，不是走不脱吗？"

"哦？怎么走不脱？"杜月笙明知故问。

"天蟾的老板顾四爷能放他？"

"顾四爷还不听你家公爹的？——你家公爹出面，借一借麒老牌，顾四爷还能说不借？”

李志清听后顿开茅塞：“哎呀，还是杜叔叔想得周全。我得了您的主意，谢谢您啦！”

李志清千恩万谢地离开杜月笙，打道回府了。杜月笙看着她高高兴兴地离去，不由得心里一阵窃喜。

李志清回到府上，央求公公出面借一借麒麟童。黄金荣耐不过儿媳的央求，给顾竹轩打了一个电话。顾竹轩接了电话，满口答应。心里却暗暗叫苦，只得同意放出麒麟童。

送走了李志清，杜月笙给丹桂茶园的老板许少卿打了一个电话，让丹桂园接纳周信芳，这对于许少卿来说是天上掉馅饼的事。本来当时放走周信芳就是后台闹内讧的过错，如今周信芳能重返丹桂，是他巴不得的事。这次有杜大亨给做后台，还怕他顾竹轩来找碴儿寻事！

麒麟童被黄金荣借到府上教戏，先拜见了黄金荣。黄金荣见了周信芳，摆摆手说：“有劳麒老牌了，儿媳拜你学戏，是她的造化。你只管放心教戏，顾老四那里由我来打理。”

麒麟童多日憋在心里的疙瘩，一下子化开了。有黄金荣保驾，还怕他顾竹轩不放！

麒麟童白天在黄府教了一天戏，天晚了，收拾停当回家。刚走出黄府不多远，一辆卧车停在了他的身边。他正警觉是不是顾竹轩派人来暗算他，车窗打开了，杜月笙在车上对他招手。他见是杜月笙，欣喜非常。杜月笙打开车门，请他上车。麒麟童上车坐稳后，车子开动了。二人相见分外亲热，寒暄之后，杜月笙开门见山：“你白天教李小姐唱戏，晚上到丹桂唱戏如何？”

“当然很好，只是天蟾那边……？”

“这个你不必担心，我已经安排好了，你只管去唱戏。每天我派车子接送你，以防有人心里不舒服，出岔子。”

“感谢杜老板的周到安排！”

就这样，周信芳又回到了丹桂唱戏。

丹桂的戏报一贴，全城惊动。

斧头阿七气得晃着斧头对顾竹轩说：“我去砍了这个戏子，给师傅出气！”

顾竹轩摇摇头，长叹一口气：“打狗还得看主人呢！你也不看看这个戏子宝贝似的，被黄、杜两位大爷护着哪！——一个臭戏子，值不得脏了我们的手！”

周信芳重返丹桂，丹桂戏园天天爆满。

在丹桂园看戏的人中有一个混血女郎，名叫裘丽琳。

裘丽琳怎么是个混血姑娘呢？这得从他爸爸说起。

裘丽琳的爸爸名叫裘仰山，是浙江绍兴一个农民，在家行三，小名阿三。后流落到上海，在天成茶庄当伙计。那一年，年关将近，老板和经理都回家过年去了，留下阿三看店守门户。正在这时候，来了一位苏格兰商人，到茶庄进货。他要的货量很大，阿三看这是一个老客户，且一直很守信用，怕失了这一单生意，跑了赚钱的机会，就当机立断把货发给了他。按着以往的规矩，先付三分之一的货款，其余货款给一张期票，待来年第二次进货时再全部结清。哪知这个苏格兰客商一去不返，老板怀疑阿三受了外国佬的贿赂，故意坑害茶庄。一纸诉状，把阿三告上了法庭。法庭判阿三越职行事，包赔一半损失。阿三把全部家当卖掉赔偿了老板，落得一无所有，流浪街头。哪知期过一年之后，那个苏格兰商人又回来了。原来是那个商人运货途中遭遇风浪，他避风修船耽搁了时间，故而迟迟未返回来。

他返回来后，得知阿三为他遭了难，很是过意不去，满街寻找，终于找到了阿三。他诚恳地向阿三道歉，并偿还了阿三的损失，于是两个人成了好朋友。两个好朋友商议，合股开了一家裘天成茶叶店。这个苏格兰商人，喜欢阿三的老诚，便把自己的女儿许配给阿三做妻子。

阿三从此交了好运，生意越做越大，发了大财。又在上海开了一家金银首饰店，取名新天宝银楼。一步步，阿三成了上海滩数得上的富商。本人也取了个大名，叫裘仰山。

裘丽琳就是富商裘仰山的女儿。

裘丽琳在圣贞德女校读了七年书，说得一口流利的英语。裘丽琳结业后回到家里，整日无事可做，便随哥哥玩耍。他的哥哥裘剑飞是个典型的纨绔子弟，每天就是吃喝玩乐。经常带她出入社交场合，由于裘丽琳长得漂亮，有些公子哥则追逐她，向她求爱。裘丽琳很讨厌那些人，就离开哥哥，一头扎进戏园，喜欢上了京戏。

他第一次看到麒麟童，就是在丹桂茶园。那时麒麟童正唱《鸿门宴》，他扮演张良。这个年轻漂亮的张良，一下子把裘丽琳给迷住了。从此，每逢麒麟童有戏，他都来看。星期天周信芳加场，上午，下午，晚上，都有戏。裘丽琳也跟着加场，上午，下午，晚上，她场场必到。

这个“小洋人”的行动，引起了戏园看门的一个老头的注意。他看这个“小洋人”如此执着，而且场场必到，每次都坐一个位置，目不转睛地盯着看麒麟童，他很感兴趣。

有一天裘丽琳来得很早，老头便兴味十足地亲切问道：“这位小姐，您很喜欢京戏呀？”

裘丽琳干脆利落地答道：“我喜欢麒麟童！”

“哦哦……，麒老牌知道吗？”

“我不管他知道不知道，反正我喜欢他！”

“喜欢听他的戏？”

“喜欢他这个人！”

老头小声地对她说：“麒老牌是有家口的人啦……”

“这我早打听了。他有个老婆，大他四岁，还有两个儿子，都坐科学戏呢。他不喜欢他老婆，两个人正闹别扭，已分居了。”裘丽琳一个磕巴不打地说得很清楚。

老头被说得没了词儿，疑惑地看着这个小姑娘，点点头，示意她赶快入场。

裘丽琳对周信芳是一往情深。可是如何向周信芳表达呢？她是个在“洋”学校读过书的学生，不会也不懂得市面上一般太太小姐们献媚取宠的高招。她想了一个时髦的主意，就是组织义卖会。

义卖会，是当时“上流社会人士”的一种时尚。义卖的商品比平时的价钱要高许多倍，请一些大家闺秀当义卖员。以吸引上流社会人士来义卖会购物，所得利润，用作专项捐助。平时的义卖会，都是请一些知名人士参加，以提高义卖会的品位，但却从来没有邀请过伶人。

这次义卖会，是裘丽琳发起的，她专门发请帖邀请伶界的名人参加，麒麟童当然在她的邀请之列。

裘丽琳还故意邀请哥哥裘剑飞当主持，裘剑飞对名伶当然很熟悉，他把伶人一一介绍给裘丽琳。当介绍到麒麟童的时候，裘丽琳主动拉着周信芳的手不放。周信芳看这个小姑娘开朗可爱，便与她攀谈起来。两个人越谈越投机，从此就交上了朋友。

裘丽琳自从与周信芳交上了朋友，就经常主动约会交往。慢慢地由一般朋友发展为一对恋人。

上海滩报界的记者，个个是采集桃色新闻的高手。为了躲避他们，两个人将约会地点定在郊外，然后，各自乘马车分头前往。到了郊外，或是小河边，或是菜地旁，或是林荫下，二人携手漫步，卿卿我我，更加浪漫，倒也别有一番情调。

但是，无论怎样躲避，总是躲不过记者的眼睛。终于有一天，报纸上登出了周信芳与裘丽琳的桃色新闻。

一篇出笼，各报竟跟。

铺天盖地，吵得纷纷扬扬。

裘剑飞首先找来妹妹责问，裘丽琳把脸一歪，倒责怪起哥哥，都怨他给牵线搭桥。裘剑飞被倒打一耙，十分恼火。下决心拆散这对鸳鸯。

裘丽琳的妈妈裘罗氏，也在报纸上看到了女儿的桃色消息。裘家毕竟是上海滩的大户，怎能容许一个千金大小姐下嫁给一个戏子呢？再说报纸上的桃色消息，也大伤裘家的脸面呀！她一气之下，把裘丽琳关在家里，不让她出门。又指使儿子裘剑飞，赶快去“灭火”，扑灭这些桃色渲染。

干这种“灭火”的事，裘剑飞倒是很在行。他动员一批哥儿们，把各报的记者都找来，每人送一沓钞票，然后请大家聚餐，酒过三巡之后，裘剑飞举杯说道：“各位，请高抬贵手，不要再写舍妹的桃色新闻了。拜托！拜托！”。

然后，裘剑飞还亲自找到周信芳威胁：“不许再与我妹妹来往，否则借只脚来用用！”

与此同时，裘罗氏赶紧张罗着为女儿找婆家。很快找到了一位天津纺织厂的经理，裘罗氏觉得倒是门当户对，就张罗着赶快办理婚事。这位经理赶紧花了大价钱，买了首饰、衣服等彩礼送上门来。

报纸上的桃色新闻，被“扑灭”了。可裘家家里，又出了麻烦。

裘丽琳被妈妈关在家里，对她妈妈给自己找婆家的事，根本置之不理。可是出不了大门，逃不出去，早晚还不得任妈妈摆布？她心里急得火烧火燎的，坐卧不安。

她的心事，很让在裘家做家务的表妹朱灵芝同情。朱灵芝主动提出愿作表姐的红娘，为她穿针引线，传递消息。有了表妹的帮助，裘丽琳当机立断：与周信芳私奔！

她立即给周信芳写信，约定了时间、地点，让他做好接应。

这天中午，在朱灵芝的掩护下，裘丽琳逃出了裘家大门。

离大门不远，周信芳已顾好了一辆双套大马车等在那里。裘丽琳一上车，车夫便扬鞭催马，疾驰而去。

二人在北火车站上了火车，去了苏州。到了苏州，为了不易暴露，周信芳将裘丽琳安排在城边的一个小旅馆里，然后又乘车返回上海。

裘罗氏不见了女儿，马上责问朱灵芝，朱灵芝矢口否认，还辩解说：“中午我也睡着了！没听到一点表姐的动静。”

裘罗氏打发儿子裘剑飞赶紧去找！

裘剑飞赶紧花钱雇来一帮地痞混混，在上海大小宾馆、旅社去找。

又派人到到码头、火车站去找。

火车站的检票员说：中午麒麟童带了一个年轻女子去了苏州。

裘剑飞立即带人去了苏州，在苏州市区宾馆查找，仍未见踪迹。正在着急之际，上海打来电话说，麒麟童在戏园正在化装，准备上场啦。

裘剑飞又带人急急忙忙杀回上海。等赶到戏园，周信芳已经唱完戏卸装走了。裘剑飞又急忙派人到周信芳的家里，结果仍是一无所获。

其实周信芳卸了装，又即刻乘火车赶回了苏州。

就这样，周信芳与裘剑飞玩起了猫捉耗子的游戏。

几天之后，裘罗氏接到了一封女儿的来信。信中写得很明白：我已和周信芳蒂结鸳盟，如果家里不同意，我便登报声明，与裘家断绝家庭关系。

看了裘丽琳的信，裘剑飞气得暴跳如雷，声言派人刺杀周信芳。如不然则诉诸法庭，告周信芳“拐骗妇女罪”。

毕竟女儿是妈妈心头的肉，裘罗氏还是心疼女儿。既然生米都煮成熟饭了，打官司更是张扬事态，有损裘家的体面。刺杀周信芳岂不是让女儿守寡受罪？更不可取。权衡再三，裘罗氏决定同意女儿的婚事，要求他们一定要正式举办婚礼。为了不张扬，掩盖先前的桃色传闻，举办婚礼不许登报，不许请客，不许通知亲友。

此“三不”倒正和周信芳的心意。于是他在戏园挂出水牌：停演三天。

好好地唱戏，为什么停演三天？记者刨根问底儿，戏园老板禁不住纠缠，说漏了嘴。记者才知道，周信芳停演三天是去接娶新娘，喜度蜜月。

消息一出，记者一窝蜂似的赶奔苏州。很快，苏州、上海的大报小报都以花边新闻，报道二人的新婚之旅。有的还刊登了二人喜度蜜月的大照片。

就这样，不张扬的张扬，使这一对患难而甜蜜的夫妻，风风光光地返回了上海。

有词【少年游】为证：

二八女郎正青春，初恋似断魂。千方百计，接二连三，追求意中人。乡间柳陌，田园池畔，俏语话亲亲。那堪苦雨打春心，更迫切、早成婚。

第一二六回

马连良出科亮相
千里驹一跃腾空

马连良二次坐科，两年之后，又要出科了。出科后搭谁的班呢，马连良动了一番脑筋。搭名人的大班，怕资历低，够不上，进了班反而窝憋得慌。搭太小的班，名气不响，进了班有点儿屈才。于是便决定，先搭一个不大不小的班，试试身手，看看行情，再作道理。于是他选中了沈华轩的班。

沈华轩曾任过河间府的书吏，是一位名票。私淑杨小楼，唱文武老生堪称一时之胜，有“票界杨小楼”的雅号。清廷退位，他丢了差事，只得下海从艺。自己攒了一个戏班，居然在京城打出了一席之地。在天桥、城南游艺园的戏园都很叫得响。

马连良前来加盟，使他备受鼓舞。他想，别看马连良年轻，人家曾是富连成科班的台柱子，在福州打响之后，又回科班深造，是小有名气之人。如今前来搭班，当然是求之不得的好事，所以他热情欢迎。马连良唱的打炮戏是《南天门》，这出戏是谭鑫培的拿手戏。马连良是从贾洪林那里学来的，当然功夫扎实，谭味纯正。尤其爬雪山，马连良的身段功夫比当年的谭鑫培不在以下。全场掌声不断，喝彩不止。

这场打炮戏，是一炮即红。接下来是《戏凤》，又是谭鑫培的路子，许多老戏迷自从谭鑫培去世后，很多年不看谭味的《戏凤》了，看了戏，感觉十分过瘾，又是一番赞不绝口地夸奖。几出戏唱过之后，马连良的名声传开了。

马连良不骄不躁，只管一出接一出地唱，扎扎实实地试身手，平平淡淡地培养自己的人缘，为以后发达打基础。

马连良二次出科唱戏的消息，传到了上海，在上海攒班唱戏的马昆山喜出望外。他立即打电话到北京，鼓动大哥马西园，赶紧拉儿子进上海，闯天下，挣大钱。

马连良听了爹爹的劝导，思量半天，还是下不了决心。因为过去戏班中有“少不征南，老不征北”的警语。意思是，年轻人功夫不到家，到了上海万一打不响，一辈子就别想翻身。京城是京戏的发祥地，行家多如牛毛，老伶工到了北京，一旦出个瑕疵，就被判了“死刑”，休想再端唱戏的饭碗。

马连良的慎重是有道理的。为了稳妥起见，他又找到了他的老师萧长华，说了自己的想法。萧长华沉吟片刻，说“打仗要知己知彼，不打无准备之仗。你如今不是无准备，而是隐而未发。上海的年轻人，须生中叫得最响的是麒麟童，他也曾在富连成带艺搭班，也算是我的学生，我了解他。除他能与你匹敌外，另有一个叫孟小冬的坤生，也很叫得响，其他的就不在你之话下了。你冷静慎重是应该的，但也不能总是引而不发。要当大角，总得在大世面中闯荡闯荡，才能杀出条路来。事在人为嘛！在上海打响了，再回北京就站稳脚了。”

马连良听了师傅的话，坚定了信心。决定到上海拼搏一番。

到了上海，叔叔马昆山给他安排得台口是：亦舞台。

来到亦舞台，见过老板沈少安，算是报了到。马昆山是个上海通，他马上带了侄子去“拜客”。所谓拜客，就是拜会上海有头有脸的头面人物。其中官、绅、商必不可少，为的是请他们来看戏赏光，多拉座票。还有就是各大票房，拜会各大票房的主事，请行家们关照、指点，算是讨教。目的是请他们“捧场”，不给使坏捣乱。各大票房，其中就有恒社票房，当然要拜访杜月笙。杜月笙看马连良年纪轻轻，就敢来沪上唱戏，一定有很深的功底。很想试试他的水平，客气一番之后，说道：“马老板，请赐一段如何？”

马连良笑一笑说：“很想献丑，只是没带胡琴。”

“没关系，咱恒社有胡琴。”

杜月笙一摆手，琴师手拿胡琴来到面前。

“这是我们恒社的第一把琴师，您试试看能陪您唱吗？”杜月笙洒笑着说。

马连良也不含糊，对琴师拱拱手说：“有劳了，就唱段《黄金台》吧。”

琴起过门，马连良放声唱了起来。

票房的票友宁心静气，听完了唱，真是谭腔浓厚，又别具风格，听来清新爽朗，不禁掌声四起。

杜月笙听后，大吃一惊。不愧是京城来的角，富连成的弟子，行！从此，他又认定了一个大角。初次见面，算是初交的朋友。

马连良在票房清唱的事，传到了亦舞台。老板沈少安听了，吊着的心才放下了一些，但还是不踏实。怎么不踏实呢？马连良“报到”时，一见面儿，他心里不禁一咯噔，怎么？自己花高价钱请来的京城“大角”，竟是一个毛头小子！如果唱砸喽，鸡飞蛋打，岂不亏了本？为了稳妥起见，他还是又安排一场彩唱，试试水，看个究竟。于是，沈少安以接风为名，安排了一场堂会，戏码就点《黄金台》。黄金台喜兴，“黄金满台”嘛，多吉利！

马家父子明白老板的意图，马连良化装完毕，披挂整齐，认认真真地唱了一出《黄金台》。台下看戏的都是行家，边看边赞叹，喝彩声，声声不止。

沈少安戏没看完，就乐得合不上嘴了，赶紧拉了马昆山去安排打炮的戏。

马连良在上海的打炮戏是《南阳关》。

《南阳关》是谭鑫培的拿手戏，这是一出唱、念、做、打都很吃功夫的戏。当年老谭在上海唱此戏的盛况仍留在戏迷的记忆里。马昆山为侄子选这出戏打炮，是为了显示马连良的本事。戏园老板选这出戏打炮，是为了唤起人们对当年老谭唱此戏的记忆，多卖座儿。马连良选这出戏打炮，也是为了亮亮功夫，创牌子。

在《南阳关》里，马连良饰伍云招，一出场亮相，观众便被这个漂亮英俊的伍云招所吸引，上场便有碰头彩。唱到〔西皮原板〕转〔二六〕板时，他唱得流畅俏皮，板眼准确韵味十足。当唱到辞别夫人准备出战，“眼见的冤仇不能报，爹娘啊，老天爷助我成功劳！”腔儿一落，他把手中的令旗一抛，令旗旋转着向下场门飘去，他就地一个纵身旋转大跳，追上去，伸手将令旗接住，稳稳地站立在入相口处，做一个亮相造型。这一身段，灵如猿猴，疾如灵猫，稳如泰山。就这一招儿，全场惊愕，喝彩声轰然而起。想不到这个小须生还有这爆冷门的绝招儿！

戏散了，人们各个觍着大拇指赞叹。

“谭派，地道的谭派！”

“谭派的尖子传人！”

“谭鑫培可以地下瞑目了！”

其实此时，离谭鑫培在上海唱此戏已有十几年了。人们只记得谭鑫培十几年前唱此戏的轮廓、路子，哪里还记得细节？马连良此唱，已经综合了科班师傅教的、捋叶子学余叔岩的、跟师傅贾洪林手把手学的那些个活儿，经过提炼打磨，完全变成了自己的玩意儿，只不过是托了谭鑫培个名而已。

这出打炮戏，确实打“着”了，打出个谭派的新手！

在上海滩的戏打响了，接下来，他又贴演了许多谭派名戏:《失空斩》《群英会·借东风》《定军山》《天雷报》等，贴一出，满一出，唱一出红一出，一出一出，场场爆满。

马连良成了上海滩街谈巷议的话题，尤其那些戏迷们，看了戏议论纷纷，公说公的是，婆说婆的是，经常分拨分派，各说各的是。连文人，评论家，也在报纸上争论不休，打笔墨官司。

看了《打渔杀家》，报纸上一篇戏剧评论说马连良所扮萧恩的行头讲究，穿的是“鱼鳞洒鞋”；另一篇评论说萧恩的行头规矩，“规矩”就“规矩”在穿的是“黑薄底靴子”。因为两篇评论不一致，评论双方为了萧恩的“鞋”，打起了笔墨官司。越争越激烈，由两篇文章，形成了双方对垒的两派观众，双方互不认可，互相攻击，还互不相让。

萧恩究竟是穿鱼鳞洒鞋，还是穿黑薄底靴子？双方争论不下。于是建议戏园再贴演一次《打渔杀家》，大家当场看个究竟。

这倒让戏园为了难，萧恩上场到底是穿“洒鞋”呢？还是穿“薄底儿”呢？穿什么鞋都得罪一半人。得罪了一半人，就少卖一半人的座儿，这不减少收入吗？

连马昆山精明过头的人也觉得挠头，马连良名声刚起，谁都不能得罪呀！得罪了就种下了祸根，说不定碰上什么事，就遭报应。尤其这些戏剧评论家，全靠他们的笔头子吹喇叭抬举呢！

马连良却从容对待，对戏园老板说：“只管贴，保证‘有戏’。”

马昆山却不放心，私下里对马连良说：“还是慎重为好，他们都是研究戏剧的，对哪个细节都研究得很透，行头‘宁穿破，不穿错’。要是穿错了，他抓你个‘不懂规矩’，吹毛求疵地在报纸上乱登一气，咱不是自找倒霉吗？”

马连良听后对叔叔说：“放心吧，我坐科前后十年，连这点小规矩都不明白，那不是白学了吗。”

叔叔看他满有把握，也就依了他。

《打渔杀家》开场了，萧恩上场，脚下穿的是“鱼鳞洒鞋”。此时，台下一半人高兴的站立起来，高声喊道：

“我们赢啦！——萧恩穿的，的的确确是洒鞋！”

另一半人则嘘声大发，垂头丧气地说：

“小毛崽子，没知识，穿错啦！”

第二场，唱到“昨夜晚吃酒醉，和衣而卧”的时候，萧恩上场，脚下换了鞋，穿的是“黑薄底靴子”。

此时，台下的另一半人又哄嚷起来：

“对啦！对啦！我们对啦！——萧恩穿的是薄底儿！”

如此，各家都说对了，又都说错了！不再争论哄嚷，都安心看戏啦。

下场之后，戏园老板沈少安既高兴又怀疑地问道：“你可真会玩儿玄的，两边都没得罪！可到底穿什么鞋才对呢？”

马连良笑笑说：“萧恩的行头属于渔家、樵夫之类，穿洒鞋、薄底都可以。他上船打鱼，是水上，穿洒鞋合适。在家居住，是旱地，穿薄底儿合适。他们都说对了，我也都穿对了，大家都没错。”

就这一件小事，可让上海的戏评家服气了，也让他叔叔马昆山服气了，更让戏园的老板服气了。

有小令【越调·小桃红】赞道：

十年氍毹血汗铺，骏马当识途。扮相行头细微处，怎疏忽？精研细磨正铺路，点滴不露，处处相顾。叶繁杆儿粗。

第一二七回

南国月刊结契友
鱼龙会里唱新声

早年，周信芳刚进丹桂第一台，就与王鸿寿、冯子和、汪笑侬配戏。这三个人是当时红遍上海滩的大角，王鸿寿唱红生堪称一绝；汪笑侬唱新戏、打本子独步菊坛；冯子和改戏创新声也名声大震。周信芳和他们搭班唱戏，就等于拜了三个师傅，有学不完的好玩意儿。

他和汪笑侬合唱《受禅台》，这出戏是汪笑侬亲自执笔所写。主要是写李伏、华歆逼汉献帝刘协禅位于曹丕。戏中借刘协之口，悲叹刘邦创业之艰难。

周信芳唱罢戏后，问汪笑侬："您怎么想起写这么一出戏呀？"

汪笑侬笑而不答，反问道："喜欢吗？"

"喜欢。"

"喜欢在什么地方？"

周信芳认真地说："它讲了老百姓想讲而不敢讲的话。"

汪笑侬听了哈哈大笑："足矣，足矣！——能在台上喊出老百姓想说而不敢说的话，替百姓鼓与呼，足矣，足矣！"

周信芳在汪笑侬身上，学到了很多戏外的学问。什么"高台教化呀"，什么"社会意义呀"。使他脑袋里装了很多新思想。他也试着唱新戏，宣传维新思想。

他的改良精神深深感动了一个人，这个人就是欧阳予倩。

当时，欧阳予倩正一门心思地钻新戏、写新戏，新戏写好了，可是能与他同台的搭档却不好找。一天，他看了周信芳与汪笑侬的《献地图》，突然眼前一亮，嘿，真是踏破铁鞋无觅处，得来全不费工夫。

这一天，周信芳卸完装，正准备回家，刚一出后台门，被欧阳予倩拦住搭话："周先生，唱戏辛苦，我给您消消乏如何？"

周信芳定睛一看是欧阳予倩，心里很是犯嘀咕："没和他打过交道哇，怎么……？"心里想着，但脸上却堆满微笑，忙说："欧阳先生，今天好松心，怎么要潇洒潇洒？"

欧阳予倩伸过手来，热情地拉着周信芳："久闻麒老牌善交朋友，我特意与先生来攀谈攀谈。"

麒麟童听出欧阳予倩是有事相商，赶紧热情地说道："好哇，前边德善楼的黄鳝做得好，我请欧阳先生在那里吃宵夜如何？”

“英雄所见略同！——走吧！”欧阳予倩拉了周信芳直奔德善楼。

到了门口，掌柜的迎了出来，满脸堆笑：“欧阳老板客人到了？”

欧阳点点头。掌柜说：“楼上滴翠雅座，您看满意吗？”

周信芳一听，笑着对欧阳予倩说：“看来欧阳老板是早有蓄谋哇！”

二人来到滴翠雅间，互相谦让落座。桌上的酒菜已摆好，周信芳环顾雅间，的确清静幽雅，香草绿竹，翠生鲜嫩，与雅间“滴翠”名副其实。

欧阳予倩热情斟酒，二人端杯畅饮，三杯酒下肚，热遍周身。欧阳予倩道：“我看你《献地图》中刘备的行头改得好，靠肚子拿掉，靠腿里翻，不穿蟒，穿红褶子，改得得体，符合人物环境，有艺术的美。”

周信芳笑笑说：“跟着啥人学啥人，跟着巫婆学跳神。——我这是跟着汪笑侬大侠学的。你不是也跟他一样，总是赶时兴嘛！我紧赶慢赶都赶不上你们哪！”

“哈哈，我就是看上你这个赶的劲头，才找您哪！”

欧阳予倩直截了当地说，“您虽说是唱老戏的，但很赶时尚，我想和您合作一把，请您唱些新戏，不知意下如何？”

听此话，周信芳举杯：“我赶都赶不及，您这是来拉巴我呀！多谢欧阳兄抬举！”

“如此，咱是一家人啦！一家人不说两家话，咱明儿就开干！”欧阳高兴地举杯一干而尽，“如今已是民国了，戏就应该赶时尚，唱新民之心声。时下有个《南国半月刊》，不知尊下看过没有？”

“看过，那可是有学问的人编的！很时尚。”周信芳答道。

“您说对了，那是一个留洋回国的文人办的。都是艺术新观念。”欧阳予倩赞扬的说。

“看来您认识？”

“认识。那是我的学弟，都是东洋留学回来的。不过人家是大家，用文章、用艺术宣扬新思想、新文艺。要说唱新戏，那才是主角哪！——他叫田汉，湖南长沙人。诗人、作家、文学家，还编剧……，读读他的作品，很长见识！”

周信芳佩服地看着欧阳予倩：“你们都是文人，我是望尘莫及了！”

“你麒老牌的名气也大得很哪！”欧阳拉回主题，“明日我们就合作，我们也离不开你麒老牌呀！”

“一言为定！”周信芳爽朗地答道。

从此，麒麟童和欧阳予倩就成了搭档。他们的第一出戏是欧阳予倩执笔的《黛玉葬花》，麒麟童扮演贾宝玉，用大嗓唱，一改小生唱贾宝玉的模式，别具一格。

他们的合作一炮走红。欧阳予倩所编的《宝蟾送酒》《鸳鸯剑》等红楼戏系列和《聊斋》等戏，二人合作了一出又一出。一生一旦，两个名家各展才华，搭档得合榫合铆，新戏迭出，在上海滩叫绝一时。

在欧阳予倩和《南国半月刊》的影响下，麒麟童思想也大为开窍。他也开始编新戏，唱新戏。讽刺袁世凯登基，他编演了《王莽篡位》，“五四”运动爆发，他唱《学拳打金刚》，“二七惨案”之后，他编演了《陈胜吴广》，随着时代的发展，他又编演了《路遥知马力》《汉刘邦》《大红袍》《风流天子》《汉刘邦统一灭秦楚》。新戏唱得多了，影响大了，商务印书馆影戏部，找他拍摄了无声电影《琵琶记》。之后他又和社会上演文明戏的青年，合作排演了许多话剧。

田汉看了他的《王莽篡位》，在《南国半月刊》发表了一首诗“喜为人间吐不平，早年英锐已知名，曾因王莽诛民贼，亦借陈东励学生。”周信芳看了这首诗，崇敬田汉的心更为迫切，他决定亲自去拜访田汉。

这一天他来到哈同路民厚北里四十号，敲响了田汉的门。

开门的是一个中等个汉子，年龄在三十岁左右，一双眼睛炯炯有神。打开门后问道：“您找谁？”

“我找田先生。”

“您是——？”

“我是周信芳。”

“周……信……芳……？”开门人看着来人小声念着，突然眼前一亮，“您就是麒麟童，麒老牌？哦，对！——您就是麒老牌！”

说着一双大手伸了过来，握着周信芳的手拉进院来。爽朗地说：“我就是田汉，田汉就是敝人。”

周信芳弯腰鞠躬道：“田先生，打扰了！失礼，失礼。”

田汉也鞠躬道：“岂敢，岂敢！周先生里请，里请！”

田汉把周信芳让进客厅，忙请夫人上茶。田汉拉着周信芳的手说问道：“您是怎么找到这里的？”

周信芳从怀里掏出一本《南国半月刊》杂志，晃一晃，风趣地说：“是它给我领路，把我带来的呀！”

田汉也风趣地笑笑说：“我们是老相识啦！”

周信芳不解地问：“我们，好……像……，没有见过面哪！”

“哈哈，七年前，我东渡日本求学，途经上海，登船的头一天，在丹桂戏园看过您唱的《追韩信》，至今台上那个萧何还在我脑海中进进出出。——咱们岂不是老相识了吗？”田汉回忆着说，“那天是您弟子高百岁唱的《击鼓骂曹》，王兰芳的《阴阳河》，三麻子、冯子奎的《挑袍》，王灵珠的《辛安驿》，您的大轴。呵，萧何那个劲道，一直留在我心里！”

“您不愧是艺术大家，看得那么入神，记得那么清楚！”周信芳听了感到更加亲切。

“相识满天下，知心能几人？”田汉也觉得十分亲切，“我们一见如故，说着话就是亲兄弟了！敢问您贵庚？”

田汉听周信芳回答后，说道："您长我三岁，那么您就是仁兄，我就是愚弟了！——打今天起，咱就以兄弟相称！"

"惭愧，惭愧！还请先生，哦，贤弟多多指教哇！"周信芳看田汉如此谦和，更打心眼里敬重。

自此，他们成了契友。周信芳经常带了夫人裘丽琳到田汉家去玩。田汉也经常与欧阳予倩、洪深、唐槐秋一起去看周信芳演出。开戏前，到后台看周信芳化装，或与他及高百岁等演员谈论戏剧表演。

除了看演出，他们也经常座谈。兴致一来，就你唱一段，我唱一段，探讨切磋，信着性乐呵。田汉有时还带一个叫顾梦鹤的业余琴师来拉弦，顾梦鹤的琴拉得好，周信芳很赞赏，说：

"我在台上有个琴师，在台下也有个琴师。台下这个拉得很好，但不要戏份！"

"当下不要戏份，以后还说不定呢！"田汉以玩笑的口吻说道，"我办了一个'南国社'，专门唱新戏，就请顾先生操琴。愚弟特来请您麒老牌给壮门面，那时，说不定就收你的戏份呢！"

田汉办的这个南国社，是个新文艺团体。宗旨是：团结能与时代共痛痒之有为青年，做艺术上之革命运动。田汉当时还兼任上海艺术大学校长，南国社就设在学校内。南国社经常在学校组织文艺讨论会，徐悲鸿、徐志摩、郁达夫、欧阳予倩、洪深、余上沅、朱穰丞等学者、教授、艺术家，都踊跃参加。周信芳、高百岁也加入了南国社，经常带着京戏同行去听这些大家的宏论，接受新文艺思想的熏陶。

南国社还举办了一次"鱼龙会"演出。名曰"鱼龙会"演出，周信芳不解其意，为什么叫"鱼龙会"？鱼龙混杂，这不是含有贬义吗？头演出，化着装，他悄悄地问欧阳予倩，欧阳予倩笑笑说："此名很有来历。汉代百戏中有装扮巨龙和巨鱼进行表演的舞蹈，叫作'鱼龙曼延'。就像现在的耍龙灯，是百戏中规模最大的表演节目，此名则典出于此。取'兴盛繁荣'之意，这是学者徐志摩的策划。"周信芳听了，大长学问。

此时，田汉走了过来，高兴地大声说道："要说鱼龙演出，我们都是鱼，唯有你周信芳和欧阳予倩是龙。咱这是地道的鱼龙混杂！嘿嘿，古人云：水不在深，有龙则灵。就看你们俩的了！"

演出中有话剧《苏州夜话》《名优之死》等，就一出京剧，是欧阳予倩执笔创作的六幕大戏《潘金莲》。

《潘金莲》这出戏，一反潘金莲的原型，大胆地把潘金莲写成一个叛逆的女性，突出了妇女解放的主题。欧阳予倩饰潘金莲，周信芳饰武松，高百岁饰西门庆，周五宝饰王婆，唐槐秋饰何九叔，唐叔明饰郓哥，顾梦鹤饰张大官人。除周信芳、欧阳予倩和高百岁外，其余都是文明戏的爱好者。这是有史以来京剧、话剧两门抱的一次大融会，大尝试。

周信芳扮演的武松，在追问何九叔时，将钢刀用力往桌子上一戳，两眼一瞪，手提何九叔脖领厉声喝问，逼真的形象都让同台演员吃惊，台下顿时报以热烈的掌声。

当武松持刀要刨开潘金莲胸膛，掏心报仇时，潘金莲则往前一凑，挺胸道：“二郎，这雪白的胸膛里，有一颗赤诚的心。这颗心已经给你多时了。你要取去吗？请你慢慢地，慢慢地割取吧，让我再更多地亲近你一会儿！”这种真诚表达爱情的肺腑之言，颇让人动情。

田汉看了戏说：“听到这段台词，我完全陶醉了。”

徐悲鸿看了戏，欣然命笔，写道：“翻数百年之陈案，揭美人之隐衷；入情入理，壮快淋漓，不愧杰作！”

周信芳一生都铭记加入南国社的这段经历，一生都难以忘怀这场“鱼龙会”的演出。可惜此后不久，欧阳予倩退出氍毹，去做学问。再也没有了同台合作的机会。

此时，国民党加紧了进行文化围剿，左翼文人都面临险境。

一天晚上，周信芳正在扮戏，田汉急匆匆来到后台。跑得喘吁吁地说：“特务在抓我。”

周信芳冷静地对高百岁说：“给田先生拿一件大绿色彩褶子，赶紧穿上。给他勾花脸，扮窦尔敦。油彩涂得深深的，越快越好！”

田汉刚化完装，两个特务进了后台，挨个踅摸着瞅演员，在田汉面前转了好几圈，看了好几遍，愣是没有认出田汉。他们一无所获，扫兴地溜了出去。

周信芳唱完戏，卸了装。让田汉也洗去油彩，与高百岁对换了衣服。他命高百岁先出后台门，把特务引开。然后把一个手包交给田汉，悄声说：“委屈您当一次我的跟包。”然后，带了田汉迈着大步，从容地从戏园正门走了出去。大门外，两个小特务走了过来，认出是周信芳，弯弯腰，咕哝一句“麒老牌走好！”

周信芳把田汉带到车子上，命车夫一路猛跑，将田汉送到码头，直送到开往汉口的船上。周信芳伫立码头，目送田汉，直望着客船驶向远方，方离开码头。

有诗写道：

壮怀氍毹展歌喉，
演唱正义几十秋。
帝王将相成以往，
时代人物数风流。
南国月刊当指路，
戏剧革命站潮头。
麒麟海派独一帜，
南北歌坛唱方遒。

第一二八回

过河卒沪申交友
麒麟童手足相亲

马连良唱戏的亦舞台，当时有一个从京城来的，挂头牌的花旦，在上海滩很有名气，这个人就是荀慧生。

荀慧生第一次跟随杨小楼的永胜社来上海，白牡丹的名字就一炮走红。随后，上海的戏园来京邀角，白牡丹就被列为首选。

这次，他被邀到了亦舞台，在亦舞台挂头牌，坐包底，一晃两年多了。上海抓着他不放，荀慧生也觉得上海滩挺适合他唱戏。因为他是绑子改京戏，京城有的人认为他不是正路，另眼看他。可上海则不同，他们只认“活儿”好，有新鲜味儿，不讲究什么出身。因而他在上海唱戏，却放得开。越是放得开越受欢迎，越受欢迎，越洒脱松快，心里越舒坦。荀慧生已把上海当作了第二故乡。

马连良来到这里，荀慧生格外高兴。主动把戏码往前挪，给马连良让路。

这让马连良很受感动。马连良想一想人家荀慧生，只比自己大一岁，已经出道多年了。白牡丹不但京津唱响了，上海也唱红了。上海的知识界，也成立了“白社”，专门研究白牡丹的艺术。上海的白社，比北京的白社更牛，是以大画家吴昌硕为首的一帮知名人士。有律师，有图书馆长，有诗人，有作家。他们既是荀慧生的朋友，又是荀慧生的老师，还是白牡丹艺术的呵护者。这证明，白牡丹在沪上的艺术道路已经铺开了。而自己呢，则刚刚来打炮闯天下。人家主动把头牌位置让出来，这怎么不让人感动呢！

这天，马连良接到两个请帖，都是请他吃饭。

一个是杜月笙的，一个是荀慧生的。

爹爹马西园问他答应哪家？他毕竟初出茅庐，不知江湖的深浅。在他心里只有艺术，只有戏德、戏友。其他，什么社会势力，江湖险恶，他就没放在心里。所以他毫不犹豫地说答应白牡丹。

当天，马连良和马昆山、马西园父子三人应白牡丹的邀请，来到饭店。只见荀慧生早已恭候在那里，父子三人慌忙上前见礼。入席之后，马连良躬身道：“仁兄厚意，实实让愚弟父子深感歉意。本来马某该设宴感谢仁兄礼让提携之意，却因生来乍到，匆忙应付唱戏之事，倒让仁兄先行破费，好叫愚弟心里不安！愚弟这厢有礼了！”马连良说着，便双手抱拳躬身施礼。

荀慧生忙起身还礼，说道："我比贤弟早到沪上两年，理应以主人身份为贤弟接风！"

席间，二人说起唱戏的事。荀慧生夸奖马连良不愧是富连成科班的高才弟子，功夫非比寻常，谭派风格出类拔萃，独树一帜。马连良佩服荀慧生，苦寒磨砺，扬名四海。互相褒奖之后，二人提出，机会难得，好好在台上合作一番。

他俩合作的第一出戏是《南天门》。马连良扮老仆曹福，荀慧生扮曹玉莲。唱戏这天，上海白社的成员全部到场，大家关心的是，白牡丹和马连良都是名家，会合作的怎样呢？结果一场戏下来，白社的行家们赞不绝口。白社的首领吴昌硕笑盈盈地看着两个年轻人，连连夸奖："唱得好！唱得好！唱得好啊！好就好在人物分寸的把握。尤其爬雪山一场戏，一般人往往把握不住人物，结果演得好似父女二人，更有甚者，演得好似老夫少妻。你们把握得好，曹玉莲演出了官宦人家大小姐的气韵，曹福演出了仆人的忠诚朴实身份。主仆二人的戏做得足，又区分得恰如其分。不愧是大家！不愧是大家！"

接着，他们又合作了《珠帘寨》。马连良饰李克用，荀慧生饰二皇娘刘银屏。刘银屏纯属配角，荀慧生却毫不在乎，甘当配角。他演得认真细腻，把二皇娘的泼辣、酸醋和仗义演得活灵活现，衬托得李克用更为增色。这使马连良更为感动，头牌给新角配戏，实属为托捧自己，荀慧生的人品、戏德，深深地留在了马连良的心里。

之后，他们又和作了《奇双会》《汾河湾》《乌龙院》《梅龙镇》等，他们的每场戏，白社的成员都来观看。每场戏之后，都有白社的人指点、评判。每场戏都有白社的文人撰写剧评，在报纸上发表，宣传了白牡丹，更是宣传了马连良。这等于是为马连良做了不花钱的广告，马连良可沾足了白牡丹的大光。

马连良和荀慧生合作唱戏，每场必到的还有一个人，就是杜月笙。他是天下头号戏迷，这么好的角，这么好的戏，他当然不放过。他太喜欢马连良的艺术了，越看马连良的戏越上瘾。从拜客第一次见面，他就认准了，要交马连良这个朋友。可是他闹不明白，想交马连良这个朋友，怎么请马连良吃饭，马连良却不到场呢？太不给面子了！

看戏说看戏，头号戏迷嘛！——可是想起这码事来，心里就不舒服。

马昆山毕竟是老江湖，他可没忘杜月笙请吃饭的茬口。他深知杜月笙的厉害，一跺脚上海滩乱颤的主儿，请你吃饭，你竟然不到，不给面子，这叫不识抬举！

他私下里给马连良讲清利害关系，说什么也得挽回这次疏漏。马连良听叔叔一番话，也觉得是得想法子找补找补。马昆山就赶紧疏通关系，在饭店安排了宴席，郑重其事地发请帖，回请杜月笙，挽回失礼的过失。

杜月笙接到请帖，这才得了梯子下楼，觉得争回了面子。前往赴席，与马连良会面。

这天，马家父子早早在饭店大门口恭候。杜月笙衣帽整齐，一副文绉绉的样子，一下汽车，马家父子赶紧上前拱手相迎。马连良忙上前一步，拉住杜月笙的手，亲热地让进雅间，安置坐席。然后躬身说道："杜先生，实在抱歉，因生来乍到，唱戏的事没能就绪，光顾了瞎忙活了，辜负了杜先生的一片厚爱，晚生这里赔罪了！"

杜月笙本来就对马连良充满好感，今天又争回了面子，心中早没了抱怨的意思，拱拱手笑道："是我考虑不周，打扰了你的公事。我是仰慕心切，操之过急了！"

马连良看杜月笙确实没有抱怨的意思，这才放平了心态，与杜月笙攀谈了起来。

席间二人说的都是唱戏的事，越说越投机，说到兴奋处，二人还比比画画，口念锣鼓经，唱和一段。杜月笙今天是格外高兴，他举杯道："外地的事我管不了，上海滩这一亩三分地上，你有什么需要我帮助的，尽管说话，愚兄决不推辞。"

说到生行，杜月笙更是来了劲头："上海滩的头牌老生是麒麟童，那是我的朋友。如今你也成了我的朋友，一个海派麒老牌，一个京派马老牌，都是我的好朋友，我好荣幸啊！"

马昆山插话说："什么时候请麒老牌和舍侄合作一把，为杜先生献艺，那才有意思呢！"

杜月笙听后高兴万分："说得好！——这好办！交给我啦！"他当场打了保票。

大家尽兴而别。

杜月笙回到府上，给亦舞台老板和丹桂园老板各打一个电话，就把麒麟童与马连良唱戏的事搞定了。

亦舞台老板沈少安接到杜月笙的电话，高兴得都愣了神。这不是天上掉元宝吗！杜大亨亲自把麒麟童给调了来，与马连良同台唱戏。两个老牌一起登台，在上海还是首次。此事若是一登报，上海滩还不哄翻了天！我亦舞台的银子钱还不哗哗地流进来！

哎呀，这个马连良可不敢小视，他才来几天，就能搬动杜大亨！——了不得！了不得！

那天马昆山提议麒、马合作一把，话说出去之后就后悔了。行内人都知道，"同行是冤家"，两个势均力敌的大牌须生怎么能合作呢？谁挂头牌？谁挂二牌？互相服气吗？如果互相使坏阴人，唱砸喽，戏园的损失谁包赔？马昆山后悔不已，真是言多语失。

马连良也觉得叔叔的话说得有些唐突，如果人家麒麟童不同意，岂不把杜先生夹在了中间？以后我们怎么去见杜先生？怎么再好与麒麟童来往？

他们叔侄俩可说是多虑了，第二天麒麟童还真来到了亦舞台。

一见面麒麟童就热情地握住马连良的手说："师弟来沪几日，我这个当师兄的没来照应，失礼，失礼了！"

听麒麟童张口师弟，闭口师弟，叫得如此亲切，马昆山、马连良一肚子的担心，立即烟消云散。

马连良比麒麟童小七岁，忙接茬说：“师兄在富连成带艺搭班的时候，我们小班的弟子就都喜欢听您唱戏，忒崇拜您。您现在已经是响当当的大牌啦，我作为师弟来到上海，应先拜望师兄。是师弟失礼了！”

马昆山赶紧把二位让进房间，上茶。二人喝着茶，聊起往事，马连良把麒麟童离开富连成后，科班的变化，教师的状况，弟子的出路，等等都一一说给麒麟童听。麒麟童也把自己离开后的经历讲给马连良，二人聊起来格外亲切，相见恨晚。

之后二人说到了唱戏上。麒麟童谦虚而爽朗地说：“在亦舞台，你是主，我是客。客随主便，你怎么安排我怎么唱。保证为你保驾！丑话说在前头，别怕我偷你的本事啊！”

马连良高兴地说：“师兄高风亮节，着实让小弟钦佩。戏是咱俩唱，打虎亲兄弟，上阵父子兵。咱师兄弟就借着这亦舞台，亮亮咱富连成的家底，练练咱哥俩的活儿。我也借此机会，捋捋师兄的叶子！”

说完，二人哈哈大笑。

他们合作的戏第一出就是，《群英会》《借东风》《华容道》。这三出戏是连台本，都是“三国”戏。这是富连成科班的看家戏，总教师就是萧长华。唱此戏，麒麟童得过萧长华的指导。马连良则是萧长华手把手教会的。《借东风》的戏文和唱词，马连良曾陪着师傅萧长华点灯熬油，数次通宵达旦地进行过修改。要说唱这出戏是亮富连成的家底，一点也不过分。

戏中，马连良饰孔明，周信芳前饰鲁肃，后饰关羽，各亮各的绝活儿。二人都是谭派的底子，都是富连成的弟子，又都有各自独特的风格。戏园的水牌一亮，戏票一抢而光。第一场唱完之后，报纸戏评一登，全市哗然。两个大角，同台演唱“三国”大戏，世所未有！消息传到京城，京城戏迷羡慕至极，只能望洋兴叹而已。邻近的杭州、宁波、苏州、无锡、常州，甚至南京的戏迷闻风而动，急忙赶至上海，大饱眼福。

一出戏下来，马连良得了个“活诸葛”的名号，麒麟童得了个“活鲁肃”的名号。

二人合作得十分得意，一不做，二不休，俩人一合计，干脆唱几出冷门戏，也是富连成的科班戏，亮亮“活儿”。

他们又贴演一出《十道本》，马扮李渊，周扮褚遂良。马连良曾专门跟着叶春善练过念白。《十道本》他扮演褚遂良，念本章，那白口，抑扬顿挫，朗朗上口，每次念来都会赢来阵阵彩声。他在家里练此念白，由于天天练，连邻居老太太都学会了。周信芳的白口，也是一绝。他曾与汪笑侬、欧阳予倩同台唱戏，也跟他们合演过话剧。有话剧发音的底子，念白更有功底，在上海有衰派老生的名气。《十道本》的褚遂良，是他有意从马连良手里“抢”过来的。因为他以前没唱过这出戏，这次一定要跟着马连良学一学。因为没唱过，只好现“钻锅”。钻锅，是梨园行话，就是临时突击。周信芳毕竟是周信芳，三天以后，二人登场，周信芳台上临场做戏，大段道白，念得朗朗上口，声情并茂。做派大气边式，台下喝彩不断。下了场，马连良开玩笑说，“我这个褚遂良算被你抢走啦！”

接着他们又贴演一出《鸿门宴》。周扮演念白吃重的张良。马连良扮演唱功吃重的范增。马连良以前也没唱过这出戏，他也来个“钻锅”，三天以后登台，他唱的效果出奇得好，不光没忘词，还临时增添了一段〔西皮流水〕的唱。这段现加的唱，他唱得俏皮，流畅，新颖，韵味十足还别有风格。引起了台下阵阵掌声，之后还录制成唱片，在电台播放。周信芳听了唱片感叹地说：“马连良真不愧全活儿老生！”

两个大演员，在愉快的合作中，唱了近一个月。在几十出戏中，碰撞出灵感，碰撞出艺术的火花。

他们唱了《战北原》《火牛阵》《一捧雪》等各自的拿手戏。在演唱中，他们互不包藏，不隐避，坦诚交流，互相切磋。在戏中，他们二人有时互换角色，找感觉；或前场、后场串行对调，进行艺术体验，你中有我，我中有你，总之是艺中求艺，花样翻新，精益求精。通过合作，也过了他们当大角的戏瘾，展现了他们娴熟全面的艺术才能。

他们的合作打破了“同行是冤家”的说法，有人说：“同行是冤家，但都成了‘家’，就会相互融合当亲家！”他们的艺术才华，给上海戏迷留下了深刻的印象，也说不清他们之间，有什么海派和京朝派的区别。只知道两个须生，旗鼓相当，叫好不绝。

有散曲【中吕·喜秋来（二首）】唱道：

一个新秀花一朵，一个梨园老大哥，相聚拥抱情谊多。没的说，台上共声歌。

挑开守旧开帘幕，锣鼓经中展二蛟，身手不凡彩声高。搭档好，各人施高招。

第一二九回

五十年藏而复现
十三绝得以流传

马连良回到北京，声名大振。除了唱戏，就是与朋友唱酬交往，难得清闲。马连良的文人朋友很多，邵飘萍、吴幻荪、徐凌霄、翁偶虹等都是他所尊敬崇拜的至交。这一天，他的老朋友徐凌霄来邀他，进门就喜滋滋地说："我的朋友相上了一所宅子，挺阔绰的，邀我去看看。我算了算你今天没戏，正好得空儿。咱一块儿去瞜瞜，开开眼，顺便散散心儿如何？"

"好哇，有这等好事儿，您想着我，可见够份儿！"马连良高兴地答应。

二人溜溜达达，边走边聊，不觉来到了东四牌楼下的一家大户。进得院去，只见买主和卖主已在院内谈宅子的事呢。买主见徐凌霄进来，忙向卖主介绍："这是我的朋友徐先生，……这位是……"买主不认识马连良，可是又像在哪里见过。未等他介绍完，卖主倒先认出来了："哎哟，这不是唱须生的马连良马先生吗？"他赶紧伸过手来热情握手，"可见这宅子吉祥，马先生名满天下，今日光临，蓬荜生辉！"

他这么一说，让买主也记起来了："可不是嘛！都怪我眼拙，竟没想起是谭派新秀马连良先生！"

"都怪我没先介绍，我是请他来一起相相这所宅子，他走南闯北，见多识广，帮助拿拿主意！"徐凌霄忙补充说。

"感谢二位高抬，我是陪徐先生来玩玩儿，开开眼界，不速之客，打扰了！"马连良自谦地解释说。

"难得难得，正好，一起看看宅子，慧眼识珠，定有高见。"

买主卖主都很高兴，乐得陪马连良看宅子。

马连良是散心来了，倒像是成了买主，被簇拥着看起了宅子。

马连良看这宅子，的确不是寻常百姓家的住宅。墙是磨砖对缝，顶是雕梁画栋，门窗是镂空花格，院落有廊檐勾连，院内亭榭花草，古木虬枝，书香雅趣，充盈内外。他看着这宅子，不禁想起了自己曾对父亲发下的誓愿，心想，我早晚也要给马家买上一所这样的宅子。在房主的指指点点中，他们进入了宅子的正厅。只见正厅，高堂宽阔，十分敞亮。厅内摆设古朴讲究，一看，就知房主非一般平民百姓，不是官宦也是文人富商。

扫视厅内，只见正面墙上，挂着一幅大画。画框用金丝楠木做成，黑幽幽透着亮光。画图是工笔人物，一个个都身着戏装。个个戏装人物，栩栩如生，正在做戏，神情矍铄，妙趣横生。

马连良被这幅画吸引住了！

这些人物是谁呢？他们一个个都是唱得哪出戏呢？他从扮相的直觉中去分辨画中的人物，边看边想……。忽的，想到了在富连成科班时，师傅萧长华曾提到的一幅画。说是，是刘赶三爷爷说的，有一个画师曾画过一幅画，题名《同光十三绝》，画师名沈容圃……，莫非这就是那幅画？可听师傅说那幅画早就失落了，无影无踪了……，如果真是那幅画，也过去四五十年了，能保留的如此完好无损吗……？

想到这儿，马连良暗自兴奋起来，他对徐凌霄招招手，说：“徐先生，您仔细看看，看那画上的提款是不是《同光十三绝》？”

徐凌霄仔细辨认之后，点点头不理解地答道：“是。题名《同光十三绝》！有什么不对吗？”

“那您再看看那落款，是不是沈容圃？”

徐凌霄又点点头：“不错，篆书落款，朱红大印‘沈容圃’。”徐凌霄说到此，好像想到什么说，“光绪年间是有个大画师名沈容圃，画人物的！”

听徐凌霄如此说，马连良欣喜若狂，他激动地，但悄声地对徐凌霄说：“这幅画是梨园的至宝，今天可找到了！”

徐凌霄听他说，也来了兴趣。

马连良用手指点着画中的每个人物，小声地，一个一个，给他讲述戏中的人物和故事。听的徐凌霄，魂牵神往。

徐凌霄听出了这幅画的分量。马连良说：“这幅画，比这套宅子更值钱！”说完，他又小声地补充一句，“一定让买主连画买下！”

宅子看好了，买主要买，卖主要卖。价钱也谈好了。买主提出一个条件：“必须连画一起买。”

卖主坚持：“画坚决不卖！”

几经讨价还价，卖主说出了实情：“这幅画是我爷爷留下的宝贝。这是传家宝，怎么能卖呢？”

“敢问，您祖父的尊号？”马连良问道。

“我祖父是古玩店的老板。可惜，古玩店传到我父亲手里后，因我父亲不善经营，又用错了伙计，那小子投靠了日本人，把古玩和账款都卷走了。从此家道衰落，父亲气病而亡，留下了这处宅子。我无能为力，养不起这套宅子，故而出售。这幅画，我爷爷临终时再三嘱咐我父亲，要好好保存，受人之托，办终人之事。”

“如此说来，您祖父就是那个薛老板了？”马连良问道。

“马先生怎么知道我家姓薛？”卖主问道。

“我曾听师傅说起过这幅画的来历，画师曾托付薛老板保存这幅画。可见您祖上忠义仁厚，信用可嘉。”马连良解释说。

徐凌霄说：“以我之见，您不卖这幅画，也未必能保得住。如今世道混乱，日本人猖獗，若是那个伙计牵线，说不定还会招来日本人祸害。不如连房带画一起出手，既保住了画，又保住了自身平安，岂不两全其美？只要画能保住，也就了却了您祖父的夙愿。也就尽了您的孝道，也是您祖上忠信的福报。”

在徐凌霄的说和下，买主又多出了一份价钱，卖主也欣然接受，房产和画图遂一起成交。

房子买下后，新房东对徐凌霄和马连良都很感激，在东安酒楼设宴，以表心意。

酒过三巡之后，马连良对新房东说：“这所宅子买得值！祝老兄乔迁之喜！”

“多亏二位先生慧眼识珠，帮忙筹划，宅子确实买得我称心如意。再次感谢，请干此满杯！”房主举杯说道。

“朋友之间，不言谢，应该的。”马连良一饮而尽，“只是小弟有一事相求，望仁兄成全！”

“您是名家，巴望不及，哪能说成全二字？”东家很痛快。

徐凌霄领会马连良的意思，接过话茬说道：“马先生最喜欢的是那幅画，那幅《同光十三绝》。”

“马先生喜欢，自然可以拿去收藏！”房东慷慨仗义，一口答应。

“哪里，哪里。温如对这幅图画确实喜欢，那是梨园的珍宝，价值连城。但小弟怎能夺人所爱，作出不仁不义的事来！”马连良连忙解释。

“那要我怎样帮忙？”房主问道。

马连良诚实地说：“我只求仁兄将这幅画借我一用，用毕，完璧归赵。由仁兄保管，更为妥帖。”

“小事一段，赶明儿我派人给贤弟送到府上！”

“如此，小弟感激不尽！”

“一言为定！”

第二天《同光十三绝》果然送到了马连良府上。马连良像得了至宝，把画保管好后，即到出版社说明来意。出版社非常重视，派了最好的照相师傅来到马家。

照相师傅仔细看了画作，反复观测了光线、角度，然后架起照相机，一连照了几张。几天后，出版社请马连良去看样片，由马连良亲自选定一张最好的，制版影印。马连良出资，印出一万张画作。

影印画作出版之后，马连良亲自将原画送还房主。这一万张影印画，由马连良亲手分发给梨园界的师傅、师兄、师弟及亲朋好友。

一幅具有历史意义，价值连城的画作，时隔五十多年后，得以公开传播。

萧长华看了《同光十三绝》，激动得热泪盈眶，先辈们当年的音容又活现眼前。

他对马连良说:“温如哇，你与此画有缘啊！五十年后被你发掘出来，流传世上，你马温如功德无量啊！”

此影印画传到梅兰芳手里，他看了又看，爱不释手。那里有他的祖父梅巧玲的彩妆画像，有老一辈梨园大师的精彩画像，有梨园传承发展的先师楷模，这是中国国剧奠基的先祖。多么难得的一幅画像啊！他赞扬马连良，“于京剧皮黄功德无量，功德无量！”他发誓:日后一定找到原作，即使花重金，也要买到手，收藏万世。

时隔二十几年后，梅兰芳终于如愿以偿，买到了原作，珍藏在家。直到解放后，交与故宫国家博物院收藏。

有词【水调歌头】写道:

随友闲散步，举头看画惊。时隔五十余载，国宝存无声。长记师傅讲起，同光十三人物，一纸绘音容。今日得相见，似乎在梦中。 共寻觅，历无数，都落空。偶然有缘，大墙悬挂梦千重。可敬薛氏房主，谨遵当年许诺，圆了梨园梦。同光十三绝，笑看国剧成。

第一三〇回

王瑶卿呕心沥血
程艳秋新声夺人

王瑶卿不愧是“通天教主”，他带弟子最大的特点是因材施教。对梅兰芳、尚小云、荀慧生，他都根据他们的特点，加以点化，使他们充分发挥自身的优势，成就自己的艺术事业。

程艳秋嗓音上的毛病，在同行看来是不治之症。说明祖师爷不给他这碗饭吃，那就只有中途而废了。王瑶卿看着程艳秋的毛病，生生地心疼：哎呀，小小年纪，已经打好了各方面的底子，各方面条件都不错，如果就因嗓子的毛病而功亏一篑，实在太可惜了！他于心不忍，他太珍惜梨园的人才了。况且他自己的嗓子也中途出了毛病，同病相怜，他有刻骨的感受。可程艳秋毕竟和自己不同，他还年轻，心气正旺，正是奔事业的时候，怎么能接受中途而废的结果？所以，当着程艳秋的面，他极力鼓励他，不让他丧失信心。但他知道，要纠正程艳秋嗓子的“鬼音”，确实不容易。必须有两个前提：一是程艳秋本人必须吃大苦头练功，从头学起，另辟发音的蹊径；二是得有人专门给程艳秋编谱，适合他唱的新腔，扬其长，避其短。据他所看，程砚秋练嗓，从头学起，吃多少苦他都能承受。可这个编谱新腔的人在哪儿呢？思来想去，这个编谱新腔的人，只能是自己。谁让你是他的师傅呢！况且在宫里唱戏时，大家都公认你是安腔的高手。既然已承担起打造新手的担子，为了祖师爷的事业，自己亲自下手为他顾曲安腔，责无旁贷。

他首先教程艳秋一个以气催声的发音方法：每逢高音，就用“虚音”来领，慢慢由虚变实，走到低音，再变为脑后音，最终落到脑后音上。

程艳秋按照他所教授的方法，重新练嗓子。先行气，再寻音，以气领音，由虚变实，再领低音到脑后音。就像小时候刚拜荣碟仙学戏时一样，从头练起。从早到晚“唏嘘”引气，“咿咿”练声。慢慢找感觉，慢慢体会，一刻不停。

一次，他在家练气，总找不对感觉。他就把夫人果素瑛叫到身边，顺手递给他一个长条木板，夫人接过木板，不理解地问：“给我个破板子干什么？”

他诡秘地笑笑说：“请夫人当官！”

“当官？——我当什么官？”

“当监督官！”

“监督谁？”

“监督我！看我练气疏忽，发音不对，你就打我板子！”

“我又不是你师傅！”

“因为王大爷从来不打我，你就替他打我呀！”

“我怎么下得了手？”

“不打不成才，你就铆劲儿打！”

“那你就睛着挨打吧！”夫人举起板子，笑着说。

程艳秋真有发音不准的时候，夫人也舍不得打，只是高高举起，轻轻落下，比画一下而已。但嘴上却严肃地说“该打！该打！”

经过一年多的刻苦训练，程艳秋终于掌握了这种发音方法。

王瑶卿则根据程艳秋的嗓子条件，扬长避短，为他设计出一种“刚半音”的唱腔。这种唱腔，若断若续，藕断丝连，高低迂回，纤巧婉转，专走偏锋，奇险刚柔，新颖别致。这种唱腔，可算是王瑶卿的呕心沥血之作。

也就是这种唱腔，配上程艳秋以气催声的唱法，挽救了程艳秋的艺术生命，成就了程艳秋的艺术事业。创出了京剧史上旦角的一种新腔，——“程腔”。

程腔一唱，果真不同凡响，立即引起社会的关注。戏迷们如醉如痴地追逐着，听程艳秋的新唱。

程艳秋的新唱一出，最为之高兴的是罗瘿公。一天，罗瘿公来到程艳秋的家，程母一见儿子的恩人驾到，毕恭毕敬，赶紧招呼儿子出迎，命儿媳上茶，一阵紧忙活。

程艳秋把恩师迎进客厅，看座，二人落座说话。

罗瘿公品过香茶之后，直言说道：“而今，世道变化很大，可谓日新月异，京戏也跟进很快。梅君带唱新戏，京津沪的京戏大角闻风而动，势如破竹，都唱新戏。如今你的新腔已引起反响，但要自成一派，尚需有自己的代表戏。”

“恩师说的极是。”程艳秋赞成地说，“我也正考虑此事。有了新腔，还得有自己的看家戏，看家戏唱得多了，新腔在市面上就巩固了。如同当年谭大王的‘店主东带过了黄骠马’一样在市井流传，就有人缘了。”

“英雄所见略同。”罗瘿公赞赏地说，“我今天就是为着你的看家戏来的！”

“我还没有看家戏呀！”程艳秋说。

“有！”罗瘿公肯定地说，“从今天就有了！”

说着，他从上衣襟兜里掏出一打子书稿，摆在程艳秋面前：“这是我给你写的一个戏文。这就是你的看家戏！”

程艳秋接过戏文，连忙翻看，只见蝇头小楷，写得工工整整，密密麻麻一大本子。首页用隶书字体，题写的题目是：龙马姻缘

程艳秋看了戏文，激动万分，拉着罗瘿公的手，嘴唇颤抖着，半天才说出话来：“恩师，您替我想的、做的，真是无微不至。我没想到的您都替我想到、做到啦！”

罗瘿公一脸坦然："未雨绸缪，凡事都要往前虑，才从容主动嘛！"说完，他又提示性地说，"光有了本子还不行，还得顾曲安腔，这就看你师傅王大爷的啦！"

程艳秋点点头："是。我这就找我师傅去！"

然后他朝里屋大声对夫人果素瑛："我去王大爷那里，恩师在家吃饭，你安排好！"

果素瑛还没答话，程母在厨房说话啦："你现在冒冒失失去，王大爷还没起床呢！饭我已做好了，你陪恩师吃了饭再去，刚好，也不打扰师傅睡觉！"

原来果素瑛也在厨房帮婆婆做饭，她接着说："准是你在恩公那又掏了什么宝贝，就急急慌慌地忙着报告师傅去！就忘了王大爷白天不办公啊！"

"嘻嘻，可不是，看把我高兴的，都忘了时辰了！"程艳秋不好意思地看看恩师罗瘿公。

罗瘿公欣慰地用手指点点程艳秋，笑着说："有人管着了吧！"

程艳秋与当时的成名旦角比，梅兰芳、尚小云、荀慧生、芙蓉草等，程艳秋年岁最小，出道最晚，但他却走了终南捷径，一步便跨入大角的行列。他的"终南捷径"在哪里？人们常说一个词儿，叫作"三生有幸"，程艳秋一生却得了三幸。一幸，得遇罗瘿公对他人生的精心设计；二幸，得遇梅兰芳的精心培养和提携；三幸，得遇王瑶卿的精心挽救和帮助。他得此三幸，即"终南捷径"也！

他出道登台，选哪个班唱戏？罗瘿公给他出主意："进就进名班，不用过渡，一步到位！"

"我也是这么想。"他说，"我想与余叔岩同台唱戏，搭喜群社！"

"好！选得对。"罗瘿公支持，"你与余叔岩同病相怜，他坏了嗓子后东山再起，你嗓子出了毛病后，也另辟蹊径。你们殊途同归，好！"

"最主要的是余叔岩做戏讲究，戏情戏理他理解得深，表达得准确，活儿好，地道。我能学本事！"程艳秋解释说。

罗瘿公听程艳秋如此讲，非常高兴，赞扬道："对！有远见！"

程艳秋和余叔岩，在春阳友会票房就同台唱过戏，二人虽然年龄相差十几岁，但很投脾气，都是争强好胜不服输的主。于是，他便投奔了余叔岩。两人在喜群社同台唱了《御碑亭》《打渔杀家》《审头刺汤》等戏，场场叫好，很得人气。

他与余叔岩唱戏，算是热身。此期间，王瑶卿把《龙马姻缘》戏的唱腔安好了。他除了唱戏，就到师傅那里一板一眼地排戏，练新腔。

在程艳秋和余叔岩同台唱戏的同时，罗瘿公又马不停蹄地赶到了上海。

罗瘿公一到上海，就走访以往的好友，陈散元、袁伯夔、周梅泉、樊樊山、陈叔通、金仲荪、吴昌硕等，还有他的老师康有为。走访这些知名人士，向他们介绍程艳秋，利用他们的影响和作用，先声夺人，扩大程艳秋的知名度。

这个舆论基础打好后，他向亦舞台的老板沈少安推荐余叔岩和程艳秋。沈少安对程艳秋不了解，但他了解余叔岩。他想，只要余叔岩能来唱戏，程艳秋怎么样就无所谓了。余叔岩已经在上海唱红了，上座儿肯定没问题，于是签约。请余叔岩、程艳秋联袂登台献艺。

罗瘿公又马不停蹄地奔回京城，拉余叔岩和程艳秋的人马来到上海。

余叔岩已经有过到上海没拜客的遭遇，他一不做二不休，这次到了上海，还是不拜客。

罗瘿公为了程艳秋的前程，随风就俗，先拉着程艳秋去拜客。新闻界、文化界、梨园界、政界、票房等一一拜到。他事先打过招呼的好友也一一拜过，又专门拜会了他的老师康有为。

一切准备就绪，就等安排戏码开罗的时候，余叔岩不见了。

原来，余叔岩一到上海，有些人就盯上了他。你角儿大，傲气，不把沪上的把头放在眼内。你还能傲过大上海？你还能大过地头蛇！他刚住进旅社，就有军警来找他的麻烦，并有人在旅馆内散布恐吓威胁他的言论。

此时的余叔岩，已非第一次来上海的余叔岩。

第一次是来打炮闯天下，挣名气。天不怕，地不怕，无非是以命相抵。

如今的余叔岩已经享誉京城，名震津沪，也是腰缠万贯的梨园老板了。

人怕出名，猪怕壮。余叔岩一看上海还是揪着他上次的旧账不放，势头不好！搭上老本不合算，惹不起躲得起！不如趁早溜号。于是他偷偷买了一张火车票，神不知鬼不觉地返回京城去了。

他一溜号，可急坏了亦舞台的沈少安，挂头牌的找不着了，这戏怎么唱？

连罗瘿公、程艳秋也感到莫名其妙。“真是的，这是怎么说的，这不亮了场吗！”

缺了头牌，这戏怎么唱？谁能顶上？

唯一能顶的就是程艳秋。可罗瘿公下不了这个决心。程艳秋毕竟年轻，一旦打不响，就等于堵上了上海这条路。他找来陈叔通等人，商量对策。大家一致认为还是和程艳秋本人商量商量才好定夺。

程艳秋比大家还着急，好容易能与余叔岩搭班来闯上海，机会难得，可余叔岩却不辞而别了。难道这么好的机会就眼瞅着丢了？与其认输撤退，不如奋力一拼！他主意拿定，信心十足地对大家说：“我挂头牌，争取一炮打响！”

罗瘿公等看他如此镇定，信心十足，都为他鼓劲加油。沈少安此时，虽然心里没底，只得退而求其次。总比亮了场好哇！当年马连良不就是一炮走红吗！说不定程艳秋也步其后尘呢！

开戏的戏码是《玉堂春》。这虽是出老戏，但却永远是抓人的戏。程艳秋的这出戏，曾得过王瑶卿的亲传。唱腔换成了程派的韵味，唱词也略有改动，更加合理紧凑，表演完全是王瑶卿的戏路，动情动怨，把苏三满腹的辛酸和悲愤，倾诉得淋漓尽致。

尤其他的唱，幽咽婉转，细腻传神，情深意蕴。与别人唱《玉堂春》另是一番风格。一场戏下来，观者依依惜别，不忍离开戏园，都想多了解一下这个不同凡响的年轻旦角。

之后，有的顾曲家发表言论说："玉霜唱过《玉堂春》后，以后无论何人必不敢在上海再唱。"

程艳秋破釜沉舟，在上海一炮而红，打出了站脚的地盘。

有散曲【中吕·谒金门】唱道：

堪夸，堪夸，好信传为佳话。王大爷顾曲行家，恩公戏文搭架。打炮沪上，拜客放话，却走了生角大家！罢啦，罢啦，大丈夫独闯天下。

第一三一回

十年卧薪复家业
父子同心展宏图

谭小培除了忙于演出，还十分注意儿子谭富英的科班学习。翁婿甥三人联袂演出堂会之后，让他看到了儿子的潜力。再有一年儿子就出科了，儿子出科之后怎么发展？他爷爷的谭派功夫他能继承多少？这是他更关心的大事。

谭小培反思自己，由于嗓子不到家，唱功没有继承父业；因为总是挂二牌，放纵了自己，做功也没有继承父业。因此，唱了几十年戏，都是二路的活儿。由于先天的条件，再怎么玩儿命拼搏，也就如此而已。何必非一条道走到黑！

是呀，我不行，我儿子行！何不在儿子身上多下点功夫？让他挑起谭家中兴的大梁！

谭小培主意已定，自己不再像以前那样死求白赖地玩儿命登台挣钱，他要把中兴家业的心思都用在儿子身上。

从哪里入手呢？他首先想到了余叔岩。余叔岩是当今执牛耳的著名老生，他是爹爹的亲传弟子，谭派的佼佼者。儿子若能拜在余叔岩名下，岂不是继承谭派的捷径！

可是儿子还没有出科，富连成有规定，未出科是不能拜外人为师的。为此，谭小培脑瓜儿一转，计上心来。——我让儿子迂回出科，绕个圈子，不就可以拜师了吗！

可巧，上海几个戏园子的管事来京城约人唱戏，谭小培立马抓住时机，到富连成科班替儿子请假。

他去富连成，顺路在月盛斋买了几样酱肉，怀里揣了瓶北京二锅头。到了富连成，直奔叶春善房间，进了门对叶春善嘿嘿一笑，把酱肉、酒摆在桌上。

叶春善不知道他是什么意思，谭小培开口说道："有一阵子不见师哥了，怪想的，过来唠扯唠扯。"

叶春善指指桌子上的酒肉，说："别光咱俩享受啊，我去看看还有谁在，一起品尝你这美馔。"说罢，出去叫来了萧长华和蔡荣桂。

都是熟人，大家也不客气，随便坐下就边吃边喝，便唠扯起来。

酒过三巡，谭小培提出了让谭富英随他到上海唱戏的事。蔡荣桂说："再有一年就出科了，他在科班里挑大梁呢，多让他历练历练吧。"

"我想让他出去熟悉熟悉外面的台口，早点见见世面。"谭小培说。

萧长华已经听出了谭小培的弦外之音，说：“早点出去也好，到外面也是历练，历练得更全面。只是社里有规定，不准提前出科。”

叶春善接着说：“是啊，要提前出科，得另立关书。”

谭小培赔笑说：“是呢，要不我就提前来打招呼嘛！”他换个口气说，“要不这样，我给他请个长假，出去一年，等回来再接着上科班历练。”

叶春善已经看出了谭小培的意思：请一年长假，跟提前出科是一个意思，都是一年。遮人耳目而已。于是顺水推舟，对萧长华和蔡荣桂说：“出去历练一年更好，就给他个长假吧。”

社长发话了，萧长华、蔡荣桂忙做顺水人情，点头同意。

就这样，谭富英跟着爹爹去了上海。

到了上海，谭富英的打炮戏是《一战成功》，也就是《定军山》。谭富英轮番在上海的各大戏园唱戏，效果如同他的打炮戏名所标明的，都是“一战成功”。有了这个“喜”兆，后来，以致若干年，无论走到哪里，谭富英打炮戏都是《一战成功》。

谭富英在上海唱了几期戏，谭小培心里明白，到上海唱戏只是个由头，拜余叔岩为师才是目的。于是赶紧拉了儿子，急急忙忙回到京城，去拜余叔岩。

当时，谭小培四十一岁，余叔岩三十四岁。余叔岩是谭鑫培的弟子，论尊卑，谭小培是不能拉着儿子去登门拜师的。但为了儿子，还讲什么尊卑！这就是谭小培的气度。

一进余叔岩的家，余叔岩受宠若惊，赶紧让座儿沏茶，说道：“五哥，你的儿子如同我的儿子，何必劳您大驾呢！知会一声，我过去，把孩子接来，把从谭家学来的，统统还给谭家！”

余叔岩一般是不收徒的。收谭富英，不为收徒，只为报恩。只为报当年谭鑫培传艺的大恩。

余叔岩的堂号名“范秀轩”，意即以英秀堂为范。在范秀轩正堂上挂着谭鑫培的大幅照片，余叔岩每天膜拜顶礼，别人说你现在已是生行的泰斗了，比谭先生名望不在以下，还如此谦卑。余叔岩正色言道，“可不能这么说！一日为师，终身为父。何况我和谭先生比，不过九牛一毛，谭先生永远是我学习的典范。这辈子我也赶不上谭先生啊！”

他对待谭富英像当年谭鑫培对待他一样，一丝不苟，严肃认真，一招一式，绝不马虎。

第一出戏学的是《太平桥》。余叔岩对谭富英说“我跟你爷爷学的第一出戏就是‘太平桥’。哪儿来的哪儿去，我把他原封不动地还给你。你爷爷说，这出戏是打底子的戏，唱功、做功都很吃重，学会了这出，有了底子，其他戏就好学了。”

第二出戏学的是《战太平》，同样是唱做并重的戏。

余叔岩仍是一丝不苟。他手拿一个鸡毛毯子当马鞭，说花云回府的一段戏。嘴上说着，手里比画着，身段亮着，口里还念着锣鼓经：花云念过一声“回府”，即挑帘出场，脚底踩着锣鼓点，到台口，勒住马，见着两位夫人，然后转身，下马……。他把这个从挑帘出场，到转身下马的身段和脚步，详详细细地给谭富英演示了一遍。

让谭富英照这样子做，当然一遍是过不了关的。谭富英一连做了三遍，余叔岩在他做中又边说边辅导。三遍下来，余叔岩还是不满意。让谭富英再接着做，他自己也累得嘘嘘喘气。谭富英看师傅还是不放自己过关，心里有点发躁，想撂挑子不玩儿了，正在踌躇窘迫之际，夫人陈淑铭赶过来解了围。她说：“今天累了，都累了！明天接着，总不能一口吃成个胖子呀！”谭富英这才得了解放，赶紧回家休息。

每次学习回来，谭小陪都仔细问一番。今天他看出儿子有点烦，问儿子怎么回事，谭富英说：“在科班六年，什么底子都打下了，还一招一式地抠动作，抠到什么时候是个头哇？”

小培忙给儿子倒杯水，说：“今天累了是吧？你爷爷教他的时候也是这么一招一式地抠的。大路的活儿谁都会，精就精在细节上，余先生抠的正是细节。你不是想学成你爷爷那样的大角吗？那就要有你爷爷谭派的样式，不然怎么称得上谭派！”听了爹爹一番教导，谭富英想通了。他说，“爹爹，你给我看着，我再演示一遍，您看着能过关了，算拉倒！”

说着，谭富英抖擞精神，按照余叔岩教的，一招一式一连做了几遍，直到谭小培笑着说，“我看像你爷爷当年的劲头啦！”

第二天，一到范秀轩，谭富英对余叔岩说：“我昨天自己练了几遍，你看还有哪些地方不到家。”

做罢，余叔岩夸奖地说：“挺好，在家下功夫了。就是要这样下功夫刻苦练，才能成材料。”

谭富英是天生吃戏饭的材料。他天生一副好嗓子，小伙子长得一表人才，要个有个，要条有条，在科班打了一身好底子。一登台，演谁像谁，浑身是戏。余叔岩教他一出戏，他就登台唱一出，现趸现卖，出出都有新成色，出出都有他爷爷的影子。

一年过去了，谭富英不愧是谭富英，他的谭派戏居然在京城叫响了！

谭富英的戏叫响了，可把谭小培给乐坏了。他忙给儿子张罗着演出。初上道儿，都是临时搭班，采取游击策略，谭小培有意识地让他长见识，适应环境。陆陆续续搭了徐碧云、朱琴心、杨小楼、白牡丹、马德成的班。但不论搭谁的班，他都挂二牌。他的活儿好，功夫在那摆着呢，谁都认可。再者说，人家是谭大王的孙子，招牌硬啊。所以搭谁的班，都让他挂二牌。这够让他自豪的！

很快，谭富英就成了气候，俨然成角了！从此，再也不挂二牌。谭小培的策略果然见了成效！儿子有了名气，谭小培就甘居其后。死心塌地给儿子当管事，做了全职“保姆”。

一成为角，人们都尊称“老板”。但那时，谭富英虽然成了角，却没人称过他“老板”。他不是不够份儿，是他老爹谭小培替他当了“老板”。谭小培一直像保姆一样，不离他左右。他的一切大事小情，都由谭小培包办。什么戏码啊、台口啊、搭班啊，衣食住行啦等等，都由谭小培说了算，谭富英只有俯首听命。

有谭小培在身边，谭小培被称“老板”，谭富英顶多被称“小老板”。

因为谭富英在唱戏上没有任何自主权，处处由爹爹安排得严严密密。当然包银、戏份也都由爹爹管理，唱戏收多收少，他没有任何压力。既没有衣食之忧，又没有养家糊口的柴米之扰。家里家外，台上台下，任何事都不操心，不管事，大松心。凡事也不多说话，但凡遇上事，他却自有法子对付。爹爹给的钱不够花，没钱花了，他不直接开口要，就在家里翻箱倒柜，拾掇旧衣服，边拾掇，边嚷嚷：“当去，当去，拿当铺都当喽！”——他这是在“造舆论”，故意说给家里人听。老妈子明白他的意思，就把这些衣服包一个大包袱，提到上房，请示夫人：“夫人，少爷让把这个当喽去，您看……？”

夫人明白儿子是在要钱，就先把事压下，拿点体己钱让老妈子给儿子送去。老妈子很会办事，对谭富英说说：“少爷，这是太太疼你，给你的体己钱，让你先花着，别嫌少，回头太太还想法子呢。”

太太的法子，就是给谭小培悄悄地吹枕头风：“儿子没钱花了，你多给他几个吧。孩子大了，花销也大了，别委屈了他！”谭小培就赶紧掏钱，给儿子送过去。

谭小培的法子就是用钱管着他，让他听话。

又等没钱花了，谭富英还是不直接开口，专等接了台口，临唱戏的时候，他来到谭小培的面前，也不说话，就地来一个抢背，躺在地上不动了。谭小培起初是吓一跳，不知怎么回事，连忙问：

“怎么啦？怎么啦儿子？这是唱得哪一出哇？”

谭富英还是不说话，躺在地上搓鼻子，揉眼睛。小培明白了，这是没了大烟抽了。赶紧掏钱，买去！抽，抽足了好上台呀。谭富英要了钱，买不买大烟，谭小培哪里知道，反正钱是要到手了！

每逢谭富英在他面前摔抢背，挺僵尸什么的，他都赶紧掏钱，把儿子哄高兴喽。

——这可真是的，——他管儿子有招数，儿子对付他也有招数。

谭富英的招数，像小孩子使小性子玩一样。“过招”完毕，轻轻松松，不留在心上憋屈着，总是很开心。

几年的历练，谭富英成熟了。他天赋好，嗓子好，功底好，做派好。唱起戏来跟玩儿一样，总是玩儿得满场叫好。越是这样，他台上越是放松。越是放松，越是发挥得好。也有人说唱戏的要领是：戏要三分生。

谭富英不论那个，他玩的是潇洒，是痛快！玩意儿，玩意儿嘛，在台上玩儿得多了，玩儿得久了，就玩儿出花样了。的确，他玩儿着玩儿着，玩儿出了体验，玩儿出了感觉：总觉得余叔岩的活儿地道。谭家祖上戏大王的活儿固然好，作为基础是必要的，要是一味地刻板照葫芦画瓢，就画虎为猫，——走形了。余叔岩确实是学得了谭派的魂儿，唱腔做派有新意，有魂儿，有底蕴。人家是画虎为虎，为虎添翼！

他庆幸自己拜了余叔岩，学了真本事。在实践中，他把科班学的，爹爹教的，学余得的，往一起糅，慢慢就糅出个新味道。久而久之，就成了谭富英自己独特的风格。人们把他这种放松帅气的做派称为“新谭派”。

谭富英的新谭派，比起他爷爷的老谭派，更有一番特色。

无论京、津，还是上海，戏园约角唱戏，都是为了挣钱。排戏码，都捡能拉座的戏排。在老生戏里最卖座的就是《四郎探母》，可是最累人的也是《四郎探母》。这出戏，唱功太多，而且都是叫劲的唱段。做功也很吃功夫，或悲，或喜，白口、身段、感情都得做到实处。看这出戏，若是赶上一个好生角唱，那真是过瘾极了。天津的戏迷最喜好谭富英的这一出，谭富英一到天津，戏码肯定先贴《四郎探母》。谭小培也吃准了天津戏园老板的这一招，只要贴这出戏，每场要双戏份。戏园老板也不是傻瓜，你要双戏份不要紧，羊毛出在羊身上，票价加价。加价，也照样场场爆满，谭富英的活儿好哇！到了上海更邪乎，戏份四倍。水涨船高，票价也翻番。谭富英唱到哪里，响到哪里。这可乐坏了谭小培，他可得了张着口袋收票子了。有人见证说，他一场戏下来，能收一麻袋票子。谭小培数票子，有时都数得手指头发麻。

人家都说谭小培是个有福的命相。前头有老爷子庇荫，在蜜水里泡大，后头有儿子打天下，他坐收银钱，光享福了。的确，要论唱戏的本事，他前不如老爹，后不如儿子。

有一个漫画家曾画了一幅漫画，形象地评价这祖孙三人的艺术水平。

图中画了三个人，中间站的是谭小培，上首站的是谭鑫培，下首站的是谭富英。谭小培对下首的谭富英说“你父不如我父。”，然后又转身对上首的谭鑫培说“你子不如我子。”

就是这个上下都不如的谭小培，却吃得苦最多，立得志最大。他卧薪尝胆，运筹帷幄，历经十年艰辛，终于把大外廊营的谭家老宅给赎了回来。

他复兴的岂止是一座祖居？

他复兴的是谭鑫培的艺术生命！

有散曲唱道：

【南吕·一枝花】天生好嗓子，生就唱戏貌。轻松上场去，彩头知多少。歌舞演平生，万事心不操，老爹安排好。只管登台唱，花钱伸手要。

【梁州第七】祖传谭派无人争，唱好唱歹无人笑，家传的玩意自己造。发声运气，用腔字咬，举手投足，身段走俏。科班底子深厚，四周围随见随学。老爹爹瞪眼巴望，自己个活搬活套，钻研，有效。伶人世家生就上道，锣鼓经，管弦调，戏上动作天天瞧，任我自己学！

【牧羊关】去拜师学余派，刻板认真教，学得人气躁心焦。科班的功底哪用再学，反复再教，过不了师傅板槽，就死抠持不再教。莫怪人猴屁股着火坐不牢。只想逃学。

【贺新郎】四处唱戏走一遭，方觉得功底浅，后悔糟糕，艺到用时方恨少。只得听老爹爹训教，得余派戏魂，重新锻造，艺不厌高。

【煞尾】旧谭派领袖已有旗号，新谭派余派更好。画角齐吹玉梅调，袭谭家衣钵，得新谭派名号。

第一三二回

津沪情梅开二度
梨园友南麒北马

马连良唱戏唱出了名气。可是他知道自己在伶界须生的辈分还差一截，还得夹着尾巴好好学人家的玩意儿，得向人家大角儿看齐。这之前，梅兰芳等四大名旦都在排新戏，人家都请了大文人，打本子创自己的本戏。他看准了，人家的路子对头。现今是名家挑班儿啦，挑班儿的和挑班儿的，本身就是竞争。台上的饭大家抢，一靠本事大，玩意儿好；二靠剧本硬，情节新。台上得老有抓人的新戏，不然，这碗饭就争不到嘴里。

从上海回到京城，他就打定了心思，一定找有能耐的人做帮手，练玩意儿，编新戏。

这一天深夜，马连良下了场，卸完装，打从三庆园出来，往北走，正要到前门楼下一个馄饨馆吃夜宵。顺着正阳门的瓮城急匆匆跑过一个人来，后面有人在追赶，边追边喊，“看你往哪儿跑？”

跑过来的人与马连良碰个对面，刚要擦身而过，马连良听到后面的喊声，判断此人是被追拿的对象。

那个年月，军阀抓人是常有的事，马连良恨军阀的霸道，可怜无辜被抓的人。他下意识地小声对那人说道：“别跑了，转身迎着喊声走！”

那人真的停了下来小声说：“先生，谢谢指点！”

就此一瞬间，马连良闪身脱下自己的长袍，甩给那人，说：“快穿上，放松身形，放慢脚步，从从容容地迎上去！”那人很快穿好长袍，放松了神态，慢慢迎着军警走去。夜幕中，影影绰绰晃出了两个军警的身影。军警靠近了，哗啦啦地直拉枪栓，喝问：“干什么的？”

“刚散戏。”

“看到一个人跑过去了吗？”

“哦，哦，”那人指指身后，“跑过去了。”

两个军警上下打量了一下这个穿长袍的人，互相摇摇头，往前追去。

再往前追，碰上的就是马连良。他们同样喝问：“干什么的？”

“刚下场，去吃碗夜宵。”

他们看马连良穿的是短上衣，疑惑地问道："你是——？"

"唱戏的。"

"哦，马老板？"

马连良点点头："嗯，嗯。"

他们认出了马连良，说声："辛苦！"

继续往前追去。

被追的那人，离他们并不远，他们的对话都让他听到了。他停下了脚步，等军警追远了，马连良也走近了。他凑过来亲切而敬佩地问道："你就是马连良，马先生？"

"不敢，正是敝人。"

"如此，多谢了！"那人说着就要脱掉长袍，马连良摇摇手制止。

那人理会地说："既是马先生要吃夜宵，我也陪着先生吃上一碗。"

二人说着进了馄饨馆。

就着馄饨馆的灯光，马连良观此人方面大耳，相貌堂堂，器宇不凡。二人选了一个靠里的方桌，对坐下来，马连良招呼跑堂的要了两碗馄饨，外加两碟小菜，一壶暖酒。那人也不客气，麻利地斟好酒，端起酒盅小声风趣地说："马先生不吝赐教，教了我一出《空城计》！"

马连良会意地笑笑端杯道："你比台上唱得好！"

二人边说边聊，原来那人，就是大名鼎鼎的新闻报人邵飘萍。

邵飘萍也是个戏迷，他自幼饱读诗书，颇懂音律，多次看过马连良的戏，不想在此难中相遇，马连良成了他的救命恩人。说到戏上，邵飘萍也不客气，直言对马连良说："你的戏很有根底，很有你自己的特点。不能老拾别人牙慧，打别人旗号！谭派固然可遵可寻，可为号召，但毕竟不是你的特点。余叔岩是新谭派，人称'余派'；言菊朋是老谭派，人称'言派'；高庆奎是孙派，人称'高派'。你们四个可说是继后三杰之后的四大须生。你的根底虽然是谭派，但你已别开蹊径，有了自己的特点，你应该是'马派'！此时，你已独树一帜，应该有你自己的本戏，在广征博取的基础上，突出你自己的风格！"

邵飘萍一席话，正说到了马连良心坎上。马连良也正打算找文人打本子，创自己的本戏呢。真是天赐良缘，这不是高人、大文人送上门来了吗！——邵飘萍，《京报》的主编，享誉南北的报人、政治评论家、文艺评论家。连军阀都称他，一支笔胜过三千毛瑟兵。军阀们恨他恨得咬牙切齿！这样的大文豪，上哪里去寻？然而，天缘机巧，一场抓捕灾难，成就了他们二人的终身友谊。

二人成了莫逆之交。他们一有机会就凑到一起，坐下来切磋京戏，戏词戏理、宫商雅韵，无所不谈。邵飘萍以他那犀利的笔触，在报端剖析马连良的艺术特色，介绍、推广"马派"艺术。屡次在报端将马派艺术称为"独树一帜"。有一句老话叫作"英雄所见略同"，"独树一帜"一见报端，诸多文人和专家如老舍、看云楼主、梅花馆主等都相继发表戏评，发表诗歌，赞扬马连良独树一帜的艺术特点，称之为“马派”。自此之后，戏园写海报也以此作号召，写“独树一帜马连良”“马派”宗主。

邵飘萍是马连良第一个最知己的文人朋友，也是马连良成就马派艺术，文化层次最高的良师益友。

马连良还有一个良师益友，那就是京韵大鼓名家刘宝全。

刘宝全当时在石头胡同的“四海升平”杂耍园子里说京韵大鼓，刘宝全的大鼓，在京城堪称一绝。他既善于唱，又善于演，音调、语气、动作，富有极强的感染力。马连良很欣赏他的表演艺术，他一闲下来，就去品味刘宝全的表演。刘宝全善于借鉴其他艺术的表演方式，丰富自己的演出，他的身段、动作，借鉴杨小楼的舞台表演，大气、边式。他的唱借鉴余叔岩、梅兰芳等的腔调，爽朗中透着含蓄，韵味隽永。刘宝全也很欣赏马连良的舞台艺术，一来二往，俩人成了好朋友。刘宝全比马连良大十几岁，像个大哥哥一样对待马连良，把许多好的表演方法传授给马连良。

两个人生活习惯也气味相投。马连良是回民，刘保全不是回民，但他俩吃饭却能吃到一块儿。刘宝全多吃素食，偶尔吃一次肉，也是牛肉。吃法儿很个别，把牛肉炖烂，将肉捞出去，用汤煮菠菜。他说这样补气养元，长精气神儿。马连良很欣赏他这种吃法儿，常到他家吃这一口儿。为了养嗓子，他睡觉前，含一片鸭梨，直至早晨醒来再把梨片吐掉。

除了传授这些生活秘诀，他还告诉马连良用嗓儿的诀窍：唱戏要会节省用嗓儿，一开始要省着劲儿唱，等当嗓子拉开了逐步铆劲儿。留出劲儿头，到该用的地方，甩开了唱，“好钢使在刀刃上”，准能叫彩儿。

二人一起遛早儿，一起散步，一起到“一品香”浴池泡澡，一起到“两益轩”去品食美味儿。然后又一起进戏园观赏戏曲、品评、交流、借鉴、采风……，马连良细心听他的品评、指点。从刘宝全身上学了不少好玩意儿。

除了这二位之外，马连良还结交了许多文人墨客，如梅花馆主、看云楼主、吴幻荪、翁偶虹、冯梦云、舒舍予、景孤血等。这些人都是他的良师益友，对他马派戏路的形成起了不小的作用。

在众多朋友的帮助和影响下，他放开了思想，着手改造、整理以往唱过的老戏。

有一出老戏《失印救火》，是谭鑫培、余叔岩拿手的老戏。马连良在富连成科班时，社长叶春善亲口传给了他，他唱起来也风生水起的很是叫座儿。有一天他和吴幻荪聊天儿，聊到这出戏，吴幻荪问：“白简怎么当的晋宝状元？”

马连良被问得一时语塞。脑袋里一憋，忽地一下，憋出了一出戏，名《遇龙酒馆》。这出戏很短，是帽儿戏。帽儿戏就是开场的小戏，因为不起眼儿，就很少有人重视，大角儿们当然不演，几乎被遗忘了。马连良对吴幻荪说：“这是一出戏。戏里说白简赶考途中，在玉龙酒馆偶然遇到了永乐皇帝朱棣。朱棣闻读书声，面试白简，白简应对自如。朱棣高兴之下多饮了几杯水酒，伏几而睡。白简出于好心，就把义士相赠的胭脂宝褶取出，盖在皇帝身上御寒。他也不知胭脂宝褶乃皇宫之宝，皇帝醒来，见宝物大喜。遂假借宝物，带进宫去。翌日念他进宝有功，就封了他一个晋宝状元。”

“哦，原来还有一出戏！”吴幻荪听了很感兴趣，“前头有这么好的情节，可惜太短了，后面再接上点情节，不就更有戏啦！”

经吴幻荪这么一说，马连良顿生灵感，把脑门一拍，“嗨！吴先生，你一句话就点成一出大戏！”马连良马上联想到了《失印救火》。刚说出戏名，吴幻荪眼睛一亮，说道：“是不是该把这两出戏连起来？”

“是啊。”马连良高兴地说。

“为什么不连起来呢？”

马连良冲吴幻荪使个坏眼儿，“因为以前没遇到您这个大文人哪！”然后以恳求的口气打着哈哈说，“这就得烦劳您这大文人啦！将两出戏从头到尾捋一遍，删繁就简，捋顺溜喽，攒成一出大戏！”

“好哇！如此，我干！”吴幻荪慨然接过了这个活儿。

不几天，一个新戏本儿交给了马连良，题名《胭脂宝褶》。两出戏一接，改头换面就成了马连良的本戏。一贴演，轰动全城。一出戏，跟随马连良唱了一辈子。

这一年，天津法租界马家口的春和大戏院落成。为了庆贺戏院落成，老板管兴权特请角人李华亭操办唱戏亮台的事。李华亭是京城戏界有名的交际家，特别善于组织攒班儿唱戏，行内送他外号“戏提调”，行话叫“角人”。管兴权远从京城特请他来操办唱戏的事儿，就是看上了他这个“角人”的本事。李华亭也不负管老板厚望，的确大显身手，把当时正在北京唱戏的海派须生周信芳挖到天津，又从青岛把正在那儿唱戏的马连良搬回来。这样，麒麟童和马连良又在天津聚在了一起。

二人一见面，高兴万分。

马连良拱手相拜：“师兄，一向可好？”

麒麟童赶忙还礼：“师弟，你飞黄腾达了！”

“托师兄鸿运兆承。”

二人握手入座，畅叙阔别七年来的思念之情。

谈到这次合作，马连良说：“师兄，这次您从南来，远道劳师，是客人。北方人向来以客为尊，唱戏的事您怎么说，我就怎么唱，为师兄马首是瞻！”

“师弟客气，事隔三日当刮目相看。师弟七年之间已叱咤氍毹，天下扬名了。愚兄愚钝，听凭师弟安排！”

此时，李华亭插进话来：“您们二位就甭客气啦。我替你们想过了，——七年前在上海合作的戏，只唱两出：《群英会·借东风·华容道》和《十道本》。没合作过的三出：《火牛阵》《一捧雪》《八大锤》。二位意下如何？”

李华亭是戏提调，他已安排了戏码儿，还有什么说的。二位点头说道：“就按李先生说的唱！”

前两出戏二人合作过，轻车熟路，当然唱得精彩非凡。

《火牛阵》中只有一个老生，就是田单。二人都是唱老生的，谁来唱田单呢？麒麟童自认不唱田单，反串小生扮演世子田法章。马连良心里明白，这是师兄有意提携自己。盛情难却，笑笑，对麒麟童说："师兄雅量，栽培小弟，愚弟承让了。"

这出戏前半场的重头戏是"搜府盘关"，是马连良所扮的田单的重头。马连良在科班时就唱《黄金台》扮演田单，已然轻车熟路，当然演得活灵活现，彩声不断。戏的后半部是田单、田法章父子被燕兵冲散后，田法章男扮女装，落在敫尚书府中，与敫小姐同住一个绣楼，一男一女同室而眠，闹出许多笑话。这后半场戏，被麒麟童唱得风趣逗人，满台是戏，满场火爆。

这出戏，被他们俩唱活了，打响了。

《一捧雪》，马连良前饰莫成，后饰莫怀古。天津戏迷首次欣赏了马连良做、念、唱的功夫，叫好不绝。麒麟童饰演陆炳，在"审头"一折，把个久经官场，深沉老辣，足智多谋，能言善辩的陆老爷演得栩栩如生，把麒派犀利老道，喷吐铿锵，气口稳健，声情并茂的念白功夫，展现给天津戏迷，可让天津戏迷大饱眼福，赞叹不已。

《八大锤》，麒麟童又提出反串陆文龙。这个小生不同于上一个小生，田法章是文小生，陆文龙是武小生。上场就有武打，陆文龙与各个锤将几场恶战，每场和每场都花样翻新，精彩绝伦。这位一贯唱老生的麒老牌，反串武功如此繁重的小生，纯粹是想买卖功夫，把海派艺术给懂戏、爱戏的天津观众亮亮牌子。他这个牌子是亮对了，可把天津的戏迷亮服了。

马连良和周信芳的这次天津合作，产生了轰动效应。一个三十八岁，一个三十一岁，南北两个须生大角儿，花开二度，同台献艺，轩轾千秋，留下了京戏史上的千载美名："南麒北马"。

有词【临江仙】写道：

海河天津谁渡，戎马歌坛荟萃。南北两将军，征战又一回。记得沪上切磋，两心交流融汇，七载离别说相思。南麒北马名，唤得彩云归。

第一三三回

无声不歌谱新韵
有动皆舞展新姿

人们把齐如山说成是梅兰芳的戏包袱，其实这话毫不过分。梅兰芳不管唱传统老戏，还是唱新编古装戏和时装戏，齐如山都或者是编导或者是顾问。梅兰芳的成功，除了他自身的优势之外，就是他善于倚重文人，借助文人的学识和聪明，成就自己的艺术事业。

齐如山是个学者，他是以西方的实证比较学，来研究中国的戏曲艺术。他总结中国戏曲艺术的特点是：无声不歌，无动不舞。

他以这种理念为梅兰芳进行剧本创作、导演和表演。对此，梅兰芳也十分佩服。他尊重齐如山，努力按齐如山的理念去实践自己的艺术。

遵照“无动不舞”的理念，梅兰芳在演出齐如山为他写的十四出戏中，设计创作了许多新颖的舞蹈动作，如《霸王别姬》中的剑舞，《上元夫人》中的拂尘舞，《嫦娥奔月》中的花锄舞，《天女散花》中的绸带舞，《廉锦枫》中的蚌舞，《黛玉葬花》中的锄舞，《西施》中的佾舞，《洛神》中的仙女舞，《太真外传》中的翠盘舞等等。这些舞蹈和身段，为中国戏曲艺术留下了宝贵的艺术财富。

在无声不歌的理念指导下，梅兰芳不光沿用旧有的唱腔，还创作了许多新腔，西皮中的〔南梆子〕唱腔，就是他借鉴河北梆子的小檀板腔创作出来的。

梅兰芳对戏，一向严肃认真，从不草率登场。例如：齐如山写完《西施》的剧本，他反复阅读理解之后，自己顾曲安腔，琢磨身段。心里虽有了谱，还不放心，又把剧本拿到王瑶卿那里，对王瑶卿说：“请王大爷费费心，给加工加工。”

王瑶卿更是个一丝不苟的人，他毫不推辞，接过剧本，一连三天，夜以继日，连拆带改，把戏文梳理了一遍，从唱腔、道白到场面的穿插，甚至动作身段，都一一设置好，亲自拿到梅兰芳的家里，详细交代。

梅兰芳根据师傅的安置和自己的理解，又与齐如山一一捋了一遍，又反复征求梅党和家人的意见，仔细加工，直至有了把握，这才进行排练。每出戏都是如此，保证出出是精品。

唱腔、念白新颖了，梅兰芳对伴奏的乐器又有了新的想法。他总觉得只用胡琴和三弦伴奏声音太单调。他请徐兰沅和王少卿把琵琶、大忽雷、小忽雷以及其他弹拨乐器加进来，一试，效果还是不理想。经过多次试验和调整，最终只选中了二胡。他让徐兰沅拉京胡，让王少卿担任二胡琴师。

王少卿是王瑶卿的侄子，幼承家学，跟他父亲王凤卿唱老生，后改学拉琴。曾向梅雨田和孙佐臣学艺，十九岁就出台，给他父亲拉琴，弓法、指法娴熟，衬、托、垫、补，风雨不透。梅兰芳看中他的才华，要过来让他给自己拉琴。

徐兰沅是梅兰芳的琴师，属老字辈的，王少卿算是小字辈的。这一老一小，对艺术都很严谨，尤其对梅兰芳的配合，更为精到，从不有丝毫松懈。对于加进二胡的音乐感觉，他们更是精益求精，生怕有一丝丝不妥，影响梅大师的艺术效果。有时，安了新腔，在排练中，他们除了近距离听之外，还走出室外，甚至院外，去远距离听演唱效果，不放过一丝一毫的瑕疵。既然京戏是无声不歌，只要有声有歌，就要悦耳动听，曲曲精品。加入二胡也是如此，他们反复合奏，密切配合，直至臻善臻美为止。经过演奏证明，梅兰芳的这个创新是非常好的。二胡的加入，婉约柔和的中音，中和了旦角的尖音和胡琴的尖音，使歌者的声韵更加柔和委婉，悦耳动听。各个戏班，闻风跟进，文场都加进了二胡。

从此，京戏的伴奏乐器进化到了“三大件”。梅兰芳的这一改革，使京剧的伴奏又前进了一步。

在梅兰芳下功夫改进艺术效果的同时，各个行当，各个大角都在铆劲儿在艺术的创新上下功夫。

他们已经体会到，在大角如林的梨园，不创新就不能站住脚，就会丢掉饭碗。创新，首先是剧目的创新，要唱新戏，有新戏才有台口，才能叫座。大家也都体会到，剧目要创新，离不开文人。于是大家都千方百计地网罗文人，倚重文人。

就旦角而言，程艳秋有罗瘿公，为他写了《龙马姻缘》《红佛传》《花舫缘》《玉镜台》《鸳鸯冢》《青霜剑》《金锁记》《风流棒》《孔雀屏》等戏。荀慧生有陈墨香，为他写了《钗头凤》《杜十娘》《红楼二尤》《霍小玉》等戏，尚小云有李寿民、徐汉生、“清逸居士”溥续，为他写了《五龙祚》《秦良玉》《林四娘》《摩登伽女》《谢小娥》《汉明妃》等新戏。

此时的京戏旦角，已呈现百花盛开，争芳斗艳的局面。梅兰芳、尚小云、荀慧生、程艳秋、芙蓉草（赵桐珊）、徐碧云、朱琴心、于连泉（筱翠花）等。这些人周围都有一帮自己的文人知己，为他们编戏，为他们顾曲安腔。只旦角的新戏，新腔，新舞，就使京戏舞台，呈现出绚烂多彩的缤纷画卷。更何况还有诸多生行、净行，都在各展英姿，独树新枝，尽显风采。

这一天，齐如山闲逛，来到王瑶卿的“古瑁轩”。俩人聊起京城戏界的事，话匣子还没拉开，梅兰芳来了。梅兰芳还没坐稳当，程艳秋来了。程艳秋进来后，赶紧给梅兰芳和王瑶卿两位师傅行礼问好，接着又回身给齐如山请安。寒暄刚过，尚小云拉着荀慧生进来了。王瑶卿一看他的弟子都到了，高兴万分，打哈哈说：“今天是不是齐先生通知你们来开会？不然怎么都凑齐啦！”

齐如山赶紧反击：“我哪有你的道行，是不是你通天教主施了魔法，把众家弟子拘来了！”

于是大家一阵哄笑。

其实，不用谁通知，也不用谁拘。这是寻常的惯例，只要没有演出，一到晚上，大家都往古瑁轩凑。一来听师傅教诲；二来听听各方面的新闻。这里是艺术沙龙，是他们的家，大家都愿回家聚聚。只不过今天是凑巧了，四个人同时凑到一起，的确是很难得的。

王瑶卿看四个徒弟都来了，心里高兴。夸奖地说：“你们四个，算把个京城闹翻了天了。听说有什么‘四大红’，是你们四个的四出戏，都是什么红啊？畹华你说给我听听。”

梅兰芳笑笑说：“王大爷，您秀才不出门，能知天下事。这四出戏您都知道，就是漪霞师弟的《红绡》，慧生师弟的《红娘》，玉霜的《红佛传》和我的《红线盗盒》，这不‘四红’了吗，这都是好琢磨的人攒一块了。”

齐如山说：“要说这个，多了去了！还有‘四口剑’。就是兰芳的《一口剑》，老四的《青霜剑》，老慧的《鸳鸯剑》，小云的《峨眉剑》。除了这还有‘四妃’。就是兰芳《太真外传》里的杨贵妃，小云的《汉明妃》，老四的《梅妃》，老慧《鱼藻宫》里的戚妃。”

“还有‘四反串’。”尚小云接过话来说，“就是兰芳师兄在《花木兰》中反串小生女扮男装，老慧师弟在《荀灌娘》中反串小生女扮男装，玉霜师弟在《聂隐娘》中反串小生女扮男装。我也有一出女扮男装的戏《珍珠衫》，也反串了一回。”

“哦，这四字头的编排还不少呢，四四一十六，这就有十六出戏了。光这十六出戏，就够让人看得眼花缭乱的大饱眼福了，何况还有那么多别的新戏呢！”王瑶卿听了格外高兴，“新戏越多越好哇！你们老有新戏，戏台上就有玩意了。就凭这个，戏就繁荣了，老百姓就有稀罕儿玩意儿看喽！——祖师爷的事业就火了。”

“这光是戏，新腔就不用说了。他们那些舞蹈，身段，化装，行头的新花样，也都是各显神通啊！”齐如山说。

“齐先生，你最关心梨园的新鲜事，你就说说看，让我也耳目一新一回。”王瑶卿情趣盎然。

齐如山说：“耳听为虚，眼见为实，你也放开尊腿，到戏园子去看看哪！”

“我每天瞎忙活，哪腾得开身呀！”王瑶卿以央求的声调说，“你是专门研究戏的，您就说说吧。”

“兰芳唱《霸王别姬》，那剑舞，你是看过了，怎么样？好吧。”齐如山缓口气说，“老四《红佛传》中的剑舞，更有看头。兰芳《天女散花》中的长绸舞，五彩缤纷。老慧《红娘》中的棋盘舞，独具一格。还有小云《汉明妃》中的马舞，更是让人身临其境。他们各自的舞蹈多了去了，舞态婀娜多姿，身段花样翻新，精彩极啦！”

“还是你那句话经典。戏是无动不舞嘛！”王瑶卿接着说，“每个人都突破旧的程式，舞出个人的风格来，就创造增添了新的程式，表演样式就多样化了。”

齐如山补充道：“根据个人的表演风格，舞出戏中人物的性格来，才算舞到了家。”

“你这是理论家的行话。”王瑶卿说，“作为角，每个人都应有自己的风格。”

“你这也是行话。”齐如山追问一句，“你说说，你这四个弟子各自的风格是什么？”

王瑶卿用眼睛审视四个弟子片刻，说：“我每人送他们一个字。”

“好哇，一个字，概括，好记。一字千金啊！”齐如山说。

“畹华是，——样。”

“样？”齐如山重复，然后点点头。

“小云是，——棒。”

“棒？”

“艳秋是，——唱。”

“唱？”

“老慧是，——浪。”

“浪？”

听完王瑶卿的一字之评，齐如山佩服地说：“你不愧是他们的师傅，这一个字的总结，真是准确无误。说到骨子里去了。”

王瑶卿审视四位弟子，进一步解释说：“畹华做戏大气。唱念做打，都入木三分。样式漂亮潇洒，招招式式，立为楷模，有形有样。是为‘样’也。小云做戏帅气，英姿勃勃，表演人物麻利干脆，不拖泥带水，有天生的一股棒气。是为‘棒’也。艳秋的唱腔可谓独具一格，他的唱功非一日之寒，有抓人的魅力。是为‘唱’也。老慧白牡丹的名气尽人皆知，他扮出的花旦，精灵剔透，活泼可爱，浪漫可人。是为‘浪’也。”

因为荀慧生平时老诚内向，同行人送他个爱称，名“老慧”。所以齐如山、王瑶卿也称他老慧。程艳秋在家行四，人称老四，同行熟人也称他老四。在古瑁轩里说话跟在自己家一样，亲切随便，还长见识。大家越说越投机，不觉已到深夜。

闲谈中，王瑶卿忽然想起一件事，问齐如山道：“齐先生，记得您曾提起过办什么‘国剧学会’的事。我倒把这事忘怀了。”

齐如山说：“你是贵人多忘事啊！我一直在考虑此事。京戏要提高，不能只墨守成规，要有理论指导。有了国剧学会，大家集思广益，探讨研究，有理论，有实践，方能有更大的发展。”

大家听了感到新鲜，觉得这是好事，应该操持早办。

散曲【双调·折桂令】唱道：

闲来聚拢沙龙，来了如山，到了慧生。御霜语迟，小云声轻，兰芳端庄，喜了瑶卿。声歌四大才子，样棒唱浪戏平生。无动不舞，无声不歌，国剧特征。

第一三四回
兴盛胡同俩花脸 富社科班双净生

北京的兴盛胡同，因兴盛寺得名，因而也叫兴盛寺胡同。胡同的中段，有一家的大门，漆成朱红色，锃明瓦亮，这就是当时有名的铜锤花脸裘桂仙家。

裘桂仙从小坐科学戏，后来拜了何桂山为师，他的铜锤花脸唱得名声四起。正唱得红火的时候，嗓子沓水了，那时刚刚十九岁，十九岁就断送了舞台生涯，他不甘心。幸而他拉得一手好琴，被谭鑫培看中了，请他做琴师。那时谭鑫培名声刚起，风头正盛，能给谭鑫培拉琴，那也是荣幸。他刻苦努力钻研谭鑫培唱腔，琴拉得至善至美。谭鑫培的名声越来越大，他的胡琴也随着有了名气。在拉琴的同时，他也不忘他的铜锤花脸行当，吊嗓、练功，一日不停。功夫不负有心人。琴拉了六七年之后，他居然又恢复了嗓子。由给谭鑫培拉琴，变为和谭鑫培同台唱戏。没想到二十六岁又唱起了铜锤花脸，声腔甜美，字正腔圆，名声大起。谭鑫培忒认他这个花脸，拉着他配戏，一个须生，一个花脸，并驾齐驱，京城双雄。

就在二十六岁这一年，裘桂仙不光重返舞台，又得了个儿子，可谓双喜临门。裘桂仙的夫人曾生过五个孩子，可惜二子三子都夭折了，只剩下一子二女。这个儿子算作次子。裘桂仙对这个儿子特别看重，因有失子之痛，生怕再有个闪失，他给儿子起名裘振芳，小名叫大群。取一群一伙，群伴不孤之意。

大群长到四岁，裘桂仙就带他到戏园随自己玩耍。裘桂仙在后台勾脸、勒头、穿行头，大群就在旁边看，裘桂仙上台唱戏，他就在台帘缝里看热闹，看得多了，就记住了，回到家就模仿，又是唱又是耍，逗得一家人围着他乐。大群长到八岁，裘桂仙看这孩子模仿得像那么个样子，就对大群说："龙生龙凤生凤，老鼠的儿子会打洞。看来你是块唱戏的材料，打明儿起，你就跟着爹爹吊嗓子，练腿脚吧！"

"好哇！我也跟爹爹一样，唱花脸！"大群高兴地说

打八岁起，大群天不亮就起床，跟着爹爹吊嗓、下腰、耗腿、拿大顶，练起了唱戏的功夫。裘桂仙对儿子学戏一丝不苟，丁是丁卯是卯，分毫不得有错。稍有差错，该打了打，该罚了罚，就跟带手把徒弟一个样。大群也为爹爹争气，唱念做打，很像模像样的。裘桂仙教戏时，一板一眼，唇齿咽喉，五呼四声，咬字吐音，偷气换气，处处到位。有时操起胡琴，用琴音带着他唱，父子二人琴瑟共鸣，有声有色。有时候，裘

桂仙也带他到戏园看戏观摩，对照台上的动作，给他讲路数，让他找台上的感觉。赶上戏班人手不够，大群也被戏班拉上救场配戏。小小年纪，就上台唱上了。这也让大群开了眼界，见了世面，有了体会。

学戏是学戏，毕竟还是小孩子，除了学戏，大群也找小伙伴一起玩儿。

胡同里伙伴可多了，大家一起玩儿弹球儿、跳绳、摔纸片儿、撞拐、蹦方子，玩儿得可开心了。

在胡同口住的一个小男孩儿，比大群小一岁，姓袁，小名叫三儿。

这俩孩子挺要好，能玩儿到一块儿。俩人没事儿，就喊着名字往一块凑。

三儿的叔叔爱看戏，经常带他到天桥去看梆子、丝弦、皮黄等。三儿聪明，看了戏，过目不忘，回到家就能比比画画地把看了的戏演一遍。他这一手儿，也很招胡同里的小朋友喜欢。凑到一块儿，动不动就起哄，让三儿给唱上一段。

有一天，大群练完了功，走出院子，到胡同里放放风。一出大门，就听到胡同口一群孩子在哄嚷，哄嚷过后，就听得一个孩子扯着嗓子唱起戏来。大群凭着自己在戏台下的熏染，听出此人在唱《丁甲山》，分明一个架子花李逵。只听那人唱："咱李逵做事太莽撞，是何人假扮梁山真宋江？太平庄，把人抢，咱李逵闻听怒满胸膛。手使板斧我把梁山上，砍倒了杏黄旗大闹了忠义堂。真宋江，假宋江……"大群越听越过瘾，腿不由得就往前走，走到人群外面，戏瘾大发，接过来唱道："难免李逵我遭殃……"他这一嗓子，字正腔圆，那一帮孩子不由得扭过头来看他。

那个唱戏的小男孩正是三儿，他一个跳高儿，撒欢儿奔过来，拉着大群说："嘿，大群子，快来，咱一块儿唱！"

"唱就唱！"

"你们俩唱整出吧！"

"唱整出？唱哪一出呢？"大群说。

"咱唱《牧虎关》！"三儿说。

"好！"

他们俩说"好"，小伙伴们也跟着说"好"。于是，俩人亮开嗓门儿，一人一句唱起了《牧虎关》。

一唱开了头，就收不住了。

每当小朋友们在胡同相聚的时候，大家就让大群和三儿唱戏。胡同口的大槐树下就是他们的"戏台"，他们俩会的戏还不少，一上了台就唱得特别卖劲儿，有时候唱一出，有时候唱两出，大家哄哄嚷嚷，唱的，看的，都特别高兴。

一次，裘桂仙下了场从戏园回来，走到胡同口的"戏台"，见小朋友们看戏看得正过瘾。驻足一看，"台上"唱戏的正是大群和三儿。他听了一会儿，儿子唱的倒也对路，但他心里却起了个念头。他不惊动儿子，悄悄离开"戏台"，回到家，却对老婆发起了抱怨：

“你也不看着大群点儿，怎么能让他随便往外跑呢，跑疯了心，唱走了规矩，可不是三天两早晨能纠正得了的！”

他老婆也不认账，反唇说道：“他有两条腿，他到处跑，我管得了吗？你是当爹的，又是他的师傅，你不给他立规矩，还赖我？”

裘桂仙听了老婆的话，仔细想想，“说的也是，孩子的腿在他身上长着，还能不让他出门？可老是这么撒着不管，早晚学的功夫都得撂了荒。就是立了规矩，我总在外面唱戏，没人监督，也规矩不住哇。可总这么撒着放任，也不是办法呀！”想来想去，他想还是把他送到科班去好，不光有人管着，还能天天学玩意儿。

于是，他找到了叶春善。俩人是台上的老搭档，见面也不客气，开门见山地说：“我想把我的老二小子送你这富连成来，你给安排安排，插个班如何？”

哪知叶春善却不冷不热地说：“送他来，谁能教哇？”

“富连成那么多师傅，谁不能教哇！”裘桂仙说道。

“谁能教到你那个水平啊？”叶春善话中有话地说。

“听你这意思，是让我来教哇？”裘桂仙听出了话外音。

叶春善此时方露出笑脸：“我等的就是你这句话！”他开玩笑似的说，“我这里正缺一个铜锤师傅，你来教戏，这是你儿子进富连成的条件。否则，免谈。”

“好你个叶社长！怪不得富连成能办得叫响，敢情你真有绝的！”裘桂仙回敬道，“一言为定，我来伺候你！”

“你来伺候你儿子，还是伺候我，我不管，我给你发工钱。”叶春善诡笑着说，“你来当教习，挣我的钱，教你的儿子，还是你占便宜呀。”

听到此，裘桂仙说：“得了，得了。你收了我儿子，给了我面子，我来教戏，白尽义务，不收分文，我心甘情愿！”

老哥俩一言为定。

就这样，大群进了富连成科班。萧长华把他编在“盛”字班，给他起了个艺名“裘盛戎”。

裘桂仙也走马上任，义务给富连成上铜锤花脸课。

大群进了科班，兴盛胡同口的“戏台”少了个角儿，戏唱不起来了。

大群走了，三儿没了伴儿，丢了魂儿似的，蔫头耷脑，整天给他爹娘撒气，哭着闹着，也要进富连成去学戏。爹妈拧不过儿子，只得托街坊裘桂仙去说情，央求人家收了这个孩子。

经裘桂仙介绍，三儿也进了富连成。经过萧长华面试、试唱，萧长华看这孩子长得虎头虎脑的，唱架子花是个好材料，就把他编到“世”字班，给他起了个艺名叫“袁世海”。

这下，大群和三儿又到了一起，虽不是一个班，但打基础的功还是一在起练。踢腿、下腰、耗顶、拉山膀、吊嗓子等，出出进进，总在一块儿，俩小家伙儿更是亲热。

大群学铜锤花脸，三儿学架子花脸，一个裘盛戎，一个袁世海，一个胡同里出了两个花脸，也够让他们自豪的。

除了练功、学戏，还得上台演出。当时富连成的实习戏台是广和楼。因为裘盛戎算带艺插班，已经会了很多戏，进科头一年就安排登台唱戏。过了两年，袁世海也被安排唱戏了，小哥俩和同学们排着队往戏园走，小胸脯挺得高高的，既自信又自豪。

裘盛戎虽然学的铜锤花脸，为了多学本事，架子花的角他也上。他一上架子花，就抢了袁世海的活儿，袁世海就不愿意。俩人虽然要好，但一到这个时候俩人就挣个高低。《取金陵》这出戏，就有个架子花的角色，名赤福寿。裘盛戎向派戏的老师提出要上，袁世海也提出要上。老师看他们都愿上戏，心里很高兴，但却不表态，说："你们两个商量商量，谁上都行。"

这一下，这哥俩竟然争了起来，谁也说服不了谁。眼看要闹僵。一个同学从旁出主意道："你俩是好朋友，别伤和气。干脆你俩来个石头、剪子、布，谁赢了谁上。下次对调，轮着上怎么样？"

"好！"哥俩齐声回答。

俩人请这个同学当裁判。这个同学欣然上任，郑重其事地喊："预备——，开始！"

这哥俩神速出拳，结果裘盛戎得胜。袁世海认输，诚心诚意地说："祝你成功！"

《穆柯寨》这出戏，孟良、焦赞两个花脸。派戏的老师派了他们两个，各演一个。两个人高兴地直蹦高。派戏的老师姓苏，因为场次安排上倒不开时间，告诉他们掐头取中，只演盗降龙木的一段。本来这出戏，前头有焦赞在元帅面前说大话吹牛皮，然后又假传将令，骗孟良同去盗降龙木的两段情节。这两段情节很有戏，掐了去就显得干巴，没戏了，不好演。这哥俩虽然对苏老师的安排有意见，但还得硬着头皮上场。演到半截，该放火烧穆柯寨了，苏老师又传过话来，"戏要马后"。

"马后"是台上的专用语，意思就是要拖长时间，不要急着下场。这个话传来很让哥俩丧气恼火，一会儿掐头，一会儿马后，朝令夕改，颠三倒四，这叫人怎么唱啊？

台上的袁世海朝裘盛戎挤挤眼，小声说："放火放长些，给他个马后！"于是这哥俩演起放火来。左一把火，右一把火，东一把火，西一把火，放起来没个完。等到穆桂英用分火扇把火扇回来，烧得这哥俩东藏西躲。在场面的乱锤中，一会儿焦赞钻到桌子底下躲起来，一会儿孟良钻到桌子底下躲起来，如此钻起来没完，钻桌子的身段和表演狼狈滑稽，哥俩来回换着钻，逗得全场捧腹大笑。钻得时间过长了，喧宾夺主，成了闹剧。眼看着戏唱得走形了，苏老师大发雷霆，只得命武场改换锣鼓经，他们俩才算煞住。

这可犯了唱戏的大忌！唱戏场上是不准搅戏的。故作噱头，搅了戏，算违背祖师爷的规矩，弟子是要挨打的。苏老师还算给他们留情面，不打他们，让他们反省过错。

哥俩也确实后悔，是啊，老师安排自有老师的考虑，那是全场的布局需要。老师常讲"台上台下一棵菜"，都要服从场上戏的艺术美，不能各行其是，破坏全局。怎么就把这么重要的规矩给忘了呢！还和老师赌气，这哪里是给老师赌气，这分明是拿艺术赌气！这样永远当不了好角，不配当演员！哥俩越想越后悔，痛哭流涕，向老师去道歉检讨。苏老师看他们反省很深刻，教育他们要永远记取教训。

这哥俩，上进心特别强，总想早成大角，除了把老师教的都消化理解之外，还总想多观摩，多吸收前辈名人的本事。一有机会就千方百计，哪怕违反学校规定，也偷偷去外面看戏。他们常用来对付老师的招儿就是，晚上溜出去之前，先把被子打开，里面裹上衣服，乍一看像有人睡觉，实际是蒙混查夜的老师。有时被老师识破，就挨一顿板子。即使挨打，也心甘情愿。

科班打人的规矩很多，单人犯规，单人挨打；集体犯规，集体挨打；一人犯规，知情不报，连带挨打；集体不报，集体挨打。集体挨打称为“打通堂”。

这哥俩曾为此招来一次“打通堂”，让科班的人都长了记性。

那是海派名家麒麟童来京献艺，这哥俩听说了，心里这个痒痒，非想法子看一场，过过瘾不可。

这一天，吃过晚饭，点过名之后，俩人互相一挤眼儿，假装上厕所，离开晚课班，悄悄溜出富连成。一出大门，就像出了笼子的小鸟儿，撒丫子向戏园飞去。进了戏园，正好是麒麟童的《屯土山》刚刚上场。这哥俩看得这个解渴，恨不得把麒麟童的每个动作，每句唱腔都吞到肚子里。看完戏，二人大饱眼福，悄悄地溜回宿舍，幸好查夜的老师没有发现。这哥俩暗暗庆幸：福星高照，可是开大了眼了！

第二天早晨，又早早起来，和大家一起练功。头一天看戏的兴奋劲儿还没退去，练功也分心走神，练不踏实。练了一会儿，裘盛戎到后院上厕所，袁世海也跟了过去。在厕所里二人说起了昨晚的戏，津津有味儿。裘盛戎说：“都说麒老板做戏真实、生动，节奏感强，果然名不虚传。不看不知道，一看忘不掉！”

袁世海说：“连人家那武场的锣都和咱不一样，那声音既高亢又响亮，‘亢’‘亢’‘亢’真带劲！”

一听袁世海念锣鼓经，裘盛戎就不由自主地拉开架势，比画起来。这一比画，袁世海也来了劲儿，嘴里念着锣鼓经，身子也跟着动了起来。他俩全忘了这是在厕所，俨然到了排练场。

这俩人只顾全神贯注地模仿麒麟童了，没注意，陆陆续续上厕所的人越来越多，都围着他们看走场，都被吸引住了，谁也不回去。

带着学生练功的老师，看人越来越少，去厕所怎么还不回来呀？他也来到后院，咳，赶情都围在这儿看二位表演呢！

老师一听锣鼓经，心里就明白了，“这是海派味啊！”

他不作声，走上前拍了裘盛戎肩膀一下，这二位一看老师找来了，顿时傻了眼，僵在那儿不动了。老师问道：“昨晚偷着看麒麟童的戏去了？”

裘盛戎老老实实点点头：“嗯哪。”

“和谁一起去的？”

“就我自己。”

“知道犯规怎么办吗？”

“知道。”

“知道就好，前头脱衣服去吧！”

裘盛戎老老实实，脱了衣服，趴在挨打的板凳上，老师抡圆了板子，往他屁股上狠打了几板，然后问道：“快说，谁和你一起去的？”

“就我一个。”

老师又是一板子：“别瞒着了，我都知道了，早说早减板子！”

“还有袁世海。”裘盛戎招了。

“袁世海，——脱衣服！”老师怒喝道。

袁世海也挨上了板子。

老师又问：“刚才上厕所，谁先发现你们不是解手，是走场？”

“不知道。”二人齐说，“老师，我们真的不知道，只顾了走场了！”

“好吧。”老师喝令大家：“知情不报，还在那里围观！都给我脱衣服！”

在场的都脱了衣服，排成一行，等着老师挨个打板子。

大家挨了打，怨气都撒在这两个花脸身上。袁世海对裘盛戎说：“干嘛把我供出来！”

裘盛戎辩解道：“老师不是说了吗，他都知道了……”

袁世海说：“你呀，老师诈你呢，你整个一个大傻子！”

裘盛戎就此落了个“大傻子”的外号。他为人实在，这个外号跟了他一辈子，甚至成了他另外的“艺名”。

有词【声声慢】写道：

说趣有趣，胡同故事，说奇有趣有奇。一个胡同相住，两个戏迷。树下将就戏台，招徕众伙伴凑趣。叫板也，放开嗓，折子大轴都齐。说来倒是邻居。两奇才，科班打造中矩。铜锤架子花脸，怎生了得！皮黄梧桐大树，翔飞凤凰来仪。莫称奇，一巷二龙双驹。

第一三五回

孟小冬京城探路
戏外戏趣传千家

孟小冬与上海的著名武生白玉昆搭班，由孙佐臣、程君谋陪同保驾，辗转向北京进发。先到济南，后到天津，一路走一路演出，呼声很高，最后来到北京。

她初到北京，生来乍到，不知水深浅，不敢轻易下水，想先了解一下北京梨园的情形。正在此时，管事的来报告，说有人来见孟老板。

孟小冬虽不知是谁，也不敢怠慢，请进来说话。来人呈上一个请帖，孟小冬打开请帖细看，不禁喜上眉梢。原来是她临离开上海前，曾给在无锡唱戏时结下的好友杨夫人写了一封信，请她给在京的亲属通通气，到时候免不了打扰人家。

北洋高官杨寿彬，接到无锡的信，就一直盯着报纸，一发现孟小冬进京的消息，就打发人送来请帖，请孟小冬府上做客。

这位杨寿彬也是个戏迷，虽然已下野在家赋闲，但每日府上还是宾朋满座，对市面的动静是了如指掌。尤其梨园界的事，知道得更多。

孟小冬落座之后，杨寿彬看孟小冬还是个女孩子，很为她担忧。他直言说道："海派生角来京城打天下的，多是铩羽而归。你一个女孩子，能来京城打天下更属不易。京城不比沪上，那是花花世界，什么都开放，尤其娱乐行业，更是无拘无束，任意所为。这里可不同，守旧得很，就连唱戏都有人管，女伶不得与男伶同台。髦儿班，哦，就是专由坤伶搭的戏班儿，此地叫髦儿班儿。唱戏不得进大戏园，只能在天桥等地边边沿沿的戏园唱。"

孟小冬听了他一番言语，心里有了底，但并不发怵。

杨寿彬怕说得孟小冬灰心丧气，忙挽回来说："唱戏凭本事，只要活儿好，肯定能打响。来京城的坤伶也不少，当年刘喜奎也唱得很红嘛。"然后又安慰孟小冬，"你刚来，人生地不熟，先住在我家，熟悉熟悉环境，我也找人给你划拉划拉，找一个髦儿班。再找些有影响的名人给你写写戏评，烘烘场子嘛。"

孟小冬对杨寿彬的热情很是感激，说："拜托杨先生照顾，髦儿班和戏评的事就麻烦您操心了。住嘛，就不多打扰了，我还有一帮子人，不好给府上再添乱了。"

孟小冬回到住处，只得与白玉昆分手，去搭髦儿班。在杨寿彬的帮助下，她搭的第一个髦儿班是永胜社坤班。戏园在前门外大栅栏三庆元。第一出戏戏码是《四郎探母》。

她和坤旦赵碧云合作，这是她的打炮戏，由孙佐臣拉琴伴奏。

因为赵碧云是髦儿班的挑班旦角，所以这出戏列为大轴。这样一来，孟小冬也等于是唱了大轴。

一个上海来的坤生，年轻轻的，第一次来京唱戏，就敢唱大轴，这倒引起了京城戏迷的兴趣，都图新鲜，该夜戏票卖得出奇得好。

孟小冬一出场，就使人眼前一亮。——年轻女子扮须生，扮出相来，容貌靓丽。可她做派却老到沉稳，动作身段大气，这是京城坤伶中从没见过的。未出声，就给了个碰头彩。

接着是道白，演唱，真正是字正腔圆，气口，咬字，拖腔，音韵准确优雅，曲尽其妙，声尽其美。头一段西皮慢板，几乎是一句一好，接着夫妻对唱，更是彩声不断，直至终场。

孟小冬的炮戏打响了。

第二天京城的报纸就有了戏评，说她“嗓音苍劲醇厚，高低宽窄咸宜，中气充沛，满宫满调，且无雌音”。

杨寿彬很关心孟小冬的打炮戏，为了增加影响，他还约了北大的教授胡适之，一起来看戏。胡适之是文人中，一向反对旧戏的。可是看了孟小冬的戏，却一反常态，评说道：“身段、扮相、做功毫无女子之气，真是好极了。”

孟小冬一炮打响，杨寿彬也把心放到了肚子里，不再为孟小冬担心。

孟小冬打出了自己的名声，各个戏园都相继约她唱戏。她有自身的好条件，外加由孙佐臣操琴，程君谋保驾，他的谭派戏一出一出往外贴，很受京城新老戏迷的赞赏。她心里明白，来北京的目的不光是唱戏，主要是找齐自己与京城戏界名人的差距，提高自身的水平。于是，唱戏之余，她就托人想法子找余叔岩拜师学戏。

余叔岩正是红得发紫的时候，每天的戏码排得很紧，净顾了唱戏了。何况他自我要求很严，每天下了场，还要静思场上的体验，总结梳理，丝毫不马虎对待。如此上场前默戏，下场后梳理，还要拍新戏、应酬社交场面。忙里忙外，哪里有时间带徒弟？更主要的是在他眼里没有看上眼的坯子，即使带了也成不了才，还糟践了自己的玩意儿，瞎耽误工夫。所以，收徒弟的事儿他从来没松过口，不管是谁，一律不收。

无奈之下，孟小冬又辗转找到言菊朋。言菊朋倒是很热心，认真给她说了几出戏。但言菊朋很有自知之明，他看孟小冬的条件太好了，怕让自己耽误了孟小冬，就诚恳地对孟小冬说：“我的嗓音不济，又没受过真传，是自己摸索悟出来的戏路，别耽误了你的前程。你还是想法子去找叔岩指点指点，上了他的道儿，将来才会有更大的发展。”

孟小冬得不到余叔岩的亲传，就以其人之道还治其人之身的办法，像当年余叔岩学老谭一样，每逢余叔岩登台，她都买票去观摩学习。看了余叔岩台上的表演，她很开眼界。她认为余派艺术唱念做表，细腻深刻，非一般所能项背。尤其其唱，高音立，中音堂，低音苍。三音联用，藏险妙于平淡，非常讲究。对余派心仪已久的她，更坚定信心，一定要寻找机会，立雪余门，亲炙教导。

来京一年多的时间，有台上的历练，有广博的采纳吸收，孟小冬自觉进步很大。京戏，毕竟形成于京城，唱戏的氛围就是与沪上不一样。她感觉，还是杜月笙说得对，要成就自己，就应该在京城发展。于是她决心在北京扎根，就在北京东四三条买了两处房子，把父母、姨夫、弟弟、妹妹也接了过来，在北京安了家。父母一家住二十五号院，她自己住二十六号院。

这期间，北京也允许男女同台唱戏了，从此她就脱离了髦儿班，搭各大班唱戏。她曾分别与马连良、高庆奎等同过台，与白牡丹、尚小云、程艳秋、芙蓉草、筱翠花等配过戏，逐步济入名家的行列。

这一年，原北洋政府的财政总长，当时任银行总裁的王克敏过生日，庆六十大寿，唱堂会。北京城京戏的名家几乎都请到了，当红的头号著名旦角梅兰芳，必当名外其中。生行中，已露头角的孟小冬也被请来了。当天的戏码儿已经敲定了。可是临开戏之前，有人却突发奇想，建议改一改戏码儿，加一出《游龙戏凤》。说是突发奇想，其实也合情合理，并不况外：因为这出戏正迎合庆寿堂会的喜庆氛围。

《游龙戏凤》是梅兰芳和余叔岩唱红了的拿手戏，可是这天偏偏余叔岩因身体不爽，没有应邀到场。这怎么办呢？堂会的管事脑瓜一转，想到了孟小冬。

嘿，一个当红的旦角，配上一个新露头的生角，这不是绝配嘛！于是，管事找到了梅兰芳，让梅兰芳与孟小冬上这出戏。

这出戏，是梅兰芳与余叔岩的拿手戏。梅兰芳不含糊，马上就答应了。可是余叔岩未到场，让孟小冬顶替，孟小冬接活儿不接活儿呢？

梅兰芳在后台找孟小冬来商量。

孟小冬以前只由师傅仇月祥教过这出戏，却从来没登台唱过。事有突然，接活儿还是不接活儿呢？不接吧，机会难得，接吧，这是顶替余叔岩，若唱砸了，既得罪了余叔岩，还对不起梅兰芳，自己也名声扫地。可是又一想，事在人为，怎么就会唱砸了呢！凭自己的本事，有梅兰芳这么大角的提携，还会唱砸了！与梅兰芳配戏，这么好的机会，何不试上一试！

艺高人胆大，孟小冬不推辞，凭着本事，倒是要和梅兰芳这位享誉天下的大角合作一把。

为了稳妥，她提出与梅兰芳先对对戏，梅兰芳看后台人声嘈杂，乱哄哄的，也不便对戏，就问：“孟老板，您唱过这出戏吗？”

“学过，但没登过台。”孟小冬答道。

“学过就行，大路子有了，不用对戏，我配合您，咱台上见如何？”梅兰芳很有大家风范，鼓励似的充满信心。

听梅兰芳如此说，孟小冬真的受了鼓舞，也不含糊，爽快地回答道："台上见。"

一到台上，二人果然配合得丝丝入扣，很是严谨。

一配戏，梅兰芳对眼前这个小姑娘，格外高看，很是佩服。没想到她小小年纪竟然唱得如此老到，尺寸、盖口、表情都恰到好处。

孟小冬这是第一次与梅兰芳同台，她的直觉非常明显：人家名家就是名家！这位头号旦角的确与众不同。大师就是大师！举手投足都有艺术大家的风范。

他们两个在台上唱戏，台下看戏的却在戏中看出了戏外的戏：孟小冬本来是个十八岁的小姑娘，却扮演了一个四十来岁风流倜傥的皇帝；梅兰芳本来是个三十岁的须眉男子，却扮演了一个十七八岁的小姑娘。这两个人，纯属阴阳颠倒，别有一番趣味儿！

两个人做戏又做得那么认真，那么严谨。梅兰芳演的小姑娘天真烂漫，活泼伶俐，楚楚动人；孟小冬演的正德皇帝又那么风流俊秀，激情潇洒；他们挑逗戏要得很带真实生活的浪漫。究竟是男戏女还是女戏男？戏里戏外颠倒了！这本来就是一出很风趣的喜剧，大家不仅对戏内戏的风趣叫好，也对戏外戏的风趣叫好！

没过几天，又赶上文化名人冯功渡为其母八十寿辰办堂会，这两个人又被约到了一起。戏提调因角派戏，给派了一出《四郎探母》。梅兰芳扮演铁镜公主，孟小冬扮演杨四郎。

这是一出夫妻对儿戏，还是阴阳颠倒！

台上有杨四郎和铁镜公主的夫妻对唱。

杨四郎唱：我和你好夫妻恩德不浅，贤公主又何必礼仪太谦。杨延辉有一日愁眉得展，誓不忘贤公主恩重如山。

公主唱：说什么夫妻情恩德不浅，咱与你隔南北千里姻缘。因何故终日里愁眉不展，有什么心腹事你只管名言。

……

他们的对唱是快板，行话叫作"对啃"，就是字头咬着字尾唱，二人唱得激情满怀，酣畅淋漓。台下喝彩声，一阵紧似一阵。

他们口口声声唱的是夫妻情，夫妻爱。声声恳切，句句动情。

男扮女，女扮男，阴阳颠倒，还是"夫妻"。

又是一次趣谈！两次趣谈加到一块儿，在市面上就有了响动。一时间，报纸上，朋友间，一说到看戏，就离不开这个话题，成了京城的佳话。

趣谈是趣谈，这两次合作，使孟小冬的名气有了大大的提升。

【贺新郎】只听得文场武场丝竹铙钹一齐奏，登场的皇帝竟是女流。卖酒的女孩儿是须眉扮就，男女颠倒乾坤依旧，却错乱阴阳女戏男流。吃酒挑剔，酒冷暖，菜咸淡，味不够。鸡蛋里寻骨刺成心挑逗，卖酒女嗔不嗔怒不怒心怀不满，吃酒者荤荤素素任胡诌！

【斗虾蟆】学前人施展英雄手，楚霸王且休，江山属于炎刘。今日里深山小镇斗一斗，赚一个塞外风流够。也曾朱门赐紫绶，也曾宫娥观彩袖，也曾锦绣衾底鸳鸯酬。怎比得山村野妹透风流？

【哭皇天】戏外戏更引诱，郎才女貌是由头。说什么台上台下，玩意儿高超成朋友。

【黄钟尾】艺术使人相聚首，出头才显人风流。何必便作折桂手，壮怀怎成宫前柳？举杯畅饮谐趣酒。任趣谈胡诌满京城，管弦奏；听歌台，不回首，看那日照窗棂曦光露，功成苦练三更后。

第一三六回

美利坚唱响京戏
梅兰芳国外扬名

梅兰芳在出访美国的十年前，曾率团赴日本演出。当时在日本引起极大轰动，在东京的一次庆贺演出酒会上，驻日本的各国使节、日本的内阁成员、总理都出席了酒会，体现了中国京剧艺术的魅力。

从那时起，京戏就引起了许多外国人的兴趣。梅兰芳的名字，就成了中国京戏的代名词。有许多外国使者，一来中国就点名要看梅兰芳的戏。中国的外交场合也作为礼仪，请梅兰芳去演出。还有一些外国记者，外国朋友，到梅兰芳家中采访，访问或参观。梅兰芳的家成了非正式的外交场所。法国的总督安南到北京后，第一个要求，就是看梅兰芳的京戏。美国驻菲律宾总督到中国出访，未到北京，就先发来电报“到平后，一定要看梅戏。”美国在中国创办的几所学校，联名致信中国的外交部，要集体观看梅兰芳的京戏。外交部便在宴会厅，请梅兰芳为来自美国的三百多名教职员演唱了一出《嫦娥奔月》。美国公使芮恩施作为陪同，也前来观看。他看了之后赞不绝口，在离任回国的饯别宴会上说：“若欲中美国民感情益加亲善，最好请梅兰芳去美国一次，表演他的艺术，必得良好的结果。”

这句话，深深地印在了齐如山的心里。如若梅兰芳当这个文化使者，去美国唱京戏，传扬中国文化，这是个多好的契机！

梅兰芳也感到，机不可失，时不再来！

于是，齐如山这个非外交官员，开始策划这桩外事活动。

在做了适当准备之后，他先找到了他的老朋友，当时在燕京大学当校长的司徒雷登。司徒雷登听了坦率地说：“对于京剧我不了解，到了美国演唱效果如何，我不敢妄下结论。”

齐如山是有备而来，他马上打开事先写好的“国剧原理”和有文字标注的京剧艺术图画，给司徒雷登看。司徒雷登看得很仔细，对那些砌末、行头、髯口、脸谱等图片，以及梅兰芳的彩妆剧照，都详详细细地看了一遍。他边看，齐如山在旁边边解说。司徒雷登看懂了，也看出了兴趣。他说：“这是沟通两国文化的举动，按本校章程，我可以帮忙。先让本校的教授，帮助翻译这些文稿和图片解说词。之后我再与华盛顿联系，争取促成此事。”

有了司徒雷登的这个表态，齐如山心里吃了定心丸，回来赶紧告诉梅兰芳。梅兰芳听到这个消息，自然高兴。忙请梅党的人来商量，请大家出谋划策，想高招儿，拿主意。经过一番商讨，大家推荐出一个得力名人，此人姓张，名彭春。

张彭春出身世代书香之家，自小喜欢京戏，出国念书前，对梅兰芳艺术特别着迷。他先后就读于美国哥伦比亚大学、耶鲁大学，获哥伦比亚大学哲学博士学位。因为对京戏一往情深，在美国读书期间，就经常光顾百老汇剧场，观看莎士比亚、易卜生等的西方戏剧。回国后，以哲学的观点，致力于京戏和西方戏剧的研究，有很深的造诣。

这对梅兰芳和齐如山来说，是不可多得的人才。

齐如山找到张彭春，张彭春也正有把京戏介绍到美国去的想法，二人一拍即合。张彭春马上来参与策划。

张彭春以一个内行的眼光，从适应美国人的审美心理出发，提出建议：废除检场，净化舞台；简化表演程式，减少交代性的场次；戏要精练集中，开打要为主题服务，减少为开打而开打的武把子。梅兰芳听得认真，记得仔细，回来后与戏班的管事、琴师、鼓佬商量，一一对照，完全照办。

齐如山和张彭春协助梅兰芳制定戏码。

张彭春说："戏码，要代表中国的传统文化，以折子戏为主，以整出为辅。美国人好动，让他们一坐三个钟头，不容易。折子戏短，可以不断变换看客的口味，让他坐得住。梅君的舞蹈很有特色，可以从整场戏里摘出来，作为'折子戏码'单独表演，既短又有特色，还能突出梅君的表演水平。"

经过精心筛选，列出三个戏单：

一、《汾河湾》《青石山》《剑舞》《刺虎》。

二、《贵妃醉酒》《芦花荡》《羽舞》《打渔杀家》。

三、《汾河湾》《青石山》《霸王别姬》《杯盘舞》。

这三个戏单，分别体现了故事、扮相、行头、色彩和身段动作的多样化。每个戏单的戏演下来都在一百分钟左右，不超过两个小时，既科学又严谨。后来演出结果证明，很让美国人叹服。

戏单敲定之后，由张彭春用英文撰写剧情故事，齐如山找人将每出戏都画成连环画，用英文加以标注。然后通过各种关系寄往美国，做好先期宣传。

一切准备就绪，齐如山找到了当时的教育次长李石曾，去争取经费。李石曾是齐如山父亲的得意门生，他答复得很干脆："若为图利演出，则无忙可帮。倘为沟通文化，则一定帮忙。"在李石曾的帮助下谋划了十万经费。

人到了上海，未登船之前，大洋彼岸传来消息：美国正处在经济危机之中，通货膨胀，十万元经费不够花销。

有人征求梅兰芳意见，"去还是不去？"

梅兰芳说："箭在弦上，就是砸锅卖铁，我也要去！"

冯耿光此时当机立断，从银行拨出几万资金，方解了燃眉之急。

演出在纽约的百老汇大剧院拉开序幕。

百老汇大剧院，曾是世界多少艺术家向往的地方！如今，中国京剧来了。梅兰芳大师来了！

剧场完全按照中国的情调进行了布置。剧场门前，宫灯高挂，堂内纱灯辉映，大幕换成了中国红的彩缎。台口两边搭建两个龙柱，挂一副对联：

四方王会夙具威仪，五千年文物雍容，茂启元音辉此日。

三世伶官早扬俊采，九万里舟轺历聘，全凭雅乐畅宗风。

三层幕之内是中国戏台上的帘幕，完全是中国特色。开演之前，由张彭春用英语介绍中国京剧的组织和剧情。然后武场锣鼓齐奏，开戏上演。

中国人有一句歇后语，“洋鬼子看戏——傻眼了。”其实不然。台下，鸦雀无声，看得有滋有味。散戏之后问他们的感觉，他们一致回答：

“好，很好！”，

“非常好！”

“好极了！”

梅兰芳在大洋彼岸打响了！

梅兰芳在美国演出半年之久，走遍了美国的东西海岸，纽约、芝加哥、旧金山、华盛顿、夏威夷等地。他成了名副其实的中国文化使者，每到哪里，都有官员、学者、艺术家、记者、商人等接待他、访问他、欢迎他。

他走遍了美利坚，赞誉、荣耀、朋友、遍布美利坚。

到达纽约的当天，就有两位社交界女士分别举行茶话会。一方是学者、新闻记者、评论家、大资本家等知名人士一百多人。一方是戏剧界、美术界、新闻界的近百名艺术工作者。这两个茶话会几乎同时召开，梅兰芳刚刚到达，还要准备演出，时间紧迫，两边的会怎么参加？齐如山说“盛情难却，你只好辛苦辛苦，跑接力吧！”

张彭春也说：“美国人重信誉，只好两边跑了！”

梅兰芳只好先到一方，再到一方，圆满会客。但却奔波得精疲力竭。

还没到华盛顿，中国驻美国使馆，便接到美国国务院邀请，要看梅兰芳演出，中国使馆只好单独安排一场。各国驻美国使节，美国国务院官员都到场观看。

演出完毕，他们提出一个要求：

每个人都和梅兰芳握握手。

每个人握一次，一千多人，就是一千多次。要握多长时间？

梅兰芳没想那么多，为了友谊，他欣然满足大家。那些官员们，情绪热烈激奋，一个个争相过来握手，礼堂里气氛空前热烈。

第二天，商家也来凑趣，要借一借梅兰芳的行头在橱窗展览。梅兰芳也欣然答应，结果一展览，橱窗外人头攒动，影响了交通，交警忙着赶来维护交通秩序。

一个鲜花店的老板来找梅兰芳，说："我连连看了您的几场演出，您真是太美啦！我的一种鲜花还没起名字，能不能叫作'梅兰芳'？您同意吗？"

梅兰芳笑着向他点点头，他高兴地约梅兰芳在花前拍了一张照片。几天后，梅兰芳被邀请去参观他的鲜花展览，一到现场，只见鲜花遍野，五颜六色，姹紫嫣红，芬芳争艳。只见一处，人围得水泄不通。走近一看，原来是人们在围观"梅兰芳"花，和欣赏梅兰芳与花的照片。

纽约社交界的一位女士名沃佛兰，看了演出，分外激动，约请梅兰芳到她家做客。她家住在纽约市的郊外，占地两百多亩，地处纽约河滨，沿河滨的院落，栽满了各种树木、花卉。在绿树和花卉的掩映之中，露出她家的三层小楼。为欢迎梅兰芳的到来，她约了三十多位知名人士，共进午餐。在进午餐前，她带领大家参观她的庄园，来到一块空地，她告诉大家，"我已探知梅君今年三十六岁，特意购买了三十六株梅树，栽在这里，以作纪念。这片地方就叫作'梅兰芳花园'，现在请梅兰芳先生破土。"

一位旅居巴黎的罗马尼亚画家，曾为多国的国君、皇帝、皇后、公主、贵妇人画过像。在国际画坛盛誉空前。正当梅兰芳在纽约演出的时候，他来到纽约搞画展。看了梅兰芳的演出，惊叹不已。

他找到梅兰芳请求说：

"梅先生，我在巴黎时，就已闻您的大名，恨无缘相见。今在纽约却得睹圣颜，看了您的演出，可谓艺术绝伦，在下无比钦佩。我想为您画一幅画像，哦，请不要误会，我不收您的费用，分文不取！只需要您同意即可。——您尽可放心，这幅画我绝对不卖！我要捐到巴黎法国国家美术馆，作为世界的珍品永远收藏。我还想将复制品印刷若干份，散发到我走过的所有地方，让大家都知道您的艺术才华！我只请您牺牲几个小时，配合我作画。"

梅兰芳满足了他的要求，扮上戏装，让他画。

后来在芝加哥演出时，这位画家已先期到达，将这幅画像挂在美术馆门前。每天都有人挤在画像前，欣赏梅兰芳的戏装容颜。

有一天演出完毕，梅兰芳正在卸装，从后台走进一位五十多岁的先生，他毕恭毕敬地等在梅兰芳身后。

等梅兰芳卸完装，他深深地朝梅兰芳鞠一个大躬。梅兰芳不解地问他有什么要求，他恭敬地说：

"只想看看梅大师的手。"

梅兰芳疑惑地看看自己的手说："我的手与别人有什么不同吗？"

这个人说："您的手确实与别人不同。我是专门研究美手的专业人员。我见过的美人手多极了，可从来没见过您这样美丽的手！别人看您的戏，是欣赏您的艺术，我看您的戏，是专门欣赏您的手。您的手，是艺术的手，是大师的手，是无与伦比的手。您手的各种造型美极了，真是美极了！请大师允许我给您的手的各种造型留照，我要让世人都能欣赏到您无与伦比的美丽的手。”

他的话，梅兰芳完全理解。他哪里知道，梅兰芳为了达到舞台上艺术的美，光是手功，冬练三九，夏练三伏，曾经熬过多少个日月？光是手的动作，曾练过多少种？梅兰芳的手，确实是艺术的手。这只是中国戏曲艺术美的一斑而已！

梅兰芳满足了他的要求，至今，梅兰芳艺术美手的照片，仍展览在美国的美手展览馆。

大洋彼岸被梅兰芳的艺术迷住了！

所到之处，市长亲临迎接，上层人士举办茶话会欢迎，献花、握手、签名等，总是被热情的人群所包围。

侨胞们最是激动。自从他们远离家乡故土，来到这万里之外的大洋彼岸，这是第一个来自家乡的剧团。血浓于水，这是国剧！这是乡音！这是最亲近的艺术！

梅兰芳是来自家乡的亲人！每到一处，最先迎接的是侨胞！最先抢上前问寒问暖，送吃送喝，帮助排忧解难的是侨胞！最先主动义务充当翻译、搬抬戏箱、出动车船、安排运输的是侨胞！最先赶来免费导游，拉着梅兰芳和剧团人员，游览胜景的是侨胞！

——“中国来的，高超的艺术大师，这是我们的骄傲！”他们因此而向当地同事、亲朋好友、街坊邻居进行夸耀！每到一地，梅兰芳都被请到“中华会馆”举行盛大的茶话会接风洗尘，进行大张旗鼓的宣传。

除此而外，最具盛情的是著名导演和影星以及戏剧评论家。

梅兰芳在由旧金山到洛杉矶的头一天，收到一份发自英国的电报。电报是美国电影无声时代最著名的影星之一道格拉斯·范朋克发来的。道格拉斯所扮演的侠客、勇士形象曾风靡整个世界，他娴熟的击剑技巧，轻捷的穿楼越室，飞檐走壁的打斗艺术，英俊潇洒的硬汉形象，曾是全世界影迷们所仰慕崇拜的偶像。

他电报的内容是：非常抱歉，当您来到洛杉矶之际，我因事到了英国。恕我不能亲自迎接，到了洛杉矶，您就下榻我的别墅。等我回去后，再作长叙。

原来他与梅兰芳有过一次未谋面的交往。十年前，道格拉斯曾携妻子著名影星玛丽·璧克馥旅游上海。梅兰芳仰慕艺术家，曾给他发电报让他们夫妇到北京游览。可惜，当时道格拉斯行程已满，未能成行，两个艺术家未能谋面，留下了遗憾。此次梅兰芳美国之行，正好是个谋面的机会，却赶上范氏去了英国，所以发来此电报。

果然，梅兰芳一到洛杉矶，就被道格拉斯派来的代表和摄影师来迎接。不容分说，便把他迎进范氏别墅。

此别墅名为“范馥别墅”，顾名思义，这是以他们夫妇的名字命名的别墅。

这座别墅坐落在森达·莫尼卡海滨，建筑相当精致豪华。进入别墅，凭栏而望，面前是一望无际的太平洋。风平浪静时，远处渔帆点点，碧波万里；天空海鸥翱翔，翻飞起落；水天一色，白云点缀，浪花叠叠。侧面是万丈悬崖，崖下有铁栅围绕，沿铁栅，棕榈树掩映摇曳，连绵数十里，郁郁葱葱。每当海水潮汐涌来，白浪翻卷，汹涌澎湃，直涌到别墅阶下，别有一番壮观景象。别墅后面是一个游泳池，天然海水注满池中。池内安有五彩灯光，人游池中，犹如游于碧海龙宫。池的边沿，白沙铺地，踩上去柔软舒适，惬意非常。

室内陈设，典雅古朴。陈设大多数是范氏夫妇多年拍摄影片的布景和道具，看来既亲切又新颖。男女侍仆亲切友好，善解人意，是范氏夫妇专门为梅兰芳雇用安排的。

梅兰芳在这舒适而幽静的别墅里，住了半个月。访美几个月来的疲劳全解了，一身轻松。准备在洛杉矶演出了，突然有人来访。此人个头不高，和颜悦色，双眼睿智明亮，一副温文尔雅的体态。梅兰芳观此人似曾见过，但又想不起在哪里见过。脑海里正在急速搜寻记忆的时候，陪同客人来访的剧场经理笑着介绍说："这位就是卓别林先生。"

"哦——！"梅兰芳一下想起是在电影上见过。忙上前紧紧握住卓别林的手说道："不知先生前来，有失远迎。失敬！失敬！"

二位艺术大师相拥而谈，格外亲切。梅兰芳说："您的表演，我远隔重洋早就看过了，您给我的印象是手杖、礼帽、小胡子、大裤子、大皮靴。风趣滑稽，亲切可爱。哪想到您却是一个温文尔雅的美男子！"

卓别林笑道："那是艺术形象，这才是我的自身形象噢。"然后风趣地说道，"正如梅先生，在舞台上是一个倾国倾城的天仙美女，可现实生活中，却是一个堂堂七尺男儿！"

二人谈到艺术，谈到表演，谈到艺术交流，有说不完的话，远没了大洋的阻隔。

最后二人照了一幅握手的合影。一个是西服革履，一个是马褂长衫，是中西艺术家的合影，也是中西文化融合与交流的象征。

梅兰芳离开范馥别墅，住到洛杉矶演出。几场之后，洛杉矶沸腾了。洛杉矶是美国好莱坞的基地，是艺术家聚集的地方。

此时，道格拉斯·范朋克夫妇也返回美国。他们已经悄悄地观看了梅兰芳的演出，由道格拉斯夫妇做东，举行了盛大的宴会。

梅兰芳在宴会上才认识了范朋克夫妇，他对范朋克夫妇的热情款待表示感谢。范朋克笑着说："您不要说了，我也不说了，让在座的艺术家、艺术评论家们说吧！"

在美国不仅有无数出类拔萃的艺术家，而且有数以百千计眼光敏锐，头脑睿智的艺术评论家。

斯达克·扬就是一位，他发言道："梅兰芳先生的嗓音，表达了一种了不起的柔和、响亮而富有戏剧性的音色；舞蹈的表演是卓越非凡的；面部表情优美准确谨严而纯净，完全反映了中国京剧的美；眼睛大而明亮极富感情色彩；两只出名而纤细的手，善于表达中国美女的娇柔与妩媚。"

还有一位评论家约翰·梅逊·布朗盛赞梅兰芳表演的风格："你不用花多大功夫，

就能认识梅兰芳是一位多么罕见的风格大师，他的天赋是多么非凡。他以变化多端的表演方式揭示他那炉火纯青的艺术，他用极其优美的手势摆弄行头，从而体现于每个新位置时手指纤细的姿势上，表现在它运用身躯的准确性上，同时也表现在他的一切行动都显然流露出美丽的图案上。”

乔治·瓦伦在评论《春香闹学》的表演时说：“他在这出精巧的戏剧里扮演的是一个活泼顽皮的侍女，进一步证实他对自己表演艺术所掌握的高深程度。他的脸流露出各种不同的表情，每一瞬间的感情，每一个动作，每一撇都蕴藏着涵义，更值得加以研究。人们忘记了这是一个男人在刻画一个小姑娘的性格。所表象的妇女心情和动作可说是惟妙惟肖。”

舞蹈评论家威廉·鲍里索说：“对我来说，梅兰芳首先是个舞蹈家，在这方面我毫不怀疑地把他列入最有成就的舞蹈家行列。我在看他《红线盗盒》中舞剑时，冷静地考虑到他的舞蹈已达到一种最高的境界。”

更多的艺术家表示，从他们从来没有接触过的东方艺术中国京剧中，看到了另一个伟大民族的民族风貌。从这种古老的东方艺术的风格中，吸取更多的艺术乳汁，来丰富自己的艺术。

道格拉斯·范朋克最后对梅兰芳说：“我说过，我不用多说了！我所要说的都让他们说了！我只觉得我的别墅，接待您这样一位东方的艺术大师——值！”

梅兰芳的艺术，在各大学中激起了波澜。哥伦比亚大学、芝加哥大学、旧金山大学、夏威夷大学等各个大学，都把中国京剧看作一门缺失了的学问，纷纷聘请梅兰芳去座谈、演讲。请梅兰芳把中国这门博大精深的艺术，介绍给学界的师生们。

波摩那学院院长找到梅兰芳说：“本院校董一致同意授予梅兰芳先生‘文学博士’学位。”

面对这突如其来的荣誉，梅兰芳却不好意思起来：“中国有句古话‘无功而受禄’，我实在不敢当。”

那位院长却激动起来：“梅先生此次来美演出，传播东方艺术，联络中美感情，沟通世界文化，这样伟大的功业前所未有，怎说是‘无功受禄’？这个博士梅先生不敢当，谁敢当！”

盛情难却。梅兰芳也觉得却之不恭，则答应下来，参加了该校全体师生员工参加的毕业生典礼大会。在会上接受了博士授礼，成为中国的第一个艺术家博士。

有词【风流子】写道：

跨海越重洋，技高超、艺术震西方。名流荟萃迎，官员会见，学者接待，媒体采访。一人牵得万人动，西方崇东方。以名命花，以手为题，商家揽客，登门画像。 别墅迎新客，开讲坛、论中国皮黄。学府破题，授予博士名望。问甚时源起，角抵游戏，优孟衣冠，梨园宫商。东方文化，却来源远流长。

第一三七回
凄风冷雨催花苦
看破红尘避是非

孟小冬和梅兰芳合作了几出戏，人气陡增。在京城的生行中，已经是佼佼者了。尚小云、荀慧生、筱翠花等旦行名家，都主动来约她配戏。一方面是名家配名家，拉人上座儿；另一方面是每个大角都佩服她的玩意儿，的确活儿好，配着舒服。她不但嗓音宽厚，甜润敞亮，而且扮相俊美，身段潇洒，富有阳刚之气，有一股特殊的令人着迷的劲头。特别是那些小姐太太们，更是迷得找不着北。每次散场之后，她们都不肯离去，都挤到台口或后台，非要近近地看看这位舞台"帅哥"的本来面目。有些甚至把金银首饰、手镯、戒指投上舞台，向"他"献媚。不光小姐太太这么狂追猛捧，一些个须眉男子，公子、帅哥，也对她垂涎欲滴。

人怕出名猪怕壮，孟小冬名气一大，紧跟着风言风语就来了。说什么的都有，什么孟小冬和某某人物如何如何啦，孟小冬被某某大官拉到府上去啦，孟小冬要嫁给某某某人啦！……，这些个流言，不一而足。

看戏的本来就三教九流、王爷贝勒、农工学商、地痞无赖，鱼龙混杂。有的是真正的喜欢京戏，正儿八经的戏迷，有的是通过戏曲来观风化，钻研戏剧学问，有的则是附庸风雅来凑份子，有的则是凑热闹钻人群来找乐子，有的则是心怀叵测来看美人，想入非非！

某大学的一个学生就属于想入非非这一类。他看孟小冬的戏，就走火入了魔。他特别喜欢孟小冬的演唱。凡孟小冬的戏，是一场不落。越看越上劲儿，直看得神魂颠倒，心旌摇曳，于是乎便喜欢上了孟小冬，狂追猛捧，写诗、写奇谈怪论、在报端发表吹捧文章，无所不用其极，竟然暗恋上了孟小冬。

这可真是剃头的挑子一头热！

对于市面上杂七杂八的戏迷乱象、奇谈怪论，或吹捧文章，孟小冬是视而不见，充耳不闻。孟小冬还是孟小冬。市面炒得动静越大，越促使她谨慎小心，精益求精。该唱戏唱戏，该练功练功，该吊嗓吊嗓，倍加努力，毫不松懈。

对那些个风言风语，虽已司空见惯，但她心里隐隐冥冥也有了压力。不由得就有了联想，以前走南闯北随班唱戏，毕竟有班社人群，有姨夫、爹爹和师兄弟们的呵护，只管卖力唱戏而已。而今不同了，单枪匹马闯荡京城，一个孤身女子，面对如此复杂的外界环境，和舆论的围追堵截，真真是难以招架！

多亏了杜月笙先生想得周到，暗中帮忙，给她在京城疏通关节，配好随手，助她一臂之力。她从心里感激杜月笙，为了她的前程，鼓励她来京城寻找机会拜余叔岩，余叔岩虽尚未拜到，但却得到了梅兰芳、尚小云、荀慧生等一帮大角们的提携，技艺长进不小。是非也招来不少，社会太复杂了，梨园太招风了，防不胜防。一个人在风里浪里扑腾，劲儿快使绝了！隐忧常常萦挂于怀。

如此，孟小冬唱戏身上累，下了场心上累。长久下来，身心疲惫，积劳成疾，得了病。经医生诊断，是妇科崩漏病，整日肚子疼痛。得了这种病，作为一个女孩子，又不便与外人讲，强忍着照常上场唱戏，有时疼得难受，捂着肚子呻吟，别人问，只说是肠胃不舒服。如此受着病痛的折磨。

正当此时，那个走火入魔的大学生，又给她招来一场大祸。

那个大学生，已进入痴迷状态，他疑心疑鬼，觉得有“情敌”，孟小冬要被情敌抢走了！他神神道道，买了把手枪揣到怀里，四处寻找“情敌”。一天，竟然在大庭广众之下，声称孟小冬是自己的情人，愣说找到了“情敌”，当场开枪打死了人。警察赶到现场，他与警察对射，被警察当场击毙。

第二天，京城的报纸上，头条新闻就将此事详详细细地登了出来。

孟小冬看了报纸，报纸上写得清楚，有人开枪杀人，还无端地把自己扯了进去……

尽管事出荒唐，但当事人已死，死无对证，如何说得清楚！真是天大的冤枉！

自己无端背上了个不清不白的黑锅。

更为严重的是，经报纸一登，“孟小冬有情人”的消息，被炒得沸沸扬扬。何况更有人添油加醋，大传绯闻，弄的孟小冬更是有口难辩，气伤心神。

——这可真是天降横祸！

孟小冬像晴天里遇到霹雳，被弄得晕头转向，再也挺不住了！

这还唱什么戏？这还拜什么师？这还怎么立足京城？这还怎么活在人世！……天大的冤枉向谁诉？心中的委屈向谁说？

她一头栽倒在床上，心中的委屈像开了闸的洪水一样倾泻出来！她放声大哭，哭的是自己孤独无助！哭的是自己事业沦丧！哭的是自己命运多舛！

一连几日，以泪洗面，痛哭不已。闭门谢客，卧床不起。

爹爹孟鸿群，弟弟孟学诗，也看了报纸，知道孟小冬的冤枉是用语言难以劝解的。也跟着怒气填胸，长吁短叹。只是无法安抚孟小冬，又怕她伤心过度，加重了病情，暗暗为孟小冬的身体捏着一把汗，替她担忧。

孟小冬一连十天水米不粘牙，只是面壁流泪，眼睛也哭得又红又肿，擦湿了一块手绢，就扔在地上再换一块，扔了满地的湿手绢。身子已消耗瘦弱得弱不禁风。别人送饭、送水进来，她也不理不睬，还把人赶出房间，任何人不见。

她的小侄女才两岁，正是牙牙学语的时候。学诗带她到孟小冬房间来看姑姑，她一进房间，看到满地手绢，就一块一块地捡，每捡起一块，就递给小冬，嘴里说着："姑姑，擦擦……"

小侄女的天真，倒逗得小冬破涕为笑，亲切地拉过小侄女亲上两口。

学诗看女儿能逗得姐姐转换心情，便拿了糖果、点心，让女儿拿到姐姐房内。小冬便剥开糖果，让侄女吃。侄女懂事，她用小手将糖果送到小冬口边说："姑姑先吃。"

这样，孟小冬才陪侄女一起吃点糖果点心。

糖果点心下了肚，方提起点精神。有小侄女缠磨着，她也缓和了点心情，开始考虑以后怎么办。

以后怎么办？作为一个伶人，自打坐科就想成名成家，似乎只有成名成家，才算有了出路。如今自己事业虽未如愿，但也算打出了一片天地，在生行中已经有点名气。有了名气又怎么样？树大招风，我这算领教了。这刚刚露出点头脸，社会舆论就铺天盖地地压过来了，闲话太多。世俗观念，里巷见解……，群轻折轴，众毛飞骨，嘈杂世态之下，哪里能寻得一池风平浪静的春水？这一场变故，使自己身心俱损，创伤终身难抚。眼瞅着自己的病越来越重，还能招架多大斤两的挫折？眼见得自身难保，还说什么事业，还拜什么名师？如今的世道啊，真让人无可奈何！

说什么冤枉？诉什么委屈？

世道使然！

唉，悲剧的结局已经铸定了！

谁能逃得过命运的安排呢！

罢了，罢了，杜先生，孟小冬辜负了您的栽培，思来想去，只有一切作罢，随缘而去了……

想到这里，万念俱灰，只有投身佛门了，青灯黄卷了此一生。

主意已定，她将养了一段身子，觉得有了气力和精神，就剪去头发，一袭男装，登上火车去了天津，投奔皇戚詹姓家中，与女主人共同吃斋念佛。后来，到寺庙中受戒，做了居士，当了优婆夷。

孟小冬在京城的这段遭遇，在社会传嚷得沸沸扬扬。很快传到了上海，传到了杜月笙的耳朵里。

杜月笙当下气得七窍冒火，六腑生烟。狠狠地骂道："什么大学生，纯粹一个无赖泼皮！若不是他自己作死，看我不扒了他的皮，抽了他的筋！替小冬出这口恶气！"

杜月笙曾在孟小冬的身上花下了多大的本钱，他心里是有数的。这口恶气，当然让他怒火冲天！

孟小冬初去京城，还没打开局面，吃穿度用，都是杜月笙每月按时捎去银票；孟小冬的琴师孙佐臣、程君谋的开销都是杜月笙负担。他一心要按着自己的意志，培养打造孟小冬这个奇才。然而，孟小冬还没投师余叔岩，就遭此祸端，这让杜月笙更生起了怜悯之心。孟小冬身体有病，又遭此不白之冤，她身体吃得消吗？投身佛门，自然能安身立命，可是京戏却失掉了一个奇才！为了小冬的身体，为了挽救这个戏界的奇才，不能听之任之，放任不管！还得尽力，关键时刻，我还得拉她一把！

于是，杜月笙与四夫人姚玉兰商议，把孟小冬接到上海来，帮她治病，帮她化解心中的疙瘩。他们夫妻一致认为孟小冬不能这样沉沦下去，一个好端端的须生天才，怎么能说息影就息影呢！正是风华正茂的年龄，还是得恢复自己的事业。

杜月笙的四夫人姚玉兰和孟小冬有着更深的感情。姚玉兰九岁学戏，十二岁就登台唱须生兼红生。她的妹妹姚玉英也出师登台，二人同台唱《虹霓关》，玉兰饰王伯当，玉英饰东方氏。然后接唱二本《虹霓关》，姐俩互换角色，玉英饰丫鬟，玉兰饰东方氏。姐妹双双享名舞台；她也曾和母亲、妹妹母女三人同台唱《群英会》带《华容道》。母亲筱兰英前鲁肃后曹操，姚玉英前周瑜后周仓，姚玉兰演关公。母女三人的戏，蔚为大观，也曾轰动一时。

孟小冬在汉口演出，名享三镇，轰动江汉。

当时，姚玉兰母女三人也在汉口演出，便慕名去观摩孟小冬的戏。不看便罢，一看，确实心服口服，很佩服孟小冬的演艺。姚玉兰便主动拜会孟小冬，二人相见恨晚，情同手足，当即结拜金兰。姚玉兰长小冬四岁，姚玉兰为姐，孟小冬为妹，成了氍毹坤生双雄。

后来，玉兰母女定居上海，在黄金荣儿媳李志清的撮合下，姚玉兰嫁与杜月笙，为第四房夫人。姚玉兰嫁与杜月笙后，提出不住杜家现有宅院。杜月笙马上买下辣斐德路一处公馆，专供姚玉兰居住。

姚玉兰非常同情孟小冬的遭遇，得到杜月笙的同意，她当即动身，亲往天津去接孟小冬这个契妹。

有散曲【正宫·鹦鹉曲】唱道：

望娘滩前思雨雾，伫立怅惘独处。一朝残梦天已明，醒来对谁哭诉？侠肝义胆问冤屈，投去温情安抚。惋惜坤生一天才，催促天使上路。

第一三八回

舞台姊妹拂尘梦
重返氍毹称冬皇

姚玉兰来到天津，见到了终日想念的契妹。她看孟小冬，一袭青蓝男装，留男人偏分发式，面目青矍，已无当年光彩照人的靓女子风采。不禁心里一阵难受，一把把孟小冬搂在怀里，潸然泪下。

孟小冬见了姚玉兰，像没娘的孩子见到了亲人，扑到姚玉兰怀里，放声大哭。姐妹俩搂抱着哭了足有半个时辰，方互相劝慰着，擦干眼泪，各叙离别后的衷肠。

姚玉兰告诉孟小冬，杜月笙得知孟小冬的遭遇后，气愤非常，他很怜惜你这位须生奇才，反复考虑，觉得梨园不能少了你！他要为你治病，继续精心打造你这个大角。姚玉兰说："我这次到天津，也是杜公安排的，让我特意接你去上海，治病，散散心，将养身子。"

孟小冬听了心里热乎乎的，感恩杜月笙的关怀，不由问道："他还好吧？"

"整日忙市面上的事，得空唱唱戏，倒也快活。"

"得杜老板的关怀，让我到京城问艺，哪知事有多舛，反让他牵挂操心，小冬有何面目去再见恩人！"孟小冬自责道。

"他呀，杜公的为人你是清楚的。梨园界没有不知道的，凡梨园行的人，他都亲近，都接济。何况是你！等你身体恢复了，还是一个大角！没有什么自责的。"姚玉兰安慰道。

孟小冬被说动了，她愿随姚玉兰去上海。问道："我们什么时候启程？"

"我们随时都可以启程。"姚玉兰说，"我难得到北方来一趟，既来了，就见一见以往梨园的姐妹。"

"还是姐姐心存仁慈，我也想见一见姐妹们。"孟小冬说。

"好哇，如有可能，我们一起回上海，好好聚聚！"姚玉兰高兴地说。

于是，她们拜会了章遏云和陆素娟，并约好同车赴沪。

说走就走，在开往上海的火车包厢里，四姐妹畅所欲言，互诉衷肠，感叹人生的际遇，拂扫各自的尘梦。

姚玉兰和孟小冬自不必说，章遏云说起往事泪如雨下，她说："世道不公，他们骂伶人是下九流，女伶人是髦儿。女伶更有一番酸辛，我们是尝够了。虽然这几年开化了，可我们的罪孽在他们那里，却没了没完！”

章遏云开始讲述她的辛酸史。

章遏云祖籍广东，出生在北京，自小失母，由养母带大。她原名风屏，字朱尘。比孟小冬小四岁，她是这四人中的小妹。她七岁拜师学戏，十一岁随北京新明剧团登台，十二岁就在上海唱《武家坡》，在天津唱《汾河湾》。成名后，在北京西城旧帘子胡同定居，经议员佘子立取艺名“遏云”。她聪慧颖悟，虚心好学。京城的名家梅兰芳、尚小云、李宝琴、荣碟仙，她都投师学艺，又拜李寿山、张彩林、江顺仙、律佩芳等为师。她基本功扎实，水秀功、圆场功、跷功都为上成。十六岁带艺投师，拜在王瑶卿名下。王瑶卿看她嗓音甜润响亮，唱腔流利酣畅，扮相俊美，台风端庄。很怜其才，便精心传授。《雁门关》《乾坤福寿镜》《金猛关》等戏，很有王氏风格，唱得风生水起，享誉京城。被王瑶卿誉为“女伶中的梅兰芳”。她最走红时，与辛艳秋、金友琴、胡碧兰合称“四大坤旦皇后”。

她人长得漂亮，又是出名的旦角演员，很让一些官宦富商的公子着迷。年轻轻的就嫁给了追她捧她的北洋军阀倪嗣冲之子倪幼丹。她一嫁进倪府，就像鸟儿装进了金丝笼中，按照封建礼法行事。处处受管制，出门，有听差监视；在家，有门岗和护卫巡逻。除此而外，不准她私自见外人，尤其不准她见梨园同行，和当年追她捧她的票友戏迷，当然更不准唱戏。一个活蹦乱跳的女孩子，在戏台上风流瞩目的当红大角，硬是被管制在高墙大院之中，与坐监狱一般无二。“深闺重锁，侯门似海”，这是活活的被封杀！她的精神受到极大压抑。

她哪里受得了这种逆来顺受的折磨？想想自己含辛茹苦学来的玩意儿，怎么能就这样毁于封杀！她实在忍无可忍了，看准机会，逃出大院，跳上一辆黄包车，让车夫放开腿奔跑。

黄包车前边跑，后面卫兵持枪追赶。急切奔跑之中，路边墙上的招牌一闪，写着“李景光大律师事务所”。

她灵机一动，让车夫停下。她跳下车，一个箭步冲进律师事务所。卫兵不敢妄进律师事务所，只得惶惶返回倪府报告。

章遏云央求大律师李景光帮忙。就这样，章遏云在大律师的帮助下，与倪幼丹办理了离婚手续。

这条新闻，在京城被炒得沸沸扬扬。梨园同行、票界戏迷、各界朋友，都夸她有志气，是女中丈夫。也都希望她早日重登氍毹。

可她却深藏家中，闭门谢客。大家以为她受了刺激，从此息影舞台呢，都为她惋惜。

她闭门谢客，却是为了练功，恢复丢了的活儿，发奋自修，温习以往的戏码。在此期间，他花重金聘来程艳秋的琴师穆铁芬，给自己拉琴吊嗓，改腔换调，学习程派的委婉唱腔，丰富自己的韵调。之后，又学了一出荀派的《钗头凤》，扩大自己的戏路。

经过半年的闭门努力，终于决定重返舞台。

她复出的第一次演出，精心选在她当年唱红的戏园——春和戏院。戏码也是动了心思的，她唱《得意缘》。她为重登舞台而得意，她为争取到人身自由而得意，她为冲破了封建思想的羁绊而得意！她的这出戏是王瑶卿和程继先两位老师亲自手把手教的，她为能为老师争光而得意！这场戏她唱得特别成功。

在火车的矻哐运行中，姐妹三人听章遏云的讲述，都为她的风云际遇而唏嘘感叹。

陆素娟听了章遏云的诉说，勾起了自己的辛酸。她说："坤伶几乎是刻模子一般，每个人都有一段辛酸的经历。这是为什么？这是世道使然！我们就该不屈服这种世道的压力，要活出个样儿来，为咱坤伶争口气！"

她诉说起自己的经历，也是血泪斑斑。

陆素娟与孟小冬同岁，生日比孟小冬小，出生在江苏吴县。父母贫穷，无力抚养她，七岁就把她卖到了苏州城里一家茶楼当丫头。陆素娟天生丽质，漂亮秀气，两眼如含两汪清水，顾盼有神。茶楼老板一眼便看出这个孩子的灵气，就格外调教，请来名师，教她唱昆曲、京戏和苏州民谣。

这孩子天生聪明，一学就会，而且声音甜润，嘹亮动听。老板就更在她身上下功夫，请人教会她弹琵琶，拉二胡，弹三弦。于是她便自弹自唱，唱评弹，唱京戏，唱小曲，颇得茶客青睐，纷纷慕名前来观赏。陆素娟小小年纪就成了老板的"摇钱树"。

陆素娟十六岁那一年，正是出落得楚楚动人、才华横溢的时候，茶楼老板不幸去世。老板娘又不谙经营之道，加之军阀混战世道不太平，茶楼经营不下去，濒临倒闭。

正当此时，北京一家自称游乐场的管家，来苏州物色才艺俱佳的女孩儿，一眼便看中了陆素娟。他愿出大价钱买走陆素娟，老板娘求之不得，便一口答应，陆素娟便被卖到了北京。

陆素娟的买主，是北京一个上档次的妓院，名曰环翠阁。地处韩家潭，此妓院是一所中西合璧，有二层楼的四合院。四周绿树环绕，院内香花绿草，四周的二层小楼，绿纱碧户，悠闲恬静，这里与八大胡同的妓院相比，更高一个档次。

陆素娟一进到院内，就感觉到这不是个正当地方，意识到自己受了欺骗。她生来就是个烈性脾气，于是便又哭又闹，含屈叫冤，宁死不留此院。可逃又逃不出去，她就哭喊着关门闭户，不吃不喝，绝食抗争，宁求一死。

环翠阁的老板姓靳，曾当过民国的税务官员，挣了一大把黑心钱，就开了这样一个高级妓院。此人也附庸风雅，平时酷爱京昆，也在各大票房票戏。陆素娟被买回来的时候，他正在天津办事，待他回到环翠阁，听管事说买回来的姑娘绝食闹事。他不放心，便去亲眼看看是个什么样的姑娘？

他一着陆苏娟的面，便一眼看出了陆素娟的灵气，又听管事说这个姑娘吹拉弹唱无所不精，就断定这是一棵摇钱树。他喜不自胜，然后笑对陆素娟说：

"姑娘不必如此。我这里虽是烟花之地，但各有分工，你可以不卖身接客。"

“鬼话！”陆素娟骂道，“那你们把姑奶奶买到这里干什么？”

“你身怀技艺，吹拉弹唱发挥你的本事，如同在苏州茶楼一样，便可招揽生意，为本阁出力，做不卖身的艺妓。”老板和颜悦色对她说，“你可以单独另行居住，丝竹、器乐任你挑选演奏。昆曲、皮黄、小调任你所唱。姑娘尽管放心，本阁决不难为于你。”

当着陆素娟的面，靳老板吩咐管家去如此安排。陆素娟看老板以礼相待，且坦诚交谈，不像有什么不良之举，便安静下来，看是真是假，静观究竟。

靳老板果然对她另眼相看，除了让她单独居住在小楼旁边的房间里，还给她安排一个侍女，照顾她的起居。另外请来京城的京戏“名家”，教她唱京戏。请来的“名家”自称曾与梅兰芳同台演出，能教梅派戏。

这个梅派先生，一听陆素娟开口，便一脸惊诧。原来这姑娘嗓音，与梅兰芳一般无二！他连连称赞陆素娟嗓音甜韵，字正腔圆，是个好苗子。靳老板听了更加高兴，于是更遍请名家，交替教戏。如此，陆素娟就各家各派戏路大开，唱得更加开放自如。

一年下来，陆素娟的京戏已小有名气。以前，环翠阁只是妓院，一些正人君子，学界、名士，一般不来光顾。自从有了陆素娟，一些有身份的文人雅士，也慕名而来，欣赏陆素娟的才艺，或听她清唱，或听她弹琴，或看她唱折子戏。如此，前来捧场的名流越来越多，陆素娟的名气越来越大。

有一天，来了一名客商，说是慕名而来，专听陆素娟的京戏。这位客商温文儒雅，风流倜傥，气质中还透着一股英气。他端坐席前，一段接一段地听戏，每听一段，就往台上递一个红包，连听数段，最终满意而归。客商走后，靳老板逐个打开红包，数数银元，竟有千数余元。靳老板喜不自胜，赶紧命人打听此阔客何许人也？

原来是少帅张学良！

张大公子化装成客商而来，着实让靳老板受宠若惊。

于是靳老板对陆素娟更是精心培养，让她走出环翠阁，搭戏班唱戏，学本事。

陆素娟在环翠阁的姑娘中排行第八，人称“陆老八”。她搭班唱戏很叫座儿，人又水灵，嗓儿又甜韵，还很在行在派。不管梅派、程派、荀派、尚派，唱谁的戏像谁的做派，唱谁的戏，是谁的腔儿，贴什么戏什么戏满场。在梨园、票界，一提陆老八，无人不知无人不晓。

名气大了，环翠阁盛不下了。靳老板是个明白人，他知道陆素娟非池中之物，早晚会飞黄腾达。与其圈在环翠阁里招摇，不如早放出去任她展翅飞翔。这样既成全了陆老八，自己又落得个开明老板的名声，况且陆素娟已为他靳老板挣了个盆满钵满，环翠阁的名声也打出来了，有她无她，钱还是有的赚的。于是，他把陆素娟放飞到梨园。

陆素娟一到梨园就是角，哪个班都抢着要，都拿她当“梅兰芳”做招牌。

姐妹四人，在列车的包厢里，亲亲热热，絮絮叨叨，说的都是梨园坤角的辛酸际遇，不觉，一宿没睡。一缕清晨的阳光，透过窗帘的缝隙照进包厢，列车缓缓驶入上海车站。

站台上，杜月笙一袭长衫，头戴礼帽，伫立着，迎接他们下车。

除姚玉兰外，三位小姐都上前给杜月笙行礼请安。

孟小冬请安时眼含热泪，一股难以名状的感激，发自内心。

杜月笙也以复杂的心情，看着这位远离归来的名伶。

他们三个都住在姚玉兰的公馆里，杜月笙为孟小冬请了上海有名的中医，把脉吃药，精心调理。此外，按照杜月笙的安排，她们几位坤伶除了将养身体，还尽情地放松身心。打打麻将，弹弹琴，唱唱歌，跳跳舞，看看电影。隔三岔五，杜月笙还请来程君谋，每日给她们吊吊嗓，清唱两段京戏。唱到高兴的时候，就装扮起来，唱折子戏。有时候，杜月笙也陪他们上场票上一出。大家玩儿得好不开心！

陆素娟和章遏云对杜月笙体恤尊重伶人的行为早有耳闻，如今一接触，更有深切的体会。章遏云对孟小冬说："如果沾上杜老板的光，走到哪里，也不会有人再敢打我的坏主意了！"冲章遏云这句话，由孟小冬说合，章遏云拜了杜月笙为义父。并在姚玉兰府上举行了正式拜亲仪式，还登报予以声明。

经过一段时间的治疗调理，孟小冬的病已完全治愈。受章遏云和陆素娟自强不息精神的感染，加之杜月笙、姚玉兰对她不断地鼓励，她的心理创伤基本抚平，身体也恢复了元气。她决定，绝不再沉沦，要找回以往的自己！

她决定与陆素娟、章遏云一同杀回北京，重振当年的神气。

孟小冬回到了北京，回到了二十六号院。然后到二十五号院看望了父亲，父亲看女儿回来，面貌一新，心里踏实了许多。父亲拉着女儿的手语重情长地说："唉，你学得一身功夫，不容易呀，要是白白糟蹋喽，甭说对不起杜先生，对不起教你捧你的人，就连自己也对不住呀！"

父亲的话，孟小冬听进去了。她点点头含泪说道："我明白了。——我要从头来！"

孟小冬经过这么长时间的沉寂，思想冷静了许多。她知道自己是属于京剧艺术的，要从头来，就要学最好的，以前的孙派、海派算作打底，所学的谭派算作入门，就此而扎扎实实学余派。为此，她特意请来杨宝忠为自己操琴。

杨宝忠是京戏世家，他爷爷是与梅巧玲同时代的旦角杨朵仙，其父亲是与梅雨田同时代的刀马旦杨小朵。杨小朵因嗓音失韵，改操胡琴，受陈彦衡指点，琴拉得很好。

余叔岩请杨小朵拉琴吊嗓，因此，杨小朵与余叔岩交情甚厚。

因为这种关系，余叔岩收了杨宝忠为开山弟子。

因为杨小朵技艺精湛，挣得家财颇丰，其儿子杨宝忠是在蜜罐里长大的。虽然聪明绝顶，但贪玩，追新潮，赶时髦，放荡不羁。他不但会拉胡琴，还会拉小提琴。整日打扮得像个阔少爷，骑一辆锃明瓦亮的自行车，出入余府。经常带上余叔岩的两个女儿慧文慧清上街，一路骑车，一路摇得车铃叮咚乱响。他姓杨，又穿"洋装"，骑"洋车”，喝“洋酒”，地道的“三洋”先生。

慧文、慧清亲昵地称他为“洋人”。他出入余府最频繁，也最忙。他的“忙”，不是学戏，是在余府的客厅里与宾客神聊，与余叔岩的家人玩耍。他说话幽默，常逗得人们哈哈大笑，大家都很喜欢他。

待到夜深人静，余叔岩才零零碎碎地给他说戏。他聪明过人，又有家传的渊源，一些戏，他早就会唱了，经余叔岩一点拨，他就触类旁通，领悟了意思，唱起来还满是那么回事。

但他放荡不羁惯了，有时在台上也满不在乎。台下的熟人向他逗乐子，他也以眼还眼，朝台下拧鼻子瞪眼，把全场都逗得哄堂大笑。

无论怎样放荡，但他对余叔岩的艺术却锲而不舍。余叔岩也很感动，对他说：“你给我磕了头，我得像样地教你一出戏呀！”于是，从头到尾一字不落地教了杨宝忠一出《打侄上坟》。

有一次，天津约余叔岩唱堂会，余叔岩身体不爽，让杨宝忠替他前去。杨宝忠借此机会让余叔岩给他说了一出《御碑亭》，结果演出效果还不错。杨宝忠很为得意，因此便以余派自居起来。

因为保养不当，他中途败嗓。杨宝忠的败嗓，很让余叔岩失望，从此断了收徒的念头，曾放出话来，不再收徒。

杨宝忠嗓子不争气，只好改拉胡琴，他拉胡琴居然也一鸣惊人。因为他对余叔岩的唱腔熟悉，又有一肚子余派戏，孟小冬就冲他这些，才特意请他来操琴吊嗓，通过他间接学习余派。

除此而外，孟小冬还向鲍吉祥学戏。鲍吉祥曾与余叔岩搭档多年，对余叔岩的气口、腔调、演唱特点，了如指掌。有杨宝忠和鲍吉祥的指导，孟小冬技艺大进，公然贴出许多余派戏登台。

孟小冬又复出了，而且改弦更张，唱起了余派戏。还自攒戏班，成立了“福庆社”。她既是班主，又是挑班。就此，又引起梨园和戏迷一片轰动。

报纸上也连篇累牍地登起了孟小冬的各种赞誉。这些赞誉，有的是出于对她复出的欢呼，有的是出于对她余派戏技艺的赞叹，有的则是出于对她的不幸而鸣不平。

天津一家报纸，名《商报》。发表了一篇本报编辑沙大风撰写的文章，题目是《孟话》。专门记述了孟小冬的小传，文中大捧孟小冬，称孟小冬为“冬皇”。公然有“吾皇万岁！”的呼号。

这篇文章，很有轰动效应。天津一时传为名篇，遍街巷流传。还有署名“斑马”者的，发表一首打油诗：

沙君孟话是佳篇，
游艺场中景物鲜。
万岁吾皇真善祷，

大风吹起小冬天。

有人解释说“冬皇”的叫法是有来历的。当时，梅兰芳继谭鑫培之后，也被称为“戏界大王”。你们须眉男子虽牛，只不过是个“王”。孟小冬虽是纤纤女子，则高你们一头，称为“皇”。

这个沙大风，是个戏迷。是个很有怪癖的戏迷，他只迷孟小冬和荀慧生。曾自撰一副对联“置身乎名利以外，为学在荀孟之间。”足见他对二人痴迷的程度。

头一篇《孟话》文章，春风得意。于是兴致又发，又续写一篇，题名《冬皇外纪异言》。

文中写道：“奉天承运，统一环宇，当今冬皇，名震四海，光被九州岛。声容并茂，加恩德于万民。聪明天睿，传谭余之一脉。”

两篇文章流传，便把个“冬皇”的名字叫得响亮起来。

从此“冬皇”不胫而走。传入京城，传到沪上，传遍了全国。孟小冬的名字，遂被“冬皇”代替。以后的水牌、戏报，都以“冬皇”冠名。

有词【忆故人】写道：

收拾残梦返歌坛，重振奋、不为晚。前腔老调莫重弹，奠基奔高远。 复出声震梨园，随人愿、掀波澜。冬皇叫响，风传华夏，一鸣惊天。

第一三九回
怪人名士钻京戏
名角堂会唱和声

孟小冬的余派名声传起来了，余叔岩听后很感兴趣。孟小冬的戏以前他看过，知道孟小冬非等闲人物。此时孟小冬复出了，而且唱的是余派的戏，究竟是真余还是假余，他想亲自看个究竟，便悄悄地来到戏园，看孟小冬的演出，不看便罢，一看便让他吃了一惊。心想好个“冬皇”，真不含糊，还蛮有他余叔岩的味道。他看后，心里默默感叹，悄悄溜出戏园。

沙大风专迷孟小冬，无独有偶，还有人专迷余叔岩，此人就是京城四大公子之一的张伯驹。

张伯驹是袁世凯的表侄，其父张镇芳是袁世凯的小舅子。前清进士出身，做过长芦盐运史，后得袁世凯的关系，做过河南都督兼民政总长，下野后创办盐业银行。张伯驹任银行的董事兼总稽核，他是张家的大少爷，又是银行董事，当然席丰履厚，满有大公子的派头。

张伯驹书读得不少，最痴迷的有两件事，一件是酷爱古玩，一件是酷爱京戏。遇有字画精品，即便典房卖地，也买回来收藏。清廷倒台，从宫里流落出来的许多字画珍品，凡他所见，必花重金买下来收藏。其中有晋朝陆机的《平复帖》、隋朝展子虔的《游春图》、唐朝李白的《上阳台》、元代赵孟頫的《章草千字文》，以及文徵明的《三友图》、王浑的《观梅图》等，都是价值连城的国宝。他收藏这些宝贝，日日观摩，欣赏研习，玩味无穷。他的书法、绘画、诗词都受其影响，名噪一时。

京戏，是他的第二大嗜好。平时他除了玩古玩，工书法绘画等，就是进戏园看京戏。他看京戏有别于常人，他懂音韵，边看戏边琢磨唱腔音韵曲牌，最终他喜欢上了余叔岩的唱腔。

凡是余叔岩的戏他都看，场场不落。久而久之，他就迷上了余叔岩。于是，很想结识一下余叔岩。在家说起此话，他的表弟袁寒云说：“这有何难？”

“你认识？”

“岂止认识，是至交！”

“吹牛不上税！”

“不信？我现在带你到他家走走。”

“果真如此，那敢情好。”

“走吧——”

就这样，张伯驹认识了余叔岩。

这一年他已三十一岁，一身书生气，不苟言谈，孤高自赏。

他认识余叔岩后，天天到余叔岩家。余叔岩家的客厅里经常高朋满座，张伯驹到了客厅，不与任何人打招呼，独往独来，我行我素。默默坐在旮旯里，听余叔岩吊嗓子，或与鼓佬、琴师说戏，或是同朋友说戏。他只是默默地听，听够了，抬腿走人，连余叔岩本人都不打招呼，何况客人。日子久了，大家也习以为常。他学的戏，多半是在余家客厅里听得多了，熏出来的。

他自己工余派，对天下唱老生的人，都一个标准，就是：是不是谭余派。平时谈话论戏，也是如此，唯余是瞻。

若有人谈余以外的人的戏，他根本不听。不但不听，听得逆耳了，他马上反驳。不论是生人熟人，亲朋好友，即使是私人吊嗓或是台上票戏。只要不对余味，他都怒目而视，嗤之以鼻，甚至恶言责骂，不留任何情面。要不就是起身就走，不给人留台阶。

在戏园看戏，不论是谁唱，只要不是余派或谭派味，或是不对他的路，他马上抽签，还凑到台下，对着台上：“呸呸呸，撒狗血！”

当即发泄一通，发泄完，扭头就走。

人们对他这种固执的卫道精神，和我行我素的悖理行为，都当作笑话。

他却认为理所当然，昂头而去。人们给他起个外号“张大怪”。

一次谭富英唱《群英会》，配演孔明的里子老生在台上大要花腔。张伯驹看不下去了，跑到台口仰头指着他大声骂道：“你不是东西！”骂完，扭头就走，弄得台上台下的人都莫名其妙。

出外在上海，住在至交好友孙养农家，孙养农陪他去看京戏《四郎探母》，刚听了几句，张伯驹就听出此角是个野狐禅。他愤然离席，口中不断叨叨咕咕，愤愤不平。

孙养农忙跟上来问：“怎么回事？”

他还是自言自语地愤愤说道：“前后门都上锁，放火烧！”

“为什么？”

“连唱戏的带看戏的，一齐给我烧！”

说完便气呼呼地走了。

此类异乎寻常的举动，经常出现，谁也拿他没办法，冲他说：“张大怪，又发作了！”

他听了也不以为恼，只顾自己任性而为。

他自己学戏，很有学者风度。极为严谨，坚持规矩，保持传统，百分之百的余腔余味。咬字归韵，气口拖腔分毫不差。他也吊嗓子，打把子，练咬字归韵，但老天爷没给他吃戏饭的嗓子。在台上唱戏，不要说十排以后听不见，连五排以内都听不清。大家又给他叫“张电影儿”。因为那时候电影是无声的，只有影儿，无有声，他正当其名。至于台步，身段也是凑合着比画比画。但他嗜戏如命，就如此，也要登台。除了跟余叔岩学习外，他还把和余叔岩配戏的两个搭档王福山、钱宝森花钱养到家里，陪他练戏。

好在他家开着银行，有的是钱。他家里经常办堂会，他自己也经常粉墨彩唱。

余叔岩与他交情很深，主要是二人情趣相投。张伯驹治学严谨，一丝不苟，正合余叔岩的性格。二人都精通音韵，讨论起宫商辙韵，诗词书画，二人有说不完的共同语言。当然说起京戏，更是无话不谈。为了欣赏文物，张伯驹常把余叔岩请到自己的“从碧山房”做客。为了学戏，张伯驹每日都到余叔岩的“范秀轩”“泡”戏。

余叔岩教张伯驹戏文，毫不保留。他知道张伯驹只是爱好，登不了台，抢不了他的饭碗。张伯驹最讲朋友义气，余叔岩手头一紧，张伯驹的银行立马借贷。张伯驹对他毫不吝啬，没钱买大烟了，到银行取去，张伯驹是他的后勤大内。

张伯驹从余叔岩这里，基本上是有求必应，想学什么就教什么。在余叔岩的“弟子”中，张伯驹从余这里学的戏最多。张伯驹曾自豪地说：“叔岩戏文武昆乱，传予者独多！”

他每晚必到余家，余叔岩一般都是白天睡觉，晚上七点起床，然后洗漱，吃饭。吃过饭后则吸大烟。两个时辰之后，过够烟瘾，已近子时，客厅里宾客已满，叔岩才精神饱满地出来会客、说戏。张伯驹经常夤夜三时归家，如此十年光景。

他有诗写道：“归来已是晓钟鼓，似负香衾事早朝。文武昆乱皆不挡，未传犹有太平桥。”

只有两出戏余叔岩未教他，一出是《坐楼杀惜》。一次，张伯驹曾提出学此戏，余叔岩正色道：“这个戏你唱不了。每一个人不一定每出戏都能演好，要因人的气质而定。宋江在这出戏里是坏人，衙门书吏身份，戏里全是他耍骨头，突然变脸，杀人，凶相毕露。你是个好人，儒雅书生身份，怎么演得出那副耍骨头的狠劲？”张伯驹觉得余叔岩的话，很有艺术内涵，他很服气。不教，拉倒。理所当然。

还有一出未教的戏，就是诗中所说的“未传犹有太平桥”。为什么不教《太平桥》？张伯驹学戏时，已三十一岁，没有武功基础，余叔岩怕出意外。他对张伯驹说：“过桥一场，一足登椅，一足登桌，敌将一枪刺来前胸，须两手持枪，硬僵尸摔下。饰敌将者、检场者、被刺者三者必须在行，且配合得当，否则易出危险。”

因此未教。张伯驹写入诗中，也算对此事的记载。

为了张伯驹学戏，余叔岩给他吃了不少偏饭。张伯驹刚学了《奇冤报》，为了巩固所教，余叔岩到天津演出，特意带上张伯驹，车上来去一路说戏。返回京城后，即让他排练身段，穿上厚底靴，走台步，滚桌子。之后让他去唱堂会，余叔岩在后台把场。学了《战樊城》，余叔岩在戏园则贴演这出戏，连贴几日，让张伯驹在台下看。戏园怕失座儿，劝他贴演别的戏，他不应，照演不误。张伯驹对此感激甚深，曾写回忆道：“专为予看，甚可感也。”

那一年，张伯驹四十初度，为了做寿，打算办一场堂会，他很想自己唱一出《空城计》。这是他跟余叔岩学的，还没登台露演过，很想在生日这天亮一亮，留个不惑之年的纪念。

他扮演诸葛亮，想请余叔岩给配演王平。让余叔岩给自己当配角，这个话不好说。若是当面碰了钉子，闹成僵局，于朋友份上，以后就不好来往了。这如何是好呢？他动了脑筋，在家里设了一桌便饭，请余叔岩来，帮自己策划一下寿诞的筹备事宜。

那天来的都是余叔岩的熟人，杨小楼和其他几个名伶，另外就是几个张伯驹事先预谋好的清客。大家酒足饭饱之后，商量寿诞之事。

说到堂会的戏码，一个清客以建议和探询的口气对余叔岩说："余三爷，张大爷的四十大寿，非比寻常，这可是个好日子。寿星佬想留个念想，他的《失空斩》可是您教的，您又是他的好朋友，您若是捧捧场，合作一个王平，那可是菊坛盛事，千古佳话！您看怎么样？"

余叔岩一向自视清高，对自己的艺术十分珍视。他平时教张伯驹唱戏，是朋友义务，不抢饭碗，不受损失，没有利害关系，怎么教都行。可是要给张伯驹配戏，他就觉得有点丢份儿。自己这个王平是谭鑫培亲授的，当年只给师傅配过一次，后来这么多年，从来没给任何人配过。自己一个大角，怎能随便跟张伯驹一个票友一块儿，起哄闹着玩儿呢！他心里是这么想的，可嘴上却不能这么说。自己与张伯驹这么深的交情，不能当面说"不"字呀！正不知怎么回绝，转眼看杨小楼在身边，不由计上心来。他以进为退，笑着说道："其实，我这个王平，倒是稀松平常，又是工本戏。我没什么，很愿意促成这出戏。要是烦杨老板来个马谡，那可就精彩了！"然后转过脸来对杨小楼说，"怎么样师哥？您捧捧张大爷好不好？"

杨小楼笑着对余叔岩说："余三爷，您可真会开玩笑！这不是我的本工，再说了我也没学过马谡的戏呀！这哪是三天两早上就学会的，我可不敢揽这个活儿！"

杨小楼的话，正中余叔岩下怀。他明知道杨小楼没有马谡的活儿，故意如此说，好让杨小楼推辞。自己就坡下驴，就不接王平这个活儿了。为了表白诚心，他假意诚恳地对杨小楼说："师哥，您就别谦虚了，什么活儿到了您那儿，还不是手到擒来，一学就会嘛！您要是肯来马谡，我舍命陪君子，陪您唱这个王平！咱一言为定，就瞧您的了！"

他也是拿话让张伯驹听，言外之意，如果杨小楼不演马谡，我就不演王平了。

杨小楼是绝顶聪明之人，他一看要在自己这里造成僵局，不好，形势严重！他饱经世故，应变很快。马上说"好在时间还早，咱缓缓锣鼓，再研究研究吧。"这事就这么抹活了过去，无果而终。

张伯驹本想让余叔岩配王平，没想到又弄出个杨小楼演马谡。虽然杨小楼没吐口，但也没回绝，留着个活口儿呢。这要是促成了，真是锦上添花了。既然留着活口呢，不妨就促促看。于是他又打发清客，找到杨小楼府上说项。

余叔岩只想到杨小楼没有马谡的活儿，却没想到杨小楼有爱唱文戏的瘾。且杨小楼是个争强好胜的主，越是别人较劲的，他越是要争一争。

清客到了杨小楼府上，话从两面说。先是恭维："您杨爷是菊坛三大贤之一，戏上的活儿哪有您杨大爷不能的！再说了，您和张大爷是老朋友了，他一辈子就这么一档子事，您要是捧了他，他会念您一辈子好的！"

又从另一面说："您一定早看出来了，这是余叔岩的'借刀杀人之计'呀，他不好推脱张大爷，拿您来顶门。您要是不唱马谡，可就得罪张大爷了。余老板聪明就聪明在此，他自己脱了身还不得罪人，您不就上当了吗！这时候，您要是给他来个'顺手牵羊'，您接了活儿，既捧了张大爷，让他记您的好儿，又把余叔岩给拖下水，让他落个搬起石头打了自己的脚。"

杨小楼听了这些话，一寻思，这个大份儿我得争啊！我既可捞一出文戏唱唱，过过瘾，又给张伯驹争回了面子，他会感恩不尽，我还落得人情、面子双得。这何乐而不为呢！于是他答应了下来。

杨小楼接了活儿，让钱宝森给自己说戏，赶紧准备。

余叔岩想借杨小楼来个"金蝉脱壳"，哪知却落了个引火烧身。里里外外不落人，王平的戏，还得唱。

张伯驹一听两个大角都来配戏，受宠若惊。清客们又出主意说，一不做二不休，何不把所有配角都请大角来演，那戏不就唱"大"了吗！

张伯驹觉得言之有理。于是列了名单，让人去请。赵云请了王凤卿，马岱请了程继仙，张颌请了钱宝森，二老军请了慈瑞泉、王福山，司马懿请的是金少山，因金少山在外地有戏，便请名票陈香雪代替。这些人一看是名士张伯驹的请帖，且杨小楼、余叔岩都当配角，还有什么说的！都愿捧场。

张伯驹一看这些名角都来捧场，这可挣足了面子。更引起了重视，把拍电影的摄像师也请来拍纪录片。这样一来，电台的录音师、照相馆的照相师都赶来准备现场的操作事宜。

庆寿的堂会现场，选在隆福寺的福全馆。当时的北京城凡事都讲究。饭馆和饭庄子也有讲究，饭馆是零散吃饭的地方，也有雅间和包席，只是没有戏台。饭庄子则不同，地方大，家具、餐具齐全，且备有戏台。是专门为喜庆婚丧大事用的，根本不卖散座，一桌两桌也不卖。专接大户，摆百十桌以上的大席。凡有堂会的大事都在饭庄子里办。福全馆规模很大，张伯驹就选在这里。

张伯驹庆寿的事一下子轰动了京城，又听说他自唱《空城计》，配角都是响遍九城的大角，这可真是闻所未闻的大好消息。京城他的亲朋好友自不必说，京外的，上海、南京、汉口、青岛等地的亲朋好友，以及他家银行的客商大户，都来祝贺他的四十大寿。还有一些清客、戏迷也来蹭吃蹭喝蹭戏看。整个饭庄大厅，宾客盈门，熙熙攘攘。

请来给他配戏的大角，起初是本着给面子，捧场，凑趣，热闹热闹的心理来的。及至到了现场，一看这场面，这规格，这气派，都冷静了下来。在这么多达官贵人、乡绅名士、文人墨客、业界商贾、戏迷票友面前可来不得半点马虎。这是给张伯驹捧场，也是给自己立名，维护自己的声誉。这么多配戏的大角，哪里是唱戏，这是比戏，比艺，比活儿。哪敢有半点差池？

开戏了，第一场是四将军起霸。不但台上的四位角铆上了，台下的来宾也把眼睛瞪得比包子还大，注目倾神。头一位是王凤卿的赵云，第二位是程继仙的马岱。王凤卿自不必说，程继仙是程长庚的孙子，著名小生，也工武生，二人起霸亮相，边式好看，博得一片掌声。大家的注意力都集中在杨小楼和余叔岩身上，余叔岩的王平一出场，起霸亮相，掌声四起，喝彩不止。名家就是名家，首先扮相儒雅而有神采，俨然《镇檀州》的岳飞，《战太平》中的华云，有胸中自有雄兵百万的大将风度。再看他拉开身段，不论云手，转身，举手投足，都干净利索，英姿飒爽。台下掌声喝彩声，一阵压过一阵。第四位杨小楼的马谡出场，虽然只是半霸，却疾似雷雨，骤如闪电，威风凛凛，大气磅礴，气象万千。尤其一声“协力同心保华裔”，更是叱咤风云，声震屋瓦，饭庄里像炸了窝一样喝彩。这四个人列阵，各展神威，一下子把场子烘热了。

就着这热场子，张伯驹的孔明登场了。来宾本来是为他来捧场的，他是寿星佬，没有他，哪来这场好戏看！因此大家特别捧场，出场有彩，念定场引子有彩，开唱的原板“两国交锋”有彩。虽然声音小，但大家还是硬捧着给彩。余派在“此一番领兵”的唱中，在“兵”字上有一个巧腔，张伯驹当然很得意地要这个“巧腔”了，但声音太小，多数人听不清，估摸着到了巧腔，大家也给他一阵彩声，是捧场也是曲意逢迎。张伯驹为此很是得意，很是满足。

再往下看，客人们就集中观看余叔岩和杨小楼的戏了。在山头一场，杨小楼把马谡的骄矜之气刻画得入木三分。余叔岩把王平的谨慎、知兵的见解，和副将的分寸掌握得恰到好处。两个人的盖口严紧，边念边做，神情身段，妙到绝处。可是让台下的人看到了大角的艺术奥妙，可谓妙不可言。真是千载难逢，大饱了眼福。

这场堂会，名义上是张伯驹唱的，实际上是各位名角艺术的大展示。

有一首五言诗写道：

台上一分钟，
台下十年功。
十年磨一剑，
百岁也争锋。

第一四〇回

葬瘿公报恩见义
起炉灶戏定一格

程艳秋在上海唱红之后，回到北京，名声更加响亮。

罗瘿公通过这次上海之行，更看到了程艳秋的前途。他要加紧打造这个人才，除了为他策划，为他沟通方方面面的关系，还俯下身子为他编写剧本。可惜他日夜操劳，体力不支，病倒了。他这次病得不轻，住进了东交民巷的一家外国医院。

听到恩师病倒的消息，程艳秋心急如焚，急急忙忙赶到医院，来到恩师的病榻之侧。此时，罗瘿公刚刚苏醒，见程艳秋坐在病榻之旁，很得安慰。对程艳秋微笑一下，亲昵地说："下场了？"

程艳秋所答非所问，焦急地说："您好些啦？"

罗瘿公答道："没事的。"

"没事就好。"程艳秋略微放下了心，"想吃什么，或用什么，我让素瑛给您送来。"

罗瘿公点头答应。然后从枕头边摸出一本戏文来，递给程艳秋："这是我刚刚完成的，题名《金锁记》，是根据关汉卿的窦娥冤改编的。我觉得你唱腔变换之后，适合唱这类的戏，就写了一出，你不妨尝试尝试。"

程艳秋接过剧本，略带嗔恚的声调说："恩师，不是我说您，您身子骨早就有毛病，我劝您多休息，您就是不听，敢是又累病了。您是我的，也是梨园的精神财富，不能累倒哇！"

"我总是拿你和畹华相比，你要赶上他，得有一个能打本子的，我一急，就自己动手了。"罗瘿公解释着，说出自己的心愿。

"恩师，您尽管好好养病，我会努力的！"程艳秋听了罗瘿公的话，几乎掉下泪来。

为了照顾罗瘿公，程艳秋推掉了许多场演出，和妻子果素瑛轮流在病榻边照顾。程母在家变着花样地做饭，送往医院。可是罗瘿公的病并不见轻，反而日益加重。程艳秋一看，急啦，找到医院院长押上一张银票说："花多少钱，我不在乎，你一定给我治好了罗先生的病！"

治病没钱固然不行，可是有钱，也未必治得好病。罗瘿公心里清楚，自己的病怕是不行了。他在病榻上挣扎着给上海的好友金仲荪写了一封信，让儿子寄了出去。然后又给儿子写了一封遗书，之后，便溘然与世长辞了。

恩师去世，程艳秋五内俱焚，悲痛欲绝。他伏尸痛哭，亲手侍殓。安排最高规格的安葬仪式，为恩师送葬。

灵堂内，程艳秋夫妇披麻戴孝，与罗瘿公儿子媳妇一样守灵尽孝。灵堂大厅内，悬挂着程艳秋亲笔书写的挽联：

当年孤子飘零，畴实生成，岂惟末艺微名，胥公所赐

从此长城失恃，自伤孺弱，每念篝灯制曲，无泪可挥

各界名人送来的挽联挽幛林林总总，挂满灵堂。王瑶卿的挽联：

生前奖掖人才幸能报德

从此商量剧学痛失知音

梅兰芳当时正在日本演出，得到消息后发来唁电：

既哭瘿公先生之丧，适有日本之行，寄此奉挽，梅澜顿首。

挽联：

廿荷载深知，垂死犹闻相厚语

千缄余妙墨，穷愁都助远游悲

程艳秋在西山万花山四平台，选购一块墓地，礼葬恩师。停演数月，守孝百日，素服一年。并专程赴西子湖畔，请散原老人陈立三，乞书“诗人罗瘿公之墓”墨宝。书毕，程艳秋拿出五百大洋做润笔费。陈立三婉辞，并当场作诗一首，赞程艳秋的尊师厚意。诗曰：

湖曲犹留病起身，日飘咳唾杂流尘。

斯须培我凌云气，屋底初看绝代人。

绝耳秦青暗断肠，故人题品费思量。

终存风谊全生死，为话西山涕数行。

程艳秋尊师报恩的行为，广为传播，被称为“义伶”。文人墨客，题词写赋，加以赞扬。康有为也有感而发，写诗一首：

落井至交甘下石，反颜同室倒操戈；

近人翻覆闻犹畏，如汝怀恩见岂多。

惊梦前程思玉茗，抚琴感泪听云和；

万金报德持丧服，将相如斯菊部何！

程艳秋素服在家，沉浸在巨大的悲痛之中，身边没了罗瘿公，好像没了主心骨，感到一阵阵空虚和茫然。每日翻看罗瘿公为自己写下的艺事日志，抚今追昔，感恩颇深，每念及此，便潸然泪下。日志中详详细细记载着自己每日的活动情况，若是演出，则记载演出时间、地点、剧目、上座情况、台下反映，甚至几次喝彩，为什么喝彩等，都记得清清楚楚；若不演出，或排戏，或找梅兰芳学戏，或找王瑶卿顾曲，都记得详详细细。恩师如此用心，真像大人扶着婴儿一步一步走路，把自己成长的脚步记录下来。透过纸背，一字一行，一笔一画，都渗透着恩师培养自己的心血。再看那些剧本，这

都是恩师伏案辛劳，呕心沥血的结晶。甚至在病魔的折磨中仍未停笔，为了我程艳秋，真是鞠躬尽瘁，死而后已！回想恩师从为自己赎身开始，寸步不离，手把手领自己走路，以至于今，耗费七年心血，灯干油尽。如此大恩大德，岂是送葬尽孝所能报的！遥望窗外明月，思念恩师，把盏祭酒，不禁提笔写下一首诗句：

明月似诗魂，见月不见人；
回想伤心语，时时泪满襟。
西山虽在望，独坐叹良辰；
供影亲奠酒，聊以尽我心。
恩义实难忘，对月倍伤神。

在对恩师的思念中，他清理自己的思想和成长历程。从学传统老戏，到唱恩师写的新戏，到跟着王大爷练新唱腔，一步一个台阶，济入名家行列。

诚然，自己唱戏是为利，也为名。钱挣了不少，名气也有了。唱腔也有了自己的特点，也有人称自己的腔为“程派”了。

可程派戏的内容格调是什么？我要的是什么格调？我要向哪个方向发展？我怎么发展？恩师不在了，谁来辅佐我发展？程艳秋开始认真思考这些问题。

他把罗瘿公给他写的十二出戏，一一作了分析。早期的《红佛传》《花舫缘》《玉镜台》《鸳鸯冢》《风流棒》《孔雀屏》等戏，内容都是才子佳人，节妇烈女，风流韵事，有缘相配，生死相随。这些戏都很叫座儿。用罗瘿公的话说：“为了你的生活危机，只有牺牲我。”

的确，一个大诗人，大名士，写这些才子佳人，卿卿我我，相亲相爱的“三小戏”，纯属迎逢世人俗子的心理空虚，掏他们腰包里的钱，充实程艳秋。

这是罗瘿公的违心之作。

等到程艳秋扬名立万后，有了经济实力，能独立于菊坛了，罗瘿公才俯下身来，写了《青霜剑》和《金锁记》。这是罗瘿公看好了程艳秋的新腔，刚柔相济，哀怨低鸣，正好唱一些可歌可泣，警世育人，触目惊心的悲剧。他以高瞻远瞩的目光，为程艳秋预示出将来的格调。可惜，天不假人，他英年早逝了。

程艳秋回顾以往的演出，能够催人泪下的，让人刻骨铭心、痛心疾首的受到震撼的还是《青霜剑》。如今拿在手上的《金锁记》也是这种风格。这两出戏，从生活的真实入手，揭示了世道的不平，写出了被压迫者的反抗和呐喊，对社会黑暗以深刻的抨击。这才写出了恩师的思想和抱负。这两出戏是恩师的预示，也是自己的深刻体会。这才应该是我的本戏的风格！如果说是“程派”的格调，也算实至名归。

一天，程艳秋正在书房练字，门房来报，说有客人来访。自从罗瘿公去世之后，程艳秋一直闭门谢客，守孝自省。听门房说，此人从外地来，有要事相访，赶紧到客厅俱礼迎接。

只见来人四十多岁年纪，温文尔雅，一副书生装束，手提一个行李箱。进得客厅，把手提箱放在得当的地方，然后摘掉礼帽，行见面礼。

程艳秋赶紧还礼，吩咐上茶。来人落座之后，从衣襟里掏出一封信，交给程艳秋。程艳秋接过信，不看便罢，一看信，眼泪禁不住唰唰地流下。

原来，这封信，就是当时罗瘿公在病榻上让儿子寄出去的那封信，来人便是金仲荪。

信中罗瘿公写道，自己病体难支，不久而辞人世，望念老友之情，完成自己未完成的大事，为程艳秋编写戏文。

程艳秋看恩师想得如此周到，连辞世后的事都为自己想到了，能不感动得涕泪交流！

他赶忙把金仲荪扶到正位，倒头便拜道："恕小子有眼无珠，不知恩人到来，多有怠慢！"

金仲荪被程艳秋的大礼弄得手足无措，忙双手扶起程艳秋。"玉霜不必如此，有瘿公的委托，你我以后就是搭档，不必多理。"

"金先生是我恩师举荐而来，礼当以恩师相待。"程艳秋说。

"那样反而觉得生分，不好工作，还是以兄弟相称才好。"金仲荪坚持说。

"如此，恭敬不如从命。"程艳秋说完，命人去收拾一间上房，让金仲荪居住。然后说，"委屈仁兄，屈就寒舍了。"

金仲荪暂住在程艳秋家里，二人讨论研究唱戏之事，更为方便。

金仲荪原名兆棪，曾就读于京师大学堂，那是北京大学的前身，是清廷培养知县以上官员的场所。他毕业后，曾搞过教育。辛亥革命后，金钟荪入选民国参议员，因曹锟贿选总统，他不肯同流合污，遂挂冠而去，浪迹江湖，闲云野鹤，纵情诗酒，出入戏园，自名"悔庐"先生。他与罗瘿公有相似的经历，二人志趣相投，遂成好友。罗瘿公深知他的才华，所以委托他辅佐程艳秋。

程艳秋把对恩师罗瘿公给自己写戏的分析，讲给金仲荪听，金仲荪很是赞同，也主张按罗瘿公暗示的戏路走。于是他和程艳秋商量先后编写和改编出《文姬归汉》《荒山泪》《春闺梦》《梅妃》《聂隐娘》《沈云英》《朱痕记》《柳迎春》等戏。这些戏再加上罗瘿公写的《金锁记》和《青霜剑》，坚持长期反复演出，逐步在市面和观众中形成了"悲剧"的格调特点，如此，铸就了"程派"。

有小令【双调·殿前欢】唱道：

栋梁材，经天纬地登庙台，生不逢时君王坏，视纣为豺。辞官归隐逃开，梨园品戏躲灾，文墨培育英才。呕心沥血，命寄歌台。

第一四一回

菊坛生行出新秀
五子失利走麦城

杨宝忠因为败嗓，不能再唱戏，学余派，也就半途而废。在慨叹万千之后，他改为操琴。他有个堂弟名扬宝森，虽是堂弟，家境大不如杨宝忠。杨宝森的父亲名杨幼朵，是杨小朵的胞弟，幼朵工武生，没有名气，因此挣不到钱养家，靠哥哥杨小朵接济勉强度日。他的儿子杨宝森，从小就在苦水中长大。只读了两年书，后来便辍学学戏。他先拜裘桂仙学老生，裘桂仙本是工花脸的。但他和杨幼朵有旧，关系很好。为了帮助杨幼朵，就将杨宝森接到家中，根据他的嗓音，教他老生。杨宝森在裘家练嗓，练唱，练毯子功等，刻苦扎实，很入门道，得裘桂仙赏识。便推荐他到余振庭的斌庆社，边学边上台唱戏历练，达六年之久。他的嗓音非常好听，唱出声来，圆润甜美，高亢嘹亮，戏界生行，都看着他是个好苗子，俨然小余叔岩。可惜他倒仓倒得很苦，曾经一个字也唱不出来。没办法，他只好退出舞台，在家将养嗓子。

在家养嗓子期间，他仍刻苦练功，哑着嗓子学余派。他经济拮据，哪有钱拜余叔岩学戏？但他谦卑待人，不耻下问，竟上赶着张伯驹学戏。张伯驹本身嗓音有限，看这孩子与自己同病相怜，便更加垂怜。好容易有来投奔自己学余派的，十分难得。便俯下身来下功夫给他说戏，别看张伯驹功底不行，但对余派的神韵、做派、气口、咬字、行腔，却了如指掌。杨宝森找他学余派，算是选对了人了。杨宝森，不同于张伯驹的是，他有功底，他有六年台上的历练。只要张伯驹点到，他则触类旁通。回家一琢磨，再返回来做给张伯驹看，则让张伯驹赞不绝口。

除了跟张伯驹学习之外，他还曾向陈秀华、孙佐臣讨教。有了陈秀化和孙佐臣的指导，还及时到余叔岩家的墙外挤“听壁角”。所谓“听壁角”，是一些余派戏迷或学余派的梨园弟子，在余叔岩家墙外，隔墙听叔岩吊嗓的墙脚。每当余叔岩吊嗓的时候，这个地方就聚集一群人，静静地听，细细地品，听到奥妙处，或交头接耳，或赞叹不已。杨宝森也挤入其中，每每必到，接收品味，探寻其妙。如此，他也收获不小。

为了见识余叔岩台上的表演，他曾到故宫博物院，抄写档案，挣得微博的收入，积攒起来买票看戏。一次，余叔岩贴唱《四郎探母》，他实在想去看看，但手头一分钱都没有。他在家里翻箱倒柜，找值钱的东西，翻来倒去，找到了父亲当年抽烟的一个烟袋，他拿在手上反复看了半天，终于发现只有那个翡翠烟嘴儿值点钱，便拧了下来，拿到当铺当了点钱，总算够买一张廊座的票，如愿以偿地看了戏。

更让杨宝森得便的是，他有一个好堂哥杨宝忠。

杨宝忠是余叔岩的开山弟子，虽然半途而废，但他脑瓜灵，对余叔岩的唱腔、发音、身段还是记得清清楚楚。

一有不明白处，杨宝森便去请教这位堂哥，杨宝忠便大大咧咧地给他上上一课。杨宝忠给他“上课”，只教余的路子和戏魂，不教他余的唱法，使这位堂弟心里很不痛快。杨宝忠则劝道：“不管学谁也要因人而异。余先生跟你的嗓子相反，你倒仓之后，嗓音只有宽没有高；余先生则没有你的宽音。你一味地学余先生，则越唱越暴露你的不足，越不会有长进。”

杨宝忠这是掏心窝子的话。

可杨宝森正着急学余派练嗓子呢，哪听得进杨宝忠的这些话？还是一个劲儿地下苦功夫练。练不成，他心里也很苦恼。越不成，越要练。为练声，把誓言写在墙上：“满腹戏曲歌不成，箪食瓢饮苦练声。”

其实杨宝忠也很为这位堂弟着急，他看杨宝森听不进他的话，便找到王瑶卿，请王大爷给这位堂弟指指路子。王瑶卿对杨宝忠说：“你给他捎个话儿，让他到我这里来一趟。”

杨宝森来到“古瑁轩”，王瑶卿很同情他，叹道：“你练得够苦的啦。练是基础，难能可贵，但要练对路子。连余叔岩自己都说‘似我者生，学我者死’。他这话什么意思？就是不要死学，要活学。要根据自己的条件，发挥自己的特点。叔岩是窄嗓子，你是宽嗓子。你要用自己的宽嗓子，去弥补窄嗓子的不足。不妨回去试一试，找找自己的韵调。”杨宝森听了王瑶卿的话，真如醍醐灌顶，一下子明白了过来。赶紧行礼谢师，边行礼边说：“王大爷，人家都说您是‘通天教主’，今日听您教诲，您真神啦，果然名不虚传！”

回到家，他先去找堂兄杨宝忠，不好意思地说：“哥，还是您说得对。王大爷也是这么说，看来我得真的改改发声的方法了！”杨宝忠说，“我是你哥，还能害你不成？这样吧，我用胡琴给你定定音，你照我定的音，找找感觉，搜寻自己的路子吧。”

于是杨宝森在堂哥的帮助下，摸索自己的发声。

有了杨宝忠的帮助，杨宝森终于找到了自己的发声部位。

后来孟小冬听了杨宝森的唱，替他高兴地说：“阿弥陀佛，总算找到发音的部位了。原来他是把发音的部位往前推了，利用口腔的共鸣，把声音往外送，既增加了宽音的亮度，扩大了音域，同时避开了咽腔鼻腔和额窦腔之间拔高的发音。确实给人感觉有另一种韵味，说不定将来自成一派呢！”

这话真的让她言中了。后来，杨宝忠果然自成一派——“杨派”。

余叔岩故世后，孟小冬去了上海，隐匿不出，王少楼嗓子塌中，李少春仍以猴戏为主。那一段时间，京城内外，很少余派的声响。

杨宝森则填补了这一空白。他以自己的唱法，唱出了似是而非的余派，人称“杨派”。杨宝森则自谦道：“没有什么杨派，我只是一个没唱好的余派。”

内行们总结说，杨派是余派的另一种表达方式，是余派的延伸。杨派是余派的“中音唱法”，使余派更通俗，更易学，更易流传，更富浑厚的韵味。

杨宝森以前的老生，从谭鑫培到余叔岩，以至马连良、谭富英等，都唱正宫调。可以说，不唱正宫调，就没资格登台。直至晚年，他们也没低过六字调。然而杨宝森，只能唱扒字调，比人家低三个调门。可他唱出来的声音，却韵味浓厚，他的胸腔共鸣发出的声音更加浑厚饱满，他可说是中国京剧史上老生行的第一个“中低音”。

虽然是中低音，却一直未脱离余派的中正轨道。就是这个中低音，降低了票友学戏的门槛，不再使余派让人望而生畏，更加速了京戏老生声腔的普及。

杨宝森的代表戏是《伍子胥》《洪羊洞》《托梦碰碑》。尤其是有杭子和的鼓，杨宝忠的弦，更能收到清新脱俗，超然不类的艺术效果。他们三个的配合，被誉为腔、鼓、琴，“一台三绝”。

言菊朋刚刚下海的时候，碰了个好运气。那个时候，老谭刚刚去世不久，人们一味地要看谭派，当时最叫座儿的谭派就是余叔岩和他言菊朋，他们二人可说是谭派新秀。二人的确实至名归，谭派的戏路，做派，唱腔，都属上乘。余叔岩自不必说，言菊朋也红得很。约他搭班唱戏的都是大角，什么杨小楼、梅兰芳、陈德霖、王瑶卿、尚小云、徐碧云、朱琴心等都约他唱戏，而且都是头、二牌的位置，不是压轴就是大轴。因此大家也抬举他，称他为“言老板”。他也因此飘飘然，妄自尊大起来，不是大角的班不搭，不是大角的戏不上，不是头、二牌的活儿不接。

许多后来者，冲着他谭派的名气，投到他的门下学戏。他对来学戏者，倒是大有学者的风度，治学严谨，一丝不苟。对来者一律一视同仁，敞开胸怀，倾囊相授。从不留后手，也不怕夺了自己的饭碗。而且总将自己的不足先告诉来者，要避己所短，学己所长。起先孟小冬投他学戏，他看孟小冬天赋过人，生怕误人前程，教授过后，还为孟举荐余叔岩，让她另投余门。

他有一个得意弟子就是奚啸伯。

奚啸伯是满族人，出身官宦之家。其祖父曾坐过九门提督，可惜宝座未稳，清廷就倒台了。奚啸伯出身书香门第，七岁读私塾上学，打小酷爱京戏，在家听谭鑫培和刘鸿声的唱片，每一个唱段都唱得滚瓜烂熟，上学下学的路上，哼哼唧唧总是京戏不离口。清廷倒台后，家道衰落，十二岁的他，对父母央求，辍学学戏，便磕头拜了言菊朋为师。

言家与奚家同为旗人，两家是世交。言菊朋那时正是刚刚下海，“旧谭派首领”的风头正盛的时候，奚啸伯是他的第一个弟子。这当然令他满心欢喜，因为两家是世交，他不把奚啸伯当徒弟使唤，而是以兄弟相待。但说戏、教戏的时候却板下脸来，一丝不苟，尽心尽力，倾囊相授，稍差分毫，该罚则罚，该打则打，严格异常。因此，奚啸伯谭派的底子打得很扎实。

奚啸伯原名承桓，乳名“小白”。他因喜欢京戏，对“桓”字不感兴趣，对“小白”倒喜欢称道。因为“小白”与“啸伯”谐音。他喜欢高歌长啸，“伯”字，又有“尊者”之意，所以拜师学戏后，他取“啸伯”为名。他人虽小，志却大。他曾解释说，我以旗籍世袭之尊，公侯虽不敢望，一个“伯”字还是要当的。所以他成名之后，大家送他一个戏称“奚伯爵”。与男“侯爷”（侯喜瑞），女“侯爷”（侯玉兰）是一个意思。

奚啸伯学戏相当刻苦，他到言菊朋家学戏，从他家安定门外步行到言菊朋家，往返有三十多里，他边走边默戏。有一次学《取帅印》为了一句唱“三拜九叩谢圣恩”，一路反复唱，竟走过了家门，他戏称自己是“唱而忘返”。其实，忘返、忘时、忘餐、忘眠的事，是其家常便饭，常有之事。每天天不亮，他就起床到正阳门城墙下去吊嗓子，无论刮风下雨，一天不落，寒冬腊月，下大雪，他手拿扫帚，边走边扫，扫出一条路来，也坚持去吊嗓，一直坚持了数年之久。人们说，难怪人家成名，城门楼子的一块砖，都被他喊进去半拉，——功夫下大了！

奚啸伯学戏，拜的是言菊朋，当然底子学的是老谭派路子。等到言菊朋自立门户创出“言派”的时候，他也开始博取众长，探索自己的戏路。

他在跟言菊朋学谭派的同时，也学余派的古朴英挺，同时学马派的飘洒俊逸，学麒派的粗犷朴实，学高派的清亮醇真。在向须生名家看齐的努力中，还在搭班中向梅兰芳学细腻，向程砚秋学沉稳，向尚小云学英挺，向荀慧生学灵透，向杨小楼学霸气，向侯喜瑞学功架，向李多奎学苍凉，向侯玉兰学秀丽。除了向行内学习之外，还向票友学习。向刘曾复学学问，向李适可学音韵，向夏山楼主韩慎先学气口咬字。用他自己的话说，就是“广开学路，脱而化之，集各家而适合自己。”十年磨一剑，他终于唱出了自己的“奚派”。

忝列大家之位。

梨园行也不都是谦谦君子，有很多不好的习俗。普遍认同的是“同行是冤家”。同行之间，往往不是台上阴人，就是台下使坏，或造谣污蔑，或制造事端，借故攻击。艺上打不败你，声誉上也要打败你。打败一个就少一个争饭碗的，这是他们的普遍信条。

言菊朋刚下海的时候，就有不少人嫉妒。说他三十多岁了才下海，百嘛不是！唱腔、做派、身段，都是撒狗血，胡闹台。给他编造什么“五小”：小脑门（言菊朋生来额头小），“小胡子”（他用的髯口薄稀而短），“小袖子”（水袖短），“小鞭子”（马鞭短而细），“小靴子”（厚底靴子的底儿薄）。还有什么“五子”：“小胡子”“小袖子”“小鞭子”“洗鼻子”“装孙子”。无论五小还是五子，多是捕风捉影，夸大其词，胡编乱造的人身攻击。以此来贬低言菊朋。这些攻击之辞传到言菊朋耳朵里，他为之一笑，不屑一顾地洒笑一声：“嘻嘻，挺形象的，小人之言！好玩。”

别人该怎么说还怎么说，他该怎么唱还怎么唱。照样是一副“旧谭派首领”的派头，非大轴和压轴戏不唱。

一次，有人故意挑拨离间，说:“余叔岩骂你言菊朋：狗屁不是，他耻笑你纯属‘五子’露怯！”

言菊朋听了非常生气，当时他正吊嗓，气得嗓也不吊了，非要找余叔岩当面理论理论不可。可是过了不到一刻钟，他怒气全消，反而欣喜非常。他儿子言少朋不理解的说:“人家骂你，倒把你骂高兴了！”

言菊朋笑着对儿子说:“别人说我什么‘五子’，‘五小’，那是蓄意攻击，是嫉妒，是眼红。不值得打理，那是小人所为。要说叔岩耻笑我，那是造谣。我与叔岩当年学谭，如痴如魔，各得千秋，他余叔岩心里比谁都明白。如今他成了‘新谭派首领’，我成了‘旧谭派首领’。旗鼓相当，对台竞技，争上座儿，为了艺术，为了生计，心里各使各的劲儿，憋着点儿气儿，说些个什么话，可以理解。叔岩虽然嘴刻薄，但凭他的为人，他不会与小人同列，说出那样的话来。再说了，即使他说出那样的话来，说明他在乎我，说明我在他心中有分量。别人不值得他说三道四，我却值得他数落数落！这是好事啊，知我者，叔岩也！”

言少朋听了他的一席话，觉得父亲有胸襟，有见识，有大丈夫之气。

就是因为言菊朋太自信，自尊心太强，不知进退，晚年才步步下滑，竟至走到孤家寡人的地步。

他改腔换调创立“言派”，是因为唱老谭派力不从心，才在“巧”上下的功夫。对于他的“巧”唱，褒贬不一。一些懂音韵声腔的人，认为他的言派好听，韵味绵长，缭绕余香，有书卷气。这多是文人墨客，善于品味声腔者。一些谭派戏迷，认为他糟践了谭派，改得面目全非，生猛咯生，听着不顺耳，如此就失去了一些观众。言菊朋却自认为是阳春白雪，和着盖寡，失了人气也不在乎。晚年因气力不佳，声音变小，灌不满戏园，后面听不清唱，这就又失去一部分人气。

尽管失了些人气，但他毕竟是旧谭派首领，老名气在那摆着，各个戏班，还是给他面子，仍旧约他唱戏。可他还不知进退，倚老卖老，硬犟着争面子，逐步失了人缘，走向下坡路。

尚小云正在红火的时候，自己组班协庆社，当然要拿些新戏招揽上座儿。除了他的本戏《风筝误》《兰蕙奇冤》《红绡》《秦良玉》《五龙祚》等，还约了九阵风、茹富兰的《殷家堡》，小翠花的《马上缘》等，言菊朋被约来唱大轴或压轴戏。头一天与小翠花唱《乌龙院》压轴，第二天与马富禄等唱《搜孤救孤》压轴。第三天与尚富霞唱《胭脂虎》，因压轴有了谭小培和王长林的《天雷报》，给他派了个倒第三。这一下，他发起火来：怎么？小看我言菊朋，我什么时候排过倒第三？唱完戏，卸完装，辞班，走人了。

这就是他言菊朋不识时务。此时，新秀迭出，生行高庆奎、马连良、谭富英、杨宝忠等都咄咄逼人。你言菊朋不上了，不上了正好，给年轻人腾出位置。尚小云马上请来马连良，戏照样唱，人照样满座儿。

言菊朋又搭小翠花的又兴社，小翠花为了拉拢言菊朋，自己唱压轴《醉酒》，把大轴让给他唱《四郎探母》。他高兴了，以为“彼处不留爷，自有留爷处”，又飘飘然起来。几天下来，他唱《打渔杀家》《汾河湾》《击鼓骂曹》等都是大轴。因为唱《击鼓骂曹》，扮曹操的不是名角，他又发火了。——这不是小瞧我吗！让个没名分的来给我配戏，简直是寒碜我！一气之下，又辞班了。

后来，又搭了朱琴心和程玉箐的班，一直让他唱压轴戏，也算对得起他了。可是他心猿意马，看余叔岩自己组班独挑胜云社，马连良在春福社挂了头牌。他见猎心喜，动了心，不信我就不如他们！也想自己组班挂头牌。于是组了个民兴社，在华乐园打炮，与郝寿臣、王长林合唱《捉放曹》，还算卖了个满座。

此时，在京城的戏园中，他与余叔岩、马连良成三足鼎立之状。除了唱，念白、扮相、身段、武功等功底，他哪一样也敌不过余叔岩和马连良。没几天，他的民兴社上座儿不过三成，他实在赔不下去了，只好宣布解散。他也只好又去任人挑拣，搭人家的班唱戏。总被人家挑来拣去地搭班，他心里不舒服。过了一年，他又自组咏评社，自己挑班。在戏码上加点噱头，贴《击鼓骂曹》带“闹长亭”，贴《珠帘寨》带“烧宫”。可是总不能哪出戏都能带尾巴呀！靠噱头也抓不住人来上座儿了！不到一年，戏班又解散了。

他的戏班刚解散，正碰上程艳秋改组鸣和社，约他来加盟。压轴戏派他一出《捉放曹》，台下反应不热烈。这让程艳秋犯了琢磨：留下他和自己唱对儿戏吧，可言菊朋个子瘦小干瘪，和自己“对儿”不起来。不留他吧，请神容易送神难！难也得送，戏班不能养闲人哪！这次不是言菊朋辞班，而是程艳秋辞退了他。

无奈之下，言菊朋成了散兵游勇，再没有大班约他唱戏。小班也是随约随不约，得着了就唱，得不着就不唱。有时在家闲坐，生闷气，发脾气，拿老婆孩子出气。言菊朋有二男三女。长子言少朋，次子言小朋，大女儿言伯明，二女儿言慧珠，三女儿言蕙兰。除大女儿言伯明不唱戏外，其余四个孩子都唱戏。

言少朋工须生，可是却不学言派，反讥讽言菊朋为“法国老生”，这也让言菊朋痛心疾首。自己的玩意儿都自成一家了，儿子却背叛老子，硬是迷上了马连良，迷得程度不亚于言菊朋当年迷谭鑫培。连马连良泡澡在浴池的位置、姿势，都打听得清清楚楚，照着样子泡澡。无奈之下，言菊朋只好成全儿子，托人说项，让马连良收了儿子为徒。

二女儿言慧珠，乳名“二妞”，打小就是个美人坯子，聪明绝顶，领悟力极强。上小学便能歌善舞，上了春明女中，就开始学戏，先工程派青衣，后来改学梅派，拜朱桂芳为师，与姚玉芙给梅兰芳配戏，居然成了梅兰芳台上的左右手。她对梅派戏的身段、位置，了如指掌。经过几年苦练，玩意儿大增，后来正式拜梅兰芳为师，得梅亲自指点，艺术更臻精纯。旦角学梅的太多了，拜门的也有几位，据说，能得梅兰芳真传的，唯有言慧珠和李世芳。

三女儿言蕙兰，自小娇生惯养，不好好上学，也不好好学戏，就是一味贪玩。唱戏也是偶尔登台，人家说她唱戏不如她跳舞跳得好。

二儿子言小朋，工武生，是杨派戏路。扮相帅气，身段边式，很有风度。

言菊朋的夫人高逸安，头脑新潮，能书善画，博学多才。看言菊朋在家愁苦，也好言相劝，但言菊朋顽固不化，越老越糊涂，劝不进去。劝不进去便也不想再跟他犯矫情，干脆离婚。离婚后，她到了上海，去拍电影，也成了名人。

女儿慧珠，眼瞅着老爹在家闹气，很心疼他，便劝他说："爹爹，此一时彼一时也，您老了，比不得从前了，登不了台，我养您老。"

"我老了？"言菊朋最不爱听的就是说他老，"我老了也是'旧谭派首领'！他们谁能唱过我？"

"行啦，老爹，今天吉祥园有我和哥哥、弟弟的戏，您去看看，散散心。"慧珠撒娇似的哄着他说。

"我散心，看戏是散心？——你们的戏有什么好看的，是让我散心还是闹心？"

这话说得慧珠很不爱听，但出于孝道，慧珠还是退后一步，笑着说："是让您给把场，您是旧谭派首领嘛，求求您给把把场吧！"

这话言菊朋爱听，答应去戏园。在吉祥园，大轴《龙凤呈祥》，言慧珠的孙尚香，言少朋的前乔玄后鲁肃，言小朋的赵云，兄妹组合，很叫座儿，已连唱了几天了，场场满。言菊朋看了戏，大为感慨，满心欢喜，看来言家自己组个家班都没问题。

于是，他做主，组了个言家班，名"春园社"。春园社，如果让言慧珠挑班，肯定能唱红。可言菊朋总以老自居，非自己挑班不可。他还总唱大轴，这个班就很难维持了。儿女给他提建议，他还蛮不接受，一意孤行。上座儿越来越少，他还不知道是怎么回事，以为是孩子们小，压不住场造成的，经常因此抱怨儿女们。出于孝道，儿女们谁都不说什么，只好任由其便。

一次，春园社在吉祥园贴出了戏码，大轴是言菊朋的《托梦碰碑》，压轴是言慧珠的《女起解》。言慧珠扮相漂亮，唱念都很甜润透灵。观众都是奔着言慧珠去的，等《女起解》唱完，观众就走了一多半。言菊朋的大轴一登场，往台下一看，倒吸了一口凉气。他原来以为观众是奔着他的"旧谭派首领"来的，孩子们是沾他的光。现在他明白了，是他沾了孩子们的光。自己大势已去矣！没想到自己几十年的艺术，竟不如一个小毛丫头！现实真是让他窝心哪！窝憋气，气得一病不起，彻底失了元气。

言家班也就此报散了。从此，言菊朋一蹶不振，再也没登过台。

有词【太常引】写道：

后浪前浪波连波，后起出新多。脱胎换骨磨：无早晚、饱受挫折！

刚交好运，春风得意，风光才几何？叹时光婆婆，人老矣、无奈走下坡。

第一四二回

谭元寿科班炼狱
上海滩父子对台

那一年是谭小培走大运的一年，双喜临门，令谭小培高兴得合不拢嘴。第一喜就是赎回了谭家老宅，圆了他复兴之梦；第二喜，就是谭富英的夫人生了个大胖小子，谭小培当了爷爷。谭小培高兴，给孙子取名“谭百岁”。以寄希望大外廊营谭家大门上的横匾“英秀堂”百年高悬。

谭百岁十岁那年，谭小培也像当年谭鑫培一样，把孙子送到了富连成科班。

此时富连成科班的社长已换成了叶春善的长子叶龙章。谭小培对叶龙章说：“该怎样管教就怎样，不必手软。”

叶龙章子承父业，照老规矩办事。把谭百岁交给了老师，入“六科”排“元”字辈，取名谭元寿。

富连成当年的师傅已经退了不少，谭元寿的师傅都年富力强，他先后师从雷喜福、王喜秀、张连福、王连平、茹富兰、刘盛通等老师。因为谭元寿长得结实丰满，老师量体裁衣，让他学习文武老生。

科班是严格封闭的管理教育，科班的“严厉”是有传统的。挨打是家常便饭，打通堂是司空见惯的。所谓“打通堂”，就是一人有过，全班挨打。谭元寿因为文武都学，接触的老师多，功课多，挨打的次数也多。加上打通堂，沾别人的“光”，屁股经常是铁青色，走路一拐一拐的。但该练功了练功，该唱戏了唱戏，不能耽误。谭元寿自嘲说，“我笨，挨打是长记性。”

最让他“长记性”的一次是雷喜福老师教他唱《受禅台》。这段“二黄”唱腔很长，连续十五个“欺寡人”。谭元寿在家跟着爸爸、爷爷学过这出戏，也登台唱过。可是到了科班，一见雷老师就发怵，心里就打鼓，一紧张就什么也想不起来了，雷老师点名让他唱，他一个字也唱不出来。雷老师一怒之下，让他趴在凳子上，抡起板子就打。因为有气，雷老师下手重了点，板子打得狠，一口气打了二十板子。雷老师累坏了，谭元寿也被打得动弹不了了。同学们把他扶起来，他的屁股已经血肉模糊了。雷喜福也很后悔，赶紧拿来鸡蛋，用鸡蛋清给他涂抹患处。用鸡蛋清涂抹的同时，用烧着的草纸熏。这是富连成常用的老“药方”。涂抹之后，该练功还得接着练。在谭元寿的记忆里，没挨过打的学生，只有李盛藻一人。人家学得好，功练得好，腔唱得好，听话守规矩，老师人人喜欢他。他是上一科的师兄，谭元寿非常羡慕他。挨打说挨打，但谁挨了打也没有怨言，都认可挨打是出好戏的最好途径。挨打挨得多，学戏学得好，这是谭元寿在科班的体会。

快出科了，谭元寿已经成了科班的主角，文戏《南阳关》《鱼肠剑》《秦琼卖马》《奇冤报》《打棍出箱》等，武戏《石秀探庄》《蜈蚣岭》《长坂坡》《骆马湖》《连环套》《战宛城》《莲花湖》《大溪皇庄》《八蜡庙》《挑滑车》等都是他演头牌。

谭元寿的活儿，让科班的教习叶盛章看上了。叶盛章自己正挑着金升社班儿呢，他顺手牵羊，把谭元寿拉到金升社，说，“反正是实习，到戏班儿里实习，更实在。”

之后，他带着金升社到上海演出。谭元寿与叶盛章头出合作的戏就是《藏珍楼》，他扮演白菊花。第二出戏是《翠屏山》，他扮演石秀。在演《大名府》时他扮演燕青。他扮演的每个角色都十分到位，叶盛章对他倍加夸奖。恰好叶盛兰也随班来到上海，听了三哥的夸奖，也邀来谭元寿配戏，之后又在南京去演。他的《失空斩》《连营寨》《哭灵牌》《游龙戏凤》等，场场叫好。叶盛兰对他也爱不释手，舍不得让他离开。

在上海，元字辈的科班同学，在天蟾舞台连演了两个多月，天天有谭元寿的戏码。这一天，他演完《战樊城》《群英会》之后，后台有人来找他。他见了来人并不认识，这人说自己是来捎话的，说：“你谭元寿和黄金大剧院的大角唱了对台戏，人家要找你说道说道。让你立马儿就去。”

谭元寿听了心里直打鼓，犯嘀咕：“和谁唱了对台戏？我一个学生，也犯不上和大角唱对台戏呀。戏码是班里安排的，我也不知道与别人撞车呀。人家要说道说道，那我就去说道说道，赔个不是，拜个名家也值呀！”

他一路嘀咕着，来到了黄金大剧院。刚进大厅，正不知往哪儿走呢，旁边喊出了声：“嗨，孙子，爷爷等你半天了！”原来大声说话的是谭小培。

谭元寿惊喜地喊了一声“爷爷！——”

声儿还没落，旁边又喊出一嗓子：“好大胆的毛头小子，也不看看给谁在打对台？！”

这个问罪的居然是爸爸谭富英！

这更让谭元寿惊喜万分！他亲切地叫了一声“爸爸！”

赶紧扑了过去！高兴地眼泪都快出来了。

爷爷谭小培高兴地拉过孙子，边看边说：“长出息了！长出息了！谭家又要出个角呀！”然后接着说，“我和你爸爸一到上海，就先去看天蟾的水牌，故意让你爸爸给你唱对台戏，试试你在大上海的号召力！”

谭元寿听了挺一挺胸脯，得意地说：“哼，您们这对台可打得好，天蟾这两场戏——客满！”

谭富英也很高兴：“是有点竞争力！”

“爷爷和你爹爹想好了，叫你过来，就是犒赏犒赏你！带你到苏锡杭去玩一趟！”

谭小培说。

“那可不行！”谭元寿着急地说。

“怎么？”

“我还没请假呢！”

爷爷笑着说：“放心吧，有我呢！”

谭富英揶揄说：“有爷爷说话，挨不了板子啦！”爷仨高兴地哈哈大笑起来。

到了镇江，爷仨一起去看了甘露寺，专门到刘备和孙尚香结婚的洞房去看了看，谭小培指着那个缺一角的堂桌说，“这就是被孙权用宝剑砍了一个角的桌子！”爷爷说得很认真，孙子听得也很认真，谭富英在旁边暗暗地笑一笑，心想，“唱戏唱迷乎了！”

有词【青玉案】写道：

天天科班把功练，文与武，颠倒换。不畏难熬屁股烂，学得本事，天涯海角，科班往事犹见。 天南海北都唱遍，富连成桃李开满，父子对台不结怨，爷爷叫好，爹爹称赞。满心都喜欢！

第一四三回

棉花地里再打造
谭派传人传到家

谭元寿从上海回到北京，就要出科了。十七岁了，正是变声的时候，便不再唱戏，在家里养嗓子。和几个元字辈的同学相约练身上的功夫，到戏园看戏。当时他最迷的就是李少春。他佩服李少春的文武兼备，佩服李少春的潇洒利索。一有空就到戏园看李少春的戏，也没少捋叶子。

他的举动，早被谭富英看到眼里了。

就在这年的八月，日本人投降了。老百姓都欣喜若狂，戏园也不唱戏了，都看日本人投降呢！李少春相约和谭富英一起去参加一个庆祝活动，李少春来到大外廊营找谭富英。

刚落座，谭富英就说："二弟，你得收个徒弟。"

"收谁？"李少春被说得一愣。

谭富英也不等李少春说话，就喊来谭元寿说："给你师傅磕头拜师！"

谭元寿还没跪下去，就被李少春拦住了："师哥，这可使不得！我正想跟您学点儿本事呢，怎么让贤侄拜我呢？"

谭富英不理他的茬儿，接着说："他迷你迷得恨不能扎你那戏班儿去，他佩服你呀！文武老生，全才，南北都吃得开，他迷你就迷对了。当然得拜呀！"

李少春忙说："那不拜倒了吗！你这里是正宗的谭门本派，连余先生都说，谁也比不了谭派，那是咱老生的法帖。咱都跟着余先生学过，那时候余先生忙不过来，我可是主要跟您学的。我没少捋您的叶子，就这我还没学好呢。这时候，反过来教您的儿子，这不是颠倒了，谭门怎么能拜别人呢！"

"你跟余先生学谭派，元寿跟着你，这不正好名正言顺学谭派吗！这事儿你不能推。"谭富英接着说，"今天我作证人，元寿先给您磕个头，回头咱们还是在泰丰楼好好办一办。"

"要说谭派戏，我这是在关圣人面前耍大刀。平常您不怎么唱武戏，我可以替您代劳，给元寿说几出武戏，成。泰丰楼就免了，咱这是谁跟谁呀，还搞那形式干什么。在那儿一折腾，传出去，说我收谭先生的儿子学谭派，人家会说我不知道我姓什么了。教武戏，我包教包会。元寿，你打明天起就到'棉花地'去找我，想学什么咱就教什么！”

说完，谭富英已穿戴整齐，拉了李少春出门上车。

当时，谭元寿也纳闷儿，自己喜欢李少春的戏不假，爹爹怎么提出来让我拜在他名下呢？谭家门里的人怎么能拜外人呢？那不是自损名号吗！

谭富英回来之后，对谭元寿说：什么是谭派？谭派是谭家的，也是京戏的。不要死守门户，什么好就学什么，谁好就学谁，这就是谭派。要往高处走，就要学无常师，转益博学。你曾祖有两句古话，叫作“江河不择细流，泰山不弃细壤”。你曾祖拜过余三胜、程长庚、王九龄、孙春恒，前后不下十几位名师，学了各个流派，才创出谭派。我出科后不是拜在了余叔岩先生名下吗？你的偶像很多，李少春的洗练凝重，李盛藻的帅气，孙毓堃的大气，你都看重。他们都是你学习的老师，一个一个学嘛，——学无止境！

听了爹爹的一番话，谭元寿脑瓜更开窍了，是啊，学好了都是谭派，都是京戏！放开去好好学吧！

棉花地，是北京宣武门外菜市口东北角，四川营一代的棉花上头条、中头条、下头条，一直到棉花九条的一拉溜棉花胡同。这里大概过去是老百姓种棉花的地方，所以统称棉花地。后来这里盖起了民房，原来在韩家潭一带居住的演员，大多都迁到了这里。方圆这九条胡同，哪一条都有京戏名家居住。就连紧邻的椿树胡同头条、二条、三条，铁门胡同，山西街、西草场胡同、南柳巷、北柳巷，永光寺街等，伶人都扎堆儿住在这里。平时，练唱功的、练毯子功的、练文武场的……，整天，那一带丝竹不绝于耳，声腔缭绕于巷。

李少春的家就住在棉花地下三条。

谭元寿每天就到他家学武戏。除了学武戏，还学了一出李少春的独门戏《打金砖》。

李少春和侯玉兰结婚后，曾住过石碑胡同。谭元寿在太庙喊嗓练功，练得到了火候，就到石碑胡同李少春的家。李少春又教他《挑帘裁衣》《野猪林》《连环套》等。谭元寿一天学一点，集腋成裘，慢慢地把李少春身上的玩意儿学了个遍。

谭元寿从李少春身上学了不少本事，但他们不是师徒关系。因为李少春坚持只教戏，不当师傅，说是“没资格”。其实他俩的关系已经超越了师徒，是朋友、同行、加兄弟的关系。

谭元寿在天津南市的庆云、群英、平安等几个戏园子轮番唱了很长一个时期的戏。什么文戏、武戏、谭派戏、李少春的戏都唱。

恰好这个时候李少春也来天津唱戏。李少春在中国大戏院，离南市很近。

李少春没来天津的时候，唱他的戏，也算说得过去，眼下李少春已经到了天津，就在临近的戏院，戏码就该避开一些呀，可谭元寿毫不在乎，不但不避开，反而专跟着李少春的戏码走，李少春贴出了八本《武松》，谭元寿也贴出八本《武松》；李少春贴出了《四郎探母》，谭元寿也贴出了《四郎探母》；李少春贴出《白水滩》《击鼓骂曹》文武双出，谭元寿也贴出《白水滩》《击鼓骂曹》文武双出。

让外人看，这不是对台吗！

李少春却不这么看，他知道这是谭元寿在给自己量尺寸呢！他不但不生气，反而更高兴。他暗喜道："好小子，有心计，看看你小子有多深的水，来吧！"

这"师徒俩"暗暗地在哪儿唱起了对台戏。

他赞赏谭元寿这种对艺术的追求精神，他知道，打对台是最卖艺儿的施展。

谭元寿还真有点"热粘皮"，不光和人家公开打对台，下了场还找上门给李少春借行头。巧啦，俩人的身量一样，谭元寿与李少春的服装长短、肥瘦是一个尺寸，二人的戏装，可以互穿。借了服装，回来接着唱对台。

李少春说："元寿，你那里缺什么服装、道具，就到我这里来拿，咱俩不论那个……，盔头你不能用，我的头比你的头大得多，你带着不合适，别勒不紧，掉了出丑。"

李少春对谭元寿像小弟弟一样。这哪像打对台的，倒像会演大协作。

有诗赞曰：

谭派传人谭元寿，
百岁薪火传承就。
炉火纯青血肉筑，
京戏唱得江山秀。

第一四四回

儿郎立下孝子志
可怜天下父母心

此时，京城有一位唱河北梆子的坤伶旦角，名张秀琴，扮相俊美，演技出众，曾在“菊部坤伶竞选”中名列第五，在京城名声很响。每当她登台，必有捧角者为她喝彩鼓劲。

其中有一个青年人，生得白净面皮，文静大方，一副书生模样，正在交通部供职。他爱看戏，对张秀琴的戏情有独钟，每场必到，算得上张秀琴的捧角者。当时的捧角者有个习惯，散了戏不走，都要到后台找到所捧的角，套上几句话，表达对角的欣赏、赞叹。

张秀琴为了答谢这些捧角者，每次唱完戏，还得与这些捧角者周旋一番。每次后台周旋，都少不了交通部这个年轻人。

这个年轻人与其他捧角者不一样，他说一口江南的官话，总是不紧不慢，娓娓道来，捧人的话语恰到好处，每次都让张秀琴听了感到心里舒服。慢慢地张秀琴对这个青年就有了好感，时间长了，她知道这个青年名叫滕联芳，江苏丹徒人。一来二往，这两个人就谈起了恋爱。每次在台上唱戏，看到台下的滕联芳，就唱得格外有味。

终于滕联芳向张秀琴表达了心迹，两颗怦跳的心碰出了火花。

张秀琴嫁给了滕联芳。

小两口甜甜蜜蜜地过起了日子。

张秀琴生了两个儿子。

滕联芳因为赌博吃了官司，官司输了，家里被法院抄得一无所有。日子没法过了，滕联芳也觉得没脸过了，带上大儿子去了南方，从此杳无音信。

张秀琴只身带着小儿子，艰难度日。

小儿子原名滕家鸿，张秀琴恨丈夫无情无义，撇妻舍子，一去不返。她一咬牙，给滕家鸿改成自己的张姓，名张君秋。

为了糊口，张秀琴怀抱张君秋，随着戏班浪迹江湖，登台唱戏。

张君秋打小生活在戏班巡回唱戏的环境里，看遍了戏班的辛苦，看够了娘含辛茹苦的生活。一晃，张君秋六岁了。张秀琴体会了伶人的辛酸苦痛，她不想让儿子走自己的路，她想让儿子读书，将来出人头地，跳出唱戏的行当。于是她托人把儿子送进了私塾念书。

在私塾念书，学的是之乎者也，古文八股。小孩子不感兴趣，束脩还很高。张秀琴咬牙拼命挣钱，供孩子念书。张秀琴的邻居住的是皮黄老旦名角李多奎，李多奎的父亲是梆子戏班拉弦的琴师，他对张秀琴的苦痛很是同情，便对秀琴说："闺女，看你的日子过得挺紧巴的，别让孩子读私塾啦，现在都民国啦，时兴了平民小学，平民的孩子读书不收费，也不学'之乎者也'，时兴学国语。给孩子换换地方吧。"

在李先生的搭桥介绍下，张君秋改上了平民小学。

平民小学念书有新规矩，不是死关在房子里读书，有课间，还有课间活动。因为学生多，教室少，学生轮班上课。在这里上学，张君秋感到既轻松又快活。休班的时候，他帮助赶大车的遛过马，帮助街上药铺的伙计揉过药丸，帮助油漆铺的油工刷过油漆，在附近皮件厂里做过零工，还和工友到戏园看过京戏。

一看京戏，他就想起了娘走张北，跑保定赶场唱戏的情形。娘唱戏可真不容易呀！我娘肩上的担子够沉的！我该给她"换换肩"啦，这个担子该我担哪！

于是，回到家他向娘提出了这个要求。

"娘，咱家日子过得紧巴，我不想上学了，我都十二岁啦，我想唱戏挣钱，给您换换肩。"

娘听了孩子的话，心里热乎乎的，一把把孩子搂在怀里，热泪交流，"儿啊，你小小的孩子，就想替娘换换肩，娘没白疼你，可是唱戏的钱不是那么好挣的，你得坐科呀。"

"那我就坐科。"

"坐科有两种，一种是投到科班，像富连成那样的科班；一种是手把拜师，找一个专门的师傅，拜在门下手把手地教。两种科班都要受罪吃苦，学戏讲得就是'打戏子'，挨打是家常事。娘就你这么一个骨肉，娘舍不得你挨打呀！"

"娘，我在大街上看了五行八作，各有各的苦处，就数唱戏我喜欢，受苦挨打我也认了！"

张秀琴以前带着儿子闯码头唱戏，戏班也让儿子顶过儿童角色，上得台去，儿子还蛮像那么一个样子。大家也都说儿子是块唱戏的材料。眼下，看儿子学戏心切，于是她下了决心，让儿子学唱戏去。可是她毕竟是过来的人，深知学戏的苦处。真是娘生儿连心肉，她实在舍不得把儿子放到富连成的大班去摔打，拜手把师傅，把儿子写给师傅去当牛做马，也割舍不下。

正在犯难的时候，李多奎来张家串门，听说张君秋要学戏，说："现成的，你家斜对门的李凌枫，是王大爷的弟子，败嗓上不了台了，专收弟子教戏，他教戏走正轨，瓷实，拜在他名下多近便哪！"

一句话提醒懵懂人。张秀琴决定让儿子拜李凌枫为师。她有个条件，拜师写关书，要注明：儿子拜师学戏，吃住不在师傅家，只学戏，不做家务。坐科期间弟子唱戏，所得收入按比例分成。

李凌枫，字辑之，江苏嘉定人，原是进京学医的，因爱好京戏，私淑程砚秋学程派，后弃医学戏，拜了王瑶卿为师，在唱腔上是很下功夫的，还会拉一手好琴，很得王瑶卿赏识。可惜中途败嗓，只得改教戏为生。

李凌枫很看中张君秋的条件，十二岁的年龄，长的身条顺溜，长胳膊长腿的，一个大脑袋，两只大眼睛，长睫毛忽闪忽闪透着精神气儿。再听声音，响亮甜润，这是个唱旦角的好材料。因为他从小生活在唱戏的氛围中，行动坐卧浑身都带着戏。教起来肯定一点就通，绝不会辜负自己的教导，肯定能给自己争得好名声。一个靠教戏为生的人，弟子出了名，师傅就出了名，来学戏的人就会很多，这就足矣！

李凌枫决定收张君秋为徒。于是请邻居李多奎作主持，李凌枫请来师傅王瑶卿参加拜师仪式。

拜师的第二天，天刚蒙蒙亮，李凌枫就挑个灯笼来打张家的大门。手还没扣到门环，大门吱呀一声开了。原来张君秋早就收拾停当，正在大门后等师傅来敲门。一听到动静，他就打开大门随师傅去窑台喊嗓。

说窑台，老北京都知道就是陶然亭。元代，大都城的西南郊外有一个大土丘，明代在大土丘上建了一座慈悲庵，清代在慈悲庵院内修了一个亭子，亭子造好之后，取白居易诗句中“更待菊黄家酿熟，与君一醉一陶然”的“陶然”意境，名之为“陶然亭”。可惜，清末民初兵荒马乱，陶然亭一带渐趋荒芜，慈悲庵倒闭，陶然亭孑然孤立，土丘周围成了乱葬岗子，土丘被人称为“窑台”。此处一片衰败景象，很少有人光顾此处。因为衰败，反而僻静，就成了梨园弟子喊嗓子练功的绝好去处。

张君秋被师傅带到此处，师傅教给他喊嗓子的方法，他就放开喉咙“咦——”“啊——”地练将起来，天天如此。时间长了，张君秋学了唱腔，每天不用师傅带领，就早早地来到窑台，先喊嗓儿，喊开嗓子后，就念定场引子、道白，然后就大段地唱起唱腔。远远地从芦苇丛中传出他清醇甜亮的歌喉，吸引了不少遛早的戏迷，循声觅人，发现却是这位孩童少年，大家都引为奇迹，相互流传。都说窑台出了一位了不起的青衣“大角”！

李凌枫巴不得张君秋早成大角儿，每天窑台回来，吃过早饭之后，就操起胡琴为张君秋伴奏，气口，力度，拖腔，尖团咬字，精雕细刻。

张君秋在李家唱，张秀琴在自家听，她是行家，听儿子的唱，字正腔圆，嘹亮甜润，她心里也美滋滋的，甜润无比。她断定儿子选唱戏的路是走对了。

李凌枫看张君秋学的有了起色，就带着他到大马神庙拜访自己的师傅王瑶卿。

拜师仪式上王瑶卿见过张君秋，认识。这次一见面，就吩咐唱上一段听听。

张君秋见了师爷爷也不认生，反而感到很亲切。就放开嗓子唱了一段《坐宫》中铁镜公主的唱“芍药开牡丹放花红一片……”

王瑶卿听了张君秋的唱，微笑着点点头，对李凌枫说：“好好带你这个徒弟，将来不在畹华之下。”李凌枫听师傅一说，乐得半天合不拢嘴。张君秋只听说过梅兰芳，不知道谁是畹华，也没太在意。只不过到了王瑶卿这里，好像到了京戏的熏笼，一大屋子的人，生旦净末丑，神仙老虎狗，逮着什么说什么。反正师爷爷说的、来来往往的人说的，都是戏。——这一下可开了眼界。生旦净丑的活儿都听了。到这里原来是“熏”戏来了！

他唱完铁镜公主唱的那一段，王瑶卿就这话题对大家说：“唱戏不光要能唱能做，还得知道和谁搭班，谁的特点是什么，他唱哪出戏的不同处在什么地方，不然就嘬瘪子。和王又宸唱《坐宫》，唱到‘我兄弟八员将’，场面上一锣收住，这时铁镜公主有一句插话‘慢着！方才你说你弟兄七男，如今怎么又八员将了呢？’如果你不知道王又宸有这么一个口，这一锣收住，你就会傻眼。王又宸在这句问话之后，有一句答‘八弟乃是义子延顺’。——别人唱都没有这句。这样的小节骨眼儿不显眼，可却是暗地雷，踩上就爆炸！”

王瑶卿在那里说，大家在那里听，张君秋听得最认真。王瑶卿手里经常拿一块戒方，让别人唱时，他的戒方在桌子上打节奏，尤其是旦角唱快板，他打的节奏快，催你往前赶。别人都说他打的“尺寸”不对，他却说到了台上就知道对与错了。他说：“你唱的是旦角的尺寸，我打的是生角的尺寸。生旦对唱，叫‘对啃’，生角的唱腔短促而快，旦角的唱腔弯儿多，不快赶，唱起来就赶落得荒。平常练习，就要快一些，到了场上就从容了。比如《武家坡》《坐宫》里的对啃，你来我往互不相让，一个劲儿地往前赶，那才出气氛，出效果。旦角不能不懂这个呀！平常练就得练这个，不然对啃起来，既得快，还得吐字清，劲道好。功夫练不到家，慌腔走板，不就丢人现眼了。”

王瑶卿讲的这些，都是台上的经验之谈，这对于张君秋来说，的确非常重要。他认为在师爷爷这里“熏”戏，是来掏宝。以后没有师傅带领，他也自己来师爷爷这里“熏”戏。

每次熏完戏，不论多晚，回到家，他都对着事先准备下的一个大肚子瓷坛子，口对口照着“熏”来的方法演练，这样练不吵别人，直到练到火候为止。第二天照样早早赶到窑台喊嗓子、练功。

面对宽阔的湖面，他站在窑台上，如同登上舞台一样，正儿八经地念白、甩腔、走身段。直唱得水面儿波纹四散，反射八方，穿过芦苇丛，带出水音儿，荡漾在窑台上空，飞向云霄。

张君秋打小记住娘经常给他说的一句话，“要想人前显贵，就得背后受罪”。在学戏练功上，无论受多少罪，张君秋都不怕，他说过要替娘换换肩，把家庭的重担担起来。不为显贵，也得练出替娘换肩的本事呀。

功夫不负有心人，三年以后，师傅准备让他登台唱戏啦。说是登台，实际是借台实习。戏园选在王府井东安市场内的吉祥戏院。头三天，戏园的水牌就写出了戏码《女起解》，演员是张君秋。

“张君秋是何许人也？”

“初登舞台，借台唱戏？——新人！”

“呵，——《女起解》？——这是要开门红啊！”

看了水牌的戏迷开始议论。

贴《女起解》，图的就是开门红。《女起解》里的苏三，一身罪衣罪裙，上下一色的红。初次登台的旦角，图的就是这个“红”，要的就是这个吉利。

因为是新人，新角儿，戏迷们图个新鲜，看个究竟，戏票还是卖得很好，整个吉祥园都坐满了。

《女起解》开锣了，禁卒在台帘后一声高叫“苏三走动啊——”，场面起“撕边”，由慢到紧，由轻到重，然后一声大锣刹住，舞台上苏三要登场了。帘内一声“苦啊——”，这声“闷帘”喊得凄婉哀苦，忧闷惆怅，拖腔悠长悦耳，沁人心肺，先声夺人，一下子把台下戏迷的胃口吊了起来。接着，台帘打开，款款走出一位娇美的女郎，大红的罪衣罪裙映衬着她那白里透红的俊美面容，两只大眼睛左顾右盼，柔声啼泣，愁肠万种，无限哀怨。

“好！”

观众席有人喊出了第一声好，给了个碰头彩，顿时，全场掌声四起，喝彩轰鸣。

胡琴声起，张君秋轻启朱唇唱出了第一句〔二黄散板〕，“忽听得唤苏三我魂飞魄散——”，腔儿刚一甩开，台下又是一个满堂彩。

——这两次喝彩，说明一出场就打响了。

对于《女起解》的戏文、唱腔，台下的戏迷甚至比台上的张君秋都记得清楚。以往，梅兰芳是怎么唱，尚小云是怎么唱，荀慧生是怎么唱，程砚秋是怎么唱……，都能随腔儿随调，从头唱到尾。他们来“听”戏，“听”的就是那个“味”儿。仅张君秋这一口儿，就使他们满意了，与以往的角儿唱的都不同。——真是清新爽朗，绕梁三日，回味无穷。

台下开始议论了：

“哈，想不到北京城里又出了一个好坤旦！”

“什么坤旦？你怎么知道是坤旦？”

“不是坤旦有这么好扮相？不是坤旦有这么好嗓音儿？”

“——外行！梅兰芳扮相不好？嗓音儿不好？是坤旦吗？”

“二位，好好看戏吧，别争了！是个男孩子。他的这套行头是我比量他身材做的。”敢情搭话的这位，是珠市口久春戏衣社的掌柜。

这一下二人语塞了。小声说：“看戏吧，台上的玩意儿不赖！”

“这孩子有起子！”

戏越往下唱，场子越热。掌声，喝彩声，此起彼伏，一阵高过一阵。台上的张君秋随着场内的掌声，越唱越放得开，台上台下互为沟通，越烘越热，直至终场。此时，戏迷起哄，非要看看这个小青衣的本相不可。张君秋几度谢幕，都谢不走这些个戏迷，只得到后台卸下行头，重新上台谢幕，大家看到这个小男孩本相，更为感叹，闹闹哄哄，才一步三回头，慢慢退场。

开门红，开门红，真是一炮而红！张君秋的名字被传开了。

梨园界的名人都抢着来约他搭班。

先是王又宸约他唱《坐宫》，他记得师爷爷说过的细节，和王又宸“对啃”得严丝合缝，让王又宸吃惊不小。

接着是谭小培约他唱《法门寺》里的宋巧娇，名净郝寿臣演刘瑾，名丑慈瑞泉演小太监贾桂。

老邻居李多奎约他唱《大登殿》，李演王母。

名小生姜妙香约他唱《会审》，姜演王金龙。

……

找他的都是名角儿，十六岁他就被推到了名角的份儿上。

有词【木兰花慢】写道：

人小志非短，对慈母，表心田。唱戏学本事，挣钱养家，为母分担。苦和累，心情愿，唯替母亲换换肩。晨起东方未晓，夜归灯息人眠。 遂愿，得遇教主通天。正见齐思贤。听夜半熏蒸，留神讨教，经验之谈。小试牛刀登台，打炮罪裙红色衣衫。红衣走红应验，一炮唱响梨园。

第一四五回

程砚秋志存高远
梅兰芳仁德宽宏

“程派”自立门户之时，正是程艳秋三十而立的年岁。程艳秋志存高远，立志在梨园干出一番天地。他将名“艳秋”改为“砚秋”，字“玉霜”改为“御霜”，书斋“玉霜簃”改为“御霜簃”。以此明志：自此以后，决不以“艳”取悦于人，而以砚田耕耘，以艺术和学问实现自己的抱负，去追求一生的收获。“御霜”是菊花极品的别名，以物寓志，像深秋的菊花一样，傲然挺立，不畏风霜，高洁淡雅，立身于世。

程砚秋雄心勃勃地挑起了鸣和社，班子组的很硬整，有吴富琴、芙蓉草、王又荃、侯喜瑞、李洪春、曹二庚、李四广、慈瑞泉等，都是年富力强，叫得响的名角。临时还约老生贯大元、郭忠衡、王少楼、谭富英、谭小培；武生约周瑞安、沈三玉、钟鸣歧；小生约姜妙香、程继仙、金仲仁；二旦约王瑶卿、荣碟仙、计砚芬、魏连芳；老旦约李多奎、文亮臣；武旦约九阵风、朱桂芳；花脸约董俊峰、蒋少奎、马连昆、郝寿臣、范宝亭等；开口跳约王长林、傅小山。鼓佬是白登云，琴师穆铁芬、周长华。有这么硬整的人马，又有金仲荪写戏，一出接一出推出新戏，光是新编的戏就有二十七出，再穿插精选拿手的老戏，走遍京津、沪上、汉口、青岛、东北三省，人气颇旺，戏报一贴，场场满座。程砚秋的名气响遍华夏。

程砚秋的成功新戏《金锁记》，是他的招牌戏，风行南北。《金锁记》是罗瘿公根据关汉卿的《感天动地窦娥冤》和明代叶宪祖的相同故事传奇《金锁记》，改编而成。在程砚秋之前，梅兰芳、尚小云都唱过此戏，名曰《六月雪》。自程砚秋唱《金锁记》后，梅、尚则避之不再演唱，因而《六月雪》也成了程派戏。以后的旦角，不论谁唱《六月雪》和《金锁记》都以程的唱法为典范。程砚秋的《金锁记》，常演常满，屡演不衰，自然与故事反映现实生活有关，也与出场的演员阵容有关。程砚秋饰窦娥自不必说，饰蔡昌宗的历任小生为王又荃、程继仙、姜妙香、俞振飞。王又荃是当时的老资格小生，程继仙是程长庚的孙子，是小生鼻祖徐小香亲自指点过的大角，姜妙香是程继仙的弟子，俞振飞是姜妙香的弟子，都是一脉相承的小生名家。蔡母由文亮臣扮演，文亮臣是与李多奎同期的著名老旦。最整齐且最叫好的是四个小花脸，李四广的张妈妈，曹二庚的张驴儿，慈瑞泉的禁婆，慈少泉的山阴县知县。这些个名角同上一出戏，要唱有唱，要做有做，要逗有逗，各个都是尖子，岂不能场场满座！

《青霜剑》也是罗瘿公为程砚秋编的新戏，此剧演述宋代秀才董昌妻子申雪贞，为夫报仇的故事。豪绅方世一看上了董昌妻子申雪贞，便假意与董昌结交，暗中勾结大盗攀倒天，诬陷董昌入狱，又买通官府处斩董昌。方世一则使媒婆劝说申雪贞改嫁，申雪贞看破方世一的奸计，假意允许，将孤儿托付表姐抚养，暗携青霜剑与方世一结合。洞房中，将方世一灌醉杀死，之后又寻到媒婆，将其一剑毙命。割下仇人的头颅到董昌坟前哭祭，然后自刎殉死。程砚秋扮申雪贞，唱念做都有独到之处。他把一个烈女的悲愤激昂，演绎得淋漓尽致。看后催人泪下，使人都为申雪贞的烈女行为所慨叹。

《荒山泪》也是一出催人泪下的好戏。此戏演明末济源县，农民高良敏一家五口的悲惨故事。高良敏因为交不起赋税被官府抓入狱中，多亏儿媳张慧珠织绢卖钱，才被赎出监狱。后来官府又征人丁税，高良敏只好携子进深山采药，换钱交税，不料惨遭老虎吞噬。此时官府又来征明年的赋税，张慧珠只好将衣物抵交，仍不够数，官府将其儿子抵税，拉走充当民伕。张慧珠婆婆见孙子被拉走，悲愤之中气绝身亡。眼见得一家五口被赋税逼迫，只剩下张慧珠孤零零一人，她悲愤至极，以致疯癫，奔入荒山，呼天抢地，控诉官府苛政猛于虎的罪行。在哭诉中唱出了“我不如一死向天祈祷，愿国家从此后永久和平！”的呼唤。这出戏，充分演示了程砚秋的唱功和扎实优美的表演功夫。出场一段〔四平调〕，沉稳优美，为公爹祝寿的〔二六〕和〔流水〕，清醇甜润，公爹、丈夫进山采药一夜未归，她织绢等候，大段的〔西皮慢板〕，转〔二六〕和〔摇板〕，佳腔叠出，唱出了生活艰辛、担心挂念和忐忑不安的心情。将衣物抵债时的大段〔西皮摇板〕转大段〔快板〕，唱出了被迫害的哀怨和无奈何的激愤。疯狂奔入深山时大段的二黄〔快三眼〕，〔散板〕、〔哭头〕，把一个被逼疯的良家妇女形象，用声腔刻画得栩栩如生，用唱腔，唱出了被压迫者的愤怒和呐喊！在表演上，他用准确而优美的做表，把一个孝顺公婆、相夫教子的贞淑少妇遭勒索时，由畏惧、忍让转而怨恨、愤怒，以致疯狂的心理过程，刻画得层次分明，历历在目。身段表演，圆场、屁股座子、水袖功夫，分寸把握，火候处理，恰到好处。令人观而赞叹。充分体现了一个艺术大家炉火纯青的艺术水平。

程砚秋三十而立，已经功成名就，但他仍雄心勃勃，要争菊坛旦行的最高声誉。对恩师梅兰芳，由仿到追，由追到比肩，甚而超越。

梅兰芳访美获巨大成功，他深羡不已，遂即决定来一次访欧。他在走访欧洲数国之后，返回北京，在中和园唱戏。

此时，梅兰芳从上海返回，在北京有一个月的档期。梅兰芳长期在上海等地唱戏，很少回北京，这一个月，是北京戏迷渴望已久的日子，当然不会放过机会，肯定会场场爆满。为了给同行留下挣饭吃的档口，梅兰芳只定星期一到星期五演出，周六和周日不演，留给同行。

荀慧生为了暂避其锋，趁机外出跑码头去了。

尚小云为给师兄让路，只唱星期六的场。

唯有程艳秋在中和园一日不落，照唱不误。程有程的理由，他说徒弟和师傅同唱，才能显出师傅是师傅，徒弟是徒弟。

有一周，梅兰芳贴出《穆天王》的戏码，程砚秋则以上驷攻下驷的办法，贴出《梅妃》。《梅妃》是程砚秋的拿手本戏，唱做都很吃功夫，他一般不演，只在年终封箱的时候唱一次。而梅兰芳贴出的《穆天王》与《梅妃》相比，显得分量轻一些。《梅妃》又是不轻易能看到的戏，所以上座很好，卖了个满场。

而梅兰芳的第一舞台则减少了上座儿，只卖了个八九成，程砚秋觉得很有面子。

梅兰芳在了解了上座儿减少的原委后，笑了笑，照常演出，不予声张。只在换戏码上稍加小心，马上就恢复了上座儿。

又一次，在上海，梅、程相遇，梅兰芳在中国大戏院，程砚秋在天蟾舞台。梅兰芳的配角有杨宝森、俞振飞、姜妙香等；程砚秋的配角有谭富英、叶盛兰等，双方阵容都很硬整，两个戏院之间打起了对台。

为了营业竞争，两个戏院之间争上座儿无可厚非。

可市面舆论却说法很多。

人们都说程砚秋不念师生之情，故意与师傅抗争，有悖尊师重道的传统。

程砚秋则说，没有徒弟的垫底，怎见师傅的高超？

梅兰芳则说都是为观众献艺，一起唱，也无不可。梅兰芳一生忠厚豁达，他对程砚秋的到来并不介意。

既然两个大角唱起了对台，当然是硬碰硬，都以实力相拼。两雄对峙的局面经报界鼓吹，更加劲上加劲，成为梨园大事，轰动上海滩。

师徒两个起初拼得旗鼓相当，后来程砚秋略显势弱。在关键时刻，程砚秋使出撒手锏，贴出了新戏《锁麟囊》。

《锁麟囊》是程砚秋排的新戏，从未上演过，此次来上海首次亮台。

这出新戏，是程砚秋的好友翁偶虹写的。翁偶虹是一个文学青年，从小喜欢京戏，曾票过花脸。他看了程砚秋的《文姬归汉》，写了一篇戏评，程砚秋看戏评写得文字精彩，评论中的，很是欣赏这个小伙子的才华，便约到家来作客。

二人相谈之后，只觉相见恨晚，便成为莫逆之交。

在写这出戏前，程砚秋将一篇小说《剧说》交给翁偶虹，说："我唱的悲剧太多了，我想唱一出喜剧风格的戏，但又不要噱头，还要能教育世人，行善好施。我觉得以这篇小说为线索可以写一出戏。"

说完便把自己构思的情节，和在山东看到的水灾情形讲给翁偶虹听。

翁偶虹根据程砚秋的意思，经过精心创作，很快写出了剧本，题名《锁麟囊》。

剧本交给程艳秋后，二人反复修改，并将剧本交给王瑶卿征求意见。王瑶卿看了剧本，觉得是块璞玉，十分珍爱，又反复加工雕琢，并主动安腔顾曲。

程砚秋得王瑶卿鼎力帮助，十分感激。他一有空就泡在古瑁轩，和王瑶卿一起对着曲谱一句一句推敲行腔，经过半年的打磨，终于告罄。戏排出来后并未公演，以备关键时候一鸣惊人。

与梅兰芳对台演出，眼看出现弱势，他认为关键时候到了，于是便推出了《锁麟囊》。此剧一出，观者叫绝。一下子上海哗然。这一招儿使程砚秋马上挽回了弱势，又与梅兰芳成对垒之势。

师傅、徒弟，两个旦行大角在上海争雄，可得了上海滩的戏迷，在两个戏院走马灯似的轮番看好戏。

最得意的是戏园老板。两个戏院都是场场爆满，白花花的大洋流入他们的腰包。

梅兰芳和程艳秋也是名利双收，都挣得腰包鼓鼓的，得了个盆满钵满，不亦乐乎。

有小令【黄钟·人月圆】唱道：

魁首两个偶相遇，哪论得师生。歌喉水袖，轻敲象板，声动九城。风华正茂，高歌猛进，气盛年轻。当仁则让，青山依旧，流水声声。

第一四六回

百花园旦角竞秀
推波澜报人助威

此时的京戏旦行，已是人才济济，个个争雄。除了明着打对台，更多的还是暗暗下功夫争上座儿。当时，世人所传的“四红”“四妃”“四反串”“四口剑”等，就是名角使暗劲偷偷竞技的结果。在大角之间，似乎你有什么“红”，我就得有什么“红”；你有什么“妃”我就得有什么“妃”；你能“反串”，我也能“反串”；你有“剑”舞，我也有“剑”舞，都不甘落人之后。既是比唱功，又是比演技，还是比创作，比创新剧目。如此一比，则比出了京戏的繁荣与发展。

除了竞争，也多有合作。比如梅、尚、程、荀四大旦角合唱《五花洞》一戏，就是一段佳话。

《五花洞》是根据民间传说，虚构的一出趣味戏。剧中的主角潘金莲，完全不是《水浒传》中所描写的淫荡不堪的潘金莲形象，而是一个三从四德具备的良家妇女形象。

潘金莲与武大郎因天旱歉收，无以度日，去阳谷县投奔武松，途径“五花洞”。洞内有五毒妖精，变化成潘金莲和武大郎，以假乱真大闹阳谷县，演绎出一场辨真假、降妖捉怪的趣味戏。

假潘金莲可以一变二，二变三，加上真潘金莲，共四个潘金莲同时上场。梅兰芳、尚小云、程砚秋、荀慧生各扮一个潘金莲，四人一样的行头，一样的头面，一样的扮相，一样的唱腔，一样的身段，四个潘金莲亭亭玉立，娇媚可人，真假难辨，妙趣横生。

四个大角合作，史无前例，使观众大饱眼福，叹为观止。在唱腔中，有个十三“咳”的拖腔，他们四人共唱“十三咳”，都尽展歌喉，时而如莺啼婉转，时而如玉流金淌，时而如溪流滚动，时而如海波轻扬，时而如金盘滴翠，美不胜收。

为此，长城唱片公司，还为他们录制了唱片，唱潘金莲出场的〔西皮慢板〕：

梅兰芳唱第一句“不由得潘金莲怒上眉梢”

尚小云唱第二句“自幼儿配武大身量矮小”

荀慧生唱第三句“年方旱夫妻们受尽煎熬”

程砚秋唱第四句“因此上阳谷县把兄弟来找”

四个人风格各异，琴师则都由徐兰沅、王少卿担当。唱片问世后，风靡一时，给人们留下了美好的艺术欣赏，也留下了四个大角合作的历史资料。

还有一出《金花聚妖》的神话戏，也由他们四人合作得珠联璧合。

故事演金花圣母赴瑶池盛会，归途中醉卧路旁。张天师发现后，甚感有失仙家尊严，遂将金花圣母绣鞋脱下，以为惩戒。为此金花圣母大怒，聚妖与张天师争斗，终被张天师降服。

陈德霖饰金花圣母，梅兰芳饰白狐精，尚小云饰黑狐精，程砚秋饰红蟒精，荀慧生饰蝎子精。陈德霖是老一辈的旦角，曾分别做过此四人的师傅。在这出戏里，金花圣母带着四个妖精，就等于是师傅带着四个徒弟，与张天师斗法，台上台下趣意融合，场上场下，妙趣盎然。四个妖精各展神通，闪转腾挪，各展身段，每人都不时口喷火彩，台上也不断撒火彩，在口喷和施撒火彩的神秘氛围中，四个妖精唱念做打，都特别精彩，把这出戏唱得高潮迭起，彩声不断。

在《红鬃烈马》一戏中，他们四个都扮演王宝钏，程砚秋唱《武家坡》，荀慧生唱《算粮》，尚小云唱《回龙阁》，梅兰芳唱《大登殿》，每人一场，各展风采，各具风格，珠联璧合。

大角之间在剧目上恭敬礼让，更体现了他们的戏风戏德。

尚小云和杨小楼曾合演《楚汉争》，自从齐如山改编此剧更名为《霸王别姬》之后，由梅兰芳和杨小楼演出，尚小云则不再演此戏。

尚小云擅长《祭江》《祭塔》有大段唱腔的戏。这两出戏梅兰芳也经常演，他看尚小云对这两出戏擅长，就主动退出，不再唱此二出戏。

《宇宙锋》《贵妃醉酒》，尚小云、程砚秋、荀慧生都曾唱，因梅兰芳重新进行了加工整理，他们便不再唱，留给了梅兰芳。

菊坛似这等事比比皆是，做戏做人尤为高尚。

当时的报界，把菊坛新闻作为重要的抢眼新闻，无论大报小报，都紧盯菊坛动向。各报也时不时地出些花花点子，吸引读者。

一九二七年六月二十日，北京《顺天时报》登出一则“征集五大名伶新剧夺魁投票”启事。启事说明，他们选定的五大名伶为梅兰芳、尚小云、荀慧生、程砚秋、徐碧云。拟定他们每人的新编本戏五出，投票选出每人最佳戏一出。

他们的剧目分别是：

梅兰芳《洛神》《太真外传》《廉锦枫》《西施》《上元夫人》；

尚小云《林四娘》《五龙祚》《摩登伽女》《秦良玉》《谢小娥》；

荀慧生《元宵谜》《丹青引》《红梨传》《绣襦记》《香罗带》；

程砚秋《花舫缘》《红佛传》《聂隐娘》《青霜剑》《碧玉簪》；

徐碧云《丽珠梦》《褒姒》《二乔》《绿珠》《薛琼英》。

经过一个月的投票，梅兰芳的《太真外传》，尚小云的《摩登伽女》，荀慧生的《丹青引》，程砚秋的《红佛传》，徐碧云的《绿牡丹》为当选剧目。

报纸将此五人称为“五大名旦”。

因为徐碧云不久即离开舞台，观众顺口将“五大名旦”改为“四大名旦”。

——这就是京剧“四大名旦”的来历。

“四大名旦”的排名，原来为“梅荀尚程”。对此排法，很多人不予认同，纷纷发表文章予以评论，舒舍予曾发表署名文章指出“此名次，系就四伶年龄长幼而定。若以享名先后为序，则应为‘梅尚荀程’，倘就今日之声誉而论，则‘程’非特不能在荀下，且宜居‘尚’之上矣。”按照他的排名就是“梅程尚荀”。

无论怎么排，此四人都是旦行的领军人物，梅兰芳居四大名旦之首。

此时，旦行正是鼎盛时期，除四大名旦之外，北方有筱翠花（于连泉）、芙蓉草（赵桐珊）、王蕙芳、朱琴心、黄咏霓、章遏云、胡碧兰等，南方则有欧阳予倩、毛韵珂、赵君玉、刘筱衡、黄玉麟（绿牡丹）、小杨月楼、黄桂秋等。旦行已跃居为京戏的主力，彻底改变了生行独霸菊坛的霸主地位。

有词【关河令】写道：

旦行崛起艺色丰。德才貌兼统。合作竞争，笙歌留倩影。 花繁叶茂长盛。百花放、却相辉映。彩虹斗拱，展绚丽风景。

第一四七回

张冠李戴窝里斗 国剧学会开讲坛

旦行的崛起，越来越引起社会的关注。不但有了“四大名旦”的称呼，而且每个旦行名家都有大批的追随者。报界，不但对每个大角的戏有评论，对大角的唱、念、做、表的功力也各有评论，褒贬不一。随着报界的评论，追随者也分拨分派，分党分流，打起笔墨仗和口水仗。

打得最激烈的，就是以梅兰芳和程艳秋两派艺术分流而成的两拨人。

梅派的一拨人，为首的就是梅党的领袖冯耿光；程派的一拨人，为首的领袖是张公权。

张公权号张嘉璈，他与冯耿光是中国银行的搭档。冯耿光是总裁，张公权是副总裁。在银行的业务上二人同心协力，正、副总裁业务管理配合默契，尊卑分明，很是顺畅。

二人爱好相同，都是铁杆的京戏戏迷。但是在欣赏风格上却泾渭分明：

冯耿光是梅兰芳的铁杆戏迷。

张公权则是程砚秋的铁杆戏迷。

冯耿光在捧梅上不遗余力，张公权在捧程上也不遗余力。二人在对梅和程的褒贬上大相径庭，甚至到了不相水火的程度。

两个人各为一个流派的领袖和旗帜，社会上的戏迷也分列两个旗帜之下，成了梅程两大阵营。

这两大阵营，纷争纠结，从扮相、唱腔、念白、身段等方面各加褒贬。甚至由艺术的褒贬发展到人格的褒贬，爱屋及乌，又扩展到对梅、程艺术队伍的褒贬。

南京民国政府成立之后，“庚子赔款”部分退还中国。国民政府指定此款用于文化事业的发展，掌管这笔款项的人是李石曾。

李石曾是河北高阳人，其父是清廷的重臣李鸿藻。李鸿藻与齐如山的父亲是光绪甲午同科进士，李石曾与齐如山既是同乡又是亲戚，齐如山的父亲还是李石曾十几年的宗师。后来，李石曾追随孙中山进行民主主义革命，革命成功，在南京成立政府，他坐了南京政府的官员。在南京政府内，李石曾特别关注文化事业的建设，凡是跟文化沾边的事，他都紧往前站，积极操办。因此，政府内的人送他雅号“文化膏药”。

他掌管这笔文化经费，便首先确定了创办清华大学，其他项目正待慢慢筛选。

为了以利生财，李石曾打算先用这笔款子办一所农工银行，然后用银行赚的钱逐步运作，筹办文化事业。

齐如山早有办国剧学会的想法，听到李石曾掌管着办文化事业的款子，便急急忙忙乘火车赶到南京，找到李石曾的府上。开门见山地说："你这贴文化膏药可有了大用项了！"

"要没有大用项，你也不会大老远的，南下来找我呀！"李石曾早看透了齐如山的来意。

"你何以知道我来干什么？"齐如山反问道。

"我是文化膏药，你是国剧膏药。咱俩是同一服药方，唱的是一口调。——咱俩打小儿一起长大，谁葫芦里装的什么药还不清楚！"李石曾打着哈哈说。

齐如山言归正传，开始迂回进攻："清华大学这个项目选得好，富国利民，教育为本。这个项目选得值！我来给你再推荐一个新项目，保证正和时宜。"

李石曾正为增选择项目踌躇不定，对齐如山的话很感兴趣，打趣地说："露露你来南京的底儿吧！……哦，哦，有什么好项目？说来听听啊！"

齐如山直奔主题，侃侃而谈："目前中国最高的艺术，莫过京戏。京戏发展百多年，如今可说是达到了鼎盛，现今被称为国剧。可是，国剧理论研究滞后，教育方式落后，这是京戏发展的羁绊。我建议用这笔款子，创办一所中华戏曲音乐学院，学院承担教学和研究的双重任务。"

李石曾对中国戏剧的发展也很关心，听了齐如山的建议，他十分赞同。兴奋地说："这倒不失为解决国剧繁荣发达的好项目！"停顿片刻，又问，"谁是承担这个项目最合适的人选呢？"

齐如山不假思索地接口说道："论名望，论才华，当然是兰芳最为合适！"

李石曾听了却摇摇头，开玩笑地说："梅兰芳的确是最佳人选。可你和他亲密得不分彼此，举荐他你不怕有徇私之嫌吗？"

齐如山听了这话大不以为然，立刻反驳说："亏你也读圣贤书，圣贤早有话说'举贤不避亲'。他是贤者，我当然举荐他。我搞戏剧研究，不谦虚地说也是行家，我也不必遮遮掩掩。要搞戏剧教学和研究，非我俩莫属。要论亲疏，您是我表叔，咱俩是什么关系你也清楚，但我是出以公心！要为避嫌，你也不必听我的，就当我的话没说！"

李石曾看齐如山有些恼火，忙端杯茶缓和一下。微笑着把话说回去，"贤侄不必激动，我不过是说句笑话而已。我们发心以公，公事公办，何嫌之怕哉！这个项目选得非常适宜，盖贤侄远道南下之大功劳也！就此说定了。贤侄速速回去，征询一下梅先生的意见，也好早早选定人马，早作筹备。"

齐如山的南京一行，如愿以偿。也为南京政府又增定了一个文化项目！他高高兴兴，凯旋而归。

正当他高高兴兴地为梅兰芳，策划举办中华戏曲音乐学院的时候，南京又出了变故。

当李石曾准备动用款项的时候，引起了一个人的异议，这个人就是张公权。

张公权当时正帮助李石曾办理农工银行的事，听说款子要拨给梅兰芳，心里很不自在。他想，既是办国剧事业，程砚秋也是一个很好的人选。这笔款为什么只拨给梅兰芳？无论如何也要想法子，给程砚秋分出一杯羹！

于是，他脑瓜一转，给李石曾提建议说："创办中华戏曲音乐学院，梅兰芳固然是很好的人选，但我觉得程砚秋比梅兰芳更为合适。"

"说说看？"李石曾想进一步听听他的意见。

"梅兰芳名望很大，但程砚秋是后起之秀，青出于蓝而胜于蓝，他比梅兰芳的名望不在以下。且程砚秋年富力强，正是创业的年华，开拓精神强啊。正所谓初生牛犊不怕虎，这一点正是梅兰芳所不及的。"

李石曾听了张公权的说法，觉得也有道理。只是已经采纳了齐如山的建议，再变，感觉不妥。

张公权看出了李石曾的难处，话锋一转说："李公不必为难，我倒有个两全其美的办法。"

"哦——？"

"为了便于操作，不妨将中华戏曲音乐学院一分为二……"

"一分为二？怎么个分法？"

"建一个南京分院，一个北京分院。这样便于全国南北两边招生，扩大教育范围。南京分院交给程艳秋，北京分院交给梅兰芳，这样梅、程师徒二人也好竞力，比出水平，比出效果。"

"这倒是个两全其美的主意！"李石曾是个文人，没有张公权那么多花花肠子。于是便决定将中华戏曲音乐学院一分为二，分头去办。于是行文：

> 北京分院梅兰芳任院长，齐如山任副院长；南京分院程砚秋任院长，金钟荪任副院长。

这个消息传到北京，齐如山听了连连摇头，叹道："嗨，张公权这么一搅和，就搅得李石曾没了主意。真真是'张'冠'李'戴也！"

张公权将款项优先拨给了程砚秋。程砚秋有了经费，就大张旗鼓地办起了学校，校址也不在南京，就选在北京。

北京不可能同时办两所同样的学校，这样一来，梅兰芳的北京分院就成了一纸空文。

张公权的这一招儿，叫作先入为主。引起了梅派山头的公愤，诸多梅党人士纷纷报以不平。为了给梅兰芳挽回面子，梅党人士捐资相助，办起了"北平国剧学会"。

为造声势，北平国剧学会在虎坊桥宣告成立。选出李石曾、冯耿光、周作民、王少贤、梅兰芳、余叔岩、齐如山、张伯驹、陈亦侯、王孟中、陈鹤荪、白寿之，吴震修、吴廷清、段子均、陈半丁、傅芸子为理事。国剧学会内设教导、总务、编辑、审查等机构，上述理事分别担任各个机构的工作。

成立仪式完毕，唱戏庆贺。

大轴戏是众人合演《八蜡庙》。为了热闹，票友、戏界名家一齐上。临时约定：凡伶工都唱反串，票友随平时所工而扮。于是，梅兰芳反串褚彪，朱桂芳反串费德功，钱宝森反串张桂兰，姚玉芙反串院子，王蕙芳反串费兴，程继仙反串朱光祖，姜妙香反串王栋；票友：张伯驹饰黄天霸，白寿之饰金大力，陈鹤荪饰王梁，朱作舟饰小姐。

梅兰芳戴髯口唱戏这是第一次，也是最后一次。

这场大反串戏，唱得热闹非凡，梨园绝无仅有，成为梨园史上的笑谈。

国剧学会还办了刊物，名为《戏剧丛刊》。齐如山、傅芸子为编辑部主任。创刊发刊词以余叔岩、梅兰芳二人的署名发表：

世界上一切学术所由存在，皆赖于学者本身为不断之研究，精密之改良，以中国固有戏剧言，百年以来，风靡一世，及至晚近，日渐衰微，规矩散乱尽失旧观。兰芳前岁薄游美洲，亲见彼邦宿学通人，对吾国旧剧之艺术，有缜密之追求，深切赞叹，愈信国剧本体，固有美善之质；而谨严整理之责任，愈在吾剧界同人。一年之间，各校对于国剧研求，既已异乎旧时之观念。叔岩年来闭门，勤加研讨，以为剧艺之精微博大，苟非亲传广益，终必至于袭貌遗神，渐趋沦落。发扬光大之举，犹以为不可或缓。集议既同，愿及斯时，有所自效。惟以二人学识短浅，志而未逮，故仅邀集数君子，助以机缘，许以通力合作，礼延海内贤豪，剧坛耆宿，为国剧协会之组织，并创设国剧研习所，为有民学国剧，而未知门径者之讲肄机关。一切办法，另详简章。自忘谫陋，愿效前驱。所冀以转移风俗，探求艺术之工具，收发扬文化，补助教育之事功。区区苦衷，惟我国人，共赐谅鉴。

余叔岩　梅兰芳　同启

国剧学会一开办，就人气颇旺。尤其是国剧研习所的开办，颇受欢迎。

国剧研习所的主讲都是当时戏界的名家，如余叔岩、王瑶卿、萧长华、梅兰芳等，这些名人本身就颇具吸引力，不讲课，大家都想见识见识，何况讲课呢！他们讲课讲的都是戏剧知识和戏台上表演的体会和身段、唱腔等实际的东西。讲台上边讲边演，这更受听者欢迎，每次讲堂内都挤得满满的。

为了保证效果，只得限定人数，规定：听课人必须具备一定的国剧基础。这一限制，就限制住了很多人。票友只有持票房的介绍证明，才能入场。国剧研习所，真正成了京剧票友学戏、深造、登台的课堂，成了京戏的普及培训基地。

《戏剧丛刊》主要是齐如山主编。

齐如山本来对京戏在一直研究，平时，他除了为梅兰芳编戏、策划演出之外，主要精力都在进行戏剧研究。研究从哪里入手？并无先例，他只能自己摸索。他知道搞研究就得先有素材，素材从哪里来？起先他期望从有关的古书中去找，他躲进书斋，翻看古书：《燕兰小谱》《明童录》《剧说》《度曲须知》《录鬼簿》《扬州画舫录》等，他认认真真地看了二十几本古书，却多是当时唱戏的记载之类，对研究戏剧帮助不大。怎么办？他想到了自己回国二十几年来，与戏界的接触结交，大角到谭鑫培，小角到跑龙套的流行，甚至连戏班后台的烧锅都很熟悉，平时与他们聊天儿，凡觉着有用的说道，自己都有记录。这些个记录，装订起来也有几十本子。这些个记录准确吗？应该好好核对，继续采访。可惜，谭鑫培、刘景然、王鹤寿、田际云、李连仲、王长林、李寿峰、李顺亭等许多老人都作古了。幸而钱金福、尚和玉、曹心泉、程继仙、孙怡云、萧长华、徐兰沅、韩佩亭等还健在。这是活着的宝贝！他经常邀集他们聊天儿。把以往记录的几十本资料，一一与他们核对，加进新的内容。

有一次，在座谈中，为了一个问题，他翻了这本翻那本，直翻得满头大汗。在座的都看他辛苦，萧长华给他说话解闷："您不吃这行饭，可是老研究，我们是靠这行吃饭的，可是老没人研究。"

"可不嘛，咱要都像齐先生这样研究，现在的戏就不是这个样子了！"尚和玉激动地说。

曹心泉说："嗨，如今的年轻人，别说不研究，就是你给他说说，他都不爱听！"他举例说，"一个班，唱《三堂会审》的蓝袍，把'发落'二字一个念成平声，一个念成去声，听着都扎耳朵，给他指出来，别人还说你多余。你给他研究他都不听，还让他研究！"

萧长华也说："如今什么都看得轻，只要有条好嗓子就够了，学的固然不那么学，教的也不那么教哇！"他说完继续打哈哈地说，"齐先生您研究这个这么上劲儿，靠这个吃饭？"

齐如山也打哈哈："我研究这个不是为了吃饭，而是吃了饭来研究。"

萧长华说："敢情您有大和恒，用不着在戏界找饭吃。"

齐如山家开着大和恒米面铺，大家都知道。听此话，一哄而乐。曹心泉感叹地说："要不是齐先生给我们写写，把祖师爷这点心传传下去，恐怕就要失传喽。"

除了找人谈天儿，他忽然灵机一动，又想到一个寻找素材的好去处。

这一天，他喊了儿子，带上笔墨纸本，带上干粮，叫了一辆出租车，朝郊外开去。他儿子从小读书，很少去郊外，看车外树木、花草、山峦、丘陵哗哗地往车后闪去，怪新奇的，以为爸爸是带他到郊外写生，高兴地心花怒放，两眼不够用地往外张望。汽车开了将近一个小时，来到了阜成门外的大道旁，停下了。他儿子一看停了车，高兴地"滋流"从车上下来。

——这是哪儿啊？

——原来是一大片坟茔！

树木蓊郁，野草丛生，一个坟头连着一个坟头，无边无际。儿子失望而惶恐地问道："爹呀，这是什么地方啊，乱葬岗子！阴森森的，怪瘆人的！"

"别看是坟地，这可是皇家御封之地。"齐如山神神秘秘地说，"这里有你爹要淘的宝哇！"

"什么宝贝呀，要到坟地来淘！"

齐如山指指坟地说："这是皇帝赐葬的升平署太监之地。"

"太监的坟也是坟哪！"

"升平署的太监都会唱戏，是宫廷的伶工。死了都葬在这里。他们的行当角色，活儿、艺儿，本事都很叫绝！"

"可他们都死了，埋在土里，还有什么叫绝的？"

"你看看他们的碑文，都写得明明白白，这就是爹要找的宝贝！"齐如山指着一块碑文说，"我今天带你来，就是让你帮我抄碑文。凡有关戏剧的都给我抄下来，不许漏掉半个字。"

这下儿子明白了：原来今天的活儿，就是绕着坟头儿抄碑文！——这也是宝贝？

无奈，干吧。父俩分工：一人包一半坟地，一天工夫，把坟地的有关碑文统统抄完。

父子二人，摊开笔墨，一字一句抄碑文，直抄的，白日西斜，太阳落山。饿了，啃口干粮。渴了，喝口坟地旁的溪水，总算把那些碑文抄了回来。

就这样，齐如山又收集了很多有价值的资料。

有一次，他正在家中整理笔记。他的一个朋友赵君来找他。赵君在南下洼白纸坊造纸厂充当高级职员，他进门来便抽出一卷旧纸。问道：

"这个你用得上吗？"

齐如山接过旧纸一看，高兴地一拍桌子："这么好的东西！哪弄来的？"

赵君神秘地一笑："现成的很！——有的是。"

原来清宫里正在清理库房，把以往的旧书、旧纸都拉到了白纸坊纸厂，要化浆销毁。赵君随手捡了一张，来问老朋友有用没有用。

真是踏破铁鞋无觅处，得来全不费功夫！齐如山赶紧动员儿子、家人，乘坐汽车赶到纸厂，蹲在故纸堆前，挑选有关戏文、唱腔、行头、扮相、砌末等的资料。他们一边挑，工人一边往化浆池里铲。心疼的齐如山直跺脚，赶紧找来赵君，让工人暂停下手来。再叫来几个识字的员工，帮助挑选资料。就这么紧抢慢抢，抢出来两汽车。拉回家来，慢慢翻看，分类、分堆，登记摘抄，厘清目录，分项保管。光这些资料就满满摆了三间屋子。

资料多了，齐如山搞起国剧研究有了底气。有根有据，有实践、有理论的各类资料，让他十分满意。他便埋头搞起案头写作，先后写出，《中国剧之组织》《京剧之变迁》

《喜剧角色名词考》《国剧身段谱》《上下场》《脸谱》《国剧脸谱图解》《戏班》《行头盔头》《国剧简要图案》《国戏浅释》《皮黄音韵》《戏台楹联》《戏中桌椅摆设法》《戏词谚语录》《歌唱趣谈》《剧学獭祭编》《梅兰芳游美记》《梅兰芳艺术一斑》等几十种著作。这些作品，有的在《国剧丛刊》上发表，有的单独出版发行。

除了编辑《戏剧丛刊》，国剧学会还编辑出版了《剧学月刊》《国剧画报》《戏曲大辞典》。张伯驹、余叔岩还合写了一本《近代剧韵》予以发表。

国剧学会的论坛、刊物在社会上引起强烈反响，戏剧名家、票友、文化名人等纷纷发表文章和著作。傅芸子、傅惜华、张厚载、庄清逸等都热情撰文。一时，社会上掀起了继“五四”《新青年》杂志之后，又一个高层次的戏剧学术讨论热潮。所不同的是讨论步步专业化、具体化，着重了皮黄艺术本身的研究和理论指导。

齐如山还把在故宫、市面小摊、夜市、挂货铺子、旧摊、艺人家里等地，搜集来的京戏所用实物，如行头、砌末、鼓板、锣镲、胡琴、刀、枪、棍、棒、锤等把子以及台上用的旗幡、仪仗等物件，摆放在国剧学会的厅堂里，搞起了京戏实物展览，吸引市民参观。

国剧学会办得轰轰烈烈，有声有色，轰动一时。

有散曲【正宫·黑漆弩】唱道：

张冠李戴动心术，激起涟漪如瀑。国剧学会开讲坛，引来学子无数。　操刀还看操刀手，精雕细刻专注。任旁人说三道四，补上这理论学术。

第一四八回

一句赌话成亲眷
两位大角扶后生

自从张君秋打出名声，就成了人们街谈巷议的话题。

这一天，在一个小酒馆里，有两位梨园的行家品酒聊天儿，聊着聊着，就聊到了张君秋的话题。这二位不是别人，一个是国剧公会的副会长赵砚奎，一个是华乐戏园的经理万子合。赵砚奎原来是尚小云的琴师，因为他琴艺精湛，又善于交际沟通，尚小云就让他当了戏班的管事。原来的“正乐育化会”，随着时代的变迁，变成了“国剧公会”。尚小云当了会长，就推荐赵砚奎当了副会长。万子合经营华乐园有方，戏园一向红火。当了多年经理，角见得多了，对演员、艺事看得明镜似的，心里透亮，底码清楚。

俩人说到了张君秋，万子合挑起了大拇指，说这个后生，有起子，日后必成气候。

赵砚奎则认为，张君秋眼下是很抢眼，但日后怎么样，很难预料。戏台上这碗饭，不是那么好吃的！崴咕不好，就崴泥。起初红极一时，半路台上栽了跟头的多了去了，咱还看得少哇？

二人对张君秋一个看好，一个说说不准。看法不一样，争来争去，各说各的理，争得脸红脖子粗，谁也说服不了谁。争得急了眼，万子合起下毒誓：“日后张君秋若是成不了气候，我的两只眼睛全瞎！”

赵砚奎一听万子合发了毒誓，也站起来发誓道：“日后张君秋要是能唱红喽，我就把女儿嫁给他！”

赵砚奎这个誓，发得很有伸缩性，言外之意，张君秋若是唱不红，女儿也不嫁给他。若是唱红了，女儿嫁给他，赵家得一个乘龙快婿，当然是打着灯笼也难找的好事。

他们俩打赌的事，成了笑话，很快传遍梨园。尚小云听了这个故事很感兴趣，就把赵砚奎找来，细问了张君秋的情况。听罢，笑笑说，我倒是想见识见识这个小青衣。

赵砚奎说：“这个容易，张君秋就在华乐园唱戏，今天的戏码是《二进宫》，他扮李艳妃。尚老板若赏他脸，可以去看看。”

尚小云对赵砚奎说：“我去看看，但不要声张。”

赵砚奎明白尚小云不声张的意思，是给自己留有余地。他便忙去找万子合安排戏票。

《二进宫》是一出生、旦、净对啃的唱功戏。生旦净都很吃功夫。尤其旦角的唱，更吃功夫。有一句戏谚“男怕西皮，女怕二黄”，这段生旦净对啃的唱就是二黄。生旦同台，用生行的调门唱，调门高。旦行就得要翻高八度，其中还有“楼上楼”的唱句，更吃功力要嗓子。尚小云深知这里的难处，所以他有意去看个究竟。

张君秋凭着自己的好嗓子，唱这出戏已经唱得驾轻就熟，从来没怵过头。在对啃中，他轻启朱唇，款款行腔，唱得舒展大方，如行云流水。高处似飞瀑直泻，缓处如溪水奔流，高低急缓，把握得尺寸恰到好处。尤其唱到“你道他无有那篡位心肠”“楼上楼”的唱腔时，他稳住劲儿，“你道他”的“他”字，翻一个高腔儿，几经迂回，转唱“无有那”三个字，稍加跌宕，然后猛地再翻出一个高音，音量十分饱满，音色甜美嘹亮。

此时，台下的叫好声一哄而起，声震耳鼓。

尚小云此时也不由自主地脱口而出，喊出一声“好！”

尚小云是过来人，实践过，体会最深。他要喊好，那是真好。这是行家从心里的称赞！

唱完戏，张君秋正在卸装，凤冠霞帔卸了，胖袄、彩裤还没脱。此时，万子合笑眯眯地来到后台，对张君秋说：“尚先生在前头柜房等你呢。”

“尚先生？哪个尚先生？”张君秋身边的张秀琴没想起这个尚先生是谁，就犯嘀咕。

“尚先生，尚小云哪！——还有哪位尚先生。”万子合提醒道。

“哦！”张君秋和张秀琴同时惊呼，“是他呀？——怎么惊动尚先生啦？”

张素琴拉了儿子就往前面柜房奔。张君秋的胖袄、彩裤还没来得及换。

来到柜房，只见柜台前坐着一位先生，身板挺拔，面皮白净，两只有神的眼睛闪着光亮，蕴含着喜悦和疼爱。

张君秋趋步上前，给尚小云恭恭敬敬地鞠了一个大躬，不敢答话，闪在一旁。

张秀琴上前请了一个安。尚小云忙起身答礼。然后拉着张君秋的手，左看右看，爱抚不够，高兴地说：“这孩子招人喜欢，唱得不错！几岁了？”

“十六岁。”张君秋答道。

“谁教的你呀？”

“李凌枫师傅。”

万子合过来给尚小云介绍张君秋的母亲张秀琴。说张秀琴曾是“玉成班”的青衣，一说到玉成班，尚小云和张秀琴有了话说。他们说起了“玉成班”的往事，说到了田际云，说到了“玉成班”戏班往日的院子。越说越亲近，说着说着，就说到了尚小云的夫人王蕊芳。原来王蕊芳家就住在玉成班大院的对门。张秀琴年轻的时候，就和王蕊芳认识，并且很要好。两个姑娘亲如姐妹，常在一起说女儿家私房话。

“这么说就不是外人了！”尚小云对张君秋说，“打明儿起，你就到我家来，我给你说几出戏。”

尚小云教张君秋唱戏的事，传到了李凌枫的耳朵里，李凌枫坐不住了。张君秋是写给我的徒弟，还没有出科呀，尚小云横插一杠子，这算怎么一回事呀！这不是破梨园的规矩吗！他自己也不好给尚小云去理论，只得求师傅帮忙了。

于是，李凌枫找到了王瑶卿。王瑶卿听罢，对李凌枫摆摆手说：“回去吧，漪霞一向为人仗义，他不是你想的那种人。——他是为你帮忙呢，偷着乐去吧！”

李凌枫忐忐忑忑地回来，只见张君秋还和以往一样，跟着他学戏，由他安排登台唱戏，很守规矩，他忐忑的心才彻底放回肚子里。

得了空闲，张君秋便由母亲陪着到尚小云家。

尚小云家住在椿树三条，宅名“德树堂”。北房是客厅，名为“芳信斋”。东房名“检云书屋”，西房名“师竹轩”。“芳信斋”的正面悬挂着成亲王亲笔手书的匾额“管领群芳”。客厅内摆设，大气磅礴，赫赫然充满阳刚之气。翁偶虹曾撰文写道：“鼎鼐峙陈，瓶觚骈列，瑶函玉轴，牙管檀匣，左悬焦尾范阳之琴，右挂松纹新淬之剑，虎豹之皮分披椅肩，鸳鸯之锦横覆几心，触目则满室琳琅，置身于珠光宝气之中，神情为昂昂然。”

尚小云是个爽朗痛快热心肠的人。张君秋母子第一次到“德树堂”时，一见面，尚小云就爽朗地对张秀琴说：“君秋到芳信斋可常来常往，李凌枫那儿还照常学戏，一码归一码，各不相干。凡是君秋想学的，我都乐意教。咱们就一块儿凑凑，谁让我喜欢这孩子呢！何况你和蕊芳是打小的朋友，咱们两家不是打今儿个才交往的。我看这么办吧，今后我就是君秋的干老子！”

张秀琴听了这番话，感激得不得了，赶紧让儿子跪下磕头，拜了干亲。

从此，张君秋就隔三岔五地到“德树堂”学戏，每次都由母亲陪着。尚小云为张君秋说戏，张秀琴则到内房，陪老姐们王蕊芳做针黹、说话聊天儿。如此下来，张君秋在尚小云身上学了很多尚派玩意儿。

转眼，张君秋出科了。轮着散搭班唱戏，名气越来越大，各个大班都愿邀他来搭班。

这年冬天的一天，天阴冷阴冷的，下着大雪。张君秋外出办事去了，张秀琴一个人在家做家务。忽听得有人敲门，她拉开大门，只见雪地里站着一个人，披了一身的雪，连眉毛、脸颊上都挂着雪花。那个人客气地问道：“张君秋是在这里住吗？”

“是。您是……？”

“我叫程砚秋，我来找张君秋……”

没等程砚秋说完话，张秀琴赶紧把程砚秋让到屋子里，手拿拂尘捽子给他抽打身上的雪。在抽打雪中，张秀琴第一次近距离地看程砚秋，高高大大的身材，魁梧轩昂，一身男子汉的威武阳刚之气。她边抽打边说：“这孩子今天到后海去了，当下回不来。程先生，您坐下先暖和暖和。”她又麻利地倒来一杯热茶，“您先喝杯热茶，驱驱寒气。”

程砚秋坐下，接过热茶，喝了几口，身上顿时觉得暖和了许多。他说："君秋不在，我也就不久留了。我听说他出科了，还在搭散班唱戏。总搭散班也不是个办法，早晚得自己挑班。要挑班，得有自己的几出戏。我是想给他几个本子，教他唱几出戏！"

"哎哟，干咱们这行的，谁不知道'宁舍二亩地，不给一出戏'呀，您可真是福星下凡。君秋可是摊上圣人加持了！"张秀琴感激地说。

程砚秋话也不多说："君秋回来让他到我家找我。"说完起身告辞，消失在雪雾中。

张君秋和程砚秋可说是老相识了。当年师傅李凌枫带他到古瑁轩"熏戏"的时候，在王瑶卿的客厅里经常碰到程砚秋。起初，不熟，很少说话。张君秋只顾躲在角落里听师爷爷海阔天空地说戏，也顾不上和人说话。程砚秋也是个孤僻之人，在古瑁轩也很少和人交谈，只是默默听师傅的传授。他和张君秋有一个共同点，就是每次都是最后离开。一般离开古瑁轩都在午夜十二点以后，起初，二人同出古瑁轩，也是各走各的路。时间长了，出得门来捎带互相问一下"住在哪儿啊？""哦，正好同路！"这就成了路上的同伴。一路同行，一走七八里地，个把小时，二人就有了话说。二人的话总是离不了王瑶卿当晚的话题，一说到戏上，二人的话就多了。一遭生两遭熟，时间一长二人就成了忘年朋友。

当时，程砚秋正在排《锁麟囊》。他每天陷于安腔的忙碌之中，安腔一有进展，他就到古瑁轩去请教师傅王瑶卿，让他给评点评点。每到了古瑁轩，因为客人很多，他便像往日一样，选一个角落，默默听讲。张君秋也是，进得门来向师爷爷鞠个躬算打了招呼，然后再向程砚秋点点头，选一个座位，各听各的。一到人散之后，程砚秋才开始请师傅给评点唱腔。

张君秋很懂梨园的规矩，人家给新戏顾曲安腔，自己得躲得远远地回避，否则有偷腔之嫌。一到此时，他就起身独自往外走。一次，刚一离位，就被程砚秋喊住："君秋，别走。过来听听师傅的高见！"

王瑶卿对张君秋也很喜欢，他点点头示意坐近些。

于是，张君秋就成了《锁麟囊》的第一个观众和听众。

《锁麟囊》中的许多唱腔，都是程砚秋从大鼓和外国电影插曲中移植嫁接过来的。听来新颖别致，清新怡人。王瑶卿对这些新腔格外用心，仔细斟酌，反复修改，下足了功夫。因此一个腔，一个新味儿，打破了传统，创出了新的风格。

尤其是"春秋亭"那段唱，连行文的格式都打破了，以往都是"三三二"或"二二三"的七字或十字句句式。可是这段唱，却成了长短不一的长短句。把"垛句"引入了〔西皮原版〕："在轿中只觉得天昏地暗，耳边厢，风声断，雨声喧，雷声乱，乐声阑珊，人声呐喊，都道是大雨倾天。""轿中人必定有一腔幽怨，她泪自弹，声续断，似杜鹃，啼别院，巴峡哀猿，动人心弦，好不惨然"。——这样的安排让张君秋很长见识，懂得了声腔创新的门道。

王瑶卿每次说完腔，就深夜一两点了。他们两个才离开古瑁轩，往回赶。道上，俩人还是品味刚才的唱腔，边唱边走。一次唱得高兴了，程砚秋说：“咱俩跑圆场吧。”

“好！”

两个人深更半夜的跑起了圆场，顺着虎坊路，跑着圆场步，S形前进，一口气跑了好几里地。

出于这种交情，张君秋也不客气，听母亲说了程砚秋来家的意思，就插空到程砚秋家跟程砚秋学戏。

程砚秋看张君秋嗓子好，就说：“你学我的腔儿，不要学我的嗓音。我嗓子不好，不得不那样唱。我还巴不得有你那么一副好嗓子呢！你只管用你的真嗓子唱，那样更能唱出腔儿的味道来。我平时最讨厌别人故意憋着嗓子学我的唱，那哪是学我的戏，那是糟践我。”

有一次，程砚秋穿上戏装，褶子的下摆只到他小腿处。很是难看。张君秋看了觉得别扭，刚要张嘴问个究竟，程砚秋把身子往下一缩，褶子下摆正好遮过脚面。

程砚秋说：“这是我根据自己的身材，练就的一个功法，我给它叫‘存腿’。你看我这一‘存腿’，我的个子就不显得太高了吧！不过，你个头正好适中，没必要学我的‘存腿’。唱戏，一切都为了戏台上的美，要因人而异，因戏而异，不能死搬硬套，要有自己的理解，有自己的创新。”

张君秋看了程砚秋的“存腿”，才知道，程砚秋为了克服自己唱旦角个子过高，影响舞台上的审美，花了多大代价！他几乎每天都唱戏，一出戏从头到尾要在台上表演一两个小时，这一两个小时，他都是在弯着腿表演。一年少说也有二百多天在台上，天天如此，这是多大的功夫！难怪他能成艺术大家！——就凭这一点，他不成功，谁能成功！

程砚秋的水袖功是一绝，程砚秋一招一式地将水秀功表演给张君秋看，张君秋看在眼里，记在心上。一点一滴，都不放过。在程砚秋身上学了很多自己没学过的技法。另外程砚秋还把自己的本戏《朱痕记》《贺后骂殿》《六月雪》《红佛传》等教给张君秋，以丰富张君秋的剧目。

张君秋自从跟了尚小云和程砚秋学戏，艺术长进更大，名声也见长，真的要成气候了。

张君秋的成长，让赵砚奎暗暗动了心思。他又把万子合约到小酒馆，二人几杯酒下肚。万子合问道：“嗳，我说兄弟，今儿这酒有什么名堂吗？”

赵砚奎说：“老哥，喝酒就是喝酒，哪里有什么名堂？”

万子合摇摇头：“看你这神情，似有什么事要求我？”

“要说名堂，也有。”

“我说嘛！咱俩谁跟谁呀，有什么话尽管说！”

“你还记得咱俩打赌的事吗？”

“记得。——你认输吗？”

“认输。果然老哥火眼金睛，你看得准。您赢啦！”

“你输啦！——哦，你不用拐弯抹角啦！你真的要把女儿嫁给他，让张君秋做你的乘龙快婿！”万子合终于明白了喝这场酒的名堂，“你想让我当个月下佬儿？”

“要不说你万子合脑瓜子转得快呢！”赵砚奎夸奖地说，“来，就为这个，我先敬您一杯！”

万子合喝了酒，却煞有介事地摇摇头说：“你找错人了。”然后把酒杯放下，不说话了，卖起了关子。

他这一放杯，弄得赵砚奎毛了爪儿：“老哥，小弟有对不住您的地方吗？”

万子合继续卖关子：“您找错人啦！”

“当冰人，做月下老，这是修善积德的事啊，您怎么就不肯帮忙呢？”赵砚奎急得要翻脸。

万子合看他急得那样，憋不住“扑哧”一笑，然后还是摇摇头说：“我说你找错人啦，一点没有别的意思。我是说有比我当冰人更合适的！”

“除了您，还有谁呀？”赵砚奎说。

“找您的老板尚先生啊！”

“这么点儿小事，让我舔着脸去求尚先生？亏您还是我的朋友！”

“尚先生和张君秋的关系你知道吗？”万子合问。

“那谁不知道？尚先生是张君秋的干老子。他教他唱戏，这我是清楚的。”

“尚先生的夫人和张君秋的母亲是什么关系？您清楚吗？”

“她俩还有什么关系？”赵砚奎这点儿确实不清楚。

“王蕊芳和张素琴是发小！”万子合捅破了窗户纸，“这是尚先生第一次看张君秋戏的那天，张素琴和尚先生在我的柜房说的，我就在旁边。”

“哦，还有这么层关系。”赵砚奎说。

“我不是不想当这个月下佬，要是请王蕊芳出面，保证一说一个准儿！”万子合籀下一杯酒，“我这是为你稳稳当当当老泰山着想！”

“老兄高见！王蕊芳出面，张秀琴肯定给面子。”赵砚奎痛快地端杯一饮而尽。

赵砚奎得了万子合的指点，去求王蕊芳。果然，王蕊芳一出面，马到成功。

就这样，赵砚奎把女儿嫁给了张君秋。

大婚那天，尚小云做了证婚人。事后，他指着赵砚奎开玩笑说：“你和人家打赌，赌输啦，把女儿输出去啦！可你也赢啦，赢了个乘龙快婿！你这个赌打得值呀！”

有词【唐多令】写道：

酒旗飘楼头，微风送香缪。酒话多、打赌作筹。赌嫁女笑话犹传，刚几日、翁婿友。 得名人成就，广益博收。争做了乘龙快婿，歌坛郎、揾彩袖。

第一四九回

桃李芬芳新时尚
四块美玉春满园

张公权把办中华戏曲音乐学院分院的款子优先拨给了程砚秋。当时，程砚秋刚刚考察了欧洲的戏剧艺术，对中国的京剧改革和发展踌躇满志，正有很多想法的时候。突然得了这笔款项，天随人愿，真是喜从天降嘛！他春风得意马蹄疾，马上就张罗起来。

校址选在崇文门外木厂胡同的一个四合院。

校长由焦菊隐担任。

李石曾任董事长，程砚秋、金仲荪是懂事。

南京政府的原意是成立南京、北京两个分院。分别由梅兰芳和程艳秋负责。

如今，在张公权的操纵下，程砚秋捷足先登，把学校建在了北京。

因为是初办，只教戏剧、音乐，规模较小，便不叫学院，定名为中华北京戏曲音乐学校，简称中华戏校。

因为他抢了先儿，就挤占了梅兰芳在北京建立分院的位置。

程砚秋也觉得这样做，太有些个挤兑恩师。为了弥补心中的愧疚，在学校的架构设置上他动了一番心思。专门设置了“戏曲改良委员会”，将梅兰芳列入戏曲改良委员会名单。为了不显山不露水，不留刻意安排的痕迹，还同时聘请了文化、戏曲界的名流与之并列。如王瑶卿、杨小楼、钱金福、余叔岩、程继仙、曹心泉、齐如山、李石曾等。翁偶虹为委员会主任。

在专业的教师中，又把上述名宿以及戏界俊彦列入名单。

李石曾虽为董事长，也是挂名而已，实际董事长是程砚秋，操办者也是程砚秋。

校长焦菊隐，毕业于燕京大学，专攻话剧，又嗜京戏，曾向昆曲名宿曹心泉学小生，也曾在票房登台唱戏，对戏曲很有研究。他比程砚秋小一岁，正是风华正茂的时候，精力充沛，朝气蓬勃，视野开阔，文思敏捷，办事果断，对办好中华戏校充满信心。

金钟荪是文人，他给程砚秋写了不少剧本，对京戏研究有很深的造诣。

翁偶虹是程砚秋的忘年好友，继《锁麟囊》之后，又为程艳秋编写了几个剧本。年方二十岁出头，文思泉涌，才华横溢，正是创业的好年华。

学校四梁八柱的选材，可谓沙里淘金，个个精英。

程砚秋考察欧洲带回来的办学新理念，与这些精英一拍即合。参考以往戏曲科班的办法，借鉴西方艺术教育的模式，制定出中西合璧，新的办学规章：

一、男女生都招。男演男，女演女，学制八年，不收学费。

二、戏校设文化课。开设国文、历史、地理、算术、外语、戏剧史、音乐理论。

三、废除“打戏子”的不良习惯，师生平等，教学相长。

四、破除梨园旧俗。入学不拜祖师爷，不磕头；废除台上“饮场”“检场”；不应社会堂会；演出中不乱加噱头。

学校的规章一公布，京城哗然。

这样的戏校叫人耳目一新！

戏校收学生不光不收学费，不磕头拜师，还学文化课。唱戏实习出门，戏校汽车接送……，新规定，很时尚，许多家长，忙着把子女送到了戏校报名。有的正在其他科班学习的弟子，也转学到这里。有些已登台唱戏的童伶，也要求到戏校来带艺搭班。一时，戏校名声鹊起，在社会上掀起波澜。

木秀于林，风必摧之；土高于岸，水必湍之；行异于众，人必非之。那些个循规蹈矩，守旧顽固，抱残守缺的“内行”们，则大发厥词：

男女同课堂“有失风化”；

不拜祖师爷，“欺师灭祖”

“戏校的祖师爷是带红扎的”；

出门集体坐汽车，“戏校的学生是集体的少爷小姐”；

“戏校的演出，只能让高粱穗点头、蛤蟆叫好”；

什么“不同大路”“邪门歪道”“供孙中山的”，……

等等不一而足。

戏校不听这些闲言碎语，不怕攻击诽谤。尤其程砚秋，他是过来之人，他饱受了旧科班，尤其手把教戏的苦痛，吃够了学戏的苦头。二十几年的唱戏生涯，洞察梨园的行帮旧习，深知梨园同人喜乐忧患，他坚信戏校的规矩没错。为了坚定师生的信心，他把自己亲身的体会，切肤的教训，总结成理论，写成《我之戏剧观》。

开学之初，他亲自做演讲，讲他的《我之戏剧观》，阐明戏剧是正经大业，不应视之为是玩意儿。唱戏不仅有娱乐功能，而且担负重要的教育功能，自古以高台教化为重，要以提高人类生活的意义为宗旨。他教导学生要自尊、自重、自强，做适合时代需要的戏剧人才。

戏校也吸取科班的办法，把不同年级的学生，按照“德”“和”“金”“玉”“永”的名字排名。四年之后，德、和、金、玉，已招了四期。因为焦菊隐、金钟荪都曾当过中学教员，对教育非常内行。他们对戏剧又格外钟情，因而戏校的教育方法也非常灵活得当。学生上文化课，根据入学的文化程度不同，打破年级界限，分层次编班。有时德、和、金、玉的学生同时上国文课，有时几十个人甚至几个人上英语课或历史、地理课。但专业练功，则按班就绪，一丝不苟。该压腿了压腿，该甩腰了甩腰，该耗顶了耗顶，该翻跟斗了翻跟斗，该打把子了打把子。女生还要练跷功，绑上木棍子“耗腿”。早上六点钟起床，晚上十点钟就寝。为了不荒废功业，学校不放寒暑假。学戏时，分生旦净丑不同行当，由不同的专业老师分别教。因为聘请的名宿，作息时间与学校不同步，有的昼寝夜起，有的有台口要唱戏。学校就安排训育老师，插这些人的空档儿，带领学生到老师家，去就老师上课。这样保证学生跟的是地地道道的名师，学的是地地道道的真玩意儿。

训育员曾带领学生赵金蓉、邓德琴、宋德珠等到王瑶卿的古瑁轩学《八本雁门关》《四本梅玉佩》和《天香庆节》；带着关德贤、王和霖、王金璐等到马连良的府上学习马派戏《假金牌》《四进士》《清风亭》《苏武牧羊》《火牛阵》等。

学生边学戏边实习演出。中华戏校的实习戏园在广和楼，每天的戏码安排定，公布在学校的黑板上，有谁的戏，谁就提前下课，到食堂吃饭，然后集体乘大汽车前往戏园。随着逐年的演出，中华戏校的学生名气也崭露头角。戏校也有了自己的传统剧目，如《高平关》《江东桥》《二龙山》《神州擂》《昊天关》《山海关》《美良川》《庆阳图》《盂兰会》《骂王朗》《火云洞》《蔡家庄》等几十出戏。这些戏，是学校的本戏，外面戏班不常演出。学校也出了一大批尖子学生，如武生王金璐、须生李和增、架子花脸周和桐，旦角宋德珠等。

四年之后，校长焦菊隐辞职出国求学，校长由金钟荪接任。因为学校学生人数增多，学校扩大规模。由崇文门外的木厂胡同，迁到沙滩椅子胡同。这是程砚秋无偿提供的自己的一所私宅，宅院宽大，七进院落，教室、练功房、排练场等一应俱全。

就在这一年，招进了“玉”字科班。玉字科班有不少女生，其中有四个女生出类拔萃，被称为戏校的“四块玉”。她们是：侯玉兰、李玉茹、白玉薇、李玉芝。

有了这“四块玉”，很让校长金钟荪高兴，但却苦于没有她们的戏，很让他苦恼。由此，他想起了任“戏剧改革委员会主任”的翁偶虹。金仲荪、翁偶虹都为程砚秋写过剧本，二人平时诗词唱和，票戏时，台上搭档，交往很深，可以说是互为知己。

这天，翁偶虹正要下班，金仲荪拦住了他，说：“麟声老弟，留步，咱往外头走走！”翁偶虹小名麟声，金仲荪跟他颇熟，经常亲切地叫他小名。

翁偶虹知道校长找他有事，便随着金仲荪来到门外，问道：“校长有何吩咐？”

金仲荪一脸严肃：“没有吩咐，请您吃饭。”

翁偶虹知道金校长有请人吃饭的习惯，他每天必请三五个学生到家吃饭。校长请学生到家吃饭，这本身就是学生的荣誉，这是对学生的鼓励和鞭策。借吃饭的工夫，校长给学生讲好好学习的道理，通过与学生亲近，了解学生的需求和学校的教学情况。

翁偶虹知道金仲荪此刻的“严肃”，是故作姿态，这表明他想与你交谈了。便以开玩笑的口吻说：“校长请学生吃饭，学生不胜荣幸。但不知校长预备了什么佳肴，让我饱饱口福？”

金仲荪听后扑哧一笑:“请你喝西北风!”

说着，挽了翁偶虹的胳膊，信步出了校门，来到沙滩的“至美斋”素菜馆。

二人吃着饭，金仲荪说:“这些天，富连成的戏越唱越火，逼得我们快吃不上饭了。你也不想想办法?”

“哎，我是改革委员会主任，只管改革。教戏、派戏、唱戏是实习处，沈三玉主任的事，我不能乱搅马勺哇。”翁偶虹辩解道。

“我是想请你给孩子们编出新戏，一来亮亮咱的四块玉，二来压压富连成的气焰，给孩子们多挣口饭吃。”金仲荪说出了真实意图。

“校长所虑极是。”翁偶虹也早有此想法，只不过不好越俎代庖，便说，“金校长，有您的吩咐，小弟照办就是。”

吃饭回来三天，翁偶虹把一出《火烧红莲寺》的本子给了实习处。教戏的师傅丁永利看了剧本，十分高兴，马上组织排练。侯玉兰扮红姑，王金璐扮杨天池，李和增扮卜公，赵德珏扮柳池，李金鸿扮甘连珠，萧德寅扮常德庆，周和桐扮智圆和尚。这出戏，有唱，有念，有做，有打，还有布景彩头。一出台，就唱得红红火火，一下子把富连成的戏压了下去。

金仲荪十分高兴，摆席请客，鼓励翁偶虹一鼓作气，写上几出戏，把四块玉都派上用场。

翁偶虹打小喜欢戏剧，也曾在票房走票登台，对诗词曲赋精通娴熟，写戏非常内行。他知道写戏要对工。为了戏工其人，他特意了解了四块玉的特点。

程砚秋亲自为戏校的旦行上课，当时程派在社会上风头正盛，十旦九程，戏校更是如此。四块玉当然都是程砚秋的学生，地道的程派。四块玉中侯玉兰最拔尖儿。她未毕业即随班到上海演出，唱念做表，样样出色，在上海十里洋场，一身布衣，素面朝天，一尘不染，有“布衣女伶”之誉。同学们尊称她为“女侯爷”，老师评价她“女生中，品行最佳，居全校之冠者。”侯玉兰青衣花衫兼工，表演大气清醇，台上台下很有人缘。

李玉茹是大青衣，唱念做表都很有功力。

李玉芝是李玉茹的同父异母妹妹，工花衫、刀马，做表麻利干净，俊俏顽皮，讨巧喜人。

白玉薇工青衣花衫。她是戏校的“特别生”。特别就特别在她是大家闺秀，十二岁就以每月六十块大洋的学费拜王瑶卿为师。那时候，一块大洋买一袋白面。每月六十块大洋，算是高学费了。在古瑁轩学了两年，已经学会了六出戏。一天她正跟王瑶卿学《女起解》，中华戏校的学生们来上课，一来就是一汽车人。王瑶卿教她们唱《芦花河》，他对白玉薇说:“你跟他们一起先学《芦花河》吧。”白玉薇和戏校的学生一接触，马上融入了小伙伴们的行列。学完之后，爬上戏校的大汽车就来到戏校。从此，插班转到戏校来上学。她大器晚成，也是一个青衣和花衫的好苗子。

翁偶虹针对他们的特点，把传统老戏《马上缘》《樊江关》《芦花河》，添了“三休三请樊梨花”，和“薛应龙招亲”的情节，把三出戏连接起来，定名《姑嫂英雄》。李玉茹扮“三休三请”的樊梨花，白玉薇演《芦花河》的樊梨花，李玉芝演全部薛金莲。徐和才、李和增分别演前、后薛丁山，储金鹏演薛金龙。侯玉兰因别的戏，未应工。四块玉用了三块，还挂上了几个出类拔萃的须生。这出戏一登台，马上反响强烈，老树新花，号召极强，上座儿与日俱增。

接下来，翁偶虹依样画葫芦，又将《穆柯寨》《穆天王》《辕门斩子》《破洪州》四出戏攒为一出，取名《穆桂英》。由李玉茹主演，又是一鸣惊人，上座极佳。

金仲荪看四块玉的确能叫座，十分高兴，便把一个题材推荐给翁偶虹。这个题材是一首古乐府诗，名《三妇艳》。末段有“大妇织绮罗，中妇织流黄，小妇无所为，挟瑟上高堂”之语。翁偶虹认定了这个题材，连夜加工，拿出了剧本。金仲荪看了剧本，非常满意，他对翁偶虹说：

“这个剧本写出了时代思想，破除大男子主义，提倡男女平等，写出了中华民族传统道德的新格调。好，好，好！”

翁偶虹看校长一连说出了三个“好”，便有意鼓动金仲荪的戏瘾：“这出戏就由您导演如何？”

金仲荪不置可否，继续说：“侯玉兰演魏慈苹，李玉茹演尚蔓蘅，白玉薇演戈静懿，储金鹏演时纪轮，你看如何？”

翁偶虹趁着金仲荪的兴头补充道：“张金梁演时母，关德贤演魏苏明，于金华演妙慈。角色就齐了！”

“很好，很好。”金仲荪赞成地说。

“角色定了，导演也定了，赶紧通知实习主任沈三玉，赶明儿就排吧！”翁偶虹说。

“只是，……”金仲荪犹豫地说，“导演还是让实习处定吧。”

“哎呀，您真是个名副其实的‘金菩萨’！”金仲荪，一向长袍马褂，一副文人学者的风度，逢事总是笑眯眯，忠厚谦德待人，在戏校人称“金菩萨”。他学富五车，琴棋书画无所不通，无所不精，尤喜戏剧，编戏，唱戏都很有功底。翁偶虹深知他的底细，继续撺掇他当导演，“别拿着劲儿啦，导演就是您的！”

如此，金仲荪当了导演，翁偶虹自荐当助手。

在排《三艳妇》的同时，翁偶虹又拿出了二本《火烧红莲寺》，由丁永利、李洪春导演，翁偶虹当顾问。

因为前两出戏鼓起了劲头，学校排戏一片兴旺。李洪春为王金璐排红生戏《走麦城》《单刀会》，拨子戏《扫松下书》《徐策跑城》，又请来高庆奎为李和增排授《逍遥津》《马鞍山》《赠绨袍》《哭秦廷》，宋德珠、傅德威排《青石山》《湘江会》。这一大批剧目一推向广和楼，广和楼卖座天天爆满。

广和楼曾是富连成的实习剧场，因为两家闹矛盾，广和楼退掉了富连成，转给了中华戏校。富连成不得不转到华乐园。华乐园在鲜鱼口，广和楼在肉市，两个剧场一南一北，仅隔一条小巷。自从戏校成立以来，两家一直处于对台竞争之势。富连成依仗他三十多年的历史和学生众多，人才众多，一直压着中华戏校。如今广和楼天天爆满，翻了身，倒让华乐园吃了劲，富连成紧着改戏码，都压不过戏校。当时市面有个谚语："南社北校，鱼肉相争"。

两出《火烧红莲寺》，引起了文人的兴趣，《立言报》为此发出一条征联："红藕生红莲，藕红导演红莲寺"。

翁偶虹当时的笔名叫"藕红"，这无疑是对翁偶虹的褒誉。上联一出，对对者纷至沓来，一位庾词专家张郁庭对来下联："香墨写香菱，墨香巧撰香菱词"

此对联一出，把陈墨香、翁偶虹编戏的一时才俊联到了一起。

对联传到了古瑁轩，正巧陈墨香也在座。王瑶卿吟念对联，颇有感慨，他对陈墨香说："自从偶虹为老四写了《锁麟囊》之后，我就发现他那支笔，与您一时瑜亮。"

陈墨香风趣地说："我和他不是瑜亮，周瑜、诸葛亮是对头，我们俩是朋友。我和他倒是戏台上的孟良、焦赞，——黑红二将。"

王瑶卿也风趣地说："他叫藕红，你叫墨香，的确一红一黑，真个黑红二将也！"

翁偶虹一鼓作气又写出《鸳鸯泪》《美人鱼》《凤双飞》，加上前头的《三妇艳》，四出戏都是给四块玉的专题之作。四块玉借了这四出戏，大显身手。四出戏借了四块玉大得赞誉。市面上又编出一段佳话"一对鸳鸯一条鱼，鸳鸯鱼凤三争艳"。

因为翁偶虹又写戏又导戏，学生都很喜欢他，经常聚集在他身边。翁偶虹的办公室狭窄，他只好把学校的会议室当作"会客"室，在那里导戏、排戏。因此，这里被称为"会议室里的翁剧组"。戏排成了，学生登台唱戏，每次翁偶虹都前去把场。因为要跟戏把场，来不及回家吃饭，厨房就单独给他做饭。他一吃饭，学生们就围了过来，等他一放筷子，呼啦啦都抢上来，把他的剩饭剩菜一扫而光。管伙食的主任看了，就暗暗吩咐食堂，每次给翁偶虹多做几样菜，并且量大一些，让孩子们吃够。翁偶虹问这是为什么？主任说："学校的收入，全凭会议室里的翁剧组呢，让你们师生都吃好喽，算是学校的报答。"

有词【念奴娇】写道：

中华戏校，启征程、张冠李戴凑趣。北京抢先，举大事、各方精英收聚。台上巨擘，戏文专撰，顾曲大手笔。皮黄人物，一时充满豪气！　只为打造后辈，新法成就学生，革弃旧习。男女兼收，德才备、更兼多才多艺。广种博收，生旦净末丑、诸多才俊，华茂容光，耀眼四块美玉！

第一五〇回

玉兰芳菲争春早
艺结良缘连理枝

侯玉兰在中华戏校上学，为什么没毕业就被抽出来到上海唱戏？侯玉兰是北京人，原名侯景兰。出身梨园世家，她父亲就是唱旦行的，她幼承家学，在襁褓中就接触戏上这些事。到十一二岁的时候，就能登台唱配角了。一次，她看中华戏校的学生，乘坐大汽车到剧场唱戏，怪气派的！又加上那些女孩子们叽叽喳喳，个个灵巧光艳，挺羡慕的。回家对父亲说想上学，要到中华戏校学戏。父亲也听说了中华戏校的新规矩，学戏，学文化，全面长进，对孩子有好处。便依了孩子，领她到戏校报考。像她这样的条件，唱念做舞已经有了底子，一考一个准儿。她被录取之后，编在了“玉”字科班，改名侯玉兰。因为是块唱戏的坯子，很快就成了戏校的“四块玉”之一。

因为她底子好，很得程砚秋看中，程砚秋重点教了她几出戏，又把自己的水袖功、手、眼、身、舞等功传给她。她一点就透，学得极快。程砚秋看她成才了，就建议学校放她出去，摔打摔打，跟着戏班去闯江湖。

就这样，她跟着程砚秋到了上海。

她在上海，除了给程砚秋配戏，还自己唱了几出单出小戏：《马上缘》《樊江关》《芦花河》等。唱了几出戏，很得人缘。上海人看这个小姑娘，在台上花容月貌，活灵活现，在台下素面朝天，朴素老诚，着实招人喜欢。

在台下看戏的人中，有一个对她特别瞩目的，那就是李少春。

李少春那时，在上海已是文武全才的角了。小伙子长得帅气，又是文武老生，昆乱不当。台上台下都有人缘。在台上时，追捧者，总是跟着戏班捧，走到哪里就捧到哪里。在台下，那些少男少女，总想围着他转，套套近乎，亲热亲热。但李少春总是侧目以待，不以为然。惹得人家都骂他“高傲”，“臭戏子，拿劲儿！”

其实不然。正是青春年少，情窦初开的时候，哪个能老拿的住劲儿？是因为李少春的老爸，管得他太严！

李少春的老爸叫李桂春，是河北霸县人。唱河北梆子出身，因为身上文武功夫扎实，又工皮黄。《独木关》《风波亭》《请宋灵》都是他的拿手好戏。唱《上天台》，光武皇帝连唱带摔，吊毛、抢背、硬僵尸，彩声不断，叫好连连。因为文武全才，很早就是红遍上海滩的文武老生了。李少春是他的姨娘生的，乳名二田。李桂春看他是块唱戏的材料，从小打造，非把他造成个大角不可。李桂春常有一悔，就是自己唱了一辈子戏，却落了个“海派”。他立志，一定让儿子跳出“海派”，挤进京朝派的行列。为了打造儿子，他不惜重金请来北方名宿丁永利教儿子打把子，请陈秀华说老生戏。李少春的确不负老爹的希望，很快学成文武兼备的文武老生。二十岁就自己挑班，在上海滩成名。

学戏、唱戏，身在舞台，心在戏中，成名成家，是老爸给李少春立的志向，李少春也的确一心扑在戏上，没心思招花惹草，去应付那些个小姐、少妇的媚眼。

可是自从看了侯玉兰的戏，他动了心，怎么看怎么对心思。要容有容，要貌有貌，要戏有戏，要德有德。这样才貌双全的女子，如果能结为连理，台上台下，都有共同的话语，这的确打着灯笼也难找。可就偏偏让他碰上了，能不让他怦然心动吗？

动心归动心，婚姻大事，还得父母做主。因为父亲管得严，也不敢随便给父亲开口提及此事。只得暗动于心，藏爱于腹。

他的心事，瞒不过他的好朋友李宝奎，李宝奎是他唱“猴戏”的搭档，二人关系极好。李宝奎号称智多星，他眼珠一转，说：“这好办，我来当这个红娘，你睛等着当新郎倌儿吧！”

李宝奎借唱戏的机会，找到侯玉兰，打趣地说：“侯小姐您有人缘，初露头角，就有了名号！”

“我有什么名号？”侯玉兰问。

“谁不知道您是‘侯爷’，侯爷是多大的名号哇！——我们班主是可上海挑班的，唱猴戏唱得最好，都得不下个‘侯爷’的名号！”李宝奎说。

侯玉兰揶揄地回击：“那是你们班主那个‘猴’，还没进化成人呢！”

“我们班主，您没见过吧？年轻俊俏！——是最年轻的文武老生。唱猴戏，那只是他拿手戏的一招儿！”

“他还有什么别的招儿？”

“《两将军》《群臣宴》《战马超》《击鼓骂曹》……文戏武戏都拿手，都有大角风度。”李宝奎趁势，将李少春的玩意儿好好的白活了一番。

侯玉兰毕竟是唱戏的，别的她不懂，说起戏上的玩意儿她特别感兴趣，追问道：“白活了半天，你们老板是谁呀？”

“不知道吧？”李宝奎卖了个关子，一仰脖儿说：“李——少——春！”

“唔……”侯玉兰似曾听说过，有这么一个年轻的角。

“想不想认识认识？”李宝奎说：“我们班主，很看重您，对您的活儿佩服得五体投地！”

“不敢当。”侯玉兰说：“都是吃这碗饭的，早晚有同台的时候，总会认识的。”

“要不，您得空儿的时候，我给您引见引见？”李宝奎试探地说。

“大家都有戏，怪忙的，以后再说吧。”侯玉兰觉得唐突，婉拒了。

“别价呀，侯爷，我们班主特爱慕您，很想跟您交个朋友！”李宝奎把话挑明了。

侯玉兰正色道：“请告诉你们班主，我已经有男朋友了！”

说完，转身走了。

李宝奎被晒在那儿，愣愣的，没了辙。

侯玉兰也是实话实说，她确实有了男朋友，那就是她的戏校同学傅德威。傅德威工武生，在同学中一直追求侯玉兰。侯玉兰正是情窦初开的时候，傅德威的追求，让她心旌摇动，默默地动了感情。但总觉得傅德威有不如意的地方，可又说不出是什么。二人若即若离，丝丝连连，眷眷恋恋，一晃也谈了好几年。

李少春带着戏班到京城唱戏，一炮打响，京城轰动。李少春的名字，让侯玉兰想起了和李宝奎的那次谈话。

李宝奎给李少春打了包票，但却吃了个闭门羹，一直心里惴惴的，觉得没给李少春把事办成，欠缺他什么。如今进了京，又有了机会，他摸准了侯玉兰的男朋友名傅德威的情况，是个唱武生的，且长得矮胖身材，貌不惊人。于是他又心生一计，让李少春邀请傅德威一起唱一出《洗浮山》。这天在长安戏院，李少春扮贺天保，傅德威扮黄天霸。还专门在上场门的前方订了一个包厢，请侯玉兰来看戏。

侯玉兰坐在包厢里，聚精会神地看两个年轻人的戏。

李少春扮演的贺天保，身穿箭衣，腰扎大带，头戴青罗帽，挂黑三髯口，出场闪披褶子趟马，第一眼就给人以英俊、边式、潇洒的英武印象。接着是开打，闪转腾挪、翻跳跌扑，身手矫健，动作干净，帅气麻利。真正武行高手，让人叹服。托兆唱一大段〔反二黄〕，那音色沧浪高亢，悲愤满腔，沉痛激扬，声情并茂。听来让人心酸感慨，泪洒衣襟。这段唱，既吃功夫，又要嗓子。外行看热闹，内行看门道。侯玉兰毕竟是吃戏饭的，她知道，不是一个文武全才的大角，绝非能演到这种程度。李少春身上的玩意儿，让侯玉兰倾倒了。

再看傅德威扮演的黄天霸，虽然俊扮，本应该风流倜傥，但因为他身材矮胖，扮出相来，却显得臃肿，没有俊俏的份儿。身上的玩意儿，与李少春相比，大相径庭，逊色不少。

看过戏之后，让侯玉兰心里翻腾了起来。

李宝奎趁热打铁，早安排好一桌酒席，请李少春、傅德威、侯玉兰入席，自己也作陪。

四个人相对而坐，李少春和傅德威都卸了装，二人并坐一起。侯玉兰近距离看李少春，只见他白净脸，浓眉大眼，面目轮廓分明，充满男子汉的阳刚之气。再看傅德威，脸胖乎乎的，红鼻头，细眼睛，相形之下显得有些俗相。李少春谈吐文雅，举止大方，傅德威憨厚笃诚，反应迟钝。席间，觥筹交错，互相有说有笑，表面倒也显得很快活。可侯玉兰内里却芳心动摇，有些倾慕李少春。

第一次见面之后，李宝奎接连制造机会，让侯玉兰与李少春单独接触。二人接触多了，感情交流得多了，渐渐地，侯玉兰芳心转向李少春，二人谈起了恋爱。卿卿我我，大有不离不弃的劲头。

儿子的婚事，李桂春也很动心思。他替儿子想得周到，找媳妇，就得找个家底厚实的，以防日后衣食之忧。可巧，天津银行王经理的小姐，迷上了李少春。平时追李少春不到手，就死乞百赖地让爹爹去求亲。王经理拗不过小姐的央求，便派人去找李桂春说媒。李桂春一听条件，银行经理，有钱。正对心思，一口答应了下来。而且说办就办，很快就举办酒席，办了婚事。王小姐夙愿得偿，成了正儿八经的李少春夫人。

这下可苦了李少春。对这没有感情基础的婚姻，他是有口难言，只得默认。时间长了，他对王夫人说了实话：“其实我另有所爱，只不过谨遵父命而已！”

哪知王小姐宽怀大度，她听了也不计较说：“男人三妻四妾的有的是，只要你有本事养得起，娶过来我也不在乎！”

王小姐网开一面，李少春惊喜万分。

李少春结婚的消息传到了侯玉兰的耳朵里，侯玉兰如堕冰窖，浑身透心凉。爱情的炽热，顿时降到冰点。那时她正搭奚啸伯的班唱戏，此时，哪还有心思唱戏！痛不欲生，整天把自己关到房子里以泪洗面。

奚啸伯的戏班没有青衣上场，带累了上座儿。奚啸伯将此事打电话告诉了李少春。那时李少春已回上海唱戏，接到电话，急忙从上海飞到北京，找到侯玉兰，讲明王小姐的意思，又海誓山盟地表达一番真心爱意。这才使侯玉兰安下心来。

回到上海，李少春又去做老爸的工作。李桂春本是两房太太，他很理解儿子的心情。他痛快地表示，只要不耽误唱戏挣钱，与侯玉兰的婚事，任儿子做主。

李少春这才又飞回北京，与侯玉兰结婚，带回上海。侯玉兰从此谢绝舞台，当起了全职太太。

有词【浣溪沙】写道：

一见钟情话无多，却是好事又多魔，曲栏倩影泪婆娑。好风轻吹乌云散，疏雨润物打绿荷。红线牵衣串新歌。

第一五一回

孟小冬登报启事
余叔岩破例收徒

孟小冬复出后，虽然得了个“冬皇”的名称，但京城以往关于她的谣传并未平息。说三道四的闲话还是不少，为此她很苦恼。这种苦恼之事，又不便启齿向父母诉说，憋在心里，十分痛苦。

这一天，陆素娟和章遏云同来拜访。姐妹相见，分外亲切。言谈中，陆素娟和章遏云得知了孟小冬的苦恼。章遏云快人快语说：“姐姐，事到如今，只能自己救自己，光是自己苦恼何时是个头？”

陆素娟也说：“如今已是民国了，男女平等，我们何必还忍气吞声，听受闲言碎语的折磨！”

“那便如何？”孟小冬无奈地问。

“求助法律。”章遏云说，“让法律去惩处那些个吃饱了撑得没事干，胡言乱语，乱嚼舌头的闲人！”

“对，贤妹，你套路熟，你就帮帮冬姐吧！”

“好。”章遏云慷慨地说，“我去求求李景光大律师，让他给想想办法！”

第二天章遏云便约来了大律师李景光。李景光建议可发一个启事，表明自己的态度，以法律警示那些恶意伤人的胡言乱语。

听了大律师的意见，孟小冬觉得这个主意很好。为了慎重起见，他打电话征求了杜月笙的意见。在她心目中，杜月笙见多识广，最能真心地帮助她。杜月笙电话中对此办法十分赞成，并表示，如需要，他可亲自聘请律师，并包揽全部费用。孟小冬电话中诚恳地感谢杜先生，并表示不劳杜先生费心。

在大律师的帮助下，孟小冬在天津《大公报》第一版连续三天刊登了《孟小冬紧急启事》。

启事如下：

冬自幼习艺，谨守家规，虽未读书，略闻礼教。荡检之行，素所不齿。迩来流言飞传，诽谤横生，甚至有为冬所不堪忍受者。兹为社会明了真相起见，爰将冬之身世，略陈梗概，惟海内贤达鉴之。

窃冬甫届八龄，先严即抱重病，迫于环境，始学皮黄。粗窥皮毛，便出台演唱，藉为生计，历走津沪汉粤、菲律宾各埠。忽忽十年，正事修养。

抑冬更有重要声明者：数年前，有人自称冬之“情人”杀人之事，有好事者，未经访察，遽编说部，含沙射影，希图敲诈，实属侮辱太甚！冬与其人素未谋面，且从未与任何人交际往来。凡走一地，先严亲自督率照料。冬秉承父训，重视人格，耿耿此怀惟天可鉴。

自声明后，如有故意毁坏本人声誉、妄造是非、淆惑视听者，冬唯有诉之法律之一途。勿谓冬为孤弱女子，遂自甘放弃人权也。特此声明。

启事登出后，舆论哗然，报刊纷纷赞赏。有文章称：短短文字，言简意赅。叙述说明了身世，痛斥了恶意的人身攻击，同时义正词严地申明了自己的维权立场。字字铿锵，掷地有声，特别警告那些诽谤者“勿谓冬为孤弱女子，遂自甘放弃人权也。”不愧为女中丈夫，豪气凛然。

孟小冬的启事，澄清了是非，震慑了闲言碎语，自己也长出了一口窝憋之气。唱戏更加精力投入，场内每每座无虚席，喝彩不止。

菊坛的大角，纷纷约她搭班唱戏。各大角都为孟小冬的技艺所倾倒。当时，花脸名角金少山正是红得发紫的时候。他也想约孟小冬搭档合唱一出《法门寺》，他演刘瑾，孟小冬演郿邬县知县赵廉。

孟小冬常听人说金少山的故事，但还是第一次与他合作，便答应下来。

孟小冬听说当年金少山与梅兰芳唱《霸王别姬》，场场叫好，人送“金霸王”的称号。金少山擅演包公，与当时擅演曹操的郝寿臣齐名，一个扮黑脸，一个扮白脸，人称“黑金白郝”。金少山的嗓音洪亮，每唱声震屋瓦。他创造了一种工稳、流畅、大方的花脸唱法，摆脱了以往花脸接近声嘶力竭喊叫的狂吼唱法，他唱出的声音，既有堂音又有立音，宽亮雄浑，宏旷厚重，有黄钟大吕之美，因而唱出了“金嗓子”的名号。

金少山在家行三，人称“金三爷”。就是这位“金三爷”凭借着一副好嗓子，经常与戏园老板拧劲对抗。戏园的老板，当面称伶工为“老板”，转过脸去，就骂伶工是“臭戏子”。你唱得好，叫座，为他挣钱多，他就捧你，唱得不好，给他挣不了钱，他就一脚把你踢开。榨干了你的血汗，把你赶出戏园，毫不怜悯。金少山骂他们是“吸血恶魔”，他对付他们的办法就是“误场”。越是满堂，越是有高官要人看戏，越是误场，教你们挣钱都挣不痛快！

一次，黄金荣在自家的黄金戏园等着看金少山的戏，都快开戏了，金少山还没到场。黄金荣在包厢气得跺脚骂街，恨不得把金少山抓来枪毙。就在此时，只见这位金三爷迈着四方步走进剧场。三把两把化完装，上场唱戏，挑帘便有碰头彩，开口一唱，便得全场喝彩，接下来彩声不断。弄得包厢里的黄金荣哭笑不得，笑骂道：“这个赤佬，还得是他，还得是他……”

因为这种事经常接二连三地出现，金少山“误场怠工”“玩世不恭”“放荡不羁”

的名声不胫而走。因为他嗓子好，跟谁搭班都敢斗嗓子，谁的台都敢凉场。

那年，梅兰芳在杭州应了赈灾义演的台口，最后一场戏是《霸王别姬》，戏报写的是梅兰芳、金少山联袂演出。这在当时是叫绝的搭配。别说是杭州，就是京津沪也难得相见几回。戏票卖的都超了员，连走廊、门厅都卖了加座儿。

金少山此时还在上海。一听说在杭州演出，他连连摇头，说什么也不肯到场。原因是他一年前曾来杭州演出，他在旅店抽大烟，被警察局抓去，好一番托人情，才保释了出来。为此，他说什么也不给杭州这个面子，就是不去杭州。

此次排戏码的人并不知道金少山与杭州还有这样的过节儿。

可是戏码儿已经定死了，戏票都已经卖出去了，再有几个钟头就开戏了，回戏是不可能的。这位金三爷就不想想，你不给杭州面子，也不给梅兰芳面子吗？可他不管那么多，就是不动窝儿。

梅兰芳也急得火上房似的团团转，无奈之下，他给杜月笙打了一个电话，请杜月笙帮忙。杜月笙与金少山有交情，杜月笙好说歹说，总算说服了金少山。

可是时间不等人哪！再晚了，就误了上场啦。杭州到上海之间还有一大段路程呢！紧急之下，杭州当局给上海铁路局求助，挂了一个特别专列，将金少山专程送到杭州，总算没误了场。坐专列，金少山要足了派头。

金三爷的派头不说，孟小冬还听说金少山仗着他的“金嗓子”，有“斗”嗓子的习惯，于是有了心理准备。她从小学的是孙派，一向以嗓子好著称。心想，自唱戏以来，还没有一个人高得过我的嗓子，就此机会，就与这位“金嗓子”比量比量，主动“斗”他一“逗”。也压一压这位铁罗汉金霸王金三爷的狂气。

孟小冬扮好装上场之前，对琴师王瑞芝悄悄说：“庙堂一场〔西皮散板〕转〔哭头〕的一段唱，调门调为正宫调。”

正宫调的调门，在西皮唱腔里是相当高的调门。

王瑞芝疑惑地问：“行吗？”

孟小冬狡黠地一笑：“瞧好吧。”

在庙堂一场戏，当孙玉娇唱完后，该赵廉接茬唱了，琴师把调门调到了正宫调，孟小冬亮开嗓门唱〔西皮散板〕“才知道小刘彪是杀人的凶犯，有谁知这其中有许多的牵连，在庙堂恕为臣才疏学浅。”转〔哭头〕“千岁爷呀，望千岁开宏恩限臣三天。”孟小冬西皮能唱正宫调，且高亢甜韵，毫不吃力，立即得了个满堂彩。

孟小冬唱的时候，金少山一听调门，便是一愣，但接口很紧，容不得多想，赶紧接茬唱。调门调高了，坐着唱是唱不上去了，金少山便站了起来，在站起来的同时，狠狠地瞪了赵廉一眼，大喝一声“喳”，铆足了劲唱〔西皮散板〕“好一个大胆的郿邬知县，将一桩人命案审问倒颠，在佛堂限三天人犯带见，少一名将人头悬挂高杆。”只几句唱，便唱得金少山大汗淋漓，把大蟒里的胖袄都弄湿了。

孟小冬看他唱得这么吃力，好不开心！不禁“哏哏”地乐出了声。她跪在台上，背对台口，官衣袍脚直抖，台下看戏的以为是孟小冬在做戏，被吓得打颤呢，还顿时给了彩。

站在刘瑾旁边扮演贾桂的韩金奎，看出了孟小冬的机巧，也暗暗发笑。

到了后台，韩金奎揶揄地对金少山说：

“金三爷，你也有今天哪，让孟老板给喝了！”

金少山哭笑不得，无奈地说：“好家伙，快把我累死了！”

转脸对正在卸装的孟小冬假装嗔怒道：“爷们儿，你可把老夫坑苦了！”

孟小冬假装认罪，冲金少山鞠一个大躬，用韵白说道：“千岁，下官多有得罪了！”

说完哈哈大笑，金少山等也一起哈哈大笑一场。

不过从这场戏起，无论谁扮演刘瑾，唱到此处，都学金少山，不再坐着，都站起来唱，改换了身段。

尽管孟小冬名气越来越大，但她拜余叔岩为师的心情越来越迫切。几年前，为了拜余叔岩，杜月笙曾托陆军次长杨梧山为孟小冬说项。杨梧山与余叔岩是在总统府当差时的老友。杨梧山在泰丰楼安排酒宴，请余叔岩携全家赴席。酒过三巡，杨梧山提出孟小冬拜师之事，余叔岩顿时沉静下来，思忖有时，终以有病在身，不再收徒为由，予以谢绝。

为了给杨梧山一个面子，余叔岩说：“未必非有师生名分不可，如果孟小姐有什么学习上的问题，可以来找我，我会给她说明白的。”此话只是个托词而已。

几年之后，李少春的父亲李桂春带着儿子进京，在火车上遇上了李育庠。交谈之间，李育庠得知，李桂春是带儿子到京城托门子拜余叔岩为师的。李育庠听罢，仰头一笑说道，“算你们遇上真佛了！”他大包大揽地说道：“此事不用托别人，我一句话，保证办妥！”原来李育庠与余叔岩是一起长大的发小，一直亲如兄弟。

哪知李育庠找到余叔岩，余叔岩因为不了解李少春唱戏的功底，怕费力不成才。就以体力不支不再收徒为由，不肯答应。

李育庠被折了一个对头弯，憋了一肚子气。气头之上，冲着余叔岩发起火来，大声嚷道：“你若不收李少春为徒，我就吊死在你家门口！”

余叔岩对这位发小无可奈何，只好苦笑着“破例”答应了下来。

李育庠把此消息告诉李桂春，李桂春父子，千恩万谢，与李育庠一起商定了拜师吉日，在泰丰楼设宴举办拜师仪式。

余叔岩又破例收徒，在京城引起轰动，好友、宾客都来祝贺。

宾客中也有很多孟小冬的戏迷，此时他们为孟小冬鸣开了不平：“既是破例收徒，为什么不收孟小冬？”

大家七嘴八舌地抱怨起余叔岩：

“孟小冬对你毕恭毕敬，亦步亦趋，嗓音、身架、功底，你都了如指掌，为什么收李少春不收孟小冬？”

“孟小冬求您还在李少春之前，却久久不能如愿，于理不通……”

余叔岩只好解释道：“小冬……她，她不是个女孩子嘛……，男女授受不亲，说戏时得手口亲传，举手投足的多有不便，人言可畏呀！”

此时，杨梧山也在坐，他提议说：“这好办哪，小冬学戏时，让你的二位女公子慧文、慧清相伴，一同学戏。如此这般，外人能说什么呢？”

余叔岩听此话一时语塞。以往的教训使他感到，真正能传其衣钵者，并不易得。他真心想教谭富英，可谭富英是谭家之后，家学渊源，学而自立；他真心想传内弟陈少霖，陈少霖也中途畏难而退；他又看好杨宝忠，杨宝忠却倒仓败嗓，不得已改行。自从他私下看过孟小冬的戏后，就看好孟小冬。曾暗想，如能得此人传衣钵，必能如愿。可惜，却是个女流。因此顾虑重重，不敢招孟小冬为徒。当杨梧山第一次说项时，他有心答应，却又不敢轻易松口，只好以体力不支为由推脱。此时听杨梧山如此说，又加上众位宾客齐为孟小冬鸣不平，他才动了心，终于答应下来。

相隔一天，也是在泰丰楼，孟小冬举行了拜师仪式。

余叔岩三天连收两个徒弟，又是梨园一大新闻。

余叔岩得了这两个徒弟，很是欣慰。先每人教他们一出戏，李少春有武功功底，教他一出《战太平》；孟小冬唱功扎实，教她一出《洪羊洞》。教戏第一天，余叔岩对他们说：“你俩以前的戏都丢掉，从头跟我学起。”老师教得认真严肃，学生学得刻苦细心。一个月下来都学会了。

李少春在新新剧院贴演了《战太平》，俨然余叔岩登场，叫好不绝。余叔岩很为得意。

过了几天，孟小冬也在新新剧院贴演《洪羊洞》，开演之前，余叔岩来到后台，看着孟小冬化的妆，连连摇头说：“杨六郎快死的人啦，不能这样化法。”他让孟小冬重新洗了脸，他拿起粉团在孟小冬脸上轻轻擦了一层粉，然后淡淡地涂些胭脂，递给孟小冬一个热毛巾敷在脸上，说：“这个热毛巾是定妆的宝物，你要记住：此戏杨六郎一定要淡妆，面似土灰，病入膏肓。”待孟小冬敷好毛巾，余叔岩又说，“你现在要静心养神。你现在就是大宋的大元帅杨延昭，忧国忧民，忠心耿耿，身染重病，有心无力。能表达出生理和心理的矛盾和无奈，就是最入戏的杨延昭了。”之后又嘱咐说，“沉住气，别慌，我给你把场。”

有师傅在后台把场，孟小冬心里十分踏实，这出戏唱得如泣如诉，感人至深，十分叫好。从此，孟小冬正式踏入了师门。

有散曲【双调·水仙子】唱道：

一启声明报维权，孟哥放胆对众言，看闲人还嚼舌根滥！ 抖精神冬皇灿，展新姿氍毹再现。巾帼须眉谁让，水牌名字在先，羞煞儿男。

第一五二回

郎舅争雄对台戏
东风破谜笑二春

在京城，除了杨小楼以武生的行当挑班唱戏以外，还有一个人就是李万春。

李万春在上海跟马连良学了不少文戏，可他爸爸李永利是唱武生的，把一身的功夫都传给了他。李万春武生的底子打得更瓷实。后来，李永利带着全家北返，在北京安了家。凭武行和武行的关系，李永利让李万春搭俞振庭的斌庆社唱戏。俞振庭是武生行家，他一看李万春的身架，就喜欢非常。给他单独排戏码，唱《两将军》。

《两将军》亦名《葭萌关》，就是张飞战马超，因此也叫《战马超》。纯属武打戏。李万春饰马超，蓝月春饰张飞。蓝月春也是李永利带出来的徒弟，是他专为儿子配戏培养的武把子。李万春当年十四岁 ，蓝月春比李万春大一岁。这两个人在台上打得难解难分，翻天覆地。真如战场上的张飞与马超，从早打到晚。棋逢对手，将遇良才，打到了难解难分不分胜负的地步，为了决一雌雄，继续挑灯夜战。刘备观阵，看上了马超的本事，最后收降马超归顺。他们台上的打，着实让内行人杨小楼、俞振庭看好。被俞振庭称为“锦马超”和“活张飞”。因为他俩打得好，很叫座儿。俞振庭天天给他们排在大轴，天天叫满。

俞振庭的斌庆社，经常是杨小楼、梅兰芳、余叔岩挂头牌唱戏的台口。这两个小将，就早早地被看重，唱起了大轴，也属少见。

因为他们唱《两将军》唱出了名，北京城的大户人家唱堂会，也必点李万春和蓝月春。伶人唱堂会，进门得先拜会主家。这两个孩子，都穿着长袍马褂，李万春胖乎乎的，粉面玉琢；蓝月春剃个光葫芦头，憨态可掬。两个人进门给主家叩头，主家和同人都觉得怪好玩儿的，平添了几分喜兴。

张宗昌办堂会庆寿，戏提调为了凑喜兴劲儿，把戏单的戏码都改成四个字，《鸿鸾禧》，写成《鸿鸾天禧》；《黄金台》写成《黄金满台》；《两将军》写成《两威将军》……，张宗昌是将军，属于武行的，看了《两威将军》，挺喜欢这俩武小将，连连夸这俩小将：“好个两威将军！好个两威将军！这两个小不点儿就是‘两威将军。’”打此，这出戏，就改为《两威将军》。两个孩子唱这出戏成了名，《两威将军》也成了李万春和蓝月春的代名词。

除了《两将军》，李万春的戏很多，什么《艳阳楼》《神亭岭》《群英会》等，凡武生的戏，他都拿得起来。

当时尚小云正在斌庆社唱戏，尚小云很喜欢李万春的武功，对他说：“咱俩唱一出怎么样？”

李万春初生牛犊不怕虎，二话不说：“行。——唱什么呀？”

尚小云拍拍李万春的小脑瓜：“行啊，小子！还不知道唱什么就说行。有股子冲劲儿！”

李万春挠挠脑袋：“跟着您，学呗，还能不行？”

尚小云喜欢他的冲劲儿，说：“咱俩唱一出《五龙祚》，是《白兔记》新改编的。戏中有李三娘磨房产子的故事。我扮三娘，你扮生下的儿子咬脐郎。”

尚小云还没说完，李万春接过来：“不行，演不了。”

“为什么？”

“你让我演刚下生的小孩，咬脐带，我这么大个子，怎么咬哇？”李万春拧着脖子说。

尚小云被逗得哈哈大笑：“傻小子，让你演长大了的小子，名叫咬脐郎。谁让你去咬脐带呀！”

李万春这才不好意思地点点头：“那还行！”

从此，李万春伴上了尚小云。俩人又合作了《刺巴杰》。李万春扮骆宏勋，发挥出武把子的功夫。尚小云更抓住李万春不放，同台几年，尚小云提携了李万春，李万春也跟对了对手，借尚小云的名气，青云直上。

几年之后，他已是二十岁的青年了，李永利看时机到了，让儿子挑班单干，独自打天下。

李万春的戏班名“永春社”。李万春独立成班了，开始排自己的戏。他的戏路很广，主要是在武戏上下功夫。武松、林冲、猴戏、关戏，都是他的招牌戏。

当时，武松的戏，号称南有盖叫天，北有李万春。李万春的武松，有许多绝活儿。武松的戏主要是《狮子楼》《打店》。《狮子楼》武松与西门庆的对打，紧凑干净，场场满座。《打店》又叫《十字坡》，武松与孙二娘对打，都使绝技，武松将盘子和馒头一起朝孙二娘打过去，馒头和盘子不分离，孙二娘则用扇子一甩，将馒头和盘子接住，扇子托住盘子，盘子托着馒头，纹丝不动；空手夺白刃时，在孙二娘倒地的瞬间，武松将两把匕首甩过去，匕首正好分插在孙二娘脖子两侧，间不容发，惊险至极。后来，他把《狮子楼》和《打店》串起来，编成一出大戏，取名《武松》。包括“打虎”“戏叔”“挑帘裁衣”“杀嫂”“十字坡”“快活林”“飞云浦”“鸳鸯楼”外加“蜈蚣岭”“涌金门”“擒方腊”。分头、二本演出，成了他的大戏之一。

他的大戏之二就是《林冲夜奔》。这出戏共分四本：《野猪林》《山神庙》《夜奔梁山》《火并王伦》。这是杨小楼的拿手戏，杨小楼是国剧宗师，武戏的鼻祖，要唱他唱过的戏，如果照排，照演，肯定落下口舌，让人说拾人牙慧，跟着人家跑，闹不好，还落个糟蹋人家戏的骂名。李万春给戏班的人说，咱不能跟着人家屁股后头跑，唱就唱出咱的特色，他把每个细节都换成自己路数，凡是开打，都打出自己的风格。同时四出戏串起来唱，在每出戏中都突出自己的特点。例如《林冲夜奔》中，《山神庙》进庙的身段别开生面。道白也不一样，原词是“一觉放开心地稳，梦魂先已到邯郸”，他则改为“一觉放开心头稳，昏昏沉沉到阳台”，念完后，马上起范儿，打个飞脚，跨右腿，转个半身，踹鸭儿，卧鱼儿，入睡。其动作嘎嘣利索脆，快如疾风，静如落雁。卧下的身段，边式美观，姿势优美。

他的好些个身段，丰富了以往杨小楼的表演，成为后人的典范。自他以后，《林冲夜奔》，都照他的路子走。

李万春的大戏之三就是猴戏。猴戏是武生戏里别具一格的戏。自杨月楼到杨小楼，都是以“老杨猴子”“小杨猴子”名著一时。

李万春的猴戏则另具风格，李万春以短打见长，他扮演的猴子，不但顽皮可爱，短打起来，打中有逗，逗中有打，情趣盎然。他唱的《安天会》《水帘洞》《泗州城》《金钱豹》都很叫座儿。他的猴戏成了范本，有了基础，他一鼓作气排了《五行山》《斗六贼》《五庄观》《子母河》《女儿国》《真假美猴王》《骷髅山猴王击尸魔》等多出猴戏，俨然成了猴戏权威。

李万春的大戏之四就是“关戏”。关戏是有关关云长的戏，也叫红生戏或“老爷戏”。他之前，将红生戏继承发展了的是王鸿寿。王鸿寿的红生戏，师承程长庚。但那时候，红生戏只有《单刀会》《华容道》《战长沙》三四出戏。王鸿寿扩展了关戏的剧目，创作出《斩熊虎》《查河北》《温酒斩华雄》《斩颜良》《诛文丑》《灞桥挑袍》《月下斩貂蝉》等二三十出戏。改造了以前的关公形象，将揉胭脂红脸，改成勾红脸，戴三绺长髯，绿蟒，绿扎巾，威风凛凛，唱腔多仿高拨子，唱〔梅花板〕，并创作出很多标范的动作，如竖刀而倚、横刀推髯而斜视的亮相，塑造出关云长威武庄严的形象。他的弟子李洪春继承他的衣钵，演出的关爷，更加惟妙惟肖，遂成大家。李万春则拜在李洪春名下，把关戏承接了下来，继承发展，又将戏码扩展到《白马坡》《古城会》《屯土山》《走麦城》等。李万春居然成了眼下关戏的一绝。

除了这四大戏脉，他还唱《七侠五义》《于公案》《九义十八侠》《枪挑小梁王》《枪挑银禅子》《刀劈玉蝉子》《阴阳鱼》等武戏。

李万春艺高人胆大，“七・七”事变之后，北京的戏班日子都不好过。他独出心裁，追着报纸唱《三侠剑》。那时，《新天津报》正连载小说《三侠剑》。他一看这是个好题材！于是便追着连载改编成戏剧，每载一期，他改变一出。他排戏快，头一天见报，第二天就登台。报纸读者多，头一天看了报，第二天就能去看戏，特别过瘾，于是就涌向戏园。就这样，每天的上座儿，场场满员。

他还有个毛病，就是好抢先，好“斗勇”。总带一股子少年气盛，恃才傲物的劲头，老有“战无不胜”的心理。他谁的对台都敢打，除了没和杨小楼打过，什么尚和玉、白家麟等名家都不放过。白家麟排了出《八仙得道》，在广德楼上座儿很好，他马上排了一出《八仙斗白猿》，在广德楼对面的庆乐园上演。都是八仙的武戏，李万春有唱猴戏的功夫，当然扮白猿更顺手，再加上八仙的兵器法宝，打斗起来，神奇精彩。白家麟被他打败了。

叶盛章唱《酒丐》，演火了。李万春马上也唱《酒丐》，大打对台，把叶盛章逼得直冒火。

李万春老是跟人家打对台，当然树敌很多。但他无所忌惮。朋友劝他，他则摇摇头说："告您说吧，不遭人忌是庸才！"

可是，就是他这个雄心勃勃的"英雄"，就偏偏遇上了个较劲的对手，这个人就是他的小舅子李少春。

李万春的父亲李永利和李少春的父亲李桂春，一个雄县人，一个霸县人。这两个县是临县，二人算是同乡，又都是唱梆子出身，都是武把子，都在上海唱出了名气，两人的关系当然不一般。李桂春的大太太生有两男两女，大女儿由父母包办许配给了李永利的儿子李万春。李桂春的二太太所生独子就是李少春。如此论来，李万春是李少春的姐夫。二人是姐夫小舅子关系，文雅点儿说，叫作郎舅关系。

李少春娶了侯玉兰之后，带领他的群庆社往北方发展，到了北京。

李少春到了北京，李万春当然尽地主之谊，盛宴为李少春接风洗尘。酒席之间，说起唱戏，二人当然有话好谈。最后李万春问道："打炮戏怎么安排的？"

李少春不假思索地说："唱拿手的《两将军》，外加一出《群臣宴》，如何？"

李万春听了一愣，心想："这个小舅子真冒失，谁不知道《两将军》是我的戏，你怎么单动这出呢？这不是对着我来的吗？后退一步想，也可能是小舅子无心，且观后效吧！"他唔浓了一下嘴，把话咽到了肚里，但憋了一股气，沉下脸来，不再说话。李少春只顾劝酒应酬，也没在意李万春的情绪。

李少春年轻，扮相英俊，且有余叔岩弟子的招牌，武功扎实边式，很招人喜欢。炮戏打响了。

第二天就贴出了《水帘洞》和《两将军》双出。

李万春一看心里更是窝火，心想："看来这个小舅子是成心和我过不去！他怎么单捡我的戏叫板呢？"李少春的猴戏更有看头，《水帘洞》《两将军》又叫了好。这像打了李万春两巴掌一样，弄得李万春火冒三丈。他坐不住了，非要给小舅子点颜色看看不可。马上贴出了《水帘洞》和《四郎探母》双出。这两出戏，一出是大武戏，一出是大文戏。一文一武两大出，就凭这戏码就很勾人。结果他卖了个满员，李少春这边减了座儿，只卖了个七成。李万春打胜了。

李少春这边被动了起来，唱戏是以成败论英雄的行业。尤其打对台，人家上座儿总好，你上座儿总不好，别人不看你玩意儿怎么样，就说你唱得不好，不然怎么不上座呢？李少春本分，排戏码恪遵老路，比如排出《青石山》，前边加一出《林冲夜奔》，中间还垫一出《鸿鸾禧》，三出大戏，卖傻力气，不讨巧。换了几次，还是上座不好。李万春则专挑他的空子，给他打冷戏，出其不意的抽他地座儿。李少春心里犯了愁，拿不出对策。李宝奎是他的智多星，他曾在李万春的永春社干过，他最了解李万春的招数。马上献策说："你的猴戏比他见长，可也别总唱《水帘洞》啊，现编一部《智激美猴王》，打他个冷子，保准能胜。"戏排出来，一亮场，火啦！场场满。李少春年轻，功夫硬，他扮孙悟空，高攒毛钻塔，新颖惊人；罗圈椅上与小妖对打，椅子功花样翻新，大饱戏迷眼福。都说："比李万春的猴戏可精彩多了！"

李万春一看，哦，咬上了！非拿硬货不能取胜了，马上排了一出《十八罗汉收大鹏》，在罗汉的兵器上下功夫，各个兵器都出绝样，李万春饰大鹏金翅鸟，穿紫红色带黄穗子的改良靠，手使双枪，与十八个罗汉开打，打法别出心裁，又将上座儿拉了回来。

这俩人像拉锯战一样，都排新戏，都创新路，针锋相对，摆开架势真格地打起了对台。

他们不光在戏上争斗，还互相挖墙脚。毛庆来是李万春的左右手，李宝奎使手段将他拉到了李少春的群庆社，李万春则用怀柔计，又将毛庆来拉了回来。蓝月春是李万春的死搭档，不知怎么又被拉到了群庆社。李万春树敌太多，当年他得罪的那些人，都站在李少春一边来帮忙。叶盛章主动过来和李少春合唱《三岔口》，还拉来袁世海、李玉茹合唱《战宛城》。

二李之争，争得不可开交。

少春的大姐看这哥俩打得如此激烈，夹在中间很为难。说丈夫，丈夫不听，说弟弟，弟弟不理，只得两边说好话相劝，她劝也劝得徒劳。这郎舅之间直打到互不来往，互不说话的地步。

二人一争争了三四年。新戏创了不少，大戏天天对着唱！观众轮番看，也都成了常客。总是这些人轮转，今天你家，明天他家，上座总也差不了多少。谁也没输，谁也没赢，各得千秋。观众也看累了，哥俩也打累了。两个人也大了几岁，觉得彼此下去，何时是个了？总不是个事。亲戚总是亲戚，何必让人看笑话呢？都有回头之意，打算言归于好。

李万春和李少春都喜欢打回力球。回力球是从国外传过来的运动玩意儿，当时很时髦。李万春在庆乐园的后院，左邻瑞蚨祥，右邻二庙堂，拾掇出一块空场，自己建了一个回力球场地，打起回力球来。

李万春有了回力球场，同好纷至沓来。李慕良、王吟秋、李少春都是回力球迷，不约来到球场。李万春看小舅子到了，主动邀请上场打球。李少春赶紧给姐夫个面子，接过球拍上场。二人就这样握手言和，重归于好。

都是同行，打着球，就说起戏。李慕良平时只给马连良拉弦，没机会唱戏，他想过戏瘾，提议唱出《大登殿》，他演薛平贵。王吟秋演王宝钏，李少春反串老旦扮王夫人，李万春反串魏虎。戏一开场，唱得心花怒放，都很开心，观众看得也新奇得意，连连叫好。过了几天李慕良又提议唱《四郎探母》，他扮杨四郎，王吟秋扮公主，李少春还是反串老旦扮佘太君，李万春饰国舅，又玩儿得很开心。

此时，李宝奎从中撮合："你们俩和好了，干脆就合作一出戏，对外公著社会，也好让关心你们的人放心啊。"

哥俩都欣然乐意，李万春说："唱就唱大的，贴《群英会·借东风·华容道》，大轴《铁公鸡》。"

李少春说："悉听姐夫安排！"

戏报一出，京城轰动。李万春前鲁肃、后关公，李少春饰孔明。《铁公鸡》李万春饰张嘉祥，李少春饰向老帅。两个"仇家"合唱两出大戏，上座儿满堂。都为郎舅的和好喝彩叫绝。

有词【渔家傲】写道：

郎舅对台时人笑，才高八斗仍嫌少。浑身解数招招好，论高低，戏院老板暗数票。 对台唱得心气躁，打到何时见分晓。亲情不容长相闹。和言好，来日方长台上老。

第一五三回

上海滩委屈挨打
翁偶虹指点迷津

因为是带艺坐科，裘盛戎在富连成学了七年就出科了。别看在富连成唱戏能唱压轴或大轴，出了科，却没人认可，总以为你毛儿嫩，不肯重用。很多出科的弟子，出了科甚至找不到戏班登台。有句俗话说得好，“搭班如同投胎”，难啊！

裘盛戎还算运气，出科后搭上了散班，随着散班，四处去唱，烟台、青岛、大连、哈尔滨等，都串到了。

散班的规矩是有戏就唱，能吃上饭，没戏就趴窝，吃不上饭。东一头，西一撞的，四处游荡，极不稳定。这一年游荡到了上海滩，正赶上黄金大戏院攒班，招底包。裘盛戎去应试，被招为底包演员。底包演员，有戏没戏给固定包银，相对稳定，能吃上饭。就是专给人家配戏，唱个零碎活儿，不受重视。

就这么散着，裘盛戎很觉得不得抱负，浑身的劲头没法施展，对底包的活儿也不怎么上心。这一天，开场戏有他的《万花亭》。他一懒散，起得晚了，赶紧往戏园跑，到了戏园已经迟到了。他赶紧换衣服准备勾脸，这时，后台管事的厉声对他喝道：“裘盛戎，你知道今儿个有戏吗？”

“知道。”

“知道你还迟到！”说着，抬手给了裘盛戎一个嘴巴。

“你怎么打人？”裘盛戎委屈地捂着被打红的脸质问。

“打的就是你！”管事的还真来了劲儿，“去，到账桌那儿跪着去！——罚香二十封。”罚香，就是受罚人自己出钱买香，在后台祖师爷的牌位下烧香下跪。

这一突如其来的事件，让后台的梨园同伴看不下去了：“迟到也不能打人哪！”

“这是干什么呀？又不是误场，不就是迟到一会儿吗！说几句就得了，下次注意不就完了，不能动不动就打人哪！”

“这不看人下菜碟儿嘛，金老板经常误场，谁敢说人家半个不字啊！”

“这不明摆着欺负人嘛！”

演员们七嘴八舌，吵吵起来。化装扮戏也受了影响。

这次来黄金大戏院唱戏的，正是北京来的，由李玉茹挑班的如意社。如意社的演员大部分都是中华戏校的弟子，初出茅庐，敢说敢道。

此时，一个长者模样的人走向前来说道："迟到是犯规，打人也是犯规。要罚香得一起罚，一视同仁！"

说这话的，就是如意社的顾问翁偶虹。翁偶虹原是中华戏校的编导，如今被如意社聘为顾问，在后台把场。如意社的弟子看翁先生说话了，吵吵得更响了。眼看后台要乱套，后台坐中的管事坐不住了，事闹大了收不了场，影响了唱戏，他没法向剧场老板交代。忙劝大家："行了，行了，迟到不对，打人也不对。大家看在我的面子上，不提这事了，赶快扮戏，别误了开锣。"坐中管事和了一通稀泥，算把事压下去了。

翁偶虹的名气，裘盛戎在京城是知道的，只是当时在富连成科班学戏，无缘与人家相见。有了今儿这个茬口儿，倒让裘盛戎面见了真佛。下得场来，裘盛戎拉住翁偶虹不放，硬把他拉到了戏院对面的餐馆，烫上一壶热酒，表示对翁偶虹给自己解围的感激。

翁偶虹看裘盛戎挺实诚，很可交。三杯酒下肚，便推心置腹地和裘盛戎谈了起来。

"你在富连成唱戏的时候，我就很看好你。今天听了你的《万花亭》，唱得很有味道，比在科班可进步大得多了！"

"翁先生过奖了。"裘盛戎也放大胆对先生剖心至腹地说："出了科，我才尝到了'搭班如同投胎'的滋味儿。我搭散班，也没白搭，长了不少见识，学了不少东西。尤其到了上海，我一有工夫就去听昆曲，我一边听一边琢磨，昆曲里的抗、坠、吞、吐、豁、滑、巅、擞，真讲究，那个味儿才好听呢！我听着人家唱，就想，这么好的唱法，我为什么不学学呢？于是我就试着，把人家的技法用到我的唱中。"

"哦，我听出来了，你的唱法，有'带着唱'的，有'甩着唱'的，有'摔着唱'的，有'叮着唱'的，都唱得很到位，韵味十足。可见你功夫下的不小哇！"翁偶虹赞叹地说。

"哎哟，我倒忘了，翁先生您是唱花脸的前辈，学生班门弄斧，惭愧，惭愧！"裘盛戎自责地说。

翁偶虹对裘盛戎的谦虚很感动："我这个唱花脸的，不成气候，半途而废，哪能与你同日而语。你的唱很讲究，我仔细品了品，你的气口，鼻腔、口腔、胸腔、脑腔共鸣，都很好，要哪个腔儿有那个腔儿的味儿。而且综合使用各腔儿，能出来一种立音儿。这个立音儿，是你独特的腔儿，既浑厚又有穿透力。我听你父亲的戏不少，你父亲可算得上净行的佼佼者，我也没听出你这个味道来。可见你是青出于蓝而胜于蓝喽！你又如此勤奋，把昆曲的唱法借鉴到你的唱法中，独出心裁，别有风味，非常难得，非常难得呀！"

听了翁偶虹的夸奖，裘盛戎反而更沮丧了，叹口气说："咱这碗饭真难吃呀！我觉得就够努力的了，可还是在这里唱底包，受人挤对，遭人白眼，受窝囊气！"

翁偶虹像个老大哥似的对他说："时运未到，像你这样的人才，会有出路的！"

"我看哪，在这里是找不到出路的啦！"裘盛戎还是提不起精神。

“你是真金埋在了土里，没被发现。良马还得遇上伯乐才行呢。以我愚见，你与其窝在这里，不如杀回京城。直接找郝寿臣、侯喜瑞等名净会一会，或者找金少山去碰一碰，没准儿能碰出火花来！”

这一顿饭，吃得很有意义，裘盛戎受益匪浅。他听了翁偶虹的，决定杀回京城去闯荡一番。

裘盛戎回到北京，忖度再三，没有直接去找净行名家接触。他觉得自己的本事和资历还不够，还够不到人家的份儿。还是先练练手，热热身，学学活儿再说。

他先去找了好友高盛麟，高盛麟是高庆奎的儿子，从小坐科富连成，学文武老生。出科后专工武生。其妻子是杨小楼的外孙女，他就成了杨小楼的外孙姑爷。高盛麟的师傅是丁永利，丁永利是杨小楼的得意门生。杨小楼得了这个外孙姑爷，恰好是徒孙儿，他对高盛麟格外亲近，经常私下里指导，给偏饭吃。高盛麟和裘盛戎是富连成的同科同学，二人同时到的上海，都不受重用，算得上难兄难弟。高盛麟先回到北京，受岳老爷的照顾，跟班唱戏。

裘盛戎来找高盛麟，高盛麟把他拉来见杨小楼。杨小楼曾经看过裘盛戎的戏，印象不错。他一向善于提携晚辈，二话没说，就留在戏班。有了这个机会，可得了学本事的机会。杨小楼挑班的戏班，聘的都是大角。裘盛戎上戏在台上看，不上戏在台下看，插空隙，隔着台帘看。每看都特别用心，一次他看杨小楼和钱金福唱《骆马湖》，杨小楼扮黄天霸，钱金福扮骆马湖主李佩。当时，两个大角都一把年纪了。钱金福曾经是谭鑫培的搭档，已经七十有余了，杨小楼也将近六十岁。这两个台上老将，仍演得风风火火，火爆异常。

尤其是钱金福，在台下走路，腿脚都不服使唤了，可是到了台上，仍然精神气十足。从坐寨到水擒，无论念白还是身段，仍然不减当年，功夫还是那么漂亮。特别是开打，李佩要从“滚堂”的武把子身上跳过去，来一个“踩泥”亮相。裘盛戎明白：对把子，双方可以互相照顾，尺寸可以放慢点儿。滚堂，是群舞，武把子翻完跟头，就地打滚儿，那是谁也照顾不了谁的。钱金福七十多岁了，身穿战服，足踏高底靴，要麻利地从滚堂人身上跳过去，谈何容易！

裘盛戎为他捏着一把汗，若是跳不过去，正跳到滚堂人身上，或者一个站不稳绊倒在台上，把滚堂的人砸坏了，或是摔出个好歹，把戏也砸了，人也受了伤，该如何是好？裘盛戎正为他提着气担心，只见他，把手中的双锏一按地，借着双锏的撑力，一闪身迈了过去。按说“迈过去”是要影响效果的，但钱金福动作极快，在闪身迈过去的一刹那，就势举起双锏，左高，右平，来了一个弓腿亮相，前腿弓，后腿箭，昂首挺胸，眼睛侧视，一口髯满，飘洒而不乱，整个一副雕像，又稳又美，十分边式漂亮。

裘盛戎看了，心里久久不能平静。哦，这就是老先生的功力所在！人家能化难为易，尺寸、火候恰到好处。这就是功夫，就是心计。心计到了，功夫到了，尺寸火候就自然把握，就能做得圆而美。这就是艺术美的修养。自己跟人家比，确实毛儿嫩得多！

他借鉴钱金福的亮相，想到了自己演《连环套》的窦尔敦。趟马之后踢腿，左腿不如右腿好使，总是踢不到位。他回来就把左右腿换了个过儿，练上几趟趟马之后，再上台，就把左右腿倒了过来，果然效果很好。从此他明白了一个理儿，演戏要和看戏结合起来，在动中学，在学中动，择善而从，化为已用。他从众多的名人身上学到了一个以圆求美的原则，逢大必小，是艺术的辩证法。从细微处下功夫，长心计，塑造人物形象的和谐美。他体形瘦小，但他以动和腔儿塑造人物，掩饰他的体形。从来没有人觉得他演的诸多人物，缺乏英雄气度。

自此之后，他又认真观摩了郝寿臣、侯喜瑞的演出，从两位大净身上学了很多玩意儿。在台上已经有了点儿名声，心里也壮了很多胆儿。他还记着翁偶虹的指点，想找机会和十全大净金少山“碰上一碰”!

有小令【双调·寿阳曲】唱道：

无止境，不到家，艺不压身无所怕！时风历来浪淘沙，且看樯帆美如画。

第一五四回

花脸大会巧相逢
老黑小黑碰出声

说来也巧，华乐戏园的经理万子合，知道京城的戏迷好热闹儿，为了烘场子，招人上座儿，他搞了个“花脸大会”。就是把京城的花脸都请来，每人一出戏，弄一个花脸专场。这个招儿也算奇思妙想，被邀的花脸，各个心里有数：这是花脸大会，也是花脸同台的较量，自然要铆劲儿掏玩意儿，不能丢份儿。

戏码排出来了：大轴是金少山的《御果园》，压轴的是郝寿臣的《黄一刀》，倒第三是侯喜瑞的《取洛阳》。再往上排，依次推，是刘连荣的《下河东》、马连昆与蒋少奎的《真假李逵》等，最上边，开场戏是裘盛戎和王泉奎的《双包案》。

虽然是开场戏，但在京城众多的花脸中，能列上名，跟金、郝、侯同台，就算够荣幸的了。

接到戏单儿之后，金少山用眼溜了一下，看开场的名单里有个裘盛戎，不由得心动了一下。他没看过裘盛戎的戏，但听人议论过，“小一伐的花脸中，有个裘盛戎，人称大傻子，铜锤唱功很独特，味道十足，很有后劲儿。”因为动了心，走了脑子，在开戏之前，他没先到后台勾脸，而是悄悄地来到台下，找了个不显眼儿的座位坐下，要专心看看这个裘盛戎到底有多大脓水儿。

开戏了，《双包案》中的真假老包登场，扮演假老包的就是裘盛戎。金少山是氍毹有名的十全大净，不愧行家里手，他看裘盛戎登台，举手投足，撩袍端带，捋然整冠，细微之处，处处合乎规矩，丝丝入扣，俨然富连成的科班真传，功底深厚，分寸得当，板槽合榫，分毫不差。光看做派，就让金少山为之一振。再听唱腔，呵，嗓音饱满，圆润，胸腔、脑腔、鼻腔共鸣，深沉响亮，如沉雷滚动，到爆发时，一个炸音，如霹雳当空，响震耳鼓。仅听了一段唱，金少山不由暗中点头叫好。因为要勾脸扮戏，他只得悄悄离位，回到后台。

金少山是大轴，最后收场。下了场回到后台，只见裘盛戎在后台正用仰慕的眼光看着他。金少山向他点点头，裘盛戎赶紧过来行礼，动手帮他卸装。金少山是大角，平时最讲气派，有专人给他勾脸、上装、卸装，别人想搭把手他都看不上，不让近前儿。今儿裘盛戎上前来搭手，他并未嗔怪，而是和气相待。满后台的人都为此感到奇怪，都觉得金老板今天像变了一个人似的。金少山边卸装，边与裘盛戎闲谈，东一句，西一句，随便得很。谈着谈着，突然冒出一句："咱一老一少，合作一把怎么样？"

裘盛戎听了几乎不敢相信自己的耳朵，一个名震四方的大角，要和自己一个初出茅庐的无名小卒合作，这是真的嘛？可金老板就在眼前，还能是假？他受宠若惊，不知说什么好，只是嘿嘿，嘿嘿地傻笑。

金少山看他那个样子，在他后背上拍了一把，爱抚地说："嘿嘿……光知道傻笑了，真是个'大傻子'！"

金少山言归正传："赶明儿，咱俩唱出《白良关》，你唱尉迟宝林，回去默默戏，明儿台上见！我这就让万老板写水牌去！"

裘盛戎还没答应，金少山就拍板了。

《白良关》这出戏，是武净的戏。唐朝，太宗征北，命尉迟恭敬德攻打白良关。镇守白良关的敌将是刘国桢。刘国桢敌不过尉迟恭，被尉迟恭打伤。刘国桢之子宝林出战，与尉迟恭打了个平手，归告其母。其母遂将真情告诉儿子：宝林乃尉迟恭之子。当年，尉迟恭从军后，刘国桢霸占了其母，宝林遂成刘国桢之子。宝林明白真相后，鞭杀刘国桢，认亲父尉迟恭，归顺大唐。

这出戏，尉迟恭父子均是花脸，而且都勾黑脸。尉迟恭是老黑，尉迟宝林是小黑。两个花脸，先对打，后父子相认。老黑对小黑，有文有武，唱念做打，硬碰硬，是最要劲儿的戏。

华乐园的水牌一出，京城为之哗然。《白良关》这出戏，一般戏班不敢唱，这是要角的戏。台上的两个花脸，都得是唱念做打都拿得起来的好角。一下子配两个唱、念、做、打都兼工的好花脸，实属不易。因此，这出戏经常挂着，很少唱，都放凉了。水牌一出，当然新鲜。尤其是金少山担纲，裘盛戎搭档，一老一少，实是新奇。大家都想开开眼，看看这一老一少，到底能碰出个什么样的响动来！华乐园一下子卖了个满坑满谷。

听了金少山的安排，裘盛戎离开戏园，回到家怎么也睡不着。一是高兴，正想和金老板碰一碰呢，金老板就提出来了。天随人愿，该着的和金老板学学本事。二是担心，说唱就唱，明天就唱《白良关》，这可不是闹着玩儿的，这出戏吃功不说，和金老板对唱，闹不好就让金老板给喝喽，让金老板给比趴下，就再也上不了台啦。但又一想，不是早就存心想找金老板碰一碰吗，还没碰就认怂，怎么能成就自己呢！他翻来覆去睡不着，想着一定把明天的戏唱好，金老板专挑我提出一起唱，就是看得起我，我不能对不起人家，让我拽了人家后腿！他自忖，论唱功，凭着我的韵味，我可以和金老板找齐；论形象，我体形没有金老板丰满高大，但在站位上，我可以留心，往他前头站，靠近台口，这样在台下往上看，可以掩饰我的瘦小；论做、打功夫，凭我在科班的底子，也能与他打个平手。想到这里，心里踏实了许多。天傍亮了，才眯了一觉。

第二天，在戏园，大幕一开，裘盛戎扮尉迟宝林踩着急急风上场，他一身皂罗花袍，风流倜傥，活泼潇洒，俨然花花公子的派头。开口唱二黄散板，"正在后帐演刀枪，忽听前帐闹嚷嚷，迈步且进牛皮帐，……着什么急来着什么忙！”唱得满宫满调，先声夺人，就小伙子这个机灵帅气的冲劲儿，就很引人注目。

接下来，与尉迟恭对阵。尉迟恭唱道：“胯下一骑乌骓马，打将的钢鞭手中拿，来到贼营高声骂……”金少山这几句唱，唱得虽平稳，但唱得有气魄，大气磅礴。

尉迟宝林接唱：“后边又来小豪家，无有盔来无有甲，皂罗袍上绣团花。问声老将名和姓啊？”

唱到这里，把“名和姓啊”几个字之前的气息压住，然后铆足气力喷驳放出，脑共鸣音轰然和响，弘润醇厚，响灌戏园。全场顿时喝彩轰鸣，叫好不止。

金少山也为裘盛戎的这个立音暗暗叫好。心想果然让我选着了。正好硬碰硬地搭档，他接着唱下一句：“你老爷尉迟敬德保唐家！”

他这一嗓子和刚才裘盛戎的那一嗓子，正好对应，声震屋瓦，全场彩声顿起。

两次彩声，吊起了这一对花脸的情绪。尤其是裘盛戎，精神更加振奋，昨晚所想的一切担忧，统统一扫而去。

正所谓“月朗星稀”，在金少山的光环里，若想露出亮来，非得与他比肩不可。这两次喝彩，更坚定了他的信心。

金少山的不足之处，是细微处做戏不足，裘盛戎在这点上正好弥补。

戏唱到宝林母哭诉宝林身世真相的时候，裘盛戎做戏细腻而感情真挚。当母亲开口说真情的一刹那，他让母亲掩口噤声。他推开门，到门外四看无人，才悄悄掩上门，让母亲接着说。母亲说到他父尉迟敬德如何参军离去，母子又如何被贼子刘国桢霸占，以致认贼作父时，他随着母亲的叙述，一会儿悲苦怨恨，一会儿气愤填膺，一会儿胸满仇雠。把尉迟宝林的感情变化表演得真挚传神，以致让台下的观众跟着流泪、激愤，情绪起伏跌宕，给他鼓掌叫好。

当演到父子柳林相会的时候，两个花脸唱到了高潮，金少山的金嗓子充分发挥，洪亮叫绝，声震耳鼓；裘盛戎的嗓子韵味十足，响中带甜，声情并茂。

尉迟恭敬德低婉含情地唱：“钢鞭挑起亲生子，”

尉迟宝林恭敬得意地唱：“翻身上了马能行。”

裘盛戎尺寸放慢，气口低回，腔调转落，给金少山垫上句：“假战三合败了阵，”金少山接着垫句，由低变高，使了一个挺拔奔放的高腔：“钢鞭一举晓三军。”

金少山的这一高腔儿，收敛了前头二人的所有腔儿，归于高潮。全场掌声、喝彩声、叫好声，重叠起伏，热烈非常。

在后台卸装，金少山高兴地问裘盛戎：“今天感觉怎么样？”

“太过瘾了！”裘盛戎喜形于色：“跟您一起唱，真长劲儿！”

“我也很过瘾。”金少山说，“既然长劲儿，咱就再合作几出。咱唱戏的过瘾，看戏的更过瘾，让大家把戏瘾过足喽！”

这是裘盛戎巴不得的事。

之后，二人又合作了《真假李逵》，金少山扮真李逵，裘盛戎扮假李逵。又是大黑碰二黑，二人碰到了一块儿！

接着，他们又同台分别唱了《探阴山》《刺王僚》《连环套》《御果园》等戏。他们两个异曲同工。金少山的嗓子洪亮、甘美、纯正、豪气、爽朗；裘盛戎的嗓子深邃、醇厚、稳健、含蓄、绵柔、遒劲。他们俩同台演出，不比不知道，一比见分晓。两个人都是铜锤的功夫，不分上下，各有千秋，——俨然净行铜锤瑜亮！

——敢情净行又冒出个金嗓子，这就是裘盛戎。

那一年，金少山四十八岁，裘盛戎二十三岁，相差一代人的年龄，两个铜锤花脸，享誉梨园。

裘盛戎唱出了名气，开始自己组班，取名“戎社”。

至此，梨园净行单独挑班的唯有两人，一个是金少山，一个就是裘盛戎。

金少山挑“松竹社”，裘盛戎挑“戎社”。

两个戏班叱咤风云，净行逞威。

有散曲唱道：

【越调·斗鹌鹑】华乐园深，银河夜静，月色朦胧，寂寂无声。睡下无眠，耳鸣心旌。想着台上情景，听金霸王言行，句句清清，字字实情。

【紫花儿序】紫罗袍齐齐整整，元宝脸勾画黑晶，打马亮相，煞是威风。小黑则把老黑碰，碰出火花并彩声。

【幺篇】一个天罗汉，一个地煞星，吠声、吃惊。对把子两个英雄，唱对口一腔同声，戏园起共鸣。

【尾】两个黑头硬碰硬，一老一小最分明。长江后浪推前浪，一浪一浪往前涌，可畏后生。

第一五五回

九一八日寇挑战
梅兰芳愤而排戏

一九三一年九月十八日，梅兰芳正在中和剧院夜场唱《宇宙锋》。剧院外灯火辉煌，把梅兰芳扮演赵艳蓉装疯的大幅剧照，照得光彩照人。剧场里，人们为欣赏梅兰芳的风采，把剧场填得满满的，连过道都临时加了座儿。

剧场包厢的中心位置，端坐着一位英武的年轻将军。在他周围，有一帮全副武装的军人保卫。当时戏正进入高潮，这位将军聚精会神手拍膝盖，随着板眼，轻轻地拍打着，微微摇晃着脑袋，品味着唱腔的优美。

此时，从后面急匆匆走进一个人来，俯身在将军耳边，悄悄地说了些什么。这位将军听后，顿时戏意全消，立即起身撤离包厢，随从侍卫们也随之匆匆而去。这位将军的离去，在观众席稍稍引起了一些骚乱；这位将军的离去，台上唱戏的梅兰芳也看得清清楚楚，他也大为不解。

这位离去的将军就是张学良。

张学良是军阀张作霖的公子，人称“少帅”。张作霖被日本人炸死后，张学良继任为东三省保安司令。为加强东北军的力量，抵御日本的入侵，同年他宣布服从南京国民党政府的领导，被任命为东北边防司令长官，陆海空军副司令。张学良自幼爱看京戏，尤其爱看梅兰芳的戏，他和梅兰芳也是好友。只要梅兰芳贴演，只要他赶在北京，是场场必到。尤其是《宇宙锋》，他更是爱看。

为什么看到最精彩的时候突然离去呢？原来是日本关东军突然偷袭了沈阳北大营。军情紧急，作为司令，他当然无心看戏，匆匆去处理军务。

九一八事变，震惊了中国大地，几万万中华儿女，都在激愤中关注事态的变化，而南京政府的态度是“不抵抗，撤退。”日军则如入无人之境，接连占领了沈阳、长春，一个星期就占据了辽宁、吉林的大部分国土。不到一个月，就攻占了哈尔滨，继而占据了东北全境。劫走了清朝的皇帝溥仪，在东北建立了傀儡政府，宣称为：满洲国。妄图以“以华治华”，灭亡中国。接着就大举进攻关内，占据了热河省，直逼平津。

九一八事变之前，梅兰芳因为祖母、伯母相继去世等家庭事故多变，在京城住得不顺心，就举家迁到了上海，暂住在沧州饭店。虽迁至上海，也是四海漂泊，奔台口唱戏。

京城是京戏的老家，他还是经常不断地到京城演出。

这次来京，正赶上事变。

北京危在旦夕，好友一再催促他赶快离开京城，他不忍心眼看着生他长他的京城热土，遭受日本铁蹄的践踏，久久不想离开。

冯耿光看劝是劝不动了，就硬是给他买下一张车票，把他拉上火车，陪他回到 上海。

身子回到上海，心还在惦念北京，还在牵挂被日寇占领的北疆国土。他无心唱戏，也无心吊嗓练功，总是望着北方呆呆地发愣。

看他总是神情不安，福芝芳心里很是不踏实，就找来梅兰芳的好友许伯明为他解闷。

许伯明一家也是刚迁到上海，他与梅兰芳是老友，处境相同，此心同于彼心，在心情黯淡之际都愿找老友排遣心中的块垒。于是带领他的三个堂弟许伯遒、许姬传、许源来，成了梅家的常客。

许家四兄弟都是昆曲传家的行家，尤其许伯遒是昆曲大师俞粟庐的亲传弟子。俞粟庐是京昆小生俞振飞的父亲，以昆曲顾曲大师之名，名满江南。许伯遒吹笛子得了俞粟庐的真传之后，曾为俞振飞伴奏昆曲。那笛子吹得与俞振飞唱得天衣无缝，名列昆笛高手。每次来梅家，他都带根笛子，为梅兰芳吹奏昆曲。唱罢，探讨昆曲的音韵，兴味盎然。

一探讨音韵，梅兰芳就来了精神。一次，他找出不少入声字，什么“暮”“不”“得”“劈”等字请他们审定。

他说：“北方人说话没有入声音，唱南曲的人入声字可得下功夫练。我的昆曲老师乔蕙兰、谢昆泉都是南方人，我记得《牡丹亭·闹学》是向李七先生学的，小春香‘一种在奴人上’的‘一’字，起初不合适，入声出口即断，不能拖音，也是学了好几遍才唱准的。”

许姬传听后笑了：“南方人唱北曲也费劲。我的开蒙老师是外祖徐子静先生，他是宜兴人，可生长在北方，所以唱北曲，是叶堂一派，字音非常准确。九岁时，教我《长生殿·弹词》，头三字‘不提防’的‘防’字念‘房’音，我问他为什么不念本音？外祖说，昆曲是根据周德清的《中原音韵》规定的读音，现在你只跟着我唱，不必打听为什么，到时候我会告诉你的。下面〔七转〕‘冷清清佛堂倒斜’的‘冷’字不照工尺唱，要冒调落到本音，我问他为什么由高而下，他说‘冷’字是上声，必须唱准上声，所以用这种唱法。”

听了许姬传的一番话，梅兰芳颇为感慨：“哎呀，你可摊上了个好外祖，那是你学昆曲的福分。静老是‘弹词’的一绝，那是大家！”

一谈到北方，大家就不免想到危在旦夕的北京，想到已经沦丧的东北三省，和大片华北国土。于是大家又沉静下来，暗暗伤神。

在沉静中，突然，梅兰芳说道：“我们不能只谈腔论曲了，我们得排出戏，用行动鼓鼓中国人的士气，不能甘当亡国奴！”

“对！”大家很是赞成。

许伯遒想到了一个好题材说：“排一出韩世忠在黄天荡围困金兀术的戏，突出梁红玉擂鼓助战，以激发全国人民的抗战热情！”

梅兰芳听了十分赞赏，连说：“好！好！好！京戏中有一出《战金山》，是刀马旦的戏。我们可以据此重编一出，大家给起个名。”

“《抗金兵》如何？”

“好！就请姬传贤弟编剧如何？”

许姬传谦虚地说：“我唱过昆曲，可从来没编过戏文，还是大家一起写吧。”

许伯明说：“你起草，大家一起来润色。”

“好！”大家一致赞成这个办法。

于是，这些人就临时组成个创作组，一面编一面排，很快就排成了。排成后即在天蟾戏园贴演。由此《抗金兵》一举轰动了上海。报纸一登，继而在全国朝野、百姓中传播。都说梅兰芳用梁红玉誓死卫国，威风凛凛的巾帼英雄形象，在鼓动人民投入抗战，保卫国家。

接下来，梅兰芳又策划编排《生死恨》。

《生死恨》的故事，是齐如山根据明代传奇而改编的戏剧，原戏名曰《易鞋记》。剧情是，北宋女子韩玉娘被金人掳去为奴，把她配给一位男俘虏程鹏举为妻。韩玉娘不忍心做亡国奴，劝丈夫逃回宋国投军，杀回金国，收复失地。在韩玉娘的帮助下，程鹏举终于逃回大宋，投在大将军宗泽麾下，奋勇杀敌，收复失地，立下军功。收复失地后，程鹏举辗转找到了韩玉娘，……。

梅兰芳强调重编此剧，打破大团圆的结局，写成悲剧。突出写做俘虏的惨痛遭遇。通过韩玉娘的苦难遭遇，寄托整个民族所遭受的离乱苦难。外敌入侵，国破家亡，人民流离失所，在敌人的奴役下受尽摧残，唤起人们不当亡国奴的觉醒。

编剧执笔还是许姬传。许姬传建议将戏名改为《生死梦》，姚玉芙认为叫《生死恨》更好。

梅兰芳听了姚玉芙的话赞成说：“《生死恨》好！一个‘恨’字，道出了全国人民的亡国之痛！这个戏名就这样定了。”

这次改编很特别，为了赶进度，梅兰芳决定先顾曲后填词。梅兰芳又把琴师徐兰沅、王少卿找来，让他们设计唱腔、板式。由许姬传给他们一场一场的介绍剧情。梅兰芳说：“唱腔重在感情，不要花哨，要唱出苦难中的悲愤。”

徐兰沅深情地对梅兰芳说：“你放心，你的情调就是我们的情调。睛好吧你哪！”

徐兰沅和王少卿昼夜加班，很快将唱腔搞定。二人给梅兰芳汇报，征求梅兰芳的意见，梅兰芳把许姬传和其他人都叫来一起听。

徐兰沅说："《纺织夜诉》这场戏是重场戏，我们安排的板式是：〔二黄导板〕、〔散板〕、〔回龙〕、〔慢板〕、〔原板〕，而后入梦。梦醒后唱两句〔散板〕，然后接下场戏，您看怎么样？"徐兰沅边说板式，边哼唱，唱得很入戏，很动情。

梅兰芳听得特别仔细认真，听完问身边的许姬传："你看怎么样？"

许姬传点点头说："二位下功夫了，我听着还可以。"

梅兰芳对琴师一向很尊重，更何况徐兰沅是他的亲姨夫，梅兰芳对他更是敬重。他平时不称徐兰沅姨夫，而是一直称他徐大爷。

"这些是我早和徐大爷合计过的。"梅兰芳进一步解释说，"这场戏是'戏核'，是表达韩玉娘爱国思想和广阔胸怀的主要场子，徐大爷他们爷俩下工夫不小。"他认真地对许姬传说，"你填词，词意要悲壮，但不能低沉，要有乐观的远景。〔导板〕后的〔散板〕不能超过四句，慢板也不宜过长，多种板式，造句时须注意节奏。你许老弟精通音韵声腔，平仄阴阳，搭配既要和谐又要抒情。——剩下的活儿就看您的了。"

许姬传很慎重地说："还是大家一起操练吧。我为主，一腔一板地填词，大家旁听，有不妥处，当下更正，这样更省工夫。"

大家也说如此甚好。

于是大家围着许姬传一起填词。〔原板〕的末一句唱词，许姬传哼出了十字句句式，梅兰芳觉得这里用垛板唱更有气势，改为了"要把那，番兵，一刀，一个，斩尽，杀绝，到此时方称了心肠。"

如此，每一场的词曲配得都很顺畅。唯独对最后一场的词曲发生了争执。王少卿提出将这场的唱腔设计成〔四平调〕，其他人认为〔四平调〕的情绪与悲剧不搭调。

王少卿则不以为然，坚持用〔四平调〕，他用恳求的语调对许姬传说："姬老，〔四平调〕虽然以前很少用于悲惨的场合，但事在人为，我们可以创新，我可以把它设计得很悲。只要您编词儿时不要都用七字句和十字句，这样，我就好出腔儿，保证新鲜有味儿！"

许姬传听了说："要长短句，那可费劲。既是长短不齐的碎句，还不能脱离京戏二二三、三三四的造句规矩。难哪！"

王少卿笑着说："您会唱昆曲，还能难住你？对您来说还不是小菜一碟！"

许姬传也不再推辞，随口哼起词来："夫妻们分别数载，好似孤雁归来。可怜我被贼将奴来卖；我受尽了祸灾，棒打鸳鸯好不伤怀。幸遇着义母她真心看待，今日里才得再和谐。但愿得了却了当年旧债，纵死在黄泉也好安排。"

王少卿听了很满意，说："嘿！不赖，不赖！还是'怀来'辙呢。太好了！"他很快就设计出〔四平调〕的唱腔，经他一哼唱，曲调新颖脱俗，跳跃跌宕，如泣如诉，生动感人。大家都为之拍手叫好。

《生死恨》公演后，又引起很大反响。观众由韩玉娘联想到东北惨遭沦丧的老百姓，抗日的呼声更加强烈。

梅兰芳一连推出的两出新戏，让住在上海的日本官员十分恼火。

一天，梅兰芳正在台上唱《生死恨》，上海社会局日本顾问秀木，带着几个日本浪人，悄悄溜进剧场。台上的梅兰芳正唱〔导板〕："恨金寇犯疆土贼狼成性，杀百姓掠牛羊毁我家乡……"

听到这里，秀木像被当众揭疮疤挨骂一样，再也掩饰不住平日的伪装，恼羞成怒，站起身朝身边的浪人一挥手，楼上的浪人马上开了一枪。"乒"的一声枪响，剧场里马上混乱了起来。趁着混乱，又一个浪人窜到舞台下，"嗖地"朝舞台上投了一颗燃烧弹。燃烧弹在台上，闪着绿光，旋转着，吱吱作响，马上就要爆炸，烧起大火。说时迟，那时快，台上一个检场之人，急中生智，抱了一个棉大衣扑身把燃烧弹盖住。紧随其后，后台人员一拥而上，有的拿热水瓶，有的提水桶，将水齐浇在大衣之上，又用脚使劲踏踩，没等燃烧弹爆炸，就硬是把它给搓搓得没了动静。

在大家扑向燃烧弹的同时，鼓师把鼓箭子一扔，呐喊一声，一个箭步跳下戏台，直扑那个扔燃烧弹的日本浪人。有几个观众也呼应着冲向那个日本浪人，那小鬼子看寡不敌众，使出轻功，噌，噌，噌，跳出重围，蹿窗而逃。

这时的梅兰芳，矗立舞台，岿然不动。在演唱中他居高临下，秀木的举动被他看得清清楚楚，他怒目圆睁，盯着秀木，举起手中的雕翎箭道具，胸脯一挺，对着文武场像发令一样，大声说："接着唱！"

霎时鼓乐齐鸣，他镇定自若，胸中的怒火在燃烧，放声唱道："斗恶魔，怒火燃胸膛，更激起我仇恨满腔！杀敌寇，壮神威，愤战疆场，定让那侵略者血债来偿！"初听此腔，徐兰沅一愣，心想"没有这个词啊！"王少卿反应快，京二胡马上补了上去。徐兰沅一愣之后，京胡也赶紧追了上去。二人的胡琴，托着梅兰芳的唱，整个剧场激昂之声铿锵悦耳，大气磅礴。

原剧中本没有这几句唱词，这是梅兰芳怒火中烧，激情迸发，愤慨之时脱口而出，喷唱出来的。

剧场里顿时群情激奋，为梅兰芳的大胆正义，临危不惧，镇静泰然，现场发挥的愤慨之声鼓掌叫好。

喝彩声吓得秀木如过街的老鼠，惶惶然，灰溜溜，失魂落魄地溜出剧场。

有词【山亭柳】写道：

面对敌人，愤怒裹全身。挺胸膛，振威魂。一声令下接唱，弦鼓高遏行云。三尺舞台不小，上阵时分。

振臂一呼群山应，山山水水起回音。教化功，变利刃，投枪杀敌利器，高歌呐喊战阵。一曲催肝列胆，激励人心。

第一五六回

陆素娟瓜代京城
女丈夫前线捐躯

梅兰芳移居上海，毕竟不能总在京城。京城的戏迷想看梅大师的戏，不像以前那么方便了。看不上梅兰芳的戏，戏迷们大有“望梅止渴”的劲头。“止渴”，靠什么止渴呢？戏迷们便把“望梅”转向了素有“小梅兰芳”之称的陆素娟。

陆素娟有在环翠阁的经历，因而善于交际，她的交际来往都是达官贵人、富商巨贾。自从她离开环翠阁之后，这些人更是紧随其后，看戏听曲，追捧有加。

其中有一个人，名王绍贤，是当时有名的盐业银行巨头。

他捧陆素娟肯下本钱，除每月供陆素娟一两万元做日常开销外，还特拨了一笔唱戏专款——八万银元。那时银元与美元等值，这样大数目，让人听了都咋舌。

陆素娟有了这八万银元，除了置办行头、砌末、守旧之外，还有一个特殊用项，就是每次唱戏的配角、场面和后台箱官、水锅等，都顾用梅兰芳剧团的原班人马。

梅兰芳移居上海，梅兰芳剧团的人，大部分时间是在京城赋闲。他们伺候梅大爷惯了，自视甚高，玩意太差的角儿，不论出多少钱也不伺候。陆素娟的梅派玩意儿他们是清楚的，已达到登堂入室，誉满京城的地步，都号称“小梅兰芳”了。戏迷买账，梨园买账，他们也买账。况且陆素娟手头上有钱，自己唱戏也不为挣钱，只为了扛“小梅兰芳”这块牌子，要的是名声。

有八万银元垫底，只要是梅剧团的人出场，都给双戏份儿。这样高的待遇，外加“小梅兰芳”的旗号，梅剧团的人，觉得“够份儿”，便都来与陆素娟合作。

老生贯大元、小生姜妙香、名丑萧长华、武生尚和玉，以及刘连荣、朱桂芳、诸如香、孙甫亭、王少亭等硬手名家，都一体陪她演出。徐兰沅的胡琴、王少卿的二胡，场面上的上下手，梳头的、检场的，这些都是梅兰芳剧团的原班人马。

有这么大的派头，又这么张扬，陆素娟的名气岂止是一个“小梅兰芳”就能罩得住的？整个京城，都拿看她当作看梅兰芳的戏。

陆素娟的玩意也的确不一般，除了梅派的老戏《御碑亭》《三娘教子》《宝莲灯》等能唱外，连梅兰芳的本戏她都能唱。如《西施》《太真外传》《俊袭人》《宇宙锋》等。

《太真外传》，是梅兰芳早期的古装戏。每一场都有高潮的噱头，加之布景、灯光、砌末的衬托，更是新鲜抓人。华清赐浴、梦游月宫两场戏，是最抓人的戏。

华清赐浴，杨贵妃从华清池洗浴完毕，走下浴台，身披薄纱，真如出水芙蓉，光鲜照人。

梅兰芳做戏细腻，更做出美人出浴的羞腻娇媚之态，演出了杨玉环恃宠华贵的姿容。

陆素娟每演到此，她的体态、身形，不用做戏，也自在戏中。

她人长得极为漂亮，身材不高也不低，不胖也不瘦，一张瓜子脸，两只大眼睛，双眼皮，亮瞳眸，秋波暗转，含情脉脉。通鼻梁，樱桃口。皮肤白皙，细皮嫩肉，脸蛋儿生怕一阵风就能吹破。娇态妩媚，行动翩然。她身着薄纱，出浴一登浴台，便全场肃然，仿佛杨贵妃天神转世，让人叹为观止。

梦游月宫一场戏，美就美在杨玉环带二位仙女在月宫歌舞，歌声悦耳，舞蹈翩翩。这是梅兰芳的独创，也是梅兰芳的绝活儿。每演到此，彩声不断。陆素娟以天生丽质，优美的舞姿，清亮的歌喉，动人的身段，唱腔甜润，也是喝彩不断。

《俊袭人》是梅兰芳早期另一个风格的古装戏。故事取材于《红楼梦》，袭人规劝宝玉的情节。这是一出“冷戏”。“冷”就“冷”在只有袭人、宝玉、茗烟、四儿四个人物。茗烟、四儿都是摆设人物，没有两句台词，没有过多动作，只做陪衬。宝玉只作应答，走两个过场。整场戏都是袭人一个人表演。整场的戏，采用写实手法，太师椅、多宝格、床、八仙桌都是檀木家具，布置成一间卧室。这些实木家具，都是从缀玉轩搬来的。梅兰芳扮袭人，如演独幕话剧，一个人在台上做戏。她先劝宝玉，宝玉不悦，茗烟上场请宝玉去用饭。袭人自怨自艾，唱〔二六〕。宝玉再上，故意与四儿谈笑，不理袭人，独自睡卧。袭人见状，又气又怜。唱〔南梆子〕，后来宝玉回嗔作喜，二人言归于好，全剧告终。这个戏的卖点，是梅兰芳的唱工和意境新奇。尽管如此，唱起来很冷，上座儿平平。梅兰芳也早就将这出戏挂了起来，很少演唱。

而陆素娟却心高气傲，不怕它冷，硬是搬演这出戏。越是几近失传，别人不敢碰的梅派戏，她越是要唱。而且照原样实景布置，丝毫不差。这出戏经她贴演，居然不“冷”，上座儿很好。原因大概是因为梅兰芳都久已不演了，她竟敢来演，人们来看她的稀罕儿。再就是抓住时机抢看这出“冷”戏，看一次就逮着一次，说不定什么时候就谁也不唱了，那就再也看不上了。

她也演过梅兰芳的拿手戏《霸王别姬》。她很幸运，与杨小楼、金少山都合作过，而且都是在新新戏院。

杨小楼唱《霸王别姬》，通常只和梅兰芳合作。梅兰芳去了南方，这出戏就挂起来了。

这年冬天有一场大义务戏，有人提出让杨小楼搬出这出戏。

杨小楼反复思摸，觉得只有陆素娟能给他配戏，于是便约来陆素娟同台。

前头是李万春、毛庆来的《武松打店》，压轴是《拾玉镯》连《法门寺》。孟小冬饰赵廉，尚小云饰宋巧娇、筱翠花饰孙玉娇、郝寿臣饰刘瑾、慈瑞泉前刘媒婆后贾贵。

大轴戏是《霸王别姬》，陆素娟没登台唱过这出戏，给杨小楼配戏这是头一次。可是，凭天赋，她竟配得十分到位，二人合作得天衣无缝，观众不禁叫绝。

可惜，这竟成了杨小楼的绝唱。

——他们仅合作唱了一场之后，杨小楼就病倒了，不久撒手人寰。

过了些日子，戏园又贴出了《霸王别姬》。这次是金少山提出来的，他找上门，要顶杨小楼的缺，扮演楚霸王。

金少山也曾和梅兰芳合作过这出戏。他看杨小楼与陆素娟唱响了这出戏，心里不平衡。也想试试陆素娟到底有多大分量，因此提出了贴演此戏。

金少山嗓门极高，场上常常以高调门压人，同行尽人皆知。

上场之前，孟小冬悄悄对陆素娟说："小心金霸王的嗓子。"

陆素娟笑笑说："你不怕他，我也不怕他！"

她虽与杨小楼只合作了一场，场上平分秋色，各得千秋。但她收获不小，摸清了这出戏的路数，心里已经有了底。杨小楼尚且能配得好，金霸王还能怎样？要论嗓子，她比金少山更优越，因而她丝毫不怵金霸王的挑战。

金少山五大三粗，扮出相来纯粹一个活"霸王"，气势压人。

陆素娟婀娜多姿，光鲜靓丽，再加歌喉甜亮，剑舞翩翩，身段优美绝伦。

场上可为英雄配美人，美不胜收。彩声一阵又是一阵。

相形之下，金少山反成了陆素绢的陪衬。

一场戏下来，金少山服了。——怪不得她敢瓜代梅兰芳，敢情台上真有真的！

能和如此美的虞姬合作，金少山也心满意足了。

陆素娟与杨小楼和金少山的《霸王别姬》，配角用的都是梅兰芳唱此戏时的原班人马，萧长华、姜妙香、王少亭，一个不少。绿叶扶红花，好上加好！

京城的戏迷，"望梅止渴"，这两场戏，可是让他们解了大"渴"了。

陆素娟俨然"顶替"了梅兰芳！这着实让陆素娟占尽了风头。

陆素娟轰动了京城，很让名票张伯驹眼馋。他想和陆素娟合作一出《打渔杀家》，便把想法告诉了余叔岩。余叔岩说："这好办，你把她叫来，我给她说说戏。"

陆素娟知道，《打渔杀家》是余叔岩和梅兰芳合作多年的老戏。听余叔岩说戏，无异于得见梅兰芳的真传，于是欣然前往。

经余叔岩说过戏之后，《打渔杀家》唱得很成功，余叔岩、张伯驹、陆素娟都很满意。

陆素娟为感谢余叔岩的指教，由张伯驹代约，请余叔岩和他的两位女公子在六国饭店去吃了顿西餐。席间谈笑风生，相当和谐，余的两位女公子也很喜欢陆素娟，玩得很开心。

哪知，此事被《立言报》的一位记者吴宗祜发现了。无宗祜人称"吴忙子"。因为他整天介瞎跑乱钻，无事而忙。他专好钻梨园行和游艺界，一有个小小动向，他就忙活起来，抓写新闻。陆素娟请客这件事被他抓住了，写了一篇花絮。

余叔岩、陆素娟、张伯驹，都是当时北京城的名人，报社还特重视，大字标题，发了一条花边新闻。

报纸发新闻是分内正常之事，而且没有恶意。

余叔岩读了之后却大发雷霆。认为把他的女儿名门闺秀和陆素娟青楼女子相提并论，谈笑交往，是对余门的玷污。于是便带了门子等人去报馆兴师问罪。

余家和报馆同住宣武门外，离着很近，走几步便到。到了报馆，余叔岩让门人破口大骂，骂记者、骂编辑、骂报馆。这一骂，骂得报馆的人们很反感。主编出来与余叔岩辩理。

主编问："你家小姐与陆素娟同席吃饭，是不是事实？"

"是。"

"新闻与事实相符，报馆有何错误？"

"错误就是不该登报！"

"登不登报是我们的事，我们文责自负！"

"污蔑我余家，你当然要负责！"

余叔岩以为得了理，命令门子人等："给我砸！给我砸！叫他文责自负！"余叔岩一声令下，门子等人，一起动手，乒乒乓乓，把报馆的门窗玻璃，打了个稀里哗啦。这才"收兵"而归。

报馆岂能受此欺负，第二天，头版头条以大号字码为题，把余叔岩带人砸报馆的事登了出去，还配了被砸的照片。

这一下，事情闹大了。余叔岩更加恼火，声言要把报馆告上法庭。

余叔岩的朋友、清客，一见此消息，便齐集余家，有的为余叔岩抱不平，有的则出谋划策，如何报复惩治报馆。

其中有个人，力排众议，却另有主张。这个人就是当年因写文章抨击"新文化干将"们批判京戏，被北大开除学籍的张厚载。此人现在也在报界工作，但已变得老练沉稳，没了当年的锋芒。他与余叔岩交情甚深，他公平地分析道：

"这件事，本来是三爷办得急了些，而激化了事态。报馆发稿本是天经地义之事，所发稿件，与事实相符，没有任何罪责。陆素娟虽出于青楼，并非青楼女子，尽管人们误解，蔑视于她，但她一身正气，名扬菊坛，尽人皆知。三爷认为不妥，只是三爷的见解。法律只认事实，不认见解。就是告上法庭，三爷也未必能赢。况且三爷又命人砸了报馆，这更是输了大理，官司更不会打赢。报馆得理不让人，打起官司来，反而更有了理由。他们得理不饶人，便借机大造舆论，扩大影响。唱戏看上座儿多少，办报看读者多少。报馆这一折腾，就此拉了读者，却对三爷更为不利。以我之见，不如偃旗息鼓，请个有头有脸的人，前往报馆说和，大事化小，小事化了，方为上策。"

众人听他之言，觉得很有道理。余叔岩此时也冷静了下来，仔细听张厚载一番话，觉得自己是做得冒失了一些。赶紧回头，请张伯驹出面前去调停说和。张伯驹一出面，方了了此事。

陆素娟通过此事，觉得余叔岩这个人，虽然是梨园三大贤之一，但旧思想残余却根深蒂固，冥顽不化。于是，自此敬而远之。

此后不久，发生了卢沟桥事变，日本把侵略的魔爪伸向了华北。

在国人轰轰烈烈地抗日热潮中，陆素娟愤然觉醒：再不能沉醉氍毹的喝彩和鲜花中了，要投身抗日前线，用生命和誓言去报效祖国！

在一位将军的帮助下，她直赴抗日前线，为抗日将士火线演出，鼓动宣传。还奋不顾身地冲到交火的阵地，抢救伤员、搬运给养、弹药……

可惜娇娇玉体，不堪劳累挫折，染上肺病，不治而亡于抗日前线，终年才三十一岁。可怜豆蔻年华，为国家香消玉殒，堪为女中丈夫也！

有散曲【中吕·朝天子】唱道：

才女，侠女，秉丈夫义气。芙蓉出污泥不染，笙歌弹唱卖艺，辨是非，问心无愧，身正顶天立地。问鼎舞台，享名小梅兰芳，实巾帼大器。

第一五七回

余叔岩怜才垂教
奚啸伯尊师感恩

奚啸伯的名声越来越大，他唱戏的底子是老谭派，这很让余叔岩欣赏。在余叔岩看来，只要是谭派的活儿，他都推崇，至于言菊朋的创新，他不予认同，但也不褒贬。奚啸伯这么好的谭派底子，拜在言菊朋名下，他很觉得惋惜。可是奚啸伯并没有完全学言菊朋，而是在言菊朋老谭派的底子上广取博收。此外，他也吸收余叔岩的活儿，而且很用心思。只要余叔岩贴演，他是千方百计想法子去看。看了就琢磨体味，他早年的琴师名陈洪寿，是余派专家，陈洪寿鼓动他改投余叔岩为师，他不肯背弃言菊朋，只是请陈洪寿给他指点余腔儿。因此，他的唱很多都有余腔儿的影子。

余叔岩很欣赏奚啸伯的刻苦劲头，他很想拉巴拉巴奚啸伯，但人家已拜言菊朋为师，看在与言菊朋多年的关系上，也不好放这个话。如今言菊朋已经隐退梨园了，他又想起了拉巴奚啸伯的茬儿，便派人来请奚啸伯到家叙话。

奚啸伯与余叔岩不曾有过交往，听到一个“请”字，受宠若惊，急急忙忙赶到余叔岩府上。见了余叔岩诚惶诚恐，行过礼，手脚无措，不知怎么摆布。

余叔岩很和蔼地对奚啸伯说：“都是同行，不要紧张嘛。”然后赐座儿，亲切地说，“我看你的底子很好，很想和你交流交流，你吊吊嗓子，唱段《乌盆记》如何？”

奚啸伯仍然很紧张，慌忙站起来说：“感谢大贤高抬，在您面前，哪有我唱的份儿？只是献丑，请大贤指正。”

此时，余叔岩已让琴师调好了弦，奚啸伯紧张地唱了一段〔西皮三眼〕。小小的一段唱，竟然唱出一身汗。慌乱之中，还把这么熟悉的唱段唱丢了一句。

余叔岩听了，很是满意。他看出了奚啸伯的潜质，嘱咐他好好努力，有时间可以常来余府问艺。奚啸伯凭空得来一位老师，当然感到十分幸运。一有空闲就到余府请教，听余叔岩说戏。

这一年，天津茶叶李邀请梅、杨、余“三大贤”唱堂会，给余叔岩定的戏码是《群英会》。当时，余叔岩已经基本息影，便以身体有病为由，给天津打电话说：“去不了，只好找替工了。”

对方听了很是着急，问：“谁能替得了余大贤？”余叔岩说：“去了就知道了，比我不在以下！”

余叔岩放下电话就派人去找奚啸伯。奚啸伯来到余府，余叔岩对他说明，已保荐他代自己去唱戏。奚啸伯听了很是惶恐，说：“我怎敢冒大贤的大名前往？那不是砸您的名声吗？可是不行！”

余叔岩不容商量，正颜厉色地说：“怎么不行？戏的事我包了，我负责说。唱戏的事，你必须去！”

于是，余叔岩把《群英会》中鲁肃的戏，从头到尾给奚啸伯说了一遍，并让奚啸伯照着所说的演一遍。在《借箭》一场，鲁肃唱“我鲁肃为朋友顺水推舟。”唱完之后下场时，奚啸伯用的是左转身，右袖“上梁盖顶”式下场。

演到这里，余叔岩说“停，停，停。”然后，边做身段边说，“似你这样下场，像逃跑，这不合戏理。应该是在行腔儿的同时，向右前方上步，宛似背弓，‘顺水推舟’时，边走边唱，再向左跨步，右手挽官衣，右手在右下方，由里往外食指与其他三指抖动绕圈，以掩饰鲁肃的胆小。到孔明面前，左手向下投一水袖，同时向右转身，脸上显出对孔明无可奈何的表情。”

余叔岩说完，让奚啸伯照做一遍。几经反复，看看没了瑕疵，才把奚啸伯派到了天津。

奚啸伯在天津演出，《群英会》中的鲁肃从头到尾都是余叔岩的路子，余派味儿十足。天津戏迷看戏看门道，看出了水平，喝彩声不止。

散了戏还赞叹磨叨：“既然敢顶余叔岩的缺，果然有两下子。”

奚啸伯的名字一下就在天津传开了。主家茶叶李特别高兴，还包了红包，犒赏奚啸伯。

奚啸伯回到北京，先向余叔岩汇报演出的情况，然后拿出得赏的红包和戏份儿，交给余叔岩。

余叔岩诧异地问：“这是干什么？”

奚啸伯说：“这是得赏的钱和戏份儿。顶您的名去的，钱当然归您了。”

余叔岩嗔笑道：“谁唱的戏归谁，这是天经地义的理儿。”然后哈哈大笑着说，“实话告诉你，我根本就没病，就是让你去亮亮身手。”

奚啸伯从心里深深感谢余叔岩的提携，但还是不肯提出拜余叔岩为师。他是为了维护言菊朋的面子，不肯因此伤害言菊朋。

言菊朋此时已神魂颠倒，经常幻影幻形，出些个岔子。

一天，他打电话叫奚啸伯赶紧到他府上来一趟，说是有要事相告。奚啸伯接到电话，便急匆匆赶到师傅家。言菊朋看奚啸伯来了十分高兴，钻到床下，掏出一个手绢包。神神秘秘地打开手绢包，原来包里是一截炕桌的桌腿。言菊朋郑重其事地交给奚啸伯，严肃地说：“这里面藏有黄金，你去替我卖了。”

奚啸伯心中好笑，但不露声色，很正规地对师傅说：“好吧，一定很值钱。”然后诺诺而退。

回到家，他想：“一定是师傅手头缺钱花了。借茬儿说话……”第二天，便带了钱来到师傅家，把钱交给师傅。哪想到，言菊朋昨天是迷糊一时，今天早清醒过来了。听奚啸伯说明原委，大为惊愕。他哈哈大笑，硬说是奚啸伯故意编出个理由来孝敬师傅，说什么也不收。弄得奚啸伯哭笑不得，只得收好钱离开言府。

言菊朋对此却铭记在心，经常对别人讲奚啸伯给自己送钱的事，说：“啸伯其诚可勉，有弟子如斯，足慰人师之心矣！”

奚啸伯很理解师傅的孤独苦闷之痛，他不但不背弃恩师，还经常到言府与师傅谈谈心，听师傅絮叨一阵，让师傅一吐心中块垒，使师傅得到宽慰。

奚啸伯有一挚友，是票界的名人，此人就是夏山楼主韩慎先。韩慎先得陈彦衡的传授，对谭派颇有研究。他唱戏谭派味十足，在京戏界内外声望颇高。他久居天津，奚啸伯每到天津，必去探访。二人一到一起，就钻进京戏的研究中，什么声腔、音韵、念白、行当等等，做一番学问。二人交谊颇深，无话不谈，也经常互开玩笑。奚啸伯人长得矮小，但器宇不凡，颇有人小气高的派头。韩慎先从来不叫奚啸伯的名字，见面总称“奚小人儿”，表示亲昵。奚啸伯爱吃鸡，一到他家，吃饭必是“鸡”席。啸伯吃鸡吃不了一整只，只吃半只。一次，吃着吃着，夏山楼主神秘地取笑说道：“我又给你起了个雅号：半只鸡。”

奚啸伯听了一愣，忙问：“作何解也？”

楼主摇头晃脑，作老夫子状：“此名出自说文解字，‘鷄’字，左奚右鸟，你好吃而不多，半只足矣，取其一半，便是奚。你岂不‘半只鸡’也！”说罢二人哈哈大笑，雅兴佐餐。

他称奚啸伯“奚小人儿”的名字却流传到外面，同行熟人也称奚啸伯“小人儿”。

一次他到哈尔滨唱戏，一家大戏院的经理，一听他的名字，说什么也不接纳。理由是“奚小人儿”，人小名低，肯定不叫座儿！不管管事的怎么解释，人家经理就是不接。

无奈之下，奚啸伯只好到另一家名气较小的戏园唱戏。结果一炮而红，红得发紫，把那家大戏园的座儿都拉下来了一半。这时，大戏园的经理才明白过来，原来人家人小道行大，那才是真佛！

赶紧赶到奚啸伯的下处，亲自去请。奚啸伯笑对经理说：“对不起，你们的门槛太高，我‘人小’，迈不进去！”

经理尴尬地笑道：“奚老板，我个头大呀，有的是力气，我抡着斧子把门槛砍了，专门请您去。”

经理再三赔礼恳求，奚啸伯这才给了他一个台阶，答应去唱戏。但这边的经理却不答应，奚啸伯为了让两边都满意，答应破例，每天唱两场，一边一场，而且戏码不重。这一下可让哈尔滨的戏迷大饱了眼福，像过年似的，一天看两场奚啸伯的戏，赶了这头儿赶那头儿，可乐癫了。

就这样，奚啸伯两头赶着唱了一个月。每天两出，三十天就是六十出戏，而且戏码还不能重。梨园的行话叫作六十出不回头，或六十出不翻身。可是老这么唱，所会的戏早晚得唱光喽。

于是，奚啸伯有了危机感。若是唱得没了戏，还怎么在哈尔滨混呢？

此时，跟着他当管事的言小朋给他出了个主意。言小朋是马连良的弟子，因为倒仓养嗓子，就暂时不登台了。在家养嗓子闲得心烦，就找奚啸伯诉苦。奚啸伯说："这好办，你给我的班当管事的，有事干不就不烦了。跟着戏班天天派戏码儿，既丢不了功夫还学本事。"

奚啸伯是言菊朋的弟子，言小朋就是他的师弟，两人平时就很要好，听奚啸伯如此说，便一口应承，当了奚啸伯戏班的管事。

言小朋献策说："我师傅的戏你看得不少吧？"

"马先生的戏我看得是不少，可是用不上啊！"奚啸伯说。

"怎么用不上？"言小朋说，"有我呢，我会呀！我给您一说，您不就用上啦！"

"那我不就'破'了门，搅马派的局吗？"奚啸伯为难地说。

"为了救急，还管他什么派！咱总不能在哈尔滨唱得没戏了呀！"言小朋替奚啸伯着想地说。

奚啸伯很重戏德，不愿破门，怕砸了人家的活儿。但事到如今，只得听言小朋的，临时钻锅，学马派戏。奚啸伯平时广学博采，马连良的戏看得不少，学得不少，会得也不少，只是没唱过。今经言小朋点拨，很快拿下。现学现卖，学一出贴一出。《苏武牧羊》《失印救火》《十道本》《一捧雪》《四进士》《焚绵山》等，一出一出的，马派味十足，出出叫好。也真让哈尔滨戏迷服气了，都说："人家这才叫名家，谁的活儿都拿得起来！"

他们哪里知道，这是奚啸伯没法子的法子呢！

有散曲【中吕·满庭芳】唱道：

　　啸伯德满，谨小慎微，尊师孝廉。广为投师名人前，自觉水浅。谦虚好学天地远。一旦登台展风采，有人缘，喝彩翻番，歌喉绕梁间。

第一五八回

梅兰芳蓄须明志
福芝芳挥刀碎绢

梅兰芳在怒斥日本官员秀木之后，应苏联对外文化协会的邀请去苏联演出。在苏联的演出，当然又是盛况空前。借此机会，梅兰芳请苏联对外友协，组织苏联艺术家共同座谈交流，梅兰芳与大文学家高尔基、大戏剧家斯坦尼斯拉夫斯基、著名电影导演爱森斯坦、剧作家谢·特莱杰亚考夫、著名导演弗·梅耶荷德等众多艺术家，进行了广泛的艺术探讨和交流。苏联艺术家对中国的京剧有了更深入的了解，对梅兰芳的艺术才华予以高度赞扬。通过交流，梅兰芳对俄罗斯的艺术有了更直接的了解，学了不少新的艺术理论，丰富了自己的艺术积累。应导演爱森斯坦的要求，拍摄了《虹霓关》的有声电影，留给了苏联观众。之后，梅兰芳又假道西欧，访问了波兰、德国、法国、比利时。之后又访问了英伦，与英国的萧伯纳、威廉·萨姆赛特·毛姆、杰·马·贝蕾等剧作家进行了艺术交流，然后转道埃及、印度回国。

正当他总结访问东、西欧艺术收获的时候，日本帝国主义发动了卢沟桥事变，把侵略的魔爪伸向了中华大地。

中国人民愤怒了！抗日呼声此起彼伏，抗日烽火燃遍中华大地。

大艺术家梅兰芳也愤怒了！他愤然率团到南京、到汉口、到杭州演唱《抗金兵》《生死恨》。一地接一地，一场接一场地演出，用艺术发出抗日的呼唤。

八一三，日本在上海发动了大规模的侵略战争，上海沦陷了，许多名人都逃离上海。梅兰芳逃不逃离上海？他陷入矛盾之中。

梅兰芳曾两次访问日本，在日本国内声望极高。

当时，日本对外国人的名字一般不直译，都以日语意译。除非他们认为最受尊敬或重视的人物才直译。对中国人，只有两个人直译，一个是李鸿章，一个就是梅兰芳。

以梅兰芳在日本的影响，他即使不逃离上海，日本人也不会对他怎么样。但是他考虑，自己有艺术家的声望，日本人若请他唱戏，他不唱，必然招来麻烦甚至迫害。

他自己这么想，朋友们也都这么想，都为他捏着一把汗。

还是冯耿光会想法子，他暗暗为梅兰芳在香港安排了演出，让梅兰芳去香港演出，先躲出危险之地，然后再想办法把他留在香港。

梅兰芳在香港唱戏，心里总是惴惴不安。总在牵挂国内的抗战，牵挂着正在水深火热中挣扎的父老乡亲。他再也在香港唱不下去了，毅然乘飞机取道广州返回上海。

为了表示不再演出，他蓄出了胡须。

梅兰芳回到了他上海的家——马思南路一百二十一号“梅花诗屋”。

听到梅兰芳返回上海的消息，朋友们既高兴，又替他的安全担心，都来梅花诗屋探视、安慰和聚谈。梅花诗屋顿时又充满生气。

梅兰芳返回上海的消息很快传遍了上海。正愁找不到梅兰芳的汪伪汉奸，闻信喜出望外。汪伪政权的外交部长褚民谊兴冲冲地赶到了梅宅，说是有要事相商。

梅兰芳不得不从楼上下来，在客厅接待。挚友冯耿光、吴震修也放心不下，连忙跟了下来。

褚民谊稍事寒暄，即说明来意：“请梅先生参加‘大东亚战争胜利’一周年纪念活动。率团赴南京、长春、东京演出。”

梅兰芳听后，指指自己的胡子说：“我上了年纪，已经息影舞台了，嗓子也不行了。你看我这个样子，还能上台吗？”

褚民谊尴尬而阴险地说：“胡子可以剃掉，嗓子吊一吊也是可以恢复的。——这个我明白！”

一直阴沉着脸，侧对褚民谊的梅兰芳，突然转过脸来，对着褚民谊挖苦道：“我知道你是内行，你一向玩儿票，大花脸唱得蛮不错的。我看你率团去庆贺，比我去更合适，何必非让我去呢！”

梅兰芳的冷嘲热讽，让褚民谊很下不了台，脸上红一阵白一阵，半天不作声，嘴里支吾了一句什么，仓促狼狈而去。

褚民谊走了，冯耿光、吴震修对着梅兰芳竖起大拇哥：“畹华，你可真行！”

梅兰芳说：“他走是走啦，他们不会善罢甘休的！”

果不出梅兰芳所料。在上海直接给梅兰芳说不通，他们便在北京给梅兰芳的抱本子搭档姚玉芙做工作，让姚玉芙出面说项。

“抱本子”是梨园行话，就是大角儿本戏的戏文，由最亲近、最信得过的人管理。这个人就是“抱本子”的人。后来，把戏班的经理也称为抱本子的人。姚玉芙既是梅兰芳台上的搭档，也是与梅兰芳共同进行唱腔、身段、舞蹈、行头等项创作的好同事。二人交往几十年，是梅兰芳最信得过的人。因而，梅兰芳请他抱本子，管理剧本、戏文，并兼戏班管事。

在北京来找姚玉芙的，是华北驻屯军报导部的部长山家少佐。他让姚玉芙速速去上海，通知梅兰芳马上出山。然后派《三六九》画报社社长朱复昌随后去上海，亲自“迎接”梅兰芳。

最了解梅兰芳的莫过姚玉芙。他知道梅兰芳肯定不会给日伪敌寇出力，就是去了上海，也无济于事，反而惹得日本人恼羞成怒，加害于他。

正在犯难之际，梅兰芳的表弟秦叔忍来姚家串门。秦叔忍懂医道，且知梅兰芳是过敏性体质，听到此事，则出主意说：

“请姚先生速速去上海，见了我表兄让他连打两三支伤寒疫苗，那样等到朱复昌赶到上海，我表兄正卧床发烧，因‘病’不能动，日本人也无奈他何！”

姚玉芙觉得这倒是没法子的法子，立即乘飞机赶到上海。说明来由，梅兰芳同意这个办法。可他的保健医生却犹豫再三，不敢施行。梅兰芳坚定地说：“打吧，连打三针，即使出了毛病，宁肯一死，也绝不给日本人去张目！”

无奈之下，保健医给他注射了三针伤寒疫苗。几个小时之后，梅兰芳发起高烧，躺在床上昏迷不醒。

正在这时，朱复昌乘坐火车也赶到上海，下了车，马不停蹄赶到了梅花诗屋。家人告诉他梅兰芳正生病，卧病在床，不能动惮。

朱复昌半信半疑离开马思南路，报告了日本人。

日本人根本不相信梅兰芳有病，马上派日本驻上海海军部的军医，到梅家为梅兰芳“看病”。这个日本军医假装慈悲，以诊治为名来到梅兰芳床前，一试体温，竟然高烧四十一度。

他额头紧皱，摇摇头，退出梅宅。

就这样，梅兰芳宁肯身体受损，冒着生命危险，制造病情，抵制了日本人的胁迫。

日本人让梅兰芳唱戏的念头绝望了。可是梅兰芳长期不唱戏，断了经济收入。家里孩子老婆，朋友和戏班的部分同事，加起来有二十几口子人吃饭，人嚼马喂，消耗很大。坐吃山空，以往的积蓄眼看着就消耗殆尽。福芝芳坐不住了，她对梅兰芳说：“眼看就没有嚼谷了，得想个法子呀！”

“把你的首饰等值钱的玩意儿，拿去卖了，再搭上你的私房钱，对付着，日子总得过呀。”梅兰芳无奈地说。

“物价飞涨，钞票毛的像废纸，那点首饰，也顶不了几天。”

“给北京的家里发电报，卖几处房产，先对付着过。”梅兰芳给夫人出主意。

首饰卖了，家里值钱的东西都拿出去卖了，北京的房产也卖了。日子将就着往后拖，可还是经不住花，眼瞅着就要断顿了，梅兰芳为了难。

看着梅兰芳为难，老朋友冯耿光说话了：“实在过不下去了，你可以到银行透支，先记我的账上。”

“也只好如此了。”梅兰芳感激地看着老朋友。

总是在银行透支，梅兰芳觉得不靠谱。还是得想个法子，挣钱搞些收入。冯耿光又给他出了个主意，——卖画。

是啊，这倒是个好主意！梅兰芳这阵子让抗日的事闹腾得脑子都乱了，忘了自己还能画画，经冯耿光提醒，梅兰芳才觉得绝处逢生，有了活路。

原来梅兰芳不单是一个京剧艺术大家，还是一个书画艺术大家。他画画的启蒙老师是大画家、硕儒吴昌硕。那还是几十年前的事。那时梅兰芳初到上海演出，吴昌硕看了他的戏，觉得此人前途无量，欣然命笔，为他画了一幅《松梅图》相赠。以图为媒，二人结为忘年，经常诗、书、画、曲进行交流，梅兰芳自此步入书画界。

在罗瘿公的建议下，他正式拜大画家王梦白为师。

王梦白是新罗山人的高足，丹青妙笔称名一时。他接收了梅兰芳这个弟子，十分用心，每逢一、三、五、日，都到梅兰芳家教画。除了动手亲自示范，还找来古本，让梅兰芳临摹。并带梅兰芳到野外，观摩山水、树木、花草、飞鸟、游鱼等实物，从实景中，学构图、找灵感。梅兰芳在老师的指导下，从一花一叶、一鳞一爪、一羽一喙画起，对构图的布局、用墨、点染、用色都下了很大功夫，打下了根基。

之后，梅兰芳又结识了许多画界的朋友，像陈师曾、金拱北、姚茫父、汪霭士、陈半丁、徐悲鸿、齐白石等，这些大家都是他的画友和老师。

尤其齐白石，二人在京城交往频繁，齐白石经常到梅家听梅兰芳唱戏，梅兰芳则请他即席作画观摩，梅兰芳从齐白石惜墨如金的画法中学到了画技的精妙。齐白石亲口将画画的诀窍告诉梅兰芳："太似则媚俗，不似则欺世。"

梅兰芳不光以此诀窍作画，还把这句话引申到舞台上。总是适度地把握艺术表演的尺度，虚中求实，实中见虚，虚实相映，空灵剔透，意蕴无穷。

艺术是相通的，经过几十年的砚田耕耘，梅兰芳也成了丹青大家。

艺不压身，总有用得上的时候。

如今，梅兰芳舍弃氍毹，拿起了画笔，投身另一番艺术天地。

他每天把自己关在书房，精心作画，有时通宵达旦。那时上海正处于日本占领的混乱时期，经常停电。为了照明，梅兰芳买来一盏汽灯，一次，因给汽灯打气，把手指划破了一个大口子。手指是梅兰芳表演的一绝，福芝芳发现后，心疼了好一阵子。梅兰芳也顾不了这许多，把手包扎之后，继续埋头作画。

梅兰芳有唱戏的大名，又加上所画画作灵透含蓄，笔下功夫深厚，可谓名人名画。上市之后，很是抢手，总是画一批，售罄一批，供不应求。

梅兰芳的大名又在上海滩响亮起来。

这一下，又惊动了汪伪官员。最为恼火的还是那个褚民谊。他为请梅兰芳出山，碰了一鼻子灰，在日本主子面前大失了面子，一直耿耿于怀。梅兰芳病了不能唱戏，他就坡下驴，给自己找了个下台的台阶，日本人也不好再追究于他。可梅兰芳让他受得窝憋气，却一直堵在胸口。

眼下，突然间，梅兰芳的画又出了名，他心里像吃了毛毛虫一样，上下翻腾，坐卧不宁。心想，你梅兰芳蓄须罢演，不当"汉奸"，我非给你挂一个"汉奸"的名字不可！我把你和日本人绑在一块儿，叫你不当"汉奸"也是"汉奸"，让你跳到黄河也洗不清！

于是他想出一个损招儿，他溜到梅兰芳卖画的画店雅悦斋，在每一张值钱的画上都贴一个纸条，上写"冈村宁次长官定制""土肥原大将定制""龟田次郎定制"等。

并放出话，“这都是专为太君们定制的，不准卖给旁人。”企图借此，给人造成梅兰芳的画，是专给日军长官而画的假象，让人误解梅兰芳媚敌卖国。

褚民谊的这个损招儿，传到梅花诗屋，梅兰芳愤怒异常，他恼恨褚民谊拿屎盆子往他头上扣，故意给他抹黑。气得双手发抖，一怒之下，把一砚台的墨汁泼到正画的画纸上。

他不能自已地在书房转磨磨。

福芝芳见状，从容地说：“你只管画你的，似这种小人不必与他计较，我自有法子对付。”

说罢，不慌不忙离开梅花诗屋，来到雅悦斋。将那贴了日本人名字纸条的绢裱画作，一幅幅摘下来，摆到店门前，袖出带来的剪刀，“咔嚓咔嚓”统统剪碎。边剪边厉声说道：“梅兰芳宁肯饿死，画作也不卖给日本鬼子！梅兰芳誓死不当汉奸，不做亡国奴！”

福芝芳义正词严，俨然女中丈夫，引来过往的行人驻足观看，人越围越多，都为福芝芳的慷慨仗义叫好、鼓掌。

有词【水调歌头】写道：

一身报国志，蓄须辞皮黄。饿死不食晋粟，气节志高昂。港岛唱戏回避，背离华夏同胞，鲜血心上淌。宁肯站着死，岂能屈膝亡。为果腹，写丹青，换钱粮。更有夫人仗义，慷慨斥豺狼。毁画表此衷肠，梅花诗屋玉碎，热土是故乡。伶人功名志，放声赋宫商。

第一五九回

国剧宗师名实至
忠心爱国斥仇雠

过去的名伶广告或海报上，名字前总要冠以几个字的头衔。例如坤伶，冠以“绮年玉貌，色艺双绝”，谭鑫培则冠以“戏界大王”，余叔岩冠以“新谭派领袖”，梅兰芳冠以“艺术大师”，杨小楼冠以“国剧宗师”，马连良冠以“独树一帜”等。这都是戏园招揽上座儿的广告词儿，虽然是广告词语，但也的确是实至名归。

用“国剧宗师”称杨小楼，一点也不过分。论资历，杨小楼进宫唱戏做内廷供奉，便排在谭鑫培、陈德霖之后；论武功玩意儿，他与余振庭比肩；论人缘，他同谭鑫培、陈德霖、王瑶卿、余叔岩、言菊朋、梅兰芳、芙蓉草、筱翠花、荀慧生、尚小云、荀慧生、程砚秋、陆素娟、高庆奎、马连良、杨宝森等都搭档唱过戏。论名气，他是武生中挂头牌、挑班唱戏的第一人。论贤德，他视长辈谭鑫培、陈德霖敬如生身之父；对同辈如余叔岩、王瑶卿、梅兰芳如同同胞兄弟；对晚辈如尚小云、荀慧生、程砚秋、马连良如同子侄一般，给他们当搭档、挎刀、配戏，从不推辞，甚而主动提携，推他们成名；论艺术修养，他以“武戏文唱”著称，注重刻画人物，从细节中见功力。他武打的搭档，是铁打的“四梁八柱”，有钱金福、王长林、迟月亭、许德义、范宝亭、傅小山、刘砚亭、侯海林。就这八个人，和他们在把子的交流上，都各自不同。因人而异，因背景而异，他一身应众身，在窍榫的接口上显出他的分寸火候，和表演功力。不论和谁搭档，总是在戏上找齐，围绕戏的一棵菜，自下功夫。比如在《连环套》的“进寨”一场，他饰黄天霸，与窦尔敦“挽手而行”一个小小的过场，他都因人而异，保持塑造人物的美感。杨小楼身材高大魁伟，在与李连仲、李寿山同高身材者搭档“挽手而行”时，则举腕托抗，眼不睨而臂高抬，衬托黄天霸的英雄气概；与黄润甫、郝寿臣“挽手而行”时，这两位都是胖子，且个头稍矮，他则眼锐盯而臂微举，以手臂既挡住他们的体型，又显出黄天霸的英武；在与又矮又瘦的侯喜瑞“挽手而行”时，则眼平视而手臂略低，既显示出黄天霸“白面狼君”的威武，又不使台下看出窦尔敦个头矮的缺陷。同是这个黄天霸，他却与不同窦尔敦结合得恰如其分，突出刻画戏中的人物。

桃李不言下自成蹊，杨小楼的“国剧宗师”，不是他自己标榜的，是梨园同行、戏迷、观众对他的戏德戏艺敬重的尊称。他艺德的高尚，不要说梨园，就是世人也历历在目。

北京大李纱帽胡同口，观音寺路南，有一个照相馆。照相馆老板为了招揽顾客，在门前竖了两个似真人大小的人体照片。一个是俞菊笙手执长枪威风凛凛的赵云戏装彩照，一个是杨小楼手执宝刀英气十足的关平戏装彩照。照相馆，把这两张彩照镶在镜框中，分放在大门两侧，俨然门神一般，煞是大壮门面。杨小楼路过这里，看了自己的照片，心里咯噔一下，有了心事。

第二天，他便下帖子请照相馆东家和掌柜，在正阳楼饭庄吃饭。吃饭中，觥筹交错，热情非凡。谈天说地，家长里短，越说越近乎，交流了感情，便交上了朋友。过了一天，杨小楼又下帖子，请这二位吃饭。东家和掌柜接到帖子，心里犯了嘀咕。

东家说："您看这位杨老板，多热乎人呐，人家是戏界名家，没有丝毫架子，如此礼贤待人，闹得我们倒怪不好意思的。"

掌柜也觉得很不落忍，说："是啊，人家这么热情，是不是有什么事要求咱们哪！"

"莫非想让我们给他拍剧照？"东家揣摩说。

"不能吧，人家是名家，专有大北照相馆的师傅伺候。人家哪儿看得上我们这个小馆子？求不到我们哪！"掌柜也纳闷说。

东家仗义地说："今儿，咱就给杨老板挑明喽，既是朋友，以后照相的事，咱包啦，——照多少都免费！"

饭桌上，杨小楼还是十分热情，酒过三巡，菜过五味，杨小楼还没开口，东家就举杯道："杨老板，没见面之前，就听市面儿上传说，您这人仗义厚道，德高望重，通过交往，眼见为实。我领教了，既是朋友，我也扒上您这个大贤名家了。我这个照相馆虽然名气不大，但我们尽心尽力地伺候您。照相的事，只要您一声言语，我们随叫随到，保证伺候得您舒舒帖帖，照出可北京城最高水平！"

杨小楼喝了这杯酒，笑道："好弟兄，够哥们儿！咱既是兄弟了，以后照相的事，当然免不了求兄弟帮忙。我实话实说，眼下，就有一件事，麻烦东家帮忙。"

"杨老板果然痛快，高抬我们，您尽管吩咐！"东家忙说。

"那就请兄弟把您店前我的照片给撤下来。"杨小楼举杯敬酒。

掌柜听此话，落得一惊，忙问："是不是那张照片照得不好？——那好办，咱现成的馆子，再照一张啊，——直到您满意了拉倒。"

杨小楼示意二位饮过酒，连忙摆手说："兄弟误会了，我说把我的照片撤下来，不是照片不好，是我没有资格摆在大街上充人灯儿。要摆照片摆我师傅的。您们都知道，从上到下，我没有一点比得上我师傅谭鑫培。您们给我留碗饭吃，还是把我撤下来吧！"

东家和掌柜这才明白，杨小楼两次请他们吃饭，就是为了撤下他的照片！成名不忘恩师，堂堂"国剧宗师""武生泰斗"，真正大贤大德，诚见真人也！

杨小楼唱戏和为人一样，严谨认真，从不草率马虎。金少山一生大大咧咧，放浪不羁。有时台上也不甚严谨。一次他和杨小楼唱《连环套》，他饰窦尔敦，杨小楼饰黄天霸。窦尔敦念白，大段台词，念得气势轩昂，朗朗上口。黄天霸双目微闭，做静静聆听的神态。哪知金少山，越念越流，把“镖客请讲”的“讲”字念倒了，念成了“奖”音。杨小楼微闭的双眼立马瞪圆，狠狠地瞪了金少山一眼。这还不算，下得场来，把金少山叫到身边，悄声地说：“兄弟，您是京城的大角儿，怎么念出倒音的纰漏？这可丢咱的份儿呀。”金少山在梨园是个任何人都不服气的主儿，但在杨小楼面前却像小绵羊一样，老老实实，服服帖帖地认错道：“大爷说的是，我记下了！”打那儿起，再没有犯过台上疏忽的毛病。

九一八事变之后，杨小楼对日本人侵略中国恨之入骨。梅兰芳在上海唱新戏《战金山》《生死恨》，他也排新戏《甘宁百骑劫魏营》《坛山谷》《陵母伏剑》等，宣扬爱国爱家的民族精神。

在唱《甘宁百骑劫魏营》时，他即席编大段念白，唤起人们的抗战精神：“想人生天地之间，须要做一番惊天动地之事，方不愧为奇男子。须知一入伍当兵，乃是一件至尊至贵之事，肩负责任不小。国家兴亡，均在当兵的身上。身为武夫，理当马革裹尸，须以战死沙场为荣。休学那勇于私斗，怯于公战之辈。况且畏刀避箭，临阵退缩，非我辈之行为也。如今曹操挟天子，压群僚，带领雄师，扫灭张鲁，已得东川，欲吞西蜀，虎视江南，汝等俱是江南人民，家眷在东吴。自古国家一体，国破家也亡。岂不知国家兴亡，匹夫有责。皮之不存，毛将焉附？前者主公逍遥津之败，元气已亏。此时我等若不振作精神，发奋图强，恢复国威，倘若一旦再败于曹贼之手，不但东吴九郡八十一州，俱归外人所有，我等家小，也均做了他人的牛马奴隶。我今所讲之言，不知列公以为然否？”

杨小楼这大段台词，如石破天惊。这是对东吴将士的动员，也是对台下百姓的动员。他在念这段台词时，情真义烈，字字铿锵，如敲金击石，震人心脾，感人泪下。每念完这段台词，台下都报以雷鸣般的喝彩，爱国激情的共鸣，响彻云天。

七七事变后，北平沦陷，当时的汉奸地方维持会为了迎接日军进城，要请杨小楼唱戏。汉奸吉日间溜到杨小楼家中，请他前去唱堂会。杨小楼端坐堂屋的太师椅上，鄙视着吉日间气愤地回答：“我不当亡国奴！——不唱！”

吉日间想不到一个戏子还如此强硬，他威胁说：“不唱就抄家！”

杨小楼蔑视道：“国都破了还要家干什么？你随便！”

吉日间看硬的不行，怕回去交不了差，忙来软的，跪倒在杨小楼面前，申辩自己的难处，请杨小楼体谅。絮絮叨叨说了一大堆废话。

杨小楼看他那奴颜婢膝的样子，一副走狗的嘴脸。不禁怒从心头起，喝道：“别说啦！当走狗都当不出个样儿来！滚！”

吉日间回去叫来一帮伪军，将杨小楼绑到剧场，硬逼着他登台唱戏。杨小楼被推到后台，汉奸把守后台门户，生怕杨小楼跑掉。杨小楼被逼上装，他不穿彩裤，穿着大棉裤就上了台。在念白中借戏词骂日寇汉奸：

“可恼啊，可恼！今有不法军兵，将我婶娘并使女春梅抢去，我想这城内之兵，俱都是曹操所遣。是我到曹营用语言打动于他。他竟命使女春梅前来献茶，哎呀先生哪！”

最后一句的原词是“那曹操欺人忒甚！”杨小楼改为:“这奴隶二字，令人可惨！”

他触景生情，悲愤交加，怒骂日寇、汉奸。台下听后掌声雷动。被请来看戏的日本鬼子，听不懂什么意思，以为演得好，也跟着拍手叫好。汉奸吉日间心里明白，为了讨好主子，也忍着挨骂的滋味，随着日本鬼子一起拍巴掌叫好。

杨小楼虽然在台上借题发挥，骂了汉奸、日本鬼子。但被汉奸逼迫，为日本人唱戏，像受了奇耻大辱，胸口像堵了一团棉絮，气恨交加，落下一场大病。

病病怏怏过了一冬，转眼过了年，开春了，还是不见好。他自知阎王爷给自己留的时间不多了。他的夫人很是着急，催姑爷刘砚芳赶紧想法子。

原来杨小楼一辈子无子，只有一个女儿。女儿大了，招赘一个女婿名刘砚芳。杨小楼视刘砚芳如同亲生儿子一般，把掌管戏班的大权统统交给他。自己只顾一个心眼儿地教外孙子刘宗杨学戏。恨不得把自己的玩意儿都传给刘宗杨，耳提面命，手把手，口对口地教。刘宗杨有这么好的条件，对杨派戏，学得扎实全面。很小就上台给杨小楼打下手，演个重头角色。

刘砚芳也是梨园出身，对戏班的管理还算在行。但他心胸狭窄，容不得人，经常背着杨小楼自作主张，在排戏码、发戏份儿时闹点小动作，惹得人家不高兴。人家都觉得杨小楼是他的后台，因而便迁怒于扬小楼，给杨小楼添了不少乱子。

戏班的经济大权也掌管在他手上，此时，杨小楼看病花钱，杨夫人也得冲他说话。

刘砚芳对杨小楼的病也不敢怠慢，赶紧又请来医生诊治。哪知这个医生下药生猛，一剂药下来，杨小楼被搞得泄泻不止，大伤元气。杨小楼提出来换药，医生置之不理，二剂药服下后，杨小楼则昏迷不醒，第二天则撒手人寰。

堂堂一个“国剧宗师”，在氍毹叱咤风云，都统梨园几十载，名满天下的大角儿，竟死于一个庸医之手，真真可叹！

杨小楼死不逢时，尽管刘砚芳想把丧事办大，但正赶上日本侵华战乱的时候，也只能尽力而为，仅在京的少数亲友吊唁送葬，草草收场。

张伯驹吊唁的挽联是：

> 梦断凝碧池，叹百年文物沦亡，我亦泪下，
>
> 艺同广陵散，问千古英雄成败，谁为传神？

高庆奎送的挽联是：

> 享年六秩有一龄，梁木泰山，哲人遽萎！
>
> 逝世一月十五日，素车白马，吊客纷来。

剧作家、评论家吴幻荪、景孤血送的挽联是：

> 自苦长才谁细心，万夫之禀，汇江海以合流；鲸鱼跋浪，豫章风翻，虎贲貌无

杨大眼。

信是空前而绝后，千人曰英，竟云霄先得路；只鹤冲天，谷神不死，雅歌音断楚重瞳。

文人槐荫馆主的挽联是：

叹燕京铜驼荆棘，六十高龄，老伤凄其铁马冰河思故梦；

度新曲繁弦急管，七八阅月，流离遍野化鹤飞天谢氍毹。

第一六〇回

程砚秋怒打敌寇
罢演戏青龙归隐

程砚秋访问欧洲回国之后，一直在寻找机会，到欧洲去进行一次访问演出，像他的师傅梅兰芳在美国演出一样，把京剧传播到欧洲去。

机会终于来了，为了提高在海外的地位，欧洲的华侨，以欧洲华侨联合会的名义，邀请程砚秋到欧洲演出，把中国优秀的文化精粹京戏传播到欧洲，以此给华人争脸打气。

接到邀请，程砚秋高兴万分。他迅速策划，很快把人员、剧目、砌末、行头等准备完备。只等确定行程，即刻动身。在等待国外确定行程的间隔，太原来人约他去演出。他合计了一下时间，正好插这个空当，打个时间差，先率这些人员到太原进行一次热身演出，亮亮出国的实力。

在太原的演出，当然是场场爆满。正当烘热了场子，卖座儿出现高潮的时候，发生了“七·七”卢沟桥事变，日本鬼子打进了北京，北京城陷落了。太原也人心惶惶，无心再看戏。戏班的人都惦记家里的安危，也无心唱戏。卢沟桥被日本人侵占了，京广线不通了。程砚秋只好带领戏班绕道大同，走京张线返回北京。人是回到了北京，可访欧洲的演出，却因为“七·七”事变泡汤了。

眼看国破家亡，程砚秋陷入极度的愤慨和悲伤中。他无心再唱戏，每日闷闷不乐，闭门谢客，以书画笔墨打发光阴。这一日，他正在走笔丹青，夫人果素瑛进来通报说：“戏班的吴管事带着育化会的人来找你，见是不见？”

戏班的管事吴富琴，是程砚秋的老搭档，二人有莫逆之交。程砚秋将自己的秋声社交给他管理，一百个放心，见不见都没有关系。但育化会的人来，不见就显得不礼貌了。他对妻子点点头，准备迎客。育化会，现时也叫梨园工会，就是过去的精忠庙，是梨园的管理组织。从谭鑫培任会首以来，已换了好几任人选。今天吴富琴带来的这个人不是会首，是个年轻人，程砚秋也不认得。

在客厅里落座寒暄过后，来人客气地说：“今日造访贵府，是传达市维持会的意思，请在京的梨园弟子唱戏，组织义演，为大皇军帝国筹集款子买飞机大炮！……”

听到这里，程砚秋气不打一处来，摆摆手截住话茬，高声说道：“打住！打住！给日本人义演，筹款子买飞机大炮？用来打中国人？——这是中国人干的事吗？这是中国人里的败类、汉奸卖国贼干的事！这样的事，找我干什么？”

那人见程砚秋发火，尴尬地劝道：“程老板，您是咱梨园现在留在京城里的翘首，我们只能来求您带个头，我也是奉了上峰的指示特意来求您的！”

“你拉倒吧！给日本人唱戏，我不干！我不当汉奸！”程砚秋愤怒地指着门口，“你走吧！”

“日本人咱惹不起呀！”那人诺诺地说，“别给咱梨园弟兄们惹麻烦哪！”

“我一人做事一人当，决不连累梨园弟兄们！你回去告诉日本人，就说我就是不出这个头儿，这跟梨园弟兄们没有关系。让他们枪毙我吧！我宁死不当汉奸！”程砚秋说完，挥手把那人赶出门外，返身进了书房。

那人走后，夫人和吴富琴走进书房，劝程砚秋：“戏咱可以不唱，可也别得罪他们，这会招祸的！”

“日本人打进中国，已是大祸临头了。还怕什么！无非是一死，就是死了，也不当败类！”程砚秋怒气未消。

“还是谨慎点儿好。”吴富琴劝道：“既然惹了他们，就要小心防范才是。”

为了避开程砚秋得罪日本人的茬口，吴富琴安排了去上海唱戏的台口。在上海唱了两个月，合同到期，戏班返回北京。为了安全起见，程砚秋让戏班的人分头返回，他和吴富琴押解戏箱和行李回京。

火车进前门站，吴富琴去看着卸行李，程砚秋独自下了车。刚离开车厢，两个戴日伪帽的伪警察走过来，问道：“有居住证吗？”

“有。”程砚秋掏出居住证，交给他们。这才想起，临动身前，夫人曾给他打过电话，说车站日本人、汉奸、伪警、地皮、流氓横行，动不动就给人扣一个“通共”的罪名，抢劫财物，抓人逼供。

想到此，他转眼扫一下站台，果然宪兵、伪警游游晃晃，窥视人群。

伪警看过居住证问道：“你叫程砚秋？”

“是我。”程砚秋面不改色，一脸轻松地说。

“好哇，果然是你。——走，跟我们走一趟！”

“干什么？”程砚秋问。

“有话给你说。”说着，把他带到站台一头的一间房子。

随后，跟进几个伪警察和两个日本宪兵。进了屋，大家一听是程砚秋，一个日本宪兵说：“不给皇军唱戏的，是他？”

“是他，就是他，他就是那个大名鼎鼎，唱女声的程砚秋。”一个伪警察献媚地说。可惜他连“旦角”都不会说，说是“唱女声的”。

“哟西，哟西！”那个宪兵得意忘形，奸笑着说，“看他唱不唱？叫他唱，今天就叫他唱！”

日本人一说，几个伪警察起哄，嚷着：“皇军叫你唱，你就得唱！你敢不唱？现在就唱，唱！”说着就往前凑。

程砚秋一看，心想：“大事不好！他们这是专等着我呢！钻进他们的套了。这是要当面侮辱我，好哇，来吧！”

他进门就看准了一个梁柱子，把身体紧靠柱子，掩护背面，三面向敌。做好了与敌人拼斗的准备。

一个伪警察，凑上前来，伸出巴掌，朝程砚秋的脸上打来，嘴里还说着：“还不快给皇军唱……”，他话未说完，手还没沾到程砚秋的脸，程砚秋早亮出平常打太极拳的功底，抓住他的手臂，一个“顺手牵羊”，把他摔出去一丈多远，头触在墙上，碰了个满面花。

其余几个伪警察一看，哇哇叫着一齐上手。还没近程砚秋身边，一个个，都被他打得趴在地上，动弹不得。

两个日本人一看程砚秋的功夫，不禁一愣。其中一个蔑视地一笑，用手指着程砚秋：“你的，有功夫，中国功夫的干活！”然后用手指指门外，“外面的，地方大大的，”再用手指指自己，“我的，看看！”

程砚秋一看，这小子要与自己比武。他心想，比就比比，看你小鬼子有多少脓水儿！他不慌不忙，大步来到屋外。心想，只要出了房子就好办。他在站台上找了个宽敞平整的地方，对鬼子招了招手。

小鬼子满有把握地点点头，摆开了搏斗的架势。

站台上刚刚下车的人，一看日本宪兵要和中国人比武，呼啦啦，围了一圈，要看个究竟。

这个小鬼子摆开架势，就朝程砚秋扑来。程砚秋不慌不忙，先来一个“白蛇吐信”，一只手的五个手指，像利箭一样朝小鬼子双眼插去。小鬼子是练过武士道的，一看这一招儿厉害，赶忙摆头侧身闪开。他哪里知道，这是程砚秋声东击西的战术，“白蛇吐信”是转移他的用力方向，他上身是闪开了，可腿还没有收住，程砚秋就势来一个“野马分鬃”，把小鬼子捋出几米开外。小鬼子一看，这人功夫的确了得，返身又哇哇地叫着冲了过来。程砚秋就势来一个“骑马蹲裆”，一把抓住对方的胳膊用力一搡，小鬼子被他搡倒在地。程砚秋随即一个“转身跨虎”，骑在小鬼子背上，反手把他的头按到地上。他抡起拳头就狠揍这个小鬼子。围观的群众连连叫好：“揍，狠狠地揍小鬼子！”

另一个鬼子看同伙要吃亏，发一声喊，一个饿虎扑食跳了过来。程砚秋收回拳头一个“白鹤亮翅”，把扑过来的小鬼子从空中甩了出去，这鬼子在空中打了个滚儿，一个狗吃屎，头朝下栽在地上。被按到地上的鬼子，趁势一个鲤鱼打挺跳了起来。他自知不是程砚秋的对手，不敢再较量，冲着站台上的伪警和日本宪兵又摆手，又呼喊：“抓住他——，八路的干活！”

程砚秋看对手人多势众，不敢恋战，一个鹞子翻身，跳出圈外，钻进人群之中。

站台上围着看热闹的人群，呼啦啦散开。正好，此时一列火车开进车站，列车缓缓开进，司机师傅坐在机车头上，居高临下，老远就看到了一个中国人和日本鬼子格斗的场景。他拉开气门，一股蒸汽呼呼地喷向站台，把程砚秋裹挟到蒸汽团中。程砚秋借着蒸汽的掩护，绕过机车车头，翻越铁轨，跳上另一个站台。挤进上下车的人群中，混出车站。出站后又迅速钻进一辆出租车，这才回到家中。

程砚秋进了家，松了一口气，没事人一般，安慰正为他担心、生怕他路上出事的妻子果素瑛。

第二天，程砚秋在车站勇斗宪兵和伪警察的事，被记者登到了报纸上。梨园行的人看了报纸，都为程砚秋竖大拇哥。果素瑛和吴富琴看了报纸，才知道程砚秋在火车站还有这么一档子事。倒吸凉气，为他后怕。吴富琴说："既然宪兵已经把你当'八路'了，他们不会轻易放过你的，还是躲一躲吧。"

"你可惹了大祸了！"果素瑛担心地说："快想个办法吧！"

程砚秋也想到了事情的严重性，他很冷静，好像已经过深思熟虑地说："戏是不能唱了。国破家亡，大不了与他们一拼，反正不做汉奸亡国奴。"他缓口气说，"我想了一夜，还是到山里，归隐务农吧！"

"务农？你会种地？"果素瑛不放心地问。

"这倒是个好主意。"吴富琴说，"会不会种地，到山里躲一躲也好。"

"如此，就请贤弟费心，在青龙桥一带，帮我张罗着买一块地，再盖上几间草房，我去学种地。"程砚秋嘱托吴富琴说。

就这样，程砚秋带上管家范兰亭一家，到了青龙桥的山沟里，过起了躬耕陇亩的生活。

他在山下买了五亩地，由范兰亭夫妇帮助打理。每日里，他头上绑一块白毛巾，身穿一身家做的农民衣裤，腰里系一条粗布褡包，脚下穿一双踢死牛的实纳底布鞋，扛着锄头，下地耕种。晚上回来，就着油灯看看戏文或泼墨书法、丹青，写写诗文、日记，倒也过得清贫、悠闲、自在。

转眼已经半年多过去了，眼看要过中秋节了。

地里的玉米已经熟透了，远看像一片金黄色的丛林，近看，尺八长的大棒子，吐着干须，嘴子上露出金黄的玉米粒，颗颗饱满，俨然和田玉镶嵌的宝石，晶莹剔透，看了招人喜欢。

再看另一块地的花生，花叶已经枯黄了，可刨出来的花生却鼓鼓胀胀，白白胖胖，一嘟噜一串的，码放在田埂上，像码碎玉一样，摆出一埂埂长龙，趴满整块田地，煞是喜眼。

旁边地里的棉花，枝桃挂满，白花花地吐着棉朵，遍地铺银，花絮遍野，一派花团锦簇的样子。

程砚秋头戴高粱蘼子编的大草帽，和管家范兰亭夫妇收玉米，砍倒的玉米秸子，铺了长长的一垄。范兰亭媳妇蹲在地上掰玉米棒子，玉米棒子堆了一堆又一堆。

看着这丰收的景象，程砚秋有说不出的喜悦。直起腰来，擦擦汗，不禁诗意大发，放开嗓子，用花脸道白的腔调，喊出一首七言绝句来：

玉米堆翠棉泛银，
花生散玉土生金。
汗水洒出遍地宝，
青龙落草一伶人。

范兰亭高兴地说："四爷，见到收成了，看高兴的你！——不过，这可不像旦角的道白。"

程砚秋也高兴地说："各行各业都有乐趣，唯有农家，乐趣颇多！自耕自足，其乐融融。"

"四爷，眼看过中秋节了，您离家也半年之多了，是不是回家过个团圆节去？"范兰亭询问道。

"山沟里过节别有风味！"程砚秋嘴里虽如此说着，确实有些想孩子老婆了，感慨地说道："嗨嗨，——遍插茱萸少一人哪！"

正说着，只见远远的山间小道上，上来几个驴驮子。前边的几个驮子上都坐着人，后边的驴驮子上驮着一个大箩筐，框里装着满满的东西。一拉溜顺着山道，弯弯曲曲，叮叮当当，不紧不慢地走来。

驴驮子越来越近，范兰亭的媳妇眼尖，看出驴驮子上坐的人是程砚秋夫人和孩子。连忙高兴地冲程砚秋喊道：

"四爷，您看谁来了？——是四奶奶和公子们！"

程砚秋看看驴驮子队，盯了一会儿，也看出来了。嘿嘿一笑："刚刚说过少一人，就凑齐了！"

范兰亭赶紧放下手里的镐头，对媳妇说："还不赶紧接去！接回去，做好饭食呀！"

范兰亭和媳妇跑着奔向了驴驮子队。

程砚秋眼望着驴驮子，心情翻滚，泪花充满了眼睑。慨叹道："嗨，可恶的日本鬼子，弄得人们妻离子散！——安得匣中剑，抽刀斩豺狼！"

范兰亭接到了果素瑛，媳妇带着驴驮子回草房去做饭。

果素瑛和孩子们跟着范兰亭来到了地头。

孩子们没见过山村的风光，被遍地丰收的庄稼迷住了，撒开腿跑着，去满地里撒欢儿。

果素瑛看程砚秋一身农民装束，俨然一个粗粗大大的老农，满脸沧桑，变了一副模样。不禁心疼得泪流满面，走近身，只顾拉着丈夫的手掉泪，一句话也说不出来。

程砚秋此时却少了牵肠挂肚，拉着媳妇的手，撇着当地土话，开起玩笑来："哎呀，这是谁家城里来的媳妇呀，没见过乡下的世面吧？俺们乡下，可净是好吃的，黄腾腾的棒子面儿贴饼子，焦黄带饹馇儿，咬一口喷儿香，又脆又有嚼头儿。还有熬白菜，一盛一大碗，就上那带饹馇儿的饼子，别提多好吃咧！一会儿就叫你尝尝！——走吧，进家吧！”

他这一招儿，逗得果素瑛破涕为笑，用手轻轻打程砚秋一巴掌：“来山里光学了贫嘴了！”

有词【西江月】写道：

荷锄山坡田地，一身土布破袄。哪像台上玉面娇？被逼无奈谁晓！ 玉米花生棉花，亲手种出琼瑶。骏马解辔青龙桥，自比陶潜逍遥。

第一六一回

孤岛樯帆伶人怒
艺术炸弹敌寇惊

“七·七”卢沟桥事变爆发时，麒麟童正在天津演出。战事爆发，戏唱不下去了。形势紧张，戏班困在了天津，几经周折，才好不容易回到上海。回到上海的时候，“八·一三”抗战已经打响了。日本鬼子占据了上海，上海滩已经变成了被日本人占领的孤岛。

听着日本飞机在天上隆隆地盘旋，周信芳挺立在返回的船头上，胸中的怒火熊熊燃烧。

此时，上海文艺界的进步人士，都投入了抗日救亡运动。中共上海地下文艺领导人田汉以及欧阳予倩等，正在组织文艺界救亡协会。周信芳一回到上海，就积极加入了文艺界救亡协会，并提议成立救亡协会京戏部。

京戏部在卡尔登戏院举行成立仪式，上海京戏伶人数百人参加，群情激昂，大家高唱《义勇军进行曲》，推举周信芳任京戏部主任。周信芳义不容辞，慨然上任，大张旗鼓地进行抗战宣传，在电台、在报刊，公开发表演讲，发表文章，演唱救亡歌曲和戏曲唱段，在卡尔登戏院公演义务戏，为抗战宣传筹措经费。

周信芳的戏班，从天津回来，途中，为躲避战乱，颠沛流离，行头、道具都散失了。为了赶排抗日救亡的戏，行头、道具都要购置，这让周信芳为了难，哪来钱呢？正在一筹莫展的时候，应了一句话：吉人自有天助。

自从周信芳和裘丽琳结婚之后，裘丽琳的妈妈虽然同意了女儿的婚事，但却从来不承认周信芳这个姑爷。起初，每逢过年过节，周信芳夫妇都带上厚礼到裘家拜望。可是哪一次拜望，老太太都高踞楼上，从不下楼，不肯露面与女儿姑爷打一声招呼。周信芳夫妇屡遭冷遇，很感伤心。以后便派人将礼品送去，不再登门。

正赶上该过春节了，裘丽琳又安排家人带了厚礼去看望母亲。这次老太太却一反常态，把周家的家人叫到跟前，问长问短，问女儿的生活，问姑爷的演艺生涯，可否顺利，问上海孤岛似的抗日救亡宣传有没有危险，看样子很为姑爷的安危担忧，等等。家人回来把老太太的举动一五一十，原原本本给周信芳和夫人学说一遍。裘丽琳觉得妈妈的心思有转，便拉了周信芳回家看望母亲。周信芳怕老太太不给面子，又闹得双方都不好意思。便留在门房，与看门人聊天儿，让裘丽琳先进去探探情况。

老太太听说女儿登门了，果然一反常态，高兴地从楼上奔下来，一把把女儿搂在怀里。母女俩几年不见面了，彼此的酸甜苦辣都涌在心头，但谁也不提起往事，亲热了好一阵子。老太太才问道：“你一个人回来的吗？”

“信芳怕你不理他，没敢进来，留在大门口等我呢！”裘丽琳实话实说。

老太太听了心疼地说：“外面挺冷的，别冻坏了身子！”然后转身对佣人说，“快去把姑爷请进来！”

女儿、姑爷进了门，老太太高兴万分，和颜悦色和他们拉起家常。一家人亲亲热热，说说笑笑，吃了一餐团圆饭。临走时，老太太从柜子里掏出一个红色的手包，交到女儿手里，说：“裘家的银楼，也有你的一份，妈给你攒着呢。这个你拿回去，好好置几件首饰，总的像个样子呀！”

回到家，裘丽琳打开手包，里面是一张银票，面额是六万元。裘丽琳信手将银票交给周信芳，爽快地说：“道具、行头，这不都齐了吗！”

有了这六万块钱垫底，周信芳很快又攒起了他的移风社，排出一出新戏《明末遗恨》。

《明末遗恨》在卡尔登戏院演出，虽然场地小，但却场场爆满。此戏，周信芳饰崇祯皇帝，其中有一大段念白，充分展示了他麒派的念白风格，戏中崇祯在万分危难之际，哀痛地说道：

“听国丈之言，是叫孤输捐百姓。哦，百姓虽有救国之心，但他们能有多大力量？国家不只捐了他们一次了，捐的他们精力全疲，而且自顾不暇，现在哪里还有钱捐助呢？虽然爱国心未尝少息，但是只拍心有余而力不足了！我这做元首的，再去压迫他们，敲他们的骨髓，实在的于心不忍。可是那些面团团，腹便便的有钱百姓，他们又没有爱国思想。一个个花天酒地，我我卿卿，逢到缠头之费，一掷千金。国家兴亡，置若罔闻。慈善事务，不舍分文。富翁如此，能不痛心也！”

崇祯述说的是明朝的现状，其实何尝不是当时抗战初期的社会现状呢！每念到此，台下鸦雀无声，唏嘘感叹，令人百感交集。

在“杀宫”一场，崇祯以悲凉深沉的语调对其子女说：

“世上什么最苦？亡国最苦！什么最惨？亡国最惨！”

“要知道亡了国的人，就没有自由了！”

“我君臣虽死。也要死个悲壮慷慨！”

上海的电台随时播送这出戏，家家的收音机里，经常收到这铿锵有力的念白。一字一句，敲人心弦，感人肺腑，催人泪下！

《明末遗恨》，成了上海滩的遗恨，变为上海滩愤怒的呼喊。

紧接着周信芳又排了一出《徽钦二帝》。这又是一出呼救危亡的悲情戏。当观众看到徽钦二宗被金兵押解时，联想到日寇铁蹄践踏祖国河山的现实，无不悲伤流泪。徽宗有两句唱：

“只要万众心不死，复兴中华总有期。”

每唱到此，深得观众共鸣，掌声不绝。

戏中还有投敌卖国的奸臣张邦昌的一段念白：

“我这个皇帝，也是你们要我出来做的，无非是，维持维持地方而已……”

这段话形象地描绘出当时汪伪政权的无耻嘴脸。每演到此，都会引起哄堂的嘲笑之声。

周信芳的这两出戏，像两颗炸弹，爆炸在形似孤岛的上海滩。狠狠地抨击了妥协、苟安、投降卖国的汉奸，激励了人们的抗战热情。让汉奸卖国贼心惊肉跳，坐立不安。

当时，上海滩有个“七十六号”，是汪精卫卖国集团的特务机关。“七十六号”的特务们，把麒麟童的移风社视为眼中钉肉中刺，非要拔掉插在他们心口的这把利剑不可。他们派出特务，对周信芳、高百岁、王熙春等主要演员实施跟踪盯梢、送恐吓信，信中还裹着子弹。对此，周信芳置之不理，两出戏照唱不误。汉奸们终于现出本相，找到周信芳当面警告：“立即停演，否则要你好看！”

周信芳面对特务的威胁，毫不退让，他对戏班的同行们说：“别看他们狐假虎威，实际上是他们怕了我们！咱不怕他威胁，咱们演咱们的！”

特务一招儿不成，又来一招儿。他们派了英租界工部局的人来干涉，几辆警车堵在剧场门口，有时突然闯入场内武装搜查，搅乱场内秩序。尽管这样，周信芳的戏还是照唱。特务图穷匕首见，最后使出撒手锏：勒令停演。

这两出戏是唱不成了。周信芳又抬出了以往的老戏《文天祥》《史可法》，歌颂民族英雄，激励抗日报国的民族精神。

特务们真拿周信芳没了办法，抓又抓不得，杀又杀不得，眼瞅着他公然搞抗战宣传，就是动不得。因为他名声太大了，一动就惹起舆论公愤。无奈之下，特务大队长吴世宝想了个损招儿：

他给麒麟童下了一个请帖，请麒麟童到特务大队唱堂会。

麒麟童接到请帖，一眼就识破了他的诡计，他把帖子往化妆台上一摔，“什么堂会？分明是调虎离山，不让我们公开唱戏了！”

“那怎么办？”弟子高百岁急切地问。

“不去！”周信芳坚定地说道。

卡尔登戏院的戏照唱，戏报、报纸照样宣传。

几天之后，吴世宝派人到周信芳家里私下里商量。来人说：“麒老牌，我们队上说了，在大队唱堂会，戏份加倍，伶工好吃好喝，派汽车，管接管送……”

没等他说完，周信芳客气地对他说：“老总，回去对你家上峰讲，我麒麟童已经有过公开声明：自抗战起，堂会一律不唱。我不能因为你们队上，就自食其言，说话不算数呀！”

来人碰了个软钉子，灰溜溜走了。

裘丽琳觉得“七十六号院”得罪不得，劝周信芳到裘家去躲一躲。周信芳说：“亡国之民，躲得了今天，躲不过明天。他们总是要找麻烦的！与其躲，不如抗，继续唱戏，看他拿我怎么办！”

卡尔登戏院的戏，照样唱，而且还加了戏码，请来盖叫天一起唱《一箭仇》，麒麟童演卢俊义，盖叫天演史文恭。加了戏码，上海滩有名的两个大角同台，这又是轰动沪上的一桩大事。卡尔登戏院的影响越来越大，吴世宝又坐不住了。他又派人送来一个请帖，周信芳正在后台化装，接过请帖一看是请他到“七十六号院”赴宴。

他对来人说：“等我唱完戏，下了场，随你们去赴宴！”

来人冷冷地说：“不行！大队长正候着呢！”

周信芳冷静地说：“戏票已经卖出去了，观众都入场了，这时候不能回戏呀！”

来人往后一闪，后面两个挎大枪的特务两面夹了过来。来人说：“回不回戏我不管，我只管请您麒老牌！”

周信芳一看这阵势，只好后退一步，对管事的说：“吴队长请我去赴宴，你想法子改戏码吧。”

高百岁一看特务要动真格的，凑过来说：“师傅，我陪您一起去！”

周信芳苦笑道：“这个宴还不知道是什么味道呢！”

高百岁也苦笑道：“师傅，咱什么宴没赴过？琼林宴、鸿门宴……管他什么宴，只管赴就是了！”

周信芳深感有这么好的弟子而欣慰，长出一口气说：“咱师徒俩今天就赴赴吴队长的夜宴！”

说着，卸完装，穿戴整齐，昂起头，随来人走出后台。两个特务端着大枪，紧随其后。

后台口停着三辆车，来人拉开中间车的车门，把周信芳推上车，两个特务一边一个，把他夹在中间。高百岁被推上了前头的车，三辆车同时启动，驶向了特务大院。

“七十六号院”的客厅里，确实摆好了一桌宴席。吴世宝听到车门响，亲自出来迎接。

落座后，吴世宝假模假式客气道：“麒老牌繁忙，我特意为您消消乏。请吧。”

说罢端起杯，看着周信芳。周信芳也不客气，向高百岁使个眼色，端起杯一饮而尽。高百岁理解师傅的意思，管他什么宴，一醉方休，也跟着一饮而尽。

席间，吴世宝说了很多关于堂会呀、唱戏呀等话，周信芳师徒二人充耳不闻，一言不发，只是端杯喝酒，大口吃肉，大快朵颐。弄得吴世宝好不尴尬。

饮宴之后，吴世宝自我解嘲道：“席间不便交谈，请麒老牌参观参观我的工作室。”

说罢，带着周信芳师徒走进天牢。那是一个玻璃天棚，把抓来的人吊在里面，任凭烈日的考晒。只见两个人被扒光了衣服吊着，头耷拉着，皮肤已变成紫黑色……

接着去看地牢。那是一个大地窟，里面挤满了“犯人”。地窟内散发着阵阵血腥和霉变的气味儿……

最后去“参观”了刑讯室。只见那里排列着电刑床、老虎凳、炭火盆、烙铁、皮鞭、铁链等各种刑具，隔壁还不断传来受刑人的惨叫声。

周信芳师徒看了这三处，每处都使他们毛骨悚然，他们真正认清了“七十六号院”的真面目。——这里是名不虚传的杀人魔窟。这里的特务，是日本人豢养下的一群杀人魔王。他们看了这些，恨不能把这个吴世宝拉过来活活咬死！

吴世宝扬扬自得，对周信芳说：“麒老牌都看到了，这里的弟兄们是很辛苦的。因此嘛，请麒老牌来慰问慰问，想来麒老牌是不会推辞了吧！”

周信芳的毛孔里都充满了对吴世宝和这个院内的特务的恨！但他还是强忍住愤懑，轻描淡写地说：“吴队长用心良苦，我也要好好考虑考虑！”

“一言为定！”吴世宝以为目的达到，会如愿以偿，赶紧吩咐汽车送周信芳师徒回去。

回到家，高百岁知道师傅的脾气，誓死也不会屈服敌人，何况亲眼看了敌人的残忍呢！正自不好打问师傅如何回应敌人。周信芳看着他说：“你怕那个院吗？”

“我恨不得都宰了他们！”高百岁激愤地说。

“好！不愧我的弟子！”周信芳赞叹地说，“我想好了，戏，咱给他唱！”

“唱——，唱什么？”

“唱，当然唱我的拿手戏——《追韩信》！”周信芳说完看着高百岁，“你敢陪着我唱吗？”

高百岁领会了师傅专拣这出戏唱的意思：“怎么不敢！跟着师傅上刀山我也在所不辞！”

“好！就这么定了！打虎亲兄弟，上阵父子兵。”周信芳欣慰地说：“咱就去闯闯这个魔窟，捅捅他这个马蜂窝！”

周信芳的移风社戏班开进了“七十六号院”。大张旗鼓地唱起了《追韩信》。

戏唱完了，戏班撤出了魔窟。吴世宝咂出了味道，怎么单唱《追韩信》？我是韩信？韩信……，胯下之辱？胯下之辱！——这是变相地骂我！好哇，你周信芳竟敢太岁头上动土，我叫你尝尝我的厉害！

他的狠话一出，马上传到了周信芳的耳朵里。裘丽琳感到了事情的严重，赶紧到娘家，请妈妈想想办法。裘妈妈想了想，说邻居有一个葡萄牙人，和裘家是通好，嫁给了一个荷兰富商，住在租界里，那里受德国人保护。正是“二战”期间，德国和日本是联盟国，让周信芳暂躲进荷兰富商家里，会十分安全。

裘丽琳按照母亲的安排，把周信芳带到荷兰富商家躲了起来。

吴世宝几次派特务来周家搜捕，一无所获。问裘丽琳，裘丽琳说：“年关已到，戏班封箱，周老板送戏班穷弟兄回家，去了河北，……”

随后，裘丽琳赶紧求母亲找德国人的门路，打通关节，给吴世宝送去一个高级钻戒。吴世宝得了钻戒，忍了这口气，当起了缩头乌龟，周信芳才算免除了一场大难。

有词【满江红】写道：

浦江浪涌，涛声动，卷起漩涡。八一三、炮声响处，熊熊战火。文人秉笔写檄文，艺界愤怒唱义歌。烽烟起、血肉厮杀烈，城已破。 国何在？峨眉侧；民谁管？填沟壑。山河被践踏，民族蒙祸。上海滩头鼓板响，一腔热血唱高歌。打豺狼、战斗敌脏腹，掏心窝。

第一六二回

余叔岩病入膏肓
孟小冬病榻报恩

余叔岩一连收了两个高徒，很是得意。很想把自己的这一身玩意儿，都传给他们。他起初最看重的是李少春，因为李少春是文武老生的底子，个头、嗓子、扮相以及文武功底子都够标准。又当年富力强，是头等的好材料，将来必成大器。况且李少春是男性，好贴身教戏，且李少春已是挑班的大角，聪明过人，稍一指点，就举一反三，学得快，用得好。所以他把希望寄托在李少春身上。

可是李少春却不能完全遵照他的要求去做。他教戏要求过于严格，必须“下挂”以前所会的各种文戏，一切从头，打他这儿学起，而且不能沓工。余叔岩教戏，工夫有限，早了起不来，白天应酬客人，只有等夜深人静，抽足了大烟，才慢条斯理地教戏。一出戏说不定十晌半月才教完。要这样学，非长工夫不行。再就是不允许他再贴猴戏，怕唱走了身架。

他这些个要求，李少春做不到。因为李少春的家庭负担太重，必须挑班唱戏，挣钱养家。除了养家，还得供他父亲抽大烟。他父亲李桂春曾是梨园名角，在上海也是屈指可数的人物。因为出了名，就好讲派头，吃饭、穿衣、喝酒、玩儿玩物，都讲派头。那钱花得像流水一样，尤其抽大烟，抽得邪乎，整天烟枪不离手，那银子钱，都顺着他的烟枪冒了泡了。他还有一个最大的嗜好就是豪赌，一下注就让人眼晕，有多少钱，也架不住三把两把地下注，他那钱一阵风就给刮没了。他能登台唱戏的时候，钱挣得容易，他大把花钱，不成问题。可是他上了年岁，腿脚不利索，上不了台了，花钱还照旧，这个负担就落在了儿子身上。李少春又极讲孝道，老子花钱，他拼命也得供给。况且此时李少春已有了家室，且两房太太，一个是大家闺秀王小姐，一个是菊坛新秀侯玉兰。这两房太太的花销也得他去挣，这些负担，逼得他拼命地唱戏，拼命地挣钱。为争上座儿，在京城，贴文戏武戏双出，玩儿着命卖艺儿，真可谓用血汗养家。

实在叫不上座来，不得已时，他贴演了猴戏。就因为他贴了猴戏，传到了余叔岩的耳朵里，余叔岩认为他违反了规矩，不尊师嘱。《洗浮山》教了半截，不往下教了。

李少春只得作罢，自认自己不争气。只得自我放弃，把到范秀轩学戏，当作点卯一般，称为“上朝”。

其实李少春何尝不想学，实在是生活逼的，毁了学的机会。他对余叔岩佩服得五体投地，他曾对人说：

“学《战太平》这出戏，我不光是学了出戏，所学的东西太多了，要紧的是学‘里边’的东西。余先生的好处，全在里边。无论是撩袍端带、上马、下马、甩髯口，劲头儿全在里面，绝不是外表的浮功夫。要不余先生的戏怎么叫人如此佩服呢？就那一句‘站的是你老爷将华云’，把一个忠臣的内心、不服、忠挚、气度、激昂全部唱出来了。这里面的东西，一辈子都够我体验受用的了。”

一出戏，点透了一个大角一生的灵犀。

余叔岩也是不得已，放弃了这个有潜质的弟子。

余叔岩只得把希望转到孟小冬身上。

孟小冬的情况完全不同于李少春，她孑身一人，无牵无挂，要工夫有工夫，要时间有时间，要功底有功底，完全适合余叔岩的要求。

孟小冬作为女人，既好学又心细。

余叔岩教戏，每次都由他女儿作陪。大女儿名慧文，二女儿名慧清，孟小冬比她们大几岁，俨然一个大姐姐似的。每次到余家不是给她们买一块布料，就是买一个头饰或是买一块手帕等，哄得姐俩总是围着她转，开口闭口叫她“孟哥”。

那时，慧文正上中学，长大懂事了。她懂得孟小冬学戏急迫的心思，便偷偷把孟小冬叫到一旁说：

“爹爹规矩多，教戏时，不准弟子坐着听，要站着。不准做笔记，要默记。不然，爹爹会不高兴，不往下教。”

孟小冬听了非常感激，可是又为难地说：“站着那是规矩，我懂，我不怕站着。可是不让做笔记，那么多唱词、唱腔我默记不下来呀，那可怎么办？”

慧文说：“没关系，有我呢。我在旁边做笔记，让妹妹把谱子给您记下来，写成简谱。”

每次，余叔岩说戏，孟小冬站着听，跟随着师傅做身段。慧文、慧清则在旁边坐在椅子上做笔记，把余叔岩的唱腔记下来，翻成简谱。下来，再和孟小冬一起唱。

如此，孟小冬学得很轻松，也学得很快。余叔岩很高兴，他哪里知道是女儿暗暗当助教呢！

孟小冬得了余叔岩的真传，如鱼得水，刻苦认真，一丝不苟。

每天晚上余叔岩送走客人，抽足了大烟，开始给孟小冬说戏，一直说到凌晨一两点钟，才告结束。

孟小冬为了巩固所学的玩意儿，还专门聘请了一位琴师，这位琴师名王瑞芝。

王瑞芝曾给余叔岩操过琴，对余叔岩的唱腔比较熟悉，王瑞芝就成了孟小冬的“拐棍”。

早晨天一亮，王瑞芝就骑上孟小冬为他专门买的英国三枪牌自行车，赶到孟小冬的家。给她吊嗓，唱三出戏，约莫两三个小时。然后在孟家用早餐，早餐过后，便帮助孟小冬，把头一天晚上余叔岩教的戏，复习一遍。无论唱腔、身段，王瑞芝都是熟路，待巩固之后，方才作罢。吃过中午饭后，王瑞芝回家休息片刻，然后待孟小冬午休过后，又复习一遍。天擦黑儿，王瑞芝骑上自行车，孟小冬坐上包月的洋车，一同赶到宣武门椿树头条的范秀轩。深夜结束后，孟小冬侍奉余叔岩睡下，这才由王瑞芝陪着，送回家中。日复一日，年复一年，王瑞芝这根“拐棍”，成了孟小冬成就余派忠实而得力的帮手。

王瑞芝一直陪着孟小冬学戏、吊嗓、唱戏，尽心尽力。余叔岩去世后，王瑞芝依然如此，二十年如一日，一直陪孟小冬随杜月笙到香港。

王瑞芝对孟小冬的唱腔、念白、身段了如指掌。胡琴托、裹、垫、趁，配上孟小冬的唱，真如天籁之音，一时叫绝。一时间，没有王瑞芝伴奏，孟小冬不上场，不唱戏。

孟小冬未拜师之前，已经大红大紫，已有“冬皇”的美誉。可是自从拜了余叔岩，把以前的戏码、唱法、做派，按照余叔岩的要求统统下挂，踏下心来，一心一意学余派。余叔岩看在眼里，也觉得实为难得。为她的真挚所感动，从而改变了一定要找一个男须生做传人的想法。这才一心一意认定了这个女弟子。

这除了孟小冬专心致志刻苦学戏，长进很快的原因之外，就是他被孟小冬的一片真情所感动。

余叔岩最后生活的十年，是他过得不顺畅的十年。这后十年，他因病缠身，已告别舞台，靠以往的积蓄和灌唱片维持生活。这期间他的结发妻子陈淑铭不幸早逝，更给他病体雪上加霜。陈淑铭给他留下两个女儿，尚未成人。经人撮合，他又续弦，娶了原宫廷一个太医的女儿姚氏为妻。他常常陷于家务、社会、梨园纷杂的纠缠之中。

孟小冬是正当此时拜他为师的，孟小冬的到来，真帮了他不少忙。两个女儿有了这个大姐姐，有了贴心人，像有了依靠，减少了他的分心。他身体每况愈下，时好时差，经常尿血，不得已在医院做了手术。住院期间，孟小冬带着他两个女儿不离左右，送汤送药，擦洗照料，亲生骨肉也不过如此。

余叔岩续弦后，又生下一女名慧玲。孟小冬常像保姆一样，抱着慧玲逗她玩耍。小女不懂事，经常把孟小冬的头发抓乱，把她的脸和新衣服弄脏。作为一个年轻女子，正是讲究仪容的年龄，可孟小冬却毫不介意。她完全像余家的家庭成员，真心对待余家的所有人。

慧文、慧清结婚，都是孟小冬倾心操持，她包送了全部嫁妆。光送慧文的一套红木家具，就很名贵。她对余叔岩家的下人也很谦和，对他们经常有所馈赠。对余叔岩的续弦夫人姚氏，也真心相待，张口闭口“师娘”称呼，视若尊亲。

有一年的寒冬腊月，孟小冬刚进余府，闻知师娘要吃苹果，二话没说，马上返身上街，走街串巷，跑遍北京城，去找鲜苹果。那时候，保鲜技术不佳，十冬腊月很难买到鲜苹果，直找了二十几个水果店，才找到一份，赶紧买了回来给师娘吃。

这些，余叔岩都看在眼里，感动于心。这样的弟子，他一生就碰上这么一个！真是打着灯笼也难找！人心都是肉长的，他尽管惜戏如金，一般不轻易传人。但对孟小冬他是破格相待，把一生积攒的老底子，绝活儿，好玩意儿，毫无保留，都抖搂出来，倾囊相授。

教唱腔他一丝不苟，他对唱腔音韵颇有研究，他和张伯驹曾合作出版过一本《近代剧韵》。按他的理论，必须按他教的唱好，一字一腔，尖团音韵都不能错。有一次教《捉放曹》，孟小冬有一个字，口劲儿咬得不对，余叔岩便不往下教，让孟小冬每天唱这一句，一直唱了一个星期，直到唱对了，唱到了火候为止。他为孟小冬讲音韵、反切、四声、阴阳平、尖团、十三辙、气口等知识，以及唱念中轻、重、疾、徐、抑、扬、顿、挫等技法，还有用嗓的高低、宽窄、厚薄等技巧。

在讲身段时，他说，老生台步，不能长胳膊拉腿的。迈步要向前斜着出脚，腿要有登出去的劲头，迈出前脚，后脚别探着身子硬往前落，而是前脚落地之前，后脚就已经使上劲预备往前迈，等前脚落地时身子就跟上来了。穿箭衣的、穿官衣的、穿褶子的、扎靠的、穿靴子的、穿鞋的、台步都不一样，都是劲头的用法，腰腿、胳膊、眼神、髯口、表情都要配合得当。

另外说拉云手、摔僵尸、摔吊毛等的尺寸、劲道等等。

这些都是都边说边做，一戏一做，教得十分认真仔细。

这些，孟小冬以前虽然都学过、做过，但听余叔岩讲来却别有内涵，另有收获。

自从拜师余叔岩，她自我感觉，自己的艺术成就分为两段：拜余叔岩之前为一段。那一段曾与高庆奎、马连良齐名，大红大紫，并有“冬皇”的美誉。但那些学的，唱的，尽管嗓音嘹亮、音色甜美、唱腔古朴，但毕竟驳杂而无有路数，很多是凭天赋所得。

拜余叔岩为师后为后一段。这后一段，是在前一段基础上的再加工，再打磨，真正实现了艺术的飞跃，赋予了艺术的灵魂美。是用心唱出来的有血有肉的传神艺术。既有艺术的精美，又有专一的路数，实现了心灵和艺术的统一，继承了余派艺术的魂魄和精华。

五年间，孟小冬从余叔岩那里学来三十多出戏。出出戏，都渗透着余叔岩的心血和汗水。余叔岩也欣慰地对人说：“我只有一个弟子，就是孟小冬。”

余叔岩的老病又犯了。这次病得不轻，医生最后诊断是膀胱癌晚期。

孟小冬又像亲女儿一样，衣不解带，服侍在床前。余叔岩自知已经病入膏肓，无论怎样诊治也不过是苟延残喘，拖延时日而已。

他看孟小冬一个多月来，床前伺候，无微不至，人也累瘦了，心里很是不好受。劝孟小冬说：“都是师傅这个病啊，……拖累你了。”

孟小冬闻听此言，感动不已，涕泪交流：

“师傅说哪里话来，一日为师，终身为父。正有此尽孝的机会，伺候师傅是我的福分。”

余叔岩听了也感动地流下泪来：“师傅恐怕是再也教不了你了。师傅一生惜戏如金，师傅教你的戏，都是师傅多年研究、推敲、演唱的精品，算是定了型的成品了。你记住，不能再擅自改动，也不许旁人改动。”

孟小冬点头道：“师傅放心，我谨记师傅教导。”

余叔岩赞许地点点头：“我一生教人戏不少，最多者就是你。虽然张伯驹先生也算最多者，但他毕竟是票友，只能玩玩票，算作研究，不能登台，算不得传人。梨园能传我衣钵者，唯有你一人，你是我唯一的梨园传人。我死后，余派唯你是瞻。”

孟小冬连忙摇头说：“师傅的才华玩意儿，冬只得皮毛，不敢妄想。”

余叔岩看孟小冬如此虔诚：“不是皮毛，已得七成已！还要反复体会，加深理解，唯心理解，方能得真意。”

孟小冬仍像上课一样，凝神聆听。

余叔岩今天精神特别好，他接着说：“要记住要领：比如说‘叠折换胎’就是要领。叠折是指身段。文人要‘扣胸’，老人要‘短腿’，背、腰、腿叠成三折。换胎就是登台后忘却自我，投入剧情，换成扮演角色的胎骨。……”

余叔岩似乎忘却了这是在卧床承病，滔滔不绝地给孟小冬讲着。

孟小冬怕他累着身子，说：“师傅，别累着，等您好了再讲吧。”

余叔岩嘴角微微一笑：“我还有许多要讲的，我想都传给你……，我得和阎王爷抢时间哪！……比如台上瞪眼，要先拧眉，否则就露出白眼珠，那多难看呀！”

孟小冬看出师傅今天的状况不对，怕不是好兆，赶紧倒杯茶，送到师傅嘴边，拦住师傅：“师傅您先喝杯茶，喘口气再……”孟小冬哽咽了。

余叔岩接过茶碗，抿了一口，接着说：“还有‘那三唱’……”孟小冬接过茶碗，说，“师傅我记着哪。就是重点唱段，准备高、中、低三种唱法，以备不测，随机应变。……您安心养神吧……”

余叔岩明白孟小冬不让他说下去的意思，她是心疼我呀。可我给她的太少，怕是没有机会了。他这样想着，心里一阵难受，不禁掉下泪来。

孟小冬赶紧扭过脸去，暗暗擦泪。

此时，余叔岩又挣扎地说：“我没有什么东西能留给你作纪念。有一双虎头靴子，是我爷爷给皇上唱《武家坡》时薛平贵穿的，我赠给你，做个念想。我已交待给慧文，让她拿给你。……我这些年，整理了些唱戏的心得，都誊写好，装订好了，与一些戏文和我家的‘余氏秘籍’，都装在我床下的箱子里，回头让师娘拿给你。那是我的宝贝，……”

说着说着，余叔岩闭上了眼睛，嘴唇一动一动地好像还在说什么，但已经听不到声了。

孟小冬叫了几声师傅，也没有反应，赶紧叫来医生和师娘。医生告诉孟小冬，病人已经咽气了。

眼睁睁瞅着师傅离世而去，孟小冬回想刚才师傅对她说的那些话，方明白那是临终的交代。孟小冬再也抑制不住心中的悲痛，扑到师傅的身上大哭一场。

痛哭之后，孟小冬自知在余家晚辈中，她年龄最大，师傅的后事，只有她承担。

于是，她便以长女的身份，把慧文、慧清请来，商量办理丧事。慧文、慧清都听她的，一切照孟小冬的安排办。

余叔岩遗体易箦之时，弟子都已到齐，孟小冬扫视众人，朦胧中觉得似乎缺少一人，定神一想，那就是杨宝森，孟小冬赶紧派人把他找来。

杨宝森自知不曾拜师，愧入其列。

孟小冬做主，说："虽未磕头，已然弟子。"

一句话将他拉入弟子之列。

众弟子都着孝衣孝袍，跪送恩师。

正当此时，余叔岩的续弦夫人姚氏，拉过一个箱子，将箱中之物倒在灵前。众人一看，竟是余叔岩的一箱书稿、戏文。

孟小冬知道，这就是恩师临终前要交给她的那一箱"宝贝"。

她跟随师傅在余家这么多年，深知姚氏的脾气，为了不在师傅灵前惹是非，她也不便多言。

姚氏抓过书稿、戏文就往化纸的火盆中焚烧。

众弟子心疼书稿、戏文，纷纷说："师娘，手下留情吧，这些都是师傅的心血，不能烧哇！"

姚氏把眼一瞪："人不在了，留着何用，烧了倒干净！"

此时，众人也犯不上跟她计较，心疼至极，眼睁睁看着她把那一箱子宝贝都化成灰烬。

痛哉！惜也！

众弟子心情沉重，悲痛难忍。

杨宝森悲痛之余，心情更为复杂。自己没有磕头拜师，倒成了余大贤的弟子。多亏了孟小冬师兄关键时刻的一句话。俗话说：一言丧邦，一言兴邦。

平时自己与孟小冬并无多少交往，孟小冬看过他唱的一场戏，对杨宝森印象极深。她平时比较持重，话语极少。但就这一句话，就让杨宝森列入余叔岩的弟子行列。

这让杨宝森铭记一生，感激一生。

对于余叔岩的病逝，梨园内外都深深哀痛。

日寇大扫荡处于疯狂时期，张伯驹为了保护国宝文物，将晋陆机的《平复帖》和隋展子虔的《游春图》，缝进大衣的衬里内，准备赴西安避难。临行与余叔岩辞行，他看余叔岩的病情，怕是凶多吉少。

多年的契友，不言的恩师，眼见得生离死别，不禁心酸，偷偷地抹掉泪花，对余叔岩说了一通安慰的话，回家后便写下了一行短话，托付给挚友，到时候算是对老朋友的悼念。这段话，果真成了悼辞，挂在灵棚里：

谱羽衣霓裳，昔日偷听传李谟；

怀高山流水，只今顾曲剩周郎。

孟小冬送的挽联是：

清才承世业，上苑知名，自从艺术寖衰，耳食孰能传曲学；

若质感飘零，程门执贽，独惜薪传未了，心哀无以报师恩。

梅兰芳当时在上海，噩耗传来，伤痛万分，发来唁电挽联：

缔交三世，远武同绳，灯火华堂，赞乐独怀黄幡绰；

阔别七年，赴书骤报，风烟旧阙，新声竟失李龟年。

李少春送的挽联是：

教艺术心必期忠，品必期高，业必期传，每念深恩痛无地；

论孝道疾不能持，衾不能承，志不能继，空负厚望恨终天。

第一六三回

好聚好散终分手
水到渠成建扶风

马连良自从和麒麟童在天津二度合作之后，名声更加显赫。“南麒北马”的说法一出，似乎除此二人之外，须生再无旁人。其实当时的实际情况，也确实不容乐观。京城的须生中，前四大须生：余叔岩过世了；言菊朋、高庆奎，比余叔岩还早一年作古；孟小冬虽不在四大须生之列，但其名声早已享誉菊坛，只可惜，余叔岩过世之后，她基本不露演。唯有马连良年富力强，正是蒸蒸日上红红火火的时候。

前四大须生只剩了马连良孑身一人。

京城的戏迷们不甘寂寞，他们在小一伐的须生中，优中选优，又排出个“后四大须生”的名号。马连良被排在后四大须生的头一个，其次是谭富英、杨宝森、奚啸伯。

这后四大须生，每人独树一帜，各成其派。马连良是马派，谭富英是谭派，他这个谭派，已非他爷爷的老谭派，而是他有所创新的谭派，世称“新谭派”；杨宝森是杨派，奚啸伯是奚派。

论资历、论名声、论玩意儿，马连良成了后四大须生的执牛耳者。他的戏，格外叫得响，最为叫座儿。因为他舞台上大红大紫，招来了“蓓开”“开明”“高亭”“国乐”全国著名的四大唱片公司争着为他灌唱片。分别灌了《甘露寺》《一捧雪》《打侄上坟》《回锦州》《青梅煮酒论英雄》《白蟒台》等几十出戏。还灌了用唢呐伴奏的《龙虎斗》《青石山》《双观星》等唱腔难度较大的几出戏，为后世留下了范本。这些个唱片在收音机里一播，“马连良”的大名，更是市井、大街小巷，乡村，犄角旮旯，四海扬名。

尽管名声显赫，他还是夹着尾巴做人，从不招摇。尤其对恩师或老一辈儿的同行，总是尊敬有加。

每次从外地回来，他总是先去看望老师，第一个就是叶春善，第二个就是萧长华。此时，他已买了汽车，每次看望老师，总是离他们家几百米就令司机停车。然后提着、抱着点心或从外地买回来的特产，步行前往。在他看来，一日为师终生为父。在恩师面前哪能摆派头、显阔气、充人灯？

在艺术上，他也是学无止境，总是向高人看齐。在江湖上打拼了十大几年，技艺精了、名望有了，别人都建议他自己攒班，自己挑班。他却总是小心谨慎，宁愿给别人挑班，给别人当梁柱子，多历练历练，也不肯轻易自己攒班。

他的事业蒸蒸日上，家里人都看好了他。曾把他推向艺术道路的三叔马昆山，告老还乡了。不光他告老还乡了，还带来了他的两个儿子，都是带艺伶工，想投奔堂兄名下谋个角色；六叔马沛霖工丑行，也带着儿子回到北京，来投奔马连良。堂兄老大马春樵也带着儿子回来投奔三弟；四弟马四立也要回来。

马家一家子十几口都回到了京城，熙熙攘攘，闹闹哄哄都齐集马连良家。马连良的老爸马西园，当时已年过六旬，就盼着老马家一家大团圆，他别提有多高兴了。操持着一大家子的吃、喝、住、行。还催促着儿子马连良给兄弟、侄子们张罗个好坑儿，凡能上台的都叫他们去施展玩意儿。

马西园的想法是马西园的想法，他哪里知道马连良的难处？马连良毕竟是给人家挑班的。在班里只管唱戏，拿包银，别的事儿做不了主。何况这一大家子都来投奔他，人嚼马喂，所有的消耗都得他负担。过日子的钱都得他来挣，他暗暗感到有了压力。

背着老爹，他也悄悄地想办法。

他当时在的班名叫“扶荣社”，班主是蔡荣桂。蔡荣桂原是富连成的教师，与萧长华同是马连良的坐科恩师。后来不知为什么跳出了富连成，到中华戏校当教习兼导演。从中华戏校又跳槽，自己攒了个戏班，当上了老板。

他是唱戏的行家，当然攒班选角很有眼力。马连良曾是他的弟子，在江湖上又闯出了名气，活儿地道，人又老诚，他千方百计把马连良拴到了班里，成了他的摇钱树。蔡荣桂善于算计，马连良是他的弟子，在包银上不会给他计较，给多给少他都听话。

到了扶荣社，马连良很有报效恩师的思想，铆足了劲唱戏，抢着上新戏，可是给蔡荣桂挣了不少银子。蔡荣桂也确实像萠了宝一样，把马连良视为宝贝，针对观众的心理，师徒二人把折子戏拉长，改编成整本大套的连台本戏，如《全部武乡侯》《全部秦琼发配》《全部火牛阵》《全部范仲禹》《全部宝莲灯》《全部清风亭》等。蔡荣桂也使出浑身解数，给马连良导、排这些大戏，师徒二人在合作中也更加有交情。

此时，凭着这个交情，为难着窄的马连良，来到了蔡荣桂的府上，先是给蔡荣桂点烟，递茶，像平时尊敬师长一样，伺候老师。然后，不好意思地提出：“蔡先生，我遇上了个坎儿，挺为难着窄的，想请您帮帮忙。”

蔡荣桂以师长的态度问道：“什么事？”

“嗨，我家里来了一帮子人，总共十几口子，坐吃山空，累得我够戗。其中有几个堂兄弟都是干咱这一行的，他们也不想老在家啃我一个，想找个坑儿上点儿戏，也减轻我的一点负担。”马连良说到这里，顿了一顿，看看蔡荣桂的反应，蔡荣桂却无动于衷。马连良只得恳求说，“恩师能不能抬抬手，安排一两个，给他们碗饭吃？……”

谁知蔡荣桂没听完马连良的话就冒了火，鼻子不是鼻子脸不是脸地说：“我蔡荣桂办的是‘蔡家班’，不是‘马家班’！要不然你就自己去办一个‘马家班’，你办火喽，你自己养着岂不更好！”

蔡荣桂话说到了这个份上，马连良也不好再说什么，只得退了出来。心想，是不是自己当面去说，太冒失了？如果绕个弯儿，让别人去说，蔡先生大概不会如此！

想到这里，他顺路拐了个弯儿，拐到了富连成，去找叶春善。他想：叶春善和蔡荣桂同是小荣椿科班的弟子，且蔡荣桂又曾在富连成任过教，如果请叶春善出面，蔡荣桂肯定给面子。

此时，叶春善已老态龙钟，把富连成科班的重担卸给了大儿子叶龙章，自己在家养病。

老人家一看马连良进家，高兴万分。马连良名声显赫，他是富连成的弟子，当然也是富连成的荣耀。弟子成才，当老师的脸上也光彩。叶春善赶紧命人斟茶，赐座。

马连良见了恩师，行过弟子礼，问候过恩师的身体、饮食、起居等，说了些个亲情话，然后说到了请叶春善出面讲人情的事。叶春善听清了原委，笑着说："温如啊，我给你讲一个故事吧。话说有个先生，因为有事去拜菩萨，到了菩萨面前跪倒便拜。拜过之后，看旁边也有一个人在拜。仔细一看这人，怎么跟座上的菩萨长得一模一样啊？便问道'您不就是菩萨吗？'那人答道，'正是。'此时拜菩萨的人感到奇怪了，便问，'您怎么自己拜自己呢？'那位菩萨答道，'世间之事，求谁也不如求自己！'"

叶春善说到这里，自己先哈哈笑了起来。马连良听出了恩师的意思，也跟着笑了起来。

叶春善接着说："这个事，我不是不帮你，我只告诉你两点，第一，天下没有不散的筵席；第二，按他的意思，你办你的'马家班'，他办他的'蔡家班'。这不挺好吗？也不至于伤了面子。"

马连良解释说："我本意是请您从中说和说和，不想和他分手。"

叶春善以师长的语气，语重心长地对马连良说："共事，共事嘛，人品是'共'出来的。共事长了，就了解了。不如趁着没伤和气，好聚好散！梨园行这些人，向来都是分分合合，早晚总有在一个锅里搅马勺混饭吃的时候。留个面子，将来再合作也不尴尬。你也三十出头了吧？俗话说得好：三十而立。该丢了拐棍，顶家立业了！"

听了叶春善的一番话，让马连良悟出了一个道理：求谁也不如求自己！自己该立的要立，不能指望任何人！——是该顶家立业了。

回到家，他把这个想法给爹爹、叔叔、兄弟、子侄们一讲，大家都赞成这个理儿。都极力撺掇他攒班自立，大家的劲头更增强了他的信心。

他是个肯动心思的人，凡事，不琢磨出个眉目来，不轻易下决断。他想，攒班容易，叫响了难。预则立，不预则废。攒起戏班儿来在哪儿蹲坑儿？总的有个根基地界儿，不然冷手抓热馒头，现找台口，不就晚了？再有，攒戏班儿，得有人才，得有叫座儿的角，生旦净丑，四梁八柱，文场武场，都得齐全，……这些都要筹划。这些要稳扎稳打，一步一步来，哪一步想不周全，就可能崴泥栽跟头。

他主意打定，不露声色。他心里有个原则：蔡荣桂是自己的师傅，不能做对不起他的事，只要他师傅不发话，我就继续和他好好合作，在扶荣社好好挑班唱戏。根据他对蔡荣桂的了解，又不得不防，说不定哪一点儿不合他的心思，他就会发作，赶我走。我得事先有所准备，他再发作，我就有了接茬儿的去处。真到了那一步，我也只好告辞了。

这一天，他台上没戏，溜溜达达，权当散步，进了吉祥戏园旁的清真馆。这个清真馆的掌柜姓冯，因为他的羊爆肚做的拿手，人称“爆肚冯”。马连良是这里的常客，冯老板也特别喜欢马连良的戏。一来二往，二人三马，交情很深。马连良一到，冯老板必然亲自招待，上茶，递烟，陪着说话。等话说够了，不用马连良开口，冯老板必然亲自上灶，给马连良炒一盘羊肚仁。何为“羊肚仁”？就是羊肚上一条“筋”状的菱形肉块儿。百十斤的一只羊，也只能出四两棱形肉。然后经过加工，剥去杂肉，取出大枣大的一块肉疙瘩，称为“肚仁”。如此一盘“肚仁”要几只羊肚剥取？只有爆肚冯知道。马连良就爱吃这一口儿，每次在吉祥园唱完戏，马连良卸完装，必来此一饱口福。冯老板当然炒勺上下功夫，烹炒得精而又精。这次，冯老板陪马连良说话，说了一会子，正要去动手，马连良说：“先不忙下厨，请您派个人去请李华亭先生，来此一起品尝。”

提起李华亭的名字，京城梨园、票界人人都如雷贯耳。尤其各大戏园，人人都知道这是个大能人。

说来也怪，他虽然在梨园界如此出名，但他并非以唱戏出名，而是以善于经营管理演出出名。他祖籍湖北武昌，随父辈来京城。儿时也曾坐科学过戏，但因倒仓嗓子失润不能登台，只好改行经励科。

经励科就是专门组织管理唱戏事宜的部门，正所谓行行出状元，在经励行里，他是佼佼者。在以往京城的戏班儿中，俞振庭的经励算得是佼佼者。时势造英雄，那是在他那个时代，他有他的手段，能把戏班儿管理得红红火火。可是到了民国，时代不同了，戏班儿的组成发生了变化，他就吃不开了，只能走下坡路，最后衰败了。

李华亭则因时而生，成了戏班管理的佼佼者。不光京城，天津、保定等地唱大戏，都来请他出面经励组织。他的名气就是这么“经励”出来的。

冯老板赶紧派人去请来李华亭。李华亭一见马连良，连忙施礼道：“蒙马老板高抬，华亭受宠若惊了！”

马连良忙起身回礼，请李华亭上座儿。李华亭连忙推辞：“马老板客气，那是您主人的座儿，哪能反客为主！”谦让过后，坐在下首位置。

马连良对着李华亭笑笑说：“今天闲散，请李先生来聊聊天儿，品尝一下爆肚冯的爆炒羊肚仁儿。”

“哎呀，蒙您厚爱，爆炒羊肚仁儿，可是可京城的名菜。李某算得了口福了！”李华亭忙笑答。

说着话儿，冯老板亲自端上了一盘炒好的羊肚仁儿。只见盘内，颗颗肚仁儿，黄里透红，油光闪亮，晶莹剔透，像珍珠玛瑙，码在盘子里，冒着热气，透着喷儿香的肉香味儿，让人看了垂涎欲滴，煞是馋人。随后，跑堂的伙计又端上来几样时鲜小菜和一壶暖酒。

马连良看酒、菜都上齐全了，端杯道："李先生，趁着酒热、菜热，不成敬意，请吧。"说着一饮而尽。

李华亭也一饮而尽。马连良用筷子示意，"趁热，品一品这肚仁儿！"

"马老板美意，李某愧领了。"说完举箸而食。

边吃边谈，天南地北，京城内外，东拉西扯。扯来扯去，马连良说到了天津与麒麟童唱戏的事。然后转口问道："李先生真是手眼通天，怎么就把麒老牌搬来了呢？"

"并非我手眼通天，麒麟童本来就在北京唱戏。天津人好热闹，但他们对海派有点儿个生，要是单独请麒老板牌去唱，怕号召力不够，我就想到您。您二位，一南一北，一海一京，两派的优势合到一起，必然就叫响了。您在京津的名气现摆着呢，大家都服气呀！您这一出马，就成就了周先生在天津的名气！"

"哎，不敢不敢，周先生那是大家，在上海人家首屈一指！这我是领教过的呀。"马连良诚恳地说。

"可是要没有您，他的海派在天津，在北方，总是吃窝憋的。"李华亭说。

"也多亏了你，奇思妙想，妙手天成！"马连良赞叹道。接着话题一转，"看来这攒班唱戏很有门道！"

"说门道也是门道，说不是门道也不是门道。"李华亭籀一口酒，"过去，大清那会儿，宫里唱戏还有个'戏提调'呢。总之，是把戏和角调剂安排好。让唱的唱得得劲儿，让看的看得舒坦罢了。"

"着哇！这就是学问啊。"马连良赞道。

"因时而异，随时，随角，随缘而已。"李华亭说到此，来了谈兴，"不怕马老板见笑，这还真有点儿说道。"

"愿听其详。"马连良兴味十足地说。

"我这是班门弄斧。"李华亭自嘲道，"其实你们这些个大角都亲身经历过，我只不过是絮叨絮叨，为您佐餐就酒而已。"

"我今天就是想听听您的高论。"马连良坚持让他讲。

李华亭趁着酒兴说道："你们出科之后，有'搭班''挑班''攒班'之说。搭班，就是搭人家戏班唱戏，完全听人家摆布，让上什么角，就上什么角，自己只管唱戏，唱一天戏，拿一份儿钱，那叫'戏份儿'。挑班，也是在人家的戏班唱戏，但身份不一样，是在班里挂头牌唱大轴的头号大角。那个'班儿'不是'搭'来的，是戏班的老板'请'来的。像谭鑫培谭大王、杨小楼杨宗师，梅兰芳梅大师等，都曾先后在俞振庭的'双庆社'挑过班。在人们看来，似乎他挑班，戏班就是他的。其实不然，他还是在给人家唱戏，不论按年、安季还是按月给钱，那叫'包银'，只当差不做主。比如您，现在在扶荣社挑班，班主是蔡先生，您只拿包银而已。民国以后，票房以名角为号召，大角们便不再给别人挑班唱戏，而是自己‘攒班’，自己挑自己的班，不再挣戏份儿或包银，而是自己当班主，挣多挣少自己说了算。像杨小楼的‘永胜社’，梅兰芳的‘承华社’，程砚秋的‘秋风社’，尚小云的‘重庆社’，荀慧生的‘留香社’等，都是他们自己的班社。他们挑着班唱戏，不能分心，顾不上管戏班子的事啦！就请懂行的知己当‘管事’。‘管事’‘管事’，就是管理戏班。像承华社的姚玉芙，重庆社的赵砚奎，留香社的王久善，都是被聘的管事。这个‘管事’，就类似以前的戏提调，也类似商行的‘经纪人’。‘经纪人’是商家做买卖的好手。戏班的‘管事’，也是管戏班、排戏码、安好角、蹲坑儿找戏园子、抓上座儿等事儿的好手。”

“这个‘管事’可不简单！”马连良插话道。

“敢情！”李华亭说，“好交际、善调解、能算计、会管理、精明强干，抵挡八方。要不同是戏班，为什么当年‘小余毛包’俞振庭能玩儿得转，别人就玩儿不转呢！那就叫‘能耐’。”

“我看你的能耐就不小。”马连良说。

“马老板夸奖！我虽然坐科后改行学的是经励，可我还没做到那个份儿上。”李华亭接着说，“到现在我还是‘飞着’的经励，连个坑儿都没有。只是游荡着替人家张罗张罗，攒攒忙，帮帮手儿，跑个腿儿什么的。”说到此，他也感到很失落。

“我看你是凤凰待择良木而栖呀。”马连良点中他的心事。

李华亭由衷地点点头：“给别人当管事，也得看主家如何，首先看是块材料不是块材料，能不能扶得起来。摊上一个阿斗，扶不上马，累死诸葛亮，也成不了气候。”

马连良听后哈哈一笑，以打趣的口吻问道：“李先生，您看我是不是阿斗？”

“哎呀我的马三爷，您是经天纬地的大才！——只可惜您不攒班儿，您要是攒班儿，宁肯给您牵马坠镫，我去扶保您！”李华亭发自内心地说道。

“哎呀李先生，就凭您这句话，我也得攒班儿，请您来当管事！”马连良也发自内心地说道。

“此话当真？”

“君子一言。”

“驷马难追！”李华亭高兴地问，“我什么时候上任？”

“现在就算上任了。”马连良真诚地说道，“只是攒班的事还八字没有一撇儿。你现在就上任，先帮我策划，但不要声张。我还继续在扶荣社唱戏，等你这边儿运筹好了，我有了抽身的机会，就抽身而来，咱就扯旗开张！”

“好！三爷做事有板有眼，有理有节，真君子也！”

二人又谈了些攒班儿的事儿，喝完壶中酒，各自回家，分头准备。

马连良一边在扶荣社唱戏，一边寻思、踅摸攒班儿的人才。文场他选了杨宝忠，武场他选了乔玉泉。一个琴师，一个鼓师，这都是梨园顶尖的人物；旦角选了张君秋，花脸选了刘连荣，丑角选了马富禄，再选一个小生，就凑齐了“五虎上将”，大架子算搭起来了。底包有他的叔叔，堂兄弟等人，一个戏班儿就攒得有了眉目。当然，这些都是通过他私下里看戏、聊天儿、交流观感、套近乎、打招呼，悄悄运作的。

这天，在一家堂会唱《辕门斩子》。这出戏，当初是蔡荣桂按着刘鸿声的路子教给他的，在后来的演唱中，马连良觉得不适合自己的嗓子，唱着别扭，观众也不买账，就私淑王又宸的路子，根据自己的嗓音，变换了几处唱腔儿，演唱效果很好，在没搭扶荣社之前他一直这样演唱。在这场堂会上，马连良还是这样唱。蔡荣桂听了却很是反感，下了场，就鼻子不是鼻子，脸不是脸地数落开马连良："你，翅膀管儿硬了，能耐大了，敢欺师灭祖了，当着我的面儿，你就敢不按我教得唱！你哪里把师傅放在眼里，既然能耐大了，你自己攒班儿去呀，干嘛还跟着我呀！"

马连良这才想起，这是第一次当着蔡先生唱，忙以弟子的口气解释："师傅，您误会了。这出戏，我只改了几个腔儿，这样唱我觉得适合我的嗓子，效果好像好一些。——我怎么能不按师傅教得唱呢？"

"改了几个腔儿？改了几个腔儿，戏就变了味儿。这不是欺师灭祖吗！你还想怎么样？你有了名气了，我的庙小了，盛不下你这尊大佛了！我供不了你这尊佛，不供了。你趁早另选庙台吧！"蔡荣桂真的动了气。

马连良忙缓和口气说："师傅，你错怪弟子了，无论什么时候您都是我的师傅。所谓一日为师终身为父，我马连良不会丧了良心的。我就是走，也得走得对得起师傅，走到哪里您也是我马连良的师傅。"

"好吧，既然你说了走，马上到账房去结了包银，走吧！"蔡荣桂气头上说了绝话。

无奈之下，马连良只得离开了扶荣社。

这也算机缘巧合，给了马连良一个抽身的机会。此时，马连良攒班儿的事也基本就绪，他一辞班就全力以赴，再烧上一把火，万事俱备。

戏班取名：扶风社。

他和李华亭一合计，请来师傅萧长华当顾问。萧长华赞扬"扶风社"的名字取得好。

扶正戏德戏风，表达了马连良的志趣。戏班的名字，颇富人格魅力。

有散曲唱道：

【金蕉叶】只晓得师道尊严重礼节，报师戏份不论多些少些。伺候您舒舒帖帖，弟子辛苦心甘不懈。

【调笑令】若是我哪点欠缺，师傅您宽宏大量高风亮节。批评我改正纠邪，我自省毛病当灭，悔过前衍罪孽，满您意心欢愉悦。

【鬼三台】师傅您熄火气灭，惹您恼我于心不悦。我只好另列缺，与师傅辞别。寻出路自裁自截。

【圣药王】多亏未卜先决，早备下接招儿马车。好平安落地界，有了台阶。已招兵买马，攒班儿发帖，只等水牌书写，登场亮相按揭。

【络丝娘】五虎上将披挂整齐磨拳擦掌劲头热，好一个气气派派威风抖擞的扶风社，看马连良挑班头牌须生旌旗猎。

【收尾】梨园看我扶风社，风正气清人欢悦。听丝竹，声声悦耳唱春风，鼙鼓响，翩翩起舞对圆月。

第一六四回
一棵菜扶风扶正
五虎将艺术升华

扶风社的牌子挂出来了，准备开张。马连良想到了富连成的叶春善，那是自己的师傅，攒戏班开张，怎么能不先告诉师傅呢！何况叶师傅一直在惦着自己攒班的事呢。

这天晚上，他又来到叶春善的府上。进了门，还没说话，叶春善就喜笑颜开地迎到客厅，说："你不来，我也得去。你攒扶风的事，我已有耳闻啦，我就等着给你贺喜呢！"

"叶先生，瞧您说的，我怎么能不来呢！您给我操那么大心，我能忘了您哪？我还得指望着您给我当顾问，出主意呢。"马连良赶紧扶师傅坐下，像当年在科班当学生时一样，站在师傅面前，"今个，我就是专门给师傅汇报汇报，来请师傅给点拨点拨呢。"

接着，他就把攒班的经过，角色的搭配，文武场的安排，以及底包、龙套、盔箱、经励等事都详详细细地给老师讲了一遍。一边听马连良介绍，叶春善一边点头，听完之后赞叹地说："我说你三十而立，该立则立嘛，果然就立起来了！安排得头头是道，天衣无缝。就看你选的这些个角儿，马富禄的小花脸，那是萧长华第二，当今的一绝；刘连荣的花脸，除了郝寿臣、侯喜瑞就属着他了；张君秋的青衣，新评上的四小名旦之一，人称梅兰芳第二，年轻人里的头把青衣；老生有你担纲，后四大须生的头一把，哪个不佩服！角儿是角儿的，都被你搂到手了。再看场面：武场，乔三儿，乔玉泉，那是得了程章甫、沈宝钧、李五一脉真传的鼓佬儿，眼下与杭子和、魏希云并称'鼓界三杰'！那箭子一下，板眼不差分毫，真是把铁箭子呀！文场，随手'小洋人'杨宝忠，年轻的胡琴圣手，连陈彦衡都赞他三分！一个顶一个的，都是顶尖的高手。最让人服气的是，你把李华亭抓到手，给你当管事。这个二当家的你可选着了！可北京城，那是聪明绝顶的管事。兵是兵将是将的，配的阵容多严整！你马温如真是眼高手高，有个干大事的派头哇！"

马连良遗憾地说："美中不足的就是还缺少一个小生。"

"戏班全靠角支撑，差一个都不圆满。这就好比木桶装水，有一块板不齐，水就流走了，把整桶的水位就拉低了。咱科班给你们上课，总讲唱戏'要一棵菜'。就是说一出戏，一台戏，一个戏班，要像一棵大白菜一样，一个菜帮包一个菜帮，帮帮紧贴，那才圆满瓷实。不然，各唱各的，那就糟践了艺术。”

“我的戏班定名‘扶风社’，我就是想扶扶梨园的风气，风清气正，一切为了玩意儿，拿出真活儿，对得起祖师爷，对得起科班的老师，对得起买票看戏的爷们！”

“你这个风扶得好！这才是咱梨园的根本。”叶春善赞叹地说道。然后话题一转，“你刚才说缺一个小生？我这里有一个现成的，不知你满意不满意？就是——我们家老四。”

“您是说盛兰？”马连良高兴地问。“我早有心把盛兰师弟要过来，怕您舍不得，所以一直没敢开口。”

“盛兰的小生，学得很地道，是程继仙的亲传，又有德君如的指导，出科了，还窝在科班帮忙呢。我正想他日后搭哪个班呢？正好把它放到你的班里，有你看着他，我也放心。让他跟着你，好好摔打摔打，也好成才。”

马连良听了真是喜从天降。自己正缺一个好小生呢！叶盛兰在未出科时，就已经名声在外了，到了出科的时候，大哥叶龙章不让他离开。别人科满还得尽两年义务呢，自己家的人，当然得好好在科班出把子力气，怎么能甩手出科呢！他没离开科班，在科班顶角，小生唱得风生水起。各大班都想挖他，耐于叶春善的面子，谁都不好开口。马连良真的很有运气，就赶上叶春善这么痛快，随口就把叶盛兰许给了他。这样的好小生，打着灯笼也难找哇！这么运气的事，就让马连良给碰上了！

马连良赶紧给叶春善行礼：“师傅，您真是雪中送炭，帮了弟子的大忙了！”

马连良这一趟叶府之行，一举两得，满意而归。

扶风社的“五虎上将”配齐了。头一出戏是《四进士》，打出了马连良本派的拿手戏。既亮出了扶风社的牌子，也亮出了马派的牌子。

扶风社，五虎上将，兵强马壮，威风顿起。在京城唱一出红一出，场场爆满。在京城的红火，传到了天津、保定周边各市，各地的戏园都来邀请，扶风社随邀演出，演一地红一地，演一地响一地。逐步到山东青岛、烟台、济南，继而南下，到汉口、南京、上海等地演出。几年之后，扶风社的牌子已响遍全国。

扶风社红了，银元也挣得多了。马连良有了经济底气，开始策划大事。

他想有自己的一个戏院，在京城给扶风社建一个根据地。

北京的戏园不少，但大都是老茶园改造过来的，与上海天津新建的戏园相比，显得老旧很多，有的已经跟不上趟儿了。于是他与富商萧振川，华乐戏园的经理万子合三人协商，合股建一个现代化的剧院。

地点就在六部口与西单之间。请最著名的设计师刘世铭设计，最有实力的建筑公司施工。

为了剧院的设计，马连良用尽了心思，从音响、灯光、舞台、坐席等方面，与刘世铭多次磋商，要用最新的理念建一个全新的戏院。

戏院建成了，取名“新新戏院”。马连良亲自设计了一个两个相连的心形图案。

以铁艺打造而成，分挂在戏院的大墙两侧。取与观众“心心相印”，与合股者“心心相连”的意思。“心心”又与“新新”谐音，一语双关，耐人寻味。

正面门楣之上，镶嵌一个三环形的徽标，三个环内，每个环写一个字，连起来是“马连良”三个大字。徽标之下，正中题着“扶风社”的名号。

这里，就名副其实的成了扶风社的“家”。

马连良一棵菜的艺术风格体现在每一个细节。

他要求生行登台要“三白”：白袖口、白护领、白靴底。每个行当，台上的行头，要合规矩；台下的着装要合身份。场面的着装也统一制作，台上台下，都庄重大方。

就连流行的人员，马连良也有特别要求。流行的人，类似无业游民。有台口邀就上场，没台口邀就干其他的零碎活，甚至进杠房，抬棺材，卖力气，挣饭吃。

这些人，穿戴不讲究，进出戏院装束也随便。

一般的戏班，只讲角的体面，不在乎跑龙套人的穿戴。

马连良则不然，扶风社专门给他们制作统一的服装，要求凡进出新新戏院，来给扶风社跑龙套的，离家前，一律穿好扶风社统一的服装。上台前要净面，要化装，穿行头要脱掉自家的衣服，装束要整齐划一，体现扶风社的风格。马连良要的就是一棵菜的艺术标准。

在舞台的布置上，马连良也独出心裁，让金石影拓专家张海若，设计了秋香色的衬幕，幔幕上绣蓝色的“汉武梁祠”石刻壁画的图案，车马人。大气，古朴，寓意蕴含，浪漫夸张。将舞台、戏剧，巧妙地联系在一起，发人深思。

这都是马连良戏剧要一棵菜精神的大而化之。

在人员使用上，马连良也以一棵菜的艺术标准严格要求。为此，他与杨宝忠闹掰了。

马连良对每一个同行都特别尊重，尤其对文武场。鼓佬乔玉泉，在家行三，小名乔三儿。他比马连良大几岁，马一直以“三哥”相称。马连良也很爱好打鼓，每当乔三儿不在的时候，他才敢拿起鼓箭子，过过瘾。只要乔三儿一来，他立马起立，恭敬地双手把箭子递与乔三哥。

对杨宝忠，他更是尊重有加，把杨宝忠奉为上宾，视为艺术的良师益友。杨宝忠拉琴，确实是高手，拉起琴来，声情并茂。他不但胡琴拉得绝好，对音乐学贯中西，钢琴、小提琴都演奏得很好。美国的胜利唱片公司，看上了他的琴艺，让他用小提琴演奏了中国音乐《梅花三弄》，录制唱片，韵味悠长，胜似二胡，风靡海外。

因为他曾是余叔岩的弟子，本人也曾登台唱过戏，对生行的唱腔非常熟悉，气口、吐字、尺寸把握得非常精准到位，托、保、裹、垫、汤水不漏。

马连良的唱，乔玉泉的鼓，杨宝忠的琴，三人可说是天作之合，配得天衣无缝。

马连良也深为得到杨宝忠这么好的琴师而庆幸，给他开的戏份是行内最高的。在文场给他设专座，在戏报、水牌、广告中都特别注明“特请杨宝忠先生操琴”，大捧杨宝忠。

然而，杨宝忠是有了名的“洋人”。富家子弟的习惯不改，爱甩个摊儿，摆个谱儿，总想显出和别人不一样。他摆谱儿的习惯竟然带到了台上，开戏了，文武场都上台坐好了，他总是最后一个提着胡琴入席。走到台口还故意举起胡琴，向观众示意。观众有认识他的，大喊：“快看，‘洋人’上场了！胡琴圣手！”

他最爱听这个！于是得意洋洋，款款落座。

马连良给场面人员定制的统一服装，他故意不穿，只穿西装，以显得与众不同，更突出他的“洋气”。这还不打紧，在演出中，不管戏唱到什么情调，什么氛围，他拉到得意的时候，只管放开拉他的，拉出花哨曲子，直拉到台下鼓掌喝彩，嗷嗷乱叫，方才罢手。场上的气氛经常被他拉得变了味儿。

这算什么一棵菜？这叫开搅！

马连良对他这点极不满意，几次找他单独交换意见，他总不以为然，认为这也是艺术啊，不是“添彩”了嘛！

为了一棵菜的精神，马连良苦口婆心相劝，他就是不往心里去。还一不对心思就拿糖，不上场了。合作了几年，杨宝忠习惯不改，并逐步升级，最终提出辞班儿。为了维护艺术一棵菜的完美，马连良只得忍痛割爱，与他分手。

有词【离亭燕】写道：

> 一棵菜是章法，艺术美都概括。大到剧场装饰美，小到行头鞋袜。文场并武场，台帘幕刺绣画。声歌动舞潇洒，诗情画意高挂。美在艺术整体美，溶入枝枝杈杈。层层筑高楼，方成雄伟大厦。

第一六五回

扶风扶人春枝绿
新角新人展新姿

扶风社不光有“五虎上将”，还有了新新剧场，戏班风清气正，人心思齐，都铆着劲地施展本事，活儿好，玩意儿精，扶风社步入风头正盛的时候。马连良乘着盛劲儿，排新戏，推出新人。

《三国志》是富连成的看家戏，也是马连良的科班起家戏。如今有了叶盛兰，正好摔打摔打他，他便提出排《群英会·借东风》，让叶盛兰饰周瑜。叶盛兰在科班也唱过这出戏，但没和马连良同过台，有点怵头，他对马连良说：“三哥您多指导吧。”

马连良说：“你放开喽，把科班学的玩意儿都抖搂出来就成！”

在马连良的鼓励下，他铆劲施展本事，翎子功，抖、涮、挑、抹，做得十分到位，尤其在和蒋干对饮时，他的剑舞，开合舒展，大气凛然，把周瑜刻画得活灵活现。马连良看后赞不绝口，嘴里直磨叨：“齐了，齐了。”

可叶盛兰却不罢休，说：“三哥，您总得指点指点哪！”

马连良点点头说，“你要进一步琢磨一下周瑜的人物性格，他既英武聪隽，又心胸狭窄，刚愎自用。把他的内心戏再挖挖，把他骨子里的东西表现到你的身段做派中，就齐了活了！”

叶盛兰听了十分钦佩。几天之后，他们贴演这出戏，叶盛兰的周瑜，马连良的前孔明后鲁肃，二人演得珠联璧合，台下叫好不绝。

之后，他们又排了《白蟒台》，叶盛兰饰岑鹏，马连良饰王莽，二人又是配合得天衣无缝。就是这么一出接一出的，在演戏中排，在排戏中演，叶盛兰的小生，比起在科班唱戏时长了很多成色。

一次，马连良和叶盛兰唱《春秋笔》，马连良饰王彦丞，叶盛兰饰差官。

在逃亡路上，马连良闷帘唱：离店房逃之在天涯路外——

然后二人出场，马连良接唱：我好比丧家犬好不悲哀。

由于是新排的戏，马连良在唱到“我好比丧家犬”时忘了词。正窘迫之际，叶盛兰用小生嗓接唱“好不悲哀”。

唱着还使了个巧腔儿，立马得了彩。

他接的出人意外。台下的观众对这出新戏不熟，以为老生、小生合唱一句〔回龙〕，是创新，又都齐声喝彩。

在短短的三秒钟之内，叶盛兰如此机智敏捷，使打鼓的乔玉泉、拉琴的杨宝忠都大吃一惊。马连良也为叶盛兰急中生智，救场保驾，甚为感叹。心想，后生可畏。一定好好培养他，此人日后绝非等闲之辈！

张君秋进扶风社的时候，刚刚十七岁。马连良还不认识他，也没看过他的戏。只听说他是被《立言报》选出来的四小名旦之一。便变着法儿地想看看他的戏，赶上张君秋正好和雷喜福唱《审头刺汤》，张君秋扮演雪雁，马连良便拉了李华亭去看。

张君秋一出场，马连良便被这个明眸皓齿，扮相俊美，嗓音甜润的小青衣吸引住了，戏没看完，就让李华亭去找张秀琴谈“公事”。谈“公事”是当时梨园的行话，就是谈待遇条件，签合同。

那时候，张君秋还没有正式搭长班，只是零星搭散班，没给任何班社签过合同。张秀琴久在梨园，知道梨园的浑水不好蹚，看不准，不随便搭班。这次是扶风社找上了门儿，且包银给的丰厚，又是马连良的班主，便踏下心来，一下和扶风社签了四年的合同。

马连良得了这么好的青衣，喜不自胜。

张君秋搭上了这么好的戏班，千载难逢。

张秀琴借风使船，让张君秋拜了马连良为干爹。

马连良对张君秋更是喜爱有加。每次派戏，都格外给张君秋留出发挥的余地。到了上海黄金大戏院，便给他单独派大戏《玉堂春》，有意抬举张君秋。

张君秋的《玉堂春》场场满座儿，场场叫好。之后又给他派了几出大戏，结果张君秋越唱越红，几天下来就名声大噪。上海滩都知道扶风社不光有个马连良，还有个扮相靓丽清醇，天赋歌喉的小青衣，四小名旦张君秋！

张君秋的名声很快传到了梅兰芳的耳朵里。

梅兰芳只知道《立言报》评出了四小名旦，四小名旦分别是李世芳、宋德珠、张君秋、毛世来。李世芳、毛世来是富连成社的弟子，在富社社长叶龙章的撺掇下，他收了李世芳、毛世来为弟子。宋德珠是中华戏校的弟子，张君秋是李凌枫的弟子，都有名师传授，但还没看过他们俩的戏。

张君秋世称“小梅兰芳”。但到底什么水平，还没见过。

这次张君秋到了上海，且打得很响亮，他很高兴，很为晚辈的出头感到欣喜。于是，决定去看看张君秋的戏，到底到什么成色。

这天，张君秋的戏是《红鬃烈马》，马连良扮薛平贵，两个人唱大轴。

梅兰芳因为有应酬，到了戏院，大轴都开唱了，正是“武家坡”一折。

梅兰芳悄悄地进入戏院，靠边儿找座位。此时，被戏迷发现了，突然有人惊喜地喊了一声，“梅兰芳来了”。

这一声不打紧，池座内都循声而观，小声传递着“梅兰芳来了”。

梅兰芳自从蓄须明志后，很长时间没有登台了，能看到梅兰芳，也是一大奇闻。于是观众都把看戏的注意力转移到了看梅兰芳上。有的甚至站起来，踮着脚尖往前看。这样一来，戏园池内的秩序乱了。

台上唱戏的张君秋和马连良，起初并未发现台下的状况。两个人正唱“对啃”的那一段儿。

张君秋唱：“提起了别人我不晓，苏龙魏虎是内亲，你我同把相府进，三人对面就说分明！”

唱到这里，张君秋发现台下有些骚乱，以为是自己唱错了什么地方，于是心里有些发毛，又看有人站了起来，以为是要“抽签”退场，心里更加慌乱。

当马连良唱完“他三人与我有仇恨，咬紧了牙关他就不认承”时，他接唱“我父在朝为官宦，府下的金银堆如山，本利算来有多少，命人送到那西凉川。”

马连良接唱“西凉川四十单八站，为军的要人我是不要钱！”

张君秋因为心里发毛，把刚唱过了的“我父在朝为官宦……”又唱了一遍。

马连良临场经验丰富，他不慌不忙，又把“西凉川四十单八站”那一段唱了一遍。同时用眼神示意张君秋别慌，接着唱。张君秋此时才稳住心神，往下接着唱。

因为台下的人只顾看梅兰芳，注意力没在舞台上，所以这段纰漏，没“漏”出来。因此也没有喝倒彩的声音。

唱完对唱，道白的时候，张君秋用眼扫了一下台下，才看到梅兰芳刚刚坐下，方明白场内起骚乱的原因。但想到自己慌场乱神，唱错了，内心好大的自责，尤其是当着梅大师唱错了，这多丢人哪！幸亏有马连良压着场。《红鬃烈马》唱完了。台下还直喝彩，总算圆满收场。

散了戏，梅兰芳来到后台，看着张君秋十分欣赏。马连良和梅兰芳是老搭档，凑趣地说：“师哥，您看我们这个小青衣怎么样？”说着，把张君秋推到梅兰芳面前。

不见梅兰芳的面还罢，一见梅兰芳的面，张君秋更觉得丢人，眼泪扑簌簌地流了下来。

梅兰芳笑着问：“怎么哭啦？”

“我，我，我唱错了！”张君秋不好意思地说。

“嗨，我当是出什么事啦！唱错了？我们是唱戏的，我们不唱错，谁还能唱错呢！”

梅兰芳诙谐的一句话，逗得大家哄场大笑。张君秋也被梅兰芳的话，逗得破涕为笑。

看张君秋解除了顾虑，梅兰芳安慰说：“我年轻的时候，也有一紧张唱错了的时候，今天唱错了，我们下次不唱错不就是了！”

梅兰芳对张君秋的唱非常欣赏，当场说了很多赞扬的话。马连良趁势说道：“既是如此，师哥就收他做徒弟吧！”

梅兰芳从不轻易收徒，听马连良如此说，欣喜非常，当场表态：“我收他这个徒弟！”

马连良慨然说道："他刚搭班不久，没什么积蓄，母子俩过得挺紧巴的，拜师仪式的费用我包了！"

梅兰芳说："拜师仪式不可少，但要一切从简。明儿到我家，磕个头就算拜了。"

第二天，张秀琴带着儿子，来到马思南路梅兰芳的家，按照梅兰芳的安排，由马连良主持，张君秋给梅兰芳磕了三个头，算是拜师了。

打那天起，马连良每天给张君秋放半天假，张君秋到梅府，由梅兰芳说戏。得了梅兰芳的真传，张君秋如虎添翼一般，在上海，名声大震。

马连良不是第一次来上海，在上海的朋友很多。上海有一个出名的武把子，名李永利，是河北雄县人。他一身武功，工武净，在上海叫得非常响。马连良第一次来上海，就曾和他搭班唱戏，二人都是北方人，情投意合，交情很深。

李永利有个儿子名李万春，当年才十岁。打小跟父亲学本事，武功底子很深，那时就能上台打把子。李永利望子成龙，很希望有个像样的老生教儿子唱须生。就试探的对马连良说：

"贤弟，你看我这个儿子能成才吗？"

马连良领会李永利的意思，说："仁兄若信得过我，就把他交给我，我给带带看。"

李永利高兴地不得了，顺口说道："那就让他拜你为师！"

当时马连良才二十岁，嘴上没毛，不好意思让人叫师傅、当长辈。便说："咱俩谁和谁呀，凭咱哥俩的关系，还拜什么师？就叫他跟着我学吧，我保证倾囊相授就是了。"

李永利感恩不尽，就把儿子交给了马连良。李万春也是个天生的戏虫儿，马连良教的，他一股脑儿全学会啦，整个一个小小的马派老生。这样，李万春就是马连良的第一个徒弟。但李万春不给马连良叫师傅，而是按照马连良说的，叫"三叔"。因此，他俩之间只有实授的玩意儿，没有师徒的名分。

这次，扶风社到了上海，李永利设宴给马连良接风。李万春作陪，给三叔斟酒。李万春此时已是二十岁的大小伙子了，在戏坛也是叱咤风云的大角了。说到戏，马连良说："我刚排了一出新戏叫《羊角哀》，也叫《舍命全交》，是写朋友交情义气的故事。文武带打，很适合你唱。我把剧本给你，你好好排排，凭你的一身武功，这出戏肯定能出彩儿，能传下去！"

李永利忙说："贤弟，你太抬举他了，剧本是能随便给别人的吗？"

"他是谁呀？他是别人吗？我们抬举就抬举他们小一伐的，好传祖师爷的道哇！"

李万春得了剧本，很下功夫，在武打上好一番策划，连唱带打，把这出戏唱出了自己的风格，一登台就唱红了。

扶风社辗转到长沙演出，此时，杨宝忠还没有离开扶风社，他因有事，在汉口耽搁了几日，迟来几天长沙。当下没人给马连良拉琴，马连良便让长沙的朋友帮助找一个琴师，临时帮忙。长沙的朋友很热情，找来一个年轻人。

这个年轻人姓李，名孟谔。刚刚十八岁，唱老生的，弦也拉得很好。马连良先试试他，让他拉弦吊嗓子，唱了一段《乌盆记》，拉得很好，马连良问：“会拉《甘露寺》吗？”

李孟谔很拘谨地点点头，说：“试试吧。”说完便拉起了过门。

马连良唱完这两段，很舒服，说：“大概是你听唱片听得熟了，拉得很流畅。”

李孟谔神情也放松了下来，说：“一是听唱片，也因为我喜欢您的功夫。对您的唱很倾心，琢磨得多了，就熟悉了气口，所以弦能跟得上您。”

“既然喜欢我的玩意儿，你想不想跟我到北京学艺呀？”马连良听小伙子如此说，打心里喜欢上了这个年轻人，便顺口说了出来。

能跟这样的名家学艺，这是求之不得的事。李孟谔几乎不相信自己的耳朵，愣了片刻，说：“如蒙大师不弃，我愿拜您为师。”

“如此，一言为定。”马连良痛快地答应下来。

经了解，马连良才知道，李孟谔的父亲也是唱戏的，一家七八口人，全靠他拉扯，生活并不富裕。马连良也不要求搞什么拜师仪式，磕个头就算收了徒弟。

回北京，带到家里，专门给他腾出一间房，安排好吃住，让他安心学戏。

李孟谔住到马连良家，一门心思学戏。因为崇敬马连良，便改名李慕良。

经过一个时期的学习，马连良看他戏学得很刻苦，但比起他拉琴来，似乎拉琴更有前途，于是建议他专学胡琴。李慕良听师傅的安排，转学胡琴。马连良为了造就这个年轻人，专门花钱把徐兰沅请到家来教授拉琴。在名琴师的传授下，李慕良琴艺大长，终成了著名的琴师。杨宝忠辞班后，他便接手，专为马连良操琴。马连良后来的很多经典唱段，都是李慕良和马连良合作安腔设计的。

有散曲【双调·碧玉箫】唱道：

满苑皆花，哪朵是奇葩？艺高胆大，敢用新娇娃。该用的猛提拔，该捧的捧到家。实堪夸，好笔画好画。呵，一棵菜齐刷刷。

第一六六回

失娇妻汉口得伴
娶新人吊胆提心

马连良的夫人名王慧茹，相夫教子，孝敬公婆，勤俭朴实，把家过日子，是把好手。她已为马连良生了一女五子，孩子挨肩，一个连着一个，都要她照管。婆婆公公都已年过花甲，也要她照顾。另外还有小姑、小叔好几个，都要她照应关顾。一大家子的担子都压在她一个人身上。

最让她不放心的是马连良，马连良嗜戏如痴，只知道一门心思地唱戏，不会照顾自己的身体。唱戏一场接一场，既耗费体力又耗费精力，还耗费元气。每天睡到炕上，经常做噩梦，在梦中惊醒，睡不安宁。她每天除了给马连良安排好伙食，让他吃得既清谈，又有营养。晚上还看着他睡觉，当马连良出现做噩梦的兆头时，便把他轻轻推醒，好让他睡得安稳踏实。

由于长期耗费精力、体力，操劳过度，她身体也受了损伤。生下最小的女儿后，得了月子病，一病不起，正当盛年，便撒手人寰。

痛失娇妻，让马连良哀痛不已。眼看着上有高龄父母，下有一帮尚未成人的儿女，还有刚刚降世的小女儿，无人照管，他更是神情沮丧，精神压力很大。

家里是如此，外面还有扶风社的几十口同行，里里外外都靠他支撑，要吃饭，要过日子。他陷入人生的磨难之中，经常对着墙壁愣神，打不起精神来。

在他最痛苦的时候，萧长华来到他的面前。他见了萧长华，如见了亲人，眼泪再也控制不住，扑簌簌滚落下来。萧长华也同情得十分伤感，语重心长地说："温如哇，师傅明白，中年丧妻，人之大不幸之一。但要看开些，往远处想。谁活在世上，没有个三灾六难？要挺过去，家还得顾，戏班还得管，戏还得唱！走出去，到外地去唱一个时期，避开晦气，会有好转的！"

马连良听了师傅的一席话，心里豁亮了很多。他马上找李华亭，安排到外地去演出。

扶风社到了汉口，几天的戏票一抢而空，戏院又延续了一期，仍是场场座无虚席。但马连良心里惦记着家里，总是提不起精神来，一下了场就垂头丧气，长吁短叹地犯惆怅。

上海盐商周三爷，与马连良是多年的好友，听马连良到了汉口，专门前来探望。

他每天陪着马连良聊天解闷。马连良出于对朋友的礼貌，只是随口应付。心里总惦记着北京家里那些事，恨不得合同马上到期，赶紧打道回家。

周三爷看他心不守舍，每天都不开心。很为他担心，便决定给他派个“对儿”，介绍个女友。

马连良听说“派对儿”，苦笑着说：“周三爷，您别难为我了。我不好应酬，派对儿，我给人家‘对儿’什么呀？”

周三爷诚心诚意地劝道：“马老板，您这样下去可不行啊，现今，须生中您是抗鼎人物，您不能总这么悲悲切切愁愁苦苦的，您要是垮了，不光是您个人的不幸，更是梨园的巨大损失呀！”

马连良听了忙说：“哪里哪里，梨园人才济济，马某怎敢称大呢！”

“马老板不必过谦，眼下，须生头把交椅非你莫属。可您也得拿出个‘泰斗’的派头来呀，不能老是垂头丧气的！再说了，家里、戏班的弟兄们，都指望跟着您赚包银吃饭呢！”

马连良被周三爷说动了，诚恳地说：“三爷，我明白了，日子还长着呢，台口要接，合同接着续，戏我还接着唱！”

周三爷说道：“恕我直言，您不能光知道唱戏。您现在不是刚刚出道时的马连良了，是有了名望的角了。身份不同了，除了唱戏还得应酬。要说搞公关、搞交际，您没练过那个功啊！眼下，最要紧的是，您要找一个好帮手，替您分身打天下呀。”

“三爷说的是实话，马某是戏虫，不懂得交际应酬。”

“恕我唐突，我给您物色的这个女友，是个上海人，名陈慧琏，绝对是个贤内助的人选，将来定能助您一臂之力。”

经周三爷再三劝说和介绍，马连良终于与陈慧琏结为夫妻。

陈慧琏一进马家，立马操持马家的家务，上敬公婆，下爱子女，上上下下打理得头头是道，显出她持家理财、精明干练的女主人才能。一家人都佩服她，对她的管理服服帖帖，敬爱有加。

陈慧琏与马连良结婚前曾有一双儿女，上海沦陷后，陈慧琏的儿女不知下落，陈慧琏常为此伤心。

马连良便托上海的杜月笙，寻找陈慧琏的一双儿女。杜月笙一口答应：“小事 一段。”

没几天就找到了这一对儿女，派人送到了北京，与母亲团聚。

马连良儿子的名字，都以“崇”字排序。如“崇仁”“崇智”等。陈慧琏的子女来到北京，马连良像亲生子女一样，把他们的名字排在“崇”字序列，男孩名“崇政”，女孩名“静敏”。

陈慧琏待前、后子女一视同仁，一视同亲，一大家子，亲亲热热，其乐融融。

马连良得了个贤内助，如虎添翼。在戏班排戏、唱戏更加聚精会神，精力充沛，神气十足。

人要是赶上了顺风船，事事皆顺。马连良家里得了贤内助陈慧琏，唱戏得了新新大剧院，花脸又吸纳了袁世海，旗鼓大整，上下和顺。他又交上了吴幻荪、翁偶虹、徐凌霄等一帮文人，给他写戏、改戏、评戏。真如登上了顺风船，家里顺，戏班也顺，事业大顺。

他的事业进入鼎盛时期。他集中精力理顺、重排了四出大戏：《苏武牧羊》《一捧雪》《胭脂宝褶》和《春秋笔》。加上以前他常唱的十几出戏，奠定了他本戏的基础。走到哪里，都有他拿手的好戏。马连良的事业是一帆风顺。

因为事业一帆风顺，大把的金钱挣到了手。他想起了曾对父亲许下的诺言："将来我给你买座状元府。"

如今，诺言该兑现了，他一直放在心上。可巧，南宽街有一座状元府正寻买主。

马连良带着老爸到这所状元府邸看了一遍，父俩都很满意，于是与卖家一拍即成交。

状元府买下后，内外装修整饰，犹如新建的一般。举家高高兴兴迁入了状元府。

乔迁新居之后，马连良十分得意。马上携夫人到萧长华家请来师傅，让他同享欢乐。

萧长华高高兴兴随马连良夫妇来到状元府，从前院看到后院，左看右看，确实宽敞阔气，好一座府邸庄园！但萧长华仔细看过之后，却高兴不起来，心事重重，欲言又止。

马连良忙请示师傅："师傅，您看这宅子有什么不妥之处吗？"

萧长华把马连良拉到一边，单独地小声说："宅子好是好，但大有大的难处。这么大的宅子，要顾多少佣人打理？要耗费多少钱财维护？更恐怕一大三大，日后招惹麻烦。"

萧长华撂下这句话，告辞回去了。

"一大三大"？马连良和陈慧琏，当下怎么也参不透师傅这话的意思。

萧长华的话，直到后来才慢慢应验，马连良和陈慧琏深深佩服师傅的慧眼阅历。

有词【南乡子】为颂：

昨日寄愁肠，中年伤怀逞刚强。内忧外困向谁诉，彷徨。柳暗花明见姣娘。新梦逢朝阳。一花引出百花香。顺风船头歌最好，真爽。须知福兮有祸藏！

第一六七回

串龙珠干柴烈火
为义举种下祸根

日本鬼子进了北京，北京城百业凋零。百姓受尽欺凌，唱戏的也难逃劫难。

一天，在皇城根儿，两个日本兵私离兵营，出来抢掠，被义士刀劈了。日本人得到报告，说是杀人的人脸上长着麻子。日本宪兵队，不管三七二十一，见有麻子的就抓，然后再拷打审问，去查“真凶”。

唱戏的多住南城棉花地一带，下午赶到城里去唱戏。马连良的鼓师乔玉泉，脸上有麻子，刚走到南城门，就被日本兵抓住了。这位乔三爷，被抓住后，对路人喊话，求路人给马连良传话，让马连良去救他。

马连良接到口信儿就急了。晚上还等着登台呢，没了鼓师，戏怎么唱呢？再说，乔三爷是他最崇敬的人，是他须臾都不离不弃的左膀右臂，他要是有个三长两短，马连良怎么受得了。

马连良急急忙忙带了银钱，托人打通关节，进了鬼子宪兵队。

到关押那些“凶犯”的地方一看，嚯，黑压压的一片！心想，日本人真歹毒，把全北京城的麻子都抓来了？

乔玉泉一见马连良，带哭腔地奔了过来说：“三爷，您可来了！”

他这一喊，还有梨园同行李盛荫等几个脸上有麻子的，也冲马连良分别说道：“三爷，您也把我‘保’出去吧，家里人早急死了！”

“三爷，您也救救我吧，晚上还等着开锣呢，救场如救火，您就行行好吧！”

马连良一看，连说：“好好好，能救的我都救出去！”

于是一个个花钱，都给“保”了出来。

俗话说树大招风，当时的日伪敌特，专拣大户欺负，只图敲诈钱财。他们隔三岔五地到大户家里寻衅，找碴子进行敲诈，马连良因为有“状元府”，成了显眼的“大户”，于是也就成了他们紧盯的目标。

这一天，来了一帮日本宪兵，说是搜“八路”。翻腾来翻腾去，连个“八路”的影子也没翻到。倒翻出来一卷皮子，是马连良在山东唱戏，顺便买回来，给全家做鞋用的。他们说是军用品，给抄走了。

过了一天，又来一拨日本宪兵，说是搜军用电台。他们看上了马家的一个大收音机。因为这个收音机是音箱式的，上部装着唱机，中间装着收音机，下部分是喇叭，整个一个立体音箱，个头很大，立在墙边，挺显眼的。日本人硬说这是电台，有电台就通八路。当时在家的都是孩子和妇女，只有一个男人，就是马连良的二儿子马崇义。他年岁虽不算大，但个子长得不小，像个大人似的。鬼子二话没说，没收了“电台”，把马崇义也抓走了。

马连良回到家，听说此事，赶紧花钱，托人把马崇义保了出来，有惊无险，总算万幸。

儿子的事刚完，干儿子张君秋又出事了！

张君秋与扶风社的合同一满，就离开扶风社，自己攒班，名“谦和社”，挑班单干了。

正是岁末，张君秋到朋友顾子言家中吃饭。

正吃得得意的时候，日本宪兵来顾家搜查电台。顾子言是银行家，家中有一部电台，是商业专用的。日本人搜出了电台，不管商用还是什么用，一律以通敌论处，当即把顾子言和张君秋抓到了宪兵队。

张君秋的母亲张秀琴，一听说儿子被抓进了宪兵队，急得火上了房似的，心慌意乱，六神无主，东撞西碰，四下里求人帮忙。可是找谁，谁都说帮不了这个忙。

戏班的人建议她去找马连良，说马老板门路广，准能想出办法来。

张秀琴救儿子心切，急急慌慌地来到了状元府。她见了马连良把原委说了一遍。

马连良没容张秀琴把话说完，就站了起来说：“救人要紧！君秋是梨园的后起之秀，这样的顶梁柱，可不能让他有个三长两短！”他急着问，“是不是铁狮子胡同那个宪兵队？”

说这话时，他都急了眼，在屋里来回转磨磨。他知道，要是被那个宪兵队抓进去，就别想活着出来。

张秀琴忙说：“我托人打听了，不是铁狮子胡同那个宪兵队。”

听张秀琴如此说，马连良才稍稍松了口气。但还是急得在屋里转磨磨说：“他这个案子和崇义那个案子不一样。在我家搜去的是个收音机，他们纯属讹诈，拿了钱就放人。顾家是真搜出了电台，那是要过堂的。真要是过堂，人还得的了好？别说今晚儿的戏唱不了，以后……”

他这一说，更说得张秀琴心里没了底，呜呜地哭了起来。

马连良把牙一咬：“豁出去了，——我去找‘金司令’！”

马连良说的这个“金司令”，是金壁辉，就是臭名昭著的川岛芳子。

金壁辉是清王朝肃亲王善耆的第十四个女儿。清王朝灭亡之后，善耆把复辟的希望寄托在女儿身上，把金壁辉送给了日本将军川岛浪速做养女。川岛浪速把金壁辉送到日本，改名川岛芳子，进行军国主义训练。川岛芳子训练有成，做了日本间谍，被派回中国，任伪满洲国“安国军司令”“华北人民自卫军总司令”等。她亲自参与策划了“皇姑屯事件”“九一八事变”“上海一二八事变”等，为日本帝国主义侵略、杀害中国人民犯下了累累罪行，是杀人不眨眼的女魔头。

当时，川岛芳子在北京一跺脚，四城乱颤。她想看戏了，不论是谁，有没有演出，不容分说，立马拉过来就唱，白看戏还不给钱。当时京城的大角，没有一个不被她这样拉来唱过戏。因此，大家都认得她，她也认得这些大角。彼此，算是熟悉。

因为她是女魔头，平时大角们都怕她，变着法儿躲着她。

可是今天，为了张君秋的安危，怎么也不能躲呀，只得去求她。

陈慧琏听说要去见川岛芳子，知道马连良一个大男人，不方便跟女人说话，便说：“你一个人去见她，不方便，还是我陪你去吧。”

陈慧琏毕竟是陈慧琏，每次马连良被川岛芳子强拉去唱“堂会”，陈慧琏都陪同前去，早就注意到川岛芳子对她戴的钻戒很是眼馋，总是用贪婪的目光盯着踅摸。这次她心眼一动，便打定了主意。把钻戒褪下来，放到盒子里装好，揣在身上，陪马连良去往川府。

二人见了川岛芳子，说明来意。

陈慧琏便把钻戒盒子递了过去，川岛芳子看了钻戒，满眼放光。

假惺惺地说：“今儿看在你们的面子上，就让他先回去唱今天晚上的戏。不过嘛，案情重大，唱完戏还得回来，接着审。”这个魔头说完，话题一转，“马老板，你这件团花马褂的料子不错呀？”

马连良明白她这话的意思，忙接过话说：“家里还有一匹呢，赶明儿给您送过来。”

果然，当晚张君秋被日本鬼子押着回来唱戏，之后，又被带回宪兵队。

等马连良的缎子衣料送到，第二天张君秋便被放了出来，回到了他的“谦和社”。

自从搬进状元府，一桩事接一桩事，真是家事、人事、戏班的事，事事让人闹心。

莫非这就是师傅说的“一大三大”的应验？

不是！都是世道混乱造出来的事！

——祸根就在小鬼子！马连良总是这么认为。

马连良苦苦地尝到了当亡国奴的滋味儿！

——时时处处挨日本鬼子的欺负。

就是待在自己的家里，也像被关在大狱一样，不定什么时候，就被提溜出去挨打、挨骂、挨审，甚至杀头掉脑袋，没有一天安生的时候。

他从心里恨日本鬼子：这些个该挨刀的日本鬼子，你们祸害百姓，都不得好死！只叹自己是个唱戏的，恨在心里，但却无能为力。

他的朋友吴幻荪与他有同感，恨恨地说：“咱没别的本事，咱唱戏骂他们，给自己解气，给老百姓解气，给中国人长长劲儿！这个本事咱现成啊！”

“那得找出解气的戏！”马连良赞成。

“有一出戏就很贴题。”

“哪一出？”

“山西梆子女须生丁果仙正唱的一出《反徐州》就不错！”

“是么？咱去看看！”

当晚，马连良便和吴幻荪去看了这出戏。

《反徐州》是说元朝蒙古贵族官员欺凌百姓，奸淫烧杀，奴役父老乡亲，徐州太守徐达不甘忍受欺凌，率领百姓起义造反的故事。当时的汉人，过的是亡国奴的日子。看看今日，被日本人奴役的中国人民，与当时有何两样？不反抗，不造反，不赶走侵略者更待何时！

马连良看了感到震撼，他非常激动，说：“我们也唱这出戏！”

看过戏，他就去找丁果仙，表示愿以《四进士》的剧本换她的《反徐州》。丁果仙曾率团看过扶风社的戏，全团人对《四进士》都印象很深。丁果仙说：“马老板拿这么好的本子与我交换，我求之不得！”

马连良换来《反徐州》的剧本，就让吴幻荪连夜加工，删繁就简，改成京戏的本子。为了区别山西梆子，改名《串龙珠》。马上分配角色，让大家进入戏中。

在排练前，马连良拉着扶风社的全团人马去看丁果仙的《反徐州》，大家按着角色“对号入座”，借鉴人家，回来马上投入排练。这个戏的内容，让全团人员个个激动。哎呀，多么难得的借题发挥！可得了鼓舞老百姓去打日本鬼子的机会了！全团上下，人人卖力，个个铆劲，戏几天就排出来了。灯光、服装、道具、音响效果也麻利儿地配好了。

《串龙珠》在新新剧场与观众见面了！

全场的气氛感染着在座的观众，人人被侵略者的凶狠、残忍、惨无人道所激愤，对杀敌报国的起义百姓感慨激昂，喝彩叫好。尤其当马连良扮演的徐达唱到“叹英雄枉挂那三尺利剑，怎能够灭胡儿扫荡狼烟！为五斗折腰在徐州为官，为亲老与家贫无奈为官。甘受那胡儿加白眼，忍见百姓遭凌残，悯而受死苦无怨，生不逢辰谁可怜。陈胜吴广今不见，世无英雄揭义杆。苍天未遂男儿愿，全凭只手挽狂澜！”的点睛唱段时，场内观众，感慨唏嘘，热泪盈眶，群情激奋，掌声如雷，喝彩不止！

徐达带领百姓造反了！杀顽敌，灭仇寇，大快人心！

第二天戏报刚刚贴出去，日伪军就来了，提出要审查此剧，戏票座位拿去好几排。面对“审查”，戏班里有人建议修改戏词，把过激的词删掉，免得惹麻烦。

马连良、吴幻荪和李华亭商量后，坚持原封不动，一字不减，头一天怎么唱，今天还怎么唱！

我们唱的是元朝的故事，你要对号入座，那是你做贼心虚，与戏无关！

“审查”后的第二天，《串龙珠》被禁演了。

北京不让演，我到外地演！

马连良马上派李华亭联系了天津的中国大戏院。戏班开到天津，大张旗鼓地大唱

《串龙珠》，场场爆满。

中国大戏院在天津的法国租界，日本人查不了，也封不了。天津老百姓看了戏，大快人心，大长志气，消灭日本鬼子的呼声十分高涨。

之后，《串龙珠》又唱到上海，在上海也是场场爆满。日本人眼睁睁看着租界里的剧场唱这出戏，干瞪眼，没办法。

《串龙珠》唱红了，上海、青岛……，凡有租界掩护的城市都唱遍了，之后回到北京。

刚刚稍事调整喘了口气，马连良家里来了几个客人。

这几个人都是回民阿訇，他们来自奉天，是受奉天回教协会和奉天回教文化学院校董会的委托，专门来请马连良到奉天去唱义务戏。

奉天有一所回教文化学院，相邻有所锅山女子学园，这个学园被日本人霸占了，只教日语，不教国语，对学生实行奴化教育。回教学院爱国心切，想以扩大校园的名义买下这所女子学园，把日本人挤出去。可是经费不足，力不从心……

马连良听到这里，痛恨日本鬼子的怒火在心中点燃，他当下一口应承。说："不说别的，就为把日本人挤出去这一条，我马连良一定去唱义务戏！"

马连良慷慨坦荡的一句话，让几位阿訇非常感动，一再表示代表奉天的回教民众感谢马老板！

意向定下来了，具体动身的日子，要等以后再定。

五个阿訇对马连良千恩万谢，辞别马连良，返回奉天，只待佳音。

马连良这项义举，让扶风社的同事大为感动，纷纷传扬，赞不绝口。

这个信儿很快就传遍了京城。文化汉奸朱复昌也听到了这个消息。

日本人占了北京，在北京设立了一个"华北演艺协会"，会长就是日军少佐山家。朱复昌就是山家的一条走狗，他专为日寇搜集敌占区文化艺术界的动态。

得了马连良要去沈阳义演的消息，朱复昌赶紧报告了主子。

山家一听此信儿，不禁大喜。

原来他的上司要他找一个水平高的戏班去奉天，为"满洲国"建国十周年祝贺，他正为找不到戏班嘬牙花呢。马连良要去义演，正好借机移花接木，给上司交差！

于是山家派朱复昌去当说客，促马连良早早动身。

朱复昌领了命，非常尽心尽力。上次，为请梅兰芳出山为日本人唱戏的事，他闹了个大窝脖，山家一直对他不满意。这次又有了给主子效力的机会，可得好好表现表现！

他麻溜地来到状元府，像一条狗一样摇着尾巴围着马连良转，边转边说："马先生为教为民，堪为义旗高举，仁义为先。让梨园仰首，使天下刮目。马老板的义演，将轰动满洲，奉天渴盼。不才朱某被您的义行所感，愿为您助一臂之力。我已经为贵社联系了长春、沈阳、哈尔滨的著名剧场，他们愿高接远迎，隆重接待。人未到，定金先到，保证马老板挣个盆满钵满。当地的报刊、杂志也将一呼百应，人未出发，舆论就先响遍东三省。马老板此行，一定能载誉而归，名利双收！”

朱复昌是《三六九》画报的主编，他在演艺圈混得太久了，可他在演艺圈的名声，臭得不可再臭。马连良对他的品行也早有耳闻，对他如此的巴结也很反感。他越是说得天花乱坠，马连良对他越是犯疑，开始琢磨他的用意。朱复昌看马连良起了疑心，便做贼心虚，紧用话遮掩，哪知欲盖弥彰，一句话不慎，露了马脚。他说：“早点动身，赶上国庆节，更吃香，一定会得到各方面支持，享受特殊礼遇。”

“国庆？什么国庆？哪儿来的国庆？”这不禁引起了马连良的警觉。马连良平时只知道唱戏，对政治术语一窍不通。“什么国庆”？他确实弄不明白。打发走了朱复昌，把这件事说给吴幻荪、翁偶虹、徐凌霄听，说完，不禁引起了三个人的哑笑。三人笑罢，严肃地说：“那是伪满洲国的国庆！”

这时，马连良才如梦方醒，惊叹道：“原来朱复昌是使了个圈套，要套住我！——这个王八蛋！伪满洲国的国庆？为日本人去祝贺？——姥姥！”

马连良大骂朱复昌，发泄一通之后，又犯了难。不去东北？可我已经答应人家教会要去义演，不去不就失信了吗？

这怎么办？他又请教三位大文人，三人听后就犯了琢磨。琢磨了一会儿，翁偶虹心眼灵活，说道：“东三省，那么好的地方，为什么不去？在京城是这么多戏班吃一个锅的饭，大家都吃不饱。去了东北，是你一个戏班吃三个省锅里的饭，保证是肥差。他想利用你，你也利用他呀！有他们罩着，谁敢欺负您哪！”

“那我不就是替日本鬼子顶差，当了汉奸了？”马连良想不通。

吴幻荪明白翁偶虹的说法。他解释说：“现在不能去呀，去了就是汉奸！”

“那怎么办？”

“最好的对策就是‘拖’。”

“拖？”

“对！拖过他的‘国庆节’，不顶他的差，然后再去。像往常唱戏一样，去了自然蹲坑找台口，该怎么唱就怎么唱。跟他们的差事不沾边儿！”翁偶虹解释说。

马连良听了，连连称赞，说“好！好！好！怪不得人家请军师呢！原来您们真的有妙计！”

马连良按着“军师”们的主意，给他来了一个“拖”字。一拖再拖，由三月拖到了八月，直直拖了五个月。

拖得山家七窍生烟，满嘴冒火，急得团团转。天天逼着朱复昌去催马连良动身。

马连良总是不紧不慢，今天推说角不齐，明天推说行头没做好，后天推说戏还没排出来……，伪国庆节是三月，都过去五个月了，还搞什么“祝贺”？

山家为此挨了伪满洲国日军司令的一顿臭骂，他在电话上“哈衣！”“哈衣！”地听上司训斥，憋了一肚子的窝囊气！咬牙切齿地一定要整治整治这个马连良！

心想，虽然过了“国庆”节，我也得让你去演出，算是对大日本满洲国的“慰问”，也得圆下我这个“华北演艺协会”的脸面来！

这天，他亲自带了几个小鬼子来到马连良的家。进门就说去东北唱戏的事。他在客厅絮叨，院子里，一个小鬼子脱去了上衣，赤身裸体，跪在地上，擦战刀。意思是再不给山家面子，我就在你家剖腹自杀，给你家个血腥污染。

马家的人，哪里见过这么玩命的无赖？顿时，家里乱了套，老太太气得都快背过气去。管家赶紧进客厅报告马连良，马连良心想：“拖”也“拖”到时候了！该收场了。于是不紧不慢地对山家说：“去东北唱义务戏，一直在准备，眼下算是准备妥当了。戏班近日就出发。”

山家听后，说一声“嘤嘻！”立即收兵。带着几个小鬼子，离开马家。

马连良的扶风社一动身，山家马上把电话打到东北，报告上司，说是马连良代表华北演艺协会，去“慰问演出”。

本来是利用小鬼子罩头，去唱义务戏。哪知心怀鬼胎的山家，却来了个顺手牵羊，给马连良加上了一个莫须有的“慰问”头衔。一时，东北各报刊大登特登，把“慰问”的帽子，强扣在了马连良的头上。

马连良还蒙在鼓里，也不管他们什么“慰问”不“慰问”，只顾唱戏，唱义务戏捐款。几场下来，挣了二十几万，全部交给了回教教会学院。学院用这笔款，一举买下了锅山女子学园，把日本人挤了出去。

马连良总算达到了目的，出了口恶气！

接下来，他在东三省巡回演出，一场接一场，收获颇丰，然后打道回京。

殊不知，他的东北之行，为自己埋下了祸根。

有散曲唱道：

【仙侣·点绛唇】卢沟月沉，仇锁战阵，事变进日军。放火杀人，尽露野兽心。

【混江龙】绕家盘问，呼尔喊叫丧人魂。国宝搜尽，烧杀奸淫。京城终日遭伤害，几世里遇此瘟神？百姓饮恨心头忿，长歌当哭，骂他祖坟！

【寄生草】埋心怨，忍气吞，上封有令民无根。任大军撤走咱受困，国土沦丧人人饮恨。亡国奴当到甚时休？欺负到忍无可忍！

【金盏儿】倡教化有伶人，报仇雠有雄心，排出新戏催人奋，长歌当哭听掷地有音。不惧日寇查，不听汉奸论。我唱我心声，倾泻满腔恨。

【后庭花】不提防日伪阴，只存着义举心；险些儿上了当，为敌人当替身。有达人，提醒发昏，授锦囊拖光阴。

【赚煞】指望脱金钩，义举不负人。匆忙赴东北又把鱼饵吞，没承想唱戏成“慰问”。管他慰问不慰问，唱戏文！国剧唱国魂，沦丧地高奏乡音！恰待满载而归休莫论，日本鬼子投降已滚，找麻烦又杀来国军。

第一六八回

杜府庆寿唱堂会
冬皇一鸣成绝音

抗战胜利了，日本鬼子投降了。国民党的接收大员们活跃了起来。别看抗日的时候，他们不积极，一个个躲到阴山背后，当缩头乌龟。日本投了降了，他们立马就换了嘴脸，成了“功臣”。一个个腆着肚皮在大街上吆五喝六，不可一世。最可恨的是，他们打鬼子缩头，搜刮老百姓一点都不缩头。变着法儿的巧立名目，发国难财。

萧长华关于马连良的“状元府”,“一大三大”的话，继续应验着。

接收大员们看准了这座状元府。一个唱戏的，住的这么气派，这么豪华，这么富有，不敲他的竹杠，敲谁？

要敲竹杠，也得有个名堂啊，于是他们开始琢磨敲马连良竹杠的名堂。

欲加之罪何患无辞！

最下功夫的就是特务李国章。他翻出了东北三省当时的报刊。好哇，黑纸白字，马连良的扶风社去东北演出，代表伪“华北演艺协会”去慰问伪满洲国。白纸黑字！这不是现成的罪证吗？他马连良就是公开的“汉奸”！

行啦，就这一个罪名，就足以把马连良状元府的全部家产作为“逆产”，查抄“充公”。

马连良“汉奸”的罪名就这样定好了。

北京地方法院给马连良定这项“罪”的时候，马连良还不知道，他正在上海唱戏呢。

在上海天蟾大戏院，梅兰芳、马连良、谭富英、周信芳等正为宋庆龄基金会举行义演。剧目是《探母回令》。

正当马连良准备上场和梅兰芳唱《坐宫》一折的时候，后台呼啦啦上来一群荷枪实弹的大兵。一个长官说道：“奉上峰命令，送达北京地方法院传讯马连良的传票！”

后台的人哪里见过这个场面？一个个都面面相觑，不知说什么好。马连良也不知为了何事传他，事到临头，倒也镇静。他对那个长官说：“等我上场唱完了这折戏，我跟你们走。——我得对得起观众啊。”

下了场，马连良随大兵们走到大街上。这时，他才看到电线杆上、墙壁上贴满“通缉汉奸马连良”的标语。看到这些，他心里才咯噔一下，感到上海、北京联手抓他，该有大祸临头了！

到了北京，来到南宽街，往日大门前车水马龙的景象荡然无存。大门紧闭，门外冷清得令人胆寒，就连平日卖瓜子、香烟的也远离此地。

推开大门，院内一片狼藉，被查抄搬出屋子的家具横七竖八，东倒西歪。被翻乱了的书稿碎纸，随风飘零。好端端的一个状元府邸大院，被折腾的七零八落，满目疮痍。

只见上房的灯，昏暗明灭，不知老母受没受到惊吓？身体安然否？孩子们怎么样？慧琏在哪里？想到这些，马连良不禁打了个寒战，心往下一沉，凄苦之痛难以名状：

嗨！想我马连良，曾几何时，叱咤氍毹，红遍大江南北，京城腹地。多少文人墨客，达官贵人，凡夫走卒，与我交往攀缘。有为艺的，有为名的，有为友谊的，有为新奇的，有为绕弯拉关系扯皮条攀附财东、权贵的……，每日门前车水马龙，熙熙攘攘，络绎不绝。如今我吃了官司，走了背字，就落得如此冷落！真真是“穷在闹市无人问，富在深山有远亲！”世态炎凉，世态炎凉啊！

正在他感慨的时候，上房门吱呀开了，走出了他的夫人陈慧琏。陈慧琏看马连良回来了，也不管有大兵押解跟随，一下扑到马连良怀里，欲哭无泪，哽咽抽搐。马连良忙把她搂在怀里，用手轻轻抚摸着她的背，也是欲哭无泪。过了片刻，他轻轻地问：

“母亲如何？”

他话刚落音儿，老太太从上房颤颤巍巍奔到儿子跟前，朗声说道：“赏儿，别为娘担心，娘经历了‘四朝一国’，咸丰、同治、光绪、宣统、民国，一朝比一朝乱。什么英法联军、八国祸乱、拳毛子造反、小日本事变……乱世见的多了，见怪不怪。别觉着咱家蒙点难，就想不开！乱世烟云，一晃就过。只要咱存心良，行事正，管他什么妖魔鬼怪、歪鼻子淘气的兴风作浪，挺一挺就过去了！娘不在乎这个！”

没想到这时候，娘说出一番这么有见地的话来！这着实让马连良感动。

此时，解押他的长官催促道：“快快收拾收拾走吧，我们还等着交差呢！”

这时，马连良扑腾给娘跪下，说：“娘，孩儿不孝，让您老受惊了！”

老太太也撩起衣襟抹一下眼角，朗声说道：“儿子，去吧，天塌不了！我修了一个好儿媳妇，天塌下来有你媳妇顶着哪！”

此时，陈慧琏已把马连良平时穿换的衣服，包了一个包，交给门房老李。让老李送马连良到法院，顺便认认路，以便以后探视。

马连良含泪离开了状元府。

走出老远，仿佛听到老母放声号啕，痛哭儿子的悲声。

他心如刀搅一绞，踉踉跄跄跟随大兵走去。

他被关在法院，等待开庭。

陈慧琏施展出她外交的浑身解数，从法院到关押处的头头脑脑，大兵、警察，都打点到了，先不让马连良在关押期间受苦。然后又打点政府要员、“办案”警官，最后取得一个“保外就医”的名分，把马连良“保”回家来。虽然“保”回家来，仍是受管制，但总比关在里头自由、方便得多。

把马连良“保”回家，安排好起居照顾，陈慧琏又打道南京，托关系，直找到蒋夫人宋美龄，又找到全国回教协会会长白崇禧。把当时马连良去东北唱戏过程的呈文，递给白崇禧。白崇禧不光看了呈文，还看了吴幻荪、翁偶虹、徐凌霄的联名证词。然后分别打电话到北京和东北，一一询问部下，核对实情。心里有了底之后，他最后拿起电话，敦促北京地方法院据实结案。

北京地方法院不敢怠慢，最后结案是：“查原北京演艺协会，无派遣实据，不予起诉。”

此时，马连良的官司才算结案。

马连良被软禁了一年多，总算获得了自由。

可是，陈慧琏从北京到南京的一通“运作”，“冰敬、妆敬、润笔……”等名目繁多的开销，把被查抄后仅存的钱财花了个底儿掉，除了剩了个空荡荡的大宅院，还欠了一屁股债。

马连良自由了，回到状元府，看着空空荡荡的大院子，心里也空空如也，不禁朗声念道：“真真是，落了个白茫茫大地真干净！”

他跪倒在院子里，当、当、当磕了三个响头。仰天长叹：“我马连良为一义举，却背上了罪名！是我之过也？天之过也？天地良心，孰是孰非，上苍明鉴！——师傅之言，‘一大三大’呀，我领教了！”

马连良结案了，没事了。

那些大员们又有事了，纷纷找上门来！

他们是来“贺喜”的。

——你马连良无罪释放，还不值得贺喜吗？贺完喜要庆贺，庆贺就得唱戏。

嘿嘿，敢情是马连良得自己给自己唱“庆贺”戏！

庆贺的戏，当然是义务戏。唱义务戏，是“义务”谁呀？当然是“义务”马连良。那些大员们收了门票票款，把钱装进了自己的腰包。这个“义务”一场，那个“义务”一场……，一场，两场，三场，没完没了。一连二十几天，几十场戏，都“义务”了。

马连良累得都要支撑不住了，他是一朝遭蛇咬，十年怕井绳。谁都不敢得罪，生怕又惹下事来。谁来“义务”他，他都得强装笑脸，点头应承。

此时，上海的大闻人杜月笙，差人来京送请帖，说是要庆祝六十大寿，唱大戏，大唱戏。

要说“庆贺”，人家那才叫庆贺！

“庆贺”的请帖，工工整整地写着马连良的大名。

马连良眼下正被“义务”拖累着，撕络不开呢。

此时，袁世海说话了：

“三叔，咱别在这儿‘义务’啦，这怎么是个头哇？趁此机会，咱撒丫子吧！”

马连良是义气中人，他和杜月笙是老交情，何况人家又帮自己把陈慧琏的儿女给找到，派人送到北京。这个情还没还呢！何况他的六十大寿！就是没有请帖，自己也得去！他对袁世海说：“按你说的，开拔！”

马连良总算摆脱了那些个“义务”。

此时的杜月笙已今非昔比，他是个聪明人，心里明明白白：自己大势已去，只不过要撑门面，再最后施展一番魔力，力挽颓势，争取机会。

本来，抗战期间，杜月笙已一扫旧貌，开始改变他人生的轨迹。

“七七”卢沟桥事变之后，中国进入全面抗战时期，杜月笙在他的同乡黄炎培的鼓动之下，充分发挥他的社会影响力，组织了“上海各界抗敌后援会”。杜月笙亲任主任委员，在上海电台作了慷慨激昂的抗日演讲。

淞沪保卫战中，他在报纸上发布募集资金、物资的公告，支援前线，收容难民，仅一个月就筹集捐款一百五十万元。把自己杜美路的私宅腾出来，让给“上海抗日劝募委员会”办公，自任上海劝募总队队长、工商界劝募总队副队长。他奋力在上海呼号奔走，鼓动上海各界的抗日热情，全市认购了抗日救国公债七千五百多万元。

上海保卫战中，数万人马作战，后勤供应叫急。杜月笙的后援会，立即募集了大量的棉坎肩、手套、耳套、青布鞋、卫生衣裤等应急支援。他还拿出万元，购买卡车，将这些物资，送往前线。

保卫战的紧急关头，他当即召集帮会门徒、学生、店员组织了五个抗日别动队。他出资购买手枪五千只，装备别动队。

每个别动队编制一千五百人，五个别动队，就是一支不小的武装力量，在苏州河沿岸配合正规军作战。上海沦陷时，别动队死伤一千多人，多数是杜月笙的门徒弟子。

为了迟滞日军的进攻，他动员商家并率先令自己的大达轮船公司，将几艘货轮开到长江口炸沉，堵塞航道。在他的带动下，其他公司数十艘货轮也如此照办，迟滞日军进犯。

为打击卖国投敌分子的嚣张气焰，他部署门徒，配合军统，刺杀了青帮的二号人物、他几十年的拜把子兄弟，汉奸张啸林；刺杀了伪上海市长大汉奸傅筱庵，并劝阻了黄金荣的卖国投敌行动。

在抗战中，他应八路军驻沪代表潘汉年的要求，向晋北抗日八路军，捐赠荷兰进口的防毒面具一千套。对共产党的抗日行动给予支持。

在当时的上海，他是比政府更有号召力和组织力的人物。

上海陷落了，蒋介石通过手下传达他的口信：“上海的阵地是不能失的，以后请月笙先生多偏劳了。”

其实，这是蒋介石的心里话。他知道，此时的上海滩，政府已无能为力，唯有杜月笙能支撑上海的抗日天地！

上海陷落了，实在不能落脚了，杜月笙也只得撤离上海。

临行，他对当时在身边的孟小冬说："国军撤走了，阿拉也不得不离开上海，去香港。阿拉是抗日，不是去逃难。我已交代万默林，安排你离沪进京。侬要记住我的话，国难期间，不要为日本瘪三演戏，不要做亡国奴！"

日本投降了，抗日胜利了。上海坊间，杜月笙出任上海市长的议论四下流传。

杜月笙也自认为蒋介石怎么也会给他一个好的交代。

他哪里知道，日本的战旗一落，蒋介石立马任命钱大钧为上海市市长。

在去火车站迎接钱大钧的路上，杜月笙看到路边出现了"打倒社会恶势力！""杜月笙是社会恶势力的代表！""打倒杜月笙！"的标语。

这当头一棒，打得杜月笙头脑反而清醒了。

哎呦，是呀，蒋介石怎么能把上海，交给我一个有黑势力社会背景的人管理呢？什么"请月笙先生多偏劳了"！这个瘪三，把我杜月笙当夜壶使了！——用过之后就扔床底下了！原来政治把戏就是这么个玩儿法！

杜月笙一气之下，病倒了。

前来探望的门徒弟子、社会名流络绎不绝。为了安慰杜月笙，大家提议为杜月笙举办六十大寿祝寿。

杜月笙在病榻上摇摇头，他知道，此时越是张扬越是被动，不如坐观动态，韬光养晦。

他的大管家、杜月笙的智囊万默林，却不这样看，他认为：越是这个时候，越不能显得消沉。

以前，抗日是民族正义！

当前，国力衰微，民不聊生，要彰显民生正义！

以庆寿的名义，请来名伶义演，将所收款项捐给贵州、陕西遭受水灾的灾民。岂不一举两得！

这也让蒋介石看看，杜某人正义为民生，非同一般无所作为的鼠辈！

杜月笙采纳了万默林的主意，决定大庆六十大寿！

上海陷落前夕，孟小冬被万默林送回了北京。

杜月笙为孟小冬想得很周到，让万默林给她在轿子胡同买下一处房产，这是唯一属于孟小冬名下的一处私宅。此宅与孟家的老宅只一路之隔，孟小冬有家人照顾，来来往往过马路就到，很是方便。

余叔岩去世，她悲伤过度，伤害了身体，落下崩漏血亏的病根，总是体乏力衰，气力不足，很少登台唱戏。那时，杜月笙担心她一个人过的孤单，便邀她到上海居住，说是大家一起说说笑笑，唱唱耍耍，对身子有好处。遵照杜月笙的安排，她到了上海。在上海住了一段时间，确实身体好多了。

这次按照杜月笙的安排，她又回到京城。她牢牢谨记杜月笙的话，深居简出，谨言慎行。在社会上不露面儿，更别说给日本人唱戏。身体将养的比在上海时还好，觉得说话发声有了底气。一个唱戏艺人，怕闲散长了丢了功夫，她便把王瑞芝叫到身边，陪她吊嗓、说戏，练练身段。

日本投降了，普天同庆。为了庆贺，她高兴地答应了广播电台的邀请，和程砚秋唱《武家坡》。为以防不测，她约来了杨宝森打接应。亏得她想得周到，果然是心有余而力不足，在直播间，只唱了一句“一马离了西凉界”就唱不了了。此时，她暗暗地一挥手，杨宝森立马接过腔来往下唱。关键时刻，杨宝森顶了上来，才没有影响广播。

回到家，她仍在兴奋之中。抗战终于胜利了，中国人终于扬眉吐气了！

此时，他想到了杜月笙。他还在香港吗？……

抗战胜利了，他肯定早回到了上海。……

他是上海滩上的大忙人哪……

他又该忙活了……

她心里一直惦记着杜月笙。

她当即决定赶回上海。

她还惦着，杜先生的六十大寿就要到了。这个时候就是不为庆寿，也该慰问慰问为抗日舍命舍财，终日奔波操劳的杜先生了。

于是，她便回到了上海。

一进杜府，却见杜月笙卧病在床。

这是她始料不及的！见此情形，她心如刀绞。急扑到杜月笙床边，眼泪扑簌簌地流了下来。

孟小冬的伤感，深深感动了杜月笙身边的姚玉兰。

以往，杜月笙对孟小冬的关心、体贴照顾，姚玉兰都历历在目。

孟小冬对杜月笙的感激、依靠、惦念，她也历历在目。

这两个人，由敬慕、爱护、关心、照顾、感动、感恩、报恩的心理沟通，到彼此融汇的爱恋，她都明明白白。

如今，杜月笙已重病在身，行将就木。再不给他们一个机会，恐怕要留下一世的遗憾。

姚玉兰是大度之人，她对他们二人的爱恋不但不计较，反而很同情。

面对这种情形，姚玉兰拉过孟小冬的手，放到杜月笙的手上，深情而诚恳地说：

“令辉，你回来得正好。眼看杜先生的身体不如以前了，我们都希望你不要再离开了。岁月不饶人哪，不能总是只身漂泊，到什么时候是个头呢？这里就是你的家。再说了，你是美霞的妈咪呀。”

杜美霞是杜月笙和姚玉兰生的第二个女儿。几年前，为了解除孟小冬的孤单，杜月笙做主，将杜美霞过继给了孟小冬。

杜月笙听明白了姚玉兰的意思。他用手抓紧孟小冬的手，顺口亲切地叫了一声“妈咪！”——他是有意借美霞的口这样称呼的。然后诚恳地说：“留下来嘛，……美霞也愿意和妈咪厮守哇！”

孟小冬听了此话，非常感动，内心涌起一股暖流，感动地说：“阿姐、先生，谢谢你们！”

孟小冬半世的飘零终于有了归宿。

杜月笙看看姚玉兰，再看看孟小冬，望着这一对氍毹姊妹，心里很得安慰。默想：“英雄末路，终得这二位红颜知己陪伴，今生足矣！”

庆寿演出的大幕拉开了。

义演七天，堂会三天。

几乎南北大角全部到位，纷纷登台献艺。

与其说是庆寿，不如说是一个民办的，声势浩大的京戏大会演。

十天的戏中，梅兰芳唱了五出义演大轴，三天堂会大轴，仅回避了孟小冬的两天义演大轴。

在所到演员中，孟小冬的呼声最高。因为她是久负盛名的大角，在拜余叔岩之前，她挑班福庆社的时候，就和马连良、高庆奎、谭富英、金少山、郝寿臣、侯喜瑞、杨宝森、奚啸伯、程砚秋、尚小云、荀慧生等大角，都同台唱过戏。大家都知道她的实力，的的确确巾帼不让须眉。她被称为“冬皇”，大家心服口服。拜了余叔岩之后，登台表演俨然余叔岩再世，气口、韵味、咬字行腔更为讲究，诸位大家更难与之项背。在京城，当马连良、杨宝森、李少春等唱双出才能满座的时候，她只唱一个单出小戏《黄金台》就能卖满座。可见她功力的号召力。

这次庆寿演出，为了照顾她的身体，只为她安排了一场压轴戏《搜孤救孤》。她饰程婴，赵鑫培饰公孙杵臼，裘盛戎饰屠岸贾，魏连芳饰程妻，司鼓魏惜云，操琴王瑞芝。

戏报一贴出去，惊闻四海。大牌孟小冬登台，经久难逢！一时，京津鲁豫，汉口、西安、成都、广州、港澳的戏迷，都乘飞机飞来看戏。戏票被黄牛炒到了五百元一张。剧场不光是座无虚席，连两廊都加满了小坐，马连良都是背靠大墙，站在后面看的。

孟小冬是为她的心上人唱庆寿大戏，也是她多年未登台的头一次演出，她从心里就铆上了劲。

一出场，她扮相的儒雅，台步的潇洒飘逸，异乎一般。台下观众眼前一亮，马上给出一个碰头彩。之后，听她唱“屠贼做事心太狠，三百余口赴幽冥”，嗓音甜润，隽永嘹亮。台下鸦雀无声，听她唱完，彩声又轰然而起。当程婴与公孙杵臼定计时，为了表示不让外人听见，程婴轻拉椅子，俯身交耳的细节，演得逼真，传神。让马连良不禁拍案叫绝，脱口喊出一声“好”来，大家也跟着鼓掌喝彩。公堂告密一场，程婴唱〔二黄导板〕“白虎大堂奉了命”一句，“虎”字用脑后音唱出，肃杀之气让人听了毛骨悚然，之后喷口而出的一大段“都只为，救孤儿，舍亲生，连累了，年迈苍苍受苦刑，眼见得两离分。”一气呵成，声情并茂，如大河奔流，瀑布飞泻。唱中，随着“搓锤”，左右看，甩髯口，动作边式利索，唱腔荡气回肠。场内的气氛热烈高涨，喝彩声，鼓掌声，跌宕起伏。

整场《搜孤救孤》，从头到尾，大到声腔动作，小到细微表情，都表演到尽善尽美、淋漓尽致的地步。梨园界的名家，评论家，四海飞来的观众，无不交口称赞。可算真真的目睹了余派真谛，亲历了孟小冬“冬皇”的风采。

本来给她安排了一场戏，但这一场戏下来，观众不干了！一场哪能满足大家的渴盼！无奈，第二天，戏提调只好请孟小冬将《搜孤救孤》又加唱一场。

买上票的人算饱了眼福，买不上票的人只好转向商店去买收音机。

为此，上海的收音机都脱销了。

无论现场的，还是听收音机实况转播的，都得意非常。都为“此曲只应天上有”的感觉津津乐道。

谭富英看完戏，感叹地说：“小冬把这出《搜孤》给唱绝了，反正我这出戏是收了。”“收了”就是不再唱了。马连良虽没说收不收，但他也很长时间不再唱，直到后来，将此戏改编为《赵氏孤儿》才唱。

这事谭元寿印象颇深：“当时祝寿演出的，除了一个人外，凡是有名儿的都到齐了，后台边幕都站满了咱们内行的人。说句不客气的话，那个阵势，谁见了都得发怵。不要说出点错儿，就是差那么一点点儿，哪个同行能装糊涂？结果人家孟先生唱得那叫讲究！谁听了能不动情，能不佩服？就这么一出平常的戏，让人家孟先生唱绝了。她唱得非常精炼，每句唱腔都很干净，收音都特别帅气，没有任何拖泥带水的地方。唱到这个程度，在咱们京剧的历史上真可以说是空前绝后。如果让我比喻的话，真可以说就是爆炸了一颗原子弹一样。”

谭元寿所说的“除了一个人”没到场看戏，那个人就是梅兰芳。梅兰芳虽然没到场，但在家里，却守着收音机，连听了两天实况广播。

孟小冬的这次演唱，的确成了广陵绝响。

打此之后，她再也没有登过台。

十天义演，连票款带企业家捐助，筹到巨款一百多亿元。这样一大笔捐款，也确实让杜月笙大露了脸面。

这一举动，也着实让蒋介石吃惊不小。他心里又结上了疙瘩：这个地头蛇，势力蛮大，斩又斩不得，留又留不得，只得笑脸安抚。

于是，又给杜月笙安上了全国面粉业公会理事长、全国棉纺织业公会理事长、全国轮船业公会理事长、中国红十字会副会长、上海市地方协会会长等几十个头衔。……

不管给杜月笙头上安多少头衔，杜月笙再也不是以前的杜月笙了。他头脑清醒，再也不会让人当夜壶使了！

当解放军的炮声，在上海外围轰鸣奏响的时候，他看到了蒋介石的末日。又心存对共产党的疑虑，何去何从，他动了心思。权衡之后，他选择了定居香港。

孟小冬随杜月笙去了香港。

在杜月笙病入膏肓的时候，两个人举行了正式婚礼。

这位杜夫人，像当年侍候师傅余叔岩一样，衣不解带，守在丈夫床前，直至送终。

有词曰：【惜双双·广陵绝】

弦歌一曲垂天幕，东方晓、又隔晨雾。伤天远无归路。报恩他时时处处。梦断往昔初起步，恨无计、爱怨难诉。经久恨不相遇。长歌寄情深无数！

第一六九回

喜连富盛世元韵
桃李花叶门留香

富连成科班，从光绪三十年正式挂牌开办，到民国三十七年停办，历经四十四年。惨淡经营，换了两次招牌。办了七期，按照每期的科班排名分别为“喜、连、富、盛、世、元、韵”。

七期共培养学生八百余名，每期都有出类拔萃的演员。

正是这些出类拔萃的富社弟子，在把中国京戏推向辉煌，推向鼎盛，推向百花盛开，推向繁荣发展的时代进程中，展现了浪遏飞舟的风采。

这些京戏大角，是中国京剧史上的灿烂群星，汇聚成耀眼的星河，在中国京剧史上熠熠生辉。

按科班排名，这些大角分别是：

喜字科：陆喜明、陆喜才、雷喜福、赵喜魁、赵喜贞、武喜永，六大弟子，外加侯喜瑞。

连字科：于连泉（小翠花）、马连良、马连昆、刘连荣、王连平、何连涛、方连元、骆连翔等。

富字科：茹富兰、谭富英、茹富蕙、马富禄、吴富琴、沈富贵、邱富棠等。

盛字科：裘盛戎、高盛麟、杨盛春、叶盛章、叶盛兰、李盛斌、李盛藻、刘盛莲、孙盛文、萧盛萱、孙盛武、贯盛吉、贯盛习等。

世字科：袁世海、李世芳、毛世来、阎世善、迟世功、江世升、江世玉、艾世菊、沙世鑫、刘世勋、裘世戎、王世续等。

元字科：黄元庆、刘元彤、郭元汾、茹元俊、谭元寿、哈元章等。

另外还有搭班学艺的梅兰芳、周信芳、高百岁等。

富连成，是中国戏剧史上最负盛名的科班，也是办得时间最长，培养人才最多的科班。可称中国戏剧教育的“剑桥”或“哈佛”。

富连成曾换过招牌。

科班办出了名气，着实让班主牛子厚脸上有光。招牌是他们家的“喜连成”，是取其三个儿子名字的中间字连成的，科班又安“喜、连、成”字排科。这多够给他牛家长脸。可是就在科班排到“喜、连”两期之后，正要排“成”字的时候，牛家闹起了内讧。三个儿子打架，闹分家，家产造得一空。

牛子厚揣着满心的欠缺，来到了北京。进了“喜连成”大院，一见叶春善就作揖施礼，连连说：“叶老弟，叶班主，老哥对不住你，对不住你呀！”

叶春善，将东家让进上房，敬茶、问安，然后说：“东家何出此言？要说对不住，只能我说，科班办得不尽人意，怎么轮到您说对不住呢！”

牛子厚连连摇头：

“叶班主，科班办得风生水起，连地老天荒的东三省都闻名。科班有您叶班主，操心受累，耗尽心血，才有今日。我牛子厚心知肚明啊！可惜，我摊上了败家之子，家业造尽，无力再支撑这所科班了。我今天就是专程进京，来料理此事。我想好了，科班有今日，全靠您叶班主，我牛某无以相报，就把科班赠与您叶先生，不使科班报散，就了了我心愿了！”

叶春善一听此话，感动万分，忙说道：“东家说哪里话来？当初蒙东家信赖，将科班交与我打理。我尽心尽力，是我叶春善的本分，理所应当。科班办到这种成色，也是东家关爱支持的结果。东家如今家里有事，即使经费一时接济不上，有我挺着，也得帮东家渡过难关。等东家缓过劲来，不就风平浪静，照常运转了吗？”

牛子厚叹了一口气：“孩子不争气，我也老迈年高，再无回天之力，家道衰败已成定数。我想好了，科班只有交给你，才有出路哇。”

叶春善想了想说：“东家看得起我，我就感恩戴德了。接科班，这么大的恩德，我是万万承受不起的。我倒有个缓兵之计，不知东家意下如何？”

“叶先生，请讲。”

“我在京城有不少朋友，我去划拉划拉，看谁能借得出钱，先垫支一段时间，等科班挣了钱再还给人家，暂解您临时之困。科班还是您牛东家的科班，我还给您当这个班主，替您打理。”

“叶先生的高德仁义，我牛子厚领情了。我意已决，科班这个东家我是不再当了，我不能因为我的败家之灾，再连累科班，祸及池鱼，殃及梨园。”

叶春善看牛东家决心已下，便说道：“那我就想办法把科班作价，转给别人，也不能亏了东家这么多年所花费的本钱和心血。”

牛子厚看叶春善忠义仁德，坚持不受赠与，也只得听任叶春善去办理。

山西有个财东姓沈，名崑，字玉亭。在京城做口外的皮毛生意，家资富庶。本人很喜欢京戏，对喜连成的戏和科班都很看好。他一得到消息，马上就找上门来洽谈，很愿接手科班。于是一拍即合，他出资还清了牛子厚的本钱，便成为新的东家。并添加经费，操持科班的发展。

科班易主，班名还改不改呢？当然得改。

经叶春善与沈东家商议，将“喜连成”，改为“富连成”。

科班从第三科起，不再排“成”字，改排“富”字。之后又招了盛、世、元，三科。

到最后一科，取名“韵”字，刚刚招生，时局发生了变化，解放战争的炮声，打破了平津的宁静。沈东家也因为生意破产，资不抵债，走人了。科班由叶家自家接手，“韵”字班的学生没到期满，就维持不下去了，只得停办。

叶春善有五个儿子，四个女儿。长子叶龙章，先坐科学戏，后又去求学读书，后来接了叶春善的班，掌管富连成；次子叶荫章，自小学场面，在武场是出名的鼓师；三子叶盛章，工武丑，文丑武丑都叫得响；四子叶盛兰，工小生；五子叶盛长，工文武老生。

五个儿子，四个女儿，娶妻，出嫁，一个裂变，就变成了九个家庭。联姻者多为京戏名家的后代，叶家就成了京戏名家的纽带。

五子叶盛长娶谭小培之女为妻；长女叶玉琪，嫁小生茹富兰为妻；次女叶玉琳嫁老生宋继亭为妻；四女嫁萧长华之子丑行萧盛萱为妻。

叶家与谭家、茹家、萧家、宋家联姻，把叶、谭、茹、萧、宋，五家京戏世家，串联成一个庞大的京戏群体。

联姻之后的五家后代，又在京戏界英才辈出，几代承接，枝繁叶茂，代代领菊坛风骚。

叶家一门星，带出了数门星。星河灿烂，川流不息。

有散曲【胡十八（四首）】唱道：

去东北，唱响了皮黄调。没承想，办戏校，被东家推向不归道。挂招牌名号。谁晓，一办四十四年，可都说有成效!

富连成，名几易。多坎坷，谁人记。喜连富盛世元润有名气。氍毹挂头牌，多是我子弟。教戏先教做人，做人再说做戏。

科班教，台上唱。实习早，戏有样。未出科班已出名，戏班里顶角，挂头牌顶杠。关里师兄关外师弟，桃李满天追时尚。

叶家人，人气旺。五子雄，四女壮。婚姻连理梨园结万象。盘根错节生，勾连穿插相。每家独自能唱戏，家家角儿都棒。

第一七〇回

铁叶枝杆做筋骨
正气盈门写华章

一个戏剧科班，连办四十多年，桃李满天下，花开遍梨园。凭的是什么？凭的是叶春善的人格高尚，身正为范，一丝不苟。凭的是以萧长华总教习为首的一帮教师的辛勤耕耘，凭的是科班班规的科学严谨。

中国民间有句老话：物以类聚，人以群分。富连成办得这么好，全凭了叶春善和萧长华这对铁搭档的配合。

这老哥俩的脾气大相径庭。叶春善生性刚强，铮铮铁骨，宁折不弯。为人率直，坦诚仗义，不畏艰险，敢作敢当。萧长华性情柔和，温文尔雅，柔中带刚，绵里藏针，细腻敦厚，不失分寸。这俩人配到一起，好比道家的阴阳鱼，阴阳互补，圆润饱满。

开班之初，叶春善正寻思怎么立规矩，严格管理，教戏立人。

第二天萧长华就拿着一叠纸稿，送到他面前，他打开一看，嚯，是一篇训导词。他看完，合掌赞叹："哎呀，兄弟，你算钻到我肚子里去了，正合我意，快抄写出来，贴到墙上，让大家每天都看得见。"

萧长华点点头，"不光让他们每天看到，还要让他们背下来，记到脑子里，用到功课中。立身立德立言，用上一辈子。"

从此，富连成的影壁墙上就多了一篇大字醒目的训词：

传于我辈门人，诸生须当静听；自古人生于世，须有一技之能。
我辈既务斯业，便当专心用功；以后扬名四海，根据即在年轻。
何况尔诸小子，都非蠢笨愚蒙；并且所授功课，又非勉强而行。
此刻不务正业，将来老大无成；若听外人煽惑，终究荒废一生。
尔等父母兄弟，谁不盼尔成名；况值讲究自立，正是环宇竞争。
至于结交朋友，亦在五伦之中；皆因尔等年幼，哪知世路难生。
交友稍不慎重，狐群狗党相迎；渐渐吃喝嫖赌，以致无恶不生。
文的嗓音一坏，武的功夫一扔；彼时若呼朋友，一个也不应声。
自己名誉失败，方觉惭愧难容；若到那般时候，后悔也是不成。
并有忠言几句，门人务必遵行；说破其中利害，望尔日上蒸蒸。
……

学生入科，除与家长签订“官书大发”之外，学生还必须会背班规，照班规去做。该打则打，该罚则罚。赏罚分明，照章而行。

叶春善的儿子、萧长华的儿子在科班学习，也照签“官书大发”。管教的比其他子弟更为严格。

科班规矩严，家里规矩更严。在科班叶春善是社长，一言九鼎，拍板做主。

在家里叶春善是一家之长，更是一言堂。他的话就是“法律”，稍有违抗，“家法”伺候。

他不准孩子们抽烟喝酒赌博，不准穿西装，也不准穿中山装，只准穿袍子马褂布衣布鞋。他认为中国人穿洋服，是不伦不类；

科班不收女徒，家里的女孩子不准学戏，说是有伤风化；

家里不准放爆竹，怕“走水”，就是失火。有一年，快过年了，老大龙章在大门口和邻家的孩子一起放炮仗，正好让叶春善碰上了。他把龙章拉回家，把家里的孩子都叫出来，在院子里跪了一溜，教训完毕，罚跪一上午。在家里他也“打通堂”，一个有错，大家跟着受罚。

他在家吃饭单独吃，他吃完了，全家再上桌。吃饭不许吧唧嘴，不许掉饭粒，不许碰响盘子碗，不许说话。触犯一项立马罚跪。

自己的孩子学戏，不入自家科班，在外面科班入班。怕自家班教师下不了手，管教不严，惯出偷懒、自傲的毛病来。可是天不随愿，他送去的科班，都是中途报散，还得回富连成回炉重学。为此他给教师们立下规矩，谁要是给他的儿子“吃偏饭”，或下不了手严加管教，孩子过加一等，加倍惩罚。

四子叶盛兰起初是学旦行，回到富连成科班，一次在广和楼唱《南界关》，以刀马旦应工演刘夫人。在台上打把子的时候，因剑穗缠住了手，动作慢了点儿，下了场对手抱怨他出手晚了，叶盛兰反唇道“分明你晚了，怎么是我晚了？”就这一句话，让后台的叶春善听到了，过来斥责叶盛兰，叶盛兰辩解说“反正不是我，是剑穗缠了手。”叶春善说，“你倒有了理了，就凭你这铁嘴钢牙不认错的劲儿，就得打你！”没想到叶盛兰把手一伸，“给你，打吧！”叶春善一看这小子这个拧劲，抄起戒方就要打，萧长华赶紧过来劝，“得啦，该上场了，场上还得打把子哪，回科班再打嘛！”叶春善不理哪个说，“刚会唱出戏，就傲得不知道姓什么了，不杀杀他的劲儿，以后还行吗？”抓过叶盛兰的手就狠狠打了起来。萧长华心疼地说，“轻点儿，后边还得拿枪呢！”叶春善听也不听，叶盛兰两手各挨了二十板子，当下手心就肿了起来。挨完打，叶盛兰抄起枪杆就上了场，等下场回来，枪杆上都是血印子。

叶盛长是他最小的儿子。叶春善最疼爱他，不想让他学戏，想让他上学，学本事转行。可是这个小子上学最捣蛋，在学校总是捅娄子，学校总是“请”家长。叶春善没了辙，干脆让他去学戏。先不让他进科班，请了盛字班的学生李盛荫为他说戏，学了一出《黄金台》。李盛荫当然教叶盛长教得非常仔细，叶盛长学得也非常到位。

既然学了，入科班之前，就先让他登台唱一唱，算是亮亮门面。没想到这一亮就亮砸了。

那年他才九岁，第一次登台。上台之前，科班后台管化装的、管盔头的、管勒头的，等一帮人轮番给他操作，穿官衣、勒纱帽，戴黑三髯口……这一番忙活，弄得他就紧张了，浑身直哆嗦，李盛荫连忙安慰他，说，别紧张，怎么学的就怎么唱……，此时武场打了导板头，胡琴拉起了二黄导板，李盛荫扶住他肩头提醒他"唱导板"，他才开口唱"听谯楼打四更……"唱是唱了，就是放不开嗓子，只是小声哼哼。接下来就是踩着锣鼓经上场，唱"回笼""为国家秉忠心昼夜奔忙"。可是一甩腔，甩到《上天台》的反二黄去了。他这一串戏，把自己串懵了，不知道往哪儿唱了，琴师也给串懵了，不知道往哪儿接了，整个场都僵在那儿了。李盛荫只好上台把他拉下场，从头儿来，他这才完整地唱完了这出戏。唱得还不错，台下直叫好。

叶盛长心里直打鼓：今儿个这顿打算是挨定了！下了场，只见叶春善嘟喽着脸，却没打他。

萧长华在旁边冲他笑笑，摆摆手让他走了。

回到家，叶春善严厉地对他说，"你知道今天为什么不打你吗？萧叔叔说了，打你就等于打李盛荫。我一想，是呀，人家李盛荫教你教得没错儿，当场打你，那不是打人家吗。打人，也得明事理呀！"

叶春善严是严自家，严自家也是严科班。以师为范，身教为表。

对外人，他却亲切温和，仁慈宽厚，诚心以待。

他的母亲得了重病，卧床不起，牛东家看他忙得顾不上家，照顾不了母亲。为了不让他挂心，给他家顾了一个十七八岁的姑娘，当使唤丫头，伺候老太太。他对牛东家说："我一个唱戏的，哪里敢用使唤丫头。承东家美意，我收下这姑娘，做个干女儿。"他给这个姑娘取名"叶萍"。家里上上下下都拿这个姑娘当家里人，晚辈孩子们都给她叫姑姑。叶萍从心里感恩叶春善，伺候老太太无微不至，直到老太太寿终正寝。叶萍到了结婚的年龄，叶春善按自己女儿出嫁的规格，给她置办了嫁妆。婚后，她生了两个儿子，一个叫马世啸，一个叫马元亮。都被叶春善收到富连成坐科，一个学大花脸，一个学小花脸。科满后，哥俩都到上海唱戏，有了名望。他们把叶萍也接到上海养老。叶萍年老临终的时候，把孩子们叫到身边说："我死后，你们一定要给我立块碑，刻上我是叶春善老先生和段承蓉老太太的女儿，叫叶萍。"

后来，叶春善得了半身不遂，行动不便，沈东家为他买了一辆人力车，雇了一个小伙子名王连升，每天接送他。他坐在车上很不自在，就主动提出认王连升为干儿子。他对孩子们说："连升就是你们的兄弟，大事小情，都要以兄弟相待，否则，我可不答应！"

他是这样，萧长华更是出了名的严以待己，慈善仁义，忠厚待人的主。

他一生不沾染任何不良嗜好，着力修身养性，一言一行都十分检点。竭尽全力扶贫疾苦，为祖师爷传道。科班唱堂会，每次领赏钱都是一人一份，他和叶春善从来不领。

他生活十分节俭，家里用电用水十分珍惜。总是一盆水洗脸、洗脚、浇花一用到底。

衣着平生都是布衣布鞋，布袜，不管新旧，干净利索。

他出门从来不坐车，不管路远近，一律步行。即使到颐和园去唱戏，他也不坐车，总是腋下夹把雨伞，提前三四个小时出发，保证误不了场。

他随梅兰芳到上海演出，梅兰芳为了照顾他，让姚玉芙给他租了一辆汽车，接他往返戏园子。他坚辞不受。

亲自找到梅兰芳说："畹华，我不坐那玩意儿，坐那玩意儿我头晕。"

梅兰芳说："那就租一辆黄包车吧。"

萧长华急忙说："那种车更不能坐。我的腿脚还好，畹华，你不必为我操心啦，我走惯了，成。"

老先生对自己这么俭朴，几乎到了"抠门儿"吝啬的程度。其实不然，对扶贫济困的事他从来都是当仁不让。春节前窝窝头会的扶贫义演，他总是抢着参加；平时捐款给粥场，赈济灾荒，冬舍棉衣夏舍署汤，他从不落趟。

更让人钦佩的是，他和几家棺材铺有个私下合同：凡穷苦艺人死后无力下葬的，只要拿着他开的条子去买棺材，只收半费，其余的半费由他来付。极度贫寒者，他付全款，丧葬费全包。他还在宣武门外的安苏湖买下一块地皮，名曰"安苏湖梨园义地"，专门埋葬那些贫苦的死无葬身之地的艺人。

这是多大的善事，这是多大的功德！

他在戏界数十载，德高为范，有口皆碑，人人尊重敬仰。他为梨园传艺传德，树立了典范。

有词【江城子】唱道：

炎汉三国西蜀刘，诸葛谋，写春秋。一振科班，四十载风流。总教习心血耗尽，扶英才，德艺收。

叶家德昭日月稠，皮黄曲，唱不休。天南地北京戏，已写就。数典那里能忘祖，角腾达，常回眸。

第一七一回

承父辈德艺高尚
传家风个个英才

有其父必有其子。叶家的孩子个个秉承叶春善的性格，成为家风，后世流传。

叶家子弟中，名声最响亮的就是四子叶盛兰。

叶盛兰在兄弟排名中叫端章。是虎年生人，生下来就虎头虎脑的，虎虎有生气。小时候念私塾，背四书五经，背不过，决不罢休。宁肯不吃饭，不睡觉，也得背得滚瓜烂熟。在同学中总是拔头筹的好学生。长到十一岁，叶春善就让他跟苏雨卿学戏，后来进了“富连成”科班。

开始，苏雨卿教他学旦角，青衣、武旦、刀马旦，他都学得很出色。他学戏还是带着读私塾时的劲头，学不到家，决不罢休。唱、念、做、打、舞，哪一门功夫没练好，他都不罢休。宁肯中午不睡午觉，也给自己加码练功。下腰、踢腿，从不马虎，老师心疼他，劝他休息，他小小年纪，头一歪说出大人话：“唱戏的没腰、腿上的功夫，到了台上，不是找着丢人吗！”

正因为这样，教戏的先生，人人喜欢他。他是学旦角的，萧长华看他妩媚不足，英气过人。便对叶春善说：“我看让老四改改行，唱小生吧，这小子有股子虎气。再说了，小生行缺人才，这小子将来能成大气候。你说呢？”

叶春善说：“我说？你是总教习，你看他是块什么料，就往什么道上引，甭我说了，你说了算！我听你的就是了。”

“那就这么说定了！”萧长华给他改成了小生。因为他编在“盛”字科，便给他取艺名叶盛兰，号芝如。

由旦角改小生，更投他心思。虽然旦角底子打得很好，但他更喜欢有男子阳刚之气的小生。一改了行，他从头学习，翎子功、扇子功、袍带功、靠把功、纱帽功等都练，巾生、冠生、穷生、雉尾生，他一股脑儿都学会了。除了在科班学，他还私下里找他姐夫茹富兰“吃小灶”，下功夫学。

出科后，他又去拜小生名家程继仙。程继仙是程长庚的孙子，他小生的功夫曾得到过小生泰斗徐小香的真传。

程继仙是爷爷辈的。叶盛兰也不管爷爷辈不爷爷辈，跑到他家，跪倒就叫师傅。程继仙老眼昏花，看也看不清楚，问道：“你是谁呀？”

叶盛兰说:“叶春善的四小子，——叶盛兰。”

“哦——，论辈分，你不该给我叫师傅！叫爷爷才对呀！”

“我跟您学戏，拜您为师，您不就是师傅了吗？”叶盛兰还说得理直气壮。

“哼，你这一声师傅，给我矮了一辈儿！”程继仙笑着说，“就凭你这个虎劲儿，矮一辈儿就矮一辈儿吧！我收了你了！”

就是凭一股子虎劲儿，叶盛兰拜在了程继仙名下。就是凭这股虎劲儿，叶盛兰恨不得把所有小生名家的玩意儿都搂到手上。

他做科七年，因为是少东家，比别人得多为富连成效力，又在科班干了三年。他的文武小生的功夫都到了炉火纯青的地步。

叶盛兰在科班唱戏的时候，正是富连成的鼎盛时期。只盛字科，老生有李盛藻、贯盛习、胡盛岩；武生有杨盛春、李盛斌、高盛麟；小生有叶盛兰；花脸有裘盛戎、孙盛文；丑角有叶盛章、孙盛武等，五科的学生有袁世海、迟世恭、贯世吉等。这些个小将个个都已露头角，阵容整齐，戏码硬整，非常叫座儿。日场在广和楼，夜场在吉祥园，一天两场，场场客满。《战濮阳》《八大锤》《雅观楼》《探庄》《四进士》《奇双会》《连环套》等，场场都有叶盛兰，即使是这样白天晚上“车轮战”，场场登台，他也场场叫彩儿。就凭这股拼劲儿，他才摔打了出来，大器早成。

马连良早就瞄上了叶盛兰，直到叶春善放了话，赶紧把他拉进科班。

叶盛兰进了扶风社，马连良如虎添翼。在上海，叶盛兰唱出了名儿，被称为上海滩的“小白脸儿”。

叶盛兰的名气，惊动了梅兰芳。梅兰芳有探探叶盛兰虚实，也是特意提携晚生的意思，主动提出和叶盛兰唱一出《奇双会》。

戏报一贴出去，上海滩轰动了。梅大师和“小白脸儿”同台，一个古代“美人儿”，一个俊秀“白面郎君”，美上加美，戏票一抢而空。一连几场，越唱越热，轰动一时。

叶盛兰这个“小白脸儿”，引动了上海滩时髦小姐的芳心，每天都有几个小姐找上门来与他“白相”。

叶盛兰是高度近视，远了看不清人，所以从不敢先跟人打招呼。别人都以为他高傲，不理人。其实不然，是他看不清，认不出来。

上海滩有个朋友名叫齐崧，有一天，他到飞达西餐厅去吃午茶。飞达西餐厅是上海滩有名的饮茶胜地，也是名人雅士荟萃的地方。他一进西餐厅，就看到两位小姐拉叶盛兰来雅座吃茶，叶盛兰落座后谈得十分尽兴。

齐崧也不作声，故意在叶盛兰面前走过，叶盛兰没看见，仍谈得眉飞色舞。齐崧见状，故意又折返回来，站在他旁边听他高谈阔论，他仍无察觉。其中一个小姐看一个陌生人站在旁边，就用肘碰了叶盛兰一下，示意他有人在侧。叶盛兰这才台头，站起身来，认真凑近看了看，方认出是齐崧。惊呼一声“哦——，齐先生，您怎么站在这里？”

齐崧“喷儿”地笑出声来：“打扰了！”

“齐先生过来请坐。”叶盛兰忙招呼。

齐崧为了缓解叶盛兰的尴尬，岔开话题问道，“你和三哥住在一起吗？”。

“哦，……我没有一个固定的落脚地方，您要找我，到‘黄金台’后台好了。”叶盛兰略带忸怩地说。

齐崧看看两位女士问道：“这两位小姐是新交还是旧友？”

叶盛兰笑笑说：“呃，刚刚认识。”

齐崧揶揄道：“听说你女朋友很多，每天换一拨儿，还应接不暇！”

“哎，齐先生，你可真会开玩笑，我每天唱戏，连吃饭睡觉的时间都没有，哪儿还有许多空儿应酬女朋友呀！”叶盛兰说。

齐崧乐呵呵地拍拍叶盛兰的肩膀，说道：“你少认识几个，就有工夫吃饭睡觉了！”

说罢二人哈哈大笑。

叶盛兰生的一表人才，即使在台下，也面如冠玉，唇如涂朱。一身笔挺的西装，俨然一个风度翩翩的“白面书生”，当然，诸多富家女性对他趋之若鹜，也就不足为怪了。

当时上海的小报登名人轶事，说“叶盛兰台上台下，都有名士风度。”

叶家家规严，叶春善生怕叶盛兰在外唱戏惹出花花事件，就派夫人跟随他什么上海、汉口等地四处演出，一是照顾，二是监视、管教。叶盛兰虽然很招风惹草，但却严守家规，不管有没有妈妈在身边把守，他从没有出格的言行。

北京有一位大家闺秀对他心仪已久。这位小姐，就是前门外珠宝市一家钟表店老板的女儿刘氏。刘氏父母很开明，明白了女儿的心事后，随遂女儿心愿，托人到叶家说媒。叶春善很当回事，派人去相亲。不相便罢，一相便中，遂结良缘。叶盛兰夫妻恩爱，白首偕老。

当时的小生，最负盛名的有“三虎”。大虎姜妙香，二虎俞振飞，三虎叶盛兰。他们三人都是虎年出生，年龄一个比一个大十二岁。叶盛兰年龄最小，尽管年龄最小，因为台上的活儿好，却早早被排入“小生三虎”之列。

此三虎各具风采，独秀一枝。唯叶盛兰后来居上，文武兼备，更胜一筹。

叶家另一个出名的儿子就是老三叶盛章。

叶盛章的文丑、武丑演得出名，他的性格刚强勇武也出名。

他唱《酒丐》，正唱得风生水起的时候，李万春也唱起了《酒丐》。他排了《白泰官》还没公演，李万春早偷了他的消息，提前贴出了《白泰官》。

这种抄人后路的做法，一下子惹恼了叶盛章。他怒不可遏，发誓要与李万春斗一斗。好你个李万春，你不是北方的“猴王”吗？我说什么也要捅捅你这个“猴王”的屁股。

他公开贴出了李万春的拿手戏《安天会》，以武丑的身段扮孙悟空，别出一格，京城哗然，打了李万春一闷棍。接着又贴演《安天会》二本，从孙悟空逃出老君炉，到被压在五行山止，内容上又占了便宜。观众兴趣盎然，上座儿满员，又给了李万春一闷棍。

这两闷棍仍觉得不过瘾，不解渴，他马上与李少春联手，贴《三岔口》。

《三岔口》这出戏，李少春在上海唱，只有盖叫天能和他配合，把子才打得密不透风；盖叫天到了北京，只有叶盛章才能和他配合，才打得汤水不漏，被称为“南北双雄”。

李少春到了北京，只有叶盛章能和他打到一起。这两个人联手，共同对付李万春，李万春只能眼睁睁瞅着，丢掉三分天下。

抗日战争进入最困难的时候，北京城更加萧条。唱戏的日子更不好过。富连成科班两易东家，最后由叶家独自经营。科班唱戏的场地也由广和楼换到了华乐戏院。科班为了上座，排了两出新戏《天河配》和《广寒宫》。日场夜场轮流上，挣扎着维持。正在这个节骨眼上，华乐戏院隔壁的长春药堂失了火，烈火熊熊，直烧了三个多小时，大火殃及华乐戏院。

富连成科班的全部新旧戏装、道具、彩头、布景等都存放在华乐戏院。水火无情，一场大火把戏院全部烧毁，富连成科班连续三十多年积攒、置办的，能同时装备三个戏班的戏装、砌末，荡然无存，通通化为灰烬。

为此，富连成和长春堂打起了官司。

为了打赢官司，长春堂的老板张老道四处送礼。检察官受了贿，竟然宣布是华乐堂与长春堂之间的夹道电线短路，引发火灾。因此，各家的损失，各家负责，互不赔偿。

富连成科班因遭受火灾，已有半年不能演出了，断了资金来源，科班处于瘫痪的局面。

正在这时候，在上海演出的叶盛章回来了。他一听说这种情况，不由分说，手持钢刀只身闯入张老道家中，把明晃晃的钢刀架到张老道的脖子上，厉声说道：“你认送礼，我认讲理。不赔偿我家损失，我要你全家性命！”

张老道吓得浑身发抖，连说：“三爷，有话好说，我赔，我赔！明天您算个数目，我照赔就是了！”

张老道认怂了，经法院调解，张老道赔偿富连成十万大洋，并当庭兑现。

有了这十万大洋，富连成才略缓危机，重新收拾残局，勉强开张。

日本人打进北京，北京成了日本人耀武扬威横行霸道的地界儿，这让叶盛章心里很堵得慌。

更让他心里发堵的是，日本一个叫白鸟的军官，说是要办什么“公司”，看上了他家的坟地。平白无故地用铁丝网圈了起来，要建什么“平衡仓库”。并责令叶家迁坟。

叶家据理力争，将白鸟告到法庭。

伪法庭当然向着白鸟，官司打输了。

日本人占了北京的地界儿不说，还来占我们家的坟地，硬逼着挖祖坟，这不是骑着脖子拉屎，欺负人嘛！叶家一家人，被气得愤儿愤儿的。

叶盛章气得三天没吃饭，憋着一肚子气，话也不说一句。

第四天，他单独出了门。到外面换了一身日本军官军服，雇了一辆小轿车，直奔白鸟的“公司”。

到了大门口，叶盛章下了车，看都不看一眼卫兵，甩开大步就往里走。卫兵看他的气势，不知是多大的军官，咔地一个立正，行个军礼，放了进去。

叶盛章继续往里走，直奔白鸟的办公室，到了办公室，推门而进。

白鸟正在办公室和一帮日本人开会，一见进来一位军官，全体唰地都站了起来。

叶盛章如入无人之地，一步来到白鸟面前，一手揪着白鸟的脖领子，另一只手抡圆了，狠扇白鸟的脖儿拐。噼里啪啦，一顿狠扇，满肚子的气都使到巴掌上。打得白鸟晕头转向，口里还“哈咦，哈咦”地直喊。

打痛快了，叶盛章扔下白鸟扭头便走，大摇大摆直奔大门。

白鸟也不知道这是哪儿来的“上司”，慌忙带领那帮日本人赶到大门口送行，一字排开，冲着叶盛章上车的屁股，鞠着九十度的大躬。

叶盛章回到家，把这个解气的故事说给大家，全家人既解气又说他太冒失。说他，“要是让他们看破了，你这不是去送命吗！”

叶盛章愤慨地说：“他们看破喽，无非是个拼命！与其让他们气死，不如拉他们几个垫背的！早知道受这个窝囊气，不如去参加游击队，豁出去不唱戏了，狠狠消灭小鬼子去！”

兄弟齐心，其利断金。义气利人，仗义立身。叶盛章、叶盛兰、叶盛长，哥仨自立金升社，到各地巡回唱戏。

来到上海的中国大戏院，按上海的惯例，戏班每月演三期，每期十二天。三十天唱三十六场戏，这就够苛刻的了。戏院老板还得寸进尺，处心积虑克扣戏份。主演的戏份他不敢克扣，便在主演以外的人员身上打主意，包括文武场和其他人员的收入都收缩。另外，每天的饭费由三块减为两块。

这事，让叶盛兰最先发现，他一发现就火了，对三哥叶盛章说：

“这可不成！大家是冲我们哥们出来的，指望挣几个钱养家糊口呢，戏院要是这样，大伙儿还要自掏腰包，补贴伙食，那还能剩什么钱？咱得找戏院经理，给他理论理论，不能让大伙儿吃亏！”

叶盛兰一说，叶盛章二话没说，拉了五弟哥仨就去找戏院经理。叶盛章把武生架子一摆，说：“老板，弟兄们的戏份和伙食费，一个子儿都不能减！”

老板也不示弱：“不减？不减要我赔钱哪？赔钱的事我不干！”

叶盛兰急了，冲老板说：“经理，我们哥仨也不能让大家伙儿跟着我们受罪呀。他们拉家带口的，出门在外的就更不容易。您不能光顾赚钱，不管我们！如不恢复戏份和饭钱，那就对不住了，从今儿起，回戏！”

叶盛章、叶盛长也火冒三丈，大声说道：“回戏！”

回戏是行话，就是停演。戏园老板看这哥仨的火气，知道是碰上硬茬儿了，忙软下来说：“三爷，四爷，五爷，您们别发火，别发火呀，……唱戏是咱们的事……咱们好商量，好好商量嘛！”

叶盛章说：“甭商量，就是那话，每个人的戏份和饭费一分不能减。你不是怕赔钱吗，那好说，我们哥仨多唱几出拿手戏，管保对得起你！”

戏院经理一听这话，哦，有钱赚！乐了：“好，好，好。就按三爷说的办！”

宁肯自己吃亏多卖力气，也不能对不起弟兄们，这就是叶家兄弟的人格，这就是叶家的家风。

叶家老五叶盛长是唱老生的。

他九岁进富连成学戏，入的是“世”字辈科班，艺名“叶世长”。这期间叶春善去世，叶家老大叶龙章接任社长，主持科班事务。按班规，“世”字科班的弟子得给叶龙章叫“师傅”。萧长华觉得弟弟给哥哥叫师傅不合辈分，便给他改成“盛”字辈的艺名，叫叶盛长。

叶盛长在哥们中最聪明，富连成所教的戏他学得最快。老生戏、文武老生戏，他学得最多。光登台现唱的就有二百多出。除了富连成的教师教他外，他姐夫茹富兰、三哥、四哥等都给他学戏开小灶。还有梅兰芳、尚小云、盖叫天、李洪春、谭富英等主动和他同台唱戏，有意提携他。不是名师传授，就是名角指点、提携，可说是得天独厚，因此他进步最快。几年下来，他老生、文武老生的底子打得瓷瓷实实，样样通，样样精，人人看好，人人赞叹，都预言梨园又要出一个挂头牌的老生大角。

可惜天不假人，他没过了倒仓关，嗓子不争气，声腔受到限制。无奈何，只得当个二路老生。

因为他底子在那儿摆着，头牌老生的材料，降格使用，无论跟谁同台配戏，都配得严严实实，密不透风。因此，大角都抢他做搭档，红花配上了如此鲜亮的绿叶，更加绚丽多彩，耀眼夺目！

凡是同过台的，谁都喜欢叶盛长。他活儿好，人又老诚，安分守己，随缘本分，是最好的搭档。

最看得上他的就是谭小培。谭小培与他同病相怜，都是名人之后，都是嗓音不够。但却样样通，样样精。谭小培有意把三女儿嫁给他，因为叶春善已经过世，就托人捎话，给叶盛兰。

叶盛兰对这门亲事很中意，回家与大哥叶龙章、二哥叶荫章、三哥叶盛章商量，哥儿几个都觉得门当户对，且谭小培、谭富英都是唱老生的，将来结了婚，五弟还能得到他们的栽培。就禀告母亲，母亲同意哥儿几个的意见。

叶盛兰就带上五弟叶盛长，以给谭小培小女过生日的由头，去谭家相亲。

到了谭家，谭小培当然明白来意，非常高兴。入席之后，他悄悄溜出去，告诉三女儿谭秀英，让她注意，仔细观察，认真看看叶盛长。

谭秀英遵照父亲的嘱咐，隔帘窥望，只见叶盛长，眉清目秀，身材苗条，谈吐文雅，很像个文面书生，便欣然同意。

于是这门亲事就成了。

过了几天，叶家正式求婚，换庚帖，三媒六证，举办了婚礼。

谭小培得了个如意佳婿，经常翁婿相叙，技艺交流。此外，二人意趣颇和，打台球、溜冰、跳舞、骑马、游泳、射击，凡是玩儿的，二人都能玩儿到一起。

唯有叶盛长老给别人挎刀配戏这件事，让谭小培心里不舒服。他老谋深算，大才不能小用啊！一定把这个大才女婿还原“再造”，是大才就不能小用！

一天他对叶盛长说：“赶明儿攒个班儿，你挑班儿吧！”

“我挑班儿？我行吗？”叶盛长信心不足。

“行！天底下没有不行的事！只有想不到，没有做不到！”谭小培鼓励他说。

叶盛长在岳父的鼓励下，真的跃跃欲试了。谭小培说：“这事全由我操持，你只管唱戏。”

谭小培大包大揽。凭着他运转交际，老谋深算的本事和谭家、叶家的名望，他就张罗起来，硬是给叶盛长攒成个戏班。正是春节期间，在中和戏院，叶盛长挂出了头牌老生的牌子，唱《群英会》。水牌一出，凡是在富连成坐过科的弟子都抢着来帮忙。谭富英、叶盛兰更是一马当先，甘愿为他挂二牌。袁世海、马富禄、侯喜瑞、小翠花等都来上戏，阵容齐整，一时叫响。号召力极强，居然卖了个满座儿。连着唱了几天，叶盛长毕竟嗓子不做主儿，上座儿减员。谭小培见好就收，说：“行了，打住！”

就此叶盛长挑班儿告终。

谭小培对叶盛长说：“我们谭家、叶家，不唱戏便罢，只要唱戏就挂头牌，挑大梁。你三哥、四哥都挂了头牌挑班儿，富英也挑班儿，你如今也挑了班儿了！让外人看看，谭、叶两家的人都是挑班儿的料！你挑一场也是挑了，何况挑了好几场呢！足矣，足矣！”

至此，叶盛长才明白了岳父的良苦用心！

是啊，谭、叶两家就该挑班儿！

有散曲【大石调·初升月儿（五首）】唱道：

初升月儿照科班，科班收来京戏仙。唱到天南并地北，师兄团。没出圈，富连成一根绳儿拴。

初升月儿悬半空，叶家五子个个精。大哥二哥接掌舵，劲不松。图复兴，排满十字梦在心胸。

初升月儿明又明，金升戏班哥仨成。挑班三人唱大戏，火又红。拧成绳，东西南北哪儿都能行。

初升月儿朗又朗，三个大角名声响。小生三虎名古今，谁不想？武丑爽，打遍天下豪气朗朗。

初升月儿俏又俏，五弟盛长晚来到。老生好苗留遗憾，命里造。那堪笑，岳父心机神仙难料。

第一七二回

扶危济困仗义举
殚心竭虑为后生

富连成遭受大火灾难的前夕，还遭受了一场变故。

沈东家因银号亏损破产，其资产全部抵债。

富连成也在他的资产之列，富连成的住房、戏箱等全部被查封抵债。

富社停演，学生全部回家，听候消息。足够三个戏班同时用的戏箱、道具、服装等物，法院全部拉走，拍卖。拍卖标价万余元，但必须一次付款全部买下。

兵荒马乱，这些什物，半年无人问津，法院只得降价为七千元。

富连成的学生放长假，会影响功力，长期下去，便会半途而废。为学生前途计，叶春善只得咬牙变卖房产，将戏箱等什物买下，召回学生继续学业。从此，富连成不再有东家，由叶家独自经营。

叶春善因年迈体衰，禁不住打击，患了脑血栓，一病不起，延续一年，不治而亡。

富连成由叶家长子叶龙章掌管，二弟叶荫章辅佐，萧长华受叶春善托孤嘱咐，全面协理。此时，叶盛章、叶盛兰、叶盛长三兄弟成立了金升社戏班，拉出去唱戏。科班世字科的学生大部分毕业离社，只剩下元字科和韵字科的学生，唱戏实力不足，营业不佳，入不敷出。再加上买房产，赎戏箱以及为叶春善治病及办理丧事，叶家财力消耗殆尽。富连成捉襟见肘，举步维艰。

富连成的困境，让梨园界人士为之扼腕叹息。

尚小云是梨园公会的会首，他对富连成的状况尤为焦心。富连成是梨园人才的生产基地，这个基地若是有个闪失，梨园的后继人才岂不断了来路？他带着一肚子的忧虑来到了富连成，找到了叶龙章。

叶龙章看梨园会首亲临富社，感动万分，连忙迎至客厅款待。

尚小云也不客气，直截了当地对叶龙章说：“富社的困难我知道了。如今要渡过难关，只能靠自己，挖掘潜力，打翻身仗。”

萧长华平素与尚小云关系很好，说话也直截了当：“那就请尚先生给助一臂之力！”

“我今天就是为此事而来。”尚小云说，“富社有几个小青衣李世芳、毛世来呀，都很有潜力，我来给他们说几出戏，让他们踢腾踢腾，挣一笔钱，先解燃眉之急。”

“尚先生真是雪中送炭！”叶龙章非常感动，“我马上去安排！”

李世芳、毛世来等几个露出头角的学生已科满毕业，正在留科班效力。尚小云来亲自为他们说戏，他们做梦都没有想到。一个个信心百倍地表示，一定把戏排好、唱好。

尚小云为他们排了《金瓶梅》《娟娟》《昆仑剑侠传》等戏。尚小云又请来翁偶虹为他们专门写了《百鸟朝凤》《十二堑》等戏。这几出新戏一上演，使观众耳目一新，上座马上攀升，直至座无虚席，场场爆满。这也是兵荒马乱之年少有的状况。

叶盛章哥仨的金升社，一直巡回在外唱戏，正好回到京城。

尚小云找到哥仨语重心长地说：“不要挣了外面的钱，断了富连成的路。富连成是叶家的，也是梨园的，还是国剧的。你们哥仨要协助大哥，把富连成办下去，保住咱梨园这个人才生产的地基。”

哥三个对尚小云的古道热肠由衷的感谢，叶盛章说：“尚先生说得极是，富连成是梨园诸位名家几十年的心血浇灌出来的，虽是叶家承办，但还是梨园的基业。我们哥儿几个，拼死拼活，也得继承祖业，把富连成办下去。现在已办了七科，将来还准备继续招生，科名都取好了，再办庆、福、增三科，怎么也得办他十科，取个十全十美的大吉大利呀！”

“就凭像尚先生这样古道热肠的前辈们关照，我们也得把富连成办好！”叶盛兰说。

“好，好，好。有你们这句话，我就放心了。”尚小云出于职业本能，很喜欢这哥仨，说：“英雄出乱世，正是你们哥仨显本事的时候。你们的本事我代替不了，也帮不上什么大忙。我有一本戏文，还没排过，送给你们，适合老三排一排，保证是个挣大钱的戏。我没舍得用，送给你们，算是我的心意，你们聊以解燃眉吧。”

这个剧本就是《酒丐》，后来成了叶盛章的看家戏。

梨园向来有“宁给二亩地，不教一出戏”的说法。尚小云何止给了富连成一出戏？他给富连成注入的是生存活力，挽救了富连成走下坡路的颓势。

叶龙章因为操劳过度，体力不支，将富连成交给了二弟叶荫章管理。叶荫章力不从心，又交给了叶盛章。叶盛章既唱戏又管理科班，分心太多，疲于奔波，难免疏漏。此时，萧长华也因年老告退，科班更没了主心骨。原打算继续招收“庆”“福”“增”三科，完成“十科”大业的宏图也泡了汤。只到“韵”字科，就办不下去了，韵字科的学生未毕业，科班就报散了。

眼瞅着富连成科班停办，尚小云忧心忡忡。京戏到了鼎盛的时候，怎么能断了人才后路呢？中华戏校停办了，富连成又办不下去了。以后，各个戏班的人才从何而得呢？没有人才，京戏还如何传承？国剧还称其为什么国剧？莫非眼看着这鼎盛繁荣的京戏要衰落灭绝不成？这可如何是好呢？他思来想去，如芒刺在背，坐卧不宁。我这个会长当得是哪家的会长？祖师爷留给我们的艺业难道就败在我辈手中？

尚小云一向以慷慨仗义闻名，既当此任，就要守土。他想：别人不办了，我办！倾家荡产，此举也值！

于是，他办起了戏校，取名“荣春社”。

他亲自写了招生文告，宣布招生。其文告曰：

> 窃以戏剧一道，关系市面繁荣，影响世道人心者至深且巨。溯自咸同光宣以来，人才蔚起，规律谨严，前辈风徵，至博美誉；降及民初，我梨园事业，犹称极盛；近则老成凋谢，继起无人，丝竹中年，徒怀惆怅。加以同伴子弟，多半清贫，求学则膏火难筹。……余虽驽钝，愿不遗余力，为梨园担此重担，以弥补梨园人才之继。办“荣春社”科班，招收弟子，培养人才。特此文告。

荣春社办起来了。

前后招了两期，学生最多的时候多达四百多人。

尚小云把自家椿树下二条的一处宅子腾出来当校址，又在椿树上头条和西草场各租了一处房子，做宿舍。把自家的院子铺上木地板，搭上罩棚，做练功房。

荣春社的学生排名，也按梨园科班的老方法，第一科，学文戏的，名字中间加“荣”字；学武戏的名字末字为“春”字。第二科，学文戏的名字中间加“长”字；学武戏的名字中间加“喜”字。

科班给学生制作统一服装，冬天，航空帽，青布大褂，白口罩，白手套；秋天是瓜皮帽，夏天是德国盔，竹布大褂，胸前佩戴校徽。学生走在大街之上，穿戴时尚，精神抖擞，容光焕发。

尚小云对学生伙食最为重视。早饭，由科班出钱，学生自己买火烧麻花。中、晚餐是上等饭菜，六人一组，两菜一汤，米饭馒头管饱。饭菜摆好之后，学生不得动筷子，由尚小云亲自品尝，他吃着好，便点头说：“吃吧。”大家才动碗筷。他说不行，食堂就得重做，不可口不行，营养不够不行，不卫生不行。

一次，他品尝过后，认为饭菜不行，顿时火冒三丈，用藤子棍将饭菜全部拨拉到地上，厉声对炊事员说：“钱花到哪儿了？你们这是给孩子们做的饭吗？这能保证营养吗？我们对得起他们吗？不好好做，都给我走！”

他转身对学生们说：“同学们，对不住大家了，今天的饭食没做好，我出钱补贴你们。汉民到门口买烙饼卷肘子；回民到前门月盛斋买酱牛肉，要吃好，吃饱。别耽误了身子骨儿！”

每当白天有戏的时候，中午一点开戏，三点，每人准时发一套芝麻酱烧饼，先垫补垫补。决不让孩子们饿着肚子唱戏。

教师请的大多是当时的名人，萧长华、王瑶卿、程砚秋、侯喜瑞等都曾被请来教过课。请名人教课要高报酬，高待遇。他们用餐都由尚小云陪同，在客厅特殊招待。

为了办好科班，尚小云卖了七处房产，用来填补费用的不足。实在捉襟见肘了，他就贴唱几出戏，挣了钱来补贴亏空。

在授业和学习艺业上，尚小云一丝不苟。他常对学生们讲：“咱们是干什么的？咱们是唱戏的。人家花了钱，你就得对得起人家。我们卖的是艺术，艺术要精而又精，不能打半点折扣！”

不论是谁，只要艺不到位，一律按规矩严惩，该打则打，该罚则罚，从不姑息迁就。

挨打最多的，就是他的儿子尚长春。

一次，唱《水帘洞》，尚长春扮演猴儿，上场后唱完〔粉蝶儿〕曲牌，念定场诗，因为紧张，头一句就忘词了。他急得抓耳挠腮，小声问侧台的先生：“什么词儿来着？”他这一问，台下“哗——”给了倒彩。

比他更着急的是尚小云，他急得直嚷嚷“怎么不念词儿啊，你他妈的怎么不念词儿啊？”

他越逼，儿子越记不起词儿来。好不容易侧台的先生给递了词儿，尚长春才接着念了下去。

尚小云的夫人和姜妙香的夫人是亲姐妹，姜夫人是姐，尚夫人是妹。正好姐儿俩今天也来看戏，尚长春场上卡了壳，姐儿俩也着急，但更多的是担心，担心孩子会挨打。

尚长春一下场，这姐儿俩赶紧奔向后台。可是已经晚了，尚小云已将儿子按倒在地，抡圆了竹皮板子在打。尚夫人不敢上前拦阻，姜夫人见状，大喊着：“别打了！”

猛扑到长春身上保护孩子。尚小云只顾打，没提防大姨子扑了过来，一板子下去，正打在大姨子后背上。因为用力太猛，加以姜夫人身子骨单薄，这一板子，打得姜夫人再也爬不起来，抱病卧床。这件事，给尚小云留下了终身遗憾。

还有一次唱《武文华》，尚长春在场上拧旋子，规定拧三十个，尚长春拧了二十几个就打住了。

下了场尚小云问道：“刚才走了几个旋子？”

“……”尚长春知道错了说：“走了二十二个。”

“那好，现在补上。就在这后台补，走三个三十个。我给数着！”

尚长春只得在后台不宽绰的地方打起旋子，一个三十，两个三十，三个三十，直打了九十个。打完后累得尚长春上气不接下气，浑身的汗水顺着脚面往地上流。尚小云问儿子：“累不累？”

“累。”

“不累能练出功夫来？偷懒能学了本事？”尚小云说，“我看你以后还偷不偷懒！”

还有一次，唱《大破黑狼山》，尚长春闷帘喊一声“走哇——”，哪知嗓子发干，喊出的声音变了味儿。

回到后台，尚小云问：“你嗓子怎么回事儿？”

“我也不知道怎么回事儿？”尚长春话音未落，尚小云的巴掌已经打了下来，问道：“说，吃什么来着？”

“什么也没吃啊！”

“趴下！”尚小云抡起板子打了十下。这时尚长春该上场了，催场的说：“来了，来了。”

尚长春只得先上场。

从场上下来，尚小云还是问：“说，吃什么来呀？”

“什么也没吃啊。”

“趴下！”尚小云又是十板子。催场人又说，“来了，来了。”

尚长春又赶紧上场。下了场，尚小云又抡起了板子……

尚长春下了几次场，挨了几次板子。

只好老实招认：“昨儿有点感冒，嘴里没味道，就吃了点儿瓜子儿。所以嗓子才……”

儿子认了错，尚小云方才放下板子，亲手给儿子倒了一碗开水，看着儿子喝下，又嘱咐，“多喝两碗，发发汗。”

尚小云打儿子，一是恨铁不成钢；二是敲山震虎，杀鸡给猴看，让学生们知道，有错必惩；三是让大家知道，决不徇私，亲儿子都如此，绝不姑息；四是学艺要精，不容疏漏。

他爱学生爱到点子上，惩学生也惩到艺业上。

那还是尚小云在富连成帮忙的时候，他教李世芳唱《昆仑剑侠传》，在演出中，李世芳的裙子掉了，台上出了丑。那还了得！

李世芳下的场来，尚小云非要打他五板子不可。李世芳是富连成的小名角，大家都舍不得打他。当时许多人出面来讲情，尚小云把脸一绷说：“不行！十大款（台上的十大忌讳）你们懂不懂？一定要打！”

萧长华也来讲情。尚小云对萧长华说：“二叔，您是懂得十大款的，我打他对不对？如果不对，我趴在那儿，您打我！”

萧长华的面子他也不给，到底是打了李世芳五板子。

就连龙套的标子打不齐，尚小云也不放过。一次，唱《大回朝》，在走〔五马江儿水〕曲牌时，龙套的标子举得不齐。散了戏，回到宿舍已经半夜了，大家正要睡觉，尚小云来了。他说：“今儿个都是谁的龙套？站过来。”

龙套的学生呼啦啦站了一大溜。

“今天的标子为什么不齐呀，啊？怎么回事儿？”大家你看看我，我瞅瞅你，无言答对。

尚小云喝令：“把你们的棉袄脱下来，拿藤棍挑起来，举齐喽。”

等大伙儿把棉袄举齐了，尚小云上了头院。

这好几排大棉袄，就这么直直地挑着，齐刷刷地不敢乱动，举得大伙儿直打哆嗦。举了约莫半个时辰，尚小云回来了，把大家狠狠地教训一顿，又讲了一通台上一棵菜的道理，然后说声“收了吧。”

随后，他到伙房告诉厨师，煮热汤面，让他们暖暖身子，缓缓神儿。

在荣春社，尚小云是东家，是社长，也是老师，还是管事。他把全部身心都投入到办学上，教师由他请，选最好的；课程由他定，教最需要、最拿手的；伙食他也盯着，校服他也亲自选时兴的……。从早上察看学生练功、上课，到晚上亲临舞台为学生把场，他寸步不离学生，生怕学生学不到家，唱不到家，玩意儿功夫不到家。

有时他还亲自上场当配角。一次唱《四郎探母》他不声不响在后台化好装，然后拿块牌子写上“为酬谢观众，尚小云饰萧太后”戳在台口。戏还没开场，场下早热闹了起来。有的赶紧给外边捎信儿，有的去忙着打电话，一会儿戏院里又无形中多了很多观众。

荣春社是民国时期最后一个较大的科班，虽然只办了两科，但人才却填补了京戏青黄不接的空缺。

有词曰：【惜双双·义举独树】

古道热肠梨园路，颓势里、义行独树。怀远更为远途铸。家财舍身心不顾。留下芳云不为暮。看明日，莺歌燕舞。哪怕归天闭目。欣睹漫天梨花雨。

第一七三回

遭不幸飞机罹难
惜才俊早逝英年

《立言报》举办四小名旦评选，吵得沸沸扬扬的。四小名旦评出来了，还组织他们同台唱了《白蛇传》《五花洞》两出戏，这四个小将大出了风头。消息传到上海，很让梅兰芳高兴。旦行后继有人，这是梨园的幸事。他到北京演出，得空儿由齐如山等人陪同来到了富连成。

提到了叶春善的去世，他很悲伤。叶家兄弟赶忙相劝，说到科班人才，他兴奋起来，说："听说有个弟子叫什么李世芳，是四小名旦之一，人称'小梅兰芳'。师弟何不把这个小梅兰芳找来，让我们见见。"

同来的齐如山、姚玉芙、徐兰沅也都说要见见这个小梅兰芳。叶龙章，便把李世芳从排练场找来，与大家见面。梅兰芳见李世芳果然相貌有几分像自己，很是高兴。他对叶龙章说："师弟，能不能让他唱两出戏，我们都看看。"

叶龙章欣然接受，说："师兄，今晚在华乐园我安排他唱《霸王别姬》，您赏光光临吧。"

"中。"梅兰芳欣然答应去看戏。

看了《霸王别姬》，第二天又看了一出《贵妃醉酒》。看完戏，梅兰芳格外高兴，来到后台拉着李世芳的手问长问短，倍加喜爱。

过了三天，齐如山和姚玉芙又来到富连成。齐如山对叶龙章开门见山，说："畹华想收世芳作徒弟，并想举行一个仪式，你看怎样？"

"这……"叶龙章犯了犹豫。因为富连成科班有规矩，学生在科期间，不能再拜科外他人为师。无论多有名望的人物，只称老师，不举行任何仪式。出科后，拜师另当别论。

齐如山见叶龙章有些为难，便说："龙章先生，你可知道，要拜梅先生为师，是很不容易的。今天是梅先生亲自提出来要收世芳为徒，对于世芳和富连成都是千载难逢之事，这也是富连成的光荣啊。梅先生也曾是尊父和喜连成的艺徒，拜师没出科班呀！这也不犯科班规章。尤其'小梅兰芳'拜老梅兰芳为师，也是理所当然的好事。何乐而不为呢！"

叶龙章听了此话，也觉得无可无不可。可是为了慎重起见，他要和萧长华老师及其他老师商量后再定。

第二天他专门召开了一个教师会，商量李世芳拜师之事。萧长华第一个表示："机会难得，千载难逢。"大家也一致同意。

叶龙章反过来一想：嗨，拜一个也是拜，不如借此机会，加几个有造就的学生一起拜！这样既避免了让别人说偏爱，又给更多学生创造了学习的机会。于是提出让李世芳、毛世来、李元芳、刘元彤、张世孝五个人同时拜梅兰芳为师。

叶龙章把这个想法告诉了齐如山，齐如山向梅兰芳说明此意。梅兰芳笑笑，都认可，表示欢迎。

五个弟子的拜师仪式，就选在齐如山的国剧学会。叶龙章置办了酒席，以梅兰芳和叶龙章的名义邀请程砚秋、尚小云、荀慧生以及梅兰芳的所有弟子和旦行的同仁。王瑶卿、谭小培、齐如山、徐兰沅、姜妙香等老一辈的知名人士，作为特聘邀请。另有梨园界、新闻界、学界等数百人出席，隆重的举行了拜师仪式。

从第二天开始，梅兰芳在第一舞台挂牌唱戏。一个档期唱了四十场，场场都给这五个弟子留一个包厢，让他们现场观摩。不唱戏时，给弟子们说戏。此外，李世芳还经常到梅兰芳家中单个授课，吃点儿"偏饭"。

过了一段时间，李世芳在科班效力到期。梅兰芳便将李世芳要到身边，同他在上海唱戏，亲自指导，手把手相传。

李世芳出身也是梨园世家，其父母都是唱山西梆子的名家。其父名李子键，青衣、刀马、婆子戏，无一不工。李世芳是他的大儿子，这孩子，幼承家学，很是块唱戏的材料。孩子到了学艺的年龄，李子健就把他送进了富连成。编在世字科，萧长华为他起艺名李世芳。

坐科七年，留科效力实习一年，已然声名鹊起。在梅兰芳的指导培养下，他如鱼得水，技艺更加娴熟老练，"小梅兰芳"的名气越叫越响。何况又是四小名旦的得主，在晚辈的旦行中，确实是众人瞩目的翘楚。

李世芳人长得俊秀，大眼睛，白面皮，身材修长均称。温文尔雅，一副书卷气。不扮戏都让人看了喜欢，扮上戏，演大青衣，端庄秀丽，娴静淑慎，俨然大家闺秀。他嗓音圆润甜美，唱念做舞，都酷似梅兰芳。他不扮相都长得像梅兰芳，何况扮上相呢，更像梅兰芳。台上台下都像梅兰芳，难怪人家称他"小梅兰芳"。

梅兰芳为招收这样一个弟子，颇为满意，怎么看怎么高兴。

除了梅兰芳之外，还有一个人对李世芳十分满意，那就是梅兰芳的老搭档，梅兰芳的抱本子管事姚玉芙。

姚玉芙的女儿姚宝琏年已及笄，正待字家中。姚玉芙总想给女儿找一个中意的女婿，左挑右找，总没有选中。自从在富连成看了李世芳，他心里咯噔一下，动了心思。

梅兰芳招收李世芳为徒，更合他意。这样一位高才生，又拜了名师，岂不正中了一句"名师出高徒"的老话，李世芳前途必然不可限量。

对于这样一位要才有才，要貌有貌的翩翩君子，打着灯笼也难找。合该有缘，就让姚玉芙给碰上了。

姚玉芙也是旦行名家，他与梅兰芳同台多年，对梅派的声腔、演技，了如指掌。梅兰芳不得空的时候，他就主动对李世芳进行辅导，有时候还私下给他开开“小灶”。恨不得李世芳一步登天，名扬天下。

李世芳果然不负梅大师和姚玉芙的期望，很快唱响了京师，唱响了上海，唱响了大江南北，唱遍了全国各地。

梅兰芳也看出了姚玉芙的心思，对姚玉芙说：“世芳成名了，年岁也不小了，我来做个月老，让他作你姚家的姑爷如何？”

“大师真会成人之美。小女有福，敢劳您大师做冰媒，我姚家感您戴天之恩。”姚玉芙不胜感激。

有梅兰芳做媒，又娶姚玉芙的女儿为妻，李世芳当然十分满意。回到家禀告父母，父母觉得门当户对，又有梅大师作伐，十分满意。没几天就择吉祥之日，为他们举办了婚礼。

结婚之后，小两口十分恩爱，和和美美，甜甜蜜蜜。李世芳在外唱戏，姚宝琏在家操持家务，侍奉公婆，日子过得红红火火。

姚玉芙得了乘龙快婿，为李世芳练功、唱戏，考虑得十分周到。

梅兰芳看李世芳前途远大，就建议李世芳单独挑班。并笑着对姚玉芙说：“多年的媳妇熬成婆，你为我操劳这么多年，也该当家作主，为自家操劳操劳了！”

姚玉芙对梅兰芳这样深明大义，非常感动。激动地说：“我姚某人能为大师挎刀多年，已是荣幸之至，今又蒙大师宽宥，来生变犬马，也要报您的知遇之恩。”

自此，姚玉芙帮助李世芳成立了“承芳社”。李世芳挑班，姚玉芙做戏班的管事。

姚玉芙是梨园界有名的管事，他精明能干，对梨园行的大事小情，看得特别透，拿得特别准。没有人不佩服，不高看的。他当了承芳社的管事，首先要为李世芳选一出自己的戏。

他与梅兰芳当管事多年，知道梅派有一个票界名家，已下海多年唱营业戏了。此人姓南，名铁生。南铁生出生书香门第，饱读诗书，对戏剧特别热衷，偏爱梅派，最后下海唱戏为生。他为有自己的戏，特请翁偶虹编一出适合梅派青衣唱的大戏。翁偶虹不负南铁生之托，按时编了一出《天国女儿》，就等南铁生来取本子。

姚玉芙洞悉此事，他不便直接出面找翁偶虹求此本。便让李世芳先去投石问路。

李世芳拜见了翁偶虹，左一个老师，右一个老师，叫得格外亲切，最后表明来意：“翁老师，听说您写了一个《天国女儿》的本子，我想请来搬上舞台，请您赏赐给我，我愿尽平生之力，使您的大作升华。”

翁偶虹听后笑笑说：“你小小年纪好有心计。只可惜，拙作是受南先生之托所写，南先生尚未露面，我怎能负千金一诺，负南先生之托，办不仁不义的事呢。”

李世芳被翁偶虹婉拒了。

过了一段时间，姚玉芙又让李子健出面，找翁偶虹求戏文。虽然李子健与翁偶虹是老朋友，但翁偶虹还是不肯负约。正人君子，怎能受人之托不办终人之事呢。李子健又被婉拒了。

姚玉芙私下里打听南铁生的行踪，了解到南铁生正在东三省唱戏，合同已签了一年，一时半会儿回不来。

他便亲自出马，登门求戏文。姚玉芙和翁偶虹有多年的深交，翁偶虹见姚玉芙亲自登门，高接入席，明知故问地说："您是贵客，偶虹何敢劳玉趾登门？顿使蓬荜生辉。"

姚玉芙也不客气，落座之后说："您的大作《天国女儿》是受南先生之托写的。据我所知，您已煞笔半年之久，南先生尚无音信。您谨守诺言，翘首以待，可谓大君子也。可据我所知，南先生现正在东三省演出，档期已签至明年年底。致使您的大作再睡卧箱底一年之多，不是您负他，而是他无暇以顾。为尽快见效，不如先赐予小婿，让他为您树到舞台上，与观众见面，也不枉您劳砚田心血，你看如何？"

翁偶虹也挺痛快："既然姚君亲劳玉趾，虹也感君之意。为了做到仁至义尽，请君再宽等一个月，我与南先生联系，若仍无回音，一个月后拙作即归贵婿。"

又等了一个月，翁偶虹没有得到南铁生的音信。李世芳付给翁偶虹高报酬，取回了剧本。

《天国女儿》是写太平天国的故事。女主人公是韩宝英，写她选中秀才马谨为夫，在石达开被困之际，夫妻双双献计，帮石达开脱围。表现了一个天国女子英勇果敢，为太平天国舍生忘死，救危扶难的精神。这出戏的主人公韩宝英，正是大青衣应工，等于是给李世芳量体裁衣，专写给他的戏。

姚玉芙充分发挥他梨园管事的本事，挖掘名角，给李世芳配戏。石达开由刘连荣扮演，马谨由李世霖扮演，石天禄由储金鹏扮演，金碧环由慈少泉扮演……

此剧一搬上舞台，就一炮而红。在广德楼首演之后，搬到华乐戏院，连演数日，座无虚席，场场爆满。小梅兰芳伴着《天国女儿》，轰动一时。

李世芳出道十年，已成了大红大紫的大青衣，红遍全国。

此时，他已是两个女儿的爸爸，夫人又怀孕，临产在即。他又要到上海演出，临行，夫人姚宝琏拉着他的手说："快过春节了，我又要临盆，你不管挣不挣钱要早些回来，咱一家人团团圆圆过个春节。"

李世芳离开夫人，到了上海。因为解放战争正打得激烈，人心不稳，戏院卖不上座儿。连唱了几场，总是不景气。他心里也很憋气，由于上火，嗓子发干，唱不出声，上座儿更受影响。

梅兰芳看他挣不到钱，急得总上火，劝他说："不用着急上火，天无绝人之路。咱爷俩同贴几场《白蛇传》，拉拉座儿，不管挣多挣少，你都拿回去，总能过个好年。"

于是梅兰芳和他同台唱了几场《白蛇传》，有梅兰芳同台，当然上座儿很好，他心里略微踏实了一些。

正在这时，他接到家里的来信，说夫人又给他生下一个女儿，盼着他尽快回家，……

他归心似箭，打算早日登程。可是春节期间，火车票难买。他去买飞机票，哪知飞机票也买不上。他心里起急，回到下处，正自没办法。杨宝森夫妇过来安慰他，杨宝森说："事儿就是这么蹊跷，想走的走不了，不想走的倒走了。你看你，急急慌慌，跑了半天，就是买不上票。我倒是没跑，提前订的机票倒到手了，可却走不了了。"

李世芳忙问："怎么走不了了？"

"嗨，夫人早不病，晚不病，偏偏这时候病了。——走不了了。"杨宝森解释说。

"那把机票转给我吧，我正着急呢。"李世芳抱着希望说。

"嗨，你说晚了，机票刚让马富禄两口子拿走了。"杨宝森惋惜地说，"要不你去求求马富禄，他们早走一天，晚走一天没关系，先尽着让给你这个急茬儿的。"

李世芳又急匆匆找到马富禄，说明了家里的情况，也说了一大通恳求的好话。

马富禄好心眼儿，说："你家里有事儿，你先走，我们再等等儿，晚走几天。"

李世芳拿到了机票，心里踏实了一些。忙着到梅兰芳家里给师傅告别。

听说李世芳要回北京，正在院子里玩纸飞机的葆玖跑过来，拉着他的手说："师哥，师哥，你别走啦，你要走哇，就这样啦。"

说着就把手里的纸飞机扔到了火炉里，纸飞机顿时化为灰烬。

小孩子说着玩儿，李世芳笑笑说："好好玩儿吧，师哥该回家了！"

从师傅家出来，他又去医院看望住院的张春华。他慰问了一番张春华之后，给张春华辞行。

张春华躺在病床上，亲切地说："回去吧，回去好好过个年，弟妹、侄女们都盼你早点回去呢！不过千万不要坐飞机。你看，我就是坐飞机才住进医院的。"

提起坐飞机，张春华还心有余悸。

原来三天前，张春华坐飞机从汉口飞往上海，就是飞机出了事，他大难不死，才住进了医院。一提起飞机，他就不寒而栗。

三天前，张春华随戏班在汉口演出，档期一到，从汉口转上海，别人都买船票先走了。他有事耽搁了几天，为了赶往上海演出，就买了飞机票，准备乘飞机到上海。哪知，到了机场，天降大雾，机场禁止飞机起飞。可开飞机的驾驶员是个美国空军退役军人，老婆在上海，正赶上圣诞节，急着回上海同老婆过节团聚。他仗着自己技术娴熟，给机场打包票，保证安全到达上海。机场拗不过他，就同意他起飞了。

飞机升空后，两个小时抵达上海上空。正准备降落的时候，飞机无线电信号出现故障，与地面失去了联系。地面雾气未散，黑乎乎什么也看不清楚。他找不到机场，只好在天空盘旋。飞机很简陋，是军用飞机改装的，没有横排座位，只有沿机身竖排的两溜长座儿。张春华坐在飞机尾部的最后一个座位上。因为飞机出现情况，乘务员通知大家扣好安全带，并一个一个检查。

检查到张春华时，张春华正迷迷糊糊打瞌睡，乘务员批评他："你这个孩子真不听话，怎么还不扣安全带？"

张春华被当成了小孩子，很不高兴，赌气说："我就是不扣，看你敢怎么地？"说完他又迷迷糊糊睡着了。乘务员无奈，也未再管他。

飞机盘旋半天，无线信号还是没有，可是汽油耗完了。飞机眼看要往下栽，在这一瞬间，驾驶员跳了伞。

没人驾驶的飞机，摇摇晃晃，便一头栽向地面。正栽到一家农户的房子上，顿时房子被夷为平地，房主一家九口全部丧生。飞机断为两截，一个小孩子被甩到了老乡的草垛上，没受大伤。张春华正在梦乡，被弹出机舱，又落到了飞机身上。天正下着雨，雨点儿打在他身上冰凉，把他激醒了。他都不知道出了什么事，可是动一动腿，疼痛难忍，腰也疼得不敢动弹。直到抢险人员将他抬到救护车上，他才知道是飞机失事，遭了大难。

飞机上，乘客除了那名儿童和他全部罹难。

飞行员虽然跳了伞，捡了一条命，但也摔断了双腿，成为终身残废。

张春华将自己的遭遇，给李世芳讲述一遍，心有余悸地说，"千万千万别坐飞机！"

李世芳听了这段历险灾难，虽然心里惴惴的，但还是抱着侥幸心理，"怎么就能那么寸，偏赶到我身上！"

第二天一大早，他还是急匆匆去了龙华机场，送行的同行张盛利，目送着他登上飞机。

飞机起飞后，飞到青岛上空，因大雾弥漫，能见度非常低，飞机撞在崂山山头上，轰然一声巨响，飞机化为齑粉，燃起熊熊大火，机上五十一人全部罹难。

可怜二十六岁的梨园才俊，急匆匆死于非命。

消息传到上海，正在演出的梅兰芳强忍着悲痛，总算唱完了戏。回到家，茶饭不思，悲痛欲绝。小梅葆玖听了这个消息，后悔地哭着说："我不该把那个纸飞机烧掉！"

上海派张盛利去青岛认尸。

他到了现场，满眼都是烧得焦煳的尸首。他一个一个地仔细辨认，才从一具尸首下压着的一片蓝布皮袄认出是李世芳穿的皮袍，总算给他收了尸。

张盛利一边给他收尸，一边痛哭："几个钟头前，我还去为你送行，怎么转眼之间人就没了？"

青岛的梨园工会组织同行去处理现场。

李世芳的父亲李子健也从北京赶来，抱着儿子的尸骨痛哭不已。

梅兰芳痛定之后，在上海大戏院举行了六场义演，把六千元收入，全部寄给李家，作为对弟子的抚恤。

北京梨园工会和富连成科班，发起义演，将收入交给李家，作为丧葬费用。

梨园工会和富连成科班，为李世芳在中山公园今雨轩举行隆重公祭，悼念这位年轻的梨园才俊。

梅兰芳怀着沉痛的心情发来唁电。电文是：

十年弟子音容笑貌犹如面，

八音协奏唱念做打还有声。

有一曲【仙侣·唱才人】以哀其人：

天生英才氍毹间，歌喉扮相都拔尖，小名旦疯传。小梅兰芳，多少角眼馋！

【煞尾】成名早，命多舛，儿女情长似魂牵，着急匆匆往家赶，阴差阳错阎王传。不听好友名言，无法阻拦。只落得横祸飞来葬黄泉，尸骨难辨，面目非然，梨园中痛失你英年。

第一七四回

梅兰芳栽花培土
诸英秀谱写芳华

谭元寿独占天蟾，在大上海引起轰动。这很让住在上海的梅兰芳欣喜。他看到谭家又出了个文武老生的角，很为谭鑫培感到骄傲。心想，老爷子，您在天之灵该得到告慰啦，您的曾孙可为您添彩啦！

想到这里，他又联想到如今上海的大戏园，冒出了不少新秀，光旦角就好几个：言慧珠、杜丽云、杜近芳、李丽芳等。让这些年轻演员在台上摔打摔打，不就早成才了嘛。

于是，他想起了前不久与王瑶卿的一次谈话："王大爷，你最近带的几个弟子，都有成色了，是不是放出去摔打摔打呀。"

王瑶卿说："是我的弟子，也是你的弟子呀？言慧珠、杜近芳不是都拜过你了吗？"

"是呀，都是好苗子，言慧珠翅膀已经硬了，早飞出去了。杜近芳也该放出去飞啦！"

"那你就多操点心，给她拴拴班，找找搭档。"王瑶卿一向信服梅兰芳。

梅兰芳最了解的是言慧珠和杜近芳。言慧珠是言菊朋的二女儿，老早就跟着言菊朋登台打天下了。她拜过梅兰芳，是个很出色的梅派青衣，在上海早就名声在外了。杜近芳还小，刚刚十五岁，是王瑶卿一手培养的好苗子。为了实授，王瑶卿把她推荐给了梅兰芳，经梅兰芳指导，杜近芳更露出了潜质，梅兰芳非常看好她。

梅兰芳看了谭元寿的戏，想到了王瑶卿的嘱托，觉得杜近芳和谭元寿搭班挺合适，一个谭派，一个梅派，这是最好的联袂。于是他把谭元寿和杜近芳叫到跟前，说"你们俩唱一出《红鬃烈马》，试试如何？"

这一年，谭元寿十八岁，杜近芳十五岁。二人都有初生牛犊不怕虎的劲头，二话不说就答应了。在台上，二人都铆劲儿发挥，结果一炮打响。之后，二人又接连合作了几出戏，场场叫好。杜近芳从此逐步迈向了角的艺术之路。

在上海，和谭元寿合作最多的是李丽芳和言慧珠。言慧珠是个多才多艺的旦行艺术家。她继承了梅兰芳的衣钵，成为真正的集青衣、花旦、武旦等一身的花衫艺术家。在和谭元寿合作的《法门寺中》，她前演孙玉娇，中演宋巧娇，后演刘媒婆。谭元寿在演《美人计》《甘露寺》《回荆州》时，也前演乔玄，中演鲁肃，后演赵云。

在《文昭关》中，言慧珠则扮演了言派的东皋公。旦角反串生角，而且是地道的言派，突爆冷门，空前绝后，火爆异常。

在上海，谭元寿也和梅葆月、梅葆玖合作演出《生死恨》《文昭关》等。这很让梅兰芳高兴，看了他们的戏，梅兰芳对谭元寿说："你得好好捧捧你这个弟弟！"

谭元寿听后受宠若惊，忙说："师伯您太客气了！我和玖弟多合作几把就是了。我巴不得和他合作呢，只是怕挂累了玖弟。"

梅葆玖笑着说："咱哥俩多合作几把，让我爸瞧瞧！"

谭元寿拉过梅葆玖的手，"让师伯把场，现成的老师，教教咱们！"

梅兰芳高兴地为他们组织了个小班子，梅葆玖和谭元寿两人为头牌，三牌武生是孙毓堃，第一出戏是《红鬃烈马》，第二出戏《探母回令》，第三天是谭元寿前面唱谭派戏《问樵闹府》《打棍出箱》，大轴是梅兰芳、梅葆玖父子合演的《游园惊梦》。

如此，这个小班子连唱了二十多天。梅兰芳看谭元寿和梅葆玖台上磨合得很好，就建议梅葆玖和谭元寿唱一出《打渔杀家》。

《打渔杀家》这出戏是谭鑫培和王瑶卿当年的拿手戏。后来梅兰芳和余叔岩观摩谭鑫培和王瑶卿的演出之后，加工整理，作为对儿戏贴演。余叔岩病逝之后，梅兰芳再也没演过。为了这样的传承延续到下一代，梅兰芳亲自指导这小哥俩排练这出戏。

在排戏中，梅兰芳对每一个细节都不厌其烦地对谭元寿说，当年你曾祖谭鑫培是怎么演的，你师爷余叔岩是怎么演的，你父亲谭富英是怎么演的，说得很是仔细。

戏中萧恩与萧桂英有一段对话：

父：叫儿不要渔家打扮，怎么还是渔家打扮呢？

女：儿生在渔家，长在渔家，不叫儿渔家打扮，要儿怎样打扮呢？

父：不听父言，就为不孝。

女：孩儿改过就是。

父：这便才是。

对这一段一般的台词，别人看了不起眼，梅兰芳却很在乎。他分析说，"不要小看这段台词，这表露出萧恩对于打鱼生意是多么无奈，而女儿却不理解萧恩的苦衷，揭示了两个人不同的心理状态。这是表现人物身份和性格的一段对白，一定要演到位。"

在父女走出家门去报仇的一刻，

女：啊爹爹，这门还没有关呢。

父：哎，不关也罢。

女：啊爹爹，这里面还有度用的家具呢！

父：哎，傻孩子呀，门都不关了，还要的什么度用的家具呀！

演到这里，梅兰芳分析剧情说，这时候女儿才意识到真的要去杀人，那将无家可归。便爆发出极度的恐慌和哀伤，才哭着说："孩儿有些害怕，孩儿我不去了。"当萧恩调转船头欲送女儿回去的时候，女儿又哭道："孩儿舍不得爹爹……"接着就是父女的【哭头】。

梅兰芳说，“这两句道白非常重要，是全剧的‘戏核’”。他继续分析：萧恩开始还抑制和掩饰自己的感情，不愿在女儿面前说明家破人亡的结局，当说到“度用的家具”时，女儿的无知和幼稚，刺痛了父亲的心，说‘傻孩子’时，再也抑制不住了，念白用颤音，便带出了英雄泪。当女儿说舍不得爹爹时，父女的悲怆喷薄而出，达到了顶点。剧情也达到了高潮。

在梅兰芳的指导下，谭元寿和梅葆玖反复排练这出戏，得到很大提高。演出那天，梅兰芳还特意请来了王瑶卿先生。

王瑶卿进门则调侃道：“今天老梅请我看小梅。”

看了后，王瑶卿当场指导，这俩人更有了新的收获。

梅兰芳对他们的演出很满意，他说，“梅家从我祖父梅巧玲，父亲梅竹芬，到我及我的儿子葆玖，四代旦行；谭家从谭鑫培、小培、富英到元寿是四代老生。我们世代友好，代代合作，情谊一代接一代，绵远流长。”

有散曲唱道：

【中吕·粉蝶儿】不愧个大师名宿，总想着京戏传承接续，选了多少小苗儿嫩芽儿收为门徒。一个个浇心血，费工夫，劳累不顾，多盼着出些个精英人物，祖师爷事业常记心处。

【醉春风】想祖上四代投梨园，代代有人传，现如今花开梁园，如繁星点点江山艳，艳。高台教化是宗旨，全靠咱伶人演绎仁义道德传。

【叫声】恰才个台上的教师，举手投足，示范英姿。

【剔银灯】盼儿女接班个个成才如愿，则这里嫁接穿针引线。两家历代通好交情不浅，台上的搭档台下的友谊情缘。

【蔓菁菜】我把这前人的戏出一句一句传给你，不光唱腔舞美动作感情细腻，唱到动人处总让他泪眼淋漓，这才进戏入迷。

【尾煞】这便是祖上的宝贵财富。莫等闲用心记住。两家业其实是一家业，民族的根脉贯穿着京戏歌舞。

第一七五回

港岛不见马连良
香江急坏张君秋

马连良给杜月笙唱完堂会，上海中国大戏院的经理孙兰亭便对他说：“贤弟，时局不稳，听说你被‘义务’了几十场戏，打官司又欠下一大笔债，回到京城也不会安定。不如在我这里扎下来，小憩一段，将养将养身子，唱一期戏，挣点还债的钱，如何？”

孙兰亭是上海滩行内都竖大拇哥的戏管事，马连良早年就与他有八拜之交。在他看来，马连良的事就是他的事。他为马连良想得如此周到，很让马连良感动。于是说：“仁兄替愚弟想得如此周到，恭敬不如从命，就依仁兄，悉任仁兄安排。”

于是，马连良移师中国大戏院，在中国大戏院挂牌唱起戏来。一口气唱了四个月，所挣的钱还清了债务，人也累得东倒西歪，几乎爬不起来了。孙兰亭看他债还完了，也替他松了一口气。让他停了下来，每日好吃好喝款待，并找来一帮好友，陪他聊天儿，散心儿，将养身子。

如此，过了半个多月，他的身体恢复了原样。正要动身回京，淮海战役打响了。南北隔绝，路断难归。

马连良离开京城将近一年光景，惦念老娘，惦念家里的那些个七七八八的杂事，心绪烦乱，坐卧不宁。

孙兰亭看他心烦，就出主意说：“你不是个闲暇享乐之人，好了身体就坐不住了。眼下又回不了北京，不如我给你搭个桥，你到香港去唱一期戏，一是聊慰烦恼，二是交些港澳朋友，让港澳也品一品你马大师的风格！”

马连良也觉得只有如此，才不能死吃白嚼地闲等。于是约了张君秋、俞振飞两个大角，去了香港。

香港正处在内陆时局巨变的前夜，抗战胜利后，国、共内战开仗。国内财经大佬、文人雅士，为避战火，纷纷移居香港，给这个本来人口不太稠密的港湾，输入了血液，带来了繁华。

孙兰亭为给马连良唱戏做准备，先到香港一步，发挥他的交际天才，将已到了香港的广东名票们发动起来，为马连良接风，造势，先吊起港人的胃口。

香港人一听说是来了京戏须生第一老倌，也非常新奇，都愿一睹马连良风采。

第一期在娱乐戏院签约五个晚上。打炮戏是《龙凤呈祥》，马连良前饰乔玄，后鲁肃；张君秋饰孙尚香，俞振飞饰周瑜，一炮而红。后三天的戏码分别是《玉堂春》《马义救主》《梅龙镇》《辕门射戟》《打渔杀家》。三天下来，轰动了港岛，后两天的《三娘教子》《白门楼》《群英会·借东风》，更是人满为患，一票难求。娱乐戏院成了马连良的广告戏院，港人从这里认识了马连良，也认识了张君秋和余振飞，领略了京戏的风采。

五天戏总收入七万六千多元。在香港的娱乐业中，可说是好之又好，拔了头筹。

孙兰亭把诸位人员叫到一起，高兴地说道："诸位辛苦，在港岛算是创了纪录了。我把费用当众给大家算算：总收入七万六千多元。开销：场租二万五千元；娱乐税两万元；广告费五千元；三位大角戏份共一万七千五百元；班底费一万元；合计八万一千元，亏空四千余元。"

孙兰亭把账单念完之后，马连良心有不忍，站了起来，说道："孙兄，这样不公道，你和几个好友忙前忙后操持了一个月，最后让你们掏腰包补亏空，天底下哪有这样的道理？这让我们如何做人？"

马连良不顾孙兰亭的阻拦说："我做主了：我和君秋、振飞的戏份打七折，让出五千元，算给您和三位同仁的车马费。这样我们心里也就踏实些了。"

孙兰亭笑着拱拱手说："那就谢谢三位老板，我们笑纳了！"

第一期演出算是皆大欢喜。

大家乘兴，又在港岛的高升戏院和九龙的普庆戏院各演七天。万万没想到的是，港岛毕竟是港岛。广东人居多，对欣赏京戏没有基础，一听不懂唱词，二听不惯京腔，只是看热闹，热乎劲儿一过就凉了。港岛人数有限，爱看京戏的都看了，不爱看京戏的，再怎么鼓动宣传，也不看，于是上座儿大打折扣。十四天下来总共亏空四万四千多元。

因唱戏不上座儿而亏空，还亏空得如此之多，这在三位大角的唱戏史上，还是从来没有过的。

唱戏亏了本儿，吃、住等各项消耗不断增加，马连良又欠下了大笔外债。北京的旧债还完，香港的新债又追了上来。马连良万万没料到，竟在这弹丸之地马失前蹄，掉到了"绊马坑"里。

亏损如此之多，也是孙兰亭始料不及的。让马连良背负这么多的债务，孙兰亭于心不忍。他赶紧张罗别的补救措施。亏他想得周到，他找到了香港刚刚成立不久的胜利影业公司，游说经理吕健康："现有一个好机会，能挣大钱的，不知老板感不感兴趣？"

吕健康说："哦？什么机会？"

"国剧须生大师马连良正在香港，抓住这个机会，给他拍几部电影，岂不千载难逢？"孙兰亭说。

"你是说拍戏曲片？"

“对呀！”孙兰亭进一步鼓动，“不用编剧，不用导演，就原样拍舞台上的戏，省工，省时，省成本，现成的演员，现成的乐队，如此好事，何乐而不为？”

吕健康被说得动了心，但不动声色地说：“电影和戏剧不同，不能原样照搬，也要分镜头拍摄，然后再剪接。成本还是有的，胶片、人工、演员的报酬都是要开销的……”

“至于怎么变成电影，那是你们的专业，我不懂。我只给你搭个桥，若拍，演员报酬我可以帮忙让他们让让步，少一些。若不拍，等他们走了，想找这么好的角，可就没机会了。”孙兰亭说清了厉害。

“孙先生这么古道热肠，我们拍！”吕健康终于放了痛快话。

于是三个大角又当上了“电影”演员。马连良和张君秋拍了《梅龙镇》《打渔杀家》；马连良拍了《借东风》；张君秋和俞振飞拍了《玉堂春》。

电影很快发行到国内。

电影拍完了，债务并没减多少。

这时，国内解放战争打得正激烈。马连良回又回不去，唱又唱不了，虽无正事，却过得挺忙。因为是名人，每日里忙的是应酬。忙应酬，忙得他心烦气躁，不得开心。

夫人陈慧链看他不开心，就劝他，会会老朋友，在应酬中谈谈往事，也是寻寻解脱，大家乐和乐和，也就忘了烦心之事了。

他和张大千是老朋友。在京城的时候，他两个就最谈得来，如今是他乡遇故知。两个人回首往事，经常谈得开怀大笑，忘了忧愁烦恼，心也平静了许多。

张大千在北京时的堂号叫“大风堂”，“大风堂”的得意弟子之一就是李万春。

李万春是马连良的“弟子”，因而，马连良就与“大风堂”的堂主同为师傅辈。有了这层关系，马连良便成了“大风堂”的常客。张大千又特别喜欢京戏，尤其爱听马连良的戏。这样马连良就与“大风堂”主结下了不解之缘。

张大千是早一年移居香港的。

马连良的到来，让他特别高兴。专门设宴，为马连良接风。两个艺术巨星又在港聚首了，当然有很多说不完的话。

如今，战火让两个人都成了“闲人”，便有闲工夫常来常往了。或在酒肆，或在茶坊，或在家中，相聚畅谈，倒也畅快。

有一次，谈到北京的小吃时，张大千兴趣盎然，他说他最想吃前门煤市街“馅饼周”的馅饼。

“听说那是周家祖传的手艺。呵，那馅饼，皮薄馅大，一口咬下去，顺嘴流油，香透心脾。再来上一碗小米粥，就上一碟六必居的小酱菜儿，那个粘稠，那个脆嫩，那个滋润，那个香甜，别提多有风味儿了。”张大千说着都要流口水了。

马连良看张大千这股怀旧的劲头，也想起了北京的那些旧事。

嗨，挺开心！

唉，也挺烦心！

第二天，他邀张大千到家里做客。还特意让夫人陈慧琏仿着“馅饼周”的做法，做了一顿馅饼。馅饼是羊肉馅的，皮薄馅大，肉嫩清香，端上桌来，金黄油亮，嘶嘶冒着热气，透着香味儿。张大千急不可待地夹起一个馅饼，咬了一口，赞道：“嗯，好吃，好吃，很有馅饼周的味道！”

马连良总算了却了老朋友思乡的那种感觉。

除了和张大千叙旧，他还拜访了杜府的孟小冬。与孟小冬回忆以往唱戏的交往，他对孟小冬的艺德、人品、天才、人生，倍加佩服和同情。此外还会见已先期到香港的诸位梨园同行和诸多朋友，等等。每天人来客往，络绎不绝。

一闲下来，就心烦。

最让他烦心的是：不知去向。

什么是“漂泊不定”？——这个感觉，他算体会深刻了。

他寻思：如果定居香港，事实已证明，香港的环境，容不下他，他须生的本事无法施展。若回大陆，大陆眼看就是共产党的天下。他对共产党无任何了解，只听说“共产党共产共妻”，真若如此，共产党的政策，自己接受得了吗？再说了，人家会不会接受自己呢？若去台湾，台湾也是弹丸之地，当地人认京戏吗？即使国民党带进了大批的内陆人，认京戏，可国民党的官员我是领教过了，他让你坐牢还不算，出了牢还老是“义务”你，你受得了吗？

他困居香港，终日辗转反侧，心神不定。

中华人民共和国成立了。

马连良的女儿马力当了解放军战士。

周末，中央机关和驻地部队举行舞会联欢。在联欢会上，马力陪周恩来总理跳舞，跳完一曲之后，坐下来休息，舞会负责人向周总理介绍，说马力是马连良的女儿。周恩来听后，非常关心地向马力了解了马连良的情况，然后对马力说：“你回去一定要给他写信，说我请他回来，欢迎他回北京。”

毛泽东与马力跳舞时，也随口问及马力的家中人口，家庭状况。当了解到她的父亲是马连良时，毛泽东笑了。夸马力是名人的女儿，有个大角爸爸。他让马力捎信儿，代转马先生，欢迎他回来。

马力回去后即写信，把毛主席和周总理的意思告诉了马连良。

马连良手托女儿的来信，反复看了几遍。对毛泽东、周恩来的关怀感到非常诧异。我一个唱戏的伶人，会引起中央领导的重视？共产党的高官如此礼贤下士，这是真的吗？

为了摸清底细，他打发长子马崇仁回北京，亲自去探个仔细。

小女儿马静敏随夫去了台湾。崇仁前脚走，静敏后脚到了香港。她说：“台湾当局听说爸爸滞留香港，要爸爸投奔台湾。”

“他们怎么说？”

马静敏说："台北市长亲自找我谈话，答应爸爸若是去台湾，一定坐'国剧宗师'第一把交椅，并保证给予'国宝级'待遇。"

"你是怎么说的？"

"我知道爸爸怀念家人，怀念故土。故意说：我爸爸抽鸦片，你们能保证吗？他说，能保证。我说你写个字据才行。那市长要滑头，说没必要嘛，政府说话是算话的。我说算什么话？我爸爸去东北唱戏，你们说他是'汉奸'，还不是说抓就抓起来了？我噎得他没了词儿，他就蔫退了。"

马连良听了，赞扬地说："说得好！"

马崇仁到了北京，见到了奶奶和六弟崇延。奶奶八十多了，四年多不见，已显得老了很多。崇延说"奶奶想爸爸想得昼夜啼哭。电影院放映爸爸在香港拍的电影，我带她去看，她哪里是去看电影，他是去看爸爸。每看到爸爸的镜头，他就大声说'我的儿啊，想死老娘了，你怎么还不回来呀？'她嚷得比喇叭里的声还大，嚷得看电影的人，不看电影，光看她了。"

马崇仁去见了梅兰芳，梅兰芳写了封信给马连良，建议马连良早早返京。并告诉马崇仁，这是中央首长让他写的信。

此时，杨宝森、杨宝忠率团访港，马连良马上设宴为二杨昆仲接风洗尘。谈及京城变化，二杨感慨万千，说是换了天地，人民安居乐业，梨园又迎来春天。

也正是这个时候，马崇仁回到了香港，把梅兰芳的亲笔信交给马连良。马连良反复看了梅兰芳的信，又听崇仁讲了家里的情况及在北京的见闻。使他想了很多很多……

马崇仁回了趟北京，带回了马连良的音信，北京的老太太和家里人十分高兴。马连良的堂弟，也是他扶风社的管事，唱小花脸的马四立，便带着马连良的两个儿子崇礼、崇延，兴致勃勃地来到香港看望马连良。马连良一见堂弟和儿子的面，分外高兴。三儿子崇礼说："爸爸，快回去吧，我奶奶想您想得都着了魔了，天天到电影院去看您拍的电影，她哪是去看电影啊，他是想您啊，想看您！"

听崇礼如此一说，马连良的热泪扑簌簌流了下来。

崇延说："共产党可不像以前人们说的'共产共妻'，人家对老百姓是秋毫无犯。咱家的衣箱、砌末，还有您最喜爱的檀木家具，都好好的，没人来'共产'。共产党的干部，特别随和亲切，办事公道。咱家还打过一场官司：租咱豆腐巷房子的老赶儿，欠了咱三年房钱不交。我告到了法庭，人家立即判决，监督执行，很快就解决了。还有，我到西山八大处去玩儿，误入军事禁区，人家问我叫什么名字，我说叫马崇延。哎呀，我一报名姓，正撞人家枪口上了。我的名字正好与一个他们盯住的特务名字相同，二话不说就把我抓进去了。后来他们弄清楚了，是误会。就把我放了，对我直个劲儿道歉，还送我回家。可不像国民党兵那样借机敲诈、讹人！"

马四立是扶风社的管事，他最关心唱戏的事。他说："共产党管理文艺也很在行，废除了搭班制度，大角一律固定在剧团，拿固定工资。您若回去晚了，四梁八柱都让别人挑走了，可就没了你的份了。到那时候，你想攒个戏班儿，黄花菜都凉啦！……”

马连良认真地听儿子和堂弟讲京城的变化，反复琢磨梅兰芳亲笔信的内容，以及崇仁了解的情况，细细分析各方面汇来的消息，翻过来倒过去地在心里盘算，最后暗暗地拿定了主意：坚决不去台湾，返回大陆，返回北京！

决心下是下了，可眼下如何回去？

香港的状况已今非昔比。香港对进出的人员不再像以前一样，放任自流，而是加强了盘查。香港布满了台湾派来的国民党特务，对进出大陆的人员严加监视，进行阻拦、跟踪、追杀、绑架，无所不用其极。

面对此情，他更陷入深层次的思考，就是回去，怎么回去？如何走法？碰上特务盘查、阻拦怎么办？香港的债务怎么办？回去后，到东北唱戏的事，共产党追究不追究？自己抽大烟，政府管不管？……，他想了很多很多。对于这些他心里还是没个底数。

陪北京来的家人玩了两天，他痛快地告诉他们：

回北京！

至于什么时候走，怎么走，现在还没有谱。鉴于眼下香港的情况，绝不能漏出半点“走”的风声。

于是，他打发他们先回去，嘱咐他们回去照顾好奶奶，照顾好家，在北京也不要声张，好好地，默默地，等着他回家。

对于马连良回京，国内也在紧张地策划。

中南区主管文艺的武克仁，按照中央领导的指示，安排好了一套接马连良回来的方案。

这个方案，经报请周恩来总理同意后，马上付诸行动。

武克仁先派王若瑜以“生意人”的身份去香港与马连良“接头”，征求马连良的意见。

王若瑜见了马连良，先讲明意图，然后针对马连良的顾虑，提出解决办法：先由中南区垫付马连良四万多元港币的债务，等回去后，挣了钱再归还中南区。马连良的烟霞之瘾，回去后可以帮助治疗，慢慢戒；以前在东北唱戏的事，属于个人营业行为，不予计较。

马连良一听人家考虑得如此周到，把自己的困难和顾虑等各种问题都想到且安排好了。一下子解除了各种顾虑，一身轻松。还有什么说的？他立即表示：愿意马上返回大陆。

王若瑜将回去的行动方案告诉了马连良，并嘱咐说，香港鱼龙混杂，人鬼难辨，更有国民党特务监视，要格外小心。回去要分步骤，第一批只能是马连良和琴师李慕良先走。而且要绝对保密，只限于妻子陈慧琏和儿子马崇仁知道，别人一律不能知道。

这个安排让马连良很是不安，他说："张君秋和俞振飞两家人呢？他们是我带来的，我单个走了，不仁不义，对不起他们哪！"

"您不必担心。他们以及您夫人和孩子我们另有安排。"王若瑜严肃地说："这是行动秘密，必须严密遵守。"

马连良从心里佩服共产党办事的周密。也不再多虑，只有服从。

按照行动安排，一九五一年十月一日上午，马连良带着李慕良，出席了一个庆祝建国两周年的酒会。故意在公众面前曝一下光，以掩人耳目。之后，便悄悄退场。师徒二人假装散步，边走边聊，走进旁边的九龙公园，兜了个圈子。然后，按约定时刻，准时走出公园。

公园门口已有一部汽车在等他们，他们上车之后，车子直奔罗湖而去。

车开之后，马连良才发现，开车的是个英国警官。他不禁心里暗暗发笑：怎么这么安排？我好像是电影里的谍报特工，这不故弄玄虚吗？

可是，他一回头，却看到一辆汽车尾随而来。当那辆车追到与此车并行时，后面车上的人看开车的是个英国警官，才怏怏而退。

这时，马连良已出了一身冷汗。哎呀，好玄哪！多亏了大陆兄弟的部署安排，真是缜密周到，万无一失呀！

车子一开到罗湖，二人顺利过关。还没有从谍报电影般的行程中醒过神来，已见王若瑜笑嘻嘻地领来一个人。他介绍说：这就是武局长，武克仁。

马连良在香港，已听王若瑜介绍过此人。

哦，这就是接自己回来的具体领导者和策划者！

他激动地刚要说说感谢的话，武克仁一双热情的大手，伸了过来，握住他的手不放。

正激动中，突然有一阵欢快的锣鼓声包围了他。他回身四顾，周围都是鼓掌欢迎的人群。马连良这才真真地体会到自己回到了祖国的怀抱，回到了家。

热泪再也无法控制，刷刷地在脸上流淌……

香港那边，两三天过去了，没有了马连良的消息。

最先感到不大对劲儿的是张君秋。怎么没了马先生的动静？我们不能总困在这弹丸之地的小岛上啊！老这样坐吃山空，债不是越积越多吗？马先生总会想办法的，可是一连几天，怎么没见马先生的动作呢？

张君秋心里嘀咕着去找俞振飞，俞振飞更不知道马连良的踪影。

这下，俩人都有点慌神儿。马先生这是怎么啦？他树大招风，莫非出事了？还是撇下我们自己找"出路"了？马先生不是这样的人呐！

越想心里越不踏实，张君秋干脆直接来到马连良的"家"，见了陈慧琏说道："干娘，怎么不见干爹的影儿了呢？他是不是……？"

陈慧琏料到张君秋会来打问。

此时，马连良已经平安过境了，这里，所剩人员的行程也安排就绪了，就是明明白白告诉他也无任何挂碍了。

她爽爽利利地回答说："是，他走了，回大陆了。"

"啊？"张君秋脱口说道，"干爹他，……他怎么会……？"张君秋慌了神儿，不知再说什么好，只是唉声叹气地犯了愁。

他愁自己，下一步该何去何从呢？

可巧，正当张君秋慌神儿发愁的时候，王若瑜推门进来了，见了张君秋便和气地问："您是张君秋先生吧？"

张君秋不认识王若瑜，含糊地应道："啊……"

"你来得正好，我把马先生送过了境。第二步就来安排你们。"王若瑜说。

陈慧莲忙介绍说："这位王先生，是大陆派来安排我们回去的，你干爹是第一步，我们是第二步……。早就安排好了！"

至此，张君秋才明白过来。

一腔怨气愁肠，顿时烟消云散。

有散曲【正宫·叨叨令】唱道：

为钱误入窄夹道，名角负债堪可笑。也是天时地造谁能料？高手策划离法奇妙。您省得也么哥，您省得也么哥？已见红旗招展锣鼓闹！

第一七六回

紫荆花香难留客
红旗招展迎戏星

按照中南区的部署，陈慧琏和张君秋、俞振飞两家人同到九龙，乘火车到了广州。随后，马崇仁押着衣箱、砌末，也回到广州。

两天前，马连良由罗湖乘火车到达广州。在欢迎的人群簇拥下，他乘上中南区派来的汽车，来到中南区交际处。

他哪里知道，在交际处迎接他的是中南区最高领导叶剑英和广东省委、广州市委的领导。这么高规格的迎接，令马连良受宠若惊。

叶剑英亲切地拉着马连良的手说："我是你的忠实观众。"叶剑英接着说，"你在香港吃苦啦，现在回来了，扬眉吐气了。扬眉吐气了，就要亮一亮相。让香港的人，台湾的人，全中国的人都知道你回来了！"

按照叶剑英的指示，中南区把武汉市最好的京剧团调了过来，配和马连良演出。

此时的马连良，喜事不断。最让他开心的喜事是张君秋、俞振飞两家和陈慧琏及马崇仁、孩子们都平安抵达广州。

当晚，他的胞弟马连贵来看他。马连贵是扶风社的武场主力，他的大锣打得节奏、强弱、花点都很符合剧情，能打出气氛，打出感情，号称"大锣王"。马连良这次下上海、转香港，没带扶风社的班底。所以马连良与弟弟离别也是四年有余了。重逢之喜，难以言表。

更令他高兴的喜事，是他在军区司令部的欢迎会上，看到了五子马崇智，崇智参军后已改名马建。现在是军区文工团的战士了，一身军装，威威武武，很有风度。他与崇智有四五年不见面了。父子相见，格外亲切。

之后，马连良还被文工团邀请到团里"指导"工作。人家欢迎他，让他讲话，他很激动，说："愚趾贵团，承蒙抬爱，受宠若惊。犬子效力贵团，蒙各位长官和弟兄对犬子栽培，使他立人立德，敝人不胜感激！……"

他的话还没说完，已被文工团队员们的哄笑打断。他不知说错了什么，被笑得不知所措。

马建悄悄溜过来说："爸，您使用的词儿忒老了，忒过时了，现在没人这样说话了。"

马连良这才明白过来，赶紧改正说："敝人不会说话，啊，啊……，是不会说新话。……回到祖国怀抱，的确接触到的都是新话语，新军队，新作风，新思想，新服装，新人物，新面貌。……什么都是新的，……就我还是旧的！我落伍了，好好向大家学吧！"

文工团战士为他的讲话热烈鼓掌。

武汉京剧团的驻地在广州的六榕寺。

马连良来到六榕寺，看到武汉京剧团也是一派新气象：人人身穿整齐的灰色制服，作风朴实，完全没了旧戏班的样子，俨然解放军的做派。团里有不少过去戏班的同仁，以及富连成科班的"弟子"，他们一见马连良，都围了过来，按着辈分喊着老称呼问好："师兄好？""三哥来了？""师伯好？""三大爷好？""三叔好？"马连良听了感到十分亲切。

为了感谢党、政、军领导，感谢新中国政府帮助他回来，他要好好唱戏报答。他和大家商量这几天的戏码，打炮戏唱《龙凤呈祥》，大吉大利。唱戏这天，他精神抖擞，铆上劲儿，前乔玄，后鲁肃，精湛绝伦，引起强烈反响。

以后，就在广州唱起了营业戏。在广州的戏院轮番转，演了二十一场。收入颇丰，还清了中南区帮他还债的四万多港币，了却了心头的一桩大事。

马连良在广州的演出，也引起港澳台的反响。香港的一家报纸，用大字标题写道《马连良在太平戏院被炸死》。马连良看了报纸，不禁嗤之以鼻！这不完全是台湾没有得到马连良，吃不到葡萄，说葡萄酸，故意"造谣"的恶意报复嘛！

在广州演出结束后，马连良和张君秋一行又转至武汉。在武汉，武克仁亲自接待。把马连良一行人，全部安排在条件非常优越的法国汇理银行的二楼。武汉中南区的领导和湖北省、武汉市的领导都出面看望和欢迎。武克仁、于黑丁、崔嵬、巴南冈等文艺界领导和人士常来陪伴、叙旧。对于这些，马连良打心眼儿里感到说不出的热乎，从心里有股激动的感恩之情，不知道怎么表达，嘴里不住地叨念："让领导挂念，没齿不忘，没齿不忘……"

武克仁说："不要不好意思，回到家了嘛！家有家的温暖。我们对演员一视同仁，不只是侍候您这个大角儿，对他人也是这样，这是党的文艺政策。重视人才，尊重人才嘛！"

在武汉的打炮戏是《苏武牧羊》，专门感谢党、政、军领导。其后是营业公演，戏票一抢而空。

在武汉演出完毕，武克仁有意将马连良和张君秋留在中南京剧团。此时，北京发来彭真的电报，邀请马连良进京演出。

武克仁只得割爱相送。

一九五二年春，马连良和张君秋终于回到了阔别将近五载的北京。

漂泊归来的游子，满眼含春，绿遍心田。

在长安大戏院的打炮戏定为《苏武牧羊》，以此表示：马连良也像苏武一样，历经磨难，终于回到了京城。

这年七月一日，马连良收到了政务院总理周恩发来的请帖，邀请他去北京饭店参加庆祝党的生日联欢会。

马连良有生以来，哪受到过如此高规格的礼遇？

他怀着不平静的心情，带着弟子李慕良去了北京饭店。

北京饭店的大厅布置的庄严肃穆，舞台上的横幅，大字写着“隆重纪念中国共产党诞生三十一周年”，舞台正中的天幕上，人字形挂着镰刀斧头的两面党旗，鲜红夺目。党旗下，舞台两侧各摆一盆坚挺的翠柏，翠柏之间横摆着一排盛开的鲜花，生机盎然，朝气蓬勃。

大厅里，参加联欢会的人，已陆续入场。

当马连良身着笔挺的西服出现在会场的时候，全场人员的目光一下子聚焦在他身上。场内顿时引起一阵兴奋的躁动。

大家抢着和他打招呼，有的还挤过来与他握手。马连良频频举起抱拳的双手，彬彬有礼地回敬大家。

对于大家的关心，对于全场的厚爱，马连良激动万分，久久站立，难以落座。

联欢会快开始了，人们的目光都投向大厅门口，热烈鼓掌欢迎一位神采奕奕，风度翩翩的男子。

马连良没见过此人，只见他浓浓的眉毛，炯炯有神的眼睛，轮廓分明的面孔，气度非凡。身穿一套平整浅灰色的中山装，右手平端在腰间，从容地走进会场。

虽没见过面，凭着直觉，马连良料定此人是指挥、策划自己脱离陷阱，回归故里的政务院总理周恩来。

正当他在心里猜测的时候，那个人竟微笑着向他走来。

他马上迎上前去，还未开口问好，周总理已走到他的面前，伸手与他握手的同时亲切地问道：“你是马连良先生吧？”

马连良紧紧地握住总理的手说：“我是马连良。总理，我，我……”

马连良激动得不知说什么好。

“回来得好，回来得好哇。我们欢迎你回来！”周总理高兴地说，“你是京剧的大老板，大大的有名啊！”

马连良激动地说：“感恩您操劳策划，鄙人才得以顺利归来。还得请总理多多栽培。”话一说出口，马连良感到又说了“旧话”，心里好生不自在。

周总理看出了他的不自在，笑着为他解围说：“你是艺术家，已经很有成就了。该你栽培京剧的众家弟子啦！”

周总理以敏锐的洞察力，看出马连良还有“心病”，说：“马先生，你不要把去伪满唱戏的事放在心上。你是演员，靠唱戏养家糊口，没有政治目的嘛。”

总理一句话，说中了马连良的“心结”，马连良顿时感到一股暖流流遍全身，眼窝里充满了泪水。

总理落座之后，联欢会开始了。

几个节目之后，政务院副秘书长齐燕铭过来对马连良说：“总理问您有没有兴趣表演一段？”

马连良高兴地拉上李慕良，一起上台，演唱了《八大锤》中王佐的一段唱。演唱后，掌声不停。为感谢观众，他又与李慕良合奏了一曲《夜深沉》。李慕良操琴，马连良击鼓。琴声悠扬，鼓声铿锵，声声悦耳，精彩万分。

他俩演奏之后，其他节目仍在继续。周总理把马连良叫到身边，与北京市长彭真相邻而坐。边看演出，周总理和彭真边与他亲切交谈，鼓励他做一个好艺术家，为人民演出，为人民服务。

回到家里，马连良仍心潮起伏，激动万分，夜不能寐。他想，周总理、彭真市长如此亲近自己，热情接待，鼓励自己，把艺术献给人民。我马连良一个唱戏的，何德何能，竟蒙受如此关怀。共产党的官员真好，共产党的政策真好，真能理解艺人的心哪！

我回来了，要重整旗鼓，把毕生的艺术才华，奉献给祖国，奉献给人民。

有诗人对马连良的回归，填了一首词，调寄【燕山亭·马连良归来】：

燕山依然，永定仍流，九城繁华初露。街巷胡同，碧瓦宫门，穿梭老邻旧友。变革已然，更多少，惊喜待收。新闻，梨园再奏宫商，看你身手。

曾是总角儿童，进科班，冬夏春秋练就。拜师再造，立志成才，唱出天地锦绣。几多磨难，一大三大，坎坷那堪回首。离噩梦、今日方休。皮黄，弦定也、正待高奏。

后 记

我很喜欢戏剧，尤其喜欢京剧。在听戏看戏之余，还爱琢磨，琢磨京剧高雅、通俗、蕴含诸多中国传统文化元素的奥妙。于是便沉下心来，钻到京剧天地的宝库中，探索京剧的奥秘。越是钻进来，越感到京剧所包含的境域博大精深，这的确是中国传统文化的宝藏。由此，我便萌生了“淘宝”的念头。

“一念发心，临窗十载。”我阅读了大量有关京剧的书籍、收集了有关的轶闻。除此而外，凡与京剧有关的器物、地名、遗迹等，我都追根寻源，力争亲历究竟。

这种“淘宝”，虽然艰辛，却是一种极好的精神享受。

十年中，我记录了这些享受。并顺手把淘来的宝贝条分缕析，反复把玩。越玩越爱，于是就想到了写一本书。

写一本什么样的书呢？我犯了寻思。京剧表演艺术家的著作、京剧编导名家的著作、京剧评论家的著作、京剧艺术专门研究家的著作、京剧表演名家传记、中国京剧史专著等，有关书籍琳琅满目，该写的前人似乎都写了……

我从何写起呢？思索中，脑子忽如电光石火，倏然想到了写一本京剧史的演义。就是用演义的形式写京剧的历史，这类书迄今还没有读到过。

随之，我想到了《三国演义》。

《三国演义》是以《三国志》为线索，写了汉魏晋的一段“演义”史。我则以《中国京剧史》为依据，写一部中国京剧史的“演义”史，将其定名为《菊坛演义》。

这个想法很狂妄，似乎很不自量力。《菊坛演义》怎么能和《三国演义》比呢！可又一想，怎么不能比呢！《三国演义》写的是三国时期的真实人物，既有历史的真实，又有人物故事的演义。《菊坛演义》写的是中国京剧历史的真实人物，既有历史的真实，也有人物故事的演义。用演义的方法，把相距百多年的京剧人物和历史事件，串联起来，写出京剧从孕育形成到繁荣鼎盛演变的历史。就某种层面而言，中国京剧历史上的艺术家，哪个比《三国演义》中的历史人物逊色？这个“演义”比那个“演义”岂不更具现实！一部《三国演义》，普及了《三国志》的内容；一部《菊坛演义》，若能些许起到普及《中国京剧史》和推动中国京剧艺术普及传承的作用，吾心足矣！

因为是京剧历史的“演义”，就不能失却历史的真实。

临窗十年，功夫主要用在了挖掘京剧名家的真实生活上。既有书籍考证，也有野史参考。在素材的取舍上，尽量保留故事的原型，在原型故事的基础上加以虚构演义。人物关系、时代背景、年序时空，既遵循真实，又合理交织编排。既有历史的风貌，又有文学的色彩。力图成为一部充满斑斓色彩的京剧演义史，既有文学价值，又有历史价值，还具学术价值。既对得起前人，又对得起后人，还对得起自己。慎之又慎，严谨为之。

结稿之后，曾先后拜访了京剧界的专家、学者和京剧表演名家以及他们的后人。他们均对此书寄予厚望，并中肯地提出了意见和建议，提供了许多珍贵的史料和素材。他们的热情，使我进一步感受到京剧能够百年传承、经久繁荣的生命力。为此，我对本书充满信心，由衷欣慰。借此，对为本书提供帮助的诸位方家和中国戏剧出版社的领导、编辑表示衷心的感谢。

作为一个外行，写京剧行内的故事，肯定有诸多谬误和疏漏。谨以此书，抛砖引玉，希冀京剧界的行内人士，以及社会方家达人，不吝赐教，为以后本书的修改完善助一臂之力。